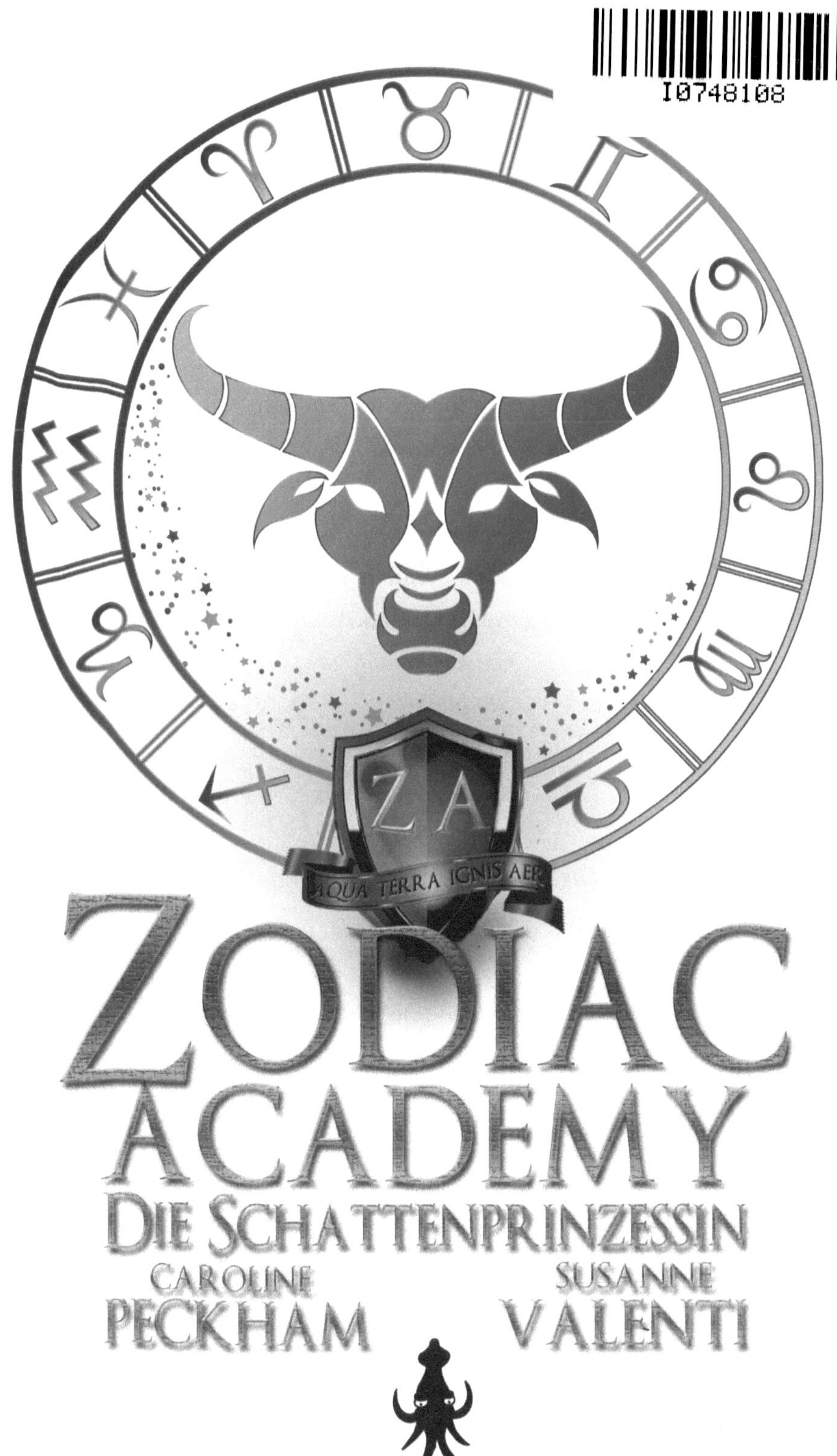

ZODIAC ACADEMY

DIE SCHATTENPRINZESSIN

CAROLINE PECKHAM

SUSANNE VALENTI

BÜCHER VON CAROLINE PECKHAM & SUSANNE VALENTI

Solaria

Ruthless Boys of the Zodiac
Dark Fae

Savage Fae

Vicious Fae

Broken Fae

Warrior Fae

Zodiac Academy
Origins (Novella)

The Awakening

Ruthless Fae

The Reckoning

Shadow Princess

Cursed Fates

The Big A.S.S. Party (Novella)

Fated Throne

Heartless Sky

Sorrow and Starlight

Beyond The Veil (Novella)

Restless Stars

The Awakening: As Told by The Boys (Alternate POV)

Darkmore Penitentiary
Caged Wolf

Alpha Wolf

Feral Wolf

3

Dieses Buch ist all jenen gewidmet, die sich im Bücherchaos wohlfühlen.
Eure Zeit ist gekommen

WILLKOMMEN AN DER ZODIAC ACADEMY!

HIER IST DEIN CAMPUSPLAN.

Hinweis an alle Studenten: Vampirbisse, der Verlust von Körperteilen oder das Verirren im Wimmernden Wald gelten nicht als Entschuldigung für das Zuspätkommen zum Unterricht.

»Liebe Leser, die Zodiac Academy ist eine Universität nach amerikanischem Beispiel. Daher haben wir uns entschlossen, die üblichen Bezeichnungen für die Studienjahrgänge zu übernehmen. Euch werden also des Öfteren die Begriffe *Freshmen*, *Sophomores*, *Juniors* und *Seniors* unterkommen – damit sind einfach die Studenten im ersten, zweiten, dritten und vierten Studienjahr gemeint. Eure Übersetzer.«

Zodiac Academy
Erd-Höhle
Pitball-Stadion
Saturn-Auditorium
Uranus-Krankenstation
Haus Aqua
Lunar-Lounge
Neptun-Turm
Wasser-Lagune
Plu Bü
Schwelende Quellen

Asteroidenplatz
Haus Terra
Jupiter Hall
Orb
Mars-Laboratorien
King's Hollow
Heulende Wiese
Wimmernder Wald
Erd-Observatorium
Venus-Bibliothek
Kammern des Merkur
Haus Aer
Luft-Bucht
Feuer-Arena

Scorpio
Gemini
Virgo
Cancer
Aries
Leo
Sagittarius
Taurus
Capricorn
Aquarius
Libra
Pisces

DARIUS

KAPITEL 1

Die Energie der Sterne trug uns in Form von Sternenstaub weg von der Klippe, meinem Vater und all den schrecklichen Dingen, die dort geschehen waren. Unser Ziel: King's Hollow.

Die Vega-Zwillinge erschienen vor mir, als meine Füße auf dem Holzboden im Wohnzimmer des gigantischen Baumhauses aufschlugen, das die anderen Erben und ich zu unserem persönlichen Zufluchtsort gemacht hatten. Ich hätte nie gedacht, Roxy jemals hierherzubringen, aber ich musste sie in Sicherheit wissen, und dies war der einzige Ort auf der Welt, an dem ich mich jemals gänzlich unerreichbar für meinen Vater gefühlt hatte.

Lance sah mich an, als er an meiner Seite auftauchte, die Stirn in Sorgenfalten gelegt. In seinem Blick sammelten sich so viele Fragen, dass er nicht die Kraft zu haben schien, sie auszusprechen.

Roxy stand auf und der blaue Umhang, den ich um sie gewickelt hatte, rutschte von ihrer nackten Schulter.

»Wohin hast du uns denn jetzt gebracht?«, fragte sie. Ihre Stimme war fest, aber ihr Blick huschte nervös durch den Raum. Offensichtlich ging sie davon aus, dass ich ihr wieder wehtun wollte, und allein der Gedanke daran trieb einen tiefen Riss durch mein Innerstes.

»Wir sind auf dem Campusgelände«, sagte ich schnell. »Ihr seid in Sicherheit. Ihr seid jetzt beide in Sicherheit …« Ich verstummte, weil ich nicht wusste, was ihrer Ansicht nach mit ihnen passiert war, nachdem mein Vater ihnen die Dunkle Manipulation aufgedrängt hatte. Er hatte sie seine

Handlungen vergessen lassen, also waren sie möglicherweise einfach nur verwirrt oder …

»Dein Vater ist ein verdammter Psychopath«, zischte Gwendalina und starrte mich an, während sie sich an ihre Schwester drückte und deren Hand nahm.

»Ich weiß«, sagte ich mit hohler Stimme, denn diese Wahrheit prägte bereits mein ganzes Leben. Und nicht einmal das spielte eine Rolle.

Macht war das Wichtigste in Solaria, und Vater war einer der vier mächtigsten derzeit lebenden Fae. Zumindest bis ich mein Training abgeschlossen hatte und ihn herausfordern konnte. Aber dieser Tag schien mit jedem Mond in immer weitere Ferne zu rücken, und jetzt, da er sich die Schatten untertan gemacht hatte …

Er wird mächtiger sein als die anderen Ratsmitglieder. Er könnte die Krone für sich allein beanspruchen.

»Fuck!«, fauchte ich. Die Haare raufend, wandte ich mich ab und stapfte auf die andere Raumseite.

Ich ging auf und ab, wobei das blaue Gewand, das ich trug, auf irritierende Weise um meine Beine flatterte. Jedenfalls tat es das, bis ich mir das verdammte Ding vom Leib riss und zu der Truhe in der Ecke des Raumes ging, in der wir Ersatzklamotten aufbewahrten. Wenn ich eine Aure für jedes Kleidungsstück bekommen hätte, das ich bei der Verwandlung in meine Drachenform zerstört hatte, wäre ich wahrscheinlich doppelt so reich wie jetzt. Ich öffnete die Truhe, nahm eine schwarze Jogginghose heraus und zog sie an.

Ich zuckte überrascht zusammen, als Roxy neben mir auftauchte. Aber sie schaute mich nicht einmal an, sondern ließ ihr Gewand fallen und entblößte ihren Körper, als wäre es die natürlichste Sache auf der Welt, bevor sie sich ein rotes T-Shirt überzog. Es gehörte mir und reichte wie ein Kleid bis zur Mitte ihrer Oberschenkel. Ich öffnete den Mund, um etwas zu sagen, aber ich wusste nicht, wo ich anfangen sollte. Bevor ich etwas sagen konnte, kam mir Lance zuvor.

»Erinnerst du dich an etwas, Blue?«, fragte er langsam; seine Stimme war sanfter, als ich sie je gehört hatte.

Ich drehte mich überrascht um und sah, wie er eine Hand nach Gwendalina ausstreckte, als wäre er sich nicht sicher, ob er sie berühren sollte oder nicht.

»Was meinst du?«, fragte sie mit leicht zitternder Stimme. »Die Entführung? Diese verdammte Grube, in die wir gezwungen wurden? Die Schatten, die versucht haben, uns nach unten zu ziehen? Den Moment, in dem wir uns von ihnen befreien konnten? Die Tatsache, dass wir uns endlich in unsere Formgebung verwandelt haben? Oder meinst du Lionels Versuch, uns so zu manipulieren, dass wir all das vergessen?«

»Du erinnerst dich?«, fragte ich und meine Augen weiteten sich. Ich warf einen Blick auf Roxy und fragte mich, ob es ihr auch so ging. Sie nickte kurz, sah mich aber weiterhin nicht an. Ihre Aufmerksamkeit galt ihrer Schwester auf der anderen Seite des Raumes. »Wie?«

Vater hatte mehr als einmal Dunkle Manipulation auf mich ausgeübt und ich hatte mich nicht dagegen wehren können. Er gebrauchte dunkle Magie, um die Kraft seiner Worte zu verstärken. Deshalb war ich auch nicht in der Lage, den anderen Erben zu erzählen, was er mit mir gemacht hatte. Er hatte Dunkle Manipulation eingesetzt, um mich ruhig zu halten, während er mich verprügelte. Selbst der Schmerz, den ich fühlte, wenn meine Knochen brachen, reichte nicht aus, um mich zu motivieren, diese Magie zu durchbrechen. Ich hielt es für unmöglich.

»Es war unsere Formgebung«, sagte Roxy grimmig. »Offenbar kann sich unser Feuer durch jeden Bullshit brennen.«

Ein Lachen entwich meinen Lippen, bevor ich es unterdrücken konnte. Mein Vater hatte sie gerade an die Schatten verfüttert, ihre Formgebung war aufgetaucht und ihr Körper zu einem Medium für die dunkle Macht geworden, die er aus dem Schattenreich gestohlen hatte – aber trotz alldem fauchte sie mich noch an.

Ohne darüber nachzudenken, zog ich sie in meine Arme und drückte sie an meine Brust. Mein Herz machte einen Sprung, als sie ihre kalten Hände auf meine Haut presste, und ich küsste ihren Scheitel, während mich Erleichterung durchströmte. Sie hätte sterben sollen. Was mein Vater ihnen gerade angetan hatte, war mehr, als sie auszuhalten in der Lage hätten sein sollen, aber hier war sie, in meinen Armen und …

Mit der Wucht eines Rammbocks wurde ich rückwärts durch den Raum geschleudert und prallte so heftig gegen die Wand, dass das ganze Baumhaus wackelte.

Der Schmerz schoss durch meine Wirbelsäule. Ich richtete mich auf; ein Knurren verließ meine Lippen, als die Schatten für einen Moment durch mein Blickfeld tanzten. Ich bleckte grollend die Zähne, während die dunkle Macht unter meiner Haut darauf wartete, freigesetzt zu werden. Die Schatten schlängelten sich zwischen meinen Fingern hindurch und lösten sich von meiner Haut. Mit einem hungrigen Verlangen, das mich von innen heraus in Brand steckte, warteten sie auf meinen Befehl.

»Gib ihnen nicht nach, Darius!«, rief Lance und der Klang seiner Stimme reichte aus, um mich aus der Dunkelheit zurückzuholen.

Ich blinzelte die Schatten weg und spürte, wie ihre Macht meinem Griff entglitt.

»Was zum Teufel sollte das?«, fragte ich Roxy, die mich mit erhobenen Händen anstarrte, während sie ihre Macht um sich herum versammelte.

»Wage es nicht, mich anzufassen, verdammt noch mal!«, knurrte sie, wobei ihre Augen mehr Bitterkeit enthielten als ihre Worte.

»Ich … Du weißt, dass ich dich nicht in eine Falle gelockt habe, oder?«, fragte ich und schüttelte den Kopf, als mir klar wurde, dass sie mir die Schuld dafür gab, was mein Vater ihnen angetan hatte. »Ich habe gegen ihn gekämpft. Ich habe versucht, euch von ihm wegzubekommen. Ich …«

»Ja, das hast du«, stimmte sie zu. »Dann hast du plötzlich aufgegeben und uns ihm einfach überlassen.«

»Er hatte Xavier in seiner Gewalt«, antwortete ich voller Verzweiflung. Mein Herz klopfte unregelmäßig, als ich Roxys Wut spürte. Sie musste wissen, dass es mich gebrochen hatte, mit anzusehen, wie sie von meinem Vater in diese Grube gestoßen worden war. Es hatte sich angefühlt, als würde ich mit einem rostigen Messer mein eigenes Herz aufschlitzen und ihm ein Stück meiner Seele opfern. Aber die Alternative war Xaviers Leben gewesen – und die Entscheidung damit gefallen. Aber ich wusste, dass sie stark war. Ich wusste, dass sie alles überleben konnte. Und obwohl es mich umgebracht hatte, ihm dabei zuzusehen, wie er ihr das angetan hatte, hatte mir keine andere Option zur Verfügung gestanden, die ich hätte wählen können.

»Ich weiß«, antwortete sie und ihr Blick wurde kurzzeitig weicher. Ich konnte sehen, dass sie zumindest das verstand. Auch sie würde alles für ihre Schwester tun. »Das ist der einzige Grund, warum ich dich nicht bei lebendigem Leib verbrannt habe.« Rote und blaue Flammen züngelten zwischen ihren Fingern und Lance stellte sich zwischen uns.

Roxy schien ihren Kampfgeist aufgegeben zu haben, denn sie holte ein weiteres T-Shirt und eine Jogginghose für ihre Schwester aus der Truhe und ging quer durch den Raum, um ihr die Sachen zu reichen.

Gwendalina drehte uns den Rücken zu, bevor sie das blaue Gewand fallen ließ, und ich wandte den Blick ab, damit sie sich ungestört umziehen konnte.

Lance bewegte sich auf mich zu und als ich in seine Augen sah, schob sich gerade ein Schatten durch sie, bevor er wieder verschwand.

Ich schluckte heftig. Auch ich spürte die Schatten unter meiner Haut. Sie waren jetzt ein Teil von mir und das Erschreckendste daran war, wie mühelos sie sich dort eingenistet hatten. Als wäre in mir schon immer Raum für diese Dunkelheit gewesen. Als würden diese Schatten jetzt einfach ihren rechtmäßigen Platz einnehmen.

Ich kaute auf der Innenseite meiner Wange und entfernte mich von den anderen. Nachdem ich das große Wohnzimmer durchquert hatte, öffnete ich eine Schublade in der Küche und holte den Atlas heraus, den ich hier aufbewahrte. Ich schickte Xavier eine Nachricht, um ihn zu fragen, ob es ihm gut ging, was mit Mutter passiert war und so weiter. Es war nicht genug, aber ich wusste, dass Vater ihm jetzt nichts mehr antun würde. Vielleicht wäre er bereit gewesen, ihn zu töten, um mich zur Kooperation bei seiner Suche nach den Schatten zu zwingen. Aber seinen eigenen Sohn zu töten, war etwas, womit er nicht so einfach davongekommen wäre. Das würde er also nicht ohne Grund tun. Ich konnte nur hoffen, dass es Mutter gut ging und Xavier bald in der Lage sein würde, mich anzurufen.

»Ihr hattet großes Glück, dass Lionel eure Formgebung falsch eingeschätzt hat«, sagte Lance zu den Mädchen und ich schaute stirnrunzelnd in ihre Richtung.

»Was meinst du damit?«, fragte ich, bevor eine der beiden antworten konnte. Als die Mädchen aus dem Schatten aufgetaucht waren und sich mit lodernden Flügeln in die Lüfte erhoben hatten, wäre mir fast das Herz aus der Brust geschossen.

Sie waren so hell vor dem schwarzen Sternenhimmel gewesen, dass es mir schwergefallen war, die Details ihrer Formgebung zu erkennen. Aber ich hatte die roten und blauen Flammen und die riesigen Flügel gesehen – als wären sie Engel, die von ihrer Kraft entzündet worden waren. Feuerharpyien. Selten, aber weder einzigartig noch mächtiger als ihre gewöhnlichen Verwandten. Vor allem aber nicht stark genug, um einen Drachen herauszufordern.

Meine Erleichterung über ihr Überleben wurde noch durch die Tatsache verstärkt, dass sie keine Drachen waren. Ich war mir sicher, dass Vater sie getötet hätte, wenn ihre Formgebung stark genug gewesen wäre, um es mit ihm aufzunehmen.

»Lionel hat gesagt, dass sie Feuerharpyien sind«, sagte Lance langsam, seinen Blick auf Gwendalina gerichtet, als würde sie ihn irgendwie faszinieren. »Aber er hat sich geirrt. Er hat die Flammen und die Flügel gesehen und eine Vermutung angestellt. Ihre Mutter, die Königin, war eine Harpyie, also war das schon immer ein wahrscheinliches Szenario. Da sie sich nur so kurz in ihrer Formgebung befunden haben, war es ein verständlicher Irrtum.«

»Was sind sie?«, fragte ich. Die Zwillinge tauschten einen Blick aus, der mir verriet, dass sie es bereits wussten.

»Phönixe«, flüsterte Lance und die Ehrfurcht in seiner Stimme veranlasste mich zu einem Stirnrunzeln.

»Unmöglich«, antwortete ich kopfschüttelnd. »Es hat schon seit Ewigkeiten niemanden mehr mit der Phönix-Formgebung gegeben.«

»Seit über tausend Jahren nicht«, bestätigte Lance. Er starrte Gwen immer noch an, als würde die Welt mit ihr beginnen und enden.

Mein Blick fiel auf Roxy und mein Herz klopfte in einem anderen Rhythmus. Das war nicht wahr, das konnte nicht sein. Phönixe waren quasi ein Mythos. Niemand war sich sicher, dass es sie wirklich gegeben *hatte*. Sie sollten die mächtigste aller Formgebungen gewesen sein und ihren Flammen wurde nachgesagt, zu allen möglichen verrückten Dingen fähig zu sein. Manche hatten sogar von Unsterblichkeit gesprochen, aber wenn das der Fall war, wo waren sie dann? Wie konnte eine Spezies aussterben, wenn sie nicht sterben konnte?

»Sie können keine Phönixe sein«, sagte ich.

»Sind wir aber«, antworteten beide Mädchen zur selben Zeit und tauschten dann einen amüsierten Blick aus.

»Wir müssen das geheim halten«, sagte Lance und sah mich an.

»Warum?«, fragte Roxy.

»Wenn die Dinge, die ich über Phönixe gelesen habe, der Wahrheit entsprechen – und sei es auch *nur die Hälfte* –, dann könntet ihr beide mächtiger sein als jeder Fae, der in den letzten Jahrtausenden auf der Erde gelebt hat. Ihr seid wie die legendären Fae von damals … Ich weiß nicht einmal, wo eure Grenzen liegen, aber ich weiß, dass ihr jetzt eine noch größere Bedrohung für Lionel darstellt. Wenn er das herausfindet, bevor ihr gelernt habt, euch diese Kräfte zunutze zu machen …«

»Er würde euch umbringen«, beendete ich den Satz für ihn, weil ich wusste, dass es stimmte. Ich hatte mehr als genug über meinen Vater gelernt, um das zu wissen. Er würde alles tun, um seine Position als mächtigster Fae in Solaria zu behaupten. Und wenn er herausfand, dass die Zwillinge Phönixe waren, würde er sie vernichten, bevor sie diese Macht für sich beanspruchen konnten. Ich war kaum in der Lage, mir diese unfassbare Erkenntnis zu vergegenwärtigen. Kein Wunder, dass Vater nichts davon mitbekommen hatte. Die Schatten, die er sich kurz zuvor untertan gemacht hatte, waren zu ablenkend gewesen. Und wer käme auch auf einen so verrückten Gedanken?

»Wir sollen also verstecken, was wir sind?«, fragte Gwendalina und tauschte einen besorgten Blick mit ihrer Schwester aus.

»Bis ihr eure Fähigkeiten besser beherrscht und euch verteidigen könnt, sollte dieses Wissen unter uns bleiben«, stimmte Lance zu.

Roxy schaute mich an und mein Innerstes verkrampfte sich, als ich feststellte, dass ihr Blick Misstrauen ausdrückte. Sie glaubte nicht, dass ich ihr Geheimnis für mich behalten würde.

»Ich werde niemandem davon erzählen«, knurrte ich. »Du hast mein Wort.«

Sie schnaubte leise, bevor sie auf mich zukam. Ich blieb stehen, aber ihr Blick glitt über mich hinweg zur Spüle. Sie nahm ein Glas aus dem Regal, schenkte sich Wasser ein und leerte es in einem Zug.

Ich beobachtete sie schweigend und fragte mich, ob es noch etwas gab, das ich hätte sagen sollen. Aber wo sollte ich überhaupt anfangen?

Wir waren wie Magnete, dazu bestimmt, einander anzuziehen oder abzustoßen – dazwischen gab es nichts. Und ich wusste nicht, wie ich unsere Beziehung wieder an den Punkt zurückbringen sollte, an dem sie kurz vor dem Auftauchen meines Vaters gewesen war. Es hätte das Letzte sein sollen, woran ich dachte, aber in diesem Moment wollte ich sie einfach nur festhalten und in meine Arme ziehen. Mein Herz schlug immer noch unregelmäßig aufgrund des Schreckens dessen, was ihr beinahe passiert wäre, und ich wünschte, ich könnte es irgendwie in Ordnung bringen. Ich wollte sie in meiner Nähe haben, obwohl der Mond nicht mehr da war. Die Mondfinsternis war vorbei und ihre Auswirkungen ließen nach. Aber es schien, als würde sie nicht mehr im Entferntesten das Gleiche empfinden.

»Geht es euch beiden gut?«, fragte Lance, doch seine Frage schien vor allem an Gwen gerichtet zu sein, die sich dicht neben ihm aufhielt. »Lionel hat eure Körper als Träger für die Schatten benutzt. Die Menge an dunkler Macht, die euch durchströmt hat, könnte Spuren, eine Narbe in eurer Seele hinterlassen haben …«

»Ich fühle mich ganz gut«, antwortete Gwen langsam. »Obwohl ich nicht weiß, wie ich meine Seele auf Narben untersuchen soll.« Sie schenkte ihm den Anflug eines Lächelns.

Lance streckte abermals die Hand nach ihr aus, bevor er seinen Arm wieder fallen ließ. Ich vermutete, dass er selbst Schuldgefühle wegen unserer Rolle in diesem Schlamassel hatte. Wir hatten die vergangenen vier Jahre damit verbracht, zu trainieren, um ein Ereignis wie dieses zu verhindern. Und wir hatten kläglich versagt. Seine Schwester war beim letzten Versuch gestorben und nun waren all unsere Befürchtungen eingetroffen. Nicht nur, dass Vater bekommen hatte, was er wollte – die Zwillinge wären fast gestorben und wir trugen jetzt den Fluch der Schatten in uns.

»Immerhin müsst ihr nicht die Last tragen, die Schatten zu kontrollieren«, sagte Lance sanft. »Sie haben euch nur durchströmt, aber dabei keine Wurzeln geschlagen.«

Sein Blick fand den meinen und ich wusste, dass er sich Sorgen machte, dass wir uns damit würden auseinandersetzen müssen. Ich stimmte ihm zu. Aber in gewisser Weise waren wir auch vorbereitet. Wir hatten jahrelang mit den Schatten getanzt, als wir schwarze Magie praktiziert hatten, und wenn sie uns in einem Kampf einen Vorteil verschaffen könnten, dann würde ich die Last, sie zu tragen, in Kauf nehmen. Ich hatte jetzt ohnehin keine andere Wahl. Vater hatte uns diese Gabe nicht aus altruistischen Gründen verliehen, weil er uns mehr Macht hatte schenken wollen. Nein, er hatte uns zu Komplizen gemacht. Indem wir die Macht der Schatten innehatten, waren wir genauso schuldig wie er. Er hatte uns damit an sich gebunden und dafür gesorgt, dass wir uns nicht an die Behörden wenden konnten, wenn wir nicht auch eingekerkert werden wollten.

Roxy stellte ihr Glas ab und schürzte die Lippen, als hätte sie etwas zu sagen, aber sie schwieg. Sie hielt den Blick ihrer Schwester fest und ich war mir sicher, dass sie miteinander sprachen, aber ich hatte keine Ahnung, worum es ging. Roxy schüttelte sanft den Kopf und Gwen seufzte, stimmte aber mit einem Kopfnicken zu.

»Wollt ihr diesen kleinen Wortwechsel mit der Gruppe teilen?«, fragte ich und wischte mit der Hand über mein Gesicht.

»Offensichtlich nicht, du Penner«, knurrte Roxy. »Im Gegensatz zu deiner Vermutung wollten wir noch nie etwas mit dir und deinem beschissenen Thron zu tun haben. Aber auf die eine oder andere Weise werden wir immer wieder in dieses Drama gezogen. Wenn ich also entscheide, etwas für mich zu behalten, dann ist das meine Sache.«

Ihr Tonfall irritierte mich und ein Knurren entrang sich meiner Brust, als ich auf sie hinabsah und sie mir direkt in die verdammten Augen starrte. Warum köderte sie mich immer? Und warum gefiel das dem verkorksten Teil von mir so sehr?

»Das ist alles etwas viel«, sagte Lance laut. »Vielleicht wäre es das Beste, wenn wir alle etwas schlafen und später weiter darüber reden.«

»Von mir aus«, sagte Roxy und entfernte sich von mir. Ihre Beine waren nackt unter meinem T-Shirt und sie hatte ihre Scheiß-auf-alles-Attitüde wiedergefunden. »Je mehr Abstand ich zu diesem Drachen habe, desto besser.«

»Ich glaube, es wäre eine gute Idee, wenn wir vier hierbleiben, bis die Sonne aufgeht. Der Einfluss des Mondes wirkt noch nach und wir haben bereits einiges durchgemacht«, sagte Lance.

Roxy warf ihm einen finsteren Blick zu und sah aus, als wäre sie kurz davor, ihn zum Teufel zu schicken, aber Gwen hielt ihren Arm fest.

»Er hat wahrscheinlich recht, Tor. Wir sollten uns ein wenig ausruhen.«

Ich blinzelte überrascht, als sie sich entspannte und dem Vorschlag ihrer Schwester beugte. Mir war es bereits so vorgekommen, als wäre dieses Mädchen nicht in der Lage, etwas anderes zu tun, als zu streiten. Aber es schien, als wäre sie nur bei mir so. Zumindest die meiste Zeit über. Kurz erinnerte ich mich daran, wie wir nach unserem Motorradrennen gelacht hatten, und fragte mich, ob sie mich jemals wieder so ansehen würde.

»Hier gibt es Schlafzimmer; ich kann euch zwei davon zeigen«, sagte Lance und trat nach vorn, um sie dorthin zu geleiten.

»Wir bleiben zusammen«, sagte Gwen und er nickte, als hätte er das erwartet.

Bevor sie den Raum verlassen konnten, ergriff ich Roxys Arm. Ich musste etwas zu ihr sagen, mich entschuldigen, versuchen, mich zu erklären … Ich war mir noch nicht ganz sicher, was es war, das ich tun musste. Aber ich wollte etwas tun, um den Hass zu vertreiben, der in ihr aufkeimte, wann immer sie mich ansah.

»Kann ich dich kurz allein sprechen, Roxy?«, fragte ich, während sie sich gegen meinen Griff wehrte.

Bevor sie antworten konnte, verschwanden die anderen beiden bereits im Gang, und ich rückte etwas näher an sie heran.

»Ich weiß nicht, was du von mir willst«, sagte sie leise. »Aber es ist mir auch egal. Du hast entschieden, dass du mit mir reden willst, also muss ich das automatisch auch wollen? Das tue ich aber nicht. Und ich weiß auch nicht, wie du darauf kommst, dass du mich weiterhin anfassen kannst. Feuer verbrennt mich nicht, Darius, meine Formgebung ist mächtiger als dein Drache. Ich habe keinen Grund mehr, dich zu fürchten, und ich muss nichts von dem tun, was du sagst.«

Sie löste ihren Arm aus meinem Griff und lief hinter ihrer Schwester und Lance her. Ich hatte das Gefühl, dass wir uns auf einem Karussell befanden, das nicht aufhören wollte, sich zu drehen. Wir kehrten immer wieder an diesen Punkt zurück und vielleicht hätte ich das akzeptieren sollen. Denn ich konnte diese Ablehnung nicht länger ertragen. Wenn sie also wollte, dass wir einander hassten, musste ich meinen Teil dazu beitragen. Denn ich konnte mich nicht von ihr fernhalten, das war mir mittlerweile mehr als klar. Also würde ich einfach weiter ihr Feind sein müssen.

Gemini
Scorpio
Virgo
Cancer
Aries
Leo
Taurus
Sagittarius
Capricorn
Aquarius
Libra
Pisces

DARCY

KAPITEL 2

Orion führte Tory und mich die Treppe nach oben, einen hölzernen Gang entlang und in ein Zimmer, in dessen Mitte ein großes Doppelbett stand. Den Bereich dahinter zierte ein Wandgemälde, das das Meer abbildete, und in einer Ecke plätscherte ein Wasserspiel in Form von zwei Fischen, die sich umeinander schlängelten, beruhigend vor sich hin. Es war ziemlich offensichtlich, welchem Erben dieser Raum gehörte.

Tory durchquerte den Raum, marschierte geradewegs durch eine Tür, von der ich annahm, dass sich dahinter ein Badezimmer befand, und schlug sie hinter sich zu.

Orion ergriff meine Hand, zog mich an sich und presste seine Lippen auf meine. Emotionen stiegen in mir auf und ich klammerte mich an sein Gewand, während sich eine Träne aus meinem Auge löste.

»Fuck, Blue. Es tut mir so leid«, flüsterte er und drückte meine Hand.

»Ist schon gut«, hauchte ich. Am liebsten hätte ich mich in seine tröstenden Arme fallen lassen, aber das Geräusch der Toilettenspülung ließ mich zurückweichen.

»Ich werde eine Stillekuppel schaffen, damit ihr eure Ruhe habt«, sagte Orion lauter und hob bereits eine Hand.

»Danke … Ciao.«

Sein Blick hielt den meinen fest, bis sich die Tür zwischen uns schloss. Ich ging gerade auf das Bett zu, als Tory in den Raum zurückkehrte. Mein Herz klopfte wie wild, und ich legte eine Hand darauf, um es zu beruhigen.

Ich war so erschöpft, aber gleichzeitig hellwach. Diese Nacht war die längste meines Lebens gewesen, und als ich auf die Uhr an der Wand schaute, stellte ich fest, dass es nicht mehr weit bis zum Morgengrauen war.

Ich schlüpfte unter die Decke und Tory folgte meinem Beispiel. Wir drückten uns eng aneinander, wie damals in unserer beschissenen Wohnung in Chicago. Das Schlafsofa hatte uns damals zusammengezwungen, jetzt rückten wir freiwillig zusammen, weil wir schwesterlichen Trost brauchten. Wir waren einander zugewandt und hatten unsere Köpfe auf die Kissen gestützt, während sich unsere freien Hände aneinanderklammerten.

»Orion hat eine Stillekuppel geschaffen«, sagte ich. »Wir können sagen, was wir wollen.«

»Ich würde sowieso sagen, was ich will«, sagte Tory mit strengem Blick.

»Gibst du Darius wirklich die Schuld an dem, was vorgefallen ist?«, fragte ich mit einem Ziehen im Bauch.

Ich verstand, warum sie wütend auf ihn war, aber ich konnte ihm nicht vorwerfen, sich seinem Bruder zuliebe entschieden zu haben.

»Nicht an dem, was vorgefallen ist, nein. Aber ich gebe ihm die Schuld dafür, seinem Vater zu ähnlich zu sein. Und dafür, nicht genug getan zu haben, uns zu helfen.«

Meine Kehle wurde eng, als ich mich an die Grube erinnerte. Orion hatte meine Hand umschlungen und mich mit Entschuldigungen überhäuft. Ich hatte ihn noch nie so hilflos gesehen. Auch ich hatte mich noch nie so hilflos gefühlt. Sowohl er als auch Darius hatten versucht, uns zu retten, aber sie hatten einfach … versagt.

»Ich glaube, er wollte helfen«, sagte ich sanft.

»Das hat nicht gereicht«, knurrte Tory und für eine Sekunde schien Dunkelheit ihre Augen zu verschlingen.

Ich runzelte die Stirn und ein Schwall mächtiger Energie durchströmte meinen Körper, als käme sie direkt von dort, wo sich unsere Hände trafen. Eine tiefe Quelle der Dunkelheit schien sich in mir aufzutun und als ich mir Darius' Gesicht vorstellte, hasste ich ihn auch. Ich verspürte so viel Hass, dass ich fühlen konnte, wie sich dieser einen Weg durch meine Seele brannte. Und ich wollte in diesem dunklen Gefühl ertrinken, bis es mich verzehrte.

»Darcy, deine Augen«, hauchte Tory alarmiert, bevor sie sich aufsetzte und meine Hand losließ.

Die Dunkelheit wirbelte immer noch in meiner Brust herum und schien nach mir zu rufen. Ich blinzelte heftig, schaute zu Tory, konzentrierte mich auf sie und zwang mich, das beängstigende Gefühl zu verdrängen.

Ich erhob mich auf meine Knie und schaute Tory in die Augen, um mich zu vergewissern, dass der Schatten nicht mehr zu sehen war.

»Was ist los mit uns?«, flüsterte ich. Meine Stimme hatte mich verlassen, während die Angst an meinem Herzen zerrte.

Tory schluckte und schüttelte den Kopf. »Vielleicht ist es nur eine Nachwirkung von dem, was Lionel getan hat. Wir waren in den Schatten, sie sind direkt durch uns hindurchgegangen.«

Ich nickte langsam und drückte eine Hand auf meine Brust, als sich das dunkle Loch in mir aufs Neue regte und Angst in meine Knochen kroch. »Was ist, wenn sie nicht wieder gegangen sind? Was ist, wenn sie noch hier sind? Spürst du das denn nicht?«

Tory drückte eine Hand auf ihre Brust und sah mich besorgt an. Ihre Lippen teilten sich vor Entsetzen. »Fuck. Ich glaube, du hast recht.«

»Wir müssen Orion davon erzählen.« Ich wollte aufstehen, aber Tory hielt mein Handgelenk fest.

»Nein! Das können wir nicht. Er wird Darius einweihen.«

»Na und?« Ich schüttelte den Kopf und erneut wirbelten Schatten in ihren Augen.

Sie blinzelte schnell und ließ meinen Arm los.

»Bitte«, sagte sie leise. »Ich traue ihm nicht. Und was kann Orion schon ausrichten? Wir werden das allein regeln, so wie alles andere auch.«

Ich runzelte die Stirn und biss mir auf die Lippe. »Orion wird wissen, was zu tun ist. Er hat Darius dunkle Magie beigebracht; er weiß sicher auch über die Schatten Bescheid.«

»Erinnerst du dich, was passiert ist, als wir das letzte Mal mit ihm und seinem Schwarze-Magie-Scheiß zu tun hatten?«

Als ich an Tory dachte, wie sie blutend und mit dem Aussaugenden Dolch in der Hand auf dem Boden lag, verkrampfte sich mein Herz. Und dann Darius' Reaktion …

»Na gut«, flüsterte ich, schlüpfte zurück unter die Bettdecke und versuchte, die Kälte aus meinem Körper zu vertreiben. »Aber wenn die Sache außer Kontrolle gerät, werde ich es ihm sagen. Wir wissen nicht, was es bedeutet, und wir können es auch in keinem alten Lehrbuch nachschlagen.«

»Ich weiß … Aber fürs Erste behalten wir es für uns, okay?« Sie schlüpfte zu mir unter die Decke und mein Herzschlag beruhigte sich.

»Okay.«

»Ein Gutes hatte das Ganze wenigstens. Wir kennen unsere Formgebung«, sagte Tory mit einem halbherzigen Lächeln.

Ich erwiderte es und versuchte, das Positive in den Vordergrund zu stellen, obwohl das nach allem, was wir erlebt hatten, schwer war. »Ja, und jetzt müssen wir sie verstecken.« Ich rollte mit den Augen und Tory lachte.

»Wann steht das Glück endlich mal auf unserer Seite? Ich will fliegen und Darius aus den Wolken hauen.«

Ich lachte leise. Meine Augen schmerzten, weil ich so müde war. Es fühlte sich an, als wäre die Welt seit Mitternacht auf den Kopf gestellt worden. Als wären wir in eine alternative Realität eingetreten, in der wir stärker waren als die Erben und Lionel Acrux. Wir mussten uns diese Kraft erst noch zu eigen machen, aber vielleicht würden diese Schatten in der Zwischenzeit aus unseren Körpern verschwinden. Damit wir endlich nicht mehr mit der erdrückenden Last leben mussten, die auf meinem Herzen ruhte. Aber ich hatte das schreckliche Gefühl, dass es nicht so einfach sein würde.

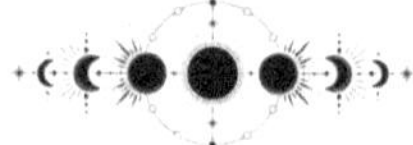

Der Duft von Kaffee weckte mich schon früh, und ich stöhnte sehnsüchtig, verließ das Bett und schielte auf die Uhr. Es war kurz nach acht Uhr, aber es sah nicht so aus, als würde Tory so bald aufwachen. Sie kuschelte sich übermäßig erotisch an ein Kissen und ihr Hintern lugte unter Darius' T-Shirt hervor.

Ich konnte mir ein Lächeln nicht verkneifen, während ich auf Zehenspitzen zur Tür ging und mich fragte, wie Darius mich heute Morgen wohl empfangen würde. Aber seine Wut schien nie so stark auf mich gerichtet zu sein wie auf Tory. Und manchmal war sein Blick dann auch voller Leidenschaft, als wäre es nicht nur Wut, die er für sie empfand.

Ich ging leise nach unten; die Wärme des Feuers umspielte mich, als ich in die Wohnküche trat, wo Orion gerade Kaffee kochte. Ich scannte den Raum, konnte Darius aber nicht entdecken. Und obwohl ich mich danach sehnte, direkt zu Orion zu gehen und meine Arme um seine Taille zu schlingen, erschien es mir das Risiko nicht wert zu sein.

»Mit Milch oder schwarz? Zucker oder ohne? Mir ist gerade aufgefallen, dass ich nicht annähernd genug über dich weiß, Blue.« Orion drehte sich mit einem schiefen Lächeln zu mir um. Er trug kein Shirt, was eigentlich meine volle Aufmerksamkeit hätte beanspruchen sollen, aber ich dachte nur: *Was, wenn dich das jemand sagen gehört hat?*

»Darius dreht eine Runde«, antwortete er auf meinen panischen Blick. »Und deine Schwester höre ich selbst von hier unten schnarchen.«

»Sie schnarcht nicht«, meinte ich mit einem Lachen und er grinste.

»Na gut. Dann röchelt sie eben.«

»Sie bringt dich um, wenn sie dich das sagen hört«, stichelte ich, aber mein Herz fühlte sich bleischwer an, als könnte ich mich nicht von dem ablenken lassen, was gestern passiert war.

»Also? Kaffee?« Orion hob eine Augenbraue.

»Mit Milch und etwas Zucker«, sagte ich und er wandte sich ab, um meine Anweisungen zu befolgen. »Danke.«

Ich bewegte mich auf ihn zu; mein Arm streifte seinen, als er mir meinen Kaffee reichte und ich einen Schluck von dem lebensspendenden Nektar nahm. Ich seufzte, stellte fest, dass Orion mich beobachtete, und errötete unter seinem intensiven Blick. Weil ich der Meinung war, damit auf sicherem Terrain zu bleiben, stupste ich sein Knie mit meinem an.

»Was?«, flüsterte ich und seine Miene verhärtete sich.

»Ich hätte einfach nicht gedacht, dass es so ist, wenn wir zum ersten Mal zusammen in einem Haus aufwachen.«

Meine Augenbrauen zogen sich zusammen, als er mit seinen Fingern die Konturen meines Unterkiefers nachzog.

»Lionel wird nie wieder auch nur in deine Nähe kommen«, schwor er, und ich schüttelte den Kopf.

»Das kannst du nicht versprechen, Lance. Und ich will das auch nicht. Du bist nicht für mich verantwortlich.«

Er öffnete den Mund, um zu widersprechen, dann riss er den Kopf zurück und hob den Blick. Eine Sekunde später kündigte ein lauter dumpfer Schlag an, dass ein riesiges Ungetüm auf dem Dach des Baumhauses gelandet war.

»Das hat Tory sicherlich aufgeweckt«, murmelte Orion, woraufhin ich mich mit einem Nicken entfernte und auf die Couch setzte.

Darius fiel splitterfasernackt durch eine Luke im Dach und stürmte direkt auf die Truhe im hinteren Teil des Raumes zu, um sich ein paar Klamotten überzuwerfen.

»Das Fliegen hat also nichts von der Wut abgebaut, hm?«, fragte Orion und Darius drehte sich mit finsterem Blick zu ihm um. Dann wandte er seine Aufmerksamkeit dem Kaffee zu und machte Anstalten, sich eine Tasse zu füllen, aber als er dort ankam, hatte Orion das mit seiner Vampirgeschwindigkeit bereits für ihn erledigt.

»Danke«, murmelte Darius und nahm einen großen Schluck. »Und doch, hat es. Im Vergleich zu davor bin ich geradezu glücklich.«

»Immerhin konnte ich noch eine Stunde liegen bleiben, während du weg warst«, sagte Orion und gähnte.

»Du hast das ganze Bett in Beschlag genommen, sobald ich es dir überlassen habe«, sagte Darius mit einem leisen Lachen.

»Moment, ihr habt euch ein Bett geteilt?«, fragte ich erstaunt. Die beiden drehten sich zu mir um, als hätten sie sich gerade an meine Anwesenheit erinnert.

»Wir sind beim Reden eingeschlafen«, sagte Orion mit einer besonders strengen Stimme, als wäre ich plötzlich wieder seine Studentin.

Ich zog eine Augenbraue hoch – dieser Bullshit funktionierte bei mir nicht.

Tory erschien mit einem Grinsen im Gesicht auf der Treppe. »Ihr seid beim Quatschen eingeschlafen wie zwei kleine Mädchen bei einer Pyjamaparty?«

»Pah!« Darius zeigte auf uns beide. »Ihr habt genau das Gleiche gemacht.«

»Wir sind Zwillinge!«, sagten wir zur selben Zeit.

Tory ging zur Kleidertruhe und zog sich eine Hose an, die ihr viel zu groß war. »Wie auch immer. Ihr könnt jetzt weiter kuscheln. Wir verschwinden.«

Ich verschränkte die Arme vor der Brust. »Ich denke, wir sollten über vergangene Nacht reden.«

»Was gibt es da noch zu reden?«, fragte Tory und warf Darius einen bösen Blick zu. »Und mit *ihm* rede ich sowieso über nichts.«

Darius erwiderte ihren Blick und Orion sah mich ermattet an.

Tory schaute sich stirnrunzelnd um. »Wie kommen wir hier raus?«

Darius zeigte auf eine Tür im Baumstamm, die ein Stückchen offen stand. Eine Treppe führte nach unten.

»Prima. Man sieht sich.« Tory zeigte Darius den Finger und schlüpfte durch die Tür.

Ich leerte meinen Kaffee, schaute zu Orion und stieß einen Seufzer aus.

»Ich werde mehr über Phönixe herausfinden und euch später Bericht erstatten«, sagte er. »Heute ist kein Unterricht. Ich vermute, dass die meisten Studenten und Dozenten einen Scheißkater haben werden.«

»Besonders Washer.« Darius schnitt eine Grimasse.

»Igitt«, flüsterte ich und stellte meine Kaffeetasse auf dem Tisch ab. »Dann bis später.«

Ich spürte ihre Blicke im Rücken, als ich ging, und ahnte, dass sie sofort über uns reden würden, sobald ich weg war.

Ich holte Tory am Fuß der Treppe ein und wir gingen ohne Schuhe in den Wimmernden Wald – was an diesem frostigen Morgen besonders beschissen war. Fröstelnd eilten wir den Pfad entlang und ich sandte eine Welle von Feuer durch meine Adern, um mich zu wärmen.

»Was kann unsere Formgebung wohl noch so?«, fragte sich Tory laut.

Ein Lächeln zupfte an meinem Mund. »Hoffentlich Schatten abwehren.«

Sie nickte ernst. »Schatten und große fette Leguane.«

»Genau«, sagte ich mit einem Lachen und dachte an Lionel Acrux, bis meine Fröhlichkeit verglühte und erstarb, weil wir wirklich aufgeschmissen waren, wenn er jemals herausfand, welche Formgebung wir wirklich besaßen. Und von der Tatsache Wind bekam, dass die Schatten gar nicht durch uns hindurchgegangen, sondern hier bei uns geblieben waren. »Lass es uns hoffen, Tor.«

Gemini
Scorpio
Virgo
Cancer
Aries
Leo
Sagittarius
Taurus
Capricorn
Aquarius
Libra
Pisces

Max

KAPITEL 3

Mein Körper fühlte sich angenehm erschöpft an, als ich aufwachte. Die Erinnerungen an die vergangene Nacht wirbelten durch meinen Kopf, zauberten ein Lächeln auf meine Lippen und machten mich hart für eine weitere Runde.

Ich öffnete die Augen und blickte zu der Glaskuppel hinauf, die mein Zimmer umgab. Über meinem Kopf reflektierten die ersten Sonnenstrahlen im See und ich beobachtete, wie sich das Wasser sanft bewegte.

Ich streckte die Hand aus und streichelte Geraldines Seite. Ein sehnsüchtiges Stöhnen entrang sich mir, als ich ihre nackte Haut unter meinen Fingerspitzen spürte.

Sie hatte sich im Laufe der Nacht von mir weggerollt, ihr nackter Rücken und ihre Post-Sex-Haare waren alles, was ich von ihr sehen konnte. Ich wollte mehr; ich brauchte verdammt noch mal mehr. So etwas wie die letzte Nacht hatte ich noch nie erlebt. Ich war es gewohnt, die Emotionen anderer Fae zu kontrollieren und zu verstärken, während wir miteinander schliefen. Die Mädchen waren wie wild auf den zusätzlichen Lust-Impuls, den ich ihnen zu geben vermochte. Aber Grus war nicht so. Sie war verdammt noch mal immun gegen mich. Sie war stark genug, um mich abzublocken. Um sie zu befriedigen, musste ich also echte Leistung zeigen.

Und das hatte ich getan. Als sie meinen Namen geschrien hatte, war das das Erregendste und Befriedigendste gewesen, was ich je gehört hatte. Und ich würde es in etwa fünf Minuten wieder hören.

Ich beugte mich vor, drückte ihr einen Kuss auf das Schulterblatt, küsste ihre Wirbelsäule und grinste, als ihr ein schläfriges Stöhnen entwich. Ein Schwall von Lust stieg in mir auf, als sie sich rührte. Ich bewegte mich nach unten und drehte sie sanft, bis sie auf dem Rücken lag und ich erneut vollen Zugang zu ihr hatte.

Einen Moment lang sah ich sie einfach nur an; meine Hände waren links und rechts ihrer Hüften auf der Matratze positioniert. Meine Muskeln spannten sich an, während ich mich so hielt. *Verdammt*, warum hatte ich sie nie zuvor so angesehen? Ich war so geblendet von dem royalen Bullshit gewesen, den sie immerzu von sich gab, dass ich die Perfektion ihrer Kurven übersehen hatte. Ich hatte noch nie so schöne, runde Titten gesehen, und als sie mich geritten hatte, war ich in einem ständigen Kampf mit mir selbst gewesen. Es war mein Ziel gewesen, nicht zu explodieren, bevor ich ihr nicht gegeben hatte, was sie brauchte. Sex dieser Natur war etwas völlig Neues für mich gewesen. Und ich hatte nicht vor, sie so schnell wieder gehen zu lassen.

Ich drückte einen Kuss auf die Stelle direkt unter ihrem Bauchnabel und arbeitete mich von dort weiter nach unten. Sie würde mit einem Schreien aufwachen und ich zwanzig Zentimeter tief in ihr stecken, bevor sie überhaupt die Gelegenheit hätte, nach Luft zu ringen.

Mein Mund wanderte weiter nach unten, und sie krümmte sich unter mir. Sie wachte langsam auf.

»Heiliger Rollmops, ich habe in einem Aquarium geschlafen!«, sagte sie keuchend, sobald sie die Augen geöffnet hatte. Diese Äußerungen waren in der vergangenen Nacht um einiges schmutziger gewesen – und ich freute mich darauf, noch mehr davon zu hören zu bekommen.

Ich schob meinen Kopf zwischen ihre Schenkel, ließ meine Zunge direkt zu ihrer Mitte wandern und stöhnte vor Verlangen. Ich war bereit, sie zu verschlingen.

»Kosmische Kokosnusskaskade! Max, was soll das Brimborium denn jetzt schon wieder?« Sie packte mich an den Haaren und zog mich von sich runter.

»Was?«, fragte ich mit einem Stirnrunzeln.

»Ich muss zum Frühstück in den Orb, bevor die buttrigen Bagel vergriffen sind.« Sie schob mich beiseite, als hätte sie null Interesse an dem, was ich eigentlich mit ihr geplant hatte. Skeptisch versuchte ich, ihre Emotionen zu lesen – ich hatte keinen Schimmer, was zur Hölle hier abging.

Ich konnte einen Hauch von Lust erkennen, aber der wurde immer schwächer. Stattdessen spürte ich Frustration und Besorgnis.

»Ich werde jemanden bitten, ein paar Bagels zu bringen«, sagte ich und setzte mich auf, damit sie meine Bauchmuskeln in ihrer vollen Pracht bewundern konnte. »Willst du dich nicht wieder zu mir legen?«

Geraldine drehte sich zu mir um und ein Lachen umspielte ihre Lippen. »Warum um alles in der Welt sollte ich mich abermals in deinem Heuhaufen herumwälzen wollen, Max Rigel? Wenn ich wieder in meinem eigenen Zimmer bin, kann ich meinem Bettpfosten eine Kerbe verpassen und mich direkt wieder den wichtigen Dingen des Lebens widmen.«

»Wichtigen Dingen?« *Was zur Hölle passiert hier gerade?*

»Sollen wir diesen kleinen Nudel-Impuls für uns behalten?«, fragte sie, während sie sich ihr Höschen anzog.

»Was zum Teufel ist ein Nudel-Impuls?«

Sie kicherte und ich musste zusehen, wie sie ihre perfekten Titten verhüllte. »Das weißt du doch, du albernes Bärchen. Wenn die Nudel vom Mond durcheinandergebracht wird und die Hormone einen ganz plötzlich in eine vollkommen absurde und lächerliche Richtung drängen. Es ist einfach peinlich, findest du nicht auch?«

»Ich ... Hast du Angst, dass es mir peinlich sein könnte, den Leuten von uns zu erzählen?«, fragte ich, während sie in ihr Kleid schlüpfte – und mir auch meine letzte Hoffnung auf Morgensex raubte.

»Warum in Solaria sollte dir das peinlich sein?«, fragte sie und sah mich mit ihren großen blauen Augen an, die mich sofort in ihren Bann zogen. *»Ich* bin diejenige, die sich hier schämen sollte. Was würden die Leute wohl denken, wenn sie wüssten, dass ich mit einem *Erben* Schlange-Verstecken gespielt habe?« Sie sprach das Wort aus, als wäre es schmutzig.

Ich starrte sie an, als sie regelrecht zusammenzuckte, und versuchte, zu verstehen, was sie damit sagen wollte.

»Was? Warte mal ... Willst du damit sagen, dass du dich wegen letzter Nacht *schämst*? Hast du nicht gefühlt, was ich gefühlt habe? Der Sex war der Hammer.«

»Ja, ja, du warst vollkommen adäquat«, sagte sie, während sie zum Spiegel an meinem Kleiderschrank ging und ihre verdammten Haare in Ordnung brachte.

»Adäquat??«

»Na ja, ich kann nicht den ganzen Tag hier herumstehen und mit dir tratschen, ich muss mich bei den anderen A. N. U. S.-Mitgliedern melden und herausfinden, wer sonst noch Opfer des Mondwahnsinns geworden ist. Ich bezweifle allerdings, dass noch jemand einen vergleichbaren Ausrutscher hatte.« Sie gluckste wieder.

»Einen Ausrutscher? Willst du damit sagen, dass das eine einmalige Sache war?« Ich stand auf und folgte ihr zur Tür, immer noch ohne wirklich zu wissen, was los war. Sie war gestern Abend alles andere als unglücklich gewesen; ich hatte ihr die Nacht ihres Lebens bereitet. Das war mehr als nur Sex gewesen – fast eine Art Rausch. Warum war sie nicht mehr in meinem Bett und bettelte um mehr? Und wieso zum Teufel hatten mich die buttrigen Bagels übertrumpft?

»Natürlich, du wildes Würstchen.« Sie lachte, während sie die Tür öffnete, und machte sich nicht einmal die Mühe, mich zu begutachten, obwohl ich gerade nackt vor ihr stand. »Bis später, du Hotdog!«

Die Tür schloss sich mit einem lauten Klicken, und ich blieb mit einem Steifen und ohne eine Ahnung, was gerade passiert war, zurück. Hurrikan Geraldine hatte mein Schlafzimmer verwüstet und ihr Abgang ließ mich taumelnd zurück.

Zähneknirschend machte ich mich auf den Weg zur Dusche. Das war inakzeptabel. Es war unmöglich, dass sie diese Verbindung zwischen uns nicht spürte. Ausgeschlossen. Ich würde also so lange auf sie einwirken müssen, bis sie das zugab.

Denn jetzt, nachdem ich eine Kostprobe von Grus bekommen hatte, gab es kein Zurück mehr. Dieses Mädchen würde mir gehören.

Scorpio
Gemini
Virgo
Azrus
Cancer
Leo
Sagittarius
Taurus
Capricorn
Aquarius
Libra
Pisces

ORION

KAPITEL 4

Missmutig ließ sich Darius in einen Sessel sinken und nippte mit finsterem Blick an seinem Kaffee.

Ich setzte mich auf die Armlehne und tätschelte seine Schulter. »Sie wird sich schon wieder beruhigen.«

»Wird sie nicht.« Er schüttelte mich ab. »Sie hasst mich seit jeher – und das aus gutem Grund.«

Ich seufzte, aber verkniff mir einen weiteren Kommentar.

»Was?«, knurrte er und warf mir einen auffordernden Blick zu.

»Du bist nicht nur Torys Feind, Darius, du bist auch dein eigener. Jedes Mal, wenn du sie bestrafst, versuchst du auch, dich selbst zu bestrafen.«

»Danke für die aufmunternden Worte, *Dad*«, sagte Darius bissig. Offensichtlich war er nicht in der Stimmung für eine vernünftige Auseinandersetzung mit dem Thema.

Ein leises Grollen bildete sich in meiner Brust und meine Reißzähne drohten herauszufahren. Ich brauchte Blut. Nach der letzten Nacht war ich völlig ausgelaugt, aber nach allem, was geschehen war, hatte ich mich geweigert, von Blue zu trinken. Darius hatte es mir angeboten, aber da wir uns zu dem Zeitpunkt ein Bett teilten, wäre das keine gute Idee gewesen. Das Wächterband bescherte mir immer seltsame Gefühle, wenn ich mich von ihm nährte.

»Trink!«, forderte er, stand auf und neigte den Kopf zur Seite. »Du siehst aus, als würdest du gleich die Kontrolle verlieren und es ohnehin tun.«

Ich stand auf, meine Kehle war eng und die Quelle meiner Kraft so leer, dass ich kurz davor war, zu verzweifeln. Ich stürzte mich auf ihn und rammte meine Reißzähne in seinen Hals, woraufhin er sofort seinen Arm um mich schlang. Das Band zwischen uns flammte auf, und als sein Blut auf meine Zunge traf, entwich mir ein leises Stöhnen des Verlangens. Sein Griff wurde fester und er schob seine Hand in meine Haare, während ich mir nahm, was ich brauchte. Mein Herz pochte und ich umklammerte seine Schultern mit eisernem Griff.

Schließlich löste ich mich von ihm, aber wir blieben so stehen, seine Stirn an meiner. Viel zu nah. Mit einem entschlossenen Grunzen stieß er mich von sich, und ich gewann die Kontrolle über meine Gefühle zurück. Ich hasste Lionel für das verkorkste Band, das er uns auferlegt hatte. Ich wusste nicht einmal mehr, welche Gefühle meine eigenen waren, wenn es um Darius ging, und hasste den Gedanken, dass die Liebe und das Vertrauen, die wir füreinander empfanden, vielleicht gar nicht echt waren.

Darius setzte sich auf die Couch und ich ließ mich in den Sessel fallen, den er frei gemacht hatte. »Mein beschissener Vater hat so viel zu verantworten.«

»Und eines Tages wird er sich dieser Verantwortung stellen«, schwor ich. »Aber in der Zwischenzeit müssen wir unbedingt auf die Vega-Zwillinge aufpassen. Jetzt mehr als je zuvor.«

Darius schüttelte den Kopf. »Du klingst, als wärst du auf ihrer Seite.«

»Du weißt, dass jetzt alles anders ist. Und ich bin nicht blind, verdammt noch mal. Wenn du denkst, dass ich nicht hinter die Arschloch-Maske schauen kann, die du für Tory Vega aufsetzt, liegst du falsch. Ich weiß, dass sie dir nicht egal ist. Und wir müssen sie und ihre Schwester vor deinem Vater beschützen. Und vor den Nymphen.« Ich senkte meinen Tonfall auf ein Flüstern – trotz der weiterhin bestehenden Stillekuppel. »Dir ist klar, welche Bedrohung sie jetzt für dich darstellen? Für deinen Thron?«

Er nickte energisch, seine Augen verdunkelten sich und meine Brust zog sich zusammen. »Ja.«

»Aber du wirst sie trotzdem beschützen. Weil du ein guter Mann bist, Darius. Und es gibt mehr auf der Welt als Macht, egal, was die Gesellschaft uns lehrt.«

Er schluckte und wandte den Blick ab. »Ich bin kein guter Mann«, murmelte er. Er sah mich in dem Moment an, als Schatten seine Augen verschleierten, und blinzelte, um sie zu vertreiben. »Genauso wenig wie du. Wir sind zwei Vollpfosten, die immer wieder versagen.«

Ich biss auf die Innenseite meiner Wange, denn die Wahrheit in seinen

Worten dämpfte den Widerspruch in mir.

»Dann ist es vielleicht an der Zeit, dass wir aufhören, zu versagen.« Ich stand auf, ging zur Tür und blickte zu ihm zurück. »Jetzt, da wir im Besitz dieser dunklen Macht sind, müssen wir noch härter trainieren. Dein Vater verfügt ebenfalls über die Gabe der Schatten, aber es wird länger dauern, bis er sie sich zunutze machen kann. Meine Mutter wird ihm zweifellos helfen, aber selbst meine Familie hatte noch nie Zugang zum Element der Schatten. Ich weiß nicht, was uns erwartet.«

»Du kriegst das schon hin«, sagte er und sein Vertrauen in mich zauberte mir ein Halblächeln auf die Lippen.

Ich nickte ihm zum Abschied zu und trat in den Flur. Ich musste eine Weile mit meinen Gedanken allein sein, bevor ich mit meinen Nachforschungen begann. Es lag in meiner Natur, bisweilen etwas Zeit in Einsamkeit zu verbringen – meine Formgebung verlangte danach.

Ich ging nach draußen, wo gerade die Morgensonne durch die Äste brach und den Frost auf dem Boden wie Glasscherben glitzern ließ.

Ich beschleunigte mein Tempo und rannte den Weg entlang, während um mich herum Nebelschwaden durch die Bäume wirbelten. Von meinen Vampirfähigkeiten angetrieben, kehrte ich zum Asteroidenplatz zurück und blieb erst vor dem Zaun stehen. In dem Moment fielen die ersten Schneeflocken. Ich ging zum Tor, das sich auf meine Berührung hin öffnete, weil es das Signal meiner Magie erkannt hatte.

Der Pool der Lehrkräfte sah aus wie ein Schlachtfeld. Handtücher, Flaschen und Schwimmringe lagen überall verstreut, und eine Speedo-Badehose kreiste langsam in der Mitte des Wassers.

Ich bewegte mich auf meine Unterkunft zu und blieb mit einer Grimasse im Gesicht stehen, als ich die Sonnenliege entdeckte, die quer über den Weg zu meiner Tür geschoben worden war. Washer lag mit dem Gesicht nach oben darauf. Er trug keine Klamotten, seine Beine hingen an beiden Seiten der Liege nach unten.

»Was zur Hölle?«, murmelte ich und versuchte, den Anblick seines gebräunten Gehänges zu ignorieren – aber es starrte mich unentwegt an. Jedem Mann, jeder Frau und jedem verdammten Baum in der Umgebung zuliebe schnappte ich mir ein ausrangiertes Handtuch und warf es über seinen Schoß.

Mit einem Luftzauber beförderte ich mich über die Liege, ging nach drinnen und schloss die Tür mit einem Hauch von Erleichterung hinter mir. Die Stille erreichte meine Ohren wie die schönste Art von Musik. Ich brauchte die Ruhe, um alles zu verarbeiten, was geschehen war.

Ich ging unter die Dusche, um richtig wach zu werden. Obwohl ich kaum geschlafen hatte, wollte ich so schnell wie möglich alles über Phönixe herausfinden. Ich musste Blue etwas Nützliches anbieten. Ich hatte sie in der vergangenen Nacht so dramatisch im Stich gelassen, dass ich nicht wusste, wie ich das jemals wiedergutmachen sollte.

Als ich unter dem heißen Wasser in der ebenerdigen Dusche stand, ballte ich meine Hände zu Fäusten. Ich zitterte am ganzen Körper, als ich das Geschehene noch einmal durchlebte. Als mich die Erinnerungen überrollten, kniff ich die Augen zusammen und drückte meine Stirn an die gefliese Wand. Vor meinem geistigen Auge sah ich Darcy, wie sie mutig niedergekniet war und sich mit ihrer Schwester den Schatten gestellt hatte. Ich konnte noch immer ihre Hand spüren, die durch Lionels Magie an meine gebunden worden war. Genau wie die erdrückende Machtlosigkeit, die mich verzehrt und mir bewusst gemacht hatte, wie verdammt wichtig sie mir war. Meine Mutter und Lionel waren es, die mir meine Schwester genommen hatten. Und jetzt hätte ich fast das Mädchen verloren, das als Einzige in der Lage war, die Leere zu füllen, die Clara hinterlassen hatte. Es war mir egal, dass Stella meine Mutter war – dafür würde ich sie und Darius' Vater umbringen.

Zitternd ein- und ausatmend drehte ich das Wasser ab und ging in mein Schlafzimmer, um mich anzuziehen. Schon bald verließ ich den Asteroidenplatz wieder in Richtung Venus-Bibliothek. Ich brauchte nur einen Bereich der Bibliothek, und der befand sich in den Archiven unter dem Gebäude. Ich verschaffte mir mit Magie Zutritt und durchquerte den stillen Raum. Wir hatten gestern Abend die meisten Gebäude auf dem Campus verriegelt, damit die Studenten nicht in jedem verdammten Unterrichtsraum vögelten und wertvolle Besitztümer der Academy – wie diese Bücher – beschädigten.

In der hinteren rechten Ecke der Bibliothek befand sich ein langer Teppich zwischen zwei Regalen. Ich rollte ihn zurück und presste meine Hand auf die darunter verborgene Luke, woraufhin ein Klicken ertönte, das meine Befugnis zum Eintritt bestätigte. Ich öffnete die Luke und ging die hölzerne Treppe nach unten in die dunkle Kammer. Die Luke über mir schloss ich mit Luftmagie und zog den Teppich wieder darüber.

Unter dem Gebäude war es bitterkalt, aber sobald ich eine magische Barriere durchquert hatte und in den riesigen Archiven angekommen war, wurde es erträglicher. Die Energie, die durch die Räumlichkeiten schwirrte, diente dazu, die alten Texte zu erhalten. Die hoch aufragenden Regale waren aus Stein, der von Erdmagie geformt worden war, um Tausende von Schriftrollen und ledergebundenen Büchern unterzubringen.

Säulen durchzogen den widerhallenden Raum, und ich bewegte mich hindurch, wobei ich die alphabetischen Markierungen im Auge behielt, während ich nach den Schriften zu seltenen Formgebungen suchte. Zu meinem Job gehörte es, alles über die einzelnen Formgebungen zu wissen, und obwohl das im Fall der Phönixe nicht viel war, erinnerte ich mich daran, dass ich mich in den ersten Tagen meiner Beschäftigung an der Academy für sie interessiert hatte. Sie waren mir im Gedächtnis geblieben und hatten mich vor allem wegen des Rätsels, das sie umgab, fasziniert. Ich hatte die Skizzen verschiedener Künstler eingehend studiert und sie sofort wiedererkannt, als Darcy und Tory in ihrer Formgebung aufgetaucht waren.

Die Zwillinge würden lange genug als Feuerharpyien durchgehen. Sie waren ziemlich selten – es gab keine Studenten mit dieser Formgebung an dieser Academy –, aber meine Sorge war, dass sie an der an die Harpyien gerichteten Kursversion von *Formgebung für Fortgeschrittene* teilnehmen würden müssen. Ich musste einen Weg finden, um das zu verhindern, denn wenn sie sich regelmäßig vor Professor Avem verwandelten, würde diese bald herausfinden, dass sie nicht wirklich Harpyien waren.

Sobald ich den Bereich zu den verschiedenen Formgebungen entdeckt hatte, durchforstete ich die Schriftrollen und Bücher auf der Suche nach etwas, das mir weiterhelfen könnte. Ich würde hierbleiben, bis ich alles über Phönixe wusste, um Blue und Tory vorzubereiten – auch wenn es den ganzen Tag dauerte. Denn außer mir gab es niemanden auf der Welt, der ihnen jetzt helfen konnte.

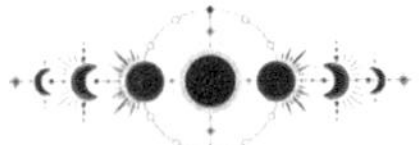

Später am Abend saß ich in meinem Büro, mein Atlas lag vor mir. Ich hatte jetzt ein Album voller Fotos, die ich von jeder Seite eines Buches gemacht hatte, in dem die Gaben der Phönixe beschrieben waren. Bezeichnenderweise war die Hälfte des Buches in einem längst vergessenen Feuer verbrannt, und ich war echt wütend, weil es offensichtlich einmal alle Informationen über Phönixe und ihre Fähigkeiten enthalten hatte, die wir uns hätten wünschen können. Immerhin hatte ich den Zwillingen ein paar Antworten zu geben. Ich hatte auch Darius hergebeten – es war wichtig, dass wir vier immer auf dem neuesten Stand waren.

Während ich auf ihre Ankunft wartete, wuchs der Druck in meiner Brust. Ein Flüstern drang an meine Ohren und die Dunkelheit verschleierte meine Sicht. Mein Atem stockte. Ich spürte den Ruf der Schatten, wie ich es noch nie zuvor erlebt hatte. Als könnte ich ihnen nicht entkommen, weil sie jetzt unter meiner Haut lebten. Ich konnte weder weglaufen noch mich zurückziehen. Und die Verlockung war so einladend, dass ich der Ermutigung des Flüsterns nachgeben wollte – obwohl ich um die Gefahr wusste.

Meine Augen fielen zu und ein intensives Gefühl der Macht durchströmte meine Adern. Ich holte tief Luft, als Ekstase das Gefühl begleitete und mich anspornte, die Quelle der dunklen Magie in mein Blut strömen zu lassen.

Als ich die Augen öffnete, entdeckte ich ein Schattengebilde, das sich um meine Hand gewickelt hatte. Mit vor Ehrfurcht offenem Mund starrte ich es an. Ich wusste, was es war. Das Fünfte Element. Irgendwie hatte ich es geschafft, es zu kontrollieren, es zu führen. Aber ich fürchtete, wozu es fähig war.

Es klopfte an der Tür und ich drängte die Schatten zurück, indem ich mein jahrelanges Training nutzte, um mich von ihrem verführerischen Ruf zu befreien.

»Herein«, rief ich, als die Magie verschwand und ich erleichtert aufatmete.

Darius trat zuerst ein, dicht gefolgt von Tory, und mein Blick wanderte instinktiv von ihr zu Blue. Sie hatte ihre Haare zu einem Pferdeschwanz gebunden und lose Strähnen aus schimmerndem Kobalt kitzelten ihren Nacken. Sie schenkte mir ein kleines Lächeln und ich kämpfte gegen den Drang an, es zu erwidern.

»Setzt euch!«, forderte ich sie auf.

Ich hatte noch ein paar Stühle in den Raum gebracht, was es ihnen allen ermöglichte, sich zu mir an den Schreibtisch zu setzen. Darius beanspruchte den linken und Tory den rechten Stuhl für sich, sodass Darcy in der Mitte landete – mir gegenüber. Ihre Knie berührten meine unter dem Tisch und ich hakte instinktiv meinen Fuß um ihren.

»Also ...«, begann ich und rief direkt eines der Fotos auf meinem Atlas auf. Ich konnte die Spannung, die in der Luft lag, förmlich spüren. »Ich habe einiges über Phönixe herausgefunden.«

Ich wedelte mit der Hand, um eine Stillekuppel zu erzeugen, obwohl ich bezweifelte, dass das nötig war. Ich war den ganzen Tag über auf dem Campus unterwegs gewesen und die einzigen Leute, die mir begegnet waren, hatten sich in Richtung Orb bewegt, um sich mit Wasser und Essen zu versorgen und ihren Kater zu stillen. Auch ich hatte heute schon mehrmals Anflüge von Kopfschmerzen heilen müssen, aber die waren nicht dem Alkohol geschuldet. Die Ursache dafür waren Stress und Schlafmangel.

»Was hast du gefunden?«, fragte Darcy und zog neugierig die

Augenbrauen hoch, während ihre Schwester versuchte, das Foto auf meinem Atlas zu begutachten. In Anbetracht der Umstände schien es ganz natürlich zu sein, dass wir einander im Privaten nun immer duzten – die Ereignisse hatten uns auf einem Level zusammengebracht, das über das Dozenten-Studenten-Verhältnis hinausging.

»Das Buch war beschädigt, aber ich konnte einige der Fähigkeiten ausmachen, die ihr haben werdet«, erklärte ich.

Tory warf Darius einen vernichtenden Blick zu. »Ich bin dafür, dass der Drache den Raum verlässt. Vielleicht will ich nicht, dass er meine Gaben kennt.«

»Pech, Roxy. Ich bleibe.« Darius lehnte sich dominant auf seinem Stuhl zurück. Mit zusammengepressten Kiefern sah ich zu Tory.

»Er bleibt. Ich werde es ohnehin mit ihm besprechen, es hat also wirklich keinen Sinn, diesen Streit vom Zaun zu brechen.«

Tory verdrehte die Augen – und sah aus, als wollte sie trotzdem weiter debattieren.

»Lass gut sein, Tor. Ich will das hören«, drängte Darcy und ihre Schwester gab mit einem Achselzucken nach.

Ich lehnte mich vor und zoomte auf den markierten Text am oberen Rand der Seite. »Phönixe sind mit einem hohen Maß an Widerstandsfähigkeit in Bezug auf die Divisus-Formgebungen und die unterschwelligen grundlegenden Magieformen ausgestattet.«

»Was soll das denn bitte heißen?«, fragte Tory.

»Es heißt, dass ihr euch mit Leichtigkeit gegen psychologische Magie wehren könnt. Zum Beispiel gegen Manipulation.« Ich warf Darius einen spitzen Blick zu und er setzte sich aufrechter hin.

»Deshalb hat Lionels Zauber bei uns nicht funktioniert«, sagte Darcy fasziniert. Ich nickte und rieb mein Knie unter dem Tisch an ihrem. Sie war eine unglaublich enthusiastische Studentin und verdammt – das machte mich hart. Sie teilte meine Liebe zum Lernen und ich hatte es oft mit Vergnügen beobachtet, wenn ihre Augen in meinen Kursen vor Ehrfurcht geleuchtet hatten.

Konzentriere dich, Arschloch!

Ich räusperte mich. »Jetzt, da eure Formgebung aufgetaucht ist, scheint es fast unmöglich zu sein, psychologische Magie gegen euch einzusetzen. Dazu gehört auch die emotionale Beeinflussung der Sirenen, was euch sicher freuen wird. Hinzu kommen die Gedächtnisauslotung der Zyklopen und die subtilere Vertrauensmanipulation der Teumessischen Füchse.«

Sowohl Tory als auch Darcy lächelten und ich warf einen Blick auf Darius, um seine Reaktion zu beobachten. Sein Gesicht war teilnahmslos, aber seine Augen blitzten besorgt auf. Er würde gegen seine natürlichen Instinkte ankämpfen müssen, die Bedrohung durch die Vegas zu unterbinden, wenn es darum ging, sie vor seinem Vater zu schützen. Aber ich hatte keinen Zweifel daran, dass er einen Weg finden würde, um seinen Anspruch auf den Thron zu sichern. Das war die Natur der Fae. Und ich konnte es ihm nicht wirklich verdenken. Ich hatte nach wie vor die Absicht, dafür zu sorgen, dass er den Thron für sich beanspruchte und Lionel Acrux aus dem Amt jagte. Aber eine kleine, nagende Stimme in meinem Hinterkopf schlug einen anderen Weg vor, dieses Problem zu lösen. Und es war gefährlich, auch nur daran zu denken, wenn es um die Erben ging.

Ich wandte mich wieder dem Foto zu und las die Zeile, in der diese besondere Fähigkeit genauer erklärt wurde. »Die magische Blockade gegen solche Kräfte wird als loderndes Feuer beschrieben, das sich wie eine Barriere unter die Haut schiebt.«

»Ja«, sagte Darcy aufgeregt. »Ich habe es gespürt, als uns Lionel die Manipulation auferlegen wollte.«

Tory nickte und ihre Augen leuchteten. »Es kann also niemand mehr in unsere Köpfe eindringen?«, fragte sie und ihre Augen funkelten vor Hoffnung.

»So scheint es«, bestätigte ich und sie grinste mich triumphierend an.

Darius klopfte ungeduldig mit den Fingerknöcheln auf den Schreibtisch. »Was steht da noch?«

Ein Schatten am Rand meines Blickfelds ging einem Klopfen an das Fenster voraus und alle zuckten überrascht zusammen, während mein Herz einen Satz machte.

»Wer zum Teufel ist das?«, zischte Darius und ich erhob mich schockiert von meinem Platz, als ich Gabriel Nox entdeckte, der draußen auf der Fensterbank kauerte und in den Raum starrte. Seine riesigen schwarz gefiederten Flügel hatte er hinter sich zusammengefaltet, sodass die Kunstwerke der Tattoos auf seiner breiten Brust sichtbar wurden.

»Bei den Sternen!« Ich trat um den Schreibtisch, riss das Fenster auf und Gabriel sprang anmutig hinein. Er hatte sich nur halb in seine Harpyiengestalt verwandelt und trug immer noch Jeans anstelle der silbernen Rüstung, die üblicherweise den größten Teil seines Körpers bedeckte, wenn er vollständig verwandelt war. »Noxy! Ich dachte, du kommst erst morgen an.«

Gabriel umarmte mich mit einem bellenden Lachen. »Ich habe entschieden, mich zu euch zu gesellen, Orio. Die Sterne haben mich dazu aufgefordert.«

Er zog mich zur Seite und wir drehten uns zu den anderen um, die Gabriel anstarrten, als hätte er zwei Köpfe.

»Das ist Gabriel Nox, euer neuer *Tarot*-Lehrer«, erklärte ich. Dann runzelte ich die Stirn, als ich seine Worte registrierte. »Was hast du *gesehen?*«

Gabriel zog die Brauen zusammen. Er hatte die Gabe des Sehens und unsere Freundschaft reichte weit genug zurück, dass ich ihm bedingungslos vertraute. Außerdem war er mein Interstellarer Verbündeter. Sein Hiersein musste einen Grund haben. Und ich fragte mich, ob unser vierköpfiger Trupp bald wachsen würde. Wir hatten uns vor Jahren kennengelernt, als ein paar Studenten seiner Academy eine Art Schüleraustausch mit einer Studentengruppe der Zodiac Academy durchgeführt hatten. Damals hatte auch ein Pitballspiel zwischen den Schulen stattgefunden, und wir hatten uns zusammengetan, nachdem ich ein paar Jungs, mit denen er nicht zurechtgekommen war, die Hölle heiß gemacht hatte.

»Ich bin letzte Nacht mit einer der stärksten Visionen aufgewacht, die ich je erlebt habe.« Sein Blick fiel auf die Vegas und mein Herz schlug bei seinem Gesichtsausdruck noch heftiger. Er ging auf sie zu und neigte leicht den Kopf.

»Phönixe«, flüsterte er. »Ich habe euch beide als Phönixe *gesehen*.«

»Na, das ist einfach nur großartig«, meinte Darius schnaubend, erhob sich von seinem Sitz und bekam eine Ladung Federn ins Gesicht, als Gabriel sich gleichzeitig bewegte, um Darcy und Tory zu umarmen. Darius wandte sich missmutig von ihm ab und mir zu. »Wir können es nicht gebrauchen, dass dieses Geheimnis noch weiter an die Öffentlichkeit dringt.«

»Ihr könnt Gabriel vertrauen«, sagte ich fest. »Er ist mein Interstellarer Verbündeter.«

»Schön, Sie kennenzulernen«, sagte Darcy mit einem breiten Lächeln und auch Tory schenkte ihm ein Lächeln – die beiden schienen geradezu begeistert von ihm zu sein. Er neigte dazu, diese Wirkung auf andere zu haben, aber etwas an der Art, wie sie ihn ansahen, ließ mich fragen, ob da noch mehr dahintersteckte. Etwas Ungreifbares. Trotz des Themas, über das wir gerade sprachen, schienen sie sich nicht im Geringsten an der Gesellschaft eines Fremden zu stören.

Darius kam auf mich zu; sein Unterkiefer war hart. »Ich glaube nicht, dass wir wahllos Fae in all das hier einweihen sollten.«

»Er ist nicht einfach irgendwer. Du kennst ihn bereits«, knurrte ich. »Außerdem ist er mein Verbündeter. Die Sterne haben ihn als meinen Seelenfreund auserkoren, also wird er mein Vertrauen nicht missbrauchen.«

Darius runzelte die Stirn und musterte uns skeptisch, wobei sich sein finsterer Blick intensivierte.

»Wie schaffen Sie es, sich so zu verwandeln, dass nur Ihre Flügel zu sehen sind?«, fragte Tory und ihre Augen funkelten, als wollte sie genau das lernen.

»Das kann ich euch beibringen«, sagte Gabriel und die beiden lächelten.

»Wir müssen ihre Formgebung geheim halten«, sagte ich ihm, und er wandte sich mit einem ernsten Nicken an mich.

»Wie ist das passiert? Wie haben sie sich gezeigt?«, fragte er, und ich spürte, wie Darius' Augen ein Loch in meinen Hinterkopf bohrten.

Ich beschloss, dass es das Beste war, die Schatten und alles andere, was in der vergangenen Nacht geschehen war, geheim zu halten. Und obwohl ich es hasste, meinen Interstellaren Verbündeten anzulügen, galt meine Loyalität Darius und daran würde ich nichts ändern.

»Meine Vermutung ist, dass die Mondfinsternis als Trigger fungiert haben könnte«, sagte ich achselzuckend.

Gabriel lächelte finster. »Was für eine Nacht, hm? Glaub mir, ich wollte mein Bett heute Morgen *nicht* verlassen.«

»Wie läuft es mit …«, begann ich, aber Darius unterbrach mich.

»So *lustig* dieses Wiedersehen auch ist – können wir wieder damit weitermachen, etwas über Phönixe zu lernen?«, knurrte er gereizt.

Gabriel wandte sich an ihn. »Wie geht es deinem Vater, Junge? Du hast den gleichen verkniffenen Gesichtsausdruck wie er. Wie machst du dich als sein Nachfolger?«, fragte er kalt und ich schürzte die Lippen, als Tory ein Lachen ausstieß und Darcy sie mit dem Ellbogen anstupste.

»Er ist nicht wie er«, sagte ich, aber Gabriel sah nicht überzeugt aus.

Er wusste von meinem Wächterband mit Darius, aber er hatte nie akzeptiert, dass ich wirklich und wahrhaftig mit Lionels Sohn befreundet war. Er hasste die Familie Acrux, und das konnte ich ihm auch nicht verübeln; aber Darius war anders.

»Ich bin allerdings genauso mächtig«, knurrte Darius, was der Situation nicht gerade zuträglich war.

Gabriel ließ seinen Blick über ihn schweifen, dann fuhr er gähnend mit einer Hand durch seine ebenholzschwarzen Haare und wandte sich von ihm ab und den Mädchen zu.

»Ich würde euch beide gern kennenlernen«, sagte er. »Die Sterne haben mich geschickt, um euch zu helfen – das habe ich in jedem Teil meines Wesens gespürt.«

»Das wäre nett«, sagte Darcy interessiert.

»Wenn Sie mit uns fliegen gehen, sind Sie mein neuer bester Freund«, sagte Tory grinsend.

»Warum bringst du es ihnen nicht bei?«, schlug ich unvermittelt vor. »Ich brauche einen Grund, um sie vom Kurs *Formgebung für Fortgeschrittene* der Harpyien zu befreien. Wir werden vorgeben, dass sie Feuerharpyien sind, damit Lionel ihre wahre Formgebung nicht erfährt. Du weißt, was er tun würde, wenn er wüsste, welche Bedrohung sie für ihn darstellen. Weißt du, wie mächtig Phönixe angeblich sein sollen?«

Gabriel nickte langsam. »Ich weiß nicht viel, aber ich habe ihre Macht in meiner Vision gespürt. So etwas habe ich noch nie erlebt.«

»Ich schicke dir die Schriften, die ich heute gefunden habe«, sagte ich. »Wirst du sie unterrichten? Ich werde Elaine erklären, dass sie Zeit benötigen, sich an ihre neuen Kräfte zu gewöhnen.«

»Natürlich«, sagte Gabriel. »Es wäre mir eine Ehre.«

Damit war zumindest ein Problem gelöst. Ich kehrte hinter meinen Schreibtisch zurück und ließ mich auf meinen Platz fallen, während die anderen zu ihren Stühlen zurückkehrten. Gabriel stellte sich hinter Darius.

Gabriel strahlte eine angenehme Aura aus und ich konnte sehen, dass die Mädchen ihm bereits vertrauten. Ich fragte mich halb, ob er vielleicht auch mit ihnen sternverbunden war – aber das wäre schon ein ziemlicher Zufall. Interstellare Bündnisse waren zwar nicht selten, aber es war trotzdem ziemlich unwahrscheinlich. Die Art und Weise, wie sie miteinander umgingen, ließ mich jedoch vermuten, dass es eine reale Möglichkeit war.

Darius war eine ganz andere Sache. Als Skorpion und Löwe wären sie in der Lage, eine starke Freundschaft zu entwickeln, aber nur, wenn der Löwe seinen Überlegenheitskomplex loslassen und der Skorpion seinen eigenen Stolz überwinden konnte. Und ich konnte mir nicht vorstellen, dass das einem der beiden gelingen würde.

Ich leitete die Bilder an Gabriel weiter, bevor ich die Anmerkungen erklärte, die ich hinsichtlich ihrer Formgebung gemacht hatte. »Ich denke, ihr solltet vor allem wissen, dass sich eure Magie durch Feuer regeneriert. Ihr müsst nur nah genug sein, um die Wärme der Flammen zu spüren, dann könnt ihr daraus Magie schöpfen. Das erklärt, warum es euch schwergefallen ist, herauszufinden, was genau euch regeneriert – auf dem Campusgelände gibt es ständig Feuer. Ganz zu schweigen von der Tatsache, dass ihr euch als Feuerelementare selbst regenerieren könnt, wann immer ihr wollt.«

»Willst du damit sagen, dass unsere Kraft unerschöpflich ist?«, fragte Tory und grinste auf eine Art, die Darius nur noch wütender machen würde. »Dass mir nie die Magie ausgeht, sofern ich Feuer wirken kann? Im Gegensatz zu fetten Echsenmenschen, die auf einem Haufen Gold dösen müssen, wenn ihnen die Kräfte ausgehen?«

Darcy versuchte, ihr Lachen zu verbergen, Darius knurrte und ich warf ihm einen Blick zu, mit dem ich ihn anflehte, den Frieden zu wahren, damit wir dieses Treffen einvernehmlich hinter uns bringen konnten.

»Was noch?«, fragte Darcy eifrig, die offensichtlich einen ähnlichen Gedanken hatte. Wir mussten die beiden ablenken, bevor sie einen Streit – oder Schlimmeres – vom Zaun brechen konnten.

»Phönixfeuer entspringt der Sonne selbst. Es ist in der Lage, jede Materie zu zerstören, und kann viele magische Zauber durchbrechen. Sowohl in Formgebung als auch in Fae-Gestalt sind Phönixe unempfindlich gegen alle Arten von Feuer, einschließlich des Feuers, das elementar oder durch andere Formgebungen erzeugt wird. Euer Feuer ist auch in der Lage, Formgebungen zu verletzen, die gegen Feuer resistent sind, wie Mantikore, Hydras und … Drachen.«

Darius versteifte sich. Er umklammerte eisern die Lehnen seines Stuhls, während Gabriel leise vor sich hin lachte. Die Zwillinge tauschten einen Blick aus – die Augen weit aufgerissen und voller Aufregung.

»Du behauptest also, dass mich diese riesige Eidechse nicht verbrennen kann? Ich kann sie aber frittieren, wann immer ich will?«, fragte Tory grinsend und zeigte auf Darius.

»Warum solltest du das wollen?« Ich wollte nicht einfach Ja sagen und Darius noch mehr verärgern, aber ich konnte sehen, dass ihre Bemerkung allein mehr als ausgereicht hatte.

»Es ist einfach schön, wenn wir alle wissen, wozu wir fähig sind«, antwortete Tory achselzuckend. »Und wozu *nicht*«, sagte sie in Richtung Darius.

Ich kaute auf der Innenseite meiner Wange, während ich Darius musterte. Würde er sich vielleicht mit der Idee anfreunden, die mir im Kopf herumschwirrte? Wenn er das täte, würde das allen Fae in Solaria zugutekommen. Denn Darius Acrux würde seinen Anspruch auf den Thron vielleicht niemals freiwillig aufgeben, und das wollte ich auch gar nicht. Aber *vielleicht* könnte ich ihn davon überzeugen, ihn sich mit zwei weiteren Kandidaten zu teilen. Ich musste nur den verdammten Wirbelsturm überstehen, der nötig sein würde, um ihn zu überzeugen.

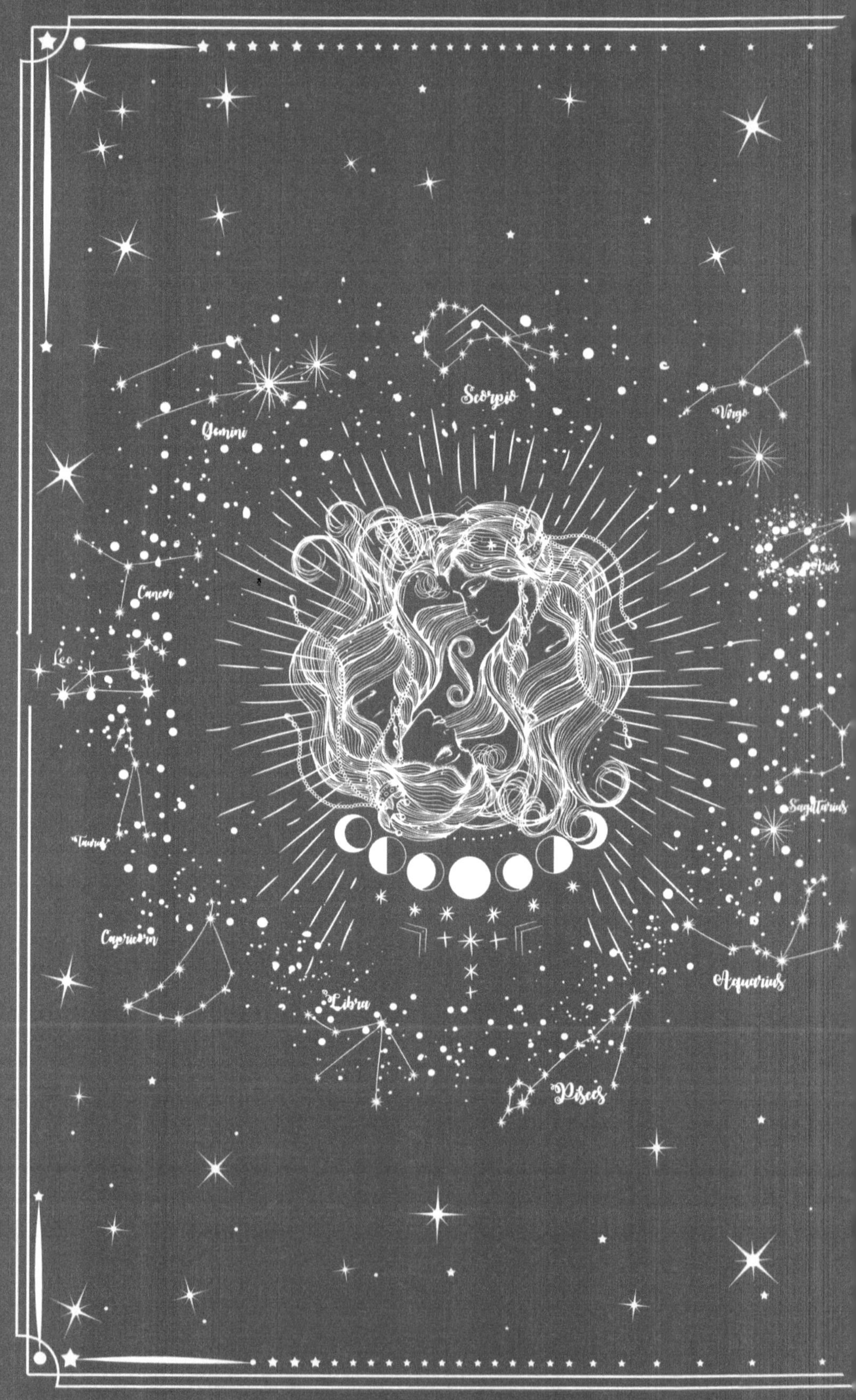

Gemini
Scorpio
Virgo
Cancer
Aries
Leo
Sagittarius
Taurus
Capricorn
Aquarius
Libra
Pisces

TORY

KAPITEL 5

In Dunkelheit gehüllt, wachte ich schweißgebadet auf. Mein Herz hämmerte. Jemand hatte im Schlaf nach mir gerufen. Die Stimme hallte in meiner Erinnerung wider, als wäre sie wirklich bei mir gewesen und nicht nur ein Produkt meiner Einbildung.

Auf meiner Unterlippe kauend, setzte ich mich auf und tastete nach meinem Atlas, um die Zeit zu überprüfen. Heute ging der Unterricht wieder los und jetzt, da wir die *Abrechnung* hinter uns hatten, würde die Sache deutlich anspruchsvoller werden. Die Lücken in unseren Stundenplänen waren mit neuen Kursen gefüllt worden und auch in den anderen Kursen wurde von uns ein höheres Tempo erwartet.

Es war fünf Minuten vor sechs und ich verfluchte mein Schicksal. Ich hasste es, früher als nötig aufzuwachen, aber angesichts der Angst, die dieser Albtraum in mir geweckt hatte, würde ich definitiv nicht wieder einschlafen können.

Gerade als ich meinen Atlas weglegen wollte, kam mein Horoskop und ich warf einen flüchtigen Blick darauf.

Guten Morgen, Zwilling!
Die Sterne haben deinen Tag vorausgesagt.
Hüte dich vor dem Zorn der Verschmähten! Der heutige Tag könnte
für dich ein Wendepunkt auf einer wesentlich längeren Reise sein.
Überlege dir genau, wohin du deine Wut lenkst. Manches wird in
Stein gemeißelt, ohne dass du es überhaupt merkst.

Ein weiterer Tag, eine weitere verdammt verwirrende Vorhersage. Eines Tages würde mich mein Atlas mit den Worten »*Meide heute Eierspeisen, sonst kriegst du die Scheißerei*« begrüßen – dann wüsste ich zumindest, woran ich war.

Bis dahin würde ich wie bisher auch keine Zeit darauf verwenden, die lächerlich verworrene Botschaft der Sterne zu verstehen, und mich stattdessen auf das Wesentliche konzentrieren. Ich würde laufen, bis ich diese nagende Angst aus meinen Knochen gebrannt hatte, und essen, bis der letzte Rest des Alkohols aufgesaugt war, den ich mir gestern Abend vor dem Schlafengehen gegönnt hatte. Denn mein Leben war *verdammt* schnell auf den Kopf gestellt worden und meine einzige Chance auf Schlaf war es gewesen, mich mit einer Flasche Tequila in Richtung Vergessen zu katapultieren. *Schlechte Entscheidung, Tory.* Aber besser das, als an die Tür des Drachen zu klopfen und zuzugeben, dass Darcy und ich ebenfalls die Schatten in uns trugen – was mir übrigens verdammt große Angst einjagte. Denn im nüchternen Tageslicht war es viel einfacher, daran zu denken, dass besagtem Drachen nicht zu trauen war. Ich war am Arsch, denn ich hatte niemanden, an den ich mich wenden konnte. Abgesehen von Orion, dessen Kopf so tief im Arschloch des Drachen steckte, dass ich mir sicher war, dass er ihm sein Essen vorkosten konnte, selbst wenn er nicht bei ihm war.

Ich seufzte. Warum musste alles immer so kompliziert sein? Zwischen meinen Schulterblättern kribbelte es und ich wusste genau, dass es meine Formgebung war, die darum bettelte, losgelassen zu werden. Aber ich konnte nicht riskieren, gesehen zu werden, wenn ich verwandelt war. Lionel Acrux durfte nicht herausfinden, was wir waren. Nach all dem Warten durfte ich also noch immer nicht den Teil von mir erforschen, der so viele Jahre lang verborgen gewesen war. Ich konnte weder etwas über meine Kräfte herausfinden noch meine Flugkünste testen. Nichts. Jedenfalls nicht, bis wir die Erlaubnis von Darius' Lieblingslehrer hatten.

Genervt schob ich die Bettdecken von mir und ging ins Bad, um mich fertig zu machen.

Als ich eine Runde über das Campusgelände gelaufen war und das Feuer in meinen Muskeln scharf genug war, um den Horror der Schatten, die mich in meinen Träumen heimgesucht hatten, zu vertreiben, war es schon fast sieben Uhr dreißig.

Ich lief gemütlich weiter zum Orb, um mich abzukühlen, und setzte dann meine Wassermagie ein, um den Schweiß und den Schlamm von meinem Körper zu entfernen.

Vor der Tür hielt ich inne und stützte mich mit einer Hand an der geschwungenen goldenen Wand des Gebäudes ab, um meine Waden zu dehnen und meine Atmung zu beruhigen.

»Hast du mich während der Mondfinsternis vermisst, Sweetheart?«, hauchte Caleb an meinem Ohr und ich wich überrascht zurück.

»Verdammt, Caleb! Wie oft soll ich dir noch sagen, dass du mir nicht mit diesem hinterhältigen Vampirscheiß kommen sollst?«, schnauzte ich – meine Gereiztheit war sofort zurück. Er schenkte mir ein spöttisches Schmollen.

»Himmel, Tory, wer hat dir heute Morgen in die Schuhe geschissen?«, scherzte er.

Unter meiner Haut brodelte es und für einen Moment verdunkelte sich mein Blick. Ich blinzelte heftig, um die Schatten aus meinem Kopf zu vertreiben, und es gelang mir, sie mit reiner Willenskraft zurückzudrängen. *Wo ist das denn bitte hergekommen?*

»Was zum Teufel war das?«, fragte Caleb und legte den Kopf schief, während er meine Augen musterte.

»Was?«, fragte ich unschuldig, obwohl er offensichtlich die Schatten gesehen hatte.

»Für eine Sekunde wurden deine Augen ganz dunkel …«

Ich suchte nach einer Erklärung und landete bei der einzigen, die überhaupt einen Sinn ergab. »Die Mondfinsternis hat meine Formgebung auf den Plan gerufen«, gab ich zu.

»Ach ja?«, fragte er, klang aber nicht wirklich überzeugend. Darius hatte ihn sicher schon aufgeklärt, und ich vermutete, dass er mich für eine Feuerharpyie hielt.

»Ja. Und um deine erste Frage zu beantworten, nein – sorry. Ich habe während der Mondfinsternis nicht an dich gedacht. Ich war anderweitig beschäftigt.«

»Der Mond hat dich also nicht zu jemand anderem getrieben?«, drängte er und fixierte mich mit seinem Blick.

Ich zuckte mit den Schultern und schob mich an ihm vorbei zum Orb-Eingang. Er trat neben mich. »Ich habe mit niemandem geschlafen, falls du das meinst.«

»Nein, das meinte ich nicht«, ergänzte er. »Ich habe gefragt, ob du dich zu jemandem hingezogen gefühlt hast?«

Ich atmete tief durch und schaute zu ihm auf. »Doch. Wenn du es wirklich wissen willst … Der Mond hat mich zu Darius getrieben.«

Irritation und Eifersucht blitzten in seinen Augen auf, aber dann grinste

Caleb tatsächlich. »Aber du hast nicht darauf reagiert? Du hast dem vollen Gewicht des Mondes widerstanden, der euch zusammenbringen wollte?«

»Nicht ganz«, sagte ich, aber ich konnte ihm weder von Lionel noch dem ganzen anderen Mist erzählen, der passiert war. »Wie gesagt, unsere Formgebung hat sich gezeigt. Danach war Sex nicht mehr meine Priorität.«

Er dachte kurz darüber nach und ich ging mit zielstrebigen Schritten auf die Kaffeemaschine zu.

Caleb holte mich ein, als ich eine Tasse in die Maschine stellte, und lehnte sich gegen den Tisch, um mich ansehen zu können.

»Mal angenommen, deine Formgebung wäre nicht aufgetaucht und dir wäre auch nichts anderes in die Quere gekommen – hättest du dich dann zu Darius treiben lassen?«, fragte er.

Ich sah zu, wie der Kaffee in meine Tasse tropfte. Meine Brust zog sich so intensiv zusammen, dass von einer leichten Koffeinsucht keine Rede mehr sein konnte.

»Du willst die Wahrheit?« Ich zögerte, weil ich mir die Antwort selbst nicht eingestehen wollte. Aber das Mindeste, was ich tun konnte, war, zu den irrsinnigen Trieben zu stehen, die ich in Bezug auf Darius hatte. Ich holte tief Luft. »Ich denke schon, ja. Ich weiß nicht, was das zwischen ihm und mir ist, aber wir geraten immer wieder in Situationen, in denen die Spannung unerträglich wird. Also ja, ich fühle mich zu ihm hingezogen, aber ich halte mich selbst für verrückt deswegen. Schließlich tut er nichts anderes, als mich zu verarschen oder zu verletzen.«

Caleb musterte mich eine ganze Weile. »Weißt du, du hättest mich auch einfach anlügen können«, meinte er und presste seine Zunge in die Wange, als wollte er sich davon abhalten, noch etwas hinzuzufügen.

Ich lachte schnaubend. »Ja. Das wäre aber ziemlich arschig, und ich denke, du und Darius kümmert euch bereits um den Part – ich bleibe also lieber bei der Ehrlichkeit.«

»Okay …«

Ich hob eine Augenbraue, während ich darauf wartete, dass er darüber nachdachte. Er runzelte die Stirn.

»Also, im Grunde findest du Darius heiß?«

Ich grinste ihn neckisch an und nickte, denn der Typ war zwar verdammt irritierend, aber er war auch praktisch ein Halbgott und es war lächerlich, das zu leugnen.

»Aber mich findest du auch heiß …?«

Ich ließ meinen Blick über ihn gleiten, sah, wie sich seine Muskeln gegen den Stoff seines Shirts abzeichneten und wie perfekt zerzaust seine Locken waren.

»Ja, ich denke schon«, stimmte ich lässig zu.

Caleb grinste.

»Und du findest mich witzig?« Er rückte näher an mich heran, sodass seine Arme einen Käfig um mich herum bildeten – ich war gefangen.

»Manchmal«, antwortete ich.

»Ist Darius witzig?«

Ich verdrehte die Augen. »Er hat mir nicht oft die Gelegenheit gegeben, das herauszufinden. Normalerweise ist er mehr damit beschäftigt, mich in den Schlamm zu schubsen oder zu versuchen, mich zu ertränken ...«

»Ich habe weder das eine noch das andere getan.«

»Du hast zugesehen, was nicht minder schlimm ist.«

Caleb schnaubte, dann sprach er weiter: »Wir haben noch andere Dinge gemeinsam.«

»Was zum Beispiel?«, fragte ich.

»Wir hatten Spaß auf dem Fairy Fair.«

»Dort hätte ich mit jedem Spaß haben können.«

»Wir beide ... mögen ...«

Ich wartete darauf, dass ihm ein Ende für den Satz einfiel, und er lächelte, als ihm ein Gedanke gekommen zu sein schien.

»Wir beide mögen es, wenn ich dich jage.«

Ich lachte. »Gut gerettet, Kumpel, aber da geht es mehr um Sex als um Gemeinsamkeiten.«

»Na ja, mit Darius hast du auch nichts gemeinsam«, meinte er.

Ich zuckte mit den Schultern, weil das nicht stimmte, aber ich wollte auch nicht anfangen, Gründe aufzuzählen, warum ich mit Darius Acrux kompatibel war. Ich versuchte im Allgemeinen, nicht zu viel darüber nachzudenken, weil er ein totaler Wichser war.

»Was soll der Blick bedeuten?«, fragte Caleb, der mir meine Zurückhaltung angemerkt hatte.

»Es stimmt einfach nicht ganz. Wir haben die gleichen Hobbys und wir sind beide mit miesen Elternfiguren aufgewachsen ...«

Sein Unterkiefer wurde hart und ich beschloss, nichts mehr hinzuzufügen.

»Na schön. Aber du weißt, dass der Sex mit mir einfach fantastisch ist«, sagte er triumphierend.

»Klar«, sagte ich und zuckte wieder mit den Schultern, als wäre ich mir nicht wirklich sicher, was ihm ein frustriertes Knurren entlockte. Er presste sich an mich und mein Herz schlug allein durch seine Nähe schneller.

»Darius könnte schrecklich im Bett sein«, hauchte er gegen mein Ohr.

»Das ist eine Möglichkeit«, stimmte ich zu.

»Und als du die Chance hattest, diese Theorie während der Mondfinsternis zu testen, hast du sie nicht genutzt«, fügte Caleb hinzu.

»Nein, zu meinem Glück habe ich mich um Mitternacht wie Cinderella in einen Kürbis verwandelt, bevor ich diese Dummheit begehen konnte«, stimmte ich zu, denn das *war* verdammtes Glück gewesen. Mond-Tory hätte bestimmt nicht Nein zu Darius gesagt, wenn wir auch nur einen weiteren Moment allein am Strand verbracht hätten.

»So … so geht die Geschichte nicht. Cinderella wird doch nicht zum Kürbis. Wie schaffst du es, sogar dieses Detail zu verunstalten?« Caleb sah mich stirnrunzelnd an.

Ich stellte mich auf die Zehenspitzen, um ihm etwas ins Ohr zu flüstern. In Erwartung auf meine Antwort erstarrte er.

»Ich bin nicht gerade von der Sorte Prinzessin«, flüsterte ich.

Calebs Augen leuchteten auf, als er die Zweideutigkeit meiner Worte erkannte, und ich schenkte ihm ein neckisches Lächeln, bevor ich aus dem Käfig schlüpfte, den er mit seinen Armen geschaffen hatte.

Ich holte meine Tasse aus der Maschine und fügte Zucker hinzu, während er sich wieder dicht hinter mich schob.

»Also, welche Formgebung hast du?«, fragte er.

»Ich bezweifle, dass dir dein kleiner Kumpel nicht schon längst alle Informationen über meine Formgebung geliefert hat«, sagte ich trocken.

Caleb lachte. »Na gut, du hast mich erwischt. Ich weiß, dass du eine Feuerharpyie bist. Das ist ziemlich cool, oder? Wusstest du, dass Harpyien fast so schnell fliegen können, wie ich laufen kann?«

»Vielleicht veranstalten wir eines Tages einen kleinen Wettkampf«, stichelte ich, doch als die Worte meine Lippen verließen, fragte ich mich sofort, ob das klug gewesen war. Ich war schließlich keine Harpyie und hatte keine Ahnung, wie schnell ein Phönix fliegen konnte.

»Ich würde gewinnen, Sweetheart«, versicherte er mir. »Das tue ich immer.«

»Warum hast du mir all diese Fragen über Darius gestellt, wenn du meine Antworten einfach ignorierst?«, fragte ich, um das Thema von meiner Formgebung zu lenken. Ich wusste bislang nicht einmal, welche Lügen ich zu erzählen hatte.

»Ich überlege noch, was ich davon halten soll.« Sein Unterkiefer zuckte und seine Irritation über das Thema war deutlich, auch wenn er versuchte, sie zu verbergen.

»So funktioniert das mit Gefühlen normalerweise nicht«, erwiderte ich. »Normalerweise wird dir einfach jene willkürliche Emotion injiziert, mit der dir dein Unterbewusstsein an einem bestimmten Tag in den Hintern treten will. Ich zum Beispiel gehe jeden Tag mit dem Vorsatz ins Bett, putzmunter und fröhlich aufzuwachen und mich mit jedem anzufreunden, den ich treffe. Aber wenn ich morgens aufwache, bin ich immer noch genau das Miststück, das ich auch am Abend zuvor war.«

Caleb lachte, als hätte ich einen Witz gemacht, und vielleicht stimmte das auch. Ich wusste es selbst nicht.

»Na gut. Es kotzt mich an«, gab er mit leiser Stimme zu.

»Und was wirst du dagegen tun?« Der Blick in seinen Augen ließ mein Herz noch ein bisschen schneller schlagen.

Caleb nahm mir die Kaffeetasse aus der Hand und stellte sie auf den Tisch neben uns, bevor er so nah an mich heranrückte, dass unsere Körper eng aneinandergepresst waren.

»Ich werde dir beweisen, dass ich die bessere Wahl bin. Du wirst dich so heftig in mich verlieben, dass du nicht mehr wissen wirst, wo oben und wo unten ist.«

Ich schnaubte leise, aber er nahm mein Kinn und drückte mir einen Kuss auf die Lippen, um seinen Standpunkt zu verdeutlichen. Mein Magen überschlug sich, und ich hielt sein Jackett fest und zog ihn näher an mich heran, während er seine Zunge in meinen Mund schob.

Caleb war zwar nicht unbedingt die beste Wahl für mich, aber er hatte eine Menge verdammt guter Argumente vorgebracht. Und wenn es ihm gelang, mich Darius vergessen zu lassen, hatte ich absolut kein Problem damit. Das Drachen-Arschloch hatte mich schon so oft verletzt, dass ich ihn nun wirklich nicht mehr so ansehen sollte, wie ich es manchmal tat.

Er zog sich zurück und ich grinste ihn an, bevor ich ihn einen Schritt zurückschob. Wir standen in der Ecke des Raumes, aber der füllte sich schnell mit Studenten, die zum Frühstück gekommen waren. Und ich wollte nicht, dass ein Knutsch-Foto von uns ganz FaeBook verpestete.

Ich holte mir meinen Kaffee zurück und ging in Richtung Arschlochclub auf der anderen Seite des Raumes.

»Interessiert es dich nicht, zu wem *mich* der Mond getrieben hat?«, fragte Caleb, der mir folgte.

»Nicht wirklich. Aber ich habe das Gefühl, dass dieses Gespräch nicht enden wird, bevor du es mir gesagt hast. Also …«

Caleb lächelte wissend, sagte aber nichts.

»Oh, das ist also eine dieser Situationen, in denen du etwas andeutest und mich dann verzweifelt auf die Antwort warten lässt, richtig?«, fragte ich und nahm einen Schluck Kaffee, der himmlisch schmeckte und mich leise aufstöhnen ließ.

»Genau«, pflichtete Caleb bei, um mich zu ködern. Das Problem war nur, dass ich nicht anbeißen würde.

Ich wandte mich von ihm ab und schlängelte mich weiter durch die Menge in Richtung Arschlochclub. Eine Sekunde später spürte ich ihn wieder hinter mir.

Ich hatte die Hälfte des Raumes bereits hinter mich gebracht, als Caleb mit seiner Vampirgeschwindigkeit um mich herum schoss und mir den Weg versperrte.

»Na schön. Der Mond hat mich die ganze Nacht über nur an dich denken lassen. Und der Gedanke, dass du dich mit jemand anderem treffen könntest, hat mich wahnsinnig gemacht«, sagte er. »Besonders die Vorstellung, dass es Darius sein könnte.«

»Warum gerade er? Weil er dein Freund ist?«, fragte ich.

»Er ist mehr Bruder als Freund und das ist nicht das Problem. Nein, seit jeher versuchen alle, uns gegeneinander auszuspielen, weil wir einander ebenbürtig sind. Sie versuchen immer, herauszufinden, ob einer von uns stärker ist, obwohl sie wissen, dass wir gleichauf sind. Da sie uns also nicht aufgrund unserer Stärke differenzieren konnten, sind sie dazu übergegangen, uns mittels Stärken und Schwächen gegeneinander auszuspielen. Niemand – egal, was er versucht, gesagt oder vorgeschlagen hat – war je in der Lage, uns auseinanderzubringen. Ich werde mich also auf gar keinen Fall wegen eines Mädchens mit ihm zerstreiten.«

»Okay.« Ich zuckte mit den Schultern und versuchte, an ihm vorbeizugehen, aber er versperrte mir weiterhin den Weg. »Habe ich den Sinn deiner ganzen Rede nicht verstanden?«, fragte ich. »Es kommt mir nämlich so vor, als würdest du versuchen, mit mir Schluss zu machen, obwohl wir nicht zusammen sind. Wenn du aufhören willst, mich zu ficken, dann hör einfach auf. Du bist mir keine Erklärung schuldig. Es ist in Ordnung.«

Caleb stöhnte, als wäre ich diejenige, die *ihn* verwirrte, während ich wirklich keine Ahnung hatte, was mit ihm los war.

Er machte bewusst einen Schritt nach vorn, legte seine Hand an meine Wange und sah mir in die Augen.

»Was wäre, wenn ich dich bitten würde, mein zu sein? Nur mein?«, fragte er.

Ich lachte. »Und was würde deine Mutter davon halten?«, fragte ich.

»Ich lade dich nicht ein, in nächster Zeit meine Familie kennenzulernen«, erwiderte er.

»Aber genau dorthin führt diese Reise doch, oder nicht? Indem du von mir erwartest, dass ich mich an dich binde, gibst du eine Art Versprechen ab. Du sagst, dass du denkst, dass das etwas Dauerhaftes sein könnte. Und wenn du das sagst, dann gibt es kein Ablaufdatum mehr. Du möchtest – angenommen, alles läuft gut – auf lange Sicht mit mir zusammen sein. Also, ist es das, was du mich fragen willst?«

Caleb runzelte die Stirn. »Du weißt, dass ich das nicht will«, sagte er langsam. »Egal, was ich für dich empfinde oder nicht, ich könnte dich niemals heiraten und dich in eine solche Machtposition befördern. Die Kombination unserer Gene würde ein Kind hervorbringen, das mächtiger ist als die Kinder der anderen Erben, weil wir die Macht unseres mächtigsten Elternteils übernehmen. Es würde das Gleichgewicht des Celestia-Rates stören und …«

»Siehst du?«, unterbrach ich ihn. »Das war doch gar nicht so schwer, oder? Du willst nicht auf Dauer mit mir zusammen sein, also warum sollte ich mich kurzfristig an dich binden? Wir haben Spaß, Caleb, aber ich bin nicht dein irgendwas. Wenn du nicht damit klarkommst, dass ich mich mit anderen Typen treffe und vielleicht sogar mit ihnen schlafe, dann können wir die Sache zwischen uns auch gleich beenden. Denn ich werde mein Leben für keinen Mann auf Eis legen. Schon gar nicht für einen, der mich nicht für gut genug hält, um langfristig mit ihm zusammen zu sein.«

Ich machte einen Schritt zur Seite, aber er erwischte meinen Arm, riss mich zurück und hätte mich fast dazu gebracht, mich mit Kaffee zu übergießen. Mit meiner Wassermagie gelang es mir im letzten Moment, die Flüssigkeit davon abzuhalten, mich zu treffen, und ich lenkte sie mit einem finsteren Blick auf ihn zurück in die Tasse.

»Ich habe nie gesagt, dass ich dich nicht für gut genug halte«, knurrte er. »Aber meine Situation ist kompliziert. In einer Machtposition zu sein, bedeutet, dass man gewisse Verantwortungen übernehmen muss und …«

»Und genau deshalb will ich nichts mit diesem dämlichen Thron zu tun haben. Wer will schon an einen Stuhl gefesselt sein, wenn er frei sein kann? Das ist doch beschissen.« Ich rollte mit den Augen und er lächelte fast.

»Du willst mir also sagen, dass du nicht bereit bist, eine exklusive Beziehung zu führen?« Seine Lippen zuckten amüsiert, als hätte er das ohnehin erwartet.

»Korrekt, du Idiot. Kann ich mir jetzt was zum Frühstücken holen?«

»Willst du später noch etwas unternehmen?«, fragte er, während er weiterhin meinen Weg blockierte.

»Wenn ich *vielleicht* sage, lässt du mich dann gehen?«

»Du hast später schon was vor, Roxy«, sagte Darius direkt hinter mir. Ich drehte mich um und sah ihn finster an. Wie viel hatte er von unserem Gespräch wohl mitbekommen?

»Nein, habe ich nicht«, antwortete ich, während ich mich fragte, worauf er hinauswollte.

»Du hast vor Kurzem herausgefunden, dass deine Formgebung in Flammen aufgeht, wenn sie sich befreit. Gesteigerte emotionale Erfahrungen können bei unerfahrenen Fae dazu führen, dass sie die Kontrolle über ihre Formgebung verlieren. Angesichts dieser beiden Punkte scheint Sex in nächster Zeit keine besonders gute Idee zu sein«, bemerkte er.

»Das ist offensichtlich nicht der wahre Grund, warum du nicht willst, dass sie mit mir schläft«, schimpfte Caleb, und Darius' Blick verfinsterte sich.

»Ich passe nur auf dich auf, Cal. Ich würde nicht riskieren wollen, dass sie *meinen* Schwanz anzündet«, antwortete Darius spöttisch.

»Dann ist es ja gut, dass ich das nicht anbiete«, schnauzte ich.

Caleb verkniff sich ein Lächeln und Darius schaute einen Moment lang zwischen ihm und mir hin und her und zuckte dann mit den Schultern. »Komm nicht heulend zu mir, wenn sie ihn geschmolzen hat.« Er lachte verächtlich und entfernte sich von uns, um sich zu Seth und Max auf ihre Couch zu setzen. Die drei schauten in unsere Richtung, während wir weiter herumstanden. Das war reiner Bullshit gewesen. Zumindest hoffte ich das …

Ich warf einen kurzen Blick auf Calebs Schritt und erschauderte bei dem Gedanken, dass er in Flammen aufgehen könnte, während wir gerade mitten im Geschehen waren … *Verdammt noch mal!*

Caleb sah aus, als hätte er noch etwas zu sagen, aber mein protestierender Magen ließ sich nicht länger zum Schweigen bringen. Also setzte ich meinen Weg zu meiner Schwester und unseren Freunden fort und weigerte mich, daran zu denken, dass ich ihm aus Versehen den Sack wegschmelzen könnte.

»Warte!« Caleb hielt mich am Arm fest, ließ seinen Blick erst zu den anderen Erben und dann zurück zu mir schweifen. »Du hast dich nicht richtig von mir verabschiedet.«

»Ich warne dich«, sagte ich, als er sich auf mich zubewegte und seinen Blick auf meinen Mund richtete. »Ich bin kein Laternenpfahl und lasse mich nicht anpinkeln. Wenn du versuchst, mich hier vor all diesen Leuten zu küssen, schleudere ich dich durch den Raum.«

»Das ist ein bisschen dramatisch, Sweetheart«, beschwerte er sich.

»Du bist derjenige, der mich nach der Mondfinsternis ausgefragt und dann versucht hat, mich mit dem Mund zu traktieren, sobald Darius aufgetaucht ist. Ich schlage vor, du gehst und redest mit ihm, wenn es zwischen euch ein Problem gibt. Denn ich bin nicht bereit, das Schweinchen in der Mitte zu spielen, weil du verunsichert bist. Ich will einfach nur frühstücken.«

Endlich gelang es mir, ihm zu entkommen, und ich erreichte den Arschlochclub mit einem Seufzer der Erleichterung. Angelica begrüßte mich herzlich und deutete auf die Berge von Essen, die sich auf den Tischen der Gruppe angesammelt hatten. Ich schnappte mir ein paar Scheiben Toast, die ich mit Rührei belegte. Mit einem kurzen »Hi« setzte ich mich Darcy und Sofia gegenüber und stürzte mich wie eine Wilde auf mein Essen.

»Caleb ist also wieder im Rennen?«, fragte Darcy neckisch.

Ich schnaubte mit vollem Mund und schluckte, bevor ich antwortete: »Vielleicht sollte ich den Erben ganz abschwören und mir einen netten, normalen Bad Boy suchen. Du weißt schon, einen, der in Biker-Bars rumhängt und zum Spaß Leute verprügelt. Einen ganz normalen Psycho, wie ich ihn normalerweise abschleppe. Dann gäbe es viel weniger Drama.«

Darcy grinste in ihren Kaffee und Sofia lachte.

»Ich habe gerade einen Artikel in der *Celestial Times* über die Aurora Academy in Alestria gelesen«, sagte Sofia. »Wenn dort noch mehr Studenten sterben, müssen sie darüber nachdenken, die Schule zu schließen. Vielleicht findest du dort ja einen netten, normalen Psycho? Wir haben demnächst ein Pitballspiel gegen sie.«

»Perfekt«, stimmte ich zu. »Ich werde mir auf jeden Fall einen Platz auf ihrer Seite der Tribüne sichern.«

Sofia grinste. Darcy hingegen schürzte die Lippen und schaute an mir vorbei in den Raum.

Ich zog eine Augenbraue hoch und folgte ihrem Blick, bis ich Diego entdeckte, der allein an einem Tisch in der Ecke Platz nahm.

Er schaute in unsere Richtung und ich fing seinen Blick auf und verzog das Gesicht, als er seine Mütze tiefer über die Ohren zog.

»Ich kann immer noch nicht glauben, dass er euch beide Huren genannt hat«, flüsterte Sofia, als könnte er sie vom anderen Ende des Raumes aus hören.

»Ich auch nicht«, stimmte Darcy zu. »Ich habe ihn für einen Freund gehalten ...«

Mein Blick verfinsterte sich bei dem Anflug von Schmerz in ihrer Stimme und für einen Moment tanzten wieder Schatten durch mein Blickfeld.

Diego straffte die Schultern. Sein Blick wurde schärfer, als er mich anstarrte, und seine Lippen teilten sich, als hätte er die dunkle Magie bemerkt, die in meinem Zorn lebendig wurde.

Ich blinzelte, wandte mich von ihm ab und meinem Essen zu, während ich die Schatten zurück unter meine Haut zwang. Ein leichter Schmerz breitete sich in meiner Brust aus, als sie verschwanden, und ein Teil von mir sehnte sich danach, sie zurückzurufen. Doch ich fürchtete mich zu sehr davor, was passieren könnte, wenn ich ihrem Ruf nachgab. Die Schatten waren nicht wie der Rest meiner Magie. Sie waren eine invasive Kraft, ein Teil von mir und gleichzeitig unabhängig. Während ich mir sicher war, dass meine Magie mich niemals verletzen würde, konnte ich den Schatten gegenüber nur Misstrauen empfinden. Sie gehörten nicht zu mir. Aber sie lebten jetzt trotzdem in mir.

»Himmel, Arsch und Zwirn! Das war ein wirklich frustrierender Morgen«, rief Geraldine, während sie sich auf den Stuhl neben mir setzte.

Ich lachte laut auf und schaute sie überrascht an.

»Was ist passiert?«, fragte Darcy.

»*Na ja*. Ich habe ein T-Shirt-Design für A. N. U. S. entwickelt und wir haben uns wie die Schneekönige auf die fertigen Exemplare gefreut ...« Sie griff in ihre Tasche und holte ein königsblaues T-Shirt heraus, das sie uns zum Anschauen hinhielt.

Auf der Vorderseite prangte der Schriftzug *Princess Power* in schimmerndem rosafarbenem Glitzer. Geraldine schüttelte es und die Worte verschwammen kurzzeitig, bevor sie sich wieder zusammensetzten und jetzt *Vegas auf den Thron* lauteten. Ich warf einen skeptischen Blick in Darcys Richtung, die sich ein Lachen verkneifen musste.

»Also, was ist das Problem?«, fragte Darcy höflich.

»Abgesehen davon, dass wir den Thron nicht wollen«, murmelte ich.

»Papperlapapp, Tory Vega!«, schimpfte Geraldine. »Eines Tages, wenn du über Solaria herrschst, werde ich dich an diesen Tag erinnern und du wirst deine Worte bereuen.«

»Ich denke, ich werde mich erst einmal darauf konzentrieren, mein Frühstück zu essen. Dann sehen wir weiter«, erklärte ich.

Ich hatte mit Geraldine eine inoffizielle Vereinbarung getroffen, dass ich mein Desinteresse am Thron nicht zu laut verkündete, solange sie nicht zu sehr darauf drängte, dass ich meinen Arsch auch wirklich auf besagten Thron pflanzte. Wir ließen beide das Thema fallen und die Aufmerksamkeit kehrte zu ihrem T-Shirt zurück.

»Auf der Rückseite sollte *A. N. U. S. Forever* stehen«, beklagte sich Geraldine.

»Willst du wirklich etwas tragen, auf dem gewissermaßen *Für immer ein Arschloch* steht?« Max Rigels Stimme ließ uns alle überrascht aufblicken. Ich war mit dem Essen fertig, legte mein Besteck zur Seite und konzentrierte mich darauf, mich zu wundern, was zur Hölle er wollte.

Seine Aufmerksamkeit galt aber nicht mir oder meiner Schwester, sondern Geraldine.

»Da steht nichts von *Arschloch*«, antwortete sie und warf ihm einen finsteren Blick zu. »Es heißt *A. N. U. S.*«

»Hmm. Wenn ich hinter dir laufen würde und auf deinem Shirt stünde *A. N. U. S. Forever*, würde ich denken, dass du möchtest, dass ich genau dort meinen Sch...«

»Gibt es einen Grund, warum du mir das perfekt adäquate Frühstück ruinieren willst? Oder bist du erneut auf der Jagd nach meinen buttrigen Bagels?«, fragte Geraldine forsch.

Max schürzte die Lippen und ich spürte, wie sich ein Hauch von Lust in ihm zusammenbraute, als wollte er sie uns aufdrängen. Oder besser gesagt, Geraldine.

»Dein Frühstück sieht atemberaubend aus. Aber ich schätze, du bezeichnest alles als adäquat, auch wenn es dich um den Verstand gebracht hat, richtig? Und wenn du mir deine buttrigen Bagels anbietest, werde ich mich einer weiteren Kostprobe nicht widersetzen.«

Geraldine lachte und schnappte sich ein paar Bagels von dem Stapel neben Justin Masters. Sie warf sie ihm zu, und Max fing sie mit einem Stirnrunzeln auf, während sie süßlich lächelte.

»Tatsächlich ist mein Frühstück eher unbefriedigend, wenn ich so darüber nachdenke. Aber du kannst dich ruhig daran laben, du scheinst ohnehin eine Vorliebe für Dinge zu haben, die vom Speiseplan gestrichen wurden.«

Max schnalzte mit der Zunge und musterte uns eine ganze Weile, als versuchte er, herauszufinden, was er darauf antworten sollte.

Er legte die Bagels wieder auf das Tischende und strich die Krümel von seinem Shirt. »Naja, vielleicht... sehen wir uns später im Wasserelementarkurs.«

»Das ist sehr wahrscheinlich, da wir beide dort sein werden«, stimmte Geraldine abweisend zu und griff nach einem Muffin, aus dem sie eine Kirsche herauspickte, bevor sie ihn sich in den Mund steckte. Ihr Blick blieb auf das Essen gerichtet, und Max verweilte noch eine ganze Weile, bevor er sich umdrehte und davonschlenderte. Der Hauch von Lust, der von ihm ausging, wurde immer stärker. Etliche Köpfe drehten sich in seine Richtung, als die Fae im Orb von seiner Gabe in ihren Bann gezogen wurden. Als er sich wieder auf die Couch der Erben setzte, war er von einem Schwarm hoffnungsvoller Mädchen und Jungs umringt.

Geraldine schaute nicht einmal in seine Richtung, während sie weiter an ihrem Muffin knabberte, und ein langsames Lächeln umspielte meine Lippen, als ich sie beobachtete.

»Geraldine ...«, sagte ich langsam. »Wurdest du während der Mondfinsternis ... flachgelegt?«

Darcy atmete aufgeregt ein und ihre Augen weiteten sich, als sie ebenfalls einen Blick auf Geraldine warf. Sofia setzte sich aufrechter hin.

Geraldines Wangen erröteten, ihre Lippen teilten sich und für einen Moment bezweifelte ich, dass sie irgendetwas zugeben würde. Doch dann ließ sie sich dramatisch auf ihrem Stuhl zurückfallen und legte eine Hand auf ihre Stirn.

»Ich habe Angst, zuzugeben, dass das in der Tat der Fall war«, stöhnte sie. »Meine Lady Petunia hat ein Auge auf eine ziemlich virile Sirene geworfen, und er ist ihren amourösen Abenteuern zum Opfer gefallen.«

Angelica spuckte ihren Kaffee aus, während ein lautes Lachen über meine Lippen kam.

»Hast du deine Vagina gerade Lady Petunia genannt?«, fragte ich keuchend.

Darcy hielt sich den Mund zu, um ihr eigenes Lachen zu unterdrücken, und Sofia weinte tatsächliche Tränen.

»Ja, leider. Und sie ist ein echtes Raubtier, wenn sie ein verlockendes Stück Banane anvisiert hat«, gab Geraldine zu.

»Heilige Scheiße!« Ich hatte mittlerweile Probleme, zu atmen, so heftig lachte ich.

Darcy lachte so laut, dass die Leute anfingen, in unsere Richtung zu schauen, und Angelica starrte Geraldine an, als säße eine Fremde vor ihr.

»Ein *Erbe*?«, fragte sie, ein bisschen entsetzt, ein bisschen beeindruckt.

»Er ist ziemlich heiß«, fügte Sofia zu Geraldines Verteidigung hinzu.

»Du musst uns sagen, wie es war«, drängte ich und mein Lächeln wurde breiter. Immerhin war es mir gelungen, meinen Lachanfall einzudämmen.

Geraldine lächelte ebenfalls und senkte die Stimme. Wir lehnten uns verschwörerisch nach vorn.

»Nun ... ich gebe zu, er weiß, wie man den Rasen wässert«, sagte sie.

»Verdammt, inwiefern ist das eine Beschreibung?«, fragte ich.

»Okay, er war sehr gründlich«, fügte Geraldine hinzu. »Er ist ein Meister am Flipperautomat.«

»Was zur Hölle?«, fragte Darcy.

Geraldine grinste. Was auch immer er mit ihr gemacht hatte – es war verdammt gut gewesen.

»Wirst du ihn wiedersehen?«, fragte Sofia grinsend.

Für einen Moment verfinsterte sich Geraldines Blick bei der Erinnerung an das Bananendrama, das sie mit dem Wassererben geteilt hatte, aber dann schüttelte sie abweisend den Kopf.

»Ich habe den Frechdachs in die Schranken gewiesen«, sagte sie langsam. »Und Lady Petunia zurück in ihren Käfig gesteckt. Sie braucht keinen weiteren Bissen von diesem Apfel.«

»Das war's also?«, fragte Angelica.

»Ja. Ich fürchte, der Schlingel muss akzeptieren, dass es ein einmaliges Stelldichein war. Es ist nicht nötig, noch einmal auf demselben Pferd zu reiten. Es gibt genug andere Fohlen, die eingeritten werden müssen.«

»Verdammt ja, Geraldine!«, rief ich aus und gab ihr ein High-Five.

Sie erwiderte es mit einem schadenfrohen Grinsen und meine Liebe zu diesem Mädchen verzehnfachte sich. Sie war eine echte Wildkatze und hatte Max Rigel in ihre Fänge gebracht, bevor sie ihn einfach beiseite geworfen hatte.

Noch immer lauthals lachend, stand ich auf. Ich trug immer noch meine Laufklamotten und musste mich umziehen, bevor der Unterricht begann.

»Wir sehen uns im *Tarot*-Kurs«, sagte ich zu Darcy und Sofia und winkte meinen Freundinnen zum Abschied zu.

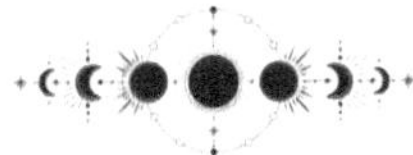

Ich erreichte die Kammern des Merkur mit fünf Minuten Verspätung, nahm hastig die Treppe nach unten, stieß die Tür auf und stürzte in den Raum.

Professor Nox saß im Schneidersitz auf dem Schreibtisch im hinteren Teil des Raumes, während er seinen Blick über die Kursteilnehmer schweifen ließ. Seine schwarzen Haare waren zerzaust, als hätte er sie mit den Händen zerwühlt. Oder als wäre er geflogen. Das war auch eine Möglichkeit. Eine viel bessere sogar. Er trug eine schwarze Hose und ein weißes Hemd, hatte sich aber nicht die Mühe gemacht, eine Krawatte anzulegen, wie es die meisten Dozenten taten. Die wenigen offenen Knöpfe zeigten die Tattoos auf seiner

Brust. Noch mehr Tinte lugte unter den Manschetten an seinen Handgelenken hervor, und die Worte *We Fall Together* erregten für einen Moment meine Aufmerksamkeit. Er sah nicht wirklich wie ein Lehrer aus. Er war zu jung und zu cool, um seine Tage in stickigen Unterrichtsräumen zu verbringen. Aber er war hier, also was wusste ich schon?

Ich murmelte eine Entschuldigung für meine Verspätung, die er ignorierte, und schlich durch den Raum, um mich zu meiner Schwester und Sofia auf unsere üblichen Plätze zu setzen. Diego saß immer noch auf Sofias anderer Seite, aber er hatte seinen Stuhl von ihr weggerückt und schaute starr geradeaus.

»Ähm, Sir? Professor Nox?«, rief Kylie, als er seine Ausführungen unterbrach, um darauf zu warten, dass ich mich setzte.

»Ja, Miss …«

»Major«, antwortete sie mit einem strahlenden Lächeln und beugte sich vor, um ihm einen Blick auf ihr Hemd zu ermöglichen, das so weit aufgeknöpft war, dass ich von der anderen Seite des Raumes ihren roten BH sehen konnte. »Es ist nur so, dass Unpünktlichkeit normalerweise zum Verlust von Hauspunkten führt«, sagte sie und warf mir einen spitzen Blick zu, während ich mich auf meinen Platz fallen ließ.

»Aha. Fünf Punkte Abzug für Aer«, sagte er leichthin.

»Tory ist diejenige, die zu spät gekommen ist«, fügte Kylie hinzu, während ich sie böse anfunkelte. »Darcy ist die mit den unerträglich bunten Haaren.«

»Ich mag unerträglich bunte Haare«, antwortete Nox trocken. »Und mir ist bewusst, welche Vega zu spät gekommen ist. Ich habe Aer fünf Punkte abgezogen, weil ich Petzen nicht leiden kann.«

»Aber *Sir!*«, jammerte Kylie entrüstet.

»Fünf weitere Punkte Abzug, weil ich nichts für Nörgler übrighabe«, fügte er mit einem kalten Grinsen hinzu. »Oh, und zehn weitere für das, was Sie gerade zu Ihrer kleinen Freundin neben Ihnen über mich sagen wollten.«

»*Was?* Ich wollte nicht …«

»Sie wollten sagen, dass ich zwar genauso heiß bin wie Professor Orion, aber offensichtlich auch ein genauso großes Arschloch. Und danke für das Kompliment, aber Sie sind nicht mein Typ und ich bin schon vergeben.« Er deutete auf seine Augen und ich staunte, als ich das silberne Band um seine dunklen Iriden bemerkte. Ich wusste nicht, wie ich es zuvor übersehen hatte, aber jetzt konnte ich den Blick nicht mehr abwenden. Ich hatte angefangen, zu glauben, dass die Elysische-Gefährten-Sache Bullshit war, aber jetzt sah ich den Beweis für ihre Existenz mit eigenen Augen. Er hatte seine wahre Liebe gefunden und ein Leben mit ihr geschenkt bekommen. Meine Lippen zuckten bei dem Gedanken daran und der kleine, verborgene, romantische Teil meines Wesens mochte diese Vorstellung. Sehr sogar. Nicht, dass ich das jemals zugeben würde. Aber wer hätte nicht gern das Gefühl, in jeder Hinsicht den perfekten Partner gefunden zu haben?

»Ich habe nicht … Ich war nicht … Haben Sie eine Formgebung mit psychologischer Magie oder so?«, stotterte Kylie.

»Nope. Aber ich verfüge über die Gabe des Sehens, also erhalte ich Einblicke in die Zukunft. Manche davon sind wichtiger als andere. Wenn Sie jetzt bitte alle ihre Karten auslegen würden? Ich komme vorbei und prüfe, ob noch jemand diese Gabe hat.«

Ich tauschte ein Grinsen mit meiner Schwester und wir wandten uns unseren Karten zu.

Noch bevor wir das Deck gemischt hatten, stellte sich Professor Nox vor uns. Er beugte sich langsam vor und schob eine Karte über den Tisch, um sie zwischen uns zu legen.

Er hob eine Hand, um eine Stillekuppel zu wirken, und ich sah überrascht auf, als ich spürte, wie sie sich um uns schloss.

»Die Karten haben mir in letzter Zeit ein paar merkwürdige Dinge gezeigt«, sagte er mit leiser Stimme. »Deshalb habe ich mich der Belegschaft der Zodiac Academy angeschlossen. Und ich glaube, ihr könntet mir helfen, einige der Antworten zu finden, die ich suche.«

»Wir?«, fragte Darcy neugierig.

»Warum?«, fügte ich hinzu.

Er nahm die Hand von der Karte, die er in unsere Richtung geschoben hatte, und mein Herz machte einen Sprung, als ich den vertrauten Hauch von Magie spürte, der von ihr ausging. Das Bild auf der Karte zeigte eine nackte Frau, die sich über ein Becken beugte und Wasser aus einem Krug goss. Mehrere weiße Sterne und ein großer gelber Stern hingen am Himmel über ihr.

»Ist das …?«, begann Darcy.

»Woher …?«, fragte ich zur selben Zeit.

»Ich habe diese Karte vor ein paar Wochen von jemandem erhalten, der sich Fallender Stern nennt. Die Nachricht auf der Karte hat mich zu euch geführt.« Professor Nox drehte die Karte um, und meine Augen weiteten sich, als ich die Nachricht las.

Die Vega-Zwillinge werden dich zu den Antworten führen, die du schon immer gesucht hast.

Er drehte die Karte wieder um und sah uns dann an. »*Der Stern* ist ein Zeichen für Frieden und Hoffnung, für Zusammenkunft und Wiedervereinigung, für Freude nach Herzschmerz … Aus irgendeinem Grund wollte Fallender Stern uns zusammenbringen. Und ich hoffe, ihr wollt gemeinsam mit mir herausfinden, warum?«

Mein Herz schlug ein bisschen schneller, als ich zu ihm aufblickte. Ich wusste nicht, woher er gekommen war und warum ich ihm so bedingungslos vertrauen wollte, aber ich tat es. Es fühlte sich an, als hätte Fallender Stern uns endlich etwas Nützliches geschickt – jemanden, der uns vielleicht wirklich helfen konnte, herauszufinden, was all diese Karten bedeuteten. Gabriel Nox konnte in die Zukunft sehen, er war stark und fähig, und was noch besser war: Entschlossenheit prägte seinen Blick. Aus irgendeinem Grund brauchte er diese Antworten genauso dringend wie wir. Und ich war mir ziemlich sicher, dass wir sie mit seiner Hilfe auch bekommen würden.

Ich sah Darcy an und sie grinste. Gemeinsam drehten wir uns zu Gabriel zurück, um seine Hilfe anzunehmen.

»Wir haben auch Karten bekommen«, sagte Darcy.

»Aber wir wissen nie, was sie bedeuten. Bis es zu spät ist«, fügte ich hinzu. »Astrum hat uns echt einiges zugemutet, als er einfach so gestorben ist.«

»Astrum? Der Professor, den ich als *Tarot*-Lehrer ersetzt habe?«, fragte er. »Was hat er mit der Sache zu tun?«

»Ich dachte, Sie kennen Fallender Stern?«, fragte Darcy zögernd.

»Das tue ich. Na ja, nicht wirklich. Ich habe mein ganzes Leben lang Nachrichten und Geld von ihm erhalten. Zumindest solange ich mich erinnern kann. Aber ich weiß nicht, wer wirklich hinter dem Namen steckt.«

Ich schürzte die Lippen und tauschte einen weiteren Blick mit Darcy aus. »Okay. Dann sollten Sie zunächst mal Ihre Hoffnungen auf ein Treffen mit ihm runterschrauben«, sagte ich.

»Warum?«, fragte Gabriel und ich war gespannt, wie er auf die Antwort reagieren würde.

»Weil Astrum Fallender Stern *war*. Er hat versucht, uns zu helfen. Er hat uns vor jemandem gewarnt, der uns schaden wollte, und wurde dafür umgebracht.«

»Was?« Gabriel schnappte nach Luft, sein Blick wurde distanziert und mir wurde schlagartig klar, dass er eine Vision hatte. Nach ein paar Minuten schüttelte er den Kopf, um ihn zu klären, und runzelte die Stirn.

»Ist alles in Ordnung?«, fragte Darcy zaghaft.

»Ja«, sagte er abwesend. »Es war nichts Wichtiges. Nur eine Möglichkeit, die zu abwegig ist, um sicher zu sein. Ich bin mir sicher, dass mir meine Gabe mit der Zeit mehr Antworten geben wird, jetzt, da ich hier bin. Ich glaube, dass die Sterne uns zusammengeführt haben, damit wir die Sache gemeinsam klären können. Und ich habe das starke Gefühl, dass es sich um etwas wirklich Wichtiges handelt. Wir müssen dafür sorgen, dass die Informationen, die wir entdecken, unter uns bleiben, bis wir wissen, was wir damit tun sollen.«

»Sicher«, antwortete ich, obwohl mich seine Intensität ein wenig aus der Fassung brachte. Auch Darcy nickte zustimmend.

»Ich werde die Sterne nach Details befragen und euch Bescheid geben, wenn ich etwas herausfinde«, sagte Nox.

»Okay«, stimmten wir zu.

Er lächelte uns an und ließ die Stillekuppel fallen, bevor er sich entfernte, um mit einigen anderen Studenten über ihre Karten zu sprechen.

»Also, was denkst du?«, fragte mich Darcy im Flüsterton.

»Dass wir vielleicht bald ein paar verdammte Antworten bekommen werden«, antwortete ich. Und ihr Blick verriet mir, dass sie das genauso sehr hoffte wie ich.

Scorpio
Virgo
Gemini
Cancer
Aries
Leo
Sagittarius
Taurus
Capricorn
Aquarius
Libra
Pisces

DARCY

KAPITEL 6

Ich stand zwischen Sofia und Tory in der Schlange vor dem Kursraum für *Grundlegende Magie* und beobachtete Diego, der direkt an der Tür wartete. Er trug wie immer seine Strickmütze zu seiner Uniform und starrte auf seinen Atlas.

»Kommt der je wieder zur Vernunft?«, fragte Tory leise.

»Mit mir redet er auch kaum noch«, sagte Sofia mit einem traurigen Stirnrunzeln.

»Ich verstehe nicht, warum er sich nicht einfach entschuldigt«, sagte ich.

Irgendwie hatte ich noch immer ein schlechtes Gewissen wegen der Ohrfeige. Er hatte gesagt, dass er wünschte, Orion wäre beim Angriff der Nymphen umgekommen. Aber obwohl ich wusste, dass Diego seine Gründe hatte, Orion nicht zu mögen, fühlte ich mich ihm gegenüber sehr beschützerisch. Allein die Vorstellung, dass er verletzt werden könnte, hatte seltsame Dinge mit mir angestellt.

Die Tür flog auf, und Orion trat mit strengem Blick aus dem Zimmer. »Lungern Sie heute alle absichtlich hier draußen herum?«

Alle starrten ihn erstaunt an.

»Seit wann ist der denn pünktlich?«, flüsterte Tory und ich musste mir ein Lachen verkneifen.

»Seit heute, Miss Vega. Und jetzt rein mit Ihnen!«, bellte er, drehte sich um und ging zurück in den Raum. Alle anderen beeilten sich, ihm zu folgen.

Ich machte mich auf den Weg zu meinem üblichen Platz und sah, dass

Diegos Tisch neben meinem leer geblieben war. Er war in den hinteren Teil des Raumes gegangen und hatte sich auf einen freien Platz gesetzt. Ich schürzte die Lippen und versuchte, seinen Blick aufzufangen, aber er starrte entschlossen auf seinen Atlas.

Der weißblonde Typ, Elijah Indus, ging zu seinem Tisch. Sein Stuhl fehlte noch immer, nachdem er Orion sauer gemacht hatte, also musste er stehen. Er sah bereits müde aus, als er seine Bücher auslegte.

Ich wandte mich der Tafel zu und sah neugierig zu, wie Orion sein Tageszitat niederschrieb.

<u>SIE HABEN DIE *ABRECHNUNG* ALLE BESTANDEN.</u>

Ich wölbte eine Augenbraue und warf einen Blick auf Tory. »Das ist fast ein Kompliment«, hauchte ich, und sie lachte, aber unser Lachen verging, als Orion weiterschrieb.

<u>DIE STERNE WOLLEN MICH WOHL VERARSCHEN.</u>

Er drehte sich mit einem breiten Grinsen zu uns um und ein paar nervöse Lacher ertönten. Als er sie nicht zurechtwies, lachten noch mehr Leute, und auch an meinem Mundwinkel zupfte ein Lächeln.

»Corbin.« Er deutete auf Tyler in der ersten Reihe. »Nennen Sie mir einen guten Grund, warum Sie noch in meinem Unterricht sitzen.«

»Weil ich die *Abrechnung* bestanden habe, Sir?«, riet Tyler.

»Das ist eine verdammt bescheuerte Antwort«, sagte Orion und sein Lächeln erlosch. »Versuchen Sie es noch einmal!«

»Ähm … weil ich neulich eine Eins in meinem *Tarot*-Essay bekommen habe?«, meinte er achselzuckend.

»Sie hatten eine Zwei minus«, korrigierte Orion und zog eine Augenbraue hoch.

»Woher …«, erwiderte Tyler, aber Orion schnitt ihm das Wort ab.

»Obwohl Sie so unglaublich irritierend sind, dass es fast die Sterne vom Nachthimmel holt, fordern Sie mich jede verdammte Stunde heraus, Tyler. Deshalb sind Sie hier.« Darüber schien er sowohl wütend als auch erfreut zu sein. Er wandte sich an den Rest des Kurses, denn Tyler schien von dem zweifelhaften Kompliment leicht benommen zu sein. »Etwa zehn Prozent der Klasse stellen mich wöchentlich auf die Probe. Sie hinterfragen mein Wissen, benehmen sich daneben, widersprechen mir, schreiben mir endlose E-Mails darüber, warum sie ihre Aufgaben nicht erledigen können oder warum ihre Arbeiten mit Drachenmist bedeckt waren – *Mr. Indus*.« Er lehnte sich an seinen Schreibtisch und sein Blick huschte zu Tory und mir. »Diese zehn Prozent werden es höchstwahrscheinlich ins zweite Semester ihres ersten Jahres an der Academy schaffen. Die anderen neunzig …«, er zuckte mit den Schultern, »… verschwenden möglicherweise einfach nur unsere Zeit.«

Ein dunkelhaariges Mädchen ganz vorn im Raum – ich war mir ziemlich sicher, dass sie Nicole hieß – hob die Hand.

»Miss Metivier?«, fragte Orion und sie räusperte sich.

»Wollen Sie damit sagen, dass wir die Regeln brechen *sollen*, Sir?« Mit gerunzelter Stirn sah sie sich im Raum um.

Ich spürte den aufkommenden Sturm, als Orion auf sie zuging. »Ich will damit sagen, dass Fae sich nichts gefallen lassen. Also stehen Sie auf und verschwinden Sie aus meinem Unterricht. Denn diese Lektion scheinen Sie noch nicht verinnerlicht zu haben.«

Sie erhob sich von ihrem Platz und Orion lächelte manisch, als sie einen Schritt auf die Tür zumachte. Doch dann blieb sie stehen.

»Nein«, flüsterte sie und mein Herz schlug schneller, während Orion die Kiefer zusammenpresste.

»Nein?«, schnurrte er.

»Nein, Sir. Ich bleibe.« Sie ging zögernd zu ihrem Platz zurück und setzte sich. Ihr Gesicht war blass, aber ihre Körperhaltung entschlossen.

Eine scheinbar unendliche Pause folgte.

»Gut«, sagte er mit einem dunklen Glitzern in seinem Blick. »Nachsitzen am Donnerstag.«

»*Was?*«, keuchte sie.

»Sie haben mich gehört!«, brüllte er. Sie zuckte zusammen, nickte aber schnell.

Er ging zurück zur Tafel und nachdem er sie berührt hatte, erschien eine Liste, die die Clubs und Vereinigungen der Academy zusammenfasste.

Pitball: *Jedes Semester finden Probetrainings statt. Die Plätze in der offiziellen Schulmannschaft sind heiß begehrt, aber Ersatzspielerpositionen stehen immer zur Verfügung.*

Cheerleading: *Die Cheerleader sind nach wie vor auf der Suche nach Jungs und Mädels, die gern tanzen und singen.*

Sternendeuten: *Mitternachtssitzungen sind Pflicht und Formgebungen mit erweiterter Nachtsicht sind besonders willkommen.*

Tarot-Club: *Mitglieder mit Vorhersage-Affinität werden ermutigt, ihre Fähigkeiten in unserem Club zu trainieren.*

Elementarkampf: *Hier lernen Studenten, wie man gegen diejenigen kämpft, die andere Elemente für sich nutzbar gemacht haben. (Bitte beachte, dass dieser Club mit erhöhtem Risiko verbunden ist!)*

Formgebungskennenlernen: *Jedes Schuljahr schaffen wir Gelegenheiten für die verschiedenen Formgebungen, zusammenzukommen und ihre Fähigkeiten untereinander anzubieten. Wer also gern mal auf einem Pegasus reiten oder sich von einer Sirene den Stress nehmen lassen will, ist hier genau richtig.*

Schicksalsverweigerung: *Diese Gruppe hat es sich zum Ziel gemacht, Horoskope zu vereiteln. Wem die Vorstellung gefällt, sein Schicksal zu verändern, ist herzlich eingeladen, seine Zeit mit Gleichgesinnten zu verbringen.*

Blutspende: *Willst du dir Leistungspunkte verdienen, indem du Vampirstudenten Blut/Kraft zur Verfügung stellst? Oder genießt du einfach das Gefühl von Reißzähnen in deinem Nacken? Die Treffen der Vampire finden zweimal die Woche statt und ungeachtet deiner Motivation freuen wir uns über Teilnehmer.*

Extremjagd: *Rechnest du dir gute Chancen aus, den Jägern zu entkommen? Oder möchtest du dich lieber der Meute anschließen? Dann sind unsere wöchentlichen Jagden vielleicht genau das Richtige für dich. Die Beute hat zwei Stunden Zeit, um den Jägern in ihren Formgebungen zu entkommen. Das blutrünstige Rennen wird anschließend im Orb zelebriert. (Vampire sind aufgrund ihres gefährlichen Jagdinstinkts und der Richtlinien des Vampirkodex angehalten, nicht teilzunehmen.)*

Lernclub: *Wir sind eine Gruppe seriöser, gleich gesinnter Studenten, die die Gesellschaft von Büchern dem geselligen Beisammensein* *vorziehen. Wir treffen uns fast täglich in der Venus-Bibliothek und lernen an separaten Schreibtischen in völliger Stille – herrlich! Sphinxe werden diesen Club besonders mögen.*

Allmächtige Nationale Union der Souveränität*: Schließ dich den temperamentvollen Royalisten Solarias an, um die Rückkehr der Vega-Zwillinge zu feiern!*

»Jetzt, da Sie offiziell an der Academy aufgenommen wurden, sind Sie verpflichtet, sich in mindestens einem Club oder einer Vereinigung zu engagieren, um zusätzliche Leistungspunkte zu erhalten. Sie sollten mir Ihre Wahl zwischenzeitlich mitgeteilt haben. Der Abgabetermin war heute Morgen«, sagte Orion und nahm seinen Atlas vom Schreibtisch. Mir wurde flau im Magen.

»Was?«, flüsterte ich Tory zu. »Wusstest du davon?«

Sie schüttelte den Kopf. »Noch nie gehört.«

»Er hat die E-Mail letzten Donnerstag verschickt«, zischte Sofia und ihre Augen wurden groß vor Sorge.

Verflucht.

Ich überprüfte die E-Mails auf meinem Atlas und entdeckte auch die von Orion. Ich war so mit den Prüfungen und der Abrechnung beschäftigt gewesen, dass ich nicht mehr alles gelesen hatte. Und Tory schien es ähnlich ergangen zu sein.

»Wenn Sie Ihre Entscheidung noch nicht getroffen haben, stehen Sie jetzt bitte auf!«, befahl Orion, und Tory und ich erhoben uns von unseren Plätzen.

Ich fluchte leise vor mich hin, als mir klar wurde, dass wir die einzigen im ganzen Kurs waren, die diese E-Mail übersehen hatten. Ich konnte Kylie und Jillian kichern hören und mir wurde ganz heiß im Nacken.

Orion sah uns an, als wären wir zwei blutige Steaks, die er gleich verschlingen würde. »Haben Sie eine Erklärung dafür, sich für keinen Club entschieden zu haben? Oder soll ich es einfach auf mangelnde Intelligenz schieben?« Er grinste und ich verdrehte die Augen angesichts seines Geschwätzes – woraufhin sein Blick natürlich sofort auf mich fiel.

»Möchten Sie der Klasse etwas mitteilen, Miss Vega?«

»Na ja, ist das wirklich so schlimm? Wir suchen uns einfach jetzt einen Club aus«, sagte ich.

»Ja, lass uns dem Arschlochclub beitreten«, sagte Tory und ließ sich wieder auf ihren Platz fallen.

»O nein, Miss Vega, die Zeit der freien Entscheidungen ist vorbei. Stehen Sie wieder auf!«

Tory erhob sich und Orion lächelte sie grausam an, was mir einen Schauer über den Rücken jagte. Er warf einen Blick über seine Schulter auf die Liste der Clubs und drehte sich dann mit funkelnden Augen wieder zu ihr um. »Ich denke, die Cheerleader entsprechen Ihrer Frohnatur am besten, Tory. Sie trainieren zweimal pro Woche, dienstags und donnerstags, im Pitball-Stadion. Ich bin sicher, dass Sie von Ihrem *Cheer Captain* Marguerite Helebor herzlich willkommen geheißen werden.« Er machte eine abweisende Handbewegung, aber Tory rührte sich nicht. Vielmehr sah sie so aus, als würde sie gleich Gift spucken.

Ich starrte Orion ihr zuliebe wütend an. Meine Schwester war so weit vom Wesen einer Cheerleaderin entfernt, wie man es nur sein konnte – vor allem in einem Team voller Marguerite Helebors.

»Nein, danke«, sagte Tory knapp. »Ich möchte in den Arschlochclub.«

Orion entblößte seine Reißzähne und mein Puls beschleunigte sich. »Sie wurden offiziell dem Cheer Squad zugewiesen, und jetzt setzen Sie sich hin, sonst müssen Sie nachsitzen.«

»Versuch einfach, nicht jeden Typen im Pitball-Team zu vögeln, ja, Tory?«, meinte Kylie mit süßlicher Stimme und wir wirbelten wütend herum.

»Klappe halten!«, brüllte Orion und streckte eine Hand aus. Ein Luftstoß schleuderte Kylie von ihrem Stuhl und sie landete auf dem Boden.

Ein Lachen entrang sich meiner Kehle, und ich drehte mich wieder nach vorn, wo mich Orion mit seinem Blick fixierte.

Er fuhr mit der Zunge über seine Reißzähne und schien nachzudenken. »Pitball-Team. Das Probetraining findet nächsten Donnerstag statt.« Ein paar Leute holten tief Luft, als er sich von mir abwandte. Meine Ohren klingelten noch, als er sich bereits wieder auf die Tafel konzentrierte, um den Unterricht zu beginnen.

Ich stand noch immer, mein Herz hämmerte in meiner Brust. Pitball war nicht nur die brutalste Sportart, die ich je in meinem Leben gesehen hatte – sämtliche Erben waren in dem verdammten Team. Warum zum Henker sollte ich da mitmischen?

»Entschuldigen Sie, *Sir*?«, fragte ich kühl.

»Setzen Sie sich, Miss Vega!«, knurrte er und ich knirschte mit den Zähnen.

»Glauben Sie wirklich, dass Pitball gut zu mir passt?«, fragte ich forsch.

»Ja. Ich denke, das passt perfekt. Haben Sie noch mehr sinnlose Fragen, mit denen Sie meine Zeit verschwenden wollen?« Er warf mir einen kurzen Blick zu und hob eine Augenbraue. Ich sah das verschmitzte Funkeln in seinen Augen. Welchen Grund er auch immer hatte, ich würde ihn außerhalb des Unterrichts erfahren.

Ich ließ mich zurück auf meinen Platz fallen und Sofia warf uns beiden besorgte Blicke zu. »Vielleicht lässt er euch nach einer Woche tauschen«, meinte sie kleinlaut, aber ich hatte das Gefühl, dass die Chancen dafür nicht sehr hoch waren.

»Heute werden wir unsere erste offizielle praktische Unterrichtsstunde des Semesters durchführen.«

Leises Geschnatter ertönte im Raum, aber Orion beachtete es nicht. Er berührte die Tafel und der Titel der Stunde erschien:

Stillekuppeln.

Meine Laune hob sich und ich versuchte, alle besorgniserregenden Gedanken an das Pitball-Probetraining aus meinem Kopf zu verdrängen, während ich mich darauf vorbereitete, einen neuen Zauber zu lernen. Ein Ding der Unmöglichkeit, denn ich stellte mir immer wieder vor, auf dem Spielfeld von den vier Erben zerquetscht zu werden wie eine Maus von einer Dampfwalze. Es war ja ganz nett, ein mächtiger Phönix zu sein – aber ich war mir ziemlich sicher, dass die Fähigkeiten unserer Formgebung im Spiel nicht verwendet werden durften.

Verdammt noch mal, Lance. Das werde ich dir heimzahlen.

»Miss Major, warum erzählen Sie mir nicht von Ihrem Wochenende?«, fragte Orion aus heiterem Himmel, und alle drehten sich überrascht zu Kylie um.

»Ähm … wirklich? Okay. Also, am Samstag war ich im Einkaufszentrum und meine Freundin Sinead hat gesagt: ›O mein Gott, Kylie, hast du bemerkt, wie dich dieser wahnsinnig heiße Minotaurus anstarrt?‹ Daraufhin habe ich gesagt …« Sie plapperte munter weiter, aber plötzlich konnte ich kein Wort mehr hören, das aus ihrem Mund kam. Alle lachten und ihre Erzählung wurde immer lebhafter, weil sie offensichtlich dachte, dass wir ihr regelrecht an den Lippen hingen.

»Schweigezauber können eingesetzt werden, um zu verhindern, dass Geräusche aus einem bestimmten Bereich entweichen oder um jemanden oder etwas zum Schweigen zu bringen, das man lieber nicht hören möchte«, erklärte Orion. »Zum Beispiel Miss Majors öde Wochenendabenteuer mit ihren banalen Freunden.«

Ein Lachen entwich mir und Kylie erstarrte – denn sie hatte ihn natürlich deutlich gehört. Orion bewegte die Hand, um sie aus der Stillekuppel zu befreien.

»*Ich* bin nicht banal«, beschwerte sich Jillian mit mürrischem Gesichtsausdruck neben ihr.

»Miss Minor, was ist die Definition von banal?« Orion starrte sie an und sie erschrak und schaute Hilfe suchend zu Kylie, aber die schaute nur verärgert nach oben.

»Na ja, ähm … es bedeutet … ähm … Hat es was mit meinem Hintern zu tun?«

Gelächter brandete auf und Tyler jubelte und winkte mit seinem Atlas. »Ich habe alles festgehalten, Jillian. Hashtag: SchwarzesLochStattGehirn.«

»Fick dich, Tyler!«, rief Jillian und wurde knallrot.

Er tippte bereits eifrig, um den Beitrag auf FaeBook hochzuladen, und Orion tat nichts, um ihn aufzuhalten, denn auch er lachte leise.

Orion berührte die Tafel und alle wurden still. »Sie müssen folgende Handbewegung üben.« Ein Diagramm einer sich bewegenden Hand erschien, um die schnörkelhaften Drehungen zu demonstrieren, die ich schon so oft bei ihm beobachtet hatte. Vor allem, um zu verhindern, dass jemand mitbekam, wie wir rummachten oder einander die Klamotten vom Leib rissen.

Meine Gedanken drifteten zu diesen Erinnerungen und ich kaute auf meiner Unterlippe, während ich meinen Blick über seine Brust schweifen ließ. Er redete immer noch, aber ich hörte kein Wort mehr, als meine Augen seinen Hosenbund erreichten und ich mich einer wirklich schmutzigen Fantasie hingab. *Ich frage mich, ob er ein Lineal in seiner Schublade hat, mit dem er mir eine Lektion erteilen könnte …*

»Konzentrieren Sie sich, Miss Vega!«, bellte Orion plötzlich und ich setzte mich aufrecht hin, während alle um mich herum mit einer Hand wedelten, um die Bewegung zu üben. »Wollen Sie Ihren kleinen Tagtraum mit dem Rest der Klasse teilen?« Er grinste mich an, als wüsste er genau, woran ich gerade gedacht hatte, und ich räusperte mich.

»Nein, Sir«, sagte ich bestimmt.

»Dann konzentrieren Sie sich«, sagte er. Sein Tonfall jagte mir einen Schauer über den Rücken und brachte meinen Puls zum Rasen.

Ich nickte und verbarg ein Grinsen, woraufhin er schnell damit fortfuhr, die Handbewegungen der anderen zu korrigieren.

Ich hob meine rechte Handfläche, folgte dem Diagramm und drehte sie in einer Art Schaufelbewegung durch die Luft. Eine Drehung nach rechts dämpfte ein Geräusch oder eine Person, während eine Drehung nach links eine Stillekuppel um einen selbst erzeugte. Ich machte mir auf dem Campus immer Sorgen, belauscht zu werden – schließlich hatte ich mittlerweile echt einige Geheimnisse mit mir herumzuschleppen –, also war dieser Zauber echt ein Geschenk des Himmels.

Als Orion überzeugt war, dass wir alle die Bewegung beherrschten, lehrte er uns schließlich den Zauberspruch.

»Üben Sie, indem Sie zuerst eine Kuppel um sich selbst erzeugen. Lassen Sie Magie ohne den Einfluss Ihrer Formgebung fließen und benutzen Sie ihre Energie, um einen Schild um Ihren Körper zu erschaffen. Achten Sie darauf, alle Lücken in der Oberfläche zu finden, durch die Geräusche entweichen könnten.«

Ich schloss die Augen, um mich zu konzentrieren, und bewegte meine Hand entsprechend, während ich die Magie an die Oberfläche meiner Haut strömen ließ und sie sanft von mir wegdrückte, um meinen Körper einzuhüllen. Meine Ohren dröhnten und es fühlte sich an, als würde der Luftdruck immer stärker werden.

Ich blinzelte und schaute zu Tory, die gerade ihren eigenen Zauber wirkte. Die Welt um mich herum war immer noch laut und ich sagte etwas, um Torys Aufmerksamkeit zu erregen, doch das Wort hallte wie ein Trommelschlag zu mir zurück. Ich zuckte zusammen, als das Geräusch weiter durch die Kuppel hallte, die ich um mich herum gebildet hatte. Einerseits hatte ich eindeutig verhindert, dass Geräusche nach außen drangen, dafür hatte ich mich in einem verdammten Megafon eingeschlossen.

Ich löste den Zauber auf und atmete erleichtert durch. Meine Ohren ploppten und ich sah, dass Tory gerade ebenfalls versuchte, meine Aufmerksamkeit aus ihrer Stillekuppel heraus zu erregen. Ich konnte sie nicht hören, also hob ich bestätigend den Daumen. Eine Sekunde später merkte ich, dass sie mich ja durchaus hören konnte, und lachte auf.

Ich übte die nächsten zwanzig Minuten und schaffte es schließlich, gerade so viel Magie in die Kuppel zu leiten, dass mich niemand hören konnte, ich aber auch nicht das Gefühl hatte, zu ersticken.

»Gut.« Orion drückte eine Hand auf meine Schulter, sodass ich zusammenzuckte. »Jetzt versuchen Sie, den Zauber umzukehren, um die Geräusche um Sie herum auszublenden.« Er ging weiter und ein Lächeln breitete sich auf meinem Gesicht aus, als ich seine Anweisungen befolgte, meine Hand in die entgegengesetzte Richtung bewegte und meine Magie aus meinem Körper drängte. Die Welt wurde vollkommen still, bis auf ein ganz schwaches Geräusch am äußersten Rand meines Hörens.

Ich schloss die Augen, um die Quelle zu lokalisieren, und drängte meine Magie zu der entsprechenden Stelle, um das Geräusch zu dämpfen. Es war wie ein Flüstern, aber ich konnte nicht genau hören, was gesagt wurde. Eine Schwere machte sich in mir breit, und das Flüstern wurde lauter.

»Fast ... näher.«

In meiner Brust ertönte ein tiefes Pochen – wie der dumpfe Schlag einer Trommel. Es war ein quälender Rhythmus, der mich in einen Zustand völliger Ruhe zog. Mein Körper entspannte sich so sehr, dass ich mich fast losgelöst von ihm fühlte und in den endlosen dunklen Weiten meines Geistes schwebte.

»In ... fallen ... helfen.«

Die Stimme war unstet, wurde abwechselnd lauter und leiser, und ich verstand kein einziges Wort zwischen den wenigen, die ich aufschnappen konnte. Aber ich sehnte mich danach, die Hand nach der Stimme auszustrecken. Glückseligkeit durchflutete mich und forderte mich auf, ihrem Ruf nachzugeben.

Ich knallte auf den Boden und blinzelte heftig, als der Schmerz in meinem Hinterkopf aufbrandete. Meine Schwester beugte sich über mich und rief etwas, das ich nicht verstehen konnte. Jemand schob sie beiseite und die Welt war noch immer gänzlich still, als Orion in mein Blickfeld trat und meine Hand ergriff, um seine Magie in meinen Körper zu leiten. Ich atmete erschrocken ein, als sich seine Kraft mit der meinen vermischte und er die Mauer der Stille, die ich um mich herum errichtet hatte, auflöste. Das Geplapper der anderen Kursteilnehmer drang wieder an meine Ohren.

»... zum Teufel ist passiert?«, fragte Orion, seine Hand immer noch fest um meine geschlungen; seine Augen leuchteten vor Sorge.

Mein Mund war wie ausgetrocknet und mein Kopf schmerzte dort, wo ich auf den Boden aufgeschlagen sein musste. Ich setzte mich aufrecht hin und rieb die Stelle. Orion schlug meine Hand beiseite und heilte die Beule im Handumdrehen.

Ich wusste, was passiert war. Die Schatten hatten mich angelockt und diese seltsame Stimme ... Es war dieselbe Stimme, die ich gehört hatte, als wir von Lionel in die Dunkelheit geschickt worden waren. Angst ergriff mich, aber ich wusste nicht einmal, wovor ich Angst hatte. Ich wusste nur, dass ich Angst haben sollte.

Tory drängte sich an Orion vorbei und er ließ mich los, damit sie mich hochziehen konnte. »Geht es dir gut?« Sie sah mich an, als wüsste sie genau, was passiert war – aber ich konnte in diesem Moment nichts dazu sagen.

»Ja, mir geht es gut. Ich glaube, ich habe versehentlich meine Luftzufuhr gekappt.« Ich zwang mich zu einem Lachen und mein Blick fiel auf Diego, der mit großen Augen hinter Sofia stand. Er fing meinen Blick auf, senkte aber schnell den Kopf und eilte zu seinem Platz zurück.

Ich schaute flüchtig zu Orion, der nicht überzeugt von dem wirkte, was ich gesagt hatte, und ließ mich dann auf meinen Platz zurückfallen. Ich sah nicht wieder in seine Richtung, bis er gegangen war.

Mit einem nervösen Blick erklärte ich Tory, dass ich ihr nach dem Unterricht alles erklären würde, und sie nickte, während sie weiter auf ihrer Unterlippe kaute.

Als es läutete, hatte ich das seltsame Gefühl abgeschüttelt, das mich verfolgt hatte, nachdem ich aus dem Schatten getreten war, aber diese weit entfernte Stimme konnte ich nicht vergessen.

Bevor ich das Kurszimmer verlassen konnte, rief Orion mir zu: »Ihre Sitzung wurde auf heute Abend verlegt, Miss Vega, da es am Montag keine gegeben hat.«

Ich nickte ihm zu und verließ den Raum, denn ich war mir sicher, dass er mich ausfragen würde, was heute wirklich vorgefallen war. Ich wusste nicht, warum er mir nicht glaubte – aber es war offensichtlich, dass er es nicht tat. Und ich wünschte, ich könnte einfach ehrlich sein, denn er war einer der Einzigen auf dieser Welt, die mir helfen könnten.

Ich hielt Tory am Ellbogen fest und zog sie zur Seite, sobald wir die Jupiter Hall verlassen hatten und in die frostige Luft hinausgetreten waren. Sofia warf uns einen neugierigen Blick zu und ich hasste die Tatsache, dass ich auch sie anlügen musste. »Wir kommen nach – wir müssen noch zu den Pluto-Büros, um ein paar Päckchen abzuholen.«

»Noch ein Klamottenberg, um Torys Sucht zu stillen?« Sofia lachte.

»Ja, sie hat ernsthafte Probleme«, sagte ich, und Tory zuckte unschuldig mit den Schultern, bevor wir uns aus dem Staub machten. Mit einem triumphierenden Grinsen umgab sie uns sofort mit einer Stillekuppel und zog mich dann näher zu sich.

»Also? Waren es die Schatten?« Ihr Lächeln verschwand und machte der Sorge Platz.

»Ja«, sagte ich leise. »Aber nicht nur das ... Ich habe wieder diese Stimme gehört. Du weißt schon, die Stimme, die wir gehört haben, als ...«

»Ich habe sie auch wieder gehört«, meinte sie keuchend und ihre Augen funkelten dunkel. »In meinen Träumen. Aber ich konnte nicht hören, was sie sagte. Es war nur ein entferntes Flüstern.«

»Genau wie bei mir«, sagte ich und mir lief ein Schauer über den Rücken. »Was denkst du, wer das ist?«

»Keinen Schimmer. Und ich bin mir auch nicht sicher, ob ich es herausfinden will.«

Ich schwieg eine Weile, aber Tory stupste mich an, um mich dazu zu bringen, meine Gedanken auszusprechen. Ich seufzte schwer und brachte sie zum Stehenbleiben. »Ich denke, wir sollten Orion davon erzählen.«

»Nein«, sagte sie sofort.

»*Tory*«, drängte ich, woraufhin sie die Lippen schürzte und den Blick abwandte. Ich streckte die Hand aus und berührte ihren Arm, bis sie mich wieder ansah. »Ich weiß, dass du ihm nicht vertraust, aber ich tue es.«

»Du vertraust niemandem«, widersprach sie und ich erkannte meinen Fehler und verfluchte mich innerlich.

»Ich meine, ich vertraue ihm in dieser Sache. Er weiß über die Schatten und alle Arten von dunkler Magie Bescheid. Und er muss die Sache für sich behalten.« Ich hoffte, dass ich meinen Fehler ausreichend vertuscht hatte, und entspannte mich ein wenig, als Tory mich nicht weiter ausfragte.

»Argh, *na schön*. Aber ich schwöre, wenn er anfängt, uns zu belehren …«

»Das wird er nicht«, versprach ich.

»Warum hast du so viel Vertrauen in ihn, Darcy?« Tory runzelte die Stirn und mein Wunsch, ihr eine echte Antwort zu geben, war so groß, dass es wehtat. Ich senkte den Blick, während ich versuchte, mir eine Antwort auszudenken, die keine Lüge war.

»Ich weiß, dass er ein Arschloch sein kann, aber er hat uns auch geholfen. Und ich weiß, dass er uns vor dem bewahren wollte, was passiert ist.«

Es herrschte ein Moment der Stille zwischen uns, während Tory über meine Worte nachdachte. Als ich den Blick hob, sah ich, dass sie den Himmel betrachtete, wo gerade eine Gruppe von Greifen über uns hinwegflog. »Jemanden retten zu wollen, ist nicht das Gleiche, wie es zu tun.«

»Er hat es versucht. Sie haben es beide versucht«, sagte ich und legte den Kopf zurück, um die wunderschönen Tiere in Richtung des Wimmernden Waldes fliegen zu sehen. Ich verteidigte Darius Acrux nicht gern, aber ich hatte gesehen, was er in jener Nacht getan hatte. Ich hatte gesehen, in welcher Lage er sich befunden hatte. Und Tory hatte es auch gesehen. Ich hatte nicht vor, seine anderen Taten zu entschuldigen. Für all den anderen Mist könnte er meinetwegen in der Hölle verrotten.

»Vielleicht«, sagte sie unverbindlich. »Das ändert aber nichts daran, wer sie sind.«

»Nein … sie sind die Einzigen, die sich entscheiden können, sich zu ändern.«

Sie nickte und in dieser Hinsicht schienen wir uns einig zu sein.

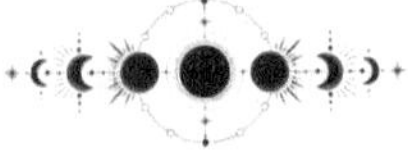

Ich brachte Tory zu meinem Neunzehn-Uhr-Treffen mit Orion. Wir machten uns nicht die Mühe, uns zu beeilen, denn ich war mir sicher, dass er ohnehin zu spät kommen würde. Als wir die Marmortreppe hinaufstiegen, vorbei an ein paar Studenten, die in den Gängen herumlungerten, wurde ich langsam nervös.

Was würde er wohl denken, wenn er herausfand, dass wir die dunkle Macht ebenfalls in uns trugen? Würde er ausrasten? Trinken?

Ja, höchstwahrscheinlich beides.

Ich würde die Dinge nehmen müssen, wie sie kamen.

Tory starrte auf ihren Atlas, scrollte gedankenverloren durch ihren FaeBook-Feed und lachte, bevor sie ihn mir hinhielt, um einen der Beiträge zu lesen.

Sandeep Athwal:*AKJ-Meeting heute Abend im Orb. (Anonyme Kackjunkies) Hier findet urteilsfreie Erleichterung statt. Es ist völlig okay, auf braune Duschen zu stehen. #wirstehnaufmeisterscheißer #platschenbiszumabwatschen #spülenistout #zuzweitkacktsichsbesser #mächtigesirenenwillkommen*

Kommentare

Nicole Neethling: *Diese Gerüchte über Max sind nicht wahr!!*

Ashleigh Logan*: Den Wassererben stört das nicht, er reibt den Scheiß auch ins Gesicht. #trinkdenstink*

Barry Gurra: *Wer diese Lügen verbreitet, wird sich vor mir verantworten müssen!*

Olga Hump: *Es ist nie okay, auf braune Duschen zu stehen! #wenndanngelb*

Tyler Corbin: *Bei Max ist die Kacke am Dampfen.*
#aufdengeschmackgekommen #ichmachdireinpäckchenfertig

Ich verschluckte mich an einem Lachen, während Tory weiterscrollte, und klopfte dann aus Gewohnheit an Orions Tür, obwohl ich nicht glaubte, dass er tatsächlich schon da war.

»Herein!«, rief er überraschenderweise und ich betrat den Raum.

Er stand auf und rückte mit einem schiefen Lächeln sein Hemd zurecht. Auf dem Schreibtisch befanden sich eine Flasche Rotwein und eine kleine Schachtel, die mit einer Schleife umwickelt war. Scharf einatmend, schnappte er sich die Schachtel und steckte sie in seine Tasche – eine Sekunde, bevor Tory von ihrem Atlas aufblickte. Als ihr Blick auf den Wein und die beiden Gläser fiel, runzelte sie die Stirn.

»Alter, in meinen Augen bist du jetzt ein halbes Prozent cooler.« Sie ging zu seinem Schreibtisch, öffnete die Flasche, füllte die Gläser, nahm eines und reichte mir das andere. »Heute brauchen wir ein drittes Glas.«

»Das sehe ich«, sagte er mit einem leisen Knurren, während er sich setzte. Er machte keine Anstalten, ein weiteres Glas zu holen.

Ich murmelte eine Entschuldigung hinter Torys Rücken. Vermutlich hätte ich ihn vorwarnen sollen. Aber ich hatte weder mit dem Wein noch mit einem verdammten Geschenk gerechnet. *Ohhh, was für ein Geschenk?*

Ich zog einen Stuhl heran und Orion schaute zwischen uns hin und her und verschränkte die Hände auf seinem Bauch, während er sich zurücklehnte. »Also, womit habe ich das Vergnügen verdient, doppelt zu sehen?«

»Weil wir dir etwas wirklich Lustiges zu erzählen haben«, sagte Tory trocken und nippte an ihrem Wein.

Ich nahm auch einen Schluck, um meinen Puls zu beruhigen, während Orion sich stirnrunzelnd aufrichtete. »Zum Beispiel?«

»Na ja …«, begann ich und biss mir auf die Unterlippe. »Wir haben dich irgendwie angelogen, was die Schatten angeht.«

»Was meinst du?« Sein Tonfall wurde schärfer, als er sich nach vorn lehnte und seine Handflächen auf den Tisch presste.

»Sie sind nicht durch uns hindurchgegangen«, ergänzte Tory.

»Sie sind bei uns geblieben«, schloss ich.

Orion bewegte sich nicht, aber sein Blick verdunkelte sich, während er unsere Gesichter nach einer Lüge absuchte. »Unmöglich. Das kann nicht sein.« Plötzlich erhob er sich unsanft von seinem Platz und raufte sich die Haare.

»Ja, also … ich gehe jetzt was essen.« Tory stand auf.

»SETZ DICH HIN!«, brüllte Orion und sie ließ sich wie erstarrt auf ihren Stuhl fallen.

Tory warf mir einen finsteren Blick zu. »Ich habe dir gesagt, dass wir diesem Arschloch nicht trauen können.«

»Wenn du glaubst, dass du so mit mir reden kannst und damit durchkommst …«

»Wir müssen lernen, sie zu kontrollieren«, sagte ich zu ihm. »Niemand sonst kann uns dabei helfen.«

Er sah mich an. In seinen Augen lag ein Schmerz, als würde ihm diese Nachricht das Herz brechen.

Kopfschüttelnd ging er im Raum auf und ab, und ich tauschte einen Blick mit Tory, während wir darauf warteten, dass er etwas sagte. Mein Inneres verkrampfte sich, als er weiter unruhig hin und her lief.

Schließlich knallte er die Hände auf den Schreibtisch und starrte uns an. »Das ist so viel schlimmer, als ihr denkt. Ihr spürt den Sog bereits, nicht wahr?«

»Ja«, flüsterte ich.

Seine Augen funkelten, als er verstand. »Das ist im Unterricht mit dir passiert«, knurrte er, aber nicht so, als wäre er wütend auf mich, sondern auf alles und jeden – nur nicht auf mich.

Ich nickte und Tory legte eine Hand auf meinen Arm.

Orion musterte uns mit zusammengezogenen Augenbrauen. »Wisst ihr, was passiert, wenn ihr nachgebt? Wisst ihr, wie viele Jahre es dauert, bis man die Fähigkeit erlangt, sich von ihnen loszureißen?«

»Nein, aber du kannst uns helfen. Es uns beibringen?«, fragte ich verzweifelt und er schloss für eine lange Sekunde die Augen.

»Ich habe dir doch gesagt, dass er uns nicht helfen kann«, murmelte Tory. Orion öffnete abrupt die Augen und bedachte sie mit einem Blick, der die Chinesische Mauer hätte zum Einsturz bringen können.

»Ich *kann* euch sehr wohl helfen. Und das werde ich auch, sobald ich den Schock überwunden habe. Aber zuerst eine kurze Frage: Habt ihr euch gegen mich verschworen, um mir einen verdammten Herzinfarkt zu verpassen?«

Ein kleines Lächeln umspielte meine Lippen und sein Gesichtsausdruck wurde ein wenig weicher. Er seufzte schwer und setzte sich wieder. »Wenn das alles war …«

»Da wäre noch *eine* andere Sache«, unterbrach ich ihn, bevor er sich der Hoffnung hingeben konnte, die er mit diesem Satz offenbar hatte zum

Ausdruck bringen wollen.

»Was?«, stieß er mit zusammengebissenen Zähnen hervor und ich schluckte den Kloß in meinem Hals hinunter, weil ich wusste, dass das völlig verrückt klingen würde. Aber zumindest konnte meine Schwester mich in diesem Punkt bestärken.

»Da ist diese Stimme. Die Stimme einer Frau, glaube ich. Aber sie ist so weit weg, dass ich sie kaum ausmachen kann. Hörst du sie auch?«, fragte ich und beugte mich ein Stück nach vorn.

»Das Flüstern kommt von den Seelen, die in den Schatten gefangen sind«, sagte er düster und mein Herz klopfte unregelmäßig. »Es handelt sich um Fae, die sich an ihre Macht verloren haben. Die Schatten benutzen die Stimmen, um uns auszutricksen, um uns in ihre Klauen zu locken. Wer dem nachgibt, ist verloren und landet für immer mit ihnen in der endlosen Leere.«

»Nett. Erinnert mich daran, meinen nächsten Urlaub nicht dort zu buchen. Aber die Sache ist die: Wir hören eine bestimmte Stimme. Ist das normal?« Tory runzelte die Stirn.

Orion stieß ein hohles Lachen aus. »Nichts von alledem ist normal. Aber … nein, ich kann nicht behaupten, jemals eine bestimmte Stimme gehört zu haben. Ich weiß nicht, warum das der Fall sein sollte.«

»Ich dachte, du kennst dich mit dunkler Magie und den Schatten aus«, sagte Tory frustriert.

»Tue ich auch.« Er dachte eine ganze Weile nach und ich rutschte auf meinem Stuhl hin und her. »Vielleicht können die Seelen jetzt, da wir mit den Schatten verbunden sind, direkt mit uns in Kontakt treten.« Er zuckte mit einer Schulter. »Ich habe im Moment keine bessere Antwort – das ist reine Spekulation. Aber ich werde es nachschlagen.«

»In deinem kleinen Buch der schwarzen Magie?«, spöttelte Tory und schürzte die Lippen.

»Ja, ich bewahre es zusammen mit meinem Ouija-Brett und meinen Voodoo-Puppen auf«, antwortete Orion trocken.

Ich beugte mich vor und ergriff das Wort, bevor das Ganze in einen Streit ausarten konnte. »Also, was machen wir jetzt?«

Er holte tief Luft. »Fuck, na ja … Darius wird es nicht gefallen, aber ihr müsst lernen, mit dieser Macht umzugehen. Ihr müsst mit ihm zusammen an unserem Training in dunkler Magie teilnehmen.«

Tory warf den Kopf zurück und stöhnte. »Kannst du uns nicht einfach getrennt unterrichten? Ich will nicht mit diesem Idioten rumhängen.«

»Es ist so schon riskant genug. Wir müssen den Unterricht auf ein Minimum beschränken. Es handelt sich hier um keine verdammte Schulaktivität, bei der es Hauspunkte zu ergattern gibt.«

Sie schnaubte einsichtig und stand auf. »Okay, dann lass uns wissen, wann und wo wir uns treffen. Ich bin am Verhungern. Viel Spaß bei deiner Lektion, Darcy.« Sie warf mir einen traurigen Blick zu, als würde es an Grausamkeit grenzen, mich hierzulassen, und ich sah ihr stirnrunzelnd nach, als sie den Raum verließ.

Orion stand auf und ging quer durchs Zimmer, um es sowohl mit physischen als auch magischen Schlössern zu verriegeln, bevor er den Hinterkopf gegen die Tür stieß.

»Ich war ein Idiot, Wein mitzubringen«, sagte er und schüttelte den Kopf über sich selbst.

»Nein, das war süß.« Ich stand auf und er sah mich mit wirbelnden Schatten in den Augen an.

»Es war albern.« Er stieß sich von der Tür ab, ging auf mich zu, zog mich an sich und presste seinen Mund auf meinen. Die Jalousien waren zugezogen, aber ich spürte trotzdem dieses elektrische Summen der Angst, das mich immer überkam, wenn wir uns mitten auf dem Campus näherkamen.

Ich ließ meine Hände an seinen Seiten hinuntergleiten, unser Kuss wurde langsam und unerbittlich, während wir diesen kleinen Moment der Glückseligkeit genossen. In meiner Brust schien sich eine tiefe Grube feuriger Macht zu öffnen; Flammen züngelten durch meine Adern, um sich mit der Magie in ihm zu vereinen. Plötzlich hatte ich das Gefühl, an einem Abgrund zu stehen und kurz davor zu sein, in seine Umarmung zu stürzen, während die Ekstase an den Rändern meines Verstandes brodelte. Ich stöhnte, und Orion knurrte und zog mich näher an sich heran, als sich unsere Kräfte vermischten und der Fluss seiner Energie wie ein Tornado durch mich hindurch wirbelte.

»Scheiße«, hauchte er, als er sich zurückzog. »Du schmeckst nach Feuer.«

»Woher willst du das wissen? Isst du oft Feuer?«, neckte ich ihn und schob meine Finger in seine Haare, während ich auf Zehenspitzen stehend meinen Mund erneut auf seinen legte und den Zimtduft einatmete, der ihm anhaftete.

»Nicht täglich«, murmelte er gegen meine Lippen. »Meine Verdauung spielt da nicht mit.«

Ich lachte und er gluckste dunkel.

»Also ... ich glaube, mich zu erinnern, dass du eine hübsche kleine Schachtel vom Tisch genommen hast, als meine Schwester hereingekommen ist.« Ich hob die Brauen und grinste ihn an – ich hätte schwören können, dass seine Wangen rot wurden. »Wirst du etwa *rot*?« Ich keuchte aufgeregt und er kaute auf der Innenseite seiner Wange.

»Nein«, stöhnte er. »Ich beginne nur, zu denken, dass das Geschenk eine dumme Idee gewesen sein könnte.«

»Vielleicht sollte ich das selbst beurteilen.« Ich schob meine Hände unter sein Jackett, um nach der Schachtel zu suchen, und er hob die Arme, als wäre ich ein Cop. Er grinste, während ich ihn abtastete. Als ich sie gefunden hatte, zog ich sie heraus, und er ließ die Hände sinken und saugte an seiner Unterlippe, während er darauf wartete, dass ich sie öffnete.

Ich löste die Schleife und öffnete den Deckel. Mein Atem stockte, als ich den blassrosafarbenen Kristall entdeckte, der wie Sternenlicht schimmerte.

»Wow«, hauchte ich und nahm ihn aus dem seidenen Bett.

Räuspernd rieb Orion seinen Nacken. »Das ist Rosenquarz.«

»Er ist wunderschön.« Ich drehte den glatten Stein in meiner Handfläche; eine warme Energie ging von ihm aus, die ein Stück des Guten in der Welt zu sein schien.

Er schlang seine Hand um meine, sodass der Kristall in meiner Faust gefangen war. Ich blickte zu ihm auf und seine Augen flackerten leidenschaftlich. »In Solaria haben wir die Tradition, jemandem, mit dem wir eine exklusive Beziehung eingehen wollen, einen Rosenquarz zu schenken.«

»Wirklich?«, flüsterte ich. Mein Herz hämmerte wie verrückt.

»Ja.« Er drückte meine Hand. »Hör zu, ich weiß nicht, was das zwischen uns ist oder wohin es führt, Blue. Aber nach allem, was passiert ist, steht für mich fest, dass ich niemand anderen will. Dieser Stein ist also mein Versprechen an dich, dass ich dein bin. Für jetzt. Für immer. Oder bis alles den Bach runtergeht – wir werden sehen.« Er lächelte hoffnungsvoll und mein Herz hätte zerspringen können, so viel bedeutete mir das.

Ich streckte mich, um meine Lippen auf seine zu drücken. »Danke.«

Er ließ meine Hand los und ich steckte den Quarz mit einem schüchternen Lächeln in die Tasche meines Blazers.

»Du machst es mir wirklich schwer, wütend auf dich zu sein«, sagte ich und löste mich von ihm.

»Warum bist du wütend auf mich?« Er musterte mich verwirrt.

»Pitball, Lance? Willst du mich eigentlich verarschen?« Ich stemmte die Hände in die Hüften und er grinste teuflisch. Ich zog mich hinter seinen Schreibtisch zurück, aber er folgte mir.

»Du bist stark. Wenn du erst einmal ausgebildet bist, könntest du eine verdammte Legende auf dem Spielfeld sein.« Er pirschte sich weiter an mich heran, während ich seinen Sessel zwischen uns stellte und frech lächelte.

Seine Reißzähne wurden länger und seine Augen funkelten, als er ihn zur Seite schob. Ich sprang auf die Schranktür im hinteren Teil des Büros zu, riss sie auf und schlüpfte hinein. Ich vergaß das Spiel, als ich mich in einem kleinen Raum wiederfand, in dem sich ordentlich gestapelte Bücher in den Regalen an den Wänden befanden. Ein großes, in Leder gebundenes Notizbuch, das mit silbernen Sternen verziert war, erregte meine Aufmerksamkeit und ich berührte den Buchrücken. Orion legte einen Arm um meine Taille, senkte seinen Mund auf meinen Hals und ließ seine Reißzähne über meine Haut wandern.

»Gefällt dir meine kleine Bibliothek?«, fragte er mit verspielter Stimme und ich lächelte.

»Du bist ein totaler Geek«, sagte ich liebevoll, während er an meiner Halsbeuge lachte. Er drückte einen sanften Kuss auf die Stelle und mein ganzer Körper zitterte.

Ich drehte den Kopf, wobei mir ein Glitzern ins Auge fiel, und löste mich von Orion, um mich auf eine Reihe von Regalen zuzubewegen, die nicht mit Büchern bestückt waren. Pitball-Trophäen füllten jeden freien Platz und mein Herz schlug schneller, als ich mit meinen Fingern über die Pokale strich, die alle mit Orions Namen versehen waren. Er hatte unzählige Male den Titel *Fae des Spiels* gewonnen, und in einer staubigen Ecke standen mehrere Turniertrophäen, die aussahen, als wären sie jahrelang unberührt geblieben. Ich entdeckte ein gerahmtes Foto unter ihnen und warf einen Blick über meine Schulter, als ich es in die Hand nahm, und sah, dass Orion mich von der Tür aus mit einem nervösen Gesichtsausdruck beobachtete.

Ich betrachtete das Foto seines Teams. Orion stand in der Mitte des Bildes – in einer makellosen Pitball-Uniform in den marineblauen und silbernen Farben der Zodiac Academy. Er trug ein Kapitänsabzeichen auf der Brust und einen Pitball unter dem Arm. Er musste etwa ein Jahr älter gewesen sein, als ich es jetzt war, und trug das sorgloseste Lächeln der Welt. Ich strich mit den Fingern über das Bild und fragte mich, was in seinem Leben so schiefgelaufen war, dass er diesen hoffnungsvollen Glanz in seinen Augen verloren hatte. Der Glanz, der ein Zeichen dafür gewesen war, dass ihm die ganze Welt zu Füßen gelegen hatte.

»Ich war der Luftschutz-Spieler«, sagte Orion schließlich. »Der beste, den Solaria seit Langem gesehen hat.«

»Du siehst glücklich aus«, sagte ich und klang dabei unerwartet traurig, denn tief im Inneren wusste ich, dass Orion nicht mehr wirklich glücklich war. Etwas war in ihm zerbrochen, seit dieses Bild aufgenommen worden war. Das zu wissen, tat mir weh – mein Herz zog sich zusammen wie eine Spule Draht.

»Das war ich auch«, sagte er leise und räusperte sich dann. »Vielleicht sollten wir jetzt zum Unterricht zurückkehren, hm?«

Ich stellte das Bild ab und setzte ein strahlendes Lächeln auf, als ich mich zu ihm umdrehte und seine ausgestreckte Hand nahm. Die Mauer in seinen Augen verriet mir, dass er im Moment nicht darüber reden wollte, und das würde ich respektieren. Aber ich hoffte, dass er mir eines Tages davon erzählen würde. Denn vielleicht könnte ich dann einen Weg finden, das Feuer neu zu entfachen, das in seinem Herzen erloschen war.

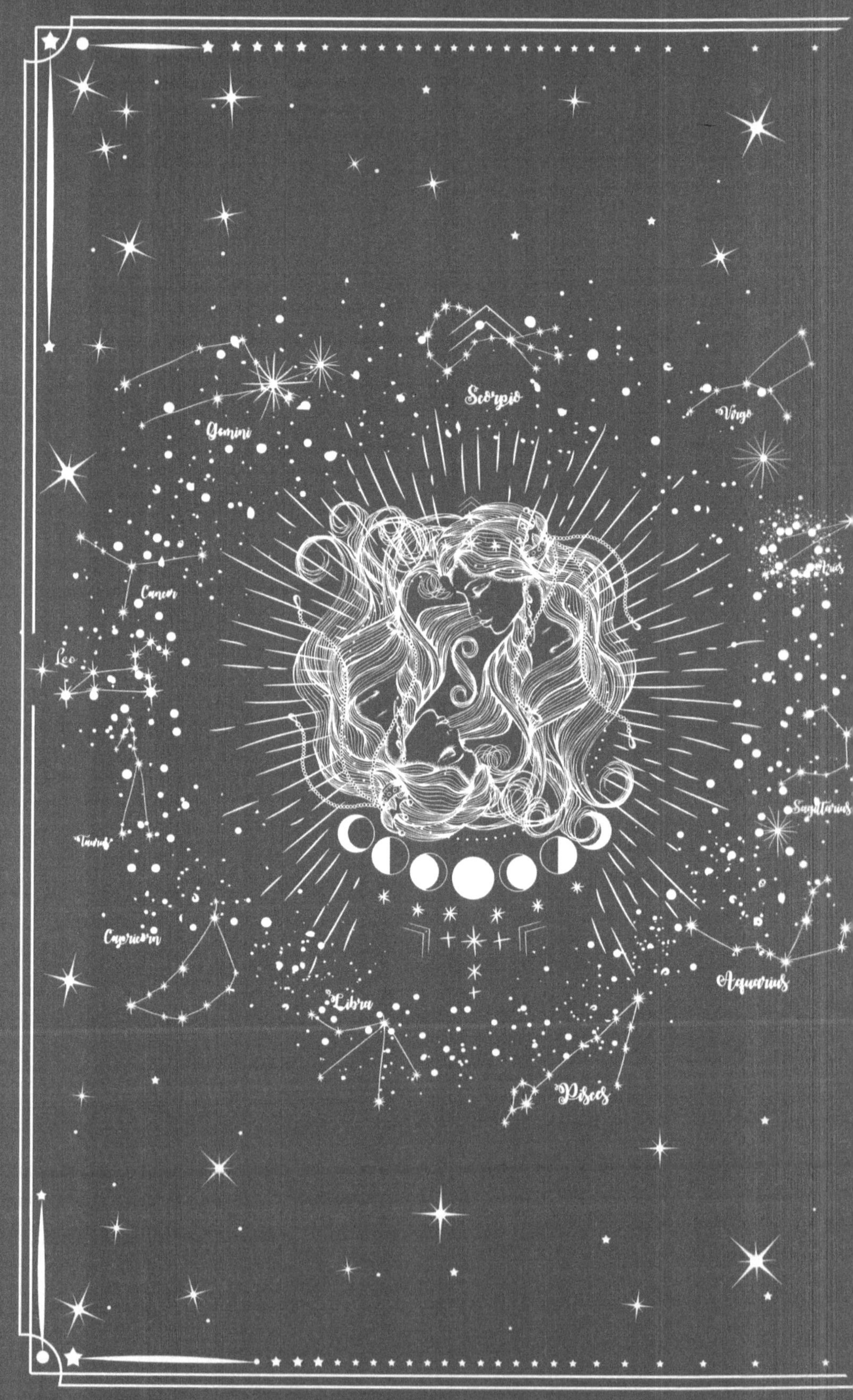
Gemini
Scorpio
Virgo
Cancer
Aries
Leo
Sagittarius
Taurus
Capricorn
Aquarius
Libra
Pisces

TORY

KAPITEL 7

Mit Darcy an meiner Seite und einem mulmigen Gefühl in der Magengrube machte ich mich auf den Weg zur Luft-Bucht. Das letzte Mal, als wir nachts hierhergekommen und in die Nähe von dunkler Magie geraten waren, hatte ich einiges an Blut verloren. Oh, und Darius hätte mich fast erwürgt.

Im Dunkeln also an denselben Ort zurückzukehren, um uns mit demselben Arschloch zu treffen, gefiel mir also ganz und gar nicht.

Wenn die Schatten in mir nicht unbedingt unter Kontrolle gebracht werden müssten, wäre ich gar nicht mitgegangen.

Aber die Wahrheit war, dass die Träume immer schlimmer wurden. Mehrmals pro Nacht wachte ich mit Herzrasen und schweißgebadet auf, und jedes Mal, wenn die Schatten in mir erwachten, fiel es mir schwerer, ihre Verlockung abzuwehren.

Die Dunkelheit in ihnen war verführerisch — trotz der Gefahr, die von ihnen ausging.

Ich konnte nicht genau sagen, warum, aber obwohl die Schatten mir unglaubliche Angst einflößten, flüsterten sie mir auch süße Versprechen zu. Sie versprachen mir Macht, Euphorie und die Befreiung von all meinen Schmerzen. Und ich wusste, dass ihr Ruf nur noch stärker werden würde, bis sie es schafften, mich zu sich zu holen. Ich musste lernen, sie effektiver abzuwehren.

Als wir über den Sand liefen, tauchten vor uns zwei dunkle Gestalten auf, und ich knirschte mit den Zähnen, als ich Darius' riesige Statur erkannte. Orion stand neben ihm und der schwache silbrige Schimmer des Mondlichts drang durch die Wolken.

»Ihr seid spät dran«, murmelte Orion, als er uns entdeckte, und ich schnaubte leise.

»Du hast gut reden. Außerdem steht diese Stunde nicht auf dem offiziellen Lehrplan – es ist mir also scheißegal«, sagte ich.

Darcy lachte und stieß mich mit ihrem Ellbogen an, um mich zurechtzuweisen. Zu meiner Überraschung grinste auch Orion.

»Du wirst diese Einstellung brauchen, wenn du die Schatten abwehren willst. Aber ich verpasse dir auch gern Nachsitzen, wenn du mich weiter anpöbelst«, antwortete er.

»Wenn du mich für etwas nachsitzen lässt, was ich tue oder sage, während wir an dieser Sache arbeiten, komme ich nicht zurück. Ich habe noch nie jemanden gebraucht, der meine Probleme für mich löst. Und wenn es sein muss, schaffe ich das auch ohne euch beide«, erwiderte ich. Verflucht, es gab hundert Orte, an denen ich den Abend lieber verbracht hätte als in der Gesellschaft der beiden. Und wenn das Ganze qualvoller wurde, als ich es ertragen konnte, war ich bereit, die Biege zu machen. Wenn es sein musste, würde ich die Schatten selbst abwehren.

»Sei nicht dumm, Roxy. Du musst lernen, die Kontrolle über die Schatten zu halten, sonst werden sie dich zerstören«, knurrte Darius.

»Das würde dich doch glücklich machen, oder nicht?«, gab ich zurück.

Sein Blick verfinsterte sich, als er mich ansah. »Denkst du das wirklich?«

Ich zuckte mit den Schultern und wandte meinen Blick von ihm ab, denn ich wusste es nicht. Nicht mehr. Ich wusste nur, dass ich jedes Mal, wenn ich ihn an mich heranließ, verletzt wurde. Das würde also nicht wieder passieren.

»Sollen wir einfach anfangen?«, schlug Darcy vor.

»Gute Idee«, stimmte Orion zu, drehte sich um und ritzte mit seinem Dolch ein Zeichen in die Felswand neben uns, um den Höhleneingang zu öffnen. Er bewegte den Dolch in einem vertrauten Muster und ich erinnerte mich daran, diese Barriere selbst einmal geöffnet zu haben.

Er ging mit Darius an seiner Seite in die Höhle und Darcy hielt mich am Arm fest, bevor wir ihm folgten.

»Ich weiß, dass er ein totaler Arsch ist, Tory, aber Darius ist Teil dieser chaotischen Sache. Wir haben sonst niemanden, den wir um Hilfe bitten können, also könntest du wenigstens *versuchen*, höflich zu sein? Deine Wut macht die ganze Sache sonst nur noch schwieriger.« Sie sah mich streng an, und das reichte aus, um mich zurückweichen zu lassen. Darcy stellte mich nur selten zur Rede, und dass sie es jetzt tat, bedeutete, dass ich mich wirklich wie ein Arschloch benommen hatte.

Ich atmete tief durch. »Ja, okay.«

»Wir müssen lernen, diese Sache zu beherrschen. Die Schatten machen es so viel einfacher, das Schlimmste in allem zu sehen. Wenn wir erst einmal wissen, wie wir sie abwehren können, bist du hoffentlich auch nicht mehr so wütend ...«

Ich biss mir auf die Zunge, anstatt zu antworten, denn obwohl ich nach außen hin Wut zeigte, war es nicht das, was ich wirklich fühlte. Wenn Darius in meiner Nähe war, fühlte ich vor allem Verrat. Und ich konnte beim besten Willen nicht herausfinden, warum. Aber aus irgendeinem Grund war dieses Empfinden so stark, dass ich es nicht ertragen konnte, in seiner Gegenwart zu sein und mich diesen Gefühlen zu stellen.

»Na schön, ich werde versuchen, Frieden zu schließen«, versprach ich und streckte meine Hand aus, um ihre Finger zu ergreifen. Denn wenn es etwas gab, das mich dazu brachte, meinen Stolz zu überwinden, dann war es meine Liebe zu meiner Schwester. Und auch sie musste lernen, sich vor den Schatten zu schützen.

Darius, der an der Rückwand lehnend Stellung bezogen hatte, beobachtete uns, als wir uns zu ihnen in die Höhle gesellten.

Ich atmete tief durch und überlegte, wie ich das anstellen könnte, was ich versprochen hatte – nämlich den Streit mit ihm zu beenden. Eine Entschuldigung wäre wahrscheinlich die beste Option, aber die Worte blieben mir im Hals stecken und ich hätte fast gewürgt.

Darcy warf mir einen ermutigenden Blick zu und ich knirschte kurz mit den Zähnen, bevor ich mich zum Sprechen zwang.

»Hört zu«, begann ich langsam. »Ich weiß, dass ihr beide versucht, uns zu helfen. Und dass es nicht gerade hilfreich ist, wenn ich mich aufführe wie eine Katze mit einer Stricknadel im Arsch.«

Orion und Darius sahen mich beide an, als könnten sie nicht glauben, was ich da sagte. Aber ich sprach weiter – um des lieben Friedens willen und vor allem, um sicherzustellen, dass Darcys Fortschritte im Kampf gegen die Schatten nicht durch mich behindert wurden.

»Also, es tut mir ... leid. Dass ich ein solches Miststück war«, stellte ich klar, denn mir tat nichts von dem leid, was ich fühlte. »Und ich werde nicht weiter Ärger provozieren.«

Orion hob eine Augenbraue und warf einen kurzen Blick auf Darcy, bevor er lächelte. »Gut«, sagte er schließlich, bevor er Darius erwartungsvoll ansah.

»Es ist niedlich, dass du denkst, du könntest deine Einstellung einfach so verändern«, erwiderte Darius mit einem Schnauben. »Aber wenn du wirklich nett spielen kannst, kann ich das auch.« Natürlich entschuldigte er sich nicht bei mir für den Scheiß, den er mir angetan hatte, denn warum sollte er auch? Er war ein arrogantes, selbstsüchtiges Arschloch, und zu hoffen, dass er für seinen Scheiß geradestand, war, als würde man vom Mond erwarten, nicht aufzugehen, weil er die Sonne beleidigt hatte.

Tausend Beleidigungen drangen an meine Lippen und ich musste mir so hart auf die Zunge beißen, dass ich blutete. Verfluchter Darius! Ich hatte kein Einstellungsproblem, sondern ein Drachenproblem. Und obgleich ich ihn nicht vermeiden konnte, gab es eine Sache, die ich mit Sicherheit tun *konnte*. Ich würde ihn ignorieren.

Ich lächelte süßlich und ging auf Orion zu, als hätte Darius kein Wort gesagt. Als gäbe es ihn gar nicht. Ich würde einfach so tun, als wäre da ein Furz in Form eines Drachen im Raum. Ich musste nur vermeiden, ihm so nahe zu kommen, dass ich ihn riechen konnte. Abgesehen davon musste ich seine Anwesenheit nicht zur Kenntnis nehmen. Wenn es ihn nicht gab, hatte ich keinen Grund, mich aufzuregen.

»Was sollen wir also gegen die Schatten unternehmen?«, fragte ich Orion und drehte mich so, dass ich mit dem Rücken zu Darius stand.

Orion schaute erst auf mich, dann auf den Furz und deutete schließlich auf den Boden, bevor er sich selbst setzte. Darcy positionierte sich ihm gegenüber, und ich ließ mich neben sie fallen. Darius saß mir gegenüber, aber ich hielt meinen Blick auf Orion gerichtet.

Der steinige Boden unter meinem Po war höllisch unbequem und ich drückte meine Handfläche auf den Stein und zwang etwas Erdmagie aus meinen Fingern, um die harten Klumpen auszugleichen. Mit etwas mehr Anstrengung schaffte ich es sogar, den harten Boden weicher zu machen, sodass es fast so war, als würde ich auf einem Kissen sitzen.

Ich schmunzelte angesichts meiner Leistung und nutzte meine Magie, um das Gleiche mit dem Boden unter Darcys und Orions Allerwertesten zu erreichen.

Orion schaute mich überrascht an, als er auf dem jetzt bequemen Stein hin und her rutschte. »Du bekommst deine Erdmagie immer besser in den Griff«, bemerkte er, und ich grinste.

»Geraldine hat uns beim Üben geholfen«, antwortete ich.

»Sie ist eine wirklich gute Lehrerin«, stimmte Darcy zu. Sie berührte den

Boden zwischen uns und ich spürte, wie ihre Magie für einen Moment in der Luft tanzte, bevor silberne Linien auf der Oberfläche des Steins erschienen. Sie zog die Mineralien im Gestein zusammen, bis sie sich zu einer Rose zusammenfügten.

»Ich sollte euch beiden Hauspunkte geben«, sagte Orion mit einem Lächeln.

»Warum, was hat Roxy getan?«, fragte Darius verwirrt von seinem unbequemen felsigen Fleckchen Erde aus. Ich war halb versucht, seinen Platz noch unbequemer zu machen, aber dazu müsste ich seine Anwesenheit anerkennen.

Orion sah mich an, aber ich reagierte nicht. Sein Blick wanderte zu dem Boden unter Darius und ich konnte sehen, wie er überlegte, ob er mich zur Rede stellen sollte oder nicht. Ich hatte Darius nichts angetan, also konnte er mir nicht wirklich etwas vorwerfen.

»Das Erste, woran ihr arbeiten müsst, ist, euch aus den Schatten zu befreien«, sagte Orion schließlich und beschloss, das Thema der unbequemen Ärsche nicht anzusprechen. »Ihr werdet euch von ihnen anlocken lassen müssen, bevor ihr euch wieder zurückziehen könnt. Zu Beginn ist es am einfachsten, den Weg zurückzufinden, wenn euch jemand als Anker dient. Das habt ihr beide im Krater getan, als Lionel euch an die Schatten verfüttert hat. Ihr habt euch aneinander festgehalten, sodass ihr euch aus dem dunklen Griff des Schattenreiches befreien konntet.«

»Wir sollen also Händchen halten?«, fragte Darcy und beugte sich ein wenig vor, als wäre das alles faszinierend und nicht beängstigend.

»Eine körperliche Verbindung erleichtert das Ganze, ja«, stimmte Orion zu. »Und diese Verbindung ist noch stärker, wenn ihr eure Magie mit eurem Anker vereint. Wenn wir uns zu Beginn an den Händen halten, können wir danach daran arbeiten, die Verbindung auch ohne körperliche Unterstützung herzustellen.«

Orion reichte Darcy seine Hand und sie nahm sie. Ich wich zurück, bevor Darius meine ergreifen konnte.

»Es klingt so, als wäre der beste Anker jemand, für den man durch die Hölle gehen würde, um bei ihm zu bleiben, richtig?«, fragte ich.

»Je stärker die Bindung zu der Person ist, die dich erdet, desto gewillter wirst du sein, bei ihr zu bleiben«, erklärte Orion.

»Okay.« Ich nahm Darcys andere Hand von ihrem Schoß und sie schaute kurzzeitig unsicher zwischen Orion und mir hin und her, bevor sie ihn losließ.

»Tory hat recht. Wir haben uns aus den Schatten befreit, als sie versucht haben, uns auseinanderzubringen, weil wir miteinander verbunden sind. Er wird nicht in der Lage sein, Tory auf diese Weise hier zu verankern …« Ihr Blick wanderte zu Darius, bevor sie sich räusperte. »Offensichtlich hegt keine von uns starke Gefühle für einen von euch, also arbeiten Tory und ich am besten zusammen.«

Orion sah leicht irritiert aus, aber schließlich zuckte er mit den Schultern.

»Offensichtlich nicht«, sagte er, obwohl es so klang, als wäre er überhaupt nicht mit dieser Feststellung einverstanden. »Als Erstes müsst ihr nach den Schatten greifen. Schließt die Augen und lasst euch von ihnen anziehen. Wenn ihr sie in euch aufnehmt, folgt ein Gefühl der Euphorie, weshalb sie so gefährlich sind. Es fühlt sich so gut an, dass man immer mehr davon will. Und wenn ihr dieser Versuchung nachgebt, *werdet* ihr ihnen zum Opfer fallen. Ich kann euch nicht deutlich genug machen, wie gefährlich sie sind. Selbst nach Jahren des Trainings lässt das Verlangen nie nach und die Gefahr wird nicht geringer. Mein eigener Vater hat jahrelang dunkle Magie praktiziert und ist ihr trotzdem eines Tages zum Opfer gefallen. Es ist die gefährlichste Art der Magie und es gibt gute Gründe dafür, sie zu verbieten. Wenn die Schatten nicht in euch Wurzeln geschlagen hätten, wäre ich nie auf die Idee gekommen, euch etwas davon beizubringen.«

Ich nickte ernst, als ich seine Worte absorbierte. Diese Dunkelheit in mir war gefährlich. Das wusste ich tief in meiner Seele, ich konnte es anhand des unnatürlichen Kribbelns in meinem Bauch spüren, das jedes Mal auftrat, wenn sie in mir erwachte. Die Schatten wollten mich verzehren. Und wir mussten dafür sorgen, dass sie das nicht taten. Denn sie würden auch weiterhin in uns leben, also mussten wir lernen, sie zu beherrschen.

»Okay. Wo fangen wir an?«, fragte Darcy.

»Wir wechseln uns ab. Wer möchte anfangen?«

»Ich«, sagte ich schnell. Darcy sah mich stirnrunzelnd an, aber ich hielt ihrem Blick stand und wich nicht zurück. »Wenn es gefährlich ist, werde ich nicht riskieren, dass du den Anfang machst«, sagte ich einfach. »Du bist das Einzige, was mir auf dieser Welt etwas bedeutet. Wenn ich dich verliere, könnte ich genauso gut tot sein. Es gibt also keine Diskussion.«

»Tory …«, erwiderte Darcy erschrocken. »So etwas darfst du nicht sagen.«

»Es ist die Wahrheit.« Ich zuckte mit den Schultern. »Und meine Entscheidung steht nicht zur Debatte.«

Ich schaute erwartungsvoll zu Orion und er blickte zögernd zwischen uns beiden hin und her.

»Ich kann dir nicht versprechen, dass das hier nicht gefährlich ist«, sagte er, den Blick auf Darcy gerichtet. »Aber ihr beide seid die stärksten Fae, die ich je getroffen habe. Verdammt, ihr seid die stärksten Fae, die es gibt. Ich glaube, dass ihr das schaffen könnt. Und ich schwöre, dass ich alles in meiner Macht Stehende tun werde, um euch zu helfen, wenn ihr dabei in Schwierigkeiten geratet.«

»Genau wie ich«, fügte Darius hinzu und meine Haut kribbelte angesichts der Intensität seines Versprechens.

Ich hob meinen Blick, um ihn anzusehen – und mein Herz stotterte, als ich seine dunklen Augen sah. Was auch immer sonst zwischen uns passiert war, er meinte es ernst, das spürte ich mit jeder Faser meines Wesens.

Ich räusperte mich und wandte den Blick ab, weil ich nicht sehen wollte, was er fühlte. Es war zu verwirrend und wenn ich ganz ehrlich zu mir selbst war, tat es zu sehr weh.

»Also, was muss ich tun?«, fragte ich und umklammerte Darcys Hand fester.

»Schließ die Augen, ruf die Schatten an und lass dich für einen Moment in sie fallen. Wenn dich ihr Sog nicht überwältigt, kannst du versuchen, einige in deine Handfläche zu locken. Sobald du das geschafft hast, verbannst du sie wieder. Nutze die Verbindung zu deiner Schwester, um zurückzukommen.«

»Kein Problem«, sagte ich trocken.

Darcy drückte nervös meine Finger und ich schenkte ihr ein beruhigendes Grinsen, das selbst mir unecht vorkam, bevor ich die Augen schloss.

Ich atmete aus und entspannte mich, während ich meine Magie mit der meiner Schwester verschmelzen ließ. Das Gefühl war so natürlich, als wären wir dazu bestimmt gewesen, ein Wesen zu sein und nicht zwei. Zumindest, was unsere Magie anging. Es war nicht wie damals, als ich meine Macht mit Darius geteilt und das fremde Gefühl seiner Magie mich wie eine dunkle Versuchung durchströmt hatte. Darcys Magie fühlte sich wie eine Erweiterung meiner eigenen an. Sie ließ meine Macht nur noch heftiger, stärker und heller brennen.

Als ich mich an das Gefühl unserer gemeinsamen Macht gewöhnt hatte, lenkte ich meine Aufmerksamkeit auf das Flüstern, das in der Ecke meines Geistes verharrte.

Die Schatten erhoben sich, um mich zu begrüßen, als ich mich ihnen öffnete, und wie eine gewaltige Welle durchflutete die dunkle Macht der Schatten meinen Körper.

Das Gefühl der Ekstase, das sie begleitete, brachte mich dazu, den Rücken zu krümmen und aufzustöhnen. Jeder Zentimeter meines Körpers wurde von ihrer dunklen Macht durchdrungen.

»Fuck«, stöhnte ich, während die Schatten weiter durch meine Adern strömten, sich um meine Magie rankten und mich anflehten, ihrem Begehren nachzugeben.

»Versuche, sie unter Kontrolle zu halten«, meldete sich Orions Stimme aus der Ferne. Sie klang blechern und hatte ein leichtes Echo, als würde er mich vom Ende eines langen Tunnels aus ansprechen.

Ich atmete tief ein und meine Lunge dehnte sich angesichts der Sauerstoffmenge aus, während sich die Worte um meine Zunge wanden und mich anflehten, sie auszusprechen. Worte, die ich nicht verstand, in einer Sprache, die ich nicht beherrschte, und deren Macht so groß und mächtig war, dass ich mir nicht ganz sicher war, wozu sie fähig sein würden, wenn ich sie freisetzte. Oder ob sie überhaupt irgendwelche Grenzen haben würden.

Ich kämpfte gegen den Wunsch an, mit ihnen zu sprechen, und konzentrierte mich auf das Gefühl von Darcys Hand in meiner, um mich zu orientieren.

Als ich mir sicher war, nicht noch tiefer in diese Macht einzutauchen, ohne selbst die Entscheidung zu treffen, zwang ich den Schatten meinen eigenen Willen auf.

Ich konzentrierte mich auf das, was Orion gesagt hatte, lockte die Schatten zwischen die Finger meiner freien Hand und hielt sie hoch, als ich spürte, wie sie sich dort sammelten.

Darcy atmete überrascht ein – sie war in meiner Nähe und gleichzeitig auch ganz weit weg – und ich öffnete die Augen.

Dunkelheit tanzte vor meinen Augen, aber sie hinderte mich nicht daran, etwas zu sehen.

Ein Lächeln umspielte meine Lippen, als ich die Schatten entdeckte, die sich in meiner ausgestreckten Handfläche schlängelten und deren mächtige Kraft nur darauf wartete, dass ich sie meinem Willen unterordnete.

»Gut«, sagte Orion mit fester Stimme. »Jetzt verbanne sie wieder.«

Ich musterte ihn und dachte an all die Demütigung, die ich in seinem Unterricht erfahren hatte. An die Dinge, die er gesagt und getan hatte. An seine unerschütterliche Loyalität gegenüber den Erben und seine Ablehnung uns gegenüber, nur weil wir als Prinzessinnen geboren worden waren.

Ich bleckte die Zähne, während die Schatten immer näher an meiner Seele tanzten.

»*Roxy*«, knurrte Darius warnend und als mein Blick zu ihm glitt, wurde die Wut in mir noch größer. »Du musst dich zusammenreißen.«

Ein Zischen entwich meinen Lippen und die Schatten in meiner Handfläche breiteten sich auf meinem Arm aus. Sie küssten meine Haut mit unsagbarem Wohlbehagen, das immer intensiver wurde, je weiter sie vordrangen.

»Hol sie zurück, Blue!«, befahl Orion, und ich spürte, wie Darcys Magie an meiner eigenen zerrte – wie ein Kleinkind an der Hand seiner Eltern. Aber es reichte nicht, um mich aufzuhalten.

Die Schatten glitten über meine Brust und meinen Körper, bis ich von ihnen umhüllt war und die rohe Kraft in meinen Adern wie ein perfektes Betäubungsmittel wirkte.

Ich warf den Kopf zurück und badete in diesem Gefühl, während das Flüstern in der Dunkelheit um mich herum lauter wurde.

»Komm zu mir ...«

Allmählich glaubte ich, dass das nicht das Schlimmste auf der Welt wäre.

Ich stand auf und die Schatten wurden noch dichter, schlangen sich um meine Gliedmaßen und hüllten mich in Dunkelheit, während sich diese fremden Worte gegen meine Lippen drückten.

Darcy richtete sich ebenfalls auf; ihr Griff um meine Hand wurde fester.

Mein Blick war auf Darius gerichtet. Wieder fiel ich in den Pool. Über mir bildete sich eine Eisschicht. Ich war im Begriff, zu ertrinken. Dann war ich am Strand, seine Hand war an meiner Kehle und in seinen Augen funkelte so viel Hass, dass er mich töten könnte.

Vielleicht sollte ich ihn umbringen, bevor er die Chance dazu bekommt.

»Stopp!«, rief Orion, aber ich hörte ihn kaum.

Die Schatten besaßen nicht mich, sondern ich besaß *sie*. Mit ihnen könnte ich unaufhaltsam sein. Wer könnte sich mir dann noch in den Weg stellen? Wen würde ich jemals wieder fürchten müssen? Ich war stärker als Lionel Acrux und jetzt hatte ich auch die Dunkelheit auf meiner Seite. Warum sollte ich ihn und alle anderen, die mir schaden wollten, nicht einfach vernichten?

Ich machte einen Schritt auf Darius zu, und in meiner Handfläche kräuselte sich eine Macht, die nur darauf wartete, freigesetzt zu werden.

»Komm zurück, Tory!« Darcys Befehl durchbrach den Nebel, der meinen Verstand umgab, und ich blieb stehen, als ich ihre Stimme hörte – wie das erste Donnergrollen vor einem Sturm.

Was zum Teufel tue ich da?

Ich knirschte mit den Zähnen und konzentrierte mich auf die Kraft und Präsenz meiner Schwester neben mir, während ich mich zu ihr umdrehte und sie mich aus der Dunkelheit zurückzog.

Die Schatten glitten davon, die Befriedigung wich aus meinem Körper, und ich blieb nackt und angeschlagen zurück.

Ich erschlaffte, als ich die letzten Schatten verbannte und sie zurück in den Käfig sperrte, den ich für sie geschaffen hatte. Dann ließ ich den Rest meiner Magie wieder in den Vordergrund treten.

Darcy hatte ihre Arme um mich gelegt und ich sackte auf die Knie, während ich keuchend versuchte, mich von dem Rausch und dem Feuer der dunklen Magie, die mich durchströmt hatte, zu erholen.

»Geht es dir gut?«, fragte Darcy zittrig und drückte mich ein Stück zurück, um mich besser ansehen zu können.

»Ja«, stammelte ich und das Zittern in meinen Gliedern ließ langsam nach.

Darius und Orion murmelten leise vor sich hin, aber ich konnte mich noch nicht auf ihre Worte konzentrieren.

Ich brachte ein schwaches Lächeln zustande, als Darcy mich besorgt musterte.

Als eine warme Hand auf meiner Schulter landete, zuckte ich zusammen und drehte mich um. Darius stand viel zu nah bei mir.

»Sind sie weg?«, fragte er ernst.

Ein schmerzhafter Impuls durchzuckte meine Brust, als mir klar wurde, dass ich ihn fast verletzt hätte. Schlimmer noch, ein Teil von mir hatte sich auf eine Art und Weise nach seinem Blut gesehnt, die ich nicht ganz verstehen konnte. Aber der Gedanke, dass ich ihm so etwas antun könnte, versetzte mir einen Stich mitten ins Herz. Es fühlte sich an, als hätten die Schatten mich aufgeschlitzt, mir ihren Willen aufgedrängt und die Gefühle in mir in etwas viel Dunkleres verwandelt, als sie es ohne ihre Anwesenheit gewesen wären.

Sie hatten meine Wut und meinen Schmerz in Bezug auf Darius genommen und in etwas geformt, das für meinen Geschmack zu sehr an Blutlust grenzte.

Bevor ich mich stoppen konnte, streckte ich die Hand aus und strich mit den Fingern über sein Kinn.

Seine Augen flackerten unsicher, als ich ihn ansah.

»Sie wollten, dass ich dich töte«, hauchte ich.

Seine Lippen teilten sich, aber er sprach lange Zeit nicht. »Aber du hast es nicht getan«, sagte er schließlich.

»Nein«, stimmte ich zu.

Mein Blick fiel auf meine Finger, die immer noch auf seinem Kinn verharrten. Seine Bartstoppeln kribbelten unter meiner Haut. Ich zog meine Hand zurück und verhärtete meinen Blick, um der Versuchung zu widerstehen, dort zu verweilen. Stattdessen versuchte ich, mich an all die Gründe zu erinnern, ihn zu hassen.

»Jetzt verstehst du ihre Anziehungskraft«, sagte Orion düster, als ich meinen

Blick von Darius abwandte. »Du hast es geschafft, den Weg zurückzufinden. Ich konnte mich bisher immer nur in den Schatten bewegen. Jetzt, da wir sie nutzen können, ist ihr Ruf sicher noch lauter und ihre Sogwirkung noch stärker. Aber gemeinsam finden wir eine Lösung. Wir vier.«

Ich nickte langsam und er bedeutete uns, wieder auf dem Höhlenboden Platz zu nehmen, damit Darcy üben konnte, die Dunkelheit zu kontrollieren.

Als sich mein Herzschlag schließlich verlangsamte und das anhaltende Gefühl der Ekstase aus meinen Gliedern wich, musste ich daran denken, wie es sich angefühlt hatte, die dunkle Macht zu beherrschen, die mir geschenkt worden war.

Das Schlimmste war nicht das Gefühl gewesen, das die Schatten mir vermittelt hatten, oder das, was sie von mir wollten.

Nein, am schlimmsten war die Tatsache, dass ein sehr verkorkster Teil meines Wesens Gefallen daran gefunden hatte.

Und dass ich mich jetzt geradezu schmerzhaft danach sehnte, die Schatten erneut zu entfesseln.

Scorpio
Virgo
Gemini
Aries
Cancer
Leo
Taurus
Sagittarius
Capricorn
Aquarius
Libra
Pisces

XAVIER

KAPITEL 8

»Job richtig, sonst suche ich mir einen neuen Butler!«

Die Stimme meines Vaters ließ mich zusammenzucken und ich drehte die Lautstärke meiner Xbox auf, um ihn zu übertönen. Ich presste die Zähne aufeinander, als ich das Poltern seiner Schritte vernahm, und drehte die Lautstärke wieder runter, da ich befürchtete, ihn auf diese Weise angelockt zu haben.

»Glitterdragon ist AFK«, zischte ich in mein Headset, bevor ich es auf den Boden warf und den Sechzig-Zoll-Fernseher an der Wand ausschaltete. Ich setzte mich gerade in meinem Spielersessel auf, als Vater die Tür aufstieß. Sein Blick schweifte durch den Raum, als suchte er etwas, wofür er mich bestrafen konnte. Soweit ich mich erinnern konnte, hatte ich nichts falsch gemacht, aber wenn Vater mich bestrafen wollte, würde er einen Grund finden.

Ein Zittern durchfuhr mich, als er einen Schritt in mein Reich machte, und mein Blick fiel auf die Tür. Wenn er sie schloss, war die Sache entschieden – dann würde er mich verprügeln. Aber solange sie offen blieb, gab es Hoffnung.

Seine hellblonden Haare waren sorgfältig gestylt, und er trug einen seiner besten Anzüge. Das bedeutete, dass wir Besuch hatten. Oder diesen bald haben würden.

»Kann ich dir helfen, Vater?«, fragte ich. Es kostete mich einiges an Anstrengung, meine Stimme davon abzuhalten, zu zittern.

Ich hasste es, Angst vor ihm zu haben. Und ich hasste mich dafür, nicht stärker zu sein. Nicht in der Lage zu sein, mich zu wehren.

»Deine Tante Stella kommt heute Abend zum Essen«, sagte er. »Hast du geübt, was sie dir beigebracht hat?«

Ich nickte schnell, hob eine Handfläche und zwang die Schatten an die Oberfläche meiner Haut. In meinem Körper tobte die Angst, und die Dunkelheit klammerte sich daran, verzehnfachte sie und zog mich in die Abgründe des Entsetzens. Ich holte tief Luft und versuchte, mich auf das zu konzentrieren, was Tante Stella mich gelehrt hatte, aber plötzlich war die Welt erdrückend. Die Augen meines Vaters bohrten sich in meinen Kopf – verurteilend und, das war am schlimmsten, enttäuscht.

Er grunzte verärgert, weil es mir nicht gelungen war, das Fünfte Element zu beherrschen, und mein Herz stotterte, als er noch näher kam. Mit einer Handbewegung erzeugte er einen Luftzug, der die Tür zuknallen ließ, und meine Kehle wurde eng.

»Ich werde mich mehr anstrengen«, sagte ich. Meine Stimme war erstaunlich ruhig, obwohl meine Schultern mittlerweile bebten.

»Du verschwendest dein Leben mit diesem Schrott.« Er neigte das Kinn in Richtung meiner Xbox, die mein einziger Begleiter war, mein einziger Kontakt zum Rest der Welt. Auch wenn ich anonym war und die Online-Freunde, die ich gefunden hatte, nie in mein echtes Leben vordringen konnten. Vater nahm die Xbox von dem Regal unter dem Fernseher und ließ sie mit einem dumpfen Schlag auf den Boden fallen.

»Vater …« Ich zuckte zusammen, mein Mund war staubtrocken und mein Herz verkrampfte sich.

Er ließ seinen Fuß genau in die Mitte des Geräts krachen und sämtliche Kraft verließ meinen Körper.

Sieht so aus, als würde ich auf ewig AFK sein. Verfluchtes Leben!

Vater hob sein Kinn und ein leises Knurren kam über seine Lippen. Meine Formgebung erhob sich instinktiv an den Rändern meines Bewusstseins, und ich presste meine Kiefer zusammen, um mich dagegen zu wehren.

Wenn ich mich verwandle, wird er nicht aufhören, bis er mir die Knochen gebrochen hat.

Früher hatte Darius die meisten Schläge eingesteckt. Mehr als seinen gerechten Anteil. Hundertmal war er dazwischen gegangen. Ich liebte ihn dafür und hasste es, dass er das hatte ertragen müssen. Aber jetzt, da er an der Zodiac Academy war, gab es niemanden mehr, der sich Vater in den Weg stellen konnte. Niemanden, der mich retten konnte. Außer mir. Und trotzdem versuchte ich es nicht. Ich wusste, dass es sinnlos war. Indem ich mich wehrte, würde ich Vater herausfordern, meinen Willen zu brechen. Aber wenn ich mich duckte, trieb ihn das auch in den Wahnsinn. Mit jedem Schlag hatte er mich als *unFae* bezeichnet und irgendwann war ich dazu übergegangen, das selbst zu glauben. Also hob ich mein Kinn, ballte die Hände zu Fäusten und wartete. Denn ich *war* Fae, verdammt noch mal.

»Du glitzerst«, fauchte er angewidert. Ich ließ meinen Blick auf meine Hände fallen, die wie Sternenlicht schimmerten.

Bei der Sonne – er wird mich umbringen.

Seine Faust landete so schnell auf meinem Unterkiefer, dass ich zu Boden ging, bevor mich der Schmerz traf und meinen Wangenknochen durchzuckte. Als Nächstes rammte er seinen Stiefel in meinen Bauch. Ich war zwischen ihm und dem Ende meines Bettes eingeklemmt und jeder Tritt trieb mich gegen die Holzplatte hinter mir. Ich schützte meinen Kopf mit den Händen und rollte mich instinktiv zusammen, während ich darauf wartete, dass es aufhörte. Während ich jeden Schmerzensschub ertrug, den er mir zufügte.

»Du bist wertlos. Sinnlos. Eine Schande für unsere Familie«, knurrte er. Jedem Wort folgte ein Tritt, bis ich Blut auf seine teuren Schuhe hustete.

Genervt wischte er sie an meinen Jeans ab, bevor er zur Tür schritt. »Abendessen gibt's um sechs. Komm nicht zu spät.« Er knallte die Tür so fest hinter sich zu, dass das Geräusch wie ein endloses Echo in meinem Schädel widerhallte.

Ich checkte meine Verletzungen und ein leises Stöhnen entwich meinen Lippen. Prellungen, aber nichts gebrochen, was ein verdammtes Wunder war. Mutter würde innerhalb einer Stunde kommen, um mich zu heilen. Wie immer. Sie würde hereinschweben, leise summen und meine Wunden versorgen, während sie mit den Fingern durch meine Haare strich. Als wäre all das vollkommen normal.

Ich wusste, dass sie mich aus diesem Leben befreien wollte, aber genau wie ich war sie zu feige, um es zu tun. Aber sie hatte es versucht. Zum ersten Mal in ihrem Leben war sie mutig gewesen. Sie hat Vater erpresst und dafür gesorgt, dass die Wahrheit über meine Formgebung an die Presse weitergegeben würde, sollte er einen von uns beiden töten. Dann war sie Darius' Bitte nachgekommen, mich während der Mondfinsternis ins Menschenreich zu bringen, um mich vor Vaters Ritual zu retten. Aber es war alles umsonst gewesen. Stella hatte uns erwischt, bevor wir in der Lage gewesen waren, das Haus zu verlassen. Sie hatte meiner Mutter die Luft genommen, bis sie fast ohnmächtig geworden war. Aber *Tante* Stella hatte es nicht dabei belassen. Sie hatte Mutters Arme mit Lianen gefesselt und ihren Mund mit einer weiteren zugenäht. Dann hatte sie sie blutend zurückgelassen und mich mit Sternenstaub zu dieser Klippe gebracht.

Schuldgefühle durchzuckten meine Brust bei dem Gedanken an jene Nacht. Ich war die Fessel, die meinen Bruder an Vater band und ihn in Schach hielt.

Ohne mich wäre Darius frei.

Als Mutter in mein Zimmer kam, hatte ich es bereits geschafft, mich ins Bett zu legen. Wie immer legte sie sich neben mich; Lavendelduft umgab ihre Haut. Sie zog mein Shirt aus und versorgte meine Wunden. Nur ihre Augen verrieten den Schmerz, den sie bei meinem Anblick verspürte.

Ihre dunklen Haare waren zu einem Dutt gebunden und mit einer weißen Schleife umwickelt, und sie trug ein zartrosafarbenes Etuikleid, das ihre Figur umschmeichelte. Ich ergriff ihre Hand, während die beruhigende Magie meinen Körper durchströmte und die Spuren, die er auf mir hinterlassen hatte, heilte.

»Wir könnten fliehen«, hauchte ich. »Darius holen und verschwinden.«

Sie streichelte meine Wange und beugte sich vor, um mir einen Kuss auf die Stirn zu drücken. Das leichte Zittern ihrer Hand war das einzige Zeichen ihrer eigenen Angst. »Sei nicht albern, mein Schatz. Mach dich hübsch fürs Essen, ja? Die Familie kommt.«

Sie verschwand und nahm ihren blumigen Duft mit sich. *Die Familie.* Das bedeutete Stella und Vaters treue Gefolgschaft. Wir würden heute Abend wieder den Umgang mit den Schatten üben und ich wünschte, ich müsste nicht hingehen. Das Einzige, was das Ganze lohnend machte, war, dass ich Darius auf dem Laufenden halten konnte, wie gut Vater mit dem Fünften Element zurechtkam. Er hatte weiterhin Schwierigkeiten, die Dunkelheit in den Griff zu bekommen. Das Schlimmste daran war, dass sich die Schatten von den tiefsten Emotionen aller zu nähren schienen. Vater war also noch wütender als zuvor. Wenn er zu Hause war, bestand derzeit eine neunzigprozentige Chance, verprügelt zu werden. Früher waren es vielleicht fünfzig Prozent gewesen.

Mein Handy gab ein Geräusch von sich und ich rutschte über mein Bett, um es vom Nachttisch zu holen.

Darius:
Ich komme heute Abend nach Hause. Ich habe eine Einladung nach
Spaßhausen bekommen. Bis nachher.

Erleichterung durchflutete mich. Darius war der Einzige, der irgendetwas hier besser machen konnte. Obwohl – noch besser wäre es, wenn er seine *Freundin* Tory Vega mitbringen würde. Natürlich war er besessen von ihr –

auch wenn er das vehement abstritt. Ich kannte meinen Bruder besser als jeder andere. Und obwohl ich verstand, warum es in dieser Familie absolut tabu war, mit einem Vega-Zwilling zusammen zu sein, hoffte ich dennoch, dass er den Mut aufbringen würde, sich gegen Vater aufzulehnen. Denn er hatte ein bisschen Zufriedenheit verdient, auch wenn diese nicht ewig anhalten konnte.

Xavier:

Cool! Kommst du in Begleitung ...?

Darius:

Ja ...

Xavier:

Ist sie heiß? ;)

Darius:

Dunkle Haare, Beine, die in kurzen Shorts großartig aussehen, und ein unglaubliches Lächeln.

Xavier:

Geil! Wenn du nicht mit ihr ausgehst, werde ich es tun.

Darius:

Prima. Ich sage Lance, dass du interessiert bist. Die Sterne wissen, dass er etwas Action gebrauchen könnte.

Ich verdrehte die Augen, bevor ich antwortete.

Xavier:

Arschgesicht.

Darius:

Vampirficker.

Ich lachte und ließ mein Handy in meinen Schoß fallen, bevor ich es langsam wieder in die Hand nahm. Es war wohl ziemlich dumm von mir gewesen, zu denken, dass er tatsächlich eine Vega uneingeladen nach Hause bringen würde. Aber immerhin würde ich für einen Abend die Gesellschaft meines Bruders genießen können. Und ich mochte es auch, mit Lance abzuhängen, wenn Vater es erlaubte.

Während ich so dalag, ging mir eine andere Sache durch den Kopf. Darius würde mich bestimmt fragen, ob ich dem Pegasus-Mädchen geschrieben hatte. Er hatte mir ihre Nummer schon vor Ewigkeiten gegeben, aber ich war noch nicht mutig genug gewesen, ihr zu schreiben. Was sollte ich überhaupt sagen? Und vertraute Darius diesem Mädchen wirklich? Was, wenn sie herausfand, wer ich war, und der Presse davon erzählte?

Ja, mein Bruder hatte ihr einen falschen Namen gegeben – aber konnte ich wirklich den Zorn meines Vaters riskieren, der unausweichlich folgen würde, wenn er herausfand, dass ich jemandem von mir erzählt hatte?

Aber andererseits war ich so verdammt einsam in diesem Haus. Und jetzt hatte ich nicht einmal mehr meine Xbox, um mich abzulenken. Ohne Kontakt zur Außenwelt würde ich verrückt werden.

Ich warf das Handy zwischen meinen Händen hin und her, bis ich schließlich beschloss, auf meinen Vater zu scheißen und eine Nachricht an Sofia Cygnus zu schreiben. Unter falschem Namen natürlich.

Phillip:
Hi Sofia! Ich bin Darius' Cousin, Phillip. Ich wollte nur mal Hallo sagen.
Wie läuft's denn so?

Ich frage mich, ob sie heiß ist ...

Ich rief FaeBook auf und suchte nach Sofia, wobei ich Zodiac Academy als Filter verwendete. Schließlich fand ich ihr Profil. Mein Herz schlug schneller, als ich diesen kleinen Ausschnitt ihres Lebens zu sehen bekam. Oben auf der Seite prangte ihr Sternzeichen – Schütze –, was bedeutete, dass sie wie mein Bruder das Element des Feuers hatte. Ich scrollte nach unten zu den Fotos, die sie hochgeladen hatte, und die erste Reihe zeigte Bilder einer Pegasus-Herde mit der Bildunterschrift *»Vor dem Frühstück noch schnell durch die Wolken fliegen – besser kann man den Tag nicht beginnen!«*

Mein Herz hämmerte, als ich die Herde betrachtete, und etwas in mir sehnte sich zutiefst danach, mich mit ihnen zu vereinen. Ich saß einfach da und starrte, bis mir das Atmen schwerfiel. Ich brauchte das. Meine Formgebung war dazu bestimmt, Gesellschaft zu haben. Wir waren die geselligste Formgebung neben den Werwölfen – Kameradschaft war also nicht nur ein Wunsch, sondern eine verdammte Notwendigkeit.

Ich stöhnte auf, scrollte weiter und entdeckte ein Foto von Sofia in ihrer

Fae-Gestalt. Ein Lächeln zupfte an meinen Mundwinkeln, als ich das Selfie sah, das sie mit den Vega-Zwillingen gemacht hatte. Sie hielten alle bunte Eisbecher in den Händen und Sofia strahlte vor Freude. Ihre Augen schienen mich durch den Bildschirm zu fixieren. Sie trug ihre zartblonden Haare in einem Pixie-Cut, der ihr Gesicht umrahmte. Ihre Lippen waren von einem blassen Rosa. Sechs Sommersprossen prangten auf jeder ihrer Wangen – ich zählte sie zweimal, um sicherzugehen.

Mein Handy piepte und ich ließ es fast fallen, als eine Nachricht von genau diesem Mädchen aufblitzte. Meine Zunge fühlte sich schwer an, als ich die Nachricht antippte, und ein Grinsen schlich sich auf mein Gesicht.

Sofia:
Hey Phillip. Ich dachte schon, du würdest dich gar nicht melden – aber ich bin froh, dass du es getan hast :)
Wie geht es dir, seit sich deine Formgebung gezeigt hat?

Ich holte tief Luft. Darius hatte ihr von meiner Situation erzählt, und sie tänzelte eindeutig um die Wahrheit herum. Aber sie kannte nicht alle Details. Zum Beispiel wusste sie nichts davon, dass ich nur unter Aufsicht nach draußen gehen durfte, das Gelände nicht verlassen konnte und es sich manchmal anfühlte, als würde ich mein Leben selbst in die Hand nehmen, wenn ich mein Zimmer zum Pinkeln verließ.

Phillip:
Ganz ehrlich? Ziemlich beschissen. Aber ich bin froh, dass du geantwortet hast.
Das macht die Sache schon ein bisschen weniger beschissen.

Ich lehnte mich zurück und die Zeit verging wie im Flug, während wir hin und her schrieben. Sie beantwortete meine dringendsten Fragen über meine Formgebung und es tat so unglaublich gut, mit jemandem darüber zu reden, der mich nicht dafür verurteilte. Sie lud mich ein, mich mit ihr zu treffen, aber ich erklärte vage, dass es für mich nicht infrage kam, das Haus zu verlassen. Es sei denn, ich stahl etwas Sternenstaub aus dem Büro meines Vaters. Und als mir diese Idee kam, war der Gedanke so verlockend, dass ich fast aufgestanden wäre, um mein Glück zu versuchen. Aber die Angst war weiterhin fesselnd. Er schlug mich zusammen, weil ich glitzerte – wenn ich ihn bestahl, würde er mich vielleicht einfach umbringen.

Besserer Plan: Darius hat seinen eigenen Vorrat an Sternenstaub. Vielleicht gibt er mir etwas davon.

Ich müsste nur warten, bis Vater in der Stadt bei der Arbeit war, und mich dann für ein paar Stunden in die Zodiac Academy schleichen. *Ja, und Sofia dein Gesicht zeigen und damit alles riskieren.*

Verdammt! Mir gingen die Möglichkeiten aus. Die Sterne leuchteten in diesen Tagen selten für mich. Manchmal fragte ich mich, ob sie mich ganz und gar vergessen hatten. Meine Horoskope waren Tag für Tag fast identisch. Nichts änderte sich. Und ich hatte Angst, dass das für immer so bleiben würde.

Viertel vor sechs ging ich in schicker Hose und Hemd nach unten. Meine dunklen Locken hatte ich nach hinten gestrichen und mein Handy in der Tasche auf lautlos gestellt. Wenn Sofia wieder schrieb, würde ich das Summen spüren und könnte mich ins Bad schleichen, um die Nachricht zu lesen. Das würde den Abend etwas erträglicher machen.

Ich nahm die große Treppe in die Eingangshalle und machte mich auf den Weg in die Küche, um vor dem Abendessen ein Glas Limonade zu trinken. Vater servierte am Tisch immer nur Wasser oder Wein – und ich hasste beides. Wenn er bei der Arbeit war, konnte ich den ganzen Tag lang Limonade trinken, und ich sehnte mich nach einem Glas, bevor dieses verfluchte Abendessen losging.

Als ich die Tür erreichte, hörte ich Stimmen und hielt inne. Stella unterhielt sich in einem leisen Ton mit Vaters Kollegen Alejandro, was darauf schließen ließ, dass sie nicht belauscht werden wollten.

»… weißt du mehr als ich, Alejandro?«, flüsterte Stella. »Ich kann lediglich erkennen, dass diese *Schattenprinzessin* immer näher kommt.«

»Diese Information haben wir auch«, sagte Alejandro mit seinem weichen Akzent. »Mehr ist auch mir nicht bekannt.«

»Lügner«, zischte Stella und ein seltsames Rattern erfüllte die Luft. »Ah! *Wage es* ja nicht!«

»Die Schatten geben nur die Informationen, die sie geben wollen«, sagte Alejandro in einem ruhigen Ton, der gleichzeitig einen gefährlichen Beigeschmack hatte. »Aber ja, sie kommt.«

»Und wer *ist* sie?«, fragte Stella und ihre Stimme wurde eine Oktave höher.

Plötzlich legte jemand eine Hand auf meinen Mund, und ich zuckte überrascht zusammen, als ich halb durch die Eingangshalle getragen und auf der Treppe abgesetzt wurde. Lance Orion ließ mich los und eine halbe Sekunde später betrat mein Vater die Eingangshalle.

Verdammte Mottenkugeln – ohne seine Fledermausohren wäre ich erwischt worden.

Darius tauchte hinter Orion auf und wir drehten uns gemeinsam zu Vater um. Spannung lag in der Luft.

»Onkel Lionel«, sagte Lance kühl.

»Lance«, erwiderte Vater knapp, bevor er sich Darius zuwandte und seine Lippen aufeinanderpresste.

Mutter erschien hinter ihm. Sie schwebte geradezu durch den Flur, bevor sie meinen Bruder umarmte. »Wir haben dich vermisst«, sagte sie mit leerer Stimme.

»Ich habe dich auch vermisst, Mutter«, sagte Darius ebenso hohl.

»Geh ein Stück mit mir, Lance, ja?« Moms Augenlider wurden schwerer, als sie einen Schritt nach vorn trat und ihm ihren Arm entgegenstreckte, damit er ihn nehmen konnte. Lance' Kiefer zuckte, als er sich bei ihr einhakte und sie ihn in Richtung Esszimmer führte.

Ich stand auf der Treppe und wippte nervös von einem Fuß auf den anderen, während Vater uns abwechselnd musterte. Schließlich blieb sein Blick auf Darius hängen.

»Wie läuft das Fünfte-Element-Training mit deinem Wächter?«, fragte er und Darius' Ausdruck verhärtete sich.

»Ich kann die Schatten bislang nicht kontrollieren. Aber wir sind auf dem besten Weg dahin.«

»Du wirst uns heute Abend zeigen, was du gelernt hast. Ich möchte dich alle vierzehn Tage sehen, um deine Entwicklung zu überprüfen. Wenn ich keine Fortschritte sehe, werdet ihr bereuen, nicht härter gearbeitet zu haben.«

»Ja, Vater«, sagte Darius, und Vater nickte steif, bevor er in Richtung Speisesaal ging.

Ich atmete tief durch, als der Druck seiner Gesellschaft von mir abfiel. Darius zog mich in eine feste Umarmung.

»Wie geht's Tory Vega?«, flüsterte ich ihm ins Ohr und er boxte mich in die Schulter.

Als ich mich von ihm löste, war sein Gesichtsausdruck so angespannt, als würde er sagen: Die Dinge stehen alles andere als gut. Aber bevor ich ihn ausfragen konnte, erschien Jenkins und geleitete uns in den Speisesaal. »Das Abendessen ist serviert. Master Darius, Master Xavier.«

Ich saß schweigend am Tisch, verschlang die anmaßend kleinen Portionen auf meinem Teller und versuchte, Stellas angeregtes Gespräch über einen fortschrittlichen Zauber namens Formgebungsselektion zu ignorieren.

»Das ist reine Fantasie, Stella«, sagte mein Onkel Cyril und sein Doppelkinn wackelte, während er einen weiteren großen Schluck Rotwein nahm. »Wie wollen sie Formgebungen vorhersagen, die von den Sternen bestimmt werden? Nicht einmal die besten Wahrsager Solarias sind dazu in der Lage.«

»Sie kommen der Sache immer näher«, drängte Stella und erntete ein paar hoffnungsvolle Blicke aus den Reihen der Tischgäste. »Stell dir vor, du könntest dir aussuchen, welche Nachkommen du zur Welt bringst? Dann gäbe es keinen Platz mehr für Missgeschicke. Das wäre fabelhaft!« Ihre Augen leuchteten auf, und ich biss so fest auf meine Gabel, dass es wehtat.

»Ja, wundervoll. Schade, dass es diesen Zauber nicht schon vor Jahren gab. Ich bin mir sicher, dass er vielen Paaren die Enttäuschung ungewollter Formgebungen erspart hätte«, sagte mein Vater trocken. Er sah mich nicht an, aber ich wusste, dass seine Worte darauf ausgelegt waren, mir wehzutun. Und das taten sie auch – bis in mein Innerstes und wieder zurück.

»Vielleicht solltest du deinen Mund zum Essen nutzen, Stella«, sagte Lance leichthin und warf ihr einen scharfen Blick zu. Er nannte sie nicht mehr Mom. Ich war nicht dabei gewesen, als seine Schwester Clara gestorben war, aber Darius hatte mir davon erzählt. Seit jenem Tag sprach Lance nicht mehr so von seiner eigenen Mutter, als wäre sie mit ihm verwandt. Ich wünschte, ich könnte das auch bei Vater tun. Aber wenn ich ihn Lionel nannte, würde er mich wahrscheinlich durch eine Wand werfen.

»Ach, sei nicht so zimperlich mit mir, mein Baby. Komm schon, sag uns deine Meinung zur Formgebungsselektion, wir *brennen* darauf, sie zu hören.« Stella sah leicht beschwipst aus, obwohl sie immer eher unausgeglichen war. Nach ein paar Gläsern Wein war sie noch gefährlicher.

»Ich halte das Ganze für barbarisch«, sagte Lance entschlossen, ohne sich von ihr abzuwenden.

»Es ist nicht anders, als nur zu bestimmten Zeiten im Jahr miteinander zu schlafen, um die Elemente der Nachkommen zu beeinflussen«, konterte Stella, und Mutter nickte zustimmend.

»Wir haben es nur in den Monaten versucht, die gewährleisten konnten, dass unsere Jungs das Feuerelement besitzen, wenn sie zur Welt kommen«, sagte Mom, und ich tauschte einen Blick mit Darius aus, der am liebsten unter den Tisch gekrochen und verschwunden wäre.

»Genau wie mein Mann und ich auch«, sagte Stella und ihre Augen schimmerten.

Cyril legte eine Hand auf ihren Arm, als sie einen Schluchzer ausstieß und

Lance fast unhörbar stöhnte.

»Wir wollten, dass Lance im Element der Luft geboren wird, aber wir haben nicht bedacht, wie schwierig es sein kann, eine Waage großzuziehen«, sagte sie mit einem dramatischen Schniefen.

»Wie enttäuscht du sein musst«, sagte Lance trocken, als wäre ihm das alles scheißegal. Lionel warf ihm einen gefährlichen Blick zu. Lance drehte den Kopf und kratzte mit der Gabel über seinen Teller, während Darius auf dem Stuhl neben ihm näher rückte.

»Meine Zweitgeborene war Waage«, ergänzte Tante Fiona mit erhobener Nase. Sie erweckte stets den Anschein, als befände sich etwas Verdorbenes darunter. »Schreckliches Benehmen. Wenn eine Waage einmal entschieden hat, was richtig oder falsch ist, kann man sie nicht mehr umstimmen. Letztlich mussten wir sie in eine Sternzeichen-Korrektionsanstalt schicken.«

Lance knurrte und ich sah, wie Darius unter dem Tisch eine Hand auf seinen Arm legte. Als der Blick meines Vaters warnend auf meinen Bruder fiel, verstummte Lance.

»Hat es funktioniert?«, fragte Cyril neugierig.

»Auf jeden Fall«, antwortete Fiona strahlend. »Sie identifiziert sich jetzt als Wassermann.«

Bei den Sternen, meine Familie ist wahnsinnig.

Ich schaffte es kaum durch die letzten Gänge, ohne mein eigenes Trommelfell zu durchbohren, nur damit ich mir nicht länger den Formgebungsschwachsinn anhören musste, der aus ihren Mündern kam.

Schließlich wurden wir in den Ballsaal geführt und Vater ließ Jenkins alle Türen verriegeln, bevor er das Wort ergriff.

»Stella hat uns freundlicherweise eine Lektion im Umgang mit dem Fünften Element angeboten. Ich bin mir sicher, dass ihr alle die tiefe Kraft gespürt habt, die jetzt in euren Adern fließt.«

Alle nickten zustimmend und Darius warf mir einen Blick zu, der mir Bauchschmerzen bereitete. Ich hatte noch keine Gelegenheit gefunden, mich für das, was bei der Mondfinsternis passiert war, zu entschuldigen. Eine SMS schien dafür nicht geeignet zu sein. Ich musste mit ihm von Angesicht zu Angesicht reden. Von Bruder zu Bruder.

»Komm her, mein Junge!« Stella winkte ihren Sohn zu sich.

Lance bewegte sich auf sie zu; seine Schultern waren steif. Sie strich mit ihren Fingerknöcheln über seine Wange und runzelte traurig die Stirn. »Die Schatten werden dich zu mir zurückbringen. Spürst du den Ruf ihrer dunklen Macht, mein Engel?«

»Ich bin nicht weggegangen«, murmelte er.

»Oh, aber natürlich bist du das. Ich erkenne den Jungen, der vor mir steht, nicht wieder.« Sie wandte sich ab, als wäre ihr Lance' Anblick zu schmerzhaft, und er rollte mit den Augen.

Stella atmete tief ein, um sich zu sammeln. »Ihr müsst den Schatten nachgeben, aber dabei das richtige Maß finden.« Sie drehte sich um und ließ ihren Blick durch den Raum schweifen. »Lasst ihre göttliche Kraft durch eure Adern fließen und aus euch strömen, wie es die Elemente tun.« Sie öffnete ihre Handfläche, in der sich obsidianschwarzer Rauch kräuselte. Die Schatten tanzten auf ihrer Haut.

Beim Anblick dieser dunklen Macht kroch mir die Angst den Rücken hinauf. Die Luft schien dicker zu werden und die Lichter über uns flackerten. Alle übten, und auch ich öffnete meine Handfläche und besann mich auf Stellas Lektionen, um zu versuchen, die Magie an die Oberfläche meiner Haut zu ziehen. Aber tief im Inneren wusste ich, dass ich dagegen ankämpfte.

Mein ganzes Leben lang hatte ich davon geträumt, das Erwachen meiner Magie zu spüren, aber alles an dieser Macht fühlte sich falsch an. Verdreht. Ich hatte noch nie erfahren, wie es war, wenn Elementarmagie aus einem herausströmte, also hatte ich nichts, womit ich es vergleichen konnte. Aber ich wusste in den Tiefen meines Herzens, dass das nicht natürlich war. Es fühlte sich an, als hätte sich ein Dämon um meine Seele geschlungen. Als wäre ich nur einen Fehltritt davon entfernt, von ihm verschlungen zu werden.

»Ist alles in Ordnung?«, fragte Darius leise, während im Raum Stimmengewirr zu hören war.

»Ja«, flüsterte ich. »Und bei dir?«

Er nickte, dann runzelte er die Stirn, als sich eine Schattenkugel in meiner Handfläche bildete. Ich atmete scharf ein, als ich in eine Art Rauschzustand eintrat, und bettelte darum, tiefer in diesem Gefühl zu versinken.

Darius schlang seine Hand um mein Handgelenk, und ich wehrte mich seufzend gegen den Sog der Macht.

Stella klatschte in die Hände, um die Aufmerksamkeit aller zu erregen. »Bist du bereit für die Demonstration, Lionel?«, fragte sie hoffnungsvoll, und Vater schenkte allen eines seiner unheimlichsten Lächeln.

»Stella hat mit ihrer neuen Kraft etwas ganz Bemerkenswertes erreicht«, erklärte er den Anwesenden. »Xavier hat sich freiwillig gemeldet, um diese Präsentation zu ermöglichen.«

»Habe ich das?«, murmelte ich.

»*Vater*«, sagte Darius streng, aber er ignorierte ihn.

»Das ist sehr mutig«, sagte Onkel Cyril und warf mir einen anerkennenden Blick zu.

Vater hob sein Kinn und ich glaubte, so etwas wie Stolz in seinen Zügen zu erkennen. Es mochte albern sein, aber das Gefühl, das mich daraufhin durchströmte, war zu gut, um ignoriert zu werden. Ich trat bereitwillig nach vorn, obwohl Darius' Augen sich in meinen Kopf bohrten.

»Versuch, dich zu wehren, Xavier«, sagte Vater und ich nickte und schluckte den Kloß in meinem Hals hinunter. Er bedeutete Tante Stella vorzutreten; dunkle Wirbel tanzten in ihren Augen.

Stella hob die Hände und ein Schattentunnel kollidierte mit mir. Er schien sich durch meine Haut zu fressen und sich mit jedem Nerv in meinem Körper zu verbinden. Wo er mich berührte, brannte es. Und es war nicht irgendein Feuer – es war Propangas, das durch jede Zelle meines Körpers floss und dort in Flammen aufging. Ich war mir halb bewusst, dass ich schrie, aber alles, was ich hörte, war ein Flüstern, das in einer mir unbekannten Sprache an meine Ohren drang.

»Hilfe!«, rief ich im Geiste, als das Feuer immer stärker wurde. Aber niemand war da, um mich zu retten. Nicht hier. Niemals. Ich war ein Sklave der neuen Macht meiner Familie. Und das bedeutete nichts anderes, als dass Vater ein neues Spielzeug hatte, mit dem er mich verletzen konnte. Eine weitere Möglichkeit, mich zu brechen.

Aber irgendwo zwischen dem Schmerz und der Dunkelheit fand ich etwas, an dem ich mich festhalten konnte. Ein hübsches Mädchen mit strahlenden Augen und einer Haut, die wie Strass funkelte. Und als das Bild eines Pegasus inmitten eines tosenden Wolkenmeeres durch meinen Kopf schwebte, schwor ich mir bei allem, was ich war, dass ich eines Tages mit ihr zusammen fliegen würde. Die Schatten wichen zurück und ich keuchte auf. Ich kniete auf dem Boden und war schweißgebadet.

»Er hat es geschafft«, sagte Stella anerkennend. »Er hat die Schatten abgewehrt. Und zwar schnell.«

»Was auch immer dir dabei geholfen hat, halte daran fest«, sagte Vater energisch.

Ich nickte. Damit hatte ich absolut kein Problem. Ich lächelte, denn es fühlte sich an, als würde ich im Stillen gegen meinen Vater rebellieren. Mein Anker war ein Pegasus – genau wie ich. Du kannst mich mal, *Dad*.

Gemini
Scorpio
Virgo
Cancer
Aries
Leo
Sagittarius
Taurus
Capricorn
Aquarius
Libra
Pisces

DARCY

KAPITEL 9

Ich lag auf meinem Bett und wippte mit dem Kopf zu *Real Friends* von Camila Cabello, während ich meinen *Tarot*-Aufsatz schrieb. Ich war am letzten Satz angelangt.

Da sich Tarot-Decks von Packung zu Packung unterscheiden und oftmals Elementar- und Astrologiesymbole in den Bildern versteckt sind, lassen sich je nach Element und Sternzeichen des Auslegers mehr oder weniger gute Vorhersagen treffen. Daher ist Tarot eine der komplexeren der Arkanen Künste. Für diejenigen, die sie beherrschen, ist sie gleichzeitig eine der genauesten.

Ich kaute auf meiner Unterlippe, während ich noch mal drüberlas, und fügte im Geiste einen weiteren Satz hinzu: *Deshalb sind Astrums Karten so verwirrend und ergeben erst dann einen Sinn, wenn sie aufgeklärt werden.*

Was nützte es, einen Blick in die Zukunft zu werfen, wenn man das Gesehene erst verstand, wenn es zu spät war, etwas dagegen zu tun?

Ich griff in die Schublade meines Nachttisches und holte die letzte Karte heraus, die wir erhalten hatten. *Die Herrscherin.*

Im Palast der Seelen ruht ein unentdecktes Geheimnis.
Findet das Licht, das nach dem Feuer weiterbrannte ...

Der Palast der Seelen gehörte dem König und der Königin. Ich fragte mich, was der Celestia-Rat mit dem Gebäude gemacht hatte oder ob es einfach leer stand. Würden Tory und ich wirklich Anspruch darauf erheben können? Die Vorstellung eines solch gigantischen Erbes machte mich nervös. Ich war zwar noch nicht bereit, Prinzessin zu werden, aber ich *war* bereit, mehr über meine Vergangenheit herauszufinden. Und auch wenn Tory sich dagegen sträubte, mehr zu erfahren, würde dieses Bedürfnis bei mir nicht versiegen.

Wie konnte sie nicht wissen wollen, woher wir kamen? Es faszinierte mich genauso, wie es mir Angst machte.

Ein Klopfen am Fenster ließ meinen Herzschlag in die Höhe schießen. *Was zum Teufel?*

Ich sprang auf, lief quer durch den Raum und hob abwehrend eine Handfläche, während ich den Vorhang beiseite zog. Die Angst, dass die Erben gekommen waren, um ihr Versprechen zu erfüllen und uns zu vernichten, begleitete mich immer.

Orion stand auf dem Fenstersims – knapp fünfzig Meter über dem Boden –, als wäre das völlig sicher. Meine Atmung wurde unregelmäßig und mein Herz klopfte immer schneller, während sich eine unglaubliche Wärme in mir ausbreitete. Ich entriegelte das Fenster und zog es auf, damit er in mein Zimmer steigen konnte. Es war schon nach elf und draußen war es stockdunkel. Ich war mir sicher, dass er vorsichtig gewesen war, aber trotzdem war mir flau im Magen, wenn ich daran dachte, dass er gesehen worden sein könnte. Diese Sache zwischen uns war alles verzehrend; ich war in den Kaninchenbau gefallen und weigerte mich, das Wunderland wieder zu verlassen. Aber ich könnte nichts dagegen tun, sollten wir jemals erwischt werden.

Ich ergriff seine Hand, die sich wegen der eiskalten Luft genau so kalt anfühlte. Er legte einen Arm um meine Taille und hob eine Hand, um eine Stillekuppel zu schaffen, bevor er auch nur ein einziges Wort sagte.

Mit einem Grinsen stoppte ich ihn und benutzte stattdessen meine freie Hand, um den Zauber zu wirken, der sich um uns herum ausbreitete, bis er jede Wand des Raumes berührte.

Orion lächelte breit, aber sein Blick war schwer, und er hatte dunkle Augenringe.

»Was ist los?«, fragte ich instinktiv.

»Mir geht es gut«, sagte er beruhigend und beugte sich herunter, um mir einen sanften Kuss auf die Lippen zu drücken, der eine ganze Meute von Schmetterlingen in meinen Bauch schickte. »Ich war heute Abend mit meiner Mutter und den anderen Irren auf dem Acrux-Anwesen. Stella hat uns eine

Lektion in Sachen Schatten erteilt … und dabei Xavier wehgetan.«

Ich atmete scharf ein und legte die Stirn in Falten. »Geht es ihm gut?« Nach allem, was Tory mir über ihn erzählt hatte, war er der einzige anständige Acrux, und es machte mich traurig, zu wissen, dass er in seinem eigenen Haus gefangen gehalten wurde.

»Ja«, seufzte er müde. »Ich wünschte, ich könnte mehr tun, um zu helfen.«

Ich streichelte seine Wange. »Ich bin sicher, du tust alles in deiner Macht Stehende.«

Er ging an mir vorbei und ließ sich mit einem Seufzen auf mein Bett fallen. »Ich habe Darius jahrelang in dunkler Magie unterrichtet, in der Hoffnung, dass er dadurch einen Vorteil im Kampf gegen seinen Vater hat. Wir haben schon so lange geplant, ihn loszuwerden, dass ich mich kaum noch an eine Zeit davor erinnern kann. Aber jetzt hat Lionel seine Macht mit dem Fünften Element verzehnfacht. Und die seiner verdammten Freunde.«

»Genau wie unsere«, drängte ich. »Und du hast diese Zeit nicht ungenutzt verstreichen lassen. Lionel mag das Fünfte Element besitzen, aber er beherrscht die dunkle Magie nicht so gut wie du, oder?«

Orion hob sein Kinn und begegnete meinem Blick. Ein Lächeln legte sich auf seine Lippen. »Nein, du hast recht, Blue. Das tut er nicht.« Er klopfte sich auf den Oberschenkel und ich grinste, bevor ich mich auf seinen Schoß setzte und meine Arme um seinen Hals schlang. Er drückte mir einen Kuss auf mein Kinn und mein ganzer Körper kribbelte.

»Willst du ein Geheimnis wissen?«, flüsterte er mir ins Ohr und ein köstlicher Schauer durchfuhr mich, während ich nickte. Er ließ seine Zähne über meinen Hals gleiten und sein Griff um mich wurde fester. Sein Verlangen, zu trinken, war plötzlich so offensichtlich, dass ich nicht verstand, warum ich es nicht sofort bemerkt hatte, als er ins Zimmer gekommen war. »Du bist es, an der ich mich festhalte, um aus den Schatten zurückzukommen.« Er bohrte seine Reißzähne in meinen Nacken, und ich keuchte auf und bewegte mich auf seinem Schoß, um meine Beine um ihn zu legen, während er trank.

Ich kämmte seine Haare mit meinen Fingern und presste meine Oberschenkel gegen seine Taille, als sich eine tiefe Hitze an der Basis meiner Wirbelsäule auszubreiten begann.

Orion stand auf und umfasste meinen Hintern, um mich festzuhalten, bevor er sich umdrehte und mich auf die Notizblätter fallen ließ, die auf meinem Bett verstreut lagen. Ich lächelte und hielt mich an ihm fest, als er sein Gewicht auf mich verlagerte. Seine Hand glitt unter meinem Oberteil nach oben und er knurrte, als er dort keinen BH fand, der ihn hätte ausbremsen können.

Er wurde hart an meinem Oberschenkel und ich wölbte meinen Rücken, um ihm näher zu kommen. Ich zerrte an seinem Shirt, und er zog es über seinen Kopf, bevor er seinen Mund auf den meinen senkte. Seine Küsse wurden immer heftiger und entfachten ein Feuer in mir, das mich in ein Loch der Begierde stürzen ließ.

»Lance.« Ich ließ meine Fingernägel über seinen Rücken kratzen und er stöhnte in meinen Mund.

Er stemmte sich auf eine Hand, während seine andere zu meinem Hosenbund hinunterglitt, um dort zu versinken und …

Plötzlich schoss sein Kopf hoch und eine Sekunde später klopfte es an der Tür.

»Wer zum Teufel ist das?«, knurrte er.

Ich stieß ihn zurück und schüttelte den Kopf, während mein Herz unaufhörlich schlug. »Ich weiß es nicht. *Geh!*«

»Ignorier es einfach«, flehte er, aber ich warf ihm einen strengen Blick zu.

»Es könnte Tory sein«, sagte ich.

»Wer auch immer es ist, werde ihn oder sie los!« Er drückte mir einen Kuss auf die Lippen, dann schnappte er sich sein Shirt und verschwand im Badezimmer, wobei er die Tür hinter sich schloss.

Ich versuchte, mein rasendes Herz zu beruhigen und meine wilden Haare zu bändigen, während ich aufstand und zur Tür ging.

Diego stand in Jeans, Shirt und Mütze vor mir. Sein Gesichtsausdruck wirkte angespannt. Er war so ziemlich der Letzte, mit dem ich gerechnet hätte.

»Hey, Darcy.« Diego räusperte sich und tat es dann noch einmal, als ich weiterhin schwieg. Ich hatte keine Ahnung, was ich sagen sollte.

»Hi«, presste ich schließlich hervor.

»Ich weiß, es ist spät«, sagte er stirnrunzelnd und zupfte an einer Seite seiner Mütze. »Aber darf ich reinkommen?«

Ich warf einen Blick über die Schulter und zur Badezimmertür, bevor ich ihn wieder ansah. Ich verschränkte die Arme vor der Brust und lehnte mich mit der Schulter an die Türöffnung. »Ich bin mir nicht sicher, ob das eine gute Idee ist.«

»Ich will nur reden«, sagte er und zog am Kragen seines Shirts, als wäre ihm zu heiß. »Und mich entschuldigen.« Er legte den Kopf schief. »Es tut mir leid, was ich zu dir gesagt habe. Und ich würde dir gern erklären …« Er sah sich nervös um und ich runzelte die Stirn.

»Was erklären?«, fragte ich.

»Bitte, Darcy. Nicht hier draußen.«

Mit einem Seufzen gab ich nach und trat von der Tür weg, um ihn hereinzulassen. Orion würde alles mitbekommen, was er sagte, aber dagegen konnte ich nicht viel tun.

Ich schloss die Tür und Diego ließ den Blick durch den Raum schweifen. »Kannst du eine Stillekuppel erschaffen? Ich bin noch nicht so gut darin.«

»Schon erledigt«, sagte ich, während Diego meinen Schreibtischstuhl hervorzog, sich darauf fallen ließ und die Hände verschränkte.

Ich ließ mich auf mein Bett sinken, verschränkte die Beine unter mir und wartete darauf, dass er etwas sagte.

»Okay, also … als Erstes möchte ich sagen, dass ich das, was ich über dich und deine Schwester gesagt habe, nicht so gemeint habe. Ich meine, ich hasse Orion nach wie vor – daran wird sich auch nichts ändern –, aber der Rest war echt Mist. Und es tut mir wirklich leid.«

»Ich weiß, dass Orion dir gegenüber ein echtes Arschloch sein kann«, erwiderte ich seufzend und machte mir nicht die Mühe, meine Stimme zu senken. Es war die verdammte Wahrheit, und seine Vampirohren würden sowieso alles verstehen. »Und ich hätte dich nicht schlagen sollen. Das war furchtbar von mir – eine echte Kurzschlussreaktion. Und dafür möchte ich mich auch entschuldigen.«

Es fühlte sich so gut an, endlich darüber zu reden. Diego war einer der ersten Freunde, die ich an der Academy gefunden hatte, und ich wollte ihn nicht verlieren. Ich wusste, dass es unangebracht gewesen war, ihn zu schlagen, weil er über Orion hergezogen hatte, aber wenn es um ihn ging, war ich verdammt empfindlich.

»Ich werde das alles auch zu Tory sagen, *chica*«, fuhr Diego fort. »Aber es gibt etwas, das ich mir von der Seele reden muss. Ich denke schon seit Tagen darüber nach, seit …« Er räusperte sich und sah mich mit verkniffener Miene an. »Flipp nicht aus, okay?«

»Äh … okay«, sagte ich vorsichtig und meine Magie drängte sich an die Oberfläche meiner Haut.

»Ich weiß, dass du die Schatten in dir trägst«, sagte Diego und ich starrte ihn an, als hätte ich gerade einen Schlag in den Bauch eingesteckt.

»Du … w-was?«, stotterte ich erschrocken und war mir sicher, dass Orion in meinem Badezimmer gerade eine ähnliche Reaktion zeigte. »Woher? Hast du etwas gehört? Wer hat es dir gesagt?«

»Ist schon gut«, sagte er schnell und hob unschuldig eine Hand. »Keiner hat es mir gesagt. Aber ich kann sie spüren. Ich habe keine Ahnung, woher du sie hast. Oder deine Schwester … oder Darius Acrux … oder Professor Orion.«

Mir blieb buchstäblich der Mund offen stehen, während ich ihn anstarrte und auf eine Erklärung wartete, die irgendeinen Sinn ergab. »Wie?«

Diego lehnte sich auf seinem Stuhl nach vorn, seine Augen waren wild vor Angst. »Du weißt ja nicht, welchen Ärger ich bekommen würde, wenn meine Familie erfährt, dass ich dir das erzählt habe.«

»Mir was erzählt?«, flüsterte ich und mein Herz schlug in meiner Brust wie die Flügel eines Kolibris.

Diego seufzte. »Meine Familie benutzt *magia oscura* – dunkle Magie.«

Ich schürzte die Lippen und nickte langsam, während ich darauf wartete, dass er fortfuhr.

»Das tun sie, seit ich denken kann. Meine Mutter, mein Vater und Onkel Alejandro. Mein Vater kämpft dagegen an, aber die anderen beiden ...« Er schüttelte den Kopf. »Sie werden von der Dunkelheit beherrscht. Sie haben sich vor langer Zeit in ihre Fänge begeben und wer sie vorher waren, ist einfach *desapareció* – verschwunden.«

»Diego ...«, hauchte ich. Tausend Fragen schossen mir durch den Kopf. »Du etwa auch?«

»Nicht hier an der Academy«, sagte er fest. »Ich wollte hierherkommen, um ein neues Leben zu beginnen. Ich wollte meiner Familie entkommen ... diesem Haus.« Er erschauderte. »*Mi casa es donde vive el diablo.* Ich will nie wieder zurück. Aber die Schatten ...«

»Was ist mit ihnen?«, flüsterte ich mit einem Frösteln.

»Ich kann ihnen nicht entkommen. Ich wollte nie mit ihnen verbunden sein, aber meine *abuela* hat gesagt, dass sie uns allen helfen würden, dunkle Vorhersagen für die Zukunft zu erhalten. Also hat sie einen Weg gefunden, uns dauerhaft mit dem Schattenreich zu verbinden. Ich habe mich geweigert, aber *mamá* hat darauf bestanden.«

»Was hat deine Großmutter getan?«, fragte ich, während sich die Angst in mir ausbreitete.

»Sie ...« Diego sah zu Boden. Seine Wangen röteten sich, während er um die Worte rang. Er holte tief Luft. »Darcy, weißt du, woraus die Schatten bestehen?«

Meine Kehle wurde eng, während ich nach der Antwort suchte, aber ich stellte fest, dass Orion mir diese bereits gegeben hatte.

»Aus Seelen?«, fragte ich leise. Die Härchen in meinem Nacken stellten sich auf.

Diego nickte, seine Augen waren dunkel. »*Si* ... also hat meine *abuela* etwas Unsagbares getan.« Er hob eine Hand, um an seiner Mütze zu zupfen, und ich könnte schwören, dass ein kalter Wind durch den Raum wehte. Entweder das – oder ich hatte einen Horrorfilm zu viel gesehen. Er senkte seine Stimme bis knapp über ein Flüstern, aber ich wusste, dass Orions Vampirgehör jedes Wort mitbekam, auch wenn sogar ich mich nach vorn beugen musste, um Diego zu verstehen. »Sie hat die dunkelste aller Magien benutzt, um ihre Seele an Objekte im Reich der Fae zu binden. Um ihren Geist hier zu verankern, bevor sie sich den Schatten hingegeben hat.«

»Objekte? Was für Objekte?«, flüsterte ich; mein Mund war wie ausgetrocknet.

Diego hob erneut die Hand, zog die Mütze von seinem Kopf und wickelte den Stoff um seine Finger. »Die Mütze ist eines der Objekte.« Er hielt sie mir hin, aber ich wich zurück, weil ich nicht wusste, was ich da gerade entdeckt hatte. *Hat seine Großmutter ihre Seele in diese verdammte Mütze gestrickt???*

»Ich verstehe nicht ganz«, sagte ich und wich ein Stück zurück.

Er schluckte, setzte die Mütze wieder auf und zog sie tief über seine Ohren. »Ich kann die Schatten hören, wenn ich sie trage.«

Mein Herz schlug schneller und ich erwartete fast, dass Orion in den Raum platzen und gemeinsam mit Diego über den ausgeklügelten Prank lachen würde, den sie gemeinsam ausgeheckt hatten. Aber es blieb still im Raum und die Wahrheit lastete schwer auf meinen Schultern.

»Meine *abuela* spricht durch sie zu mir«, sagte Diego. »Sie hat ihre Seele dafür gegeben, dass jedes Mitglied meiner Familie durch die von ihr gefertigten Kleidungsstücke miteinander verbunden ist.«

Ich nickte stumm. Der Schock hatte mir die Sprache verschlagen.

»Und die dunkle Magie, die darin verwoben ist, ermöglicht es mir, sie ganz klar zu hören ... die uralten Sprachen zu übersetzen, die sie sprechen. Außerdem ...« Er neigte den Kopf und schien sich zu schämen. »Die Mütze hilft mir, sie zu kontrollieren. Wenn ich sie nicht trage, falle ich der Dunkelheit zum Opfer, die in meinen Adern wohnt. Die Schatten sind dort, seit meine *abuela* diesen schrecklichen Zauber gesprochen hat. Ich bin mit ihnen verbunden, aber ich kann sie nicht steuern. Und ich kann sie auch sehen, so wie ich es bei dir und den anderen tue.« Diego streckte die Hand aus und ich nahm sie und drückte sie sanft. »Bitte hasse mich nicht für das, was als Nächstes kommt.«

»Ich werde es versuchen«, sagte ich unsicher.

»Onkel Alejandro arbeitet für Lionel Acrux«, flüsterte er. »Er hat mich gebeten, dir und deiner Schwester näherzukommen. Er ist auf der Suche nach Informationen, aber ich habe ihm noch nie etwas von Bedeutung gegeben.

Ich habe nicht damit gerechnet, euch zu mögen, und ich … ich habe dich nie als etwas anderes als eine gute Freundin betrachtet. Alejandro hat mich unter Druck gesetzt und ich dachte, dich zu küssen, wäre ein guter Weg, um in dieser Hinsicht weiterzukommen, aber …«

»Du spionierst uns aus«, rief ich erschrocken. Mein Blick flog zur Badezimmertür und dann zurück zu ihm. Orion blieb, wo er war. Nicht, dass ich wirklich etwas anderes erwartet hätte, aber diese Nachricht musste ihn in den Wahnsinn treiben.

»Nicht mehr«, versprach er und die Wahrheit funkelte in seinen Augen.

»Aber wenn ihr alle mit den Schatten verbunden seid, kann deine Oma dann nicht mithören?«, fragte ich besorgt.

»Nein«, sagte er. »Sie hören nur, was ich sie hören lasse. Pass auf, ich will mich nicht gegen dich und Tory stellen. Ihr seid meine Freunde. Ich habe in euch eine Familie gefunden, wie ich es zuvor noch nie erlebt habe. Ich bin euch gegenüber loyal, das schwöre ich.« Er rutschte von seinem Stuhl, ließ sich auf die Knie fallen und senkte den Kopf. »Ihr seid meine Königinnen und ich werde alles tun, um das wiedergutzumachen. *Alles.*«

Ich starrte ihn an und versuchte, all das zu verarbeiten und herauszufinden, was davon der Wahrheit entsprach. Diego hatte uns für Lionel Acrux ausspioniert. Obwohl sein Gesichtsausdruck mich glauben ließ, dass er das nicht willentlich getan hatte, fragte ich mich, was ich mit dieser Information anstellen sollte.

»Das ist eine Menge zu verdauen«, sagte ich mit zittrigem Atem und fuhr mit einer Hand durch meine Haare.

Diego musterte mich traurig. »Ich weiß, ich weiß. Es ist alles so verrückt. Ich wünschte, ich hätte es dir schon früher gesagt, aber ich hatte Angst. Und schau, ich weiß, dass das keine Entschuldigung ist, aber am Tag des Jahrmarkts hatte ich meine Mütze nicht auf. Manchmal ist sie geradezu erdrückend, dann treiben mich die Stimmen in den Wahnsinn. Ich war dort nicht ich selbst. Ich bin in die Dunkelheit in mir gefallen und sie hat mir alles andere genommen.« Eine Träne rann über seine Wange und mein Herz verkrampfte sich. Ich wusste, wie mächtig die Schatten sein konnten – ich kämpfte jeden Tag gegen sie an.

Ich ließ mich auf mein Bett sinken, verschränkte die Beine unter mir und drückte seinen Arm. »Es ist okay. Ich glaube dir, Diego. Ich brauche nur etwas Zeit, um das zu verstehen.«

»Ich weiß«, krächzte er und schluckte weitere Tränen hinunter. »Ich will kein Feigling sein, aber du weißt nicht, wozu meine Familie fähig ist. Sie zu verraten, ist das Schrecklichste, was ich je getan habe. Und sie dürfen nichts davon erfahren.« Er ergriff meine Hand und drückte sie so fest, dass es fast wehtat. »*Sie dürfen nichts davon erfahren*«, flehte er mich an und ich nickte schnell.

»Das werden sie nicht. Wie könnten sie es herausfinden?«

»Ich muss ihnen weiterhin Informationen übermitteln«, sagte er und klang dabei panisch.

»Wirst du ihnen davon berichten? Dass wir die Schatten haben?«, fragte ich, während mein Herz wie wild trommelte.

»Nein, ich verspreche, das werde ich nicht«, schwor Diego, dann hob er die Brauen. »Was ist eigentlich passiert? Wie ist es dazu gekommen?«

Ich presste die Lippen aufeinander. »Ich kann nicht darüber reden.«

»Du vertraust mir nicht«, sagte Diego und ließ den Kopf hängen.

»Ich vertraue gegenwärtig niemandem«, erwiderte ich seufzend.

»Ich verstehe«, sagte er sanft und stand auf. Ich folgte ihm zur Tür, wo er seine Hand auf die Klinke legte. »Wirst du es Tory sagen?«

»Ja«, sagte ich, und er nickte.

»Gut. Ich glaube, es ist besser, wenn sie es von dir hört. Ich glaube nicht, dass sie mir verzeihen wird. Ich weiß nicht mal, ob sie mich jemals wirklich gemocht hat.«

»Sag so etwas nicht. Das hat sie«, sagte ich mit Nachdruck und er nickte traurig, öffnete die Tür und schlüpfte in den Korridor.

»Vielleicht kann ich mich morgen beim Frühstück zu euch setzen?«, fragte er hoffnungsvoll.

»Klar«, sagte ich und zauberte ein kleines Lächeln auf meine Lippen, bevor er zurück zu seinem Zimmer ging.

Ich drückte die Tür zu und ließ mich dagegen sinken, während ich versuchte, alles zu verarbeiten, was ich gerade gehört hatte. Orion war blitzschnell an meiner Seite, zerrte mich aufs Bett und zwang mich, ihn anzusehen. Er hob mein Kinn an, um meinem Blick zu begegnen, und ich sah die Stärke eines Kriegers in seinen Augen.

»Du wirst nie wieder Zeit mit ihm verbringen!«, befahl er und ich blinzelte überrascht.

»Was?«, platzte ich heraus. »Er hat gerade gesagt ...«

»Ich habe gehört, was er gesagt hat«, bellte Orion und ich zuckte zusammen. Seine Augen flackerten eine Sekunde lang dunkel, bevor er weitersprach. »Der Junge ist gefährlich. Ich traue keinem Wort, das aus seinem Mund kommt.«

»Warum sollte er lügen? Dunkle Magie? Die Schatten? Er hat sich in Gefahr gebracht, indem er mir davon erzählt hat.«

»Sein Onkel arbeitet mit Lionel Acrux zusammen«, knurrte Orion mit gefletschten Reißzähnen.

»Ich weiß, und das hat er zugegeben«, drängte ich. »Diego wusste bereits, dass wir die Schatten haben. Wenn er uns verraten wollte, hätte er seinem Onkel bereits davon erzählt. Aber das hat er nicht getan. Er ist zu *mir* gekommen und hat mir alles erzählt. Welchen anderen Grund sollte er dafür haben?«

»Ich weiß es nicht.« Orion nahm meine Hände, beugte sich vor und bedachte mich mit seinem strengen Professorenblick. »Aber du wirst nicht mit ihm befreundet sein.«

Ich riss mich schnaubend von ihm los. »Du hast mir nichts vorzuschreiben. Ich treffe meine eigenen Entscheidungen, Lance. Wenn du denkst, dass ich mich von dir herumkommandieren lasse …«

»Ich versuche nicht, dich herumzukommandieren, Blue. Ich will dich beschützen.«

Die Leidenschaft in seinem Tonfall ließ mich innehalten, denn ich erkannte, dass er es gut meinte. »Warum vertraust du nicht auf das, was er gesagt hat?«

Orion presste seine Kiefer zusammen. »Es geht nicht um ihn. Er ist mit jedem Mitglied seiner Familie über die Schatten verbunden. Außerdem ist Seelenmagie die verdorbenste Magie, die ich kenne. Sie korrumpiert alles, was sie berührt. Ich möchte nicht, dass du in ihre Nähe kommst.«

»Er hat sich dagegen gewehrt«, beharrte ich. Orion zog mich zu sich, bis sich unsere Nasenspitzen berührten.

»Das ist mir egal«, knurrte er leise. »Er und seine Familie bringen nur Ärger. Wer sagt denn, dass das Ganze kein Trick war, um dir wieder näherzukommen? Er hat es versaut und jetzt versucht er, seinen Arsch zu retten, um wieder an Informationen zu kommen.«

»Welche Informationen denn?« Ich lachte hohl. »Ich habe keine Informationen. Ich weiß kaum etwas über meine Herkunft oder darüber, wie Solaria funktioniert. Ich bin nicht gerade ein Quell des Wissens.«

Orions Griff um mich lockerte sich und er runzelte die Stirn. »Ich möchte nur, dass du vorsichtig bist.«

»Ich bin immer vorsichtig«, sagte ich sanft.

»Und trotzdem geratet ihr beiden in mehr Schwierigkeiten als jeder andere, den ich kenne«, sagte er neckisch anklagend.

Ich ließ meine Hand auf seine nackte Brust gleiten. Allmählich wich die Angst aus meinem Körper. »Ich glaube, das hat mehr mit den Erben und Lionel Acrux zu tun als damit, dass ich nach Ärger Ausschau halte.« Meine

Finger wanderten zu seinem Hosenbund und ich sah unter meinen Wimpern zu ihm hoch. Sein Blick war voller Hitze.

»Und was ist mit uns?«, fragte er mit einem Grollen, das Funken bis in mein Innerstes schießen ließ.

»Was ist mit uns?« Ich lächelte verspielt, kletterte auf seinen Schoß und drückte ihn aufs Bett. Seine Hände landeten auf meinen Hüften, und ich schob sie mit einem Grinsen weg.

Er stöhnte auf und verschränkte sie hinter seinem Kopf, um sie von mir fernzuhalten. Ich hingegen ließ meine Finger über die harten Konturen seiner Bauchmuskeln gleiten.

»Ist das hier etwa meine Schuld, Professor?«, fragte ich neckend, während ich meinen Finger um seinen Bauchnabel kreisen ließ. Ich spürte, wie sein Schwanz zwischen meinen Schenkeln hart wurde.

»Ja«, flüsterte er und saugte an seiner Unterlippe, während ich mit den Hüften wippte.

»Nein, Lance …« Ich beugte mich über ihn, meine Haare umhüllten unsere Gesichter wie ein Schleier aus glitzerndem Blau. Ich ließ meinen Mund auf seine Brust sinken und bewegte mich dann immer tiefer, bis er vor Verlangen stöhnte. »Ich glaube, das ist alles deine Schuld. Es wird Zeit, dass du deine Lektion lernst.«

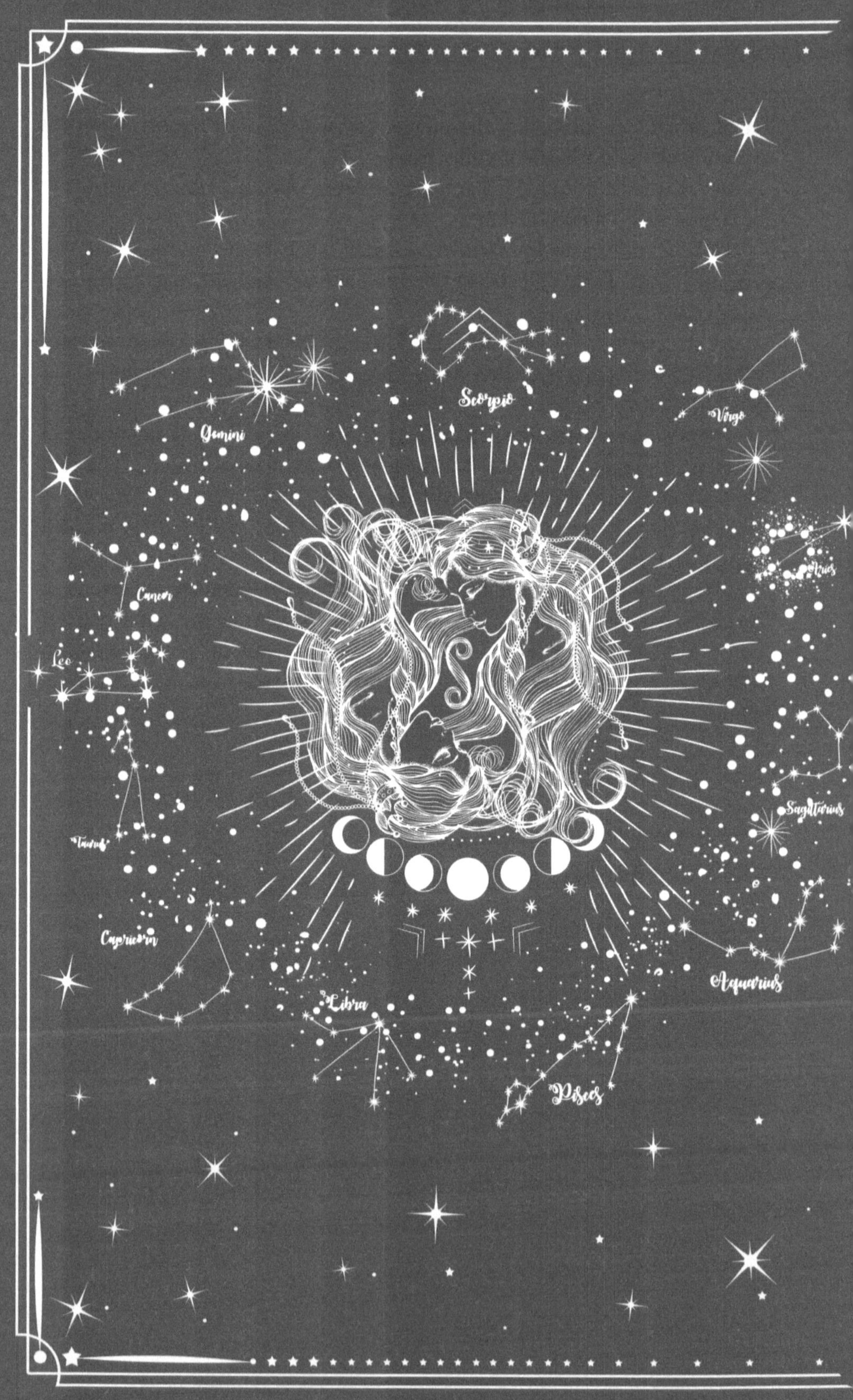

Gemini
Scorpio
Virgo
Cancer
Libra
Leo
Sagittarius
Taurus
Aquarius
Capricorn
Libra
Pisces

TORY

KAPITEL 10

An diesem Abend hatte mich mein Trainingslauf an den Rand des Luft-Territoriums geführt und ich lief den Weg entlang der Klippe oberhalb der Luft-Bucht. Der schwere Bass meiner Musik dröhnte durch meine Kopfhörer und ich konzentrierte mich darauf, meine Gedanken zu unterdrücken. Gedanken an Drachen und Geheimnisse, Lügen und Herzschmerz, Formgebungen und Schatten. Vor allem die an die Schatten.

Das Geflüster wurde immer lauter. Die Stimmen fanden mich in den stillen Ecken meines Geistes und zwangen mich dazu, ihnen Aufmerksamkeit zu schenken, obwohl ich versuchte, sie zu ignorieren.

Wir würden uns in ein paar Tagen wieder mit Orion und Darius treffen, um an unserer Kontrolle über sie zu arbeiten. Aber als die hallenden Stimmen mich in der vergangenen Nacht geweckt und mir Dinge versprochen hatten, von denen ich wusste, dass ich sie nicht wollen sollte, hatte ich etwas getan, das wahrscheinlich mehr als nur ein bisschen dumm gewesen war. Ich hatte ihrem Ruf nachgegeben.

Allein in meinem Zimmer, ohne jemanden, der mich zurückholen könnte, sollte ich zu weit fallen, hatte ich mich in die Dunkelheit begeben.

Der Rausch der dunklen Magie war durch meine Adern geflossen und das Flüstern immer lauter geworden – bettelnd, flehend, fordernd. Bis ich es zum Schweigen gebracht hatte. Ich hatte die Dunkelheit in meine Gewalt gebracht und gezwungen, sich meinem Willen zu beugen. Und das war ein unglaublich *gutes* Gefühl gewesen. Schlimmer noch: Ich hatte die Schatten zu mir gerufen, wie ich es neulich Nacht getan hatte. Sie hatten meine Haut überzogen und mich mit Macht durchdrungen.

Am höchsten Punkt der Klippe blieb ich stehen und blickte über das Meer. Ich rang nach Atem, während *99 Problems* von Jay Z in meinen Ohren dröhnte. Damit traf er den Nagel auf den Kopf. Allerdings machten neunundneunzig Probleme für mich gegenwärtig kaum die Spitze des Eisbergs aus.

Ich hatte Darcy nichts von meiner jüngsten Begegnung mit den Schatten erzählt und das Schlimmste daran war der Grund dafür: Ich schämte mich. Nicht, weil ich gegen Orions Regeln verstoßen hatte, ohne seine Aufsicht nicht mit den Schatten zu spielen. Sondern weil es mir gefallen hatte, sie unter meiner Haut zu spüren. Ich war nicht doof – ich glaubte nicht plötzlich, dass sie irgendetwas anderes als völlig abgefuckt waren. Aber ich fragte mich langsam, ob es vielleicht doch nicht so schlimm wäre, ihre Magie zu akzeptieren.

Ich schaute mich um und vergewisserte mich, dass ich auch wirklich allein war, bevor ich mich erneut in ihre dunkle Macht stürzte. Der Rausch der Ekstase, die sie mir schenkten, durchströmte mich und das Geflüster wurde für einen Moment lauter, bevor ich den Stimmen befahl, zu schweigen. Mein Herz schlug schneller, als sie sich meinem Befehl beugten, und ein überwältigendes Gefühl der Zufriedenheit erfüllte mich.

Ich wies die Schatten an, sich in meiner Handfläche zu versammeln, und lächelte, als sie zwischen meinen Fingern kreisten, bevor ich die Kugel der Dunkelheit dazu brachte, sich zu erheben und vor mir zu schweben. Ich brannte darauf, den nächsten Schritt zu machen, mehr zu tun, aber mit bloßer Willenskraft verbannte ich die Schatten wieder und sie lösten sich auf.

Ein dunkles Lächeln umspielte meine Züge, als sich die Schatten meinen Befehlen beugten, und ich atmete langsam aus. Der Hauch der verdorbenen Macht wich aus meinen Adern. Ich wandte mich stattdessen meiner Wassermagie zu und seufzte, als ich die sanfte Umarmung meiner wahren Macht spürte, die mich abkühlte und meine verschwitzte Haut reinigte.

Ich holte meinen Atlas aus der Tasche und schaute auf die Uhr. Um sieben Uhr war ich mit Darcy und Professor Nox am Orb verabredet, damit wir unseren ersten offiziellen *Formgebung-für-Fortgeschrittene*-Kurs abhalten konnten. Zu sagen, dass ich mich darauf freute, wäre eine Untertreibung. Der Phönix unter meiner Haut sehnte sich danach, befreit zu werden, und ich wünschte mir mehr als alles andere in meinem Leben, endlich fliegen zu lernen.

Es war viertel vor sechs, also hatte ich noch über eine Stunde, aber ich beschloss, diese Zeit zu nutzen, um Darcy von meinen Experimenten mit den Schatten zu erzählen, bevor wir aufbrachen. Ich schickte ihr eine kurze Nachricht und bat sie, mich eine Viertelstunde vor unserem Termin mit Nox zu treffen, damit ich ihr davon erzählen konnte. Wir hatten keine Geheimnisse voreinander und ich hatte nicht vor, das zu ändern – vor allem nicht bei etwas so Wichtigem. Ich würde ehrlich hinsichtlich meiner Experimente sein, aber ich war mir auch ziemlich sicher, dass ich nicht damit aufhören würde.

Darius und Orion lehrten uns, wie man die Schatten einsetzte, aber sie hatten selbst noch einiges zu lernen. Genau wie Lionel. Eigentlich ging es doch darum, wer die Oberhand über sie am schnellsten gewann, und ich wollte auf keinen Fall zulassen, dass Daddy Acrux mir zuvorkam. Wenn ich dem Arschloch das nächste Mal begegnete, würde ich stark genug sein müssen, um ihn von mir fernzuhalten. Das bedeutete, dass ich so intensiv wie möglich daran arbeiten würde, meine *gesamte* Magie zu nutzen. Meine Formgebung, Wasser, Erde, Feuer, Luft *und* die Schatten. Die Kombination unserer Kräfte würde uns unaufhaltsam machen, wenn wir erst einmal gelernt hatten, sie zu nutzen, also würde ich genau das tun.

Mein Atlas piepte und ich warf einen Blick darauf – in voller Erwartung, dass es Darcy war, die unser Treffen bestätigte. Aber es war Caleb, der geschrieben hatte.

Caleb:

Ich habe dich beobachtet, Sweetheart. Willst du ein neues Spiel ausprobieren?

Mein Herz machte einen Satz und ich schaute mich auf der offenen Grasfläche hinter mir um, die sich über die gesamte Länge der Klippe erstreckte. Die langen Grashalme schwankten träge in der Brise, aber ich konnte keinen hinterhältigen Vampir entdecken. *Scheiße, hat er mich beim Benutzen der Schatten gesehen?*

Tory:

Was soll das heißen, du hast mich beobachtet?

Caleb:

Habe ich schon mal erwähnt, wie heiß du in deinen Laufklamotten aussiehst?

Tory:
Oh, für dich sorge ich immer für das extra bisschen Schweiß in meinem Look. Warum zeigst du dich nicht?

Caleb:
Du hast also Lust auf mein neues Spiel?

Ich beäugte das hohe Gras um mich herum und fragte mich, auf welches Spiel ich mich hier wohl einließ, während ich ihm antwortete.

Tory:
Ja.

Verschwommen bewegte sich aus dem langen Gras etwas auf mich zu und ich kreischte vor Schreck auf – einen Augenblick, bevor Caleb mit mir zusammenstieß.

Er hob mich in seine Arme und sprang direkt über den Klippenrand.

Mein Magen machte Saltos, mein Herz hämmerte wie verrückt und ich schrie, als wir im freien Fall direkt in Richtung Sandstrand stürzten.

»Wirst du uns retten, Sweetheart?«, brüllte Caleb, während wir immer tiefer fielen, und ich geriet in Panik, als mir klar wurde, was er meinte. Caleb verfügte über Erd- und Feuermagie; er konnte unseren Sturz nicht abbremsen und verließ sich darauf, dass ich es für uns tat.

Verzweifelt streckte ich die Hände aus. Der Strand kam immer näher, doch meine Luftmagie strömte aus mir heraus, hüllte uns ein und wirbelte uns herum. Ich hatte in meiner Panik einen Wirbelsturm geschaffen.

Calebs Lachen erreichte mich inmitten des Durcheinanders. Meine Haare flogen um mich herum und ich versuchte angestrengt, die Magie so zu bändigen, dass wir am Strand landeten.

Mit einem dumpfen Geräusch fielen wir in den Sand, wo uns die Körner in einer weichen Umarmung empfingen. Es fühlte sich fast so an, als wären wir ins Wasser gefallen und – nach Luft keuchend – wieder an die Oberfläche gedrückt worden.

Calebs Lachen durchbrach mein Entsetzen und ich starrte zu ihm hoch, während er mich in den Sand drückte.

»Was zum Teufel?«, fragte ich keuchend. »Du bist ja wahnsinnig.«

»Keine Sorge, Sweetheart, ich hatte die volle Kontrolle über den Sand. Wir waren nie wirklich in Gefahr.«

Ich glotzte ihn an, während mein rasendes Herz versuchte, sich an die Tatsache zu gewöhnen, dass ich gerade nicht ins Wasser gefallen war. Bevor mir eine Antwort auf seinen Irrsinn einfallen konnte, beugte sich Caleb vor und presste seine Lippen auf meine.

Das Adrenalin durchströmte mich in einer unaufhaltsamen Welle und als sein Mund den meinen berührte, schmolz ich dahin. Ich musste die Energie, die er unter meiner Haut freigesetzt hatte, irgendwie loswerden.

Ich entledigte mich meiner Kopfhörer und warf sie zusammen mit meinem Atlas, den ich bei unserem Sturz auf unbekannte Weise in der Hand behalten hatte, neben uns in den Sand.

Caleb knurrte gegen meine Lippen, seine Hand glitt seitlich an meinem Körper hinunter und die Hitze zwischen meinen Schenkeln verdichtete sich angesichts seiner Berührung.

Als seine Finger meine Taille erreichten, hielt ich sein Handgelenk fest, um ihn zu stoppen.

»Wir sind im Freien«, beschwerte ich mich atemlos.

Caleb stöhnte auf, nahm seine Hand von mir und drückte sie stattdessen in den Sand neben uns. Ein tiefes Grollen erschütterte den Boden, als er seine Erdmagie einsetzte. Felsen brachen aus dem Sand hervor und bildeten eine Mauer zu unserer Rechten. Sobald sie etwa zwei Meter aus dem Boden ragte, wuchsen Moos und Ranken daran und fassten Wurzeln im Stein. Kaum ragten sie über uns hinaus, bildeten sie ein Dach und breiteten sich dann in Richtung Boden aus. Schließlich waren wir in einer Höhle eingeschlossen, die nur für uns geschaffen worden war.

»Besser?«, fragte Caleb, während ich die unglaubliche Magie bestaunte, die er gerade gewirkt hatte.

»Ja«, hauchte ich. Mir fiel echt nichts Besseres ein.

Das schien ihm zu reichen, denn sein Mund fand sofort wieder den meinen und seine Hand kehrte zu meinem Taillenbund zurück.

Diesmal beschwerte ich mich nicht, als er mir die Leggings vom Leib riss und gleichzeitig meine Socken und Turnschuhe auszog.

Er beugte sich wieder über mich, beanspruchte meinen Mund und presste seine Zunge gegen meine.

Ich stöhnte hungrig auf, wollte mehr von ihm, wollte das Vergnügen, das sein Körper mir bereiten konnte, genießen und etwas von der Dunkelheit vertreiben, die mich seit den schrecklichen Ereignissen der Mondfinsternis bedrückte.

Ich griff nach seinem Shirt, zog es ihm über den Kopf und warf es beiseite, während ich die straffen Umrisse seines Körpers mit den Fingern nachfuhr.

Der Sand bewegte sich unter mir, als er sein Gewicht auf mich legte, und ich beugte mich den Forderungen seines Körpers.

Calebs Hand wanderte zu meinem Sport-BH, den er hochzog und über meinen Kopf streifte. Kalte Luft strömte über meine Haut und ein Keuchen entwich mir, als sich meine Brustwarzen als Reaktion darauf verhärteten. Seine Lippen glitten meinen Körper hinunter und ließen mich schaudern. Er arbeitete sich zu meinen Brüsten vor, wo er eine meiner Brustwarzen zwischen seine Lippen nahm. Ein Seufzer entrang sich mir bei dieser sanften Qual.

Er liebkoste mich mit seiner Zunge und seine Reißzähne wurden länger vor Lust und schabten an meiner Brustwarze. Ich keuchte auf.

Während er weiterhin meine Brust neckte und kitzelte, bewegte sich seine Hand zum Saum meines Slips. Langsam schob er seine Finger darunter.

Caleb stöhnte, als er seine Hand senkte. Seine Finger glitten über meine Mitte und spürten, wie bereit ich für ihn war. Ich wimmerte vor Verlangen, als er mit seinen Fingern über meinen Eingang strich, meine Klitoris reizte und gleichzeitig gegen die Haut an meinen Brüsten stöhnte.

»Du bist so verdammt feucht für mich, Tory«, knurrte er und zog weitere Kreise um meine Klitoris. Ich ließ den Kopf in den Sand sinken; mein Körper bettelte um mehr.

Schließlich gab er mir, was ich wollte, schob zwei Finger in mich und knurrte zufrieden, als ich mich gegen ihn stemmte.

Seine Hand fand einen quälenden Rhythmus – er schob seine Finger rein und raus, während sein Daumen in perfekter Synchronität meine Knospe neckte. Alles, um mich in den Wahnsinn zu treiben.

Ich umklammerte seine breiten Schultern und meine Nägel gruben sich in sein Fleisch, während er meinen Körper weiter anspornte. Sein Mund liebkoste noch immer meine Brüste und seine Hand ließ mich vor Lust nach Luft schnappen.

Mein Körper verkrampfte sich, verlangte nach Erlösung, während er sich weiterhin Calebs Befehlen beugte und Stück für Stück auseinanderfiel.

Gerade als ich sicher war, dass die Welt zusammenbrechen würde, ließ Caleb mich los, nahm seine Hand aus meinem Höschen und zog es mir kurzerhand ganz aus.

»Warte«, sagte ich keuchend, aber er lachte nur wissend, schob seine Hose nach unten und befreite seine samtige, harte Länge.

»Ich will dich spüren, wenn du für mich kommst«, neckte er. »Ich will tief in dir vergraben sein, wenn du unter mir zerberst.«

Ich biss mir auf die Lippe, während er sich über mich schob, stützte mich auf meine Ellbogen und legte eine Hand auf seine Brust, um ihn zurückzudrängen.

»Na schön«, erwiderte ich – der Gedanke störte mich nicht im Geringsten. »Aber wir machen es auf meine Art.«

Caleb knurrte, aber ich würde mich weder seinem Willen beugen noch ihm die Führung in dieser ganzen Interaktion überlassen. Ich stieß ihn so fest zurück, dass er auf den Rücken rollte und mich mit sich riss. Jetzt war er unter mir eingeklemmt.

Das Verlangen zwischen meinen Schenkeln schrie nach Befriedigung und ich ließ mich stöhnend auf ihn herab, wobei ich mit einer schmerzhaften Langsamkeit jeden einzelnen Zentimeter seines Schwanzes in mich aufnahm. Meine Muskeln verkrampften sich vor Verzweiflung.

Caleb beobachtete mich mit brennendem Begehren in seinen Augen. Er verschränkte seine Finger mit meinen, während ich mich an seine Größe gewöhnte. Das Gefühl, seinen Schwanz tief in mir zu spüren, ließ mich den Kopf zurückwerfen.

»Danach habe ich mich schon den ganzen Tag gesehnt«, flüsterte er, während er seinen Blick über meinen Körper schweifen ließ. Seine Worte zauberten ein Lächeln auf meine Lippen.

»Werd nicht sentimental, Caleb. Ich bin nicht wegen der netten Worte hier oder um dir dabei zuzusehen, wie du weich wirst.«

»Niemals, Sweetheart. Nichts an dem hier ist weich.« Er bewegte die Hüften unter mir und sein ausgeprägter Schwanz unterstrich seinen Standpunkt, während er mir mit dieser Bewegung den Atem raubte. Wie berauscht stöhnte ich auf.

Caleb richtete sich auf, bis ich auf seinem Schoß saß. Er griff nach meinen Hüften, bevor er seinen Mund auf meinen presste.

Ich verschmolz mit ihm und ließ zu, dass er meine Bewegungen lenkte, während ich mich langsam daran machte, ihn zu reiten.

Wir fanden einen Rhythmus, der meinen Körper mit Lust erfüllte. Mein Stöhnen wurde lauter, als wir uns immer schneller bewegten, seine Stöße wurden härter und ich wimmerte, während ich ihn küsste.

Caleb fluchte, als ich mich noch schneller bewegte, sein Griff um meine Hüften war strafend und fordernd. Er drückte mich fest auf seinen Schwanz, während er mir immer mehr gab.

Ich stieg immer weiter empor, mein Körper krümmte sich und mein Rücken wölbte sich, während ich am Rande der Ekstase tanzte, die sich mit jeder Sekunde intensivierte.

Meine Fingernägel bohrten sich in seine kräftigen Schultern und sein Mund bahnte sich einen Weg zu meinem Hals. Ich fluchte, keuchte, bettelte und fickte ihn immer härter und tiefer. Wir verloren uns in fleischlicher Glückseligkeit, während wir am Abgrund taumelnd das Unvermeidliche hinauszögerten.

Caleb schob seine Hände in meine Haare und küsste mich erneut. Er zog daran, während mein Name von seinen Lippen floss, und als er sich in mir ergoss, brach auch der Damm meiner eigenen Lust, sodass ich ihm in die Versenkung folgte.

Meine Pussy umklammerte seinen Schwanz, als wir hart in den Armen des anderen kamen. Die Ekstase sprang zwischen uns hin und her und unsere Atemzüge waren hektisch, während wir immer wieder Laute der Verzückung ausstießen.

Ich schrie auf, als er mich fest umklammerte, und schließlich fiel ich nach vorn und presste meine Stirn an seine Schultern. Jeder Muskel meines Körpers zitterte. Meine Hände krallten sich in seine Haare und ich ritt die Welle der Lust aus, während wir immer schneller und angestrengter atmeten.

Calebs Griff um meine Hüften lockerte sich langsam, als wir von unserem Höhepunkt herunterkamen, und er drückte mir einen Kuss auf den Hals, wobei seine Reißzähne meine Haut streiften.

Ich drehte mich um und sah ihn an. Seine dunkelblauen Augen leuchteten mit einer anderen Art von Hunger und ich streichelte seinen Unterkiefer.

»Was begehrst du mehr?«, fragte ich leise. »Meinen Körper oder mein Blut?«

Er sah mich eine ganze Weile an; sein Blick wanderte über unsere nackten Körper, die immer noch aneinandergepresst waren.

»Beides?«, fragte er neckisch.

»Und wenn du dich für eines entscheiden müsstest?«

»Ich habe noch nie Blut wie deines gekostet – es ist wie eine einzigartige Droge. Du bist so mächtig, so … Dein Blut macht einfach süchtig, Tory. Nicht einmal die anderen Erben schmecken so gut.«

»Also mein Blut?«, fragte ich und fuhr mit meinen Fingern über seine Brust und die harten Wölbungen seiner Bauchmuskeln.

»Nein. Ich will nur, dass du weißt, was ich aufgeben würde, wenn du mich dazu zwingen würdest, zu wählen«, sagte er. »Ich bin eine egoistische Kreatur, also will ich beides. Wenn du mich aber zu einer Entscheidung drängen würdest, müsste ich deinen Körper nehmen. Und hätte ich dann nicht auch den Rest von dir?«

Ich schnaubte leise und er drückte mir einen sanften Kuss auf die Lippen.

»Außerdem«, flüsterte er, »könnte ich jederzeit Orion herausfordern und stattdessen das Blut deiner Schwester nehmen.«

Ich lachte. »Gut zu wissen, dass du einen Plan B hast.«

»Jeder gute Politiker hat einen«, gab er zu.

Er küsste mich wieder, aber dieser Kuss war nicht so hektisch wie der letzte. Die Intensität seiner Begierde war etwas schwächer. Er kämmte meine Haare mit seinen Fingern, während seine andere Hand eine Linie entlang meiner Wirbelsäule zog. Ich wölbte mich ihm entgegen, sodass meine Brust gegen seinen Oberkörper stieß.

Seine Zunge bewegte sich an meiner und ich fühlte mich so weit von den Schatten entfernt, wie ich es seit meiner Rückkehr auf den Campus nicht mehr getan hatte. Er hatte etwas an sich, das mich beruhigte und mir ein Lächeln auf die Lippen zauberte. Er war unberechenbar, witzig, manchmal verdammt nervig und auch ein totaler Idiot. Aber vor allem war das, was wir hatten, einfach. Und ich hatte bereits entschieden zu viele Komplikationen in meinem Leben.

Ein leises Knurren entwich ihm, als sich unser Kuss intensivierte. Seine Gedanken kreisten eindeutig um das Verlangen, auf das er bislang noch nicht eingegangen war. Seine Zähne erwischten meine Unterlippe und seine Reißzähne durchbrachen fast die Haut, als er sie über mein zartes Fleisch zog.

Er zog meine Haarsträhnen in seine Faust und hielt mich damit fest.

»Bitte mich darum«, hauchte er gegen meinen Mund, während seine andere Hand auf meinem Rückgrat ruhte. Ich saß immer noch in seinem Schoß, meine Beine waren um seine Taille geschlungen und nichts trennte unsere Körper, die immer noch miteinander verbunden waren. Sein Schwanz wurde allmählich wieder hart, je länger wir so verharrten.

»Warum?«, fragte ich und zog mich gerade so weit zurück, dass ich in seine marineblauen Augen schauen konnte.

»Weil dein Blut mir mehr Lust bereitet, als ich in Worte fassen kann«, sagte er und wickelte meine Haare in einem quälend langsamen Tempo um seine Faust. »Und das Einzige, was es noch besser machen könnte, wäre das Wissen, dass du mir dieses Vergnügen genauso geben willst, wie ich es mir nehmen will.«

Die Hitze in seinen Augen reichte aus, um mein Herz lauter schlagen zu lassen, meinen Puls in die Höhe zu treiben und seinen Blick auf meinen Hals zu lenken. Er schluckte heftig und sein Adamsapfel wippte, während er das

Pochen dort beobachtete.

Ich hatte nie daran gedacht, seine Bisse zu genießen. Sie gehörten einfach dazu – ein bisschen schmerzhaft, ein bisschen demütigend, ein bisschen nervig. Aber vielleicht war das nicht die einzige Möglichkeit, die Sache zu betrachten. Vielleicht hätte ich über die Tatsache nachdenken sollen, dass einer der mächtigsten Vampire in ganz Solaria unbedingt mein Blut wollte. Er konnte es sich aussuchen, es gab viele Fae, die buchstäblich alles dafür geben würden, seine Quelle zu sein. Und alles, was ich je getan hatte, war, mich darüber zu beschweren. Wenn ich ehrlich war, taten mir die Bisse nicht einmal besonders weh. Sie verletzten meinen Stolz mehr als meinen Körper. Aber das lag nur daran, dass ich ihm nicht die Erlaubnis dazu gegeben hatte. Wenn ich ihn darum bitten würde, mich zu beißen, dann würde er nicht gegen meinen Willen handeln. Es wäre nicht erniedrigend, sondern meine Entscheidung.

Als sein Blick auf meinem hämmernden Puls verharrte, rief die Dunkelheit in ihm einen ursprünglichen Teil in mir auf den Plan. Er war ein Monster. Und manchmal war ich das auch.

»Caleb«, flüsterte ich und lenkte seine Augen wieder auf die meinen. Ich beugte mich vor, drückte meine Lippen noch einmal auf seine und ließ meine Hände über seine breiten Schultern gleiten. »Beiß mich.«

Stöhnend intensivierte er den Griff in meinen Haaren, bevor er meinen Kopf zur Seite neigte und seine Reißzähne in meinen Hals bohrte.

Ich krallte mich an seine Arme, als er die Barriere meiner Haut – und gleichzeitig auch meiner Magie – durchbrach. Und anstatt darauf zu warten, dass es vorbei war, genoss ich den Moment dieser seltsamen Verbindung zwischen uns und zog ihn näher zu mir.

Die Macht floss gemeinsam mit meinem Blut aus meinen Adern, aber ausnahmsweise betrachtete ich es nicht als Diebstahl. Es war ein Geschenk. Eine weitere Form der Freude, die ich ihm bieten wollte. Und als sich seine Muskeln unter mir anspannten und er mich noch fester hielt, fragte ich mich, wer von uns beiden wirklich der Gnade des anderen ausgeliefert war.

Er zog sich zurück und ich konnte nicht anders, als zu lächeln, als ich seine glühenden Augen sah.

»Verdammt, Tory«, stöhnte er. »Ich werde wohl nie aus dir schlau, was?«

»Hoffentlich nicht.«

Ich grinste ihn an, schob mich von seinem Schoß und stand auf, um meine Klamotten zusammenzusuchen.

Mit einem Schwall von Wassermagie entfernte ich sämtliche Spuren von meinem Körper, zog mich an und versuchte, den Sand aus meinen Haaren zu schütteln, während Caleb sich ebenfalls wieder anzog.

Ich fand meinen Atlas, schaute auf die Uhr und biss mir auf die Lippe, als mir klar wurde, dass ich zu spät zu dem Treffen mit Darcy kommen würde.

»Bist du zufällig so großzügig, mich zurück zum Orb zu bringen, damit ich meinen Termin bei Professor Nox nicht verpasse?«, fragte ich.

»Du hast einen Kurs bei Gabriel?«, fragte Caleb erstaunt. »Welchen?«

»*Formgebung für Fortgeschrittene*«, antwortete ich. »Er ist eine Harpyie und hat versprochen, uns zeitweise Privatunterricht zu geben, damit wir uns schneller zurechtfinden. Wie kommt es, dass du ihn Gabriel nennst?«

»Oh, er gehört zur Familie«, erklärte Caleb achselzuckend. »Außerdem ist er so gut wie immer halb verwandelt, also seid ihr bei ihm in guten Händen.«

Er wedelte mit der Hand und löste die Erdmagie auf, die er um uns herum heraufbeschworen hatte, sodass die Ranken zerfielen und die Felsen wieder zu Sand zerbröckelten, als hätte unser vorübergehendes Versteck nie existiert.

Das Rauschen der Wellen erfüllte die Luft, und der salzige Geruch des Meeres stieg in meine Nase.

»Spring auf, kleines Äffchen! Ich möchte nicht, dass du meinetwegen zu spät kommst«, meinte Caleb.

Ich grinste und sprang auf seinen Rücken. Caleb hielt meine Oberschenkel fest und ich schlang meine Knöchel um seine Taille, bevor er in Richtung Orb raste.

Die Welt verschwamm und ich kreischte auf, als der Wind durch meine Haare fegte und wir über Pfade, zwischen Gebäuden und um Studenten herum schossen.

Wir kamen vor dem Orb zum Stehen und ich rutschte mit einem zittrigen Lachen von Calebs Rücken.

Er drehte sich zu mir um und fuhr grinsend mit der Hand durch seine blonden Locken, woraufhin ich mit einem Lächeln zurücktrat.

»Danke für den Ritt«, sagte ich.

»Welchen?«, stichelte er und ich musste wieder lachen.

Ich wandte mich von ihm ab und ging nach drinnen, um Darcy zu suchen, wobei ich mir die Haare glattstrich.

Ich entdeckte sie am Getränkekühlschrank und gesellte mich zu ihr, bevor sie es zu unserem üblichen Platz beim Arschlochclub schaffte, damit ich mit ihr allein reden konnte.

»Hey«, sagte sie fröhlich, als sie mich entdeckte. »Wie war dein Training?«

»Oh … gut. Caleb hat mich zwar auf halbem Weg überrumpelt, aber Sport ist Sport, oder nicht?«

»Er steht also wieder auf dem Speiseplan?« Darcy lachte und ich schnappte mir achselzuckend eine Flasche pinkfarbene Limonade.

»Fürs Erste«, stimmte ich zu, bevor ich den Weg zu einem kleinen Tisch im hinteren Teil des Raumes einschlug. »Ich wollte eigentlich noch etwas mit dir besprechen, bevor wir uns auf den Weg machen.«

»Ach ja?«

»Ja.« Ich hielt inne, um eine Stillekuppel um uns herum zu schaffen, und Darcy hob überrascht eine Augenbraue. »Also, es ist … keine große Sache, aber ich dachte, ich sollte dir sagen, dass ich ein bisschen mit den Schatten geübt habe. Allein.«

»Was?« Darcy beugte sich nach Luft schnappend zu mir vor und senkte die Stimme, obwohl mein Zauber bereits dafür gesorgt hatte, dass wir nicht belauscht werden konnten. »Aber Orion hat gesagt, dass es zu gefährlich für uns ist …«

»Ich weiß, was Orion gesagt hat«, stimmte ich zu. »Aber er ist Darius' kleiner Kumpel, nicht wahr? Er will nicht, dass wir unsere volle Kraft entfalten, weil er nicht zulassen kann, dass wir Darius' kostbaren Thron gefährden.«

»Ich glaube, er will uns nur helfen.«

»Das tut er auch«, stimmte ich zu. »Aber Darius hilft er wahrscheinlich noch mehr. Orion wird sicherstellen, dass Darius besser darin wird, die Schatten zu beherrschen, als wir. Er wird seine Position verteidigen wollen. Und ich habe es satt, immer das Nachsehen zu haben, was ihn und die anderen Erben angeht. Wir sind mächtiger als sie, Darcy. Und ich bin bereit, das auch zu beweisen.«

Sie schürzte die Lippen, als hätte sie Zweifel, aber ich wusste, dass die Wahrheit meiner Worte sie erreicht hatte. »Ich bin mir sicher, dass Orion wirklich nur versucht, zu helfen … aber vielleicht hast du recht«, räumte sie ein. »Trotzdem halte ich es für gefährlich, wenn du dich allein mit den Schatten auseinandersetzt.«

»Die Schatten sind in uns, Darcy. Wir müssen uns immer mit ihnen auseinandersetzen, ob wir es wollen oder nicht. Ich werde vorsichtig sein, aber ich werde mich nicht vor ihnen verstecken. Ich will diese Dunkelheit in mir beherrschen, bevor sie die Chance hat, die Führung zu übernehmen.«

Darcy öffnete den Mund, um zu antworten, aber ihr Blick glitt an mir vorbei und sie warf mir einen vielsagenden Blick zu. Ich drehte mich ebenfalls um und entdeckte Professor Nox, der an den wenigen Studenten vorbei auf uns zuging. Er trug kein Shirt und stellte seine unzähligen Tätowierungen zur Schau. Seine riesigen schwarzen Flügel waren eng an seinen Rücken geklemmt. Er zog viele Blicke auf sich, aber er schien es nicht zu bemerken.

Ich deaktivierte die Stillekuppel, als er auf uns zukam, und ein kleines Lächeln umspielte seine Lippen. »Bereit?«, fragte er, und wir standen aufgeregt auf.

»Ja«, sagte Darcy enthusiastisch und er führte uns nach draußen, während wir uns beeilten, ihm zu folgen.

Ich betrachtete seine riesigen gefiederten schwarzen Flügel und erinnerte mich an das Gewicht meiner eigenen Flügel auf meinem Rücken. Meine Schulterblätter brannten, als sehnten sie sich danach, befreit zu werden.

Als wir draußen ankamen, blieb er stehen, drehte sich zu uns um und zog einen kleinen Seidenbeutel aus seiner Tasche.

»Wir werden den Unterricht außerhalb des Campusgeländes abhalten«, erklärte Nox, während er den Sternenstaub zwischen uns ausstreckte. »Weit weg von neugierigen Augen.«

Wir hatten keine Gelegenheit, zu widersprechen, denn er hatte den Sternenstaub schon über uns geworfen. Die Academy verschwand und wir ließen uns von den Sternen zu unserem neuen Ziel treiben.

Darcy erwischte meinen Arm, als wir landeten, und beinahe wären wir zu Boden gegangen. Lachend hielt ich sie fest.

Ich betrachtete unsere neue Umgebung und das üppige Grün des riesigen Dschungels zu unserer Linken und die riesige Schlucht, die sich zu unserer Rechten auftat.

Mir wurde schwindelig, als ich in die riesige Felsspalte hinabblickte, die den Dschungel neben uns in zwei Hälften riss. Die Luft war schwer und feucht und die Rufe von seltsamen Vögeln und Tieren drangen von den Bäumen zu uns.

»Wo sind wir?«, fragte Darcy keuchend.

»In der Baruvianischen Schlucht im Süden Solarias. Hier leben keine Fae und wir sind Tausende von Kilometern von der Academy entfernt. Niemand wird uns hier sehen und außerdem sind die Aufwinde hier der Hammer. Es fliegt sich nirgendwo so gut wie hier«, sagte Professor Nox mit einem dunklen Lächeln.

»Wir fliegen also einfach los, Sir?«, fragte ich, denn ich hatte eine sehr langsame Einführung in unsere Gaben erwartet.

»Könnt ihr mich einfach Gabriel nennen?«, fragte er mit dem Anflug eines Lächelns. »Ich habe euch in meinen Visionen schon oft genug gesehen, um zu wissen, dass wir Interstellare Verbündete sind. Und wenn wir Freunde fürs Leben sein werden, dann können wir auch gleich damit anfangen.«

Ich lachte laut auf und Darcy zog überrascht die Augenbrauen hoch. »Dürfen wir einfach so mit einem Professor befreundet sein?«, fragte sie skeptisch.

»Dürfen? Nun, es gibt keine konkreten Regeln, die dagegensprechen. Tatsächlich solltet ihr beide dieses Wochenende mit meinen Freunden und mir abhängen. Wir haben den VIP-Raum im Celest gemietet und es gibt Freigetränke.«

Ich hatte schon von der exklusiven Bar im Zentrum von Tucana gehört, aber soweit ich wusste, war es praktisch unmöglich, auf die Gästeliste zu kommen – geschweige denn in den VIP-Raum.

»Wie hast du es geschafft, an Karten zu kommen?«, fragte ich misstrauisch.

»Glaubt ihr ernsthaft, dass ihr als Erben des solarischen Throns keine VIPs seid?«, scherzte Gabriel. »Ihr kommt überall rein, wenn ihr nur ein Lächeln aufsetzt.«

Ich schaute überrascht drein, denn ich hätte nie gedacht, dass unsere königlichen Titel so etwas mit sich bringen könnten.

»Ich glaube nicht, dass es für uns angemessen wäre, mit einem Lehrer in einen Club zu gehen«, fügte Darcy hinzu.

»Ach komm schon, Darcy, die Leute machen doch ständig unangemessene Dinge mit Lehrern«, stichelte er.

»Was soll das denn bitte heißen?« Darcy schnappte nach Luft und blinzelte viel zu oft – als hätte er sie gerade angebaggert oder so. Ich lachte schnaubend.

Gabriel sprach weiter, als hätte er ihre Reaktion gar nicht bemerkt. »Außerdem habe ich meine Elysische Gefährtin bereits gefunden, also seid ihr bei mir sicher. Meine Gedanken gelten nur meiner Geliebten und würden sich bestimmt nicht an euch aufhängen.«

Ich lachte wieder und fragte mich, ob ich mich durch diese Aussage beleidigt fühlen sollte, aber ich fühlte mich nicht im Geringsten dazu veranlasst. Gabriel war intensiv und faszinierend, er hatte etwas an sich, das mich anzog und mich dazu brachte, mehr Zeit mit ihm verbringen zu wollen. Aber da war keinerlei sexuelle Anziehungskraft, obwohl er rein analytisch gesehen definitiv mein Typ war – groß, dunkel, muskulös, mit Tattoos übersät und mit einem Glitzern in den Augen, das Ärger versprach. Ich fragte mich, ob es sein Gefährtenband war, das mich abturnte, und betrachtete die silbernen Ringe um seine Iriden mit größerem Interesse.

»Wie ist das so?«, fragte ich neugierig. »Die einzig wahre Liebe zu finden?«

Gabriels Blick wurde weicher, als er an die Frau dachte, der sein

Herz gehörte, und antwortete lächelnd: »Es ist, wie von einem Lastwagen überfahren zu werden, der einen mehrmals überrollt, während man blutend im Dreck liegt.«

»Was?« Darcy lachte.

»Ja. Es überwältigt dich, verzehrt dich, spuckt dich aus und lässt dich jeden Tag um mehr betteln. Sobald das Band zwischen uns besiegelt war, hatte ich das Gefühl, dass meine ganze verdammte Welt mit ihr beginnt und endet. Ich werde nie genug bekommen, die Sehnsucht in mir wird nie gestillt sein. Es ist das beste Gefühl der Welt.«

Das Grinsen in meinem Gesicht war viel zu breit, um mir zu gehören, aber ich konnte es nicht verhindern. Er war schwer verliebt und das war einfach zu süß.

»Wie auch immer«, warf er ein. »Ich habe ein schräges Geschenk für euch. Und ich möchte, dass ihr wisst, dass ich nichts mit dem Kauf dieser Sachen zu tun hatte – dafür könnt ihr euch bei Professor Prestos bedanken. Aber ich dachte, das wäre besser als die Alternative.«

Gabriel holte zwei Päckchen aus seiner Tasche und warf sie uns zu. Ich packte meins schnell aus und hob eine Augenbraue, als ich darin ein schwarzes Bikinioberteil fand.

»Ihr müsst eure Rücken entblößen, um eure Flügel zu entfalten«, erklärte er. »Und dank dieser Teile seid ihr dann nicht oben ohne. Wenn ihr euch umziehen wollt – ich warte hier drüben.«

Ich schmunzelte darüber und entfernte mich ein Stück, während Gabriel uns den Rücken zuwandte. Schnell tauschte ich meinen Sport-BH gegen das Bikini-Oberteil und band es in meinem Nacken und auf dem Rücken, um meinen Flügeln Platz zu machen.

Mein Herz schlug schneller und ich drehte mich mit einem breiten Lächeln zu Gabriel um, während ich darauf wartete, zu erfahren, was als Nächstes kam. Auch Darcy wirkte gespannt.

»Okay, ich habe auch zwei Jogginghosen mitgebracht, falls ihr eure Formgebung aus Versehen komplett freisetzt und dabei eure Hose verbrennt. Aber eigentlich will ich euch beiden beibringen, nur eure Flügel herauszulocken. Wenn ihr das schafft, wird niemand merken, dass ihr keine Feuerharpyien seid. Flammende Flügel sind eben flammende Flügel.«

Mein Lächeln wurde bei diesem Gedanken noch breiter. Ich fand es toll, dass wir Daddy Acrux ein Schnippchen geschlagen hatten. Und wenn uns das auch weiterhin gelang, wären wir in der Lage, unsere wahre Natur so lange wie nötig zu verbergen und trotzdem die Macht der Phönixe in uns zu tragen.

»Wie machen wir das?«, fragte Darcy aufgeregt.

»Konzentriert euch auf das Gefühl in euren Schulterblättern – und nur darauf. Stellt euch vor, wie sich eure Flügel langsam entfalten. Lasst nicht zu, dass der Rest eurer Formgebung eure Aufmerksamkeit in Anspruch nimmt. Versucht, euch darauf zu konzentrieren, wie sich eure Flügel beim letzten Mal angefühlt haben, als ihr sie freigesetzt habt. Denkt an ihr Gewicht, die Hitze …«

Ich schloss die Augen und befolgte seine Anweisungen. Das Feuer in meinem Rücken brannte immer heißer, je mehr ich mich darauf konzentrierte.

Ich keuchte auf, als eine Hitzewelle meinen Rücken erfasste und plötzlich freigesetzt wurde.

Meine Augen flogen auf. Ein schweres Gewicht lastete jetzt auf meinem Rücken und ich sah Darcy an, die ihre eigenen flammenden Flügel hinter sich ausbreitete.

»Wow«, flüsterte ich. Als wir zuletzt unsere Formgebung angenommen hatten, war es unmöglich gewesen, alles richtig zu verarbeiten. Aber jetzt, im gleißenden Sonnenschein, konnte ich die riesigen flammenden Flügel, deren goldene Federn rot und blau loderten, genau betrachten. Die Flammen kräuselten sich wie Wasser und folgten träge den Bewegungen der Flügel.

»Werden wir alles in Brand setzen, was wir damit berühren?«, fragte Darcy.

»Andere Formgebungen, die über eine aktive Flamme verfügen, können normalerweise entscheiden, ob die Flammen etwas oder jemanden verletzen«, erklärte Gabriel. »Wenn ihr also die Kontrolle behaltet und nichts verbrennen wollt, dürfte das auch nicht geschehen.«

Er bückte sich und holte einen trockenen Ast von Boden, den er Darcys Flügel entgegenstreckte. Als Reaktion auf die Berührung spannte sie ihre Muskeln an und ihre Flügel spreizten sich ein wenig, aber der Ast blieb unversehrt.

Gabriel lächelte triumphierend, schaute zu mir und warf den Stock zur Seite. Er streckte seine bloße Hand aus und mein Herz schlug schneller.

»Darf ich?«, fragte er und ich nickte misstrauisch. »Keine Sorge, ich habe schon einige Szenen aus meiner Zukunft gesehen – aber keine, in der ich eine abgefackelte Hand habe.«

Ein leises Lachen entwich mir und er trat einen Schritt vor. Er streichelte meinen Flügel und ich erschauderte. Es war fast so, als würde jemand mit den Händen durch meine Haare streichen. Und doch war es ganz anders.

»Ich denke, wir können mit Sicherheit sagen, dass du in nächster Zeit keine weiteren Zimmer abfackeln wirst. Zumindest nicht aus Versehen.«

»Keine weiteren?«, fragte ich und mein Herz machte einen Sprung. Gabriel schien zwar cool zu sein, aber er war trotzdem ein verdammter Lehrer – und was ich mit Darius' Zimmer angestellt hatte, könnte mir eine Menge Ärger einbringen, wenn es herauskäme.

Er grinste lediglich wissend, bevor er sich umdrehte und auf die Schlucht neben uns zuging.

»Fliegen ist einfach, sobald man ein Gefühl dafür hat«, sagte er. »Der einfachste Einstieg ist der Gleitflug. Der Aufwind über der Schlucht hält einen die ganze Zeit über in der Luft, sobald man seine Flügel ausbreitet. Die erste Herausforderung besteht also darin, zu springen. Danach könnt ihr ein Gefühl dafür bekommen, wie ihr euch durch Neigen und Drehen eures Körpers durch die Luft bewegt. Oh, und versucht, mit den Flügeln zu schlagen. Es ist ein bisschen so wie Fahrradfahren – wenn man erst einmal ein Gespür für die Bewegungen hat, ist es ganz natürlich.«

Er wartete nicht auf eine Antwort, bevor er von der Klippe sprang, und ich schnappte nach Luft, als er einen Moment lang einfach nur fiel, bevor er seine Flügel ausbreitete und in einem anmutigen Bogen von uns wegglitt.

»Heilige Scheiße«, rief Darcy und ein erschrockenes, aber begeistertes Lachen kam über meine Lippen.

»Zusammen?«, fragte ich und streckte ihr meine Hand entgegen.

Sie nahm sie lächelnd. »Also ... rennen wir einfach los?«

»Auf drei?«

Darcy nickte und ich wappnete mich für diesen Irrsinn.

»Eins, zwei, drei ...«

Wir sprinteten zum Rand der Klippe und ließen die Hände der anderen los, als wir über den Abgrund stürzten.

Ein Schrei entwich mir, als ich zu fallen begann. Ich breitete meine Arme aus, um die ungewohnten Muskeln meiner Flügel zu aktivieren.

Sie schnellten heraus und der Wind erfasste sie sofort. Zu spüren, wie sich Luft zwischen meine Federn drückte, war unglaublich. Adrenalin durchströmte mich, als ich vom Aufwind erfasst und nach oben getrieben wurde.

Darcy jauchzte aufgeregt und ich hob den Blick. Sie schwebte über mir und ihre flammenden Flügel leuchteten heller als die Sonne, die sich in der Ferne dem Horizont näherte.

Als ich mein Gewicht nach rechts verlagerte, drehte ich mich sofort in die entsprechende Richtung, und ich flog ein paar Minuten lang über die Schlucht, um ein Gefühl für die Steuerung meiner Bewegungen zu bekommen. Als ich mich sicherer fühlte, konzentrierte ich mich darauf, mit den Flügeln zu schlagen. Der erste kräftige Schlag der flammenden Gebilde auf meinem Rücken schleuderte mich mit beängstigender Geschwindigkeit nach vorn und ich kreischte vor Aufregung und Überraschung.

Ich fühlte eine ungemeine Leichtigkeit in meiner Brust und ein breites Lächeln legte sich auf mein Gesicht, als ich erneut mit den Flügeln schlug und höher, schneller und weiter schwebte. Einen Rausch wie diesen hatte ich noch nie erlebt. Jeder Zentimeter meiner Haut strotzte vor Kraft und Energie, vor Begeisterung und Feuer.

Ich johlte vor Freude, als ich durch den Himmel wirbelte, und schlug immer kräftiger mit meinen Flügeln, während ich mich mit meiner Schwester an meiner Seite fortbewegte.

Ich flog – ich flog wirklich und wahrhaftig. Und ich hatte mich noch nie so lebendig und frei gefühlt.

Pisces
Scorpio
Virgo
Gemini
Aries
Cancer
Leo
Sagittarius
Taurus
Capricorn
Aquarius
Libra
Pisces

DARIUS

KAPITEL 11

Ich war auf dem Weg zum Asteroidenplatz, strich die nicht vorhandenen Falten in meinem schwarzen Hemd glatt und atmete tief durch.

Durch die Ereignisse der letzten Zeit hatten wir kaum Gelegenheit für eine Auszeit, und ich war fest entschlossen, diesen Abend zu einem stressfreien Erlebnis zu machen. Es war Lance' sechsundzwanzigster Geburtstag und wir würden feiern gehen. Wir würden trinken, tanzen und über Dinge reden, die völlig unwichtig waren. Vielleicht würden wir sogar ein paar heiße Mädels finden, die uns Gesellschaft leisteten und uns dabei halfen, unsere Probleme zu vergessen. Doch kaum war dieser Gedanke in meinem Kopf, drängte sich mir ein Bild von Roxy Vega auf.

Ich knurrte und schob den Gedanken beiseite. Es wurde allmählich echt erbärmlich. Ich fühlte mich wie ein verknallter Dreizehnjähriger. Immerzu dachte ich an sie und fantasierte von ihr, fragte mich, was sie gerade tat oder ob sie auch an mich dachte. Aber selbst wenn sie bisweilen an mich denken sollte, würde jeder einzelne Gedanke mit Hass erfüllt sein – dafür hatte ich gesorgt. Was hoffnungslose Schwärmereien anging, war ich also aufgeschmissen. Sie wollte mich nicht. Und das hätte die Sache für mich abhaken sollen, aber natürlich war das nicht der Fall. Ich war wieder in meine alte Rolle als ihr Peiniger zurückgefallen und konnte mich nicht davon abhalten, damit weiterzumachen. Meistens wusste ich nicht einmal, warum. Aber schlimmer als ihr Hass auf mich war, wenn sie mich ignorierte. Denn dann wusste ich, dass ich ihr völlig egal war.

Ich ballte meine Hand zu einer Faust und entspannte sie dann wieder, während ich Roxy Vega aus meinem Kopf verbannte. Für einen Abend wollte ich sie vergessen. Und meinen Vater. Den Thron, die Schatten, meine Pflichten, die anderen Erben, meine schulischen Leistungen, meine Verlobung und jede andere verdammte Kleinigkeit, die mir in meinem Leben Stress oder Kummer bereitete. Ich konnte mich nicht einmal mehr daran erinnern, wann ich das letzte Mal ausgegangen war, ohne dass etwas Schlimmes passiert war. Wahrscheinlich hatte ich das genauso nötig wie Lance. Also war ich fest entschlossen, diesen Geburtstag zum besten verdammten Geburtstag seines Lebens zu machen. Ein Abend epischer Ausmaße. Nur wir beide, eine Nacht lang, vollkommen sorgenfrei.

Ich näherte mich dem Asteroidenplatz von Osten und hielt mich vom Hauptweg fern, um sicherzustellen, von keinen anderen Dozenten hier gesehen zu werden. Ich war mir ziemlich sicher, dass zwischenzeitlich einige meine Besuche hier mitbekommen hatten, aber solange wir alle so taten, als gäbe es sie nicht, war ich mir ziemlich sicher, dass sie mich nicht dafür tadeln würden. Ein Celestia-Erbe zu sein, hatte eben doch einige Vorteile.

Ich erreichte den schmiedeeisernen Zaun, der das Gelände umgab, und griff nach zwei Stäben. Mit der Hitze meines Feuers gelang es mir, sie auseinanderzubiegen. Als ich das geschafft hatte, zwängte ich mich hindurch und brachte die Stäbe von der anderen Seite wieder in Position.

Ich schlüpfte durch die Gassen, bis ich Lance' Schlafzimmerfenster erreicht hatte, an das ich leise klopfte.

Einen Moment später schob er das Fenster auf und ich hüpfte hinein. Er trug eine weite Jogginghose und kein Hemd und sah nicht im Geringsten auf irgendeine Art von Party vorbereitet aus.

»Hey«, sagte Lance mit einem verwirrten Stirnrunzeln. »Was machst du …«

»Alles Gute zum Geburtstag«, unterbrach ich ihn und zog ihn in eine feste Umarmung. »Wir gehen feiern.«

»Nein«, sagte er und löste sich kopfschüttelnd aus meiner Umarmung. »Ich feiere meinen Geburtstag nicht. Nicht seit Clara, du weißt doch, dass ich …«

»Ach, komm schon, Lance«, drängte ich. »Wir müssen mal wieder was unternehmen. Diesen Ort vergessen und den ganzen Scheiß hier für eine Nacht in Freiheit hinter uns lassen.«

Er stöhnte, drehte sich von mir weg und ging zurück in sein Wohnzimmer, wo er sich ein Glas Bourbon holte.

»Ich feiere bereits«, sagte er und ließ sich wieder auf der Couch nieder.

»Nix da. Das ist der erbärmlichste Geburtstag, den ich je gesehen habe. Deine Hose hat Flecken, verdammt noch mal. Was zum Teufel ist mit dir passiert, Mann? Du warst doch mal cool.«

Lance betrachtete den orangefarbenen Fleck auf seiner grauen Jogginghose und ein Grinsen umspielte seine Lippen.

»Spaghetti«, sagte er abwehrend.

»Bitte sag mir, dass sie wenigstens vom Küchenpersonal frisch zubereitet wurden und du sie nicht in der Mikrowelle aufgewärmt hast«, sagte ich.

»Na ja, gestern waren sie frisch …«

»Fuck – nein! Du wirst deinen Geburtstag nicht in fleckigen Jogginghosen verbringen und Reste essen. Wir gehen aus. Keine Ausflüchte.«

»Ja, okay«, stimmte er schließlich zu und verschwand in seinem Schlafzimmer, um sich umzuziehen.

Ich ging in die Küche, schenkte mir einen Schluck Bourbon ein und leerte das Glas. Der starke Geschmack rann meine Kehle hinunter. Ich schenkte mir noch einen ein und trank auch diesen. Heute Abend würde ich keine Zeit verschwenden. Ich hatte uns einen Tisch im VIP-Bereich des Celest besorgt, damit wir tun konnten, was immer wir wollten, ohne uns Sorgen machen zu müssen, von der Presse gesehen zu werden. Und ich hatte vor, mich zu betrinken.

Lance kam in einem grauen Hemd und Jeans zurück; seine dunklen Haare waren gestylt und sein Grinsen verriet, dass er bereit war, mit mir abzufeiern.

»Ja!«, rief ich begeistert, griff in meine Gesäßtasche und hielt ihm einen Umschlag hin.

Mit einem Grinsen nahm er ihn entgegen, zog die Geburtstagskarte heraus, öffnete sie und warf einen Blick auf sein Geschenk.

»Pit-Sitze für den ganzen Solarische-Pitball-Liga-Cup«, sagte er und ließ einen leisen Pfiff ertönen.

Ja, die Karten hatten ein kleines Vermögen gekostet, aber wenn ich kein Geld für meinen Freund zu seinem Geburtstag ausgeben wollte, wozu hatte ich dann überhaupt so viel davon?

»Danke, Mann, die sind …«

Es klopfte laut an der Haustür und Lance sah sich überrascht um, bevor er mir ein Zeichen gab, mich zu verstecken.

Ich seufzte genervt, bevor ich in sein Schlafzimmer schlüpfte. Dabei war ich mir ziemlich sicher, dass er noch mehr Ärger bekommen würde, wenn mich jemand in seinem Schlafzimmer entdecken würde. Aber da ich ein

Student auf verbotenem Terrain war, fügte ich mich.

»Noxy!«, rief Lance begeistert und ich grunzte leise, als die Harpyie die Begrüßung mit seinem Spitznamen für Lance erwiderte. Einen solchen Willkommensgruß hatte ich noch nie bekommen und ich war sein bester Freund, verdammt. Die beiden benahmen sich zusammen so verdammt seltsam – als wären sie diese fröhlichen, witzigen kleinen Kumpel, die immerzu vor sich hin kicherten. Ohneeinander benahmen sie sich ganz anders. Gabriel sprach kaum, wenn er nicht musste, und schon gar nicht mit mir. Und Lance verdiente sich seinen Ruf als Arschloch durchaus. Aber zusammen waren sie wie Ernie und Bert. *Interstellare Verbündete – pah!* Die anderen Erben waren alle meine Interstellaren Verbündeten, aber ich hüpfte nicht jedes Mal auf und ab wie ein kleines Mädchen auf einer Prinzessinnenparty, wenn ich mit ihnen zusammen war.

»Orio! Herzlichen Glückwunsch zum Geburtstag! Fast hätte ich die Vision diesbezüglich verpasst, aber es scheint, als hätte ich es gerade noch rechtzeitig geschafft. Wann gehen wir los?« Mein finsterer Blick vertiefte sich.

Was zur Hölle? Das soll doch unser Abend sein!

Fantastisch, jetzt hörte ich mich sogar in meinem eigenen Kopf wie eine eifersüchtige Freundin an.

Ich verschränkte die Arme vor der Brust und wartete darauf, dass Lance ihn loswurde, damit ich aus meinem Versteck kommen konnte. Ich wollte von hier verschwinden und jedes potenzielle fünfte Rad am Wagen hinter mir lassen.

»Oh«, sagte Lance, während er sich eine Ausrede einfallen ließ, um die Harpyie loszuwerden. »Also, ich wollte gerade …«

»Schon gut, ich weiß, dass Darius hier ist und er mit uns feiern geht. Ich habe es *gesehen*. Ich habe auch *gesehen*, dass ich nicht zum Arschloch mutiere und den Abend ruiniere, indem ich ihn bei der Campus-Security verrate. Es ist also alles in Ordnung.«

Lance lachte und das Geräusch war viel zu laut und anhaltend, um echt zu sein. Es war nicht einmal lustig. Gabriel hatte lediglich Fakten zu seinen Visionen angeführt. Ich könnte Fakten über Dinge nennen, die gerade passierten, und nichts davon wäre lustig. *Die Luft ist kühl. Das Bett sieht bequem aus. Die Tür ist angelehnt. Nicht lustig, verdammt noch mal.*

»Komm raus, Goldlöckchen!«, rief Gabriel. »Die Bären versprechen, heute Abend nicht zu beißen.«

Zähneknirschend ging ich zurück ins Wohnzimmer, wo Lance ihm gerade einen Drink einschenkte. Gabriel zog ein kleines, quadratisches, in rotes

Papier eingewickeltes Päckchen aus seiner Tasche.

»Hi«, sagte ich zu Gabriel, und er nickte mir knapp zu, ohne richtig in meine Richtung zu schauen.

Lance nahm das Geschenk grinsend entgegen, entfernte das Papier mit einer Wischbewegung seines Daumens und öffnete den Deckel der Schmuckschatulle darin.

Sofort lachten sie beide laut auf und Lance grölte: »Das gibt's doch nicht! Das ist genau wie der, den ich …«

»Ich weiß! Ich habe ihn gesehen und sofort an dich gedacht.«

»Unglaublich!« Lance konnte vor Lachen kaum sprechen und ich runzelte die Stirn, als er sich einen kitschigen Siegelring aus Plastik an den Mittelfinger steckte.

»Oooooooooo!«, riefen sie beide und fuchtelten mit den Händen, als hätten sie die Kontrolle über sie verloren.

»Habe ich etwas verpasst?«, fragte ich, während Lance die Pitball-Tickets, die ich ihm gekauft hatte, auf den Couchtisch warf, ohne nachzusehen, wo sie gelandet waren. Seine Aufmerksamkeit galt dem billigen Stück Plastik, als wäre es ein verdammter Regenbogenstein.

»Oh, ähm ja, vor ein paar Jahren, als wir …«

»Wir haben uns an der Pontus-Bucht verlaufen. Und erinnerst du dich, als wir …«

»Ohhhh, Scheiße, ja! Das hatte ich schon fast vergessen.« Lance brach wieder in Gelächter aus und winkte ab, während ich missmutig nach dem Rest des Witzes suchte, den sie offensichtlich nicht mit mir teilen wollten.

»Du hättest dabei sein müssen«, sagte Gabriel achselzuckend.

»Ja«, stimmte Lance zu. »Es ist schwer zu erklären. Vergiss es. Lasst uns aufbrechen, Jungs.«

»Jungs?«, fragte ich und musterte Gabriel. »Ich habe nur für uns beide reserviert und es ist ziemlich exklusiv …«

»Schon gut, ich habe die Reservierung bereits ergänzt«, sagte Gabriel abfällig wieder, ohne mich anzusehen.

Ich öffnete den Mund, um abermals zu protestieren. Aber was könnte ich überhaupt sagen, um nicht wie eine kleine Göre zu wirken, die mit dem Fuß aufstampfte und verlangte, mit ihrem Freund allein zu sein? Mir fiel nichts ein.

Lance grinste, als wäre Gabriel eine unglaublich tolle Ergänzung zu den Plänen für den Abend, obwohl er bis vor zehn Minuten sternverdammte aufgewärmte Spaghetti gegessen und sich allein betrunken hatte.

Ich seufzte, griff in meine Tasche und holte den Beutel mit Sternenstaub heraus, den ich mitgebracht hatte, um uns in den Club zu bringen. Wenn wir auf diese Weise ankamen, würden uns keine Journalisten entdecken und von meiner Anwesenheit Wind bekommen, was eine Nacht in Freiheit bedeutete. Außerdem musste niemand fahren, da wir im Handumdrehen nach Hause zurückkehren konnten.

Ich warf eine Handvoll Sternenstaub über uns, und Orions Haus verschwand aus dem Blickfeld, während wir durch die Sterne zum Celest transportiert wurden.

Die schweren Bässe der Musik erreichten mich einen Moment, bevor die Luft um uns herum aufgewirbelt wurde, dann materialisierte sich der Eingangsbereich des Clubs vor uns.

Eine Kellnerin mit pinkfarbenem Lipgloss kam mit einem breiten Lächeln auf uns zu und bot uns ein Tablett mit drei schimmernden Gläsern Arucso-Wein an.

Ich nahm mein Glas mit einem dankenden Nicken an, leerte es und stellte es zurück aufs Tablett.

Die Magie, mit der das Getränk versetzt war, sprudelte durch meine Adern und ich spürte, wie ich mich entspannte. Meine Sorgen verschwanden und wurden durch glückliche Gedanken abgelöst.

»Guten Abend, Gentlemen, ich bin Alissa und werde heute Abend Ihre persönliche Betreuerin sein«, sagte die Kellnerin mit einem strahlenden Lächeln. »Ich habe gehört, dass wir ein Geburtstagskind unter uns haben?«

Lance stöhnte auf, als Gabriel einen Arm um seine Schultern legte und ihn nach vorn schob. »Hier ist er!«

»Die Belegschaft des Celest gratuliert ganz herzlich«, sagte das Mädchen. »Wir sind hier der Meinung, dass ein Geburtstagskind wie ein Mitglied des Königshauses behandelt werden sollte …« Sie nahm eine goldene Krone vom Tisch hinter ihr und setzte sie auf seinen Kopf. Lance sah aus, als wäre er zwischen Belustigung und dem Wunsch, sie abzunehmen, hin- und hergerissen. »Alles Gute zum Geburtstag, Majestät.« Sie verbeugte sich tief und Lance musste lachen. »Wenn Sie mir bitte folgen möchten, ich bringe Sie zum königlichen Tisch. Ihre Gäste sind bereits eingetroffen.«

»Gäste?«, fragte ich stirnrunzelnd, aber sie hatte sich bereits abgewandt, stieg die silberne Treppe im hinteren Teil des Raumes hinauf und hörte mich nicht.

»Das war meine Idee«, sagte Gabriel mit einem wissenden Lächeln. »Ich hatte eine Vision – sie dabei zu haben, wird deinen Abend exponentiell vergnüglicher machen, Orio.«

Exponentiell? Wer redet denn so? Und wer zum Teufel hat ihm die Erlaubnis gegeben, unseren Abend zu zerstören? Wenn das Ganze nicht meine Idee gewesen wäre und ich nicht darauf bestanden hätte, Lance' Geburtstag mit ihm zu feiern, wäre ich versucht gewesen, abzuhauen. Ich konnte nur hoffen, dass die anderen Gäste nicht genauso nervig waren wie er.

Alissa führte uns in den VIP-Bereich, der sich im dritten Stock des Clubs befand. Es handelte sich um einen Balkon mit einer magischen Wand auf der rechten Seite, durch die wir auf die anderen Clubbesucher hinunterschauen konnten. Wenn sie in unsere Richtung blickten, sahen sie nur ein Meer aus funkelnden silbernen Sternen, um unsere Privatsphäre zu wahren.

Alles war schwarz und mit Silberwirbeln verziert – vom Boden über die Wände bis hin zu den Tischen und Stühlen.

Alissa führte uns an der Gruppe vorbei, die sich um die Bar versammelt hatte, und zu einer Sitznische mit einer gepolsterten Bank, die wie ein Hufeisen gebogen war und einen niedrigen Tisch einrahmte. Ein Vorhang aus schimmernden silbernen Lichtern schuf einen schummrigen Kokon im Inneren. Auf dem Tisch standen zwei halb leere Gläser – ein blassrosafarbener Cocktail mit einem Cocktailspieß voller Kirschen und ein fast leeres Glas mit rotem Lippenstift am Rand.

»Wer ist noch hier?«, fragte ich, als Lance und Gabriel Platz nahmen und einen Blick auf die Karte warfen.

»Oh, die anderen Gäste sind auf der Tanzfläche«, erklärte Alissa.

Ich warf einen Blick auf den erhöhten Bereich auf der anderen Seite des Raumes, wo zu Billie Eilishs *Bad Guy* getanzt wurde. Mein Herz machte einen Satz, als ich Roxy Vega entdeckte, die mit ihrer Schwester tanzte, als hätte sie keinerlei Sorge auf dieser sternverdammten Welt.

Sie trug ein rotes Kleid, das ihre perfekte Figur umspielte und ihre langen, bronzefarbenen Beine zur Geltung brachte. Ihre dunklen Haare waren halb zu einer Art wirrem Dutt hochgesteckt, der Rest hing über eine Schulter. Sie sah aus wie die Künstler-Version von *gerade gefickt*. Mein Mund wurde trocken, als ich sie beobachtete, und mein Herz schlug immer schneller. Ich wusste, dass es das nicht sollte. Ich wusste, dass ich wütend sein sollte, sie hier zu sehen. Aber ein selbstsüchtiger, verborgener Teil in mir fragte sich, ob sie heute Abend über unsere Differenzen hinwegsehen würde. Ich war ihr immer dann nähergekommen, wenn sie entspannt gewesen war.

»Du hast die Vegas eingeladen?«, fragte Lance plötzlich, als er sie ebenfalls entdeckt hatte. Ich ließ mich auf meinen Platz fallen und deutete auf das Erste, was ich auf der Karte sah, damit Alissa uns in Ruhe ließ.

Gabriel lächelte breit. »Ja, die wissen, wie man feiert.«

»Woher zum Teufel willst du das wissen?«, fragte ich. »Du hast sie doch gerade erst kennengelernt.«

»Physisch, vielleicht«, erwiderte Gabriel abweisend, als wäre ich derjenige, der sich komisch benahm. Aber ich verstand nicht, wie er auf Basis seiner Visionen einfach behaupten konnte, mit Leuten befreundet zu sein. Und dann keinerlei Mühe investieren zu müssen, um das auch in die Tat umzusetzen.

»Ich denke nicht, dass es angemessen ist, wenn wir mit Studenten feiern gehen«, sagte Lance misstrauisch, seinen Blick immer noch auf die Vegas gerichtet, die uns noch nicht bemerkt hatten.

»Studenten wie Darius, meinst du?«, fragte Gabriel mit einem Lachen auf den Lippen.

Fast hätte ich gesagt, dass ich anders war, aber mir wurde klar, dass das seltsam klingen würde.

»Hm, vielleicht hast du recht …«, erwiderte Lance, und ich war überrascht, dass er keine weiteren Einwände vorbrachte. »Ich meine, wir sind als Gruppe unterwegs, es ist nichts Unangemessenes im Gange und niemand kann uns hier sehen. Also spielt es wohl keine Rolle.«

Alissa kam mit unseren Getränken zurück und lächelte breit, als sie sie zwischen uns verteilte.

Gerade, als sie sich vom Tisch entfernte, tauchten die Vegas auf.

Sie hielten abrupt inne, als sie uns entdeckten. Roxy kniff die Augen zusammen, während sich Gwens Augen vor Überraschung weiteten.

»Verdammt, Gabriel, als du gesagt hast, wir würden mit deinen Freunden feiern gehen, bin ich von Leuten ausgegangen, die wir nicht kennen. Nicht von Stinkstiefel und Stiefellecker«, sagte Roxy, verschränkte die Arme vor der Brust und drückte dabei ihre Titten hoch. Ihre Augen waren schwarz geschminkt und ihre Lippen passend zu ihrem Kleid tiefrot gefärbt. Ich hatte wohl noch nie ein Mädchen gesehen, das ich so begehrte wie sie. Und ich konnte nicht anders, als mich an ihrem Anblick zu erfreuen, auch wenn sie mich gerade unverhohlen beleidigt hatte.

»Glaub mir, wenn wir gewusst hätten, dass hier so niedrige Standards herrschen, wären wir auch nicht hergekommen«, sagte ich trocken – es war mir unmöglich, dem Drang zu widerstehen, sie ebenfalls anzukeifen.

Sie musterte mich langsam, als würde sie meinen Anblick genauso in sich aufsaugen wie ich ihren. Diese Illusion wurde jedoch zerstört, als sie abschätzig den Blick abwandte. Sie hatte den Köder nicht geschluckt und würde mich wieder einmal ignorieren. Dieser Scheiß wurde mittlerweile eintönig und ich biss genervt die Zähne zusammen, als sie so tat, als wäre ich gar nicht hier.

»Ich wusste nicht, dass du Geburtstag hast«, sagte Gwen und sah Lance an, als wäre sie von der Neuigkeit überrascht.

Er schenkte ihr ein Halblächeln und schien tatsächlich peinlich berührt zu sein. »Normalerweise feiere ich auch nicht, aber Gabriel und Darius haben beschlossen, mich zu überraschen, also ...«

Gabriel und Darius? Was soll der Scheiß? Ich habe die ganze Sache organisiert und dieses Arschloch ist einfach reingeplatzt.

»Na dann, alles Gute zum Geburtstag«, sagte Gwen, ließ sich neben ihm auf die Bank fallen und drückte ihm einen Kuss auf die Wange. Dabei drehte er sich zu ihr um, und sie hätte fast seinen Mund erwischt. Sie errötete, zog sich verlegen zurück und warf ihrer Schwester einen spitzen Blick zu.

»Oh, ja, alles Gute zum Geburtstag«, sagte Roxy, drückte ihre Hände auf den Tisch und beugte sich vor, um Lance ebenfalls zu küssen. Der rote Lippenstiftabdruck, den sie auf seiner Wange hinterließ, war so weit von seinem Mund entfernt wie möglich und sie verweilte keine Sekunde zu lang auf seiner Haut.

Gabriel sprang auf und zog die beiden über den Tisch hinweg in eine Umarmung und Roxy lachte, als sie sich an seine breite Brust drückte, als wären sie wirklich alte Freunde. Ich verstand es einfach nicht. Sie hatten ihn erst vor einer Woche kennengelernt und er war ihr verdammter Lehrer. Warum verhielten sie sich sofort so, als wären sie beste Freunde, umarmten einander, lachten und gaben mir irgendwie das Gefühl, auf einer Party, die *ich* organisiert hatte, der Außenseiter zu sein?

Er ließ sie los und bedeutete Alissa, uns weitere Getränke zu bringen, während er sich wieder setzte. Die Zwillinge folgten seinem Beispiel.

Roxy warf mir einen flüchtigen Blick zu, bevor sie ihrer Schwester den Cocktailspieß mit den Kirschen aus dem Glas stibitzte. Gwen beschwerte sich nur halbherzig, als Roxy sie angrinste.

Ich konnte meinen Blick nicht von ihrem Mund abwenden, als sie langsam eine Kirsche von dem Spieß nahm und sie zwischen ihre Lippen schob. Das Mädchen war verführerisch, ohne es überhaupt zu versuchen. Ich wurde allein vom Zusehen hart und sie beachtete mich immer noch nicht, sondern richtete ihre Aufmerksamkeit auf Gabriel, der gerade von einem Spiel erzählte, das er unbedingt ausprobieren wollte. Ich schenkte seinen Worten genug Beachtung, um die Regeln zu verstehen, während ich weiter zusah, wie diese verdammte

Roxy Vega ihre Kirschen aß.

»Es ist ganz einfach. Wir denken uns Aufgaben aus und führen sie der Reihe nach durch. Jeder, der kneift oder die Herausforderung nicht ausführen kann, muss einen Sourache trinken …«

»Was ist das?«, fragte Gwen.

»Das ist ein Schnaps, der absolut beschissen schmeckt und mit Magie versetzt ist, sodass der ganze Körper eine volle Minute lang schmerzt«, erklärte Lance. Das beschrieb zwar nicht wirklich die schreckliche Erfahrung, die mit dem Trinken von Sourache einherging, aber ich beschloss, nicht weiter darauf einzugehen. Sie würden es bald selbst herausfinden, sollten sie das Spiel verlieren.

»Wer eine Aufgabe bekommt, kann sich eine andere Person aussuchen, die ihm hilft, sie zu erfüllen. Aber wer trotz Hilfestellung scheitert, muss zwei Shots trinken«, schloss Gabriel.

»Okay. Stellt euch schon mal darauf ein, zu verlieren, denn Darcy und ich werden euch fertigmachen«, stichelte Roxy.

»Na ja, es gibt für alles ein erstes Mal«, sagte ich leise.

Roxys Augen leuchteten herausfordernd auf, als sie mir einen Blick zuwarf, aber sie wandte sich schnell wieder Gabriel zu und ignorierte mich weiter.

Der Drache unter meiner Haut regte sich und ich unterdrückte den Drang, zu knurren. Ich wurde nicht ignoriert. Es widerstrebte meinem Naturell, sie gewähren zu lassen, aber sie anzuschnauzen, würde nicht funktionieren. Also würde ich es heute Abend zu meiner Aufgabe machen, ihre Aufmerksamkeit zu erlangen – auf jede erdenkliche Weise.

Ich schmunzelte, als ich daran dachte, stand auf und entfernte mich vom Tisch, um unsere Kellnerin aufzuspüren. Alissa entdeckte mich, bevor ich mehr als ein paar Schritte gehen konnte, und ich bestellte ein Tablett mit Sourache-Shots für das Spiel, bevor ich mich wieder zum Tisch begab.

Ich setzte mich neben Roxy, und sie atmete gereizt aus, als ich meinen Arm auf die Lehne der Bank hinter ihr legte.

»Also, wer wählt die erste Herausforderung?«, fragte Gwen und strich eine Strähne ihrer dunkelblauen Haare hinter ihr Ohr.

»Ich fordere Roxy auf, heute Abend nett zu mir zu sein«, sagte ich, und die anderen beäugten uns interessiert.

Sie seufzte ungeduldig. »Nein, danke. Her mit dem Shot!«, sagte sie.

Gabriel lachte viel zu laut und auch die anderen stimmten mit ein. Ich grinste sie an – einfach nur froh, sie dazu gezwungen zu haben, auf mich zu reagieren. Ich konnte nicht anders. Sie so hier zu sehen, bedeutete, dass sie jeden Funken meiner Aufmerksamkeit bekommen würde, ob sie es wollte oder nicht.

Alissa brachte das Tablett mit den Sourache-Shots für unser Spiel und Roxy beugte sich vor, um sich einen zu schnappen. Sie betrachtete die giftgrüne Flüssigkeit einen Moment lang mit hochgezogenen Augenbrauen, bevor sie das Glas an ihre Lippen drückte und es in einem Zug leerte.

Ihr Rücken wurde gerade und sie umklammerte den Tisch mit einer Hand, während sie gegen den Drang ankämpfte, aufzuschreien. Wir lachten alle. Gwen starrte ihre Schwester mit offenem Mund an und klopfte ihr auf den Rücken, als wüsste sie nicht, wie sie ihr helfen konnte.

Die Minute verging und Roxy atmete auf, während sich ihre Haltung entspannte und sie ein Lachen ausstieß.

»Das Zeug ist fürchterlich«, sagte sie. »Aber trotzdem weniger schmerzhaft, als es die Herausforderung gewesen wäre.«

Ich lachte, bevor ich mich zurückhalten konnte. Dieses Mädchen hatte mehr Eier in der Hose als die Hälfte der Jungs, die ich kannte. Max weinte förmlich, wenn wir ihn zu einem Shot Sourache zwangen, und Seth heulte ununterbrochen, während die Wirkung anhielt. Roxy war kaum ins Schwitzen gekommen und hatte die Sache mit Bravour gemeistert.

Dieser Abend lief vielleicht nicht so, wie ich ihn geplant hatte. Aber vielleicht war er ja doch noch zu retten.

Scorpio
Gemini
Virgo
Aries
Cancer
Leo
Sagittarius
Taurus
Capricorn
Aquarius
Libra
Pisces

ORION

KAPITEL 12

»Du bist dran, Geburtstagskind.« Gabriel lehnte sich mit einem Grinsen zu mir, um seinen Arm um meine Schultern zu legen, aber meine Aufmerksamkeit galt Darcys nacktem Bein, das gegen meines gepresst war, und ihrem schwarzen Kleid mit dem unglaublich tiefen V-Ausschnitt. Ich wollte jeden Zentimeter berühren, während ich den Erdbeer-Daiquiri auf ihren Lippen schmeckte.

Die Kellnerin hatte uns noch mehr Getränke gebracht, aber ich blieb bei meinem Bourbon. Wenn ich mich volllaufen ließe, würde meine Willenskraft versagen und ich Pläne schmieden, Blue allein zu erwischen. Das war verdammt riskant in einer Bar voller Leute und mit meiner derzeitigen Gesellschaft. Andererseits … war Darius mein bester Freund und Gabriel mein Interstellarer Verbündeter … Würden sie mich wirklich verraten?

Fick dich, Bourbon! Du hast hier nichts zu sagen. Es hilft auch nicht, dass die lüsterne Schlampe Venus mal wieder Teil meines Horoskops ist.

Andererseits ist heute mein Geburtstag …

Je weniger Leute von uns wussten, desto besser. Das Risiko für Ausrutscher war geringer und weniger unserer Freunde würden in Schwierigkeiten geraten, wenn es jemals herauskäme. Nein, es war das Risiko nicht wert.

»Orio.« Gabriel schüttelte mich. »Ich habe gesagt, du bist dran.«

»Richtig, ja. Was ist die Aufgabe, Noxy?«, fragte ich.

Gabriel warf einen Blick über den Balkon auf das Meer von tanzenden Körpern. »Der Typ da.« Er zeigte auf einen Mann an der Bar. Er trug ein rotes

Halstuch und zwirbelte an seinem verfluchten Schnurrbart.

»Du meinst den Volltrottel?«

»Ja«, erwiderte Gabriel lachend und drehte sich wieder zu mir um. »Ich fordere dich heraus, ihm das Halstuch abzunehmen, ohne dass er es merkt.«

Darcy lachte und ich schenkte ihr ein Lächeln. Ihre Hand landete unter dem Tisch auf meinem Oberschenkel und mein Schwanz wurde schlagartig wach.

»Wirst du es tun?« Ihre großen grünen Augen funkelten und als sie sich vor Aufregung auf die Unterlippe biss, geriet ich ins Schwitzen. *Fuck!*

Ich leerte mein Glas und musterte die Gesichter am Tisch, um mir einen Komplizen auszusuchen. Tory war die Einzige, die mich nicht anlächelte. Sie hatte es geschafft, fast zehn Zentimeter Abstand zwischen sich und Darius zu bringen, obwohl der Platz beengt war, und sie sah aus, als wollte sie gehen. Darcy warf ihr einen finsteren Blick zu und ich schürzte die Lippen.

Mein Mädchen würde nur dann hierbleiben, wenn ihre Schwester auch bliebe. Und außerdem … war sie Darcy wichtig. Also entschied ich, mir ein bisschen Mühe zu geben. Egal, wie beschissen unangenehm das auch sein mochte.

Ich zeigte auf Tory und ihre Augenbrauen schossen in die Höhe. »Komm schon, kleine Diebin, ich glaube, mich zu erinnern, dass du gut im Stehlen bist.«

Sie grinste in Darius' Richtung und er funkelte sie missmutig an.

»Ja, Roxy ist sehr geschickt, wenn es um List und Betrug geht«, knurrte Darius.

»Aber nicht so gut wie du. Tatsächlich glaube ich, dass die Hälfte deiner Freunde noch immer nicht gemerkt hat, dass du keine Persönlichkeit hast«, sagte Tory unbekümmert, um ihn dann wieder zu ignorieren.

Vielleicht war es nicht die beste Entscheidung gewesen, alle daran zu erinnern, dass Tory sein Zimmer niedergebrannt und seinen Dolch gestohlen hatte. Aber jetzt war es zu spät.

Ich stand auf und Gabriel rutschte aus der Nische, um mich gehen zu lassen. Tory leerte ihr Glas, bevor sie sich mit ausdrucksloser Miene an meine Seite begab.

»Also, wie lautet der Plan?«, fragte sie kalt.

»Mitkommen, Miss Vega!« Ich gab ihr einen Schubs, damit sie sich in Richtung Treppe bewegte, und wir begaben uns in die lärmende Menschenmenge.

Ich lehnte mich dicht an sie heran, damit sie mich über die laute Musik hinweg hören konnte. »Du wirst mit ihm flirten und ich mir das Tuch von hinten schnappen.«

Tory lachte und schüttelte den Kopf. »Der Typ ist stockschwul, Alter. Also flirte du mit ihm und ich hole das Tuch.« Bevor ich darauf antworten konnte, verschwand sie in der Menge und ich blieb überrumpelt stehen.

Fuck.

Eine Kellnerin kam mit einem Tablett voller Shots vorbei und ich nahm mir einen leuchtend pinkfarbenen Shot, leerte das Glas und verschluckte mich an dem stark süßen Geschmack. Die Flüssigkeit brannte sich ihren Weg durch meine Brust und ich ging durch die Menge in Richtung Bar, während der melodische Bass in meinen Ohren dröhnte. Ich drängte mich durch eine Gruppe Mädchen, die mich kichernd zum Tanzen auffordern wollten, aber ich winkte ab und erreichte die Bar. Der Typ zwirbelte noch immer seinen verdammten Schnurrbart.

Tory befand sich bereits hinter ihm und versuchte, die Aufmerksamkeit des Barmanns zu erregen. Sie warf einen Blick über ihre Schulter, entdeckte mich und unterdrückte ein Grinsen. Ich räusperte mich, trat neben den Mann und ließ meinen Blick über sein dunkles Jackett nach unten gleiten, bevor ich ihn zurück nach oben zu seinem Gesicht schweifen ließ.

»Hey«, sagte ich mit einem Nicken und einem Halblächeln.

Auch er beäugte mich und offensichtlich schien ich ihm zu gefallen, denn er machte einen Schritt auf mich zu.

»Hey.« Er erwiderte mein Lächeln und ich sah, wie Tory hinter ihm mit den Augen rollte. Sie bedeutete mir, mich mehr anzustrengen, und ich ließ meine Hemmungen fallen und trat näher an ihn heran. Ich hatte nicht vor, zu verlieren. Ich hatte dieses verfluchte Spiel erfunden.

»Wie wär's mit einem Drink?«, fragte ich.

Er zupfte erneut an seinem Schnurrbart und ich zuckte unmerklich zusammen. Er hob seine Hand und legte sie auf meine Brust. »Ja, ich hätte gern etwas Großes, Dunkles und Schönes.«

»Nun … hier bin ich.« Ich hätte mich fast totgelacht, als Tory hinter ihm in stumme Hysterie verfiel.

Der Typ grinste und sein Blick fiel auf die Krone auf meinem Kopf »Bei den Sternen, hast du heute Geburtstag?«

»Ja.« Ich zuckte mit den Schultern und Tory schob sich näher an ihn heran. Sie streckte die Hand aus und berührte die Rückseite seines Halstuchs, woraufhin der Typ einen Blick hinter sich warf. Aus einem Impuls heraus nahm ich sein Gesicht zwischen meine Hände und zwang ihn, mich anzuschauen.

Ein dicker Kloß stieg in meinem Hals auf, als ich den borstigen Schnurrbart betrachtete, dem ich auf keinen Fall näher kommen wollte. »Ich habe da ein Geschenk und brauche Hilfe … beim Auspacken.«

Tory begegnete meinem Blick über seine Schulter und griff erneut nach dem Halstuch, während sie sich auf die Lippe biss, um nicht zu lachen.

»Ich habe sehr geschickte Finger«, säuselte der Kerl und ich biss auf die Innenseite meiner Wange, während ich Interesse vortäuschte.

»Gut, denn ich habe da eine Schleife, an der *gezogen* werden muss.«

Ich drehe gleich durch.

Tory hatte das Halstuch gelöst und ich wusste, dass ich ihr noch eine Sekunde geben musste, also zog ich ihn an mich heran und lehnte mich an sein Ohr, während der Duft seines Moschus-Aftershaves meine Sinne überwältigte. »Ich komme wieder.«

»Oh, und wie hart du für mich kommen wirst«, knurrte er, schob seine Hand zwischen uns und ließ sie über mein Hemd gleiten. Er kniff meine Brustwarze, bevor ich etwas dagegen tun konnte. *Argh!*

Ich riss mich los und stürzte in die Menge, wo Tory bereits mit dem Halstuch wedelte und zur Musik tanzte.

Sie nahm meinen Arm und ihre Augen glänzten vor Belustigung. »Hat er was gemerkt?«

»Nein. Er war zu sehr damit beschäftigt, meine verdammten Nippel zu zwicken«, sagte ich und erntete dafür ein paar alarmierte Blicke von den Fae, die in der Nähe tanzten. Ich rieb meine Brust.

Tory brach in Gelächter aus und wir durchquerten gemeinsam den Raum. »Du bist gar nicht so langweilig, wie ich dachte«, rief sie über die dröhnende Melodie hinweg.

»Aber immer noch ein Arschloch«, sagte ich grinsend und sie schmunzelte.

»Ja«, bestätigte sie schnaubend, als wir den Balkon erreichten und durch die schimmernden Sterne traten, die die Sicht auf die Nische versperrten. Alle lachten und Darcy sah uns mit einem strahlenden Lächeln an. Tory verbeugte sich dramatisch und warf das Halstuch in die Mitte des Tisches.

Gabriel sprang auf, um mich wieder auf meinen Platz zu lassen, und ich wandte mich mit einem dunklen Lächeln an Darcy. »Du bist dran, Blue.«

»Wie lautet die Herausforderung?«, fragte sie und mein Blick huschte zu ihren Lippen, woraufhin sich mein Inneres verknotete. *Was würde ich dafür geben, die Welt in diesem Moment anzuhalten, um mir einen Kuss zu stehlen.*

Ich warf einen Blick in die Runde und entdeckte Darius' missmutigen Gesichtsausdruck. Ich wollte nicht denken, dass er wegen unserer aktuellen

Gesellschaft miese Laune hatte. An diesem Tisch saßen einige der für mich wertvollsten Leute der Welt. Zu denen auch er gehörte. Ich wünschte, er würde sich mit ihnen verstehen.

»Ich fordere dich heraus, Darius zum Lachen zu bringen«, sagte ich und nahm einen Schluck von meinem Getränk.

Sie grinste, ein schelmisches Glitzern trat in ihren Blick. »Okay ... wirst du mein Partner sein?«

Ich nickte und sie griff in ihre Handtasche, holte einen Stift heraus und schrieb etwas auf ihre Hand. Sie hielt sie unter den Tisch, damit ich lesen konnte, was sie geschrieben hatte. Stirnrunzelnd las ich das Wort Trottel – im selben Moment ergoss sich ein Wasserstrahl über mein Gesicht. Mein Kopf und meine Schultern waren durchnässt, und alle lachten, sogar Darius.

Darcy strahlte mich triumphierend an, als ich eine Hand hob, um meine Haare, aus denen Wasser tropfte, zu trocken.

»Dafür werde ich mich rächen«, warnte ich, aber ihr Lächeln wurde nur noch breiter.

Sie drehte sich zu ihrer Schwester um, um das Spiel fortzusetzen, und Gabriel zwinkerte mir zu und schob mein Glas in meine Richtung.

»Trink, Orio«, sagte er und ich stieß mit ihm an, bevor ich meinen Bourbon leerte.

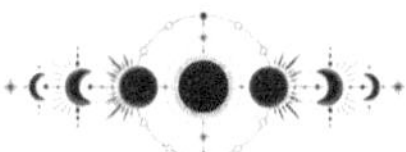

Ich war betrunken. So verdammt betrunken. Und geil.

Oh, aber ich habe einen Plan. Schritt eins: Blue nackt machen. Verflucht, ich brauche mehr Schritte.

Blue tanzte mit ihrer Schwester am Rande des Balkons, während Gabriel weitere Drinks bestellte, und ich sah ihnen mit Darius an meiner Seite zu. Ich sah einfach nur zu, als wäre es verdammt noch mal okay, zuzusehen. Das war es ganz sicher nicht. Aber ich hatte vier Gläser Bourbon und zwei Shot Sourache zu viel getrunken, um mich darum zu scheren.

»Ich liebe dich«, sagte ich zu Darius und legte meinen Arm um seine Schultern. »Du bist ein echter Glückspilz, Mann. Du könntest einfach hingehen und Tory Vega daten. Einfach mit ihr zusammen sein. Einfach so.«

»Du laberst Müll«, sagte Darius und lehnte sich an mich. »Warum macht mich das zu einem Glückspilz? Bist du etwa an Roxy interessiert? Denn dann trete ich dir in den Arsch.« Er zerknüllte mein Hemd in seiner Faust und ich stieß ein Lachen aus. Er sah halb so aus, als würde er scherzen, und halb so, als würde er es ernst meinen.

»Ich bin nicht interessiert – du aber schon. Bei den Sternen, geh und sag es ihr.«

»Ja.« Darius nickte und richtete sich auf. »Ja, ich werde einfach rübergehen und … und … beim Mond, das ist so unglaublich weich.« Er streichelte mein Hemd. »Woraus ist das?«

»Ich weiß nicht, Mann. Baumwolle?« Ich zupfte an dem Stoff und Darius lehnte sich an mich und brachte den verführerischen Duft seines Blutes mit. »Du riechst wie frisch gebackenes Brot.«

»Willst du mich beißen, Lance?« Darius lachte dunkel, nahm mein Gesicht in seine Hände und drückte es zusammen, bis sich meine Lippen schürzten. Dann drehte er meinen Kopf in Richtung der Vegas. »Deine Quelle ist da drüben.«

Mein Blick blieb an Darcys enger Taille hängen und ich beobachtete, wie sich ihr Körper im Takt der Musik bewegte. Ich wurde hart für sie und schubste Darius zurück. Ich wollte nicht, dass er meinen Ständer zu spüren bekam. Nicht schon wieder.

Abrupt stand ich auf, meine Augen auf mein Mädchen gerichtet, während sich meine Reißzähne verlängerten. Gabriel erschien mit meiner Krone auf dem Kopf; seine Augen mit den silbernen Ringen wirkten schwer, als er auf uns zuging.

»Ich haue ab.« Er nahm die Krone und warf sie nach Darius, als wäre dessen Kopf das Ziel eines Ringwurfspiels. Sie traf ihn genau ins Auge.

»Arschloch«, zischte Darius.

Gabriel legte eine Hand auf meine Schulter. »Ich gehe jetzt nach Hause und ficke meine Frau«, sagte er laut zwischen zwei Songs.

Die Mädchen lachten und ich stand grinsend auf, um ihn zu umarmen. »Grüß sie von mir. Du weißt schon, nach dem Sex. Oder ist das noch seltsamer? Vielleicht davor. Nein, danach. Auf jeden Fall danach.«

»Orio, ich werde viel zu beschäftigt damit sein, um deine Grüße auszurichten.« Gabriel lachte, dann wanderte sein Blick zu den Vega-Zwillingen und er drehte mich in ihre Richtung. Warum schoben mich heute Abend alle in Darcys Richtung? Das machte mich fertig.

»Pass auf Darcy auf«, sagte er, bevor er sich von den beiden verabschiedete und sich dann mithilfe der Sterne aus dem Staub machte. Alle Dozenten der Zodiac Academy bekamen eine wöchentliche Ration Sternenstaub und ich wusste genau, wofür ich den Rest meines Sternenstaubs heute Abend verwenden würde.

Moment, hat er mir aufgetragen, auf Darcy aufzupassen? Warum nicht auf sie beide?

»Afterparty? King's Hollow?«, fragte Darius. »Die anderen sind auch dort, aber es wird sie nicht kümmern, wenn du mitkommst. Ich werde ihnen einfach sagen, dass ich etwas Zeit mit meinem Wächter verbringen muss oder so.«

Diesen Plan hatte er definitiv nicht durchdacht, aber das Ganze klang auch viel zu würstchenlastig für meinen Geschmack.

»Ne, ich gehe nach Hause. Ich kann die Vegas mitnehmen, damit du keinen Umweg machen musst.«

Darius stand auf und zog mich in eine enge Umarmung. Seine Muskeln zogen sich um mich zusammen, das Band zwischen uns wurde stärker und ich klammerte mich an ihn. »Ich werde dich vermissen«, sagte ich laut, obwohl ich es eigentlich nur in meinem Kopf hatte sagen wollen.

»Genauso sehr wie Gabriel?«, fragte Darius und stieß mit der Stirn gegen meine.

»Nehmt euch ein Zimmer, Leute«, unterbrach mich Tory und wir traten voneinander weg.

Darius rempelte den Tisch an, als er sich auf sie zubewegte. »Afterparty im Baumhaus?«, fragte er sie und ich warf ihr stellvertretend für ihn einen hoffnungsvollen Blick zu.

Sie fegte an ihm vorbei, als würde er nicht existieren, nahm ihren Cocktail und schlürfte ihn durch einen Strohhalm. Darius ballte die Hände zu Fäusten und starrte ihr nach. Dabei sah er so aus, als würde gleich eine Ader in seiner Schläfe platzen.

Darcy tanzte immer noch, und ich grinste sie albern an, als sie meinen Blick erwiderte.

»Gehen wir.« Ich nahm den Sternenstaub aus meiner Tasche und Darius holte seinen eigenen Beutel heraus. »Nacht, Darius.«

Tory warf ihm einen flüchtigen Blick zu, als dieser den glitzernden Staub in die Luft schleuderte und verschwand.

»Bereit?«, fragte ich die Mädchen, die noch ihre Handtaschen aus der Nische holten, nachdem auch Darcy von der Tanzfläche zurückgekehrt war.

Sie nickten und ich legte ein großes Trinkgeld auf den Tisch, bevor ich den Sternenstaub über uns warf.

Wir wurden durch das Sternengeflecht geschleudert und landeten schließlich vor dem Orb. Darcy stolperte lachend in mich hinein und ich erinnerte mich an jenes erste Mal, als wir in der Nacht ihres Erwachens gemeinsam durch die Sterne gereist waren. Ich hielt sie fest, besann mich dann aber darauf, mich von ihr zu entfernen, und warf einen Blick auf Tory.

»Ich kann euch zu euren Häusern zurückbringen«, sagte ich, aber Tory winkte ab.

»Bring Darcy zurück, ich komme schon klar. Gute Nacht.« Sie umarmte ihre Schwester.

»Bist du sicher? Ich kann mit dir zurückkommen?«, fragte Darcy.

»Ich brauche heute Nacht mein Bett für mich allein«, sagte Tory grinsend. »Wir sehen uns morgen.« Sie winkte uns zu, bevor sie den Weg in Richtung Feuer-Territorium einschlug, und ich drehte mich zu Darcy um. Mein Wunsch ging plötzlich schneller in Erfüllung als erwartet.

»Blue.« Ich lächelte verträumt und strich eine Haarsträhne hinter ihr Ohr.

Sie ist so ... alles. Weiß sie eigentlich, dass sie alles ist?

Sie kam näher, stellte sich auf Zehenspitzen und flüsterte mir ins Ohr: »Wo sind wir ungestört?«

Ich schlang meine Hände um ihre Taille und war fast versucht, sie gegen die Wand des Orbs zu drücken und sie hier und jetzt zu verschlingen. Ihr Blut rief nach mir wie der Gesang einer Sirene, und ich ließ meinen Zungenballen an ihrem Hals entlanggleiten, was sie zum Lachen brachte.

»Ich hab eine Idee ...«, murmelte ich, hob sie hoch und schoss mit meiner Vampirgeschwindigkeit in Richtung Jupiter Hall. Das Gebäude war nachts verschlossen, aber meine Magie entriegelte die Tür und ich rannte hinein, trug sie zum Kurszimmer von *Grundlagen der Magie* und entriegelte auch diese Tür.

Eine Sekunde, bevor ihre Lippen die meinen fanden, zauberte ich eine Stillekuppel. Sie schmeckte nach Sünde und Erdbeeren und ich stöhnte auf.

»Weißt du, wie oft ich schon davon geträumt habe, dich hier in diesem Zimmer zu nehmen?«, fragte ich zwischen zwei Küssen und ließ meinen Mund zu ihrem Hals hinuntergleiten. Sie neigte den Kopf zur Seite und krallte ihre Hände in meine Haare, während sich ihre Schenkel fester um mich schlossen.

»Wie oft?«, fragte sie atemlos.

»Vier Millionen dreihunderttausendzweihundertachtundneunzig Mal. Nein, warte – *neun*undneunzig.« Mein Schwanz verhärtete sich zwischen ihren Schenkeln und die Lust schoss mir durch die Glieder, als ich meine Reißzähne über ihre Haut gleiten ließ. Bei der Sonne, dieses *Mädchen*!

Ich wollte gerade meine Zähne in ihrem weichen Fleisch versenken, als sie mich zurückdrückte und sich wieder auf den Boden fallen ließ. Sie entfernte sich von mir, lief zu meinem Schreibtisch und setzte sich auf meinen Platz.

»Was machst du da?«, fragte ich knurrend und pirschte mich an sie heran. Sie hatte sich Stift und Papier von meinem Schreibtisch geschnappt und schirmte es mit ihrem Arm ab, während sie zu schreiben begann.

»Nichts«, sang sie. »Nicht schauen, Mr. Miesepeter.«

»Professor Miesepeter, wenn ich bitten darf«, neckte ich sie und sie lachte.

Ihre Brüste streiften meinen Schreibtisch und eine Kaskade blauer Haare ergoss sich darüber, als sie sich dicht über das Blatt beugte.

Ich näherte mich ihr langsam und mein Atem ging schneller, während ich versuchte, mich zurückzuhalten, um sie nicht über meinen Schreibtisch zu beugen und mir die Fantasie zu erfüllen, die mich in letzter Zeit regelmäßig beschäftigte.

Darcy sah endlich auf und grinste wie eine Grinsekatze, während sie sich daran machte, die Seite in sechs Quadrate zu reißen. Dann stand sie auf, raffte sie zu einem Stapel zusammen und hielt sie hinter ihren Rücken.

»Ich weiß nicht, was du vorhast, aber es macht mich so heiß«, brummte ich und trat auf sie zu, bis sie ihre Hand entschlossen auf meine Brust drückte.

»Da du mich nicht vorgewarnt hast, dass du heute Geburtstag hast, musste ich mir ein kurzfristiges Geschenk einfallen lassen.«

»Her damit«, forderte ich und streckte mit einem dunklen Grinsen meine Hand aus.

Sie drückte mir die Zettel in die Hand, ihr Gesichtsausdruck war so unglaublich sexy. Ich musste meinen Blick abwenden, um dem Geschenk Aufmerksamkeit schenken zu können.

Die Worte auf dem ersten Zettel starrten mich an und zauberten ein verruchtes Lächeln auf meine Lippen.

Gutschein
für einen Kuss – wo auch immer du ihn willst

Mein Puls beschleunigte sich, als ich den nächsten Zettel las.

Gutschein
für einen Striptease

»Oh, verdammt, ja«, hauchte ich und blätterte den Rest durch.

»Es gibt nur eine Bedingung«, sagte sie frech. »Du kannst immer nur einen der Gutscheine benutzen. Sei nicht gierig.«

»Wenn es um dich geht, bin ich nichts als gierig.« Ich packte sie an der

Taille und sie wich zurück und streckte ihre Hand aus.

»Nun, das wirst du kontrollieren müssen. Also ... möchte der gnädige Herr einen seiner Gutscheine einlösen?«, fragte sie mit übertriebenem Akzent, und ich musste lachen.

Ich drückte ihr den Gutschein für den Striptease in die Hand, und sie beäugte ihn mit einem koketten Lächeln. Ich ließ mich in meinen Sessel fallen und öffnete den obersten Knopf meines Hemdes, während ich sie mit hungrigen Augen beobachtete.

Sie legte ihre Handtasche auf den Schreibtisch, holte ihren Atlas heraus und berührte den Bildschirm. Ich nutzte die Gelegenheit, um die Kurven ihres Hinterns mit meinen Augen zu verfolgen, und stellte mir wieder vor, sie über den Schreibtisch zu beugen. Ein leises, ungeduldiges Knurren entkam mir und sie blickte grinsend auf.

Raise Hell von Dorothy ertönte, und als das schwere Dröhnen der Rockmusik die Luft erfüllte, eilte Darcy durch den Raum, um das Licht auszumachen. Für einen Moment wurde ich in Dunkelheit getaucht, bevor sie einen Feuerball erzeugte, der sich über ihr drehte und den Raum in ein tiefes rotgoldenes Licht tauchte.

»Zehn Hauspunkte für Aer«, sagte ich grinsend, ließ mich tiefer in meinen Sessel sinken und spreizte die Beine, um es mir bequem zu machen.

Ihr Lachen schallte zu mir zurück, dann vollführte sie eine dramatische Drehung um die eigene Achse, was mir ein Glucksen auf die Lippen zauberte. Sie rieb sich an Tyler Corbins Schreibtisch und ließ ihre Hüften im Takt der Musik kreisen. Obwohl sie versuchte, witzig zu sein, war ihr kleiner Auftritt verdammt heiß. Ihr Kleid rutschte fast bis zu ihrem Höschen hoch und ich saugte an meiner Unterlippe, als sie ihren Daumen unter den Saum des Kleides schob und es so weit hochzog, dass ich einen Blick auf ihren Hintern werfen konnte, während sie sich über seinen Schreibtisch beugte.

Sie wirbelte herum, stolperte zur Seite und schlug gegen den Schreibtisch daneben. Ich lächelte, aber meine Heiterkeit verflog aufs Neue, als sie sich zu mir umdrehte, zu meinem Schreibtisch ging und sich auf ihn stützte, um mir einen Blick in ihr Dekolleté zu gewähren.

»Komm her«, stöhnte ich. Mein Verlangen, in ihr zu sein, war unerträglich.

Sie ignorierte mich, kletterte auf meinen Schreibtisch und ließ den Tacker und einen Stiftehalter zu Boden fallen. Ihr Kleid rutschte noch weiter nach oben, als sie sich hinkniete. Sie zog es über ihren Kopf, wirbelte es über sich durch die Luft und warf es dann zur Seite. *Fuuuck.*

Meine Kehle wurde noch enger, als ich entdeckte, dass sie keinen BH trug, sondern nur einen winzigen Spitzentanga. Ich würde verrückt werden, wenn ich sie nicht bald in die Finger bekäme. Es kostete mich jedes Quäntchen Willenskraft, sitzen zu bleiben.

Sie schob ihre Hände in die Haare und wippte mit den Hüften zur Musik, während ich ihren Körper bewunderte. Meine Reißzähne wurden immer länger und spitzer.

Ich war steinhart und verzweifelt, also rutschte ich ein Stück nach vorn, um mich von meinem Sitz zu erheben. Sie ließ sich über die Schreibtischkante fallen und setzte sich rittlings auf meinen Schoß, um mich festzuhalten. Meine Hand glitt zu ihrem Rücken, während ich versuchte, sie zu einem Kuss heranzuziehen.

Sie drehte den Kopf, um mich aufzuhalten, ließ ihre Handfläche über meine Brust gleiten und öffnete einen Knopf nach dem anderen. Als sie meinen Hosenbund erreicht hatte, schob sie ihre Finger unter meinem Gürtel in die Hose und berührte mit ihrer weichen Haut die Spitze meines Schwanzes.

Ich stemmte meine Hüften mit einem Stöhnen in die Höhe und sie lächelte mich verrucht an, entfernte ihre Hand und griff nach meiner Gürtelschnalle.

Ein berauschendes Lachen entwich ihr und sie beugte sich vor, um ihre Stirn an meine Brust zu legen.

»Was?«, grunzte ich und streichelte ihren Hintern, während noch mehr Blut in Richtung Süden floss. Mein Kopf drehte sich und mein Verlangen nach ihr wurde immer größer.

»Es ist nur ... Das ist der Gürtel des Orion«, rief sie lachend und ich schmunzelte.

Ihre blauen Haare kitzelten meine Brust und ich streckte die Hand aus, um sie darin zu vergraben.

»Korrekt. Und Orion will, dass du ihn jetzt sofort öffnest«, gebot ich ihr. Sie öffnete den Mund und pure Lust zeichnete sich in ihren Augen ab. Vollkommen ernst zog sie daran, aber ich hatte genug vom Warten.

Ich umklammerte ihren Hintern, stand auf und legte sie auf meinen Schreibtisch. Ihre Haare verteilten sich auf dem Tisch und meine Länge zuckte vor Verlangen. Ich entledigte mich meines Hemdes und befreite meinen Schwanz. Während ich mich streichelte, dachte ich an all die Dinge, die ich mit ihr anstellen wollte.

Ohne Vorwarnung riss ich ihr Höschen beiseite, positionierte mich vor ihrem warteten Eingang und drang bis zum Anschlag in sie ein. Sie schrie auf und ihr Rücken wölbte sich, als ich meine Finger in ihre Taille grub. Lust durchströmte jede Ader meines Körpers. Darcy war glühend heiß und verdammt perfekt; ihre Muskeln verkrampften sich um mich, als ich sie mit einem weiteren harten Stoß beanspruchte.

Ich bewegte eine Hand, um meinen Daumen über ihre Klitoris gleiten zu lassen, und sie stöhnte laut auf, was mich noch härter machte. Ich nahm sie mit kräftigen Hüftstößen und sie rieb sich an meinem Schreibtisch, wodurch sie ihn verdammt noch mal brandmarkte. Wie ich jemals wieder in diesem Raum unterrichten sollte, ohne einen Ständer zu bekommen, war ein Zukunftsproblem.

Lust und Adrenalin wirbelten in einem herrlichen Cocktail durch meinen Körper und eine Schweißperle rann meinen Rücken hinunter. Ich beugte mich vor und leckte ihre Brustwarze, bevor ich meine Reißzähne in der Wölbung ihrer Brust versenkte. Sie stöhnte auf und krallte ihre Finger in meinen Rücken, während ich ihr Blut trank und von jedem Schluck berauschter wurde. Ihre Macht schmeckte wie Bonbons und Luft. Sie war süß und scharf und verdammt köstlich.

Als ich meine Reißzähne befreite, rann eine Blutperle über ihre Haut, was mich noch mehr erregte. Ich schob meine Hand unter ihren rechten Oberschenkel und spreizte ihre Beine weiter, dann drang ich erneut in sie ein und genoss das Gefühl ihrer Enge.

Mit einem lustvollen Wimmern schloss Blue die Augen und ich ergriff ihren Unterkiefer mit einem Knurren.

»Sieh mich an!«, forderte ich und ihre Augen flogen auf, ihre Pupillen waren geweitet.

Als sie kam, bäumte sich ihr ganzer Körper auf. Ihre Muskeln spannten sich an, drückten meine Länge zusammen und flehten mich an, ihr in die Glückseligkeit zu folgen. Ich hielt ihre Hüften im perfekten Winkel fest und ihr Körper trieb mich zur Ekstase, woraufhin ich tief in ihr erstarrte. Die Lust durchströmte mich und ich war nicht mal in der Lage, nach Luft zu schnappen, als ich das High meiner Erlösung ausreizte.

»Ja«, keuchte sie und legte ihre Hand in meinen Nacken, um mich zu einem Kuss zu sich zu ziehen. Ich machte mir nicht die Mühe, ihr mit Luftmagie unter die Arme zu greifen. Es fühlte sich zu gut an, zu spüren, wie erschöpft sie unter mir lag. Ihre Glieder hatten keine Kraft mehr, als sie versuchte, sich an mich zu klammern. Ich selbst hatte kaum noch Energie übrig.

Ich ließ meinen Mund an ihrem Unterkiefer entlangwandern und stützte mich mit den Händen auf dem Tisch ab, um mein Gewicht von ihr zu nehmen.

Sie streichelte meine Wirbelsäule, ihre Lippen berührten meine und ich fröstelte. Es war schon so lange her, dass ich mich zufrieden gefühlt hatte.

Aber in ihrer Gegenwart erkannte ich allmählich mein altes Ich wieder – den Mann, der das Leben geliebt hatte, den Mann, der eine Zukunft hatte. Und ich hatte gar nicht gemerkt, wie sehr ich ihn vermisst hatte.

»Happy Birthday, Lance«, flüsterte sie, und zum ersten Mal seit Jahren war es wirklich ein glücklicher Geburtstag.

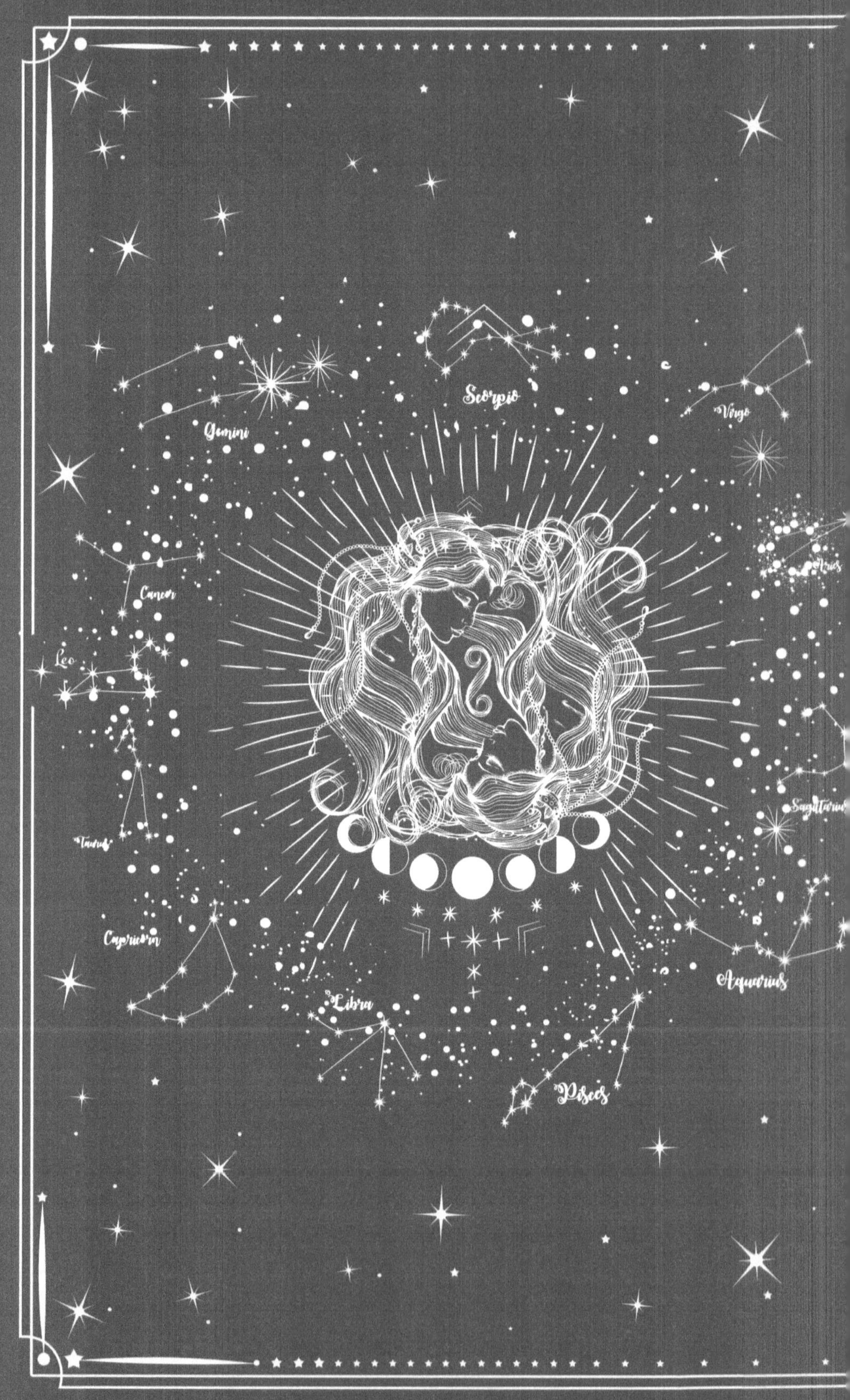

Gemini
Scorpio
Virgo
Aries
Cancer
Leo
Sagittarius
Taurus
Capricorn
Aquarius
Libra
Pisces

Darcy

KAPITEL 13

Ich träumte von der vergangenen Nacht, während ich mich für den Wasserelementarkurs umzog. Tory folgend, wanderte ich in die Lagune, wo blaues Licht auf uns fiel und auf den hohen Klippen rund ums Becken tanzte.

Ich biss mir auf die Unterlippe, als ich daran dachte, wie Orion mich auf seinen Schreibtisch gedrückt hatte, wie die Muskeln an seinem Körper geglänzt und sein riesiger …

Washers Hand landete auf meinem Arm, und er trat in seiner engen roten Speedo-Badehose vor mich. »Oh, da ist aber jemand unartig. Woran denken Sie wohl, hm?«

Seine Hand glitt über meine nackte Schulter und Flammen züngelten an den Rändern meines Blickfeldes, als er versuchte, mir seine Kraft aufzudrängen. Erleichterung erfüllte mich, als es nicht funktionierte, und ich wich angewidert zurück.

Er runzelte die Stirn und musterte überrascht seine Hände, als hätte er einen Fehler gemacht. »Haben Sie Ihre mentalen Schilde geübt?«, fragte er sichtlich enttäuscht.

»Ja«, sagte ich fröhlich und freute mich über meine neu gewonnenen Phönix-Kräfte. »Ich schätze, Sie können meine Stimmungen nicht mehr beeinflussen, Sir.« Ich zuckte mit den Schultern und eilte davon, um mich Tory im warmen Wasser anzuschließen, während sie Washer einen finsteren Blick zuwarf.

Geraldine watete in ihrem eng anliegenden Badeoutfit auf uns zu. Sie stellte ihre Muskeln zur Schau und ihre großen Brüste wippten, als sie sich bewegte. Sie warf eine Locke ihrer hellbraunen Haare über ihre Schulter und verzog den Mund zu einem Grinsen. »Pompöser Pegasus-Pyjama, Darcy – hast du gerade die Fähigkeiten von Professor Washer abgewehrt?«

»Ja«, sagte ich strahlend. »Das ganze Üben hat sich wohl endlich ausgezahlt.« Es gefiel mir nicht, sie bezüglich unserer Formgebung anzulügen, aber wir hatten keine andere Wahl.

»Ich kann es kaum erwarten, Max' Gesicht zu sehen, wenn …«, begann Tory, aber sie wurde vom Teufel persönlich unterbrochen, als besagter Erbe neben uns ins Becken sprang und uns nass spritzte. Er lächelte Geraldine raubtierhaft an, als er näher kam.

»Wenn was, kleine Vega?«, fragte Max und wölbte eine Augenbraue.

»Wenn du erkennst, dass deine Badehose durchsichtig ist.« Tory wechselte grinsend die Bahn, woraufhin Max abrupt nach unten schaute. Wir brachen alle drei in Gelächter aus.

Er verzog das Gesicht, hob den Blick und verschränkte die Arme über den straffen Muskeln seiner Brust. »Sehr witzig. Selbst wenn sie durchsichtig wäre – glaubst du wirklich, dass ich etwas zu befürchten hätte? Nur zu, Grus, erzähl ihnen davon.« Er musterte sie auffordernd und sie stemmte die Hand in die Hüfte.

»Ich führe kein Verzeichnis der schlaffen Schniedelstöckchen, mit denen ich verkehrt habe.« Geraldine rollte mit den Augen.

»Er war nicht schlaff«, fauchte Max.

Geraldine winkte ab, als wäre ihr das gänzlich egal, und Tory und ich lachten lauf auf. »Außerdem hat Lady Petunia diese Woche schon mit vielen Höflingen getanzt. Wie um alles in der Welt sollte ich mich daran erinnern, wie dein schlaffer Pfannenwender aussah?«

»Er war nicht *schlaff*!«, schnauzte Max. »Und warte mal, willst du damit sagen, dass du seit mir eine ganze Horde von Kerlen gefickt hast? Seither ist doch erst eine Woche vergangen.«

»Ich werde hier nicht darüber diskutieren, wie viele Brotstangen ich seither in mein Marmeladenglas getunkt habe, Max Rigel. Das geht dich nichts an.«

Geraldine drehte sich um und wollte schon gehen, aber Max hielt sie am Arm fest. Er bewegte sich auf sie zu und senkte seinen Tonfall, als wollte er nicht, dass wir mithörten. »Komm schon, du musst zugeben, dass es gut war. Komm heute Abend zu mir, damit ich dich daran erinnern kann.«

»Ich habe heute Abend eine Verabredung mit einem vornehmen Gentlefae.

Ich gehe davon aus, dass er sich gut um Lady Petunias Bedürfnisse kümmern wird.«

»Mit wem?«, fragte Max fordernd.

»Und warum sollte ich dir das sagen?«

»Weil ich ihm die Beine brechen werde«, knurrte Max.

Darius watete auf seinen Freund zu, und Max ließ Geraldine los und rieb seinen Nacken. Er räusperte sich und nickte dem Feuererben zu, als dieser neben ihn trat.

Darius' Blick fiel auf uns und blieb für einige lange Sekunden an Tory hängen. War ihm bewusst, wie offensichtlich er sie abcheckte? Seine Augen klebten praktisch an ihrem Dekolleté.

Tory hielt ihren Mittelfinger vor ihre Brüste, woraufhin Darius grimmig dreinschaute und ohne ein Wort wieder verschwand.

Washer teilte die Studenten in verschiedene Gruppen auf, und Tory und ich arbeiteten Seite an Seite, während er uns beibrachte, wie man eine Welle erzeugte, indem man Magie ins Wasser ergoss. Schon bald hatten wir den Dreh raus und schickten eine kleine Welle nach der anderen über die Oberfläche.

»Sehr gut«, kommentierte Washer. »Jetzt eine schöne, große, nasse für mich.«

Ich versuchte, mich zu beherrschen, aber es war unmöglich, meine Nase nicht angesichts Washer und seiner ekelhaften Ausdrucksweise zu rümpfen.

Wir schufen ein paar größere Wellen und Washer klatschte in die Hände. »Gut, und wenn Sie bereit sind, können Sie einen großen Schwall wie diesen erzeugen.« Er drückte seine Hände ins Wasser und eine Welle brach über mich und Tory herein. Wir kreischten auf.

Meine Haare klebten an meiner Haut und Wasser floss in Strömen von mir ab.

»Ja … genau so«, säuselte Washer und betrachtete unsere durchnässten Badeanzüge, bevor er seine winzige Badehose zurechtrückte und auf Darius zuging. Er beugte sich gerade nach vorn, um seine Magie zu wirken, und ich hätte ihn fast gewarnt.

Steh auf, du Idiot!

In der Sekunde, in der Washers Hände auf Darius' Hüften landeten, richtete sich dieser so schnell auf, dass sein Hinterkopf mit Washers Nase zusammenstieß. Der Professor stolperte ins Wasser und ein Lachen entrang sich meiner Kehle, als er den Halt verlor. Tory grinste und einen Moment lang teilte sie ein Lächeln mit Darius, bevor sie sich schnell voneinander abwandten.

»Du magst ihn«, neckte ich und stupste sie an.

Sie schnaubte. »Ich *verachte* ihn.«

»Aber du findest ihn heiß«, sagte ich fröhlich.

»Wer tut das nicht?«, fragte sie – und schien sich noch im selben Moment dafür zu verfluchen, das gesagt zu haben.

»Ich frage mich, ob man uns jemals beibringen wird, wie man Persönlichkeiten tauscht. Dann wärst du versorgt«, sagte ich, während ich eine weitere Welle erzeugte.

»Ja«, sagte sie halbherzig, als würde sie das nicht wirklich wollen, und ich sah sie stirnrunzelnd an. Meine Schwester war manchmal zu stur für ihr eigenes Wohl. Wahrscheinlich mochte sie Darius genau so, wie er war. Mit seiner Arschloch-Persönlichkeit und allem anderen. Wenn er sich einfach für den ganzen Scheiß entschuldigte, den er ihr angetan hatte, und versuchen würde, es wiedergutzumachen … Vielleicht wäre da noch etwas zwischen ihnen zu retten. Vielleicht war ich aber auch einfach zu optimistisch für mein eigenes Wohl.

»Wie läuft's mit Caleb?«, fragte ich.

»Du interessierst dich heute Morgen sehr für mein Liebesleben«, sagte sie grinsend und stieß mit der Schulter gegen meine. »Außerdem hast du mir nie erzählt, wer der geheimnisvolle Typ ist, den du während der Mondfinsternis getroffen hast.«

Ich lachte nervös und tauchte meine Finger wieder ins Wasser. Verdammt, ich wollte es ihr so gern sagen. Es war bescheuert, dass ich es nicht konnte. Tory würde niemandem davon erzählen. Und nach der letzten Nacht schien es, als hätte sie sich mit Orion angefreundet. Zumindest ein kleines bisschen. Aber würde das reichen, um sie vor dem Ausrasten zu bewahren, sobald ich ihr die Wahrheit sagte? Wahrscheinlich nicht. Ihrer Meinung nach war Orion fast so schlimm wie Darius. Sie würde denken, ich hätte meinen Verstand verloren.

Es blieb mir erspart, ihr eine Antwort geben zu müssen, als Max plötzlich auf einer Welle über das Wasser segelte. Er schien ohne Brett zu surfen und sich dabei gänzlich von seiner Magie leiten zu lassen. Er raste an uns vorbei, umkreiste Geraldine mehrmals und trennte sie dabei von Angelica, während er sie mit einem verführerischen Grinsen anschaute.

»Hör auf, ein gigantischer Knallkopf zu sein, Rigel!«, rief sie, warf die Hände in die Höhe und erzeugte eine riesige Welle, die ihn durch die Luft schleuderte, woraufhin er mit einem großen Platschen unter Wasser verschwand. Als er wieder auftauchte, brüllte er vor Wut und der ganze Kurs lachte ihn aus, während er sich in Richtung Geraldine schleppte.

»Dafür werde ich mich rächen, Grus.« Er zeigte auf sie.

»Oh, ich zittere bis auf mein Höschen mit Leopardenmuster«, sagte sie mit einem Augenrollen.

»Das wirst du noch.« Er stolzierte davon und Geraldine winkte ihm mit dem kleinen Finger zu. »Soll das eine Anspielung auf meinen Schwanz sein?«, schnauzte er.

»Ich habe keinerlei Anspielung gemacht«, sagte sie unschuldig. »Aber da *du* derjenige bist, der das Thema angesprochen hat – siehst du eine gewisse Ähnlichkeit zu deinem schlaffen Frankfurter Würstchen?«

»Er war nicht *schlaff*!«, brüllte Max, sodass es der ganze Kurs hören konnte.

Darius warf ihm einen verwirrten Blick zu und Washer bewegte sich in seine Richtung, als könnte er spüren, dass von ihm Gefühle ausgingen, die ihm gefallen könnten.

Max entfernte sich beschämt und ich tauschte einen Blick mit Tory. Es sah so aus, als hätte Geraldine ihn in jeder Hinsicht um den kleinen Finger gewickelt, mit dem sie immer noch wackelte. Und ich hoffte wirklich, dass er weiter versuchte, bei ihr zu landen, denn das war einfach zum Schreien.

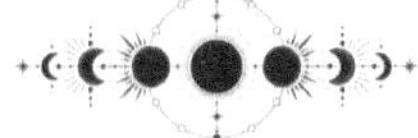

Sehr geehrte Miss Vega,
Ihre Anwesenheit wird unverzüglich in meinem Büro verlangt.
Bei Nichterscheinen werden Ihnen etliche Hauspunkte abgezogen.

Mit freundlichen Grüßen
Rektorin Nova

Ich war wie erstarrt und las die Nachricht immer wieder. Es war fast zwanzig Uhr und ich saß in meinem Zimmer, nachdem wir im Orb zu Abend gegessen hatten – was zum Teufel konnte sie also mit mir besprechen wollen?

Mein Herz hämmerte in meiner Brust, als ich an das Worst-Case-Szenario dachte. Aber sie konnte nichts über Orion und mich herausgefunden haben. Wir waren vorsichtig gewesen.

Aber waren wir das auch letzte Nacht? Wirklich und wahrhaftig?

Was, wenn uns jemand auf dem Weg ins Kurszimmer gesehen hat?

Aber warum hat sie dann bis jetzt gewartet, um mich in ihr Büro zu rufen?

Ich schlüpfte in meine Turnschuhe und zog mir einen Mantel über meine Uniform, bevor ich den Raum verließ.

Bitte, mach, dass es nicht um Orion geht. Bitte, bitte, bitte.

Meine Hände wurden feucht, als ich mich den Pluto-Büros näherte, in denen sich Novas Büro befand. Ich beeilte mich, obwohl ich am liebsten getrödelt hätte – oder gar weggelaufen wäre. Aber ich musste mich der Sache stellen.

Wahrscheinlich ging es ohnehin nicht um Orion. Vielleicht hatte Tory die Nachricht auch bekommen.

Warum habe ich ihr nicht geschrieben, verdammt?

Ich verfluchte mich selbst, als ich die Tür öffnete, ins Atrium ging und den Schildern zu Novas Büro durchs Treppenhaus folgte. Ich war noch nie dort gewesen, aber ich hatte sie schon mehrmals hierher gehen sehen. Eilig stieg ich die hell erleuchtete Treppe hinauf, ließ meine Finger über das goldene Geländer gleiten und versuchte, mir einzureden, dass es hier nicht um Orion ging.

Als ich das oberste Stockwerk erreichte und in den Korridor bog, blieb ich stehen und hielt die Luft an. Denn Orion stand dort und raufte sich nervös die Haare. Als er mich entdeckte, wurde er blass und schüttelte leicht den Kopf, als würde er mir ein Zeichen geben wollen. Aber welches?

Ich bewegte mich langsam und nur mühsam atmend auf ihn zu, dann klopfte er mit den Fingerknöcheln gegen Novas Tür.

Bitte nicht.

Er wird seinen Job verlieren. Geächtet und entmachtet werden. Das wird sein Leben zerstören.

Ich zwang mich, hinter ihm durch die Tür in den großen Raum zu treten. Er war mit einem dunkelroten Teppich, Eichenmöbeln und einem großen Fenster ausgestattet, das den Blick auf das Feuer-Territorium in der Ferne eröffnete. Nova blickte von ihrem Schreibtisch auf, die Finger ineinander verschränkt und mit einem angespannten Gesichtsausdruck. Jedes Organ in meinem Körper fühlte sich an, als wäre es mit Stacheldraht umwickelt.

»Entschuldigen Sie, dass ich Sie beide so spät hierher bestellt habe, aber ich fürchte, ich muss dem Protokoll in einer Angelegenheit folgen, die kürzlich ans Licht gekommen ist.« Nova deutete uns an, uns auf die beiden Stühle vor ihrem Schreibtisch zu setzen, und ließ ihren Blick zwischen uns hin und her gleiten, fast so, als suchte sie nach etwas. Ich verhielt mich neutral, wartete auf ihre Erklärung und versuchte, nicht in Panik zu geraten. Aber verdammt, ich war in Panik. Orion konnte meinen Puls wahrscheinlich genauso laut hören wie seinen eigenen.

Nova stand auf, ging zu einem Drucker auf der anderen Seite ihres Schreibtisches und angelte etwas aus dem Fach. Sie kehrte an ihren Platz zurück und jedes Härchen meines Körpers sträubte sich, als sie uns ein Foto vor die Nase hielt.

Es war eine Aufnahme der vergangenen Nacht. Orion beugte sich vor, um mit mir zu sprechen, und ein dämliches Lächeln zierte mein Gesicht, als ich durch meine Wimpern zu ihm aufschaute. Das Schlimmste aber war, dass meine Hand sanft auf seinem Arm ruhte und vor uns eine Reihe von leeren Gläsern stand.

Nein, nein, nein, nein, nein, nein, nein.

Orion räusperte sich, nahm das Foto in die Hand und warf es mit einem leisen Lachen wieder auf den Tisch – *wie kann er in diesem Moment lachen, verdammt?*

»Ja, ich weiß, es ist albern«, sagte Nova mit einem müden Lächeln, und ich schaute sie verwirrt an. »Aber ich fürchte, ich muss es trotzdem von Ihnen beiden hören.«

»Was hören?«, unterbrach ich mein Schweigen und Nova sah mich an.

»Eine Erklärung für das hier.«

»Das ist doch offensichtlich, oder?«, meinte Orion. »Die Vega-Zwillinge haben mich an meinem Geburtstag überrascht. Vor allem dieser hier.« Er seufzte, als wäre es nicht das erste Mal, und ich verstand schnell und senkte verlegen den Kopf, um mitzuspielen.

»Die Kellnerin wurde wohl bezahlt, um belastende Fotos von Mr. Acrux zu schießen«, erklärte Nova.

»Ja, er war auch da. Er hatte eine harte Nacht und Sie kennen ja meine Situation mit seinem Vater ...« Orion verstummte und Nova nickte schnell.

»Natürlich, sagen Sie nichts weiter«, erwiderte Nova. »Ich fürchte, die Fotos von Mr. Acrux wurden bereits an die Presse weitergegeben. Die Aufnahme von Ihnen und Miss Vega hat es meines Wissens nach nur auf FaeBook geschafft, aber Sie sollten so schnell wie möglich dafür sorgen, dass sie entfernt wird. Sie wissen ja, wie schnell Gerüchte eskalieren können.«

»Natürlich«, stimmte Orion zu.

»Also, Miss Vega«, sagte Nova streng und richtete ihren Blick auf mich. »Sie sind Ihrem Professor in einen Club gefolgt? Das ist sehr unangemessen, verstehen Sie das?«

»Ja«, sagte ich, hielt den Kopf gesenkt und tat so, als würde ich mich schämen.

»Professor, warum dieses Interesse seitens einer Studentin?«, fragte Nova.

»Vielleicht sollten Sie das Mädchen fragen«, sagte Orion ruhig.

»Miss Vega?«, drängte Nova. »Möchten Sie das erklären?«

Ich atmete tief durch und bereitete mich für das Schauspiel schlechthin vor. Meine Wangen röteten sich, was mir in diesem Fall zugutekam.

»Ich bin in ihn verknallt.« Ich räusperte mich und schaute überallhin, nur nicht zu Orion.

Nova seufzte und drehte sich zu ihm um. »Nun, es wäre nicht das erste Mal, was? Was machen wir nur mit Ihrem Gesicht?« Sie gluckste.

»Ich werde versuchen, mir einen dickeren Bart wachsen zu lassen«, spöttelte Orion und ich kaute auf der Innenseite meiner Wange, als ich spürte, wie Nova ihren Blick über mich schweifen ließ.

»Vielleicht wäre eine Ehefrau eine bessere Option?«, neckte Nova. »Ich glaube, Professor Prestos ist nach wie vor Single, vielleicht sollten Sie sie um ein Date bitten? Sie würden ein schönes Paar abgeben.«

Mein Magen rebellierte und ich klammerte mich an den Armlehnen meines Stuhls fest.

»Ich bin in einer Beziehung mit Francesca Sky«, sagte Orion lächelnd und meine Kiefer verkrampften sich, obwohl ich wusste, dass das eine Lüge gewesen war.

»Oh, ich liebe dieses Mädchen. Sie war solch eine begabte Studentin«, sagte Nova verträumt, und ich versuchte, mir keinen Zahn abzubrechen. Nova sah mich an und beugte sich vor. »Ich weiß, dass es in Ihrem Alter normal ist, Triebe zu haben. Ihre Hormone müssen verrücktspielen.«

»Ich bin achtzehn. Ich bin weit über die Pubertät hinaus«, sagte ich mit Nachdruck – mir gefiel ihr herablassender Ton nicht.

»Natürlich, aber Ihre Formgebung ist erst kürzlich aufgetaucht. Das kann genauso verwirrend sein, meine Liebe. Hatten Sie seit ihrer Ankunft an der Academy bereits eine Beziehung?«

Ist das ihr Ernst?

»Nein. Aber ich wüsste nicht, wie das …«

Nova unterbrach mich: »Vielleicht sollten sie einer der Zusammenkünfte der verschiedenen Formgebungen beitreten. Ein fester Partner könnte Ihnen helfen, Ihre Hormone zu zügeln.«

»Sicher … Ich werde darüber nachdenken«, sagte ich und zwang mich zu einem Lächeln, woraufhin sie zufrieden nickte.

»Melden Sie sich bei mir, wenn Sie weitere Probleme haben. Ich kann Ihnen einen Therapeuten zuteilen, wenn Sie möchten?«, fragte Nova. Ich mochte das Wort *Probleme* nicht. Als glaubte sie wirklich, dass mit mir etwas nicht stimmte. Vielleicht schenkte sie den Zeitungsgerüchten Glauben, dass ich mit unsichtbaren Raben kommunizierte.

Mir fiel auf, dass die Zeitungen noch viel schlimmer über mich berichten würden, wenn ich ihr gegenüber wirklich ehrlich wäre. *Ach ja, Rektorin Nova, ich sollte Ihnen wohl mitteilen, dass ich den Professor, der gerade neben mir sitzt, tatsächlich ficke. Er unterrichtet mich auch heimlich darin, die Schatten zu beherrschen, die sowohl meine Schwester als auch ich in einem verrückten Ritual von einem der Ratsmitglieder erhalten haben. Oh, und ich verstecke meine wahre Formgebung, bei der es sich um die mächtigste Formgebung im letzten Jahrtausend handeln könnte. Aber das ist kein Grund zur Aufregung, oder?*

»Das wird nicht nötig sein, danke«, sagte ich.

»Okay, dann können Sie jetzt gehen.«

Ich stand auf und ging zur Tür, weil ich so schnell wie möglich von dort wegmusste.

»Oh, und Miss Vega?«, rief Nova und ich drehte mich zu ihr um, während meine Finger auf der Türklinke verweilten. »Wenn ich erneut zu Ohren bekomme, dass Sie Professor Orion belästigen, wird das schwerwiegende Konsequenzen haben.«

»Ja, Ma'am«, sagte ich und schlüpfte mit enger Kehle aus dem Raum.

Mir war heiß und kalt zugleich, Schweißtropfen sammelten sich in meinem Nacken und ich eilte die Treppe nach unten, wobei ich tief durchatmete. Ich war völlig durch den Wind. Wie sollte ich Orion nach dieser Sache weiter treffen? Wenn wir erwischt würden, wäre das Spiel vorbei. Ein verdammtes Armageddon.

Ein Schild wies den Weg zur Toilette und ich folgte ihm. Im Damenklo stützte ich meine Hände auf das Waschbecken, um meine Nerven zu beruhigen.

Allein der Gedanke, die Sache mit Orion zu beenden, drohte mein Herz in tausend Stücke zu zersplittern. Aber welche Wahl hatten wir denn? Dies war eine Warnung gewesen. Ein Umkehrschild mit blinkenden Lichtern und einem schrillen Alarm, der eindeutig ausgelöst worden war.

Ich ließ kaltes Wasser auf meine Hände laufen und spritzte es auf meine zu heißen Wangen. Die Tür ging auf und als ich eine verschwommene Bewegung wahrnahm, machte mein Herz einen Satz. Dann schlang Orion seinen Arm um meine Taille und zerrte mich in eine der Toilettenkabinen.

»Was zum Teufel machst du da?«, zischte ich, während er eine Stillekuppel erzeugte und mich mit einem hitzigen Blick bedachte.

»Ich höre jeden aus einem Kilometer Entfernung kommen, glaub mir«, knurrte er und zog die Augenbrauen fest zusammen.

Ich schüttelte den Kopf. »Das ist idiotisch, lass mich raus.«

»Nein«, knurrte er und ergriff meine Schultern, um mich festzuhalten. »Du denkst darüber nach, die Sache zwischen uns zu beenden.«

»Haben wir denn eine andere Wahl?«, flüsterte ich trotz der Stillekuppel. Aber Nova war genau über uns – das war die Definition von verrückt.

»Wir werden vorsichtiger sein«, sagte er. »Wir hätten gestern Abend nicht zusammen ausgehen sollen.«

»Ich weiß, aber Gabriel hat uns eingeladen, also …«

»Er ist leichtsinnig, aber wir dürfen es nicht sein. Er weiß nicht, was zwischen uns ist, also hat er nicht an das Risiko gedacht.«

»*Lance*«, sagte ich seufzend, während der Schmerz in meiner Brust anschwoll. »Ich kann nicht ertragen, was mit dir passieren würde, wenn wir erwischt werden. Es würde mich umbringen, dafür verantwortlich zu sein.«

»Ich bin selbst für mein Tun verantwortlich«, sagte er so eindringlich, dass ich fröstelte.

»Das ist es nicht wert«, sagte ich, während mir die Tränen in die Augen stiegen. Wollte ich die Sache zwischen uns wirklich beenden? Es fühlte sich unmöglich an. Als wäre das Band zwischen uns aus massivem Eisen.

»Doch, das ist es«, sagte er und senkte den Kopf, um mir einen Kuss zu geben, aber ich drehte meinen Kopf so, dass er es nicht tun konnte.

»Das ist verrückt«, sagte ich halb lachend, halb schluchzend. Aber ich schlang meine Arme um seinen Hals, denn das Bedürfnis, ihm nahe zu sein, machte mich wahnsinnig. »Wenn wir erwischt werden …«

»Werden wir nicht«, brummte er. »Ich kann alles um uns herum hören. Wir werden jedem einen Schritt voraus sein.«

»Das kannst du nicht wissen. Das waren wir letzte Nacht auch nicht.« Ich zog an meinen Haaren, die Angst zerrte an meinen Gliedern.

Orion seufzte und beugte sich vor, um dicht an meinem Ohr zu sprechen: »Ich kann nicht aufhören, Blue. Ich weiß, es ist wahnsinnig. Aber ich mache mir keine Gedanken mehr über die Konsequenzen. Diese Sache zwischen uns wird jeden Tag stärker und ich kann mich nicht dagegen wehren … du etwa?«

Ich atmete tief ein, das Pochen meines Pulses war alles, was ich in der Stille, die darauf folgte, hören konnte. Die Antwort war offensichtlich. Es wäre nahezu unmöglich, ihn gehen zu lassen. Es war, als drückten mich die Sterne selbst in seine Arme, hielten mich dort fest und weigerten sich, mich freizugeben.

»Ich könnte es versuchen. Dir zuliebe«, sagte ich. Es würde höllisch wehtun, aber wenn es ihn vor dem Risiko bewahrte, aufzufliegen, würde ich es tun.

»Ich will nicht, dass du das tust. Ich verbiete es dir sogar«, befahl er, und ich rollte mit den Augen.

»Komm schon, Lance. Glaubst du wirklich, dass wir für immer damit durchkommen?«, flüsterte ich.

Er schloss seine Arme um mich und presste mich an seinen Oberkörper. »Weißt du, das ist das erste Mal, dass du zugibst, eine Zukunft mit mir haben zu wollen.«

Ich schluckte den Kloß in meinem Hals hinunter. Orion hatte so viele eindeutige Gesten mir gegenüber gemacht, aber ich hatte Angst, das Gleiche zu tun. Denn tief in meinem Inneren fürchtete ich mich vor der Möglichkeit, ihn zu verlieren. Jeder Tag war ein Glücksspiel. Und wie lange konnten wir so weitermachen, ohne entdeckt zu werden?

»Ich habe einfach Angst, dass der Himmel über uns zusammenbricht, sobald ich sage, dass ich mit ganzem Herzen dabei bin«, sagte ich.

Er streichelte mein Kinn und warf mir einen lüsternen Blick zu. »Sag es. Dann werden wir ja sehen, was passiert«, erklärte er und ein herausforderndes Lächeln umspielte seine Lippen.

Ich gab meinem verzweifelten Verlangen nach und bewegte meinen Mund federleicht über seinen. »Ich bin mit ganzem Herzen dabei.«

Er zuckte zusammen und hob den Blick, als erwartete er, den Himmel auf uns niederbrechen zu sehen. »Hm, nein, der Himmel ist noch intakt.«

Ich gab ihm einen Klaps auf die Brust, woraufhin er leise lachte und seine Lippen auf meine presste. Es fühlte sich an wie ein Versprechen, das von den Sternen selbst besiegelt wurde. Es brannte durch mich hindurch und raubte mir den Atem.

»Wir werden vorsichtiger sein«, sagte er, als ich einen Schritt zurücktrat. Vermutlich sollten wir die Damentoilette wieder verlassen.

»Keine öffentlichen Auftritte mehr«, stimmte ich zu und er entriegelte die Kabine, um mich hinauszulassen, wobei er mir den Weg versperrte, bevor er sie öffnete.

»Geh du schon mal vor.«

Ich nickte und küsste ihn ein letztes Mal, bevor ich aus der Kabine schlüpfte und aus der Damentoilette auf den Korridor trat.

Mein Herz machte Überstunden, als ich draußen ankam. Tief atmete ich die frische Nachtluft ein, um meine Nerven zu beruhigen.

Ich wusste nicht, was die Zukunft bringen würde, aber ich hoffte, dass der Himmel auf unserer Seite war. Ich wollte die Entscheidung, die ich getroffen hatte, wirklich nicht bereuen, aber es war keine Option gewesen, die Sache zu beenden. Wir steckten schon zu tief drin, und das Universum schien sich verschworen zu haben, um es dabei zu belassen. Ich hoffte nur, dass die Sterne uns beistanden und dafür sorgten, dass dieses Geheimnis niemals ans Licht kam.

Bald erreichte ich den Wimmernden Wald und ein Schauer lief mir über den Rücken, als ich von der Stille empfangen wurde. Es waren keine Studenten mehr unterwegs, schließlich war es fast einundzwanzig Uhr und der Beginn der Ausgangssperre stand bevor. Ich glaubte, Schatten zu sehen, die sich am Rande meines Blickfelds bewegten – aber wahrscheinlich waren es nur meine Augen, die mir einen Streich spielten. Jedes Mal, wenn ich meinen Kopf in ihre Richtung drehte, waren sie wieder weg.

Geh einfach weiter, hier draußen ist nichts.

Außer vielleicht einer Nymphe. Oder einem hungrigen Fae in seiner Formgebung. Oder den Erben.

Ja, okay, vielleicht sollte ich mein Tempo ein bisschen beschleunigen …

Ich brachte Feuer auf meine Fingerspitzen, um den Weg zu erleuchten, und das Kribbeln meiner Magie vertrieb bald meine Bedenken. Ich wurde von Tag zu Tag sicherer im Umgang mit meinen Kräften. Und auch wenn ich meine Formgebung nicht zeigen durfte, würde ich sie ganz sicher einsetzen, sollte sich eine Nymphe auf mich stürzen.

Knack.

Ich drehte mich in Richtung des brechenden Zweiges, erhöhte mein Tempo wieder und ließ das Feuer in meinen Händen auflodern.

Ein dunkler Schatten trat auf den Weg vor mir, und ich holte tief Luft und hob meine Hände, um mich zu verteidigen.

Seths markante Gesichtszüge wurden im Schein der Flammen sichtbar und ein Grinsen umspielte seine Lippen. »Hey, Babe.«

Er kam auf mich zu, und ich hob die Handflächen und schaute über meine Schulter, um sicherzugehen, dass mich nicht noch mehr Erben umzingelten.

»Du weißt, dass es nicht normal ist, nach Einbruch der Dunkelheit im Wald herumzulauern, oder?«, fragte ich, woraufhin er ein leises Glucksen von sich gab.

»Für mich schon.«

»Manche Leute würden das als unheimlich bezeichnen«, sagte ich und ließ meine Hände ein Stück sinken, aber nicht genug, um meine Deckung aufzugeben.

»Und andere sexy«, erwiderte er und ich konnte mir das Lachen nicht verkneifen, das mir entwich.

»Du bist verblendet.« Ich erinnerte mich an unsere letzte Begegnung im Dunkeln – in der Nacht der Mondfinsternis. Er hatte Orion und mich zusammen gesehen, aber war so betrunken gewesen, dass ich davon ausging, dass er den Großteil der Nacht ohnehin vergessen hatte.

Ich wollte mich an ihm vorbeidrängen, aber er hielt meinen Arm fest, um mich aufzuhalten. Sein Griff war sanft, aber mein Herz schlug trotzdem wie wild.

»Lass mich los!«, sagte ich bestimmt und starrte zu ihm auf. Er ließ mich los und warf mir einen unschuldigen Blick zu.

»Ich brauche deine Hilfe«, sagte er und ließ ein hundeähnliches Winseln los. »Bitte?«

»Worum geht es?« Ich kniff die Augen zusammen.

Er seufzte und wandte den Blick ab. »Du willst eindeutig kein Mitglied meines Rudels sein. Ich schätze, ein Teil von mir hat gehofft, du würdest dich mit der Idee anfreunden, aber …« Er zuckte mit einer Schulter, und ich wich einen Schritt zurück.

»Aber?«

»Fordere mich einfach heraus, damit ich dich aus dem Rudel schmeißen kann. Ich werde das Ganze zügig über die Bühne bringen, du musst nur kooperieren.« Er hob hoffnungsvoll die Augenbrauen und als ich nicht antwortete, nahm er meine Hand mit einem flehenden Wimmern. »Komm schon, Darcy, mein Rudel kommt nicht zu mir zurück, bevor ich dich nicht los bin. Bitte hilf mir! Ich kann nicht mehr allein sein. Du willst mich nicht, also lass mich mit ihnen zusammen sein. Ich halte es nicht mehr aus.« Er wankte von einem Fuß auf den anderen und fuhr mit einer Hand durch seine langen braunen Locken. Sein Blick wirkte verzweifelt.

Als ich seinen gequälten Gesichtsausdruck sah, wurde meine Kehle enger, und obwohl mir der Gedanke gefiel, ihn nach dem, was er mir angetan hatte, weiter zu quälen, wollte ich mich nicht auf sein Niveau herablassen.

»Na gut«, erwiderte ich seufzend. »Hiermit fordere ich dich heraus, Seth.«

Ein lautes Heulen ertönte aus dem Wald, dann noch eins und noch eins. Die Stimmen waren von großer Aufregung erfüllt. Ich wich erschrocken zurück und suchte nach dem mitleidigen Gesichtsausdruck, der noch vor wenigen Sekunden da gewesen war. Aber er war verschwunden und von einem grausamen, aufgeregten Blick abgelöst worden.

»Dem Teufel sei Dank«, knurrte er, und meine Nackenhaare richteten sich auf.

Ich trat einen weiteren Schritt zurück und stieß mit dem Rücken gegen einen warmen Körper. Abrupt drehte ich mich um und keuchte, als ich Seths Rudel entdeckte, das in Fae-Gestalt dicht gedrängt hinter mir stand. Sie bewegten sich schnell, umkreisten mich und sperrten mich und Seth zwischen sich ein.

»Was soll das?«, fragte ich mit einem Zischen, mein Puls raste und mein Überlebensinstinkt meldete sich heftig.

»Ich vertreibe dich aus meinem Rudel«, antwortete Seth.

»Wir wollen unseren Alpha zurück«, rief Frank, der mir am nächsten stand und die muskulösen Arme vor der Brust verschränkt hatte. »Sobald du weg bist, gehört er wieder uns.«

»Dann schmeißt mich doch einfach raus«, forderte ich und bemühte mich, meine Stimme zu zügeln. »Ich will keine Omega sein.«

Seth zog sein Shirt aus, griff nach seinem Gürtel und zog ihn aus den Laschen seiner Hose, während seine dunklen Augen auf mich gerichtet blieben.

Mein Mund wurde trocken und ich musterte die Wölfe, die sich ebenfalls auszogen.

»Du wirst das Rudel gleich verlassen«, erklärte Seth.

»Was hast du vor?«, fragte ich. Angestrengt versuchte ich, die Nerven zu behalten, als sich die Rudelmitglieder in ihre riesigen Wolfsgestalten verwandelten.

»Ich nehme deine Herausforderung an … Das wird wahrscheinlich wehtun, Babe.« Seth zog seine Schuhe aus und ich starrte ihn mit panischer Angst an.

Ich bewegte mich an den Rand des Kreises, ließ mein Feuer zu sengenden Flammen auflodern und versuchte, mir einen Weg durch die Gruppe zu bahnen. Ich stieß auf eine magische Barriere und stolperte zurück. Voller Angst drehte ich mich wieder zu Seth um.

Seth lachte höhnisch. »Du kannst nicht gehen, bevor du nicht gegen mich gekämpft hast. Also kämpfe gegen mich, Omega!«

Lautes Geheul ertönte hinter mir, und ein Schauer lief mir über den Rücken.

Ich konnte nicht weglaufen. Ich konnte mich nicht verstecken. Ich *musste* kämpfen.

Ich unterdrückte den aufsteigenden Kloß in meinem Hals und nahm allen

Mut zusammen, während ich mich breitbeinig hinstellte.

Seth ließ seine Hose fallen und machte einen Satz nach vorn, wobei er sich in der Luft verwandelte. Sein riesiger weißer Wolf landete auf vier riesigen Pfoten vor mir. Trotz meiner wachsenden Panik blieb ich standhaft. Ich weigerte mich, zu zeigen, wie viel Angst ich hatte.

Ich könnte mich verwandeln. Aber dann würde er aus der Nähe sehen, was ich war. Ich würde riskieren, uns vor Lionel zu verraten, sollte Seth Verdacht schöpfen.

Scheiße, Scheiße, Scheiße.

Ich hob die Hände und die Flammen in meinen Handflächen reflektierten in seinen großen braunen Augen. Er umkreiste mich, während das Rudel die Zähne fletschte, bellte und heulte. Der Lärm zerrte an meinen Nerven.

Ich würde ihn als Fae bekämpfen. Wenn er in seiner Formgebung war, könnte er wenigstens keine Magie einsetzen. Aber wenn er mich rauswerfen wollte, musste ich diesen Kampf dann nicht ohnehin verlieren?

Ich hatte keine Zeit, mir darüber Gedanken zu machen, denn er stürzte sich bereits mit einem kehligen Knurren auf mich.

Ich beschwor einen Erdwall, um mich zu schützen, und sprang zurück, aber er durchbrach ihn, als wäre er aus Papier. Er fletschte die Zähne, und ich sah den Sabber, der daran haftete, als er auf mich zustürmte.

Ein Schrei entrang sich meiner Kehle, während ich auswich. Ich rief meine Luftmagie an und errichtete einen dichten Schild um mich herum. Seth knallte dagegen und die Wucht seines Aufpralls schleuderte mich zu Boden. Ich landete im Schlamm und wälzte mich auf den Rücken, als Seth seine riesigen Pfoten auf die Luftblase legte, die mich umgab.

Der Druck seines Gewichts brachte die Luftblase zum Schwanken und ich warf die Hände in die Höhe, um sie festzuhalten.

Er riss mit Zähnen und Klauen daran, und ich keuchte auf, als er sie durchbrach.

Ich zuckte zusammen und forderte meine Magie auf, mich zu schützen. Statt Seths Klauen zu spüren, stürzte er in ein weiches Gewirr von Ranken, die meinen Körper umschlossen.

Er riss sie mit seinen Zähnen auseinander und ich presste meine Hände auf die Erde, um immer mehr Ranken wachsen zu lassen, während ich rückwärts über den Boden rutschte. Mondlicht drang durch die Öffnungen, die Seth geschaffen hatte, um in dem Grünzeug, das aus dem Schlamm quoll, nach mir zu suchen.

Ich schlüpfte aus dem Ranken-Tunnel und sprang auf. Augenblicklich bellte das Rudel los. Seth riss wie wild an den Ranken, die den Boden bedeckten, und ich wusste, dass ich nur Sekunden zum Handeln hatte.

Während das Adrenalin meine Angst verdrängte, rannte ich los und sprang auf seinen Rücken, wobei ich mich mit Luftmagie in die Höhe katapultierte. Er bäumte sich sofort auf, und ich beschwor eine Ranke in meine Hand, die ich um seine Kehle schloss und festzurrte.

Er knurrte wütend, schleuderte seinen Kopf zur Seite und erwischte mein Bein mit seinem Maul.

Ich schrie auf, als er mich von seinem Rücken riss und ich wieder auf den Boden krachte. Meine Wirbelsäule vibrierte schmerzhaft, mein Bein blutete – und das tat verdammt weh.

Stöhnend richtete ich mich auf, aber Seth stürzte sich auf mich und drückte mich mit seinen riesigen Pranken nieder. Sein ganzes Gewicht lastete auf meiner Brust und etwas knackte, was mir ein schmerzhaftes Stöhnen entlockte. Mit gefletschten Zähnen beugte er sich über mein Gesicht und Sabber tropfte auf meine Wangen, während ich tiefer in den Schlamm unter ihm sank.

»Nein«, würgte ich, als ein weiteres scharfes Knacken aus meiner Rippengegend ertönte.

Ich griff nach seinem Gesicht und umklammerte seine pelzigen Wangen mit meinen Händen. Sein grimmiger Blick wurde weicher, seine Pupillen weiteten sich und ein leises Wimmern entwich ihm.

Wut brodelte unter meiner Haut, als er seine Krallen in mein Fleisch bohrte, und ich trieb Feuer in meine Hände, das in einer explosiven Welle aus meinen Adern strömte.

Seth kreischte vor Schmerz, bäumte sich auf und wälzte sich im Schlamm, um die Flammen zu löschen, die in seinem Fell loderten. Mein Körper wurde von Schmerzen geplagt, und ich hielt meine Seiten, während ich versuchte, aufzustehen. Aber jede Bewegung entriss mir einen weiteren Schmerzensschrei.

Das Feuer erlosch und Seth kam wieder auf mich zu; sein Blick war voller Wut. Ich beschwor Ranken, um ihn zu bremsen, aber er durchbrach sie wie Zweige und stürzte sich auf mich. Als er seine Kiefer um meine Kehle schloss, überkam mich die Angst.

Die Panik überwältigte mich und die Zeit schien immer langsamer zu vergehen. Ich holte entsetzt Luft, als er mich halb vom Boden hob. Seine Zähne waren kurz davor, mich zu durchbohren.

»Hör auf – es ist vorbei!«, brüllte ich. »Du hast gewonnen.«

Er ließ mich blitzschnell zu Boden sinken und ich zuckte zusammen, als der Schmerz in meinen Rippen explodierte. Im Handumdrehen war Seth in seiner Fae-Gestalt an meiner Seite und kniete im Schlamm. Er war splitternackt und sein Gesichtsausdruck dunkel.

Er beugte sich über mich und schob seine Hände unter mein Oberteil, während ich versuchte, ihn zurückzudrängen, aber ich hatte so starke Schmerzen, dass ich kurz davor war, das Bewusstsein zu verlieren.

Wärme breitete sich über meinen Wunden aus und ich atmete tief durch, als der Schmerz langsam nachließ. Seth beugte sich vor und seine Haare fielen wie ein Vorhang um mich herum, während die letzten Verletzungen verheilten.

»Du hättest dich einfach nur ergeben müssen. Das wäre alles gar nicht notwendig gewesen.«

»Das hast du mir nicht gesagt«, fauchte ich und in mir kochte es vor Wut.

»Du musstest es selbst herausfinden«, erwiderte er seufzend. Sein reumütiger Blick war völlig verwirrend und er berührte meine Wange mit seinen Fingerknöcheln, bevor er sich aufrichtete.

Er verwandelte sich wieder in seine Werwolfsgestalt und hob den Kopf zum Mond, der durch das Blätterdach über ihm lugte. Der Klang seines Heulens hallte durch die Luft, das Rudel umringte ihn und schmiegte sich an seine Seite. Er ging an die Spitze des Rudels und stürmte in den Wald; seine Wölfe folgten ihm mit donnernden Pfoten.

Zitternd drückte ich mich hoch. Das Adrenalin verließ meinen Körper und die Kälte nahm seinen Platz ein.

Ich lief zurück zum Aer-Turm, meine Uniform war halb zerfetzt und völlig mit Schlamm bedeckt. Aus irgendeinem seltsamen Grund war ich nicht sonderlich wütend auf Seth. Vielleicht lag es an der Reue in seinen Augen, die ich nach dem Kampf gesehen hatte. Oder vielleicht lag es daran, dass ich auf einer grundlegenden Ebene wusste, dass dies der Weg der Fae war. Und allmählich begriff ich, dass es immer wieder solche Kämpfe geben würde, besonders wenn es um die Bedürfnisse unserer Formgebungen ging. Es lag in unserer Natur. Aber ich hoffte, dass ich das nächste Mal, wenn ich es mit einem Gegner zu tun hatte, als Siegerin hervorgehen würde.

Gemini
Scorpio
Virgo
Cancer
Aries
Leo
Taurus
Sagittarius
Capricorn
Aquarius
Libra
Pisces

CALEB

KAPITEL 14

Ich schob eine Hand durch meine blonden Locken, die ich nach meinem Lauf vorhin neu gestylt hatte, während ich durch die verlassenen Gänge der Jupiter Hall schlenderte. Ich war spät dran. Aber Orion kam immer zu spät, also machte ich mir keine Sorgen. Ich hätte mit meiner Vampir-Geschwindigkeit im Handumdrehen dorthin preschen können, aber das tat ich nicht. Orion tat das nie.

Meine Gedanken kreisten um die Jagd, die ich an diesem Morgen gewonnen hatte. Wenn ich die Augen schloss, konnte ich immer noch Torys Blut auf meinen Lippen schmecken, ihre Hand spüren, die sie in meine Hose geschoben hatte, und dann – hatte die verdammte Glocke geläutet. Im Ernst. Und sie hatte mich zugunsten des verdammten *Tarot*-Kurses sitzen lassen. Ich war den ganzen Weg über an ihrer Seite geblieben und sie hatte mir ins Gesicht gelacht, bevor sie tatsächlich reingegangen war.

Ich stöhnte auf und wünschte, ich hätte mir die Jagd für heute Abend aufgespart, dann hätte ich mehr von ihrer Zeit in Anspruch nehmen können. Aber wie ein verdammter Idiot hatte ich gestern Abend im Baumhaus meine Magiereserven aufgebraucht, weshalb der Drink nötig gewesen war. Wenigstens dieser Teil war nach Plan gelaufen.

Ich erreichte das Zimmer, in dem *Grundlagen der Magie* stattfand, und hörte bereits Orions Stimme von drinnen. *Natürlich war er heute pünktlich.*

Ich öffnete vorsichtig die Tür, schlüpfte leise hinein und schoss zu meinem Platz ganz hinten in dem großen Klassenzimmer zwischen Darius und Seth.

Weniger als zwei Sekunden später lehnte ich mich auf meinem Stuhl zurück, die Knöchel unter dem Tisch und die Hände hinter dem Kopf verschränkt, und grinste süffisant vor mich hin.

»Zehn Punkte Abzug für Terra«, sagte Orion, ohne sich die Mühe zu machen, seine Stimme zu erheben oder in meine Richtung zu schauen.

»Arschloch«, murmelte ich, weil ich wusste, dass er mich hören würde, und es mir scheißegal war.

Orion ließ seinen Blick zu mir schnellen und fletschte die Zähne. Ich folgte seinem Beispiel mit einem Zischen. Wir wussten beide, dass ich mächtiger war als er, und wir wussten beide, dass ich auch stärker war. Die einzigen Vampire, die mich herausfordern konnten, waren meine Mutter und wahrscheinlich meine jüngeren Geschwister, sobald sie erwacht waren. Dank der Vorzüge, die ich als ältester Erbe dadurch genoss, dass meine Magie schon früh erwacht war, und dank des zusätzlichen Trainings, das mir zuteilgeworden war, stellte meine Mutter die einzige echte Bedrohung für mich dar. Und ich hatte nicht vor, sie in nächster Zeit herauszufordern. Orion kam nur deshalb mit diesem Scheiß durch, weil er mein Lehrer war. Es sah nicht gut aus, wenn ich ihn nicht respektierte, also hatte er etwas Spielraum.

Wir starrten uns eine ganze Weile an, denn die Natur unserer Formgebung zwang uns – die beiden stärksten Vampire der Academy – zur Rivalität. Bevor einer von uns die Grenze zu einer echten Herausforderung überschreiten konnte, wandte er sich ab und fuhr mit seinem Unterricht fort, als wäre nichts passiert.

Seth gluckste und hob die Hand zum High-Five, das ich ihm mit einem Grinsen gab.

»Schwachkopf«, murmelte Darius, aber auch er grinste ein bisschen.

»Warum bist du zu spät?«, fragte Max von Seths anderer Seite.

»Ich habe meine Magie aufgefüllt«, antwortete ich.

»Und bestimmt auch einen Blowjob bekommen«, scherzte Seth.

Ich lachte schnaubend. »Leider nicht.«

Darius kratzte die Stoppeln an seinem Kinn, während er so tat, als würde er sich für Orions Vortrag interessieren. Das war die einzige Unterrichtsstunde, in der er sich anstrengte. Da wir schon früh erwacht waren, hatten wir die meisten Sprüche und Lektionen, die der Rest des Kurses studierte, bereits gelernt. In der Regel nutzten wir den ersten Teil des Unterrichts, um uns zu unterhalten, während die anderen ihre Aufgaben bekamen. Dann kamen die Lehrer zu uns und forderten uns auf, zu beweisen, wie gut wir den jeweiligen Zauberspruch beherrschten, und gaben uns eine fortgeschrittenere Übung.

Orion unterrichtete den Rest des Kurses gerade über die Stärkung der mentalen Schilde, damit sie eine bessere Chance hatten, die Beeinflussung einer Sirene und die Invasion eines Zyklopen abzuwehren. Ich blendete ihn kurzerhand aus. Meine Mutter hatte mich in den vergangenen vier Jahren jeden verdammten Tag an meinen mentalen Schilden arbeiten lassen. Sie hatte mir immer wieder eingebläut, wie wichtig es war, dass Max und seine Familie niemals einen solchen Vorteil uns gegenüber hatten – und sie hatte recht. Ich liebte meinen Freund und vertraute ihm, aber ich musste wissen, dass er mich mit seinen Fähigkeiten nicht überwältigen oder manipulieren konnte, falls er es jemals versuchen sollte. Sonst wären wir nicht ebenbürtig.

Seth streckte die Arme hoch über den Kopf und ließ seinen Nacken knacken, während er breit gähnte.

»Ihr könnt euch gar nicht vorstellen, wie viel Sex ich letzte Nacht hatte«, sagte er.

»Wir wissen Bescheid«, warf Darius ein. »Du hast den ganzen Morgen davon gesprochen.«

»Und ich kann die Lust an dir förmlich schmecken«, sagte Max mit einem übertriebenen Schaudern.

Ich lachte. »Ich freue mich für dich, Mann«, sagte ich. »Du hast es verdient, dein Rudel zurückzuhaben.«

»Sie sind so verdammt reumütig«, sagte Seth. »Ganz ehrlich – Frank hat sicherlich immer noch Probleme mit dem Unterkiefer und Alice konnte nicht mal geradeaus gehen, als wir aus dem Bett gestiegen sind.«

Ich warf einen Blick auf Frank und gluckste leise, als ich ihn dabei beobachtete, seinen Unterkiefer zu massieren. Er hätte den Scheiß heilen können, aber vielleicht erinnerte er sich einfach zu gern daran, was ihm diese Verletzung beschert hatte, um sie loszuwerden.

»Wollt ihr wissen, was das Beste ist?«, flüsterte Seth.

»Du hast uns schon entschieden zu viel erzählt«, erklärte Max.

»Nein, ich habe mich mit dem *Besten* zurückgehalten«, sagte Seth.

»Wenn ihr wieder dieses komische Nippel-Ding versucht habt, will ich es nicht wissen«, sagte Darius.

»Auf keinen Fall«, sagte Seth angewidert. »Ich habe dir gesagt, dass das sehr schnell seltsam wurde. Das mache ich nie wieder.«

Mein Lachen war dieses Mal etwas zu laut und Orion schaute uns finster an. »Wollen Sie etwa nachsitzen?«, knurrte er.

»Nein, Sir«, sagten wir alle wie brave kleine Jungs und er rollte mit den Augen, als er sich wieder der Klasse zuwandte.

Wir schwiegen. Er meinte es ernst, das verdammte Arschloch.

Ich holte meinen Atlas aus der Tasche und sah mir die Benachrichtigungen an, die im Laufe des Vormittags aufgeploppt waren. Da waren die üblichen Nachrichten meines Fanclubs, obwohl ich nie antwortete, und ich war in ein paar FaeBook-Posts markiert worden, die nichts Interessantes enthielten. Mein Blick verfinsterte sich, als ich sah, dass einer von einer Pegasus-Porno-Gruppe stammte. Ich wollte so gern wütend auf Tory sein, aber sobald ich an sie dachte, erinnerte ich mich daran, wie ich sie unter mir in den Sand gedrückt hatte, und vergaß den Rest. Es war lächerlich. Aber sie war unglaublich heiß, also stellte ich es nicht mehr infrage.

Natürlich hatte ich keine Nachrichten von ihr bekommen. Sie schrieb mir eigentlich nie, es sei denn, ich fing damit an, was ... ungewöhnlich war. Ich hatte noch nie ein Mädchen so hartnäckig verfolgen müssen.

Ich öffnete meine Nachrichten und trommelte mit den Fingern auf den Schreibtisch, während ich überlegte, was ich schreiben wollte. Sie hatte ein unglaubliches Temperament und mein Verhältnis zu ihr war immer eine Gratwanderung. Eine falsche Nachricht könnte bedeuten, dass ich eine Woche lang dicke Eier hatte. Das konnte ich nicht riskieren.

Caleb:
Hey, Sweetheart. Willst du heute Abend mit mir abhängen? X

Die roten Häkchen signalisierten mir, dass sie die Nachricht gelesen hatte. Wahrscheinlich überlegte sie sich gerade, was sie antworten sollte. Vielleicht diskutierte sie auch mit ihren Freundinnen und grübelte darüber nach, wie sie mich am besten bei der Stange ...

Tory:
Nein.

Verdammt noch mal! Nicht einmal ein verdammter Kuss.

Darius lachte neben mir und ich warf ihm einen finsteren Blick zu. Er machte sich nicht einmal die Mühe, so zu tun, als hätte er nicht mitgelesen.

»Sie spielt die Unnahbare«, murmelte ich und fragte mich sofort, warum ich ihm gegenüber Entschuldigungen vorbrachte.

Er grinste mich nur an und zuckte mit den Schultern, als kümmerte ihn das alles nicht. Wir wussten beide, dass es das sehr wohl tat, aber was auch immer.

Caleb:
Du weißt ja noch gar nicht, was ich anzubieten habe ...

Tory:
Ein Date oder Sex?

Mein Herz machte einen Satz. Verdammt, ja – ich war wieder im Rennen. Date oder Sex? Date oder Sex? Date oder Sex? *Verdammt, ich habe keine Ahnung, welche Antwort sie will.* Die meisten Mädchen würden zumindest vor dem Sex ein Date wollen. Aber Tory war nicht wie die meisten Mädchen. Ich musste allerdings zugeben, dass der Gedanke, sie zu einem Date auszuführen, ziemlich verlockend war. *Scheiß drauf!*

Caleb:
Ein Date. Das beste verdammte Date, das du je hattest. ;)

Tory:
Nein.

Ich lehnte mich stöhnend zurück und Darius lachte neben mir. Aber so leicht würde ich nicht aufgeben. Ich würde einfach meine Antwort ändern ...

Caleb:
Ich habe mich vertippt. Es sollte Sex heißen. Ich kann dir die beste Nacht deines Lebens garantieren ...

Ich wartete. Die Häkchen tauchten auf. Sie hatte die Nachricht gelesen. Sie tippte nicht. Ich wippte ungeduldig mit dem Fuß. Ich könnte innerhalb von einer Minute zu ihrem *Tarot*-Kurs rüberschießen und ihr die Antwort entlocken. Wahrscheinlich würde mir das Nachsitzen bei Orion einhandeln, aber wenn ich sie dann in meinem Bett hätte, wäre es das wert. Wenn ich in ihren Kurs platzte, könnte ich aber natürlich auch wieder auf ihrer Abschussliste landen. Dann würde ich mit dicken Eiern nachsitzen müssen. Fuck.

»Na gut, ich sag's euch.« Seth strahlte, als hätten wir alle verzweifelt darauf gewartet, dass er seine Geschichte zu Ende erzählte. »Ich habe Maurice draußen sitzen lassen. In der verdammten stillen Ecke. *Die ganze Nacht über.*«

Wir lachten alle, als ich plötzlich aus dem Augenwinkel eine Bewegung wahrnahm. Eine Ananas traf Seth mitten im Gesicht und schleuderte ihn schimpfend von seinem Stuhl.

Darius stand auf und reichte ihm die Hand, während Gelächter durch den Raum schallte.

»Nachsitzen, Capella!«, bellte Orion. »Sie wurden gewarnt.«

»Sie habed bir die Dase gebroched, Sie verdabbter Pedder!«, schrie Seth, der zwischenzeitlich aufgestanden war. Blut rann über sein Gesicht.

Er legte eine Hand auf seine Nase und reparierte den Bruch mit Heilmagie, während er unseren *Grundlagen-der-Magie*-Professor anfunkelte, der ihn daraufhin lediglich anglotzte.

Max schien Mitleid mit Seth zu haben, als sich dieser wieder auf seinen Stuhl fallen ließ, und zog das Blut mit Wassermagie von seinem Gesicht und aus seinem Hemd, bis es in einer roten Kugel über ihm hing.

»Will einer der Vamps Capella-Blut probieren?«, rief Max.

Ein Mädchen in der ersten Reihe sprang auf, ebenso wie ein Typ, der rechts im Raum saß. Ich kannte beide nur flüchtig, aber ich hatte nie meine Zeit damit verschwendet, die Namen von Fae zu lernen, die keine Rolle spielten.

Die beiden funkelten einander an und Orion lehnte sich gegen seinen Schreibtisch, als der Kampf um die Vorherrschaft ausbrach.

Sie stürzten sich aufeinander und ich beobachtete mit etwas mehr Interesse, wie das Mädchen dem Angriff des Jungen auswich und ihn zu Boden warf. Sie sprang auf ihn und schlug ihm mehrmals in den Bauch, als es ihm nicht gelang, sich zu wehren, bevor sie Ranken aus ihren Handflächen schleuderte und ihn fesselte.

»Zwanzig Punkte für Terra«, meinte Orion glucksend, als sie siegreich aufsprang und den Mund öffnete, um Seths Blut in Empfang zu nehmen.

Sie stöhnte lustvoll, als sie es trank, und ich grinste Seth an. »Du schmeckst tatsächlich ziemlich gut«, sagte ich, aber er ignorierte mich, sein eisiger Blick war weiterhin auf Orion gerichtet.

Darius legte seinen Arm um mich und lachte, während er sich wieder auf seinen Platz setzte. »Roxy hat dir eine Antwort geschickt, Cal«, meinte er spöttisch.

Ich straffte den Rücken und beugte mich vor, um meinen Atlas vom Schreibtisch zu holen und nachzusehen, was sie geschrieben hatte.

Tory:
Nein.

Ich stöhnte und lehnte mich zurück, während ich den Atlas wieder fallen ließ und Orion seinen Vortrag fortsetzte.

»Vielleicht steht sie einfach nicht auf dich«, stichelte Darius und ich zeigte ihm scherzhaft meinen Mittelfinger. Ich konnte nichts erwidern; Orion würde mich mit Seth nachsitzen lassen, wenn ich ihn noch einmal unterbrechen würde. Es war nicht fair, aber als Darius seine Ärmel hochkrempelte und ich das Waagezeichen auf seinem Unterarm sah, vermutete ich, dass er es wahrscheinlich auch ziemlich unfair fand. Und in Anbetracht dessen konnte ich seine kleine Vorzugsbehandlung bisweilen ganz gut wegstecken.

Die anderen Kursteilnehmer plapperten los, sobald Orion sie mit einer Aufgabe betraut hatte. Er hingegen schoss den Gang hinauf in unsere Richtung.

»Da keiner von Ihnen Hilfe bei mentalen Schilden braucht, dachte ich, Sie könnten heute an Ihren Illusionen arbeiten«, meinte Orion, während er sich an Darius' Tisch lehnte und uns ansah, als hätte er nicht gerade eine Ananas in Seths Gesicht geworfen. Apropos, wo war die Ananas?

Seth starrte auf die gegenüberliegende Wand und weigerte sich, ihn zu beachten, aber das war Orion offensichtlich herzlich egal.

Ich lächelte angesichts seines Vorschlags. Illusionen waren brillante Magie. Ich hatte es geschafft, einen Floh über Seths Arm krabbeln zu lassen – und das einige Tage nach seinem Flohbad. Damit hatte ich ihm fast einen Herzinfarkt verpasst. Ich war mehr als bereit, daran zu arbeiten, besser darin zu werden.

»Welche Art von Illusion?«, fragte Max.

»Stimmen. Ich möchte, dass Sie versuchen, einen ganzen Satz mit der Stimme einer Ihnen bekannten Person zu sprechen. Die Ähnlichkeit muss überzeugend sein, sonst zeigt sich das in Ihrer Bewertung. Nutzen Sie eine Stillekuppel, damit Sie die anderen nicht ablenken. Fragen?«

Wir schüttelten alle den Kopf und er wuschelte Darius durch die Haare, bevor er wieder verschwand. Irgendwo fand er die Ananas und schwang sie in seiner Hand – Blut tropfte von ihr auf den Boden.

Ich übernahm die Aufgabe, die Stillekuppel für uns zu erzeugen, und sobald sie in Position war, gab Seth ein leises Knurren von sich.

»Dieser Wichser muss mal wieder daran erinnert werden, wer wir sind«, knurrte er und richtete seinen Blick auf Orions Rücken.

»Lass ihn in Ruhe!«, mahnte Darius und Seth knurrte erneut.

»Vielleicht ist es an der Zeit, dass er in die Schranken gewiesen wird«, fuhr er fort.

»Ich sagte, lass es!«, befahl Darius düster.

»Wie wäre es, wenn wir mit den Illusionen loslegen?«, fragte Max. Ein

Gefühl der Ruhe überrollte uns – sein Versuch, die Spannung zu lösen.

»Ja, okay«, sagte Seth und seine Augen blitzten auf, wie sie es immer taten, wenn er kurz davor war, in den Arschlochmodus zu wechseln. »Warum zeigst du uns nicht, wie Tory Vega im Bett klingt, Cal?«, fragte er.

Ich verdrehte die Augen. Offensichtlich würde ich das nicht tun. Doch in dem Moment erfüllte Torys Stimme den Raum um uns herum.

»Ist das normal, dass der so *klein* ist, Caleb? Ich bin mir nur nicht sicher, was ich überhaupt damit anfangen soll.«

Ich brach in Gelächter aus und drehte mich zu Darius um, der triumphierend grinste. »Habe ich sie gut getroffen?«, fragte er. »Oder habe ich den Akzent falsch wiedergegeben?«

»Ich glaube, du hast ein paar Wörter durcheinandergebracht«, antwortete ich. Dann konzentrierte ich mich darauf, meine eigene Illusion zu schaffen.

Meine Version von Torys Stimme enthielt viel zu viel Enthusiasmus, aber das passte irgendwie zu meinem Ziel.

»Heilige Scheiße, Caleb! So einen Großen habe ich noch nie gesehen. Ich bin mir nicht sicher, ob ich damit klarkomme.«

Die Jungs lachten und Darius rollte mit den Augen. »Das hättest du wohl gern«, sagte er.

»Stimmt«, pflichtete ich ihm bei.

»Ich habe eine bessere Idee«, sagte Seth, während er seine eigene Illusion schuf.

»Es tut uns so leid, dass wir uns so lange gewehrt haben«, sagten Tory und Darcy unisono. »Aber wir wissen jetzt, dass wir die Wahrheit nicht verleugnen können. Ihr vier seid uns eindeutig überlegen. Wir werden den Rest unseres Lebens damit verbringen, uns vor euch zu verbeugen, um zu demonstrieren, wie überzeugt wir davon sind.«

Ich lachte ungläubig, während Max Seth ein High-Five schenkte. Darius verschränkte die Arme vor der Brust und runzelte die Stirn.

»Dieser Tag wird nie kommen«, sagte ich achselzuckend, denn es stimmte. Je mehr Zeit ich in Torys Gesellschaft verbrachte, desto klarer wurde es mir. Sie war nicht der Typ, der sich beugte, egal, wie viel Druck auf sie ausgeübt wurde. Und trotz der Unterschiede zwischen ihr und ihrer Schwester waren sie sich in dieser Hinsicht sehr ähnlich.

»Wenn sie nicht freiwillig vor uns auf die Knie fallen, dann müssen wir sie eben dazu zwingen. Wie geplant«, sagte Max.

»Jetzt, da ich Darcy aus dem Rudel verbannt habe, hält mich nichts mehr zurück«, fügte Seth mit einem leisen Knurren hinzu.

Ich raufte meine Haare und warf einen Blick auf Darius. Er war zuweilen der Härteste der Truppe, aber er war auch der Besonnenste. Er hatte keine Angst, seine Meinung zu ändern, wenn es einen triftigen Grund gab. Und er ließ sich auch nicht vom Druck der Gruppe beeinflussen, wenn seine Entscheidung gefallen war.

»Willst du weitermachen?«, fragte Darius und ließ seinen Blick über die anderen beiden schweifen, die das offensichtlich unbedingt wollten, bevor er auf mir landete.

Ich zuckte mit den Schultern. »Es ist kein Geheimnis, dass ich Tory mag«, sagte ich. »Und wenn ich ehrlich bin, glaube ich nicht, dass etwas von diesem Scheiß funktionieren wird. Diese Mädchen sind nicht dazu geboren, sich zu verbeugen. Vielleicht sollten wir stattdessen über Verhandlungen nachdenken. Sie wollen den Thron nicht, vielleicht sollten wir das einfach akzeptieren?«

»So funktionieren Fae nicht«, sagte Max. »Wenn wir unsere Macht beanspruchen wollen, müssen wir die Mächtigsten sein. Wir müssen es beweisen.«

»Aber das sind wir nicht«, konterte ich. »Nicht mehr. Und wenn wir sie weiter in die Enge treiben, werden sie sich eines Tages so heftig wehren, dass sie uns echte Probleme bereiten.«

»Du glaubst, sie können uns besiegen?« Seth schnaubte. »Wir trainieren seit Jahren und wurden ein Leben lang darauf vorbereitet. Reine Kraft kann das nicht übertreffen.«

»Diese Vorteile werden nicht ewig anhalten«, murmelte ich. Die Mädchen lernten bereits, sich ihre Kräfte zunutze zu machen. In fünf, zehn oder zwanzig Jahren würden sie uns mit ausreichend Entschlossenheit begegnen können und unsere Kräfte übertreffen. Dann könnten sie uns heimzahlen, was immer sie wollten.

»Deshalb müssen wir sie *jetzt* vernichten«, brummte Max. »Wir müssen sie so gründlich zermalmen, dass sie sich nie wieder trauen, uns herauszufordern.«

Ich seufzte und blickte wieder zu Darius. Die anderen hatten ihre Position klargemacht. Jetzt lag es an ihm. Wenn er sich auf meine Seite stellte, mussten wir die Sache ausdiskutieren. Wenn er Partei für sie ergriff, würde ich mich der Gruppe anschließen. So hatten wir es immer gemacht. Wir äußerten unsere Meinung, brachten Argumente vor und schlossen uns der Mehrheit an. Das bedeutete, dass mir vielleicht nicht immer gefiel, was wir taten, aber wir standen immer geschlossen hintereinander. Unzerstörbar. Zu viert waren wir eine Macht, die niemals herausgefordert werden konnte.

Darius streckte seinen Arm aus und betrachtete seine Haut. Ich folgte seinem Blick zu der Gruppe von Sternzeichen, die er auf seinen Unterarm hatte tätowieren lassen. Er hatte die rote Waage mit den Symbolen aller anderen Sternzeichen umgeben, kurz nachdem sein Vater ihn mit Orion verbunden hatte. Ich vermutete, dass es eine Art Rebellion dagegen gewesen war, dass dieses Zeichen ohne seine Erlaubnis in seine Haut geätzt worden war. Er drückte seinen Daumen auf das Symbol des Zwillings, während er darüber nachdachte, was er tun sollte.

»Also?«, drängte Seth, der zunehmend gereizt wirkte.

»Ich hätte gedacht, dass dich deine Orgie länger bei Laune halten würde«, scherzte ich und entlockte ihm ein Grinsen.

»Du kannst dich uns heute Abend gern anschließen, wenn du neugierig bist, Cal«, erwiderte er, halb im Scherz, halb im Ernst.

Ich grinste ihn an. »Meine Interessen sind gegenwärtig etwas singulärer, aber trotzdem danke. Vielleicht beim nächsten Mal.«

Seth lächelte aufrichtiger.

»Verdammt noch mal, Darius, wenn du so unentschlossen bist, dann nimm dir ein paar Tage, um darüber nachzudenken«, sagte Max, der Darius' Emotionen ganz klar durchschaut hatte. »Es gibt ohnehin noch andere Dinge, die ich in dieser Stunde erreichen will.«

Ich folgte seinem Blick durch den Raum, wo Geraldine Grus übte, die Beeinflussung einer ihrer Arschlochclub-Sirenen abzuwehren.

»In Ordnung«, sagte Darius. »Wir können uns Samstagabend im King's Hollow treffen. Dann treffen wir eine Entscheidung hinsichtlich der Vegas.«

Wir anderen nickten zustimmend und ließen das Thema fallen. Sogar Seth wusste, dass es keinen Sinn hatte, Darius zu einer Entscheidung zu drängen, wenn er noch nicht bereit war, eine zu treffen. Er war verdammt stur und das Schlimmste, was man in dieser Situation tun konnte, war, ihn in eine Ecke zu drängen. Er würde einem einfach den Kopf abreißen oder einem die Scheiße aus dem Leib prügeln – und sich trotzdem weigern, zu antworten.

»Was läuft da zwischen dir und der Königin der Arschlöcher?«, fragte Darius, während Max Grus weiter anstarrte.

»Nichts«, stieß Max hervor. »Noch nicht.«

»Ernsthaft?«, fragte ich. »Du stehst auf unsere größte Kritikerin?«

»Sagt der Typ, der das Mädchen vögelt, das unseren Thron stehlen könnte«, warf er zurück.

Darius knurrte angesichts dieser Bemerkung, sagte aber nichts.

»Dir gefällt nur die Vorstellung, Grus zu erobern«, warf Seth ein. »Weil sie eine unmögliche Herausforderung ist. Du weißt, dass sie sich eher die

Titten abhacken würde, als dich in ihr Höschen zu lassen.«

Max lächelte zaghaft, sagte aber nichts. Das musste er auch nicht – wir wussten, was das bedeutete.

»Unmöglich!«, rief ich und warf einen erneuten Blick auf Grus. Ich spitzte die Ohren, um zu hören, was sie sagte, während sie mit den Armen herumfuchtelte.

»… habe die lüsternen Angriffe des Sirenenkönigs abgewehrt. Ich denke also, dass ich das Vermauern meines Verstandes gemeistert habe, kleiner Andre. Zweifle deshalb nicht an deinen eigenen Verführungskünsten!«

Ich lenkte meine Aufmerksamkeit wieder auf die Jungs und Darius ergriff das Wort: »Warum läuft sie dir nicht hinterher wie ein liebeskrankes Hündchen, wie sie es sonst tun?«

Max atmete gereizt aus. »Sie ist verdammt immun gegen meine Talente. Ich bin mir ziemlich sicher, dass sie sich nur deshalb auf mich eingelassen hat, weil der Mond sie in meine Arme getrieben hat und sie auf himmlische Führung steht. Wenn Venus mir nicht den Gefallen tun will, sie wieder in meine Richtung zu lenken, glaube ich nicht, dass sie mir noch eine Chance geben wird.«

»Dann such dir einfach ein anderes Mädchen«, sagte Seth achselzuckend. »Du hast die Wahl, verdammt.« Er deutete in den Raum, als wäre jedes einzelne Mädchen hier schon bei der bloßen Andeutung, dass einer von uns sie wollen könnte, völlig aus dem Häuschen. Das war nicht ganz unberechtigt, aber es gab sicher ein paar, die kein Interesse hatten. Wahrscheinlich.

»Ich will kein anderes Mädchen«, sagte Max schlicht und sein Blick blieb auf Geraldine haften, als Orion sich auf sie zubewegte, um mit ihr zu sprechen.

»Was zum Teufel ist mit uns los?« Seth stöhnte und rieb sein Gesicht. »Erst streitet ihr euch um eine Vega – eine Vega, die offensichtlich keinen von euch wirklich will, wenn ich das mal so sagen darf. Und jetzt jagst du die Vorsitzende des verdammten Arschlochclubs, Max. Ich erkenne euch nicht wieder.«

»Warst du nicht erst neulich völlig von Gwen besessen?«, fragte Darius.

»Nein. Na ja, nicht besessen. Es war eine Wolfssache. Sie ist nicht mehr meine Omega, also ist das jetzt vorbei …«

»Tory will mich«, protestierte ich gereizt und mein Blick fiel für einen Moment wieder auf ihre verdammte Nachricht, mit der sie mir einen Korb gegeben hat.

Darius warf mir einen mürrischen Blick zu und nahm dann seinen eigenen Atlas zur Hand, da er offensichtlich nicht vorhatte, darauf zu reagieren.

»Und Grus will *mich*«, sagte Max unnachgiebig und stand auf. »Sie will nur keinen Erben. Ich werde ihr klarmachen, dass sie sich in dieser Hinsicht irrt. Dann bekomme ich das Mädchen *und* die Vegas verlieren ihre verdammte Cheerleaderin. Zwei Fliegen mit einer Klappe. Ihr Arschlöcher solltet euch bei mir bedanken.«

Er verschwand, bevor wir etwas erwidern konnten, und Seth rollte dramatisch mit den Augen.

Ich beobachtete, wie Max direkt auf Geraldine zuging, und belauschte ihr Gespräch mit meinem feinen Gehör.

»Hey, Grus«, sagte Max, lehnte sich gegen die Tischkante und sah sie an. »Willst du deinen Schild mal an einer echten Herausforderung testen?«

»Ich nehme an, dass du mir deine Begierden aufzwingen willst, Maxy-Boy, aber ich habe wirklich keine Lust, erneut Bekanntschaft mit deinem streunenden Dongle zu schließen. Also hopp, hopp, fort mit dir!« Das Mädchen war seltsam und irgendwie nervtötend mit ihrem ganzen royalistischen Bullshit, aber sie war auch verdammt lustig. Ich war mir nur nicht sicher, ob das beabsichtigt war oder nicht.

»Was ist los, Baby? Hast du Angst davor, was du fühlen könntest, wenn du dich gehen lässt?«, fragte Max und lehnte sich näher an sie heran.

Sie wich nicht zurück, aber es schien mehr ein Machtspiel zu sein als eine Ermutigung für ihn.

»Na schön. Wenn du darauf bestehst, zu poussieren, anstatt dich zu bilden, dann werde ich deine lästige Anwesenheit ausnutzen. Zögere nicht, deine ach so beeindruckende Macht über mich auszuüben.«

Max lächelte breit und entfaltete seine Macht mit voller Kraft. So ziemlich jeder im Raum hielt inne und sah ihn an. Sowohl Jungs als auch Mädchen stöhnten auf eine Art und Weise auf, die viel zu sexuell für eine *Grundlagen-der-Magie*-Stunde war, und ich sah, wie Damien Evergile erregt seine Schenkel rieb.

Geraldine betrachtete Max teilnahmslos und schien fast gelangweilt zu sein. Mit einem Knurren intensivierte er seine Kraft.

Kurzzeitig verspürte ich den Drang, zu ihm zu gehen, auf die Knie zu fallen und ihm einen zu blasen, bevor ich meine mentalen Mauern festigte und die Idee schnell verwarf.

»Verdammte Scheiße!«, beschwerte sich Darius. »Wenn sie sich nicht in den nächsten fünf Sekunden auf ihn stürzt, wird es der Rest der Klasse bestimmt tun.«

Geraldine hob langsam die Hand und ich beobachtete sie amüsiert.

Natürlich erwartete ich, dass sie gleich Max' Oberschenkel streicheln würde, der einige Zentimeter vor ihr am Tisch lehnte. Stattdessen krümmte sie die Finger und drehte ihre Hand wieder zu sich, um nonchalant ihre Nägel zu inspizieren.

»Ich glaube, ich habe mich gerade in Geraldine Grus verliebt«, scherzte ich, während Max' Stirn vor Anstrengung in Falten lag.

Jemand warf sein Höschen nach ihm und ein anderes Mädchen knöpfte ihre Bluse auf und schritt zielstrebig durch den Raum.

»Das reicht jetzt, vielen Dank, Mr. Rigel!«, rief Orion. »Ich habe keine Lust, den Papierkram auszufüllen, der nötig wäre, um zu erklären, warum die Hälfte meiner Klasse Teilnehmer einer Sexparty war.«

Max knurrte verärgert, als er die Kraft seiner Fähigkeit zurückzog, und der Raum atmete erleichtert auf.

»Fünfzig Punkte für Haus Terra für einen wirklich beeindruckenden mentalen Schild, Miss Grus«, fügte Orion stolz hinzu und sie strahlte ihn an.

»Magische Mondscheinmarmelade, damit habe ich nicht gerechnet«, gurrte sie. »Und vielleicht könnte der perfekt gebaute Lustmolch jetzt seinen Hintern aus meinem Arbeitsbereich entfernen?«

»Sie haben die Dame gehört, Rigel«, sagte Orion und wies ihn mit einem Grinsen zurück auf seinen Platz.

Max stand auf, ging aber nicht weg, sondern lehnte sich dicht an Geraldine heran, um mit ihr zu sprechen. Offensichtlich konnte ich ihn trotzdem hören. »Komm schon, Grus, ich weiß, dass du in der Nacht der Mondfinsternis eine fantastische Zeit hattest. Ich verspreche dir, Runde zwei wird noch besser ...«

»Ich fürchte, es wird keine zweite Runde geben«, antwortete Geraldine abweisend und richtete ihren Blick wieder nach vorn, als würde er ihr nicht direkt ins Ohr atmen. »Lady Petunia hat von der verbotenen Frucht gekostet, aber ich werde sie in Zukunft auf sicherere Weiden führen.«

»Wer zum Teufel ist Lady Petunia?«, fragte Max.

»Jetzt, Rigel!«, schnauzte Orion.

Max verweilte noch eine Sekunde, aber Geraldine ignorierte ihn, also stapfte er zurück zu uns.

Viele der Mädchen, an denen er vorbeikam, streckten ihre Hände nach ihm aus, weil sie immer noch die Auswirkungen der Lust spürten, die er verströmt hatte, und jetzt ihr Glück versuchen wollten, aber er ignorierte sie.

Marguerite sprang von ihrem Platz auf und huschte durch den Raum, um ihr Höschen zu holen, während sie sich umschaute, als hoffte sie, dass es niemand bemerkt hatte.

»Ist der Unsinn jetzt vorbei?«, fragte Seth, als Max auf seinem Stuhl zusammensackte.

»Auf keinen Fall«, antwortete er, während sein Blick immer noch auf Geraldine gerichtet war. »Das war erst der Anfang.«

Darius lachte und ich tauschte ein Grinsen mit ihm aus. Ich hatte noch nie erlebt, dass Max sich auf ein Mädchen eingeschossen hatte und dann enttäuscht worden war, aber ich war mir nicht sicher, ob ich ihm gute Chancen bei ihr ausrechnete.

»Ich wette tausend Auren, dass sie ihn vermöbeln muss, damit er sie in Ruhe lässt«, sagte ich.

»Ich wette tausend Auren, dass sie es sich anders überlegt und innerhalb einer Woche ihr Höschen fallen lässt«, sagte Seth und schüttelte den Kopf. »Sie wird ihm nicht lange widerstehen können.«

»Pah!« Darius schüttelte den Kopf. »Ich wette tausend, dass sie ihm das Herz bricht, ohne es überhaupt zu versuchen.«

»Das ist bitter, Mann«, sagte ich und warf ihm einen zynischen Blick zu, während Max weiterhin Geraldine beobachtete.

Er zuckte mit seinen breiten Schultern und klopfte mit einem Stift auf seinen Schreibtisch. »Ich sage nur, was ich sehe. Seht sie euch an, wie sie ihn ignoriert, das ist einfach verdammt grausam.«

»Haltet die Klappe, ihr Arschlöcher!«, sagte Max. »Ihr liegt ohnehin alle falsch. Grus spürt es auch, das kann ich euch sagen. Es geht also nur darum, ihre Mauern zu durchbrechen. Ich werde so verdammt unwiderstehlich sein, dass sie nicht anders kann, als sich in mich zu verlieben.«

»Klar«, sagte Darius. »Lass mich wissen, wie das für dich ausgeht. Denn zu denken, dass ein Mädchen etwas fühlt, und es zu wissen, sind zwei verschiedene Dinge. Sie sind ein beschissenes Enigma, eingewickelt in ein Geheimnis und umhüllt von einer Schicht höllischer Verwirrung. Wenn du also den Schlüssel findest, kannst du ihn gern mit der Gruppe teilen.«

»Ich glaube, du hast nicht deshalb ein Problem mit Mädchen – genauer gesagt, mit *dem* Mädchen –, weil sie so rätselhaft sind. Ne, es geht darum, dass du ein Arschloch bist«, scherzte Seth.

Darius knurrte, aber bevor er etwas erwidern konnte, läutete die Glocke das Ende des Unterrichts ein. Er stand auf und verließ seinen Platz, bevor einer von uns noch etwas sagen konnte, und Max atmete gereizt aus.

»Gut gemacht, Seth. Manchmal denke ich, du hast das emotionale Mitgefühl eines Teelöffels«, sagte er.

»Ich mag Teelöffel«, antwortete Seth mit einem Achselzucken.

Darius verließ den Raum und seine Ignis-Kommilitonen versammelten sich um ihn. Ich trommelte mit den Fingern auf dem Tisch.

»Geht es hier um Tory Vega?«, fragte ich langsam. Wie tief würde der Keil wohl gehen, den sie in unsere Gruppe trieb? Abgesehen von unserer Rivalität ihretwegen kamen Darius und ich gut miteinander aus, aber sie sorgte offensichtlich für ein wenig Spannung.

»Nein«, antwortete Max. »Etwas stimmt mit ihm seit der Nacht der Mondfinsternis nicht. Ich kann nicht genau sagen, was es ist, aber er ist … dunkler geworden. Als würde er von etwas verfolgt. Ich weiß es nicht. Er schafft es, mich aus seinem Kopf zu halten, aber ich schmecke etwas Seltsames an ihm.«

»Glaubt ihr, Lionel hat wieder etwas mit ihm gemacht?«, fragte Seth leise. Die meisten Kursteilnehmer waren schon weg, aber meine Stillekuppel sorgte weiterhin dafür, dass unser Gespräch privat blieb.

»War er zu Hause?«, fragte ich mit einem Stirnrunzeln. Ich bezweifelte es, aber er hatte jede Menge Sternenstaub zur Verfügung. Und ich konnte ihn auch nicht immerzu im Auge behalten.

»Ich weiß es nicht«, antwortete Seth. »Aber wenn ihn etwas bedrückt, ist es nicht schwer, herauszufinden, wer dafür verantwortlich sein könnte.«

»Vielleicht sollten wir am Samstag im Baumhaus übernachten«, schlug Max vor. »Bier trinken, chillen. Vielleicht erzählt er es uns ja.«

»Ja, und die Sonne geht im Westen auf«, murmelte ich.

»Wir könnten Orion fragen, ob er dazukommt«, schlug Max vor. »Für Darius.«

»Verdammt, nein!«, knurrte Seth, während ich meine Zähne ein wenig bleckte. »Du hast doch gesagt, dass wir chillen wollen. Ich hänge nicht öfter als nötig mit diesem Arschloch rum.«

»Okay«, stimmte Max achselzuckend zu. »Das war nur ein Gedanke. Ihr wisst doch, wie gern Darius ihn dabeihat.«

»Er weiß wahrscheinlich ohnehin schon, was los ist«, fügte ich hinzu und warf einen Blick auf Orion, der sich hinter seinen Schreibtisch setzte. »Wir könnten ihn fragen.«

»Ja, ich glaube nicht, dass er mir etwas erzählen würde«, sagte Seth. »Er hat mir gerade die Nase mit einer Ananas gebrochen.«

»Er wird Darius' Vertrauen nicht brechen«, pflichtete Max ihm bei. »Wir müssen es von der Quelle erfahren.«

»Gut«, sagte ich, stand auf und schnappte mir meine Tasche. »Wir werden es am Samstagabend aus ihm herausbekommen.«

»Warum lungern Sie noch immer hier herum?«, rief Orion, ohne sich die Mühe zu machen, zu uns aufzuschauen.

Ich deaktivierte die Stillekuppel und wir gingen ohne ein weiteres Wort zur Tür. Wenn mit Darius etwas nicht stimmte, würden wir ihm helfen, es in Ordnung zu bringen. Das war unser Ding. Wir kümmerten uns umeinander. Egal, was passierte.

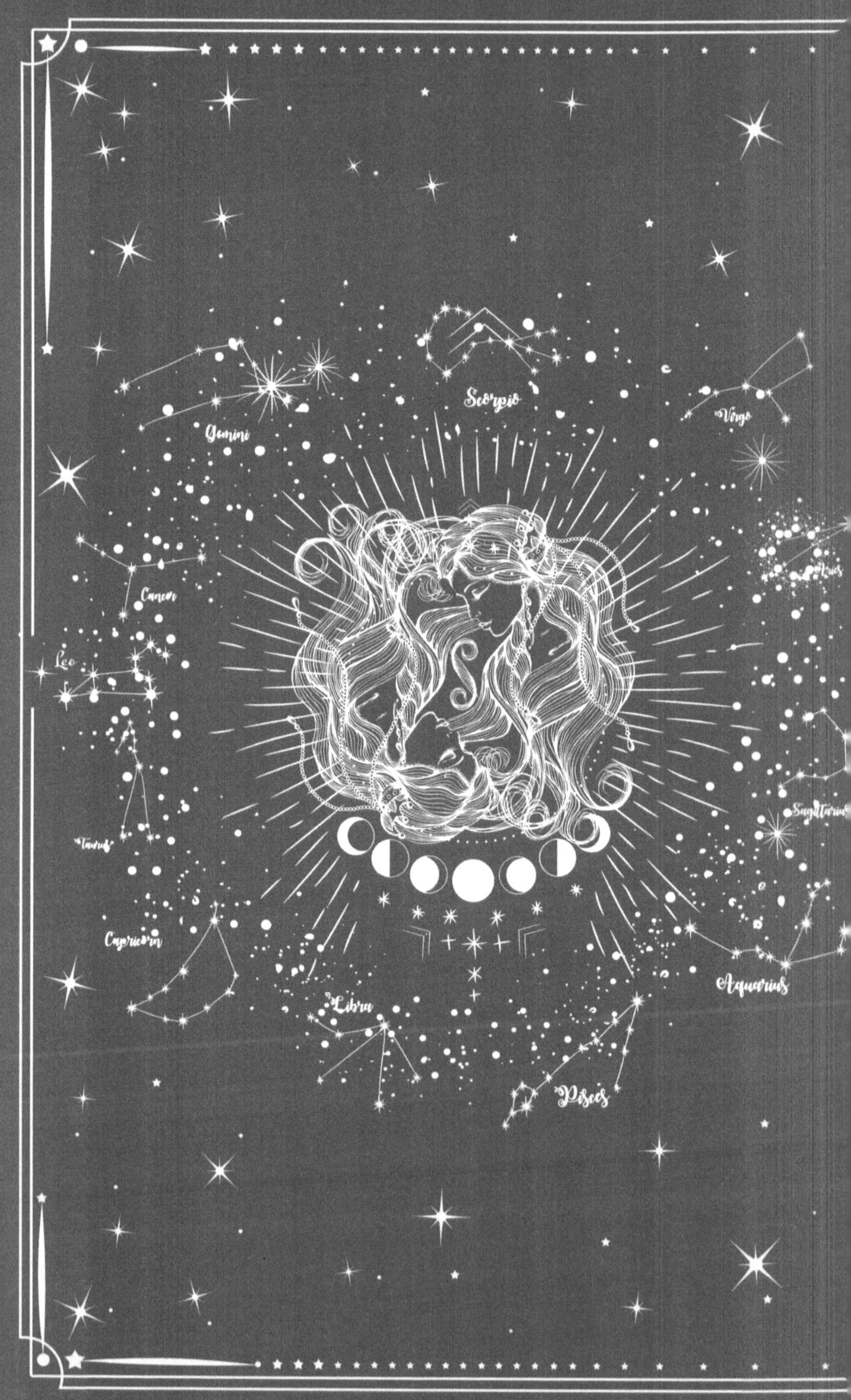

Gemini
Scorpio
Virgo
Cancer
Aries
Leo
Sagittarius
Taurus
Capricorn
Aquarius
Libra
Pisces

TORY

KAPITEL 15

Ich rannte mit Vollgas durch die Flure der Jupiter Hall. Mein Herz klopfte wie wild, denn ich wusste, dass Caleb mir auf den Fersen war. Der Tag war bitterkalt und der Mantel und die Mütze schienen eine gute Idee gewesen zu sein – bis ich zugestimmt hatte, mich von einem Vampir jagen zu lassen. Meine Haare klebten an meiner Kopfhaut, wo ich sie unter die Wollmütze geschoben hatte, und dank des dicken Mantels schwitzte ich enorm. Ich hätte ihn abgeworfen, aber ich hatte Caleb gesehen, kurz bevor ich in das Gebäude gerannt war, und ich konnte keine Sekunde verschwenden.

Ich bog um eine Ecke, stolperte in meiner Eile halb über meine eigenen Füße und fluchte leise vor mich hin, während ich mich wieder aufrichtete.

Neben mir flog eine Tür auf und plötzlich stand Orion vor mir. Ich stolperte und er deutete stumm auf sein Büro.

Meine Augen weiteten sich vor Überraschung und ich nahm sein Hilfsangebot wortlos an.

Der Geruch von Bourbon und die schweren Bässe von Rockmusik begrüßten mich, sobald ich eintrat, und ich sah, wie er eine Schranktür für mich öffnete.

Sprachlos schlüpfte ich hinein und zauberte eine Stillekuppel, um meinen Herzschlag und mein schweres Atmen vor meinem Jäger zu verbergen. Durch die Lamellen konnte ich Orion sehen und ich beobachtete, wie er hinter seinem Schreibtisch Platz nahm, seinen Drink an die Lippen hob und etwas aufschrieb. Gänzlich unbekümmert. Als hätte er kein Mädchen in seinem Wandschrank.

Ich wusste nicht, ob das eine Folge unseres intensiven Bondings über die Schatten war – oder einfach nur seltsames Verhalten. Aber fürs Erste würde ich es nicht infrage stellen.

Die Tür flog auf und ich hielt den Atem an, als Caleb einen Blick ins Büro warf. Seine Locken waren zerzaust und seine Augen wild vor Aufregung.

Orion sah scharf zu ihm auf. »Was machen Sie in meinem Büro, Altair?«

»Tut mir leid, Professor«, sagte Caleb, obwohl es nicht so klang, als täte ihm irgendetwas leid. Er ließ seinen Blick erwartungsvoll durch den Raum schweifen. »Ich suche Tory Vega. Ist sie hier entlanggekommen?«

»Tory?«, fragte Orion überrascht und runzelte leicht die Stirn, bevor er sie genauso schnell wieder glättete. »Quälen Sie Ihre Quelle?«, fragte er. »Sie kennen den Kodex.«

Caleb knurrte und fletschte die Zähne. »Nein, das tue ich nicht, *Professor*. Wenn Sie es unbedingt wissen müssen, wir spielen ein Spiel. Einvernehmlicher Natur. Als Erwachsene. Die Angelegenheit ist also eine persönliche.«

Orion blieb unnatürlich ruhig und funkelte Caleb an. »Sie jagen sie?«, fragte er.

»Es war ihre Idee«, sagte Caleb und seine Stimme nahm einen abwehrenden Ton an, obwohl er seine aggressive Haltung beibehielt. »Und es gibt keine Regeln dagegen.«

»Nein. Aber es gibt sehr eindringliche Warnungen davor, aus gutem Grund …«

»*Sie* könnten möglicherweise nicht damit umgehen, aber ich habe alles unter Kontrolle. Wenn Sie keine Einwände haben, suche ich jetzt weiter. Ich habe nur noch sechs Minuten, um sie zu finden, wenn sie also nicht hier ist, verschwenden Sie meine Zeit.« Er gab Orion keine Gelegenheit, zu widersprechen, bevor er sich umdrehte und mit seiner Vampirgeschwindigkeit davonschoss. Die Tür knallte hinter ihm zu und die Bilderrahmen, die an den Wänden hingen, ratterten.

Verdammter Schummler! Er durfte seine Fähigkeiten nicht einsetzen.

Orion stand knurrend auf und sah fast so aus, als wollte er die Verfolgung aufnehmen. Aber dann glitt sein Blick zu meinem Versteck, und er beugte sich vor und drückte seine Hände flach auf den Tisch. Ich wollte mich gerade zeigen, aber er schüttelte energisch den Kopf, um mich davon abzuhalten.

Sein Gesichtsausdruck verriet mir, dass er stinksauer war, und ich fragte mich ernsthaft, ob ich mich aus Versehen einem noch furchterregenderen Vampir ausgeliefert hatte.

Mein Herzschlag beruhigte sich allmählich und ich atmete langsam aus, als Orion mir zuwinkte, den Schrank zu verlassen.

Mit erhobenem Kinn trat ich aus meinem Versteck. Orion beäugte mich.

»Danke«, sagte ich schnell. »Aber ich sollte jetzt wirklich gehen, bevor er …«

»Hinsetzen, Miss Vega!«, befahl Orion, und sein Ton ließ keinen Raum für Verhandlungen.

Ich zögerte, schielte zur Tür und überlegte, ob ich einfach gehen sollte. Wir befanden uns außerhalb der Schulzeit und ich war nur in sein Büro gekommen, weil er mich dazu aufgefordert hatte. Ich hatte keine Regeln gebrochen, also bestand für ihn kein Grund, mich hier festzuhalten.

»Wenn du wegläufst, werde ich dich fangen. Und vielleicht wäre es besser, wenn du heute keinen zweiten Vampir ermutigst, dich zu jagen, oder?«

Ich schürzte die Lippen und ließ mich auf den Stuhl fallen, wobei ich einen verschmitzten Gesichtsausdruck aufsetzte. Ich schaute auf die Uhr, die hinter ihm hing. Wenn ich noch fünf Minuten hierbliebe, hätte ich ohnehin gewonnen, also würde sich die Belehrung, die gleich auf mich einprasseln würde, wahrscheinlich lohnen.

»Was habe ich jetzt schon wieder falsch gemacht?«, fragte ich, während sich die Schatten unter meiner Haut regten, als könnten sie mein Unbehagen spüren.

Orion setzte sich nicht und es entging mir nicht, dass er über mir thronte, um mich einzuschüchtern. Aber ganz ehrlich – nach allem, was die Erben mir regelmäßig zumuteten, würde mich ein Lehrer mit Miesepeter-Komplex so schnell nicht einschüchtern können.

»Ich nehme an, dass Caleb dich nicht mit dem Vampirkodex vertraut gemacht hat?«, fragte er und musterte mich, als wäre er Richter, Geschworener und Henker in einer Person.

»Er hat vor ein paar Wochen mal damit angefangen. Aus schlechtem Gewissen, weil die anderen mich halb ertränkt hatten«, sagte ich abfällig. »Ich habe ihm gesagt, dass es mir scheißegal ist.«

»Nun, es hätte sich gelohnt, ihm zuzuhören. Oder dich zumindest damit zu befassen, bevor du anfängst, ihn zu vögeln.«

Ich hob eine Augenbraue angesichts seines verurteilenden Tonfalls und lehnte mich zurück, als wäre der Stuhl ein verdammter Thron und ich die Königin der Welt. Ich war schon oft genug verhört worden, um zu wissen, wie man sich zu verhalten hatte – und ich würde nicht in die Falle tappen, meine Fassung zu verlieren.

»Ich denke, mein Sexleben geht nur mich etwas an. Es ist ziemlich unangebracht, dass du dich dazu äußern willst«, sagte ich langsam.

Er holte tief Luft. »Ich dachte, dass du und Darius vielleicht ...«

Ich ballte meine Hand zu einer festen Faust und fauchte ihn regelrecht an: »Wenn ich Darius Acrux nie wieder zu Gesicht bekäme, wäre ich eine glückliche Fae. Ich *hasse* ihn dafür, dass er seinem Vater geholfen hat, uns das anzutun. Du solltest das besser als jeder andere wissen, denn du warst dabei. Oder soll ich so tun, als könnte ich mich nicht daran erinnern, *Sir*?«

Orion hatte tatsächlich den Anstand, daraufhin etwas unbehaglich dreinzuschauen, und senkte kurz den Blick, bevor er fortfuhr.

»Du weißt genau, dass weder Darius noch ich wussten, was sein Vater mit euch beiden vorhatte. Aufgrund seiner Gefühle für dich hat Darius in besagter Nacht sein Leben für dich riskiert und ...«

»Bullshit!«, schnauzte ich und schlug mit der Faust auf die Armlehne meines Stuhls, sodass sie in Flammen aufging. *Okay, ja, möglicherweise habe ich jetzt doch die Fassung verloren.* Die Flammen züngelten an meiner Haut, aber als ich Orions wütenden Gesichtsausdruck sah, schaffte ich es, sie so schnell zu ersticken, wie sie gekommen waren. »Ihr habt eure eigene Agenda gegen Lionel und als es hart auf hart gekommen ist, hat Darius ihn meine Schwester in diese verdammte Grube werfen lassen. Und mich. Das werde ich nicht so schnell vergessen.«

»Kannst du nicht einfach mit Darius reden? Vielleicht könnt ihr ...«

»Eher würde ich mir mit einem rostigen Löffel die Augen ausstechen. Kann ich jetzt gehen oder hast du noch einen Vortrag über den Erben auf Lager, der mich einen Dreck interessiert?«, fragte ich wütend.

Orion atmete langsam durch die Nase aus, was darauf hindeutete, dass ich seine Geduld auf die Probe stellte, und ich war kurz davor, einfach aufzustehen und hinauszugehen, um herauszufinden, was er tun würde. Die Schatten wurden unruhig, flüsterten mir Dinge zu und flackerten sogar kurz auf, bevor sie wieder verschwanden.

Orion kniff die Augen zusammen und schien zu beschließen, zu seinem ursprünglichen Anliegen zurückzukehren. »Es gibt Regeln im Kodex, die vorschreiben, wie sich ein Vampir zu verhalten *hat*. Aber es gibt auch Empfehlungen, die zwar nicht Gesetz sind, die wir aber unbedingt befolgen sollten. Dazu gehört auch, nicht zu jagen.«

»Warum?«, fragte ich. Es interessierte mich nicht wirklich, aber ich wollte mich von diesem verfluchten Darius Acrux ablenken.

»Weil das, was dir wie ein Spiel vorkommt, in Wirklichkeit die ureigensten Instinkte unserer Art bedient. Du begibst dich in die Rolle der Beute. Je mehr sich Caleb von seinen Instinkten leiten lässt und je stärker sein Blut durch den Nervenkitzel der Jagd in Wallung gerät, desto näher kommt er dem totalen Kontrollverlust. Du weißt, wie viel stärker er ist als du, wenn er seine Kräfte einsetzt. Was, wenn er dich so hart gegen eine Wand schleudert, dass dein Schädel eine Delle abbekommt? Oder sich aus großer Höhe auf dich stürzt und dir das Genick bricht?«

Ich rutschte unbehaglich auf meinem Stuhl hin und her. »Er hat noch nie etwas Derartiges gemacht«, protestierte ich. Abgesehen von dem einen Mal, als er mich auf einen Berg gebracht hatte. Ich war wirklich kurz davor gewesen, zu glauben, er könnte mich umbringen. Aber das hatte er nicht getan, also …

»Nehmen wir mal an, dass er seine Fähigkeiten im Griff hat. Was ist mit dem Blutrausch? Die Jagd verwandelt diesen von einem Verlangen in ein schmerzhaftes *Bedürfnis*. Zusammen mit der Tatsache, dass du ihm auch deinen Körper anbietest, machst du dich für ihn in jeder Hinsicht unwiderstehlich. Wenn du dich auf dieses Spiel einlässt, entgleiten ihm seine ursprünglichsten Begierden und er setzt all seine Energie und Aufmerksamkeit darauf ein, sowohl deinen Körper als auch dein Blut für sich zu beanspruchen.«

»Vielleicht gefällt es mir ja, wenn er seine ganze Aufmerksamkeit auf mich richtet«, antwortete ich, obwohl ich das Kribbeln nicht leugnen konnte, das mich bei seinen Worten durchfuhr. Ich wusste, wie Caleb manchmal wurde, wenn das Spiel nicht so lief, wie er es wollte – oder auch, wenn es genau seinen Vorstellungen entsprach. Er konnte ein bisschen grob werden, aber bewegte sich nie außerhalb dessen, was mir gefiel. Er hatte die Grenze noch nie überschritten.

Orion verdrehte die Augen. »Er hat erwähnt, dass er ein Zeitlimit hat. Kannst du das genauer erklären?«

Ich überlegte, ob ich ihm sagen sollte, sich verdammt noch mal zum Teufel zu scheren, aber ich hatte das Gefühl, dass er mich nicht gehen lassen würde, bevor wir nicht dieses nette kleine Gespräch geführt hatten. Also gab ich ihm seine Antwort. »Wenn einer von uns das Spiel beginnt, hat Caleb fünfzehn Minuten Zeit, mich zu fangen.«

»Und wenn er dich nicht fängt?«

»Dann darf er mich nicht beißen. Deshalb hatte ich das Spiel ja ursprünglich vorgeschlagen. Im Gegensatz zu dem, was du sicher gern glauben würdest, ist es nicht angenehm, gebissen zu werden. Und ich bin bislang nicht stark genug, um mich gegen ihn zu wehren. Dank des Spiels habe ich also zumindest eine Chance.« Ich zuckte mit den Schultern.

Orion seufzte schwer und ließ sich in seinen Sessel fallen. »Ich verstehe, warum du auf diese Idee gekommen bist, aber es ist keine gute Idee. Selbst wenn Mr. Altair es schafft, sich davon abzuhalten, dich zu beißen, wenn er verliert, wird ihn das wahrscheinlich mehr erzürnen, als du dir vorstellen kannst. Und die Chancen stehen gut, dass er dich dann wieder aufspürt und trotzdem beißt.«

»Vielleicht zollst du ihm nicht genug Anerkennung«, sagte ich langsam.

»Und vielleicht zollst du ihm zu viel«, antwortete er dunkel. »Meine Kommentare beziehen sich nicht darauf, wer er ist, sondern was. Und ich weiß sehr wohl, was der Ruf eines so mächtigen Blutes wie das deine mit einem Mann anstellen kann.«

Ich warf einen Blick auf die Uhr und ein Lächeln umspielte meine Lippen. »Vielleicht finden wir gleich heraus, wie gut Caleb eine Niederlage verkraftet«, sagte ich. »Er hat nämlich soeben verloren.«

Orions Lippen zuckten, als würde ihm diese Idee gefallen, aber er setzte so schnell wieder einen neutralen Gesichtsausdruck auf, dass ich mir nicht sicher sein konnte.

»Sei einfach vorsichtig. Und erwarte nicht, dass ich dir wieder helfe, wenn du ein Versteck brauchst.«

»Warum hast du mir überhaupt geholfen?«

»Ich dachte, du wärst deine Schwester …« Er unterbrach sich, als hätte er das nicht sagen sollen, und ich hob eine Augenbraue.

»Deine Quelle genießt also Vorzugsbehandlung?«, fragte ich anklagend. »Gut zu wissen.«

»Nun, wenn du so freundlich wärst, deine Haare in Zukunft nicht mit einer Mütze zu bedecken, hätten wir dieses Problem nicht.«

»Danke für den Hinweis. Ich wollte schon immer mal Fashion-Tipps von meinem Lehrer bekommen«, sagte ich und rollte mit den Augen, während ich auf den Korridor hinaustrat.

Bevor Orion antworten konnte, ertönte draußen ein gewaltiges metallisches Krachen und ich eilte zum Fenster, um auf den offenen Hof zu schauen, der die Jupiter Hall vom Orb trennte.

Caleb warf gerade einen riesigen Feuerball auf die geschwungene goldene Wand des Gebäudes und ein erneutes metallisches Krachen folgte. Der Boden zu meinen Füßen bebte. Er fluchte laut und schoss dann mit seiner Vampirgeschwindigkeit davon.

»Glaubst du immer noch, dass er mit einer Niederlage klarkommt?«, fragte Orion wissend neben mir, und ich biss mir auf die Unterlippe, bevor ich antwortete. Denn so ungern ich es auch zugab, ich war mir nicht mehr so sicher. »Du denkst vielleicht, dass ich zu weit gehe, indem ich versuche, dir deine Entscheidungen vorzuschreiben, weil ich ein überheblicher Professor bin …«

»Ich hätte dich eher ein mürrisches altes Arschloch genannt«, warf ich grinsend ein.

Er schnaubte lachend und schob seine Hände in die Hosentaschen. »Alt? Ich bin nur acht Jahre älter als du.«

»Ja, als du so alt warst wie ich, war ich zehn«, erklärte ich ihm. »Damals warst du quasi doppelt so alt wie ich. Folglich: uralt.«

Orion runzelte die Stirn, als gefiele ihm diese Tatsache so gar nicht, aber warum sollte er sich daran stören?

»Was? Hast du gehofft, dass wir beste Freunde werden und einander die Haare flechten?«, neckte ich ihn.

»Ich habe bereits einen besten Freund, Miss Vega«, erwiderte er genauso spöttisch.

»Ja. Du hast einen schlechten Geschmack, was Freunde angeht.«

Er lachte wieder und für einen seltsamen Moment fühlte es sich tatsächlich so an, als wären wir Freunde. Ja, er war noch immer mein Professor, noch immer ein Arsch, noch immer alt … Aber wir hatten auch schon viel zusammen erlebt. Er hatte an Darcys Seite gegen die Nymphen gekämpft und uns mit den Schatten geholfen, als er erkannt hatte, dass wir mit einem Fluch belegt worden waren. Ohne Fragen zu stellen. Sogar jetzt, als er meine Spiele mit Caleb runtermachte, wollte er eigentlich nur auf mich aufpassen. Und vielleicht hatte ich ihm für all das nicht wirklich Wertschätzung entgegengebracht. Ich hatte ihn einfach mit Darius in einen Topf geworfen und ihm das gleiche idiotische Verhalten angedeihen lassen, das sich der Drache eingebrockt hatte. Außerdem hatten wir an seinem Geburtstag viel Spaß zusammen gehabt …

»Ich weiß nicht, ob ich mich jemals bedankt habe«, sagte ich langsam und warf ihm einen flüchtigen Seitenblick zu.

»Wofür, Miss Vega?«

»Könntest du den Scheiß lassen? Wir sind nicht im Unterricht«, erwiderte ich. »Du weißt, dass *Vega* nicht einmal der Name ist, mit dem ich aufgewachsen bin, oder? Wir haben uns einfach damit abgefunden, weil unser Nachname uns nie wirklich etwas bedeutet hat und niemand auf uns hören wollte. Es war schwer genug, die Leute dazu zu bringen, die Namen *Tory* und *Darcy* zu akzeptieren, ohne sie auch noch bezüglich der Nachnamen-Sache zu bekämpfen. Aber ich würde es wirklich bevorzugen, wenn du mich Tory nennen würdest, wenn wir unseren Schattenkram machen oder zu deinem

Geburtstag abhängen oder so. Okay?«

»Klar«, antwortete er mit einem Grinsen, das ihn verdammt selbstgefällig aussehen ließ. »Also, bekomme ich bald ein Armband? Oder brauchst du noch etwas Zeit, um herauszufinden, welche Farben mir am besten stehen?«

Ich lachte schnaubend. »Du solltest vielleicht Darcy fragen, wenn du wirklich ein Freundschaftsarmband willst. Sie ist gut in solchen Sachen. Ich nehme dich lieber mal mit, wenn ich einem arroganten Arschloch ein Motorrad wegschnappe. Dann machen wir eine Spritztour und ich trinke dich unter den Tisch. Wenn wir am nächsten Morgen aufwachen, werden wir uns wünschen, es nicht getan zu haben. Das ist die Art von Freundin, die ich bin.«

»Klingt gut. Aber ich trinke gern und viel, also bezweifle ich ernsthaft, dass du mich unter den Tisch trinken könntest«, scherzte er.

»Seit Lionel mir die Schatten aufgezwungen hat, trinke ich mich jede Nacht ins Koma, damit ich ohne Albträume schlafen kann …«

Orion musterte mich nachdenklich, und ich merkte, dass ich zu viel gesagt hatte.

»Vergiss es. Man sieht sich.« Ich wandte mich, um mich von ihm zu entfernen, aber bevor ich drei Schritte gehen konnte, schoss er um mich herum und stand plötzlich direkt vor mir.

»Die Schatten sollten nicht so laut sein, wenn du sie unterdrückst, wie wir es geübt haben«, sagte er und sah mich stirnrunzelnd an. »Unterdrückst du sie, Tory?«

Der Blick, den er mir zuwarf, war voller Sorge, aber gleichzeitig auch berechnend. Vielleicht war ich wegen seiner Verbindung zu Darius etwas hart zu ihm, aber ich hatte gute Gründe dafür. Er wollte nicht, dass ich mit den Schatten spielte, so wie ich es tat. Er wollte nicht, dass ich meine Kontrolle über sie ausbaute. Denn er wollte, dass Darius den Vorteil hatte.

»Ich werde mir mehr Mühe geben«, sagte ich freundlich. Seit jeher belog ich Lehrer, Pflegeeltern, Sozialarbeiter und Bullen. Ich war verdammt gut darin und zog meine Schutzmauer genauso schnell wieder hoch, wie ich sie hatte fallen lassen.

Orion runzelte die Stirn, als wäre er sich nicht sicher, ob er mir das abnahm, aber ich hob nur die Augenbrauen und wartete darauf, dass er es sagte.

Er seufzte.

»Hör zu, wenn du Probleme mit ihnen hast, während du in deinem Haus bist, solltest du zu Darius gehen. Ich weiß, dass ihr beide im Moment nicht gut aufeinander zu sprechen seid, aber ich verspreche dir, dass er dir in dieser Sache nur helfen würde.«

Ich schnaubte und trat an ihm vorbei. »Danke«, sagte ich abweisend. Ich würde mich eher den Schatten hingeben, als Darius um Hilfe zu bitten. »Aber Mr. Tequila unterstützt mich bestens.«

Dieses Mal ließ er mich gehen. Was hätte er auch sonst tun sollen? Ich musste mich selbst mit diesem Fluch herumschlagen und ich würde alles tun, um ihn zu überleben. Dazu gehörte auch, ihn zu akzeptieren.

Als ich draußen ankam, war es bereits dunkel, und beim Ausatmen stiegen vor mir kleine Dampfwölkchen auf. Ohne Umschweife machte ich mich auf den Weg zurück zu Haus Ignis.

Unterwegs überprüfte ich meinen Atlas und las Calebs Nachrichten, in denen er um eine Revanche bat. Ich fragte mich halb, ob Orion vielleicht doch recht mit seiner Vermutung hatte, dass Caleb mich erneut verfolgen würde, aber ich hatte nicht vor, mir darüber den Kopf zu zerbrechen. Caleb mochte ein Idiot sein, der mit seinen Arschlochfreunden mitzog, wann immer es ihm passte, aber er hatte mich auch auf einen Berg gebracht, als er stinksauer auf mich gewesen war, und mir nicht wehgetan. Jedenfalls nicht mehr, als ich es gewollt hatte. Also beschloss ich, ihm zumindest in diesem Punkt zu vertrauen. Wenn wir das nächste Mal allein waren, würde ich das Thema Jagd vielleicht etwas ausführlicher mit ihm besprechen, um sicherzugehen, dass wir wirklich auf einer Wellenlänge waren.

Als ich durchs Feuer-Territorium spazierte, glaubte ich kurzzeitig, jemanden meinen Namen rufen zu hören. Ich schaute mich um, konnte aber niemanden erkennen, also ging ich wieder weiter.

Plötzlich fiel Gabriel direkt vor mir vom Himmel. Er bewegte sich so schnell wie ein Vampir und ich schrie vor Schreck auf.

»Was zum Teufel?«, rief ich, als er vor mir stand und seine riesigen schwarzen Flügel an seinen Rücken drückte.

»Ich habe gerufen, aber niemand schaut jemals nach oben«, sagte er achselzuckend.

»Aha.« Ich sah ihn stirnrunzelnd an und fragte mich, ob er einen Grund hatte, vom Himmel zu fallen und mich zu Tode zu erschrecken.

»Du musst mir einen Gefallen tun«, sagte er.

»Und welchen?«

»Ich habe keinen Sternenstaub mehr für unsere Formgebungslektionen. Wenn wir keinen Nachschub bekommen, können wir nicht weitermachen.«

Mir wurde ganz flau im Magen. Obwohl ich erst seit kurzer Zeit flog, fühlte sich die Vorstellung, es nicht mehr tun zu können, furchtbar einschränkend an. Wie eine Art Käfig. Es war unvorstellbar.

»Ich verstehe nicht, wie ich das …«

»Du musst Darius darum bitten«, antwortete er.

Ich sträubte mich. »Nein. Im Ernst, Kumpel, nein. Ich habe Geld, ich kann es bezahlen …«

»Die Familie Acrux kontrolliert den Sternenstaub-Vorrat. Er wird von Drachen hergestellt. Selbst wenn du ihn kaufen würdest, käme er doch von ihm. Außerdem habe ich *gesehen*, was passieren wird, wenn du ihn um etwas bittest. Er wird ihn dir geben.«

»Warum?«, fragte ich. »Warum sollte er das für mich tun?«

»Ich weiß es nicht«, sagte Gabriel auf eine Weise, die mich glauben ließ, dass er es wirklich nicht wusste. »Ich weiß nur, dass er es tun wird. Darüber hinaus gibt es zwei Möglichkeiten, wie euer Gespräch verlaufen könnte. Welchen Weg ihr einschlagt, hängt von euch beiden ab.«

»Das ist nicht gerade hilfreich«, antwortete ich. »Es ist so, als würdest du sagen: ›Hier ist ein Sandwich. Jetzt gibt es zwei Möglichkeiten: Du isst es oder du isst es nicht.‹ Das ist keine echte Vorhersage. Andere Möglichkeiten gibt es doch gar nicht.«

»Stimmt nicht. Ich könnte es dir ins Gesicht klatschen und dir die Mayonnaise durch die Haare rinnen lassen. Das wäre nicht das erste Mal, dass ich so etwas tue.«

Ich verdrehte die Augen und lächelte widerwillig.

»Vielleicht«, stimmte ich zu. »Bis wann muss ich das Arschloch, das ich seit eineinhalb Wochen ignoriere, um einen Gefallen bitten?«

»Am besten erledigst du es sofort«, versicherte mir Gabriel. »Es scheint fast garantiert, dass wir den Sternenstaub bekommen, wenn du vor Mitternacht darum bittest.«

»Na schön«, stöhnte ich. »Ich kümmere mich darum.«

»Gut. Dann können wir morgen fliegen gehen.«

Er wartete nicht auf meine Antwort, bevor er sich wieder in die Lüfte erhob, und ich neigte den Kopf zurück, um ihm mit einem Lächeln im Gesicht zuzusehen. Okay, immerhin wusste ich, dass meine Belohnung für diese schmerzhafte Interaktion darin bestehen würde, fliegen gehen zu können. Dafür könnte ich mich zwingen, es zu tun.

Mit dem Gedanken an meine nächste Flugstunde ging ich weiter in Richtung Haus Ignis, wo ich durch den Gemeinschaftsraum eilte und direkt in mein Zimmer ging. Ich war müde und verschwitzt und brauchte eine Dusche. Interaktionen mit schlecht gelaunten Drachen konnten so lange warten.

Ich warf einen Blick in den Spiegel neben meiner Tür, nachdem ich das

Licht eingeschaltet hatte. Zufälligerweise gefiel mir diese Mütze. Ich sah süß damit aus – vor allem dank des kleinen rosafarbenen Bommels. Was ironisch war, weil ich alles andere als süß war. Und ich hatte auch noch andere Mützen gekauft, jetzt, da es draußen immer kühler wurde. Dann verdeckte sie also meine Haare, na und? Es war nicht meine Aufgabe, es mürrischen Professoren leicht zu machen, mich von Darcy zu unterscheiden.

Ich warf meinen Mantel und meine Mütze zurück in den Schrank und ging direkt unter die Dusche. Während ich unter den heißen Wasserstrahl trat, versuchte ich, mir einzureden, dass das ganze keine Verzögerungstaktik war.

Ich nahm mir die Zeit, meine Haare zu waschen, föhnte sie und cremte sogar meine Haut ein. Als ich mir nicht mehr vormachen konnte, wie viel Mühe ich mir gab, um nicht nach oben gehen zu müssen, seufzte ich und zog mir eine weite Jogginghose und ein Croptop an. Ich schminkte mich nicht, weil es mir völlig egal war, wie ich aussah. Für Darius Acrux würde ich mir keine Mühe geben.

Mit einem genervten Schnauben, das definitiv für Gabriel bestimmt war, stakste ich aus meinem Zimmer. Es war halb zwölf, also konnte ich mich nicht länger davor drücken. Ein Teil von mir wünschte sich, ich hätte mich gleich nach meiner Rückkehr ins Haus an die Arbeit gemacht, anstatt Zeit zu verschwenden. Aber dafür war es jetzt zu spät, also biss ich die Zähne zusammen und ging die Treppe hinauf.

Ich stapfte auf Darius' Tür zu, und die Warnung, die er einst ausgesprochen hatte, hallte in meinen Ohren wider. Ich hatte nicht das Recht, uneingeladen hierherzukommen. Aber genau das tat ich.

Ich weigerte mich, zurückzuweichen, und hob meine Faust, um an die Tür zu klopfen.

»Es ist offen«, rief Darius, weil sich privilegierte Idioten nicht um Dinge wie das Öffnen von Türen kümmerten.

Ich holte tief Luft und öffnete die Tür.

Darius saß mit dem Rücken zu mir auf dem grauen Dreisitzer-Sofa, das auf der rechten Seite seines riesigen Zimmers stand. Der Fernseher lief und er schaute sich Wiederholungen von Pitballspielen an, während er Bier trank.

Er drehte sich nicht einmal um, sondern fixierte den Fernseher, wo gerade die Zeitlupenaufnahme eines Spielers gezeigt wurde, der mit dem Kopf im Dreck landete, während sein Gegner ihm den Erdball stahl.

»Hi«, sagte ich laut, als er mir noch immer keine Beachtung schenkte.

Er schnellte sofort herum, als er meine Stimme hörte, und sprang auf.

»Hey«, sagte er und blieb zögernd auf der anderen Seite der Couch stehen.

Er ließ seinen Blick über mich schweifen, aber ich wusste nicht, wonach er suchte. Er trug ein weißes T-Shirt und eine schwarze Jogginghose, seine Haare waren ungestylt und noch feucht vom Duschen. Ich konnte also davon ausgehen, dass wir uns ähnlich wenig Mühe gegeben hatten. Andererseits hatte ich gewusst, dass ich herkommen würde, und er nicht, also war mein Erscheinungsbild bewusster.

»Ähm, Gabriel schickt mich«, sagte ich, damit er nicht dachte, dass irgendetwas davon meine Entscheidung gewesen war. »Er hat keinen Sternenstaub mehr, um uns zu unseren Formgebungsstunden zu bringen ...«

Darius zog eine Augenbraue hoch und ich knirschte mit den Zähnen, als mir klar wurde, dass er mich tatsächlich dazu bringen wollte, die Frage zu stellen.

Ich atmete tief durch – ich wollte einfach nur, dass dieses Gespräch zu Ende ging.

»Könntest du uns vielleicht etwas geben?«

Er antwortete immer noch nicht und ich biss mir auf die Zunge, bevor ich das nächste Wort sagte.

»Bitte.« Ich lächelte süßlich und bot ihm die gleiche Show, die ich für meine Pflegeeltern abgezogen hatte, wenn ich gefragt worden war, wo ich mich die ganze Nacht herumgetrieben hatte.

Darius lachte angesichts meiner Darbietung, trat um die Couch und kam langsam auf mich zu. Ich stand ganz still, denn ich würde keinesfalls auch nur eine Andeutung von Schwäche zeigen.

»Mach die Tür zu!«, befahl Darius.

Ich warf einen Blick über meine Schulter. Diesen Fluchtweg zu haben, war mir alles andere als unangenehm, und ich war nicht besonders erpicht darauf, ihn aufzugeben.

»Warum?«

»Weil Sternenstaub lächerlich wertvoll ist und es an dieser Schule Diebe gibt. Ich werde mein Versteck nicht verraten, solange die Tür offen steht.«

Ich schürzte die Lippen und stieß die Tür mit einem Luftzug zu, während ich versuchte, die Tatsache zu ignorieren, dass ich mich gerade mit einer Bestie eingeschlossen hatte.

»Schau mich nicht an, als wäre ich ein Serienkiller«, sagte er und ging quer durch den Raum zu seinem Bett.

Er hob die Matratze an und ich musste lachen, als er das Versteck mit den Seidenbeuteln offenbarte.

»Willst du etwas loswerden?«, fragte er, als er einen der Beutel aus dem

Versteck nahm.

»Du hast gesagt, dass du deinen Vorrat vor Dieben verstecken willst. Aber jeder würde zuallererst unter der Matratze suchen.« Ich zuckte mit den Schultern.

»Damit kennst du dich ja aus«, antwortete er.

»Korrekt«, stimmte ich zu und hielt seinen Blick fest. Ich schämte mich nicht für die Dinge, die ich getan hatte, um zu überleben. »Aber ich schätze, du weißt *nicht*, wie es ist, zwei Tage lang nichts zu essen zu haben, deiner Schwester dabei zuzusehen, wie sie sich unter einer dünnen Decke in den Schlaf zittert, und sich auf jede erdenkliche Weise Geld besorgen zu müssen, um nicht zu verhungern.«

Darius runzelte die Stirn. »Ich wollte nicht ... Sorry. Du hast recht, ich habe keine Ahnung, wie es ist, so etwas tun zu müssen. Oder wie es ist, so zu leben. Ich sollte dich nicht dafür verurteilen, was du getan hast, um das zu überstehen.«

Ich musterte ihn skeptisch. »Ich wusste nicht, dass dieses Wort überhaupt in deinem Wortschatz vorkommt.«

»Vielleicht wäre das anders, wenn du mich nicht ständig ignorieren würdest«, antwortete er.

»Vielleicht müsste ich das auch nicht, wenn du nicht ständig so ein Arsch wärst.«

Darius öffnete den Mund, um meine Bemerkung zu kontern, aber sagte nichts. Seine Faust schloss sich um den Beutel mit dem Sternenstaub und er zwang sich, die Worte zu unterdrücken, die ihm bereits auf der Zunge lagen.

»Weißt du, ich glaube, den Sternenstaub musst du dir verdienen«, sagte er schließlich.

»Womit?«

Darius legte den Kopf schief, während er darüber nachdachte. »Hilf mir, den Rest dort zu verstecken, wo ein Dieb nicht nachschauen würde.«

»Du könntest es einfach mir anvertrauen und ich würde versprechen, es sicher für dich zu verwahren«, schlug ich vor.

Darius grinste mich an. »Unwahrscheinlich. Ich kann zwar verstehen, was dich dazu gebracht hat, Leute zu bestehlen. Aber einmal ein Dieb, immer ein Dieb, oder?«

Ich zuckte mit den Schultern, denn das stimmte wohl. Gegenwärtig hatte ich es nicht nötig, jemanden zu bestehlen, aber wenn sich diese Tatsache ändern sollte, würde es mir nicht schwerfallen, in alte Gewohnheiten zurückzufallen.

»Na schön«, stimmte ich zu, denn offensichtlich würde er mir den

Sternenstaub nicht geben, bevor ich seiner Aufforderung nicht nachkam.

Ich schaute mich in seinem protzigen Zimmer um und belächelte das massive goldene Kopfteil, bevor ich an seinem Bett vorbei in sein Badezimmer ging.

»Willst du wieder meine Zahnbürste benutzen?«, fragte er, während er mir folgte, und ich verdrehte die Augen. Die Mühe einer Antwort machte ich mir nicht. Ich vermutete, dass er sich auf jene Nacht bezog, in der ich viel zu betrunken war und hier geschlafen hatte, aber ich konnte mich nicht daran erinnern, meine Zähne geputzt zu haben.

»Du hast einen verdammten Whirlpool in deinem Badezimmer«, sagte ich, als ich den riesigen Raum betrat. Die Wände waren mit grauen und weißen Fliesen verkleidet und die Wasserhähne und die Toilettenspülung waren aus purem Gold. Natürlich waren sie das.

»Der hat dir beim letzten Mal, als du hier warst, auch schon ziemlich gut gefallen«, sagte er. »Willst du ihn ausprobieren?«

»Warum? Gehst du?«, fragte ich und schaute über meine Schulter zu ihm zurück.

»Willst du wirklich, dass ich gehe?«, fragte er.

Ich ignorierte die Hitze, die sich bei diesem Vorschlag in mir ausbreitete, und zeigte auf den Boden des Whirlpools.

»Schraube die Verkleidung ab und verstaue deinen kleinen Vorrat dort. Die meisten Diebe werden nichts auseinandernehmen, um nach verstecktem Mist zu suchen«, sagte ich. »Kann ich den Sternenstaub jetzt haben?«

Darius kam auf mich zu, streckte seine Faust aus und öffnete sie langsam.

Mein Herz pochte heftiger, denn sein riesiger Körper versperrte mir den Fluchtweg, aber ich wich nicht zurück.

Ich streckte die Hand aus und griff nach dem Beutel – einen Moment später schloss er seine Hand um meine.

Ich zuckte zusammen und versuchte, meine Hand zurückzuziehen, aber er ließ mich nicht los.

»Ich glaube, wir müssen reden«, sagte er langsam.

»Lass mich los!«, sagte ich und meine Stimme war energischer, als es mein Gemütszustand vermuten ließ.

»Was glaubst du, was ich dir antun werde?«, fragte er und seine Augen flackerten verletzt auf, als er meine Hand losließ. »Du bist unempfindlich gegen Feuermagie, ich kann also nicht einmal Drachenfeuer gegen dich einsetzen. Ich werde dich sicher nicht schlagen oder dich auf andere Weise verletzen. Ich will nur mit dir reden, bevor du wegläufst und mich wieder ignorierst.«

»Oh, ich weiß nicht«, antwortete ich sarkastisch. »Wir sind schließlich in einem Badezimmer. Vielleicht versuchst du ja wieder, mich zu ertränken. Oder mich zu erwürgen. Oder vielleicht willst du lediglich versuchen, mir wieder näherzukommen, damit es noch mehr weh tut, wenn du mich das nächste Mal in den Dreck stößt oder mich eine Hure nennst.«

Darius öffnete den Mund, sagte aber nichts. Er runzelte die Stirn, als wollte er sich nicht eingestehen, dass er all diese Dinge – und noch mehr – mit mir gemacht hatte, aber es war nicht zu leugnen.

Mein Herz schlug wie wild, als ich ihn ansah, während ich all die Dinge aufzählte, die er mir so mühelos antun konnte. Und ich suchte instinktiv nach etwas, um mich zu schützen.

Die Schatten erwachten in mir zum Leben, ohne dass es einer weiteren Aufforderung bedurfte. Mein Blick verdunkelte sich und ich starrte Darius an, dessen Augen sich vor Überraschung weiteten. Ich atmete tief ein, als der euphorische Ruf der Schatten meine Seele betörte, und holte sie noch näher, um mich zu schützen.

Das Flüstern wurde lauter; Verheißungen von Macht, Zerstörung und Tod drangen wie eine sanfte Liebkosung an meine Ohren. Die Schatten breiteten sich auf meinen Armen aus, verhüllten meinen Körper und tanzten zwischen meinen Fingern, als ich ihnen ihren Willen ließ.

Es wäre so einfach, weiterzumachen. Es wäre so einfach, ihnen ihren Willen zu lassen und meine Seele mit dem Vergnügen zu füttern, das sie mir versprochen hatten.

Ich machte einen Schritt auf meinen Peiniger zu und fletschte die Zähne. Die Schatten forderten sein Leben. Und warum sollte ich es mir nach allem, was er mir angetan hatte, nicht nehmen? Damit würde ich meine Schwester und mich vor der Bedrohung schützen, die er eindeutig immer noch für uns darstellte.

Ich griff nach seinem T-Shirt, umklammerte es mit meiner Hand und drückte meine andere Handfläche flach auf seine Brust, direkt über seinem Herzen.

Die Schatten stürzten sich auf ihn, um sich um seine Seele zu schließen.

Meine Macht tanzte unter meiner Haut und Darius keuchte überrascht auf, als die Schatten seine Magie holten und sie stattdessen mir schenkten. Die Hitze seines Feuers brannte unter meiner Haut, und ich stöhnte auf, als es mich von innen heraus entzündete.

Es war der ultimative Geschmack der Sünde. Ich konsumierte das, was ihn über mich stellte, und ernährte mich von dem, was er benutzte, um mich zu verletzen.

»Roxy«, flüsterte Darius, während er seine Hand an meine Wange legte und meinen Blick festhielt. »Kämpfe dagegen an.«

Ich blinzelte und fragte mich, was er meinte und warum er nicht versuchte, sich zu wehren. Goldenes Licht tanzte an den Rändern meines Blickfelds, als er die Barriere um seine Magie fallen ließ und sich meinen Schatten auslieferte, die sich auf alles stürzten, was ihn ausmachte.

Ich hatte das Gefühl, an einem Abgrund zu stehen. Ich konnte mich in die eine Richtung lehnen und die Schatten sich an ihm laben lassen, um ihm alles wegzunehmen. Oder ich konnte mich in die andere Richtung neigen und mich zurück in seine Arme fallen lassen, damit er mich aus der Dunkelheit ziehen konnte.

Die Schatten verdichteten sich vor meinen Augen und es fühlte sich an, als würde ich jede abscheuliche Sache, die er mir je angetan hatte, noch einmal durchleben. Ich wurde an jeden quälenden Moment erinnert, den ich in seiner Gesellschaft verbracht hatte. Gerade als ich ihn den Schatten überlassen wollte, tauchte eine weitere Erinnerung auf. Ich, wie ich in seinen Armen aufgewacht war, umgeben von seiner Wärme und dem Gefühl völliger Sicherheit.

Keuchend löste ich mich von den Schatten, indem ich einen Käfig um den Teil meines Herzens legte, in dem sie sich befanden, und sperrte sie weg.

Ich taumelte vorwärts und Darius schlang seine Arme um mich und drückte mich an seine Brust.

Sein Duft umhüllte mich – Zedernholz, Rauch und ein Geruch, der ganz und gar ihm gehörte.

Seine Finger glitten durch meine Haare, mit der anderen Hand streichelte er meine Wirbelsäule, während ich in seinen Armen zitterte. Mein Herz schlug in einem gefährlichen Rhythmus und ich musste mich fragen, ob ich mich dank der Schatten in größerer Gefahr befunden hatte, mich selbst zu verletzen als Darius.

»Es ist in Ordnung«, sagte er leise. »Ich werde nicht zulassen, dass sie dich holen.«

»Warum?«, presste ich hervor, während ich die Hand ausstreckte, um die Tränen von meinen Wangen zu wischen. »Ich bin dir doch völlig egal. Du hast mir immer nur wehgetan, also warum solltest du mir so etwas versprechen?«

Ich schaffte es, mich aus seinen Armen zu befreien, und die Stellen, an denen seine Hände gewesen waren, kribbelten in der Erinnerung an seine Berührung, als würden sie sie vermissen.

»Du bist mir nicht egal«, sagte er und sein missmutiger Blick verriet mir, dass er nicht wusste, warum das so war. Und ich wusste es auch nicht. »Und ich bin … Ich meine, ich sollte nicht … Ich hätte nie …«

»Was?«, flüsterte ich. Ich musterte seine dunklen Augen und hoffte auf … was? Etwas, das ich mir nicht zu erhoffen wagte.

»Du musst wissen, dass ich nicht … Ich wollte nie …«

»Was?«, verlangte ich. Er musste es sagen. Er musste es einfach *sagen*, verdammt.

Er schüttelte den Kopf, als wären die Worte zu schwer, um sie über die Lippen zu bringen. Meine Wut wuchs wieder, denn selbst nach allem, was vorgefallen war, würde er nichts davon zugeben. Er würde sich nicht entschuldigen oder *etwas* sagen, das auch nur den kleinsten Unterschied machen könnte.

»Sag es einfach«, flehte ich.

Er streckte die Hand nach mir aus, aber ich wich zurück. Ich musste es hören. Ohne Ausflüchte. Nicht nach allem, was er getan hatte. Wenn er etwas von mir wollte, dann musste er es verdammt noch mal sagen.

Darius runzelte die Stirn und ich konnte den Kampf in seinen Augen sehen, aber ich würde nicht einfach hier herumstehen, während er versuchte, diesen Kampf auszufechten. Wenn es ihm so verdammt schwerfiel, es zu sagen – was immer es war –, dann fühlte er es eindeutig nicht stark genug.

Ich nahm den Beutel mit dem Sternenstaub vom Boden, wo er gelandet war, und trat von ihm weg in Richtung Tür.

Ich schaffte es durchs Badezimmer bis zur Tür, die zurück auf den Flur führte, bevor er mich aufhielt.

»Roxy, warte!«

Ich hielt inne und drehte mich zu ihm um.

»Was? Ich habe noch andere Pläne«, schnauzte ich ihn an, obwohl ich das nicht tat.

»Mit Caleb?«, fragte er und ich runzelte nur die Stirn, weil das nicht der Fall war. Aber es würde ihn auch nichts angehen, wenn es so wäre. Er schien mein Schweigen als Bestätigung aufzufassen und sein Blick wurde härter.

»Hast du mir nun etwas zu sagen oder nicht?«, fragte ich.

»Nein«, knurrte er. »Hüpf ruhig zurück in sein Bett, du kleiner Blutbeutel.«

»Nett, danke.« Ich riss die Tür auf und trat auf den Korridor hinaus.

Er rief wieder nach mir, aber er konnte mich mal.

Ich eilte durch den Korridor und hörte, wie er mir folgte.

»Ich habe es nicht so gemeint«, sagte er, aber davon wollte ich verdammt noch mal nichts hören.

»Du meinst nichts von dem, was du zu mir sagst oder tust, oder?«, brüllte ich zurück. »Aber das scheint dich nicht aufzuhalten.«

Ich schaffte es bis zu meiner Tür, steckte meinen Schlüssel ins Schloss und riss sie in dem Moment auf, als er mich einholte.

Ich trat ein und versuchte, ihm die Tür vor der Nase zuzuwerfen. In letzter Sekunde hob er die Hand, um sie festzuhalten.

»Das war's also?«, fragte er. »Du läufst weg? Und gehst wieder dazu über, mich zu ignorieren?«

»Und du gehst wieder dazu über, mich zu quälen und mir das Leben zur Hölle zu machen, richtig?«

Seine Augen funkelten voller Gefühl, aber ich hatte die Nase voll, so verdammt voll.

Schwungvoll schloss ich die Tür zwischen uns und drehte schnell den Schlüssel im Schloss um.

»Roxy!«, rief Darius von der anderen Seite.

»Das ist nicht mal mein Name, du Arschloch!«, schrie ich zurück.

Er hämmerte weiter auf meine Tür ein, aber ich trat zurück.

»Willst du wirklich, dass wir einander wieder hassen?«, rief er durchs Holz. »Als wäre in der Nacht der Mondfinsternis nichts passiert? Als hätte sich nichts geändert?«

»Es hat sich nichts geändert«, knurrte ich. »Ich habe dich damals gehasst und ich hasse dich auch jetzt noch.«

Eine lange Pause folgte und ich dachte schon fast, er sei verschwunden, bis er erneut das Wort ergriff.

»Na gut. Wenn du es so haben willst, dann bleib mein Feind. Aber vergiss nicht, dass du es so gewollt hast.«

Er boxte gegen meine Tür und ich sprang zurück, als das Holz in der Mitte zerbrach. Einen Moment später hörte ich seine Schritte und ich wusste, dass er weg war.

Ich ließ mich aufs Bett fallen. Ich zitterte am ganzen Körper, aber das würde ich mir nicht eingestehen. Tränen liefen über meine Wangen, aber auch sie ignorierte ich. Denn Darius Acrux war mir egal. Und er bedeutete mir sicher nicht genug, um mich zum Weinen zu bringen.

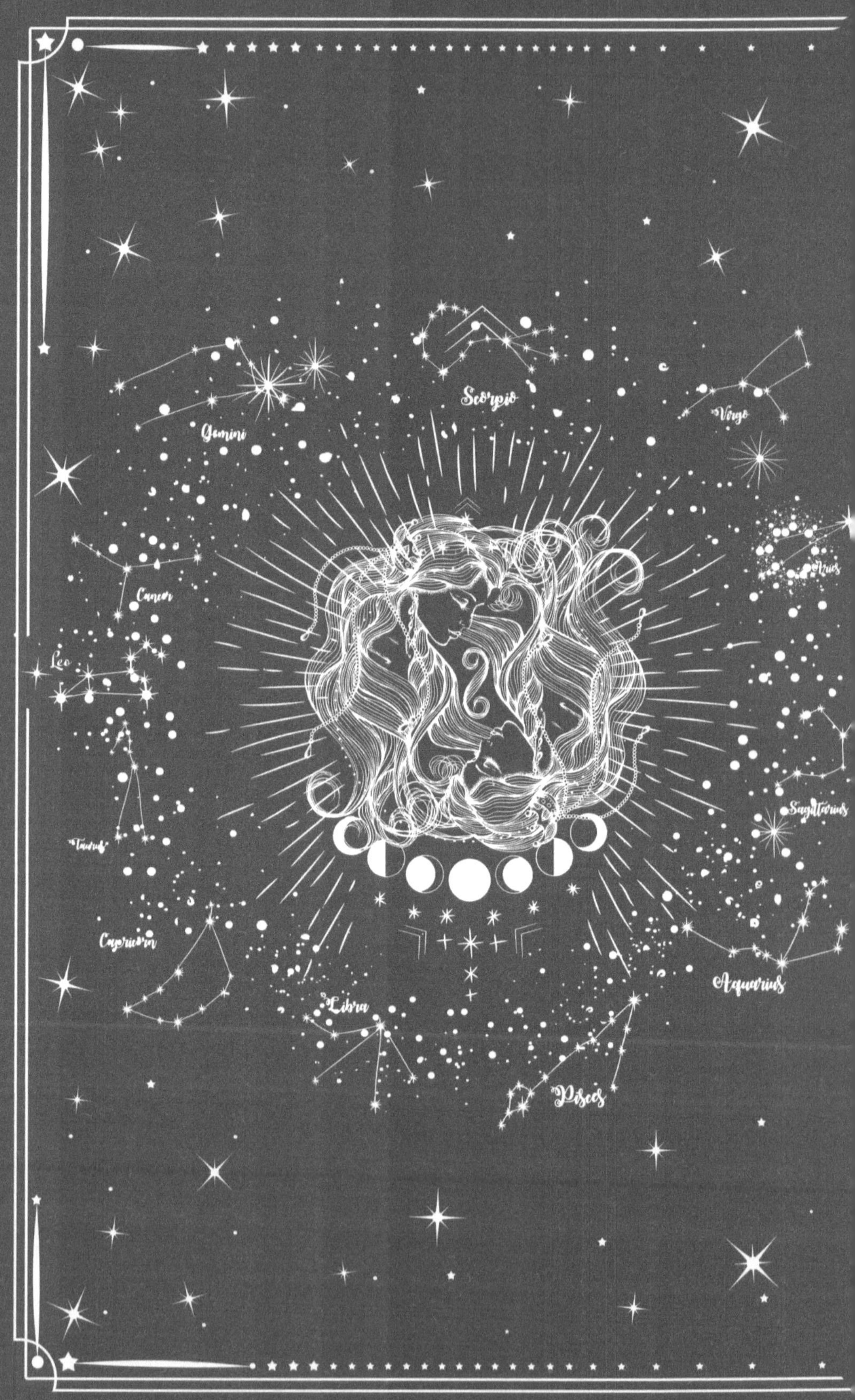

Scorpio
Gemini
Virgo
Aries
Cancer
Leo
Sagittarius
Taurus
Capricorn
Aquarius
Libra
Pisces

DARCY

KAPITEL 16

»**K**omm zu mir …«

Die Schatten schwirrten dunkel und verlockend um mich herum. Sie glitten über meine Haut wie warme Hände und zerrten mich immer weiter in Richtung Vergessenheit. Ich war sicher, eingewickelt in eine Decke aus Behaglichkeit, während Ekstase durch meine Adern floss.

»Wo bist du?«, flüsterte ich in die Leere; die Worte rutschten wie Seide von meiner Zunge.

»Hier drüben … näher … komm zu mir …«

Sie klang weiter weg als zuvor und mein Herz schmerzte vor Verlangen, sie in der Leere zu finden.

»Ich kann nichts sehen«, flüsterte ich und versuchte, das erdrückende Schwarz wegzuwischen.

Eine Hand ergriff meine, und ich spürte die weichen Finger an meiner Haut. Mein Herz pochte leise, als ich in ihren Armen einen Schritt nach vorn machte, obwohl ich immer noch blind war.

»Rette mich.« Ihr Atem strich über meine Wange und sie drückte mir einen kalten Kuss auf die Stirn, der sich tief in meine Knochen bohrte. Kurzzeitig hatte ich das Gefühl, neben jemandem zu stehen, den ich kannte, der mir so vertraut war wie mein eigen Fleisch und Blut. Dann war sie weg und wieder lockte und kitzelte mich die Dunkelheit.

Ich machte einen Schritt und suchte verzweifelt nach dem Flüstern am

Rande meines Gehörs.

Doch dann fand mich die Erinnerung an eine Person, deren Körper dem meinen glich, deren Seele aus der gleichen Essenz bestand wie die meine. Und da war noch eine andere Präsenz – ein Mann mit unendlichen Augen, der mich festhielt und anflehte, nicht zu gehen. Und wer auch immer die beiden waren, sie zogen mich einen Schritt zurück, denn es gab kein Reich in diesem Universum, in das ich ohne sie an meiner Seite gehen konnte.

Keuchend und schweißgebadet wachte ich auf. Ich warf meine Bettdecke beiseite, stand auf und ging zum Fenster. Ich öffnete es weit, und die eisige Morgenluft strömte über mich hinweg und kühlte meine heiße Haut.

Die Schatten zogen sich an ihren allgegenwärtigen Platz in mir zurück.

Sie würden immer da sein und darauf warten, mich in ihre Arme zu locken.

Ich erinnerte mich an die Stimme des Mädchens, das versucht hatte, mich zu sich zu rufen. Sie hatte mich um Hilfe gebeten. War sie eine arme verlorene Seele, die in die Leere getreten war und nie mehr zurückkommen würde?

Ich erschauderte und schloss das Fenster wieder, als die Kälte zu bitter wurde. Die Fensterscheibe war vereist und ein weißer Schimmer bedeckte das Gras vor dem Turm. Es glitzerte wie Sternenstaub, als die ersten Sonnenstrahlen darauf trafen, und ich betrachtete die friedliche Szene, bis mein Herz wieder einen normalen Rhythmus hatte.

Ein leises Windspiel ertönte, als mein Wecker klingelte. Ich ließ mich zurück auf mein Bett fallen, berührte den Bildschirm, um den Wecker auszuschalten, und öffnete mein Horoskop.

Guten Morgen, Zwilling!
Die Sterne haben deinen Tag vorausgesagt.
Heute warten zahlreiche Herausforderungen auf dich, aber sei
unbesorgt, die Sterne stehen günstig für dich. Solange du tief in
dir nach Stärke suchst und die Anziehungskraft des Jupiters nutzt,
um Überraschungen zu überstehen, könntest du einen tollen Tag
erleben. Vergiss nicht – der Honig schmeckt umso süßer, wenn du
dich dem Bienenstock gestellt hast, um ihn zu holen.

Das Horoskop war kryptisch wie immer, aber ich war immer auf der Hut, wenn es um Herausforderungen und Überraschungen ging. Vor allem, wenn *verrückte* Überraschungen im Spiel waren.

Ich trat unter die Dusche, um die anhaftende Dunkelheit des Traums abzuwaschen, und machte mich bald darauf in Uniform und Mantel auf den

Weg zum Orb. Die winterliche Luft belebte meine Sinne und als ich den Orb erreichte, kribbelte mein Gesicht von der eisigen Umarmung. Ich würde bald Handschuhe und eine Mütze tragen müssen, also war etwas Online-Shopping angesagt.

Davon erzähle ich Tor besser nichts, sonst kauft sie mir den ganzen Winterkatalog.

Ich lächelte, als ich sie entdeckte. Sie saß bereits an unserem üblichen Tisch, umgeben von unseren Freunden. Sie hatte sich einen verdächtig neu aussehenden cremefarbenen Schal um den Hals gewickelt und als ich näher kam, sah ich, dass das Preisschild noch daran hing.

Ich riss es ab und hielt es ihr unter die Nase. »Einhundert Auren für einen Schal? Du wirst uns noch vor unserem Abschluss in den Ruin treiben«, stichelte ich.

Mit einem Grinsen riss sie mir das Schild aus der Hand. »Hast du unser Bankkonto gesehen? Ich könnte uns nicht ruinieren, selbst wenn ich es versuchen würde.«

»Aber du versuchst es doch, oder nicht?« Ich lachte.

Sofia kicherte über den Tisch hinweg und biss in ihren Toast, aber sie sah nicht uns an, sondern starrte auf ihren Atlas.

»Schickt Tyler dir Dickpics?«, fragte Tory mit einem Grinsen.

Sofia hob den Blick und ihre Wangen färbten sich rot. Einen Moment später tauchte Tyler hinter ihr auf und beugte sich für einen Kuss zu ihr hinunter. Schnell steckte sie ihren Atlas weg und drückte ihre Lippen auf seine, bevor er sich auf den Platz neben ihr fallen ließ.

»Ich schicke keine Dickpics, Tory«, sagte Tyler und schnappte sich einen Apfel aus der Obstschale, die Geraldine auf den Tisch gestellt hatte. »Der Bildschirm ist nicht groß genug, um alles zu zeigen.«

»Igitt!«, rief Tory lachend.

Ich bemerkte, dass sie dunkle Augenringe hatte, und runzelte die Stirn, als mir klar wurde, wie seltsam es war, dass sie vor mir beim Frühstück aufgetaucht war. Ich vermutete, dass die Schatten sie nachts ebenfalls wach hielten.

»Geht es dir gut?«, fragte ich sie leise, und sie schüttelte den Kopf.

»Ich habe nicht viel Schlaf bekommen.« Sie warf einen Blick auf Darius. »Und ich hatte einen kleinen Zusammenstoß mit dem Drachenarschloch.«

Bevor sie mehr dazu sagen konnte, erschien Geraldine mit einem großen Tablett mit Bagels. Sie schob Tyler beiseite, stellte die Bagels in der Mitte des Tisches ab und ließ sich uns gegenüber auf ihren Platz fallen. Sie sah ein wenig angeschlagen aus und ihre sonst so perfekte Uniform wirkte etwas zerknittert.

»Elfenbehaftete Erdbeerverzückung, für diese Bagels hätte ich heute Morgen fast einen Arm verloren.«

»Was ist passiert?«, fragte ich erstaunt.

»Max Rigel ist passiert«, fauchte sie. »Dieser aufgedunsene Belugawal muss es endlich kapieren. Er stiehlt sich in letzter Zeit auf Schritt und Tritt in mein Leben. Er hat den Bagel-Berg blockiert.«

»Bitte sag mir, dass du ihn in den Arsch getreten hast«, sagte Tory hoffnungsvoll.

Geraldine strich mit einer Hand über ihre Haare, um sie glatt zu streichen. »Natürlich. Aber nicht, bevor er meinen Rock mit einem Wasserstrahl in die Höhe katapultiert hat. Heiliges Soßenpulver, kennt er denn gar keine Scham? Also musste ich ihm zuerst eine Lektion erteilen, um ihm die Botschaft zu verdeutlichen.«

Tory stieß mich mit dem Ellbogen an und wie aufs Stichwort stakste Max Rigel an uns vorbei zum Ausgang des Orbs. Marmelade tropfte aus seinen Haaren und etwas, das wie ein Büschel Bananen aussah, ragte hinten aus seiner Hose. Er zog sie heraus und warf sie auf den Boden, woraufhin sich ein armseliges Mädchen beeilte, sie aufzuheben und zum Tisch ihrer Freundinnen zu rennen, wo sie sich zugleich daran machten, sie zu essen.

Ekelhaft. Die kannten definitiv auch keine Scham.

Ich drehte mich um und grinste Geraldine an. Mit erhobenem Kopf schnappte sie sich ein Stück Butter und ein Messer für die Bagels.

Mein Blick fiel auf Diego, der einige Meter vom Tisch entfernt stand, einen Teller mit Eiern und Toast in der Hand hielt und unsicher in unsere Richtung schaute.

Ich stupste Tory an, sie warf einen Blick in seine Richtung und zuckte mit den Schultern, bevor sie sich wieder ihrem Frühstück widmete.

»Er hat gesagt, dass es ihm leidtut«, flüsterte ich. »Ich habe Mitleid mit ihm.«

»Dann nimm den Streuner halt auf, wenn es sein muss«, sagte Tory. »Aber ich kann mich nicht erinnern, eine Entschuldigung bekommen zu haben.«

Ich kaute auf meiner Unterlippe, stand auf und machte mich auf den Weg zu ihm, als er sich gerade zu einem leeren Tisch schleppte. Bevor ich ihn erreichen konnte, stürmte Seth Capella durch den Raum, drückte Diegos Teller an dessen Brust und rammte seine Schulter, bevor er sich zum Buffet aufmachte.

»Arschloch!«, rief ich ihm nach, aber er ignorierte mich.

Ich beeilte mich, Diego dabei zu helfen, die Ei-Sauerei mithilfe meiner Wassermagie von seinem Hemd zu entfernen, während ich Seth leise verfluchte.

Diegos Arme hingen schlaff an seinen Seiten, als hätte er bereits aufgegeben. Der Typ brauchte dringend eine Aufmunterung. Und es sah so aus, als wäre ich die Einzige, die dazu bereit war.

»Ignorier ihn einfach – und alle anderen Erben auch«, sagte ich.

»Wie hat das in der Vergangenheit für dich geklappt?«, fragte er mit einem Stirnrunzeln.

»Gutes Argument.« Ich grinste und seine Schultern entspannten sich, während er mir ebenfalls ein Lächeln schenkte. Ich nickte hoffnungsvoll in Richtung unseres Tisches. »Bei uns ist noch Platz.«

»Deine Schwester sieht aus, als wollte sie meinen Kopf mit ihrem Blick zum Schmelzen bringen.«

Ich warf einen Blick auf Tory und bedeutete ihr stillschweigend, sich zurückzuhalten. Sie rollte daraufhin mit den Augen und setzte stattdessen ein allzu fröhliches Lächeln auf.

»Sie hat einfach einen schlechten Morgen«, sagte ich zu Diego und zuckte mit den Schultern. »Vielleicht solltest du dich bei ihr entschuldigen ...«

Er nickte und wippte von einem Fuß auf den anderen, dann beugte er sich vor und flüsterte: »Ich hatte es wirklich vor, aber ... sie macht mir eine Heidenangst, *chica*.«

Ich lachte laut auf, nahm seinen Arm und führte ihn zum Tisch. »Ignorier das Resting-Bitch-Face, das ist nur Show.« Okay, das war es nicht ganz, aber das musste er ja nicht wissen.

Wir erreichten Tory und ich tätschelte ihre Schulter, als sie sich nicht umdrehte. Dramatisch seufzend wandte sie sich uns zu und ihr Blick verhärtete sich sofort.

Ich umklammerte seinen Arm fester, weil ich spürte, dass er kurz davor war, die Biege zu machen.

Diego räusperte sich mehrmals und stieß schließlich eine unverständliche Entschuldigung aus, wobei er sogar zeitweise in seine Muttersprache verfiel.

»Okay, okay«, sagte Tory und winkte ab. »Du bereitest mir Kopfschmerzen. Ich verzeihe dir und so weiter und so fort.« Sie zeigte auf den leeren Stuhl auf ihrer anderen Seite und Diego ließ sich lächelnd darauf fallen.

Geraldine schob ihm das Bagel-Tablett mit einem mütterlichen Blick zu. »Du bist so dünn wie ein Zahnstocher auf Diät, Diego. Nimm dir einen meiner buttrigen Bagels.«

Er gehorchte und schon bald plauderten wir alle miteinander, als hätte sich nichts zwischen uns geändert. Sogar mit Tyler schien er sich gut zu verstehen und für einen Moment fühlte es sich so an, als hätten sich die Schatten, die in mir lebten, verflüchtigt. Übrig geblieben war nur das Licht meiner Freunde, das wie Sonnenstrahlen durch meine Haut schimmerte.

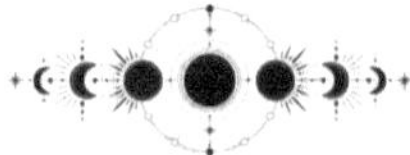

Es war unsere erste *Numerologie*-Stunde und aufgeregt, etwas über eine weitere magische Fraktion zu erfahren, betraten wir den Kursraum, der sich auf halber Höhe des Neptun-Turms befand. Der Raum hatte graue Steinwände, die Ziegel lagen frei und die Luft war kühl. An jeder Wand prangten scheinbar willkürliche Zahlen wie elf, sieben, drei, dreiunddreißig und siebenhundertsiebenundvierzig. Sie waren tief in den Stein geritzt, als wären sie von einer riesigen Klinge eingemeißelt worden, und an den Stellen, an denen die Kerben entstanden waren, kam glitzerndes Kristall zum Vorschein.

Tory, Diego, Sofia, Tyler und ich setzten uns alle an einen der langen Tische im hinteren Teil des Raumes und holten unsere Atlasse und Lehrbücher heraus.

Professor Faun war ein stämmiger Mann mit dunkler Haut und kurzen Dreadlocks, die über die kahl geschorenen Seiten seines Kopfes hingen. Er hatte ein hübsches Gesicht und ein schiefes Lächeln, das mir schnell sympathisch war.

»Zahlen. Sind. *Alles.*« Er berührte seinen Atlas und Jazzmusik ertönte im Raum. Er schnippte mit den Fingern im Takt, schloss die Augen und saugte an seiner Unterlippe, während er sich darin zu verlieren schien. »Mmm. Ja.«

Ich warf einen Blick auf Tory und wir unterdrückten beide ein Lachen, als Professor Faun in einem seltsam verführerischen Rhythmus durch die Gänge schlenderte.

»Ich habe gehört, dass er ein Satyr ist«, flüsterte Kylie vom Tisch vor uns. »Sie sind so … sinnlich.« Sie seufzte, als wäre sie in einen Traum versunken, und ein Aufflackern von Feuer in meiner Peripherie machte mir klar, dass der Professor etwas ausstrahlte, das meine Phönix-Kräfte ausblendeten.

»Entspaaannen Sie sich.« Professor Faun öffnete den obersten Knopf seines Hemdes. »Machen Sie es sich bequem, schütteln Sie Ihre Glieder aus und genießen Sie die positiven Schwingungen dieses Raumes. Wir sind alle nur Seelen, die in einem endlosen Meer von Sternen tanzen.«

»Ist er high?«, flüsterte ich Tory zu und sie schnaubte in ihre Hand, als Faun an uns vorbei tanzte. Seine Moves waren erstaunlich gut.

»Numerologie ist die Musik der Himmel. Jede Zahl ist eine Note, und sie alle zusammen ergeben eine magische Melodie.« Professor Faun erzeugte eine Ranke in seine Hand und schleuderte sie quer durch den Raum, um den Lichtschalter umzulegen, sodass wir in Dunkelheit getaucht wurden. Sofort begann sich eine Discokugel über uns zu drehen und das silberne Licht, das sie ausstrahlte, verwandelte sich in unendliche Zahlen, die sich um uns herum an der Decke und den Wänden drehten.

»Ihre Seele ist in Zahlen geschrieben«, erklärte Faun, als würde das alles einen Sinn ergeben. Er tanzte zurück zu der digitalen Tafel am Kopf des Raumes und berührte sie, um die erste Seite aufzurufen.

Bestimmen Sie Ihre Lebenszahl und nutzen Sie deren schmackoschicke Bedeutung, um Ihren Weg im Leben und Ihren Platz in der Welt zu finden.

»Ihre erste Aufgabe ist es, Ihre Lebenszahl zu ermitteln. Folgen Sie der Gleichung an der Tafel, dann werde ich im Raum herumgehen und jede Zahl speziell mit Ihnen besprechen und ihre Bedeutung erläutern.« Er tippte erneut auf die Tafel und die Gleichung erschien. Ich runzelte die Stirn, weil ich eine grässliche Mathe-Gleichung erwartet hatte, aber zum Glück war sie ganz einfach.

Zählen Sie alle Zahlen zusammen, die den Monat, den Tag und das Jahr, in dem Sie geboren wurden, angeben.
Zum Beispiel:
18.01.1990

$$1 + 8 + 0 + 1 + 1 + 9 + 9 + 0 = 29$$

Addieren Sie die Zahlen noch einmal, um Ihre Lebenszahl zu ermitteln:
$$2 + 9 = 11$$
$$1 + 1 = 2$$

Ich notierte mein Geburtsdatum auf meinem Atlas, während sich alle im Kurs ebenfalls an die Arbeit machten. Nach einer Minute kam ich auf eine

Lebenszahl von eins und war gespannt, was das bedeuten könnte. Tory hatte offensichtlich dieselbe Zahl, während Sofia eine Sechs und Diego eine Sieben erhielten.

Professor Faun gesellte sich zu uns und sah sich interessiert die Zahl an, die Tory und ich aufgeschrieben hatten.

»Die Eins ist die Zahl der Leistungsträger … der Anführer.« Er ließ seinen Blick über uns schweifen und Neugierde brannte in seinen Augen. »Viele Herrscher von Solaria hatten diese Lebenszahl.«

»Nun, wir planen nicht, irgendetwas zu regieren, also …« Tory zuckte mit den Schultern.

»*Planen.*« Faun lachte auf. »Planen Sie ruhig, Miss Vega. Sie werden bald merken, dass alle Pläne sinnlos sind. Die einzigen Pläne, die zählen, stehen in den Sternen.«

»Wir könnten also herausfinden, ob wir dazu bestimmt sind, zu herrschen? Oder nicht?«, fragte ich neugierig und Tory schnaubte neben mir.

Ich ignorierte sie und fixierte Professor Faun mit meinem Blick. Meine Schwester sollte wirklich etwas weniger zynisch sein. Wir waren an der Zodiac Academy, um Himmels willen. Mir gefiel der Gedanke auch nicht, dass mein Leben vom Schicksal bestimmt war. Aber wenn es so war, dann wollte ich alles darüber erfahren … auch darüber, welche Freiheiten wir bei unseren Entscheidungen hatten.

»Ja und nein«, sinnierte Faun und rieb die Bartstoppeln an seinem Kinn. »Die Numerologie gibt Hinweise auf das Leben, das wir führen werden, und kann uns helfen, unseren Weg zu finden. Alle Kraftzahlen beeinflussen unsere Entscheidungen. Sie sind so sehr mit uns verbunden wie unsere DNA. Wenn Sie geboren wurden, um zu führen, dann werden Sie führen. Aber das bedeutet nicht unbedingt, dass Sie Solaria regieren werden.«

»Gut, denn der Tag, an dem ich mich vor den Vega-Huren verbeuge, ist der Tag, an dem ich mich an einem Baum im Wimmernden Wald erhänge«, sagte Kylie laut und Jillian unterstrich ihren Scherz mit einem Schnauben.

Faun wandte sich ihnen zu, um Hauspunkte abzuziehen, und ich murmelte zu Tory: »Ich glaube, ich habe gerade meinen ersten richtigen Anreiz bekommen, den Thron zu beanspruchen.«

Tory lachte und Faun drehte sich mit einem fragenden Gesichtsausdruck zu uns um. Wir warfen ihm unschuldige Blicke zu und er konzentrierte sich auf Sofia, deren Nummer er als fürsorglich einstufte und darauf hinwies, dass sie wahrscheinlich eine Karriere im Gesundheitswesen anstreben würde. Diegos Nummer – die Sieben – beschrieb ihn als einen Suchenden, der nach dem Sinn des Lebens Ausschau hielt, Dinge infrage stellte und von spiritueller Natur war.

Ja, wenn man die Seele der eigenen Oma in der Mütze mit sich herumträgt, ist man vermutlich ein eher spiritueller Typ.

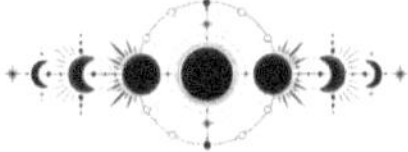

Mit klopfendem Herzen machte ich mich nach Unterrichtsende auf den Weg zum Pitball-Stadion. Tory war zurück auf ihr Zimmer gegangen, um etwas zu holen, aber ihr Blick hatte mir verraten, dass sie nicht vorhatte, zum Cheerleader-Training zu kommen. Konnte ich es ihr verübeln? Auf keinen Fall. Mit Marguerite und Kylie in einem Team zu sein, war fast genauso schlimm wie mit den Erben. Nicht, dass es ein Wettbewerb gewesen wäre oder so, aber ich hatte das schreckliche Gefühl, dass ich gerade gewonnen hatte.

Einen Vorteil hatte das Ganze allerdings und der war muskelbepackt, voller unglaublicher Fähigkeiten auf dem Spielfeld und mochte mich tatsächlich. Und nein, die Rede war nicht von Orion. Ein launischer Vampir als Trainer? Nein, danke. Er würde nicht nachsichtig mit mir sein, nur weil wir … was auch immer wir waren. Nein, wenn es jemals einen Ritter in glänzender Rüstung gegeben hatte, dann war das Geraldine Grus, die mich jetzt in den Umkleideräumen erwartete.

Als ich das Stadion erreichte, fand ich mich ausgesperrt und erinnerte mich daran, dass Geraldine einen Schlüssel hatte. Den hatten wir benutzt, als wir uns Eintritt verschafft hatten, um Max' Uniform mit Greifenmist zu beschmieren. Die Erinnerung daran zauberte ein Lächeln auf meine Lippen und ich fragte mich, ob wir bald wieder die Chance haben würden, uns mit ihm anzulegen. Der Hashtag #lachundkackgeschichten stand diese Woche hoch im Kurs und ich scrollte oft durch den FaeBook-Newsfeed, um mich über die manipulierten Bilder von Max zu amüsieren. Jemand hatte ein professionelles Foto von ihm gefunden, auf dem er mit geteilten Lippen am Strand lag, und dem Bild eine ordentliche Ladung Kacke hinzugefügt.

Ich rüttelte mehrmals vergeblich an der Tür, bevor ich schnaubend meinen Atlas aus der Tasche nahm. Ich wollte Geraldine gerade eine Nachricht schicken, als jemand einen Arm um meine Schultern schlang. Überrascht zuckte ich zusammen, als ich feststellte, dass es Caleb war, der mich zur Tür lenkte. »Steckst du hier draußen fest, Sweetheart? Ich lasse dich rein.«

»Oh … danke«, sagte ich misstrauisch. Er schlief zwar gelegentlich mit meiner Schwester, aber ich war dennoch verdammt vorsichtig, wenn es um

Caleb Altair ging.

Er griff nach der Tür, hielt dann inne und drehte sich mit einem schelmischen Funkeln in den Augen zu mir um. »Natürlich … will ich einen Gefallen als Gegenleistung.«

Ich seufzte und ließ meinen Blick gen Himmel schweifen. »Natürlich willst du das.«

»Es ist nur ein klitzekleiner«, sagte er mit einem Grinsen, das die Höschen der meisten Mädchen zum Schmelzen gebracht hätte. Meins nicht, bäh, denn den Zug hatte meine Schwester bereits bestiegen. Ich hatte Scheuklappen für ihn und jeden anderen Kerl, den meine Schwester in die Finger bekommen hatte. Das war ein Instinkt. Er hätte eine Kartoffel sein können, so sehr war ich an ihm interessiert. Außerdem war da ja auch noch der unglaublich heiße Lance Orion, dem all meine Aufmerksamkeit galt.

»Was willst du?« Ich warf einen Blick über meine Schulter und hoffte, dass ein anderes Teammitglied auftauchte, das mich hereinlassen konnte. Außer vielleicht Seth … oder Darius … oder Max. Ansonsten wäre wirklich jeder super.

»Ich will die Wahrheit«, sagte er und schlang seinen Arm fester um meine Schultern. »Sag mir, was Tory über mich gesagt hat!«

Ich lachte und seine Miene verfinsterte sich.

»Was?«, fragte er.

»Es ist nur … Es gibt nicht viel zu berichten.«

Er runzelte die Stirn. »Es muss doch *etwas* geben.«

»Ich meine, sie findet dich heiß.« Ich zuckte mit den Schultern und diese Aussage schien seine Stimmung ein wenig aufzuhellen.

»Sag mir, was sie von einem Kerl will!«, platzte er heraus und drehte mich so, dass ich ihn ansehen konnte. »Was fehlt mir? Ich meine, sieh mich an. Was gibt es da nicht zu mögen?« Er fuhr mit der Hand durch seine Haare und schenkte mir einen regelrechten Schmachtblick.

Ich schürzte die Lippen. »Wie wär's, wenn du dich ausnahmsweise mal nicht wie ein Idiot benimmst? Hast du das schon versucht?«

»Ich gebe mir Mühe«, sagte er sanft, und sein großspuriges Getue verschwand.

Ich runzelte die Stirn und der verzweifelte Blick in seinen Augen stimmte mich plötzlich irgendwie traurig.

»Cal!« Seth kam auf uns zu und Caleb ließ mich augenblicklich los.

Frustriert blickte ich auf die fest verschlossene Tür.

Lass mich einfach rein, verdammt!

Seth sah mich an, sein Blick triefte vor Verachtung. »Du willst wirklich ins Team?«

Ich biss die Zähne zusammen, denn sein ungläubiger Tonfall entfachte ein Feuer in mir. Sicher, vor zwei Minuten hatte ich auch nicht geglaubt, dass ich eine gute Kandidatin war, aber jetzt – nachdem er den Mund aufgemacht hatte – würde ich alles geben, um uns beiden das Gegenteil zu beweisen.

»Ja, und? Kannst du bitte die Tür öffnen?« Ich bewegte mich auf sie zu und Seth ging an mir vorbei und entriegelte sie mit seinem Schlüssel.

Mit Caleb im Schlepptau trat er ein, und ich wollte ihm gerade folgen, als er mir die Tür vor der Nase zuschlug. Ein echtes Knurren entwich mir und ich hämmerte mit der Faust dagegen.

»Macht auf!«

Keine Antwort.

»Tory hat auch gesagt, dass du die Persönlichkeit einer Weintraube hast, Caleb!«, rief ich ihm nach, denn ich wusste, dass er es mit seinen Vampirohren hören würde. Das verbesserte meine Stimmung aber nur um ein Prozent.

Mein Herz hämmerte in meinen Ohren, als ich in meiner Tasche nach meinem Atlas griff, um Geraldine eine Nachricht zu schicken. Aber er war nicht da.

Mit offenem Mund suchte ich die Gegend ab. Nope, eines dieser Arschlöcher hatte ihn mir aus der Tasche geklaut.

Tief durchatmen, Darcy.

Ich sah mich nach einer Lösung um, aber wenig überraschend fiel mir keine ein.

Es sei denn …

Ich musterte das Dach hoch über mir. Es war gerade zum Himmel hin geöffnet und obwohl es ein sehr hohes Gebäude war, würde das meiner Luftmagie keinen Abbruch tun. Es war nur die Angst, dass sie versagen könnte, die mich innehalten ließ.

Was soll ich tun? Wie Wonder Woman hochfliegen und mich auf das Spielfeld herablassen?

Heilige Scheiße, ich glaube, das mache ich wirklich.

Moment, kann Wonder Woman überhaupt fliegen?

Bevor ich einen Rückzieher machen konnte, presste ich Luft aus meinen Händen und katapultierte mich die geschwungene Metallwand hinauf, die sich zum Himmel hin wölbte. Adrenalin durchströmte meine Glieder, als ich über das offene Dach schwebte und die Viertel des Spielfelds unter mir erblickte. Die Spieler verließen gerade den Tunnel, der zu den Umkleidekabinen führte, und versammelten sich auf dem Spielfeld.

Mir wurde in dem Moment flau im Magen, als der Luftstrom, der aus meinen Händen strömte, langsamer wurde und ich meinen Abstieg einleitete – und zwar schneller als geplant.

Scheiße, Scheiße, Scheiße ...

Mit reiner Willenskraft unterdrückte ich einen Schrei. Ich hatte definitiv nicht vor, mich zu blamieren. Zwei Sekunden später krachte ich auf den Boden und sank vor allen auf die Knie. Die Landung war nicht perfekt, aber auch nicht *vollkommen* demütigend – ein *Sieg*!

Geraldine applaudierte und alle starrten mich an, als wäre gerade ein Meteor vom Himmel gefallen. »Heilige Weltraumkugeln!«, rief sie keuchend. »Was für ein Auftritt!«

Orion hatte seine Augenbrauen fast bis zum Haaransatz hochgezogen und die Arme vor dem schwarzen T-Shirt verschränkt, das ihn als Pitball-Coach auswies.

»Fünf Punkte für Aer«, sagte er grinsend. »Aber es wären zehn gewesen, wenn du die Landung hinbekommen hättest.« Ein zweifelhaftes Kompliment, aber besser als nichts. Er hob erneut den Blick, als hielte er nach einer weiteren vom Himmel fallenden Fae Ausschau. »Wo ist deine Schwester?«

»Auf dem Weg.« Eine glatte Lüge. Wahrscheinlich lag sie gerade auf ihrem Bett und schaute Faeflix.

Ich sah, wie sich die Cheerleader am Ende des Spielfelds versammelten, um sich zu dehnen. Jede Menge Haut blitzte in unsere Richtung. Die meisten der Jungs waren von der Show fasziniert und Orion forderte sie zu Sprints um das Spielfeld auf, um sie abzulenken. Es waren fast fünfzig Leute anwesend, darunter fast dreißig Freshmen, die zum Probetraining hier waren.

»Deine Uniform wartet auf der Bank in der Umkleidekabine auf dich. Geh dich umziehen!«, befahl Orion. »Und beeil dich, sonst fällt mir vielleicht wieder ein, dass du zu spät gekommen bist.«

Dieser Heuchler! Aber verdammt, es machte mich heiß, wenn er so bossy war. Das ließ ich mir aber natürlich nicht anmerken, sondern ging mit einem Augenrollen durch den Tunnel in die Umkleidekabine.

Dort warteten meine Uniform und auch mein Atlas auf mich, den mir einer der Erben gestohlen hatte. Ich zog mich aus, schob meine Sachen in einen Spind und trug bald darauf die Farben der Academy – marineblau und silber. Ich trug ein paar eng anliegende Shorts und da ich kein offizielles Mitglied des Teams war, prangte statt meines Namens der Schriftzug der Academy auf der Rückseite des Shirts. Mit kniehohen Socken und Pitball-Stiefeln ausgestattet eilte ich zurück aufs Spielfeld – bereit, mir den Arsch abzufrieren.

Orion schickte mich sofort los, um mit dem Rest des Teams Sprints zu absolvieren, und ich nickte und lief zur Gruppe. Nach Seths Bemerkung war ich fest entschlossen, heute mein Bestes zu geben. Ich würde Teil des Teams werden – als Ersatzspielerin. Das war ein vernünftiges Ziel. Ich hatte an der Highschool Lacrosse gespielt, also war ich nicht völlig unbegabt, wenn es um Sport ging.

Nach vier Sprinteinheiten taten mir die Beine weh, nach acht brannte meine Lunge, nach fünfzehn hing mir die Zunge aus dem Mund. Okay, vielleicht war ich zu zehn Prozent unbegabt.

Endlich beendete Orion das Aufwärmen und obwohl ich nicht die Schnellste gewesen war, hatte ich mich auch nicht als Langsamste entpuppt. Ich konnte spüren, wie er mich musterte, und versuchte, den Rücken zu straffen – aber verdammt noch mal, ich verreckte hier fast.

Schweiß klebte an meiner Haut und ich atmete tief ein, während ich mich fragte, warum ich jemals gedacht hatte, dass mir kalt werden würde.

»Aufstellung!«, befahl Orion, und die Starspieler gehorchten ihm, einschließlich der Erben und Geraldine. Sie waren nur zu acht, obwohl ich mir sicher war, dass ein komplettes Team aus zehn Leuten bestand. Ich wartete darauf, dass sich noch jemand zu ihnen gesellte, doch dann erklärte Orion ihr Fehlen.

»Unsere Luftschutz-Spielerin, Ashanti Larue, hat bei der Schlacht, die hier stattfand, ihr Leben verloren. Daraufhin hat eine unserer Pit-Hüterinnen, Milly Badgerville, das Team verlassen. Wir suchen also offiziell nach Ersatz. Die Position des Pit-Hüters steht jedem Element offen, also platziert euch zu meiner Linken, wenn ihr für die Position des Luftschutzes antreten wollt, und zu meiner Rechten, wenn ihr euch als Pit-Hüter seht. Aus Gründen der Einfachheit – und weil ich damit wesentlich besser zum Ausdruck bringen kann, was ich von euch halte, wenn ihr versagt – sieze ich beim Training niemanden. Für euch bleibe ich aber natürlich weiterhin *Sir* und ihr werdet mich selbstverständlich auch siezen. Und jetzt los!«

Ich zögerte, als sich die Ersatzspieler und Neulinge entsprechend aufteilten. Mehrere Leute entschieden sich für die Position des Pit-Hüters, der Rest reihte sich in die Reihe der Luftschutz-Spieler ein, allesamt massige, breit gebaute Mädchen und Jungs. Ich erinnerte mich vage daran, dass es sich um eine defensive Position handelte, und zur Hölle, dafür war ich absolut nicht geeignet. Abgesehen davon, dass ich verdammt ungeschickt war, könnte ich es nicht einmal mit einem Labrador aufnehmen, geschweige denn mit jemandem, der so groß war wie die Erben.

Also Pit-Hüter.

Orion sah mir zu, wie ich mich auf die entsprechende Seite stellte, und ich könnte schwören, dass er zustimmend genickt hatte.

»Luftschutz-Spieler – ihr werdet versuchen, einen Ball in den Pit zu bekommen, während unsere neuen Hüter dies zu verhindern versuchen. Das Hauptteam spielt in der Verteidigung, um zu verhindern, dass ein Treffer erzielt wird«, erklärte Orion.

»Wie wäre es mit einer Demonstration von Solarias bestem Luftschutz-Spieler seiner Zeit?«, schlug Geraldine vor und musterte Orion mit einer hochgezogenen Augenbraue.

»Das bezweifle ich, Grus«, sagte Orion mit amüsierter Miene.

»Los, Sir«, meldete sich Justin Masters zu Wort. »Beeindrucken Sie die Neulinge!«

Max steckte sich die Finger in den Mund und pfiff laut zur Ermutigung.

Der Rest des Teams stimmte in eine Art Sprechgesang ein: »Los, Sir, los, Sir, los, Sir!«

Orion schenkte mir einen flüchtigen Blick, dann ging er auf Darius zu und reichte ihm seufzend seinen Atlas. »Verflucht noch mal, na gut«, sagte er kopfschüttelnd, aber ein Lächeln umspielte seinen Mund.

»Welchen Ball wollen Sie?«, fragte Darius, während er auf den Bildschirm starrte, von dem aus er offensichtlich die Löcher der verschiedenen Elemente steuern konnte.

»Ich lasse mich überraschen«, sagte Orion, während er seine Schultern dehnte. »Rigel, Grus, aufs Spielfeld!«

Max und Geraldine liefen neben ihm her und als Darius den Bildschirm berührte, ertönte ein *Swoosh* und ein Luftball schoss über uns hinweg.

Orion rannte los, stürmte übers Spielfeld und katapultierte sich in die Luft, um den Ball zu fangen. Er erwischte ihn im Flug und landete in der Hocke. Max und Geraldine waren bereits auf dem Weg und er raste auf sie zu, den Ball fest unter einen Arm geklemmt und die andere Hand erhoben.

Geraldine formte eine Erdmauer aus dem Boden, aber Orion flog mit einem Luftstoß darüber hinweg.

Max hatte bisher gewartet und schuf nun Eis unter seinen Füßen. Orion sprang ab und rannte dann durch die Luft, während die beiden ihn weiterhin verfolgten.

Alle riefen ihm aufmunternde Worte zu und ich ertappte mich dabei, es ihnen gleichzutun, als er dem Pit immer näher kam. Max war ihm dicht auf den Fersen und stürzte sich auf ihn, aber Orion wich in letzter Sekunde zur Seite aus.

Geraldine schleuderte Ranken in seine Richtung, um ihn abzufangen, und Orion machte einen Satz nach vorn und warf den Ball in dem Moment, als die Ranken seine Taille erwischten und er zu Boden krachte. Der Ball landete im Pit und ich jubelte aufgeregt, als Geraldine ihn losließ und Orion auf die Füße sprang – schlammig, zerschrammt und verdammt heiß.

Ich biss auf die Innenseite meiner Wange, als er mit Geraldine und Max im Schlepptau zu uns zurückkam.

»Genug der Zeitverschwendung«, sagte Orion mit fester Stimme, aber seine Augen leuchteten. »Luftschutz-Spieler, raus aufs Spielfeld! Und nicht vergessen: Der Ball muss in den Pit.«

Die Luftschutz-Spieler verteilten sich auf dem Spielfeld, während sich Orion seinen Atlas zurückholte und den Bildschirm antippte.

»Immer zwei Hüter gleichzeitig. Wer einen Ball durchlässt, ist draußen. Es wird keine offiziellen Spielrunden geben. Das Team wird als Verteidigung fungieren, wer also umgewalzt wird, steht auf und spielt weiter«, rief Orion und mein Herzschlag beschleunigte sich, als ich hinter dem Pit Aufstellung nahm, während zwei der Hüter vor dem Pit in Position gingen.

»Viel Glück, kleine Vega!«, rief Max mir zu und seine Augen funkelten gehässig.

»Pass auf, dass du nicht wieder in die Grube fällst!«, meinte Seth mit einem Grinsen.

»Vielleicht kommst du dieses Mal nicht wieder raus«, fügte Darius hinzu, bevor er Caleb aufs Spielfeld folgte.

Mein Körper kribbelte vor Anspannung, als sich das Team verteilte. Die Erben starrten die Luftschutz-Testspieler wie leichte Beute an und einer der Neulinge sah tatsächlich so aus, als wollte er aufgeben, bevor das Spiel überhaupt begonnen hatte.

»Drei, zwei, eins!« Orion pfiff und der schrille Ton vermischte sich mit dem Getrampel der Studenten. Er berührte den Atlas und Bälle schossen aus den vier Löchern in jeder Ecke des Spielfelds.

Mein Puls beschleunigte sich, als das Team auf die Luftschutz-Spieler zustürmte, während diese versuchten, einen Ball zu ergattern. Ich konnte meine Augen nicht von den Erben lassen, die einen Testspieler nach dem anderen ausschalteten, als wäre es ein Kinderspiel. Geraldine half zumindest denjenigen auf, die sie niedergemacht hatte, während die Erben über ihre Beute sprangen, um sich ihr nächstes Opfer zu suchen.

Darius war wie ein Panzer, als er seine Gegner zu Boden warf, und einige von ihnen bewegten sich nach ihrer Begegnung mit ihm nicht mehr. Mein Mund öffnete sich immer weiter, als die Luftschutz-Testspieler darum kämpften, den Pit zu erreichen, und schließlich gelang es einem Mädchen durchzubrechen. Ihre hellblonden Haare peitschten hinter ihr her, während sie rannte, ihre Arme waren mit Schlamm verschmiert und ihre Augen voller Entschlossenheit. Die Erben waren damit beschäftigt, andere Spieler auszuschalten, aber Damien Evergile war ihr dicht auf den Fersen und schoss ihr einen Feuerstrahl in den Rücken.

Sie warf die beiden Pit-Hüter mit einem riesigen Wasserstrahl beiseite und richtete ihn auch hinter sich, um die Flammen in ihrem Rücken zu löschen. Mit einem aufgeregten Aufschrei schleuderte sie den Ball in den Pit, und ich jubelte auf. Die Energie in der Luft war wie elektrisierend.

Das Cheerleader-Team hatte mit einer Übung begonnen, aber ich konnte meine Aufmerksamkeit nicht von der Apokalypse auf dem Spielfeld abwenden.

»Ihr seid raus!«, bellte Orion die beiden Pit-Hüter an, bevor er das blonde Mädchen lobte und sie zurückschickte, um weiterzuspielen.

Ich sah mich um und stellte fest, dass sich einige der Pit-Hüter-Testspieler zurückgezogen hatten. Okay, dann eben ich. Gemeinsam mit Elijah Indus, der entschlossen die Kiefer aufeinanderpresste, machte ich mich auf den Weg zum vorderen Teil des Pits. Er positionierte sich auf der anderen Seite des Pits und Adrenalin durchströmte meine Adern, als Orion pfiff und weitere Bälle auf das Spielfeld geschossen wurden.

Ich drückte meine Füße fest auf den Boden. Ich spürte die Präsenz der Grube hinter mir, als ich mich daran erinnerte, wie die Erben mich dort hineingestoßen hatten.

Ein dunkelhaariger Junge löste sich von den anderen und rannte unter Kampfgeschrei auf den Pit zu. Ich hob die Hände und konzentrierte mich auf den Boden unter seinen Füßen, um ihn mit Erdmagie zum Stolpern zu bringen. Als er sich mir bis auf drei Meter genähert hatte, entlud sich die Kraft in meinem Körper und ein gewaltiges Beben erschütterte das Feld. Er schrie überrascht auf, stolperte und der Erdball fiel mit einem dumpfen Knall zu Boden.

Ein Mädchen stürzte sich darauf und schleuderte ihn in Richtung Pit. Ich errichtete einen Luftschild, während Elijah versuchte, sie mit einer Eiswand zu überwältigen. Der Ball prallte schadlos von meinem Schild ab und ein Grinsen breitete sich auf meinen Wangen aus. Das machte tatsächlich Spaß.

Mehrere Meter entfernt von mir attackierte Seth gerade jemanden und mein Herz machte einen Satz, als er ihren Ball nahm und mit einem bösartigen Grinsen in meine Richtung rannte. Ich knirschte mit den Zähnen und Feuer brannte in meinen Adern, als ich mich ihm gegenüberstellte.

Ich fragte mich halb, ob Orion ihn zurückpfeifen würde, weil er es auf den Pit abgesehen hatte, aber das tat er nicht. In dem ganzen Trubel konnte ich ihn nicht einmal sehen, außerdem durfte ich keinesfalls den Wolf aus den Augen lassen, der auf mich zukam.

Seth streckte eine Hand aus und schleuderte Elijah durch die Luft. Eine Sekunde später traf seine Kraft auf meinen Schild und ich keuchte auf, stemmte meine Fersen in den Boden und richtete jedes Quäntchen Energie, das ich hatte, auf ihn. Ich spürte, wie meine Schuhe im Schlamm rutschten, als die Wucht seiner Kraft mich nach hinten zwang. Alles, was er mir angetan hatte, manifestierte sich in meiner Magie und strömte Welle für Welle aus mir heraus. Ich würde ihm den Sieg nicht überlassen. Niemals. Nicht, nachdem er mich vor seinem ganzen Rudel bezwungen, mir die Rippen gebrochen und mir fast den Kopf abgebissen hatte.

Er hatte einen Großteil seiner Magie darauf verwendet, Leute auf dem Spielfeld zu Fall zu bringen. Wenn es also um Kraft allein ging, hatte ich vielleicht einen Vorteil.

Mit einem Aufschrei der Entschlossenheit steckte ich alles, was ich hatte, in den Schild. Die mich umgebende Magie sprühte Funken und die Härchen auf meinen Armen richteten sich auf.

Seth schleuderte den Ball mit einer weiteren Welle der Magie auf mich zu. Ein Knall ertönte, als er den Schild traf, und meine Magie erlosch einen Herzschlag später, aber sie hatte ihren Zweck erfüllt. Der Ball prallte ab und fiel mit einem nassen Plumpsen in den Schlamm.

Es dauerte einen Moment, bis ich merkte, dass es auf dem Spielfeld ruhig geworden war. Die Erben beobachteten mich. Darius hatte seinen Fuß auf dem Rücken eines Spielers, während Caleb gerade dabei war, einen anderen Spieler zu würgen.

Schließlich fing Orion meinen Blick auf und er sah aus, als hätte er gerade den heiligen Gral überreicht bekommen.

»Die nächsten!«, befahl er und ich nickte, verließ das Spielfeld und gesellte mich zum Rest der Gruppe, die aussah, als hätte man ihnen bereits gesagt, dass sie es nicht ins Team geschafft hatten. Ich atmete schwer und die Erregung, die mich durchströmte, war berauschend.

Heilige Scheiße, ich kann nicht glauben, dass ich das wirklich durchgezogen habe!

Als das wahnsinnige Spiel weiterging, schoss Orion blitzschnell an meine Seite und lenkte mich aus der Hörweite der wartenden Hüter. »Du musst an deinem Durchhaltevermögen arbeiten«, sagte er mit einem anzüglichen Grinsen. »Ansonsten bist du wie geschaffen dafür, Blue.« Er neigte seinen Kopf an mein Ohr. »Wie ich es vorausgesagt habe.« Er trat zurück und ich starrte ihn mit klopfendem Herzen an, als ich feststellte, dass er mich mit so viel Vertrauen in den Augen ansah. Noch nie hatte mich jemand so angesehen. Als wäre ich unaufhaltsam.

»Weitermachen!«, rief Orion in Richtung Spielfeld. »Ich bin in dreißig Sekunden mit einem angepissten Vega-Zwilling zurück.« Er verschwand mit seiner Vampirgeschwindigkeit und ich biss mir auf die Lippe, um ein Lachen zu unterdrücken. Das würde Tory gar nicht gefallen.

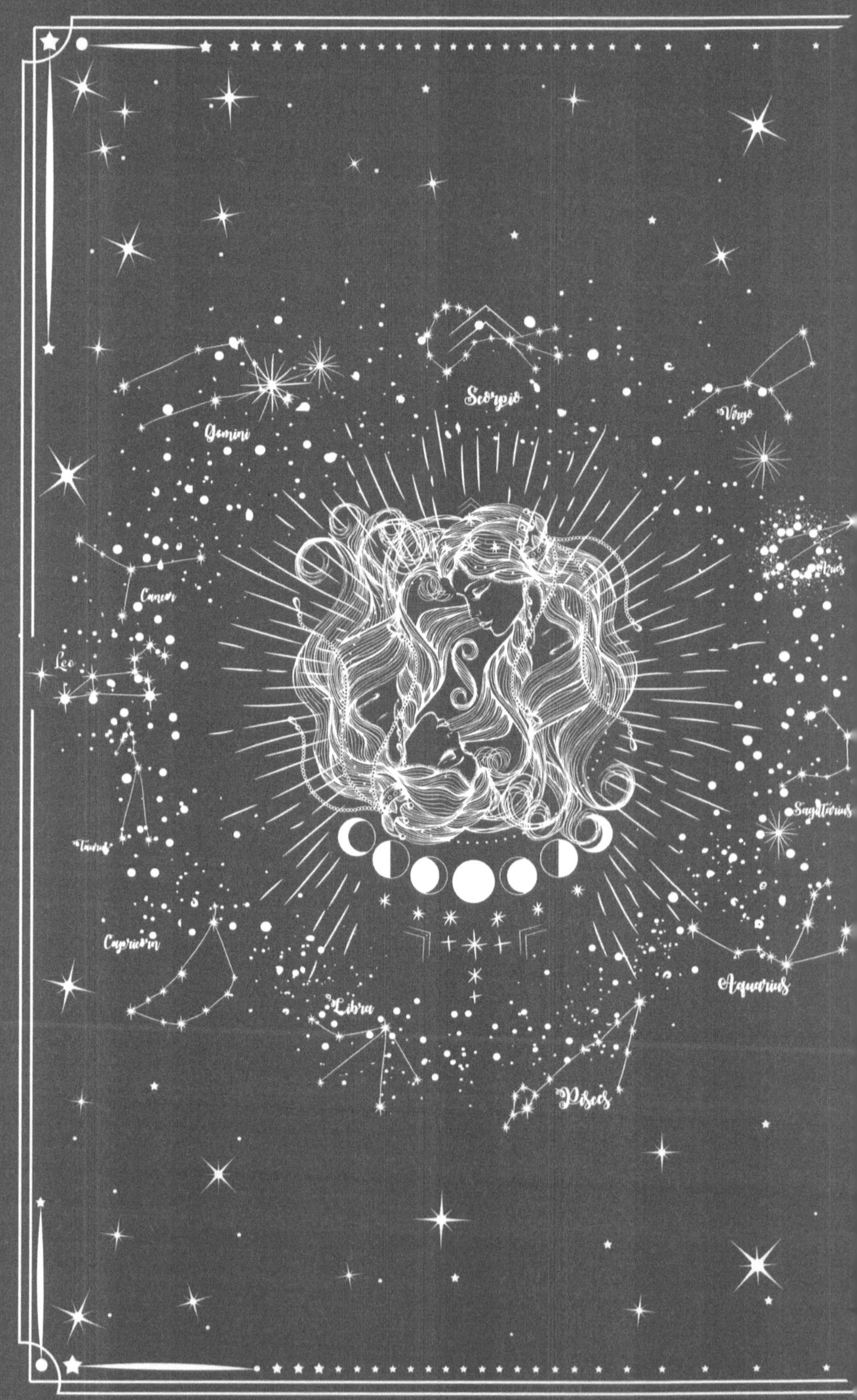

Scorpio
Gemini
Virgo
Cancer
Aries
Leo
Sagittarius
Taurus
Capricorn
Aquarius
Libra
Pisces

TORY

KAPITEL 17

Ich lag mit geschlossenen Augen auf meinem Bett, *Sweet Dreams* von Beyoncé dröhnte aus meinen Kopfhörern und ich fand endlich ein wenig Ruhe vor den Schatten.

Erleichtert atmete ich aus, als der Schlaf nach mir rief. Ich war mir nicht sicher, ob es daran lag, dass die Sonne noch nicht ganz untergegangen war, oder daran, dass ich mittags eine fantastische Zeit mit Gabriel und Darcy beim Fliegen erlebt hatte und davon noch immer ganz beseelt war. Aus welchem Grund auch immer – zum ersten Mal seit der Mondfinsternis fühlte ich mich wirklich entspannt. Und ich hatte nicht einmal etwas getrunken. *Punkt für Tory.*

Ich summte das Lied mit und verweilte mit meinen Gedanken bei meinem eigenen wunderschönen Albtraum – Darius. Ich hatte seit dem leicht demütigenden Tür-Schrei-Szenario nicht mehr mit ihm gesprochen und auch nicht vor, daran etwas zu ändern. Aber aus irgendeinem Grund schaffte er es trotzdem, mir unter die Haut zu gehen und in meine Tagträume einzudringen.

Seufzend versuchte ich wieder, mich aufs Einschlafen zu konzentrieren und den Drachen zu vergessen, der unfair attraktiv war. Nicht, dass es mich interessierte, wie er aussah …

Ein lautes Krachen ertönte, gefolgt vom Geräusch splitternden Holzes. Meine Augen flogen auf und ich schrie, als meine Tür aus den Angeln gesprengt wurde. Ich rappelte mich auf und schirmte mich panisch mit einem Luftschild ab, als etwas Verschwommenes in mein Zimmer geschossen kam.

»Du kommst zu spät zum Cheerleader-Training«, dröhnte Orion und seine Augen funkelten vergnügt, als er auf mich herabsah.

»Was zum Teufel?« Keuchend richtete ich mich auf und entledigte mich meiner Kopfhörer. »Bist du vollkommen irre?«

»Diese Vermutung wurde bereits geäußert«, bestätigte er mit einem dunklen Lachen. »Jetzt beweg deinen Arsch und schnapp dir deine Sachen! Du hast Haus Ignis bereits fünfzig Punkte gekostet.«

»Buuhuu«, knurrte ich und verstärkte meinen Luftschild, damit er nicht an mich herankam. »Ich hoffe, mein armer Hausvorsteher ist nicht zu sehr am Boden zerstört. Ich kann mir nicht vorstellen, wie er sich fühlen wird, wenn ich ihn noch mehr Punkte koste, indem ich überhaupt nicht auftauche.«

»Das wird zu keinem weiteren Punktabzug führen, sondern zu einem Besuch bei Rektorin Nova, um deine Zukunft an dieser Schule zu besprechen. Du musst Mitglied eines Clubs sein, um deinen Platz hier zu behalten.«

»Gut, dann sage ich ihr, dass ich dem Arschlochclub beitreten will, und alles ist prima«, knurrte ich.

»Nein. *Ich* bin für die Vergabe der Clubplätze zuständig und sie wird meine Entscheidung unterstützen. Entweder zeigst du jetzt ein bisschen Pep und Elan oder du verschwindest von der Academy.«

Ich starrte Orion an, während ich versuchte, meine Optionen abzuwägen, aber er war mit seiner Geduld eindeutig am Ende. Ein Wasserstrahl schoss aus seiner Handfläche und umhüllte meinen Luftschild, bevor dieser zu einer Eiskugel erstarrte und mich einschloss.

Ich schnappte panisch nach Luft, als die Kälte des Eises mich erreichte. Meine Haut versprühte Funken, um sich dagegen zu wehren.

Das Eis zerbarst und bevor ich einen weiteren Move machen konnte, schlossen sich starke Arme um meine Taille und ich wurde über Orions Schulter gehievt.

Ich kreischte erschrocken auf, als er direkt auf mein offenes Fenster zuschoss und hinaussprang.

Mein Schrei hallte durch das gesamte Feuer-Territorium, als wir fielen, und Orion lachte. Mithilfe seiner Luftmagie bremste er unseren Fall ab, bevor wir zu Pfannkuchen wurden.

Sobald seine Füße den Boden berührten, schoss er mit seiner vampirischen Geschwindigkeit davon, und ich schloss die Augen, um nicht zu kotzen. Die Kombination aus der wahnsinnigen Bewegung und dem Kopfüber-Schwingen hatte es in sich.

Plötzlich hielten wir an und Orion setzte mich auf einer Holzbank ab.

Ich sah mich verwirrt in den Umkleideräumen um, während er sich zurückzog.

»Zieh dich um und zeig dich in zwei Minuten auf dem Platz, sonst wirst du nächste Woche jeden Abend mit mir nachsitzen!«, befahl Orion, anstatt sich zu verabschieden, und verschwand in rasantem Tempo, während hinter ihm ein schallendes Gelächter zu hören war.

»Das ist ja vollkommen irre!«, rief ich ihm nach, während ich aufstand.

Meine gute Laune war definitiv dahin und schlimmer noch, ich musste jetzt die Folter ertragen, die sie Cheerleader-Training nannten.

Da scheißt doch der Hund aufs Feuerzeug!

Ich knirschte mit den Zähnen und starrte auf die schwarze Sporttasche, die an einem der Haken hing und auf der aus rosafarbenen und silbernen Pailletten *Tory Vega* prangte. *Pailletten!*

Ich warf einen Blick auf die Tür. *Wäre Nachsitzen nicht besser als diese Hölle?*

»Sie wird es sowieso nicht in die Auswahl schaffen«, ertönte Kylie Majors Stimme von außerhalb der Umkleideräume und ich hatte das Gefühl, dass sie nur deshalb so laut redete, um sicherzustellen, dass ich sie hören konnte.

»Ich verstehe einfach nicht, warum Professor Orion uns das antut«, klagte Marguerite. »Wir sind der Cheer Squad der Schule. Ich habe sie noch nie lächeln sehen, es sei denn, sie hat eine besserwisserische Bemerkung gemacht oder lacht einfach über ihre eigene Unhöflichkeit. Sie hat keinen Pep. *Null. Nada.*«

Ich stöhnte auf, weil ich zum ersten Mal in meinem beschissenen Leben Marguerite Helebors Meinung war – und es keinen verdammten Unterschied machte.

Orion hatte sein Pitball-Training unterbrochen, um mich wie einen Kartoffelsack über seine Schulter in diese Hölle zu hieven. Er meinte es ernst. Sehr ernst. Ich wusste nur nicht, warum. Warum verfluchte er mich damit? Hatte ich nicht neulich zugegeben, dass ich ihn für einen geringfügig weniger bescheuerten Idioten hielt? Hatte uns das nicht ein bisschen zusammengeschweißt? War das eine dieser Arschloch-Jungs-Club-Aktionen, die Kerle einander zum Spaß antaten, die Mädchen aber nicht lustig fanden? Kein bisschen lustig …

Ich atmete tief durch und öffnete den Reißverschluss der Tasche.

Während die Pailletten schon echt übel gewesen waren, erwartete mich darin die Hölle selbst.

Langsam packte ich den Inhalt der Tasche aus.

Ein Cheerleader-Outfit, bestehend aus einem marineblauen und silberfarbenen Rock, der kaum meinen Hintern bedeckte, und einem dazu passenden Croptop, das viel mehr Dekolleté zeigte, als es für einen Sport, bei dem man so viel auf und ab hüpfte, sinnvoll war. Ein Paar schimmernder Pompons, die auf magische Weise die Farbe wechselten, als ich sie unabsichtlich schüttelte, während ich sie auf die Bank warf, als wären sie verseucht. Kniehohe marineblaue Socken mit silbernen Schleifen am oberen Ende. Eine Dose *Ultraglitz*-Sprühglitter, was auch immer das sein sollte. Eine Packung *Cheery-FAEvourites*-Gesichtsfarbe. Eine Tüte mit glitzernden rosafarbenen Haarbändern. Eine Tube *Pegasus-Pink*-Lipgloss. Und als Krönung glitzernde rosafarbene Turnschuhe.

Ich hasse mein Leben.

»Beeilung, Vega!«, rief Orion von draußen und ich knurrte vor mich hin, während ich mich aus meinen Klamotten schälte und das Cheerleader-Outfit anzog. Es war, als würde ich mir die Haut vom Leib reißen und sie falsch herum tragen – so stellte ich mir das jedenfalls vor. Nicht gerade angenehm.

Als ich das ultra enge Outfit angezogen hatte, betrachtete ich mich im Spiegel neben dem Waschbecken. Es war nicht gänzlich entsetzlich. Sicher, meine Persönlichkeit war ausgemerzt worden und jeder Sinn für Individualität, an den ich mich vielleicht noch hätte klammern können, wurde durch die Vereinheitlichung ausgelöscht, die es mit sich brachte, Teil eines Teams zu sein.

Tory war keine Teamplayerin.

Fuck.

Ich betrachtete die Haarbänder eine ganze Weile, bevor ich eines nahm und es mir wie einen Choker um den Hals legte.

Der pinkfarbene Lipgloss wanderte in den Müll und ich frischte den blutroten Lippenstift auf, der in der Tasche meiner Jeans auf mich gewartet hatte. Abgesehen von meinem Schlüssel war das das Einzige, was ich bei mir trug. Und selbst der Schlüssel war jetzt wohl nutzlos, schließlich hatte ich keine Tür mehr.

Widerwillig zog ich die Turnschuhe an … und erstarrte, als ich realisierte, dass sie bei jedem Schritt ihre Farbe veränderten. Das war irgendwie cool … für eine Zehnjährige.

Mit einem Brummen schnappte ich mir die verdammten Pompons und machte mich auf den Weg zur Tür, aber bevor ich dort ankam, kam mir eine Idee. Ich hielt inne und betrachtete die mit Pailletten besetzte Tasche. Ein Grinsen umspielte meine Lippen und ich eilte zu ihr zurück.

Die Ausführung meines Plans dauerte nicht lange, auch wenn es etwas unangenehm war, ihn nur mit Spiegel und ohne sonstige Hilfe durchzuführen – aber scheiß drauf, ich würde meinen Standpunkt vertreten.

Als ich raus aufs Pitball-Feld schlenderte, sah ich verdammt gut aus – abgesehen von dem finsteren Blick, mit dem ich gegen meine missliche Lage protestierte.

»Einen Applaus für unsere neueste Cheerleaderin!«, rief Orion und zog damit die Aufmerksamkeit aller Fae im Stadion auf mich.

Caleb steckte sich zwei Finger in den Mund und pfiff mir zu. Ich antwortete mit erhobenem Mittelfinger, bevor ich mich von ihm und den anderen Pitball-Spielern abwandte und mich dem Cheer Squad anschloss. Richtig, ich hatte jetzt einen verdammten Squad. *Fantastisch.*

Die fiesen Mädchen standen in einer Reihe und starrten mich an, wobei sie ihre rosafarbenen, mit Lipgloss überzogenen Lippen verzogen und die Arme verschränkten, als glaubten sie, ich wollte hier sein oder so ein Mist.

»Lasst mich bloß nicht mitmachen«, sagte ich, als ich vor ihnen zum Stehen kam. »Mir ist dieser ganze Mist scheißegal, aber Orion hat mich gezwungen, teilzunehmen. Wenn ihr mich also rausschmeißen wollt, dann tut das bitte – dann kann ich wenigstens behaupten, es versucht zu haben.«

»O nein«, sagte Marguerite kühl, während sie jeden Zentimeter meines Körpers beäugte, um deutlich zu machen, dass ich nicht gut genug war. »Das werden wir nicht tun. Du bist zum Anfeuern hergekommen. Dann zeig mal, was du draufhast.«

»Ich wette, sie kann nicht mal einen Rückwärtssalto aus dem Stand«, meinte Kylie schnaubend. Sie sprach mit vorgehaltener Hand in Jillians Richtung – als würde das ihre nasale Stimme davon abhalten, zu mir durchzudringen.

Ich verdrehte die Augen, bevor ich einen Rückwärtssalto machte und perfekt landete.

»Auf der letzten Highschool, die wir in der sterblichen Welt besucht haben, konnte man sich seine Kurse aussuchen. Ich habe Sport den akademischen Fächern vorgezogen«, sagte ich und gähnte, um ihnen zu zeigen, wie gelangweilt ich war. »Ich hatte viermal die Woche Turnen und wir haben drinnen trainiert – ich musste also im Winter nicht raus in die Kälte. Darüber musste ich also nicht lange nachdenken.«

Ich schenkte ihnen ein zuckersüßes Lächeln und Marguerite funkelte mich böse an.

»Ich mag sie nicht«, flüsterte Kylie den anderen Mädchen zu.

»Oh, buuhuuu, ich mag dich auch nicht. Darum geht's hier aber nicht wirklich, oder?«

Marguerite seufzte dramatisch und notierte etwas auf ihrem Klemmbrett, das genauso gut ein Selbstporträt hätte sein können, so sehr interessierte es mich.

»Kommt schon, Mädels. Wir müssen uns auch in harten Zeiten durchbeißen. Die Sterne haben beschlossen, uns mit dieser … neuen Rekrutin … herauszufordern und damit müssen wir jetzt einfach fertig werden. Ich weiß, dass ihr anderen hell genug leuchten könnt, um die Aufmerksamkeit von den weniger wünschenswerten Teamkolleginnen abzulenken.«

Kopfschüttelnd wandte ich meine Aufmerksamkeit auf die andere Seite des Feldes, wo Orion das Team hin und her sprinten ließ. Darcy sah aus, als würde sie sich gleich übergeben, und ich schenkte ihr ein Grinsen, als sie in meine Richtung rannte.

Sie hob eine Augenbraue und musterte den Cheer Squad, als wollte sie sagen: *Du hast es schlimmer erwischt.* Ich warf einen Blick auf Darius, der wie ein Nashorn über das Spielfeld stürmte, und zuckte mit den Schultern, um auszudrücken, dass ich mir da nicht so sicher war.

Darcy lachte laut auf und erregte damit Orions Aufmerksamkeit.

»Wenn du vielsagende Blicke mit deiner Schwester tauschen kannst, dann hast du dein Potenzial noch nicht ausgeschöpft, Vega!«, bellte er und Darcy stöhnte auf, bevor sie sich umdrehte und wieder zum anderen Ende des Spielfelds rannte.

Mein Blick fiel auf Orion, der gerade mein neues, peppiges Aussehen in Augenschein nahm und mich wie ein verdammter Psychopath angrinste.

»Sehr schön, Tory, ich sehe schon, wie dein innerer Pep durchscheint«, rief er.

Ich rümpfte die Nase und zeigte ihm den Finger.

Er stieß ein Lachen aus.

»Fünf Punkte Abzug für Ignis. Und wenn du nicht bald ein paar Anfeuerungsrufe hören lässt, werden es noch mehr.«

»Verfluchter Sadist«, murmelte ich, während ich mich wieder dem Cheer Squad zuwandte und sein Lachen ausblendete.

»Wir müssen die Pyramide überdenken«, sagte Marguerite. »Sie muss umstrukturiert werden, jetzt, da wir ein zusätzliches Mitglied haben.« Ihr Blick fiel auf mich. Ich stand am Rand der Gruppe und verschränkte die Arme vor der Brust. »Du solltest wahrscheinlich Teil der untersten Ebene sein, Tory«, sagte sie süßlich. »Wir müssen deine kräftigen Arme ausnutzen.«

Sie klatschte in die Hände, was offenbar eine Art Signal war, denn die anderen Mädchen rannten los, um ihre Pyramide zu bauen. Sieben von ihnen knieten am Rande des Spielfelds im Sand und Marguerite zeigte auf das Ende der Reihe und erwartete eindeutig, dass ich mich neben ihnen positionierte.

»Nein, danke, Schätzchen«, sagte ich genauso süßlich. »Es gibt nur eine Sache, für die ich auf die Knie gehe.« Ich schob spöttisch die Zunge in meine Wange und sie hätte mir wahrscheinlich am liebsten einen Feuerball an den Kopf geworfen.

»Du kannst dir deine Aufgabe nicht aussuchen. Du befolgst nur Befehle!«, schnauzte sie.

»Sagt wer?«

»Ich bin hier der Captain und habe das Sagen.«

»Wie wäre es, wenn wir eine kleine Vereinbarung treffen, was meine Teilnahme an dieser Horrorshow angeht? Ich entscheide, was ich machen will und was nicht, und du hältst die Klappe oder ich trete dir wieder in den Arsch.«

Marguerite starrte mich an. Feuer knisterte zwischen ihren Fingern, während sie sich zu überlegen schien, was sie mit mir machen sollte.

»Und ich sollte dich vielleicht daran erinnern, dass Feuer mir nichts anhaben kann«, sagte ich sanft und betrachtete die Flammen, die sie beschwor. »Und da du nur ein Feuerelementar bist, hast du im Kampf gegen mich im Grunde keine Chance. Stimmt's?«

»Wenn du dich nicht fügst, werde ich mit Professor Orion darüber reden, dich aus dem Team zu werfen«, schimpfte sie wütend.

»Bitte tu das«, erwiderte ich trocken.

Jillian stieß ein unerwartetes Lachen aus, das sie mit einem Husten zu überspielen versuchte, sobald Kylie sie anfunkelte.

Mit einem frustrierten Knurren drehte sich Marguerite um und stürmte von der Gruppe weg über das Spielfeld auf Orion zu.

Ich lächelte den Rest der Gruppe unschuldig an und spielte mit einer Handvoll Wasser, das ich beschworen hatte. Ich ließ es zwischen meinen Fingern hindurchlaufen und von einer Hand in die andere hüpfen, während ich die Blicke der anderen ignorierte.

»Denkst du, du könntest dich mit deiner Luftmagie sieben Meter in die Höhe katapultieren?«, fragte mich ein Mädchen auf der rechten Seite der Gruppe neugierig, und ich verscheuchte meine Wassermagie, um ihr meine Aufmerksamkeit zu schenken.

»Warum?«, fragte ich misstrauisch.

»Nun, wir haben versucht, eine Übung zu perfektionieren, und wir wollten mittendrin einen großen Luftsprung vollführen. Wenn wir ein Mädchen hätten, das sich so hoch katapultieren und dann kontrolliert zu Boden fallen kann, dann …«

»Wir können keine Vega die Hauptrolle in unserer Routine übernehmen lassen, *Bernice*«, schnauzte Kylie. »Ich habe dir doch gesagt, dass ich es schon fast draufhabe.«

»Dann zeig mal her«, schlug ich vor und musterte sie, während sie ihre platinblonden Locken schüttelte.

»Ich sagte *fast*«, erwiderte sie mit einem Knurren. »Es ist noch nicht ganz ausgereift.«

»Also kannst du es nicht wirklich?«, stichelte ich.

Kylies Gesicht nahm eine unschöne rote Färbung an, während einige Mitglieder der Gruppe auf ihre Kosten lachten.

»Na gut. Ich zeige es euch, aber jammert nicht, dass es noch nicht perfekt ist«, sagte sie und warf ihre Pompons zu Boden.

Alle traten zurück, um ihr Platz zu machen, aber ich blieb stehen und beobachtete sie teilnahmslos.

Sie holte tief Luft, hüpfte ein paar Mal auf und ab, dann beugte sie ihre Knie und sprang. Aus ihren nach unten gerichteten Händen schoss sie Luftmagie, um sich in die Höhe zu katapultieren.

Nachdem sie sich drei Meter über den Boden erhoben hatte, ließ sie sich drehend wieder nach unten sinken.

Sie verwendete etwas zu viel Kraft auf die Luftmagie, um sich zu drehen, und das brachte sie aus dem Gleichgewicht, wodurch ihr Abstieg eher wie ein Sturz aussah. Die Luftmagie, mit der sie sich abbremste, ließ sie nach rechts kippen und als sie den Boden erreichte, fiel sie mit einem beschämten Knurren auf ihren Hintern.

»Ich habe euch doch *gesagt*, dass es noch nicht ganz ausgereift ist«, sagte sie, als Jillian begeistert klatschte.

»Und *ich* habe gesagt«, fügte Bernice abschätzig hinzu, »dass wir noch niemanden haben, der das Kunststück zustande bringt.«

Ich grinste Bernice an, als sie mich musterte und dabei ihre dunklen Zöpfe um ihren Finger wickelte.

»Also, willst du es ausprobieren oder bist du ein Schlappschwanz?«, fragte sie mich.

Ich lachte, während ich einen Schritt zurücktrat und Luftmagie in meine Handflächen rief. Vielleicht war diese ganze Cheerleader-Sache mit ihr im Team gar nicht so furchtbar.

»Ich habe keine Angst«, sagte ich selbstbewusst. »Ich bin mir nur nicht sicher, wie ich es machen soll. Ich habe das Gefühl, Kylie zu imitieren, wäre ein Fehler.«

Bernice und einige der anderen Mädchen lachten, während Kylie mich anfunkelte.

»Du musst dich nur in einer geraden Linie nach oben katapultieren und dann wieder auf genau derselben Stelle landen, von der du dich entfernt hast. Und das, während du dich drehst. Eine Art Pirouette während des Falls«, erklärte Bernice. »Dann zeig mal, was du draufhast, Vega.«

Ich hob den Blick und fragte mich, ob ich gleich auf den Arsch fallen würde, wie Kylie es getan hatte. Aber ich hatte meine Luftmagie in unseren Flugstunden schon oft so eingesetzt und wusste mittlerweile ziemlich gut, wie viel Energie ich aufwenden musste, um die gewünschte Bewegung zu erreichen. Ich konnte nur hoffen, dass es ohne Flügel nicht allzu anders sein würde.

»Na gut, aber wenn ich auf dem Arsch lande, möchte ich, dass ihr alle noch lauter lacht, als ihr es für Kylie getan habt«, scherzte ich.

Kylie verschränkte die Arme vor der Brust und grinste hoffnungsvoll – sie wartete eindeutig darauf, dass ich mich zum Affen machte.

Ich rollte die Schultern zurück, rief meine Luftmagie herbei und richtete meine Handflächen auf den Boden unter meinen Füßen, um mich in die Höhe zu katapultieren.

Ich schoss in die Luft, viel höher, als ich es eigentlich geplant hatte, weil mir versehentlich zu viel Kraft entglitten war. Als ich mich in etwa zwölf Metern Höhe befand, ließ die Magie so weit nach, dass ich meinen Abstieg einleiten konnte. Mit einem gezielten Luftstoß in meinen Rücken wirbelte ich herum und das Stadion verschwamm, während ich mich unaufhörlich weiterdrehte. Die Mädchen unter mir jubelten und ein Lachen entrang sich meinen Lippen, als ich Funken von Feuermagie aus meinen Fingerspitzen sprühen ließ. Die Funken wirbelten um mich herum, als wäre ich ein Toryförmiger Komet, der auf die Erde zurückfiel, und ich konnte mir ein Grinsen nicht verkneifen. Es war ein ganz besonderes Gefühl, meine Magie für etwas so Lustiges einzusetzen.

Ich schlug etwas härter auf dem Boden auf als beabsichtigt und stolperte einige Schritte zurück, konnte mich aber auf den Beinen halten.

»Scheiße, Vega, du machst keine halben Sachen, was?«, gurrte Bernice mit einem breiten Lächeln, während Kylie mich ansah, als hätte ich ihre blonden Haare als Toilettenpapier benutzt.

»Ich finde nicht, dass sie sich sonderlich schlecht macht«, hörte ich Orion hinter mir sagen, und als ich mich umdrehte, sah ich ihn neben Marguerite auf uns zukommen.

»Beim Cheerleading geht es nicht nur darum, effektvolle Magie einzusetzen«, schnauzte Marguerite. »Es geht um Zusammenhalt, Teamwork und darum, *fröhlich* zu sein. Sie passt nicht zu uns.«

Orion verschränkte die Arme und sah aus, als würde ihn diese Debatte genauso interessieren wie die Erörterung eines Pickels auf Marguerites Hintern.

»Nun, da du *so* fröhlich und zuvorkommend bist, wirst du es dir sicher zur Aufgabe machen, Miss Vega zu helfen, sich einzufügen«, antwortete er.

Ich warf einen Blick über das Feld zu den Pitball-Spielern, die gerade ihre Gliedmaßen streckten, und musste schmunzeln, als mir klar wurde, dass das das Ende des Trainings bedeutete.

»Das war zwar unglaublich lustig, aber es sieht so aus, als wäre die Zeit um«, kündigte ich an.

»Sie hat sich nicht einmal geschminkt, um ihre Unterstützung für das Team zu zeigen«, drängte Marguerite. »Sie schert sich um nichts von dem, für das wir stehen.«

Orion sah mich an, als erwartete er, dass ich diese Tatsache leugnete, aber ich zuckte nur mit den Schultern. Alle anderen Cheerleader hatten sich süße kleine Slogans oder Namen auf die Arme und Wangen gemalt. Die meisten von ihnen hatten sich für die Nachnamen oder Initialen der Erben entschieden, aber ich war genauso wenig bereit, damit anzufangen, wie meinen Namen in Dorothy zu ändern und nach Hause nach Kansas zu fliegen.

»Das stimmt nicht ganz«, sagte ich mit einem Grinsen.

Ich drehte ihnen den Rücken zu und ging davon, wobei ich meinen Rock nach oben schob, damit sie die Verwendung der Farben bewundern konnten, die mir geschenkt worden waren. Marguerite schnappte schockiert nach Luft und Orion lachte überrascht auf. Ich hatte *Leckt mich* auf den Bereich meiner Arschbacken gekritzelt, der dank der winzigen Shorts sichtbar war, die irgendwie als Uniform für diesen lächerlichen Sport galten.

»Das nächste Training ist am Dienstag. Komm nicht zu spät!«, rief Orion mir nach.

Ich ließ meinen Rock wieder fallen und hob beide Mittelfinger über meine Schultern, während ich davonschlenderte. Ich war wirklich kein Cheerleader-Material. Aber wenn Orion mich zur Teilnahme zwingen wollte, musste ich wohl mitmachen. Das bedeutete aber nicht, dass ich meine Persönlichkeit plötzlich umkrempeln würde.

»Tory!« Calebs Stimme ließ mich kurz vor der Umkleidekabine innehalten, und ich drehte mich zu ihm um.

»Hi«, sagte ich lachend, als er grinsend zum Stehen kam, wobei ihm die Haare vor die Augen fielen. Eine Seite seines Gesichts war mit Schlamm bespritzt und seine Pitball-Uniform war verdreckt und am Saum zerfetzt.

»Hey«, antwortete er mit diesem süffisanten Grinsen, das ich irgendwie liebte. Nicht, dass ich ihm das jemals sagen würde, aber seine überhebliche Art turnte mich ganz schön an.

»Gutes Training?«, fragte ich und streckte meine Hand aus, um den Saum seines ruinierten Trikots zu berühren.

»Hast du gesehen, wie ich Max zugerichtet habe? Er wäre fast in der Pfütze ertrunken«, erwiderte er lachend und seine Augen leuchteten vor Aufregung.

»Tut mir leid, ich habe mich auf mein eigenes strenges Trainingsprogramm konzentriert und das wohl übersehen.«

»Ich weiß nicht, ob ich dir schon dazu gratuliert habe, dass du es ins Cheerleader-Team geschafft hast«, sagte Caleb und ließ seinen Blick langsam über meine Uniform wandern.

»Ich glaube nicht, dass Glückwünsche angebracht sind. Eher Beileid«, seufzte ich.

Darius, Seth und Max hatten ebenfalls das Spielfeld verlassen und kamen jetzt direkt auf uns zu. Ich wich einen Schritt zurück, um mich zu verpissen, aber Caleb hielt mein Handgelenk fest und stoppte meine Flucht.

»Warte mal kurz!«, sagte er. »Ich wollte fragen, ob …«

»Du siehst gut aus, kleine Vega«, rief Max, sobald sie uns eingeholt hatten. »Ich hoffe, du übst die Sprechchöre mit meinem Namen.«

»Klaro«, antwortete ich fröhlich und schüttelte meine Pompons. »Max hat die Haare voller Glanz – ach, wär er doch nur nicht so klein, sein Schwanz!«

Caleb lachte und Max schürzte die Lippen und griff sich an den Schwanz. »Ich kann leicht beweisen, dass dieser Blödsinn nicht stimmt.«

»Nicht nötig«, antwortete ich. »Geraldine hat mir alles erzählt.« Ich hielt Daumen und Zeigefinger aneinander und schenkte ihm ein Lächeln.

Max kniff die Augen zusammen und machte eine scharfe Drehung. »Grus!«, rief er und erntete einen finsteren Blick von Geraldine, die sich gerade dehnte. Sie beäugte Max aus ihrer Position des herabschauenden Hundes – durch die Beine und mit dem Arsch in der Luft.

»Ich mache gerade mein Cool-down und habe keine Zeit für Gespräche mit schlaffen Flundern«, rief sie.

Max knurrte und ging mit entschlossenen Schritten auf sie zu, während

Seth und Darius weiterhin herumlungerten.

Seit ich Darius durch meine Schlafzimmertür angeschrien hatte, war ich ihm erfolgreich ferngeblieben, aber jetzt durchbohrte sein Blick mich aus nur wenigen Schritten Entfernung. Ich allerdings bedachte ihn mit keinem Blick und tat so, als wäre er gar nicht da, als ich mich an Seth wandte.

»Hat Orion wirklich gesagt, dass du die meisten Punkte im Übungsspiel erzielt hast?«, fragte ich ihn. »Macht dich das zum Teambesten?«

Seth grinste und blähte seine Brust auf, während er seinen Man-Bun neu knotete. »Aber hallo«, antwortete er. »Und ich stimme dir zu, dass es wahrscheinlich bedeutet, dass ich der Beste bin.«

Caleb schnaubte und verlagerte sein Gewicht so, dass er mir näher kam.

»Das ist doch kein Maßstab dafür, wer in einem Spiel am besten ist«, warf Darius ein. »Defensivspieler versuchen nicht, Punkte zu machen, also kann man den besten Spieler nicht anhand dieser beurteilen. Er hat nur deshalb so viele Punkte gemacht, weil ich in seinem Team war und die anderen daran gehindert habe, ihm den Ball wegzunehmen.«

Ich drehte mich zu Caleb um, als hätte der Furz nicht gesprochen. »Hattest du einen Grund, mich aufzuhalten, bevor ich mich aus diesem hässlichen Kostüm befreien konnte?«, fragte ich ihn.

»Ja. Du gehst heute Abend mit mir aus«, sagte er dreist. Es war keine Frage, sondern eine Feststellung.

Ich schenkte ihm ein Grinsen, während ich überlegte, was ich darauf antworten sollte. Ich war mir nicht sicher, ob ich ihn zum Teufel schicken oder das Ganze einfach so hinnehmen sollte. Ich hatte heute Abend noch nichts vor und angesichts der Erschöpfung in Darcys Gesicht war ich mir sicher, dass sie sofort zusammenbrechen würde, sobald sie ihr Haus erreichte. Sie stand immer noch auf der anderen Seite des Spielfeldes und unterhielt sich mit Orion. Der Grund, warum ich überhaupt noch hier stand, war, dass ich auf sie wartete.

»Tue ich das?«, fragte ich langsam. »Und wohin gehen wir?«

»Meinst du nicht, dass du in ihrer Nähe vorsichtiger sein solltest, bis sie ihre Formgebung beherrscht?«, fragte Darius.

»Ich denke, sie ist das Risiko wert«, antwortete Caleb abweisend, wobei er seinen Blick nicht von mir abwandte. Dann richtete er seine Worte wieder an mich: »Also, gehst du dich fertig machen?«

»In Ordnung«, antwortete ich mit einem kleinen Lächeln.

Caleb grinste und Darius knurrte so laut, dass ich ihn kurz ansah, obwohl ich mir fest vorgenommen hatte, ihn zu ignorieren. Seine Augen waren dunkel, seine Arme über der breiten Brust verschränkt und seine Haltung angespannt.

Mein Herz schlug heftig, aber ich wich nicht zurück, als er mich ansah und überall, wo seine Augen landeten, Feuer unter meiner Haut entfachte.

Die Flammen meiner Formgebung flackerten vor meinen Augen auf und ich blinzelte und wandte meine Aufmerksamkeit wieder von ihm ab, als hätte ich ihn nie angeschaut.

»Wir treffen uns umgezogen vor dem Stadion«, sagte ich zu Caleb, der immer noch grinste.

Ich wandte mich von ihm ab und schloss mich Darcy an, die schlammverschmiert und hundemüde auf mich zustapfte.

»Wie war dein Probetraining?«, fragte ich sie neckend, während wir in die Umkleideräume gingen.

»Überraschend gut. Ich hab's ins Team geschafft, als Pit-Hüterin«, verkündete Darcy und ihre Augen leuchteten vor Aufregung.

»Das gibt's doch nicht!«, rief ich keuchend.

»Gibt es wohl. Aber ich frage mich jetzt schon, wie lange ich durchhalte. Ich habe Schmerzen an Stellen, von denen ich gar nicht wusste, dass ich sie habe, und ich glaube, dass mir die Beine abfallen, wenn ich bei jedem Training diese Sprints machen muss«, stöhnte Darcy, bevor sie mich von der Seite anlächelte. »Du siehst … peppig aus.«

»Ja«, stimmte ich zu, während ich meine Tasche nahm und mich auf den Weg zur Dusche machte. »Für dieses kleine Stück Hölle werde ich mich bei Orion revanchieren müssen.«

Darcy lachte, als sie ebenfalls in eine der Duschkabinen trat, und unser Gespräch wurde durch das Geräusch von fließendem Wasser unterbrochen.

Frisch geduscht zog ich mir meine hoch taillierten Jeans und das rote Croptop an, die ich getragen hatte, als Orion gekommen war und mich aus meinem Zimmer geholt hatte. Ich flocht meine Haare über der Schulter und kramte in Darcys Tasche nach etwas Make-up, während sie sich ebenfalls anzog.

»Gehst du noch weg?«, fragte sie neugierig, als ich zum Spiegel ging.

»Caleb geht mit mir aus. Hoffentlich zum Essen, denn ich bin am Verhungern«, sagte ich.

»Ich dachte, euch geht es nur um Sex?«, fragte sie. »Denn das hier sieht irgendwie nach einem Date aus. Nachdem ihr schon zusammen auf dem Jahrmarkt wart, wäre das das zweite …«

Ich rollte dem Spiegel zugewandt mit den Augen, während ich meinen eigenen roten Lippenstift auftrug. »Es ist kein Date. Nur ein … Vor-Sex-Abenteuer.«

»Riiichtig.«

Darcy nahm ihre Make-up-Utensilien und warf sie in ihre Tasche, ohne sich die Mühe zu machen, selbst etwas aufzutragen. »Also, ich habe ein Date mit meinem Kopfkissen. Pitball ist irrsinnig anstrengend und ich bin todmüde.«

Ich lachte und wir gingen Seite an Seite nach draußen. Darcy winkte mir zum Abschied zu, sobald wir Caleb entdeckten, der mit angezogenem Bein an der Stadionwand lehnte und in seinen Atlas vertieft schien.

»Bereit?«, fragte er fröhlich und richtete sich auf, als er mich entdeckte.

»Wohin gehen wir?«, konterte ich, als er seinen Arm um meine Schultern legte. Ich hatte keinen Mantel bei mir, also rief ich meine Feuermagie herbei, um nicht zu frieren.

»Überraschung«, sagte Caleb grinsend – allmählich mutierte er echt zur Grinsekatze.

»Gibt es dort wenigstens etwas zu essen?« Mein Magen knurrte laut.

»Ja«, bestätigte er. »Aber mehr verrate ich dir nicht, also frag nicht weiter.«

Ich seufzte. Ich mochte keine Überraschungen. Aber ich hatte das Gefühl, dass er weiter über unser Ziel ausgefragt werden wollte – obwohl er nicht die Absicht hatte, mehr zu verraten. Also ließ ich es bleiben.

Wir gingen durch den Wimmernden Wald zu dem mehrstöckigen Parkhaus, in dem er sein Auto untergestellt hatte, und fuhren mit dem Aufzug zum Batmobil in der obersten Etage.

»Hast du kein Auto, das weniger …« Ich deutete auf das protzige Ding und hatte keine Ahnung, wie ich es nennen sollte. Es war rabenschwarz und so anmaßend, dass mir die Worte dafür fehlten.

»Es ist das einzige Auto, das ich auf dem Campus habe«, antwortete er mit einem Stirnrunzeln und klang ein wenig beleidigt. »Gefällt es dir nicht?«

»Vergiss es«, antwortete ich. »Mach dir keine Gedanken.«

»Womit würdest du denn lieber fahren?«, fragte Caleb neugierig, als er das Auto aufschloss.

»Wenn wir uns etwas aussuchen können, würde ich das nehmen«, sagte ich und zeigte auf ein wunderschönes rotes Superbike, das seinem Wagen gegenüberstand.

Caleb lachte laut auf. »Nun, ich glaube nicht, dass Darius zustimmen würde, es uns zu leihen.«

Ein Kribbeln durchfuhr mich, als ich einen Schritt näher an das Motorrad herantrat. Natürlich gehörte es Darius – ich wusste nicht, warum ich das nicht sofort realisiert hatte. Es war eine limitierte Auflage, verdammt perfekt, von null auf hundert in zwei Komma sechs Sekunden, eine absolut lustbeflügelnde Schönheit.

»Ich könnte es wahrscheinlich innerhalb von zehn Minuten zum Laufen bringen«, sagte ich und ließ meinen Blick über das Motorrad gleiten, während mein Herz bei dem bloßen Gedanken daran, es zu fahren, schneller schlug.

Caleb lachte, als hätte ich einen Scherz gemacht, und ließ sich in sein Auto fallen, nachdem die Tür wie ein seltsamer Flügel nach oben geschwungen war. Und natürlich hatte ich gescherzt. Größtenteils. Ich hatte nicht wirklich vor, das Motorrad von Darius Acrux zu stehlen. Zumindest nicht, solange einer seiner besten Freunde hier war.

Seufzend trat ich von dem Motorrad zurück, um neben Caleb ins Auto zu steigen.

»Anschnallen, bitte«, ermunterte er mich, sobald die Türen zugefallen waren. Er ließ den Motor an, der wie eine hungrige Bestie unter uns schnurrte.

»Nein«, antwortete ich schlicht und ignorierte den Sicherheitsgurt, während ich es mir bequem machte und das Fenster öffnete.

Caleb beäugte mich neugierig, fragte aber nicht nach. Und ich hatte auch nicht vor, die Details jener Nacht, in der ich fast ertrunken wäre, als Gesprächsthema anzubieten. Also beließen wir es dabei.

Er wählte eine Playlist aus und als ein ultra lauter Beat mit seltsamem Techno-Vibe auf mich einprasselte, zuckte ich zusammen.

»Du kannst dir etwas anderes aussuchen, wenn dir das nicht gefällt«, sagte Caleb und warf mir seinen Atlas zu, damit ich eine andere Playlist auswählen konnte.

Ich scrollte durch die Optionen, während er uns vom Campusgelände fuhr und die kurvenreiche Straße nach Tucana nahm. Alles in Calebs Playlists schien irgendeine Form von Tanzmusik zu sein. Offenbar waren wir zu einer Art Mini-Rave verdammt, trotz meiner blutenden Trommelfelle. Ich gab es auf, etwas Gutes zu finden, denn ich musste feststellen, dass unsere Musikgeschmäcker zu weit auseinander lagen, als dass ich einen Kompromiss hätte finden können.

Ich drehte die Lautstärke runter und versuchte, das sich wiederholende Gedudel zu ignorieren, zu dessen Rhythmus Caleb mit den Fingern auf dem Lenkrad trommelte.

Es dauerte nicht lange, bis wir vor einer riesigen Bar mit verdunkelten Glasfenstern und einem Namen, der aus Symbolen statt aus Buchstaben zu bestehen schien, hielten. Caleb schnellte um den Wagen herum, öffnete mir die Tür und bot mir seine Hand an, als wäre ich eine Lady. Ich grinste, als er mich aus dem Auto hievte und in seine Arme hob.

»Sie können hier nicht parken«, rief ein wütender Türsteher und ich drehte mich in seine Richtung. Aber sobald Caleb sich zu ihm umdrehte, senkte der große Mann den Blick.

»Tut mir leid, Mr. Altair, ich wusste nicht, dass Sie das sind«, sagte er und seine Glatze rötete sich.

»Kein Problem«, sagte Caleb achselzuckend, während er mich an der langen Schlange der Wartenden vorbeizog und ein anderer Türsteher uns sofort die Tür öffnete.

»Ich habe mich schon immer gefragt, wie es wohl wäre, zu den Leuten zu gehören, die die Schlange einfach so umgehen«, sagte ich, als wir in ein schickes Atrium traten und eine Frau auf uns zueilte, um Calebs Mantel zu nehmen.

»Und kann es mit deinen Tagträumereien mithalten?«, stichelte Caleb.

»Ich habe mich wie ein Volltrottel gefühlt«, antwortete ich achselzuckend, woraufhin er lachte.

»Gewöhn dich daran. Du bist Roxanya Vega, verflucht noch mal. Du wirst nie wieder in deinem Leben für irgendetwas anstehen müssen.« Er nahm meine Hand und wir folgten der Hostess, während ich ihn stirnrunzelnd ansah. Ich war mir nicht ganz sicher, was ich davon halten sollte. Nur weil sich herausgestellt hatte, dass meine Eltern königlich gewesen waren, sollte ich jetzt mein ganzes Leben lang bevorzugt behandelt werden?

Wir traten durch einen Samtvorhang und die Hostess führte uns zu einem VIP-Tisch hinter einem Seil. *Und die Volltrottelei geht weiter ...*

Ich setzte mich an einen kleinen runden Tisch und Caleb sagte etwas zu der Hostess, bevor er ihr ein Bündel Auren in die Hand drückte.

»Ist das hier dein Lieblingsrestaurant oder so was?«, fragte ich und schaute mich um. Mein Blick fiel auf eine Bühne am anderen Ende des Raumes. Wir saßen höher als die meisten anderen Gäste, sodass ich einen guten Blick darauf hatte. In der Mitte der Bühne stand ein einzelnes Mikrofon, vor dem sich ein Bildschirm befand, der von uns abgewandt war.

»Es ist lediglich eine Form der Unterhaltung«, sagte Caleb.

Ein Mädchen stand auf und betrat die Bühne unter dem Beifall und den aufmunternden Rufen ihrer Freunde. Ich fröstelte leicht, als sie direkt auf das Mikro zusteuerte, und wandte meinen Blick wieder von ihr ab.

»Also, ich habe eine seltsame Abneigung, von der ich dir vielleicht erzählen sollte, falls gleich eine Band zu spielen beginnt«, sagte ich und sah Caleb an.

»Ach?«

»Ja. Also, Live-Musik ist mir irgendwie unheimlich. Ich finde es einfach unangenehm, wenn mir jemand etwas vorsingt. Und dann noch der ganze peinliche soziale Druck, zu applaudieren und herumzuspringen, weil die Band so toll ist. Auch wenn man sie selbst nicht toll findet. Das macht mich irgendwie … krank.« Ich verzog das Gesicht, als Caleb lachte.

»Und was ist, wenn Amateure singen?«, fragte er, als das Mädchen den ersten Akkord von *We Are The Champions* anstimmte.

Als ich einen erneuten Blick in Richtung Bühne warf und sah, dass der Text des Liedes auf dem Bildschirm aufleuchtete, während das Mädchen sich die Seele aus dem Leib sang, hielt ich inne.

»Karaoke?«, fragte ich entsetzt und sah Caleb an, als würde ich ihn anflehen, Nein zu sagen.

Er lachte und beugte sich vor. »So schlimm?«, fragte er.

»Verdammt, Caleb, das ist wie … Ich habe keine Worte dafür. Es ist, als wäre mein schlimmster Albtraum wahr geworden. Tut mir leid, dass ich eine solche Spielverderberin bin, aber können wir nicht einfach woanders hingehen?«

»Ernsthaft?«, fragte er stirnrunzelnd und schaute lächelnd auf die Bühne. »Es ist doch nur ein bisschen Spaß, Tory.«

Ich verzog das Gesicht. »Nicht meine Art von Spaß.«

»Du musst der Sache nur eine Chance geben. Sobald du ein paar Drinks intus hast, wirst du Mariah Carey schmettern, als gäbe es kein Morgen.«

Ich wollte protestieren, aber in diesem Moment kam die Hostess mit unseren Getränken und unserem Essen.

Mein Magen rumorte, als sie einen riesigen Teller mit etwas Fischigem vor mir abstellte, zusammen mit einem leuchtenden rosafarbenen Cocktail.

»Was zum Teufel ist das?«, fragte ich angewidert.

»Sushi«, sagte Caleb nervös. »Ich habe dir die Spezialität des Küchenchefs bestellt. Die Zutaten sind alle super frisch und …«

»Du weißt, dass ich keine Tiere esse, oder?«, fragte ich, nahm ein Stäbchen in die Hand und stocherte in etwas Hellrosafarbenem herum. Es *wackelte*. Ich hätte fast in meinen Mund gekotzt.

»Nicht einmal Fisch?«

»Nein«, antwortete ich. »Und schon gar keinen rohen Fisch.« Ich erschauderte erneut und ließ das Stäbchen angewidert fallen.

Caleb lachte, als wäre das alles ein großartiger Scherz und keine totale Katastrophe. Verzweifelt griff ich nach meinem Getränk, ignorierte die Tatsache, dass oben im Glas verdammte Blumen schwammen und leerte es in einem Zug. Die qualvolle Süße ließ meine Geschmacksnerven verrücktspielen und ich musste ein wenig würgen. Warum zum Teufel hatte er für mich bestellt, anstatt mich zu fragen, was ich tatsächlich *mochte*?

Der nächste Sänger ging auf die Bühne und schmetterte ein Lied der Spice Girls. Ich war total für Girlpower, aber nicht, wenn sie von einem riesigen Kerl ausgeschlachtet wurde, der aussah, als wäre er zur Hälfte Werwolf. Und einen Sombrero trug.

Ich drehte meinen Stuhl so, dass ich nicht auf die Bühne schauen musste, aber meine Haut juckte immer noch vor Begierde, von hier zu verschwinden.

»Ich bestelle dir vegetarisches Sushi«, meinte Caleb, während er wie ein Profi mit Stäbchen Sushi futterte. Ich hatte keine Ahnung, wie er das machte, aber ich war mir verdammt sicher, dass ich es nicht schaffen würde.

»Heiß? Und nicht schleimig?«, fragte ich, während ich mich an den anderen Tischen umsah und die Hoffnung verlor, weil ich überall nur Schleimkugeln sah.

»Na ja … vielleicht schmeckt es dir ja, wenn du es mal probierst?«, fragte er hoffnungsvoll.

Ich zuckte mit den Schultern, denn ich wusste, dass es mir nicht schmecken würde. Ich mochte kohlenhydrat- und fettreiches Essen, das idealerweise auch noch heiß war. Aber ich würde nichts abschreiben, ohne es zumindest zu probieren – sein Hundeblick machte das unmöglich.

Die Hostess beeilte sich, meinen nassen Fisch durch nasses Gemüse zu ersetzen, und ich versuchte, angesichts des erneuten Angebots nicht die Nase zu rümpfen. Ich versuchte es dreimal mit den Stäbchen und spießte dann das nächstgelegene seltsame grüne *Ding* auf eines der Stäbchen.

Ich zwang es in meinen Mund und kaute langsam. Caleb beobachtete mich mit selbstgefälligem Gesichtsausdruck, als wartete er darauf, dass ich diesen kalten, ekligen Schleim lobte. Stattdessen hatte ich echt Mühe, das Zeug nicht einfach wieder auszuspucken. Ich musterte meine Serviette und überlegte, ob ich es schaffen könnte, bevor ich beschloss, dass selbst meine spärlichen Manieren das nicht zulassen würden. Dann eben schlucken. Der Weg nach unten war übrigens noch viel schlimmer.

Ich warf das Stäbchen zur Seite und schüttelte den Kopf, als der potenzielle Werwolf den Refrain in einer so falschen Tonart anstimmte, dass meine Ohren bluten wollten.

Die Hölle. Ich war in der Hölle.

»Schmeckt es dir nicht?«, fragte Caleb enttäuscht.

»Hör zu, Kumpel. Du kennst mich nicht wirklich, und ich kenne dich nicht wirklich. Ich stehe nicht auf ausgefallenes, schleimiges Essen und darauf,

Leuten beim Singen zuzuhören. Ich vermute, du magst auch viele Dinge nicht, die ich mag. Aber das ist ja auch egal, oder?« Er war derjenige, der gesagt hatte, dass er sowieso keine Zukunft mit mir haben wollte. Ich war mir nicht sicher, warum er so enttäuscht aussah.

»Vermutlich«, antwortete er und drehte seine Stäbchen zwischen den Fingern. »Willst du von hier verschwinden?«

»Bitte«, antwortete ich mit dem ersten echten Lächeln, das ich ihm schenkte, seit wir durch die Tür in dieses Katastrophengebiet getreten waren.

Caleb grinste im Gegenzug, warf die Stäbchen beiseite und stand auf. Ich war sofort auf den Beinen und wir beide steuerten direkt auf die Tür zu – sehr zur Überraschung der Hostess. Caleb stimmte sie mit einem weiteren Auren-Bündel milde und sobald er seinen Mantel abgeholt hatte, gingen wir nach draußen und ich konnte den seltsamen Vibe des Ladens endlich abschütteln.

»Und was jetzt?«, fragte Caleb.

»Gibt es hier in der Nähe irgendwelche Rennstrecken? Oder Motocross-Arenen?«, fragte ich.

Caleb zog eine Augenbraue hoch und zuckte mit den Schultern. »Vielleicht ... Ich meine, ich könnte es herausfinden. Darius kennt sich da besser aus ...«

»Okay, streich das«, unterbrach ich ihn. Er stand genauso sehr auf Motorräder wie ich auf Karaoke, und die Sterne wussten, wo wir landen würden, wenn er sich von Darius beraten ließe.

»Es gibt einen Stand-up-Club nicht weit von hier«, schlug Caleb vor.

»Damit habe ich die gleichen Probleme wie mit Live-Musik«, antwortete ich. »Paintball?«

»Nachts? In diesen Jeans?« Er zog die Stirn in Falten und ich konnte ihm ansehen, dass er von dieser Idee absolut nichts hielt.

»Vergiss es. Sollen wir stattdessen einfach etwas trinken gehen? Und vielleicht finde ich auf dem Weg einen Burrito-Truck?«

»Du isst Speisen, die in einem Van zubereitet werden, aber keine Delikatessen aus einem Fünf-Sterne-Restaurant?«, fragte Caleb schmunzelnd.

»Nun, wir sind nicht alle überhebliche Arschlöcher«, stichelte ich. »Und die besten Gerichte werden in Vans zubereitet.«

»Definitiv nicht«, argumentierte er.

»Wie auch immer. Einigen wir uns einfach darauf, dass wir uns nicht einig sind«, sagte ich achselzuckend.

»Offenbar in jeglicher Hinsicht«, antwortete er mürrisch.

Ich grinste ihn an. »Warum schmollst du, Caleb?«

»Tue ich nicht. Ich wollte nur einen lustigen Abend mit dir verbringen und der läuft nicht wirklich nach Plan …«

»Warum beenden wir dieses Fiasko dann nicht einfach? Du besorgst mir einen Burrito, ich blas dir einen und alles ist gut«, schlug ich vor.

»Ernsthaft?«, fragte er und wurde sofort hellhörig.

»Was den Burrito angeht? Klaro. Den Blowjob? Du hast mir gerade das wohl schlimmste Date meines Lebens beschert. Und ich bin mal mit einem Typen ausgegangen, der mich zu einer Brücke über einer Schlucht voller Müll mitgenommen hat, damit ich die Aussicht genießen und er einen Drogendeal abschließen konnte. Also eher nicht.«

Caleb lachte und führte mich zu seinem Auto. »Vielleicht können wir das morgen noch mal versuchen? Wir könnten zusammen frühstücken?«

»Ich bin kein Morgenmensch. Erinnerst du dich?«

»Nein.«

»Wie ich schon sagte, du weißt nichts über mich.«

»Offensichtlich nicht.«

Wir sahen uns einen Moment lang unbeholfen an und ich beschloss, die Spannung zu brechen. »Aber du *bist* ziemlich gut in der Kiste.«

»Stimmt.« Er lächelte wieder, als er vom Bürgersteig wegfuhr. »Vielleicht kann ich dich daran erinnern, wie gut, sobald wir zurück auf dem Campus sind?«

Ich lachte, ohne mich festzulegen. »Vielleicht.«

»Damit kann ich arbeiten.«

Piscis
Scorpio
Gemini
Virgo
Aries
Cancer
Leo
Sagittarius
Taurus
Capricorn
Aquarius
Libra
Pisces

DARCY

KAPITEL 18

Vollgepumpt mit Adrenalin klopfte ich an Orions Schlafzimmerfenster. Ich konnte mir ein Grinsen nicht verkneifen, als er den Vorhang zurückzog, und musste ein Lachen unterdrücken, als sich seine Augen panisch weiteten. Er schob das Fenster hoch, streckte die Hand aus und zog mich mit seiner Vampirgeschwindigkeit hinein. Es war fast dreiundzwanzig Uhr, aber ich hatte mich vergewissert, dass keine Lehrer in der Nähe gewesen waren, bevor ich mich aufs Gelände geschlichen hatte.

Außerdem trug ich ein schwarzes Sweatkleid mit einer ebenso schwarzen Strumpfhose, meine Haare waren in die Kapuze meines dunklen Mantels gesteckt. *Absolut* unsichtbar.

»Du hättest nicht herkommen sollen«, flüsterte er nervös, schloss das Fenster und zog so heftig an der Gardine, dass er sie fast runterriss. Ich wusste, dass er recht hatte. Wir hatten erst neulich beschlossen, vorsichtiger zu sein, aber wir waren so eingeschränkt in unseren Möglichkeiten, Zeit miteinander zu verbringen, dass mir keine andere Wahl blieb, als leichtsinnige Entscheidungen zu treffen. Ein Treffen mit ihm war *immer* leichtsinnig.

Ich zauberte eine Stillekuppel, während er seinen Arm um meine Taille schlang und mich an seine warme Brust drückte. Meine Hand ruhte auf seinem Bauch und seine Wärme umhüllte meine eiskalte Haut. Ich hob den Blick. Er trug immer noch ein Hemd; die oberen Knöpfe waren offen, nachdem er seine Krawatte abgenommen hatte, und ich erhaschte einen Blick auf seine muskulöse Brust.

»Stecke ich in Schwierigkeiten?«, neckte ich, und er wirbelte mich herum, schob mich aufs Bett und beugte sich mit einem bedrohlichen Lächeln über mich. Ich streifte meinen Mantel ab und streckte die Hände nach ihm aus; mein Herz pochte vor Vorfreude. Der Gedanke an ihn hatte mich verrückt gemacht. Wann immer ich ihn auf dem Campus sah, kribbelte meine Haut und meine Seele brannte für ihn. Es war eine Qual, ihm so nahe zu sein, die Kluft zwischen uns aber nicht überbrücken zu können.

»Das wirst du, wenn du dafür sorgst, dass wir erwischt werden, Blue.« Er senkte seinen Mund an mein Ohr und ließ seine Reißzähne über meine Haut gleiten. Ein hungriger Schauer durchfuhr mich. Er stieß ein fast schon animalisches Knurren aus, und ich wölbte mich gegen ihn, schlang meine Arme um seine Schultern und zerrte an seinem Hemd.

Dieses ganze Versteckspiel machte mich wahnsinnig. Aber ich fragte mich auch, ob es nur der Nervenkitzel des Spiels war, das mich so süchtig nach ihm machte, oder ob es mehr war als das. Ich wusste nur, dass es sich anfühlte, als würden die Sterne unsere Namen singen, wenn ich mit ihm zusammen war.

»Huuhuuu!«, rief Washer von irgendwoher, und ich sprang so schnell auf, dass ich Orion fast eine Kopfnuss verpasste. Er stolperte rückwärts, eilte zur Schlafzimmertür und riss sie einen Spalt auf. »Ich kann dich spüren, Lance. Ein lüsterner Duft umweht dich. Hast du Besuch?«

»Er quatscht durch den verdammten Briefschlitz«, schnauzte Orion und mein Herz klopfte einen Moment lang unruhig, bevor ich mich daran erinnerte, dass wir eine Stillekuppel über uns gelegt hatten.

»Meine Energiereserven gehen zur Neige – ich könnte euch die Sache noch versüßen. Wie wäre es mit einer Flasche von deinem besten Bourbon, hmm, Lancey? Lass mich rein, sei nicht so prüde!«

Ich erschauderte und zog die Knie an meine Brust, während die Lust, die ich noch vor einer Sekunde verspürt hatte, voll zum Erliegen kam.

»Ist die kleine Franny bei dir?«, rief Washer hoffnungsvoll und ich fröstelte.

Es war ziemlich offensichtlich, dass Orion und Fran miteinander geschlafen hatten, aber der Gedanke, dass sie sich in diesem Bett befunden haben könnten, brachte mich schlagartig zum Aufstehen.

»Vielleicht solltest du ihm sagen, dass er gehen soll?«, meinte ich und Orion sah mich stirnrunzelnd an.

»Ich werde die Tür nicht öffnen, solange du hier bist. Er wird bestimmt gleich aufgeben.«

»Ihr habt doch sicher noch Platz für ein kleines Kerlchen«, flehte Washer.

»Nur ein klitzekleines.«

»Bäh, bäh, bäh!«, flüsterte ich und Orion warf mir einen entschuldigenden Blick zu.

»Oh, seid ihr fertig? Ich spüre, wie die Lust schwindet – lass mich beim nächsten Mal nicht außen vor, du ungezogener Junge.« Washer seufzte schwer und Orion nickte einen Augenblick später, um zu bestätigen, dass er verschwunden war. Er verzog angewidert das Gesicht.

Ich fühlte mich, als befände sich eine Schmutzschicht auf meiner Haut – ich würde zehnmal duschen müssen, um die wieder abzubekommen. In einem Punkt hatte er allerdings recht. Meine Lust war weg. Verloren, vergessen, verschwunden. Und ich bezweifelte, dass sie so schnell zurückkommen würde. Orions Gesichtsausdruck nach zu urteilen, ging es ihm ähnlich.

»Drink?«, fragte er und strich mit einer Hand über seinen Bart, während er mich musterte.

»Ja, zehn Tequila-Shots, um diesen Moment aus meinem Gedächtnis zu brennen«, sagte ich und er grinste mich an.

»Du bist noch glimpflich davongekommen. Einmal hat er ihn durch den Briefschlitz gesteckt.«

»Nein!«, keuchte ich.

»Ja, ich habe eine neue Tür und zehn Therapiesitzungen gebraucht, um die Albträume loszuwerden.« Orion lächelte und ich musste lachen, als ich ihm ins Wohnzimmer folgte, unsicher, ob diese Geschichte ein Witz gewesen war oder nicht. *Ich will es definitiv nicht wissen.*

Ich war ziemlich sauer auf Washer, weil er unseren gemeinsamen Moment ruiniert hatte – wir hatten nicht viele davon.

»Ist Rotwein okay?«, fragte Orion und ich nickte, woraufhin er in die Küche verschwand.

Ich strich mit den Fingern über die Rückenlehne der Couch und erinnerte mich an meinen letzten Besuch hier. Es kam mir wie ein Traum vor. Es war einer der glücklichsten Momente meines Lebens gewesen und ich nutzte ihn oft, um die Schatten zu verdrängen, wenn ich spürte, dass sie näher rückten.

Da wir uns in absehbarer Zeit bestimmt nicht übereinander hermachen würden, war jetzt wohl ein guter Zeitpunkt, um mal eine ordentliche Unterhaltung zu führen. Wir hatten so wenig Zeit miteinander, dass es stets mein erster Instinkt war, ihm die Klamotten vom Leib zu reißen, sobald wir allein waren. Klar, wir redeten danach, aber würden wir das auch jetzt auf die Reihe kriegen? Wie ein normales Paar?

Ja, eine solarische Prinzessin, die ihren vampirischen Lehrer fickt, der uneingeschränkt auf der Seite der Erben steht, ist völlig normal.

Orion kam mit zwei Weingläsern zurück ins Zimmer und sein intensiver Blick brannte sich in mich, als ich ihm eines der Gläser abnahm. Ich ließ mich auf die Couch fallen, streifte meine Schuhe ab und zog meine Füße unter mir hoch. Orion setzte sich neben mich, obwohl wir einander dank Washer weiterhin nicht berührten.

»Hast du geübt, die Schatten zurückzuhalten, wie ich es dir gezeigt habe?«, fragte Orion in voller Professorenmanier.

»Ja, es wird immer einfacher, sie zu kontrollieren …« Ich kaute auf meiner Unterlippe.

»Aber?«, fragte er besorgt.

Ich schwenkte den Rotwein in meinem Glas und sah zu, wie er sich in einem Strudel aus dunklem Purpurrot bewegte. »Ich höre ständig diese Stimme. Und wenn ich träume, scheint sie mir so nah zu sein. Dann habe ich nicht wirklich das Gefühl, die Kontrolle zu haben. Manchmal … möchte ich zu ihr gehen.«

»Das darfst du nicht. Niemals.« Orions Kehlkopf wippte, als ich zu ihm aufblickte. Der Sturm in seinen Augen entfachte ein Feuer in meinen Adern.

»Ich weiß. Ich versuche es ja, Lance«, sagte ich aufrichtig. »Aber wenn ich schlafe, ist ihre Macht allgegenwärtig. Hast du keine Träume?«

Kopfschüttelnd legte er die Stirn in Falten und nahm einen Schluck Wein, bevor er das Glas mit einem nachdenklichen Blick auf dem Couchtisch abstellte. »Was sagt die Stimme?«

»Sie will, dass ich zu ihr gehe.« Ich zuckte mit den Schultern. »Ich weiß nicht, warum gerade diese Stimme so deutlich ist.«

»Hm … ich auch nicht. Aber ich habe versucht, es herauszufinden. Das Problem ist, dass Schriften über dunkle Magie nicht leicht erhältlich sind. Nicht einmal die Archive hier an der Academy haben Bücher darüber. Es ist ein Verbrechen, diese Dinge in seinem Besitz zu haben, und die Bücher, die ich selbst besitze, enthalten nicht annähernd genug Informationen zu diesem Thema. Aber ich denke, dass es daran liegen muss, dass du und Tory eine Verbindung zu ihr aufgebaut habt, als ihr in der Nacht der Mondfinsternis in die Schatten gegangen seid.«

»Wie viele Gesetze brichst du an einem Tag?«, frotzelte ich und er grinste, nahm meinen Knöchel und zog mein Bein über seine Knie.

»Vielleicht stehe ich auf Ärger.« Er streichelte meine Wade und selbst die Erinnerung an Washer konnte die elektrische Energie nicht aufhalten, die als Reaktion darauf über meine Haut knisterte.

Ich atmete ein und er beobachtete meine Lippen, bevor er weiter mit seinen Fingern meine Wade auf und ab strich.

»Deine Schwester kommt mit den Schatten nicht so gut zurecht«, sagte Orion finster.

Ich nickte und mein Herz schlug bei seinen Worten heftiger. »Ich weiß. Ich mache mir Sorgen um sie. Kann ich etwas für sie tun?«

»Achte einfach darauf, dass sie das übt, was wir in unseren Sitzungen lernen.«

»Ich werde sie daran erinnern. Ich hoffe nur, sie hört auf mich.« Ich nippte an meinem Wein, während sich die Sorgen in mir festsetzten. Mir gefiel der Gedanke nicht, dass sie allein mit den Schatten übte, aber wenn sich Tory etwas vorgenommen hatte, war es fast unmöglich, sie davon abzuhalten.

»Wenn sie auf jemanden hört, dann auf dich«, sagte Orion, und seine Worte gaben mir Hoffnung.

Ich würde mir mehr Mühe geben müssen, um sicherzugehen, dass sie alles unter Kontrolle hatte. Aber manchmal fühlte es sich so an, als würde die Distanz zwischen uns größer werden. Da waren so viele unausgesprochene Worte und das Gewicht dieses Geheimnisses zwischen uns.

»Wie lange praktizierst du schon dunkle Magie?«, fragte ich mit gedämpfter Stimme, obwohl ich wusste, dass uns niemand hören konnte.

»Seit ich ein Junge war. Es hat nichts mit dem Erwachen zu tun. Man braucht sein Element nicht, um sich die Dunkelheit nutzbar zu machen. Mein Vater hat mir das meiste von dem beigebracht, was ich weiß. Mir war nie klar, dass andere Fae das nicht können, bis meine Eltern mich dazu gezwungen haben, ein magisches Gelübde abzulegen – ich durfte meinen Mitschülern nicht davon erzählen. Richtig verstanden aber habe ich das alles erst, als mein Vater gestorben ist und wir die Presse über den Vorfall belügen mussten.«

»Wie ist es passiert?«, fragte ich, während Traurigkeit durch meine Brust kroch.

Sein Gesicht nahm einen traurigen Ausdruck an und sein Blick blieb auf der Bewegung seiner Hand auf meinem Bein hängen. »Er hat sehr gern mit dunkler Magie experimentiert. Er hatte die Theorie, dass magische Elemente dauerhaft von den Toten übertragen werden können, und konnte nicht akzeptieren, dass es sich möglicherweise einfach nur um vorübergehende Leihgaben handelt. Er war ein Luft- und Wasserelementar wie ich, aber er hat stets vom Feuer geträumt.« Er holte tief Luft und schien kurzzeitig in eine Erinnerung versunken, bevor er fortfuhr: »Wir haben oft zusammen Knochen gesammelt, aber er wollte immer nur die von Feuerelementaren. Und eines

Tages beschloss er, all ihre Magie auf einmal in seinen Körper zu ziehen.« Er hielt einen Moment inne. »Ich war dabei, als es passiert ist. Das Feuer hat ihn so schnell verschlungen, dass ich nicht einmal die Chance hatte, mich zu verabschieden. Alles, was von ihm übrig blieb, waren Asche und Knochen.«

»Lance«, flüsterte ich und mein Herz schlug wie wild. »Das ist schrecklich.«

»Sie würde es nie zugeben, aber meine Mutter ist daran zerbrochen. Lange Zeit hat sie versucht, mich zu ihm zu machen. Aber als ich rebelliert habe, hat sie stattdessen all die Bitterkeit in ihrem Herzen gegen mich gerichtet.«

»Du musst deinen Vater sehr vermissen«, sagte ich leise.

»Ja. Ich weiß, dass er kein perfekter Mann war und … Ich meine, das hört sich vielleicht beschissen an, aber unsere schönsten gemeinsamen Momente waren jene, in denen wir zusammen Gräber ausgehoben haben, um mächtige Fae-Knochen zu stehlen.« Er schenkte mir ein fades Lächeln und mein Herz hämmerte bei dem Gedanken daran noch heftiger.

»Heilige Scheiße«, hauchte ich.

»Ja«, sagte er mit einem Halblachen. »Und das ist kein leichtes Unterfangen, Blue. Friedhöfe in Solaria werden streng bewacht. Besonders die, auf denen mächtige Fae begraben wurden. Und um ganz ehrlich zu sein … Darius und ich nutzen noch immer die alte Taktik meines Vaters, um an die Knochen für unser Training zu kommen.«

»Aber warum?« Ich schüttelte den Kopf und mein Magen rebellierte ein bisschen. »Geht es euch nur um Macht?«

»Ja und nein«, sagte er nachdenklich. »Ich habe vor langer Zeit einen Pakt mit Darius geschlossen, dass ich ihm helfen würde, den Thron zu besteigen und seinen Vater zu vernichten.«

Meine Kehle wurde eng, als sich seine Finger nicht länger auf meinem Bein bewegten. »Aber warum dunkle Magie?«

»Lionel ist nicht nur einer der mächtigsten Fae in Solaria, Blue, er ist auch gerissen. Methodisch. Er wird sich auf die Möglichkeit vorbereitet haben, dass sein Sohn sich gegen ihn wenden könnte. Das ist seine Art. Deshalb habe ich Darius einen Vorteil gegen ihn verschafft, und zwar in Form von dunkler Magie. Er lernt, sich die elementare Kraft der Knochen zunutze zu machen. Sobald er sie beherrscht, haben wir einen Plan, wie er Lionel seine Machtposition streitig machen kann.«

Mein Herzschlag beschleunigte sich vor Aufregung und auch ein wenig Angst. »Glaubst du wirklich, dass er es mit ihm aufnehmen kann?«

»Ja. Mit der Zeit wird er genauso mächtig werden wie er, aber das reicht nicht aus. Er muss seinen Vater vernichten. Er muss ihn in einem einzigen

Kampf von der Welt tilgen. Wenn Darius so weit ist, werde ich ihm helfen, Zugang zu den Leichen der mächtigsten Fae-Elementare überhaupt zu erhalten. Das Problem ist nur, dass die Familienfriedhöfe der Celestia-Ratsmitglieder die bestbewachten in Solaria sind.«

»Und du glaubst wirklich, dass Darius nicht wie sein Vater werden wird?«, fragte ich und meine Stimme zitterte ein wenig, als ich mich daran erinnerte, wie er meine Schwester in der Vergangenheit angegriffen hatte.

Orions Unterkiefer zuckte und er beugte sich vor. »Ich weiß, dass er seine Schwächen hat, aber ich schwöre, er ist nicht wie Lionel. Er bereut, was er Tory angetan hat, auch wenn er das nie zugeben würde.«

Ich wusste, dass Orion wirklich das Gute in ihm sehen musste. Sonst hätte er nicht das gesamte Schicksal Solarias in diesen Plan investiert. Aber konnte ich das gleiche Vertrauen in einen Mann haben, der Tory verletzt und es sich zur Aufgabe gemacht hatte, uns von der Academy zu vertreiben?

Ich dachte an die Nacht der Mondfinsternis, als er versucht hatte, uns zu retten, und etwas in mir wurde weicher, wenn auch nur ein bisschen. Ich konnte ihm weder vertrauen noch verzeihen. Aber vielleicht gab es noch Hoffnung für ihn.

Ich atmete langsam ein. »Warum erzählst du mir das alles? Ich meine … wir reden nicht gerade darüber, Lance, aber bin ich nicht Darius' Feind? Macht mich das dann nicht auch zu deinem Feind?«

Er griff nach meiner Hand. »Ich vertraue dir instinktiv, Blue. Seit dem Tag unseres Kennenlernens ziehen die Sterne dich zu mir und mich zu dir. Spürst du das nicht?«

Ich nickte, unfähig, meinen Blick von seinen Augen zu nehmen, als ich in ihre glitzernden Tiefen gezogen wurde. »Aber warum?«

Er lächelte und wandte den Blick ab. »Es gibt nur einen Grund, der für mich Sinn ergibt, aber ich könnte mich irren. Vielleicht fürchte ich auch, dass ich mich irre.«

»Und welcher Grund ist das?«, drängte ich.

Sicher, ich hatte mir Gedanken darüber gemacht, warum das Band zwischen uns so stark war, aber ich konnte es mir mit der Intensität einer verbotenen Beziehung erklären. Aber wenn ich ganz ehrlich zu mir selbst war, wusste ich, dass es mehr war als das. Jahrelang war ich nicht in der Lage gewesen, zu vertrauen – warum hatte mein Herz plötzlich den riskantesten Mann überhaupt als meinen Vertrauten gewählt? Es ergab keinen Sinn. Es sei denn, es steckte mehr dahinter …

»Ich denke … Vielleicht …« Orion runzelte die Stirn, dann ließ er die

Barrieren um seine Magie fallen und ich keuchte auf, als meine Kraft auf seine traf. Ich stöhnte auf, als ich spürte, wie seine Magie in mein Blut eindrang und sich dort festsetzte, als würde sie dort hingehören. Er fühlte sich an wie Luft, Licht und Freiheit.

»Lance«, sagte ich atemlos, als er meine Hand ergriff und mehr von seiner Magie in meine strömte – wie Wellen, die in der stürmischen See aufeinanderprallten.

»Ich glaube, die Sterne haben dich für mich ausgewählt, Blue. Ich glaube, du bist meine Elysische Gefährtin.« Er verschränkte seine Finger mit meinen, und ich badete in der Umarmung seiner Magie und lehnte meinen Kopf an die Couch, während ich seine Worte in mich aufnahm.

Elysische Gefährten? Wir beide? Das machte zwar auf gewisse Art und Weise Sinn, aber es ängstigte mich auch. Das Schicksal trieb uns zusammen und machte es uns unmöglich, uns voneinander zu lösen. Wenn das stimmte, hieß das auch, dass wir bereits getestet worden waren – und dass wahrscheinlich noch weitere Tests auf uns zukommen würden.

»Bist du sicher?«, fragte ich, während meine Gedanken um diese Möglichkeit kreisten.

»Nein.« Er zuckte mit einer Schulter. »Eines Tages werden wir es wohl herausfinden.«

Schließlich löste ich meine Macht von seiner; meine Gedanken waren zu verschwommen, um mich auf irgendetwas zu konzentrieren, während wir einander so in Beschlag nahmen. Ein leises Knurren grollte in Orions Brust und ich lächelte ihn an, während ich mein Bein wieder unter mich zog.

»Es widerspricht meiner Natur, meine Macht mit dir zu teilen«, sagte Orion mit einem Grinsen. »Als Vampir habe ich immer alles allein gemacht. Es fällt mir nicht leicht, andere an mich heranzulassen, schon gar nicht so umfassend, dass ich meine Magie mit ihnen teilen kann. Die einzigen Fae, mit denen ich das je geschafft habe, sind Darius, du und …« Er hielt mitten im Satz inne, ein Anflug von Schmerz durchzog seine Züge und ich setzte mich aufrechter hin.

»Wer?«, flüsterte ich.

Orion schloss die Augen, während er mit einer dunklen Erinnerung zu ringen schien. Es dauerte einen Moment, bis ich erkannte, dass er gegen die Schatten ankämpfte. Mein Atem beschleunigte sich, während ich zu ihm rutschte und meine Hand auf seinen Arm legte, um ihn aus der Dunkelheit zu locken.

Er atmete tief durch und öffnete die Augen, die von Schatten verhangen waren. »Clara«, krächzte er. »Meine Schwester.«

Der Kummer in seinem Gesicht riss mich aus meinen Gedanken und ich blieb in seiner Nähe, für den Fall, dass er noch mehr sagen wollte. Seine Offenheit ließ mich glauben, dass er mir alles erzählen würde, wenn ich ihn fragte, aber ich wollte es ihm nicht aus der Nase ziehen. Es war seine Entscheidung.

»Willst du wissen, was mit ihr passiert ist?« Er strich eine Haarsträhne hinter mein Ohr und fuhr mit seinen Fingern über mein Kinn, sein Blick war gebrochen. Ich sehnte mich danach, diesen zerrütteten Teil wieder in Ordnung zu bringen, aber ich hatte keine Ahnung, wie.

Ich nickte stumm und fragte mich, ob er hören konnte, wie schnell mein Herz schlug.

»Sie wurde von meiner Mutter und Lionel manipuliert«, sagte er mühsam. »Nach ihrem Abschluss an der Zodiac Academy hat Stella ihre Krallen in sie geschlagen. Sie fing an, für die Acruxes zu arbeiten, so wie es meine Familie immer getan hat. Aber es hat nicht zu ihr gepasst. Wir hatten jahrelang über die neuen Leben gesprochen, die wir für uns aufbauen wollten. Keiner von uns hatte je vor, für sie zu arbeiten.«

»Warum hat sie ihre Meinung geändert?«, fragte ich und rief mir das Mädchen in Erinnerung, das ich auf dem Foto in Lionels Haus gesehen hatte – mit ihren zartbraunen Haaren und den Sommersprossen auf den Wangen.

»Lionel … Er …« Orion räusperte sich und ich konnte sehen, wie die Wut auf den Drachen, der unser Leben beherrschte, in ihm anschwoll. »Er hat Clara an sich gebunden, er hat sie zu seiner Wächterin gemacht, so wie ich es für Darius bin. Dann hat er ihr nur erlaubt, von ihm zu trinken.«

Meine Augen weiteten sich vor Überraschung. »Sie war ein Vampir wie du?«

Er nickte.

»Warum hat Lionel das getan?« Nach allem, was ich über Fae gelernt hatte, erschien es mir vollkommen abwegig, dass ein mächtiger Mann wie Lionel zulassen könnte, dass sich ein Vampir von ihm ernährte.

»Weil er ihre Kooperation gebraucht hat«, sagte Orion, seine Stimme war leer. »Er hat ihr die eine Sache gegeben, der Vampire am wenigsten widerstehen können. Den Geschmack der reinen Macht. Es ist eine Last, Blue. Vampire sind Sklaven der Macht. Es ist ein Urbedürfnis. Deshalb beanspruchen wir die mächtigste Blutquelle, die wir bekommen können. Deshalb treibt mich dein Blut an den Rand des Wahnsinns.«

Sein Blick glitt zu meiner Kehle und ich schluckte den wachsenden Kloß in meinem Hals hinunter, während ich versuchte, zu verstehen. Es war traurig, zu denken, dass eine ganze Formgebung so beeinflusst davon war. Ohne Blut waren die Vampire machtlos. Und in Solaria war es schlimmer als ein Todesurteil, ohne Macht zu sein. Kein Wunder, dass sie sich mit ihrem ganzen Wesen danach sehnten.

»Was hatte Lionel mit ihr vor?«, fragte ich, wenngleich ich mich vor der Antwort fürchtete.

»Das Gleiche, was er von dir und deiner Schwester wollte«, sagte er zornig. »Er hat sie zu jener Klippe gebracht und einen Meteor vom Himmel geholt. Sie ist bereitwillig für ihn in die Grube gestiegen, während ich auf meinen Knien neben Darius gefesselt war. Aber als die Schatten sie geholt haben, ist sie nicht zurückgekommen. Die Dunkelheit hat sie getötet.« Er wandte den Blick ab und mein Herz zersplitterte, als ich den Schmerz und die Traurigkeit spürte, die von ihm ausgingen.

Ich kuschelte mich an ihn, legte meinen Kopf auf seine Schulter und hielt ihn fest, denn es gab nichts anderes, was ich ihm bieten konnte.

»Es tut mir so leid«, flüsterte ich und drückte ihm einen Kuss auf sein Ohr.

Sein Arm glitt um meine Taille und er drückte mich für eine gefühlte Ewigkeit an sich.

»In jener Nacht hat Lionel Darius und mir das Wächterband aufgezwungen. Er tut alles, um die Kontrolle über die Leute um ihn herum zu erlangen. Er sah in mir den besten Kandidaten, um auf seinen Sohn aufzupassen, und nichts konnte ihn vom Gegenteil überzeugen. Also hat er mir mein Leben genommen und mir im selben Atemzug meine Schwester entrissen. Danach hat er seine Beziehungen spielen lassen, um mir einen Job hier an der Academy zu besorgen, damit ich auf Darius aufpassen kann. Damals haben wir beschlossen, uns gegen ihn zu wehren. Wir arbeiten schon lange daran, Blue. Aber ich werde Lionel Acrux vernichten, selbst wenn ich dafür alle Sterne vom Himmel reißen muss.«

Eine Träne glitt über meine Wange und fiel sanft auf sein Hemd. Abrupt drehte er sich zu mir um und wischte sie mit einem verzweifelten Gesichtsausdruck weg. »Sei nicht traurig.«

»Aber es ist traurig.« Ich schlang meine Arme um seinen Hals, und er zog mich an sich, wobei sein gleichmäßiger Atem mein Ohr umspielte.

»Als Lionel dich in diese Grube gezerrt hat, habe ich meinen schlimmsten Albtraum noch einmal erlebt. Ich möchte nie wieder in dieser Lage sein. Machtlos, unfähig, dich zu retten. Aber ich habe erkannt, dass du meine Hilfe nicht brauchst, Blue. Du und deine Schwester seid ohne fremde Hilfe aus der

Dunkelheit zurückgekehrt. Und Lionel sollte euch beide allein schon deshalb fürchten.«

Seine Reißzähne streiften meinen Hals und ich konnte spüren, wie sein Hunger wuchs, obwohl er sich zurückhielt.

Ich strich mir die Haare aus dem Nacken und legte den Kopf schief, um ihm Zugang zu meinem Blut zu verschaffen. Orion stöhnte, als er seine Reißzähne in mir versenkte, und hielt mich fest, um mich in Position zu halten. Ich seufzte, als das scharfe Ziehen seines Bisses einer dunklen Wohltat wich, die nur er mir bereiten konnte.

»Ich will dir helfen, ihn aufzuhalten«, sagte ich entschlossen. Ich würde mich mit allen Mitteln gegen Lionel stellen. Ich würde Orion mit Energie versorgen, um ihn zu stärken, und ich würde sogar meinen Stolz überwinden, wenn es um Darius Acrux ging. »Wir werden Lionel für seine Taten zerstören und dafür sorgen, dass er nie wieder jemandem wehtut, den wir lieben.«

Gemini
Scorpio
Virgo
Cancer
Aries
Leo
Taurus
Sagittarius
Capricorn
Aquarius
Libra
Pisces

TORY

KAPITEL 19

Nach einer weiteren schlaflosen Nacht, in der ich von den Schatten heimgesucht worden war, schaffte ich es, gegen Morgengrauen in einen tiefen Schlaf zu fallen. Als mein Wecker mich mit seinem lauten Getöse weckte und ich aus dem Bett kroch, erwarteten mich unzählige Nachrichten von Darcy und den anderen, die sich wunderten, warum ich das Frühstück verpasst hatte. Ich stöhnte in mein Kissen, weil ich mich immer noch hundeelend fühlte, obwohl ich es geschafft hatte, zumindest ein bisschen zu schlafen. Aber ich konnte nicht länger im Bett bleiben. Zum Glück hatte ich heute als Erstes eine Freistunde und musste mir keine Sorgen machen, zu spät zum Unterricht zu kommen.

Ich schickte Darcy eine Nachricht, um mich zu entschuldigen, obwohl das eigentlich gar nicht so untypisch für mich gewesen war. Aber sie war ein wenig überfürsorglich, seit ich zugegeben hatte, dass ich mich mit den Schatten beschäftigte und sie mich immer intensiver heimsuchten. Ich wollte nicht, dass sie sich Sorgen machte, aber es war gleichzeitig auch schön, jemanden zu haben, der das tat.

Ich stand auf, zog mich schnell an, setzte meine Kopfhörer auf, startete eine Playlist und verließ mein Zimmer auf der Suche nach Essen.

Die Sonne schien heute wieder hell, der Himmel war blau und ich kniff die Augen zusammen, weil die Helligkeit meinen Kopf zum Brummen brachte. Ich war es nicht gewohnt, so wenig zu schlafen. Seit mir die Schatten übertragen worden waren, hatte ich kaum mehr als drei oder vier Stunden pro

Nacht geschlafen. Dazu kam noch der Alkohol, mit dem ich versuchte, die Albträume zu betäuben. Ich litt also enorm.

Ich holte eine Sonnenbrille aus meiner Tasche, setzte sie auf und zog mich in meinen persönlichen Kokon zurück, in dem mich die Sonne nicht angreifen konnte, während der sanfte Soundtrack, den ich ausgewählt hatte, mir beim Entspannen half.

Zwar hatte ich das Frühstück verpasst, aber im Orb gab es bereits Mittagessen und ich nahm mir ein Sandwich und einen Kaffee, bevor ich mich in einen Sessel neben dem Kamin an der Seite des Raumes setzte.

Die Wärme des Feuers umhüllte mich, kitzelte meine magischen Reserven und füllte sie langsam wieder auf. Jetzt, da ich wusste, dass ich so meine Magie wieder auffüllen konnte, war es irgendwie offensichtlich. Ich kam mir ein wenig dumm vor, weil ich es nicht früher bemerkt hatte, aber wer saß nicht gern am warmen Feuer, wenn es draußen kalt war? Ich hatte einfach angenommen, dass der Frieden und die Ruhe, die ich in der Nähe der Flammen empfand, normal waren und nichts Magisches an sich hatten.

Im Orb war es ruhig, nicht viele Studenten trieben sich in den Stunden zwischen den Mahlzeiten hier herum, auch wenn sie gerade eine Freistunde hatten. Aber das war mir ganz recht.

Darcy schrieb, dass sie mit dem Arschlochclub am See abhing, und ich antwortete, dass ich mich ihnen nach dem Essen anschließen würde. Ich musste den Tequila aufsaugen, den ich am Abend zuvor getrunken hatte, dann würde ich sie aufspüren. Vielleicht würde Geraldine sich meiner erbarmen und mir anbieten, mein selbst verschuldetes Leid zu heilen.

Während ich aß, scrollte ich durch FaeBook und lachte vor mich hin, als ich eine Greifen-Selbsthilfegruppe mit dem Namen *Wie sage ich Nein zu Fae mit Kackfetisch* entdeckte. Der Autor hatte sich nicht getraut, Max Rigel beim Namen zu nennen, aber es war ziemlich offensichtlich, dass sich die Gruppe auf dieses Gerücht bezog. Die Streiche, die wir den Erben gespielt hatten, wurden mit der Zeit immer lukrativer, und ich bereute unser Verhalten keine Sekunde.

Während ich amüsiert vor mich hin lächelte, schickte ich Caleb ein anzügliches Foto von einem Pegasus, der sich zum Grasen vorgebeugt hatte.

Ihn damit zu provozieren, war vielleicht albern, aber wenn er mich dafür bestrafen wollte, würde er sicher einen akzeptablen Weg finden, genau das zu tun.

Ein Kribbeln lief mir über den Rücken und ich sah auf. Ich wurde beobachtet. Mein Blick fiel direkt auf Darius Acrux, als dieser in den Raum spazierte, und ich erstarrte sofort. Sein Blick war unverwandt auf mich gerichtet.

Darius kam auf mich zu, und ich kämpfte gegen den Drang an, mich aufzurichten und so zu tun, als wäre seine Anwesenheit völlig unwichtig – trotz der kleinen Adrenalinflut, die gerade durch meine Adern schoss.

Er machte sich nicht die Mühe, mich zu begrüßen, sondern beugte sich vor, riss mir die Sonnenbrille vom Gesicht und warf sie auf den Tisch vor mir.

Meine Muskeln verkrampften sich, aber ich zwang mich, ruhig zu bleiben. Teilnahmslos starrte ich ihn an.

»Es ist zu dunkel für eine Sonnenbrille, Roxy. Bist du wieder verkatert?«, fragte er. »Vielleicht solltest du an deinem Alkoholproblem arbeiten.«

Ich überlegte fast, ob ich etwas erwidern sollte, aber stattdessen hielt ich meine Zunge im Zaum. Ich hatte nicht vor, ihm die Genugtuung zu geben, mich auf das seltsame Spiel einzulassen, das er gerade spielte.

»Ignorierst du mich?«, fragte er und beugte sich vor, um seine Hände auf die Lehnen meines Sessels zu legen.

Ich nahm vage wahr, dass die anderen Studenten vor uns zurückwichen. Sie bildeten einen Kreis, um genau zu beobachten, wie sich das Ganze entwickeln würde.

»Was willst du hören?«, fragte ich mit gelangweilter Stimme, während ich die Kopfhörer um meinen Hals hängte.

Darius knurrte mich an. »Ich will, dass du den Kopf neigst, wenn ich einen Raum betrete. Ich will, dass du deinen Platz kennst und dich daran hältst. Wenn ich sage, spring, sollst du fragen, wie hoch.«

Ich beugte mich vor, drang in seinen persönlichen Raum ein, so wie er in meinen eingedrungen war, und hielt seinen Blick fest. »Ich glaube«, hauchte ich leise, obwohl ich wusste, dass uns jeder Vampir in der Nähe hören könnte, »dass du dich geirrt hast. Du hast mich in dein Zimmer gebracht, als du meine Schmerzen gesehen hast. Du hast dich um mich gekümmert, obwohl du mich lieber hättest leiden lassen sollen. Du hast mich mit nach Hause genommen, mich mit deinen Motorrädern spielen lassen und mir deine Geheimnisse verraten. Und dann hast du erkannt, dass es nicht ausreicht, mir all diese Seiten von dir zu zeigen.«

»Ausreicht? Wofür?«, knurrte er.

»Dafür, mein Bild von dir zu ändern. Um mich dazu zu bringen, dich weniger zu hassen.« Er zuckte kurz zusammen, aber es reichte, um meine Vermutung zu bestätigen. »Aber was ich nicht verstehe, Darius, ist, warum es dir so wichtig ist, was ich über dich denke. Solltest du nicht wollen, dass ich dich hasse, so wie ich es tue? Warum bist du so verdammt besessen von mir?«

»Ich bin nicht besessen von dir«, schnauzte er. »Ich will dich einfach nur loswerden. Und ich will auf diesem Platz sitzen. Also beweg dich!«

Ich überlegte kurz, ob ich mit ihm um den Sessel kämpfen sollte, aber ich würde nicht gewinnen und es war nur ein verdammter Sessel. Ich stand so abrupt auf, dass er gezwungen war, zurückzuweichen und seinen Griff um die Armlehnen zu lockern, während er mich finster ansah.

Unbeteiligt sah ich zu ihm auf. Ich konnte sehen, wie wütend ich ihn gemacht hatte. Nur wenige Zentimeter trennten uns voneinander, und mein Herz hämmerte in Panik, aber vor seinen Augen würde ich nicht zusammenzucken.

Ich streckte die Hände aus, teilte meine Haare und zog eine Hälfte über meine Schulter, um mit den Strähnen zu spielen, während ich ihn ansah. »Soll ich mir zwei Zöpfchen machen?«, fragte ich unschuldig. »Damit du an ihnen ziehen kannst, wann immer du mich siehst?«

»Sei vorsichtig, Roxy«, warnte Darius und griff nach meinen Haaren. »Wenn ich an deinen Haaren ziehe, wirst du meinen Namen schreien.« Er zerrte ein wenig daran und ich schnaubte abfällig.

»Warum lässt du dich nicht von dieser kleinen Fantasie wärmen, während du es dir in meinem Sessel bequem machst?«, fragte ich. Mit einem Schritt zur Seite deutete ich auf den Platz, den er unbedingt hatte haben wollen.

Darius sah mich mit zusammengekniffenen Augen an, ließ meine Haare los und setzte sich hin. Er lehnte sich zurück und spreizte die Beine, als wären seine Eier so verdammt groß, dass er sie unmöglich schließen konnte.

Ich zog meine Rocksäume zur Seite und machte einen spöttischen Knicks. »Einen schönen Tag noch, Seine Durch*seucht*!«

Bevor er etwas erwidern konnte, nahm ich meine Sonnenbrille vom Tisch, auf den er sie hingeworfen hatte, drehte ihm den Rücken zu und ließ meinen Blick durch den Raum zu dem roten Sofa schweifen, auf dem er immer mit den anderen Erben saß. Es war leer, was eine Schande war, denn es sah verdammt gemütlich aus.

Grinsend stolzierte ich durch die versammelte Menge, die sich für mich teilte, als wäre ich ansteckend, und lief schnurstracks auf die rote Couch zu. Mein Herz klopfte wie wild und meine Kehle war eng. Ich wusste, dass das nicht gut für mich ausgehen würde, aber ich konnte es einfach nicht ertragen, ihn mit seinem Scheiß davonkommen zu lassen.

Ich steckte meine Sonnenbrille in die Tasche und errichtete einen Schild aus Luftmagie, den ich mit allem, was ich hatte, verstärkte, während ich mich der Couch näherte.

Ein trotziges Grinsen umspielte meine Mundwinkel und ich drehte mich um. Ich wollte Darius direkt in die Augen sehen, wenn ich mich auf seinen Stammplatz am Ende der Couch fallen ließ.

Alle im Orb wurden totenstill. Aus den Augenwinkeln konnte ich sehen, wie sie alle einen Schritt zurücktraten. Mein Herz raste und ich hielt den Atem an, um zu sehen, wie weit dieses Arschloch mich heute treiben würde.

Ein Blick in seine Augen verriet: verdammt weit.

Darius stand so plötzlich auf, dass der Sessel, den er mir weggenommen hatte, umfiel. Er kam wütend auf mich zu, während die Menge so weit zurückwich, dass sie das Gebäude fast schon verlassen hatte. Man beobachtete uns mit ängstlichen Augen.

Als Darius auf mich zukam, regten sich die Schatten unter meiner Haut und flüsterten mir Versprechen von Unterstützung und Gewalt zu. Aber ich rief nicht nach ihnen, sondern konzentrierte mich darauf, meinen Luftschild in Position zu halten, und wartete auf den Angriff, von dem wir beide wussten, dass er kommen würde.

Darius knurrte, schnippte mit den Fingern in meine Richtung und ein riesiger Feuerball schoss direkt auf mein Gesicht zu. Er traf meinen Schild und ich biss die Zähne zusammen, als er nach oben und über ihn hinweg explodierte, und sandte noch mehr Magie aus, um die Stelle zu verstärken, die angegriffen worden war.

In dem Moment, in dem ich mich darauf konzentrierte, diesen Teil des Schildes zu verstärken, traf mich ein weiterer Angriff von hinten, und noch mehr Feuer loderte auf. Ich atmete scharf ein und mein Schild bröckelte.

Ich kam stolpernd auf die Beine, als sein Feuer meine Verteidigung durchschlug, aber ich ließ mich nicht beirren und straffte die Schultern.

Die Flammen konnten mir nichts anhaben, aber ich löschte sie trotzdem, indem ich dem Raum um mich herum den Sauerstoff entzog und den Atem anhielt. Die Flammen kamen nicht nahe genug heran, um meine Kleidung zu beschädigen.

Darius grinste, während er den Abstand zwischen uns verringerte. Mein Schild hielt ihn nicht länger zurück.

Ich warf ihm einen finsteren Blick zu. Warum stellte er mir ständig nach? Warum glaubte er, dass er mich einfach so behandeln konnte, wann immer es ihm passte? Die Hitze in meiner Brust nahm zu und meine Wut intensivierte sich. Ich hatte seinen Scheiß so satt. Ich hatte es so satt, sein Opfer zu sein.

Die Schatten regten sich wieder unter meiner Haut und ich war fast versucht, sie zu rufen. Wenn der Raum nicht voller Zeugen gewesen wäre, hätte ich es getan. Aber stattdessen musste ich meine Anstrengung darauf verwenden, sie zurückzuhalten. Kurzzeitig züngelten sie sogar zwischen meinen Fingern.

Darius zögerte einen Moment, sein Blick glitt zu meiner Hand. Plötzlich bildete sich um uns herum eine Feuerwand, die uns in einem Dom seiner Macht einschloss und uns vor den neugierigen Blicken der Studenten außerhalb verbarg.

Er bewegte sein anderes Handgelenk und ich spürte, wie eine Stillekuppel über meine Haut glitt. Im nächsten Moment kamen seine Fragen.

»Rufst du wieder die Schatten, Roxy?«, fragte er. »Trägst du deshalb die Sonnenbrille?«

»Nein«, schnauzte ich. Ich hatte noch die Kontrolle und schaffte es, sie unter meiner Haut zu verstecken.

»Was ist es dann?«, fragte er, als hätte er das Recht, mich alles zu fragen.

»Lass mich einfach in Ruhe, Darius!«, schnauzte ich. »Solltest du mir nicht das Leben zur Hölle machen? Ist das nicht deine Art, dich zu amüsieren?«

»Doch«, stimmte er zu.

»Komm schon, Großer! Warum zeigst du mir nicht, warum ich Angst vor dir haben sollte? Dann kann ich endlich wieder so tun, als würdest du nicht existieren.«

Darius' Unterkiefer zuckte. »Orion hat mir erzählt, dass du trinkst.«

»Na und? Das ist meine Sache, nicht deine. Was geht dich das überhaupt an?«, knurrte ich.

»Weil die Schatten für uns alle ein Problem sind. Und wenn mein Vater erfährt, dass du sie in dir trägst, ist es deine geringste Sorge, *mich* zu verärgern. Wenn du also Probleme hast, sie zu kontrollieren, müssen wir etwas dagegen tun.«

»Aha. Weil *er* mich tatsächlich töten würde. Während du es vorziehst, mich so unglücklich zu machen, dass ich versucht bin, mein Leiden selbst zu beenden«, zischte ich und ignorierte seinen halbherzigen Vorschlag, mir zu helfen. Ich müsste nicht so viel Zeit damit verbringen, herauszufinden, wie ich meinen Einfluss auf die Schatten stärken konnte, wenn ich ihn und seine Familie nicht fürchten müsste. Es war seine Schuld, dass ich mich von ihnen anlocken ließ und sie ausreichend Zugang zu meiner Psyche bekamen, um mir Probleme zu bereiten.

»Ach, halt's Maul, du bist nicht lebensmüde«, antwortete er abweisend. »Niemand brennt so heiß und kalt, wie du es tust, wenn er das Leben nicht liebt.«

»Du weißt nichts über mich«, fauchte ich.

»Doch, das tue ich. Und das ist ein Punkt, den du nicht ertragen kannst«, antwortete er düster. »Dass wir einander so ähnlich sind. Wir sind beide kaputte, zerbrochene Figuren auf einem Spielbrett, das größer ist, als wir es bewältigen können. Wir hoffen beide, einen Weg zu finden, zu gewinnen, obwohl die Aussichten echt mies sind. Wir sind beide süchtig nach Dingen, die uns an unsere Grenzen bringen und uns das Gefühl geben, lebendig zu sein. Denn am Ende des Tages ist selbst das schlimmste Gefühl besser, als gar nichts zu fühlen.«

Ich starrte ihn an. Ich wollte mir nicht eingestehen, dass seine Worte etwas tief in mir berührten. Aber er hatte recht. Lieber schluchzte ich vor Kummer, schrie ich vor Angst, lachte ich, bis mir die Luft wegblieb, oder bewegte mich am Abgrund des Rausches, als den Mittelweg zu nehmen. Ich fürchtete nichts mehr als Langeweile. Ich wollte kein einfaches Leben führen, sondern ein abenteuerliches, und ich würde lieber völlig ausbrennen, bevor ich in der Leere verkümmerte.

»Na und?«, schnauzte ich.

»Ich werde nicht zulassen, dass du mich ignorierst, Roxy«, brummte er. »Du wirst mir deine Aufmerksamkeit schenken, und wenn ich sie mir ohne deine Erlaubnis nehmen muss.«

»Warum?«, fragte ich. »Warum suchst du dir nicht einfach jemand anderen?«

»Weil wir uns unsere Obsessionen nicht aussuchen können. Und du bist meine.«

Ich starrte ihn überrascht an. Ich hatte keine Ahnung, was ich darauf antworten sollte, aber mein Herz geriet aus dem Takt und mein Magen machte einen Salto, dem jegliche Anmut fehlte.

»Was ist, wenn ich das nicht sein will?«, fragte ich schließlich.

»Pech.« Darius schnippte so plötzlich mit den Fingern, dass ich nicht einmal Zeit hatte, zu reagieren, bevor mich ein Wasserstrahl mitten in die Brust traf.

Die Flammenwand löste sich auf und ich wurde quer durch den Raum geschleudert, wo ich in einem nassen Haufen auf den Boden fiel. Die Studenten, die geblieben waren, um unseren Streit zu beobachten, johlten laut auf.

Mit einem wütenden Knurren stand ich auf, aber Darius hatte das Gebäude bereits auf der anderen Seite verlassen – nicht ohne mir noch ein selbstgefälliges Grinsen zu schenken, bevor er außer Sichtweite verschwand.

»Die Show ist vorbei, ihr Arschlöcher!«, schnauzte ich in Richtung Menge und hob meine Hand, um langsam das Wasser aus meinen Kleidern zu ziehen und zu einem Ball zu formen, den ich schließlich vor mir schweben ließ.

Eine Gruppe Seniors filmte meine nicht gerade anmutige Aktion, also warf ich das Wasser in ihre Richtung, bevor ich mich umdrehte und ebenfalls nach draußen stakste. Entschlossen stürmte ich in die entgegengesetzte Richtung davon. Denn er und seine Arschloch-Agenda konnten mich mal gernhaben. Wenn er meine Aufmerksamkeit wollte, dann würde ich mich doppelt anstrengen, um sicherzustellen, dass er sie nicht bekam. Außerdem würde ich ihm aus dem Weg gehen, als hätte er die Pest, damit er nicht noch einmal die Gelegenheit bekam, mir seine Anwesenheit mit einem solchen Angriff aufzuzwingen.

Sobald ich an der frischen Luft war, schaute ich auf meinen Atlas und stellte stöhnend fest, dass meine Freistunde zu Ende war und ich direkt zum Unterricht gehen musste. Ich hatte gehofft, mich heute Morgen mit Darcy über alles, was mit Schatten, Drachen und Vampiren zu tun hatte, unterhalten zu können, aber das würde wohl warten müssen.

Kurz bevor ich meinen Atlas wegstecken konnte, sah ich, dass Caleb auf meine Pegasus-Arsch-Stichelei geantwortet hatte.

Caleb:
Du hast mir gerade zum allerersten Mal überhaupt eine Nachricht geschickt, ohne dass ich dich angeschrieben habe. Und das nur, um mir diesen Mist zu schicken?

Überrascht überlegte ich, ob er damit recht haben könnte. Hatte ich unsere Unterhaltungen wirklich noch nie initiiert? *Wahrscheinlich nicht.* Ich hatte schon vor langer Zeit gelernt, Arschlöchern nicht zu viel Aufmerksamkeit zu schenken. Arschlöcher dachten gern, dass sich die Welt um sie drehte und ich nichts Besseres mit meiner Zeit anzufangen wusste, als ihnen unzählige Nachrichten zu schicken. Was nicht stimmte.

Tory:
Was ist los, Caleb? Verstehst du keinen Spaß mehr? ;)

Caleb:
Vielleicht weißt du einfach nicht, was Spaß ist.

Tory:
Heul halt ...

Caleb:
Komm heute Abend zu mir.

Tory:
Warum?

Caleb:
Weißt du, dieses ganze unnahbare Getue wird irgendwann langweilig ...

Tory:
Deswegen willst du die Sache also beenden.

Caleb:
Unwahrscheinlich. Aber ich werde nicht weiter nett fragen. Vielleicht reagierst du besser auf Befehle. Du wirst heute Nacht in meinem Bett schlafen.

Tory:
Falsch.

Ich grinste vor mich hin und warf meinen Atlas zurück in meinen Rucksack. Zweifellos würde ich später eine ganze Reihe von Nachrichten von ihm finden – oder er würde mich persönlich jagen. Ich wusste ehrlich gesagt nicht, warum er immer wieder in die gleiche Falle tappte, aber es war unglaublich lustig, also stellte ich sie ihm immer wieder.

Ich hatte keine Zeit mehr, mich mit Darcy und den anderen unten am See zu treffen, also machte ich mich stattdessen direkt auf den Weg zum Unterricht. Wir hatten gleich unsere allererste Sportstunde, auf die ich mich sehr freute. Ich hatte meine Sporttasche mit meiner Uniform dabei und Professor Prestos, die den Unterricht gab, war meine Betreuerin, also kannte ich sie schon halbwegs – auch wenn wir nur per E-Mail Kontakt hatten. Sie schien cool drauf zu sein und in Sport war ich immer gut gewesen, also hoffte ich, dass mir diese Stunde einigermaßen leichtfallen würde.

Ich ging durch den Wimmernden Wald in Richtung Nordwesten zum Pitball-Stadion, wo unser Unterricht stattfinden sollte. Offensichtlich würde das nicht jede Stunde der Fall sein – ich musste also meinen Stundenplan im Auge behalten, um Änderungen zu berücksichtigen.

Sobald das Stadion in Sichtweite kam, hörte ich Darcy nach mir rufen. Ich holte sie, Sofia und Diego ein, um gemeinsam mit ihnen die letzten Schritte zu gehen. Ich warf einen misstrauischen Blick auf unseren »Freund« mit der Wollmütze und hielt mich auf der anderen Seite der Gruppe. Darcy schien bereit zu sein, seine Entschuldigung anzunehmen. Mir persönlich fiel es schwerer, zu vergessen, dass er mich einfach so als Hure bezeichnet hatte. Und was war mit der Tatsache, dass die Seele seiner Großmutter in seine Mütze gestrickt war? Was sollte der Scheiß? Mich könnte man nicht mal dafür bezahlen, so etwas zu tragen. Und ich wollte das Ding auch auf keinen Fall in meiner Nähe haben. Was, wenn sie ihm zwischen Schweiß, Schuppen und losen Haaren zuflüsterte, dass mein Rock zu kurz oder meine Haltung zu nuttig war? Nicht, dass es mich kümmerte, was so eine vertrocknete Seelenkruste von mir dachte, aber ich wollte sie trotzdem nicht in meiner Nähe haben. Der Gedanke an sie widerte mich an.

Professor Prestos wartete außerhalb des Stadions in einem Trainingsanzug; um ihren Hals baumelte eine Stoppuhr.

»Beeilung!«, rief sie. »Sie haben noch vier Minuten Zeit, um sich umzuziehen und wieder hierherzukommen. Jede Minute Verspätung kostet Sie einen Hauspunkt.«

Ich schenkte ihr ein Lächeln, das sie erwiderte, als ich an ihr vorbei in die Pitball-Umkleideräume lief. Wir konzentrierten uns alle darauf, uns umzuziehen, und ich zog mir so schnell wie möglich meinen eigenen marineblauen und silbern verzierten Trainingsanzug an. Auf dem Sweatshirt prangte der Schriftzug *Vega* und die dazugehörigen Turnschuhe hatten ein dickes Profil für das Laufen im Gelände.

Wir schafften es gerade noch rechtzeitig nach draußen, um keine Punkte zu verlieren, und warteten dort auf die Nachzügler. Prestos kassierte die versprochenen Punkte ein, bevor sie uns aufforderte, ihr tiefer in den Wald zu folgen.

»Die heutige Lektion ist eine Einschätzung«, rief sie. »Durch den Wald verläuft ein Pfad, der durch die leuchtend rosafarbenen Pfeile markiert wird.« Sie zeigte auf den ersten Pfeil, und ich reckte den Hals, um zu sehen, wohin er zeigte. Eine hohe Holzwand versperrte uns den Weg; an ihr baumelten Seile, an denen man hinüberklettern konnte. »Ich werde Ihre körperlichen Fähigkeiten testen, aber ich möchte auch den korrekten Einsatz von Magie sehen. Die verschiedenen Hindernisse können mit einem oder zwei Elementen überwunden oder körperlich bewältigt werden. Jeder von Ihnen wird also an bestimmten Stellen des Parcours Vorteile haben.«

»Aber, Professor«, unterbrach Kylie sie und erntete dafür einen missmutigen Blick von unserer Lehrerin. »Die Vegas verfügen über *alle vier* Elemente, also haben sie bei jedem Hindernis einen Vorteil. Sollten sie dann nicht anderweitig benachteiligt werden?«

Prestos lachte, als hätte Kylie gerade einen guten Witz gemacht.

»Kommen Sie drüber weg, Major. Das ist die Welt, in der wir leben. In Solaria sind jene, die die meiste Macht haben, immer im Vorteil. Es liegt an den Fae mit weniger Elementen und weniger Macht, einen Weg zu finden, das zu nutzen, was sie haben. Nutzen Sie Freundschaften, Formgebungen und alles andere, was Ihnen einen Vorteil verschaffen könnte. Das zeichnet das Fae-Sein aus. Und erbärmliches Gejammer über *Ungerechtigkeit* wird zu einem Gespräch mit Rektorin Nova über Ihren Platz an der Zodiac Academy führen. Dies ist die beste Academy in Solaria. Sie haben entweder einen Grund für Ihre Anwesenheit – oder Sie sind wieder weg, bevor Sie bis drei zählen können. Also hören Sie auf, zu meckern, sonst sehen wir uns beim Nachsitzen.«

»Oh, ich mag sie«, flüsterte Darcy mir zu und ich grinste.

Kylie verschränkte die Arme vor der Brust, hob aber ihr Kinn an. Offensichtlich hatte sie vor, Prestos Ratschläge zu beherzigen.

»Für diese Herausforderung möchte ich, dass Sie *allein* arbeiten. Das bedeutet, dass Sie weder aufeinander warten, einander helfen noch irgendetwas tun, um andere zu behindern. Dies ist ein einfaches Rennen. Sie starten alle gleichzeitig und ich möchte, dass Sie den Parcours so schnell wie möglich bewältigen und dabei Ihre Magie zur Hilfe nehmen, wann immer es Ihnen möglich ist. Ich werde Sie danach einstufen, wie schnell Sie zu mir zurückgekehrt sind. Damit steht Ihr Anfangsrang für diesen Kurs fest. In jeder folgenden Stunde werden sich die Positionen je nach Leistung ändern. Die bestplatzierten Studenten erhalten Privilegien, wie etwa Zugang zu exklusiven Bereichen auf dem Campus. Studenten mit niedrigem Rang bekommen Lektionen im Fitnessstudio und Nachhilfestunden, um sich zu verbessern. Es war mein voller Ernst, dass Ihre Plätze an der Academy von Ihrer Leistung in diesem Kurs abhängen. An der Zodiac Academy bilden wir nur die Besten der Besten aus. Wer in diesem oder einem anderen Kurs durchfällt, muss damit rechnen, die Academy verlassen zu müssen.«

»Ich kann nicht glauben, dass ich meinen Platz verlieren könnte, weil ich nicht gut in Sport bin«, stöhnte Diego und ich warf ihm einen prüfenden Blick zu.

»Vielleicht motiviert dich das ja, mehr zu trainieren«, antwortete ich.

»Hey, ich bin nicht gerade unsportlich«, protestierte er, verschränkte die Arme und spannte demonstrativ seinen Bizeps an.

»Das habe ich auch nicht gesagt. Aber an einer Schule voller Wandler, die mehr Muskeln haben, als es sich gehört, bist du definitiv unter den

Schwächeren.« Mein Blick glitt über die anderen Jungs in unserem Kurs und ich sah nichts als pralle Bizepse und breite Schultern. Keine schlechte Aussicht.

Diego schnaubte und Darcy warf mir einen Blick zu, der mir signalisierte, dass ich mich mal wieder auf dünnes Eis begeben hatte. Ich antwortete mit einem Blick, der besagte: *Ich weiß, aber es ist mir egal.* Sie schmunzelte nur.

»Okay, Leute! Auf meinen Pfiff ...« Prestos stieß einen scharfen Pfiff aus, und wir traten alle in Aktion.

In dem Moment, in dem wir die Holzwand erreichten, nutzten alle Luftstudenten, darunter auch Darcy und ich, unsere Elementarmagie, um uns auf und über die Wand zu katapultieren. Fast alle anderen waren gezwungen, sich an den Seilen hochzuziehen und zu klettern, obwohl ich auch ein paar der mächtigeren Wasser- und Erdelementare sah, die auf einer Säule aus Wasser oder Erde nach oben ritten.

Ich landete im dicken Schlamm auf der anderen Seite der Wand und rannte sofort weiter. Darcy hielt neben mir Schritt und wir erreichten schon bald das nächste Hindernis. Ein breiter Schlammfluss verlief vor uns. Darüber waren Seile gespannt, die zwischen den Bäumen auf beiden Seiten befestigt waren.

»Müssen wir uns daran hinüberhangeln?«, fragte Darcy und rümpfte die Nase.

»Sieht so aus«, stimmte ich zu. »Wir könnten versuchen, mit Erdmagie einen soliden Weg zu schaffen, aber ich glaube, die Seile sind hier schneller.«

Darcy bestätigte meine Einschätzung und ich bewegte mich auf das nächstgelegene Seil zu. Ich sprang hoch, um es zu ergreifen, und schwang dann meine Beine hin und her, bis ich einen Knöchel über dem Seil einhaken konnte. Ich verschränkte meine Fußgelenke, während ich unter dem Seil baumelte wie ein Faultier an einem Ast. So manövrierte ich mich über den Schlamm. Meine Haare schwangen unter mir und schon bald brannten meine Arme vor Anstrengung.

Stöhnend ließ ich mich auf der anderen Seite auf den Boden fallen und drehte mich nach Darcy um, die erst die Hälfte der Strecke zurückgelegt hatte.

»Geh weiter, Tor!«, rief sie. »Prestos hat gesagt, dass wir nicht aufeinander warten sollen.«

Ich zögerte einen Moment, bevor ich ihr zum Abschied zurief und weiterlief. Kylie und Jillian hatten es auch geschafft, und ich wollte auf keinen Fall zulassen, dass sie mich überholten.

Ich rannte weiter, kämpfte mich unter Netzen hindurch, die den schlammigen Boden bedeckten, watete durch eiskalte Flüsse, rannte durch

Feuer und stellte mich etlichen weiteren Herausforderungen, die fast unmöglich erschienen. Aber mithilfe von Magie und Beharrlichkeit kam ich schließlich um die letzte Kurve und sprintete zurück zu Professor Prestos, die mit ihrer Stoppuhr und ihrem Klemmbrett bereitstand. Ein Lächeln umspielte ihre Lippen.

»Gute Arbeit, Vega«, sagte sie und notierte sich meine Zeit. »Sie sind die Erste.«

Ich fiel zu Boden und schnappte keuchend nach Luft; auf meinem Gesicht ein breites Grinsen. Mir war eiskalt, ich war voller Schlamm, aber ich war so glücklich wie schon lange nicht mehr.

»Mein Lauftraining zahlt sich wohl endlich aus«, scherzte ich.

»Engagement in jeglicher Hinsicht zahlt sich in der Regel eines Tages aus«, stimmte Prestos mit einem Grinsen zu.

Während ich meine Atmung wieder beruhigte, warteten wir auf die anderen. Gerade, als ich mich wieder aufgerichtet hatte, hörte ich Schritte.

Darcy sprintete um die Ecke, ihre Wangen waren gerötet und ihre blauen Haare flatterten um ihr Gesicht, während sie ihre Luftmagie einsetzte, um noch schneller voranzukommen.

Ich feuerte sie an, hüpfte auf und ab und klatschte in die Hände. Sie überquerte lachend die Ziellinie und sank im Schlamm auf die Knie, während sie vor sich hin murmelte, gleich vor Erschöpfung zu sterben.

»Gut gemacht, Vega«, lobte Prestos erneut, dieses Mal galt ihr Lob meiner Schwester.

Als auch Darcy wieder zu Atem gekommen war, suchten wir uns einen umgestürzten Baumstamm am Rande der Strecke und beobachteten, wie es der Rest der Gruppe ins Ziel schaffte. Es dauerte über eine halbe Stunde, bis alle auftauchten, und Diego erschien als Letzter.

»Guter erster Versuch, Leute!«, rief Prestos, als wir uns alle versammelt hatten. »Sie werden eine E-Mail mit Ihrem offiziellen Rang erhalten. Es ist keine Überraschung, dass die Vegas die ersten beiden Plätze belegt haben. Schließlich sind sie die stärksten Studenten, die wir je an der Academy hatten. Aber lassen Sie sich davon nicht entmutigen. Viele der weniger mächtigen Studenten haben gut abgeschnitten. Cygnus, Sie haben es auf den neunundfünfzigsten Platz geschafft, obwohl Sie kräftemäßig im unteren Viertel rangieren.«

Sofia strahlte und ich hob die Hand zum High-Five, um ihr zu gratulieren.

»Hingabe, Entschlossenheit, Leistung. Fae zu sein bedeutet, für seine Position zu kämpfen. Diejenigen, die ganz unten stehen, werden hart arbeiten müssen, um aufzusteigen, während diejenigen ganz oben in der Pflicht stehen, ihren Platz zu verteidigen. Es ist nicht leicht, mächtig zu sein. Es mag denjenigen, die an der Spitze der Pyramide stehen, so vorkommen, als wäre alles eitel Sonnenschein, aber denken Sie daran: Wenn Sie der Beste sind, wird es immer jemanden geben, der Ihnen diesen Platz streitig machen will. Sie werden jeden einzelnen Tag Ihres Lebens darum kämpfen müssen, Ihre Position zu halten. Denn Sie sind Fae. Das ist es, was wir tun. Und wenn Sie das nicht schaffen, dann schlage ich vor, dass Sie Ihre Sachen packen und die Academy verlassen. Sie haben die *Abrechnung* überstanden, und das bedeutet, dass jetzt die eigentliche Arbeit beginnt.«

Prestos sah sich um, als würde sie Jagd auf alle machen, die nicht das Zeug dazu hatten, diese Anforderungen zu erfüllen. Wir standen alle etwas aufrechter und erwiderten ihren Blick mit Nachdruck. Als sie zufrieden war, entließ sie uns, damit wir uns vor der nächsten Stunde frisch machen konnten.

»Wow, glaubt ihr wirklich, dass es künftig noch härter wird?«, flüsterte Sofia, als wir uns auf den Weg zu den Duschen machten.

»Ich glaube, mir wird langsam klar, warum die Erben immer so hart mit uns ins Gericht gehen«, stöhnte Darcy und rieb ihr Gesicht, womit sie den Schlamm nur noch mehr verteilte.

»Ja, ich auch«, antwortete ich. »Und ich glaube, wir haben den Punkt, an dem wir einen Rückzug hätten machen können, schon längst überschritten. Wenn es unser Schicksal ist, für den Rest unseres Lebens in diesem Machtkampf gefangen zu sein, dann sollten wir alles daransetzen, zu lernen, wie wir sie besiegen können.«

»Ja, verdammt«, stimmte Darcy zu. »Eines Tages werde ich diejenige sein, die sie in den Schlamm stößt.«

Ich lachte und meine Kraft kribbelte unter meiner Haut, als fände sie Gefallen an diesem Satz. »Ich denke, es ist an der Zeit, dass wir akzeptieren, wer wir sind. Wir sind die verschollenen Vega-Prinzessinnen, Erben unseres eigenen Throns und die mächtigsten Arschlöcher von ganz Solaria. Wir müssen aufhören, uns von anderen Leuten sagen zu lassen, was das bedeutet, und anfangen, das selbst zu definieren.«

Pisces
Scorpio
Virgo
Gemini
Aries
Cancer
Leo
Taurus
Sagittarius
Capricorn
Aquarius
Libra
Pisces

MAX

KAPITEL 20

»Ich habe von deinem Date mit Tory Vega gehört, Cal«, sagte Seth, der Darius als Spotter beim Bankdrücken aushalf.

Wir trainierten alle in dem Fitnessraum, den wir im unteren Bereich des Baumhauses eingerichtet hatten, damit wir vor den neugierigen Blicken anderer Studenten geschützt waren. Es war Samstagabend und wir hatten vor, heute Nacht im Hollow zu bleiben, um einander auf den neuesten Stand zu bringen, was in der letzten Woche im Zusammenhang mit den Nymphen vorgefallen war. Außerdem wollten wir versuchen, herauszufinden, was Darius beschäftigte. Von dem Teil des Plans wusste er allerdings nicht.

Ich warf Seth einen irritierten Blick zu, weil er Tory Vega ins Spiel gebracht hatte. Sie schien das denkbar schlechteste Gesprächsthema zu sein – schließlich mussten wir Darius bei Laune halten, damit er sich uns gegenüber öffnete. Seth zuckte nur mit den Schultern, denn seine Neugierde kannte wie immer keine Grenzen.

»Von wem hast du das gehört?«, fragte Caleb, der mithilfe einer Stange, die aus den Wurzeln des Baumes, in dem wir standen, gewachsen war, seinen bestimmt hundertsten Klimmzug machte. Wir befanden uns im Stamm des riesigen Baumes, der unser Versteck barg, verborgen hinter der Treppe, die den Zugang zum Hauptgebäude darüber ermöglichte. Der weite Raum wurde von Feuern erhellt, die in Form von Leuchtern die Wände säumten.

»Stand in der *Celestial Times*«, antwortete Seth achselzuckend. »Obwohl die Zeitung nicht von einem Date gesprochen hat. Es heißt, du hättest großzügig deine Zeit geopfert, um Roxanya Vega Tucana zu zeigen.«

Ich lachte laut auf. Diese Zeitung steckte so tief in den Ärschen unserer Eltern, dass sie es nie wagen würden, einen Artikel zu veröffentlichen, in dem stand, dass er mit einer Vega zusammen war – auch dann nicht, wenn sie ein Foto von den beiden beim Vögeln hätten.

»Aha. Klar«, grunzte Caleb.

»Also …?«, drängte Seth.

Darius knirschte mit den Zähnen und seine Muskeln strafften sich, als er die Hundertachtzig-Kilo-Stange nach oben stemmte. Ich runzelte die Stirn angesichts des Gewichts und machte mich mental bereit, zu versuchen, mit ihm gleichzuziehen – obwohl ich wusste, dass ich das nicht konnte. Unser Drachenbruder würde körperlich immer der Stärkste von uns sein. Das hinderte mich aber nicht daran, mir zu wünschen, ihm eines Tages den Arsch zu versohlen.

Ein Hauch von Irritation entglitt Darius, was ich sofort aufschnappte – die körperliche Anstrengung erschwerte es ihm, sich darauf zu konzentrieren, mich aus seinem Kopf fernzuhalten.

»Also was?«, wiederholte Caleb, bevor er sich auf den Boden fallen ließ und sich ein Handtuch nahm, um den Schweiß von der Stirn zu wischen.

»*War* es ein Date? Ich dachte, du fickst sie nur.«

Caleb verbarg seine Irritation nicht, aber es war vor allem ein Gefühl der Verdrossenheit, das mich jetzt überschwemmte. Er machte sich selten die Mühe, mich abzublocken. Im Gegensatz zu Darius schien Caleb kein Problem damit zu haben, dass ich wusste, wie er sich fühlte.

»Nun, ich habe beschlossen, der Date-Sache eine Chance zu geben«, gab Caleb zu. »Aber es war eine verdammte Katastrophe, also bin ich mir nicht sicher, ob es eine Wiederholung geben wird.«

Darius verströmte Belustigung und ich nahm seufzend eine Kugelhantel und machte ein paar Kniebeugen. Das Mädchen beanspruchte entschieden zu viel von seiner Aufmerksamkeit. Und Calebs.

»Ich will Details«, sagte Seth wie ein aufgeregtes fünfzehnjähriges Mädchen, das gerade zum Abschlussball eingeladen worden war. Ich lachte, und er grinste mich an. »Wo warst du mit ihr?«

»Na schön«, sagte Caleb und ließ sich auf die Bank sinken, die gerade nicht in Verwendung war. »Ich war mit ihr in diesem Sushi- und Karaoke-Laden im Ostteil der Stadt.«

Darius grölte fast vor Lachen, legte die Langhantelstange zurück in die Halterung und setzte sich auf. Seine Muskeln waren prall vom Training, und die Phönix- und Drachentattoos, die auf seinem Rücken miteinander tanzten, glitzerten vom Schweiß. »Kein Wunder, dass die Sache dann in die Hose gegangen ist«, meinte er schnaubend.

Caleb warf ihm daraufhin einen finsteren Blick zu. »Ach ja? Und warum?«

»Zum einen isst Roxy weder Fisch noch Fleisch noch andere anmaßende Gerichte, die in winzig kleinen Quadraten angeboten werden. Deshalb würde ich wetten, dass sie Sushi verdammt widerlich gefunden hat«, antwortete Darius mit amüsiertem Unterton.

»Ja, das hat sie«, gab Caleb gereizt zu.

»Und sie scheint mir nicht der Typ zu sein, der gern Idioten zujubelt, die sich lächerlich machen. Und sie gehört auch nicht zu der Sorte Mädchen, die sich auf die Bühne stellt und es genießt, angegafft zu werden, während sie eine Powerballade zum Besten gibt.« Darius schien tatsächlich angewidert von der Tatsache, dass Caleb sie überhaupt dorthin gebracht hatte, und ich musste zugeben, dass es nicht gerade die beste Location für ihr Date gewesen war.

»Na ja, sie hat gern Spaß«, antwortete Caleb abwehrend. »Ihr wisst schon, sie steht darauf, Grenzen zu überschreiten und so. Ich wollte sie aus ihrer Komfortzone locken.«

»Sushi und Karaoke sind so weit außerhalb ihrer Komfortzone, dass ich mir vorstellen kann, dass sie nicht einmal eine Stunde geblieben ist«, höhnte Darius.

Caleb verzog das Gesicht, was an sich schon Eingeständnis genug war, und ich schmunzelte.

»Du hast also einen Korb bekommen?«, fragte ich, obwohl ich mich nicht allzu sehr auf seine Kosten amüsieren sollte. Grus würde noch nicht mal beim Frühstück neben mir sitzen, geschweige denn einem Date mit mir zustimmen. Tatsächlich machte mich die ganze Situation verrückt. Die Nacht, die ich mit ihr verbracht hatte, ging mir nicht aus dem Kopf, und sie tat so, als hätte ihr das alles null bedeutet. Das war Bullshit. Völliger Bullshit. Aber bislang war es mir nicht gelungen, sie dazu zu bringen, das zuzugeben.

Darius hingegen schien kein Problem damit zu haben, sich über ihn lustig zu machen. Er lachte und schenkte Caleb ein schadenfrohes Grinsen, das schon fast nach einer Ohrfeige verlangte.

»Wenn du sie so gut kennst, dann sag mir doch, wo du mit ihr hingegangen wärst, du Arschloch«, blaffte Caleb ihn an und rollte mit den Augen, als glaubte er nicht, dass Darius etwas Besseres zustande bringen würde.

Darius lehnte sich nach vorn und stützte die Ellbogen auf seine Knie, während er ohne nachzudenken antwortete.

»Ich würde mit ihr in den Clearmont Park im Westen der Stadt gehen«, antwortete er.

»Du glaubst, sie würde im Park spazieren gehen wollen?« Caleb schnaubte.

»Nein. Dort parkt jeden Samstagabend der beste Burrito-Truck der Stadt vor dem Haupttor. Und sie hat jedes Mal, wenn sie mexikanisch isst, praktisch einen Orgasmus.«

»Fuck, er hat recht«, meldete sich Seth zu Wort. »Sie gibt total die Sexgeräusche von sich, wenn sie isst.«

»Im Bett ist sie noch lauter«, antwortete Caleb und erntete einen finsteren Blick von Darius. »Das ist also das Traum-Date, das du ihr bieten würdest? Essen von einem fragwürdigen Foodtruck?«

Darius schien unschlüssig zu sein, was er darauf antworten sollte, aber schließlich tat er es doch: »Nach dem Essen, wenn es dunkel wird, würde ich sie zum Parkplatz in der Everland Street bringen.«

»Du glaubst, sie würde Ja zu Sex auf einem Parkplatz sagen, weil du ihr einen Burrito aus einem Restaurant auf Rädern gekauft hast?« Caleb lachte.

»Nein. Jeden Samstag findet auf diesem Parkplatz ein Motorradtreffen statt. Und es gibt Rennen, bei denen man Bikes gewinnen kann. Dorthin würde ich sie bringen. Und nachdem sie jeden Wichser dort besiegt und ihnen ihre Bikes abgeluchst hat, würde ich mit ihr ins Blue Lake gehen«, fügte Darius hinzu.

»Warum? Die Bar ist nicht einmal auf der Westseite der Stadt«, sagte Caleb.

»Ich weiß. Aber dort gibt es fünfzig verschiedene Tequila-Sorten und über hundert Tequila-Cocktails auf der Karte. Außerdem ist die Musik gut und sie tanzt gern.«

Caleb schürzte irritiert die Lippen.

»Das klingt nach dem perfekten Date für sie«, sagte Seth achselzuckend. »Vorausgesetzt, sie mag Tequila.«

»Das tut sie«, antwortete Darius selbstbewusst genug, um mich glauben zu lassen, dass er sich seiner Sache sicher war. Offensichtlich hatte er ihr ziemlich viel Aufmerksamkeit geschenkt, denn ich hatte keine Ahnung, dass sie überhaupt Motorrad fahren konnte. Vom Rest ganz zu schweigen.

»Schade, dass sie dich so sehr hasst, dass sie nicht mit dir ausgehen würde«, sagte Caleb zu Darius, der nur mit den Schultern zuckte.

»Ich habe nie gesagt, dass ich sie darum bitten würde. Aber du hast mich gefragt, wohin ich sie bringen würde, wenn ich es täte«, antwortete er.

»Für jemanden, der ein Mädchen *nicht* um ein Date bittet, scheinst du dir verdammt viele Gedanken darüber gemacht zu haben, wie besagtes Date aussehen würde«, warf Caleb ihm vor.

»Nein, habe ich nicht. Du hast gefragt und das ist mir eingefallen.« entgegnete Darius und ich spürte so viel Ehrlichkeit, dass ich ihm tatsächlich glaubte. Das war irgendwie beunruhigend. Es bedeutete, dass er Tory Vega genug Aufmerksamkeit geschenkt hatte, um all das so intuitiv zu wissen, dass er nicht einmal über die Antwort hatte nachdenken müssen, bevor sie ihm über die Lippen gekommen war.

Caleb warf mir einen prüfenden Blick zu und ich nickte zur Bestätigung.

»Warum eigentlich nicht?«, fragte Caleb etwas irritiert. »Sie hat mir erzählt, dass ihr in der Nacht der Mondfinsternis fast im Bett gelandet wärt. Und es scheint mir ziemlich offensichtlich zu sein, dass du sie willst. Warum versuchst du dein Glück bei ihr dann nicht?«

Ich tauschte einen Blick mit Seth und fragte mich, ob das in einem Streit enden könnte. Soweit ich wusste, hatten die beiden noch nie so offen darüber gesprochen.

Darius verstummte und ließ seinen Blick auf seine Hände sinken, während er über seine Antwort nachdachte. »Ich finde sie heiß, aber sie geht mir auch tierisch auf die Nerven«, sagte er abwertend, aber mir entging die Anspannung in seiner Körperhaltung nicht. »Und selbst wenn das nicht der Fall wäre, wenn ich nicht so viel Mist abgezogen hätte und wenn sie mich nicht so abgrundtief hassen würde, wie es nur möglich war, einen Mann zu hassen – was kann ich ihr bieten?«

»Sag bloß nicht, du leidest unter Minderwertigkeitsgefühlen!«, stichelte ich und versuchte, das Thema so locker wie möglich zu halten, während ich meine Fähigkeiten einsetzte und vorsichtshalber ein Gefühl der Ruhe und Freundschaft zwischen uns verbreitete. Sie konnten meinen Einfluss auf sie spüren, aber solange sie sich nicht beschwerten, betrachtete ich das als Erlaubnis.

Darius warf Cal einen übertrieben prüfenden Blick zu. »Na ja, ich kann nicht wirklich mit dem Kleiner-verlorener-Junge-Ding konkurrieren, das er abzieht«, sagte er. »Und wenn sie auf blonde, blauäugige Jungs steht, bin ich aus dem Rennen.«

»Ja, wer zum Teufel will schon Muskeln, dunkle Haut und Tattoos ...« Seth verstummte und musterte Darius unverhohlen, woraufhin wir alle lachten.

»Ich will die eigentliche Antwort«, sagte Caleb, bevor das Thema fallen gelassen wurde. »Was meinst du damit, *was du ihr bieten kannst?*«

Darius stand auf und begann, das Gewicht der Hantel zu reduzieren, bevor

Seth den Platz mit ihm tauschte. »Ich meine nur, dass ich sie nicht einfach so zu einem Date einladen kann, oder? Selbst wenn sie einverstanden *wäre*, würde mein Vater durchdrehen, wenn man mich mit ihr in Tucana *sieht*«, sagte er leichthin. Aber es war die Art von ungezwungenem Tonfall, die falsch klang.

Darius schaute in meine Richtung, seine mentalen Schilde waren wieder verstärkt, sodass es verdammt schwer für mich war, ihn zu lesen. Aber wie immer, wenn er über seinen Vater sprach, lag eine gewisse Dunkelheit in seinen Augen.

»Und sie würde ohnehin nicht Ja sagen, also ist das eine sinnlose Unterhaltung. Wie schon erwähnt, sie hasst mich.« Darius' Augen wurden noch dunkler und einen Moment lang hätte ich schwören können, dass ich … Schmerz von ihm ausgehen spürte. *Verdammt!*

Seth griff nach der Stange, hielt aber inne und sah zu Darius auf. »Lionel hat sich noch nie darum geschert, wen du fickst. Welchen Unterschied macht es, solange du deine Verlobung mit Mildred aufrechterhältst?«

»Sei doch nicht albern, Seth«, sagte ich, ließ die Kugelhantel fallen und setzte mich neben Cal. Seth stemmte das Gewicht in die Höhe und startete sein Set. »Bei den Vegas geht es um mehr als nur um zwei Mädchen. Sie könnten alles kaputtmachen. Unsere Eltern wären alles andere als erfreut, wenn wir einer von ihnen zu nahekämen. Zumindest nicht ohne den Hintergedanken, diese Beziehung irgendwie auszunutzen.« Ich warf einen Seitenblick auf Cal, der mit den Schultern zuckte.

»Mom hat nichts gesagt, was so berechnend wäre«, antwortete er. »Aber sie hat mir nicht davon abgeraten, Zeit mit Tory zu verbringen. Sie interessiert sich dafür, wie ihre Magie voranschreitet und so. Ich glaube, sie ist der Meinung, dass es auf lange Sicht nicht schaden kann, uns gut mit den Vegas zu stellen. Nur für den Fall …«

»Nur für den Fall, dass sie sich erheben, ihren Platz einfordern und uns vom Thron stoßen?« Darius schnaubte. »Keine Sorge, Vater wird sie töten, bevor dieser Tag kommt. Was glaubst du, warum ich so hart daran arbeite, sie in Schach zu halten?«

Ich hob eine Augenbraue, denn es klang verdächtig, als ginge es Darius darum, die Vegas zu schützen, indem er sie quälte, und nicht darum, seine eigene Macht zu erhalten. *Unsere* Macht. Sie vor dem Zorn seines Vaters zu schützen, schien mir zweitrangig zu sein. Alles, was ich ihnen antat, diente der Sicherheit unseres Throns. Uns. Solaria. An den Schutz der Vegas hatte ich nie wirklich gedacht.

»Lionel würde sie aber nicht wirklich *töten*, oder?«, fragte ich mit einem Halblachen.

Darius öffnete den Mund und schloss ihn dann wieder. Ich spürte einen Hauch von Frustration von ihm ausgehen, aber er antwortete nicht.

Ich tauschte einen Blick mit Caleb. Wir hegten schon seit geraumer Zeit einen Verdacht gegen Lionel, aber keiner von uns hatte sich getraut, Darius direkt danach zu fragen. Aber ich war es leid, um das Thema herumzutanzen.

»Ist es das, was du uns nicht sagen *willst*?«, fragte ich langsam. »Oder nicht *kannst*?«

»Was meinst du mit nicht können?«, fragte Darius, seinen Blick auf die Langhantel gerichtet, mit der Seth gerade kämpfte. Gerade als es so aussah, als würde Seth sie fallen lassen, streckte Darius die Hand aus und half ihm stattdessen, sie zurück in die Halterung zu legen.

»Ich *meine*, manipuliert er dich so, dass du mit uns nicht über bestimmte Dinge reden kannst?«, fragte ich.

Darius hob den Blick und sah mir in die Augen, als er seinen Mund öffnete. Einen langen Moment herrschte Schweigen, bevor er antwortete: »Ich bin für einfache Manipulation nicht anfällig«, sagte er schließlich.

Caleb knurrte, weil er genau wie ich zwischen den Zeilen las. »Und was ist mit Dunkler Manipulation?«, fragte er mit leiser Stimme. Dunkle Manipulation war absolut illegal, und wenn wir recht mit unserer Vermutung bezüglich Lionel hatten, dann bedeutete das, dass er echt tief im dubiosen Sumpf steckte. Es gab seit jeher Gerüchte, die besagten, dass die Acrux-Familie dunkle Magie nutzte, aber das war nie bestätigt worden. Die Orions waren ebenfalls darin involviert, wenn man der Hälfte der Geschichten Glauben schenken konnte, die über ihre Familien geflüstert oder im *Daily Solaria* abgedruckt wurden.

Darius antwortete nicht, was an sich Antwort genug war. Wenn man ihn mit dunkler Magie manipuliert hatte, nichts zu sagen, konnte er es natürlich auch nicht. Sein Blick verriet seine Frustration, aber als er in meine Richtung schaute, trat ein Hoffnungsschimmer in seine Augen und er hörte plötzlich auf, mich auszublenden.

Ich atmete scharf ein, als der plötzliche Ansturm von Emotionen auf mich einprasselte, und mir wurde klar, wie erfolgreich er mich abgewehrt hatte – und das schon seit langer, langer Zeit. Ich hatte fast das Gefühl, in all den Emotionen zu ertrinken, die jetzt auf mich hereinbrachen.

»Es gibt Dinge, die ich nicht sagen kann, was wirklich verdammt frustrierend ist«, sagte Darius mit rauer Stimme. »Aber vielleicht kannst du anhand meiner Gefühle erraten, was ich gern sagen würde.«

»Er setzt also Dunkle Manipulation bei dir ein?« Ich flüsterte beinahe, denn mein Herz pochte angesichts der Implikationen, die die Antwort auf diese Frage mit sich bringen würde.

»Nein«, antwortete Darius. Aber das war gelogen, ich spürte die Unehrlichkeit. Aber da waren auch Frustration und Schuldgefühle, weil er dazu gezwungen wurde.

»Heilige Scheiße«, hauchte ich.

»Hat er gelogen?«, fragte Seth, wobei sein Blick zwischen Darius und mir hin und her schwankte, als wüsste er nicht, wo er nach Antworten suchen sollte.

»Das hat er«, bestätigte ich.

Darius' ließ die Schultern sinken und eine Welle der Erleichterung fiel von ihm ab. Ich konnte ihn nur anstarren, denn mein Kopf drehte sich angesichts der vielen Konsequenzen, die sich aus seiner Antwort ergaben. Die nächste Frage, auf die wir eine Antwort brauchten, war, wie lange das schon so ging. Und hinsichtlich welcher Themen er lügen musste. Aber es war fast unmöglich, das herauszufinden, solange er nicht mit uns darüber reden konnte. Wir mussten ihm genau die richtigen Fragen stellen, damit ich die Lügen von seinen Lippen ablesen konnte.

»Seit wann?«, fragte Caleb mit großen, entsetzten Augen.

Darius runzelte kurz die Stirn, bevor ihm klar zu werden schien, dass er diese Frage beantworten konnte.

»Seit meinem Erwachen und dem Beginn meiner Vorbereitung auf die Übernahme des Throns. Obwohl ich bezweifle, dass er mich jemals wirklich seinen Platz einnehmen lassen wird. Jedenfalls, solange er noch lebt«, sagte Darius.

»Was lässt er dich uns nicht sagen?«, fragte Seth und verzog dann sofort das Gesicht, als er merkte, dass das eine dumme Frage gewesen war. »Ich meine, um welche Art von Sache geht es?«

Darius schaute in die Runde, dann seufzte er. »Um die schlimmste«, sagte er schließlich und gab damit eine Antwort, die eigentlich gar keine war. »Ich weiß, dass ihr helfen wollt, und ich liebe euch dafür. Aber in Bezug auf meinen Vater könnt ihr mir nicht helfen. Ihr könnt euch nicht gegen ein Ratsmitglied stellen. Verdammt, das könnt ihr nicht einmal von euren Eltern erwarten. Es würde das Gleichgewicht der Macht stören und Solaria gefährden, während die Nymphen so stark sind wie schon lange nicht mehr. Im Hinblick auf das große Ganze ist mein Elend nicht wichtig.«

Darius zuckte mit den Schultern, drehte sich um und verließ den Raum, bevor wir noch etwas sagen konnten. Er polterte die Treppe hinauf, die in den hohlen Baumstamm hinter der Tür gemeißelt worden war, und ich musterte die anderen besorgt.

Seth wimmerte und ging auf und ab; seine Wolfsinstinkte machten ihn unruhig.

»Mir gefällt nicht, dass er gerade ›mein Elend‹ gesagt hat, als wäre das sein ständiger Gemütszustand«, sagte er. »Ich meine, so schlimm ist es doch nicht, oder? Wir waren doch nicht so blind, dass wir völlig übersehen haben, wie unglücklich Darius tatsächlich ist, oder? Oder?«

Ich tauschte einen eindringlichen Blick mit Caleb und strich seufzend über meinen Irokesen.

»Er hat mich verdammt lange aus seinem Kopf ferngehalten«, sagte ich mit gesenktem Blick. »Aber jetzt hat er gerade die Mauern fallen lassen und … *Fuck*, ich glaube, wir haben es wirklich vermasselt. Er ist nicht nur unglücklich, er ist ein Häufchen ängstlicher Energie, Dunkelheit und Schmerz. Ich weiß gar nicht, wie ich das mit dem Typen vereinbaren soll, der mich jeden Morgen beim Frühstück zum Lachen bringt und mit mir im Wasserkurs ringt. Er versteckt diesen Scheiß schon so lange, dass ich nicht glaube, dass er überhaupt noch weiß, wie man die Maske fallen lässt.«

»Und was zum Teufel sollen wir dagegen tun?« Caleb stand auf und machte den Eindruck, als wäre er kurz davor, Darius hinterherzurennen.

»Ich …« Ich sah die beiden an und schüttelte schließlich langsam den Kopf. »Ich habe keinen blassen Schimmer. Aber was auch immer es ist, wir werden es tun. Gebt mir eine Minute allein mit ihm – vielleicht lässt er mich weiterhin an seinen Gefühlen teilhaben. Vielleicht fällt es mir leichter, herauszufinden, wie wir ihm helfen können, wenn ich mir ein genaueres Bild von der Sache machen kann.«

»Okay«, stimmte Caleb widerstrebend zu und Seth wimmerte erneut.

»Eine Minute«, sagte Seth. »Dann kommen wir hoch, um das zu klären. Gemeinsam.«

»In Ordnung.«

Sie nickten beide und ich ging aus dem Zimmer und folgte Darius nach oben.

Als ich hochkam, saß er auf der grauen Couch und verbarg seine Gefühle immer noch nicht vor mir, während er etwas auf seinem Atlas las. Was auch immer es war, es verwirrte ihn sehr. Ich spürte Lust, Sehnsucht, Wut, Verunsicherung und verdammt viel Schmerz. Ich trat näher und riss ihm den Atlas aus der Hand, bevor er mich aufhalten konnte.

In Erwartung einer Nachricht seines Vaters oder vielleicht eines Zeitungsartikels drehte ich das Gerät um. Ich hatte nicht erwartet, ein Foto von Tory Vega in Unterwäsche und einem Paar dreckiger Wanderschuhe zu sehen.

Darius riss mir seinen Atlas mit einem besitzergreifenden Knurren wieder aus den Händen und sperrte schnell den Bildschirm.

»Was zum Teufel war das denn?«, fragte ich.

»Nichts«, antwortete er wütend.

Ich schuf eine Stillekuppel, damit Caleb meine Antwort nicht hören konnte. »Bullshit! Ich dachte, zwischen dir und Tory läuft nichts.«

»Tut es auch nicht«, schnauzte er. »Das hat sie mir in der Nacht der Mondfinsternis geschickt. Ich habe keine Ahnung, warum, und kann sie auch nicht danach fragen, weil sie mich seitdem ignoriert. Es sei denn, ich stelle mich direkt vor sie und mache sie so wütend, dass sie keine andere Wahl hat, als mir ihre Aufmerksamkeit zu schenken.«

»Warum bist du so besessen von ihr?«, fragte ich. »Selbst wenn sie Interesse hätte, könnte daraus nichts Ernstes werden. Ganz zu schweigen von all den verdammten Gründen, warum du dich gar nicht erst auf eine Vega einlassen solltest. Und Caleb …«

»Mir ist bewusst, dass er sich mit ihr trifft«, zischte Darius, wobei sich Eifersucht und Wut mit einem Hauch von Besessenheit und Schmerz mischten. »Daran musst du mich nicht erinnern.«

»Ja. Nun, er sollte sich ebenfalls von ihr fernhalten. Diese Mädchen bedeuten nichts als Ärger. Für dich, ihn, *uns* – für ganz Solaria! Du solltest dich ihretwegen nicht quälen, sondern dich darauf konzentrieren, sie loszuwerden.«

Darius sah mich mit einem Blick voller Verzweiflung an. »Ich weiß«, brummte er. Aber da er seine Gefühle mir gegenüber immer noch nicht verschlossen hatte, konnte ich spüren, wie sehr ihn dieser Gedanke zerriss. Es tat ihm wirklich weh, daran zu denken, sie loszuwerden. »Ich weiß nicht, was mit mir los ist, Max. Ich habe noch nie … Ich kann nicht aufhören, an sie zu denken, sie zu wollen und sie gleichzeitig zu hassen.«

Ich öffnete den Mund, um etwas zu erwidern, aber in dem Moment kamen Seth und Caleb die Treppe hinauf. Dank der Stillekuppel konnten sie unser Gespräch nicht hören, aber sie würden wissen wollen, was wir für uns behielten, wenn ich den Zauber nicht sofort deaktivierte.

»Du musst es versuchen«, sagte ich fest. »Denk an all die verdammten welt- und zukunftsverändernden Gründe, warum wir die Vegas loswerden müssen. Versprich mir, dass du es versuchst!«

»Na schön«, stieß er hervor und ließ sich zurückfallen.

Mein Herz setzte einen Schlag aus, als ich den Schmerz spürte, der von ihm ausging – und gegen mich gerichtet war. Er hatte gerade versucht, mir von seinen Gefühlen für Tory zu erzählen, und ich hatte ihn abblitzen lassen. Aber was hätte ich auch sagen sollen? Schon der Gedanke, dass er sie mögen könnte, war wahnsinnig. Er hatte keine Zukunft mit ihr. Und wenn er jetzt schon so viel für sie empfand, obwohl sie einander noch nicht einmal geküsst hatten – wie schwer würde es ihm dann fallen, sie für Mildred zu verlassen, sollte sich zwischen ihnen wirklich mehr entwickeln? Ich wollte ihm nicht wehtun, aber er musste das hinter sich lassen – was auch immer er für Tory Vega empfand. Genau wie Caleb. Das würde ich ihm auch sagen.

Ich ließ die Stillekuppel sinken, als Seth und Cal hereinkamen und uns neugierige Blicke zuwarfen.

»Ich dachte, ihr wolltet mit mir über meinen Vater reden?«, fragte Darius gereizt und beendete damit eindeutig das Thema Tory Vega. Das war in Calebs Gegenwart wahrscheinlich auch besser so. Diese Situation war so verkorkst.

»Wir wollen mit dir über *alles* reden, was dir Kummer bereitet«, schnauzte ich zurück. »Denn du versteckst schon viel zu lange einen ganzen Berg an dunkler Scheiße hinter deinen mentalen Mauern. Wir sind deine Brüder. Du kannst uns alles sagen. Vertraust du uns nicht?«, fragte ich. Auch ich fühlte Schmerz. Wie hatte er das nur so lange in sich hineinfressen können? Ich verstand, dass ihm die Dunkle Manipulation in manchen Dingen einen Riegel vorgeschoben hatte. Aber sein Elend so zu verbergen, war in vielerlei Hinsicht falsch. Wir hätten ihm helfen können. Er hätte unsere Hilfe wollen sollen. Die anderen Erben waren meine erste Anlaufstelle, wenn ich etwas brauchte, und ich hatte immer gedacht, dass das für uns alle galt. Aber diese Enthüllung zwang mich, das zu hinterfragen. Glaubte er wirklich, dass er uns nicht um Hilfe bitten konnte, obwohl er uns so dringend brauchte?

Darius hielt meinen Blick für eine ganze Weile fest, seine mentalen Schilde flackerten, während er gegen den Wunsch ankämpfte, mich wieder auszusperren.

Schließlich seufzte er und rieb geschlagen sein Kinn. »Darum geht es nicht«, antwortete er und die Ehrlichkeit in seinen Worten entspannte mich. »Ich wollte euch da einfach nicht mit reinziehen. Ich komme damit klar. Lance hilft mir beim Training und bald werde ich stark genug sein, um meinen Vater um seinen Platz im Rat herauszufordern. Sobald ich ihn los bin, wird alles besser. Ich werde meine eigenen Entscheidungen treffen können, mein eigenes Leben leben, Xavier dabei helfen … Alles wird besser«, bekräftigte er und schien das offensichtlich nicht weiter ausführen zu wollen. Aber mir war die Angst nicht entgangen, die Xaviers Namen begleitet hatte.

Ich ließ mich in den Sessel fallen und Caleb setzte sich neben Darius auf die Couch und warf mir einen verwirrten Blick zu.

Seth ging in die Küche, holte vier Flaschen Bier und verteilte sie, bevor er sich neben Darius auf die Couchlehne setzte. Er streckte die Hand aus, um Darius' Haare zu streicheln, und ausnahmsweise versuchte dieser nicht, ihn abzuwehren. Ich spürte sogar einen Hauch von Behaglichkeit in ihm – eine Reaktion auf Seths Verhalten.

»Warum machst du dir solche Sorgen um Xavier?«, fragte ich vorsichtig. Ich hoffte so sehr, dass er antwortete und uns zumindest bei diesem Thema helfen ließ.

Darius öffnete den Mund, um zu antworten, aber seine Angst intensivierte sich und er schüttelte stattdessen den Kopf.

»Kannst du nichts sagen? Ist das Thema Teil der Manipulation?«, fragte Caleb.

»Nein … Es ist nur so … Wenn ich euch davon erzähle, zwingt euch eure Pflicht, es euren Eltern zu sagen. Ich möchte keinen von euch in diese Lage bringen.«

Seth wimmerte und sah mich an, als hätte ich eine magische Lösung für dieses Problem.

Ich kaute auf meiner Unterlippe und fragte mich, worum zum Teufel es gehen könnte, dass er glaubte, sein Geheimnis aus diesem Grund nicht mit uns teilen zu können. Ich dachte an mein eigenes Geheimnis. Das, das ich vor ihnen allen geheim gehalten hatte. Das Geheimnis, das Tory Vega für mich hütete.

Mein Herz raste, als ich darüber nachdachte, ihnen von meiner Herkunft zu erzählen. Würde es sie kümmern? Würden sie den Anspruch unterstützen, den meine jüngere Schwester geltend machen würde, sobald sie volljährig war? Nur weil sie ein eheliches Kind war und ich ein Bastard? Ich bezweifelte es. Und vielleicht hatte ich schon zu lange an dieser Lüge festgehalten. Vielleicht war es an der Zeit, dass wir alle ein höheres Maß an Vertrauen an den Tag legten.

»Was haltet ihr von einem Geheimhaltungsschwur?«, fragte ich. »Dann werde ich euch auch an meinem Geheimnis teilhaben lassen.«

Darius runzelte die Stirn und lehnte sich vor, um mich anzusehen. »Welches Geheimnis?«, fragte er.

Ich lächelte nur und reichte ihm meine Hand, während ich die Magie heraufbeschwor, die für diesen Zauber erforderlich war. Sobald der Zauber wirkte, konnten wir einander all das erzählen, was wir zurückgehalten hatten. Der Zauber würde uns binden, sodass wir nicht in der Lage sein würden, außerhalb dieses Ortes darüber zu sprechen.

»Ich werde euch auch ein Geheimnis erzählen«, stimmte Caleb zu und kam so nahe, bis sein Bein gegen Darius' gepresst war. Wir vier saßen so dicht beieinander, dass es eigentlich unangenehm sein müsste, aber irgendwie war es das nicht. Das war das Band unserer Bruderschaft. Darius brauchte uns und wir wollten ihm zeigen, dass wir für ihn da waren, egal, was passierte.

»Ich auch«, pflichtete Seth schnell bei.

Darius zögerte nur einen Moment länger, bevor er nickte und seine Hand in meine legte. Wir ließen beide die Barrieren unserer Magie fallen, und ich atmete scharf ein, als sich seine Kraft ihren Weg unter meine Haut bahnte. Zusammen mit meiner Magie bildete sie eine Flutwelle, die zwischen uns hin und her schwappte. Wir waren ebenbürtig, aber die Hitze seiner Feuermagie loderte unter meiner Haut, während meine Luftmagie unter seine fegte. Unsere Wassermagie begegnete und verband sich, woraufhin sie kurzzeitig anschwoll.

Caleb streckte seine Hand aus und legte sie von links über unsere, während Seth von rechts danach griff. Als sie die Barrieren um ihre eigene Magie fallen ließen, rauschte auch Erdmagie durch das Band. Ich glaubte nicht, dass wir jemals zuvor so viel Macht miteinander geteilt hatten. Die vier tiefen Quellen unserer Magie sprudelten über und vereinten sich zu etwas wahrhaft Furchterregendem. Einzeln waren wir Naturgewalten, zusammen war unsere Macht vernichtend.

»Scheiße«, stöhnte Seth angestrengt.

Caleb gluckste und ich grinste. Es war mehr als nur ein bisschen überwältigend, aber es fühlte sich verdammt gut an. Sogar Darius lächelte, als die Wellen von Energie zwischen uns hin und her flossen und wir von einer so rohen Kraft erfasst wurden, dass es berauschend war.

Ich legte den Geheimhaltungsschwur über unsere Kraft und spürte dann, wie Darius, Seth und Caleb den Zauber verstärkten, indem sie ihre eigene Magie einwebten.

Ich war mir nicht sicher, ob Darius sofort das Wort ergreifen würde, also beschloss ich, mich zuerst zu öffnen, um ihm zu zeigen, wie sehr ich ihm vertraute. »Meine Mutter ist nicht meine Mutter«, sagte ich und meine Stimme zitterte, als ich diese Worte zum ersten Mal in meinem Leben laut aussprach.

»Was?«, fragte Darius – sichtlich überrascht über die Schwere meines

Geheimnisses. Seth und Caleb starrten mich beide an, als könnten sie nicht so recht glauben, was ich gesagt hatte, und ich fuhr fort, bevor ich die Nerven verlor.

»Mein Vater musste die Frau, die ihr für meine Mutter haltet, wegen einer Übereinkunft heiraten – das hatte Machtgründe. Aber er hat meine Mutter bereits geliebt, bevor das beschlossen wurde. Er behielt sie in seiner Nähe und schwängerte sie vor seiner Frau. Sie haben die Sache vertuscht und mich als eheliches Kind ausgegeben, um den Skandal zu vertuschen. Und ich bin mir ziemlich sicher, dass meine Stiefmutter meine leibliche Mutter vergiftet hat, um sie loszuwerden, sobald meine Schwester – ihr eheliches Kind – auf der Welt war.«

»Aber ...« Darius runzelte die Stirn, als er über das, was ich gesagt hatte, nachdachte. »Will sie dich auch loswerden? Denkst du, Ellis wird dir deinen Platz streitig machen?«

»Ich bin mir nicht sicher, was meine Schwester tun wird«, räumte ich ein. »Ich glaube nicht, dass sie Bescheid weiß ... Aber meine Stiefmutter hat uns immer zur Konkurrenz getrieben. Sie und ich haben nichts füreinander übrig und ich gehe davon aus, dass meine Stiefmutter will, dass Ellis mich eines Tages herausfordert – sofern sie mich nicht auch umbringen kann. Ich bin mir ziemlich sicher, dass ich nur deshalb noch atme, weil Dad mich schützt. Er hat deutlich gemacht, dass er mich an seinem Platz haben will. Meine Berechtigung ist ihm egal, aber der Skandal, den das auslösen könnte ...«

»Ich weiß«, knurrte Darius. »Aber wir würden zu dir halten, auch wenn die ganze Welt erfährt, dass du der Sohn einer Sterblichen bist – und ein Bastard. Welchen Unterschied macht das überhaupt? Deine Macht kommt von deinem Vater. Also scheiß auf alle, die sich für die Reinheit deines Blutes interessieren. Es gibt niemanden – weder Mann noch Frau –, der deinen Vater besser ersetzen könnte als du. Und wenn deine Stiefmutter glaubt, dich durch Ellis ersetzen zu können, irrt sie sich gewaltig.«

»Absolut«, meinte auch Caleb und sah mir direkt in die Augen.

»Ich hatte noch nie etwas für deine Mutter übrig. Sie ist eine echte Bitch«, fügte Seth nachdenklich hinzu.

Ein warmes Lächeln breitete sich auf meinem Gesicht aus und mein Griff um Darius' Hand wurde fester. Warum hatte ich so viel Angst davor gehabt, dieses Geheimnis mit ihnen zu teilen? Ich hätte nicht an ihnen zweifeln dürfen. Ich hätte nicht an Darius zweifeln dürfen. Aber die Acruxes waren für ihren Glauben an reines Blut bekannt. Darius war bereits mit seiner Cousine zweiten Grades verlobt, nur um sicherzugehen, dass ihre Blutlinie rein und mächtig blieb. Drachen eben. Ich hatte angenommen, dass er auch Vorurteile hatte, aber vielleicht bedeutete es ja, dass er meine Lage besser als jeder andere verstehen konnte.

»Danke«, sagte ich und musterte meine Brüder, wobei mein Herz angesichts der unbeugsamen Loyalität und Liebe in ihren Augen vor Rührung anschwoll.

Ich fragte mich, wer wohl als Nächstes sein Geheimnis preisgeben würde, während die Wellen unserer Magie weiter zwischen uns hin und her schwappten.

Darius schien sprechen zu wollen, aber er zögerte, und Caleb schritt ein, um zu verhindern, dass er das, was ihn quälte, aussprechen musste, bevor er dazu bereit war.

»Ein paar Monate nach meinem Erwachen hätte ich fast ein Mädchen getötet«, sagte er und kaute auf seiner Unterlippe. »Ich war ausgebrannt und wir haben getrunken … Sie hat mich angefleht, sie zu beißen, und ich habe es getan. Aber ich war wohl zu besoffen, denn ich habe ihre Haut zu weit aufgerissen und sie hat ungeheuerlich geblutet. Damals wusste ich noch nicht, wie man heilt, also bin ich zu meiner Mutter gerannt …« Er räusperte sich, bevor er weitersprach. »Sie kam gerade noch rechtzeitig, um das Mädchen zu retten. Die Familie des Mädchens hat sie bestochen, ihnen ein riesiges Anwesen auf der anderen Seite des Landes geschenkt und alles getan, um einen Skandal zu verhindern. Deshalb hat sie mich während der Mondfinsternis nach Hause geholt, nur für den Fall … Aber ich würde das nie wieder tun«, fügte er abwehrend hinzu. »Ich bin jetzt vorsichtig. Ich weiß, dass es nie wieder passieren würde, aber manchmal träume ich davon, wie sie da liegt und blutet und blutet …«

Seth wimmerte mitfühlend und Darius tätschelte mit seiner freien Hand seine Schulter.

»Wir wissen, dass du niemanden absichtlich so verletzen würdest«, sagte er bestimmt.

»Ich habe mir noch nie Sorgen gemacht, dass du mir wehtun könntest, wenn du mich beißt«, fügte Seth hinzu und grinste wölfisch. Die Anspannung war gebrochen und Caleb lächelte zurück.

»Gut.«

»Xavier ist ein Pegasus«, flüsterte Darius, bevor Seth die Chance hatte, sein Geheimnis zu verraten.

Wir alle starrten ihn einen langen Moment lang an; der Schock hatte uns die Sprache verschlagen.

»Fuuuuck«, sagte Caleb.

»Dem schließe ich mich an«, stimmte ich zu.

Seth heulte auf, und Darius ließ stöhnend den Kopf zurückfallen.

»Ich weiß nicht, was ich tun soll. Vater hat ihn in seinem Zimmer eingesperrt wie einen Gefangenen. Er lässt ihn nicht raus, erlaubt ihm nicht, sich einer Herde anzuschließen oder sich überhaupt zu verwandeln. Und jedes Mal, wenn er die Kontrolle über seine Formgebung verliert und sich in einen verdammten lilafarbenen Pegasus verwandelt, wird er … bestraft.«

Das letzte Wort schien ihm im Hals stecken zu bleiben, und ich hatte das Gefühl, dass das zu den Dingen gehörte, die er nicht sagen konnte.

»Du meinst, Lionel schlägt ihn?« Ich knurrte, weil ich es so verdammt satthatte, dass wir so tun mussten, als wüssten wir nichts von diesem Mist.

Darius presste die Kiefer aufeinander, aber die Emotion, die ich wahrnahm, bestätigte es.

»Früher hat er Xavier nie viel Aufmerksamkeit geschenkt, aber jetzt …«

»Fuck«, sagte Caleb unnötigerweise.

»Wir werden eine Lösung finden«, schwor Seth. »Irgendwie.«

»Er würde ihn lieber umbringen, als zuzulassen, dass die Welt herausfindet, was er ist«, sagte Darius und die Hoffnungslosigkeit, die aus ihm heraussprudelte, zerriss etwas in mir.

»Das wird nicht passieren«, fauchte ich. »Das schwöre ich.«

»Ich auch«, versprach Caleb.

»Wir vier schaffen alles, was wir uns vornehmen«, sagte Seth selbstbewusst. »Wir sind das stärkste Rudel, das Solaria je gesehen hat. Die mächtigsten Alphas unserer Generation – durch Liebe und Brüderlichkeit miteinander verbunden.«

Darius schien seine Schultern etwas zu entspannen. Schließlich seufzte er. »Okay. Zusammen bekommen wir das hin.«

»Los, Seth«, drängte Caleb. »Was ist dein Geheimnis?«

»Oh … Ich erzähle euch immer alles Wichtige, also ist das, was ich jetzt zu sagen habe, nicht besonders bedeutsam …«

»Spuck's aus!«, forderte ich. Als ich seine Verlegenheit spürte, lächelte ich.

»Na schön.« Seth schaute zwischen uns dreien hin und her und atmete aus. »Also, ich … habe das mit den Nippeln *vielleicht* doch mal ausprobiert …«

»Davon will ich nichts hören.« Darius lachte laut auf und wich angewidert zurück.

»Ich schwanke zwischen morbider Faszination und völliger Abscheu«, gab Caleb zu.

»Nein, verdammt noch mal, ich will nichts mehr über dich und dieses komische Nuckel-Ding hören. Diese geheime Sitzung ist offiziell vorbei«, sagte ich.

Seth grinste und wir zogen uns alle zurück, lösten unseren Griff umeinander und zogen unsere eigene Magie zurück unter unsere Haut.

Meine Haut fühlte sich wund an, als ich in meinen eigenen Körper zurückkehrte. Die Macht in mir war vertraut und intensiv, aber nicht mehr alles verzehrend.

Ich beäugte meine Brüder. Nach den Enthüllungen herrschte ein Moment der Stille zwischen uns, und ich fühlte mich ihnen in diesem Moment näher als je zuvor.

»Wir müssen uns darauf konzentrieren, unsere Stärke auszubauen«, sagte ich langsam und ging auf die verschiedenen Themen ein, mit denen wir zu kämpfen hatten. »Lionel ist bei Weitem unser größtes Problem.«

»Ich glaube nicht, dass er sich gegen die anderen Ratsmitglieder stellen würde«, sagte Darius kopfschüttelnd. »Und gegen euch auch nicht. Zumindest nicht, solange er sich nicht absolut sicher sein kann, dass er sie herausfordern und gewinnen kann. Solange sich nichts ändert ...« Er stockte, als könnte das tatsächlich passieren, und ich runzelte die Stirn.

»Er ist in jedem Fall unser Problem«, sagte ich fest.

»Deine Probleme sind unsere Probleme«, stimmte Caleb zu und griff nach Darius' Schulter.

»Wir ziehen hier an einem Strang, wie bei allem anderen auch«, sagte Seth und nickte entschlossen.

»Also, was tun wir?«, fragte Darius und ein schwacher Hoffnungsschimmer flackerte in seinen Augen auf.

»*Zuallererst*«, sagte ich, »müssen wir die Vegas aus dem Weg räumen. Sie lenken uns von wichtigeren Dingen ab. Ich schlage vor, dass wir unseren Plan, sie an Halloween ein für alle Mal zu vernichten, in die Tat umsetzen. Wenn ihr Ruf erst einmal ruiniert und ihr Selbstvertrauen erschüttert ist, müssen wir uns keine Sorgen mehr um sie machen. Sie werden wissen, wo ihr Platz ist, und sich zurückhalten, anstatt uns wieder in die Quere zu kommen.«

»Dem stimme ich zu«, sagte Seth entschieden.

Caleb runzelte die Stirn, protestierte aber nicht noch einmal zugunsten von Tory. Alle Augen fielen auf Darius.

»In Ordnung«, sagte er schließlich, obwohl mir der Schmerz nicht entging, den ihn diese Worte zu bereiten schienen. »Lasst es uns einfach hinter uns bringen. Die Vegas hatten oft genug die Gelegenheit, sich freiwillig zu beugen.«

Wir drehten uns zu Caleb um. Er war überstimmt; das war der Moment, in dem er sich fügen würde.

Caleb öffnete den Mund und stand auf. Ich konnte spüren, wie sich die Argumente, die er vorbringen wollte, unter seiner Haut zusammenbrauten. Aber er hielt sie zurück, bis er sich daran verschluckte. Er entfernte sich von uns, um sich ein weiteres Bier zu holen.

Er nahm den Deckel von der Flasche, leerte das Bier in einem Zug und warf die leere Flasche in den Müll.

»Na gut«, sagte er düster. »Aber das muss das letzte Mal sein. Wenn es nicht klappt, müssen wir über andere Möglichkeiten nachdenken.«

»Es wird klappen. Davon werden sie sich nicht erholen, nicht wie bisher. Niemand wird das je vergessen«, sagte Seth aufgeregt.

Ich grinste und stand auf, um mir ein zweites Bier zu holen. »Betrinken wir uns!«, rief ich. »Wir brauchen einen entspannten Abend.«

»Verdammt, ja!« Darius fing die Bierflasche auf, die ich ihm zuwarf. »Lasst uns trinken, bis wir vergessen, wer wir sind.«

Ich lachte und fragte mich, ob er das wirklich vorhatte. Es wäre verdammt schwer zu erreichen, aber manchmal war es schön, nicht an den Druck denken zu müssen, der auf uns lastete. Oder an die Verantwortung, die mit unserem Anspruch einherging. Wir hatten kein Mitspracherecht, wenn es darum ging, ein Erbe zu sein. Wir waren die mächtigsten Fae unserer Generation. Es lag an uns, das zu beweisen – aber die Wahrheit würde immer Bestand haben.

Wir waren geboren, um zu herrschen.

Ich hoffte nur, dass wir, wenn wir im Celestia-Rat saßen, immer noch in der Lage sein würden, das zu tun. Dass wir einander immer noch so nahestehen würden, wie wir es jetzt taten. Dass wir einander immer noch wie Brüder lieben würden. Denn es gab für mich nichts Wichtigeres als die drei Männer in diesem Raum. Und eines Tages würden wir gemeinsam die Welt regieren.

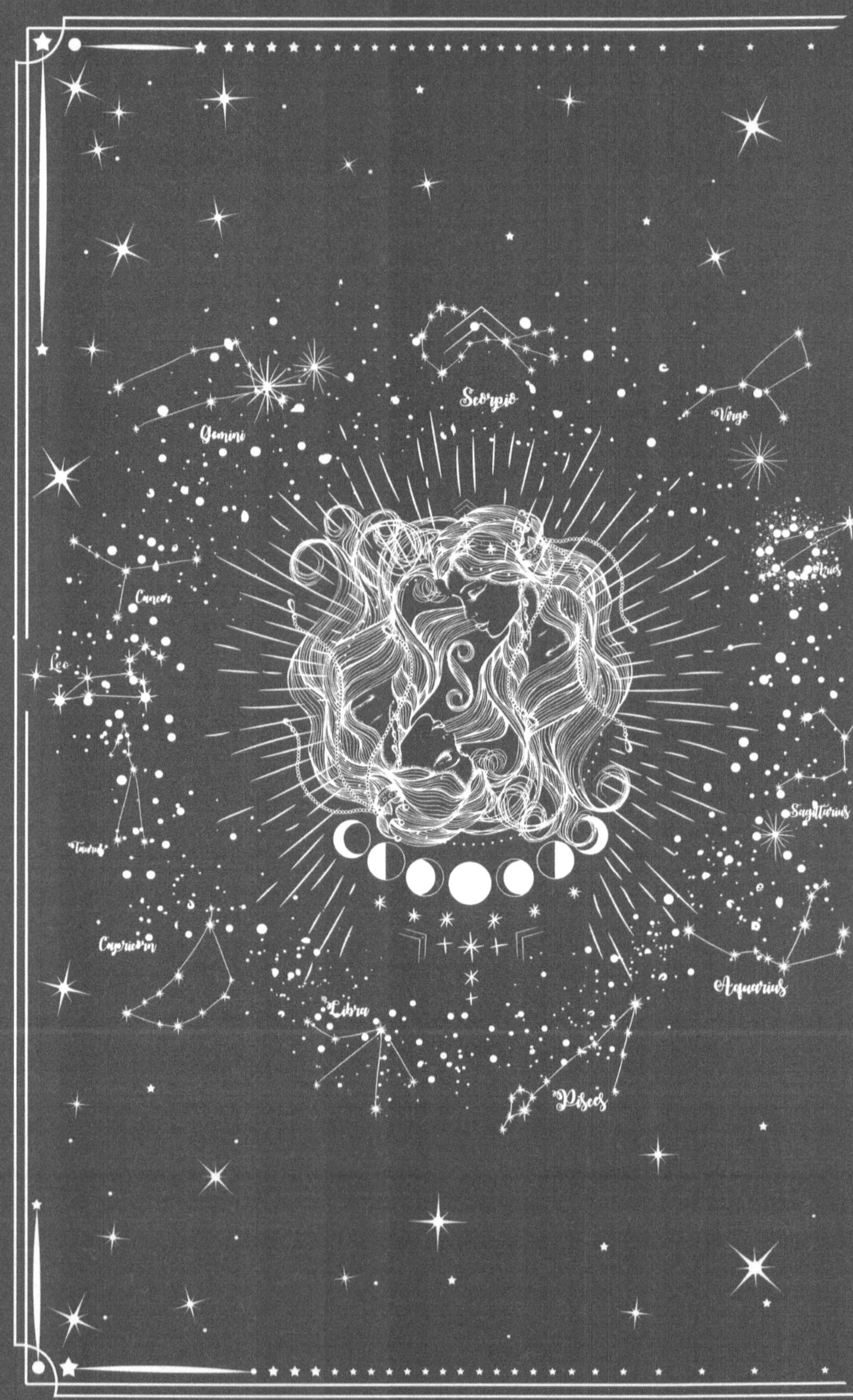

Scorpio
Gemini
Virgo
Aries
Cancer
Leo
Sagittarius
Taurus
Capricorn
Aquarius
Libra
Pisces

TORY

KAPITEL 21

Studenten aufgepasst!

Heute Abend finden die offiziellen Feierlichkeiten zu Halloween statt. Die Sonne befindet sich derzeit auf dem Pfad der Via Combusta – dem verbrannten Weg – zwischen dem fünfzehnten Grad der Waage und dem fünfzehnten Grad des Skorpions. In der Halloween-Nacht werden die unheilvollen Sterne durch den Höhepunkt der Bahn der Sonne getriggert. Sie bringen Chaos und Unglück. Sie werden auch diejenigen verderben, die an der Schwelle zur Dunkelheit stehen.

Hier sind einige Hinweise, die Ihnen dabei helfen, das Ereignis unbeschadet hinter sich zu bringen ...

1. Der Lehrkörper und ich empfehlen dringend, alle aktuellen Fehden beizulegen und sich mit Ihren Feinden zu versöhnen. Wir wollen nicht, dass mehr Blut vergossen wird als unbedingt nötig. Bitte bedenken Sie, dass es bei Blutungen auf dem Campusgelände besser ist, einen Umweg zu nehmen, um Hilfe zu holen, anstatt durch die Gebäude zu gehen. Das minimiert die Aufräumarbeiten, die im Anschluss daran nötig sind.

2. Mitglieder von Formgebungen mit raubtierhaften Neigungen, wie etwa Werwölfe, Drachen, Nemëische Löwen und Mantikore, sollten sich während dieser Stunden nicht verwandeln, um ihre Triebe zu kontrollieren. Das

Fressen eines Kommilitonen wird Ihnen eine Strafe in der Strafanstalt Darkmore einbringen. Das FIB wird Halloween nicht als Entschuldigung gelten lassen.

3. Vampire sind dazu aufgerufen, ihre Reserven aufzufüllen, bevor der Mond aufgeht und die unheilvollen Sterne zum Einsatz kommen. Die Uranus-Krankenstation wird keine zusätzlichen Vorräte an Blut für Infusionen anlegen.

4. Halten Sie sich in Ihren Häusern auf und meiden Sie diejenigen, die Ihnen in der Vergangenheit Ärger bereitet haben. Damit verhindern Sie ein Wiederaufleben von Emotionen, die zu einer Auseinandersetzung führen könnten.

5. Studenten, die fürchten, dass ihre dunkle Natur in dieser Zeit die Oberhand gewinnen könnte, wenden sich bitte an Professor Orion. Er kann magiehemmende Ketten zur Verfügung stellen, mit denen Sie sich in Ihren Zimmern festbinden können, bis die Nacht vorbei ist.

Wir müssen alle Fae genug sein, um uns diesem jährlichen astrologischen Ereignis zu stellen. Sollten Sie sich dazu nicht in der Lage fühlen, ist die Überlegung angebracht, ob Sie Ihren Platz an der Zodiac Academy wahrhaftig verdienen.

Mit freundlichen Grüßen
Rektorin Nova

Ich las die Ankündigung, die Rektorin Nova geschrieben hatte, ein drittes Mal und warf dann lachend meinen Atlas aufs Bett. Diese Schule war einfach irre.

Die Mitteilung besagte doch ganz klar, dass Halloween gewalttätig und gefährlich machte. Aber es war nicht die Rede davon, die Party zu meiden, oder dass sie zusätzliche Mitarbeiter zur Verfügung stellten, um uns im Auge zu behalten. Nope. Es lag an uns, unsere inneren Monster zu erkennen und sie an der kurzen Leine zu halten – oder die Konsequenzen zu tragen. Und nach dem Wahnsinn, der sich unter dem Einfluss des Mondes während der Mondfinsternis ereignet hatte, würde ich eine solche Warnung nicht mehr auf die leichte Schulter nehmen.

Wahrscheinlich wäre es am sichersten, wenn wir heute Abend einfach drinnenblieben und all die Leute mieden, die uns in der Vergangenheit Ärger gemacht hatten … wie zum Beispiel die Erben und ihre Anhänger. Aber scheiß drauf! Denn diese Party klang auf einer ganz anderen Ebene episch. Und mein Kostüm war der reinste Geniestreich. Ich hoffte nur, dass Caleb Spaß verstand, denn wenn nicht, würde der Abend für mich kein Happy End bereithalten. Aber das war ein Risiko, das ich einzugehen bereit war. Sofia würde mir sogar etwas Glitzer zur Verfügung stellen. Ich konnte es kaum erwarten.

Ich nahm meinen Atlas erneut in die Hand, um ihr eine Nachricht zu schicken und sie zu fragen, wo sie blieb, als eine weitere SMS aufblinkte. Mein Herz machte diesen nervigen Salto, den es immer machte, wenn ich Darius sah, als sein Name auf dem Bildschirm erschien.

Darius:
Alle Studenten von Haus Ignis werden daran erinnert, dass die Halloween-Party heute Abend in der Erd-Höhle stattfindet. Ihr kennt die Regeln für eine solche Veranstaltung: Erscheint oder fliegt!
Unser Haus wird geschlossen teilnehmen, und ihr WERDET verkleidet sein.
Wer das Haus im Stich lässt, muss sich vor mir verantworten.
Wir sehen uns auf der Tanzfläche!

Ich biss mir auf die Lippe, als ich mich daran erinnerte, wie ich auf seine letzte Nachricht geantwortet hatte, die an das ganze Haus gerichtet gewesen war. Was hatte ich mir nur dabei gedacht, ihm dieses verdammte Foto zu schicken? Zum Glück war dieser verrückte Mond heute Abend nicht im Einsatz. Meine Handlungen würden ganz allein meine Sache sein. Obwohl ich zugeben musste, dass das, wenn ich getrunken hatte, wahrscheinlich keine große Verbesserung darstellte. Die betrunkene Tory traf eine Menge sehr fragwürdiger Entscheidungen. Aber sie neigte auch dazu, richtig viel Spaß zu haben, also würde ich nicht zu hart mit ihr ins Gericht gehen. Die Schuldgefühle konnten bis morgen warten. Heute Abend würde ich die Zeit meines Lebens haben.

Mein Atlas piepte erneut und ich warf einen überraschten Blick darauf.

Darius:
Bekomme ich dieses Mal keine Antwort?

Ich runzelte die Stirn und fragte mich, warum er wohl dachte, ich würde ihm zurückschreiben. Ich hatte ihm mehrmals ins Gesicht gesagt, dass ich ihn hasste. Was zum Teufel dachte er sich dabei?

Darius:
Ich kann sehen, dass du das gelesen hast ...

Darius:
Und das ...

Tory:
Hör auf, mich zu belästigen, Stalker!

Darius:
Was? Heute keine Fotos in Unterwäsche?

Tory:
Ich bin mir ziemlich sicher, dass du dran bist, mir was zu schicken.
Außerdem: Leck mich!

Ich sperrte meinen Atlas und warf ihn zurück aufs Bett. In dem Moment klopfte es an der Tür.

Darcy kam rein, ohne auf meine Antwort zu warten, und ich grinste, als Sofia und Geraldine ihr folgten. Es war ein bisschen beengt, aber wir waren fest entschlossen, uns alle gemeinsam fertig zu machen, bevor wir zur Party gingen.

»Klappriger Klabautermann, ich bin so aufgeregt wie eine Banane ohne Schale!«, schwärmte Geraldine, während sie Tiegel mit Schminke und Make-up auf meinen Schreibtisch stellte. Darcy hängte derweil die Kostüme an den Rahmen der Tür, die zum Badezimmer führte.

Geraldine hatte sich passend zu ihrem Outfit die Haare türkis gefärbt — und das stand ihr verdammt gut.

»Ich habe mit meinen verrückten Haarfarben einen Trend gestartet«, scherzte Darcy und betrachtete grinsend meine Locken, die in allen Farben des Regenbogens leuchteten.

»Ich glaube nicht, dass ich das auf Dauer durchziehen kann«, entgegnete ich und fuhr mit den Fingern durch meine Haare. Strähnen in Pastellrosa, Lila, Gelb, Grün und Blau zogen vor meinen Augen vorbei. »Das wird alles wieder verschwinden, sobald ich mir mit dem Kontrastfarbmittel die Haare wasche, aber ich bin ziemlich zufrieden mit dem Ergebnis.«

»Du siehst absolut famos aus«, lobte Geraldine mit einem breiten Lächeln.

Sofia hatte sich die Haare gelb-orange gefärbt, um sie an ihre Kostümwahl anzupassen – sie war ein Nemëischer Löwe. Sie hatte die Haare bereits zurückgebürstet und mit Haarspray versehen, sodass sie wie eine Mähne von ihrem Kopf abstanden.

»Wir werden alle fantastisch aussehen«, sagte Darcy begeistert und ich nickte zustimmend.

Meine Augen weiteten sich, als Sofia breit grinsend einen riesigen Behälter mit Pegasus-Glitzer aus ihrer Tasche holte. Ich klatschte aufgeregt in die Hände.

»Bist du sicher, dass du den ganzen Körper schminken willst?«, fragte Sofia skeptisch. »Du wirst einen Monat lang Glitzer aus deiner Arschritze waschen müssen.«

»Das ist es wert«, verkündete ich und riss mir die Klamotten vom Leib, um mich bemalen zu lassen. »Möglicherweise lande ich heute nackt in jemandes Bett – und ich will keine unschönen Kleckse auf der Haut haben, die nicht glitzern.«

Darcy lachte und Geraldines Augen weiteten sich, bevor sie sich abwandte und ihr eigenes Make-up auftrug.

»Okay. Ich habe den Zauber geübt, der dafür sorgt, dass der Glitzer auf deiner Haut klebt. Wenn ich es richtig anstellte, sollte sich das Ganze wie eine zweite Haut anfühlen, bis du es mit dem Gegenzauber wieder entfernst. Bis dahin wird der Glitzer weder verwischen noch abblättern oder abfärben«, verkündete Sofia stolz.

»Okay«, meinte ich mit einem aufgeregten Grinsen und sie machte sich daran, die dicke Schicht aus Glitzer – Rosa, Lila und Silber – auf jedem Zentimeter meiner Haut zu verteilen.

»Transzendente Tautropfen, ich kann immer noch nicht glauben, dass du als Pegasus feiern gehst – und das direkt vor Calebs Nase«, schwärmte Geraldine. »Du bist zu mutig für dein eigenes Wohl, Mylady.«

»Ich weiß nicht, was du meinst«, antwortete ich unschuldig und klimperte mit den Wimpern – sie funkelten, als der Glitzer das Licht auffing.

»Und du bist dir sicher, dass er nicht ausflippt?« Darcy musterte mich besorgt.

»Hmmm …« Ich betrachtete mich im Spiegel. Sofia hatte meinen Oberkörper bereits mit einer Schicht Glitzer überzogen und ich zuckte mit den Schultern. »Ich meine, was soll er schon sagen? Ich habe mich entschieden, mich als Pegasus zu verkleiden. Niemand sagt, dass er mit mir rummachen muss, während ich so aussehe. Und wenn er es *tut* und das irgendwie *beweist*, dass er vielleicht doch einen kleinen Pegasus-Fetisch hat … Ist das dann wirklich mein Problem?«

Die anderen Mädchen lachten, und ich wartete geduldig, während Sofia meinen Rücken bearbeitete. Der Pinsel fühlte sich kalt auf meiner Wirbelsäule an.

Mein Atlas klingelte auf dem Bett und Darcy keuchte einen Moment später auf.

»Was?«, fragte ich.

»Ich hatte eben voll das Déjà-vu«, stöhnte sie. »Denn es scheint so, als würdest du *schon wieder* mit Darius Acrux sexten.«

»Pfft«, antwortete ich. »Es sei denn, ihr habt ein Foto von mir gemacht, wie ich mir den Arsch anmalen lasse, und es ihm geschickt. Aber das bezweifle ich.«

»Es ist ein Foto von ihm, nicht von dir.«

Ich warf einen Blick auf meinen Atlas in ihrer Hand, dann schaute ich genauso schnell wieder weg.

»O Gott, bitte sag mir, dass wir gleich kein Dickpic zu sehen bekommen«, stöhnte Sofia.

»Natürlich nicht«, antwortete ich und sah wieder zu Darcy. »Oder?«

»Oh, lass mich mal gucken!«, rief Geraldine. »Ich habe nichts dagegen, bisweilen ein Stück Männerfleisch zu sehen zu bekommen.«

»Fuck, Geraldine«, keuchte ich. »Männerfleisch?! Ernsthaft, du kannst doch das Ding eines Mannes nicht Männerfleisch nennen. Oder ein verlockendes Stück Banane, wenn wir schon dabei sind.«

»Wie soll ich es denn dann nennen? Seinen langen Schamanen?«

»Nein!« Ich keuchte auf. »Kann mir bitte mal jemand helfen?«

Sofia machte sich vor Lachen fast in die Hose und Darcy sah aus, als würde sie gleich weinen.

»Sein Dingdong?«, schlug Geraldine vor und ich prustete los.

Sobald ich mich einigermaßen gesammelt hatte, nahm ich Darcy meinen Atlas ab und warf einen Blick auf den Bildschirm.

Darius:

Ein neues Foto.

»Es wird kein Dickpic sein«, sagte ich, während mein Finger über der

Nachricht schwebte.

»Doch«, entgegnete Geraldine. »Ich kann es spüren.«

»Ist es *nicht*«, beharrte ich. »Es ist nur ein … Nun, ich weiß nicht genau, was es ist, aber kein Dickpic. Wahrscheinlich. Vielleicht. Ich bin mir zu etwa dreiundsechzig Prozent sicher.«

Er würde mir kein Dickpic schicken.
Oder doch?

Ich tippte auf die Nachricht und ein Bild von Darius mit freiem Oberkörper erschien. Die gestählten Muskeln zogen meine Aufmerksamkeit auf sich und ich biss mir auf die Lippe, während ich versuchte, nicht zu genau hinzusehen. Er trug eine Art schräges Kostüm, das aus einem Umhang bestand, der zu brennen schien, und hatte Flammen auf seine Haut gemalt, die sich um seine Tattoos und an den Seiten seines Gesichts entlangzogen. Er war ein echtes Arschloch, aber er war wirklich hübsch. Verdammt!

»Also, seinen Lollypop würde ich definitiv lecken«, gurrte Geraldine und wir lachten weiter.

Ich sperrte den Bildschirm erneut und warf das Gerät zurück aufs Bett. Er würde keine Antwort bekommen, weil ich ihm überhaupt nicht geschrieben hatte. Und ich würde das Foto löschen … später.

»Das solltest du«, stimmte ich zu. »Ich will nämlich weder seinen Lollypop noch seine Anakonda oder seinen Joystick in meiner Nähe haben.«

»Vielleicht sollte ich das wirklich. Ich könnte damit anfangen, die Erben als Kerben in meinem Bettpfosten zu sammeln«, scherzte Geraldine.

Beinahe hätte ich sie angefaucht. Wie ein kleiner, verrückter, klitzekleiner Psychopath wollte ich ihr befehlen, Darius in Ruhe zu lassen. Obwohl ich wusste, dass sie nur einen Scherz gemacht hatte. Aber in diesem kurzen Moment war ich der Meinung, dass er mir gehörte. Und ich wollte weder sie noch jemand anderen in seiner Nähe haben. Das hieß wohl, dass ich wirklich verrückt war.

Ich räusperte mich und verdrängte diesen Wahnsinn, während ich wieder in den Spiegel schaute und meine glitzernde Haut bewunderte.

Sofia war fertig mit malen und legte eine Hand auf meinen Bauch. Das Prickeln ihrer Magie tanzte über meine Haut, als sie den Zauber wirkte, der den Glitzer fixierte.

»Geschafft!«, verkündete Sofia stolz und ich grinste, während ich meinen glitzernden Körper erneut betrachtete.

Ich hatte nicht einmal mehr Brustwarzen. Ich war nur noch eine große, glitzernde Farbexplosion. Auch als ich meine Haut berührte, färbte das Make-up kein bisschen ab. Es fühlte sich nicht einmal klebrig an, sondern eher so, als hätte ich jeden Zentimeter meines Körpers mit einer Gesichtsmaske versehen.

»Vielleicht sollte ich einfach nackt gehen«, scherzte ich. »Man sieht sowieso nichts.«

»Ja!«, rief Geraldine begeistert, während die anderen »Nein!« sagten.

Ich lachte und ging quer durch den Raum, um meine silberne Unterwäsche zu holen, die ich dann überzog, gefolgt von dem weißen Kleid. Es war trägerlos und kurz, um so viel glitzernde Haut wie möglich zu zeigen und gleichzeitig die wichtigen Stellen zu bedecken.

Darcy hatte sich bereits in das kleine schwarze Kleidchen geworfen, das sie als Teil ihres Kostüms trug, und band sich als Nächstes einen bodenlangen roten Umhang um die Schultern. Sie sah aus wie eine Vampirin aus den Geschichten der Sterblichen.

Geraldine hatte sich für einen smaragdgrünen Nixenschwanzrock mit glitzernden Schuppen entschieden und trug dazu einen Muschel-BH, der ihre Brüste irgendwie noch größer aussehen ließ als sonst. Darcy flocht Geraldines lange türkisfarbene Haare zu einem Fischschwanzzopf, den sie über ihre Schulter legte, und befestigte kleine Muscheln daran.

Ich schnappte mir den Lockenstab und machte mich daran, meine regenbogenfarbenen Haare zu stylen, während Sofia den hautengen Löwen-Jumpsuit anzog, mit dem sie ihr Outfit vervollständigen wollte. Sie schloss den Reißverschluss nur bis zur Hälfte, sodass ihr Dekolleté zu sehen war.

Als ich mit meiner Frisur fertig war, setzte ich mir den goldenen Pegasushorn-Haarreif auf den Kopf und stieg in meine Stilettos.

Sofia malte sich Schnurrhaare auf die Wangen und Darcy malte sich einen Tropfen Kunstblut in den Winkel ihrer blutroten Lippen, um ihr Outfit zu vervollständigen.

»Ich glaub, ich fress 'nen Besen – wir sehen allesamt famos aus!«, rief Geraldine aus und klatschte aufgeregt in die Hände.

»Kannst du ein Foto von mir in meinem Kostüm machen, damit ich es einem Freund schicken kann?«, fragte Sofia und reichte mir ihren Atlas.

»Welchem Freund?«, fragte Darcy, während ich das Foto machte und ihr den Atlas zurückgab.

»Er heißt Phillip. Angeblich«, antwortete Sofia, während sie eine Nachricht tippte und abschickte.

»Was meinst du mit *angeblich*?« Ich runzelte die Stirn.

»Er hat vor Kurzem seine Formgebung gefunden – er ist ein Pegasus. Aber er entstammt einer reinrassigen Drachenfamilie und lebt deshalb in der

Isolation und versteckt, wer er ist. Er ist ziemlich einsam … Ich versuche, ihm zu helfen, so gut ich kann, aber er muss wirklich von seiner Familie wegkommen und sich einer Herde anschließen …« Sie schürzte die Lippen und zuckte mit den Schultern. »Solange er sich weigert, das zu tun, kann ich nicht viel ausrichten. Aber ich kann ihm eine Freundin sein.«

»Das ist … wirklich beschissen«, sagte ich und zog die Stirn in Falten, als ich an Xavier Acrux dachte. Konnte es sein, dass es noch jemanden gab, der in der gleichen Lage war wie er? Oder war *er* Phillip?

»Ja«, meinte Sofia und seufzte.

»Hast du ein Foto von ihm gesehen?«, fragte ich.

»Äh, nein. Denn er versteckt, wer er ist, also …«

»Das klingt dubios«, erklärte Darcy. »Was ist, wenn er in Wirklichkeit ein widerlicher alter Kerl ist, oder …«

»Das ist er nicht«, unterbrach Sofia. »Ich habe seine Nummer von einem Mitglied seiner Familie bekommen, das ihm helfen will. Ich weiß, dass er verheimlicht, wer er wirklich ist, aber alles andere an ihm ist vertrauenswürdig. Er ist einfach nur einsam.«

Ich nickte zustimmend und beschloss, meinen Verdacht bezüglich Xavier nicht zu äußern. Wenn er es war und sich entschieden hatte, seine Identität vor ihr zu verbergen, konnte ich es ihm nicht verübeln. Er hatte Angst vor seinem Vater. Ich übrigens auch.

»Sollen wir unsere Hintern in Bewegung setzen?«, fragte Geraldine aufgeregt und wackelte mit ihrer Brust, sodass ihre Muscheln klapperten.

»Absolut!« Ich grinste und wir verließen das Zimmer.

Ich ließ meinen ganzen Kram dort, wo er war, weil ich keine Tasche mitschleppen wollte, und Sofia nahm meinen Türschlüssel, sobald ich abgeschlossen hatte, und steckte ihn in eine Tasche ihres Jumpsuits.

Wir überquerten den Campus, wo uns noch mehr Studenten in verrückten und wilden Outfits begegneten. Gemeinsam machten wir uns auf den Weg zur Erd-Höhle, wo die Party stattfand.

Es war kalt, aber ich nutzte meine Feuermagie, um mich zu wärmen.

Geraldine begrüßte jedes Arschlochclub-Mitglied, das sie auf dem Weg entdeckte, und als wir die Party erreichten, waren wir von einer riesigen Gruppe umgeben, die begeistert versuchte, Darcy und mir so nahe wie möglich zu kommen.

Wir begaben uns in den unterirdischen Tunnel, der zur Haupthöhle führte. Ein wummernder Bass lockte uns an und Millionen von glitzernden Lichtern säumten das Höhlendach. Alles sah einfach nur magisch aus.

Geraldine und Sofia entschieden direkt nach unserer Ankunft, sich etwas zu trinken zu holen, während ich mich mit Darcy auf die Tanzfläche begab. Wir suchten uns einen Platz zwischen den sich windenden Körpern der anderen Studenten und gaben uns lächelnd dem Rhythmus der Musik hin.

Gerade als das zweite Lied begann, umschlang ein starker Arm meine Taille und ich quietschte überrascht auf, als ich von den Füßen gehievt und mit hoher Geschwindigkeit durch den Raum getragen wurde.

Caleb ließ mich ein Stück weiter in einem der Seitengänge fallen und stieß mich rücklings gegen die Höhlenwand, um mich anzuknurren. Mein Rücken protestierte vor Schmerz. Er trug ein Outfit, das seine Brust entblößte, und seine Haare sahen aus wie goldene Blätter unter der Krone, die seinen Kopf zierte.

»Was zum Teufel hast du da an?«, zischte er und drückte die Handflächen links und rechts von meinem Kopf an die Wand, damit ich nicht entkommen konnte.

»Au!«, schnauzte ich und hob mein Kinn, um ihm direkt in die Augen zu sehen. »Was soll das, Arschloch?«

»Ich habe dich etwas gefragt, Tory«, brummte Caleb.

»Ich bin ein verdammtes Nilpferd«, antwortete ich. »Siehst du das nicht?«

»Nein. Denn es sieht ganz so aus, als wärst du eine Art seltsame Fetischversion eines Pegasus.«

»Wenn du das sagst – du kennst dich ja aus«, erwiderte ich spöttisch und er fletschte die Zähne.

»Dieser Mist ist nicht lustig. Das ist mein Ruf, mit dem du da spielst.«

»Ach, reg dich ab!«, sagte ich und rollte mit den Augen. »Wen interessiert es schon, ob du einen Pegasus ficken willst? Das ist nichts weiter als ein Scherz, Caleb. Ich dachte, du wärst der Witzige?«

»Nun, vielleicht ist das nichts, worüber ich lachen möchte«, grummelte er.

»Warum nicht?«, drängte ich. »Gefalle ich dir nicht? Ich habe jeden Zentimeter meiner Haut mit Glitzer bedeckt ...«

Caleb beäugte mein Outfit und schluckte heftig.

Ich konnte sehen, wie seine Entschlossenheit schwand, und rückte näher an ihn heran. »Wie hieß es noch gleich? Stehst du nicht auf Horsey Style?«

»Nein«, schnauzte Caleb, stieß sich von mir weg und trat zurück, um etwas Abstand zwischen uns zu bringen. »Geh einfach zurück zur Party, Tory. Ich kann heute Abend sowieso nicht in deiner Nähe sein.«

»Warum nicht?«

Calebs Lippen teilten sich, als wollte er mir etwas sagen, aber schließlich schüttelte er den Kopf und schoss wieder davon. Ich blieb allein in der Dunkelheit zurück.

Ich warf ihm einen finsteren Blick hinterher und ging zurück zu den Lichtern der Party. Ein kleiner Teil von mir war enttäuscht, dass ihm der Humor für meinen Scherz fehlte. Aber einem größeren Teil von mir war das scheißegal. Wenn er sich in eine Ecke verkriechen wollte, um über seinen wertvollen Ruf zu schmollen, dann war das seine Sache. Ich hatte vor, eine fantastische Nacht mit meinen Freundinnen zu verbringen – und dafür brauchte ich keine Männer.

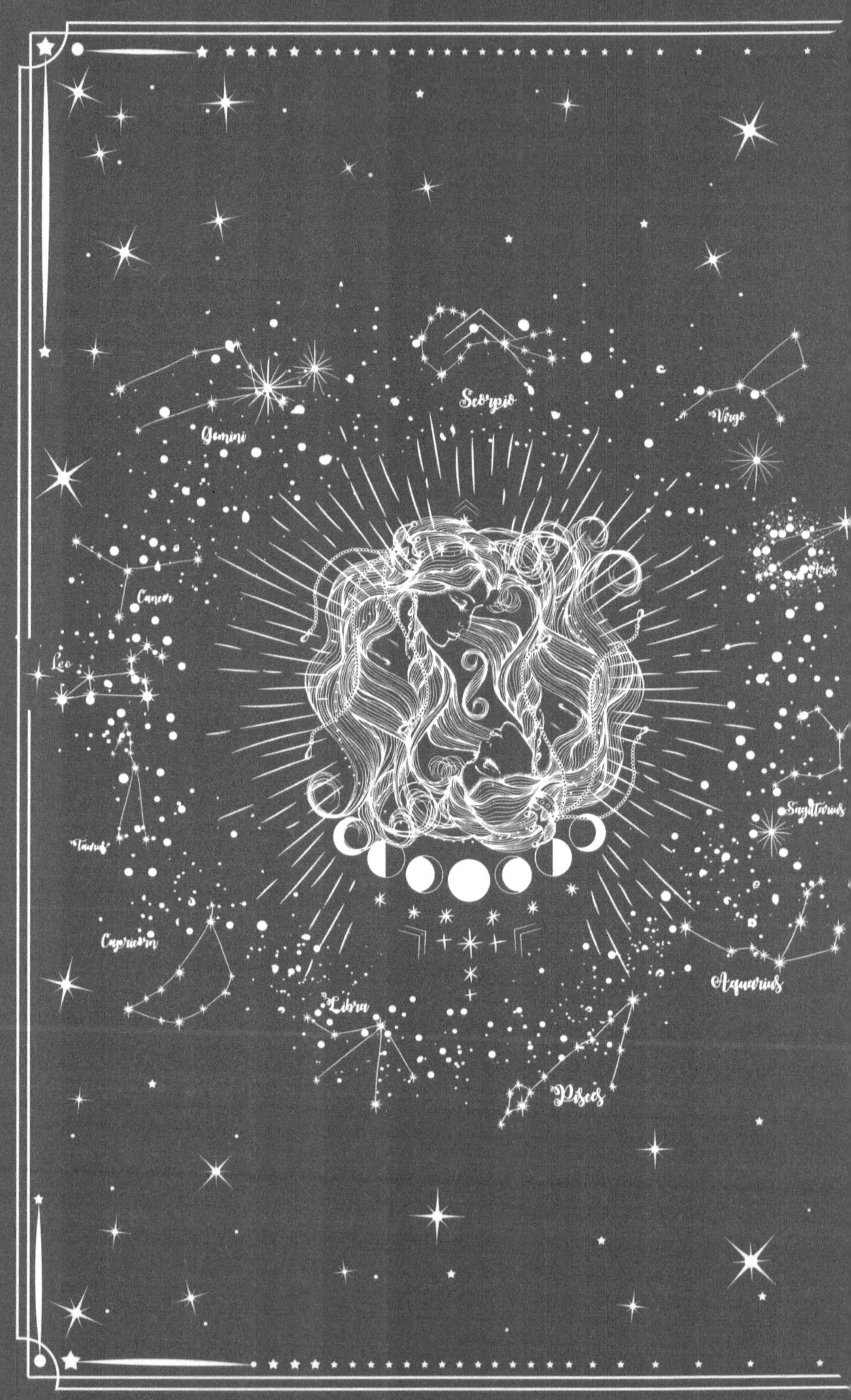

Gemini
Scorpio
Virgo
Cancer
Aries
Leo
Sagittarius
Taurus
Capricorn
Aquarius
Libra
Pisces

DARCY

KAPITEL 22

Die Musik dröhnte in meinen Ohren und versetzte meinen Körper in einen Zustand wilder Aufregung, als ich die unglaubliche Magie betrachtete, die in der Höhle gewirkt worden war. Die Stalaktiten über uns glitzerten und blitzten; die Kristalle und Mineralien wurden von einem pulsierenden Licht zum Leben erweckt, das aus dem Gestein selbst zu kommen schien. Am anderen Ende der Höhle war aus einem Erdwall eine Bühne errichtet worden, auf der ein DJ mit Teufelshörnern und einer roten Maske in der Trance seines eigenen Sets versunken zu sein schien.

Steinerne Stühle und Tische säumten den Raum und der Boden war mit weichem Moos ausgelegt. Ranken, die sich wie Schlangen in alle Richtungen bewegten, zierten die Wände; neonfarbene Blumen verströmten im Sekundentakt Glitzerstaub. Es war wunderschön, fesselnd und regte in mir den Wunsch, zu lernen, wie man diese wahnsinnig coole Magie einsetzte.

Tory führte uns von der Tanzfläche zu einem großen Tisch, an dem leuchtend grüner Punsch durch eine Eisfontäne floss. Ich schnappte mir ein Glas, das ebenfalls aus Eis war und vorsichtig in einem Nest aus Ranken gehalten wurde, und füllte es aus einem der Rinnsale, die über die unterste Ebene der Fontäne flossen. Ich nahm einen Schluck und meine Geschmacksknospen knisterten und knackten, als das saure Getränk über meine Zunge glitt. Adrenalin durchströmte meine Adern, sobald ich schluckte, und ich nahm begierig einen weiteren Schluck, während sich die Magie in meinem Körper weiter entfaltete.

»Ich glaube, an mir nibbelt ein Wasserschwein – das schmeckt ja großartig!«, rief Geraldine und füllte ihr Glas ein zweites Mal.

»Was war das mit deinen Nippeln, Grus?« Max' Stimme veranlasste mich dazu, herumzuwirbeln, und mein Herz stotterte, als ich auch die anderen drei Erben entdeckte, die in einem engen Kreis hinter ihm standen. Ich konnte nicht umhin, ihre unglaublichen Kostüme zu bewundern. Jeder von ihnen stellte das Element seines Hauses dar und sah aus, als hätte ein Künstler seinen Körper als Leinwand benutzt.

Max wurde jenseits der Taille von Schuppen bedeckt, aber seine Brust war nackt, und jemand hatte silberne und blaue Strudel auf seine Haut gemalt, die wie Mondlicht glitzerten. Seine breiten Schultern waren mit Muscheln geschmückt und in seiner Hand hielt er einen riesigen goldenen Dreizack, der scharf genug aussah, um jemanden aufzuspießen. Seinen Iro hatte er marineblau gefärbt und auf seinem Kopf saß eine Krone aus glitzernden blauen Edelsteinen.

Seth repräsentierte das Element Luft. Seine langen Haare waren weiß wie Eis und flatterten in einer Brise, die ich nicht spüren konnte. Die Krone auf seinem Kopf bestand aus einem silbernen Ring aus Stacheln, der scharf funkelte. Seine Schultern zierten Federn, die über seine muskulöse Brust hingen, und seine Hose war maßgeschneidert und aus weißem Stoff, mit einem großen silbernen Gürtel, der mit transparenten Kristallen besetzt war.

Caleb trug die Farben der Erde. Seine blonden Locken sahen aus wie goldene Blätter und waren unter einer bronzefarbenen Krone nach hinten gekämmt. Er trug einen dunklen Umhang, der aus Moos und Efeu geflochten war und an einer Bronzeplatte von seinen Schultern hing.

Darius – im Element des Feuers – sah furchterregend aus. Seine Schultern zierte eine Rüstung, die aus Kohle zu bestehen schien, und ein flackerndes blaues Feuer züngelte auf ihrer Oberfläche. Seine Haare waren unter einer goldenen Krone zurück gestrichen und rote Flammen schienen in dem Metall selbst zu lodern. Die Tätowierungen auf seiner Brust flackerten bisweilen wie Gasfeuer auf, bevor sie wieder in tiefes Schwarz übergingen.

»Ihr macht keine halben Sachen, was?«, fragte ich Max.

»Wir hatten ein Fotoshooting für die Presse, kleine Vega. Das musste perfekt sein.«

»Ihr müsst euch wirklich anstrengen, um euren schlechten Ruf aufrechtzuerhalten«, kommentierte Tory grinsend, aber Max zuckte mit den Schultern und wandte sich an Geraldine. Er betrachtete ihr Meerjungfrauenkostüm und ließ seinen Blick auf ihren Brüsten verweilen, bevor er grinsend aufblickte.

»Wir passen zusammen«, stellte er fest. Ich warf einen Blick auf Geraldine und fragte mich, wie sie wohl auf seine Aufmerksamkeit reagieren würde.

»Prinzessin Meer-Geraldine würde sich niemals mit einem gewöhnlichen Schleimaal blicken lassen«, sagte Geraldine abschätzig, und ich schnaubte.

Max' Unterkiefer zuckte. »Ich bin kein Schleimaal, ich bin Poseidon, der König des Meeres.«

»Oh, aber warum trägt der mächtige König Poseidon denn ein Schleimaal-Kostüm?«, fragte Geraldine stirnrunzelnd und Max' Augen flackerten vor Wut.

»Tut er nicht ... Ich meine, das tue ich nicht. *Es ist kein Schleimaal-Kostüm!*«

Ein paar Mädchen, die an ihm vorbeigingen, kicherten, und seine Wangen färbten sich rot. Er warf einen Blick auf die anderen Erben und sah dabei so aus, als wollte er sich entfernen, aber aus irgendeinem Grund tat er es nicht.

Er räusperte sich. »Wie wäre es mit einem Tanz?«, fragte er sie, bevor er mir, Tory und Sofia einen finsteren Blick zuwarf. »Oder einem Gespräch unter vier Augen?«

Die anderen Erben schienen zunehmend ungeduldig zu werden und ich fing ungewollt Seths Blick auf. Er grinste und musterte mein Kostüm mit dunkler Faszination. Darius starrte Tory an, während Caleb mit einem Drink in der Hand und gelangweiltem Blick mit einem nervösen Mädchen sprach.

»Nein, danke, Seeigel«, sagte Geraldine leichthin und fuchtelte mit der Hand, als wäre Max ein Diener an ihrem persönlichen Königshof.

Als Max sich nicht rührte und sie ungläubig anstarrte, stolzierte Geraldine davon und wir folgten ihr unverzüglich. Sobald wir etwas Abstand zwischen uns und die Erben gebracht hatten, brachen wir in Gelächter aus.

Wir kehrten auf die Tanzfläche zurück und tanzten als Gruppe zu den wummernden Beats. Ich nahm noch einen Schluck von meinem Drink, ließ mich von seiner Magie anstecken, hob die Hände in die Luft und starrte an die bunte Decke über mir.

Ich registrierte, dass die Menge um uns herum immer näher kam und mehr als ein Mann versuchte, unsere Gruppe zu trennen und uns zum Tanzen wegzuziehen. Geraldine lag bald in den Armen eines Typen, der wie ein Minotaurus gekleidet war, riesige Hörner auf dem Kopf hatte und dem ein Pelzumhang von den Schultern hing. Sofia tanzte mit Tyler, der oben ohne war, braune Flügel auf dem Rücken befestigt hatte und sich für eine Vogelmaske entschieden hatte. Ich vermutete, dass er ein Kaukasischer Adler war. Es schien, als hätten sich die meisten Jungs auf der Party für den Halbnackt-

Look entschieden, um ihre Muskeln zur Schau zu stellen. Ich würde mich nicht beschweren, aber es gab nur ein Set von halb nackten Muskeln, die ich wirklich sehen wollte.

Tory und ich blieben allein zurück. Wir tanzten zu dem endlosen Beat, während wir uns abwechselnd Getränke aus der Eisfontäne holten. Ich war wie benebelt vor Glück und es störte mich nicht einmal, dass sich die Erben um uns scharten – jeder mit einem hübschen Mädchen an der Seite, das sich an ihm rieb. Caleb löste sich von dem Mädchen, das um ihn herum scharwenzelte, leerte sein Bier und machte sich auf den Weg zu Tory.

»Tanz mit mir!« Es war mehr Befehl als sonst irgendetwas und sie verdrehte die Augen.

»Ich tanze gerade mit meiner Schwester«, rief sie über die laute Musik hinweg.

Ich winkte ab. »Schon gut, Tor, ich mach mich mal auf die Suche nach einem Wasser.«

»Bist du sicher?«, fragte sie, während Caleb bereits besitzergreifend einen Arm um sie legte.

»Ja, ich bin gleich wieder da.« Ich entfernte mich und sie schmiegte sich mit einem Blick in seine Arme, der verriet, dass sie ihm für seinen herrischen Ton die Hölle heißmachen würde.

Das Gedränge war irgendwie erdrückend und als ich den Getränketisch erreichte, war mein Mund wie ausgedörrt. Ich suchte nach Wasser und fand am Ende des Tisches einen großen Eiskübel mit Flaschen. Ich schnappte mir eine und trank sie in einem Zug aus. Mit einem erleichterten Seufzer entsorgte ich die leere Flasche – in dem Moment fiel mein Blick auf Seth, der gerade aus der Menge trat.

Ich wandte mich von ihm ab und machte mich wieder auf den Weg zur Tanzfläche, spürte aber plötzlich, wie sich eine Hand um mein Handgelenk schloss. Knurrend drehte ich mich um, weil ich davon ausging, dass es Seth war. Doch vor mir stand ein großer Mann mit einem riesigen schwarzen Mantel und einer Psychokiller-Maske.

»Hast du Spaß?«, fragte er, und mein Herz flatterte, als ich Orions Stimme hörte und den Duft von Zimt wahrnahm, der mich umwehte.

Seine Brust war nackt unter dem Mantel und ich wusste nicht, was zur Hölle er sein sollte – aber es war verdammt heiß.

Ich stellte mich auf Zehenspitzen, um dicht an seinem Ohr zu sprechen: »Du darfst nicht hier sein.«

Er drehte mich um und zog meinen Rücken an seine Brust, um mit mir zu tanzen. Augenblicklich schmiegte ich mich an ihn.

»Ich wollte dein Kostüm sehen«, schnurrte er, und ich grinste und rieb mich an ihm. Er ließ seine Hand zu meinem Bauch gleiten und zog mich enger an sich.

»Und? Wie gefällt es dir?«, fragte ich leise.

»Ich vermute, dass du ein Vampir sein sollst. Aber ich weiß nicht, was der Umhang damit zu tun hat.«

»Ich bin Graf Dracula«, sagte ich, als wäre es offensichtlich.

»Wer?«

»Der berühmteste Vampir aller Zeiten«, sagte ich.

»Makinos, der Tückische?«, fragte er verwirrt.

»Was?« Ich lachte und sein Griff um mich wurde fester.

Mein Herz stotterte, als ich auf das Meer von Studenten um uns herum blickte. Wir verhielten uns leichtsinnig, das war mir klar, aber ich verlor mich in dem Gefühl, ihn so nah bei mir zu haben.

Ich drehte mich zu ihm um und verschränkte meine Hände hinter seinem Nacken, während wir aufgrund der dicht gedrängten Körper immer näher zusammenrückten. Ich spürte, wie er mich hinter der Maske beobachtete, und eine köstliche Hitze breitete sich in meinem Inneren aus. Seine harte Länge bohrte sich in meine Hüfte und ein Grinsen umspielte meinen Mund.

Während ich weiter gegen ihn tanzte, wuchs das Verlangen in mir. Mein Atem beschleunigte sich, als er seine Hände auf meine Hüften legte und meine Bewegungen lenkte. Er grub seine Finger immer tiefer in meine Haut und ich war kurz davor, den Verstand zu verlieren, so sehr wollte ich ihn küssen.

Ich sah durch meine Wimpern zu ihm auf und einen Augenblick später schnappte er sich meine Hand und zog mich von der Tanzfläche. Ich stolperte fast über einen langen schuppigen Schwanz, als ich ihm hinterhereilte, aber sein Griff war so fest, dass ich nicht fiel.

Wir traten auf der anderen Seite der Höhle aus der Menge und mein Herz hämmerte wie wild, als Orion mich zielstrebig in einen der Gänge führte, die von der Haupthöhle abgingen.

Die Musik wurde zu einem entfernten Dröhnen und wir eilten tiefer in die bedrohlich anmutende Dunkelheit. Orion verschränkte seine Finger mit meinen, als sich meine Atmung beschleunigte. Ich war hier nahezu blind, aber mit seinen Vampiraugen konnte er vermutlich hervorragend sehen.

Abrupt blieb er stehen und drückte mich mit dem Rücken gegen die Höhlenwand. Einen Moment später hörte ich, wie seine Maske auf dem Boden aufschlug.

Er presste meine Arme gegen den kalten Stein und ich stöhnte auf, noch bevor er mich küsste und seine Zunge zwischen meine Lippen schob. Sein harter Brustkorb zwang mich gegen den Felsen, und als er sich an mir rieb, spürte ich genau, wie sehr er mich wollte.

Plötzlich bohrte er seine Reißzähne in meine Unterlippe und ich keuchte auf, als mein Blut in seinen Mund floss und ihm ein lustvolles Stöhnen entwich.

»Das ist riskant«, sagte ich zwischen zwei Küssen, während er seine Hand unter mein Kleid schob. »Du sagst immer, dass ich vorsichtig sein soll. Du bist ein echter Heuchler.«

»Ich weiß«, knurrte er. Seine Finger hatten den Saum meines Höschens gefunden und meine Schenkel öffneten sich bereitwillig für ihn. »Aber ich kann nicht anders. In mir tobt ein Verlangen nach dir, das unersättlich ist. Aber ich werde es definitiv versuchen.«

Seine Hand glitt unter mein Höschen und ich neigte den Kopf zurück gegen die Wand. Ich war bereit für ihn, mehr als bereit. Mit einem leisen Knurren schob er zwei Finger in mich und mein Lustschrei hallte durch die Höhle.

»Fuck! Stillekuppel«, keuchte ich und erstickte mein Stöhnen.

Er hob seine freie Hand und wirkte im Nu eine Stillekuppel sowie eine bernsteinfarbene Lichtkugel, die mich mit dem Anblick seiner leuchtenden Augen belohnte. Er streichelte meine Klitoris und ein erneuter Lust-Impuls durchfuhr mich. Seine Finger bewegten sich in einem gleichmäßigen, quälenden Rhythmus in mir und trieben mich an den Rand des Wahnsinns. Ich klammerte mich an seine Schultern, als er seine Finger in mir krümmte, eine unglaublich perfekte Stelle in mir traf und mich so schnell kommen ließ, dass ich mich nicht im Entferntesten hatte vorbereiten können. Ich brach in seinen Armen zusammen und meine Erregung bahnte sich einen Weg durch mein Inneres, während er mich weiter mit seiner Hand fickte und mich mit seinen Fingern quälte. Aber ich brauchte mehr. Ich brauchte alles.

Ich griff nach seinem Hosenbund und streichelte seinen harten Schwanz durch den Stoff seiner Hose. Er fluchte leise und mit zusammengepressten Zähnen. Ich öffnete den Reißverschluss seiner Hose, befreite seine Länge, legte meine Finger darum und entlockte ihm ein tiefes, lustvolles Knurren. Ich streichelte jeden dicken Zentimeter, schloss meine Faust um seinen Schaft und ließ meine Hand in trägen Bewegungen auf und ab wandern, bis er in meiner Handfläche zuckte.

Langsam zog er seine Finger aus meiner Pussy und ließ sie durch meine Nässe gleiten, bevor er seine Hand aus meinem Höschen nahm und mich verlangend zurückließ.

Mit einer fleischlichen Lust in den Augen zog er mir mein Höschen über die Hüften und ließ es bis zu meinen Knöcheln fallen. Er legte eines meiner Beine über seine Hüfte und mein Magen verkrampfte sich vor Erwartung, als er die Spitze seines Schwanzes an meinem Eingang positionierte. Er hielt mich in der Schwebe, während sein Blick, der voller Lust und Verlangen war, auf meinen traf.

»Halt meinen Blick fest!«, befahl er und drang mit einem kräftigen Stoß in mich ein.

Ich schrie auf, als die Lust jeden Nerv meines Körpers durchbohrte, wandte den Blick aber nicht von ihm ab, denn die Intensität, mit der er mich beobachtete, erregte mich noch mehr.

Während er meinen Körper eroberte, hielt ich mich an seinem Nacken fest und presste meinen Hintern fest an die Wand. Er hielt mich fest, drang wieder und wieder in mich ein und justierte meine Hüften im perfekten Winkel; sein Schwanz füllte mich bis zum Rand aus und dehnte mich so perfekt, dass ich seinen Namen stöhnte.

Ich konnte kaum noch atmen, als die Reibung zwischen uns so intensiv und heiß wurde, dass sie ein Feuer entfachen könnte. Ich schlang auch mein anderes Bein um ihn und meine Hüften wippten im Takt mit seinen, während ich ihm Stoß für Stoß entgegenkam.

Seine Hand glitt zu meinem Hals, als er mein Kinn anhob, um mich zu küssen. Dabei übten seine Finger gerade genug Druck aus, um mir zu zeigen, dass er hier die Oberhand hatte. Erneut drangen seine Reißzähne in meine Unterlippe ein und ich schmeckte das Blut, das zwischen unseren Zungen floss, während sich seine Hüften schneller bewegten und er mich auf jede erdenkliche Weise verzehrte. Er stöhnte in Ekstase und das Geräusch reichte aus, um mich an den Rand des Abgrunds zu bringen. Ich verkrampfte mich um seinen Schaft und mein Körper versprach einen erderschütternden Höhepunkt dieser zerstörerischen Leidenschaft.

Ich schob meine Hand in seine Haare und schwebte weiter am Rande des Nirwana, während er mir jeden Zentimeter Lust abrang. Eine Sekunde später brach ich zusammen, und Lust und Verlangen durchrollten mich wie tausend Murmeln eine Kugelbahn. Eine Kettenreaktion purer Glückseligkeit wurde ausgelöst und erfasste jeden Teil meines Wesens.

Orion folgte mir mit einem kräftigen Stoß. Sein pulsierender Schwanz füllte mich vollständig aus, während sich seine Finger in meine Hüften gruben. Er ergoss sich tief in mir. Ich spürte ihn überall, unsere Körper waren auf fundamentale Art und Weise miteinander verbunden. Zitternd ließ ich zu, dass meine Erlösung das Fundament meiner Seele erschütterte.

Sein Mund fand den meinen und ein Lachen entlud sich zwischen uns, während ich mich an ihm festhielt. Meine Beine bebten und ich war mir ziemlich sicher, dass ich auf den Hintern fallen würde, sollte er mich loslassen.

Schließlich zog er sich aus mir zurück, stellte mich ab und trat zurück, um sich wieder anzuziehen. Ich ließ mich gegen die Wand sinken und schob mein Kleid nach unten, während er den Reißverschluss seiner Hose schloss und mir ein ansteckendes Lächeln schenkte, das ich einfach erwidern musste.

Ich wollte gerade mein Höschen vom Boden aufheben, als Applaus ertönte, mein Herz zum Stillstand brachte und meine Lunge leerte.

Blankes Entsetzen durchströmte jeden Zentimeter meines Körpers, als ich mich umdrehte.

Seth kam durch den Tunnel auf uns zu. In seinem Federkleid sah er aus wie ein Engel, aber aus seinen Augen starrte ein Dämon.

Ich erstarrte neben Orion und versuchte, mir eine Erklärung zurechtzulegen. Mein Verstand lief auf Hochtouren.

Wie viel hat er gesehen?

Orion bewegte seine Hand, um die Stillekuppel um uns herum aufzulösen, und seine starre Haltung und die entblößten Reißzähne ließen meinen Puls schneller schlagen.

Heilige Scheiße, was machen wir jetzt?!

»Ich dachte schon, mein Verstand hat mir einen Streich gespielt«, meinte Seth und hielt ein Stück entfernt inne. Sein Blick huschte zwischen Orion und mir hin und her und fiel dann auf mein Höschen auf dem Boden. »Aber ich sollte immer auf meine Instinkte vertrauen.«

»Seth, es ist nicht so, wie du …«

»Lüg mir nicht ins Gesicht!«, unterbrach mich Seth mit einem bösartigen Knurren.

»Machen Sie keine Dummheiten, Capella«, warnte Orion in tödlich ruhigem Ton. Seine Muskeln zuckten und Seth schien sich ebenfalls zu verkrampfen.

Die Realität traf mich wie ein brutaler Schlag in die Magengrube.

Er wird uns verraten. Er wird Orions Leben zerstören – und das alles nur meinetwegen. Wie konnten wir nur so dumm sein?

Seth lachte, aber das Geräusch war alles andere als freundlich. »Was zum Beispiel? Rektorin Nova davon erzählen?«

Eine unglaubliche Kälte legte sich über mich und versetzte mich in einen panischen Zustand. »Bitte, Seth. Erzähl niemandem davon.«

Orion griff nach meiner Hand und schlang seine Finger solidarisch um meine. Ich konnte es nicht ertragen, ihn anzusehen, denn ich spürte, wie er dieses Schicksal bereits akzeptierte. Aber ich weigerte mich, das zuzulassen. Ich würde mich *nicht* von ihm verabschieden. Nicht wegen dieses verfluchten Seth Capella.

»Warum sollte ich jemandem davon erzählen?«, fragte Seth unschuldig und für einen Moment war ich mir sicher, dass ich ihn missverstanden hatte.

Mit einem grausamen Lächeln trat er näher an Orion heran und stieß ein wölfisches Knurren aus, das seinen Ursprung tief in seiner Brust zu haben schien.

Eine animalische Spannung breitete sich zwischen den beiden aus, und ich spürte, dass Orion seine ganze Energie darauf verwendete, ihn nicht anzugreifen.

»Sie gehören jetzt mir, *Sir*. Genau wie Ihr kleines Spielzeug.« Seth sah mich an und meine Kehle wurde eng. Eine ätzende Wut breitete sich unter meiner Haut aus und meine Formgebung erhob sich in mir wie eine feurige Bestie.

Flammen züngelten über meine Arme und tauchten die Höhle in blutrote Töne.

Seth beäugte mich teilnahmslos, aber als ich einen Schritt nach vorn machte, stellte er sich mir mit gestrafften Schultern entgegen.

Orion zog mich zurück und Seth lächelte zufrieden, als die Flammen auf meiner Haut erloschen. Ich konnte mich nicht gegen ihn wehren, keiner von uns konnte das. Denn er hatte recht, dank dieses Geheimnisses waren wir ihm ausgeliefert. Wir waren an ihn gebunden, es sei denn, wir ließen die Wahrheit ans Licht kommen, aber das konnte ich nicht zulassen.

»Vielleicht erzähle ich Nova selbst davon und erspare Ihnen die Mühe«, sagte Orion kalt.

»*Lance*«, zischte ich verzweifelt. »Das kannst du nicht machen. Das werde ich nicht zulassen.«

Seth beobachtete unser Gespräch mit Interesse, bevor er sich an Orion wandte. »Du bluffst. Denn wir wissen beide, dass mehr auf dem Spiel steht als nur dein Job oder dein Ruf. Deshalb wundert es mich, dass du eine Studentin fickst, *Lance*. War die Vega-Pussy das wirklich wert?«

Orion stürzte sich blitzschnell auf ihn und drückte Seth an der Kehle an die Wand. »Sprich nicht so über sie, du Stück Scheiße!«

Seth stieß ihn mit einem kräftigen Luftstoß von sich und Orion stolperte mit einem Fauchen zurück.

Seth strich mit dunklen Augen die zerzausten Federn an seiner Kehle glatt. »Wenn du mich noch einmal anrührst, *werde* ich euch verraten. Du hast es noch immer nicht begriffen, oder? Ihr werdet beide tun, was ich sage, *wann immer* ich es sage. Andernfalls müsst ihr die Konsequenzen tragen.«

Ich sah Orion ängstlich an. »Was steht noch auf dem Spiel?«

Orion runzelte die Stirn, sagte aber nichts. Wut durchströmte mich, dass es Seth war, der meine Frage beantwortete.

»Verstehst du denn nicht, Babe? Du bist eine solarische Prinzessin, eine verdammte Vega-Erbin.« Er lachte laut auf und es war ein furchtbar kaltherziger Ton, der von den Wänden widerhallte. »Orion könnte dafür ins Gefängnis wandern, dich manipuliert zu haben.«

»Aber das hat er nicht«, erwiderte ich keuchend und schüttelte verneinend den Kopf.

Die Art und Weise, wie Orion meinem Blick auswich, füllte mich mit Entsetzen, und als er sprach, war seine Stimme hohl: »Es hängt davon ab, was die Zeitungen schreiben und was das Gericht glaubt. Auch Erinnerungen können mit Magie manipuliert werden, ein Zyklop könnte das nicht mit Sicherheit beweisen. Wenn es also ausreichend Zweifel gibt ...« Er schüttelte den Kopf, ohne den Satz zu beenden. Der Raum schien sich von allen Seiten um mich herum zu schließen.

Ich konnte nicht mehr atmen. Ich konnte mich dem nicht stellen. Niemals. Ich würde jeden vor Gericht davon überzeugen, dass er mich nicht manipuliert hatte. Dafür würde ich sorgen.

Aber selbst dann ... würde er immer noch seiner Macht beraubt werden. Und ich hatte mittlerweile gelernt, dass es in Solaria kaum ein schrecklicheres Schicksal gab als ein Fae, dem der Rang genommen und der an das untere Ende der Nahrungskette gedrängt worden war. Wie sollte Orion das in einer Welt, in der sich alles um Macht drehte, jemals durchstehen?

Ich drehte mich zu Seth um, der uns die einzige andere Möglichkeit gab: Wenn wir sein Angebot annahmen, würde er unser Geheimnis hüten.

»Was willst du von uns?«, fragte ich und Seth grinste.

»Die kurze Antwort? Alles, verdammt noch mal.«

Um Orion schien sich ein Gewitter aufzutun, aber ich legte eine Hand auf seinen Arm und flehte ihn mit meinen Augen an. »Wir haben keine andere Wahl.«

»*Blue*«, flüsterte er und sein Blick war voller Verzweiflung.

»Bitte«, flehte ich. Ich wusste, dass er sich dem Gericht stellen würde, aber uns Seth auszuliefern musste doch besser sein als die Alternative. Auch wenn mich der Gedanke, Seths Anweisungen Folge zu leisten, anwiderte, war es mir lieber, als zuzulassen, dass Orion für unsere Beziehung den Kopf hinhielt. »Wenn er es Nova erzählt, werden wir auseinandergerissen.«

Orions Kehlkopf wippte und Panik legte sich über sein Gesicht. Er drückte zustimmend meine Finger und die Anspannung fiel von meinen Schultern. »Wenn er irgendetwas Sexuelles von dir verlangt, wirst du dem verdammt noch mal nicht zustimmen.«

Mein Mund blieb offen stehen, als ich mir vorstellte, dass Seth so etwas überhaupt tun könnte, und ich drehte mich alarmiert zu ihm um.

»Ich bin kein Monster«, sagte Seth fast schon beleidigt. »Und jetzt verzieh dich zurück zum Asteroidenplatz! Darcy kommt mit mir.«

Orion bewegte sich nicht, unsere Hände waren immer noch verschränkt.

»Habe ich die Wunderlampe nicht korrekt gerieben?« Seth schnaubte. »Ich wünsche mir, dass du dich verpisst.«

Er schnippte ungeduldig mit den Fingern, und Orion knurrte gefährlich, führte meine Hand zu seinem Mund und drückte ihr einen Kuss auf den Rücken.

»Du musst gehen«, sagte ich leise, als ich den Konflikt in seinen Augen sah.

Ich zog meine Hand aus seiner und sein Unterkiefer zuckte, als er noch ein paar Sekunden länger so stehen blieb.

Mit entblößten Reißzähnen marschierte er auf Seth zu. »Wenn du ihr etwas antust, bringe ich dich um. Es ist mir egal, dass du ein Erbe bist. Es ist mir egal, wenn ich den Rest meines Lebens in Darkmore verbringen muss. Für sie nehme ich jedes Schicksal in Kauf, also denk daran, wenn du dein kleines Spielchen spielst, Capella.« Er rammte Seth mit der Schulter und schoss dann mit seiner Vampirgeschwindigkeit davon.

Mein Herz stotterte, als ich mit meinem Todfeind allein gelassen wurde. Sein Blick wanderte zu meinem Höschen, das noch immer auf dem Boden lag, und ich hatte das Gefühl, als würde mein Inneres in Stücke gerissen.

»Zieh dein Höschen an, Babe! Und dann wirst du allen erzählen, wie gut es sich angefühlt hat, einen Erben zu ficken.«

Gemini
Scorpio
Virgo
Cancer
Leo
Taurus
Capricorn
Libra
Sagittarius
Aquarius
Pisces

SETH

KAPITEL 23

Darcy starrte mich hasserfüllt an und ich erwiderte ihren Blick mit kühler Härte.

Das hast du davon. Du hast dich geweigert, dich vor mir zu verbeugen, und einen Lehrer gefickt, als gäbe es auf dieser Welt keine Regeln für dich.

Ich ging auf sie zu und betrachtete das verschmierte Kunstblut an ihrem Mund, ihre zerzausten Haare und die Bisswunde auf ihrer Lippe, die Orion noch nicht hatte heilen können. Ich griff danach, und sie wich zurück.

»Ich heile sie«, sagte ich. Zähneknirschend ließ sie zu, dass ich meinen Daumen auf ihre Lippe drückte. Ich schickte einen Funken Heilmagie in ihre Haut und strich dann mit meinem Daumen über ihren Mund, um ihn mit Kunstblut und Lippenstift zu benetzen. Damit bedeckte ich dann meine eigenen Lippen.

»Was machst du da?«, zischte sie angewidert und, um ehrlich zu sein, es war tatsächlich ekelhaft, aber absolut notwendig.

»Niemand wird denken, dass du mich gefickt hast, wenn es keine Beweise gibt.«

»Warum willst du überhaupt, dass die Leute das denken?«, schnauzte sie. »Das ist doch total krank.«

»Weil es Spaß macht, Babe. Und weil du dich dann so richtig schön beschissen fühlst.« *So geht es mir in deiner Nähe schon so unglaublich lange. Ich verdiene eine Revanche.*

Und möglicherweise, nur möglicherweise, war ich ein kleines bisschen verletzt. Ich hatte gewusst, dass sie mit einem anderen Typen schlief, aber ich hatte an dem gezweifelt, was ich in der Nacht der Mondfinsternis gesehen hatte. Und doch hatte ich immer wieder daran gedacht. Ich hatte schon mehrmals versucht, vor dem Raum herumzulungern, in dem ihre Betreuungssitzung stattfand, aber Orion legte stets eine Stillekuppel darüber.

Ein störender Gedanke in mir hatte mich dazu veranlasst, weiterzusuchen. Und wer hätte das gedacht? Ich hatte sie in seinen Armen auf der Tanzfläche gesehen. Nicht, dass ich mir sicher hätte sein können, als er noch verkleidet gewesen war, aber dieses Bauchgefühl war einfach nicht verschwunden. Und mich hatte die Entschlossenheit gepackt, endlich die Wahrheit zu erfahren. Also hatte ich ihnen lange genug Zeit gegeben, sich zu kompromittieren, und war ihnen dann hierher gefolgt. Und das war die beste Entscheidung gewesen, die ich seit Langem getroffen hatte.

Zugegeben, ich war immer noch ziemlich überrascht. Denn Darcy war mir immer wie ein braves kleines Mädchen vorgekommen. Dabei war sie tief im Inneren böse und verdorben. Aber wenn sie sich so nach Nervenkitzel sehnte, hätte sie nicht gleich die Gesetze Solarias brechen müssen, um sich einen Kick zu holen. *Ich meine, ernsthaft? Ein verdammter Lehrer, Darcy?*

Ich fuhr mit der Hand durch meine Haare und brachte sie so durcheinander, dass es glaubhaft wirkte, während Darcy mich missmutig beobachtete. Es freute mich, dass sie etwas für mich empfand. Etwas, das sie innerlich verbrannte und das nicht ignoriert werden konnte. Das hatte sie verdient. Denn das war es, was sie mir angetan hatte.

»Wer weiß noch von eurem kleinen Geheimnis? Tory?«, riet ich und sie wurde blass.

»Nein«, sagte sie leise. »Ich wollte nicht riskieren, sie da reinzuziehen.«

Ich stieß einen leisen Pfiff aus. »Du hast tatsächlich deine Schwester angelogen. Das ist mies.«

»Fick dich!«, schnauzte sie.

Ich war wirklich überrascht. Ich hätte gedacht, dass sie diese kleine Information Tory gegenüber erwähnt hatte, aber offenbar nicht. Eine der berüchtigten Zwillingsschwestern hatte also Geheimnisse vor der anderen. Vielleicht war ihre Einheit doch brüchig.

»Hier.« Ich hielt ihr meine Hand hin und sie nahm sie widerwillig.

Ich zog sie zu mir heran, und sie stemmte sich gegen meine Brust und stieß sich von mir ab. »Jetzt kannst du ein bisschen von deiner Wut an mir auslassen, Darcy. Du musst dich nicht zurückhalten. Wenn wir tatsächlich gevögelt hätten, wäre es verdammt rau zugegangen.« Ich hielt ihr meine Wange hin und sie zog die Brauen hoch.

»Du willst, dass ich dich schlage?«, fragte sie mit entschieden zu viel Hoffnung.

»Schlagen, kratzen, beißen, durchdrehen. Aber nimm es mir nicht übel, wenn es mich anturnt.«

Ihre Handfläche landete auf meinem Gesicht und verdammt, sie hatte tatsächlich ordentlich Kraft. Ich stieß ein Lachen aus und sie verpasste mir einen Schlag gegen die Rübe und kratzte meine Arme mit einem wütenden Knurren.

Ich wich zurück und grinste, als sie sich wie ein hungriger Wolf auf mich stürzte und mir ihre Fäuste mit brutalen Schlägen in die Brust rammte, die blaue Flecken hinterlassen würden. Als ich genug hatte, packte ich ihre Handgelenke und grinste, woraufhin sie mich wütend anfunkelte.

»Komm, Babe.« Ich verschränkte meine Finger mit ihren und zog sie mit mir. »Lass uns etwas richtigen Spaß haben.«

Sie setzte sich schweigend in Bewegung und ich musterte sie von der Seite. Tränen glitzerten in ihren Augen. Die Art und Weise, wie die beiden reagiert hatten, war etwas überraschend gewesen. Dass Orion mir ihretwegen mit dem Tod gedroht hatte, ließ vermuten, dass zumindest er etwas für sie empfand. Aber Darcy? Sie konnte ihn gar nicht so sehr mögen. Er war doch nur ein Arschloch von Lehrer mit gescheiterten Träumen. Sicher, er war verdammt gut gebaut und war mächtig. Ich hatte schon oft genug von ihm geträumt, na und?

»Lächle, Babe!«, wies ich sie an. »Wenn deine Freundinnen dir nicht glauben – und dazu gehört auch deine großmäulige Schwester –, könnte meine Zunge lockerer werden …«

Sie blinzelte zu mir hoch und presste ihre Kiefer aufeinander. »Ich werde nicht so tun, als würde ich dich als Person mögen. Tory würde das ohnehin nicht glauben.«

»Stimmt. Du bist betrunken und es war ein Hate-Fuck. Okay?«

»Na schön«, schnaubte sie. »Aber wie lange wird dieses Spiel andauern, Seth?«

»So lange, wie ich es sage.« Ich zuckte mit den Schultern und sie stieß einen frustrierten Atemzug aus.

Als wir die Haupthöhle erreichten, hielt ich ihre Hand fest. Etliche Blicke wanderten in unsere Richtung. Unser Erscheinungsbild wurde beäugt und es wurde geflüstert und getuschelt. Ich spürte, wie sich Darcy neben mir sträubte, aber sie verbarg es schnell unter einer Maske der Gleichgültigkeit. Ich ließ ihre Hand los, drückte stattdessen meine Handfläche auf ihren Rücken und führte sie zu ihren Freundinnen auf der anderen Seite des Raumes.

Enttäuscht stellte ich fest, dass ich den anderen Erben nicht die ganze Geschichte würde erzählen können. Ich musste ihre Affäre geheim halten, bis ich meinen Spaß gehabt hatte, sonst würde Darius mir befehlen, seinem Freund Orion zuliebe aufzuhören. Aber verdammt, ich wollte es nicht komplett für mich behalten. Ich würde ihnen einfach nicht sagen, was ich gegen sie in der Hand hatte.

Dabei hatte der lustige Teil des Abends noch nicht einmal begonnen. Heute Nacht würden wir Darcy und Tory Vega ruinieren. Was wir geplant hatten, würde ihnen den Boden unter den Füßen wegziehen. Und jetzt, da ich die Kontrolle über eine von ihnen hatte, würde alles noch einfacher werden. Der Abend hätte nicht besser laufen können. Und obwohl Halloween eine der chaotischsten Nächte des Jahres war, hatte ich gerade Jupiter in meinem Horoskop und das war der Glücksplanet schlechthin.

Caleb entdeckte uns zuerst. Er hatte seine Arme um Tory geschlungen und sie tanzten zusammen. Obwohl er stinksauer gewesen war, als er ihr Kostüm gesehen hatte. Und obwohl er sich geschworen hatte, sich den Abend über von ihr fernzuhalten. *Klasse Arbeit, Cal.*

Darcy setzte einen lässigen Gesichtsausdruck auf, und ich war überrascht von ihren schauspielerischen Fähigkeiten. Andererseits wusste ich nicht, wie lange sie schon ihren Lehrer vögelte, ohne dass jemand davon erfahren hatte.

»Hey, Mann«, rief Caleb und ließ seinen Blick über mich und Darcy gleiten. Die Rädchen in seinem Kopf schienen intensiv zu arbeiten.

Tory drehte sich um und ich spürte, wie sich Darcy neben mir leicht verkrampfte.

Tory musterte uns, als versuchte sie, herauszufinden, was sie da sah. »Geht es dir gut?«, platzte sie heraus und Darcy beäugte mich mit harter Miene.

»Mir geht's gut. Können wir trotzdem reden?«, fragte sie ihre Schwester, aber ich hielt ihren Arm fest, bevor sie überhaupt daran denken konnte, mir diese Show vorzuenthalten.

Tory musterte meine Hand auf Darcys Arm, als würde sie sie abreißen wollen.

Als sie zögerte, legte ich meinen Arm um Darcys Taille und presste meinen Mund an ihr Ohr. »Lass sie nicht warten, Babe.«

Sie stieß sich von mir ab und funkelte mich wütend an, bevor sie sich zu Tory gesellte. »Ich habe etwas Dummes getan.« Mit zusammengepressten

Lippen sah sie mich an. »Mit ihm.«

Tory starrte sie schockiert an. »Was? Nein, das hast du nicht«, widersprach sie.

»Doch, habe ich«, seufzte Darcy. »Ich brauche einen Drink.« Sie wollte sich entfernen, aber Tory hielt ihren Arm fest und schüttelte ungläubig den Kopf.

Calebs Augenbrauen schnellten in Richtung Haaransatz und er sah mich an, um mich stillschweigend zu fragen: *Hast du wirklich Darcy Vega gefickt?*

Ich zuckte unschuldig mit den Schultern, aber sobald wir einen Moment allein hatten, würde ich ihm alles erzählen und er würde sich totlachen.

Geraldine Grus tauchte mit Bechern voller Punsch auf und Darcy schnappte sich einen der Becher, leerte ihn und wischte sich das restliche Kunstblut vom Mund.

»Frittierte Cannelloni, man könnte die Spannung hier mit einem Kuchenmesser schneiden. Was um alles in der Welt der Säbelzahntiger ist los?«, fragte Geraldine.

»Darcy behauptet, dass sie es mit Seth getrieben hat«, sagte Tory ungläubig und Darcy sah aus, als würde sie am liebsten in ein Erdloch kriechen und sterben.

Ich grinste, absorbierte ihre Reaktion und genoss ihr Unbehagen.
Leide für mich, Babe.

Geraldines Mund blieb offen stehen und sie reichte Darcy einen weiteren Drink, der ebenfalls in einem Zug geleert wurde.

»Freiwillig?«, fragte Tory, als könnte sie nicht glauben, dass mich jemand aus freien Stücken fickte.

Ich knurrte wütend angesichts dieser Anschuldigung. *Verfluchte Vega!*

»Ja«, sagte Darcy und warf einen hoffnungsvollen Blick auf Geraldines Drinks. »Es ist ja nicht so, dass ich ihn mag. Es war nur Sex.«

Tory runzelte die Stirn, als würde sie ihre Schwester nicht wiedererkennen, und das war wahrscheinlich der härteste Schlag, den ich Darcy hätte verpassen können. Ich fühlte mich fast schlecht dabei. Aber nicht ganz.

Max und Darius tauchten auf – offensichtlich witterten sie das Drama –, und ich nickte ihnen zur Begrüßung zu.

»Honigbraut und Ziegenkäse«, flüsterte Geraldine und reichte Darcy einen weiteren Drink, den sie aber nicht anrührte. »Wir waren alle Down Under, um auf dem Schwanzeridoo eines Erben zu spielen. Aber du kannst das Instrument aus der Hand legen, Darcy. Ich für meinen Teil werde es nie wieder anrühren.«

»War das eine weitere Abfuhr?«, grummelte Max.

»Ich brauche frische Luft.« Darcy drängte sich durch die Menge und Tory folgte ihr eilig.

Etwas Bitteres machte sich in meiner Magengegend breit, aber ich ignorierte es, biss die Zähne zusammen und drehte mich zu den anderen Erben um. Ich hatte gewonnen. Das war eine gute Sache. Und ich würde nicht zulassen, dass irgendetwas die Süße meines Sieges zerstörte.

Geraldine realisierte, dass sie mit uns vieren allein war, und drehte sich mit hocherhobenem Kopf weg.

»Alter, hast du wirklich Darcy Vega gefickt?«, fragte Caleb vollkommen ungläubig.

Ich wirkte eine Stillekuppel; ein Lächeln umspielte meinen Mund. »Nein«, verriet ich, und jetzt schenkten sie mir alle ihre ungeteilte Aufmerksamkeit. »Ich habe etwas gegen sie in der Hand. Jetzt muss sie tun, was ich sage.«

»Was hast du gegen sie in der Hand?«, fragte Darius.

Ich tat so, als würde ich meine Lippen schließen wie einen Reißverschluss. »Das kann ich dir jetzt noch nicht sagen, Bruder. Aber das werde ich. Alles zu seiner Zeit.«

Caleb verdrehte die Augen. »Jetzt hau schon raus, Mann.«

»Habt Geduld«, sagte ich einfach. »Und genießt die Show.«

Max klopfte mir aufmunternd auf die Schulter. »Gut, ich werde es später aus dir herausholen, aber jetzt müssen wir unseren Plan vorantreiben.«

»Korrekt«, knurrte Darius; seine Augen flackerten dunkel. »Kommt schon.« Er ging voran und die Menge teilte sich ohne Aufforderung für uns. Unsere Stillekuppel bewegte sich mit uns, um zu verhindern, dass neugierige Arschlöcher uns belauschten.

»Ich weiß nicht so recht, Jungs«, sagte Caleb, und Darius stieß ein kehliges Knurren aus. Die Spannung zwischen den beiden war mir unangenehm. Ich hasste es, wenn es in unserem Rudel zu Unstimmigkeiten kam.

Ich schmiegte mich an Caleb und er musterte mich skeptisch, als ich versuchte, ihn zu beruhigen.

»Wir werden es nicht *zu* weit kommen lassen«, ermutigte ich ihn.

»Pah!« Max wandte sich mit ernstem Gesichtsausdruck an uns. »Wir lassen es so weit kommen, wie es sein muss.« Er drehte sich wieder weg und ich tauschte einen Blick mit Caleb aus, der ausdrücken sollte, dass ich auf seiner Seite war. Ich kannte die Grenzen, innerhalb derer wir uns hier bewegen mussten.

Darius führte uns in einen Gang, der von der Haupthöhle abzweigte, und sobald wir im Dunkeln waren, fuhr er mit der Hand über die Wand und suchte nach dem Tarnungszauber, den wir dort angebracht hatten. Seine Handfläche leuchtete sanft, dann kam der Spalt in der Wand zum Vorschein, in dem wir die Elixiere zur Vorbereitung versteckt hatten.

Darius nahm die vier Fläschchen und beäugte sie vorsichtig. Es gab einen tiefroten, einen dunkelvioletten und zwei klare Elixiere – die Gegenmittel.

Ich nahm ihm die violettfarbene Ampulle zusammen mit dem Gegenmittel ab und steckte die Fläschchen ein. »Das mache ich mit links.«

»Caleb, nimm du das.« Darius hielt ihm das andere Fläschchen hin, aber Caleb wich zurück.

»Auf keinen Fall, Bro. Ich mische mich da nicht ein.«

»Dein Arsch muss ziemlich wund sein vom vielen Sitzen zwischen den Stühlen«, knurrte Max. »Du kannst nicht beides haben. Entweder bist du auf unserer Seite oder auf ihrer.«

»Ich bin nicht auf *ihrer* Seite«, sagte Caleb kühl. »Aber ich werde Tory nicht so verarschen.«

»Bei den Sternen!«, seufzte ich und ein leises Stöhnen verließ meine Kehle.

Ich hasste diese Spannungen. Warum war dieser Tage alles so schwierig?

»Wenn die Vegas aus dem Rennen um den Thron sind, kannst du weiterhin mit Tory vögeln. Dann wird es keine Rolle mehr spielen«, flehte ich. »Aber wir bekommen ihre Unterwerfung nur, wenn die ganze Welt den Glauben an sie verliert.«

So hatten wir es beschlossen. Denn solange die Vegas Unterstützung hatten – von ihren Freunden, voneinander und von Solaria –, konnten sie davon träumen, auf unserem Thron zu sitzen. Also mussten wir ihnen den Wind aus den Segeln nehmen.

Caleb nickte entschlossen. Er würde uns nicht aufhalten, aber er würde uns auch nicht helfen. »Ich werde aber nicht zusehen«, fügte er hinzu und verschwand, bevor wir protestieren konnten.

So viel zum Thema zusammenhalten.

»Gut, dann mache ich es eben.« Max nahm das rote Elixier.

Ich stellte fest, dass Darius ebenfalls nicht angeboten hatte, die Sache zu übernehmen. Aber sogar ich konnte zugeben, dass er wahrscheinlich nicht in Torys Nähe kommen konnte, ohne dass sie ihm den Kopf abriss. Er behielt das andere Gegenmittel, als Max es nicht nahm, und steckte es mit einem Stirnrunzeln in seine Tasche.

Max nickte mir zu und ich folgte ihm, wobei ich einen Blick auf Darius warf, der finster in die Richtung blickte, in die Caleb gegangen war. Es tat mir im Herzen weh, zu wissen, dass die Lage zwischen den beiden angespannt war. Ich wollte es in Ordnung bringen, aber ich wusste, dass Caleb nicht beabsichtigte, Tory ganz aus seinem Leben zu streichen. Wir alle hatten uns langsam damit abgefunden, dass die Vegas für absehbare Zeit eine feste Konstante in unserem Leben sein würden. Aber genau deshalb war es so wichtig, sie zur Einsicht zu bringen. Wir mussten uns jetzt darum kümmern, bevor sie noch stärker und trainierter waren.

»Du leidest«, bemerkte Max.

Meine Haut prickelte. Ich schirmte meine Gefühle nie vor ihm ab, aber in diesem Moment wurde ich plötzlich defensiv. »Nur wegen Caleb und Darius. Ich hasse es, dass sie sich ständig streiten.«

»Nein … das ist es nicht«, sagte Max leise. »Ich habe es schon auf der Tanzfläche gespürt. Geht es um Darcy Vega?«

Als er ihren Namen erwähnte, lief es mir eiskalt den Rücken hinunter. Ich weigerte mich, zu antworten.

»Wenn du auf sie stehst …«

»Das tue ich nicht«, knurrte ich aggressiver als beabsichtigt.

Max warf mir einen Blick zu und seine Augen wurden weicher. »Ich verstehe das, Mann«, sagte er fast flüsternd. »Ich meine, ich habe meinen eigenen Scheiß im Moment auch nicht gerade im Griff.«

»Wegen Grus?«, riet ich.

Ich hatte die Blicke gesehen, die er ihr zuwarf, und mitbekommen, wie er immer wieder mit ihr sprach und sich in ihrer Nähe aufhielt. Ich hatte noch nie so viel Einsatz seitens Max erlebt, und keiner von uns hatte ihn darauf angesprochen, weil wir uns alle mit verbotenen Früchten und den damit einhergehenden Sehnsüchten auseinandersetzen mussten.

»Ja«, stöhnte er. »Ich komme mir vor wie ein verdammter Heuchler. Aber Grus ist keine Vega …«

»Nun, ich habe meine Vega unter Kontrolle«, sagte ich energisch.

»Richtig. *Deine* Vega. Hörst du dir eigentlich selbst zu? Um des Mondes willen, wir müssen alle einen kühlen Kopf bewahren.«

»Ich weiß. Ich habe alles im Griff.«

»Lüg mir nicht ins Gesicht«, sagte er traurig und mein Magen verkrampfte sich. »Ich kann das spüren. Und ich verurteile dich nicht, aber was auch immer heute Abend zwischen dir und Darcy vorgefallen ist, macht dir zu schaffen. Also finde einen Weg, damit umzugehen.«

»Das tue ich.« Und das war die Wahrheit. Ich hatte den perfekten Weg, damit umzugehen. Ich würde sowohl sie als auch ihren Lieblingslehrer foltern, bis sie sich vor Schmerzen krümmten. So würde ich damit fertigwerden.

Ein Knurren grollte in meiner Brust und Max strich über meinen Arm, um etwas von meiner Angst in sich aufzusaugen. Ich seufzte, als er sich wieder von mir entfernte und die Dornen um mein Herz löste, damit ich leichter atmen konnte.

»Danke«, murmelte ich, während wir uns weiter durch die Menge bewegten.

Ich entdeckte Tory am Getränketisch mit einer Gruppe ihrer Freundinnen und schob Max in ihre Richtung. Darcy war nirgends zu sehen und ich runzelte die Stirn, als wir die anderen erreichten.

»Halt dich verdammt noch mal von meiner Schwester fern!«, rief Tory und zeigte mit dem Finger auf mich – eine offensichtliche Todesdrohung.

Ich verdrehte die Augen. »Entspann dich, Babe. Glaubst du, du bist die Einzige, die einen Erben flachlegen darf?«

»Caleb ist nicht wie ihr anderen«, zischte sie und Grus nickte zustimmend neben ihr.

»Von wegen. Du kennst ihn nur nicht«, grummelte Max abwehrend. »Wir sind schon ein Leben lang Freunde. Er wird sich *immer* für uns entscheiden.«

Tory stellte ihren Drink ab und marschierte mit wütenden Schritten auf mich zu. Sie stellte sich vor mich und ich verschränkte die Arme vor der Brust, starrte auf sie hinunter und wartete darauf, dass sich ihre Wut entlud.

»Du bist nur ein trauriger, kleiner Fehler, an den sie sich nicht mehr erinnern wird«, sagte sie gehässig und Max schlüpfte hinter ihr davon.

Aus irgendeinem Grund schmerzten ihre Worte tatsächlich. Ich hatte ihre Schwester nicht angerührt, aber trotzdem sah ich den Hass in ihren Augen. Aus einem unbekannten Grund hatte ich unser Hin und Her immer als Spiel abgetan. Es war das Verhalten der Fae. Ich hasste die Vegas nicht wirklich. Es ging nur um Politik. Aber die beiden verachteten mich bis ins Mark. Und irgendetwas daran gefiel mir nicht.

Max tauchte wieder auf und tätschelte meine Schulter. »Komm schon, lass uns gehen.« Sein eindringlicher Blick verriet mir, dass er das Elixier erfolgreich in Torys Getränk getan hatte, und ich schlenderte mit ihm davon, während sie zu ihren Freundinnen zurückkehrte. Sie nahm ihren Drink und nippte daran, woraufhin ich Max aufhielt. »Pass auf sie auf. Gib ihr das Gegenmittel, wenn es zu schlimm wird.«

»Das hat Darius.«

»Dann hol es dir«, forderte ich, während mein Herz viel zu heftig pochte.

Übertreiben wir es hier?

Ich schüttelte das Gefühl ab, nickte Max zum Abschied zu und machte mich auf die Suche nach Darcy. Ich entdeckte sie an einem Tisch mit einer Flasche Wasser, zusammen mit ihrem schwachsinnigen Kumpel, der immer eine Mütze trug. Sein Name fiel mir partout nicht ein. Das Kostüm des Kerls bestand aus ein paar schrägen Hörnern, die aus dieser beschissenen Mütze ragten, und einem braunen T-Shirt. *Was zum Teufel soll er sein? Ein gehörnter Scheißhaufen?*

»Verpiss dich!«, sagte ich zu ihm, und der Typ hatte die Frechheit, mich einfach nur anzustarren und sich nicht zu bewegen.

»Verschwinde, Seth!«, forderte Darcy und umklammerte die Wasserflasche fester.

»Ich muss mit dir reden«, sagte ich mit Nachdruck und einem Hauch von Drohung in meinem Ton.

»Ich will nicht reden«, zischte sie und wieder war da dieser hasserfüllte Blick.

»Nun, ich schon.« Ich schnappte mir einen Stuhl. »Wie wär's, wenn wir über unseren Abend plaudern? Ich habe vorhin etwas Interessantes in einer der Höhlen gesehen …«

Darcy warf mir einen scharfen Blick zu und wandte sich dann an ihren Freund. »Kannst du uns einen Moment allein lassen? Ich komme gleich nach.«

Er wirkte unbehaglich, stand aber auf. »Ich bin gleich da drüben«, sagte er, als würde das irgendjemandem etwas nützen.

Ich wirkte eine Stillekuppel um uns herum und Darcy nahm einen weiteren Schluck Wasser. »Was willst du?«, fragte sie eisig.

»Ich will, dass du das hier trinkst.« Ich stellte das kleine Fläschchen vor ihr ab und erzeugte eine Illusion, damit der Rest des Raumes nichts anderes als eine weitere Flasche Wasser sah.

»Was? *Nein!*«, keuchte sie und schob es mit vor Schreck geweiteten Augen zu mir zurück.

Sie wollte aufstehen, aber ich hielt sie am Handgelenk fest. »Das ist keine Bitte, Babe. Du kennst die Abmachung: Tu, was ich sage, oder Orion wird den Preis dafür zahlen.«

»Wie kannst du nur so grauenvoll sein?«, flüsterte sie, als wollte sie die Antwort darauf tatsächlich hören. Ich wollte ihr die Wahrheit sagen, aber sie würde sie nie verstehen.

Ich war dazu erzogen worden, rücksichtslos zu sein, über Leichen zu gehen und andere Fae unter mich zu zwingen. Das war der Weg des Wolfs und der Weg der Fae. Dank dieser Kombination war ich der gefährlichste Alpha auf der ganzen Welt. Ein Riss in meiner Rüstung könnte mich in Ungnade fallen lassen. Und was wäre ich ohne meinen Thron?

»Trink einfach«, sagte ich tonlos und schluckte alle Gefühle hinunter, die ich in Bezug auf diese Sache hatte. Ich konnte mich an einen dunklen Ort in meinem Kopf zurückziehen, wenn ich musste. Abschalten. Auschecken. Und das war es, was ich jetzt tun musste.

Sie schüttelte den Kopf. »Was ist das?«, fragte sie, als glaubte sie tatsächlich, ich könnte sie vergiften.

»Glaubst du wirklich, ich würde eine Vega-Prinzessin umbringen? Ich bin kein verdammter Idiot.«

»Dann sag mir, was es ist!«, knurrte sie.

Ich seufzte, entkorkte das Fläschchen und tupfte ein wenig davon auf meinen Finger, bevor ich den Tropfen ableckte. »Siehst du, kein Gift. Jetzt trink!« Das Elixier kribbelte auf meiner Zunge und ich könnte schwören, dass sich die Federn an meinem Hals bewegten. *Verdammt, das Zeug ist stark!*

Darcy hob das Fläschchen an ihre Lippen. War sie wirklich so aufopferungsvoll für einen anderen Fae? War ihr der Kerl so wichtig? Zur Hölle, die einzigen Leute, für die ich ein mir unbekanntes Elixier trinken würde, waren die anderen Erben und meine Familie.

Darcy schloss die Augen, als würde sie diese Entscheidung körperlich verletzen, und nahm erst einen Schluck, dann noch einen. Ich rutschte auf meinem Stuhl hin und her und riss ihr das Fläschchen instinktiv aus der Hand.

»Das reicht«, murmelte ich, verschloss das Fläschchen und stopfte es in meine Tasche. Sie hätte eigentlich alles trinken sollen, aber egal. Das Zeug war stark. Es würde reichen.

»Nimm dich vor den Raben in Acht«, sagte ich, um den Gedanken in ihrem Kopf zu verankern.

Ich stand auf und warf ihr einen prüfenden Blick zu, während sie mir ängstlich hinterherstarrte.

Ich raufte mir die Haare; die Angst wuchs in meiner Brust. Langsam einatmend verdrängte ich dieses Gefühl tief in der verschlossenen Kiste in mir, in der auch alle anderen unangenehmen Emotionen lebten.

Ich bewegte mich zurück in die Schatten am Rand der Höhle, holte meinen Atlas heraus und beobachtete die anderen Erben, die sich ebenfalls vorbereiteten.

Tory war wieder auf der Tanzfläche; mit erhobenen Händen wiegte sie sich im Takt. Mein Blick fiel auf Darcy, und sie zuckte plötzlich zusammen, als wäre etwas vor ihr aufgetaucht.

»Was? Nein, ich kann nicht mit dir reden … Du bist nicht echt.« Sie kniff die Augen zusammen und schüttelte den Kopf. »Nein. Geh weg, geh weg!«

Ein paar Leute in der Nähe beobachteten sie bereits und ich grinste.

»Husch, Vögelchen!« Darcy wedelte mit den Händen und stieß dabei ihre Wasserflasche um. »Ihr Vögel, verschwindet von diesem Ort! Geht dorthin, wo ihr frei fliegen könnt. Hier ist es nicht sicher.« Sie schüttelte erneut den Kopf. Das Elixier hatte sie bereits in seinen Bann gezogen.

Eine Sekunde später sprang sie schreiend auf. Sie hob die Hände über den Kopf, duckte sich und erzeugte Flammen in ihren Handflächen.

Ich startete die Aufnahme, als sie rückwärts in eine Gruppe von Leuten stolperte und über sie hinweg zeigte.

»Die Raben! Sie sind überall! Was kann ich tun?«, rief sie alarmiert.

Der Trank würde ihr mindestens eine halbe Stunde voller Halluzinationen bescheren – bis dahin würden wir eine Menge Filmmaterial haben.

Sie presste die Hände auf ihre Ohren und faselte etwas von Vögeln. Gelächter ertönte und einige unserer Kommilitonen zogen ebenfalls ihre Atlasse heraus, um sie zu filmen. Aber ich lachte nicht mit. Tatsächlich fühlte ich gar nicht viel.

Ich warf einen Blick auf Tory und stellte fest, dass sie sich an Milton Hubert presste, bevor sie auch nach seinem Freund griff und seine Hände mit einem Stöhnen um sich schlang. Die beiden Jungs rückten aufgeregt näher an sie heran, während sie sich an ihnen rieb. Das Elixier machte jeglichen Hautkontakt verdammt orgastisch und sie war wahrscheinlich schon zu betrunken, um das zu hinterfragen. Meine Kehle wurde eng. Sie sollte eine Szene machen, nicht wirklich jemanden ficken. Wenn die Dinge zu weit gingen, müsste jemand mit dem Gegenmittel einspringen.

Sie legte die Hände auf ihre eigenen Schultern und warf ihren Kopf zurück, während sie die Berührungen der Männer um sie herum genoss. Als Geraldine auf sie zukam, nahm sie ihre Hand und riss sich ihr eigenes Kleid vom Leib, um mehr Hautkontakt zu ermöglichen. *Fuck!*

»Eure Hoheit!«, keuchte Geraldine und Max griff ein, indem er sie praktisch aus dem Weg bugsierte, bevor sie Tory helfen konnte. Mein Herz klopfte heftiger, als ich spürte, dass die Sache außer Kontrolle geriet. Der Typ mit der Mütze, bei dem Darcy gesessen hatte, eilte auf sie zu, um ihr zu helfen, aber Tory schlang ihre Arme auch um ihn. Er sah ziemlich verängstigt aus, aber sie ließ nicht von ihm ab.

Darcy ging zu Boden, und die Luftmagie, die um sie herumwirbelte, riss auch andere Studenten von den Füßen.

»Was soll ich mit den Vögeln machen?! Helft mir!«, flehte sie.

Die Leute schrien und flohen vor der Magie, die von ihr ausging, aber ich rannte auf sie zu und hob sie hoch. Ich spürte, wie wir beobachtet wurden, als ich sie an meine Brust drückte. Wir wurden von allen Seiten gefilmt, als Darcy mit wilden Augen und geweiteten Pupillen zu mir aufsah.

»Die Raben. Siehst du sie? Sie sind direkt hinter dir.« Sie atmete hektisch und ich drückte sie fester an mich.

Die Menge bejubelte meine Hilfsbereitschaft, während ich mich durch die Leute drängte und dabei nach meinen Freunden Ausschau hielt. Darius näherte sich Tory und ich wusste, dass er sich um sie kümmern würde.

Ich trug Darcy aus der Haupthöhle und eilte in Richtung Ausgang. Auf dem Weg zurück zum Aer-Turm plapperte sie weiter über Raben.

Bald stand ich vor ihrem Zimmer, kramte die Schlüssel aus ihrer Handtasche und stieß die Tür auf, sobald ich sie aufgeschlossen hatte.

Ich legte sie auf ihr Bett, nahm das Gegenmittel und hielt es ihr an die Lippen. »Trink!«

»Sie sind immer noch hier«, murmelte sie durch den Schleier ihres Geistes. »Die Schatten sind überall.« Sie blinzelte und für einen Moment könnte ich schwören, dass pure Dunkelheit in ihren Augen waberte. Dieser Trank war echt irre.

Ich schob ihr das Fläschchen in den Mund, und sie röchelte, schaffte es aber, die Flüssigkeit zu schlucken. Sie klammerte sich an meine Hand und zuckte jedes Mal zusammen, wenn eine weitere Vision aufflammte.

»Sie werden mir wehtun«, keuchte sie.

»Das werden sie nicht. Sie sind nicht echt«, sagte ich mit fester Stimme, als sie ihre Fingernägel in meine Haut bohrte.

»Mach, dass sie aufhören!«, flehte sie, während sie sich aufrichtete und ihren Kopf an meine Brust lehnte.

Ich versteifte mich und schloss langsam meine Arme um sie. Sie würde sich ohnehin nicht daran erinnern. Dank des Elixiers und des Alkohols, den sie heute Abend getrunken hatte, hätte ich genauso gut ein Geist sein können, der hier bei ihr saß.

»Bitte«, flüsterte sie und schlang die Arme um mich. »Mach, dass die Erben aufhören!«

Mein Herz machte einen Satz, ihre Worte überschwemmten mich und ich fühlte mich wie das größte Arschloch auf der ganzen Welt. Ich versuchte, auch dieses Gefühl zu verdrängen, aber es wollte nicht verschwinden.

»Das werden sie«, sagte ich sanft. »Verbeuge dich einfach, Darcy.«

»Ich kann mich nicht ... verbeugen«, sagte sie, und der Ruf des Schlafes machte ihre Stimme weicher. Ich legte sie auf ihr Kissen, als weitere Worte über ihre Lippen kamen: *»Das werde ich nicht.«*

Sie schloss die Augen und ich stellte fest, dass ich immer noch ihre Hand hielt.

Ich starrte sie viel zu lange an. Die Vegas hatten einen eisernen Willen, der bis ins Innerste ihres Wesens reichte. Deshalb hatten wir uns für diese neue Taktik entschieden. Aber das Erschreckende war, dass ich in diesem Moment meinen eigenen Willen in ihrem widergespiegelt sah. Selbst am Rande des Vergessens kämpfte sie. Sie weigerte sich, aufzugeben. Das würde sich nicht ändern. Genauso wie die anderen Erben und ich niemals aufgeben würden.

Ich löste meine Hand aus ihrer und deckte sie zu, bevor ich aus dem Zimmer schlüpfte und die Tür fest hinter mir schloss. Zehn Sekunden lang stand ich einfach nur da und kämpfte mit meinen Gefühlen. Schließlich schaffte ich es, sie tief in meiner Seele zu vergraben. Mit einem Lächeln im Gesicht machte ich mich auf den Weg zurück zur Party.

Ich bin Seth Capella. Ich bin nicht schwach. Ich knicke vor niemandem ein. Schon gar nicht vor einer Vega.

Gemini
Scorpio
Virgo
Cancer
Leo
Taurus
Sagittarius
Capricorn
Aquarius
Libra
Pisces

DARIUS

KAPITEL 24

Ein Knurren entrang sich meinen Lippen, während ich mich durch die Menge der sich windenden Körper schlängelte. Mein Blick war fest auf Roxy Vega gerichtet. Meine Haut war heiß genug, um jeden vor mir zurückschrecken zu lassen, denn meine Feuermagie flehte mich an, etwas von dieser Wut zu entfesseln, die in mir brodelte. Aber ich wusste nicht, worauf ich sie richten sollte. Denn der Grund für meine Wut saß fest auf meinen Schultern. Ich hatte entschieden, hier mitzumachen. Ich hatte einen weiteren Hieb gegen sie ausgeführt, obwohl ich zunehmend das Gefühl hatte, dass mich diese Angriffe mehr verletzten als sie. Sie hatte mich den ganzen Abend kaum angesehen. Ich wusste nicht mal mehr, was ich von ihr wollte, aber die Tatsache, dass sie mich ständig ignorierte, machte mich wahnsinnig.

Ich steuerte geradewegs auf sie zu; ihre glitzernde Haut ermöglichte es mir, sie problemlos im Gedränge auszumachen.

Sie tanzte mit geschlossenen Augen, den Kopf zum Höhlendach geneigt, während sie sich gleichzeitig an Milton Hubert und ihrem Freund mit der verdammten Mütze rieb. Wenn ich diesen Mist nicht schnell beendete, würde dieses verdammte Gebräu sie dazu verleiten, mehr als nur anzüglich zu tanzen.

»Roxy«, rief ich so laut, dass die Arschlöcher um sie herum mich hören konnten – und sich hoffentlich verdammt noch mal zurückzogen.

Roxys Augen öffneten sich schlagartig, als ihre Tanzpartner sie mit ängstlichen Blicken in meine Richtung verließen. Sie schmollte, als hätte ich gerade ihren Lieblingsteddy gestohlen.

»Was geht, Dari-Arsch?«, fragte sie lachend, während sie allein weitertanzte.

Ich musterte sie hungrig. Sie war kaum wiederzuerkennen, denn ihre Haut war mit silbernem Pegasus-Glitzer überzogen und ihre Haare in allen Farben des Regenbogens gefärbt. Sie sah zum Anbeißen aus.

Ich konnte nicht anders, als ihren Mut zu bewundern, hier in der Aufmachung aufzutauchen – wohl wissend, dass sie Caleb damit auf die Palme bringen würde. Und trotz seiner Gefühle in dieser Hinsicht konnte ich nicht anders, als das Ganze verdammt lustig zu finden. Sie wirkte wie ein ätherisches Geschöpf, mysteriös in ihrer Schönheit.

Sie tanzte nicht lange so weiter, sondern fixierte mich mit ihrem Blick und kam direkt auf mich zu.

Meine Lippen öffneten sich vor Überraschung, als sie ihre Arme um meinen Hals schlang und ihren fast nackten Körper an meine nackte Brust drückte.

Ein Stöhnen der Ekstase entwich ihr, und mein Herz machte einen Sprung, während ich sie festhielt und versuchte, sie von mir zu lösen. Obgleich ich davon geträumt hatte, sie so zu halten, genoss ich den Moment nicht. Sie war nicht sie selbst; dieser verdammte Trank lenkte ihre Handlungen und ich musste seine Wirkung schnell beenden.

»Ich habe dir einen Drink besorgt«, sagte ich und hielt ihr den Tequila-Shot hin, der das Gegenmittel für das Elixier enthielt, das wir ihr verabreicht hatten.

Sie beäugte das Glas einen Moment lang, bevor sie es mir aus der Hand nahm und in einem Zug leerte.

Als das Gegenmittel seine Wirkung zeigte, wurden ihre Bewegungen langsamer. Stirnrunzelnd entfernte sie sich von mir, als wüsste sie nicht genau, was los war. Es sollte sich eigentlich nur so anfühlen, als würde sie ein bisschen nüchterner werden, und ich hoffte, dass sie es darauf zurückführen würde.

Ich bückte mich, nahm ihr Kleid vom Boden und hielt es ihr hin, während sich meine Magengegend unangenehm zusammenzog. Wir hatten sie mit möglichst vielen Jungs beim Tanzen filmen wollen. Aber wenn ich auch nur eine Sekunde geglaubt hätte, dass der Trank sie dazu bringen würde, sich *so* zu verhalten, hätte ich sie nie auch nur einen Tropfen davon trinken lassen.

Roxy schnappte sich ihr Kleid und zog es mit leicht gerunzelter Stirn wieder an – als könnte sie sich nicht daran erinnern, sich des Stoffes überhaupt erst entledigt zu haben.

Ein Teil von mir wollte sich abwenden, sie hier zurücklassen und mich nicht mit der Schande auseinandersetzen, die wir ihr gerade fast bereitet hätten. Aber das konnte ich nicht. Nicht, solange sie so verwirrt aussah. Ich musste sicherstellen, dass sie zurück in ihr Bett kam. Sobald ich wusste, dass sie in Sicherheit war, könnte ich den ganzen Schlamassel als beschissene Idee abtun und vergessen. Ich hatte sie ohnehin aufgehalten, bevor etwas Schlimmes passiert war. Demnach musste ich mir einfach einreden, dass ich ihr keinen Schaden zugefügt hatte. Auch wenn ich mich in diesem Moment wie ein Riesenarsch fühlte.

»Ziemlich öde hier. Willst du zurück auf dein Zimmer? Ich kann dich hinbringen«, meinte ich. Würde sie mich zum Teufel jagen? Ich fragte mich halb, ob ich sie über meine Schulter werfen und sie gegen ihren Willen zurückschleppen müsste. Auf jeden Fall hatte ich es gründlich satt, dass sie von den Arschlöchern dieser Party angegafft wurde. Ich musste sie in Sicherheit wissen.

Ich streckte die Hand aus und sie beäugte sie skeptisch.

»Waffenstillstand?«, fragte ich. »Wir können bis morgen so tun, als würden wir einander mögen. Oder zumindest, als würden wir einander nicht hassen.«

Der Moment zog sich in die Länge und meine Unsicherheit wuchs, während meine Hand in dem Raum zwischen uns hing.

»Vielleicht tue ich immer nur so, als würde ich dich hassen«, sagte sie schließlich und ich erstarrte, als sie tatsächlich meine Hand nahm. Sie sah mich schüchtern an. Ihre Wimpern funkelten in allen Farben des Regenbogens und mein Herz pochte angesichts der Unmöglichkeit dieser Andeutung. Denn ob ich es zugeben wollte oder nicht – der Gedanke, dass sie mich möglicherweise gar nicht hasste, gefiel mir auf eine verzweifelte Art und Weise. »Vielleicht aber auch nicht«, fügte sie hinzu und erstickte diesen kleinen Hoffnungsschimmer genauso schnell wieder.

Ich wusste beim besten Willen nicht, warum ich daraufhin lächelte, aber ich tat es.

Ich schlang meine Finger um ihre Hand und zog sie durch die Menge zum Ausgang. Sie bewegte sich halb tanzend fort und lachte laut auf, als sie ein paar Mitglieder des Arschlochclubs erblickte, die sich als Sirenen mit Kackfetisch verkleidet hatten. Sie hatten Schuppen auf ihre Körper gemalt und sich dann mit großen Klumpen braunen Schlamms beschmiert, um den Look zu perfektionieren. Ich vermutete, dass Max sie noch nicht entdeckt hatte, sonst würden sie bereits an den Knöcheln von der Decke baumeln.

Ich überlegte gerade, ob ich sie zur Rede stellen sollte, als Roxy mich am Arm packte und lachend in die andere Richtung zeigte.

Ich folgte ihrem Blick und entdeckte zwei Mädchen, die sich als die Vega-Zwillinge verkleidet hatten. Sie trugen Kleider, die aussahen, als wären sie am Hof des Grausamen Königs zu Hause, und hatten riesige Kronen auf dem Kopf. Auf den Schärpen ihrer Kostüme waren die Namen *Gwendalina* und *Roxanya* zu lesen, und sie zogen mit ihrer Show einiges an Aufmerksamkeit auf sich.

»Macht dich das nicht wütend?«, fragte ich Roxy erstaunt und drehte mich zu ihr um.

»Ach, reg dich ab, Darius! Wer nicht gelegentlich über sich selbst lachen kann, wird einen Großteil seines Lebens damit verbringen, sich über Dinge zu ärgern, die eigentlich unwichtig sind.« Roxy rollte mit den Augen, als wäre ich eine Lachnummer, und ich runzelte die Stirn, während ich versuchte, die Tatsache zu akzeptieren, dass es ihr wirklich egal war.

Bevor mir eine Antwort einfiel, löste sie ihre Hand aus meiner und schlüpfte von mir weg in die Menge.

Ich fluchte leise vor mich hin und rannte ihr nach. Als ich sie einholte, war sie schon auf halbem Weg in den langen Tunnel, der aus der Höhle herausführte.

»Ich glitzere«, sagte sie, als könnte ich nicht sehen, dass ihr ganzer Körper mit der silbern schimmernden Substanz bedeckt war.

»Sehe ich«, antwortete ich.

»Ich will mich waschen«, kündigte sie an.

»Klar. Wir sind gleich zurück in Haus Ignis; dort kannst du duschen.«

Roxy seufzte, als würde ihr diese Antwort nicht gefallen, aber sie ging nicht weiter darauf ein. Als wir die Höhle verließen, hob sie den Blick zum Himmel und schürzte die Lippen, während sie über etwas nachzudenken schien. Mein Herz klopfte wie wild, als sie in meine Richtung blickte. Ein Lächeln umspielte ihre Lippen. Roxy lächelte mich nie an. Schon gar nicht seit der Mondfinsternis. Und das konnte ich ihr auch nicht wirklich verübeln. Aber bis zu diesem Moment hatte ich mir wohl nicht eingestanden, wie viel es mir bedeuten würde, wenn sie es täte.

Im nächsten Moment wurde mir klar, warum sie lächelte – ihre Flügel brachen aus ihrem Rücken hervor und bohrten Löcher in ihr Kleid, während rote und blaue Flammen über die Federn leckten. Sie entfaltete die Flügel zu ihrer vollen Breite, beendete die Verwandlung in ihre Formgebung aber an dieser Stelle. Beeindruckend, wie viel Kontrolle sie in so kurzer Zeit gelernt hatte.

»Man sieht sich, Kumpel«, sagte sie lachend, bevor sie sich in Richtung Mond erhob.

Verdammt!

»Wohin willst du?«, rief ich ihr nach, während sie mit den Flügeln schlug und die Lüfte über uns erklomm.

»Schwimmen«, antwortete sie, bevor sie mit einem Lachen verschwand, als wäre es verdammt witzig, vor mir zu fliehen.

Fuck.

Ich öffnete meine Hose und zog meine Schuhe aus, bevor ich meine Klamotten zu einem Ball rollte, den ich tragen konnte.

Mein Rücken kribbelte, als ich meinen Drachen beschwor, und einen Moment später brach meine Formgebung aus meiner Haut hervor und meine Krallen bohrten sich in die Erde.

Ich nahm das Kleiderbündel in den Mund, bevor ich abhob, um Roxy Vega hinterherzujagen.

Äste und Zweige prallten gegen meine Flügel und verfingen sich in meinen Schuppen, während ich mich aus dem Blätterdach kämpfte. Mit einem kehligen Knurren schnellte ich schließlich in Richtung Himmel.

Ich schlug mit den Flügeln, um an Höhe zu gewinnen, und drehte den Kopf, bis ich in der Ferne Roxys brennende Flügel entdeckte.

Mit einem kräftigen Flügelschlag verfolgte ich sie durch den Himmel, während sie auf den Orb und die anderen Gebäude im Herzen des Geländes zusteuerte.

Ich schloss zu ihr auf, aber bevor ich nah genug dran war, um sie zu fangen, ließ sie sich fallen und verschwand aus meinem Blickfeld.

Innerlich fluchend setzte ich ihr nach und begann meinen Sinkflug, als ich die Stelle erreichte, an der ich ihre flammenden Flügel zuletzt gesehen hatte.

Ich steuerte geradewegs auf das geschwungene Dach des Orbs zu, und die Metallstruktur gab ein laut widerhallendes Geräusch von sich, als das beträchtliche Gewicht meiner Drachenform darauf niederging.

Ich drehte meinen Kopf nach links und rechts, um nach ihr zu suchen, aber sie war nirgends zu sehen.

Fluchend verwandelte ich mich zurück in meine Fae-Gestalt, bevor ich zwischen dem Orb und dem halbmondförmigen Gebäude landete, in dem das Lunar-Lounge-Freizeitzentrum und der Pool untergebracht waren. Ich warf einen Blick in diese Richtung, entdeckte die offene Tür und fragte mich, ob sie es wirklich ernst gemeint hatte, als sie gesagt hatte, sie würde schwimmen gehen.

Ich schnappte mir meine Klamotten und schlüpfte rasch in meine Hose, bevor ich auch meine Schuhe anzog. Schnellen Schrittes ging ich zur offenen

Tür und hielt dann inne, als ich zwei kleine Holzstifte im Schlüsselloch stecken sah.

»Roxy?«, rief ich, während ich in das dunkle Gebäude trat und die kalte Nachtluft hinter mir ließ.

Ich bekam keine Antwort, ging aber weiter und betrat den riesigen Fitnessraum. An den verschiedenen Kraft- und Kardiogeräten vorbei marschierte ich in Richtung Pool.

Soweit ich wusste, war Roxy seit jener Nacht, in der Max und ich sie unter Wasser gefangen gehalten hatten, nicht mehr hierhergekommen. Mein Magen rebellierte, als der Chlorgeruch Erinnerungen an jene Nacht in mir wachrief.

Ich trat auf die dunklen Fliesen, die den Pool säumten, und erstarrte, als ich Roxy mit geschlossenen Augen in der Mitte des Wassers treiben sah. Ihr Kleid lag neben ihren Schuhen am Beckenrand, aber ihre silberne Unterwäsche hatte sie zum Schwimmen anbehalten.

Eine riesige Glitzerwolke breitete sich um ihren Körper herum aus, während sie träge die Arme schwenkte. Ich vermutete, dass sie Magie benutzt hatte, um das zu lösen, was den Glitzer auf ihrer Haut fixiert hatte.

»Bist du zum Zuschauen gekommen oder gesellst du dich zu mir?«, fragte Roxy, ohne die Augen zu öffnen.

Ich räusperte mich, bewegte mich näher an den Beckenrand und versuchte, nicht daran zu denken, was ich ihr bei unserem letzten Besuch hier angetan hatte.

»Oder bist du gekommen, um zu beenden, was du damals begonnen hast?«, fragte Roxy, deren Gedanken eindeutig in die gleiche Richtung gegangen waren.

»Wenn du dir darüber Sorgen machst, warum bist du dann hierhergekommen?«, fragte ich.

Sie seufzte, bevor sie untertauchte und auf mich zuschwamm.

Ich sah zu, wie sie eine lange Glitzerspur hinter sich herzog und schließlich vor mir auftauchte. Sie legte ihre Arme auf den Beckenrand und sah mich mit ihren großen grünen Augen an. Die Art, wie sie mich manchmal ansah, vermittelte mir das Gefühl, dass sie durch jede meiner Mauern hindurchsehen konnte. Dass sie jede Lüge und jeden Teil der Rüstung, die ich trug, aufspüren und direkt auf das Wesen blicken konnte, das sich in den Tiefen meiner Seele verbarg.

»Ich bin hier, weil ich frei sein will. Und Angst fesselt genauso leicht wie Ketten, wenn man es zulässt. Also mach, was du willst ... oder lass es bleiben. Ich kann nicht kontrollieren, was du tust, aber ich *kann* sehr wohl kontrollieren, was *ich* tue.«

Bevor ich etwas erwidern konnte, kletterte sie aus dem Becken und ließ das Wasser samt Glitzer an ihrem Körper hinunterlaufen.

Ich konnte nicht anders, als sie anzustarren, wie sie in ihrer Unterwäsche vor mir stand. Ihre Augen tanzten mit dem Feuer ihres Phönix, während sie zu mir aufsah, als würde sie auf etwas warten. Aber ich hatte wirklich keine Ahnung, was das sein könnte.

Ich wollte die Hand nach ihr ausstrecken und mein Blick wanderte zu ihrem Mund, als meine Fantasie für einen Moment mit mir durchging. Aber ich schaffte es stattdessen, einen Schritt zurückzutreten.

Roxy sah zu mir auf, fuhr mit den Händen durch ihre nassen Haare, die immer noch wie ein Regenbogen leuchteten, und zog mit ihrer Magie das Wasser heraus. Sie trocknete ihren Körper und ihre Unterwäsche, bevor sie an mir vorbeiging, um sich ihr Kleid zu schnappen und ihre Stilettos anzuziehen.

»Wann hast du das letzte Mal etwas getan, nur weil es dir Spaß gemacht hat?«, fragte sie neckisch, während sie rückwärts in Richtung Sprungbretter ging. Ich folgte ihr.

»Was meinst du?«, fragte ich.

»Wann hast du das letzte Mal etwas absolut Sinnloses getan? Ohne jeglichen Hintergedanken?«

»Ich bin hier, oder nicht?«

Sie schnaubte leise. »Oh, und du hast keine Agenda? Das wäre eine Premiere.«

Ich schwieg, denn sie hatte recht. Ich hatte immer einen Plan, wenn es um sie ging, auch wenn ich den manchmal selbst nicht kannte – so wie jetzt. Ich wusste, dass es notwendig war, sie loszuwerden, aber allein der Gedanke daran zerriss mich.

»Komm schon!« Sie griff nach der Leiter, die zum hohen Sprungbrett führte, und machte sich fröhlich an den Aufstieg.

Ich runzelte die Stirn. Was zur Hölle hatte sie vor? Gleichzeitig wusste ich, dass ich es mit ihr zusammen tun wollte – egal, was es war.

Ich folgte ihr bis ganz nach oben, wo sie auf das Sprungbrett trat.

Sie bewegte sich vorsichtig vorwärts, setzte sich dann auf die Kante des Sprungbretts und ließ ihre Beine schwingen.

Ich setzte mich neben sie und ließ dabei etwas Platz zwischen uns, obwohl ich sie am liebsten an mich gezogen hätte. Seufzend rieb ich mein Gesicht. Diese ganze Sache war so abgefuckt. Ich hatte ihr heute Abend eine Falle gestellt und alles darangesetzt, um sie aufs Neue zu verletzen. Und jetzt saß ich hier mit ihr im Dunkeln, wollte sie unbedingt berühren und sah sie an wie ein verknallter Teenager. Warum war alles so schwierig mit ihr? Es hätte einfach sein sollen – egal, wie sie aussah oder wie heiß ich sie fand. Ich hätte kein Problem mit dem Gedanken haben sollen, sie loszuwerden.

Vielleicht würde ich all das vergessen und sie hinter mir lassen können, wenn es erst einmal vollbracht war. Aber als sie sich zurücklegte, ihr weißes Kleid hochrutschte und die bronzefarbene Haut ihrer Schenkel und einen weiteren Blick auf ihre Unterwäsche freigab, wusste ich, dass das eine trügerische Hoffnung war.

Ich hatte mich noch nie so nach jemandem gesehnt wie nach ihr.

Und das lag nicht nur an ihrem Aussehen. Jedes Mal, wenn sie mich anfauchte oder sich gegen mich wehrte, meldete sich die Bestie in mir zu Wort. Sie war mehr als nur ein Mädchen, das eine Bedrohung für uns darstellte. Nein, sie war eine echte Herausforderung, die keine Angst vor mir hatte, unabhängig davon, was ich ihr zumutete. Sie war in der Lage, mir in jeder Hinsicht ebenbürtig oder sogar überlegen zu sein. Ich hatte noch nie ein Mädchen wie sie getroffen. Sie befand sich auf Augenhöhe mit mir und hatte kein Interesse an meiner Macht oder meinem Namen. Alles, was sie mir an Aufmerksamkeit schenkte, hatte *ich* mir verdient. Sie scherte sich nicht darum, wer ich war, nicht, *was* ich war. Und auch wenn sie mich in der Regel verabscheute, sah sie mich trotzdem. Und der Gedanke daran war ebenso berauschend wie beängstigend.

»Ist Xavier mit Sofia in Kontakt?«, fragte sie plötzlich. Die Frage überraschte mich.

»Ja«, sagte ich schließlich, denn es erschien mir sinnlos, sie anzulügen. »Er kann ihr natürlich nicht sagen, wer er wirklich ist. Aber ich wollte, dass er jemanden zum Reden hat, den Kontakt zu einer Herde …« Ich verstummte, denn ihm die Telefonnummer eines Mädchens zu geben, mit dem er reden konnte, schien mir eine ziemlich armselige Maßnahme zu sein. Aber ich wusste nicht, was ich sonst tun sollte.

»Ich nehme an, Lionel will weiterhin nicht, dass er seine Formgebung publik macht?«, fragte sie.

Ich lachte, aber es war ein hohles, leeres Lachen. »Niemals.«

Roxy schürzte die Lippen, als würde sie das wütend machen, aber sie fügte nichts weiter hinzu.

»Und wie geht es deiner reizenden Verlobten?« Grinsend wechselte sie das Thema.

»Weiß der Teufel«, antwortete ich knurrend. »Vater hat immer wieder erwähnt, dass sie an diese Schule wechseln soll, damit wir einander besser kennenlernen können. Er geht davon aus, dass wir im Jahr nach meinem Abschluss heiraten …«

Der Horror dieser Vorstellung verfolgte mich fast jede Nacht, bevor ich einschlief. Das Schlimmste an der ganzen Sache war, dass ich wusste, dass ich es durchziehen würde, wenn ich ihn bis dahin nicht herausfordern konnte. Er würde mich einfach mit seiner Dunklen Manipulation dazu zwingen, sollte ich versuchen, mich ihm entgegenzustellen.

»Warum läufst du nicht einfach weg?«, neckte sie. »Ist dir dein kostbarer Thron so wichtig, dass du dein Glück dafür eintauschen würdest?«

Ich grinste sie an, bevor ich mich ebenfalls hinlegte und den Kopf drehte, um sie im schummrigen Licht zu betrachten. Sie schwang ihre Beine hin und her und das Brett wippte unter uns.

»Wohin soll ich denn gehen?«, fragte ich. »In die Azerische Wüste? Oder in die Polarhauptstadt? Oder vielleicht sollte ich einfach ins Reich der Sterblichen gehen und mich dort niederlassen?«

Roxy zuckte mit den Schultern, als wären diese Ideen nicht völlig irrsinnig. »Besser als ein Leben in Ketten«, sagte sie schlicht.

Ich öffnete den Mund, um zu antworten, aber was sollte ich sagen? Es war alles andere als einfach. Ich existierte, um zu herrschen. Alles, was ich war, alles, was ich durchgemacht hatte, um an diesen Punkt zu gelangen, diente diesem Ziel. Ich könnte mich niemals mit einem einfachen Leben im Schatten zufriedengeben. Außerdem hatte ich hier Verantwortung. Gegenüber meinem Bruder, den anderen Erben, Solaria. Ich würde ihnen nicht einfach den Rücken zukehren.

Roxy gähnte herzhaft und mir fiel ein, was Lance mir von ihren Einschlafschwierigkeiten erzählt hatte, seit ihr die Schatten aufgezwungen worden waren. Ich hatte bisher nicht allzu sehr mit ihnen zu kämpfen, aber ich hatte auch seit Jahren mit dunkler Magie zu tun und gelernt, die Schatten in Schach zu halten.

»Sollen wir zurückgehen?«, fragte ich und zwang mich, den Blick von ihr abzuwenden. Das Wasser unter uns glitzerte so intensiv, dass ich mir nicht einmal sicher war, wie zum Teufel der Pool wieder sauber werden sollte. Der Hausmeister würde morgen früh sein blaues Wunder erleben.

Roxy zuckte mit den Schultern und stand auf. Das Sprungbrett wippte, als ich mich ebenfalls erhob.

Ich nahm ihre Hand und sie schaute mich überrascht an, als ich sie an den Rand zog. Sie zögerte nur kurz, bevor sie sich von mir nach vorn führen ließ, und ich umschlang lächelnd ihre Taille und hob sie in meine Arme.

Sie kreischte auf, als ich sprang, aber nicht vor Angst, sondern fast schon lachend.

Roxy schlang ihre Arme um meinen Hals, aber bevor wir die Wasseroberfläche erreichten, krümmte ich meine Finger und brachte das Wasser unter mein Kommando. Eine Wassersäule schoss in die Höhe, schlängelte sich um uns und ließ uns über das Becken gleiten, bevor sie uns am Rand des Beckens absetzte.

Roxys Augen weiteten sich staunend und ich grinste sie an, während ich mich mit ihr zusammen auf den Weg zum Ausgang machte.

»Du bist so verdammt arrogant«, spöttelte sie, aber ihr Ton war leicht.

»Ich kann nichts dafür, dass du dich von mir beeindrucken lässt«, entgegnete ich, und sie rollte mit den Augen.

»Tue ich nicht. Wenn du mich beeindrucken willst, musst du schwerere Geschütze auffahren.«

»Zum Beispiel?«

Sie zuckte mit den Schultern. Ihr Arm bewegte sich an meinem Hals und die Berührung ihrer Fingerspitzen auf meiner Haut jagte mir eine Gänsehaut über den Rücken. »Ich habe keine Probleme damit, die Regeln zu brechen«, stichelte sie und befreite sich aus meinen Armen, damit sie neben mir gehen konnte.

Sofort vermisste ich die Wärme ihres Körpers an meinem, aber sollte es ihr ähnlich gehen, so ließ sie sich das zumindest nicht anmerken.

Wir verließen das Lunar-Lounge-Freizeitzentrum schweigend, während ich sie immer wieder flüchtig ansah.

»Ich habe meinen Zimmerschlüssel nicht dabei«, verkündete sie, als wir wieder draußen in der Kälte waren. »Sofia hat ihn ...«

»Dann schlaf bei mir«, erwiderte ich sofort. Ich wollte sie in meiner Nähe haben, obwohl ich das nicht sollte.

Roxy drehte sich zu mir um und die Hitze in ihren Augen brachte mein Herz zum Klopfen und meine Entschlossenheit zum Wanken. Ich konnte nicht anders, als mich zu fragen, wie betrunken sie sein musste, um so viel Zeit mit mir zu verbringen. Sehr betrunken, wenn ich ehrlich zu mir selbst war. Denn Roxy Vega schaute mich nicht mal mit dem Arsch an, wenn sie nüchtern war, während sie jetzt zu mir aufsah, als wären wir ganz allein auf der Welt.

»Ich weiß nicht«, sagte sie langsam. »Es gibt eine Menge Treppen zu erklimmen, um in dein schickes Zimmer zu kommen. Vielleicht kuschle ich mich einfach auf den Boden vor meiner Tür und warte, bis Sofia auftaucht.«

Ich lachte – dann kam mir eine Idee. Eine vollkommen lächerliche, absolut irrationale Idee. Aber allein der Gedanke daran ließ mein Herz schneller schlagen, und die Möglichkeit, ihr zu beweisen, dass ich mich nicht immer nur blind an die Regeln hielt, reizte mich immens.

»Ich habe mein Fenster offen gelassen«, sagte ich langsam. »Ich könnte dich hochfliegen.«

Sie riss die Augen auf, als sie realisierte, was ich ihr da anbot. Natürlich könnte sie auch selbst fliegen, aber auf einem Drachen zu reiten, war praktisch gegen das Gesetz. Vor allem, wenn es nach meinem Vater ging. Er könnte mich aus der Drachengilde verbannen, wenn er davon erfuhr. Ich konnte ihn schon hören: *Drachen sind keine Lastpferde.* Aber das war mir scheißegal. Für sie würde ich diese Regel brechen. Verdammt, ich fragte mich, ob ich nicht noch ein paar mehr für sie brechen würde.

Ein langsames Lächeln schlich sich auf Roxys Gesicht und sie rückte näher an mich heran. »Worauf wartest du noch, Drachenjunge?«, neckte sie mich. »Hose aus!«

Ich lachte und trat näher an sie heran, während ich meinen Gürtel abnahm. Ich konnte nicht genau sagen, ob ich betrunken war oder verrückt wurde, aber ich musste zugeben, dass es mir gefiel.

Roxy verfolgte meine Bewegungen genau und ich hielt inne, bevor ich den Reißverschluss meiner Hose öffnete.

»Willst du wirklich so dastehen und mich anstarren, während ich mich ausziehe?«, fragte ich.

»So wie du es getan hast, als du mir an meinem ersten Tag hier die Klamotten vom Leib gebrannt hast, meinst du?«, konterte sie und zog eine Augenbraue hoch.

Geschlagen ließ ich meine Hose fallen, aber sie hielt weiterhin meinen Blick fest.

»Wenn du meine Klamotten tragen könntest, wäre ich dir sehr dankbar«, sagte ich langsam und sie nickte ernst, als hätte ich sie gerade mit etwas wirklich Wichtigem beauftragt.

»Könntest du dafür Ärger bekommen?«, hauchte sie.

»Warum hörst du dich so besorgt an? Ich bin mir ziemlich sicher, dass du auf Ärger stehst.«

Roxy lachte und mein Herz machte einen Sprung – ich hatte sie glücklich gemacht.

Ich wandte mich von ihr ab und ging ein paar Schritte, um sicherzugehen, dass ich genug Platz hatte, bevor ich meinen Drachen herbeirief.

Meine Haut zerriss und die riesige Bestie in mir entfaltete sich. Meine Klauen rissen Furchen in den Boden, als ich mich in meine Formgebung verwandelte.

Roxy keuchte überrascht auf, aber sie wich nicht zurück. Ich drehte den Kopf, um sie anzusehen, und sie bückte sich, um nach meinen ausrangierten Kleidern zu greifen, bevor sie langsam näher kam. Sie sah so klein und zierlich aus, während ich sie als König der Bestien überragte, aber in ihrem Blick lag keine Angst, nur Aufregung.

Ich ging in die Hocke und senkte einen meiner riesigen goldenen Flügel, damit sie auf meinen Rücken klettern konnte.

Meine Haut kribbelte, als sie auf mich stieg, und Adrenalin durchströmte meine Glieder bei dem Gedanken, meinem Vater auf diese Weise zu trotzen. Und das ausgerechnet mit einer Vega. Er würde wahrscheinlich einen kleinen Herzinfarkt bekommen, wenn er davon wüsste.

Roxy erreichte meinen Rücken, setzte sich rittlings hin, presste ihre Schenkel zusammen und umklammerte einen der riesigen Stacheln, die zwischen meinen Schulterblättern hervorlugten.

Gut festhalten, Roxy.

Mit einem kraftvollen Sprung breitete ich meine Flügel aus und hob in die Nacht ab. Roxy johlte aufgeregt und ihr Griff um mich wurde fester, als ich immer höher flog. Die Academy schrumpfte unter uns zu kleinen Lichtpunkten, während ich direkt zu den Sternen flog.

Als ich hoch genug war, zog ich meine Flügel eng an meinen Körper und ließ mich wieder in Richtung Boden fallen.

Roxy schrie auf, als wir in die Tiefe stürzten, und ich stieß eine Fahne aus Drachenfeuer aus. Meine eigene Aufregung mischte sich mit der ihren, als die Flammen um uns herum und in die Nacht hinaus peitschten.

Ich breitete erneut die Flügel aus, bevor wir auf dem Boden aufschlugen, und schoss erneut in die Höhe. Dieses Mal drehte ich mich im Kreis und schwelgte in dem Lachen, das über ihre Lippen kam, während sie sich an mir festklammerte.

Schließlich flog ich zurück zu Haus Ignis und steuerte mein Zimmer am höchsten Punkt des Glasgebäudes an.

Ich landete vorsichtig, hielt mich mit meinen Krallen an dem Gebäude fest und schuf mit meinem Flügel eine Brücke, über die sie durch das Fenster einsteigen konnte.

Roxy sprang hinein und ich stieß mich vom Gebäude ab, vollführte eine weite Drehung und kehrte dann zum Fenster zurück.

Ich flog direkt auf die Öffnung zu, verwandelte mich kurz vor dem Fenster wieder in meine Fae-Gestalt und lief drinnen ein paar Schritte weiter.

Roxy hatte mein Zimmer durchquert und an meinem Schreibtisch Platz genommen. Ihre Füße ruhten auf der Tischoberfläche und sie schenkte mir einen Blick auf ihre langen Beine, während sie einen Brief von dem Stapel links neben dem hölzernen Schreibtisch nahm.

Ich ging zu meinem Schrank und zog mir Boxershorts und eine Jogginghose an, während sie den Brief mit dramatischem Getue aus dem Umschlag zog. Ich machte keine Anstalten, sie aufzuhalten, denn der Stapel bestand aus Fanpost, die ich im Grunde einfach nur herumliegen ließ, ohne sie zu lesen. Es gab ein paar zu viele Spinner in Solaria, die mir liebend gern schrieben, und ich war generell der Meinung, dass ich die Sachen, die sie mir schickten, besser nicht lesen sollte.

»*Lieber Darius*«, säuselte Roxy und senkte verführerisch ihre Stimme. »*Ich habe vor Kurzem den Artikel über dich in der* Fae Weekly *gelesen und muss sagen, ich wusste gar nicht, dass du so gern backst* ... Stimmt das?«, fragte Roxy und sah mit einer hochgezogenen Augenbraue auf.

Ich verdrehte die Augen. »Ich wurde gefragt, ob ich in letzter Zeit neue Hobbys für mich entdeckt habe. Das war ein Witz«, antwortete ich und ließ mich auf mein Bett fallen, damit ich sie beim Lesen beobachten konnte.

»Ja, natürlich. Ich bezweifle, dass du das hinbekommen würdest«, erwiderte sie schnaubend. Dagegen konnte ich nicht wirklich etwas sagen, denn es stimmte. Ich war in einem Haus aufgewachsen, in dem mehr Bedienstete als Familienmitglieder wohnten. Ich beim Backen war eine ziemlich lächerliche Vorstellung. Sie hob den Brief wieder an und las weiter: »*Ich muss zugeben, dass mir die Fotos, die in dem Artikel zu sehen waren, auch gefallen haben. Besonders das Bild, das dich mit den anderen Erben am Strand beim Joggen zeigt* ... Da hat sie recht, das habe ich auch gesehen und du sahst wirklich heiß aus«, kommentierte Roxy, was mein Herz auf seltsame Weise zum Rasen brachte. Aber sie fuhr fort, als wäre es überhaupt nicht merkwürdig, zuzugeben, dass sie mich attraktiv fand. »*Ich habe diesem Brief ein Geschenk beigelegt, in der Hoffnung, dass mein Duft, der ihm anhaftet, dich dazu verleitet, nach mir zu suchen. Vielleicht sehnst du dich dann ja so nach mir, wie ich mich nach dir sehne.* Was meint sie mit Geschenk?«, fragte Roxy, nahm den Umschlag vom Schreibtisch und zog ein weiteres Stück Papier heraus.

»Verdammte Scheiße!«, kreischte Roxy plötzlich, ließ den Brief fallen und sprang angewidert auf. »Da sind Haare drauf. Und sie sehen *nicht* wie Kopfhaare aus.«

Sie trat so schnell vom Schreibtisch zurück, dass sie in ihren Stilettos das Gleichgewicht verlor. Sie stolperte in meine Richtung und ich fing sie auf.

Sie stieß mit mir zusammen, und ich fiel lachend zurück und zog sie mit mir.

Ich drehte sie auf den Rücken, sodass sie unter mir eingeklemmt war, und sie sah lachend zu mir auf. Ich erstarrte. Mein Herz klopfte wie wild und mein Blick glitt von ihren Augen zu ihrem Mund.

»Ich muss verrückt sein, so mit dir allein zu sein«, hauchte sie. »Wahrscheinlich machst du mir morgen wieder das Leben zur Hölle«.

Ich runzelte die Stirn, obwohl es fast so geklungen hatte, als würde sie scherzen. »Und du wirst mich wieder hassen«, erwiderte ich.

»Ich habe nicht aufgehört.«

Stille folgte und ich wich ein paar Zentimeter zurück. »Wahrscheinlich aus gutem Grund.«

Sie legte die Stirn in Falten, aber ich ging nicht näher darauf ein. Sie würde realisieren, was wir getan hatten, sobald die Story morgen veröffentlicht wurde. Und sosehr ich mich auch danach sehnte, die Distanz zwischen uns zu verringern, konnte ich es nicht tun. Denn ich wusste, dass sie es bereuen würde, sobald sie herausfand, was die anderen Erben und ich getan hatten …

Ich drehte mich abrupt um, stand auf und nahm meinen Atlas aus der Hose, die sie neben mein Bett gelegt hatte.

»Ich gehe duschen«, sagte ich, während ich mich von ihr entfernte. »Du kannst fernsehen oder was immer du willst.«

»Okay …«, antwortete sie und machte sich nicht die Mühe, ihre Verwirrung zu verbergen, als ich ins Bad ging. Aber es spielte keine Rolle, ob sie mich für seltsam hielt. Ich musste Seth erreichen, bevor er die Videos an die Zeitung schickte.

Ich schloss die Tür und verriegelte sie, bevor ich meinen Atlas entsperrte.

Darius:

Ich glaube nicht, dass das die richtige Vorgehensweise ist. Schick die Videos nicht.

Seth:

Riiiichtig, das Problem ist nur, dass ich das bereits getan habe. Vor etwa einer Stunde. Und sie haben mir gerade den Link zu dem Artikel auf ihrer Website geschickt …

Fuck!

Knurrend warf ich den nutzlosen Atlas zur Seite, als wäre er persönlich dafür verantwortlich, dass diese Geschichte bereits an die Presse gegangen war. Als hätte ich gerade nicht wieder alles versaut. So wie ich es verdammt noch mal immer tat.

Ich ging unter die Dusche, stellte das Wasser an und ließ es meine Haut verbrühen. Meine Wut auf mich selbst wuchs und ein tiefes Knurren entrang sich mir.

Als ich mich so weit beruhigt hatte, dass ich in mein Zimmer zurückkehren konnte, lag Roxy schlafend in meinem Bett.

Ich ging langsam auf sie zu und ließ mich auf den Rand der Matratze sinken, während meine Gedanken miteinander rangen.

Sie streckte schläfrig die Hand aus, ergriff die meine und zog mich zu sich. Und ich ließ sie gewähren. Weil ich schwach und egoistisch war. Und weil ich wusste, dass dies meine letzte Chance gewesen war, ihr zu beweisen, dass ich mehr sein konnte als das Arschloch, das sie unglücklich gemacht hatte. Ich hatte versagt. Es fühlte sich an, als wäre dies ein Test gewesen, und ich hatte es versaut, bevor ich überhaupt angefangen hatte.

Ich legte mich hin und sie schmiegte sich an mich und legte ihren Kopf auf meine Brust. Ihr Körper passte so verdammt gut an meinen, dass es sich anfühlte, als wäre er dafür geschaffen.

Der Schmerz in meiner Brust ließ nach, als ich sie an mich drückte. Ich spielte mit den regenbogenfarbenen Strähnen ihrer Haare, während ihr schwerer Atem über meine Haut flatterte.

Ich war mir nicht einmal sicher, ob ich in der Lage sein würde, zu schlafen. Denn ich wusste, dass dieser Frieden am nächsten Morgen zerstört sein würde. Und wieder einmal hatte ich nur mir selbst die Schuld daran zu geben.

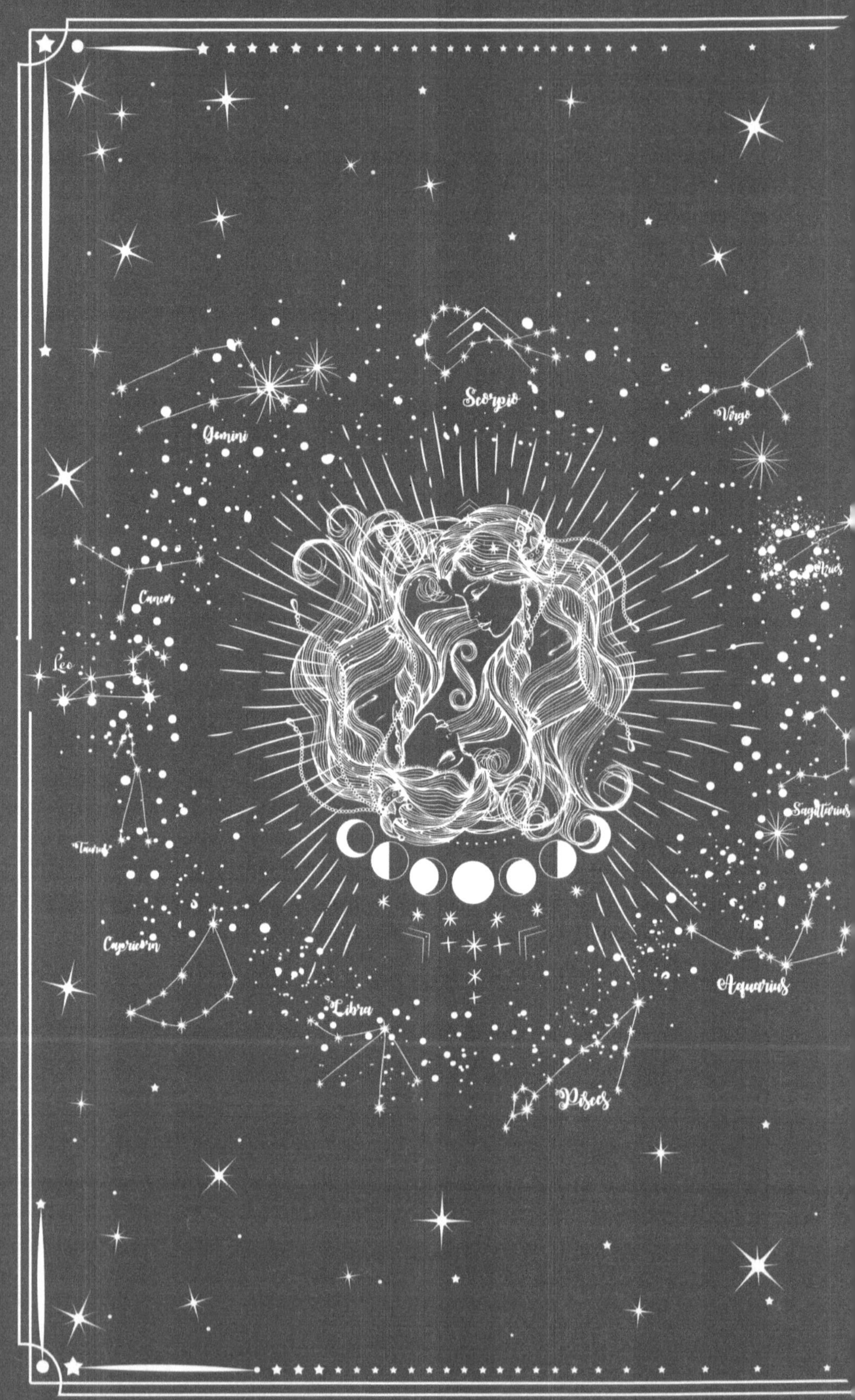

Gemini
Scorpio
Virgo
Cancer
Aries
Leo
Taurus
Sagittarius
Capricorn
Aquarius
Libra
Pisces

TORY

KAPITEL 25

Zum zweiten Mal in meinem Leben wachte ich warm, sicher und zufrieden in den Armen einer anderen Person auf. Aber anders als beim letzten Mal hatte ich keinen Filmriss und wusste genau, in wessen Bett ich gerade aufgewacht war.

Darius schlief noch. Er hatte seinen Arm um mich gelegt, aber sein Griff war locker und seine Atmung gleichmäßig.

Ich öffnete langsam die Augen und warf einen Blick auf meine Hand, die auf seiner Brust ruhte. Seine Tattoos riefen förmlich nach mir, und meine Finger zuckten vor Verlangen, die Linien auf seiner Haut nachzuzeichnen.

Doch anstatt mich wie eine liebestolle Verrückte aufzuführen, richtete ich mich auf, kämmte mit den Fingern durch meine Haare und musterte ihn.

Er sah so friedlich aus, wenn er schlief. Seine sonst so harten Gesichtszüge waren von einer Weichheit abgelöst worden, die nur schwer mit dem Mann in Einklang zu bringen war, den ich kannte.

Ich rutschte ein Stück zur Seite. Mein Kopf brummte vom Alkohol, den ich in der Nacht zuvor getrunken hatte, und ich sah mich nach einer Möglichkeit um, die Zeit abzulesen.

Ich entdeckte seinen Atlas auf seinem Nachttisch und berührte das Display. Erschrocken stellte ich fest, dass es fast elf Uhr war. Ich war nicht schweißgebadet aufgewacht und hatte auch nicht so laut geschrien, dass der Typ im Nebenzimmer an meine Tür geklopft hatte, um mich zum Schweigen zu bringen. Verdammt, ich konnte mich nicht daran erinnern, den Ruf der

Schatten überhaupt gehört zu haben. Dabei hatte ich mindestens zehn Stunden geschlafen. Seit der Nacht der Mondfinsternis hatte ich nicht mehr als vier Stunden am Stück zustande gebracht.

Kurz fragte ich mich, ob es an den Drinks lag, aber um ehrlich zu sein, trank ich fast jeden Abend zu viel, um die Schatten nachts zu verbannen.

Nein, das war es nicht, was sie dieses Mal auf Abstand gehalten hatte. Und ich würde wetten, dass auch die bequeme Matratze nicht der Grund dafür war.

Mein Blick glitt wieder über Darius und ich kaute nachdenklich auf meiner Unterlippe. Die Decke hatte sich in seinem Schoß gesammelt und seine nackte Brust zeigte die unzähligen Tattoos, die seine Haut bedeckten. Auf der linken Seite tanzten dunkle Flammen, aus denen Figuren aufstiegen, die entweder voller Hoffnung oder Schmerz waren, je nachdem, wie ich sie betrachtete.

Ich wandte den Blick von den Kunstwerken ab – irgendwie fühlte ich mich wie eine Stalkerin, weil ich ihn so intensiv musterte.

Mein Kopf drehte sich erneut und ich griff nach der obersten Schublade seines Nachttisches, in der Hoffnung, dort Schmerzmittel zu finden, die mich von meinem Kater erlösen würden.

Statt der Schmerzmittel befanden sich in der Schublade Unterlagen, aber bevor ich mich davon abwenden konnte, blieb mein Blick an der Überschrift hängen. Es war die Kopie eines Schreibens seines Finanzberaters, und die erste Seite enthielt eine Zusammenfassung der Spenden, die er im letzten Jahr für wohltätige Zwecke geleistet hatte.

Interessiert las ich die Namen der Wohltätigkeitsorganisationen, die von ihm unterstützt worden waren.

Dein wahres Ich: Zentrum für Fae mit dissoziativen
Formgebungsstörungen
Aus einer Hand: Frauen- und Kinderschutzhaus
Vereinigung für die Umsiedlung von Pegasus-Herden
Mein neues Leben: Stiftung für die Vergabe neuer Identitäten für
Fae, die aus machtmissbrauchenden Familien fliehen

Er hatte Zehntausende von Auren an jede dieser Wohltätigkeitsorganisationen gespendet und das alles unter falschem Namen, damit nichts davon auf ihn zurückfiel. Ich las mir die Liste noch einmal durch, wobei mir auffiel, dass zwei von ihnen mit Xavier zu tun hatten. Hatte er auch zu den Organisationen, die sich um misshandelte Frauen kümmerten, einen persönlichen Bezug?

»Was zum Teufel machst du da?« Darius' Hand schloss sich so fest um mein Handgelenk, dass es wehtat. Keuchend ließ ich die Dokumente fallen, um zu versuchen, meinen Arm aus seinem Griff zu befreien.

»Aua!«, protestierte ich und drehte mich zu ihm um. Seine Augen waren voller Wut. »Lass los, du tust mir weh.«

»Hast du deshalb hier geschlafen?«, fragte er anschuldigend. »Damit du in meinen Sachen herumschnüffeln kannst, während ich schlafe?«

»Was? Nein! Ich war auf der Suche nach Schmerzmitteln für meinen Kater und …«

»Was zum Teufel ist ein Schmerzmittel?« Einen Moment lang konnte ich ihn nur dümmlich anblinzeln, bis mir klar wurde, dass es solche Medikamente in Solaria natürlich nicht gab. Jeder hier benutzte Magie, um Beschwerden wie Kopfschmerzen zu heilen, aber in meinem verkaterten Zustand war ich direkt auf die Standardmethoden zurückgefallen. Ganz abgesehen davon, dass ich ohnehin zuerst noch lernen musste, wie man Heilmagie einsetzte.

»Das ist ein Produkt der sterblichen Welt«, murmelte ich und riss wieder an meinem Arm.

»Bullshit!«, knurrte er und sein Blick fiel auf die Papiere, die jetzt überall auf seinem Teppich verstreut lagen. »Ich hätte wissen müssen, dass du nicht ohne Motiv Zeit mit mir verbringst.«

»Ich hatte kein Motiv«, schnauzte ich. »Du hast mich doch gebeten, bei dir zu übernachten. Ich habe kein Interesse an deinen Sachen. Ich wollte nur …«

»Du hättest die Beine breit machen müssen, um mich weichzuklopfen. Dann wärst du mit dem Mist vielleicht durchgekommen«, sagte er kühl und sein Griff um meinen Arm verstärkte sich spürbar. Doch es waren seine Worte, die wie Messerstiche in meiner Brust schmerzten.

Ich starrte ihn schockiert an und fragte mich, wie beschissen sein Leben sein musste, wenn er ernsthaft glaubte, dass ich nur deshalb Zeit mit ihm verbrachte, um ihn auszunutzen.

Sein Blick war dunkel und voller Wut. Ich konnte sehen, dass er von dieser schwachsinnigen Geschichte überzeugt war und sich nicht davon abbringen lassen würde. Und warum sollte ich mich überhaupt vor ihm rechtfertigen? Ich hatte ihm die Wahrheit gesagt, und wenn er sie nicht hören wollte, war das nicht mein Problem.

»Du tust mir weh«, wiederholte ich, als er mich weiterhin nicht losließ.

Abrupt löste er seinen Griff und schob meinen Arm von sich weg, sodass ich fast aus dem Bett fiel. Strauchelnd wich ich zurück und stand auf, während die Schatten unter meiner Haut hungrig hervorkamen.

Sein anklagender Blick verfolgte mich, während ich rückwärts zur Tür ging und den Knauf hinter meinem Rücken umklammerte.

»Komm nicht noch mal angerannt, wenn du dich wieder so besoffen hast, dass du nicht mehr auf dich selbst aufpassen kannst«, sagte er mit kalter Stimme und drehte das Messer, das er mir in die Brust gerammt hatte, noch weiter.

Ich hatte nicht nach seiner Nähe gesucht und das wusste er genau. Er war zu mir gekommen, wie er es immer tat, und idiotischerweise war ich auf seinen Charme hereingefallen. Aber das sollte das letzte Mal gewesen sein.

»Fick dich!«, zischte ich, riss die Tür auf und trat in den Korridor. Ich schlug die Tür hinter mir zu und entfernte mich so schnell ich konnte, ohne zu rennen, von seinem Zimmer.

Ich eilte die Treppe hinunter und steuerte direkt auf Sofias Zimmer zu, wo ich lautstark an die Tür hämmerte.

»Wir sind beschäftigt!«, rief Tyler von der anderen Seite und ich knurrte frustriert.

»Ich brauche meinen Schlüssel, also drückt mal bitte für dreißig Sekunden auf Pause!«

Sofia lachte und einen Moment später öffnete sich die Tür einen Spaltbreit. Ich erhaschte einen Blick auf Tylers nackte Brust und das Kissen, das seine Leistengegend bedeckte, als er mir den Schlüssel in die Hand drückte.

»Wir sehen uns in einer halben Stunde im Orb«, rief Sofia aus dem Zimmer, bevor Tyler die Tür wieder schließen konnte.

»Eher in einer Stunde«, antwortete er übermütig.

»Das hättest du wohl gern.« Sofia lachte und ich grinste, während ich mich auf den Weg in mein eigenes Zimmer machte.

Sobald ich drinnen war, ging ich unter die Dusche. Der Regenbogentönung, die ich für mein Pegasus-Kostüm benutzt hatte, war ein Gegenmittel beigefügt gewesen, und ich freute mich darauf, zu meiner brünetten Haarpracht zurückzukehren. Außerdem passten Regenbogen nicht zu meiner Persönlichkeit, zumal ich heute mit dem falschen Fuß aufgestanden war.

Als ich die Badezimmertür erreichte, piepte mein Atlas und ich warf einen Blick darauf. Darcy hatte mir etliche Nachrichten geschickt.

Stirnrunzelnd klickte ich sie an. Sie hatte sich nach meinem Aufenthaltsort erkundigt und mich gebeten, sie so schnell wie möglich im Orb zu treffen. Ich schrieb ihr, dass ich auf dem Weg unter die Dusche war, und sie versprach, ein Mittagessen für mich bereitzuhalten.

Wir brauchten ohnehin dringend ein bisschen Zwillingszeit. Ich konnte immer noch nicht glauben, dass sie mit diesem Arsch Seth angebandelt hatte.

Ich musste sichergehen, dass die Geschehnisse auch im nüchternen Licht des Tages für sie in Ordnung waren.

Zudem musste ich herausfinden, ob bei ihr noch mehr im Busch war oder nicht. Also duschte ich so schnell wie möglich und zog mir einen schwarzen Pullover und einen roten Rock an, bevor ich meinen Atlas einsteckte und zum Orb lief.

Ich kam im selben Moment an, als auch Max auftauchte. Er schenkte mir ein breites Lächeln und blieb zurück, um mich vor ihm durch die Tür gehen zu lassen.

»Hast du über Nacht eine neue Persönlichkeit bekommen?«, scherzte ich, als ich vor ihm eintrat.

»Nein, kleine Vega. Es ist einfach ein herrlicher Tag. Hast du heute zufällig schon die *Celestial Times* gelesen?«, fragte er unschuldig, aber das Funkeln in seinen Augen ließ mich glauben, dass diese Frage alles andere als unschuldig war.

»Ähm, nein«, antwortete ich. »Das tue ich ohnehin eher selten. Meistens handelt es sich ohnehin nur um Lobeshymnen auf dich und deine Kumpels oder um Bullshit über meine Schwester und mich.«

»Ich schlage vor, du machst mal eine Ausnahme. Nur heute.« Breit grinsend schlenderte er davon, bevor ich etwas erwidern konnte, und machte sich auf den Weg zur roten Couch der Erben, wo Seth und Caleb bereits warteten.

Mein Blick blieb kurz an Caleb hängen, aber er runzelte nur die Stirn, als er mich entdeckte, bevor er sich abrupt wieder abwandte. Er hatte mich am Abend zuvor abwechselnd gemieden und zum Tanzen aufgefordert, bevor er die Party ganz verlassen hatte. Ich verstand, dass er die ganze Pegasus-Sache nicht lustig gefunden hatte, aber mein Problem war, dass er damit falschlag. Es war lustig. Verdammt lustig. Und er musste aufhören, wie eine kleine Göre zu schmollen, und stattdessen lernen, ab und zu über sich selbst zu lachen.

Ich wandte mich von den Erben ab und steuerte auf Darcy und den Arschlochclub zu, die auf der anderen Seite des Raumes zusammensaßen.

Bevor ich mich ihnen nähern konnte, schoss Caleb durch den Raum, packte mich und trug mich wieder nach draußen.

»Was zum Teufel soll das denn bitte?«, fragte ich, als er mich hinterm Orb wieder abstellte und mich gegen das Gebäude drückte. Seine Hände presste er flach auf die geschwungene Wandkonstruktion.

»Ich hatte heute Morgen den PR-Mann meiner Familie am Telefon«, sagte er statt einer Begrüßung.

»Und?«, fragte ich.

»Er musste ein Foto von uns beiden beim Tanzen abfangen, bevor es an die Presse gelangen konnte. Du hast dein beschissenes Pegasus-Kostüm getragen.«

»Damit habe ich nichts zu tun. Ich habe kein Foto gemacht«, antwortete ich und rollte mit den Augen. »Und wen interessiert das überhaupt?«

»Dank dieser verfluchten Gerüchte, die du in die Welt gesetzt hast, interessieren sich sogar sehr viele dafür. Ich kann nicht zulassen, dass solche Geschichten über mich kursieren.«

»Wie auch immer, Kumpel. Es war lustig. Ist es immer noch. Es ist nicht mein Problem, dass du keinen Spaß verstehst. Außerdem hast du mit mir getanzt, nachdem du gesagt hast, dass du nicht mit mir abhängen kannst. Also regle das mit dir selbst.« Ich zuckte mit den Schultern und versuchte, mich von ihm zu entfernen, aber er knurrte und ließ mich nicht los.

»Du verstehst es vielleicht noch nicht, aber für Leute wie uns bedeutet unser Ruf *alles*«, sagte er düster. »Aber ich glaube, das wirst auch du bald begreifen.«

»Drohst du mir etwa?«, fragte ich und kniff die Augen zusammen.

»Dafür ist es zu spät«, antwortete er abweisend. »Aber ich meine es ernst, Tory. Du musst mit diesem Scheiß aufhören, der meinen Ruf schädigt. Ich glaube nicht, dass du verstehst …«

»Oh, ich verstehe«, konterte ich. »Du hast mir bereits gesagt, dass ich nicht gut genug für dich bin. Und jetzt nennst du mich auch noch eine Blamage.«

Calebs Blick verfinsterte sich, aber er leugnete nicht, was ich gesagt hatte. »Ich glaube, du verstehst mich manchmal einfach nicht«, knurrte er.

»Oh, aber das tue ich. Dein Ruf bedeutet dir alles – mehr als ein Lachen oder Glück oder irgendetwas anderes, das Spaß macht. Und wenn ich deinem Ruf so sehr schade, warum hältst du dich dann nicht einfach von mir fern?«

»Vielleicht werde ich das«, erwiderte er.

»Vielleicht solltest du das«, stimmte ich zu.

Wir starrten uns einen langen Moment lang an, bevor er mit der Hand über sein Gesicht fuhr und einen Schritt zurück machte.

»Hör zu, Tory … Diese ganze Sache, die wir am Laufen haben … Ich weiß nicht, wie wir das aufrechterhalten können. Ich finde, wir sollten uns nicht mehr so treffen, wie wir es getan haben.«

Ich verdrehte die Augen. »Gut. Denn ich kann diese Art von Drama von einem Typen, der nicht mal mein Freund ist, nicht gebrauchen.«

»Wir machen also Schluss?« Er zog die Stirn in Falten, als gefiele ihm das überhaupt nicht. Der Typ brauchte einen Faktencheck, denn wir waren noch nie zusammen gewesen.

»Scheiße, Alter, man kann mit niemandem Schluss machen, mit dem man nie zusammen war«, sagte ich kopfschüttelnd und wandte mich ab.

Er folgte mir nicht, als ich zurück in den Orb ging, wo ich ein zweites Mal direkt auf Darcy und die anderen zusteuerte.

Ich merkte, dass etwas nicht stimmte, noch bevor ich am Tisch ankam, und Darcy sah mich mit Tränen in den Augen an.

»Was ist passiert?«, fragte ich und eilte an ihre Seite.

»Sie haben … Tor, die verdammten Erben haben uns gestern Abend reingelegt«, hauchte sie. »Und sie haben Videos und Fotos an dieses Schmierblatt, die *Celestial Times*, geschickt. Hier, sieh mal.«

Sie reichte mir ihren Atlas und ich hob die Augenbrauen, als ich zwei Fotos nebeneinander entdeckte: Eines zeigte mich in Unterwäsche zwischen Milton Hubert und Diego bei einem Tanz, der nur noch Minuten von einem Dreier entfernt zu sein schien. Auf dem zweiten Bild war Darcy zu sehen. Sie wirkte völlig durchgeknallt, zog an ihren Haaren und schien einen Stein anzuschreien.

Mit offenem Mund las ich die Schlagzeile.

Gerüchte bestätigt – die Vega-Zwillinge sind psychisch labil und sexsüchtig
Von Gus Vulpecular

Heute Abend wurden Berichte bekräftigt, die besagen, dass die Rückkehr von Gwendalina (Darcy) und Roxanya (Tory) Vega durch die Erkenntnis ihrer mentalen Defizite getrübt ist.
Während sich ganz Solaria Anfang des Jahres über die Rückkehr der verlorenen Royals freute, zeigt sich nun, dass ihre Ankunft nicht mehr ist als das Erscheinen zweier angeschlagener und labiler Mädchen.

Die nachfolgenden Bilder und Filmaufnahmen veranschaulichen, dass Gwendalina tatsächlich davon überzeugt ist, mit leblosen Gegenständen sprechen zu können. Augenzeugen berichten, dass sie einem nicht existierenden Raben anbot, ihn huckepack zu nehmen. Nachdem sie einer unsichtbaren Krähe eine Krawatte kaufen wollte, geriet sie gegen Ende des Abends in einen heftigen Streit mit einem

Felsen und beschuldigte ihn, ihren Sombrero gestohlen zu haben. Sie soll außerdem versucht haben, eine imaginäre Kreatur anzuzünden.

Andere Aufnahmen derselben Party zeigen Roxanya (Tory) Vega, wie sie sich an zwei der sechs Männer, die sie vergangene Nacht mit auf ihr Zimmer nahm, räkelt. Während Polyamorie unter Werwölfen und anderen Formgebungen mit Rudelcharakter in unserer Gesellschaft weithin akzeptiert ist, wirkt dieser ständige Wechsel der Sexualpartner mehr als nur ein bisschen abnormal. Genau wie ihre Forderungen an die Männer, die sie verführt – Berichten zufolge droht sie damit, ihren königlichen Namen zu benutzen, um sie zu verleumden, sollten sie nicht mitspielen.

Der Artikel war an dem Punkt noch nicht zu Ende, aber ich knirschte mit den Zähnen und knallte den Atlas wutentbrannt auf den Tisch.

»Wie haben sie das gemacht?«, fragte ich wütend. Ich konnte mich zwar weitgehend an den vergangenen Abend erinnern – aber die Bilder, die von mir veröffentlicht worden waren, gingen über die sexuelle Freizügigkeit hinaus, die ich normalerweise an den Tag legte, wenn ich betrunken war. Und daran konnte ich mich ganz sicher nicht erinnern. Mehr als eines dieser Fotos zeigte mich dabei, wie ich mich an Diego ranmachte. *Diego!*

Unmöglich. Nicht einmal Trunkenbold-Tory würde Diego abschleppen. Vor allem nicht nach den Dingen, die er zu meiner Schwester und mir gesagt hatte. Und *garantiert* nicht, solange er diese beschissene Seelen-Mütze trug. Es gab nicht genug Tequila auf der Welt, um mich vergessen zu lassen, dass seine Oma auf seinem Kopf hockte und ihm seltsame Dinge zuflüsterte.

»Ich glaube, sie haben dir was untergejubelt«, sagte Geraldine, die den Tränen nahe zu sein schien. »Seth hat Darcy dazu gezwungen, ein Elixier zu trinken, das sie zu Halluzinationen verleitet hat. So sind sie an diese Aufnahmen gekommen.«

»Ich werde sie umbringen!«, schrie ich und sprang auf. Meine Wut war unbändig und blendend. »Komm, Darcy, zeigen wir ihnen die wahre Macht der Vega-Zwillinge.«

Ich erwartete, Darcy an meine Seite treten zu sehen, aber sie saß immer noch auf ihrem Platz und schüttelte mit großen Augen den Kopf. Sie ergriff mein Handgelenk und versuchte, mich zurück auf meinen Platz zu ziehen.

»Es hat keinen Sinn, Tor«, sagte sie und mein Mund blieb vor Überraschung offen stehen. Darcy war vielleicht nicht so hitzköpfig wie ich, aber sie schreckte nie vor etwas zurück. Und sie zog ganz sicher nicht den Kopf ein, um das hier einfach so hinzunehmen.

»Was?«, fragte ich, denn ehrlich gesagt konnte ich es nicht fassen, dass sie immer noch saß.

»Ich habe nur …« Darcy verstummte und ich warf einen Blick zur Couch der Erben, wo Seth und Max saßen und so verdammt selbstgefällig aussahen, dass ich schreien wollte. Caleb hatte sich ebenfalls zu ihnen gesellt, aber er blickte finster in die Ferne, als hätte er keinerlei Interesse an ihrem neuesten Spiel.

»Komm schon!«, forderte ich. »Lasst uns ihnen die Scheiße aus dem Leib prügeln!«

»Ich weiß nicht, was es bringen soll, einen Aufstand anzuzetteln«, sagte Darcy vage und ließ ihren Blick zu den Erben und wieder zurück zu mir schweifen. »Die Story ist bereits draußen und …«

»Na und? Sie haben dich vorgeführt und dich so aussehen lassen, als hättest du nicht alle Tassen im Schrank, Darcy. Ich werde mich nicht einfach zurücklehnen und zulassen, dass sie solche Gerüchte über dich verbreiten.«

»Ich weiß«, sagte sie. »Aber es spielt doch nicht wirklich eine Rolle, oder? Ich meine, wie viele Leute lesen diese Zeitung überhaupt?«

»Welche Zeitung?«, fragte Tyler, der gerade Hand in Hand mit Sofia auftauchte. Ich stand noch immer und sah vermutlich so aus, als könnte jeden Moment eine Ader in meinem Kopf platzen.

»Die *Celestial Times* hat ein paar völlig hanebüchene Lügen über unsere großartigen und edlen Ladys gedruckt«, sagte Geraldine und ihre eigene Wut ließ ihre Stimme beben. »Ich bin selbst kurz davor, einen schlüpfrigen Seelachs zu schlagen!«

Tyler und Sofia runzelten verwirrt die Stirn und Angelica reichte ihnen einen Atlas, auf dem der Artikel noch immer geöffnet war.

Ich zerknirschte meine Zähne fast zu Staub, während ich überlegte, wie ich es diesem Haufen von selbstgefälligen Arschlöchern heimzahlen konnte. Ich würde mich nicht länger mit Gerüchten und Pranks rächen. Nein – ich würde ihnen an die Gurgel gehen.

»Meine Mom kann das drehen«, sagte Tyler schnell. »Sie kann eine Story schreiben, die die Sache in einem besseren Licht erscheinen lässt. Ich sag's euch, so was macht sie ständig. In einer Woche werden sich alle wünschen, mit Steinen reden zu können, und darum betteln, die Sexsucht der Vegas zu haben. Soll ich sie bitten, Interviews für euch zu arrangieren? Vielleicht auch Fotoshootings?«

»Ja«, sagte Darcy erleichtert. »Siehst du, Tor? Wir können das in Ordnung bringen, ohne uns gegen die Erben zu stellen.«

»Das ist nicht genug«, knurrte ich. »Ich mache jedes Interview mit, das deine Mutter auf die Beine stellen kann, Tyler, aber das ist *nicht* genug. Ich will, dass sie mir zu Füßen liegen und bluten.«

Darcy sah aus, als hätte sie mir tausend Dinge zu sagen, aber sie warf einen Blick auf die anderen, bevor sie schließlich den Kopf schüttelte.

»Nein«, sagte sie mit einer Stimme so leise, dass sie keinen großen Effekt haben sollte. Und doch fühlte es sich an, als hätte sie mir gerade eine Klinge in den Rücken gerammt.

Meine Lippen teilten sich und mein ganzer Körper schmerzte. Ich verstand beim besten Willen nicht, was zum Teufel mit ihr los war.

Ich wandte meinen Blick von Darcy ab, weil ich sie nicht ansehen konnte, während ich mich so fühlte.

Mein Blick fiel wieder auf die Couch der Erben, wo sich Darius gerade zu den anderen gesellte. Max beugte sich vor, um etwas zu sagen, und Seth deutete in unsere Richtung. Darius' Blick fand den meinen und ein dunkles Lächeln umspielte seine Lippen.

Er glaubte, gewonnen zu haben. Sie glaubten, uns besiegt zu haben. Aber auf keinen Fall würde ich es dabei belassen.

»Schön«, schnauzte ich und riss meinen Blick von den Erben los, damit ich meine Zwillingsschwester fixieren konnte. Ich konnte mich nicht daran erinnern, jemals nicht Seite an Seite gestanden zu haben. Noch nie hatte sie mich so im Stich gelassen. »Ich dachte, wir beide gegen den Rest der Welt, Darcy«, flüsterte ich und Tränen brannten in meinen Augen.

»Das stimmt doch auch«, sagte sie hilflos – aber wenn das der Fall war, warum stand sie dann jetzt nicht neben mir?

Darius' dröhnendes Lachen schallte durch den Raum und etwas in mir riss.

»Wenn du dich nicht gegen sie wehren willst, ist das deine Sache«, sagte ich knurrend und machte einen Schritt vom Tisch weg. »Aber ich für meinen Teil werde diese Arschlöcher in Stücke reißen. Und ich habe vor, mit diesem verdammten Drachen anzufangen.«

Ich drehte mich um und stürmte aus dem Raum, bevor sie antworten konnte, und mein Herz zerbrach in tausend Stücke. Und das nicht wegen der Lügen, die die Erben über uns erzählt hatten. Sondern weil ich mich zum ersten Mal in meinem Leben wirklich allein fühlte.

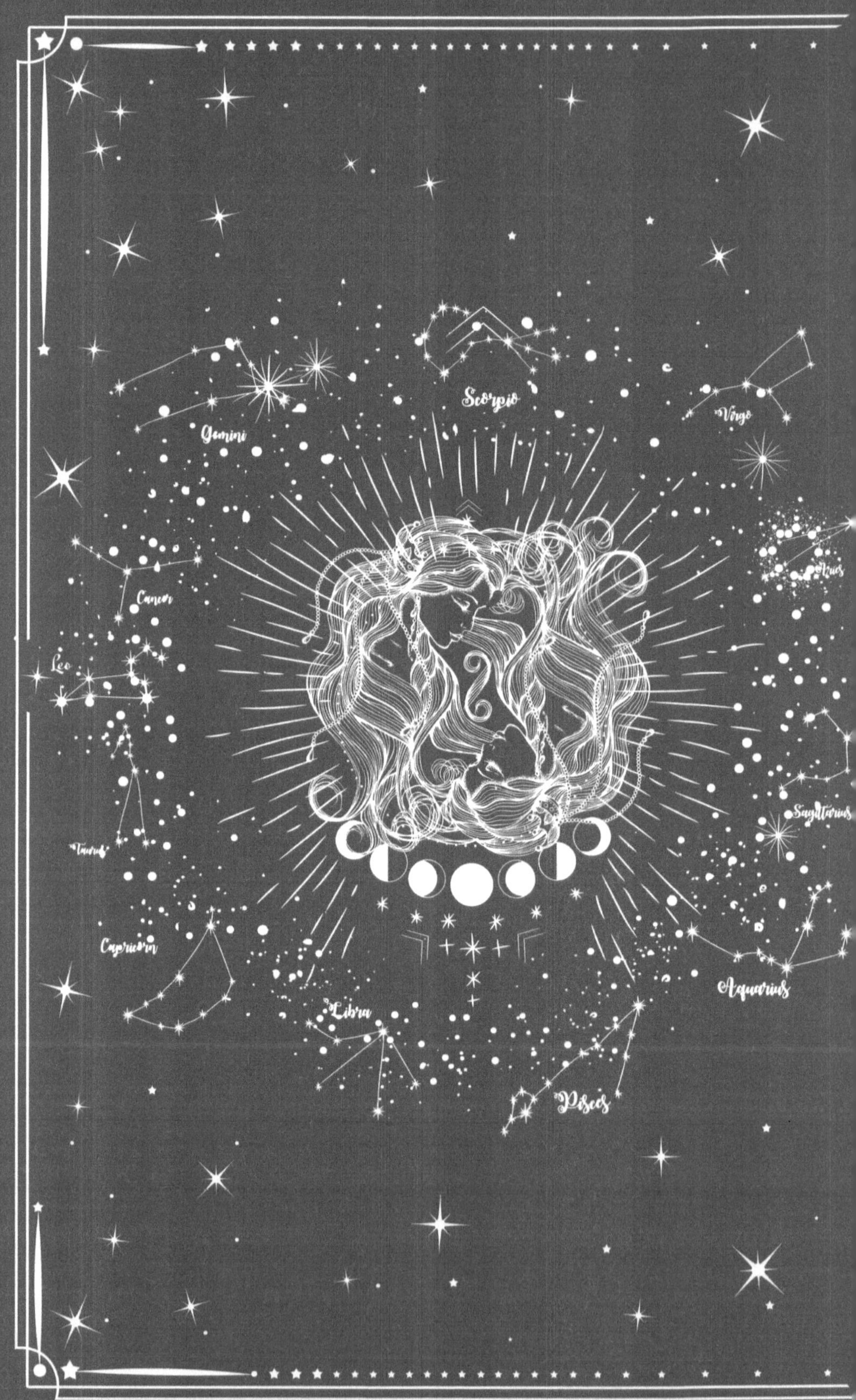

Gemini
Scorpio
Virgo
Aries
Cancer
Leo
Taurus
Sagittarius
Capricorn
Aquarius
Libra
Pisces

DARCY

KAPITEL 26

Ich stürmte aus dem Orb, weil ich Raum und Luft brauchte – *irgendetwas*, um den Schmerz in mir zu lindern. Ich lief wie blind durch die Gegend; Tränen vernebelten meine Sicht und ich hätte am liebsten geschrien. Oder die Erben mit meinen bloßen Händen in Stücke gerissen. Aber das konnte ich nicht. Denn Seth hatte uns in der Hand. Er würde Orion vernichten. Aber Tory … Ich hatte sie gerade so sehr enttäuscht. Ich hatte meine eigene Schwester verletzt. Ich hatte sie im Stich gelassen, obwohl sie mich brauchte. Und das, um einen anderen zu beschützen. Aber die Konsequenzen für Orion waren zu gravierend. Ich konnte Seth nicht angreifen und ihn sein ganzes Leben ruinieren lassen.

»Hey, Vega-Hure!«, rief ein Mädchen, und mit einem Anflug von Entsetzen erkannte ich Marguerites Stimme.

Mein Herz hämmerte, als ich sie mit Kylie und einer Gruppe ihrer Freundinnen in meine Richtung kommen sah. Kylies Augen waren geschwollen und rot, und ihr Blick verriet puren Hass.

Ich biss die Zähne zusammen, als sie vor mir zum Stehen kamen, und Eis überzog meine Handflächen, als ich mich darauf vorbereitete, mich zu verteidigen.

»Hältst du dich für etwas Besonderes, weil Seth Capella dich gefickt hat?«, fragte Marguerite mit einem kalten Lachen, und Jillian und die anderen kicherten. »Er hat wahrscheinlich gedacht, dass du aufhören würdest, ihm nachzulaufen, wenn er sich erbarmt.«

»Halt die Klappe!«, knurrte ich und die Wut in mir wallte auf wie eine wilde Bestie.

»Wie willst du mich dazu bringen?«, zischte sie und hob ihre Handflächen, in denen sich Flammen kräuselten.

»Sethy hätte dich nicht angerührt, wenn er nicht stockbesoffen gewesen wäre«, meldete sich Kylie plötzlich zu Wort und ihre Unterlippe zitterte.

Ich wünschte, ich könnte leugnen, mit ihm geschlafen zu haben, aber dann würden sie ihn sicher ausfragen. Er würde wissen, dass ich die Wahrheit gesagt hatte – und was würde er dann tun? Seth war launisch, unberechenbar und bösartig. Zweifellos würde er Nova von Orion und mir erzählen, wenn ich zugeben würde, dass er gelogen hatte. Aber das bedeutete nicht, dass ich nett sein musste.

»Vielleicht solltest du aufhören, dich um dieses Platz verschwendende Arschloch zu scheren«, fuhr ich Kylie an. »Er hat dich benutzt und dann weggeworfen. Und offen gesagt, könnte er ein Mädchen nicht mal mit Landkarte und Vibrator zum Orgasmus bringen. Also verstehe ich nicht, was die Aufregung soll.«

Wenn mein Ruf ruiniert werden sollte, dann würde ich dafür sorgen, dass er mit mir unterging.

Ich setzte mich gerade in Bewegung, als sich Kylies Haare in ein Schlangenmeer verwandelten, das mich bösartig anfauchte. »Schlampe!«

Jetzt hatte ich genug. Mit einem Luftstoß bahnte ich mir einen Weg durch die Mitte ihrer Gruppe, aber bevor ich sie hinter mir lassen konnte, brachte jemand den Boden unter meinen Füßen zum Wanken.

Ich fiel auf die Knie und mein Rückgrat kribbelte mit dem Drang, mich zu verwandeln, während sich die Wut in jeden Winkel meines Körpers schob. Ich drehte mich um und sah Kylie über mir stehen. Mit erhobenen Händen wartete ich auf ihren Angriff, aber sie tat etwas viel Schlimmeres, als mich mit Magie zu bombardieren. Sie spuckte mir ins Gesicht, und ich wich erschrocken zurück.

Ihre Freundinnen brüllten vor Lachen und eilten dann in Richtung Orb davon. Ich zitterte von Kopf bis Fuß, stand auf und zog meinen Ärmel über meine Hand, um mir die Spucke von der Wange zu reiben. Meine Brust fühlte sich an, als würde sie platzen und einen Schwall von Schmerzen in den Himmel entlassen.

Ich rannte los und schaffte es bis zum Wimmernden Wald, bevor ich zusammenbrach. Ich schlüpfte durch die Bäume und sobald ich eine große Eiche erreicht hatte, presste ich mich mit dem Rücken dagegen, rutschte zu

Boden und schnappte nach Luft. Ich schirmte mich mit einer Stillekuppel ab und schrie, bis meine Lunge wund war.

Mein Atlas piepte und piepte – am liebsten hätte ich das verdammte Ding zertrümmert. Aber schließlich, als mein Herz sich so weit beruhigt hatte, dass ich wieder atmen konnte, zog ich das Gerät aus meiner Tasche und starrte wie betäubt auf den Bildschirm. Orion hatte mir seit gestern Abend bestimmt hundert Nachrichten geschickt und obwohl ich ihm geschrieben hatte, dass es mir gut geht, war das alles, was ich wirklich sagen konnte. Und selbst das war gelogen. Nichts war gut. Absolut gar nichts.

Offensichtlich hatte auch er den Artikel gesehen und ich berührte seine letzte Nachricht mit schmerzender Brust.

Lance:
Ich hätte gestern Abend nicht gehen sollen. Dann wäre das alles nicht passiert.
Wo bist du? Ich muss dich sehen.

Ich antwortete, indem ich ihm meinen Standort auf einer Karte schickte, schloss die Augen und lehnte meinen Kopf gegen den Baum. Vielleicht hatte er ja eine Antwort, denn ich war ratlos. Ich wusste nur, dass ich meine Schwester nicht so im Stich lassen konnte. Also würde ich ihr die Wahrheit sagen und reinen Tisch machen. Das hatte sie verdient. Dann wüsste sie wenigstens, warum ich mich nicht gegen die Erben wehren konnte, bevor ich die Sache mit Seth nicht geklärt hatte.

Orion tauchte wie aus dem Nichts auf und ich löste meine Stillekuppel auf; mein Herz schlug vor Erleichterung über seine Anwesenheit. Er trug Jogginghose und T-Shirt, seine Haare waren zerzaust und seine Augen rot vom fehlenden Schlaf. Blitzschnell zog er mich auf die Beine und schloss mich in seine Arme. Wir befanden uns versteckt hinter einem riesigen Baumstamm, sodass ich keine Angst haben musste, gesehen zu werden.

Ich klammerte mich an ihn und brach in Tränen aus. Wie hatte ein einziger Tag nur so viel Zerstörung anrichten können? Hätte ich die Warnung beherzigt, die Nova vor Halloween ausgesprochen hatte, wären wir vielleicht nicht in diesem Schlamassel gelandet. Die Sterne waren unberechenbar und wir hatten sie beide ignoriert, um Zeit mit dem anderen zu verbringen. *Dumm. Idiotisch. Schwachsinnig.* Kein Wort war stark genug. Wir waren immer wieder leichtsinnig gewesen und schließlich hatte uns unser Glück verlassen.

Er hielt mich fest, bis meine Tränen versiegten, küsste meine Haare und murmelte beruhigende Worte.

»Ich muss Tory von uns erzählen«, sagte ich, während ich einen Schritt zurücktrat, mir die Tränen von den Wangen wischte und mich an die Widerstandskraft in mir klammerte. »Nur so können wir die Dinge zwischen uns in Ordnung bringen. Sie wird es verstehen und dann können wir gemeinsam überlegen, wie es weitergeht.«

Orion schluckte heftig, nickte dann aber langsam. »Du hast recht … Ich werde auch mit Darius sprechen. Er wird sich Seth vorknöpfen und ihn davon abhalten, jemandem davon zu erzählen. Ich werde nicht zulassen, dass er dir wehtut.«

Hoffnung flackerte in meinem Herzen auf und ich nickte. Mit gebrochener Miene und voller Bedauern machte er wieder einen Schritt auf mich zu. »Es tut mir so leid, dass ich zu dieser verdammten Party gekommen bin.«

Ich schloss die Augen und schüttelte den Kopf. »Wir haben beide dumme Dinge getan, um zusammen zu sein. Wir hätten schon hundertmal erwischt werden können.«

»Aber von allen Fae in Solaria«, knurrte Orion und raufte seine Haare. »Warum ausgerechnet dieser verdammte Seth Capella?«

»Ich weiß.« Ich seufzte schwer. »Besteht eine Möglichkeit, das ungeschehen zu machen?«

Ich erwartete nicht wirklich eine Antwort, denn ich wusste, dass es keine gab, aber Orions Blick war dunkel und seine nächsten Worte jagten mir Angstschauer über den Rücken.

»Es gibt eine Sache, die ich versuchen könnte, aber …« Er schüttelte den Kopf.

»Was?«, bettelte ich.

»Dunkle Manipulation«, sagte er undeutlich. »Aber die Konsequenzen dafür, einen solchen Zauber auf einen Erben des solarischen Throns anzuwenden, sind unvorstellbar.«

»Dann tu es nicht«, sagte ich sofort und umklammerte seine Hand. »Du kannst nicht riskieren, noch einmal gegen das Gesetz zu verstoßen, Lance. Das ist die Sache nicht wert.«

»Du bist alles wert«, sagte er und mein Herz brach, weil ich wusste, dass er es ernst meinte. Und das war fast zu viel. »Wünschst du dir, du wärst nie zu mir gekommen, Blue?«, fragte er, und ich wusste, worauf er anspielte – jene Nacht, in der ich mich zum Asteroidenplatz geschlichen und mit blauen Haaren und großen Hoffnungen an seine Tür geklopft hatte, um ihm zu sagen, dass ich ihn wollte.

»Sag so etwas nicht!«, sagte ich entsetzt. Die Schatten drängten sich in mein Bewusstsein und ich spürte, wie sie sich für einen Moment zwischen uns ausbreiteten, als würden sie sich von den dunklen Gefühlen ernähren, die wir empfanden. Ich schob sie zurück und konzentrierte mich auf den Mann vor mir. Auf den Mann, dem mein Herz gehörte und von dem ich wusste, dass er alles tun würde, um mich zu beschützen. »Das kann ich nicht bereuen. Aber wenn du meinetwegen verhaftet wirst, werde ich mir das nie verzeihen.«

»Das musst du«, knurrte er, als wäre es beschlossenes Schicksal.

»Wage es nicht, aufzugeben!«, mahnte ich, während das Feuer in meinen Adern heißer brannte und die Kälte verjagte.

»Das werde ich nicht. Aber Blue … Wenn alles schiefgeht, musst du tun, was ich von dir verlange. Du musst mich das allein ausbaden lassen.«

»Nein«, fauchte ich und meine Wut tobte wie ein Gewitter in meiner Brust. »Ich bin genauso verantwortlich wie du.«

Er hob eine Hand und strich mit dem Daumen über meinen Wangenknochen, ohne ein weiteres Wort zu sagen. Ich spürte, dass das Thema noch nicht erledigt war, aber ich wollte mich jetzt nicht streiten. Ich musste versuchen, diesen Shitstorm, der in den letzten vierundzwanzig Stunden über mein Leben hereingebrochen war, wieder in Ordnung zu bringen.

»Wenn ich ein stärkerer Mann wäre, würde ich dir zu verstehen geben, dich von mir fernzuhalten. Ich würde Schluss machen und die Angelegenheit ruhen lassen, bis Capella nichts mehr gegen uns in der Hand hat. Es gibt kein Video, keine Beweise, und sein Erinnerungsvermögen wird in ungefähr einem Jahr verblassen. Das würde vor Gericht nicht bestehen, nicht einmal dann, wenn sie einen Zyklopen einsetzen würden. Erinnerungen werden irgendwann vor Gericht unzulässig.«

»Ich will mich nicht von dir fernhalten«, flüsterte ich, weil ich wusste, dass ich es nicht konnte. Ich fühlte mich an ihn gebunden, als hätten die Sterne einen goldenen Faden um uns gewickelt – ohne die Intention, je wieder loszulassen. Tief in meinem Herzen wusste ich, dass wir zusammengehörten.

»Gut. Denn ich bin kein stärkerer Mann«, sagte er mit einem leisen Knurren und in seinen Augen wirbelten Schatten. »Ich bin der Teufel und ich will dich. Ich will dich, wie ich noch nie etwas oder jemanden gewollt habe. Und ich werde dafür kämpfen, dass du mir gehörst – koste es, was es wolle. Keine Macht in Solaria wird uns auseinanderreißen.«

Ich starrte ihn voller Ehrfurcht an. Die Kraft seiner Worte war überwältigend. Ich umklammerte seine Hand und nickte entschlossen. »Ich werde auch für dich kämpfen, Lance Orion. Koste es, was es wolle.«

»Koste es, was es wolle«, wiederholte er, und zwischen unseren Händen entzündete sich ein Funken der Macht. Ich sog überrascht den Atem ein und ein trauriges Lächeln umspielte seinen Mund.

»Sieht so aus, als hättest du gerade einen Deal mit mir gemacht, Blue. Jetzt gibt es kein Zurück mehr – es sei denn, wir wollen, dass sich die Sterne auch gegen uns wenden.«

»Verdammt, ich brauche nicht noch mehr Feinde. Schon gar nicht unter den Sternen.« Ein trockenes Lachen entwich mir.

»Ganz meine Meinung«, sagte er grimmig.

»Ich werde Tory aufsuchen«, sagte ich ihm, weil ich keine Sekunde länger warten wollte, und er nickte und drückte meine Finger.

»Willst du, dass ich mitkomme?«

»Nein«, flüsterte ich und eine kleine Nebelwolke bildete sich vor mir in der Luft. »Ich muss das allein machen. Sie ist meine Schwester und ich habe ihr wehgetan. Ich muss das wieder in Ordnung bringen.«

»Okay.« Er beugte sich vor und presste seine eiskalten Lippen auf meine glühend heißen. Kurzzeitig schmolz ich dahin und genoss den kleinen Moment des Friedens, den er mir bot.

»Geh!«, drängte er, dann war er verschwunden, und ich trat mit Hoffnung im Herzen hinter dem Baum hervor.

Ich eilte über den frostigen Boden, schob meine Hände in die Manteltaschen und lockte mehr von meiner Feuermagie in meine Adern. Ich machte mich auf den Weg zu Haus Ignis, weil ich hoffte, dass Tory dorthin gegangen war. Aber ich würde den ganzen Campus absuchen, bis ich sie gefunden hatte.

Bevor ich das Ende des Pfades erreichte, der zum Feuer-Territorium führte, erschien eine Silhouette vor mir auf dem Weg, die von der dunstigen Mittagsonne angestrahlt wurde. Als ich erneut Seth Capella gegenüberstand, wallte Wut in meiner Brust auf.

»Ich dachte mir schon, dass du in diese Richtung gehst«, meinte er und kam auf mich zu. »Du suchst nach deiner Schwester, stimmt's?«

»Was willst du?«, knurrte ich, ohne seine Frage zu beantworten.

Ich holte meine Hände aus den Taschen und brachte Flammen in meine Fingerspitzen, um mich auf einen Angriff vorzubereiten.

»Nun, ein Dankeschön wäre nett. Immerhin habe ich dich letzte Nacht ins Bett gebracht, Babe.« Er grinste und mir lief es kalt den Rücken hinunter. Ich hatte noch nie eine Person so abgrundtief gehasst wie ihn. Keiner der Erben war mit ihm vergleichbar. Er war mein persönlicher Feind. Mein Erzfeind. Und tief in mir sehnte sich etwas Intuitives danach, ihn zu vernichten. Fae gegen Fae.

»Wie nett von dir – nachdem du die Stunden davor damit verbracht hast, mein verdammtes Leben zu zerstören.«

»Ja, was das angeht … Ich bin hier, um dir das Leben noch unangenehmer zu machen.«

Panik machte sich in meinem Bauch breit, aber ich bemühte mich, sie nicht zu zeigen. Meine Zunge fühlte sich schwer an, als er näher kam, und ich nahm sofort meine Kampfstellung ein, als er sich wie ein Raubtier an mich heranschlich.

»Die Sache ist die: Ich kann nicht zulassen, dass du zu Tory rennst und mir den ganzen Spaß verdirbst, Babe.« Er fuhr mit der Hand durch seine dunklen Haare; das Weiß der vergangenen Nacht war verschwunden. Sein arrogantes Grinsen wurde breiter und eine blutdürstige Kreatur erwachte in mir. »Caleb hat vorhin gehört, wie sie dich aufgefordert hat, dich mit ihr gegen uns zu stellen. Und ich weiß, dass du Nein gesagt hast, weil du Angst vor dem hast, was ich dann tun könnte. Und so wird es auch bleiben.«

Er kam näher, sein Schatten fiel auf mich und es fühlte sich an, als hätte er gerade das ganze Licht der Welt ausgelöscht.

»Tu das nicht!«, zischte ich. »Ich habe das Recht, ihr davon zu erzählen.«

»Das *hattest* du.« Er zuckte lässig mit den Schultern. »Aber ich habe dir dieses Recht gerade genommen.«

Instinktiv stürzte ich mich auf ihn; ein Knurren entrang sich meiner Kehle, als ich eine Handvoll Flammen hervorholte. Meine Fingerknöchel knirschten, als sie gegen einen massiven Luftschild prallten, den ich nicht sehen konnte, und ein Schmerzensschrei entwich mir.

»Fick dich!«, brüllte ich ihn an, und mein Schrei hallte aus der Ferne zu mir zurück. Ich stellte mich ihm entgegen, während er weiterhin lächelte, und meine Formgebung bettelte darum, auf ihn losgelassen zu werden. »Eines Tages werde ich dich unter meinem Absatz zermalmen«, versprach ich. »Ich werde dir so viel Schmerz zufügen, wie du mir und allen, die ich liebe, zugefügt hast.«

»Liebe?« Er spielte mit dem Wort, seine Zunge wickelte sich darum, als wäre es so süß wie ein Bonbon. »Ich nehme an, du meinst deine Schwester und nicht deinen Spielgefährten von Professor?«

Ich weigerte mich, darauf zu antworten. Es ging ihn nichts an, was ich für wen empfand.

Ich schaute an ihm vorbei, immer noch entschlossen, zu Haus Ignis zu gehen, um Tory aufzusuchen und die Sache zu klären. Aber ich konnte sehen, dass Seth das nicht zulassen würde.

»Ich frage mich, was sie in den Zeitungen über Orion schreiben werden. Meinst du, sie würden ihn als Perversen oder als Monster bezeichnen? Vielleicht sogar als beides?«

»Hör auf!«, zischte ich. »Er ist nichts von alledem.«

»Man weiß nie, was die Zeitungen schreiben«, sagte er und spielte damit auf den heutigen Artikel an.

»Glaubst du, es interessiert mich, was die Leute über mich sagen? Was *du* über mich sagst?« Ich rückte so nah an ihn heran, wie es mir möglich war, denn sein Luftschild versperrte mir weiterhin den Weg. »Du bist ein Nichts, Seth Capella. Du bist nur ein Junge, der seine Spielsachen aus dem Kinderwagen wirft, weil ich ihn nerve. Ich gehe dir unter die Haut, und du kannst damit nicht umgehen, wie ein Mann es tun würde. Das ist nicht Fae, es ist erbärmlich. Und wenn du glaubst, dass du gewonnen hast, liegst du gänzlich falsch. Die Sterne sind auf meiner Seite, denn sie erkennen, wie wertlos du bist. Und sie werden es dir durch mich heimzahlen.«

Das Lächeln war aus seinem Gesicht verschwunden und durch einen finsteren Blick ersetzt worden. Ich erkannte Schmerz, Bitterkeit und etwas, das sogar dunkler war als die Schatten, die unter meiner Haut lauerten.

Als ich mich umdrehte, hielt er mein Handgelenk in einem schraubstockähnlichen Griff fest. Ich schüttelte ihn ab, ließ Feuer durch meine Haut schießen, um ihn zu verbrennen, und er wich mit einem wölfischen Knurren zurück.

»Lauf nicht vor mir weg!«, brüllte er, aber ich drehte mich nicht um. Ich bewegte mich immer schneller, holte meinen Atlas heraus und rief Orion an, wobei ich mich an meinen letzten Hoffnungsschimmer klammerte.

Wir können das in Ordnung bringen.

Es gibt noch eine Chance.

Er antwortete nach dem ersten Klingeln. »Hast du sie gefunden?«

Ich errichtete eine Stillekuppel, um unser Gespräch geheim zu halten.

»Nein«, sagte ich mit brüchiger Stimme. »Seth hat mich zuerst gefunden.«

Ich erzählte ihm, was passiert war, und spürte, wie Orions Wut durch die Leitung in mich eindrang.

»Ich werde mit Darius sprechen.«

»Tu es bald«, bat ich. »Wir müssen Seth aufhalten.«

»Das werden wir, Blue, ich verspreche es. Ich bin schon auf der Suche nach ihm.«

Ich seufzte und ein Teil der Schwere verließ meine Lunge, aber es war nicht annähernd genug. Die Schatten kamen näher und es wurde immer schwieriger, sie abzuwehren.

»Geht es dir gut?«, fragte er, als ich nichts sagte.

»Nein, die Schatten ...«, sagte ich ehrlich.

»Atme tief durch. Entspann dich. Sie nähren sich von diesen Gefühlen. Tappe nicht in ihre Falle!«

»Ich versuche es.« Mit geschlossenen Augen lief ich weiter, ihre süße Umarmung lockte mich.

»Komm zu mir ... Ich bin hier, nur noch ein bisschen weiter.«

Orion redete weiter, aber ich fiel immer tiefer und konnte mich nicht befreien. Meine Augen wollten sich nicht öffnen, und ein klebriges Gewicht legte sich auf meine Knochen.

»So nah, greif nach mir! Wir können einander helfen.«

Eine friedliche Stille überkam mich. Ich genoss ihre Umarmung, während sie die Angst in meinem Herzen und die Verzweiflung, die ich noch vor wenigen Augenblicken gespürt hatte, vertrieben. Die Dunkelheit sang ein Schlaflied für mich, und ich wollte mich in ihre Arme begeben und nie wieder zurückkommen.

»Darcy!«, rief jemand, aber ich konnte mich nicht erinnern, wem diese Stimme gehörte. Die Dunkelheit wurde immer dichter und ich entfernte mich weiter von der Welt, während ich durch ein Meer aus Schwarz trieb.

»Aufwachen, Miss Vega!« Jemand schüttelte mich und ich schreckte aus der Dunkelheit hoch. Orions Augen bohrten sich in meine.

Ich lag auf dem Boden und starrte auf das Blätterdach über ihm. Gekicher drang an mein Ohr, als eine Gruppe von Studentinnen vorbeikam.

»Ich erwarte Sie alle beim Nachsitzen!«, bellte Orion und ihr Lachen verstummte.

Sein verzweifelter Blick fiel wieder auf mich und ich blinzelte heftig, um ihn zu stoppen. Ich befürchtete, jemand könnte sehen, dass wir mehr füreinander waren als nur Professor und Studentin.

»Scheiße«, zischte ich und rieb meinen Kopf an der Stelle, an der ich auf dem Boden aufgeschlagen sein musste.

Orion heilte den Schmerz und half mir dann auf die Beine. Ich machte einen Schritt zur Seite, obwohl niemand mehr in der Nähe war, aber sicher war sicher.

»Danke«, seufzte ich, dann stellte ich fest, dass meine Stillekuppel noch aktiviert war, und löste sie schnell auf. »Jetzt geh und such Darius!«, forderte ich und er runzelte die Stirn.

»Ich habe überall gesucht, aber er beantwortet meine Anrufe nicht, verflucht noch mal.« Er warf einen Blick über meine Schulter. »Ich werde ihn finden. Wir reden später«, murmelte er, und ich nickte, bevor er wieder davonschoss.

Ich drehte mich um und entdeckte weitere Studenten auf dem Weg. Ihre entspannten Gesichter trieben mir einen Knoten der Eifersucht in den Bauch. Wie musste es wohl sein, hier zu studieren, ohne dass beschissene Erben einem das Leben auf Schritt und Tritt ruinierten?

Ich schüttelte das sinnlose Gefühl ab und ging eilig weiter, um ebenfalls nach Darius zu suchen. Ich wusste nicht, wie er auf diese Nachricht reagieren würde, aber ich vertraute Orion. Und wenn er glaubte, dass Darius diesen Schlamassel für uns in Ordnung bringen könnte, dann glaubte ich ihm. Aber ihn um Hilfe zu bitten, während ich meine eigene Schwester nicht einweihen konnte, war ein schwerer Schlag.

Hätte ich einfach auf mein Bauchgefühl gehört und es ihr gleich gesagt, wäre das alles nicht passiert. Ich hatte sie nicht belasten wollen, aber sie war meine Zwillingsschwester. Sie würde zu mir stehen, auch wenn sie es nicht gutheißen würde. Auch wenn sie die Idee von Orion und mir für verrückt halten würde.

Bald erzähle ich dir alles, Tor, und dann werde ich dich nie wieder anlügen.

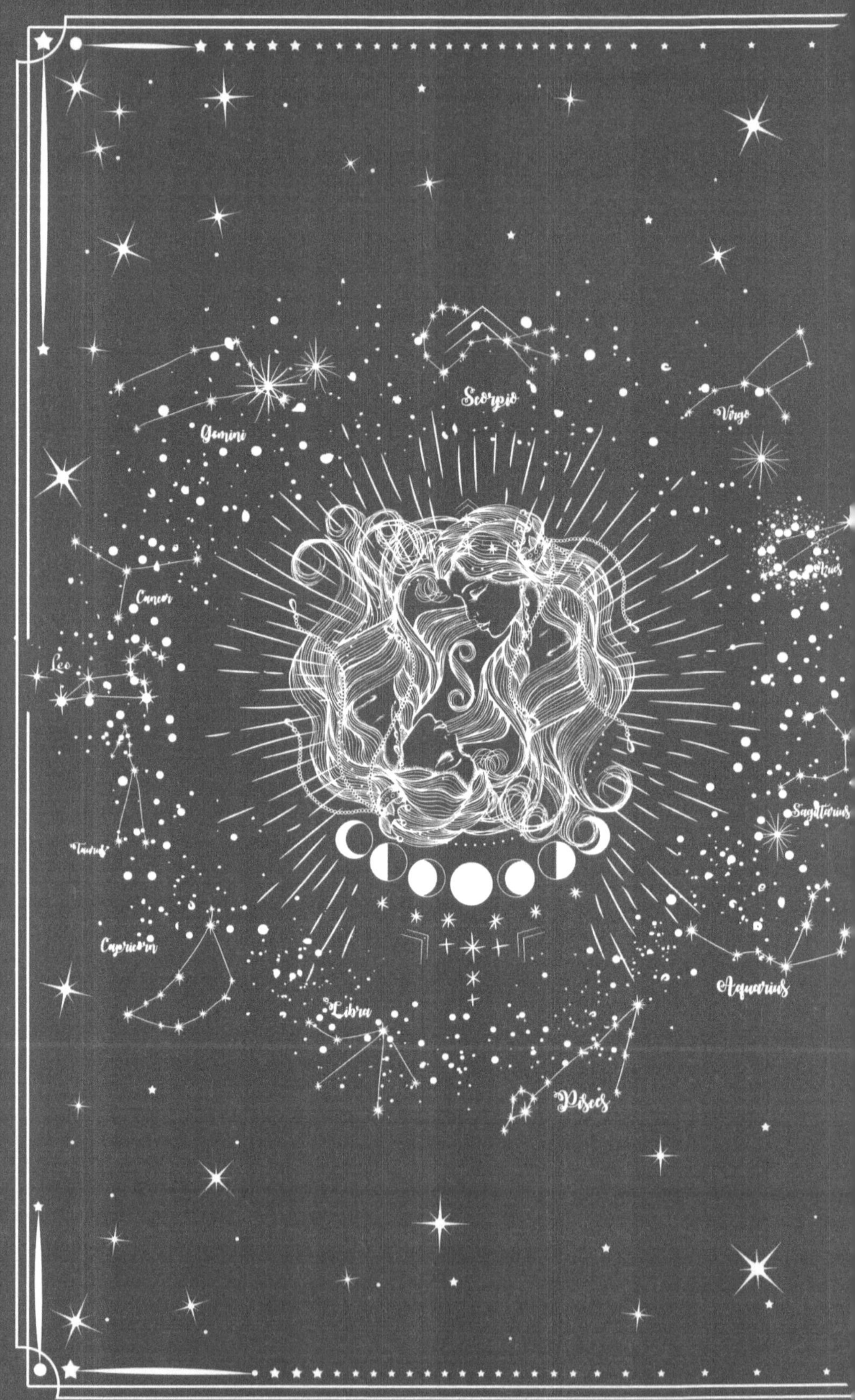

Gemini
Scorpio
Virgo
Cancer
Libra
Leo
Taurus
Capricorn
Libra
Pisces
Sagittarius
Aquarius

TORY

KAPITEL 27

Im heulenden Wind lief ich um den See. Dunkle Gedanken geisterten durch meinen Kopf und riefen die Schatten herbei, während ich versuchte, herauszufinden, wie ich mich an den Erben rächen könnte.

Besonders an Darius.

Diesem dämlichen beschissenen Darius mit seinem dämlichen beschissenen Gesicht, seinem verlogenen Mundwerk, seinem verfickten riesigen Bett, seinem gottverdammten Whirlpool und den unglaublichsten, wunderschönsten Motorrädern überhaupt. Aber natürlich wusste er nicht einmal das zu würdigen. Er verdiente es nicht. Und ich wünschte, ich könnte ihm alles wegnehmen.

Ich hielt inne, als mir ein Gedanke in den Sinn kam.

Es gibt etwas, das ich ihm ganz einfach wegnehmen kann …

Ich beendete meine ziellose Wanderung, wandte mich nach Norden, bahnte mir einen Weg durch den Wimmernden Wald und steuerte geradewegs auf das Parkhaus zu, das am Haupttor stand. Ich mochte noch nicht in der Lage sein, die Erben in einem direkten Kampf zu besiegen, aber ich konnte sie trotzdem dort treffen, wo es wehtat.

Meine Haare wallten hinter mir auf, als der Sturm stärker wurde, mein roter Rock peitschte um meine Oberschenkel und ich fröstelte. Aber das war kein natürlicher Sturm. Der Wind tanzte nach der Melodie meiner Kraft und erhob sich zu einem Wirbelsturm, während ich meine Wut in meine Luftmagie kanalisierte, denn ich brauchte ein Ventil für diese Wut.

Mein Herz hämmerte immer heftiger und ich presste die Kiefer fest aufeinander.

Darcy schien bereit zu sein, die Erben mit diesem Mist davonkommen zu lassen, aber ich war es nicht. Nicht mehr. Nicht, wenn sie so hübsche Lügen auftischten und so verdammt hart dafür arbeiteten, uns zu zerstören.

Das Parkhaus tauchte vor mir auf und ich zog meinen schwarzen Pullover aus und band ihn um meine Taille, damit ich meine Flügel ausbreiten konnte.

Gabriel hatte uns in unseren Formgebungslektionen die Kunst der Halbverwandlung beigebracht, damit wir unsere Phönix-Natur weiterhin verbergen konnten, und jetzt war es fast ein Leichtes, lediglich meine Flügel herbeizurufen.

Mit einem Schwall von Magie lösten sie sich von meinem Rücken und ihre pure Hitze umspülte mich, als sie sich entzündeten. Kurzzeitig badete ich in der Wärme des Feuers, das meine magischen Reserven schürte, bevor ich die Flammen verbannte, sodass meine goldenen Federn das Sonnenlicht einfingen. Auf diese Weise war es unwahrscheinlicher, dass ich erkannt wurde, falls mich jemand entdeckte. Die Erben hatten überall Lakaien, und sie sollten erst dann von meinem Vorhaben erfahren, wenn es zu spät war, mich aufzuhalten.

Mit einem kräftigen Schlag meiner Flügel hob ich ab. Die tobenden Winde, die ich zum Leben erweckt hatte, wehten auf meinen Ruf hin unter mir, drückten gegen meine Federn und trugen mich immer höher.

Ich flog geradewegs auf das Parkhaus zu und zog meine Flügel an, als ich das oberste Stockwerk erreichte, in dem die Erben ihre Autos unterstellten. Dann landete ich.

Meine Stiefel donnerten über den Beton, während ich die Reihe der unbezahlbaren Fahrzeuge entlangging, und ich richtete meine Blicke auf das leuchtend rote Superbike am Ende.

Ich bewegte mich schnell darauf zu und verbannte meine Flügel wieder, damit ich mich leichter in den kleinen Raum daneben bewegen konnte, wo ich auf die Knie fiel.

Ich zog eine Haarnadel aus meinen Haaren und ein wildes Lächeln umspielte meine Lippen, als ich mich daran machte, an den Zündkabeln zu ziehen, um diese Schönheit kurzschließen zu können.

Es dauerte eine Weile, bis ich die Wegfahrsperre überwunden hatte, und fast hätte ich den Alarm ausgelöst – ein wahrer Schreckensmoment –, aber schließlich wurde ich für meine Mühe belohnt. Die Zündung erwachte plötzlich zum Leben und ich sprang auf, um den Motor zu starten.

Als ich den Daumen auf das Zündschloss drückte, kribbelte meine Haut und meine Nackenhärchen stellten sich auf. Ich hielt inne und runzelte die Stirn, während ich versuchte, herauszufinden, was das gewesen war. Die Kraft, die in der Luft lag, kam mir irgendwie bekannt vor und doch wusste ich, dass sie nicht von mir stammte. Sie schien am Motorrad selbst anzuhaften – aber was war sie?

Ein entferntes Brüllen ertönte, und ich drehte mich um und schaute aus dem Parkhaus und über den Wimmernden Wald – gerade noch rechtzeitig, um den riesigen goldenen Drache in der Ferne eine Feuerfahne gen Himmel schicken zu sehen.

Fuck, das Bike ist mit einer magischen Alarmanlage an ein gewisses Arschloch gekoppelt.

Ich warf einen Blick auf das Motorrad und überlegte kurz, ob ich von meinem Plan ablassen sollte, doch dann schwang ich mein Bein über den Sitz.

Das tiefe Schnurren des Motors vibrierte zwischen meinen Oberschenkeln und nach einer Drehung meines Handgelenks raste ich in Richtung Ausfahrt. Der Wind rauschte durch meine Haare.

Ich fuhr mit hoher Geschwindigkeit die Rampe hinunter und das Parkhaus verschwamm um mich herum, während ich mich voll und ganz darauf konzentrierte, von hier zu verschwinden.

Das Motorrad fuhr sich traumhaft, sogar besser, als ich es mir vorgestellt hatte. Die Rampe wurde zur Rennstrecke und ehe ich mich versah, steuerte ich direkt auf die Ausfahrt zu.

Eine Barriere versperrte mir den Weg und mein Herz schlug mir bis zum Hals, als ich die Hand hob und einen Feuerball auf die Schranke warf, mein Tempo aber eisern beibehielt.

Ein lautes Krachen ertönte, als die Absperrung niedergerissen wurde, und ich raste durch die sterbende Glut des Feuerballs auf die Straße, die vom Campus wegführte. Doch anstatt zum Tor und in die Freiheit zu fahren, schwenkte ich das Motorrad nach rechts und fuhr direkt ins Herz des Academy-Geländes.

Mein Puls schlug wie eine Kriegstrommel in meiner Brust und wieder hörte ich Darius' Brüllen. Er kam näher. Und ich beschleunigte mein Tempo.

Ich hob den Blick, meine Haare peitschten über meine Schultern, und ich sah ihn über dem Wimmernden Wald direkt auf mich zufliegen.

Darius' funkelnde Drachenaugen waren auf mich fixiert und seine Wut tränkte die Luft, während ich direkt auf ihn zuschoss.

Ich biss die Zähne zusammen. Ich weigerte mich, auch nur einen Hauch von Angst zu zeigen, während gleichzeitig echte Angst in mir aufstieg. Aber ich würde nicht zurückweichen. Nicht dieses Mal. Er hatte mich zu weit getrieben. Was war das gestern? Er hatte so getan, als würde er sich tatsächlich um mich sorgen, und mich sogar mit auf sein Zimmer genommen. Zu dem Zeitpunkt war ich längst in seine Falle getappt. Er hatte genau gewusst, was er Darcy und mir angetan hatte, und mich trotzdem glauben lassen, dass …

Ich knirschte mit den Zähnen und knurrte vor Wut – diesen Gedanken würde ich nicht weiterverfolgen.

Ich raste weiter in Richtung Waldrand, um die Bäume zu erreichen, bevor er mich erwischte.

Darius stieß ein erneutes Brüllen aus, während wir uns einander näherten. Seine messerscharfen Zähne waren für einen Moment zu sehen, der sich ewig hinzuziehen schien, während ich unaufhaltsam auf ihn zuraste.

Ich verschwand im Schutz der Bäume, bevor er mich erreichen konnte, und sein Gebrüll ließ den Boden unter meinen Rädern erbeben.

Ein Lächeln schlich sich auf mein Gesicht und dann lachte ich wie eine Irre, während ich noch ein bisschen mehr Gas gab und dem Pfad folgte, der in die Tiefen des Wimmernden Waldes führte.

Ich schuf eine Stillekuppel, um das Geräusch des Motorrads zu verbergen, bevor ich scharf links abbog und in Richtung Luft-Territorium fuhr.

Ich war mir nicht sicher, ob ich jemals in meinem ganzen Leben so schnell gefahren war. Es war berauschend, beängstigend, befreiend und absolut belebend. Ich war unaufhaltsam. Wie eine Naturgewalt, die selbst ein Drache nicht fassen konnte.

Meine momentane Überheblichkeit zerplatzte wie eine Seifenblase, als das Heulen eines Wolfes durch den Wald drang.

»Sie ist auf dem Weg zum Aer-Turm!«, rief Max irgendwo in den Bäumen, und ich drehte den Kopf und sah ihn auf Seths riesigem weißen Werwolfrücken reiten. Die beiden verfolgten mich also ebenfalls.

Ich errichtete einen harten Schild aus Luftmagie um meine Stillekuppel, bevor er irgendeinen Zauber auf mich wirken konnte, und gab erneut Gas.

Seth mochte in seiner Formgebung so schnell sein wie ein Höllenhund, aber er war der Bestie unter mir nicht gewachsen, und schon bald zog ich den beiden davon.

Aber ich war noch nicht in Sicherheit, denn es gab einen Erben, der es mit meiner Geschwindigkeit aufnehmen konnte – und ihn hatte ich bisher nicht gesehen.

Ich verließ den Wald und machte eine Haarnadelkurve in Richtung Aer-

Turm. Ich ließ die Stillekuppel fallen, als ich Studenten auf dem Weg vor mir entdeckte, damit sie mich kommen hörten und aus dem Weg gingen.

Schreie erfüllten die Luft, als ich mit hoher Geschwindigkeit im Slalom durch die Leute fuhr, um ihnen auszuweichen, und am Aer-Turm vorbeirauschte.

Ein Brüllen erschütterte den Himmel und Hitze strich über meine Haut, als ein riesiger Ball aus Drachenfeuer über mich hinwegschoss.

Ich drehte mich auf meinem Sitz um und sah über meine Schulter – der riesige goldene Drache kam näher. Seth und Max donnerten ebenfalls in meine Richtung und das Adrenalin in meinen Adern brannte mit weißer, heißer Energie. Schnell warf ich einen Blick auf den Pfad vor mir, um die nächste Kurve zu nehmen.

Ich schoss um die Ecke, gab wieder Vollgas, sobald ich die Studentenschar hinter mir gelassen hatte, und schlug den Weg ein, der direkt zu den Klippen der Luft-Bucht führte.

Darius brüllte erneut seinen Zorn in die Welt hinaus und ich spürte das Züngeln seiner Flammen an meinem Luftschild.

Feuer kann mir nichts anhaben, Arschloch.

Plötzlich tauchte die Klippe vor mir auf, der blaue Himmel öffnete sich über ihr und rief mich zu sich.

Fast geschafft!

Doch dann stand auf einmal Caleb vor mir, versperrte den Weg und knirschte mit den Zähnen, während er die Erde nach seinem Willen formte.

Der Boden bebte und zitterte unter mir, und das Motorrad ruckelte auf dem unebenen Gelände, als ein Erdbeben den Untergrund erschütterte.

Ich wäre fast gestürzt, aber im letzten Moment gelang es mir, mit Luftmagie das Motorrad zu stabilisieren. Mein Herz donnerte panisch.

Darius brüllte direkt hinter mir. Er war jetzt so nah, dass ich den Atem des Drachens in meinem Nacken spüren konnte.

Ich bog scharf in Richtung Klippe ab, richtete das Motorrad gen Horizont und streckte die Hand aus, um die Erde zu zwingen, einen ebenen Weg vor mir zu schaffen.

Ich gab Vollgas und der Motor heulte unter mir auf, als ich direkt auf den Rand der Klippe zuraste.

Caleb kämpfte darum, die Kontrolle über die Erde wiederzuerlangen, und Seth heulte wütend hinter mir auf, während Max seine Luftmagie auf meinen Schild warf und versuchte, ihn zu durchbrechen. Aber das spielte keine Rolle. Sie konnten mich nicht aufhalten.

Der Boden buckelte unter mir, als ich den Klippenrand erreichte und das Motorrad in die Lüfte erhob.

Ein aufgeregter und zugleich ängstlicher Schrei entrang sich meinen Lippen. Ich schwebte über dem Nichts und der enorme Abgrund unter mir machte mich schwindelig.

Ich blieb sitzen, bis das Motorrad zu fallen begann, und sprang dann ab. Meine Flügel entfalteten sich mit den rot-blauen Flammen meines Phönixfeuers.

Ich schlug mit den Flügeln und sah zu, wie das Motorrad fiel und fiel und – KRACH! Es prallte mit einem gewaltigen Donnern gegen die Felsen, die aus dem Meer ragten, und die schöne Karosserie wurde mit einem Schlag zerstört. Sie explodierte allerdings nicht wie im Film, was enttäuschend war. Mit einem Fingerschnippen schickte ich einen Feuerball hinterher und eine riesige Explosion erschütterte die Maschine, als die Flammen den Tank erreichten.

Zeitweise hatte ich ein schlechtes Gewissen gegenüber der wunderschönen Maschine, als diese starb, aber das unbändige Grollen, das einen Moment später aus Darius' Kehle drang, machte die Sache wieder wett.

Eine Woge von Drachenfeuer strömte aus seinem Mund, durchschlug meinen Schild und kam direkt auf mich zu. Ich schrie überrascht auf, hob die Arme und schuf eine Wand aus roten und blauen Phönixflammen zwischen uns, bevor sein Feuer mich berühren konnte.

Die Feuer brannten golden, als sie miteinander verschmolzen, aber die Kraft meiner Flammen verzehrte seine mit einem Aufflackern weiß glühender Energie.

Bevor er mich erneut angreifen konnte, drehte ich mich um und schoss mithilfe meiner Luftmagie davon.

Caleb und Max schrien einander Worte zu, dann stürmten die vier hinter mir her, während ich mit pochendem Herzen und dem Gefühl, gewonnen zu haben, in Richtung Feuer-Territorium flog.

Sie waren stinksauer, aber dank des Windes, den ich hinter mir erzeugte, war ich blitzschnell. Wenn sie mich für meine Tat bestrafen wollten, mussten sie mich einholen.

Die karge Landschaft des Feuer-Territoriums bot nicht viele mögliche Verstecke, aber als ich darüber hinwegfegte, entdeckte ich in der Ferne eine dicke Dampfwolke. Dort, wo das Wasser- und das Feuer-Territorium ineinander übergingen, breiteten sich die Schwelenden Quellen aus – heiße Wasserbecken, die ein Labyrinth aus Wegen und Höhlen bildeten, das für einen Drachen viel zu eng war.

Ich flog auf sie zu, zog meine Flügel an und löschte die Flammen, die sie säumten, bevor ich in die Dampfwolke stürzte.

Darius brüllte irgendwo hinter mir, aber er war nicht in der Nähe.

Ich ließ mich auf den Boden fallen und rannte die kleinen Pfade zwischen den Becken entlang, wobei der dichte Dampf mir die Sicht erschwerte. Ich verbannte meine Flügel ganz, damit ihr Gewicht mich nicht aufhielt, und meine Schulterblätter kribbelten, als sich meine Formgebung wieder unter meine Haut zurückzog.

Während ich eine Stillekuppel schuf, um mich noch besser zu verstecken, ging ich auf eine schmale Höhle in der Felswand zu.

Ich huschte hinein und zog meinen schwarzen Pullover wieder an, um mich besser zu verstecken, während ich mich in den Schatten zurücklehnte.

Für einige lange Momente hörte ich nur das hektische Pochen meines Herzens, aber dann trug der Wind Seths Stimme zu mir.

»Sie ist wahrscheinlich direkt ins Wasser-Territorium geflüchtet«, rief er und ich entdeckte ihn in der Ferne.

Die anderen Erben bewegten sich dicht neben ihm und ich bemerkte, dass er und Darius ihre Klamotten wieder angezogen hatten. Ich nahm an, dass entweder Max oder Caleb sie während der Jagd für sie getragen hatten. Das war schade, denn es wäre noch lustiger gewesen, wenn die beiden auf der Suche nach mir mit wedelnden Schwänzen über den Campus gerannt wären.

»Wahrscheinlich ist sie zum Orb gelaufen, um sich beim Arschlochclub zu verstecken«, sagte Max.

»Ich schaue nach«, sagte Caleb und schoss davon, noch bevor die anderen antworteten.

»Wenn ich sie finde, werde ich sie vernichten«, fauchte Darius und seine Augen blitzten vor Wut.

»Was können wir tun?«, fragte Seth, der nicht so recht zu wissen schien, wie er mich aufspüren sollte.

»Sucht im Wasser-Territorium nach ihr und schaut auch in ihrem Zimmer in Haus Ignis nach, wenn ihr sie dort nicht findet«, knurrte Darius. »Und wenn ihr sie gefunden habt, haltet sie fest, bis ich da bin. Diese Angelegenheit ist persönlich.«

»Oh, das wird gut«, sagte Seth aufgeregt, bevor er sich umdrehte und mit Max an seiner Seite davonlief.

Dann – Stille. Darius blieb stehen, drehte sich langsam um und betrachtete das Labyrinth der Wege zwischen den Hunderten von kleinen Becken und

Wasserfällen, die die heißen Quellen ausmachten.

»Roxy!«, brüllte Darius plötzlich. »Ich weiß, dass du noch irgendwo hier bist. Komm raus und stell dich mir wie eine Fae!«

Ich straffte den Rücken und knirschte angesichts dieser Herausforderung mit den Zähnen. Ich zögerte nur einen Moment, bevor ich aus dem Schatten trat. Denn was hätte ich sonst tun sollen? Er würde die Sache nicht vergessen und wenn ich mich noch länger versteckte, würde ich das Unvermeidliche nur hinauszögern. Dieser Kampf würde kommen, ob es mir gefiel oder nicht.

Doch in diesem Moment meinte das Feuer in meinen Adern, dass es mir *sehr wohl* gefiel. Ich hatte es satt, dass er mich herumschubste und mich wie Scheiße behandelte. Es war an der Zeit, dass ich ihm wie eine Fae die Stirn bot. Und wenn er mich zu Boden schickte, war das in Ordnung. Denn ich würde einfach wieder aufstehen und ihn wieder angreifen. Und wieder. Bis er derjenige war, der aus dem Dreck zu *mir* hochstarrte.

Ich winkte mit einer Hand, um meine Stillekuppel zu zerstreuen, und schlenderte direkt auf ihn zu. »Suchst du nach mir?«, fragte ich unschuldig, als er sich umdrehte und mich ansah.

Die Wut in seinen Augen brannte sich direkt in meine Seele und für einen Moment geriet meine Tapferkeit ins Wanken. Aber nur für einen Moment. Ich hatte zwar schreckliche Angst vor Darius Acrux, aber das würde ich ihn nicht wissen lassen.

»Du scheinst den Tod herbeizusehnen, Roxy«, knurrte er, während er den Abstand zwischen uns verringerte, bis uns nur noch Zentimeter trennten.

»Was ich herbeisehne, ist der Tag, an dem ich mich nicht mit Arschlöchern auseinandersetzen muss«, konterte ich. »Und ich werde mir deinen Scheiß nicht länger gefallen lassen.«

»Sehnsüchte wie diese gehen in Solaria nicht in Erfüllung, Prinzessin. Und wenn du dich gegen mich wehrst, wirst du die Konsequenzen tragen.«

»Ich glaube, du bist derjenige, der die Konsequenzen tragen wird, mächtiger Feuererbe, denn deine Flammen können mich nicht verletzen und deine Macht kann es nicht mit meiner aufnehmen. Warum gibst du also nicht einfach auf, bevor ich dich vor den Augen des ganzen Königreichs durch den Dreck ziehe?«

Darius knurrte mir ins Gesicht und lehnte sich bedrohlich nah an mich heran. Ich rammte meine Handflächen auf seine Brust und stieß ihn mit der ganzen Kraft meines Hasses einen Schritt zurück.

Seine Augen funkelten und er stieß mich zurück. Mein Rücken prallte gegen die Felswand hinter mir und ein schwacher Schmerzimpuls jagte über meine Wirbelsäule, während er direkt auf mich zukam.

Ich starrte ihn an, hob trotzig das Kinn und forderte ihn heraus, mir zu zeigen, was er draufhatte. In dem Moment griff er nach meinen Haaren und zog so fest daran, dass mein Kopf nach hinten ruckte. Ein schmerzerfülltes Keuchen entwich mir und einen Augenblick später kollidierte sein Mund mit meinem. Mein Herz machte angesichts der unerwarteten Wendung des Streits einen Satz.

Für einige lange Sekunden flog ich durch die Flammen. Meine Lippen teilten sich ungefragt für seine und seine Zunge drang in meinen Mund ein. Er küsste mich hungrig. Besitzergreifend. Er beanspruchte jeden Teil von mir für sich und entlockte mir ein Stöhnen. Meine Knie gaben nach und ich verspürte den überwältigenden Drang, ihm genau das zu geben, was er von mir wollte. Sollte er mich doch nehmen, benutzen, besitzen und auseinandernehmen, nur weil er es konnte.

Ich war im Käfig seiner Arme gefangen und in der Verlockung seines Körpers versunken. Aber er hatte es damals nicht geschafft, mich zu ertränken, und ich hatte nicht vor, es jetzt zuzulassen.

Entschlossen riss ich mich los und trennte unsere Lippen durch reine Willenskraft.

Sobald ich mich von ihm gelöst hatte, holte ich mit meiner rechten Hand aus und verpasste ihm eine schallende Ohrfeige. Meine Wut war mittlerweile fast blendend.

Darius starrte mich überrascht an und purer, ungezügelter Hass erfüllte die Luft zwischen uns. Wir fixierten einander mit finsteren Blicken und warteten darauf, dass der andere den nächsten Schritt machte.

Der Dampf aus den heißen Wasserbecken erschwerte meine Sicht auf ihn.

Dann verflog der Nebel wieder und das Kribbeln meiner Lippen lenkte meinen Blick auf seinen Mund.

Wir standen vollkommen still. Ich atmete schwer und ungefähr tausend Beleidigungen lagen mir auf der Zunge. Aber ich hielt sie zurück, streckte stattdessen die Hand aus und vergrub sie im Stoff seines schwarzen T-Shirts, während ich ihn wieder an mich heranzog.

Sein Kuss verbrannte mich fast, als die Hitze dieses Moments unsere Magie an die Oberfläche unserer Haut brachte. An jedem Berührungspunkt knisterte es.

Er presste seinen Körper gegen meinen und drückte mich mit dem Rücken gegen die Wand, während ich in seinen Mund keuchte und seine Zunge mich gefangen nahm.

Er griff nach meinem Kinn, um mich festzuhalten, und rieb seine Hüften an meinen. Durch die Stoffschichten, die uns trennten, konnte ich spüren, wie hart er bereits war. Eine Welle köstlicher Versuchung durchfuhr mich und ich sah mich gezwungen, meine Schenkel zusammenzupressen und gegen das Verlangen anzukämpfen, das seine Berührung in mir auslöste.

Ich zog den Stoff, den ich immer noch in den Händen hielt, tiefer und zerrte so stark daran, dass ich hörte, wie er riss. Darius knurrte gegen meine Lippen und ich stöhnte hungrig auf, als er mich inniger küsste. Meine Hände erreichten den Riss in seinem T-Shirt und tauchten unter den Stoff. Mit hämmernden Herzen ließ ich meine Handflächen über die festen Muskeln seiner Brust gleiten, während ich jede Wölbung und jeden Grat mit meinen Fingerspitzen erkundete.

Sein Griff um mein Gesicht wurde fester, als ich ihn berührte, und seine Hand rutschte zu meinem Hals.

Ich atmete scharf ein und unterbrach unseren Kuss für einen Moment. Er legte seine Hand um meinen Hals und nutzte die Gelegenheit, um seine Aufmerksamkeit von meinen wunden Lippen abzuwenden und stattdessen meinen Hals mit Küssen zu bedecken. Immer wieder ließ er seine Zähne über meine Haut kratzen. Ich lehnte mich ein wenig zurück, halb in der Absicht, seinen Griff von meinem Hals zu lösen, halb, um ihm mehr Zugang zu meinem Hals zu verschaffen. Er weigerte sich, mich loszulassen, und biss direkt unter der Stelle zu, an der sein Daumen mich festhielt – gerade so fest, dass es wehtat, aber nicht so fest, dass die Haut aufplatzte.

Ich stöhnte protestierend auf und warf den Kopf zurück, während ich meine Hände weiter unter sein kaputtes T-Shirt schob.

Darius zog wieder an meinen Haaren, um mich festzuhalten, und saugte so fest an meinem Hals, dass er einen Abdruck hinterlassen musste.

Ein frustriertes Keuchen entwich mir, als er seine Position weiterhin dazu nutzte, Abdrücke an meinem Hals zu hinterlassen, ohne erneut meinen Mund zu erobern.

Ich beendete die Erkundung seines Körpers und ließ stattdessen meine Fingernägel über seine perfekte Brust kratzen. Ich spürte, wie seine Haut unter dem Druck, den ich ausübte, aufplatzte.

Darius knurrte mich an und das Geräusch erzeugte eine Welle von Angst und Vorfreude. Zwischen meinen Schenkeln breitete sich Hitze aus und ich wölbte mich in ihn hinein, um meine Brüste gegen seinen Oberkörper zu drücken. Er gab nach und widmete sich wieder meinem Mund.

Ich stöhnte auf, als er mich küsste und seinen Griff um meinen Hals löste, um meine Brust zu erforschen. Durch den dünnen Stoff meines Pullovers griff er nach einer meiner Brustwarzen, die sich unter seiner Berührung verhärtete.

Die Hand, die noch immer meine Haare festhielt, verstärkte ihren Griff. Der darauffolgende Schmerz war so verdammt köstlich, dass ich aufschrie. Ich machte mich an seinem ruinierten Shirt zu schaffen und schob den Stoff hoch, bis er gezwungen war, sich von mir loszureißen und es sich über den Kopf zu ziehen.

Er ließ meine Haare los, aber in dem Moment, in dem sein Shirt den Boden berührte, trat er wieder vor, schob meinen Rock hoch, ergriff meine Oberschenkel und hob mich in seine Arme. Ich spreizte die Beine, damit er dazwischentreten konnte, und er warf mich so heftig gegen die Felswand, dass eine Kaskade von Steinchen auf uns niederprasselte.

Seine Finger gruben sich in meinen Hintern, als er mich an sich drückte, und ich verschränkte meine Knöchel hinter seinem Rücken und presste meine Beine zusammen, um ihm so nah wie möglich zu sein. Ich spürte, wie hart er war, als er sich durch seine Jeans an mir rieb. Der raue Stoff berührte meine Oberschenkelinnenseiten auf eine Art und Weise, die mein Blut in Wallung brachte, und die dicke Länge seines Schwanzes bewegte sich gegen meine Klitoris und ließ mich nach mehr verlangen.

Seine Küsse entzündeten ein Feuer in mir und mein Körper beugte sich dem animalischen Verlangen, das ich seit unserer ersten Begegnung verspürte.

Er war weiterhin all das, was ich hasste, aber er war auch meine persönliche Version der Hölle. Und ich hatte schon so lange gesündigt und darauf gewartet, dass er mich bestrafte.

Mit seinem eigenen Körper hielt mich Darius an der Felswand fest, damit er seine Hand unter meinen Rock schieben und den Spitzenstoff meines schwarzen Höschens erreichen konnte.

Er legte seine Finger um den Saum des Höschens und ballte sie dann zu einer Faust, um es mir mit einem kräftigen Ruck vom Leib zu reißen.

Ich keuchte auf, als der Stoff in meinen Oberschenkel einschnitt, bevor er riss.

Seine Hand bewegte sich zwischen uns und ich fluchte, als er einen Finger direkt in mich schob.

Er stöhnte hungrig auf, als er spürte, wie sehr ich ihn wollte und wie feucht ich für ihn war. Ein zweiter Finger folgte und er bewegte sie in einem so perfekten Tempo in mir, dass ich keuchend in seinen Armen lag.

Ich streichelte seine schwarzen Haare und küsste ihn erneut, als würde ich ihn verschlingen wollen.

Ich spürte sein erwartungsvolles Lächeln an meinen Lippen und saugte seine Unterlippe in meinen Mund, bevor ich so fest zubiss, dass er blutete.

Darius riss seinen Kopf zurück und drückte seine Zunge auf die Wunde auf seiner Lippe, während seine Augen von dunklen Versprechungen durchzogen waren, die nun auch auf mich überschwappten.

Er zog seine Finger wieder aus mir heraus, und ich stöhnte enttäuscht auf, als er mich mit einem Blick ansah, der so heiß war, dass er jeden Zentimeter meines Körpers in Brand setzte.

Meine Hand landete auf seinem Bizeps und mein Blick glitt nach unten, um die Perfektion seiner Brust und Arme und die wirbelnde Tinte, die sie bedeckte, zu betrachten.

Ein schwarzer Flammenstreifen erstreckte sich über seine Schulter und ich bewegte meine Hand, um die Tätowierung mit meinem Daumennagel nachzuzeichnen, während er zusah. Seine kräftigen Schultern strafften sich und plötzlich stellte er mich auf die Füße. Er trat einen Schritt zurück, sodass ich die Hitze seines Körpers nicht mehr spürte.

Er hakte seinen Daumen in seinen Gürtel ein, um ihn zu lösen, und ich trat vor und schlug seine Hände beiseite, um ihm die Aufgabe abzunehmen.

Ich riss an dem Gürtel, löste ihn aus der Schnalle und zog ihn aus den Schlaufen.

Darius' Hände fanden meine Taille und er schob sie unter den unteren Saum meines Pullovers, während seine Finger über die Haut unter dem Stoff glitten. Mit einem ungeduldigen Knurren nahm er den Pullover und zog ihn mir über den Kopf.

Er stöhnte beim Anblick meines Spitzen-BHs, der zu dem Höschen passte, das er bereits zerstört hatte, und der meine verhärteten Brustwarzen zur Schau stellte, die sich durch den Stoff drückten.

Ich ließ seinen Gürtel zu meinem Pullover fallen, öffnete den Knopf seiner Hose und küsste ihn erneut, während ich ihn ein paar kleine Schritte zurückgehen ließ und meine Hand in seine Jeans schob.

Darius knurrte, als ich seine gesamte harte Länge in meine Hand nahm, und mein Puls stieg vor Vorfreude, als ich seine Größe spürte. Ich begann, meine Hand an seinem Schwanz auf und ab zu bewegen, während seine Küsse wieder meinen Hals entlangwanderten und meine Haut in Brand setzten.

Plötzlich ergriff er mein Handgelenk, zog meine Hand aus seinen Jeans und drehte mich herum, sodass ich mit dem Rücken an seinen Bauch gedrückt wurde. Er verschränkte meinen Arm vor meinem Körper und ich drückte meinen Hintern gegen ihn, als ich hörte, wie seine Hose hinter mir auf dem

Boden landete.

Sein Schwanz presste sich an meinen Arsch und ich stöhnte angesichts seiner Härte. Ich wusste, dass mein Körper genauso heftig auf ihn reagierte wie er auf mich.

Ich befreite meinen Arm aus seinem Griff und streckte meine Hand über die Schulter nach hinten, um seinen Nacken zu umfassen. Dann drehte ich meinen Kopf so, dass ich ihn wieder küssen konnte, während er unsanft an meinem Rock zerrte. Er rutschte über meine Oberschenkel, und ich zog ihn aus, wobei ich gleichzeitig meine Stiefel abstreifte.

Darius packte meine Hüfte und schob mich vorwärts, als wollte er mich über den Felsvorsprung des Beckens neben uns beugen, aber das entsprach nicht meinen Vorstellungen. Ich würde ihm nicht den verdammten Rücken zudrehen.

Ich wirbelte in seinen Armen herum und schlug seine Hand von mir weg, als er versuchte, sich gegen das zu wehren, was ich wollte. Er nahm mein Handgelenk, um mich daran zu hindern, ihn noch einmal zu schlagen, und stieß ein Knurren aus, das mein Herz zum Rasen brachte.

»Nein«, schnauzte ich.

»Willst du, dass ich aufhöre?«, fragte Darius, seine Stimme rau vor Verlangen.

Mein Blick wanderte über seinen nackten Körper und ich biss hungrig auf meine Unterlippe, während ich jeden Zentimeter von ihm beäugte.

»Nein«, antwortete ich, aber ich würde trotzdem nicht zulassen, dass er mich über den Felsen beugte.

Er begutachtete meinen Körper mit dem gleichen Verlangen in seinem Blick und küsste mich hart, während er mich wieder in Richtung Becken trieb.

Dieses Mal ließ ich mich von ihm bewegen, schüttelte seine Finger von meinem Handgelenk und umklammerte seinen Nacken so fest mit meinen Händen, dass ich wusste, dass ich ihn mit meinen Fingernägeln markierte.

Der Schmerz schien ihn nur noch mehr anzustacheln, denn seine rauen Bartstoppeln bohrten sich in die weiche Haut meines Gesichts.

Er umfasste meine Taille und grub seine Finger in meine Haut, während er mich über die Felswand hob und in das heiße Wasser trug.

Meine Füße berührten den Boden und das blaue Wasser umspülte meine Taille. Kies streifte meine Zehen, als ich zurückwich und Darius hinter mir herjagte, wobei seine Küsse immer drängender wurden. Seine Hände tasteten unter meinem BH nach meinen Brüsten, während ich ihn überall berührte.

Er schlang einen Arm um meinen Rücken und zog mich an seinen Körper;

gleichzeitig drängte er mich weiter zurück.

Das heiße Wasser umspülte unsere Hüften und er lief weiter, während er meinen Hals küsste, daran saugte und knabberte. Ich klammerte mich an seine Schultern und neigte den Kopf nach hinten, um ihm besseren Zugang zu verschaffen.

Am hinteren Ende des Beckens ergoss sich ein kleiner Wasserfall über eine glitzernde Felswand und er schob mich mit dem Rücken dagegen und packte meine Oberschenkel so fest, dass es wehtat, bevor er mich wieder in seine Arme hob und ich meine Beine um seine Taille schlang.

Er unterbrach den Kuss und schaute mir direkt in die Augen, bevor er meinen Körper mit einem kräftigen Hüftschwung beanspruchte.

Ich schrie auf, als sein harter Schwanz vollständig in mich eindrang, mich ausfüllte und mich um den Verstand brachte.

Er gewährte mir keinen Moment, um mich anzupassen, bevor er sich zurückzog und erneut in mich stieß.

Der Wasserfall plätscherte unaufhörlich über uns, machte unsere Haut glitschig und sorgte dafür, dass unsere Körper übereinander glitten. Ich stöhnte vor Verlangen, weil ich mehr brauchte, als er seinen Mund über mein Schlüsselbein zu meinen Brüsten bewegte, die gegen den dünnen Stoff meines BHs drückten, der die einzige Barriere zwischen uns darstellte.

Sein Mund landete auf meinem Nippel und er ließ seine Zähne über den Stoff schaben, woraufhin er frustriert knurrte. Ich keuchte, als er wieder in mich eindrang, und zog zeitgleich den Träger meines BHs nach unten, um ihn an meine Brüste zu lassen.

Der nächste Stoß seiner Hüften wurde von seinem Mund begleitet, der sich meiner Brustwarze bemächtigte. Er biss zu, und ich zischte vor Schmerz und Lust und kratzte über seine Schulterblätter, um mehr davon zu bekommen.

Darius knurrte erneut und ich konnte die Vibrationen tief in meinem Körper spüren, als er wieder und wieder in mich stieß.

Ich schrie auf und meine Muskeln verkrampften sich um ihn, während er sein unerbittliches Tempo beibehielt. In meinem Kopf drehte sich alles und Flüche drangen über meine Lippen, während ich die Bewegungen seines Körpers übernahm.

Meine Fingernägel schufen Furchen auf seinem Rücken, seinem Hals und seinen Schultern. Sein Mund war überall. Er küsste mich so, dass sich meine Zehen krümmten, und biss mich, dass ich aufschrie. Ich war genauso wild wie er und zerriss seine Haut, während ich mir all die Lust nahm, die ich brauchte.

Mein Körper glühte unter seinen Berührungen und selbst als ich spürte, wie er mich an den Rand des Abgrunds trieb, wusste ich, dass es nicht genug sein würde. Ich war mir nicht sicher, ob ich jemals genug von dem Gefühl bekommen würde, seinen Körper an meinem zu spüren und seinen Schwanz tief in mir vergraben zu haben.

Er ließ meinen Nippel los und bewegte seinen Mund nach oben, um erneut meine Lippen zu beanspruchen. Mit seiner Zunge in meinem Mund erstickte er die Schreie, die über meine Lippen kamen. Er machte unaufhörlich weiter und fickte mich so hart, dass meine Gedanken erstarben. Bis nichts mehr übrig blieb, außer ihm und mir, unseren Körpern, die miteinander verschmolzen, und einer Lust, die mich jenseits aller Vernunft verschlang.

Es war, als bräuchte er mehr von mir, obwohl er bereits alles nahm und ich es bereitwillig gab.

Ich krallte mich an seinen Schultern fest, während sich seine Finger in meine Oberschenkel gruben, und ich musste unseren Kuss unterbrechen, um Luft zu holen. Mein Herz klopfte gegen meine Rippen und schien Mühe zu haben, mit seinem Verlangen nach meinem Fleisch Schritt zu halten. Mein Körper zitterte vor Begierde.

Die ganze Welt reduzierte sich auf das Gefühl, ihn in mir zu spüren. Erneut verkrampfte ich mich um ihn, dann schrie ich auf, als eine Lust, wie ich sie noch nie erlebt hatte, meinen Körper durchzuckte.

Darius folgte mir über den Rand und stöhnte in meinen Nacken, als auch er seine Erlösung fand und tief in mir kam. Meine Pussy verkrampfte sich um seinen Schwanz und wir erlebten die totale Glückseligkeit.

Meine Brust lag an seinem Oberkörper und unser schwerer Atem war das einzige Geräusch, während er seine Stirn an die Felswand neben mir drückte. Seine raue Wange kratzte gegen die meine und ich rang nach Luft. Er hielt immer noch meine Beine fest, unsere Körper waren immer noch miteinander verbunden und das Wasser stürzte weiterhin über uns hinweg.

Ich ließ meine Hände von seinen Schultern nach unten gleiten, bis meine Handflächen auf seiner Brust ruhten.

Er drehte den Kopf und ich bewegte mich so, dass ich seinen Kuss erwidern konnte, obwohl ich mir schon genommen hatte, was ich von ihm wollte.

Dieser Kuss war langsamer und inniger. Seine Lippen glitten sanft über meine und wir befanden uns weit von der strafenden Leidenschaft entfernt, der wir beide gerade erlegen waren. Ich wölbte meinen Rücken gegen ihn und streichelte sein Kinn, während wir noch ein wenig länger in diesem Moment verweilten.

Als er sich schließlich zurückzog, fing er meinen Blick auf und etwas in seinen Augen schien nach mir zu rufen. Als wollte er, dass ich ihn sah. Sein wahres Ich. Nur für diese eine Sekunde. Ich fragte mich, ob ich ihm als Antwort einen echten Blick auf mich gewährte, als ich meinen Daumen über seinen Unterkiefer gleiten ließ. Er neigte sich meiner Berührung entgegen, als würde er sich nach ihr sehnen. So sehr, dass er mich wissen ließ, dass er sich nach meiner Berührung auf seiner Haut verzehrte.

Ich entfernte meine Hand und ärgerte mich ein wenig darüber, dass ich ihn auf diese Weise berührt hatte.

Unsere Atmung wurde gleichmäßiger und Darius ließ meine Beine wieder auf den Boden des Beckens sinken, während er zurücktrat und somit den Kontakt zwischen uns vollends unterbrach.

Er sah auf mich herab, seine dunklen Augen voller Fragen und einem Schimmer von etwas, das ich nicht ansprechen wollte.

Ich biss auf meine Unterlippe und fragte mich kurz, warum ich der Versuchung mit ihm nachgegeben hatte, bevor ich diesen Gedanken beiseiteschob. Ich würde mich später darüber ärgern können, aber jetzt musste ich mich mit dem Drachen vor mir auseinandersetzen.

Sein Blick wurde hart, als er mich ansah, und die Wut, die durch das, was wir gerade getan hatten, nicht besänftigt worden war, kehrte zurück und schob sich zwischen uns.

Ich warf ihm einen finsteren Blick zu und zog meinen BH-Träger wieder über meine Schulter, während ich versuchte, meine Gedanken von den lüsternen Begierden meines Fleisches abzulenken.

Darius trat einen weiteren Schritt zurück und das Wasser plätscherte um seine Taille. Ich hingegen blieb stehen und ließ das Wasser auf meine Schultern prasseln.

Er öffnete den Mund, um etwas zu sagen, aber ich kam ihm zuvor und schritt durch das Wasser auf ihn zu.

»Das ändert nichts«, sagte ich offensiv und rempelte ihn an, als ich an ihm vorbeiging.

»Dem Teufel sei Dank«, antwortete er düster.

Ich ignorierte ihn und steuerte auf den Beckenrand und meine Klamotten zu, um mich von ihm zu entfernen.

Als ich den Rand erreicht hatte und begann, mich hochzuziehen, wehte ein Windstoß auf mich herab, und ich zuckte instinktiv zusammen und schaute auf. Wassertropfen wirbelten über mich hinweg, nachdem sie sich von Darius' Drachenkörper gelöst hatten.

Ich sah zu, wie er eine scharfe Kurve machte und dann in den Wolken verschwand, während ich mit dem Daumen über meine geschwollenen Lippen strich.

Mein Körper kribbelte noch immer in der Erinnerung an ihn und ich runzelte die Stirn, während ich mich auf den Weg zu meinen Sachen machte.

Darius Acrux war wahrscheinlich der dickköpfigste, arroganteste und nervtötendste Mann, den ich je getroffen hatte. Aber der Sex mit ihm war einfach nur überwältigend.

Scorpio
Gemini
Virgo
Aries
Cancer
Leo
Sagittarius
Taurus
Capricorn
Aquarius
Libra
Pisces

ORION

KAPITEL 28

Ich saß auf dem Dach der Kammern des Merkur, von wo man eine gute Sicht aufs Feuer-Territorium hatte. Meine Nervosität wickelte sich wie Stacheldraht um meine Eingeweide, während ich den Himmel nach einem Anzeichen für Darius' Rückkehr absuchte. Er war vorhin über den Campus geschossen, als hätte er etwas – oder jemanden – gejagt.

Als ich sein Brüllen vernahm, atmete ich erleichtert aus. Dann entdeckte ich auch seine goldenen Flügel, die in der Wintersonne schimmerten, als er zu Haus Ignis zurückflog. Ich schwang meine Beine über den Rand des Gebäudes und rutschte mit hoher Geschwindigkeit ein Abflussrohr hinunter, bevor ich über den Campus schoss.

Vor Haus Ignis hielt ich an und hob den Blick. Ich war vor ihm angekommen und Darius schwebte über mir. Er verwandelte sich, kurz bevor er das Fenster erreichte, und sprang nach drinnen.

Ich umrundete gerade das Gebäude, als das Geräusch von plaudernden Studenten in meine Richtung hallte. Darius' Zimmer befand sich ganz oben im Gebäude, und es würde wahrscheinlich nicht besonders gut aussehen, wenn ich einfach so durch den Gemeinschaftsraum in sein Zimmer spazierte. Ich holte tief Luft, sprang ab, griff nach einem der dünnen Schlitze in den Glasscheiben, aus denen das riesige Gebäude bestand, und zog mich mit der Kraft meiner Formgebung nach oben. Als ich sein Fenster erreicht hatte, sprang ich rein. Im Badezimmer lief Wasser, vermutlich duschte er. Ich zog das Fenster zu, trat näher an das lodernde Feuer heran, das im Kamin brannte, und errichtete eine

Stillekuppel über Darius' Zimmer.

Ich kramte meinen Atlas aus der Tasche und stellte fest, dass er mir vor wenigen Augenblicken eine Nachricht geschickt hatte.

Darius:
Ich muss dich auch sehen – wo bist du?

»Hier«, rief ich ihm zu, und das Plätschern des Wassers verstummte.

Eine Sekunde später erschien er in Jogginghose, mit nassen Haaren und Augen, die von dunklen Emotionen durchdrungen waren. Er hatte Kratzer und Bisswunden auf der Haut und ich zog überrascht die Brauen zusammen.

»Was ist passiert?«

Er grunzte, dann hob er eine Hand, um sich wortlos zu heilen.

»Wo warst du?«, fragte ich. Meine Kehle war wie zugeschnürt und ich konnte nicht aussprechen, was ich wirklich meinte. *Ich habe dich gebraucht.*

Darius war stocksteif und als er den Kopf senkte, wurde mir klar, dass etwas nicht stimmte. Ganz und gar nicht.

»Was ist los?« Ich stürzte blitzschnell auf ihn zu und legte meine Hand auf seinen Arm. Vor einer Weile hatte meine Haut gekribbelt und geschmerzt, allerdings nicht so stark, dass ich mir Sorgen gemacht hätte. Aber jetzt pulsierte das Tattoo des Löwen auf meinem Unterarm unangenehm.

Er zog mich in eine Umarmung und mein Herz klopfte heftiger, als ich ihn an mich drückte. Unser Band brachte uns zusammen und schürte meine Sehnsucht nach ihm.

»Roxy«, knurrte Darius und seine Stimme klang geradezu tödlich.

Langsam ließ ich ihn los und trat einen Schritt zurück. »Das hätte ich mir denken können.« Er schüttelte langsam den Kopf, die Anspannung in seinem Körper bereitete mir Sorgen. »Was ist passiert? Hast du ihr wehgetan?«, fragte ich vorsichtig. Würde ich sie suchen gehen müssen?

»Nein. Ich meine ja … aber nicht so.«

»Wie dann?«, drängte ich.

»Wir haben es miteinander getrieben«, fauchte er und es klang, als würde er sagen, dass er sie umgebracht hatte.

»Bei den Sternen, Darius.« Die Anspannung verließ meinen Körper wie eine Flutwelle. »Na, das ist doch klasse, jetzt kannst du mit dem ganzen Getue aufhören.«

»Dem ganzen Getue? Welchem verdammten Getue, Lance?« Er drängte sich an mir vorbei, warf sich aufs Bett und schob eine Hand unter seinen Kopf, während er tief durchatmete.

»Ich meine, du und sie, diese ganze lächerliche Fehde, auf die ihr euch so konzentriert habt. Jetzt, da ihr endlich dem nachgegeben habt, was ihr wirklich wollt, könnt ihr vielleicht …«

»Wir können gar nichts. Als wir zusammen waren, hatte ich das Gefühl, mit ihr verbunden zu sein. Als wollten sich unsere Seelen aus unseren Körpern befreien, um sich aufeinander zu stürzen. Es war nicht nur gut, es war überwältigend. Ich schwöre, ich kann immer noch ihre Haut auf meiner spüren und ihre Küsse auf meinen Lippen schmecken …« Er stockte, als fehlten ihm die Worte, und ich fragte mich, ob er Darcy und mich vielleicht wirklich verstehen könnte. Denn er hatte gerade ungefähr das beschrieben, was ich für sie empfand, und ich begann, zu hoffen, dass er mir doch nicht böse sein würde. Dass er vielleicht sogar verstehen könnte, was ich fühlte. »Danach hat sie mich geküsst, als ob … Ich weiß nicht … Sie schien es ernst zu meinen. Als ginge es ihr nicht nur um Sex und als fühlte sie das Gleiche wie ich. Ich war wirklich der Meinung, dass sich die Dinge zwischen uns geändert haben könnten … Zumindest für zehn Sekunden«, fügte er hoffnungslos hinzu.

»Aber das war nicht der Fall?«, fragte ich vorsichtig.

»Für sie offenbar nicht.«

»Wie kannst du dir da so sicher sein? Hast du überhaupt mit ihr gesprochen oder …«

»Sie hat mir direkt in die Augen gesehen, als sie es gesagt hat«, knurrte er und seine Wut wuchs so schnell, dass ich nicht wusste, was ich sagen sollte. »Ich hasse sie jetzt noch mehr als davor.«

»Was?«, fragte ich verwirrt und ließ mich aufs Bettende fallen.

»Sie treibt mich immer in den Wahnsinn, aber jetzt, nachdem ich ihr diesen Teil von mir gegeben habe, ist ihre Macht über mich noch viel größer.«

»Komm schon, so schlimm kann es doch nicht sein.«

Der Blick, den er mir zuwarf, war finster – er bezweifelte eindeutig, dass ich irgendeine Ahnung von dem hatte, was er hier sagte.

»Kannst du dir vorstellen, wie sehr ich sie will? Wie sehr ich manchmal das Gefühl habe, sie zu *brauchen*? Es ist, als hätte sie sich in meinen Körper gewühlt und in den Tiefen meiner Seele Wurzeln geschlagen. Ich lechze und verzehre mich nach ihr, und für einen kurzen Moment hatte ich das Gefühl, dass sie vielleicht genauso fühlt. Als hätten die Wut und der Hass zwischen uns nur alles andere überdeckt, was wir uns wünschen. Als könnte ich etwas so Gutes haben, etwas so Reines und Ehrliches, das einfach *mir* gehört.« Er stieß einen Atemzug aus und es war, als läge das Gewicht der ganzen Welt auf seinen Schultern. Und zunächst fand ich nicht die richtigen Worte, um ihm zu antworten. Denn ich wusste, wie sich das anfühlte. Wenn ich mit Blue zusammen war, schien es, als wäre nichts anderes von Bedeutung. Und wenn sie mich ansah, als wäre ich der einzige Mann auf der Welt, fühlte ich mich auf eine Weise vollkommen und glücklich, die ich nicht in Worte fassen konnte. Ich konnte mir nicht vorstellen, wie ich mich fühlen würde, sollte sie mich trotz der Leidenschaft, die zwischen uns loderte, wegstoßen.

»Bist du dir sicher, dass sie das ernst gemeint hat? Ich habe ihr Verhalten im Umgang mit dir beobachtet. Ich habe die Gefühle gesehen, die sie zu verbergen versucht ...«

»Sag's nicht«, flüsterte er. »Bitte versuch nicht, mir Hoffnung zu machen, wo ich doch weiß, dass es keine gibt. Ich habe noch nie jemanden wie sie getroffen. Sie kümmert sich nicht darum, wer ich bin oder wie viel Macht ich habe. Sie interessiert sich nicht für mein Geld oder meine Familie oder sonst etwas. Ich war ein Idiot, zu denken, dass sie etwas anderes in mir sehen könnte. Es gibt nichts anderes.«

»Das ist nicht wahr«, knurrte ich. »Sie ist töricht, wenn sie nicht sieht, was du sonst noch zu bieten hast.«

»Ich mag mich nach ihr sehnen, Lance, aber genau aus diesem Grund verachte ich sie. Es ist, als befände sich mein Herz in ihrer Faust. Als quetschte sie es aus Spaß zusammen. Ich wünschte, die Vegas wären nie zurückgekommen. Ich wünschte, sie wären noch immer in der Welt der Sterblichen unterwegs, damit wir die verdammte Hölle ihrer Gesellschaft nicht ertragen müssten.«

Ein instinktives Knurren entrang sich meiner Kehle. »Nimm das zurück!«

Darius setzte sich seinerseits knurrend auf und umklammerte meinen Arm. »Warum? Was kümmert dich das? Du würdest doch nur deine Blutquelle verlieren. Und die ist nichts Besonderes.«

»Halt verdammt noch mal die Klappe!«, schnauzte ich, während ich mich vom Bett erhob und im Raum auf und ab ging. Alles wurde dunkel und in mir öffnete sich eine Leere. »Weißt du ... wenn du deinen Kopf einmal aus deinem eigenen Arsch ziehen würdest, könntest du vielleicht erkennen, dass dir gerade die beste Sache überhaupt passiert ist.«

»Das ist doch nicht dein Ernst, oder?«, fragte er spöttisch und stand ebenfalls auf. In seinen Augen loderte ein Feuer auf.

»Wach auf, Darius!«, bellte ich. »Wenn du diesen schwachsinnigen Hass überwunden hast, den du für sie zu empfinden glaubst, wirst du erkennen, dass sie perfekt für dich ist. Und dass sie und ihre Schwester die beste Lösung für deinen Vater sind, die wir je hatten.«

Er starrte mich einfach nur an, sagte aber zunächst nichts. Meine Ohren klingelten.

»Du kannst doch nicht ernsthaft andeuten …« Er verstummte und schüttelte den Kopf, als wollte er nicht glauben, dass ich gedanklich überhaupt in diese Richtung gegangen war.

»Teile den Thron!«, rief ich und meine Stimme erfüllte den ganzen Raum. »Dann werden all deine Probleme verschwinden.«

»*Nein!*«, sagte er keuchend und sah mich an, als hätte ich ihn verraten. Aber das hatte ich nicht. Er konnte nur nicht sehen, was sich direkt vor ihm befand. »Für wen hältst du dich eigentlich, dass du das vorschlägst? Und das nach allem, was wir durchgemacht haben, bevor du ins Reich der Sterblichen gegangen bist, um sie zu holen?«

»Ich weiß, was wir damals gesagt haben. Wir waren uns einig, dass es das Beste ist, dafür zu sorgen, dass sie niemals an die Macht kommen. Aber damals kannten wir sie nicht. Und mittlerweile denke ich, dass sie möglicherweise genau das sein könnten, was Solaria braucht«, beharrte ich.

»Als ich dir erzählt habe, was die anderen Erben und ich mit ihnen vorhatten, hast du mir geschworen, zu mir zu halten. *Egal, was passiert.* Wir haben beschlossen, dass ich *alles* tun muss, um sicherzustellen, dass sie meine Position nicht bedrohen. Um zu gewährleisten, dass sie unsere Pläne zur Beseitigung meines Vaters nicht durchkreuzen«, zischte Darius, und in seinen Augen wirbelten Schatten.

»Die Dinge ändern sich, Darius«, brummte ich. »Wir hätten nie ahnen können, dass sie so mächtig und charakterstark sind. Sie sind Phönixe, um der Sterne willen! Sie *werden* an die Macht kommen, ob du nun damit einverstanden bist oder nicht. Ich schlage nur vor, dass du in Erwägung ziehst, an einem Strang zu ziehen, anstatt darauf zu warten, wer von euch am Ende die anderen vernichten wird.«

Darius starrte mich an, als wüsste er nicht, wen er vor sich hatte. Ich konnte nicht nachvollziehen, dass er nicht einmal versuchte, mich zu verstehen.

»Hast du eine Ahnung, wie viel Mist ich ihnen angetan habe, um sicherzustellen, dass sie niemals den Thron besteigen?«, fragte er. »Ich habe meine Rolle gespielt, ich habe sie wieder und wieder niedergemacht. Obwohl es mich innerlich zerrissen hat. Und obwohl es sie dazu getrieben hat, mich zu hassen. Sie würde mir niemals verzeihen, was ich getan habe, und das alles nur, weil wir uns *alle* einig waren. Und jetzt machst du einen Rückzieher und schiebst mir die ganze Schuld zu, weil du dich hinter deinem kleinen

Lehrerdasein versteckt und nichts unternommen hast. Aber du bist genauso schlimm wie ich und das weißt du genau. Der Unterschied ist, dass du mit all dem davonkommst, weil du nichts von dem Leid, das ihnen zugefügt wurde, verursacht hast. Du hast die ganze Drecksarbeit mir überlassen.«

»Ist das dein verdammter Ernst?«, schrie ich zurück. »Wie kommst du auf die Idee, dass ich damit einverstanden war, dass Seth Darcy die Haare abgeschnitten hat? Oder dass du und Max Tory im Schwimmbad fast umgebracht habt? Als wir darüber gesprochen haben, dafür zu sorgen, dass sie sich nicht erheben, hätte ich nie gedacht, dass das auf diese Art von Grausamkeit hinauslaufen würde.«

Dann wurde es still und wir starrten einander an, als stünden wir auf verschiedenen Seiten einer großen Kluft. Ich hatte mich noch nie so mit ihm gestritten. Noch nie war ich mit ihm so ganz und gar nicht einverstanden gewesen. Und ich konnte den Schmerz dieser Fehde durch unser gemeinsames Band bis in meine Knochen spüren. Ich fühlte mich zerrissen und zerfetzt und die Dunkelheit nährte sich von den Teilen in mir, die sich gelöst hatten.

»Wow. Ich wusste schon immer, dass ich nicht vielen Leute auf dieser Welt vertrauen kann, aber ich dachte immer, dass du hinter mir stehst, Lance. Aber vielleicht bist du eben doch nur wegen des Mals auf deinem Arm hier«, zischte Darius verbittert.

»Ich bin dein Freund«, knurrte ich und zeigte mit einem Finger auf ihn, während meine Reißzähne wuchsen. »Komm mir nicht mit so einem Scheiß!«

In seinen Augen blitzte etwas auf und ich wusste, dass er den Kopf verlor. »Das bist du nicht. Du bist nichts weiter als ein Arschloch, an das mein Vater mich gebunden hat. Du wärst nicht hier, wenn er es nicht getan hätte, sondern auf der anderen Seite Solarias, wo du deinen versnobten kleinen Pitball-Traum ausleben würdest.«

Seine Worte durchbohrten etwas tief in mir und ich versuchte, mich nicht von ihnen verletzen zu lassen, aber es nützte nichts. Sie zerstörten den Teil in mir, an den ich mich seit Lionels Wächterbandzauber geklammert hatte. Den Teil, der dieses freie Leben immer noch wollte. Ich hatte Darius deshalb nie Vorwürfe gemacht, und wir waren schon lange befreundet gewesen, bevor ich gezwungen worden war, auf ihn aufzupassen. Auch ohne diesen Zauber wäre ich immer für ihn da gewesen und hätte ihm diesen Rat gegeben. Ich hätte ihm geholfen, seinen Vater zu besiegen, weil ich ihn wie einen Bruder liebte.

»Du irrst dich«, sagte ich kalt und Dunkelheit durchströmte mich, während die Schatten die Wut in mir nährten, sie vervielfachten und mein Inneres brennen ließen.

»Ich muss mich in vielen Dingen geirrt haben. Denn ich dachte, du würdest mir in jeder Situation beistehen. Ich dachte, du würdest alles tun, um mich auf den Thron zu bringen.«

»Ich verlange nicht, dass du ihn aufgibst!«, brüllte ich und meine Hände zitterten vor Wut. »Ich sage nur, dass du zu stur bist, um andere Möglichkeiten zu sehen. Die Vegas sind mächtiger als du. Und ich gehe schwer davon aus, dass sich zumindest Tory um dich schert. Verstehst du nicht, Darius? Das ist der perfekte Zeitpunkt, um ein Bündnis zu schließen.«

Darius machte einen Schritt auf mich zu – der boshafte Blick seines Vaters funkelte in seinen Augen. »Ich würde mich auch dann nicht mit ihnen verbünden, wenn mich jeder Stern am Himmel darum bitten würde. Lieber würde ich sterben, als den Thron mit den Töchtern des Grausamen Königs zu teilen. Oder hast du vergessen, wofür er verantwortlich war?«

»Sie sind nicht wie er und das weißt du«, knurrte ich. »Bist du wie *dein* Vater, Darius? Beurteilst du dich selbst nach den Maßstäben, die *er* gesetzt hat?«

Er antwortete nicht, sondern wandte sich von mir ab und ging zum Feuer. Der Rauch umhüllte seinen Körper und die Temperatur im Raum wurde immer unerträglicher.

»Worüber wolltest du überhaupt mit mir reden? Ich hatte meinen Atlas nicht dabei, also habe ich deine Nachrichten nicht bekommen.«

Meine Gedanken drehten sich um Darcy und mein Herz schmerzte, als ich daran dachte, was sie durchgemacht hatte, seit Seth uns entdeckt hatte. Ich musste sie beschützen. Ich musste all die Scherben aufsammeln, die er zurückgelassen hatte. Meine Wut auf dieses Arschloch war nicht in Worte zu fassen. Ich würde ihm die Kehle herausreißen und jeden Tropfen seines Blutes trinken, wenn ich könnte.

Ich seufzte tief und eine schwere Last drückte auf mich ein. Mit einem Ziehen im Bauch beobachtete ich meinen Freund, denn zum ersten Mal überhaupt war ich mir nicht sicher, ob ich mich auf ihn verlassen konnte. Nicht in dieser Sache. Nicht, nachdem er seine Meinung über die Vegas so offensichtlich geäußert hatte. Es klang sogar so, als wäre sein Hass auf sie größer als je zuvor. Die Sache mit Tory war persönlich geworden und jetzt konnte er damit nicht mehr umgehen. Er empfand es als Verrat, dass ich ihm vorgeschlagen hatte, den Thron mit ihnen zu teilen. Was würde er wohl sagen, wenn ich ihm gestand, dass ich eine der Schwestern anbetete?

Ich schwieg lange, während ich mit mir rang, was ich tun sollte. Wenn ich es ihm sagte und er ausrastete, könnte alles noch viel schlimmer werden.

Er könnte Seth erlauben, Darcy zu quälen. Und irgendetwas verriet mir, dass diese Möglichkeit gegenwärtig gar nicht so abwegig war.

»Nichts«, murmelte ich und ging zum Fenster.

Darius drehte sich mit gerunzelter Stirn zu mir um. »Du hast fünfzig Nachrichten geschickt. Das ist eindeutig nicht nichts.«

»Ich bin doch ohnehin nichts weiter als ein Verräter, Darius. Also warum sollte es dich interessieren, was ich zu sagen habe?« Bevor er etwas erwidern konnte, schoss ich aus dem Fenster. Meine Lunge brannte und mein Mund füllte sich mit Galle.

Ich blieb nicht stehen, bis ich den Asteroidenplatz und mein Chalet erreicht hatte.

»Pizza?« Gabriels Stimme rüttelte mich wach und ich hob den Blick. Er saß mit ausgebreiteten Flügeln und einem Pizzakarton in der Hand auf dem Dach meines Hauses. Nur eine Harpyie konnte sich an einen Vampir anschleichen. »Ich dachte, wir könnten gemeinsam das Spiel sehen.«

»Das Spiel?«, murmelte ich verwirrt.

Er sprang vom Dach und landete anmutig, aber mit skeptischem Blick neben mir. »Orio, bist du krank? Starfire spielt gegen die Red Suns.«

Verflucht. Pitball. Und nicht nur irgendein Pitballspiel. Mein Lieblingsteam spielte gegen seinen Rivalen. Das hatte ich ganz vergessen. Zum ersten Mal seit Jahren hätte ich beinahe ein Spiel verpasst.

Gabriel legte den Kopf schief. »Alles in Ordnung mit dir?«

»Ja.« Ich räusperte mich und setzte eine Miene auf, die nicht verriet, dass die Welt unterging. Es gab ohnehin nichts, was ich jetzt noch tun konnte. Ich brauchte einen neuen Plan, um diesen Schlamassel in Ordnung zu bringen. Aber gemeinsam mit meinem Interstellaren Verbündeten Starfire dabei zuzusehen, wie sie die Red Suns vernichteten, klang ziemlich gut. Womöglich war es genau die Art von Ablenkung, die ich brauchte. Vor allem, weil die Schatten so nah lauerten. Wenn ich mich nicht bald von ihnen distanzierte, würde es fast unmöglich sein, ihrem Ruf nicht zu folgen.

Ich führte Gabriel zum Eingang meines Chalets und schloss die Tür auf, bevor ich meine Hand darauflegte, um auch die magischen Schlösser zu deaktivieren. Ich hörte Washer hinter der Tür seines eigenen Chalets singen und beschleunigte meine Bewegungen.

»Komm schon, komm schon«, murmelte Gabriel.

Ich schwang die Tür auf und war bereits mit einem Fuß drin, als Washer nach uns rief. Ich stöhnte innerlich auf und drehte mich zu ihm um. Seine Haut war von einem ledernen Orange und die gelbe Speedo, die er trug, überließ nichts der Fantasie. Und sosehr ich mich auch bemühte, ihn nicht anzusehen – ich könnte schwören, dass er versuchte, meinen Blick einzufangen.

Ich hatte nicht viel Zeit für irgendjemanden an der Academy, aber ich musste Small Talk mit den Lehrkräften betreiben, wenn ich nicht wollte, dass Nova mich als mieses Arschloch abkanzelte, das »die Stimmung an der Academy in den Keller drückte«.

»Oh, hallo Jungs«, sagte Washer fröhlich. Wir waren vielleicht viel jünger als er, aber Jungs waren wir keine.

»Brian«, sagte ich höflich und neigte den Kopf, während ich Gabriel ins Haus ließ, um etwas Abstand zu Washer zu gewinnen.

»Ich war gerade auf dem Weg zum Pool für ein kurzes Bad.«

»Das sehe ich«, sagte ich trocken.

»Wollt ihr mir nicht Gesellschaft leisten? Gabe ist bereits halb nackt, wie ich sehe«, sagte Washer eifrig und beäugte Gabriels stark tätowierte Brust.

Gabriel breitete abwehrend seine Flügel aus. »Nicht zum Schwimmen.«

»Kann ich euch nicht umstimmen?« Washer wackelte mit den Hüften, und ich wusste nicht, was er damit erreichen wollte. Wenn es sein Ziel war, meine Eier dazu zu bringen, sich in mich zurückzuziehen, dann hatte er einen verdammten goldenen Stern verdient.

»Wir wollen uns das Pitballspiel ansehen«, sagte ich.

»Oh … dann werde ich nur eben meinen kleinen Taucher nass machen und mich dann zu euch gesellen.«

»Ähm …« Er verschwand, bevor ich den Gedanken zu Ende führen konnte, und ich knurrte leise. Dieser Tag konnte wirklich nicht mehr schlimmer werden.

Ich schloss die Tür schärfer als beabsichtigt und ein Riss zog sich durch das Holz.

»Was ist los, Mann?« Gabriel runzelte die Stirn.

»Frauenprobleme«, sagte ich stöhnend, weil ich wusste, dass ich ihm irgendetwas geben musste. Sonst würde er es nicht auf sich beruhen lassen.

»Francesca?«, fragte er, obwohl etwas in seinem Tonfall mich glauben ließ, dass er sie nicht verdächtigte.

»Ja«, log ich, denn was hätte ich auch sagen sollen? Linda von der Buchhaltung?

»Willst du darüber reden?«, fragte er.

»Nein«, sagte ich, ging in die Küche und holte eine Flasche Bourbon und zwei Gläser heraus. Als ich zur Couch zurückkehrte, hatte Gabriel seine Flügel verbannt und zog das Shirt über, das er in seinen Jeans aufbewahrt hatte.

Er klappte den Pizzakarton auf seinem Schoß auf und hielt ihn mir hin. Mein Magen fühlte sich an wie eine Bleikugel, also winkte ich ab, schenkte mir einen doppelten – oder besser gesagt dreifachen – Bourbon ein und nahm einen großen Schluck. Ich hatte in letzter Zeit tagsüber kaum getrunken, und ich wusste genau, wer die Ursache dafür war. Sogar das abendliche Trinken hatte ich mir größtenteils abgewöhnt. Aber jetzt fühlte es sich an, als würde mir der Boden unter den Füßen weggezogen. Und die einzige Person, deren süße Gesellschaft in der Lage war, meine Sorgen zu ertränken, konnte ich nicht aufsuchen.

Also wandte ich mich an meinen alten Freund Mr. Bourbon. Er war für mich da gewesen, als Clara gestorben war und auch in all den beschissenen Jahren danach. Er hatte mir die Schrecken genommen, die mich nachts in meinen Träumen verfolgt hatten. Er hatte mir zugehört, als ich über meine Vergangenheit schwadroniert hatte, aber selbst den Mund gehalten. Er hatte keinen verdammten Kommentar abgegeben, sondern war lediglich durch meinen Rachen geflossen und hatte mich in ein Halbkoma versetzt.

Gabriel hatte ich kaum zu Gesicht bekommen, da er nicht von hier war. Außerdem hatte er zu Hause alle Hände voll zu tun. Er musste sich um seinen eigenen Scheiß kümmern und ich wollte ihm das nicht aufbürden. Ich konnte es auch gar nicht. *Übrigens, Noxy, ich ficke eine Studentin und jetzt hat einer der Celestia-Erben davon erfahren und erpresst uns damit. Obendrein verfüge ich über das Fünfte Element und praktiziere regelmäßig dunkle Magie. Ich habe dem Erben des furchterregendsten Drachens auf dem ganzen Planeten beigebracht, wie man sie einsetzt. Aber das ist doch kein Grund zur Sorge, oder?*

Manchmal glaubte ich, dass das Gefängnis wahrscheinlich ein von den Sternen auserwähltes Schicksal für mich war.

Ich schaltete den Fernseher ein und drehte ihn lauter, als ein Interview mit Ryan Luxian gezeigt wurde. Er war ein Luftschutz-Spieler und eine verdammte Legende. Ich hatte während meiner ganzen Zeit an der Zodiac Academy zu ihm aufgeschaut. Ich konnte mich daran erinnern, dass er mein Vorbild gewesen war, aber ich konnte mich nicht mehr daran erinnern, wie sich das angefühlt hatte. Wo diese Träume gelebt hatten, befand sich jetzt nichts als ein Hohlraum, der gelegentlich blutete.

Gabriel legte seinen Arm auf die Rückenlehne der Couch, während er sein zweites Stück Pizza verschlang, und drehte sich zu mir um. »Also, willst du darüber reden oder muss ich dich dazu zwingen?« Er musterte mich erwartungsvoll und ich rollte mit den Augen.

»Ich will dich nicht mit meinem Privatleben langweilen.«

»Dafür sind Interstellare Verbündete da. Und wenn sich jemand mit Frauenproblemen auskennt, dann ja wohl ich.«

»Stimmt.« Ich konnte nicht anders, als zuzustimmen. »Aber das hier ist anders. Es ist nicht wie das, was zwischen dir und Elise passiert ist.«

»Okay, dann beantworte mir eine Frage und ich lasse es gut sein.«

»Von mir aus.« Ich nippte wieder an meinem Bourbon.

»Ist es genauso abgefuckt wie das, was ich durchgemacht habe?«

Ein Klumpen setzte sich in meiner Kehle fest. Gabriel hatte eine Menge Mist erlebt. Meine Situation war schlimm, vielleicht sogar genauso schlimm, aber ich konnte einfach nicht näher darauf eingehen. »Nein, Noxy. Ist es nicht. Ich kriege das schon hin.«

»Ich bin für dich da, egal, was es ist.« Die Intensität seines Blicks brachte mich dazu, ein Stück zur Seite zu rutschen. Manchmal hatte ich das Gefühl, dass er mir direkt in die Seele sehen konnte. Ich überlegte fast, ob ich mich ihm gegenüber öffnen sollte, aber er würde in ernsthafte Schwierigkeiten geraten, wenn alles den Bach runterginge. Das FIB würde meine engsten Freunde verhören und sie dafür zu den Zyklopen bringen. Ich konnte ihn nicht in die Sache verwickeln. Aus diesem Grund wäre es mir auch nicht in den Sinn gekommen, Darius einzuweihen, aber jetzt, da Seth davon wusste …

Dieser verdammte Capella!

Das Spiel wurde angepfiffen und ich war froh über die Ablenkung. Bis zur Halbzeit hatte ich zwei Gläser Bourbon geleert und war schon dabei, mein drittes zu füllen. Hinter dem Schleier des Alkohols fühlte sich alles viel angenehmer an.

»Ja, los, Nakimos! Bring ihn zur Strecke!«, rief Gabriel und ich versuchte, die Energie aufzubringen, mitzumachen. Es war ein spannendes und tolles Match, aber meine Gedanken kreisten immer wieder um Blue. Ich stellte fest, dass ich ihr noch nichts von Darius' Antwort erzählt hatte, und vielleicht lag das daran, dass ich sie nicht enttäuschen wollte. Ich holte meinen Atlas aus der Tasche. Sie hatte mir bereits mehrere besorgte Nachrichten geschickt und ich bekam ein schlechtes Gewissen.

Lance:
Sorry, Blue. Darius kann uns nicht helfen.

Darcy:
Was ist passiert??

Lance:

Erzähle ich dir, wenn wir uns das nächste Mal sehen.
Tut mir leid … Ich werde eine Lösung finden, versprochen.

Darcy:

Wir werden gemeinsam eine finden.

Lance:

Ich komme heute Nacht zu dir.

Ich stellte mir vor, wie sie sich in meinen Armen an meinen Körper schmiegte, während ich versuchte, mich daran zu gewöhnen, wie gut es sich anfühlte, ihr so nahe zu sein. Der Gedanke verbesserte meine Laune ein wenig, aber ihre Antwort ließ meine Freude sofort wieder verpuffen.

Darcy:

Es ist zu riskant, hierherzukommen. Seth könnte auf der Suche nach
Beweisen sein.
Wir sehen uns ganz bald xx

Ich stöhnte auf, aber das Geräusch ging im Lärm von Gabriels Flüchen unter, die er in Richtung Fernseher brüllte.

Bald? Wie bald?

Mein Herz wurde schwer, als mir klar wurde, dass es nicht leicht werden würde, eine ganze Nacht mit ihr zu verbringen. Ich versuchte, das Elend dieses Gedankens mit einem weiteren Schluck Bourbon zu ertränken, aber ich bezweifelte, dass das so schnell klappen würde.

Gabriel drehte sich zu mir um und sah mich verwirrt an. »Hast du das nicht gesehen?«

»Hm?«, murmelte ich, meinen Blick immer noch auf meinen Atlas gerichtet.

»Die Red Suns haben zwei Treffer in Folge erzielt. Heilige Scheiße, Orio, du musst dieses Mädchen echt lieben, denn ich habe noch nie gesehen, dass du ein Starfire-Spiel ignorierst.«

Lieben?

Ich hatte eine körperliche Reaktion auf dieses Wort und es fühlte sich wie eine Mischung aus einem Aneurysma und einem Schlag in die Magengrube an. Ich war noch nie verliebt gewesen. Und ich hatte mich in meinem Leben nicht für viele Leute interessiert. Ich konnte sie an einer Hand abzählen. Und wenn ich ganz ehrlich war, brauchte ich eigentlich nur drei Finger.

Ich stotterte etwas Unzusammenhängendes und das war einfach nur großartig, denn Gabriel sah aus, als hätte er den Nagel auf den Kopf getroffen.

»Ich weiß noch, als ich erkannt habe, dass ich …«

»Hör auf!«, unterbrach ich ihn. »Hör auf, verdammt noch mal, Noxy. Ich bin nicht verliebt. Ich stecke nur … in Schwierigkeiten.«

»Das ist das Gleiche«, sagte er und ich schnaubte.

Das Schlimmste daran, es zu leugnen, war, dass es sich wie eine Lüge anfühlte. Das wäre nicht das Schlimmste auf der Welt gewesen, wenn wir uns nicht gerade in dieser beschissenen Situation befunden hätten. Sie zu lieben, fühlte sich wie ein Versprechen auf eine Zukunft an. Und dieses Versprechen konnte ich ihr nicht geben.

Gabriel boxte mich mit düsterem Blick in die Schulter, aber bevor er noch etwas sagen konnte, klopfte es an der Tür.

»Kuuuuckuck!«, rief Washer und meine Eingeweide zogen sich zu einem festen Knoten zusammen. »Ich habe Knabbereien mitgebracht. Ich habe heute Morgen ein paar meiner berühmten schokoladenüberzogenen Eier gemacht. Sie schmelzen auf der Zunge wie ein Orgasmus.«

»Bei der Liebe zu allen Sternen!«, knurrte ich.

»Wir sollten ihn ignorieren«, sagte Gabriel, und ich nickte.

»Ich kann euch sehen.«

Ich zuckte zusammen, als ich ihn am Küchenfenster entdeckte, und verfluchte mich dafür, dass ich die Jalousien offen gelassen hatte. Er presste seine nackte Brust gegen das Glas und als er zurücktrat, waren die Abdrücke seiner Nippel darauf zu sehen.

»Argh, wie soll ich den Scheiß wieder sauber machen?«, grummelte ich.

»Mit Wassermagie und einem Lappen an einem langen Stock?«, schlug Gabriel vor und ich lachte auf.

Seufzend erhob ich mich, riss die Tür auf und ließ Washer eintreten. Er trug weiterhin nichts als seine Speedo. Er schien sich mit einem Wasserzauber abgetrocknet zu haben, aber das erklärte nicht, warum er mitten im Winter so herumlief. In der Hand trug er eine Schüssel mit den besagten Schokoladeneiern, die ich mit keinem Teil meines Körpers berühren würde, schon gar nicht mit meinem Mund. Er stellte sie auf den Tisch und bückte sich direkt vor Gabriels Gesicht, der beim Anblick seines gebräunten Hinterns tiefer im Polster versank.

Ich ließ mich auf die Couch fallen und erwartete, dass Washer den Sessel nahm, aber nein. Natürlich tat er das nicht.

Washer zwängte sich zwischen uns, warf seine Arme über die Rückenlehne der Couch und streckte sich aus, sodass seine Achselhaare fast mein Shirt berührten.

Jepp. Das reicht. Ich bin raus.

Ich stand auf und ging in die Küche, um mir ein Glas Wasser zu holen. Irgendwie bereute ich den Bourbon. Ich wollte nicht trinken, während Blue mich brauchte. Das Mindeste, was ich im Moment für sie tun konnte, war, nüchtern zu bleiben.

Ich sah, wie Washer seine Hand ausstreckte, um Gabriels Haare zu berühren, und schoss einen winzigen, kontrollierten Luftzauber in die entsprechende Richtung, woraufhin sein Finger jetzt ernsthafte Schwierigkeiten hatte, den Abstand zu verringern. »Ich wette, deine Frau hat jedes einzelne dieser Tattoos abgeleckt, hm?«, fragte Washer.

»Wenn du weiter so über meine Frau sprichst, verlierst du deine Zähne. Sonst noch Fragen?«, erwiderte Gabriel scharf.

»Nur eine …«, schnurrte Washer. »Sind die Gerüchte wahr? Teilst du diesen geschmeidigen Körper wirklich mit anderen …«

Gabriel riss Washer hoch und schlug ihn mit einem Knurren auf den Couchtisch. »Was habe ich gerade gesagt?« Er hielt Brian eine Faust ans Kinn, und ich verschränkte die Arme, um mir die Show anzusehen.

»E-entschuldige«, stotterte Washer, und Gabriel ließ langsam seine Hand fallen.

»Raus hier!«, befahl er, und ich schnippte mit dem Finger, um die Haustür aufzureißen, damit Washer gehen konnte.

Gabriel ließ ihn los und setzte sich wieder auf die Couch, während Washer auf die Füße kletterte.

»Es war nur eine Frage.« Er schmollte ahnungslos.

»Auf Wiedersehen, Brian«, sagte ich schroff, woraufhin er die Augen zusammenkniff.

»Du bist ein echter Spielverderber, Lancey. Wir könnten so viel Spaß zusammen haben. Zu dritt. Unser Neuzugang hat offensichtlich schon experimentiert, stimmt's, Gabe?«

»RAUS!«, bellten wir gleichzeitig und Washer huschte zur Tür hinaus. Ich versuchte wirklich, zu ignorieren, dass seine Badehose in seine Arschritze gerutscht war, aber die Sterne waren heute nicht auf meiner Seite. *Vielleicht sollte das beim nächsten Mal in meinem Horoskop stehen, hm? Eine kleine Vorwarnung würde mir wochenlange Albträume ersparen.*

Ich ging direkt zu der Schüssel mit den Schokoeiern, die Washer mitgebracht hatte, trug sie zum Mülleimer und warf sie weg.

»Ist er immer so?«, fragte Gabriel und rümpfte die Nase.

»Manchmal ist er noch schlimmer.«

»Zur Kenntnis genommen.«

Ich warf einen Blick auf meine Couch und überlegte, ob ich mir eine neue kaufen sollte.

»Willst du mir helfen, meine Couch zu verbrennen?«, fragte ich. Gabriel grinste und seine Augen funkelten begeistert.

»Wir brauchen einen Feuerelementar, warum fragst du nicht Darius?«

»Nein«, grunzte ich und mein Herz schlug schneller. »Ich habe einen Feuerkristall.« Ich ging zur Küchenschublade, um einen herauszuholen, und Gabriel warf mir wieder diesen Blick zu, der mir verriet, dass er mich durchschauen konnte.

»Frag nicht!«, flehte ich ihn an.

»Werde ich nicht«, sagte er traurig. »Aber wenn du bereit bist, zu reden, Orio, bin ich für dich da.«

Scorpio
Gemini
Virgo
Aries
Cancer
Leo
Sagittarius
Taurus
Capricorn
Aquarius
Libra
Pisces

DARCY

KAPITEL 29

Ich hatte eine weitere Nacht hinter mir, in der die Schatten nach mir gerufen hatten, und fühlte mich ziemlich elend. Ich war seit dem Morgengrauen wach und hatte einige Stunden an meinem Skizzenblock verbracht, aber jedes Mal, wenn ich versuchte, etwas Fröhliches zu skizzieren, ertappte ich mich dabei, wie ich das Bild in etwas Dunkleres verwandelte. Die verschlungenen Wurzeln eines Baumes wurden zu einer sich windenden Schar von Schlangen, das schimmernde Sonnenlicht auf dem Dach des Orb wurde zu dunklen, zerklüfteten Rissen, die ich mit kräftigen Schwarztönen schattierte. Die Beschäftigung brachte mir keine große Erleichterung und ich verstaute die Bilder bald seufzend in meiner Schublade.

Was ich wirklich tun wollte, war, mit Tory zu reden. Ich hatte ihr gestern Abend Hunderte von Nachrichten geschrieben, bevor ich sie alle gelöscht hatte. Bis tief in die Nacht hatte ich gegrübelt, um einen Weg zu finden, ihr von Seth zu erzählen, ohne dass er davon erfuhr. Aber dann hatte ich an die Konsequenzen gedacht, die es haben könnte, sollte er herausfinden, dass ich mich gegen ihn gestellt hatte, und war wieder dazu übergegangen, mich verrückt zu machen. Aber je länger ich es hinauszögerte, mit ihr zu reden, desto länger musste ich auf meine Zwillingsschwester verzichten. Und das war fast unerträglich.

Ich übte eine Weile, mein Phönixfeuer zu kontrollieren, ließ die blauen und roten Flammen in meinen Handflächen lodern und lauschte dem Ruf der immensen Macht unter meiner Haut. Mein Phönix flüsterte mir Verheißungen von Rache zu, und je heißer das Feuer wurde, desto größer wurde dieser Drang in mir. Ich ließ die Flammen meine Arme hinaufwandern und spielte mit ihnen wie mit einem lebenden Wesen, während sie sich um mich wickelten und meine Haut mit heißen Küssen bedeckten.

Mein Atlas piepte und als ich ihn entsperrte, wartete eine Nachricht von Tyler auf mich.

Tyler:
Meine Mom schickt heute ein Team wegen des Interviews. Tory hat sich gestern klasse geschlagen. Um achtzehn Uhr holt dich ein Wagen an den Campustoren ab.

Mein Herz wurde schwer. Tory hatte mir nicht gesagt, dass sie ihr Interview bereits absolviert hatte. Ich wünschte, ich hätte dabei sein können.

Ich schickte Tyler eine Antwort, in der ich den Termin bestätigte, und tröstete mich mit der Tatsache, dass ich etwas gegen die Erben unternehmen würde. Etwas, was sie mir nicht entgegenhalten konnten. Ich war ein Vega-Zwilling und hatte das Recht, der Presse Interviews zu geben, wenn ich dazu eingeladen wurde.

Mein Atlas blinkte wieder und mir wurde schlecht, als ich Seths Namen auf dem Bildschirm sah.

Seth:
Komm hoch in den Gemeinschaftsraum.

Zwei kleine Häkchen verrieten ihm, dass ich die Nachricht gelesen hatte – ich konnte also nicht so tun, als hätte ich das nicht.

Seth:
Zwei Minuten. Der Countdown läuft.

Wütend stand ich auf. Die Tatsache, dass ich von einem Erben herbeibeordert wurde, widerstrebte mir auf einer ganz grundlegenden Ebene. Es war schlimmer, als von ihm angegriffen zu werden. Sogar schlimmer, als meine Haare an ihn zu verlieren. Er hatte mir meinen Willen gestohlen. Meine Fähigkeit, mich zu wehren. Er ließ mein dunkelstes Geheimnis über meinem Kopf baumeln. Es fühlte sich an, als wäre ich gefesselt und angeleint, und kein Teil von mir konnte das akzeptieren.

Aber Seth war ein Idiot. Denn das konnte nicht ewig so weitergehen. Auf die eine oder andere Weise würden wir seinem Einfluss auf uns entkommen, und ich schwor mir, bereit zu sein, wenn dieser Tag kam. Mein Phönixfeuer züngelte noch heißer über meine Arme und ich zog es wieder in mich hinein, beruhigte es und bat es, geduldig zu sein.

Eines Tages werde ich dich auf ihn loslassen. Dann wird er es bereuen, mich zu seinem Ziel gemacht zu haben.

Ich steckte meinen Atlas in die Tasche meiner Jeans und verließ den Raum. Schon auf der Treppe hörte ich das Geschnatter im Gemeinschaftsraum und ich trat mit aufeinandergepressten Kiefern ein. Seth saß in seinem grauen Lieblingssessel vor dem Kamin, sein Rudel umgab ihn. Einige von ihnen hatten es sich auf der Couch gegenüber gemütlich gemacht, andere hockten auf den Armlehnen von Seths Sessel und rieben sich an seinen Schultern oder fuhren mit den Fingern durch seine Haare.

Ich schnaubte leise, während ich mich durch den Raum bewegte. Seth entdeckte mich und ein dunkles Lächeln umspielte seinen Mund, als ich vor ihm zum Stehen kam.

»Ihr habt gerufen, Eure Hundheit?«, fragte ich und setzte ein höfliches Lächeln auf, woraufhin das Wolfsrudel anfing, mich anzuknurren.

»Ja, wir wollten gerade Verkleiden spielen. Ich dachte, du willst vielleicht mitmachen«, sagte Seth freundlich, während die schöne Alice grinsend seine Brust streichelte.

»Verkleiden?«, fragte ich. *Bitte verwickle mich nicht in irgendeine schräge Rudelsache, die ich nicht verstehe.*

»Wie sollen wir eine Vega dazu bringen, mitzumachen?«, fragte Frank, der unter einem schlafenden Mädchen auf der Couch lag, verwirrt.

Ein anderer großer Typ mit hellbrauner Haut und einem dünnen Schnurrbart nickte zustimmend. »Ja, lasst uns einfach ein paar x-beliebige Freshmen nehmen. Wo ist der Typ mit der Mütze?«

»Nein, Maurice. Diese Vega-Schwester wird alles tun, was ich ihr sage«, sagte Seth mit einem triumphierenden Grinsen und sein Rudel keuchte, heulte und bellte aufgeregt. Mir wurde wieder übel, als ich zwischen ihnen hin und her schaute, um herauszufinden, was auf mich wartete.

»Warum?«, fragte Alice ihren Alpha und lehnte sich dicht an sein Ohr.

Meine Brust verkrampfte sich und ich starrte ihn an, um ihn schweigend zu bitten, nichts zu verraten.

»Das ist ein Geheimnis«, sagte Seth und tat so, als würde er seine Lippen schließen.

»Ich kann es aus dir herausholen«, sagte Alice, drückte ihm einen Kuss auf den Mund und ließ ihre Hand tiefer auf seine Brust gleiten.

Er schubste sie weg und erhob sich von seinem Platz. Die Mitglieder seines Rudels verstummten und sahen ihn erwartungsvoll an.

»Dreh dich um!«, befahl mir Seth, aber meine Füße wollten sich nicht bewegen. Ich wollte diesem Tier nicht den Rücken kehren.

Er wedelte mit dem Finger und warf mir einen spitzen Blick zu, woraufhin ich mich zwang, mich umzudrehen. Langsam durchatmend versuchte ich, mein rasendes Herz zu beruhigen.

Er bewegte sich dicht hinter mich, und meine Haut kribbelte, als seine Körperwärme auf meinen Rücken traf.

»Wölfe sind von Natur aus Jäger, Babe. Wir jagen liebend gern kleine pelzige Kreaturen und verspeisen sie zu Mittag.«

»Sieht so aus, als würde ich nicht in diese Kategorie passen«, sagte ich und trat vor, aber er packte meine Jeans und zog mich zurück.

»Noch nicht.« Ich konnte das Grinsen in seiner Stimme hören und mein Herz nahm einen unregelmäßigen Rhythmus an. Er zog mein Oberteil ein Stück nach oben und ich versteifte mich und wich ihm aus. Mit einem leisen Knurren, das tief in meinen Knochen widerhallte, holte er mich zurück.

»Halt dein Shirt so fest!«, befahl er.

Widerwillig gehorchte ich und er drückte einen Finger auf meinen unteren Rücken. Ich fröstelte. Er begann, ein Bild zu malen, aber ich hatte keine Ahnung, was es war. Plötzlich kribbelte seine Magie auf meiner Haut.

»Maurice, zeig mir die Konstellation noch mal!«, forderte er und eine Bewegung in meinem Umfeld verriet mir, dass Maurice näher kam.

Seth fuhr fort, das, was ich für die Konstellation hielt, auf meinen Rücken zu malen. Dort, wo seine Finger mich berührten, breitete sich Kälte aus.

»Verwandlungskristall!«, befahl Seth und eine Sekunde später presste er etwas Eiskaltes auf meine Wirbelsäule.

Fluchend taumelte ich vorwärts und drehte mich zu ihm um. Meine Formgebung entsprang den Tiefen meines Körpers. Funken sprühten aus meinen Händen und landeten auf Seth, als ich die Kontrolle über sie verlor. Er jaulte auf, als die Glut Löcher in sein schickes blaues Outfit brannte, und seine Augen verwandelten sich in zwei Abgründe der Wut. Ich konnte mich keine Sekunde länger auf ihn konzentrieren, denn etwas Kaltes glitt über meinen unteren Rücken. Auch meine Wirbelsäule wurde eiskalt, genau wie meine Kopfhaut.

»Was hast du mit mir gemacht?«, keuchte ich und stützte mich mit einer

Hand auf einem Stuhl ab, um mich zu stabilisieren, während sich das seltsame Gefühl in mir ausbreitete.

Die Werwölfe sprangen auf und beobachteten mich aufgeregt, während sie sich aneinanderrieben und miteinander kuschelten.

Etwas unendlich Weiches rutschte hinten in meinen Jeans nach unten, und ich griff mit zitternden Händen danach, um zu ertasten, was es war. Scharf einatmend zog ich es heraus und reckte den Hals, um es zu sehen. Ich zuckte zusammen, als ich den bommelgroßen weißen Hasenschwanz entdeckte, der oben aus meiner Hose herausragte. Ich zog alarmiert daran und kläffte auf, als ich an meinem Steißbein riss.

»Ah!« Ich schwang herum und der Schwanz folgte mir, als ich ihn losließ. Seths Wolfsrudel brach in Gelächter aus und die Dunkelheit in seinen Augen lichtete sich, als ein echtes Lächeln seine Lippen zierte. Er kam auf mich zu und sein Lächeln wurde noch breiter, als er seine Finger in meine Haare schob. Reflexartig griff ich nach seinen Handgelenken und in meinen Handflächen züngelten Flammen.

»Lass mich los!«, schnauzte ich.

Er zischte zwischen zusammengepressten Zähnen. »Nimm das Feuer weg!«, forderte er und ich zog es mit allem, was ich hatte, in mich zurück. »Fühl mal«, sagte er, nahm meine Hand und führte sie zu meinem Kopf. Zwei weiche Ohren hingen über meinen Haaren und Panik durchfuhr mich.

»Mach sie weg!«

»Aber du siehst so köstlich aus, Babe«, sagte er, als würde er die Show wirklich genießen. Er ergriff meine Hand und zog mich quer durch den Raum zu einem großen Spiegel an der Wand. Sobald die anderen Leute im Raum meinen Schwanz und meine Ohren sahen, brüllten sie vor Lachen und zückten ihre Atlasse, um mich zu fotografieren.

Meine Wangen glühten, als Seth mich neben sich vor dem Spiegel platzierte und seinen Arm um meine Schultern legte. Ich machte einen weiteren Schritt nach vorn, um zu begutachten, was er getan hatte – von den grauen Ohren, die von meinem Kopf herabhingen, bis zu dem flauschigen weißen Kaninchenschwanz, der über meinem Hintern erschienen war. Aber das war noch nicht einmal das Schlimmste. Mir wuchsen Schnurrhaare aus den Wangen und auch meine Augen veränderten sich. Meine Pupillen wurden so groß, dass ich wie eine Zeichentrickfigur aussah.

»Seth!«, fauchte ich und stürmte auf ihn zu. »Mach das wieder weg!«

»Klar, klar … später. Jetzt gib mir deinen Atlas.« Er hielt mir die Hand hin. »Ich kann nicht zulassen, dass du irgendwelche Gegenzauber nachschlägst.«

»Das werde ich nicht«, beharrte ich. Ich wollte mich absolut nicht von meinem Atlas trennen. Lieber spazierte ich so über den Campus. Und vor allem wollte ich ihn nicht in den Händen dieses Arschlochs wissen.

Unbeeindruckt streckte Seth weiterhin seine Hand aus und ich bemerkte, dass wir von allen im Raum beobachtet wurden. Ein Knurren entrang sich meiner Kehle und Hitze breitete sich auf meinen Schulterblättern aus – mein Phönix bettelte darum, freigelassen zu werden.

»Eines Tages werde ich dich bei lebendigem Leib verbrennen«, flüsterte ich ihm zu.

»Aber bis zu diesem unwahrscheinlichen Tag wirst du mir gehorchen.« Er schnippte fordernd mit den Fingern und ich schnaubte wütend, holte meinen Atlas aus der Tasche und knallte ihn in seine Handfläche. »Und jetzt lauf, kleines Kaninchen. Aber ich kann dir nicht versprechen, dass mein Rudel dich nicht jagen wird, solange du so lecker aussiehst.« Er zwinkerte mir zu und schloss sich wieder seinen Wölfen an. Sein Rudel stürzte sich auf ihn und sie kuschelten, lachten, umarmten und küssten einander. Es war lächerlich.

Ich war erleichtert, als sie sich alle wieder auf ihre Plätze setzten. Offensichtlich hatten sie nicht die Absicht, mich jetzt zu jagen.

Ich starrte sie noch eine Sekunde lang an, bevor ich mich umdrehte und aus dem Raum stürmte.

Immer zwei Stufen auf einmal nehmend lief ich die Treppe hinunter, während ein Kribbeln meinen ganzen Körper durchzog. *Wie weit wird diese Verwandlung noch gehen?!*

Ich verfehlte eine Stufe, als ich auf meinen Flur zueilte, und keuchte, als ich fast auf die Knie fiel. In letzter Sekunde gelang es mir, mich am Geländer abzufangen. Ich straffte die Schultern, hastete zu meinem Zimmer, öffnete schnell die Tür und schlüpfte hinein.

Ein Teil von mir wollte einfach dortbleiben und sich verstecken, aber ein anderer Teil wollte die Sache in Ordnung bringen. Rückgängig machen, was Seth getan hatte, und zumindest einen winzigen Sieg für mich verbuchen. Wer wusste schon, wie lange diese Verwandlung anhalten würde? Wenn ich nichts dagegen unternahm, bestand die Möglichkeit, dass ich Montagmorgen als Fae-Bunny mit grauem Fell und großen Pfoten in *Grundlagen der Magie* sitzen würde.

Ich schnappte mir meinen Wintermantel, streifte ihn über und stopfte den Schwanz mit einem beschämten Stöhnen weg. Dann zog ich die Kapuze hoch und steckte meine Ohren nach hinten, damit sie nicht herausragen konnten.

Ich überprüfte mein Spiegelbild und erschrak, als meine Schnurrhaare den

Rand der Kapuze streiften.

Ich zog die Kapuze fester und verließ mein Zimmer. Ohne Atlas musste ich in die Bibliothek gehen, um etwas zu recherchieren, aber es war Sonntag, also waren wahrscheinlich etliche Fae dort, um zu büffeln. Ich musste versuchen, das vor ihnen zu verbergen, auch wenn ich wusste, dass die Bilder von mir bald ohnehin überall auf FaeBook zu sehen sein würden.

Ich schaffte es irgendwie aus dem Aer-Turm, ohne dass mich jemand sah. Regentropfen wirbelten in der Luft um mich herum, als ich mit gesenktem Kopf zur Venus-Bibliothek rannte und dort durch die Tür trat.

Mehrere Studenten sahen auf und die Bibliothekarin warf mir einen scharfen Blick zu, als ich die Kapuze um mein Gesicht schlang, um meine Schnurrhaare zu verstecken.

Sie runzelte die Stirn, als ich an ihr vorbeilief und in den ersten Gang schlüpfte, um die Bücher zu durchforsten.

Wonach suche ich überhaupt – einem Anti-Häschen-Kristall?

Ich fand ein paar Bücher über Verwandlung und trug sie in eine dunkle Ecke am Ende des Ganges, dann schob ich mich durch eine Tür in einen Leseraum. Ich stieß einen erleichterten Seufzer aus, als ich den Raum leer vorfand.

Ich knipste die goldene Lampe auf einem der Tische an, nahm Platz und legte die Bücher vor mir ab. Auf der Suche nach etwas Brauchbaren überflog ich die Inhaltsverzeichnisse, aber eigentlich hatte ich keine Ahnung, wonach ich überhaupt suchte.

Jemand öffnete die Tür und ich senkte den Kopf und verfluchte mein Glück, während ich versuchte, mein Gesicht noch besser zu verbergen. Ich warf einen flüchtigen Blick auf die Person, die eben hereingekommen war, und stellte fest, dass es Diego war, der einen dicken Wälzer in seinen Armen trug. Er ging zum nächsten Tisch und ließ sich mit dem Rücken zu mir auf einen Stuhl fallen.

»Hey«, zischte ich, aber er antwortete nicht. *»Diego.«*
Nichts.

Ich seufzte, stand auf und ging auf ihn zu. Dabei bemerkte ich, dass er Kopfhörer unter seiner Mütze trug und mit dem Kopf zu einer Melodie wippte.

Ich klopfte ihm auf die Schulter, woraufhin er aufschaute. »Ah!« Er fiel rückwärts von seinem Stuhl und hob abwehrend die Hand. Luftmagie wirbelte um mich herum und warf meine Kapuze mit einer Windböe zurück. »Teufelskaninchen!«, schrie er, während meine großen Schlappohren um mein Gesicht schwangen.

»Diego, *ich* bin's«, sagte ich frustriert und zeigte auf meine blauen Haare.

»Darcy?«, fragte er verwirrt und ließ seinen Blick über meine Gesichtszüge schweifen, während er sich allmählich entspannte.

Ich hielt ihm eine Hand hin, aber als Diego danach griff, stellte ich entsetzt fest, dass sie sich in eine pelzige graue Pfote verwandelt hatte. *O Gott, nein!*

Diego richtete sich auf, zerrte seinen Stuhl mit sich und beäugte mich vorsichtig. »Was ist mit dir passiert?«

»*Seth* ist passiert«, fauchte ich. »Kannst du mir helfen, ein Gegenmittel zu finden?«, fragte ich verzweifelt und blickte auf meine andere Hand, die nun ebenfalls eine graue Pfote war. Ich stöhnte auf und ließ den Kopf zurückfallen.

»Natürlich, *chica*. Oder soll ich dich *coneja* nennen?« Er gluckste und ich musste nicht nachfragen, um zu wissen, was das bedeutete.

»Komm schon, bevor mir überall Fell wächst.« Ich eilte zurück zu meinem Tisch; Diego folgte mir und ließ sich mir gegenüber nieder. Er griff nach einem der Bücher, die ich eingesammelt hatte, und warf mir einen amüsierten Blick zu.

Ein Lächeln umspielte meinen Mund und ich lachte leise und schüttelte den Kopf angesichts der Verrücktheit dieser Situation. Ich versuchte, in dem Buch zu blättern, das ich gelesen hatte, aber meine Hasenpfote war nicht dafür gemacht.

Ich musste Diego den größten Teil des Lesens überlassen, weil ich es kaum schaffte, umzublättern, und wurde immer unruhiger, weil wir keine Antwort auf mein Problem fanden.

Missmutig kaute ich auf meiner Unterlippe, als ich mich damit abfand, nur einen wahren Ausweg zu haben.

»Kann ich mir deinen Atlas ausleihen?«, fragte ich Diego. »Ich glaube, wir brauchen jemanden, der sich damit auskennt. Und am besten, bevor ich Lust auf Karotten bekomme.« *Tatsächlich klingt eine Karotte im Moment ziemlich verlockend – fuck!*

»Wer?« Diego runzelte die Stirn, als er mir seinen Atlas reichte.

Ich seufzte und stellte fest, dass ich ihn wegen meiner fehlenden Daumen nicht benutzen konnte. »Du musst es tun. Schick Professor Orion eine Nachricht.«

»Was? Nein – auf keinen Fall bestelle ich diesen *sanguijuela* her«, fluchte er.

»Diego, bitte!«, beharrte ich. »Er wird wissen, was zu tun ist.«

»Genau wie ein Haufen anderer Professoren«, brummte er und zupfte verärgert an seiner Mütze.

»Tu es einfach!«, drängte ich, und er murmelte etwas auf Spanisch, während er eine E-Mail an ihn schrieb.

»Er wird wahrscheinlich ohnehin nicht auftauchen. Der Typ ist ein echter Huren…«

»…sohn?« Orion verschränkte die Arme vor der Brust und warf Diego einen bösen Blick zu, während sich die Tür langsam hinter ihm schloss. Er sah müde aus, seine Haare waren ungekämmt und seine Augen dunkel. »Nun, das kann ich nicht bestreiten.«

Diego hob eine Augenbraue und war sichtlich überrascht, dass er ihm für diese Bemerkung nicht den Kopf abriss.

Orion sah mich an und mein Herz setzte aus, als sein Blick zu meinen Hasenohren, Schnurrhaaren und Pfoten glitt. Ein Grinsen schien sich auf sein Gesicht zu schleichen; er hob eine Hand und wischte mit den Fingerknöcheln über seinen Mund, während er mich weiterhin so anstarrte, als hätte er Mühe, nicht zu lachen.

»Genug gestarrt! Können Sie mir helfen, Sir?«

»Hat jemand einen Verwandlungskristall bei Ihnen zum Einsatz gebracht?«, riet er und ich nickte.

»Ja, Seth Capella.«

Seine Augen wurden pechschwarz. Er stürzte sich auf Diego, riss ihn am Kragen seines Hemdes vom Stuhl und schob ihn zur Tür. »Gehen Sie zu den Mars-Laboratorien und bitten Sie Professor Shellick um einen Malachitkristall und etwas Nachtzuckerpulver.«

»Warum gehen Sie nicht selbst?«, platzte Diego heraus.

»Widersprechen Sie mir etwa?«, schnauzte Orion.

Diego schüttelte den Kopf und wich vor Orions grimmiger Miene zurück.

»Sagen Sie ihm, dass ich Sie geschickt habe.«

Diego eilte nickend davon, und ich blieb mit Orion zurück, der mich wie einen leckeren Snack ansah.

»Lach nicht!«, flehte ich.

»Werde ich nicht.« Er hob eine Hand und ich spürte, wie sich der Druck einer Stillekuppel um uns herum ausbreitete. »Hast du einen Häschenschwanz?«, fragte er und wirkte hoffnungsvoll.

»Welche Rolle spielt das?«, fragte ich.

Er grinste und kam auf mich zu. »Vielleicht will ich ihn ja sehen.«

Ich drückte meinen Rücken gegen das Bücherregal hinter mir und schüttelte den Kopf. »Auf keinen Fall.«

»Zieh deinen Mantel aus!«, drängte er.

»Nein.« Mir entwich ein Halblachen. »Ich will nicht, dass du ihn siehst.«

»Pech.« Er stürzte sich auf mich, riss mir den Mantel vom Leib und wirbelte mich herum. Mein Blick wanderte zur Tür, aber ich vermutete, dass er es hören würde, sollte sich jemand nähern.

Ein leises Glucksen entwich ihm, als er mich in den Schwanz zwickte.

»Du bist ein echtes Arschloch«, sagte ich lachend.

Ich versuchte, mich umzudrehen, aber er hielt mich fest und zerrte sanft an meinem Shirt. Er ließ seinen Finger über das gleiten, was Seth dort gemalt hatte, und ein leises Knurren entwich ihm.

»Was ist?«, fragte ich und meine Nase kribbelte. *O verdammt, gleich habe ich eine Stupsnase.*

Er ließ mein Shirt los und ich drehte mich um und lehnte mich mit dem Rücken wieder gegen das Regal, um meinen Schwanz zu verstecken.

»Er hat dir das Sternbild Lepus aufgemalt. Weißt du, worum es sich dabei handelt, *Miss Vega*?«

»Ich wusste nicht, dass ich mich gerade im Unterricht befinde, *Sir*.«

Er grinste dunkel. »Du solltest deine Sternbilder mittlerweile kennen.«

»Ich rate einfach mal und sage, es ist ein Hase?«

»Richtig. Ein Mondkaninchen, um genau zu sein. Und weißt du, von welchem anderen Sternbild es am Himmel gejagt wird?«

Warum wurde ich gerade jetzt mit einem Wissensquiz konfrontiert?

Ich kaute auf meiner Lippe und versuchte, mir meine Sternkarten vor Augen zu führen. Ich hatte mir die Positionen aller Sternzeichen gemerkt, aber Lepus war mir ein Rätsel. »Ähm …«

»Der Jäger«, antwortete er für mich, trat näher und seine Reißzähne wurden länger, als er lächelte. »Orion.«

»Oh.« Ich warf ihm einen koketten Blick zu. »Nun, ich glaube nicht, dass er gegen dieses Kaninchen eine Chance hat.«

»Nein?«

»Kaninchen können furchtbar bösartig sein.« Ich fletschte die Zähne und sein Blick wurde immer hungriger.

»Ich stehe auf bissig.« Er lehnte sich dicht an mich heran und brachte meinen Atem zum Stocken. »Soll ich die Tür verriegeln, damit wir diese kleine Fantasie ausleben können?«

»*Deine* Fantasie. Und nein, denn du hast echt Probleme.« Ich grinste und löste mich von ihm. »Außerdem ist es wahrscheinlich nicht mehr ganz so spannend für dich, wenn ich mich vollständig in ein Kaninchen verwandle.«

»Bei den Sternen, vielleicht nicht. Aber wenn du ein kleines Kaninchen wärst, könnte ich dich in meiner Tasche tragen und dich überallhin mitnehmen. Das klingt doch gar nicht so übel.«

Ich verschränkte die Arme vor der Brust und warf ihm einen strengen Blick zu.

»Dann müsste ich mir nie wieder Sorgen machen, dass du auf Ärger stößt.« Er lächelte dunkel.

Daraufhin hob ich die Brauen. »Aber du *bist* doch der Ärger.«

Er verzog das Gesicht – offensichtlich hatte ich mit dem Scherz nicht seinen Humor getroffen. Plötzlich versteifte er sich. Er wedelte mit der Hand, um die Stillekuppel aufzulösen, und Sekunden später trat Diego wieder in den Raum.

Er hatte einen glänzenden grünen Kristall und einen kleinen Beutel in der Hand – vermutlich das Nachtzuckerpulver, was auch immer das sein mochte.

»Er hat mir zehn Hauspunkte abgezogen, weil ich ihn gestört habe.« Diego runzelte die Stirn.

»Wie bedauerlich«, kommentierte Orion trocken, nahm ihm die Sachen ab und wies mich mit einer Fingerbewegung an, mich wieder umzudrehen.

»Sie könnten sie zurückgeben«, murmelte Diego.

»Das könnte ich, ja«, stimmte Orion zu.

»Also?«, fragte Diego hoffnungsvoll.

»Nein.«

Ich drehte den Kopf und warf Orion einen scharfen Blick zu, als sich Diego schnaubend auf einen Stuhl fallen ließ. Er musterte meine Schnurrhaare mit einem Grinsen und rollte dann mit den Augen.

»Gut, fünf Punkte für Aer«, rief Orion Diego zu.

»Er hat zehn genommen.«

»Ich weiß.« Orion hob mein Shirt an und meine Haut kribbelte, als er seine Finger auf den Ansatz meiner Wirbelsäule drückte. Er rieb etwas Körniges auf meine Haut, von dem ich annahm, dass es das Zuckerzeug war, und massierte damit die Stelle, auf die Seth das Sternbild gemalt hatte. Als er fertig war, drückte er den Kristall auf meine Wirbelsäule. Ein plötzlicher Hitzeschub ließ mich den Rücken wölben.

»So«, verkündete er und ließ mein Oberteil fallen. Ich drehte mich um, griff nach meinen Ohren und lächelte, als sie sich zurückzogen.

»Gott sei Dank«, hauchte ich.

»Ich bin kein Gott, aber ich kann das Missverständnis nachvollziehen, Miss Vega.« Orion zwinkerte mir zu und ich musste lachen, woraufhin mir Diego einen bösen Blick zuwarf. Er war wohl noch nicht über seinen Hass auf

Orion hinweg.

Diego trommelte mit seinem Stift auf den Tisch und musterte Orion missmutig, während er darauf wartete, dass er ging. Er tat das so energisch, dass der Stift aus seinen Fingern schoss, an meiner Brust abprallte und auf den Boden fiel. Ich hob ihn auf und hielt ihn ihm hin. Er schloss seine Finger darum und schien dabei versehentlich meine zu berühren, denn plötzlich brach eine absolute Dunkelheit über mich herein und verdrängte alles um mich herum.

Ich konnte Diegos Hand immer noch spüren und klammerte mich alarmiert daran fest, während ich durch einen Strudel der Dunkelheit taumelte.

»Was ist los?!«, schrie ich, aber ich bekam keinen Ton heraus. Ich fühlte mich, als wäre ich mit tausend Stundenkilometern durch eine Ewigkeit des Nichts unterwegs.

Plötzlich wurde ich langsamer. Schatten wirbelten um mich herum, strichen über meine Haut und hüllten mich in ihre Umarmung. Diegos Griff wurde fester und seine Stimme drang wie aus weiter Ferne zu mir durch. »Ich bin hier, *chica*. Lass mich nicht los!«

»Was ist passiert?«, keuchte ich.

»Die Schatten haben uns erwischt, als sich unsere Hände getroffen haben. Unsere Kräfte haben sich vereint. Hörst du das nicht?«

»Was?«

»Stille«, sagte er und ich merkte, dass er recht hatte. Das Flüstern war weg. »So tief bin ich noch nie gewesen. Die Macht, die du besitzt, muss immens sein.«

»Wie kommen wir hier raus?«, fragte ich und versuchte, nicht in Panik zu geraten. Aber das hier fühlte sich nicht wie der übliche Sog der Schatten an. Es war, als würde ich in einem Tümpel aus Tinte tauchen und den Deckel hinter mir schließen. Kein einlullendes Ziehen lockte mich in die Tiefe. Da waren nur perfekte Stille und endlose Leere.

»Ich verankere dich«, sagte er, aber ich wusste nicht, was das bedeutete. »Jemand will uns hier haben. Jemand aus dem Schattenreich. Du wirst sie hören können, während ich die anderen Stimmen ausblende.« Seine Stimme zitterte und mein Herz stotterte als Antwort.

Ich wusste, wer das war. Wer es sein musste. Jenes Mädchen, das so oft nach mir gerufen hatte. Ich spürte, wie sie sich mir näherte, und ein sanfter Atemzug strich über meine Wange.

»Endlich«, flüsterte sie. »Es war so schwer, dich zu erreichen.« Ich spürte Finger an meinem Arm, aber sie waren fast ätherisch und glitten durch mich hindurch wie die Hand eines Geistes.

»Wer bist du?«, fragte ich nervös.

Sie lachte leise und der musikalische Klang hallte um uns herum. »Ich bin nichts und alles.«

»Das ist keine Antwort«, drängte ich.

»Ein Name ist nur ein Name. Hier nennt man mich die Schattenprinzessin.«

»Wer nennt dich so?«, fragte ich und wünschte, die Dunkelheit würde sich lichten, damit ich sie sehen konnte.

»Das Volk der Dunkelheit«, flüsterte sie mit einem Hauch von Angst in der Stimme.

Etwas zerrte tief in meinem Inneren an mir und fast hätte ich Diego losgelassen.

»Wir haben nicht viel Zeit«, flüsterte das Mädchen verzweifelt.

Das magische Zerren erfasste mich erneut und ich klammerte mich so fest wie möglich an Diegos Hand, denn ich war mir sicher, dass ich weggezogen werden würde, wenn ich losließe.

»Sag mir, was du von mir willst«, flehte ich.

»Hilfe«, sagte sie und ihre Stimme wurde brüchig. »Ich brauche Hilfe.«

»Wie kann ich dir helfen?«, fragte ich, obwohl ich mir nicht sicher war, ob ich das überhaupt wollte. Sie war nicht mehr als eine fremde Stimme in der Dunkelheit; ich wollte ihr nicht trauen.

»Du musst eine Brücke von hier zum Reich der Fae bauen, damit ich fliehen kann. Aber es gibt nur einen Zeitpunkt im Jahr, an dem das möglich ist. Er kommt näher, das spüre ich.«

»*El puente de las estrellas*«, flüsterte Diego voller Ehrfurcht.

»Ja, die Brücke der Sterne«, übersetzte das Mädchen mit einem Hauch von Verzweiflung in ihrem Ton. »Um Mitternacht in der letzten Nacht des Jahres ist der Schleier zwischen den Welten am dünnsten. Dann kann die Brücke gebaut werden. Bitte, du musst einen Weg finden.«

Bevor ich antworten konnte, versuchte eine weitere mächtige Welle der Magie, mich aus den Tiefen der Dunkelheit zu holen. Ich keuchte auf und hielt mich an Diegos Hand fest, um nicht fortgezogen zu werden.

Die Schatten wirbelten weiter, aber plötzlich sah ich ein Licht. Ich drehte mich um und entdeckte Orion, der durch den Raum schoss. Ein Licht brannte in seiner Handfläche, als er nach mir griff. Sein Blick wanderte von mir zu dem Mädchen, das vor uns stand, und ich sah sie im Lichtschein. Ihre sommersprossigen Wangen und jugendlichen Züge wirkten fast durchsichtig.

Ihre Gestalt verschwand in der Dunkelheit, als sich Ranken aus Schatten um sie schlangen und sie fesselten.

»Lance!«, rief sie und ihre Augen weiteten sich.

Er erwischte meine Hand und stürzte sich in derselben Bewegung auf sie, aber die Schatten gewannen die Oberhand und entrissen sie ihm.

Sie kannte ihn. Aber woher?

Orion drückte mich an seine Brust und griff außerdem nach Diego. Ein widerliches, verdrehtes, zerrendes Gefühl durchzuckte mich.

Ich blinzelte und fand mich auf dem Boden des Lesesaals wieder, meine Hand immer noch um Diegos geschlungen, der neben mir lag. Er stöhnte und ich setzte mich auf, wobei ich Orion, der meine andere Hand hielt, fast einen Kopfstoß verpasste. Sein Gesicht war blass, seine Gesichtszüge verzerrt.

»Lance?«, flüsterte ich besorgt und biss mir auf die Zunge, als Diego sich neben uns aufsetzte. »Sir?«, korrigierte ich mich und er fing meinen Blick auf. »Geht es Ihnen gut?«

Er nickte einmal, stand auf und zog mich ebenfalls auf die Füße; sein Gesicht war totenbleich.

Diego richtete sich auf und rieb stirnrunzelnd seinen Hinterkopf. »Wer war das Mädchen? Es hat Sie gekannt«, sagte er zu Orion.

»Ich weiß es nicht«, sagte Orion, aber ich spürte, dass er log. Er sah gequält und verängstigt aus. »Das bleibt unter uns, verstanden?«, knurrte er Diego an, der die Lippen schürzte und nickte. Orion schritt zur Tür, riss sie auf und schoss ohne ein Wort davon.

Angst machte sich in mir breit. »Ich werde mich ein bisschen hinlegen«, sagte ich zu Diego. »Die Schatten zehren an mir.«

»Geht es dir gut?«, fragte Diego verzweifelt. »Was gerade passiert ist … Ich meine, das war irre, *chica*.«

»Ich weiß.« Ich legte eine Hand auf seinen Arm, weil ich nicht wusste, was ich noch sagen sollte.

»Wenn du willst, bringe ich dich zurück zum Aer-Turm und wir reden darüber?«, fragte er hoffnungsvoll.

»Ich glaube, ich muss mich einfach nur ausruhen, aber wir reden später.« Ich verließ den Raum – ohne jegliche Absicht, in mein Zimmer zurückzukehren. Ich wollte Orion aufspüren und mir Antworten geben lassen. Das einzige Problem bei diesem Plan war, dass ich meinen Atlas nicht dabeihatte und nicht am helllichten Tag zum Asteroidenplatz spazieren konnte.

Als ich aus der Bibliothek in die eiskalte Luft trat, wurde ich von starken Händen gepackt. Mein Magen rebellierte, als Orion in einer blitzartigen Bewegung über den Campus schoss, und ich zuckte angesichts des heftigen Windstoßes zusammen, der mich erfasste.

Als er stehen blieb, drehte sich mein Kopf und ich brauchte eine Sekunde, um zu realisieren, dass ich in seinem Büro in der Jupiter Hall war. Er schloss die Tür ab und errichtete eine Stillekuppel, bevor er sich mit ernstem Blick zu mir umdrehte.

»Du weißt, wer sie war«, sagte ich.

Er nickte und schluckte schwer. »Ja«, sagte er mit einem Hauch von Unglauben und … Hoffnung? »Es war Clara … meine Schwester.«

Meine Lippen teilten sich und mein Herzschlag geriet aus dem Takt. »Bist du sicher?«

»Ja … *Fuck!* Ja, ich bin sicher.« Er ging auf und ab und raufte sich die Haare.

»Lebt sie?«, flüsterte ich. Ich hatte keine Ahnung. Sie schien so ungreifbar, als wäre sie nicht ganz da.

»Ich weiß es nicht. Ich glaube schon. Sie war nicht einfach nur eine Seele …«

»Sie hat mich um Hilfe gebeten«, sagte ich und sah ihm dabei zu, wie er im Raum herumlief. »Sie hat gesagt, dass wir in der letzten Nacht des Jahres eine Brücke aus Sternen bauen sollen.« Ich schüttelte den Kopf, denn es klang einfach nur verrückt.

Er blieb stehen und sah mich überrascht an. »Sie glaubt, dass sie zurückkommen kann?« Er rieb sein Gesicht, dann lachte er plötzlich und sein Gesichtsausdruck veränderte sich in etwas Hoffnungsvolles und gleichzeitig Verzweifeltes. »Das bedeutet, dass sie lebt. Sie lebt, verdammt noch mal!«

Er stürzte sich auf mich, hob mich in seine Arme und küsste mich innig. Sein Lachen war ansteckend, als er mich herumwirbelte, und ich klammerte mich an seine Schultern, denn ich war mir sicher, dass ich ihn noch nie so glücklich gesehen hatte.

»Ist sie es auch wirklich?«, fragte ich, während mir ganz warm ums Herz wurde.

Er strich mit dem Daumen über meine Wange und nickte. »Ja, sie ist es. Ich würde sie überall wiedererkennen.«

Er stellte mich ab und ich legte meine Hand auf seine Brust, während sein Herz aufgeregt unter meiner Handfläche trommelte. Sein Lächeln entfachte ein loderndes Feuer in mir. Nach allem, was wir durchgemacht hatten, war es ein unbeschreibliches Gefühl, eine gute Nachricht zu bekommen. Seine Schwester war am Leben, gefangen in den Schatten, aber in der Lage, zurückzukehren.

»Ich werde dir helfen, sie zurückzubringen. Was auch immer nötig ist,

Lance«, versprach ich. Niemals wieder sollte er das Licht verlieren, das gerade in seinem Blick glühte.

Seine Augen leuchteten vor Rührung, und er drückte mich an sich, während die Spannung aus seiner Haltung wich. »Ich weiß nicht, wie das möglich ist. Ich habe nichts getan, um die Gnade der Sterne zu verdienen.«

Ich schaute zu ihm auf, denn seine Worte trafen mich mit voller Wucht. »Wie kannst du das denken? Lionel hat dir deine Schwester gestohlen und dich zu einem Leben gezwungen, das du dir nicht ausgesucht hast. Die Sterne schulden dir alles.«

Orions Augen glitzerten bei diesem Gedanken. »Nun, ob die Sterne es wollen oder nicht, Blue, ich werde sie mir gefügig machen und eine Brücke aus ihnen bauen, um sie zurückzubringen. In der Silvesternacht *wird* Clara nach Hause kommen.«

Scorpio
Gemini
Virgo
Cancer
Aries
Leo
Taurus
Sagittarius
Capricorn
Aquarius
Libra
Pisces

TORY

KAPITEL 30

Mit mir stimmte etwas nicht – und was auch immer es war, es saß tief und war regelrecht in mir verankert. Das wusste ich seit eh und je. Wenn ich zwei Möglichkeiten hatte, entschied ich mich immer für das Schlechte, das Schmerzhafte. Ich versuchte, es zu rechtfertigen, indem ich behauptete, Langeweile zu hassen. Oder indem ich sagte, lieber verletzt oder verängstigt zu sein, als gar nichts zu fühlen. Aber wenn man sich die Entscheidungen, die ich getroffen hatte, genauer ansah, kristallisierte sich eine viel einfachere Erklärung heraus. Ich wusste einfach nicht, wie ich es anstellen sollte, glücklich zu sein. Und vielleicht glaubte ich manchmal sogar, es überhaupt nicht zu verdienen.

»Komm zu mir ...«

Ich neigte den Kopf zurück und schaute zur Decke meines Schlafzimmers. Die Schatten schlängelten sich um mich herum und glitten unter meine Haut wie der Geschmack reinster Ekstase. Mit einem Stöhnen rief ich sie zu mir und schwelgte in ihrer dunklen Macht.

Dunkelheit kräuselte sich zwischen meinen Fingern und erhob sich um mich. Ich spürte, wie sie mit jedem Atemzug intensiver wurde, und schmeckte ihre dunkle Macht in der Luft. Sie war hungrig.

Ich krümmte meine Finger und die Schatten rollten von mir ab, glitten über mein Bett und rutschten über den Rand, um sich neben mir zu sammeln. Sie bedeckten den Boden und schließlich konnte ich nur noch einen Abgrund aus tiefster Nacht sehen.

Ich drehte mich langsam zu ihnen um und schob meine nackten Füße vor mich, bis sie über dem Bettrand hingen.

Mein Herz hämmerte fest in meiner Brust und meine Ohren klingelten – eine ferne Warnung, nicht so weit hineinzurutschen. Aber in diesem Moment war meine Sehnsucht, die Umarmung der Dunkelheit zu spüren, größer als meine Furcht vor ihrer Macht über mich.

»Komm mit mir ...«

Ich rutschte noch ein Stück weiter und tauchte meine Füße in die Schatten. Ihre Berührung war kalt und glitschig, als hätte ich meine Zehen in eine Ölpfütze getunkt.

Dort, wo die Schatten mich streichelten, war das Vergnügen so intensiv, dass ich wie geblendet war. Ich stöhnte laut auf, denn die reine, elektrische Energie der dunklen Macht rief mich auf einer grundlegenden Ebene zu sich. Sie erkannte den Hass und den Schmerz in mir und lobte sie, während sie gleichzeitig jeden dunklen und böswilligen Gedanken nahm und ein Feuer unter ihnen schürte. Die Schatten forderten mich nicht auf, eine bessere Version meiner selbst zu sein. Nein, sie verlangten, dass ich mich aufs unterste Level begab, und applaudierten, wenn ich es tat.

Langsam versank ich in den Schatten, während diese weiter meinen Namen flüsterten und meine Haut küssten.

Ich lag flach auf dem Boden und atmete tief ein, während die Dunkelheit mich überrollte. Voller Lust akzeptierte ich sie. Sie schlängelte sich um meine Beine und legte sich um meine Arme, und während es um mich herum dunkel wurde, stand ich plötzlich an einem Abgrund.

Vor mir befand sich ein Mädchen in einem Kleid aus wirbelnder Dunkelheit. Auf ihrem Kopf saß eine Krone aus Dornen und Schatten, die sich in ihre Haut bohrte. Sie blutete und es schimmerte nass im violettfarbenen Licht des Himmels über uns. Ihre Haare waren von einem weichen Braun, ihre Augen groß und verständnisvoll. Sie lächelte mich wissend an und streckte mir ihre Hand zum Gruß entgegen.

Sie trat einen Schritt zurück und schwebte nun über dem großen Abgrund. Ein Wind, den ich nicht spüren konnte, brachte die Schatten, die sie umhüllten, in Bewegung.

»Komm zu mir, Tory ... Lass dich von der Macht der Schatten ausfüllen.«

Ihre Stimme hallte voller Versprechen und Erwartungen durch die Luft, obwohl sich ihre Lippen nicht bewegten. Aber ich wusste, dass es ihre Stimme war – als würde ihr Geist direkt mit meinem kommunizieren. Sie war in der Lage, mir all jene Macht zu geben, die ich mir wünschte, und mich von den

Fesseln meines Fae-Lebens zu befreien.

»Du bist jetzt ganz allein. Aber die Schatten sind immer bei dir. Sie werden dir nicht wehtun, wenn du ihnen dein Herz schenkst ...«

Meine Lippen teilten sich, und meine Seele sehnte sich danach, Ja zu sagen.

Ich machte einen Schritt nach vorn und krümmte meine Zehen über den Klippenrand. Der Abgrund unter mir war unberechenbar, die Leere voller Schatten, Dunkelheit und einer rohen Kraft, die mit einem eigenen Puls zu schlagen schien.

Meine eigenen Schatten erhoben sich wie eine herannahende Flut in mir, eine intensive Lust durchströmte mich und mein Rücken krümmte sich.

Ich streckte die Hand aus und fing den Blick der Prinzessin der Schatten auf, die mir die Welt zu Füßen legte.

Meine Fingerspitzen berührten ihre und ich war kurz davor, zu springen, als Flammen unter meiner Haut aufloderten.

Die Schatten in mir wichen zurück, mein Phönix erhob sich und jeder Zentimeter meines Körpers brannte mit ihm. Aber es tat nicht weh, sondern weckte mich auf. Und durch die Flammen, die vor meinen Augen tanzten, veränderte sich das Gesicht des Mädchens, blätterte ab und enthüllte rasiermesserscharfe Zähne und Augen, die schwarz wie Pech waren.

Erschrocken keuchte ich auf und versuchte, ihr meine Hand zu entreißen.

»Rette mich!«, forderte sie eindringlich.

Ich schüttelte vehement den Kopf und keuchte, als erneut Flammen unter meiner Haut aufloderten.

Ihr Griff wurde fester, ihre Fingernägel wurden länger und schnitten in mein Handgelenk, als sie versuchte, mich über den Rand zu ziehen.

Ein Knurren entrang sich meiner Kehle, während ich weiterhin energisch den Kopf schüttelte.

»Nein!«, fauchte ich.

Das Feuer des Phönix flammte hell und stark auf, um mir zu helfen, und die Schattenprinzessin schrie auf, als es sie dort verbrannte, wo sie noch immer meinen Arm umklammerte.

Sie löste ihre Hand von mir und ein unglaublicher Schmerz flammte auf, als ihre Fingernägel über mein Handgelenk kratzten und Blut über meine Haut floss.

Ich stolperte rückwärts – vom Abgrund weg – und fiel zu Boden, aber anstatt auf hartem Stein zu landen, wurde ich von weichem Teppich begrüßt.

Keuchend schlug ich die Augen auf und mit panischem Herzklopfen betrachtete ich mein Zimmer auf dem Campus der Academy. Die Schatten waren verschwunden und ich lag schwer atmend da, während ich versuchte, mir einen Reim darauf zu machen, was zum Teufel gerade passiert war.

»Ich bin so einsam ...«

Ich schüttelte den Kopf, um die Stimme des Mädchens zu vertreiben. Ich konnte ihr nicht helfen. Ich wüsste nicht, wie. Und ich wollte mich bestimmt nicht zu ihr in die Schatten gesellen, um sie vor dem Alleinsein zu bewahren.

Meine Haut war schweißnass und meine Haare fühlten sich klebrig an. Zitternd und erschöpft stand ich auf, und kurzzeitig hatte ich Mühe, meine Magie in mir zu finden.

Als ich endlich das Aufflackern der Macht in meiner Brust entdeckte, stieß ich einen Seufzer der Erleichterung aus.

Das fahle Licht der Morgendämmerung drang durch mein Fenster und ich stand eine ganze Weile einfach nur da und betrachtete die aufgehende Sonne. Ein plötzlicher Schmerz in meinem Handgelenk brachte mich dazu, den Blick darauf zu senken.

Mein linkes Handgelenk war aufgeschlitzt und Blut floss in einem stetigen Strom aus den Wunden, malte rote Linien über meine Hand und meine Finger, bevor es auf den hellen Teppich unter mir tropfte.

Fluchend hob ich den Arm und ging ins Bad, wo ich schnell die Dusche anstellte.

Ich zog meinen Schlafanzug aus und trat unter die Dusche, um mein Handgelenk zu waschen, während ich versuchte, herauszufinden, wie eine Schattenmanifestation mir eine echte Wunde zugefügt haben könnte. Ich war der Annahme gewesen, dass das Schattenreich nur in meinem Kopf existierte, dass ich es sehen, aber nicht wirklich berühren konnte. Aber offensichtlich war das ein Irrtum gewesen.

Als ich endlich die Dusche abstellte, blutete mein Handgelenk noch immer. Ich betrachtete stirnrunzelnd die brennenden Wunden. Sie waren nicht tief, aber aus irgendeinem Grund heilten sie nicht schnell genug, um zu verhindern, dass Blut aus ihnen heraussickerte.

Ich verfluchte meine Dummheit, dass ich der Verlockung der Schatten erlegen war, und verband mein Handgelenk schnell mit einem Waschlappen, um den Blutfluss zu stoppen.

Ich zog meine Uniform an und suchte meine Schulbücher zusammen, bevor ich mir meine Kopfhörer schnappte und eine beliebige Playlist startete.

Im Gemeinschaftsraum holte ich mir eine Tasse Kaffee, bevor ich mir einen Stuhl neben dem lodernden Feuer an der Seite des Raumes suchte, um meine Energie vor dem Unterricht aufzufüllen.

Die Hitze der Flammen umhüllte mich, während ich dort saß, und mein Blick wurde unscharf, als ich darüber nachdachte, Darcy zu schreiben.

Ich hatte gestern Abend nichts mehr von ihr gehört und die Spannung zwischen uns war wie eine körperliche Wunde. Ich verstand nicht, was mit ihr los war, und ich konnte mir nicht erklären, warum sie nicht darüber reden wollte.

Ich hatte ihr noch nicht einmal von meinem Abend mit Darius erzählt – oder von der sehr realen Möglichkeit, dass ich meinen verdammten Verstand verloren hatte. Es erschien mir unmöglich, dass wir uns in dieser Lage befanden, und doch saß ich hier, allein, und verstand nicht, warum sie sich so verhielt. Oder warum sie nicht einmal auf die Nachrichten geantwortet hatte, die ich ihr gestern Abend geschickt hatte.

Ich biss auf meine Unterlippe, zog meinen Atlas aus der Tasche und stellte die Tasse Kaffee ab, die in meinen Händen kalt geworden war.

Seufzend öffnete ich meine Nachrichten-App.

Tory:
Das alles ist so ätzend. Können wir bitte einfach darüber reden?

Mein Handgelenk kribbelte schmerzhaft, als ich es bewegte, um meinen Atlas zu benutzen. Erschrocken stellte ich fest, dass mein provisorischer Verband blutdurchtränkt war.

Der Gemeinschaftsraum füllte sich langsam und ich sah auf, als ich spürte, dass mich jemand beobachtete.

Ich erstarrte, als ich feststellte, dass Darius' Blick fest auf mich gerichtet war. Argwöhnisch beäugte er das Blut, das sich durch den von mir angelegten Waschlappenverband fraß.

Ich hielt seinen Blick fest und mein Körper kribbelte bei der Erinnerung daran, wie ich mich an seiner Seite gefühlt hatte, nachdem ich endlich der Hitze zwischen uns nachgegeben hatte. Seitdem hatte ich ihn ein paar Mal gesehen, aber er hatte nicht mit mir gesprochen oder mich auch nur zur Kenntnis genommen. Ich hatte sogar den Eindruck, dass er das Interesse an mir verloren hatte, nachdem er bekommen hatte, was er wollte, und das war auch gut so. Solange er seine Folter nicht fortsetzte, hatte ich kein Problem mit der Situation – aber irgendwie bezweifelte ich das. Wie auch immer, ich hatte die Botschaft verstanden, und das laut und deutlich. Ich würde unseren einmaligen Moment des Wahnsinns einfach vergessen und hoffen, dass er es auch tat.

Darius machte einen Schritt auf mich zu und warf mir einen Blick zu, den ich nicht ganz zuordnen konnte. Aber aus Erfahrung musste ich damit rechnen, dass er vorhatte, mich zu belästigen. Ich stand auf, schnappte mir meine Tasche und verließ zielstrebig den Raum.

Ich konnte mich heute nicht mit ihm auseinandersetzen. Nicht, solange mein Herz wegen Darcy schmerzte und meine Haut von der Berührung der Schatten empfindlich war. Ich konnte nicht zulassen, dass er auf das einstach, was mir noch geblieben war.

Ich verließ Haus Ignis, trat in die kühle Luft und machte mich auf den Weg in Richtung Orb. Vielleicht war Geraldine ja bereits dort. Dann könnte ich sie bitten, meinen Arm zu heilen, aber als ich das Blut meine Finger hinuntertropfen spürte, fragte ich mich, ob das die beste Idee war. Wie sollte ich ihr das erklären? Ich wollte sie hinsichtlich der Schatten nicht mehr belügen als notwendig, und es schien nicht sehr wahrscheinlich, dass ich mir das irgendwie selbst angetan hatte.

Mitten auf dem Weg hielt ich inne und zog seufzend meinen Atlas aus der Tasche. Orion hatte mir seine persönliche Nummer gegeben, für den Fall, dass ich jemals Hilfe mit den Schatten bräuchte. Und obwohl ich sie noch nie benutzt hatte, war ich mir ziemlich sicher, dass jetzt ein guter Zeitpunkt war, sie in Anspruch zu nehmen.

Tory:
Ich habe ein kleines Problem, das ich mit dir besprechen muss.

Lance:
Ist etwas passiert? Was hast du gehört?

Ich runzelte verwirrt die Stirn. Was sollte ich denn gehört haben?

Tory:
Ich brauche deine Hilfe.

Meine Nachricht war lächerlich vage, aber vermutlich wäre es nicht die beste Idee, per SMS über die Schatten zu plaudern.

Lance:
Okay. Komm in fünf Minuten in mein Büro.

Ich zog meinen Blazer über mein Handgelenk, um das Blut so gut wie möglich zu verbergen, und ging weiter. Bald erreichte ich den Orb und die anderen Gebäude im Herzen des Campus und steuerte direkt auf die Jupiter Hall zu, wo ich die Treppe zu Orions Büro erklomm.

Die Tür stand offen und ich trat mit einem unangenehmen Kribbeln im Nacken ein.

Orion saß hinter seinem Schreibtisch, sein Hemd war nur halb zugeknöpft und seine sonst perfekt gestylten Haare waren zerzaust. Er stand auf, als ich eintrat, und wirkte Luftmagie gegen die Tür, um sie hinter mir zu schließen. Einen Moment später hüllte er uns in eine Stillekuppel und ich zog eine Augenbraue hoch, als er mich besorgt ansah.

»Scheiße, Alter, du hättest dich ruhig ordentlich anziehen können«, scherzte ich, aber er schien mich nicht einmal zu hören.

»Was ist passiert?«, fragte er. »Hat Seth etwas getan oder …«

»Seth? Was hat dieses Arschloch mit irgendetwas zu tun?«, fragte ich verwirrt.

Orion musterte mich angespannt, bevor sein Blick auf mein Handgelenk fiel.

»Was ist das?«, fragte er finster.

»Der Grund, warum ich hier bin«, sagte ich, schob meinen Ärmel zurück und zog den blutverschmierten Waschlappen von meinem Handgelenk. »Kannst du das heilen?«

»Du hast mich in aller Herrgottsfrühe herbestellt, damit ich dir bei einem *Kratzer* helfe?«, fragte er ungläubig.

»Es ist schon acht, Alter«, erklärte ich. »Wir haben in einer halben Stunde *Grundlagen der Magie* – ich bin also davon ausgegangen, dass du wach bist. Außerdem war ich mir nicht sicher, ob es schlau wäre, noch jemanden zu bitten, mir damit zu helfen.«

»Warum?«

Ich schürzte die Lippen und bereitete mich auf die Schimpftirade vor, die ich mit ziemlicher Sicherheit von ihm zu hören bekommen würde.

»Na ja, letzte Nacht habe ich wohl mehr oder weniger … *versehentlich* … den Schatten nachgegeben. Ein bisschen.«

»Du hast was?«, fragte Orion und seine Augen funkelten vor Sorge, nicht – wie erwartet – vor Wut.

»Ja. Ich bin sozusagen in ihnen versunken und dann war ich in diesem Schattenreich und dieses Mädchen war da – das, das ständig nach uns ruft. Sie hat versucht, mich zum Bleiben zu bewegen.« Ich hielt mein Handgelenk als

Beweis hoch und sein finsterer Blick intensivierte sich.

»Du bist so tief gefallen, dass sie in der Lage war, dir das anzutun?«, fragte er entsetzt.

Ich räusperte mich. »Ja. Aber ich habe es zurückgeschafft, oder nicht? Es ist also nichts passiert. Vielleicht kannst du die Wunde einfach heilen, damit wir weitermachen können, als wäre nichts passiert.«

»Weißt du, wie ernst die Sache ist, Tory?«, fragte er mich und machte einen Schritt auf mich zu; sein Blick war intensiv. »Wenn du wirklich so tief im Schattenreich warst, ist es ein Wunder, dass dich die Schatten nicht verschlungen haben. Vor allem, sobald du geblutet hast. Es ist ein Wunder, dass du es ohne Hilfe rausgeschafft hast.«

»Mein Phönix hat mich irgendwie … freigebrannt«, sagte ich leise und fühlte mich wie ein kleines Mädchen, das bei einem Fehltritt erwischt worden war.

»Dem Teufel sei Dank«, knurrte er. »Was zur Hölle hat dich so verzweifelt gestimmt, dass sie es geschafft haben, dich zu sich zu rufen, während du geschlafen hast?«

Ich erstarrte unter seinem eindringlichen Blick und presste meine Kiefer aufeinander.

»Kannst du mich heilen oder nicht?«, fragte ich und ignorierte seine Worte komplett.

Orion streckte die Hand nach meinem Handgelenk aus, aber hielt weiterhin meinen Blick fest. Ich schwieg und hob trotzig das Kinn.

Heilmagie umspülte meinen Arm und ich wartete darauf, dass sie den Schaden behob.

Orion stöhnte unbehaglich auf und sein Blick fiel auf meinen Arm.

»*Fuck*. Was auch immer diese Verletzung verursacht hat, trug die Macht der Finsternis tief in sich«, sagte er mürrisch.

»Was soll das heißen?«, fragte ich, als sich sein Griff um mich verstärkte und mein Blut zwischen seine Finger sickerte.

»Dass es verflucht schwer sein wird, das zu heilen. Und es wird auch verdammt viel Magie erfordern.«

Ich kaute auf meiner Unterlippe, während er daran arbeitete, die Wunde zu heilen. Schweißtropfen bildeten sich auf seiner Stirn, als er mehr und mehr Magie unter meine Haut presste.

Nach mehreren langen Minuten zog er seine Hand zurück und ich seufzte erleichtert auf, als ich feststellte, dass die Wunden geschlossen waren. Orion benutzte seine Wassermagie, um das Blut von mir zu entfernen, und ich stellte überrascht fest, dass rosafarbene Linien auf meiner Haut zurückgeblieben waren. Ich hatte noch nie erlebt, dass nicht alle Spuren einer Verletzung durch Heilmagie hatten beseitigt werden können.

»Das ist alles, was ich im Moment für dich tun kann«, sagte Orion und ließ sich auf die Schreibtischkante zurückfallen. »Ich habe keine Kraft mehr.«

»Die Wunde war so schwer zu heilen?«, fragte ich erstaunt. Orion war verdammt stark, weshalb es mich überraschte, dass es ihn so viel Kraft gekostet hatte.

»Mit den Schatten ist nicht zu spaßen, Tory«, grummelte er und ich straffte den Rücken, als die Wut, auf die ich gewartet hatte, zum Vorschein kam.

»Ja, das habe ich verstanden«, sagte ich und ging zur Tür.

»Ich bin mir nicht sicher, ob du das tust. Darcy hat mir erzählt, dass du allein mit ihnen geübt hast, obwohl du vor den Gefahren gewarnt wurdest.«

Ich öffnete schockiert den Mund. Sie hatte mich verraten. Sie wollte also nicht mit mir über das reden, was sie beschäftigte, aber sie verriet Orion meine Geheimnisse. Ernsthaft?

»Ich habe den Eindruck, dass ich sie brauchen werde, wenn ich verhindern will, dass mir dein Arschlochkumpel das Leben zur Hölle macht«, antwortete ich kühl.

»Du hast vor, sie gegen Darius einzusetzen?«, fragte er überrascht. Ein Anflug von Beschützerinstinkt schien ihn zu übermannen, als hätte ich gerade gedroht, seinen Drachenfreund zu töten.

»Wenn es sein muss«, antwortete ich.

»Du weißt, wie gefährlich die Schatten sind. Du solltest nicht mit ihnen herumspielen wie ein dummes kleines Mädchen.«

Wut durchströmte meinen Körper und ich warf ihm einen vernichtenden Blick zu, während ich zur Tür ging.

»Ich habe nicht darum gebeten, sie in mir zu tragen«, fauchte ich. »Aber wenn ich sie brauche, um mich vor diesem Arschloch zu verteidigen, dann werde ich sie benutzen.«

Orions Unterkiefer zuckte. »Darius hat mir erzählt, was gestern zwischen euch beiden passiert ist«, sagte er.

Meine Wangen brannten und ich ballte wütend die Fäuste. »Nett. Er tratscht also mit seinen kleinen Freunden über mich, ja? Ich bin mir sicher, dass er verdammt zufrieden mit sich ist, weil er von mir bekommen hat, was er wollte.«

»Das ist nicht wahr«, sagte Orion hastig. »Er redet mit niemandem so über dich. Er hat mir nur erzählt, dass ihr beide zusammen wart. Er musste mit jemandem darüber reden …«

»Spar dir deine Ausreden!«, schnauzte ich. »Ich will nichts davon hören, wie dumm ich war, zuzulassen, die neueste Kerbe in seinem Bettpfosten zu werden.«

»Glaubst du wirklich, dass du nur das für ihn bist?«, fragte Orion traurig und ich sträubte mich gegen die Andeutung, dass ich hier etwas übersehen haben könnte.

»Wann hätte ich denn einen anderen Eindruck bekommen sollen? Als er sich verwandelt hat und so schnell wie möglich weggeflogen ist? Oder als ich ihn gestern Abend beim Essen und im Gemeinschaftsraum gesehen habe und er kein einziges Wort mit mir gesprochen, geschweige denn mich angesehen hat? Warum sollte mich das überhaupt interessieren? Ich habe auch von ihm bekommen, was ich wollte, also können wir das Ganze jetzt einfach vergessen.«

»Tory …«, begann Orion, als die Glocke den Beginn des Unterrichts ankündigte.

»Ich komme zu spät«, sagte ich, griff nach der Türklinke und riss die Tür auf.

»Du hast deine erste Stunde bei mir, du wirst wohl kaum Ärger kriegen, weil du zu spät kommst«, erwiderte Orion schnippisch und schlug die Tür mit einem Schwung seiner Magie wieder zu.

Ich verschränkte die Arme vor der Brust und sah ihn mit zusammengekniffenen Augen an, während ich darauf wartete, herauszufinden, was zum Teufel er von mir wollte.

»Darius ist nicht perfekt, aber er ist ein *guter* Mann. Im Grunde seines Herzens handelt er immer zugunsten dessen, was er für richtig hält. Er mag starrköpfig und arrogant sein und sich die meiste Zeit selbst im Weg stehen, aber er agiert selten egoistisch. Du kannst dir gar nicht vorstellen, welche Opfer er gebracht hat, um seinen Vater aufzuhalten und Solaria vor den Nymphen zu schützen.«

»Hat dieses Plädoyer einen Sinn, denn ich bin mir ziemlich sicher, dass wir unsere großen und mächtigen Ratsmitglieder nicht wählen dürfen, also verstehe ich nicht, warum dich meine Meinung über ihn interessiert.«

»Ihr seid beide so stur«, murmelte Orion und rieb sein Gesicht. Er hatte dunkle Augenringe und als ich ihn genauer ansah, bemerkte ich, dass er dasselbe Hemd trug, das er gestern im Unterricht getragen hatte. Ich hatte seine Aufmachung seinem überstürzten Aufbruch zugeschrieben, aber jetzt, bei näherem Hinsehen, schien es, als hätte er überhaupt nicht geschlafen.

»Ist alles in Ordnung mit dir?«, fragte ich langsam und machte einen Schritt auf ihn zu.

Orion hob überrascht den Blick und musterte dann sein zerknittertes Hemd. »Nicht ganz«, gab er zu und sah mich prüfend an, bevor er weitersprach. »Deine Schwester hatte gestern selbst ein kleines Problem mit den Schatten. Sie hat versehentlich Polaris' Hand berührt und seine Verbindung zu den Schatten hat sie ebenfalls in den Abgrund gestürzt.«

»Was?« Ich schnappte nach Luft und machte einen weiteren Schritt auf ihn zu, während sich ein Kribbeln der Sorge unter meiner Haut ausbreitete.

»Es geht ihr gut. Allem Anschein nach ist sie nicht so tief gefallen wie du. Aber sie hat die Schattenprinzessin auch gesehen und … als ich Darcy gefolgt bin, um sie aus der Dunkelheit zu befreien …«

»Was?«, fragte ich forsch, und der Schimmer von Angst und Aufregung in seinem Blick ließ mich verzweifelt auf seine Antwort warten.

»Die Schattenprinzessin ist meine Schwester, Clara«, hauchte er und sein Blick war voller Hoffnung. »Und sie benötigt unsere Hilfe, um ins Reich der Fae zurückzukehren. Sie hat all die Jahre im Schattenreich verbracht. Die Tatsache, dass sie dir wehgetan hat, muss bedeuten, dass sie zutiefst korrumpiert ist. Aber sie kann sich davon erholen, sobald sie frei von den Schatten ist. Es wird Zeit in Anspruch nehmen, aber ich kann ihr helfen.«

Ich öffnete den Mund, um zu protestieren – die Erinnerung an ihre Fingernägel, die sich in meine Haut bohrten, drängte sich wieder in den Vordergrund meines Bewusstseins. Sie hatte versucht, mich mit in die Dunkelheit zu ziehen. Es war ihr Ziel gewesen, mich in den Schatten zu ertränken, und der Gedanke, sie zu befreien, ließ mir die Nackenhärchen zu Berge stehen. Aber was hätte ich sagen sollen? Wenn es meine Schwester wäre, die im Schattenreich festsäße, würde ich meine eigene Seele verkaufen, um sie zu befreien. Und vielleicht hatte meine eigene Angst die Art und Weise beeinflusst, wie ich das, was mir passiert war, wahrgenommen hatte. Sie hatte gesagt, dass sie einsam war. Vielleicht hatte sie gar nicht versucht, mich zu ertränken, sondern konnte es einfach nicht mehr ertragen, allein zu sein.

»Scheiße«, sagte ich leise, weil mir nicht einfiel, was ich sonst sagen sollte.

Orions Blick funkelte mit grimmiger Entschlossenheit – und wie könnte ich es ihm verdenken?

»Dann werden wir ihr helfen«, sagte ich bestimmt und verbannte meine eigenen Zweifel. Denn ich konnte mir den Schmerz über den Verlust einer Schwester nicht vorstellen. Und wenn es auch nur die geringste Chance gab, ihm zu helfen, sie zurückzuholen, dann würde ich es tun. Koste es, was es wolle.

Orion packte mich so schnell, dass mir ein überraschter Schrei entwich, während er mich in die eiserne Umarmung seiner Arme schloss. Mein Gehirn brauchte eine halbe Sekunde, um zu begreifen, dass er mich umarmte. Er war erleichtert. Er war sich offensichtlich nicht sicher gewesen, ob ich ihm bei dieser Sache helfen würde, aber mir schien es, als hätte ich keine andere Wahl.

Ich lachte halb, während ich die Umarmung erwiderte, und klopfte ihm dann unbeholfen auf die Schulter, als er nicht sofort losließ.

»Das ist irgendwie unangemessen, Kumpel«, scherzte ich, und er ließ mich lachend los.

»Tut mir leid«, sagte er belustigt. »Das wollen wir natürlich nicht. Obwohl ich glaube, dass das FIB etliche andere Dinge gegen mich untersuchen wollen würde, bevor das Umarmen einer Studentin auf ihrer Liste an erste Stelle rückt.«

»Wir sind mittlerweile wirklich spät dran – das weißt du, oder?«, fragte ich und schaute auf die Uhr hinter ihm.

»Ja, natürlich. Geh du schon mal runter und ich komme nach, sobald ich nicht mehr die Klamotten von gestern trage«, stimmte er zu.

Ich lachte und verließ den Raum, wobei ich meinen Ärmel nach unten zog, um die rosafarbenen Narben an meinem Handgelenk zu verbergen. Dann machte mich auf den Weg zu *Grundlagen der Magie*.

Die anderen Kursteilnehmer warteten bereits auf ihren Plätzen. Als ich eintrat, schauten alle in meine Richtung, vergewisserten sich, dass ich nicht Orion war, und wandten sich dann wieder ihren Gesprächen zu.

Darcy richtete sich auf ihrem Stuhl auf, als sie mich entdeckte, ihre Augen weiteten sich und ein Halblächeln umspielte ihre Mundwinkel. Ich erwiderte es etwas zögerlich und ließ mich auf den Stuhl neben ihr fallen.

»Hey«, sagte ich unbeholfen. Ich hatte noch nie einen unangenehmen Moment mit ihr erlebt.

»Hey«, erwiderte sie leise.

Stille breitete sich zwischen uns aus und ich runzelte die Stirn, bevor ich eine Stillekuppel erzeugte – ohne Rücksicht darauf, ob es unhöflich war, Diego und Sofia von unserem Gespräch auszuschließen. Wir mussten reden. Und zwar sofort.

»Hast du meine Nachrichten absichtlich ignoriert?«, fragte ich und versuchte, den scharfen Unterton zu unterlassen, aber sie zuckte zusammen, als hätte ich geschrien.

»Tut mir leid. Ich … Seth hat mir meinen Atlas weggenommen«, sagte Darcy, ohne eine weitere Erklärung abzugeben.

»Als du wieder mit ihm geschlafen hast? Oder als du einfach so Zeit mit ihm – deinem neuen besten Kumpel – verbracht hast?«, fragte ich gereizt.

Darcy schwieg verlegen und zuckte mit den Schultern.

Ich ließ das Schweigen andauern und wartete auf eine Erklärung von ihr, aber sie fummelte nur an ihrem Stift herum, als wäre er das Interessanteste auf der Welt.

»Wirst du mir jetzt sagen, was zur Hölle mit dir los ist?«, fragte ich, als ich es nicht mehr ertragen konnte.

Darcy sah mich mit Tränen in den Augen an und ich hatte das Gefühl, dass etwas ganz und gar nicht stimmte. Ich nahm ihre Hand.

»Du kannst mir *alles* sagen, Darcy«, versprach ich. »Ich würde dir auch zur Seite stehen, wenn du mir sagen würdest, dass du eine ganze Reihe von Leuten ermordet und eine Vorliebe für menschliche Herzen entwickelt hast. Bitte sag es mir einfach.«

Ihre Lippen teilten sich und sie holte tief Luft, bevor sie meinen Blick fixierte. Dann schüttelte sie langsam den Kopf.

»Es tut mir so leid, Tory«, flüsterte sie. »Aber ich kann es dir nicht sagen. Ich *kann* … einfach nicht.«

Ein fürchterlicher Schmerz durchzuckte mich, als sie meine Finger fester umklammerte, als wüsste sie, dass ich kurz davor war, mich von ihr abzuwenden. Aber was erwartete sie denn auch von mir? Dass ich einfach hier sitzen blieb und die Tatsache akzeptierte, dass mir die einzige Person, die mir in meinem Leben immer zur Seite gestanden hatte, nicht genug vertraute, um mir zu sagen, was los war?

»Ich hatte noch nie Geheimnisse vor dir«, sagte ich leise. Tränen brannten in meinen Augen und meine Worte waren voller Schmerz. »Du kennst jede dunkle und hässliche Seite von mir, und ich habe dir nie etwas verheimlicht. Aber wenn du das Gefühl hast, dass du mir nicht vertrauen kannst – schön. Dann ist es eben so.«

Darcy starrte mich entsetzt an. Tränen liefen über ihre Wangen, aber sie sagte immer noch kein Wort.

Ich stand so plötzlich auf, dass mein Stuhl nach hinten fiel und mit einem lauten Klirren auf dem Boden aufschlug, was mir die Aufmerksamkeit unserer Kommilitonen einbrachte. Ich ließ die Stillekuppel, die ich um uns herum errichtet hatte, platzen und ignorierte die Blicke, die ich von allen erntete, als ich mit entschlossenen Schritten durch den großen Raum ging. Vor Tyler

Corbins Tisch in der ersten Reihe kam ich zum Stehen.

»Tausche den Platz mit mir!«, forderte ich, und etwas an meinem Tonfall oder dem Blick in meinen Augen brachte ihn dazu, zuzustimmen, ohne auch nur einen Scherz zu wagen.

Er packte seine Sachen zusammen und begab sich in die Mitte des Raumes, während ich mich auf seinen Stuhl fallen ließ – meine Haut glühte förmlich und mein Herz zerriss vor Schmerz.

Schließlich erschien auch Orion – in frischen Klamotten – und zog die Stirn in Falten, als er die neue Sitzordnung bemerkte. Aber ich ignorierte seinen prüfenden Blick und schaute auf meinen Atlas, obwohl der Bildschirm leer war.

Nach einer kurzen Pause begann er mit dem Unterricht, aber ich konnte ihn nicht hören, weil es in meinen Ohren klingelte.

Die Schatten bewegten sich unter meiner Haut, hungrig nach den Qualen, die ich fühlte, und ich ließ mich in ihre Umarmung sinken, gerade genug, um den Schmerz zu betäuben.

Die Dunkelheit rief mich mit der Verheißung des Vergessens zu sich – und zum ersten Mal war ich wirklich versucht, ihrem Ruf nachzugeben.

Scorpio
Virgo
Gemini
Cancer
Leo
Taurus
Sagittarius
Capricorn
Aquarius
Libra
Pisces

CALEB

KAPITEL 31

Ich lehnte mich auf dem Sofa im King's Hollow zurück und scrollte durch den FaeBook-Feed auf meinem Atlas. Ein Beitrag stach mir ins Auge und ich wurde regelrecht davon angezogen.

Tyler Corbin:
Arghhhhh! Ich will das nicht teilen, aber ich muss es tun.
Ich war auf den Weg zum Lunar-Lounge-Freizeitzentrum, um ein bisschen Zeit im Dampfbad zu verbringen – mein Arsch bringt mich um, seit ich mir im Sport eine Gesäßmuskelzerrung zugezogen habe. Ich wollte keine x-beliebige Hand auf meiner Arschbacke haben, um sie zu heilen #esgibtnureinefaefürmich. Im Dampfbad war außer mir niemand, was habe ich also gemacht? Genau, ich bin nackt reingegangen. Ich lasse die Hüllen fallen – #pferdeschwanz – und gehe rein, um mir so richtig einzuheizen. Und es ist verdammt heiß da drin. Und dampfig. Ich konnte nicht einmal meine eigene Hand vor Augen sehen. Ich gehe zu den Sitzbänken, blind wie eine Fledermaus, drehe mich um und setze mich ... auf einen dampfenden, verdammt warmen SCHOSS! Ich springe auf, als hätte ich Feuer unterm Hintern – #tatsächlichwarseinschwanz –, aber meine Gesäßmuskeln geben nach und ich klatsche direkt noch mal drauf.
In diesem Moment spüre ich – #nichtseinenschwanz, aber auch

#nichtnichtseinenschwanz –seine SIRENENKRAFT. Dieser Typ ist ein Sirenen-Arschloch, das sich an mir laben will!

Also strample ich wie ein gestrandeter Delfin und brabble etwas von einer Gesäßmuskelzerrung als Erklärung für den Double-Dip. Er hilft mir auf – den Sternen sei Dank – und dann knallt seine Hand – #seineverdammtehand – auf meinen Hintern und heilt meinen Muskelschmerz weg.

Ich drehe mich um. Der Nebel verzieht sich. Ich sehe ihn, er sieht mich. #wirsindsplitterfasernackt

Und dann sterbe ich. Ich meine, ich sterbe wirklich. Denn es ist ein Lehrer – ein verdammter Lehrer! #RATETMALWER!?!?!?

Kommentare
Marsha Walker:
Bei den Sternen, Tyler!!! War es Washer??????????? Hat er ihn reingeschoben??

Tyler Corbin:
Um des Mondes willen! Natürlich hat er das nicht!!!

Danni Bargain:
Neeeeeeeeeeeeeeeeeeein! #waschdirdenwashervomleib

Liam Harbour:
Ich habe gerade erst mal 'ne Runde gekotzt! #RIPkirschmuffin

Sofia Cygnus:
Baby, nein!

Brian Washer:
Aber, aber, Corbin, ich verstehe nicht, was die ganze Aufregung soll. Wir sind doch lediglich zwei Erwachsene, denen ein kleines Missgeschick passiert ist. Das muss Ihnen nicht peinlich sein. Wie fühlt sich Ihr Gesäß jetzt an? Schön weich und geschmeidig?

Missie Green:
Bist du sicher, dass es nicht Caleb war, der Lust auf eine Runde Horsey Style hatte?

Andy Brandy:
#hätteschlimmerseinkönnen #hansdampfinallengassen
#pingeligerpimmel #brainwasher #dasstrebendesbrian

Was zur Hölle ...? Ich war halb amüsiert, halb traumatisiert – im Namen Corbins – und halb sauer über die Horsey-Style-Bemerkung.

Ich warf einen Blick auf Seth, der neben mir lümmelte und sich eine Dokumentation über wilde Elche ansah. Als die Herde beim Anblick eines Wolfes die Flucht ergriff, sabberte er fast. Ich versuchte, ihm den Beitrag zu zeigen, aber er schien in einer Art Trance zu sein.

Darius saß in dem Sessel zu meiner Rechten, sein Unterkiefer zuckte und sein Blick war in die Leere gerichtet, während er an seinem fünften – nein, *sechsten* – Bier nippte und über das nachdachte, was auch immer ihn gerade beschäftigte.

Er war verdammt sauer, seit Tory sein Motorrad zu Schrott gefahren hatte, und obwohl er uns gesagt hatte, dass er sie gefunden und sich darum gekümmert hatte, wussten wir noch immer nicht, wie. Und es schien, als hätte das, was auch immer zwischen den beiden vorgefallen war, seine Laune nur noch verschlimmert. Ich hatte ihn schon viermal gefragt, ob es ihm gut ging, und ich war mir ziemlich sicher, dass er mir eine runterhauen würde, sollte ich noch mal fragen. Also ließ ich es bleiben. Genau wie Seth – abgesehen von dem gelegentlichen Wimmern, das er in Richtung Darius von sich gab. Es hatte aber keinen Sinn, ihn zu drängen, wenn er so war. Außerdem hatte er Max seit jenem Tag wieder aus seinem Kopf verbannt, sodass nicht einmal er mitbekommen konnte, worum es ging.

Max war im Moment sowieso nicht hier. Er war auf der Jagd nach Geraldine Grus. Nicht, dass er das zugeben würde. Aber er hatte sich in letzter Zeit eine Menge neuer Gewohnheiten angeeignet, die ihn so oft wie möglich in ihre Nähe brachten.

Ich schaute mir die aktuellen Storys mit gerade so viel Interesse an, um bestätigen zu können, dass die Gerüchte, die die Vegas in die Welt gesetzt hatten, endgültig gestorben waren. Es wurde nichts mehr von Pegasus-Fetischen, Greifenkacke-Duschen oder verlausten Alphas berichtet.

Die einzigen Gerüchte, die derzeit die Runde machten, handelten von Darcy Vega, die mit Raben sprach, die niemand sehen konnte, und Tory Vega, die bereits die halbe Academy gevögelt hatte.

Wir hatten gewonnen.

Und das hätte sich verdammt gut anfühlen müssen.

Aber jedes Mal, wenn ich sah, wie Tory allein im Orb beim Essen saß und Darcy eine halbe Sekunde davon entfernt zu sein schien, loszuheulen, fühlte ich mich nicht besonders siegreich … Ich fühlte mich einfach nur beschissen.

Ich seufzte und hob meine Hand, um meinen Atlas auszuschalten, als eine Nachrichtenmeldung aufblinkte.

Brandaktuell: Die Vega-Zwillinge geben ihre ersten offiziellen Interviews …

Ich hob überrascht die Augenbrauen; die Zwillinge hatten bisher nicht das geringste Interesse gezeigt, mit der Presse zu sprechen. Warum sollten sie sich plötzlich dazu entschließen, sich zu äußern, während die Medien voll von hasserfüllten Geschichten über sie waren? Ein unangenehmes Kribbeln überzog meine Haut. Wenn sie sich dazu entschlossen hatten, eine Racheaktion zu starten und eine Story zu veröffentlichen, in der sie uns beleidigten und ihre Unschuld beteuerten, würden sie bald herausfinden, wie gut so etwas ankam. Dementis waren nicht beliebt, erst recht nicht, wenn man so dumm war, jemand anderem die Schuld für seine Probleme zu geben. Aber sie hatten keine Erfahrung mit der Presse und keine PR-Leute, die ihnen bei solchen Dingen helfen konnten. Es würde mich also nicht überraschen.

Es war mein voller Ernst gewesen, als ich Tory von der Wichtigkeit ihres Rufes erzählt hatte. Und obwohl ich wusste, dass wir sie mit unserem Plan endgültig aus dem Weg räumen würden, fühlte ich mich doch ein bisschen beschissen dabei. Diese Labels würden nun für immer an ihnen haften bleiben. Erst recht, wenn sie dumm genug gewesen waren, darauf zu reagieren.

Ich wappnete mich für das, was mich erwartete, bevor ich auf den Link klickte. Mein Mund blieb vor Schreck offen stehen, als ich den Artikel vor mir sah.

Die Wahrheit über uns – ein Interview mit unseren verlorenen Prinzessinnen …

Der Titel wurde von zwei Bildern begleitet, die eindeutig bei professionellen Shootings aufgenommen worden waren. Darcy stand auf einer Waldlichtung im Mondschein. Sie war gekleidet wie eine ätherische Göttin und streckte den Arm aus, um den gefiederten Kopf eines Raben zu streicheln, der in den Ästen über ihr saß. Ein weiterer der riesigen schwarzen Vögel saß auf ihrer Schulter und auch in den anderen Bäumen wimmelte es nur so von ihnen. Sie sah nicht verrückt aus, sondern wunderschön und freundlich. Ein wissendes Lächeln umspielte ihre Lippen und ein Schimmer von Ehrlichkeit lag in ihren Augen.

Das zweite Foto zeigte Tory, die auf der Kante eines riesigen Bettes saß, hinter ihr eine Gruppe von acht muskulösen Jungs in Boxershorts. Sie trug einen seidenen, silbernen Morgenmantel, der ein Stück weit geöffnet war und den Saum ihres schwarzen BHs freigab. Ihre bronzefarbenen Beine waren gekreuzt, aber so positioniert, dass jeder Zentimeter perfekt zur Geltung kam. Ihr perfekt geschminktes Gesicht wirkte fast puppenhaft und sie richtete ihre großen grünen Augen direkt in die Kamera. Ihre roten Lippen waren auf eine Art und Weise geteilt, die von Sex zeugte. Die Stylisten hatten ihre brünetten Haare gelockt und über ihre Schultern drapiert. Der perfekte Sexture-Style. Und sofort dachte ich daran, wie sich ihre Haut auf meiner angefühlt hatte.

Ich stöhnte auf, als mir klar wurde, was das war. Sie waren nicht so dumm gewesen, sich gegen diese Gerüchte zu wehren. Sie hatten jemanden gefunden, der sie für sie verdrehte.

Nach einer kurzen Einleitung setzte der Artikel bei Darcy an. Weitere beeindruckende Fotos von ihr im Wald, umgeben von Raben, ergänzten die Story über ihre Arbeit in Tierheimen und ihre besondere Vorliebe für die Rehabilitation verletzter Vögel. Der Bericht enthielt sogar Witze darüber, dass sie manchmal in ihren Träumen mit ihnen sprach oder auch dann, wenn sie betrunken war. Weil sie eben immer versuchte, sich etwas einfallen zu lassen, um ihnen zu helfen.

Das klang verdammt plausibel – und plötzlich wirkte sie wie eine verdammte Heilige.

Ich presste die Kiefer aufeinander, als ich zur zweiten Hälfte des Artikels scrollte. Ja, Tory war auf dem ersten Foto schon echt heiß gewesen. Aber ich hatte nicht mit der Orgie gerechnet, die sich auf den restlichen Fotos abspielte.

Ein Unterwäsche-Foto nach dem anderen füllte den Bildschirm. Manche zeigten sie bei einer Kissenschlacht mit den männlichen Models auf dem riesigen Bett, auf anderen lag sie in ihrer Mitte, während die Typen ihre perfekte Haut streichelten.

Es sah weder schmutzig noch verdorben aus, sondern verdammt heiß. Und ich wünschte mir, einer der Jungs in diesem Bett zu sein. Eines der Fotos zeigte sie allein mit einem sehr attraktiven Model, das sie mit dem Rücken gegen eine Wand drückte. Ihr Morgenmantel rutschte von ihren Schultern und ihre Augen schrien *Küss mich*, während er ihr Kinn streichelte.

Mein Magen verkrampfte sich auf unangenehme Weise, und Eifersucht nagte an mir, während ich zum tausendsten Mal darüber nachdachte, sie anzurufen oder ihr eine Nachricht zu schicken, um herauszufinden, wie ich alles zwischen uns so spektakulär vermasselt hatte.

In ihrem Teil der Story ging es um das Leben mit einer Sexsucht. Sie erzählte sogar eine rührselige Geschichte über ihre Kindheit in der Welt der Sterblichen. Angeblich hatte sie sich immer nach Liebe und Schutz gesehnt und war stets auf der Suche nach ihrem wahren Gefährten gewesen – in der Hoffnung, sich zu verlieben. Sie hatte Geld an verschiedene Wohltätigkeitsorganisationen für psychische Gesundheit und Suchterkrankungen gespendet und hoffte inständig, dass niemand zu hart über sie urteilte. Der Artikel endete mit einem Zitat von ihr: *»Ich will einfach nur geliebt werden.«*

Ich biss auf meine Unterlippe, bevor ich auf die Kommentare klickte, weil ich genau wusste, was mich dort erwartete. Aber ich musste meine Vermutung bestätigen.

Laura Frost:
Ich liebe die Vega-Zwillinge!!!

Vikki Wilson:
Ich wünschte, ich hätte einen Raben als besten Freund!

Gemma Vincent:
Ein Blick auf Tory Vega und ich bin mir ziemlich sicher, dass ich auch sexsüchtig bin ...

Cammie Bygone:
Ich kann es kaum erwarten, dass ihr beide den Thron zurückerobert! Ihr seid so authentisch und glaubwürdig!!!

Stephanie Gomez:
Ich werde mir die Haare blau färben, genau wie Darcy!!

Ich stöhnte, lehnte den Kopf zurück und ließ meinen Atlas sinken.

»Was ist los?«, fragte Seth, der seinen Blick vom Fernseher abgewandt hatte, um mich anzusehen.

Ich biss mir auf die Zunge und schaute zwischen ihm und Darius hin und her, der sich nun ebenfalls in meine Richtung drehte.

»Die Vegas ...«, sagte ich langsam, denn ich wusste, dass das einen weiteren Shitstorm auslösen würde.

»Was ist mit ihnen?«, knurrte Darius.

»Nun … sie haben die Geschichten, die wir über sie verbreitet haben, ein wenig verdreht. Und ich bin mir ziemlich sicher, dass ihr Ruf stärker denn je ist …«

»Was?«, rief Seth und riss endlich seine ganze Aufmerksamkeit vom Fernseher los, um mir meinen Atlas zu entreißen und den Artikel zu überfliegen. *»Nein«*, keuchte er und sah dabei so aus, als hätte ihm gerade jemand in seinen Faeserati geschissen. »Wen haben die denn da in ihrem PR-Team?«

»Was ist los?«, fragte Darius und griff nach meinem Atlas, aber Seth gab ihn nicht her.

Darius knurrte gereizt, stand auf und stapfte hinter die Couch, um Seth über die Schulter zu schauen.

»Was zum Teufel hat sie da an?«, schrie er, entriss Seth den Atlas und scrollte so gewalttätig durch die Fotos, dass er Gefahr zu laufen schien, das verdammte Ding zu zerbrechen. »Jeder Fae in Solaria wird das sehen! Jeder von ihnen wird Fotos von ihr in ihrer verdammten Unterwäsche haben!«

»Die Fotos, die wir veröffentlicht haben, zeigen sie auch in Unterwäsche«, sagte ich mit einem vagen Achselzucken, denn die Tatsache, dass Tory ihren Körper der Öffentlichkeit preisgegeben hatte, schien mir nicht das wichtigste Problem zu sein.

»Das war etwas anderes«, knurrte Darius. »Unsere Fotos waren verpixelt und dunkel, aus der Ferne aufgenommen. Und ich habe versucht, Seth davon abzuhalten, sie an die Presse zu schicken.«

»Ach ja?«, fragte ich überrascht. Er schien mit dem Plan einverstanden gewesen zu sein, als ich versucht hatte, dagegen zu protestieren. Der Gedanke, dass er in letzter Minute einen Rückzieher hatte machen wollen, machte mich irgendwie wütend. Die ganze Sache zwischen Tory und mir war nach jenem Abend in die Brüche gegangen. Hätte er seinen Mund früher aufgemacht, wäre das vielleicht nicht passiert.

»Und wer zum Teufel ist das?«, zischte Darius, während er auf das Model zeigte, das keine dreißig Sekunden davon entfernt zu sein schien, Tory zu küssen … oder zu vögeln … Und wenn ich dem Artikel Glauben schenken sollte, dann hatten sie vielleicht genau das getan.

»Das ist doch scheißegal!«, brüllte Seth. »Das ist irgendein Arschloch mit geringer Magie, das nur damit Geld verdienen kann, dass er heiß ist. Das ist aktuell unser kleinstes Problem. Siehst du nicht, was sie getan haben? Sie haben die Geschichte so gedreht, dass sich niemand mehr für den Mist interessiert, den wir über sie verbreitet haben. Anstatt ihren Ruf zu ruinieren, haben sie Darcy wie eine verdammte Heilige mit Tierschutztendenzen und Tory wie eine …«

»Ich rufe meine Anwälte an und lasse sie jedes verdammte Foto von ihr in dieser Aufmachung aus dem Internet entfernen«, brummte Darius.

»Sie hat eindeutig an dem Shooting teilgenommen und damit der Verwendung der Fotos zugestimmt«, erwiderte ich mit skeptischem Blick. »Die werden die Fotos auf keinen Fall runternehmen, es sei denn, sie zieht ihre Erlaubnis zurück.«

»Dann werde ich sie finden und dafür sorgen, dass sie sie zurücknimmt«, knurrte Darius, entledigte sich seines Shirts und stürmte zum Fenster.

»Warte!«, rief Seth ihm nach und stand ebenfalls auf. »Wir sollten zusammen gehen. Ich möchte herausfinden, wer ihnen dabei hilft. Diese Gerüchte hätten sie eigentlich für immer ruinieren müssen, aber sie haben es irgendwie geschafft, sie mit einem einzigen verdammten Interview zu unwichtigen Themen zu verdrehen.«

»Na schön«, zischte Darius. »Sie war vorhin im Ignis-Gemeinschaftsraum. Wahrscheinlich ist sie immer noch dort.« Er streifte seine Hose ab und sprang aus dem Fenster, ohne ein weiteres Wort zu sagen.

»Komm!«, sagte ich zu Seth und machte mich auf den Weg zum Ausgang.

Wir liefen die Treppe hinunter und kamen gerade nach draußen, als Darius in seiner Drachengestalt über uns abhob. Wir sahen zu, wie er über die Baumkronen hinwegflog, und Seth knurrte: »Ich hätte daran denken sollen, Darcy zu verbieten, so einen Scheiß zu machen«, sagte er verbittert.

»Wirst du uns sagen, was du gegen sie in der Hand hast?«, fragte ich zum hundertsten Mal, aber seine einzige Antwort war ein süffisantes Grinsen.

»Irgendwann. Aber ich habe zu viel Spaß daran, sie damit zu erpressen, um es jetzt schon preiszugeben.«

Ich verdrehte die Augen, packte ihn am Arm und hievte ihn über meine Schulter. Ich schoss durch den Wald und durchs Feuer-Territorium, bis wir Haus Ignis erreicht hatten. Darius steuerte gerade auf sein Zimmer zu. Ich stellte Seth ab und er fuhr grinsend mit der Hand durch seine langen Haare, um sie nach unserem Lauf zu bändigen.

Ich schickte einen Feuerball auf den Eingang des Hauses, um gemeinsam mit Seth einzutreten und die Treppe Richtung Gemeinschaftsraum zu nehmen.

Tory saß allein an einem Kamin in der Ecke und wir stürmten sofort auf sie zu.

Wir blieben vor ihr stehen, aber sie sah nicht einmal zu uns auf, sondern blätterte gemächlich in dem schweren Buch auf ihrem Schoß.

»Warum bist du ganz allein, Tory?«, spöttelte Seth. »Immer noch Funkstille zwischen dir und Darcy?«

Sie schaute immer noch nicht auf, sondern hob einen Finger, um uns dazu zu bringen, zu warten.

Seth knurrte, aber ich ließ mich zu einem Lächeln hinreißen. Ich wusste nicht, wie sie es schaffte, den Ist-mir-latte-Look so verdammt gut aussehen zu lassen, aber es schien ihr mühelos zu gelingen.

»Wir wollen mit dir reden, Sweetheart«, sagte ich und streckte die Hand aus, um ihr das Buch vom Schoß zu ziehen.

Sie seufzte gereizt, schloss das Buch um meine Finger und brachte mich dazu, meine Hand zurückzuziehen.

»Ich habe zu tun«, sagte sie und hob langsam den Blick. Es schien, als hätte sie absolut kein Interesse daran, uns auch nur zur Kenntnis zu nehmen.

»Wir wollen mit dir über das Interview sprechen, das ihr für den *Daily Solaria* gegeben habt«, sagte Seth.

»Ihr wollt also ein Autogramm?«, fragte sie beiläufig.

»Wir wollen wissen, wer eure PR macht«, schnauzte Seth.

Tory gähnte herzhaft, streckte die Arme aus, antwortete aber nicht.

Bevor einer von uns etwas hinzufügen konnte, stolperte Darius in Jogginghose in den Raum und gesellte sich zu uns.

»Oh, seht mal, es regnet Arschlöcher«, sagte Tory mit gelangweilter Stimme.

»Wir haben es kapiert, ihr habt die Geschichte gedreht«, sagte Darius mit rauer Stimme. »Jetzt ruf den *Daily Solaria* an und sag ihnen, dass sie die Fotos runternehmen sollen!«

»Warum?«, fragte Tory, die ihn mit kühlem Blick musterte.

Darius knirschte mit den Zähnen und verschränkte die Arme. »Du musst keine halb nackten Fotos von dir in Umlauf bringen. Die Story funktioniert auch ohne.«

»Sagt der Mann, der ein Bild von mir in meiner Unterwäsche veröffentlicht hat, ohne mich zu fragen?«

»Wenn du jemandem die Schuld dafür geben willst, dann mir«, sagte Seth und schenkte ihr ein wölfisches Grinsen.

»Wie auch immer.« Sie zuckte abweisend mit den Schultern. »Es ist mein Körper, ich kann damit machen, was ich will. Welchen Grund könntest du haben, hierherzukommen und mich zu bitten, das zu unterlassen?«

Ich warf Darius einen prüfenden Blick zu, weil ich mich irgendwie das Gleiche fragte. Er benahm sich wie ein überfürsorglicher Freund, und ich verstand, dass Drachen besitzergreifend waren und so, aber es gab kein Sonnensystem, in dem er Anspruch auf Tory Vega erheben konnte.

»Sag uns, wen ihr angeheuert habt!«, wiederholte Seth, um Darius die Notwendigkeit einer Antwort zu ersparen, die er offensichtlich nicht hatte.

»Niemanden«, antwortete sie und rollte mit den Augen. »Wir haben lediglich ein Interview über die Richtigkeit dieser Gerüchte gegeben. Wenn ihr drei also nicht hier seid, um mir einen Vierer anzubieten und mir bei meiner Sexsucht zu helfen, könnt ihr euch verpissen.«

»Du hast keine verdammte Sexsucht«, knurrte Darius.

»Nein?«, fragte sie unschuldig. »Warum sollte ich es sonst mit so vielen Platzverschwendern treiben?« Ihr Blick huschte kurz von ihm zu mir und ich straffte meinen Rücken. Ich hatte nicht mehr wirklich mit ihr gesprochen, seit wir unsere kleine Affäre beendet hatten, aber ich hatte mir immer wieder ausgemalt, wie ich sie umstimmen könnte. Der Blick in ihren Augen machte mir klar, wie weit ich damit kommen würde, wenn ich in nächster Zeit versuchen sollte, mit ihr zu reden.

Zu meiner Überraschung hatte auch Darius keine Antwort für sie und knurrte sie lediglich erneut an.

»Du hältst dich für verdammt schlau, was?«, fragte Seth und machte einen Schritt auf sie zu. Sie stand auf und starrte uns drei an, als wäre es ihr scheißegal, dass wir alle so vor ihr standen.

»Ja, das tue ich«, antwortete sie.

»Jetzt weiß jeder, dass du eine Hure bist und deine Schwester nur Freunde hat, die keine Widerworte geben können.«

Torys Blick verdunkelte sich so schnell, dass es einen Moment lang fast so aussah, als würden echte Schatten ihre Sicht verschleiern.

»Fick dich!«, knurrte sie und zeigte mit dem Finger auf Seth, bevor sie auf mich zielte. »Und fick dich!« Sie drehte sich um und zeigte zuletzt auf Darius. »Und fick *dich* in den Arsch mit einem rostigen Löffel!«

Sie rempelte Darius und mich an, als sie an uns vorbeiging, bevor sie in Richtung ihres Zimmers verschwand.

Ich sah ihr stirnrunzelnd nach, und als sie außer Sichtweite war, entfernte sich auch Darius.

»Ich fliege«, rief er uns zu, ohne sich zu verabschieden.

Ich seufzte und wünschte, wir hätten diesen blöden Plan nie durchgezogen. Er hatte nicht einmal funktioniert. Dieser ganze Hass zwischen den Vegas und uns brachte mich ganz durcheinander.

»Verdammt noch mal«, murmelte ich und ließ mich auf den Stuhl fallen, den Tory gerade frei gemacht hatte.

»Was ist los?«, fragte Seth, nachdem er sich mir gegenübergesetzt hatte.

»Es war alles umsonst, nicht wahr? Ich habe meine Beziehung mit Tory ohne guten Grund versaut.«

»Ist sie wirklich so gut im Bett?«, stichelte Seth. Ich grinste ihn wissend an und er beugte sich vor, um eine Stillekuppel zu wirken. »Willst du mir davon erzählen?«

Ich stöhnte, lehnte mich zurück und fuhr mit den Händen durch meine Haare. »Ich weiß nicht einmal, ob ich es in Worte fassen kann«, sagte ich. »Aber es war die Kombination aus der Jagd, ihrem Blut und ihrem Körper …«

»Eine Jagd kann ich dir auch bieten, wenn es das ist, wonach du dich sehnst«, meinte Seth.

Ich schaute überrascht zu ihm auf. »Du willst dich von mir jagen lassen?«

»Aber ich warne dich: Wenn du mich beißen willst, musst du mich überwältigen«, sagte er.

»Meinst du das ernst?«

»Warum nicht? Werde ich auch flachgelegt, wenn du mich erwischst? So wie Tory?« Seths Lächeln wurde breiter und ich war mir nicht ganz sicher, ob das ein Scherz gewesen war oder nicht, aber ich lachte trotzdem.

»Ich weiß nicht, Mann. Ihr Blut ist anders als alles, was ich je gekostet habe. Und die Art und Weise, wie ich mich fühle, wenn ich sie erwische … Ich bin mir nicht sicher, ob es mit jemand anderem wirklich das Gleiche wäre …«

Seth verdrehte die Augen. »Scheiß drauf! Du stehst genauso auf die Jagd wie auf das Mädchen. Außerdem musst du bei mir nicht vorsichtig sein, ich mag es grob.«

Mein Lächeln wurde noch breiter und meine Reißzähne kribbelten in Erwartung. Ich beugte mich vor, ließ meinen Blick über seinen Hals gleiten und registrierte, wie sein Puls gegen seine Haut hämmerte. Ich war tatsächlich ziemlich ausgepowert, aber ich hatte nicht mehr von Tory getrunken, obwohl sie immer noch meine Quelle war. Diesen Anspruch wollte ich auch nicht aufgeben, aber ich wusste genau, dass sie sich gegenwärtig nicht von mir jagen lassen würde. Und sie einfach mitten im Orb zu packen und ihr Blut mit Gewalt zu nehmen, gefiel mir irgendwie nicht. Ich schluckte schwer, als ich an eine Jagd mit einer Beute dachte, die wirklich vor mir weglaufen konnte, und nickte.

»Also gut«, stimmte ich zu. »Wenn du dir sicher bist?«

»Ich habe heute Abend nichts anderes vor«, antwortete Seth achselzuckend, als wäre es keine große Sache, einen Freund darum zu bitten, einen zu jagen und zu beißen. »Willst du mir deine kleinen Regeln verraten?«

»Normalerweise gebe ich ihr fünfzehn Minuten Zeit, um wegzulaufen, und ich darf meine Geschwindigkeit nicht nutzen, um sie einzuholen«, antwortete ich. »Wenn ich sie nicht finde, bevor die Zeit abläuft, darf ich sie nicht beißen.«

»Pff. Neue Regeln. Du gibst mir zwei Minuten Vorsprung und setzt deine Fähigkeiten ein, wann immer du willst. Wenn du mich fängst, musst du mich überwältigen, um mich zu beißen.« Er stand auf und zog sein Shirt aus. »Irgendwelche Einwände?«

»Nein«, sagte ich und schüttelte den Kopf, während ich ihm dabei zusah, wie er seinen Gürtel löste.

Grinsend zog er sich seine Schuhe aus und mein Blut erhitzte sich bei der Aussicht auf eine Jagd.

»Bist du sicher, dass du nicht willst, dass das hier mit Sex endet?«, stichelte Seth, während ich ihn weiter beobachtete.

Für einen Moment erinnerte ich mich an unseren Kuss im vergangenen Jahr bei den Schwelenden Quellen. Wir waren beide sturzbetrunken gewesen und hatten einen Dreier mit einem Mädchen aus seinem Rudel begonnen, aber aus irgendeinem Grund war sie abgehauen. Plötzlich hatte er seinen Mund auf meinen gedrückt und ich ihn näher an mich herangezogen und … Ich räusperte mich, um die Erinnerung zu verdrängen, und ließ meinen Blick über seine muskulöse Brust gleiten, um ihm in die Augen zu schauen.

»Na ja, ich habe eine Schwäche für Brünette«, meinte ich lachend.

Seth lächelte breit, als er seine Hose fallen ließ. »Fang mich, wenn du kannst!« Plötzlich verwandelte er sich, seine Fae-Gestalt wich seinem riesigen weißen Wolf und veranlasste einige der anderen Leute im Gemeinschaftsraum zu einem überraschten Aufschrei.

Er drehte sich um und rannte aus dem Raum. Ich stand auf, ging zum Fenster und wartete, dass er sich zeigte.

Er rannte quer durch das Feuer-Territorium nach Nordosten in Richtung der Grasebenen des Luft-Territoriums und ich grinste, als ich ihn in vollem Tempo davonpreschen sah.

Die zwei Minuten schienen sich endlos hinzuziehen und mein Körper füllte sich mit erwartungsvoller Energie, während ich darauf wartete, ihn zu verfolgen. Meine Reißzähne kribbelten und meine Gier nach Blut stieg so stark an, dass ich es kaum erwarten konnte, sie zu stillen.

Ich beobachtete, wie die Sekunden auf der Uhr auf der anderen Seite des Raumes runtertickten, und in dem Moment, in dem seine zwei Minuten um waren, schoss ich mit voller Geschwindigkeit aus dem Raum.

Ich rannte durch die karge Landschaft des Feuer-Territoriums und den Hügel hinauf zu den riesigen Grasebenen, die die Landschaft dort ausmachten.

Mein Puls hämmerte in meinen Ohren und meine Reißzähne traten hervor, während ich mich nach meiner Beute umsah.

Als ich die Distanz hinter mich gebracht hatte, die für ihn in der Zeit vermutlich möglich gewesen war, hielt ich mitten im Gras inne und betrachtete die langen braunen Halme, die sich im Wind wiegten und meine Taille streiften.

Ich kniff die Augen zusammen und drehte mich langsam im Kreis, um zu prüfen, ob er sich darin versteckte.

Aus dem Augenwinkel sah ich eine Bewegung, und ich drehte mich gerade noch rechtzeitig in die entsprechende Richtung, um Seth aus dem Gras springen zu sehen.

Zwei riesige weiße Pfoten trafen auf meine Brust und ich fiel mit einem dumpfen Knall zu Boden, als er mir die Luft aus der Lunge presste.

Er knurrte mir ins Gesicht und ich lachte laut auf, als ich ein Lasso aus dem langen Gras formte, es um seinen Hals wickelte und ihn von mir runterriss.

Seth kläffte auf, durchtrennte das Lasso mit einem Schnappen seiner kräftigen Kiefer und stürzte sich wieder auf mich.

Ich ließ die Erde unter seinen Füßen beben, schoss hinter ihm herum, sprang hoch und landete auf seinem Rücken.

Seth knurrte, drehte sich im Kreis und versuchte, seine Zähne in mich zu schlagen, um mich von ihm herunterzureißen.

Ich wich seinen Zähnen aus und rief Ranken herbei, um sein Maul mit einem starken Maulkorb zu verschnüren.

Ein tiefes Knurren entwich seiner Kehle und mein Herz pochte vor purer, ungezügelter Freude an der Jagd.

Ich stürzte mich auf ihn, um meine Zähne in seine Schulter zu schlagen und ihn zurück in seine Fae-Gestalt zu zwingen.

Bevor ich einen Weg durch sein dichtes weißes Fell finden konnte, fiel er zu Boden und rollte sich ab, wobei er mich unter sich zerdrückte. Ehe ich mich erholen konnte, wechselte er zurück in seine Fae-Gestalt, drückte mich mit seinen Hüften nieder und versetzte mir einen Schlag direkt gegen den Unterkiefer.

Schmerz flammte in meinem Mund auf und ich schmeckte Blut – er hatte sich den Knöchel an meinen Reißzähnen aufgerissen.

Ich stöhnte auf, als der erdige, satte Geschmack seines Blutes meine Zunge berührte, schlug zurück, traf seine Seite und brachte ihn aus dem

Gleichgewicht, bevor er erneut auf mein Gesicht zielen konnte.

Seth knurrte mich an und seine Wolfsnatur kam zum Vorschein, als er mich erneut schlug. Doch der Schmerz spornte mich nur noch mehr an.

Mit einem Schwall meiner Vampirkraft bäumte ich mich auf, schlang meine Arme um seine Taille und warf ihn stattdessen unter mich.

Seth schlug mich erneut und ich war mir ziemlich sicher, dass er mir eine Rippe gebrochen hatte, denn ein unbändiger Schmerz durchzuckte meinen Körper, aber ich bremste meinen Angriff nicht.

Ich packte ihn an seinen langen Haaren, riss seinen Kopf zur Seite und rammte ihm meine Reißzähne in den Hals, bevor er mich aufhalten konnte.

Pure, verdammte Ekstase durchströmte meinen Körper und ich stöhnte, als ich tief aus der Ader an seinem Hals trank.

Seth lachte, als ihm unter dem Einfluss meines Gifts die Kraft aus den Gliedern wich, und er schob seine Finger in meine blonden Locken, um mich näher zu sich zu ziehen.

Meine Energiereserven füllten sich mit dem berauschenden Geschmack seiner Magie und ich zog schließlich meine Reißzähne zurück und lockerte meinen Griff um ihn.

»Verdammt, Cal, ich verstehe, warum dich das anturnt«, flüsterte Seth und seine nackte Brust hob und senkte sich unter mir, während ich auf ihm liegen blieb.

»Du hast ja keine Ahnung«, antwortete ich grinsend.

Seths Hand landete auf meiner Taille und er schob sie unter mein Shirt; seine Finger waren heiß auf meiner Haut.

Ich runzelte kurz die Stirn, bevor mich Heilmagie durchströmte und der Schmerz in meinen Rippen weggespült wurde.

Er lächelte und ich ließ meine Hand aus seinen Haaren gleiten, um im Gegenzug den Biss an seinem Hals zu heilen.

»Komm schon, erlöse mich von meinem Elend. War ich so gut wie Tory Vega?« Seths Blick wanderte von meinen Augen zu meinem Mund und meine Haut kribbelte, als ich über seine Frage nachdachte.

Ich erinnerte mich an die Momente, in denen ich Tory gejagt hatte. Es war verdammt heiß gewesen, aber der Kampf am Ende dieser Jagd hatte die Bestie in mir vor Freude singen lassen. Bei ihr hatte ich mich immer zurückhalten müssen, um sie nicht zu verletzen, aber je gröber ich bei Seth war, desto heftiger wehrte er sich. Ich hatte gerade zum ersten Mal in meinem Leben die ganze Kraft meiner Formgebung freigesetzt und es fühlte sich unglaublich an.

»Besser«, erwiderte ich. »Vielleicht sollte ich dich öfter jagen.«

»Nächstes Mal lasse ich dich nicht gewinnen«, erwiderte Seth und zog seine Hand wieder unter meinem Shirt hervor.

»Du hast mich nicht gewinnen lassen«, knurrte ich.

Seths einzige Antwort war ein Grinsen und ich stand auf und reichte ihm die Hand. Mein Blick glitt an seinem muskulösen Körper hinunter, der vom Schweiß unseres Kampfes glänzte.

»Willst du dich im Hollow betrinken?«, fragte er und schob sich die Haare aus dem Gesicht, während der Wind um uns herum wehte.

Ich blieb noch einen Moment stehen und ließ die Kraft seiner Magie unter meiner Haut prickeln, während der Zauber der Jagd in mir nachließ.

Mit Tory Vega Schluss zu machen, war vielleicht eine verdammt schlechte Entscheidung gewesen. Aber dafür Seth so jagen zu können, machte das Ganze irgendwie wieder wett.

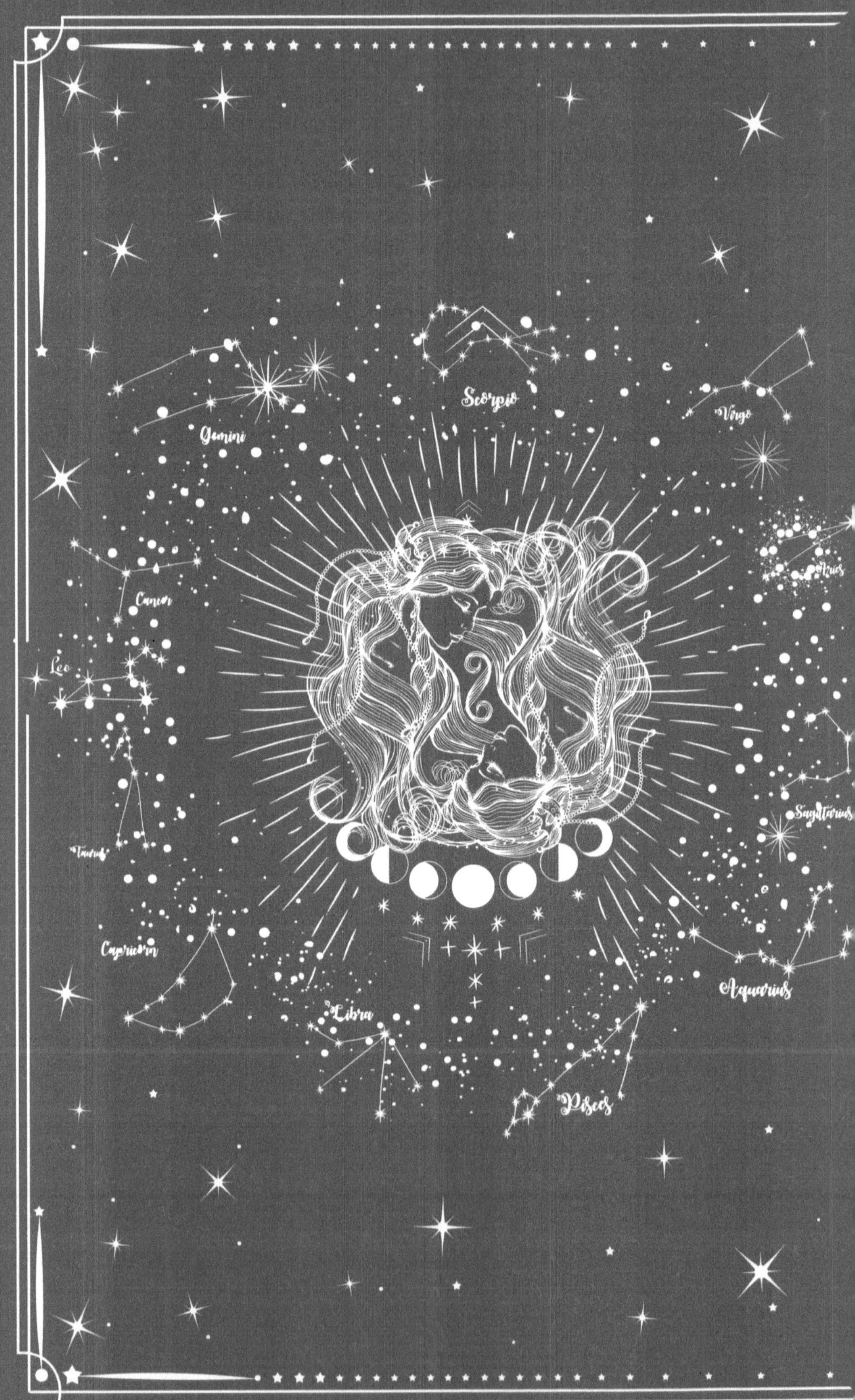

Gemini
Scorpio
Virgo
Cancer
Aries
Leo
Sagittarius
Taurus
Capricorn
Aquarius
Libra
Pisces

DARGY

KAPITEL 32

Der Dezember kam und die Academy veränderte sich vor meinen Augen. Bestimmt fünfzehn Zentimeter Schnee bedeckten den Boden und der gesamte Campus war weihnachtlich geschmückt. Es war nicht nur festlich – es war ein Winterwunderland auf Speed.

Die Wasserelementare hatten vor allen Gebäuden wunderschöne Eisskulpturen gegossen und von den Dächern und Fenstersimsen hingen schimmernde Eiszapfen. Die Pegasus-Herden hatten mit ihnen zusammengearbeitet und die atemberaubenden Kreationen mit Glitzer versehen, einschließlich eines Torbogens vor dem Orb, der glasklar war und jedes der Elementarsymbole darstellte.

Die Feuerelementare hatten entlang der Wege immerwährende Feuer entzündet, die über dem Schnee schwebten, aber so verzaubert waren, dass sie ihn nicht schmolzen. Sie hatten sogar ein riesiges Tipi im Feuer-Territorium aufgestellt, in dem die Studenten abends Glüh- und Apfelwein trinken und an einer lodernden Feuerstelle sitzen konnten.

Normalerweise liebte ich Weihnachten, es war meine liebste Zeit im Jahr, aber ohne Tory hatte ich das Gefühl, nichts davon genießen zu können.

Wochen waren vergangen, ohne dass wir viel miteinander gesprochen hatten, und ich machte mir Sorgen, ob wir je wieder zueinanderfinden würden. Seth quälte mich, wann immer er konnte, und erinnerte mich täglich daran, dass er mein Geheimnis nur bewahrte, wenn ich mitspielte. Er trieb mich in den Wahnsinn. Und auch Orion war kurz davor, die Nerven zu verlieren.

Er sprach nach wie vor nicht mit Darius, und ich wusste, dass ihn das sehr belastete. Das Band zwischen ihnen verursachte ihm körperliche Schmerzen, aber er war zu stur, um mit seinem Freund zu reden.

Es war früh am Morgen, ich saß im Orb, trank eine heiße Schokolade und knabberte an einer Zimtschnecke, während ich überlegte, was ich tun sollte. Es war jeden Tag das Gleiche. Ich wachte früh und voller Unruhe angesichts meiner Probleme auf und wusste nicht, wie ich damit umgehen sollte. Das einzig Gute, woran ich mich festhalten konnte, war das Wissen, das Orion und ich über den Bau einer Brücke für Clara zusammengetragen hatten. In meinen Träumen rief sie immer noch nach mir und flehte mich an, sie zu retten.

Nach allem, was Orion mir über die Wunde erzählt hatte, die sie Tory zugefügt hatte, hatte ich Bedenken, sie zurückzubringen. Aber er war sich sicher, dass er die Dunkelheit aus ihr herauslocken konnte, sobald sie in das Reich der Fae zurückgekehrt war. Die Schatten hatten sie verzehrt, aber ich hatte das Leuchten in ihren Augen gesehen, als sie ihren Bruder entdeckt hatte. Es war ein Moment der Hoffnung gewesen. Als wäre sie einfach ein verirrtes Mädchen, das verzweifelt nach Hause kommen wollte. Wenn es Tory wäre, die in der Dunkelheit gefangen war, würde ich alles tun, um ihr zu helfen – da war ich mir sicher. Und wenn Orion davon überzeugt war, ihr helfen zu können, sobald sie frei war, dann glaubte ich ihm das.

Ich musste hoffen, dass Tory mit den Schatten zurechtkam. Sie wollte nicht mehr mit mir darüber reden und manchmal sah ich, wie sie in ihren Augen waberten. Aber solange wir so zerstritten waren, konnte ich einfach nicht zu ihr durchdringen.

Ich warf einen Blick auf mein Horoskop, das in dem Moment eintraf, und fragte mich, ob es einen Hinweis darauf enthielt, wie ich die Probleme lösen konnte, die mich bedrückten.

Guten Morgen, Zwilling!
Die Sterne haben deinen Tag vorausgesagt.
Mit Neptun in deinem Horoskop bleibt dir nichts anderes übrig, als
die turbulenten Wellen zu reiten, die er in deine Richtung schickt.
Auch wenn es manchmal so aussieht, als würden die Planeten gegen
dich arbeiten, gibt es vielleicht doch einen Hoffnungsschimmer,
wenn du auf die wechselnden Gezeiten achtest.
Deine Seele fühlt sich zerrissen an und du magst versucht sein, die
ungeheilten Wunden zu flicken, die dich heute plagen. Ohne die
Sonne kann der Mond nicht scheinen, aber sei gewarnt: Timing ist

*alles, und wenn du einen Fehler machst, könnte sich dein Tag zum
Schlechten wenden.*

Ich studierte die Worte und suchte nach zwischen den Zeilen versteckten
Hinweisen. Als die A. N. U. S.-Leute auftauchten, gab ich auf und gesellte
mich zu ihnen.

Die Glocke läutete und ich machte mich auf den Weg zum Kurs
Praktische Astrologie, der in den Unterrichtsräumen im unteren Teil des
Erd-Observatoriums stattfand. Obwohl ich sehr gern mehr über die Sterne
lernte, fühlte ich mich in der Nähe von Professor Zenith, die den *Astrologie*-
Unterricht gab, immer unwohl. Sie war nicht nur eine Verfechterin der Vegas,
sondern lobte uns auch vor allen anderen und behandelte uns bevorzugt. Das
war das Letzte, was ich wollte.

Ich erreichte den Fuß des riesigen Gebäudes aus glänzendem schwarzem
Stein; die Kuppel des Observatoriums oben auf dem hohen Turm warf einen
Schatten auf den Boden.

Als ich mit den anderen Studenten eintrat, sah ich Zenith bereits vor den
Aufzügen stehen. Ihre tiefschwarzen Haare fielen in Wellen über ihre Schultern
und ihr markantes Gesicht war uns direkt zugewandt. »Die heutige Stunde
findet im vierten Stock statt. Ich möchte, dass Sie sich mit dem Horometer der
Zodiac Academy beschäftigen. Folgen Sie mir!« Sie drehte sich um und wir
stiegen dicht gedrängt hinter ihr in den großen Aufzug.

Ich entdeckte Tory in der Menge und mein Herz klopfte schneller – wie
immer, wenn ich sie sah. So hatten wir uns noch nie gestritten. Sicher, wir
hatten im Laufe der Jahre die eine oder andere Meinungsverschiedenheit, und
als Kinder hatten wir uns manchmal gezofft, aber das hier fühlte sich anders
an. Es war, als hätte sich eine feste Mauer zwischen uns gebildet, und ich
wusste nicht, wie ich sie überwinden sollte.

Sofia stand bei ihr und warf einen Blick über ihre Schulter. Ihre Augen
trafen die meinen und sie runzelte die Stirn. Ich schenkte ihr ein kleines
Lächeln und sie erwiderte es, bevor sie sich umdrehte, um etwas zu Tory zu
sagen.

Die Türen öffneten sich wieder und ich folgte dem Rest der Klasse,
während Zenith uns den geschwungenen Korridor entlangführte. Das ganze
Gebäude war wie eine senkrechte Röhre geformt, sodass es keine Ecken
gab. Zu meiner Linken befand sich eine Reihe bodentiefer Fenster, die den
Campus überblickten. Eine Gruppe von Studenten aus meinem Haus lieferte
sich eine Schneeballschlacht, wobei sie die verdichteten Bälle mit Luftstößen

aufeinander schleuderten. Die Angriffe waren heftig, vor allem, weil keiner von ihnen sich zu schützen schien.

»Hey, *chica*«, sagte Diego und trat an meine Seite.

»Hey«, flüsterte ich. Zenith hatte uns zu zwei riesigen Metalltüren geführt und drehte sich gerade zu uns um.

»Das Horometer befindet sich im Zentrum dieses Gebäudes und die Wände, die es umgeben, sind alle mit einer dicken Eisenschicht versehen. Diese blockiert alle astronomischen Signale, die die Messwerte der Maschine beeinträchtigen könnten. Die Horoskope, die morgendlich auf Ihren Geräten erscheinen, werden von diesem unglaublichen Instrument vorhergesagt.« Sie legte ihre Hand auf einen Scanner an der Wand und Magie flammte unter ihrer Handfläche auf. Die Türen zischten, dann glitten sie auseinander. Neugierig betrat ich hinter meinen Kommilitonen den Raum.

Als ich durch die Tür schlüpfte, lief mir ein eisiger Schauer über die Haut. Die Luft war dunstig und der Nebel erschwerte mir die Sicht. Ich fröstelte und ließ Feuermagie durch meine Adern strömen, um die Kälte zu vertreiben.

Die Türen schlossen sich hinter uns und wir betraten eine Metallplattform, die den Raum säumte. Vor uns befand sich ein Geländer, und als ich mich an dessen Rand bewegte, lichtete sich der Nebel. Aus seiner Tiefe erschien ein riesiges goldenes Modell der Planeten, die sich langsam um die schimmernde goldene Sonne in ihrem Zentrum bewegten. Der gewölbte Boden und die geschwungene Decke glitzerten mit einer Million Sterne. Die Sternbilder schimmerten heller als der Rest, jedes war mit silbernen Linien versehen.

Ich klammerte mich an das kalte Geländer und betrachtete die wunderschöne Maschine. Die Planeten bewegten sich langsam und schwebten auf nichts als Luft.

Zenith kam auf der anderen Seite des Raums zum Stehen und wandte sich an den Kurs: »Wenn neue Studenten an der Academy ankommen, werden Namen und Geburtstage in das Horometer eingegeben. Anschließend wird es jeden Tag die Sterne für jede einzelne Person deuten und das genaueste Horoskop von Solaria erstellen. Dieses Gerät wurde von einer der begabtesten Horologinnen der Geschichte für die Academy entwickelt. Lillian Foresight war eine bedeutende Fae ihrer Zeit und arbeitete sogar einige Jahre hier an der Academy, bevor sie eine Stelle am Hof von Solaria erhielt, um den Adligen Vorhersagen zu machen.«

»Oh, dann nützt dir das hier nichts, Darcy«, hörte ich Kylies leise Stimme, und ich drehte mich um, als mein Nacken zu kribbeln begann. Sie stand zusammen mit Jillian und ein paar anderen ihrer abscheulichen Freundinnen in meiner Nähe. »Du brauchst ein *Huro*meter für dein *Huro*skop. Ich glaube nicht, dass sie so etwas auf dem Campus haben.« Ihre Freundinnen kicherten leise vor sich hin, aber Kylie warf mir einen finsteren Blick zu, ohne auch nur ein Lächeln zu zeigen. Hass durchdrang ihren Blick und ich wusste, dass sie immer noch wütend darüber war, dass ich mit Seth geschlafen hatte. Ich hätte ihr gern gesagt, dass ich das nicht getan hatte, aber dann wäre sie wahrscheinlich direkt zu ihm gerannt und hätte mich verraten.

Stattdessen kniff ich die Augen zusammen und richtete meine Aufmerksamkeit wieder auf Zenith.

»… mit einem Horometer kann man sogar einige Sternenband-Varianten ermitteln.«

Ich spitzte die Ohren – plötzlich hatte sie meine ungeteilte Aufmerksamkeit.

»Dieses Kontrollgerät wurde entwickelt, um die Energie von Seelen zu lesen. Es ist ziemlich effektiv, um herauszufinden, ob zwei Fae ein solches Band teilen. Im Falle von Astralen Gegenspielern wäre es natürlich eine ziemliche Herausforderung, sie nebeneinander in einen Raum zu bringen, um sie zu testen. Und Elysische Gefährten lassen sich nicht vorhersagen. Aber Interstellare Verbündete sind leichter zu identifizieren. Also, wie wäre es mit einer Demonstration? Wo sind meine beiden wundervollen Vega-Mädchen?«

Mein Herz zog sich zusammen, als ihr Blick auf mich fiel, dann winkte sie auch Tory zu sich, die ein Stück weiter auf der Plattform stand. Seufzend entfernte ich mich von Diego und trat um die Plattform herum zu Zenith, die vor einem großen Bildschirm auf einem Podium stand.

Tory stand auf ihrer anderen Seite, wirkte desinteressiert und weigerte sich, mir in die Augen zu sehen. Schatten wirbelten in ihrem Blick und meine Kehle wurde eng, als sie dort verharrten. Zum Glück war der Raum dunkel, aber wenn man sie zu genau ansah, würde sie die Dunkelheit verraten, die unter ihrer Haut ruhte. Oder vielleicht ruhte sie auch gar nicht mehr …

Die Schatten wichen schließlich zurück und die Anspannung fiel von meinen Schultern.

»So«, sagte Zenith fröhlich und schob uns nach vorn. »Legen Sie bitte jeweils eine Hand nebeneinander auf den Bildschirm. Sie werden ein kleines Prickeln spüren, dann beginnt das Horometer mit der Auswertung. Nehmen Sie Ihre Hand nicht vom Bildschirm, sonst sind die Ergebnisse hinfällig.«

Ich nickte und legte meine Hand auf den Bildschirm, woraufhin Tory seufzte und meinem Beispiel folgte. Wir standen Schulter an Schulter und doch hatte ich noch nie so viel Abstand zwischen uns gespürt. Es war die Hölle. Sie war nicht nur meine Schwester, sie war meine andere Hälfte. Ohne sie fehlte ein ganzer Teil von mir und hinterließ eine blutige Wunde.

Meine Gedanken wurden verdrängt, als das Horometer laut zu summen begann. Die Sternbilder an der Decke und auf dem Boden blinkten und funkelten.

Ein Energieimpuls schoss meinen Arm hinauf und ich keuchte auf, als mich ein schwebendes Gefühl überkam, das die Härchen auf meinen Armen zu Berge stehen ließ. Das Gefühl verstärkte sich und plötzlich konnte ich nur noch die Sterne über und unter mir sehen, wobei einige der Sternbilder verblassten, während andere heller und klarer wurden. Das Bild der Zwillinge brannte so weiß und heiß wie die Sonne, und ich konnte es kaum ansehen. Plötzlich ertönte ein scharfes Klingeln in meinen Ohren.

Die Lichter verblassten wieder und der Bildschirm wurde unter unseren Handflächen grün.

»Das war's, Mädels, treten Sie zurück!«, wies uns Zenith aufgeregt an und wir stellten uns wieder neben sie, während sie sich nach vorn beugte, um den Bildschirm zu betrachten. In den Farben Silber und Blau erschien ein Symbol, das wie zwei miteinander verbundene Monde aussah.

»Sie sind Interstellare Verbündete«, rief sie, und leichter Beifall schallte durch den Raum. »Aber natürlich sind Sie das, ich hätte es selbst voraussagen können.«

Ich schaute zu Tory und sie erwiderte meinen Blick für einen kurzen Moment, dann schürzte sie die Lippen und wandte sich ab, um zurück zu ihrem Platz zu gehen.

»Wer möchte es ebenfalls ausprobieren?«, fragte Zenith. Sie tätschelte meine Schulter – die Spannung zwischen Tory und mir schien sie nicht zu bemerken.

Mit schmerzender Brust entfernte ich mich wieder. Es überraschte mich nicht, dass wir Interstellare Verbündete waren. Alles andere wäre verrückt. Egal, wie unterschiedlich wir waren, unsere Seelen bildeten eine Einheit. Aber im Moment waren wir alles andere als im Einklang.

Paarweise traten Freunde und auch willkürliche Klassenkameraden nach vorn, um vom Horometer bewertet zu werden, aber es gab nur ein weiteres Paar von Interstellaren Verbündeten im Raum – ein Junge und ein Mädchen, die seit ein paar Wochen zusammen waren.

Ich trat wieder neben Diego, als ein weiteres Pärchen an den Bildschirm trat. Seine Augen hatten einen seltsamen Ausdruck der Besorgnis angenommen. »*Chica*, deine Schwester steckt in Schwierigkeiten.«

»Was?«, flüsterte ich und schirmte uns schnell mit einer Stillekuppel ab.

»Es sind die Schatten«, murmelte er, obwohl er nicht leise sein musste. »Ich kann sie sehen. Sie umkreisen sie. Während sie bei dir köcheln, lodern sie bei ihr. Sie begrüßt sie, statt sie zu bekämpfen.«

Entsetzen erfüllte mich und ich warf einen Blick zu Tory. Ich konnte die Wolke der Dunkelheit, die sie umgab, fast spüren.

»Was kann ich tun?«, fragte ich Diego.

Er zog die Brauen zusammen. »Sie muss sie selbst bekämpfen. Du musst sie ermutigen, sie zu verdrängen. Wenn sie ihnen verfällt, wird sie nie wieder zurückkommen.«

»Sie wird nicht auf mich hören«, sagte ich besorgt. Unsere Lektionen in dunkler Magie waren mehr als angespannt gewesen. Sie hasste Darius, mit mir sprach sie nicht und jedes Mal, wenn wir in die Höhle gingen, spürte ich, wie die Schatten versuchten, sich von den dunklen Emotionen zu ernähren. Manchmal fiel es mir dort schwerer, sie zu verdrängen, als anderswo. Und wenn Tory gar nicht gegen sie ankämpfte …

»Sie ist deine Schwester«, sagte Diego leise. »Sie wird auf dich hören.«

»Ich werde es noch einmal versuchen«, schwor ich, denn ich würde sie nicht allein lassen, auch wenn sie nicht mit mir reden wollte.

Nach Unterrichtsende blieb ich an der Tür stehen, um auf Tory zu warten, denn ich wollte lieber jetzt als später mit ihr reden.

Ich hielt ihren Arm fest, als sie versuchte, durch die Tür zu schlüpfen, und sie drehte sich mit einem Stirnrunzeln zu mir um.

»Geht es dir gut?«, fragte ich und sie musterte die Studenten, die uns passierten.

»Klar.« Sie trat in den Flur, aber ich folgte ihr und erzeugte eine Stillekuppel um uns. »Diego hat die Schatten um dich herum gesehen. Er hat gesagt, es sieht so aus, als würdest du sie begrüßen. Tor, ist das wahr?«

Tory warf Diego einen missmutigen Blick zu, der gerade gemeinsam mit Sofia und Tyler den Korridor entlangging. Als sie mich wieder ansah, waren ihre Augen voller Schmerz. »Es geht dich nichts an, was ich tue.«

Ihre Worte schmerzten mich, aber ich blieb hartnäckig, denn ich wusste, wie dick ihr Panzer war, wenn es ihr schlecht ging. »Ich will nur helfen. Wenn du ihnen verfällst, musst du es mir sagen. Du musst dich mehr anstrengen, sie auszusperren.«

»Du willst also, dass ich dir alles erzähle, während du mir nichts erzählst?«, fragte sie scharf.

Ich neigte den Kopf und versuchte, die richtigen Worte zu finden. »Ich würde es tun, wenn ich könnte«, flüsterte ich und sie hielt inne, als die letzten

Studenten in den Aufzug schlüpften. Zenith wies uns nicht einmal zurecht, sondern überließ uns einfach unserem Gespräch, während sie mit dem Rest des Kurses den Aufzug nach unten nahm.

»Was ist los mit dir, Darcy?«, fragte Tory, als müsste sie es unbedingt wissen. Und ich wollte es ihr so gern sagen, dass es wehtat.

Ich kaute auf meiner Unterlippe; meine Geheimnisse schwebten auf meiner Zungenspitze, aber ich war wie gefangen. Der Gedanke, dass meine Beziehung mit Orion auffliegen, er seinen Job verlieren und sein Leben zerstört sein könnte, erfüllte mich mit furchtbarer Angst. Abgesehen von der Sache mit Seth würde man, wenn man mich dazu befragen würde, sicher auch meine Zwillingsschwester verhören. Man würde davon ausgehen, dass sie Bescheid wusste. Ein Zyklop würde die Wahrheit aus ihrem Kopf ziehen und was dann? Könnte sie dann auch Ärger bekommen? Ich konnte die Zeitungsartikel über mich schon sehen. Ich könnte mich dem stellen, wenn es dazu käme, aber ich hatte Angst, sie mit mir in den Abgrund zu reißen.

»Ich …« Ich verstummte und Tory verdrehte die Augen.

»Vergiss es!«, schimpfte sie, bevor sie mich stehen ließ und die Tür zum Treppenhaus mit einem Luftstoß öffnete.

Meine Kehle war wie zugeschnürt und ich drückte mich mit dem Rücken gegen die Wand, während ich versuchte, wieder zu Atem zu kommen.

Ihr Sterne, bitte helft mir. Ich brauche Hilfe.

Sie antworteten nicht. Das war nicht überraschend, aber einen Versuch wert. Meine Horoskope wurden von Tag zu Tag weniger hilfreich, als stünde mein Schicksal auf Messers Schneide. Aber es schien, als wäre die Entscheidung bereits getroffen worden. Als wäre der Sturz unausweichlich. Ich hoffte nur, dass ich mich irrte.

Ich ging nach draußen, wo noch mehr Schnee gefallen war. Tory war schon lange verschwunden, und Diego und Sofia liefen ein paar Schritte vor mir.

Eine Herde Pegasus fegte über uns hinweg, verteilte Glitzer auf dem weißen Teppich unter ihnen und wieherte fröhlich, bevor sie in die Schneewolken aufstieg.

Ich zog einen Luftschild um mich und wärmte ihn mit meiner Feuermagie, um die Wärme zu absorbieren.

Ich hatte eine Freistunde und vor, sie in der Bibliothek zu verbringen. Dort verbrachte ich einen Großteil meiner Zeit und ich wusste, dass ich die Bücher und das erhöhte Arbeitspensum benutzte, um dem Stress meines Lebens zu entfliehen. Aber während die Antworten auf meine Probleme ausblieben, wollte ich mein Gehirn mit so viel Magie und Astrologie füttern, wie ich nur konnte.

Dadurch fühlte ich mich weniger machtlos und jeder neue Zauber, den ich lernte, bedeutete, dass ich meinem Ziel, es eines Tages mit den Erben aufnehmen zu können, einen Schritt näher kam.

Ich winkte Sofia und Diego zum Abschied zu, als sie sich auf den Weg zum Orb machten, und nahm meinen Atlas aus der Tasche. Seth hatte ihn mir schließlich zurückgegeben, aber erst, nachdem er meine Haare rosa gefärbt und mich dazu gebracht hatte, im Gemeinschaftsraum des Hauses Aer lauthals *Seth Capella hat einen riesigen Schwanz* zu schreien. Zwei Flaschen Fae-Haarfärbemittel und eine riesige Tafel Schokolade später hatte ich mich schon etwas besser gefühlt. Aber das war nicht annähernd genug. Jedes Mal, wenn ich in seiner Nähe war, erhob sich meine Formgebung instinktiv und manchmal spürte ich fast, wie ich die Kontrolle über sie verlor. Es entsprach nicht meinem Naturell, mich nicht zu wehren, aber ich musste dieses Bedürfnis hinunterschlucken wie scheußliche Medizin. Aber das machte mich nicht gesünder, sondern nur noch kränker.

Mir war aufgefallen, dass er seine Pranks clever einsetzte. Die Hälfte von ihnen schaffte es nie auf FaeBook und er tat nur selten etwas, wenn ich im Orb oder in Hörweite meiner Schwester war. Er wusste, dass sie erkennen würde, dass er mich unter seiner Kontrolle hatte, wenn er mich vor ihr etwas Übertriebenes tun ließ. Bis jetzt lief sein Plan perfekt. Er hatte mich nicht nur in seiner Gewalt, sondern trieb auch einen noch größeren Keil zwischen mich und Tory.

Auf meinem Atlas wartete eine Nachricht von Orion und als ich sie anklickte, wurde mir warm ums Herz. Immerhin hatte ich ihn. Jemanden, der alle meine Geheimnisse kannte, aber ebenfalls an sie gebunden war. Gemeinsam würden wir eine Lösung finden und Seth Capella zur Strecke bringen. Meist waren wir nur während unserer Betreuungsstunden allein, aus Angst, dass Seth uns anderswo entdecken könnte. Aber es wurde immer schwieriger, so viel Zeit getrennt zu verbringen.

Lance:
Rate mal, was ich gerade esse ...

Im Anhang befand sich ein Foto eines Pfirsichs und ich lächelte. Bevor ich antworten konnte, schickte er eine weitere Nachricht.

Lance:
Ich wünschte, es wäre deiner ;)

Gerade, als ich eine Antwort tippen wollte, blieb mein Fuß an etwas hängen und ich fiel auf die Knie. Ich konnte gerade noch verhindern, dass mein Atlas auf dem Boden aufschlug.

Mit einem Blick über meine Schulter rappelte ich mich auf und entdeckte eine lange Ranke, die quer über den Weg gespannt war. Fluchend rieb ich meine aufgeschürfte Handfläche und steckte meinen Atlas in meine Tasche, um nach dem Schuldigen zu suchen.

Seth ließ sich von einem Baum fallen und eine Ladung Schnee regnete von den Ästen, während er vor mir landete.

»Ach, du bist es. Ich hatte Washer im Verdacht, der wie ein Perversling im Baum lauert«, sagte ich kühl, drehte ihm den Rücken zu und schritt davon.

Er lief knurrend an meine Seite, verschränkte seinen Arm mit meinem und legte sein Kinn an meinen Kopf. Ich zuckte zurück, aber seine Muskeln verhärteten sich und ich konnte ihm nicht entkommen. Ich hasste den Gedanken, dass ich mich daran gewöhnt hatte, aber Seth wurde zu einem regelmäßigen Ärgernis.

»Ich muss mich nicht auf Bäumen herumtreiben, um lüstern Leute anzustarren«, sagte Seth.

»Du machst es also einfach in der Öffentlichkeit?«, fragte ich leichthin.

»Das habe ich nicht gemeint.« Er schnaubte irritiert.

»Für mich klang das ziemlich eindeutig.« Ich zuckte mit den Schultern und er musterte mich aus den Augenwinkeln, wobei sein Blick fröhlich funkelte.

Er hob eine Hand, um eine Stillekuppel zu schaffen, und ich seufzte.

»Was willst du jetzt schon wieder? Wird dieses Spiel nicht langsam langweilig?«, fragte ich.

»Du und dein Professor solltet euch Sorgen vor dem Tag machen, an dem es langweilig wird«, sagte er gleichgültig.

Ich befreite meinen Arm aus seinem Griff, blieb stehen, drehte mich zu ihm um und bedachte ihn mit einem finsteren Blick. »Es ist also unausweichlich? Du treibst deine Spielchen mit uns, bis dir langweilig ist, und wirfst dann Orion den Wölfen zum Fraß vor?« Es war meine Befürchtung, dass ich mit diesem ganzen Bullshit nur Zeit schindete.

»Interessante Wortwahl«, sagte er mit einem Grinsen. »Und nein, es ist nicht unausweichlich.«

Obwohl ich nichts von dem, was aus seinem Mund kam, glaubte, konnte ich nicht anders, als Hoffnung zu schöpfen. »Was wird dann passieren, wenn du damit fertig bist, uns zu verarschen?«

»Das habe ich bislang nicht entschieden. Vielleicht lasse ich euch glücklich bis ans Ende eurer Tage leben.« Sein Gesichtsausdruck war unleserlich, aber ich war mir sicher, dass er das nicht vorhatte. Es war nur ein Mittel, um mich zum Mitspielen zu bewegen. Aber wenn das Ganze wirklich nur dazu führte, dass alles ans Licht kam, warum sollte ich mich dann nicht wehren?

An der Art, wie er mich ansah, konnte ich erkennen, dass er spürte, was ich dachte.

»Ich meine es ernst«, sagte er. »Es besteht die Möglichkeit, dass ich dieses Geheimnis mit ins Grab nehme. Das hängt davon ab, wie nett du zu mir bist.« Er lief weiter und ergriff meinen Arm, um mich mit sich zu ziehen.

»Wie *nett* ich zu dir bin?«, wiederholte ich ungläubig, als würde er mich bitten, die Sonne mit dem Lasso vom Himmel zu holen.

»Das ist meine nächste Bitte, ja«, sagte er einfach und schenkte mir ein spöttisches Grinsen.

Ich schüttelte den Kopf, wandte den Blick ab und zerrte wieder an meinem Arm. Das Einzige, was mich bei Verstand hielt, während er mich quälte, war, dass es ihm nichts auszumachen schien, wenn ich ihn ununterbrochen mit Flüchen überschüttete. Ihm gegenüber unverschämt zu sein, war das letzte Stückchen freier Wille, das mir geblieben war.

»Warum? Wenn ich nett zu dir bin, dann ist es definitiv gespielt«, sagte ich. »Macht es dir wirklich so viel Spaß, mich zu quälen?« Ich schaute ihn nicht an, als er antwortete. Ich konnte es nicht. Mein Hass auf ihn war so groß, dass mir schlecht wurde.

»Ja«, sagte er.

Ich schüttelte verwirrt den Kopf. »Warum?«

Es war keine Frage, die sich nur auf diesen Moment bezog. Es war eine Frage nach dem Warum für all das, was er mir angetan hatte – für jeden grausamen Schlag und jeden Schmerz. Ich wusste, dass Dominanz für Fae wichtig war, aber darum schien es hier nicht mehr zu gehen. Es fühlte sich persönlich an. Als hasste er mich, nur weil ich ich war. Und obwohl ich Seth wirklich nicht ausstehen konnte und nichts mit ihm zu tun haben wollte, ging mir diese Tatsache trotzdem unter die Haut. Als würden die Sterne schreien, wie falsch es war, dass er mich so behandelte. Dass er mich seinen Hass keine Sekunde lang vergessen lassen wollte.

Er öffnete den Mund, aber ich konnte bereits spüren, dass er im Begriff war, mir eine Lüge aufzutischen.

»Die Wahrheit«, knurrte ich.

Sein Unterkiefer zuckte und er wandte den Blick ab. Eine lange Pause folgte und ich warf einen Blick in Richtung Bibliothek und fragte mich, ob ich mich einfach von ihm losreißen und meine freie Zeit so verbringen könnte, wie ich es wollte.

Seine Augen verfinsterten und seine schönen Gesichtszüge veränderten sich. Er sah aus wie ein wütender Gott, der kurz davor war, seinen Zorn zu entfesseln. Mein Herz zitterte vor Angst.

»Ich tue dir weh, Darcy Vega, weil du mir jeden Tag wehtust, indem du einfach nur existierst.« Er streckte eine Hand aus und ein gewaltiger Windstoß schleuderte mich gegen den nächsten Baum. Ich schnappte nach Luft, als sich dicke Ranken um mich schlangen und mich so fest an den Baumstamm drückten, dass ich mich kaum noch bewegen konnte.

Ich beschimpfte ihn lauthals, als er mit steifen Schultern den Pfad entlangmarschierte. Diese Zerstörung schien aus den Tiefen seines Wesens zu kommen. Er wollte, dass ich nett war? Ich würde mir lieber die Augen mit dem scharfen Ende eines Stocks ausstechen.

Ich wand mich und versuchte, eine Hand freizubekommen, um Magie zu wirken. Mehrere Studentengruppen schienen ausgerechnet diesen Moment auserkoren zu haben, um vorbeizukommen. Gelächter hallte durch die Luft, während ich versuchte, mich zu befreien. Mein Blut kochte vor Wut.

Schließlich befreite ich meine Hand und schickte einen Feuerblitz, um die Fesseln zu durchbrechen. Ich schüttelte die Überreste ab und ging zurück zum Weg.

Eiskaltes Wasser ergoss sich über mich, und ich keuchte entsetzt auf, als Max inmitten einer Gruppe von Mädchen auftauchte. »Huch, mein Fehler. Ich dachte, du würdest brennen, kleine Vega.«

Ich sah rot.

Meine Wut quoll über und entlud sich.

Ich konnte Seth nicht verletzen, aber ich *konnte* meinen Zorn auf einen seiner Arschlochfreunde richten. Feuer schoss aus meinen Handflächen und Max streckte eine Hand aus, um sich zu schützen. Ich schürte die Flammen mit der Kraft meines Phönix, und sein Gesicht glühte, bevor es ihm gelang, das Feuer mit seinem Element unter Kontrolle zu bringen.

Die Mädchen um ihn herum fluchten und Max beäugte mich mürrisch, als er hinter einer Rauchwolke auftauchte. Ich schnaubte, als ich erkannte, dass ich ihm die Augenbrauen weggebrannt hatte, und einige der Mädchen zeigten auf ihn und sprangen wild auf und ab.

»Was?«, fauchte er, als ich anfing zu lachen.

Eines der Mädchen holte einen Taschenspiegel hervor und ich wich zurück. Nur zu gern hätte ich seine Reaktion gesehen, aber ich wusste, dass ein

Gegenangriff nur fünf Sekunden entfernt war. Und er würde wahrscheinlich mehr als meine Augenbrauen als Vergeltung nehmen.

»Bist du überrascht? Ich kann es nicht erkennen …«, rief ich.

Er gab einen Laut von sich, der an einen erstickenden Frosch erinnerte, als er seine versengte Stirn betrachtete, dann öffneten sich zwei Abgründe der Wut in seinen Augen. »VEGA!«

Ich floh und schirmte mich mit einem Luftschild ab, um mich vor dem Wasser zu schützen, das Max mit einem Kampfschrei auf mich einprasseln ließ. Während ich rannte, wirkte ich Erdmagie und schuf ein Geflecht aus dornigen Büschen, um ihn aufzuhalten.

Mein Herz pochte wie wild, aber das Hochgefühl war unglaublich, nachdem ich wochenlang von Seth mit Füßen getreten worden war. Ich lachte noch lauter, damit er mich hören konnte, und er antwortete mit einem wütenden Schrei.

Ich schaffte es bis zur Bibliothek, riss die Tür auf und stürzte hinein. Die Bibliothekarin musterte meine klatschnassen Klamotten mit einem scharfen Blick. Ich entdeckte Geraldine und eine ganze Gruppe von A. N. U. S.-Mitgliedern, die um einen runden Tisch saßen, und sie winkte mich zu sich.

»Wasserscheue Wühlmäuse, was ist passiert?«

»Max Rigel«, keuchte ich und schaute über meine Schulter. »Ich muss mich verstecken.«

»Schnell, hier drunter.« Sie deutete unter den Tisch und ich grinste zum Dank, während ich auf die Knie fiel und eilig darunter kroch.

Die Bibliothekstür wurde aufgeschlagen und Max' Beine marschierten auf uns zu.

»In welche Richtung ist sie gegangen, Grus?«, fragte Max.

»Ich weiß nicht, wen du meinst, du aufgeblasener Muschelfurz«, sagte sie gelassen, woraufhin die anderen am Tisch kicherten. »Und wo, um Himmels willen, sind deine Augenbrauen? Haben sie sich Beine wachsen lassen und sind vor dem schrecklichen Fischjungen weggelaufen, der sie gezüchtet hat? Ich meine, ich könnte es ihnen nicht verdenken.«

Ich schluckte das Lachen hinunter, das sich aus meiner Kehle zu lösen versuchte.

Über mir ertönte ein lauter Knall, und ich vermutete, dass es Max' Handflächen waren, die auf dem Holz gelandet waren. »Komm schon, Geraldine, überlass sie mir und ich sorge dafür, dass es sich für dich lohnt.«

»Ich soll die wahre Königin verraten, die sich auf ihrer himmlischen Mission befindet, deinem Fischatem zu entkommen? Solange du dich nicht in einen Berg von Seepocken verwandelst, kann ich mir nicht vorstellen, dass du mir etwas Lohnenswertes bieten kannst.«

Max knurrte wütend und trat vom Tisch weg. »Ich habe keinen verdammten Fischatem«, murmelte er, während er sich knurrend davonmachte, und das Lachen, das ich festgehalten hatte, löste sich endlich.

Wenn es einen Weg gab, einen beschissenen Tag in einen Spaziergang auf einem gottverdammten Regenbogen zu verwandeln, dann war es, einem Erben die Augenbrauen abzufackeln. Und zu überleben.

Scorpio
Virgo
Gemini
Aries
Cancer
Leo
Taurus
Sagittarius
Capricorn
Aquarius
Libra
Pisces

TORY

KAPITEL 33

In meiner lächerlichen Cheerleader-Uniform machte ich mich auf den Weg zum Pitball-Stadion. Der Frost knirschte unter meinen glitzernden Turnschuhen und mein Verstand galt zur Hälfte den Schatten. Die Dunkelheit wand sich unter meiner Haut; ihre Berührung war willkommen und beängstigend zugleich. Aber ich war wie eine Süchtige: Jedes Mal, wenn ich mich von den Schatten löste, wurde mir die Realität zu viel und ich ließ mich von dem seltsamen Trost, den sie mir boten, wieder einfangen.

Ich war noch nie besonders gut darin gewesen, Freunde zu finden. Wir hatten als Kinder so oft die Schule gewechselt, dass ich wohl einfach zu abgestumpft war, was soziale Kontakte anging. Es gab Grenzen, wie oft man Leute sagen hören konnte, dass sie schreiben oder anrufen würden, nur um sich dann nie wieder zu melden. Irgendwann wurde man zynisch, was die Realität solcher Freundschaften anging. Und jetzt, da mir die einzige Person, die mein Leben lang an meiner Seite gewesen war, aktiv ins Gesicht log und mir aus dem Weg ging, konnte ich nicht anders, als mich auch von den Freunden, die wir hier gefunden hatten, zu entfernen. Ich war nicht dumm – niemand mochte mich hier um meinetwillen.

Darcy war diejenige, die keine Mühe mit dem Knüpfen von Freundschaften hatte. Ich war nur die bissige, regelmäßig unhöfliche Ergänzung unseres Duos. Wenn ich also den Arschlochclub und unsere anderen Freunde mit Darcy zusammensitzen sah, ließ ich sie einfach in Ruhe. Es war nicht so, dass sie das wollte. Sie hatte mich sogar mehrmals gebeten, zurückzukommen und mich zu ihnen zu setzen. Aber ich konnte es nicht ertragen, in ihrer Gesellschaft zu sein, während diese Lügen zwischen uns schwebten. Und offensichtlich zog sie es vor, sich von mir zu distanzieren, anstatt mir die Wahrheit mitzuteilen. Also war ich allein. Und die Schatten nährten sich von meiner Einsamkeit.

Die einzige Person, mit der ich dieser Tage regelmäßig Zeit verbrachte, war Gabriel. Wir würden heute Abend nach dem Training wieder fliegen und das war das Einzige, was mich durch die Hölle einer weiteren Stunde in Marguerites und Kylies Gesellschaft bringen würde.

»Komm zu mir ...«

Ich erreichte die Tore des Stadions, hielt inne, lehnte mich an die Wand und schloss die Augen, während ich wieder in die Schatten eintauchte. Claras Stimme wurde immer deutlicher, je mehr ich mich der Dunkelheit hingab.

»Hilf mir, Tory! Ich bin so allein ...«

Ich kannte dieses Gefühl, aber ich war nicht bereit, mit ihr in den Schatten herumzuhängen, um ihr Gesellschaft zu leisten.

»Roxy?« Eine Hand landete auf meiner Schulter und die Hitze von Darius' Magie stieß gegen meine Barrieren.

Ich wirbelte herum, schlug seine Hand von meiner Haut und begegnete seinem Blick, während die Schatten langsam zurückwichen.

»Was zum Teufel machst du da?«, zischte er, packte mich an der Taille und zerrte mich zur anderen Seite des Gebäudes.

Er trug seine Pitball-Uniform – das Marineblau und das Silber brachten die Wärme seiner Hautfarbe und die Dunkelheit seiner Augen besonders gut zur Geltung –, und zeitweise starrte ich ihn einfach nur an.

»Was willst du?«, fragte ich mit hohler Stimme, denn die Schatten betäubten mich weiterhin. »Hast du mir nicht schon genug genommen?«

Er zog die Stirn in Falten und zerrte wieder an meiner Taille, während ich die Fersen in den Boden grub. Seine Haut war heiß an meinem Bauch, wo er mich berührte, und mir wurde klar, dass ich vergessen hatte, meine Feuermagie einzusetzen, um mich zu wärmen, als ich hergelaufen war. Ich hatte nur mein Cheerleader-Outfit an und es war verdammt kalt draußen.

»Du hast wieder Schatten gejagt, nicht wahr?«, zischte er.

»Wie kann ich sie jagen, wenn sie in mir leben?«

»Roxy, wenn du so weitermachst, bringst du dich noch um«, knurrte er. »Ist es das, was du willst?«

»Es ist das, was *du* willst, oder nicht? Warum beschwerst du dich dann?«

»Glaubst du immer noch, dass ich deinen Tod will?«, fragte er ungläubig, als könnte er mich überhaupt nicht verstehen.

»Woher soll ich wissen, was du denkst? Du sprichst doch nur mit mir, um mich zu quälen.«

»Das ist nicht wahr«, stieß er hervor.

»Ist es nicht?« Ich versuchte, die Schatten herbeizurufen, um mich nicht den Gefühlen stellen zu müssen, die aufflammten, wenn er mir so nahe war. Aber sie schienen irgendwie unerreichbar, während er mich festhielt.

»Ich bin nicht derjenige, der behauptet hat, zwischen uns hätte sich nichts geändert, nachdem ...«

»Darius?«, rief Max und Darius wandte sich ab, um seinen Freund anzusehen.

»Ich bin gleich da«, sagte Darius, drehte sich demonstrativ von Max weg und fixierte mich aufs Neue mit seinem Blick.

»Orion wird unsere Eier auf einem Silbertablett servieren, wenn wir zu spät kommen«, beharrte Max und Darius knurrte.

»Geh einfach«, sagte ich und rollte mit den Augen. »Allein zu sein ist jetzt ohnehin mein Ding.«

Ich versuchte, an ihm vorbeizuschlüpfen, aber er hielt meine Hand fest und stoppte mich. »Warte nach dem Training auf mich«, sagte er mit leiser Stimme.

Ich musterte ihn argwöhnisch und die Schatten entglitten mir immer weiter, während er meine Finger fest zwischen seine klemmte. In seinen dunklen Augen leuchtete etwas, von dem ich hätte schwören können, dass es Besorgnis war. Und ich war mehr als nur ein bisschen versucht, einen Schritt auf ihn zuzugehen, obwohl ich alle Gründe hatte, es nicht zu tun.

»Na schön«, stimmte ich schließlich zu. Er machte nicht den Eindruck, als würde er mich sonst gehen lassen.

Darius lächelte fast, löste langsam seinen Griff um meine Finger und machte sich auf den Weg zu Max.

Ich folgte ihnen, presste Feuermagie in meine Haut und rief meinen Phönix an, um die Kälte aus meinen Gliedern zu vertreiben.

»Hey.«

Als ich Darcys Stimme hörte, drehte ich mich um und sah sie in ihrer Pitball-Uniform hinter mir herlaufen. Ihre blauen Haare waren zurückgebunden und ihre Schultern gestrafft, als würde sie in den Kampf ziehen. Das stimmte wohl auch, wenn man bedachte, wie brutal das Spiel war.

»Hey«, antwortete ich.

Eine peinliche Stille folgte und sie schien sich erneut dafür zu entscheiden, sich mir nicht anzuvertrauen. Ich wiederum wusste nicht, was ich zu dem

Mädchen, das ich kaum wiedererkannte, sagen sollte.

»Hast du gerade mit Darius gesprochen?«, fragte sie.

»Er will mich nach dem Training sehen«, erklärte ich achselzuckend.

»Warum?«

»Das hat er nicht wirklich gesagt.« Information geteilt. Zumindest von meiner Seite aus.

»Oh.«

»Ja.«

Wir gingen in die Umkleidekabine und ich hängte meine glitzernde Tory-Vega-Tasche an einen Haken, während Darcy ihre abstellte.

»Viel Spaß beim Training«, sagte sie, als ich auf die Tür zuging.

»Unwahrscheinlich«, antwortete ich trocken, bevor ich nach draußen trat, um mich dem Cheer Squad anzuschließen.

Sechs Wochen im Team waren nicht gerade förderlich für meine Begeisterung für den Sport gewesen, auch wenn ich zugeben musste, dass mir das Performen und das Erlernen der Abläufe Spaß machten. Es war die Gesellschaft, die mir nicht gefiel. Bei jedem Training musste ich Beleidigungen und Beschimpfungen über mich ergehen lassen. Ganz zu schweigen von der Tatsache, dass die anderen ständig versuchten, mich zu sabotieren und mir die besseren Rollen in den Routinen wegzunehmen. Das bedeutete, dass jede Chance auf Spaß an der sportlichen Herausforderung im Keim erstickt wurde.

Ich ging zur Gruppe und Marguerite drehte sich zu mir um, als ich mich näherte. Ihr Blick fiel sofort auf meinen Bauch, auf den ich mit der Gesichtsfarbe, die ich bei jedem Training verwenden musste, mein Tagesmotto gekritzelt hatte. Zu meinem Glück schien Orion kein Problem mit den Dingen zu haben, die ich mir auf den Körper schrieb, obwohl Marguerite sich bei jeder Sitzung darüber beschwerte.

»Professor!«, rief sie wie aufs Stichwort, verschränkte die Arme und schmollte wütend. »Das ist nicht mehr lustig!«

Orion schoss von der anderen Seite des Stadions auf uns zu – mit seinen Fledermausohren hatte er sie zweifellos gehört – und legte den Kopf schief, um den Slogan zu begutachten, den ich für heute gewählt hatte.

Lutsch meinen Schwanz und leck meine Eier!

Orion lachte auf und ich grinste Marguerite spöttisch an.

»Sie hat nicht mal einen Schwanz«, stöhnte Marguerite.

»Willst du nachsehen?«, fragte ich und fasste mir an die imaginären Eier.

»Sir!«, keuchte sie, als würde Orion sie aus der Hölle meiner Gesellschaft retten, wenn sie nur oft genug fragte.

»Fünf Punkte Abzug für Ignis für das Gemecker«, sagte Orion und zeigte mit dem Finger auf sie, als wäre sie die nervigste Person, die er je getroffen hatte. »Und zehn Punkte für Ignis für Kreativität«, fügte er hinzu und grinste mich an.

Meine Lippen zuckten vor Belustigung.

»Sir, als Cheer Captain muss ich darauf bestehen, dass bestimmte Standards eingehalten werden. Wollen wir, dass die anderen Schulen denken, dass wir dieses schamlose Verhalten fördern, wenn sie gegen uns spielen?«, forderte Marguerite entrüstet.

»Du hast recht«, antwortete Orion nachdenklich. »Ihr beiden habt offensichtlich sehr unterschiedliche Visionen für das Team.«

»So unterschiedlich!«, meldete sich Kylie zu Wort.

»Ich glaube, ich habe eine Idee, wie wir das Problem lösen können«, sagte er.

»Sie schmeißen mich aus dem Team?«, fragte ich hoffnungsvoll, während Marguerite und ihre Anhänger bei dieser Idee ebenfalls hellwach wurden.

»O nein. Ich habe mir etwas Besseres einfallen lassen. Ich schlage vor, dass wir zwei Cheer Squads gründen. Ein Team von Marguerite und das andere von Tory angeleitet. Ihr arbeitet an euren Routinen und übt getrennt voneinander. Vor dem nächsten Spiel zeigt ihr dem Team, was ihr draufhabt, und die Spieler stimmen dann darüber ab, wer uns im Spiel unterstützen darf.«

»Fuck«, murmelte ich.

»Sie können nicht erwarten, dass sich die Hälfte der Mädchen mit *ihr* herumschlägt«, sagte Marguerite empört.

»Ich werde niemanden zwingen. Ihr könnt euch alle aussuchen, in welchem Team ihr sein wollt. Vega oder Helebor.« Orion warf einen Blick auf die anderen Mädchen, die sich über ihre Optionen auszutauschen schienen.

»Nichts für ungut, Kumpel, aber niemand wird in meinem Team sein wollen«, sagte ich. »Und ich bin nicht besonders teamorientiert, also bin ich mir nicht sicher, ob ich wirklich die beste Wahl ...«

»Ich fordere dich heraus«, sagte Orion verschwörerisch und kam näher auf mich zu.

Ich schürzte die Lippen und grinste amüsiert, als er dieses verdammte Spiel gegen mich einsetzte.

»Schön. Ich habe kein Problem damit, allein zu trainieren«, stimmte ich achselzuckend zu.

»Also gut.« Orion stellte sich zwischen mich und Marguerite. »Stellt euch hinter eurem gewählten Captain auf und dann macht euch an die Arbeit!«

Kylie und Jillian stellten sich sofort hinter Marguerite auf, gefolgt von einigen der anderen Anhänger, aber der Rest der Gruppe zögerte.

»Versprichst du, dass du uns Killer-Routinen machen lässt?«, fragte mich Bernice und zog abschätzend eine Augenbraue hoch.

Ich zuckte mit einer Schulter. »Je schwieriger, desto besser«, stimmte ich zu. »Wenn ich schon an diesem … *Sport* teilnehme, dann will ich auch gewinnen.« Außerdem verlockte mich die Vorstellung, Marguerite von ihrem hohen Ross zu stoßen.

Bernice grinste, als wäre das genau die Antwort gewesen, die sie haben wollte. Sie machte einen Schritt nach vorn, um sich mir anzuschließen. Das schien die Schleusen zu öffnen und einige weitere Mädchen kamen ebenfalls auf mich zu. Der Rest des Teams entschied sich schnell für eine Seite und ich war überrascht, dass es ziemlich gleichmäßig verteilt war. Etwa zwanzig Mädchen in jedem Team.

»Ihr braucht Teamnamen«, sagte Orion.

»Ganz einfach. Wir sind Team Venus«, sagte Marguerite mit einem überheblichen Grinsen.

»Team Penis?«, fragte ich. »Warum, wenn ich fragen darf?«

»*Venus!* Mit einem V!«, schnauzte Marguerite.

»Warum schreist du Penis in die Runde?«, fragte ich.

»Bei den Sternen, ich hasse dich«, knurrte Marguerite, und ich musste lachen.

»Wir sind die Füchsinnen«, fügte Bernice hinzu, was wahrscheinlich eine gute Entscheidung war, denn meine Gedanken gingen in Richtung *Erben hassende Schlampen*, aber vielleicht war das nicht so griffig.

»Erledigt«, sagte Orion und grinste mich an, als könnte er gar nicht genug von der Lächerlichkeit bekommen, mich diese Rolle spielen zu lassen. »Ich freue mich schon darauf, eure Nummern zu sehen, wenn sie ausgefeilt sind.«

Er entfernte sich wieder von uns und Marguerite funkelte meine neue Truppe böse an. »Es wird euch noch leidtun, dass ihr euch für eine Vega entschieden habt, wenn ihr auf der Tribüne sitzen und uns zusehen müsst«, zischte sie, bevor sie sich umdrehte und mit dem Rest ihrer Mannschaft im Schlepptau davonstakste.

Ich sah ihnen teilnahmslos nach, bevor ich mich zu den Mädchen um mich herum umdrehte und feststellte, dass sie mich alle erwartungsvoll anstarrten.

»Was?«, fragte ich und zog eine Augenbraue hoch.

»Du musst uns sagen, was wir tun sollen«, sagte Bernice.

»Oh. Ähm … wie wäre es, wenn wir uns überlegen, welche Moves wir in die Routine einbauen wollen, damit jeder sein Können zeigen kann? Und wir sollten uns überlegen, welche Combos wir auch wirklich durchziehen können. Dann brauchen wir wohl auch Musik ...«

»Und die Anfeuerungsrufe«, meldete sich ein Mädchen aus der hinteren Reihe.

»Richtig. Vielleicht können wir uns auf teamorientierte Sprüche konzentrieren, anstatt den Erben in den Arsch zu kriechen?«, schlug ich vor, denn ich würde auf keinen Fall auf und ab springen und Seth Capellas üppige Haare oder Max Rigels dicke Oberschenkel loben. Ich hatte mich geweigert, bei diesen Jubelrufen mitzumachen, seit ich ins Team gezwungen worden war, und ich hatte nicht vor, jetzt auf den Arschkriecher-Zug aufzuspringen.

Die anderen Mädchen stimmten alle begeistert zu und ich grinste, als wir mit dem Training begannen.

Als Orion pfiff, um die Stunde zu beenden, stellte ich fest, dass ich sogar richtig Spaß gehabt hatte.

Ich machte mich auf den Weg zu den Umkleideräumen, aber bevor ich dort ankam, stellte sich mir Caleb in den Weg.

»Hey, Sweetheart«, sagte er, fuhr mit der Hand durch seine schlammbespritzten Locken und sah aus wie ein männliches Model, das sich in eine Sportuniform gezwängt hatte.

»Selber hey«, erwiderte ich mit einem Lächeln.

»Also, ich habe nachgedacht«, sagte er langsam.

»Tu dir nicht weh«, erwiderte ich trocken und er grinste.

»Über etwas Bestimmtes.«

»Und was ist das?«

»Ich habe schon seit Wochen nicht mehr von meiner Quelle getrunken ...« Sein Blick glitt von meinen Augen zu meinem Nacken und ich musterte ihn skeptisch.

»Und warum ist das so?«, fragte ich. Es war mir zwar nicht entgangen, dass ich in letzter Zeit deutlich weniger Zähne in meinem Hals gehabt hatte, aber ich hatte mich dagegen entschieden, Aufmerksamkeit darauf zu lenken. Außerdem hatte ich kaum noch mit Caleb gesprochen, seit wir uns voneinander distanziert hatten.

»Na ja, ich bin davon ausgegangen, dass du dich wahrscheinlich nicht von mir jagen lassen würdest, da wir beschlossen haben, die anderen Vorzüge dieses Spiels zu unterbinden. Und ich habe eine gewisse Vorliebe für die Jagd entwickelt«, gab er zu und machte einen gezielten Schritt auf mich zu.

»Und wen jagst du dieser Tage?«, fragte ich neugierig. Ich hatte zwar nicht bemerkt, dass er regelmäßig mit einem anderen Mädchen zusammen war, aber ich konnte nicht behaupten, besonders darauf geachtet zu haben. Und ich verbrachte momentan auch nicht viel Zeit im Orb.

»Ich habe eine Vorliebe für Wolf entwickelt«, sagte er und kam wieder näher. »Aber ich gebe zu, dass ich mich gelegentlich immer noch nach deinem Geschmack sehne.«

»Ach ja?« Ich biss mir auf die Lippe, während ich einen Schritt zurücktrat. Er folgte mir und drang in meinen persönlichen Bereich ein.

»Ja. Also dachte ich, es könnte nicht schaden, dich zu fragen, ob …«

»Was fragen?« Ich wich wieder zurück und ein kleines Lächeln umspielte seine Mundwinkel, als er erneut einen Schritt nach vorn machte.

»Ob ich dich wieder jagen darf.« Er sah mich mit großen Augen an, und ich legte den Kopf schief, als ich darüber nachdachte.

Ich hatte in letzter Zeit nicht wirklich viel mit anderen Leuten zu tun gehabt und ich musste zugeben, dass der Nervenkitzel der Jagd mein Herz höherschlagen ließ. Ich hatte sogar eine gewisse Vorliebe für den Schmerz entwickelt. Es war wirklich aufregend. Aber es turnte mich auch an, und ich war mir nicht sicher, ob ich wieder in Calebs Bett landen wollte.

»Ich weiß nicht, ob das eine gute Idee ist …«, sagte ich langsam.

»Weil du denkst, dass du nicht imstande sein wirst, mir zu widerstehen, wenn ich dich jage?«, neckte er und ich rollte mit den Augen. Aber um ehrlich zu sein, war das vielleicht gar keine schlechte Idee. Ich brauchte eine Ablenkung von meinem beschissenen Leben und dem Ruf der Schatten, und mit ihm zu schlafen, könnte genau diese Ablenkung darstellen. Aber das machte es noch lange nicht zu einer guten Idee.

»Vielleicht«, stimmte ich mit einem Schulterzucken zu.

Caleb lächelte so breit, dass ich fast versucht war, ihm eine reinzuhauen, nur um den selbstgefälligen Blick aus seinem Gesicht zu wischen.

»Bild dir nichts darauf ein«, sagte ich. »Ich bin sexsüchtig, schon vergessen?«

Caleb verzog das Gesicht, aber er schien sich zu entscheiden, es nicht zu kommentieren.

»Okay, wie wäre es mit einem Test? Du läufst vor mir weg, und ich beiße dich, wenn ich dich erwische. Wenn es dir nicht gefällt, verspreche ich, es nie wieder zu tun. Und als Bonus schwöre ich, dass ich auch nicht versuchen werde, dir an die Wäsche zu gehen. Dieses Mal.«

»Na, das wertet dein Angebot aber erheblich auf«, stichelte ich.

»Na dann los, Sweetheart. *Lauf!*« Seine Reißzähne schnellten heraus und ich keuchte überrascht auf, bevor ich mich umdrehte und vor ihm weglief.

Ich sprintete über das Spielfeld zu den Umkleidekabinen und rannte direkt durch sie hindurch nach draußen.

Caleb erwischte mich in dem Moment, in dem ich durch die Tür trat, wirbelte mich herum und drückte mich mit dem Rücken gegen die kalte Wand des Stadions.

»Du hast die Regeln geändert«, hauchte ich.

»Ja.« Calebs Hände waren kühl auf meiner Taille, und ich neigte den Kopf, um ihm Zugang zu meiner Kehle zu verschaffen, ohne auch nur zu versuchen, mich zu wehren.

Ich atmete scharf ein, als sich seine Zähne in meine Haut bohrten, und krümmte meinen Rücken, während ich den Schmerz auskostete, ihn in vollen Zügen genoss und mich von ihm beherrschen ließ. Ich hatte das Gefühl, in letzter Zeit in einem Trott festzustecken, dazu verdammt, tagein, tagaus den gleichen Mist zu wiederholen. Sein Biss war wie ein Aufwachen. Und so erbärmlich es auch war, mir das selbst gegenüber zuzugeben – es fühlte sich verdammt gut an, endlich einmal die ungeteilte Aufmerksamkeit von jemandem zu bekommen. Ich hatte mich in letzter Zeit so einsam gefühlt, dass mir selbst die wenigen Minuten, in denen ich die wichtigste Person in Calebs Welt zu sein schien, verdammt viel bedeuteten.

Caleb ließ mich los und wischte sich einen Tropfen meines Blutes aus dem Mundwinkel.

»Willst du aufhören, meine Quelle zu sein?«, fragte er und löste seinen Griff um mich.

Meine Lippen teilten sich. Ich hätte sofort Ja sagen sollen. Hatte ich es zu Beginn nicht verabscheut, von ihm gebissen zu werden? Aber hatte ich wirklich ein Problem damit gehabt, wie es sich anfühlte? Oder war es eher die Demütigung gewesen, kein Mitspracherecht zu haben? Denn ich musste zugeben, dass ich eine gewisse Vorliebe für Schmerzen hatte, vor allem, wenn sie mit Vergnügen verbunden waren.

»Nein«, sagte ich schließlich, und Caleb schenkte mir das breiteste Grinsen, das ich je gesehen hatte. »Aber zu meinen Bedingungen, Vampirjunge«, fügte ich hinzu, bevor sein Kopf so groß wurde, dass er explodierte.

»Wie kommst du darauf?«, fragte er.

»Weil ich mir ziemlich sicher bin, dass ich dich jetzt bekämpfen kann.«

»Das würde ich gern sehen«, stichelte er.

Meine Lippen verzogen sich zu einem Lächeln, und ich rief meine Phönixflammen herbei und befahl ihnen, meinen Körper in einen undurchdringlichen Mantel aus Feuer zu hüllen. Ich hatte sogar genug Kontrolle über sie, um auch meine Kleidung vor ihnen zu schützen.

»Glaubst du, dass du mich jetzt beißen kannst?«, spöttelte ich.

Calebs Lächeln entglitt ihm und er seufzte. »Das bezweifle ich. Aber ich kann mich jederzeit an dich heranschleichen. Bis später, Tory.«

Er schoss von mir weg, bevor ich etwas erwidern konnte, und ich schnaubte leise, bevor ich wieder reinging, um meine Sporttasche zu holen.

Darcy wollte gerade gehen, als ich den Raum betrat, und sie zögerte, als ich an ihr vorbeiging.

»Bis später, Tor«, sagte sie mit leiser Stimme.

»Ja«, stimmte ich zu, ohne ihr einen Blick zuzuwerfen, denn es tat zu sehr weh, sie immerzu vor mir weglaufen zu sehen. Dabei müsste sie sich mir gegenüber nur öffnen, um diese Fehde zwischen uns zu beenden. Und das war nichts, was mir bei ihr jemals schwergefallen wäre. Ich vermutete also, dass ich ihr einfach nicht wichtig genug war oder sie mir nicht ausreichend vertraute. Was sich einfach fantastisch anfühlte.

Ihre Schritte entfernten sich, und ich hängte mir meine Tasche über die Schulter, bevor ich wieder nach draußen ging.

Darius lehnte an der Wand neben der Tür zu den Umkleideräumen der Jungs, als ich herauskam. Sobald er mich entdeckte, richtete er sich auf.

»Du bist tatsächlich noch da«, stellte ich unsinnigerweise fest. Aber ich wusste offen gesagt nie, was ich von ihm erwarten sollte, also war das hier auf seine eigene Art verwirrend.

»Habe ich doch gesagt.«

»Das hast du«, stimmte ich zu.

Darius kam näher, ließ seinen Blick über mich gleiten und fixierte schließlich meinen Hals.

»Du blutest«, sagte er und streckte die Hand aus, um mich zu heilen, aber er hielt inne, bevor er mich berührte. »Ist das ein Biss?«

»Ah, richtig … ja, Caleb …«

»Läuft da wieder was zwischen euch?«, fragte er und ich konnte mir beim besten Willen nicht erklären, was er darüber dachte.

»Nein.«

Sein Blick wanderte über mein Gesicht, als suchte er nach einer Lüge, und ich zuckte mit den Schultern.

»Was kümmert dich das?«, fragte ich.

Ich könnte schwören, dass er sich auf die Zunge biss, um nicht zu antworten.

Er trat langsam vor und drückte seine Finger auf die Bisswunde an meinem Hals. Die Wunde brannte und der Schmerz durchzuckte mich. Ich hielt inne, in der Erwartung, dass er sie heilen würde, aber stattdessen stand er eine ganze Weile einfach nur so da.

»Macht dich mein Schmerz wirklich so sehr an, dass du mir bei jeder Gelegenheit noch mehr Schmerzen zufügst?«, fragte ich.

»Ja«, antwortete er. »Vielleicht tut er das.«

»Das ist echt abgefuckt«, murmelte ich.

»Nun, ich habe nie behauptet, etwas anderes zu sein. Willst du mit mir über die Schatten reden?«

»Was willst du wissen?«, fragte ich.

»Fühlst du dich meinetwegen zu ihnen hingezogen?«, fragte er.

»Nur weil du von mir besessen bist, heißt das nicht, dass das auf Gegenseitigkeit beruht«, antwortete ich abweisend.

Darius schnaubte spöttisch. »Mond bewahre!«, stimmte er zu. »Aber ich meinte, weil du sie gegen mich verwenden willst.«

»Vielleicht mag ich es einfach, sie zu spüren«, sagte ich, ohne auf seine Frage einzugehen, auch weil ich mir nicht sicher war, ob ich eine Antwort hatte.

»Kannst du mir einen Gefallen tun?«, fragte er, während er Calebs Biss heilte.

»Welchen?«, fragte ich vorsichtig.

»Wenn du dich das nächste Mal in ihnen verlieren willst, sag mir Bescheid.«

»Warum?«

»Weil ich mich dann zusammen mit dir in ihnen verlieren werde.« Er ließ mich los und wandte sich ab, bevor ich ihm eine Antwort geben konnte. Stirnrunzelnd sah ich ihm nach.

Ich wusste nicht, was zum Teufel ich von dieser Erklärung halten sollte. Sehnte er sich auch nach dem Kuss der Schatten? Oder bot er mir wirklich nur an, meine Hand zu halten, sollte ich fallen?

Scorpio
Virgo
Gemini
Aries
Cancer
Leo
Sagittarius
Taurus
Capricorn
Aquarius
Libra
Pisces

DARIUS

KAPITEL 34

Mich von Roxy Vega zu entfernen, fühlte sich an, als hätte man mir in die Eier getreten. Es war ein alles verzehrender Schmerz, von dem ich meine Aufmerksamkeit nicht abwenden konnte. Ich wollte mehr Zeit mit ihr verbringen, aber ich war mir offen gesagt nicht sicher, ob meine Gesellschaft helfen oder alles nur noch schlimmer machen würde.

Wir redeten nicht mehr wirklich miteinander – weder nett noch bissig – und stritten auch nicht mehr. Verdammt, wir sahen einander nicht einmal mehr an. Oder besser gesagt, *sie* sah *mich* nicht mehr an. Denn mein Blick wanderte oft genug in ihre Richtung, so viel war sicher.

Jeden Morgen wartete ich darauf, dass sie im Gemeinschaftsraum auftauchte, damit ich sicher sein konnte, dass die Schatten sie in der Nacht nicht verschlungen hatten. Immer öfter hatte sie dunkle Ringe unter den Augen und ich hatte festgestellt, dass sie stets direkt zu Milton Hubert ging, nachdem sie sich einen Kaffee mit drei Stück Zucker geholt hatte. Meine erste Vermutung war gewesen, dass zwischen den beiden was lief, aber schließlich hatte ich ihn dazu gebracht, mit der Sprache rauszurücken – sie bat ihn tatsächlich, ihren Kater zu heilen.

Das war sogar noch schlimmer, als sie mit einem anderen Kerl zu sehen. Denn es war nur ein weiteres Zeichen dafür, wie sehr sie litt. Ich hatte mehrmals versucht, mit ihr darüber zu reden, aber bis heute war sie jedes Mal, wenn ich versucht hatte, sie anzusprechen, einfach weggelaufen. Und zwar nicht aus Angst und nicht auf eine Art und Weise, die ich als Signal verstehen könnte, dass sie sich mir endlich unterordnete. Nein, ihr Verhalten drückte eindeutig aus, dass meine Gesellschaft das Letzte war, was sie wollte. Und das konnte ich ihr nicht wirklich verübeln. Aber es machte den Versuch, ihr zu helfen, praktisch unmöglich.

Ich hatte diejenigen, die ihre Zimmer in ihrer Nähe hatten, gebeten, sie im Auge zu behalten und mir alles Ungewöhnliche zu melden. Ein paar von ihnen hatten mir erzählt, dass sie nachts regelmäßig schreiend aufwachte. Aber als ich versucht hatte, sie darauf anzusprechen, hatte sie es als eine Art Angriff aufgefasst. Seither wirkte sie jede Nacht eine Stillekuppel um ihr Zimmer, damit niemand mehr ihre Schreie hören konnte. Ich wusste das, weil ich oft mitten in der Nacht zu ihrer Tür ging und meine Hand darauflegte, um mit meiner eigenen Magie nach ihr zu greifen und mich zu vergewissern, dass es ihr gut ging. Oder zumindest, dass sie am Leben war.

Ich betrachtete meine Finger und stellte fest, dass sie an den Stellen, an denen ich sie geheilt hatte, mit ihrem Blut befleckt waren. Ich wünschte nur, ich könnte die Wunden in ihrem Inneren genauso leicht heilen wie die, die ihre Haut markierten.

Sie hatte gesagt, dass zwischen ihr und Caleb nichts mehr lief, und das hatte mich mit einem Gefühl der Erleichterung erfüllt, zu dem ich eigentlich kein Recht hatte. Denn obwohl ein kleiner Teil von mir gern so tat, als hätte ich eine Art Anspruch auf sie, wusste ich, dass das nicht wirklich stimmte. Diese Verliebtheit oder Besessenheit oder Vernarrtheit, die ich für sie empfand, gab mir keinerlei Berechtigung. Ich hatte mir kein Mitspracherecht in ihrem Leben verdient. Das bedeutete nicht, dass ich mich weniger nach ihr sehnte. Aber ich musste mir diese Tatsache immer wieder vor Augen führen. Denn sollte Cal sie jetzt wieder regelmäßig beißen, war ich mehr als bereit, darauf zu wetten, dass er mehr von ihr wollte als das. Und ich hatte wirklich keinen triftigen Grund, etwas dagegen zu haben. Was hätte ich auch sagen sollen? *Sei nicht mit ihm zusammen, weil wir einmal zusammen waren? Für einen einzigen, viel zu kurzen, weltbewegenden Moment warst du mein. Und ich hätte dich nie gehen lassen dürfen.*

Das würde wahrscheinlich genauso gut ankommen wie damals, als ich meinen Vater davon hatte überzeugen wollen, mich nicht zu schlagen. Sie hatte sich eindeutig entschieden, unser Zusammensein zu vergessen. Und der Schmerz, der mich erfassen würde, sollte sie mich erneut zurückweisen – und das in aller Deutlichkeit –, würde den armseligen kleinen Teil von mir zerbrechen, der sich immer noch an den Gedanken klammerte, dass es ihr tatsächlich etwas bedeutet hatte. Denn es hatte mir mehr bedeutet, als ich so einfach in Worte fassen konnte. Und trotz der Qualen, die es mir bereitete, auf diesen Moment zurückzublicken und festzustellen, dass er nun endgültig vorbei war, würde ich die Erinnerung daran für nichts auf der Welt hergeben.

Ich atmete gereizt aus, während ich weiter durch den Wimmernden Wald lief. Was zur Hölle war nur los mit mir? Ich schmachtete keinen Mädchen hinterher. Ich hatte noch nie in meinem Leben so etwas empfunden. Aber ich konnte es nicht ändern. Das Einzige, was ich tun konnte, war, diese Gefühle fest zu verschließen und nicht zu zeigen.

Mein Atlas klingelte, ich zog ihn aus der Tasche und errichtete aus Gewohnheit eine Stillekuppel, bevor ich ranging.

Mein Herz schlug höher, als ich den Namen meines Bruders auf dem Bildschirm sah, und ich begrüßte ihn mit einem Lächeln im Gesicht.

»Wie läuft dein Plan, mich hier rauszuholen? Machst du Fortschritte?«, fragte er im Scherz, so wie er es jedes Mal tat, wenn wir miteinander sprachen.

»Ich arbeite daran«, versprach ich, was keine Lüge war. Es war aber auch nichts, womit ich Fortschritte gemacht hätte.

»Wie geht es Mutter und Vater?«, fragte ich. Nicht, weil es mich wirklich interessierte, sondern weil ich wissen wollte, ob das Arschlochoberhaupt unserer Familie seine Wut in letzter Zeit wieder gegen meinen kleinen Bruder gerichtet hatte oder nicht.

»Gut«, antwortete er, und ich atmete langsam aus, denn das bedeutete, dass er in den vergangenen Tagen nicht allzu viel hatte ertragen müssen. »Obwohl Mutter neulich etwas Seltsames getan hat.«

»Ach ja?« Meine Neugierde war geweckt. Mutter machte nichts Seltsames. Eigentlich machte sie gar nicht viel. Sie schwebte lediglich in Push-up-BH und Designerkleid durchs Haus und sah hübsch aus, wann immer Vater entschied, sie in der Öffentlichkeit zu zeigen. Manchmal fragte ich mich, ob sie schon immer so gewesen oder ob sie einfach in diese Rolle geschlittert war, als sie die Frau eines Ratsmitglieds geworden war. Ich wusste, dass sie selbst über magische Kräfte verfügte, aber sie benutzte ihre Magie nie für etwas anderes als dafür, sich hübsch zu machen oder unsere Wunden zu heilen, wenn wir eine Tracht Prügel von Vater bezogen hatten.

»Ja. Sie ist so gegen drei Uhr morgens in mein Zimmer gekommen. Ich habe so getan, als würde ich schlafen, für den Fall ...« Er musste den Satz nicht beenden, weil ich mich daran erinnerte, wie es sich anfühlte, mitten in der Nacht von Vater geweckt zu werden, wenn er betrunken, gemein und wütend nach Hause gekommen war.

»Was wollte sie?«, fragte ich.

»Sie hat sich auf mein Bett gesetzt und einfach … geweint. Dabei hat sie meine Haare gestreichelt und mir das Schlaflied vorgesungen, das sie immer gesungen hat, als wir noch Kinder waren. Weißt du noch? Das Lied vom Mann im Glashaus, der nicht mehr rauskommt?«, fragte Xavier.

Stirnrunzelnd blieb ich stehen, entfernte mich vom Weg und lehnte mich an eine große Eiche, während ich meine ganze Aufmerksamkeit dem Gespräch widmete.

»Glaubst du, sie war einfach nur nostalgisch?«, fragte ich.

»Nein. Na ja … vielleicht. Aber bevor sie gegangen ist, hat sie etwas gesagt. Eigentlich war es vielmehr ein Flüstern, ich bin mir also nicht ganz sicher, ob ich sie richtig verstanden habe …«

»Was hat sie gesagt?«, fragte ich neugierig. Und die Tatsache, dass ich neugierig auf etwas war, das Mutter getan hatte, war mehr als nur ein bisschen seltsam.

»Ich *glaube*, sie hat gesagt: ›Ich wünschte, ich könnte es dir sagen.‹«

Es wurde still in der Leitung und ich blickte nachdenklich auf meine Pitball-Stiefel, während ich versuchte, herauszufinden, was das bedeuten könnte.

Wenn ich sie besser kennen würde, hätte ich vielleicht eine Chance gehabt, sie zu verstehen, aber um ehrlich zu sein, war sie nie mehr als eine Art Zierde für unser Zuhause gewesen. Ich war immer nur dann froh über ihre Gesellschaft gewesen, wenn sie die Verletzungen geheilt hatte, die Vater mir zugefügt hatte. Aber jetzt, da ich das selbst tun konnte, brauchte ich sie nicht einmal mehr dafür.

»Weißt du noch, als wir Kinder waren und sie uns durch das ganze Haus gejagt hat?«, fragte Xavier langsam. »Wir haben Verstecken gespielt und uns immer in die Speisekammer geschlichen. Und wann immer sie uns fand, hat sie überrascht aufgekeucht und gesagt, wie schlau wir sind, weil wir uns so gut versteckt haben.«

Ich legte die Stirn in Falten, denn diese Geschichte weckte ein paar Erinnerungen in mir. »So mehr oder weniger«, gab ich zu. Aber es war schon so lange her, dass es mir schwerfiel, diese Momente überhaupt ihr zuzuordnen. »Vielleicht war es aber auch nur eines unserer Kindermädchen.«

»Komm schon, Darius, du erinnerst dich«, drängte Xavier. »Ich bin jünger als du und wenn ich mich daran erinnern kann, dann kannst du es auch.«

Ich grunzte zustimmend. »Sie hat ihre Erdmagie benutzt, um leuchtende Blumen in unseren Schlafzimmern zu züchten, damit wir nicht allein im Dunkeln bleiben mussten.«

»Ja!«, rief Xavier enthusiastisch, als ich ihn daran erinnerte. »Und sie hat uns auch gezeigt, wie man mit einem Tablett die Treppe runterrutschen kann!«

Ich musste lachen, als ich mich daran erinnerte, wie wir im Atrium auf der Treppe damit experimentiert hatten. Am Fuß der Treppe war sie vom Tablett geschossen und wir hatten kichernd zugesehen, wie ihre langen braunen Haare herumgewirbelt waren, während sie sich kaputtgelacht hatte. Ihr Kleid hatte sich um ihre Beine verheddert und wir waren beide auf sie gesprungen, um sie unter Freudengeschrei zu kitzeln. Ich musste ungefähr sechs gewesen sein und Xavier vier. Wir waren glücklich gewesen. Zumindest in diesem einen Moment. Und vielleicht auch in anderen.

»Aber dann ist Vater mit Tiberius Rigel zum Abendessen nach Hause gekommen, und sie haben sie so auf dem Boden liegen sehen …«, fügte Xavier hinzu.

Meine Stimmung veränderte sich, als ich mich auch an diesen Teil der Geschichte erinnerte. Wir waren alle verstummt, denn der Spaß war in dem Moment vorbei gewesen, als unser Vater das Haus betreten hatte. Er hatte allerdings nichts unternommen. Er hatte nur gelächelt, als wäre er auch mit von der Partie gewesen. Aber seine Augen hatten kalt gefunkelt, was ich schon damals zu fürchten gewusst hatte. Mutter hatte sich entschuldigt, sobald sie aufgestanden war, und wir waren alle weggehuscht, damit er mit Max' Vater über das Geschäftliche hatte reden können.

»Sie hat nie wieder so mit uns gespielt«, murmelte ich.

Ich konnte mich vage daran erinnern, dass ich sie eine Zeit lang angefleht hatte, bei unseren Spielen mitzumachen, aber je öfter sie sich höflich geweigert hatte, desto seltener hatten wir sie gefragt, bis ich irgendwie vergessen hatte, dass sie überhaupt jemals ein Teil unserer Spiele gewesen war. In den darauffolgenden Jahren hatte sie sich immer mehr von uns zurückgezogen und war schließlich zu dem faden Geschöpf geworden, das wir jetzt kannten.

»Hast du Tory Vega schon um ein Date gebeten?«, fragte Xavier – ein abrupter und vor allem lästiger Themenwechsel.

»Ich hätte dir nie erzählen sollen, dass ich mit ihr geschlafen habe«, murmelte ich gereizt. Um ehrlich zu sein, hatte ich jemanden gebraucht, mit dem ich über sie reden konnte. Die Gefühle, die sie in mir ausgelöst hatte, waren unerträglich gewesen, und während der Streit zwischen Lance und mir andauerte, hatte ich sonst niemanden.

Die anderen Erben wären nicht begeistert, wenn ich ihnen davon erzählen würde. Cal wäre eifersüchtig, vielleicht sogar verletzt, obwohl er mir mehrmals geraten hatte, mein Glück bei ihr zu versuchen, sollte ich das wollen. Max war der Meinung, dass wir die Vegas um jeden Preis meiden sollten, und Seth hatte immer noch große Freude daran, sie zu quälen, wann immer er konnte. Sie wären also sicher nicht die hilfreichsten oder verständnisvollsten Gesprächspartner.

»Komm schon, Mann«, stöhnte Xavier. »Ich bin hier buchstäblich in einem Turm eingesperrt wie eine glitzernde Rapunzel. Lass mich zumindest an deinem Leben teilhaben, wenn ich schon kein eigenes führen kann.«

Ich seufzte, denn ich konnte ihm nichts abschlagen, wenn er diese Karte ausspielte, aber bevor ich antworten konnte, ertönte die Stimme meines Vaters im Hintergrund.

»Mit wem sprichst du?«, fragte er.

»Es ist nur Darius«, antwortete Xavier abwehrend und ich knirschte mit den Zähnen, als ich die Angst in seiner Stimme hörte.

»Dein Bruder hat Wichtigeres zu tun, als seine Zeit mit dir zu verschwenden. Gib her!«, befahl er. Einen Moment später wurde seine Stimme deutlicher. »Hast du den semipermanenten Illusionszauber bereits gemeistert?«, fragte er – das war der Zauber, an dem ich zuletzt in *Grundlagen der Magie* gearbeitet hatte. Egal, wie viel er zu tun hatte, er las die Berichte, die ihm meine Professoren täglich schickten, genau. Er konnte schließlich nicht zulassen, dass ich in einem Kurs zurückfiel und ihn in Verlegenheit brachte.

»Ich hatte gerade Pitball-Training«, antwortete ich. »Ich gehe jetzt zurück in mein Zimmer, um mit meinen Hausaufgaben weiterzumachen.«

»Dann brauchst du diese Art von Ablenkung nicht, oder?«

Die Leitung war tot, bevor ich antworten konnte, und ich versuchte, mich nicht von der Sorge leiten zu lassen, was er jetzt wohl mit Xavier machen würde. Er hatte nicht die Art von Wut ausgestrahlt, die Knochenbrüche und Prellungen zur Folge hätte. Sein Reizlevel schien dem Standard zu entsprechen, dass er dieser Tage meinem Bruder gegenüber an den Tag legte.

Ich steckte meinen Atlas zurück in meine Tasche und seufzte.

Das Brandmal der Waage auf meinem Arm juckte und brannte und trieb mich an, meinen Wächter aufzusuchen. Es war zu lange her, dass ich Zeit mit Orion verbracht hatte, und diesen Streit mit ihm aufrechtzuerhalten, tat uns beiden weh. Meine eigene Sturheit war der Hauptgrund dafür, dass wir uns voneinander fernhielten. Er hatte eindeutig entschieden, dass ich mich unfair verhalten hatte, was im Umgang mit einer Waage in etwa so schlimm war, wie jemandem vor die Haustür zu scheißen. Und ich stimmte ihm sogar zu. Ich war ein totaler Idiot gewesen.

Es war an der Zeit, dass ich mich zusammenriss und mit diesem Unsinn aufhörte. Es beeinträchtigte unser Training, unsere Bemühungen, Clara zu helfen, zurückzukommen, und sogar unseren Schlaf, denn das Wächterband weckte mich ständig mit dem Drang, zu ihm zu gehen. Genug war genug. Es fiel mir zwar schwer, zuzugeben, dass ich im Unrecht gewesen war, aber Lance war mir wichtig genug, um meinen Stolz zu überwinden. Ich musste mir endlich eingestehen, dass ich Mist gebaut hatte, und mich entschuldigen.

Ich drehte mich um und schlug erneut die Richtung ein, aus der ich gekommen war, um durch den Wald zum Asteroidenplatz zu gelangen. Mein Herz fühlte sich schon viel leichter an, jetzt, da es mein Ziel kannte, und das Brandmal auf meinem Arm kribbelte vor Vorfreude.

Ich näherte mich der geschlossenen Wohnanlage und hielt mich an die Schatten, um ungesehen die Rückseite der Anlage zu umrunden.

Am Eisentor schuf ich eine Wassersäule unter meinen Füßen, die mich hochhob und über das Tor beförderte.

Sobald ich auf der anderen Seite gelandet war, eilte ich auf sein Chalet zu. Mir kribbelte es in den Fingern, weil ich wusste, dass wir uns endlich wieder versöhnen würden, und ich konnte mir ein Grinsen nicht verkneifen, während ich mein Tempo weiter steigerte.

Als ich sein Haus sah, rannte ich förmlich, und in der Gasse, die sein Haus von Washers Zuhause trennte, sprintete ich sogar.

Die Tür flog auf, kurz bevor ich sie erreichte, und Lance streckte mir mit großen, aufgeregten Augen die Arme entgegen. Ich stieß mit ihm zusammen und wir schlossen einander in die Arme. Durch die Wucht unseres Aufpralls wären wir fast umgefallen.

»Es tut mir leid«, knurrte ich, während ich ihn an mich drückte, und ein Teil von mir wünschte sich, ich müsste ihn nie wieder loslassen.

»Mir tut es auch leid«, stimmte er zu und sein Bart kratzte auf die beste Art und Weise an meiner Wange.

Wir stolperten in sein Haus, ohne einander loszulassen, und ich trat die Tür hinter uns zu. Ich wusste nicht, was die Leute denken würden, wenn sie uns so sähen.

»*Fuck*, du riechst so gut«, stöhnte ich, sobald mich sein Zimtduft umhüllte.

»Ich muss gerade ernsthaft gegen den Drang ankämpfen, dich zu küssen«, scherzte er, aber ich war tatsächlich fast versucht, ihm meinen Mund zuzuwenden.

Dieses verdammte Wächterband!

»Ich glaube, Blowjobs reichen«, meinte ich lachend und er schmiegte sich an mich.

»Bei den Sternen, das klingt gar nicht so übel«, stöhnte er, und ich lachte noch lauter.

»Du bist kein Arschloch, an das mein Vater mich gebunden hat«, knurrte ich, denn diese Worte verfolgten mich, seit ich sie ausgesprochen hatte. »Ich war wütend, aber das hätte ich nie sagen dürfen. Du sollst wissen, dass ich nicht so über dich denke.«

»Ich weiß«, antwortete Lance schroff. »Und es tut mir leid, dass ich versucht habe, dir die Idee, den Thron mit den Vegas zu teilen, so aufzuzwingen. Es war nicht meine Absicht, dich deswegen anzuschreien oder dir eine Entscheidung zu diktieren. Ich denke nur, dass …«

»Ich … Bitte, können wir heute Abend nicht über die Vegas sprechen?«, flehte ich. »Sie nehmen schon genug meiner Zeit in Anspruch.«

Lance wich gerade so weit zurück, dass er mich mit einem leichten Stirnrunzeln im Gesicht ansehen konnte. Ich wusste, dass wir dieses Gespräch eines Tages führen mussten, aber ich hatte nicht vor, meine Meinung darüber zu ändern, meinen Thron mit den Töchtern des Grausamen Königs zu teilen. Lance seufzte, als ihm klar zu werden schien, dass es nichts bringen würde, jetzt auf unsere Probleme einzugehen. Also nickte er einfach nur. Es war fast Weihnachten und ich wollte einfach kein böses Blut zwischen uns. Wir konnten den ganzen Scheiß ein anderes Mal besprechen. Außerdem verstand ich, dass er mir lediglich helfen wollte, indem er mir jede mögliche Lösung für meine Probleme mit den Zwillingen präsentierte, aber ich war mir sicher, dass er nie wirklich daran geglaubt hatte, dass wir uns den Thron teilen würden.

»Natürlich«, stimmte Lance mit einem angespannten Lächeln zu, während er das Thema erst einmal auf sich beruhen ließ. »Ich bin einfach so froh, dich wiederzuhaben.«

»Die Zeit ohne dich hat mich verdammt noch mal fast umgebracht. Ich weiß nicht, warum ich mich nicht schon früher zusammengerissen habe«, sagte ich leise, während ich mich zwang, ihn loszulassen, und gemeinsam mit ihm in seinen Wohnbereich trat. »Ich war in letzter Zeit so wütend auf mich selbst, und das wegen so vieler Dinge … Ich schätze, ich wollte einfach nicht die Verantwortung für irgendetwas davon übernehmen.«

»Dein Vater hat dich dazu erzogen, rücksichtslos zu sein und keine Gnade walten zu lassen. Er hat dir beigebracht, niemals klein beizugeben oder dich für deine Taten zu entschuldigen. Ich hätte zu dir kommen sollen«, sagte Lance und nahm mein Gesicht in seine Hände, sodass ich den Blick nicht von ihm abwenden konnte. »Ich wollte dich nur nicht denken lassen, dass ich lediglich wegen dieses verdammten Mals auf meinem Arm gekommen bin.«

Ich schüttelte den Kopf und er ließ mich los. »Ich weiß, dass unsere Verbindung stärker ist als das, was uns aufgezwungen wurde«, sagte ich ehrlich.

»Ich liebe dich wie einen Bruder. Du bedeutest mir mehr als die meisten echten Mitglieder meiner Familie.«

»Seien wir einfach froh, dass wir nicht verwandt sind«, stichelte er. »Denn wenn wir beide das Temperament eines Drachen hätten, dann würden wir uns wahrscheinlich noch viel öfter streiten – und die Blowjobs wären dann noch viel seltsamer.«

Ich lachte und strich mit der Hand durch meine Haare, während ich erleichtert aufatmete. Zum ersten Mal seit Wochen fühlte sich mein Herz leicht an und die Anspannung in mir ließ etwas nach. »Du hattest recht, als du gesagt hast, dass ich mein eigener schlimmster Feind bin«, murmelte ich. »Es scheint, als hätte ich in letzter Zeit nur schlechte Entscheidungen getroffen.«

»Nun, ich habe in letzter Zeit auch verdammt viele schlechte Entscheidungen getroffen, also werde ich nicht über dich urteilen.« Lance führte mich zum Sofa und ließ sich darauf fallen. Er füllte das Glas Bourbon, das auf dem Couchtisch stand, nach und bot es mir an, bevor er selbst aus der Flasche trank.

»Willst du darüber reden?«, fragte ich und rutschte näher an ihn heran, sodass unsere Beine aneinandergepresst waren. Nachdem wir uns wochenlang außer im Unterricht, beim Pitball-Training und bei der Arbeit mit den Schatten gemieden hatten, sehnte sich das Band zwischen uns nach dieser Nähe, und ich wusste aus Erfahrung, dass es einfacher war, ihm nachzugeben, als es zu bekämpfen.

Lance sah mich eine ganze Weile an und seufzte dann. »Ja. Aber nicht jetzt. Heute will ich einfach ein bisschen Zeit mit dir verbringen und wahrscheinlich die ganze Nacht auf diese völlig platonische, absolut lächerliche Art und Weise mit dir kuscheln, die dieses Band fordert.«

»*Scheiße*, das hört sich so gut an«, stöhnte ich und ließ meinen Kopf lachend zurückfallen.

»Wie wär's mit einem Film?«, fragte Lance, während er bereits Faeflix anschaltete und sich auf die Suche machte.

»Das hört sich paradiesisch an«, gab ich zu, denn ich brauchte dringend etwas Erholung, um den ganzen Scheiß in unserem Leben zu vergessen. Heute Abend gab es keine Nymphen, Ratsmitglieder, Politiker oder Vega-Zwillinge. Sondern einfach nur zwei erwachsene Männer, die sich Actionfilme ansahen und dabei wahrscheinlich Händchen hielten. Das war so ziemlich die beste Nacht, die ich mir im Moment vorstellen konnte. Und als Orion meine Hand nahm, grinste ich wie ein Kind an Weihnachten und alle meine Probleme schienen ein wenig erträglicher.

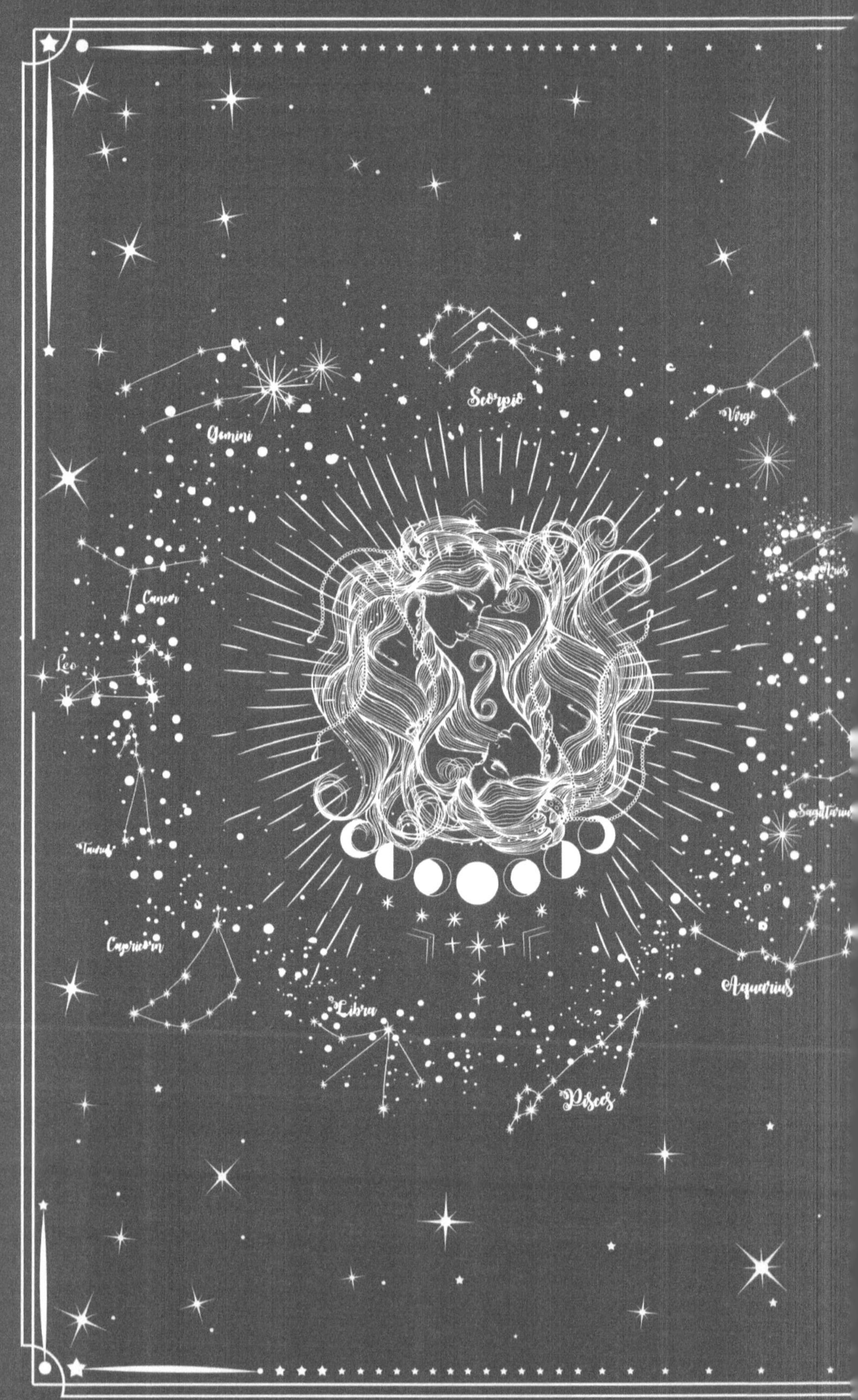

Scorpio
Virgo
Gemini
Aries
Cancer
Leo
Sagittarius
Taurus
Capricorn
Aquarius
Libra
Pisces

DARCY

KAPITEL 35

Ich lag auf meinem Bett und betrachtete stirnrunzelnd eine Numerologie-Gleichung. Mein Magen machte mich grummelnd darauf aufmerksam, dass Zeit fürs Mittagessen war. Es war Samstag und sämtliche Gespräche auf dem Campus drehten sich um das Thema Weihnachten.

Ich wollte nicht an Weihnachten denken, solange Tory und ich stritten. Sie war die einzige Konstante bei jedem Weihnachtsfest gewesen, seit ich denken konnte. Es war egal, in welchem Haus wir gewohnt, welche Pflegeeltern mit uns gefeiert hatten oder nicht. Wichtig war nur gewesen, dass wir jeden Weihnachtsmorgen gemeinsam verbracht hatten. Ich in aller Herrgottsfrühe und Tory eine Stunde später, nachdem ich sie endlich aus dem Bett gezerrt hatte.

Bei Schneefall hatten wir Schneemänner gebaut, Schneeballschlachten veranstaltet und einen Schlitten aus Tabletts gebaut. Wir waren so lange draußen, bis unsere Finger und Zehen gefroren und unsere Nasen knallrot gewesen waren. Das war unser Ding gewesen. Und es war mir egal, wie alt wir waren — ich wollte am Weihnachtsmorgen aufwachen und all diese Dinge mit der einzigen Person auf der Welt machen, die meine Familie war.

Ich schickte Tory eine Nachricht und mein Herz hämmerte, als ich versuchte, zu entscheiden, was ich sagen sollte.

Darcy:

Wenn ich dir sagen könnte, was los ist, würde ich es tun. Bitte schließe mich nicht aus, Tory. Es ist bald Weihnachten. Wir werden hier an der Academy allein sein, aber das spielt überhaupt keine Rolle, solange ich dich habe.

Ich konnte sehen, dass sie antwortete. Die Punkte erschienen und verschwanden, als sie ihre Antwort offensichtlich mehrmals veränderte.

Tory:
Ich verstehe nicht, warum du mir nicht vertrauen kannst.

Darcy:
Es geht nicht um Vertrauen.

Tory:
Ja, das ist offensichtlich.

Ich seufzte. Wie sollte ich dieses Problem lösen? Wenn ich zu viel über den Grund sagte, warum ich mich ihr nicht mitteilen konnte, würde sie herausfinden, dass ich erpresst wurde. So schmerzhaft es auch war – der beste Weg, sie zu schützen, war, so zu tun, als wollte ich dieses Geheimnis wirklich nicht mit ihr teilen. Aber das fühlte sich in etwa so gut an, als würde ich einen Nagel in mein Herz hämmern.

Aus den Augenwinkeln sah ich ein Glitzern und ich drehte mich um und atmete scharf ein, als Orion in einer Wolke aus Sternenstaub auftauchte, die sich schnell in Luft auflöste.

»Heilige Scheiße«, flüsterte ich, als ich ihn richtig ansah. Er trug eine schicke Hose und ein strahlend weißes Hemd, seine Haare waren gestylt und er hielt eine dunkelblaue Blume in der Hand – blau, wie meine Haare. Sie sah aus wie eine Lilie, mit riesigen Blütenblättern und glitzerndem weißem Blütenstaub.

»Bist du überrascht?«, fragte er, und ich sprang vom Bett auf, schlang meine Arme um ihn und holte mir den Kuss, von dem ich seit Tagen geträumt hatte. Sein Mund war warm und einladend und sein Griff um mich wurde fester, sodass meine Zehen fast den Boden verließen.

»Absolut«, sagte ich grinsend, während ich mich von ihm löste.

Er hielt die Blume hoch, zwirbelte sie zwischen seinen Fingern und reichte sie mir mit einem Grinsen.

Ich nahm sie und meine Wangen wurden heiß. »Sie ist wunderschön.«

»Sie ist durchschnittlich. Du hingegen …« Er zog mich wieder an sich, riss mir die Blume aus der Hand und warf sie auf meinen Schreibtisch. »Du siehst absolut entführbar aus.«

»Wa…« Bevor ich das Wort beenden konnte, warf Orion eine Handvoll Sternenstaub über uns und ich wurde in eine Galaxie aus Sternen gerissen.

Ich taumelte durch das Geflecht zwischen den Welten und wäre fast mit Orion zusammengestoßen, als meine Füße festen Boden berührten. Aber ich wurde immer besser im Landen.

Ich sah mich um und vergaß beinahe, zu atmen, als ich meine Umgebung registrierte. Wir befanden uns unter einer riesigen Trauerweide, deren dicke Triebe die große Öffnung unter ihr säumten. Frost bedeckte die Äste, weshalb sie bläulich glitzerten, und über uns hing ein Kronleuchter aus purem Eis, in dem goldene Lichtkugeln schimmerten. Darunter standen ein Tisch und zwei Stühle, die aus Eis geschnitzt und mit dicken Felldecken ausgelegt waren. Schüsseln mit Essen nahmen die Tischplatte in Beschlag und in der Mitte stand eine Flasche Wein. Der Boden war von einer flauschigen weißen Schneeschicht bedeckt und ein gefrorener Wasserlauf schlängelte sich wie eine Glasscheibe durch die Mitte.

»Es ist zu viel, nicht wahr?« Orion brach das Schweigen. »Ich wusste, dass es zu viel ist, aber ich habe einfach weiter Eiszapfen hinzugefügt …«

»Lance, es ist unglaublich«, sagte ich und drehte mich zu ihm um, voller Ehrfurcht vor dem, was er getan hatte. Er nahm meine Hand, und mir kamen hundert Worte in den Sinn, aber keines davon schaffte es über meine Lippen. Kein einziges von ihnen war gut genug, um auszudrücken, wie viel mir das bedeutete.

Er schuf kleine Welten, die nur uns gehörten. Unter einem Swimmingpool, zwischen den Laken, unter einem Weidenbaum. Er konnte jeden Ort zu unserem machen und dabei jedes andere Lebewesen ausschließen.

Sein Kehlkopf wippte und ein verletzliches Lächeln umspielte seinen Mund. »Ich war noch nie wirklich mit einem Mädchen zusammen. Nicht auf diese Weise. Nicht richtig. Aber dich so zum Lächeln zu bringen … das bedeutet mir alles. Vor ein paar Monaten hätte ich geglaubt, den Verstand zu verlieren, hätte ich mich so gesehen. Du bringst mich dazu, Bäume zu verkleiden, Blue. Ich bin zu hundert Prozent verrückt nach dir. Und es ist mir scheißegal.«

Ich lachte ausgelassen und prägte mir jeden Teil dieses Ortes, dieses Moments und seiner verrückten Rede ein. Es war unsere Art von perfekt.

»Du hast mich sprachlos gemacht.« Ich biss mir auf die Unterlippe und er grinste verrucht.

Er öffnete seine Hand und drückte mir ein Stück Papier in die Hand. Es war einer der Gutscheine, die ich ihm zum Geburtstag geschenkt hatte.

Gutschein für:
einen gemeinsamen Tag

»Ich hätte diesen Tag für *dich* organisieren sollen«, sagte ich und schaute zu ihm auf.

»Nun, ich spiele nicht nach deinen Regeln, Blue.« Er lächelte und mir wurde warm ums Herz. Ich tendierte auch nicht dazu, nach seinen Regeln zu spielen, also konnte ich ihm nicht widersprechen.

Ich stellte mich auf Zehenspitzen und küsste ihn, während er seine Finger mit meinen verschränkte. Er führte mich zu einem der Stühle und ich ließ mich darauf fallen. Mit einem spielerischen Lächeln sah ich ihn an, als er sich auf den anderen Stuhl setzte.

Er fühlte sich so weit weg an, und eine Röte bahnte sich ihren Weg in meine Wangen. Ich war eigentlich kein Mädchen, das auf formelle Abendessen stand, und er schien mir auch nicht der Typ dafür zu sein.

Er musterte mich eine Weile nachdenklich. »Das sind nicht wirklich *wir*, was?«

»Nein, aber ich weiß, wie wir das Problem beheben können.« Ich sprang auf, schnappte mir die Decke von meinem Stuhl und legte sie auf den Boden.

Er grinste, stand auf und wir verteilten das Essen auf der Decke, um daraus ein Picknick zu machen. Er entkorkte den Wein mit seinen Zähnen, und ich ließ mich entspannt neben ihm auf den Boden fallen. *Viel besser.*

Ich öffnete meine Handfläche, schürte ein Feuer und platzierte es sanft im Schnee jenseits der Decke. Der Schnee schmolz, und Orion nahm meine Hand und rutschte an meine Seite. »Wenn du nicht willst, dass der Schnee schmilzt, kannst du ihn so abschirmen …« Seine Magie prallte auf meine Haut und ich ließ meine Barrieren fallen, sodass seine Kraft mich durchfluten konnte.

Ich spürte, wie er die Magie in meine Fingerspitzen lenkte, und der Rausch, der mich durchströmte, war geradezu betörend. Er zeigte mir, wie ich den Schnee vor der Hitze schützen konnte, und schon bald spürte ich, wie die beiden Elemente Feuer und Wasser in Harmonie zusammenwirkten.

Orion zog seine Magie wieder zurück und ich seufzte, als seine pure Energie mich verließ.

»Ich habe Neuigkeiten«, sagte er, als er mir eine Schüssel mit gefüllten Oliven hinhielt.

Ich nahm eine, knabberte daran und genoss den bitteren Geschmack. »Ach ja?«

»Darius und ich haben uns versöhnt«, sagte er.

»Das ist ja großartig«, rief ich enthusiastisch. »Dann kannst du ihm von uns erzählen und …«

Orion schüttelte den Kopf und zog die Stirn in Falten. Der Rest des Satzes blieb mir im Hals stecken. Er seufzte und senkte den Blick Richtung Boden. »Er hat sich dafür entschuldigt, ein Arschloch gewesen zu sein, aber er hat nichts von dem angesprochen, was ich während unseres Streits gesagt habe. Wenn ich ihm von uns erzähle, wird das sein Vertrauen in mich nur komplett erschüttern …«

Ich nahm seine Hand und mein Herz verkrampfte sich zu einer Kugel. »Ich will keinen Keil zwischen dich und deinen Freund treiben.«

»Es ist nicht deine Schuld«, knurrte er und sah mir in die Augen. »Er muss seine Fehler erkennen. Er muss mit seinen Gefühlen für deine Schwester klarkommen. Jetzt, da sie miteinander geschlafen haben, könnte er irgendwann …«

»Warte, *was*?« Ich schnappte nach Luft und mein Mund blieb offen stehen. *Heilige Scheiße, Tory hatte Sex mit Darius??*

Orion sah mich unsicher an. »Ich dachte, du wüsstest Bescheid.«

»Tory spricht nicht mir. Woher sollte ich davon wissen?«

»Es ist schon eine Weile her.« Er kratzte mit entschuldigendem Blick seinen Bart.

»Ja, naja, Tory und ich sind schon seit einer gefühlten Ewigkeit zerstritten.« Ich verzog das Gesicht, denn meine Seele sehnte sich nach der Gesellschaft meiner Zwillingsschwester. »Aber ich denke, ich verstehe sie. Warum sollte sie das mit mir teilen, während ich ihr so viel verheimliche?«

Orion nahm meine Hand und drückte sie sanft. »Ich habe die Karten gelesen. Es gibt Hoffnung, Blue. Gib nicht auf!«

Ich lächelte hoffnungsvoll, weil ich das so gern glauben wollte. »Natürlich nicht. Wenn ich ihr von Anfang an von uns erzählt hätte, wäre uns das alles erspart geblieben. Sie hat mit Darius geschlafen, zum Teufel noch mal, warum sollte es sie interessieren, dass ich mit dir zusammmen bin? Und selbst wenn es so wäre, würde sie sich deswegen nicht von mir lossagen.«

»Du wolltest sie schützen und sie nicht in die Sache mit reinziehen.«

Ich seufzte und ließ den Kopf hängen. »Ich weiß. Aber damit habe ich alles versaut.«

Orion zog mich an sich und griff nach meinem Kinn, um mich dazu zu bringen, zu ihm aufzusehen. »Wir wussten nicht, dass die Sache zwischen uns so weit gehen würde. Außerdem war ich derjenige, der dich davor gewarnt hat, es ihr zu sagen.«

»Normalerweise lasse ich mich von dir nicht herumkommandieren. Und jetzt wissen wir auch, warum das die richtige Entscheidung ist«, stichelte ich und stieß ihn spielerisch an.

Er grinste verschlagen und zog mich näher zu sich. »Vielleicht gefällt es mir ja ganz gut, wenn du rebellierst. Dann habe ich einen Grund, dich zu bestrafen.« Er knabberte an meinem Hals und als seine Reißzähne meine Haut berührten, verschwammen meine Gedanken. »Weißt du noch, als du mich vom Aer-Turm geworfen hast und ich dich im Treppenhaus eingeholt habe?«

Ich nickte und biss mir bei der Erinnerung auf die Lippe. »Das war – im Nachhinein betrachtet – ziemlich heiß.«

»Scheiß auf *im Nachhinein*! Weißt du, wie oft ich deinetwegen schon kalt duschen musste?«

Ich lachte laut auf, lehnte mich in seine Arme, küsste ihn und vergaß für einen Moment meine Sorgen. Die Magie dieses Ortes war fesselnd und ich wollte diesen gestohlenen Augenblick des reinen Friedens genießen, auch wenn ich wusste, dass er nicht ewig dauern würde.

Wir machten uns über das Essen her, und bald war ich satt und legte mich auf die Decke, die Hand auf meinem Bauch ruhend. Orion nutzte seine Luftmagie, um Teller und Essensreste gemächlich zum Tisch zurückzuschicken, und ließ sich dann neben mir nieder, wobei er seinen Kopf auf seiner Hand abstützte.

Ich bestaunte den glitzernden Baldachin über mir und eine Welle puren Glücks durchströmte mich.

»Wo sind wir?«, fragte ich plötzlich.

»Am Rand des Airvale-Anwesens. Dem Haus meiner Familie. Meine Schwester und ich haben hier als Kinder immer gespielt.«

»Hier bist du aufgewachsen?«, fragte ich und brannte plötzlich darauf, unter der Weide hervorzukriechen und das Haus mit eigenen Augen zu sehen.

»Ja. Stella ist in der Stadt, also ist das Haus leer – genau wie ihr Herz.«

Ich lachte und er beugte sich vor, um mir eine Haarsträhne hinters Ohr zu streichen.

»Du wirst also kein gemütliches Weihnachtsfest mit deiner Mutter verbringen?«, fragte ich.

»Lieber esse ich Eisennägel und spüle sie mit einem Glas Säure runter.«

Ich runzelte die Stirn. »Was hast du dann vor?«

»Wahrscheinlich bleibe ich an der Academy. Es sei denn, Lionel zwingt mich, am Weihnachtsspaß der Familie Acrux teilzunehmen.«

»Vielleicht sehen wir uns, wenn du auf dem Campus bleibst«, sagte ich, aber mein Herz schmerzte so sehr bei dem Gedanken, das Fest ohne Tory zu verbringen, dass ich mich über diesen Gedanken nicht freuen konnte. Wir *mussten* uns vorher versöhnen. Ich könnte es nicht ertragen, Weihnachten ohne sie zu verbringen.

Orion sah mich verwirrt an. »Hat dir das niemand gesagt?«

»Mir was gesagt?«

»Es wird erwartet, dass du und deine Schwester den Tag im Palast verbringt. Er wurde für eure Ankunft vorbereitet.«

»Ist das dein Ernst?« Mein Herz klopfte wie wild. Ich hatte den Palast sofort besichtigen wollen, als ich davon gehört hatte, aber ich hätte nie gedacht, dass ich tatsächlich dort übernachten würde – auch wenn er jetzt technisch gesehen uns gehörte. Und das ausgerechnet über Weihnachten.

»Ja. Ich hätte dir schon früher davon erzählt, aber ich war mir sicher, dass Grus dich darauf angesprochen hat. Ihre Familie war maßgeblich an den Vorbereitungen beteiligt.«

»Wie ich sie kenne, sollte es wahrscheinlich eine Weihnachtsüberraschung sein«, meinte ich lachend, aber wurde schnell wieder ernst, als ich daran dachte, wie es wohl sein würde, das Haus meiner leiblichen Eltern zu betreten. Den Ort, an dem ich als Baby einmal gewesen sein musste. Es war vollkommen unwirklich.

»Willst du den Palast nicht sehen?«, fragte Orion, der meinen veränderten Gesichtsausdruck gesehen haben musste.

»Ich weiß einfach nicht, was mich erwartet, denke ich.«

»Stell dir das Anwesen der Acrux vor – mal tausend.«

»O mein Gott«, hauchte ich. »Warst du schon mal dort?«

»Einmal. Ich habe Darius bei einer Tour begleitet, während ein Fotograf Fotos von ihm gemacht hat.« Er beugte sich vor und drückte seine Lippen auf meine, was mich meine Sorgen im Nu vergessen ließ. »Er wird dir gefallen, Blue. Er ist für eine Königin gemacht.«

Ich hob eine Augenbraue. »Aber nicht für eine Königin, vor der du dich verbeugen würdest«, sagte ich unbekümmert. »Du würdest nur für einen König – oder vier – auf die Knie gehen.«

»Zu meiner Verteidigung: Ich habe Darius nur einmal einen geblasen und damals war ich betrunken, also zählt das nicht«, scherzte er.

Ich lachte laut auf und er grinste, während er seinen Mund zu meiner Kehle hinunterführte. Seine Reißzähne streiften meinen Puls und ein hungriges Knurren entwich ihm. Ich umklammerte seine Schultern und neigte meinen Kopf auffordernd zur Seite, woraufhin er seine Zähne ohne zu zögern in meine Haut grub. Ich krümmte mich gegen ihn, als er trank, und schloss die Augen, als seine Hand meine Handgelenke fand und sie in die Decke drückte. Er wusste, dass er mich nicht festhalten musste, aber ich war mir ziemlich sicher, dass es ihn anmachte.

Als er seine Reißzähne zurückzog, waren seine Pupillen geweitet und er atmete schwer, während er auf mich herabblickte.

»Wonach schmecke ich?«, sinnierte ich und zog eine Augenbraue hoch.

»Nach Macht, Feuer und geschmolzenem Zucker.«

»Das ist sehr spezifisch.« Ich grinste.

»Ich habe viel Zeit damit verbracht, darüber nachzudenken.« Er entblößte seine Reißzähne, als er lächelte, und mein Herz schmolz wie eine Brausetablette im Wasser.

»Kann ich dein Haus sehen?«, fragte ich und blickte hoffnungsvoll auf die Äste, die uns umgaben.

»Willst du das denn?«, fragte er und rollte sich mit einem Stirnrunzeln auf den Rücken. »Es ist nur ein Haus.«

»Nein … es ist ein Teil von dir.« Ich fuhr mit meinen Fingern über sein Kinn. »Und ich beabsichtige, alle Teile kennenzulernen.«

Er grinste, nahm meine Hand, schoss auf die Füße und zog mich mit seiner Vampirgeschwindigkeit hoch. »Du hast mich überzeugt.«

»Das war nicht schwer«, frotzelte ich.

»Du machst es einem schwer, Nein zu sagen, Blue.«

Er übernahm die Führung, brachte mich zu den Ästen des Baumes und schob die Zweige beiseite, die dabei wie Gläser klirrten. Ich schlüpfte durch die Lücke und stand vor einer schneebedeckten Ebene, in der sich ein schönes Haus zwischen zwei Hügeln befand. Alles war still, selbst die Luft streifte kaum meine Wangen, als ich auf den pulvrigen Schnee hinter der Weide trat.

Der gefrorene Bach schlängelte sich bis zum Haus und floss unter einem alten Wasserrad an der Seite des Hauses hindurch. Es war malerisch, wie ein modernisiertes Bauernhaus mit Backsteinmauern und rot gestrichenen Fensterrahmen.

Orion wirkte einen Windhauch hinter uns, um unsere Fußspuren im Schnee zu verwischen. Ich warf ihm einen fragenden Blick zu.

»Nur für den Fall«, erklärte er.

»Was würde deine Mutter tun, wenn sie mich hier mit dir finden würde?«, fragte ich, unsicher, ob ich mir über diese Möglichkeit Sorgen machen sollte.

»Mich verstoßen. Oh, warte, das hat sie längst getan.« Er gluckste, aber ein Knurren verließ instinktiv meine Kehle.

»Sie ist eine Idiotin.«

Er drückte meine Hand, sagte aber nichts dazu.

Wir erreichten die Haustür und Orion presste seine Handfläche dagegen und schloss die Augen, um sich zu konzentrieren. Ein Lichtschimmer erhellte die Tür, dann öffnete sie sich mit einem Klicken. »Sie hat mich nicht daran gehindert, mir Zugang zu verschaffen, also vertraut sie mir wohl doch noch irgendwie.«

Er schob die Tür weit auf und bedeutete mir, vor ihm einzutreten. Der Flur war groß und kalt, mit dunklen Dielenböden und gerahmten Gemälden von Gewitterstürmen an den Wänden. Eine eiserne Treppe schlängelte sich in der Mitte des Raumes nach oben und die freiliegenden Backsteinbögen gaben Einblicke in andere Räume um uns herum.

Orion nahm sich einen Moment, um mit seiner Wassermagie den Schnee von unseren Schuhen zu entfernen und nach draußen zu verfrachten. Dann schloss er die Tür und forderte mich auf, das Haus zu erkunden.

Ich lächelte und schlüpfte in die riesige Küche, in der ein großer roter AGA-Herd stand und den Raum beheizte. Ich ließ meine Finger über die hölzerne Kücheninsel gleiten, an der mehrere Stühle standen, und blickte schelmisch zu Orion auf.

»Welcher war dein Platz?«

Er zeigte auf den am Ende und ich berührte auch diesen. Stirnrunzelnd ging er weiter und griff nach einem anderen Stuhl. »Hier saß mein Vater.« Er strich mit den Fingern über den nächsten Stuhl. »Und hier Clara.« Seine Hand blieb auf dem Stuhl liegen und sein Unterkiefer zuckte, als er auf den leeren Platz starrte.

»Wir werden sie zurückholen«, versprach ich und er hob den Blick, um meinem zu begegnen.

Er nickte einmal, dann drehte er sich um und verließ die Küche. »Komm, es gibt einen Ort, den ich dir gern zeigen würde.«

Ich folgte ihm durch den großen Flur und bis zu einer Holztafel an der Wand. Er legte seine Hand darauf und ein Funken Magie überzog das Holz, woraufhin er die Geheimtür aufstieß. Eine Treppe, die unter das Haus führte, kam zum Vorschein, und ein kalter Wind wehte um mich herum und jagte mir einen Schauer über den Rücken.

»Wohin führt sie?«, fragte ich aufgeregt.

»Hier hat Dad mit dunkler Magie experimentiert.« In seinen Augen tanzten die Schatten und ich folgte ihm fröstelnd nach unten.

Er sandte eine Lichtkugel vor uns und ich öffnete überrascht den Mund, als wir den Fuß der Treppe erreichten. Vor uns breitete sich ein großer steinerner Raum aus. Auf der einen Seite befand sich ein alter Schreibtisch, auf der anderen standen viele Kisten und Regale.

Die Dunkelheit überrollte mich wie eine Lawine und ich keuchte auf, als etwas Gewaltiges und Mächtiges durch die Tiefen meines Körpers schoss.

»Nah ... so nah.« Claras Stimme durchdrang meinen Kopf und Orion drehte sich alarmiert zu mir um, als ich an ihm vorbeitaumelte. *»Du wirst es brauchen, um mich zu befreien.«*

Die Schatten wurden immer wilder, umschlangen mich und versuchten, mich mitzureißen.

»Blue?« Orion hielt mich fest, aber ich stieß mich von ihm ab und ein Strom aus Dunkelheit lenkte meine Schritte in Richtung einer der alten Holztruhen am anderen Ende des Raumes. Ich ließ mich auf die Knie fallen, riss sie auf und durchwühlte den Inhalt. Orions Stimme klang weit entfernt, als wäre sie hinter einer Barriere, und ich konnte die Worte nicht verstehen.

Meine Hand blieb an einer kleinen Schatulle hängen, ich zog sie heraus und stellte sie auf den Boden. Die Schatten verflüchtigten sich, als würde ein Windhauch sie davontragen, und alles wurde wieder klar und deutlich. Orion kniete neben mir, seine Hand ruhte auf der geschnitzten Schatulle, die ich aus der Truhe genommen hatte.

»Was ist passiert?«, fragte er besorgt.

»Clara hat gesagt, dass wir diese Box benötigen werden, um sie zurückzubringen.«

Orions Augen suchten meine – sie waren voller Hoffnung. Er öffnete die Schatulle und Sternenstaub starrte mir entgegen. Er glitzerte schwach und seine immense Kraft flimmerte durch die Luft. Es war kein normaler Sternenstaub; das erkannte ich schon an der Aura, die er ausstrahlte. Dies war der Sternenstaub, der es den Fae ermöglichte, ins Schattenreich zu reisen. Lionel hatte ihn in der Nacht der Mondfinsternis hergestellt. Die Erinnerung an jene Nacht schien an diesem dunklen Material vor mir zu haften. Ich erkannte es, als wäre es mit meiner Seele verbunden. Und vielleicht war es das auch irgendwie.

»Das ist ... genial«, flüsterte Orion. »Ich hatte gedacht, dass normaler Sternenstaub ausreichen würde, aber das hier wird den Weg vollends öffnen.«

Er eilte weg, holte ein Gefäß und schöpfte ein wenig von dem dunklen Sternenstaub hinein.

Oben schloss sich eine Tür, und wir erstarrten beide. Ja, wir wurden beide zu verdammten Eisskulpturen. *Verdammte Scheiße!*

»Hast du die Geheimtür geschlossen?«, flüsterte ich, weil ich befürchtete, seine Mutter könnte auf die offene Tür stoßen.

Orion nickte.

»Dann lass uns einfach mit Sternenstaub von hier verschwinden«, flüsterte ich eilig.

»Das geht nicht«, brummte er. »Das Haus ist mit einem Schutzwall versehen, der verhindert, dass sich jemand mittels Sternenstaub direkt in das Haus hinein- oder hinaustransportiert. Es ist eine Sicherheitsmaßnahme.«

»Scheiße«, zischte ich und stand auf; Orion tat es mir gleich.

»Ich kann Stella ablenken, während du dich durch die Vordertür schleichst«, sagte er. Aber er sah aus, als wäre das Letzte, was er tun wollte, mit seiner Mutter zu reden.

Ich nahm seine Hand und eine unbändige Energie wallte in meinen Adern auf. »Vergiss es! Lass uns zusammen abhauen – und zwar schnell.«

Seine Augen funkelten und er bewegte sich mit stiller Zustimmung durch den Raum ins Treppenhaus. Ich eilte ihm nach und spürte, wie sich der Druck einer Stillekuppel über mich legte.

»Bleib dicht bei mir«, murmelte er.

Wir erreichten das obere Ende der Treppe und ich drängte mich neben Orions breit gebauten Körper, um mit ihm durch die schmalen Ritzen der Tür auf den Flur zu schauen.

Stella tauchte in einem engen roten Kleid und mörderischen High Heels auf. »Du kannst deinen Mantel und deine Handschuhe dort drüben aufhängen«, sagte sie zu jemandem, den ich nicht sehen konnte.

Mein Herz klopfte wie wild, als eine weitere Frau ins Blickfeld trat. Sie kam mir irgendwie bekannt vor, obwohl ich mir sicher war, dass ich sie noch nie gesehen hatte. Ihre dunklen Haare waren kurz geschnitten und dicht gelockt, ihr Gesicht war hager, aber ihre kleine Statur tat dem Flackern der Macht, das von ihr auszugehen schien, keinen Abbruch. Sie trug einen dicken schwarzen Mantel und ein Paar hässliche Strickhandschuhe, die sie trotz Stellas Aufforderung anbehielt.

»Ich werde nicht lange bleiben«, sagte die Frau mit kehliger Stimme. »Ich bin nur hier, um meinen Anteil an dunklem Sternenstaub zu holen.«

Ich warf Orion einen besorgten Blick zu. Wenn sie hier runterkamen, steckten wir in ernsten Schwierigkeiten. Orion konnte vielleicht erklären, warum er sich in seinem Elternhaus aufhielt, aber wie sollte er begründen, in

Begleitung eines Vega-Zwillings zu sein?

»Zuerst Kaffee, Drusilla«, sagte Stella. Es war ein Befehl und obwohl Drusilla nur widerwillig zu gehorchen schien, folgte sie Stella in die Küche.

Ich schnappte nach Luft und Orion zog mich näher zu sich. »Zeit zu gehen.«

Ich nickte und wappnete mich für das, was mich erwartete, während er die Tür aufstieß. Wir verharrten eine angespannte Sekunde, bevor wir auf den Flur traten.

»… wie kommt dein Sohn an der Academy zurecht?« Stellas Stimme drang zu uns durch.

»Diego ist wertlos; er tut nichts von dem, was ich sage«, sagte Drusilla kühl, und meine Gedanken überschlugen sich. »Ich wünschte, ich hätte eine Tochter. Die sind so viel fügsamer.«

Mein Mund blieb offen stehen. Das war Diegos *Mutter*?

»Da stimme ich dir in jeder Hinsicht zu. Seit ich mein kleines Mädchen verloren habe, ist mir mein Sohn ein Dorn im Auge. Ich schwöre, er treibt mich absichtlich in den Wahnsinn.«

Ich blieb dicht an Orions Seite, und er öffnete vorsichtig die Haustür und schob mich nach draußen, bevor er mir folgte.

»Lass uns rennen!«, verkündete er, ergriff meine Hand und hob mich in seine Arme, um mit mir durch den Schnee zu rennen. Ich verwischte unsere Spuren mit einem Windstoß, während er den Sternenstaub aus seiner Tasche holte. »Dieser Baum ist die Grundstücksgrenze.« Er zeigte auf den Baum und schoss mit hoher Geschwindigkeit auf ihn zu.

Adrenalin schoss durch meine Adern, als wir unserem Entkommen immer näher kamen.

In dem Moment, in dem wir den Baum passierten, warf Orion eine Handvoll Sternenstaub in die Luft. Ich wurde in den Abgrund gerissen, durch ein Meer von Sternen geschleudert und landete im Nu wieder auf dem Campusgelände. Wir befanden uns in seinem Büro und ich musste lachen, als ich feststellte, dass wir unbemerkt entkommen waren.

»Was ist mit dem Essen unter der Weide?«, fragte ich. Ich konnte mir nicht vorstellen, dass Stella in nächster Zeit einen Spaziergang in diese Richtung machen würde, aber es war möglich.

»Darum kümmere ich mich später«, sagte Orion, berührte meine Wange und zog mich näher zu sich. Ich spürte das heftige Klopfen seines Herzens, als ich eine Hand auf seine Brust legte, und schenkte ihm ein schiefes Lächeln.

»Sieht so aus, als wäre Diegos Familie genauso verkorkst wie meine«, seufzte er. »Vielleicht sollte ich *etwas* netter zu ihm sein …«

»Er hat ein gutes Herz«, sagte ich leise.

Er nickte, die Lippen fest zusammengepresst, als fiele es ihm immer noch schwer, das zu akzeptieren. »Tut mir leid, dass unser Date eine Katastrophe war.«

»Das war es nicht«, sagte ich ehrlich und zog ihn näher zu mir, indem ich an seinem Hemd zerrte. »Ich habe alles daran geliebt.«

»Ich liebe *dich*«, konterte er und die Welt blieb stehen. Es war das Gewicht seiner Worte selbst, das die Zeit verlangsamte.

»Lance«, flüsterte ich und ein Gefühl des Glücks breitete sich in meinem Herzen aus.

»So wollte ich es eigentlich nicht sagen und ich bin mir immer noch nicht sicher, ob ich es hätte sagen sollen …« Er zog die Augenbrauen zusammen. »Ich weiß nicht, wie viel Zeit wir haben, Blue, aber mein Herz wird dir gehören, ob wir zusammen sind oder nicht.«

Mir stiegen die Tränen in die Augen, denn der Gedanke, dass wir auseinandergerissen werden könnten, war einfach zu unerträglich, um mich jetzt damit auseinanderzusetzen. Ich beugte mich vor und presste meine Lippen auf seine, um in den Gefühlen, die er in mir auslöste, zu ertrinken. Denn natürlich liebte ich ihn auch. Wie hatte ich das bisher nicht merken können?

Es klopfte an der Tür und Orion zog sich zurück. Unser Moment war vorbei und ich war nicht einmal dazu gekommen, es ihm zu sagen.

Orion ging stirnrunzelnd zur Tür und ich ließ mich auf den Platz an seinem Schreibtisch fallen, wobei ich einen langweiligen Gesichtsausdruck aufsetzte.

Er öffnete die Tür und Professor Perseus steckte seinen Kopf herein. »Ah, Lance, ich wollte dich fragen, ob du ein paar Tipps zu Luftzaubern hast, die ich in den Lehrplan aufnehmen möchte?«

»Natürlich. Miss Vega wollte gerade gehen.«

Ich stand auf und ging zur Tür, und Perseus schenkte mir ein freundliches Lächeln. Ich warf einen Blick über die Schulter und verabschiedete mich stumm von Orion, bevor ich mich entfernte.

»Vergessen Sie nicht, das Kartieren der Sterne zu üben!«, rief er mir mit strenger Stimme nach.

Auf dem Weg zurück zum Aer-Turm musste ich das Grinsen verbannen, das ich während des gesamten Weges nicht aus meinem Gesicht hatte wischen können. Als ich mein Zimmer erreichte, fühlte ich mich wie high.

Er liebte mich. Lance Orion *liebte* mich. Und ich liebte ihn mit jedem

Winkel meines Herzens und allen Zwischenräumen dazwischen.

Als ich die Tür öffnete, zerbrach mein Glücksgefühl. Seth saß auf meinem Schreibtischstuhl, blaue Blütenblätter lagen auf seinen Knien und auf dem Boden verstreut.

Ich errichtete sofort einen luftdichten Schutzschild und biss die Zähne zusammen, bevor ich den Raum betrat. »Was machst du hier?«, fragte ich.

»Schließ die Tür«, sagte er beiläufig und ignorierte meine Frage.

Ich widersetzte mich, bis er mir einen warnenden Blick zuwarf. Mit laut klopfendem Herzen schob ich die Tür hinter mir zu. Ich starrte die zerstörte Blume an und mein Blut kochte vor Wut. Er hatte kein *Recht*, sie anzufassen.

»Du solltest wirklich ein magisches Schloss an deiner Tür anbringen, Babe. Jemand, der dir weniger freundlich gesinnt ist, könnte reinkommen …«

Missmutig verschränkte ich die Arme vor der Brust und verbarg mein Unbehagen über seine Anwesenheit mit Wut. »Was willst du?«

Er holte etwas aus seiner Tasche und legte es auf den Schreibtisch. Als ich den Wassermann-Mondstein sah, den ich genutzt hatte, um ihn mit Läusen zu verseuchen, wurde meine Zunge schwer.

»Ich dachte, es wäre an der Zeit, dir mitzuteilen, dass die anderen Erben und ich herausgefunden haben, was ihr uns angetan habt. Wir wissen *alles* – von den Pegasus-Gerüchten über Cal, dem Greifenkot in Max' Pitball-Uniform, den Läusen, mit denen du mich von meinem Rudel ferngehalten hast …«

Ich schluckte den aufsteigenden Kloß in meinem Hals hinunter und starrte ihn unverwandt an. »Das ist also die Rache dafür?«, riet ich. Hatte ich endlich den Grund dafür gefunden, warum er mich so quälte?

»Nicht wirklich«, sagte er zwanglos und schwang sich auf meinem Schreibtischstuhl hin und her.

Mein Herz verhärtete sich zu einem kalten Ball, als er aufstand und auf mich herabstarrte. Ich reckte mein Kinn in die Höhe und erwiderte seinen Blick. Ich war zwar kleiner, aber ich kannte jetzt meine eigene Stärke. Mit Größe allein konnte er mich nicht einschüchtern.

»Der Zeitungsartikel war die Rache«, erklärte er. »Aber ihr konntet es einfach nicht dabei belassen, was?« Ein Knurren entwich ihm und Feuermagie kribbelte in meinen Handflächen. »Ihr musstet hingehen, die Geschichte verdrehen und uns erneut zum Narren halten.«

Seitdem der Artikel gedruckt worden war, hatte er sich wie ein Lauffeuer verbreitet und wir erhielten deswegen sogar schon Fanpost. Es verging kaum ein Tag, an dem niemand auf FaeBook erwähnte, wie mitfühlend ich oder wie stark Tory war, weil sie sich ihrer Sucht gestellt hatte. Die Story hatte mehr Wirkung gezeigt, als wir je hätten vorhersagen können.

»Die Sache ist die, Seth, du erwartest von uns, dass wir uns wie dressierte Hunde einfach auf den Rücken drehen. Wann begreifst du endlich, dass wir niemals aufgeben werden?«, zischte ich und die Spannung zwischen uns knisterte in der Luft.

»Du gehörst mir, Vega. Und *trotzdem* scheinst du dich nicht benehmen zu können.« Er schritt auf mich zu, neigte den Kopf und ließ seinen Blick über mich gleiten. Seine Hand schoss hervor und das Feuer in meinen Handflächen loderte warnend auf. Er legte seine Hand auf den Türgriff neben mir und ein grimmiges Lächeln huschte über sein Gesicht. »Jetzt, da die Welt eure Macht anerkannt hat, seid ihr wohl tatsächlich ein würdiger Gegner.« Er öffnete die Tür, und ich trat zur Seite und sah ihm stirnrunzelnd nach, als er im Flur verschwand.

Ich schloss die Tür und verriegelte sie, während ich zu verstehen versuchte, wie der Kopf dieses Typen funktionierte. Hatte er mich gelobt oder mir gedroht?

Mein Blick fiel auf die Blütenblätter auf dem Boden und die Antwort war klar: Er wollte, dass mein Leben auseinanderfiel, so wie diese Blume es getan hatte. Und er wollte derjenige sein, der das hübsche Ding in seiner Hand zerquetschte. Aber ich war nicht zerbrechlich, ich war eine im Feuer geschmiedete Waffe. Und es sah so aus, als hätte er das endlich begriffen.

Scorpio
Virgo
Gemini
Aries
Cancer
Leo
Sagittarius
Taurus
Capricorn
Aquarius
Libra
Pisces

TORY

KAPITEL 36

Guten Morgen, Zwilling!
Die Sterne haben deinen Tag vorausgesagt.
Der heutige Tag könnte eine unerwartete Überraschung für dich
bereithalten. Möglicherweise führt der darauffolgende Umbruch
sogar zu einer dramatischen Veränderung deiner Lebensumstände.
Versuche, mit offenem Herzen zu handeln und zu vergeben, wenn
Wut über dich hereinbricht. Dann wirst du morgen zu einer helleren
Sonne aufwachen.

Ich dachte über diesen kleinen Klumpen Nichtinformation nach und versuchte herauszufinden, was er bedeuten könnte. Nach einer weiteren Nacht, in der ich Claras Geflüster zugehört hatte, klebten die Schatten noch immer an mir. Manchmal hatte ich das Gefühl, dass das verlorene Mädchen die einzige Person war, die mich jemals wirklich verstanden hatte.

Ich runzelte die Stirn, als sich dieser Gedanke festsetzte. Das stimmte nicht. Darcy kannte mich besser als jeder andere, und die Vorstellung, dass eine Schattenprinzessin mich auch nur annähernd verstehen könnte, war völliger Unsinn. Das war überhaupt nicht mein Gedanke gewesen. Es war der eines Schattens gewesen, der versuchte, in mir Wurzeln zu schlagen. Er versuchte, sein Gift in mir zu verbreiten und mich von meiner Realität wegzulocken, damit ich dem Ruf seines Meisters folgte. Ich fragte mich, ob Clara etwas Ähnliches erlebt hatte.

Mein Phönix bewegte sich unter meiner Haut und der Kuss seiner Flammen verjagte die Schatten wieder.

Ich knöpfte meine Bluse zu und ging dann ans Fenster.

Der Schnee war wirklich wunderschön – die glitzernde weiße Landschaft erstreckte sich, so weit das Auge reichte. Das Campusgelände sah unter der Schneedecke sogar noch magischer aus als sonst.

Ich gähnte, wandte mich vom Fenster ab und holte Mantel und Mütze aus meinem Schrank. Dank meiner Feuermagie musste ich mich nicht unbedingt wettergerecht anziehen, aber heute hatte ich Lust, die Jahreszeit auszukosten. Ich wollte den Frost auf meinen Wangen spüren und sehen, wie mein Atem zu einer Dampfwolke vor mir aufstieg.

Ich zog meinen dicken marineblauen Mantel an und zog mir eine Mütze über die Ohren, bevor ich meinen Rucksack schulterte und mich auf den Weg machte.

Milton Hubert kam gerade aus dem Gemeinschaftsraum und gesellte sich lächelnd an meine Seite.

»Ich habe nachgedacht«, sagte er und musterte mich von der Seite.

»Ach ja?«, fragte ich.

»Mir ist aufgefallen, dass du für jemanden, der behauptet, sexsüchtig zu sein, nicht wirklich oft Sex hast.«

»Das ist eine äußert seltsame Beobachtung«, erwiderte ich.

Er lachte. »Ich glaube, du hast keine Ahnung, wie viele Typen mich fragen, wie sie es schaffen, von dir beachtet zu werden. Sie wissen, dass wir befreundet sind, und scheinen mich für eine Art Zuhälter zu halten. Oder vielleicht ist das auch nur Wunschdenken ihrerseits … Jedenfalls ist mir aufgefallen, dass nie jemand aus deinem Zimmer kommt oder geht und du dich auch über Nacht nicht mehr außerhalb deines Hauses aufhältst …«

»Vielleicht solltest du nicht alles glauben, was du in den Zeitungen liest«, neckte ich.

»Einschließlich der Interviews, die du gibst?« Er grinste mich an, und ich zuckte mit den Schultern.

»Die sind am irreführendsten. Warum erzählst du deinen kleinen Kumpels nicht, dass ich auf dem Weg der Besserung bin? Ich bin seit fünfzig Tagen abstinent und werde bald meinen Chip bei meinem Treffen der anonymen Sexsüchtigen erhalten.«

»Ach ja?« Er lachte.

»Deprimierenderweise … ja. Ich glaube, das könnte tatsächlich der Fall sein.« Ich schürzte die Lippen, als ich darüber nachdachte. Seit dem …

Zwischenfall mit Darius bei den Schwelenden Quellen war ich mit niemandem mehr zusammen gewesen. Dieser absolut unvergessliche Ausrutscher, von dem ich vermutlich jede Nacht für den Rest meines Lebens träumen würde, war etwas, das ich gern aus meinem Gedächtnis streichen würde. Selbst wenn ich jetzt daran dachte, biss ich instinktiv in meine Lippe und wusste nicht so recht, was ich mit dem Kribbeln in meinem Körper anfangen sollte. Denn Darius Acrux war auf keinen Fall ein Fehler, den ich zweimal machen würde. Schon gar nicht, wenn ich nüchtern war. Ich würde mich auf keinen Fall wieder dazu hinreißen lassen … Da war ich mir zu vierundfünfzig Prozent sicher. *Verdammt noch mal!*

»Wenn du diesbezüglich Hilfe benötigst – ich habe eine ganze Liste mit Möglichkeiten für dich«, scherzte Milton.

»Danke, das werde ich im Hinterkopf behalten.«

Wir näherten uns dem Orb und mein Atlas piepte in meiner Tasche.

Caleb:
Fünf Minuten, Sweetheart. Du setzt dich besser in Bewegung ;)

Mein Herz machte einen Satz, als ich die Nachricht zum zweiten Mal las. Das waren nicht die Regeln, nach denen wir früher gespielt haben. Und er schien mir auch nicht die Wahl zu lassen, ob ich mitspielen wollte oder nicht. Das hätte mich eigentlich stinksauer machen müssen. Aber die Wahrheit war, dass ich unsere Spiele vermisst hatte. Meine Routine aus Langeweile und Einsamkeit war ermüdend und wenn ein heißer Vampir mich jagen und mein Blut trinken wollte, würde ich sicherlich nicht Nein sagen.

»Ich muss los«, sagte ich zu Milton, während ich bereits nach Caleb Ausschau hielt. »Wir sehen uns später.«

»Okay …«, antwortete er, aber ich hatte keine Zeit für Erklärungen. Ich wandte mich ab und eilte geradewegs auf das nächstgelegene Gebäude zu, das zufällig Jupiter Hall war.

Ich zog meine Kapuze hoch und steckte meine Haare unter meine Mütze, während ich lief – in der Hoffnung, dass mich dadurch weniger Leute erkennen würden. Calebs Fanclub wäre mehr als bereit, mich an ihn zu verraten, um in den Genuss eines Augenblicks seines Wohlgefallens zu kommen.

Das untere Stockwerk der Jupiter Hall wirkte belebter als sonst um diese Tageszeit, also nahm ich stattdessen die riesige Steintreppe ins nächste Stockwerk.

Während ich dem breiten Korridor folgte, warf ich immer wieder einen

Blick über meine Schulter, um zu sehen, ob mir jemand folgte, und grinste in mich hinein, als ich niemanden entdeckte.

Leise lachend, hielt ich mein schnelles Tempo aufrecht, rannte aber nicht.

Plötzlich flog neben mir eine Tür auf und eine verschwommene Bewegung kündigte die Ankunft eines Vampirs an.

Ich schrie überrascht auf, als sich starke Arme um meine Taille legten und ich von den Füßen gehievt wurde.

Wir flogen zurück in den Raum und kurz darauf ertönte das Geräusch einer zuschlagenden Tür hinter mir. Meine Welt drehte sich weiter, als mich der Geruch von Zimt umhüllte.

Mein Hintern knallte gegen einen Schreibtisch und ich blinzelte überrascht, als Orion mich gegen das harte Holz drückte, meine Schenkel auseinanderschob und sich zwischen meine Beine stellte.

»*Fuck!* Darauf habe ich schon viel zu lange gewartet«, meinte er keuchend, während er seinen Mund zu meinem Hals bewegte und seine Reißzähne über meine Haut gleiten ließ. Ich zuckte schockiert zurück, mein Herz hämmerte vor Angst und die Verwirrung übermannte mich fast. Was hatte er damit gemeint, dass er darauf gewartet hatte, mich zu beißen? War ich gerade in einen seltsamen Vampirkrieg zwischen Caleb und ihm gestolpert, in dem es darum ging, mein Blut einzufordern?

Orions Griff um mich wurde fester, als seine Reißzähne erneut meinen Hals berührten, aber anstatt mich zu beißen, küsste er mich. Sein Mund bewegte sich auf meiner Haut, während er seinen Körper auf meinen drückte.

Was zum Teufel passiert hier gerade??

Ich wand mich unter ihm und versuchte, ihn zurückzudrängen, während mein Gehirn krampfhaft nach Antworten auf die Frage suchte, was hier eigentlich los war.

»Professor!«, zischte ich. Erneut versuchte ich, ihn von mir zu schieben – dieses Mal, als er seine Hände in meinen Mantel schob und sich daran machte, an den Knöpfen meiner Bluse zu reißen. Ich verkrampfte mich unter seiner Berührung, zappelte und fuchtelte mit den Händen, um mich von ihm zu befreien, aber er stöhnte, als dachte er, ich würde ihn ebenfalls betatschen.

»Oh, du willst spielen? Warst du denn ungezogen?« Orion lachte dunkel und mein Herz klopfte in panischem Takt, aber mein Gehirn begriff allmählich den Wahnsinn, der hier stattfand – und mein Körper würde auf gar keinen Fall teilnehmen.

Ich öffnete den Mund, um ihm zu befehlen, mich loszulassen, als er mich erneut in seine Arme riss und mich von seinem Schreibtisch hob.

Die Welt verschwamm wieder und ehe ich mich versah, schleuderte er mich gegen das Bücherregal an der Zimmerwand. Meine Augen weiteten sich vor Entsetzen, als er mich mit seinem Körper zerquetschte, und ich starrte ihn wutentbrannt an.

»Was zum Teufel …«

Sein Mund traf auf den meinen und ich presste meine Lippen fest aufeinander und verhärtete meine Züge, während ich mich am Bücherregal wand und mit meinen Händen versuchte, ihn zurückzudrängen. Aber er war wie eine verdammte Muskelwand.

Orion zerrte grob an meinem Mantel und meine Kapuze rutschte zusammen mit meiner Mütze von meinem Kopf, woraufhin braune Haare um mein Gesicht herumwirbelten. Er zuckte zurück, seine Augen weiteten sich vor Überraschung – und purem Entsetzen.

»Verdammt«, flüsterte er, kurz bevor ich ihm so fest wie möglich in die Eier trat.

»*Fuck!*« Orion taumelte keuchend zurück und ich holte aus und verpasste ihm einen Schlag direkt gegen den Unterkiefer.

»Was zur Hölle?«, schrie ich ihn an, als er zurückwich und eine Hand zur Abwehr ausstreckte, während er mit der anderen Hand seinen angeschlagenen Schwanz schützte.

»Warte«, meinte er – in dem Moment flog die Tür hinter ihm auf.

Darcy starrte schockiert zwischen Orion und mir hin und her, als wüsste sie nicht, was sie da sah.

Ich riss ein Buch aus dem Regal hinter mir und warf es Orion an den Kopf. »Lauf, Darcy!«, rief ich und warf ein weiteres Buch nach ihm. »Er hat seinen verdammten Verstand verloren.«

»Was?«, fragte sie leise und kam trotz meiner Anweisungen einen Schritt näher.

»Ihm wurde Washers Gehirn implantiert, aber er scheint sich entschlossen zu haben, seine Rolle als perverser Professor voll auszukosten.«

»Verflucht«, hauchte Darcy, bevor sie ganz in den Raum trat, die Tür hinter sich schloss und eine Stillekuppel um uns herum erzeugte. Ihr Gesicht wurde kreidebleich und blanker Schrecken zeichnete sich auf ihren Zügen ab. »Es ist nicht so, wie du denkst, Tor.«

»Er hat mich also nicht einfach aus dem Gang gezerrt, versucht, mir die Kleider vom Leib zu reißen und mir seinen verdammten Mund aufgedrückt?«, fragte ich und warf ein weiteres Buch, das Orion am Kopf traf.

»Au! Hör auf, meine Bücher durch die Gegend zu werfen!«, zischte er, während er weiterhin seine Männlichkeit pflegte.

Darcys Augen weiteten sich entsetzt, als sie zu Orion schaute. »Nein, Tor, du verstehst nicht ganz. Er hat dich nicht angegriffen. Er muss gedacht haben …«

»Sie hatte eine verfluchte Mütze auf«, presste Orion hervor, bevor er mir einen vernichteten Blick zuwarf. »Ich habe dir schon mal gesagt, dass du keine Mützen tragen sollst.«

»Was? Hast du einen Mützenfetisch oder so? Denn dann solltest du vielleicht Diego belästigen und nicht mich.« Ich nahm ein weiteres Buch zur Hand, aber Darcy stellte sich zwischen uns.

»Nein! Ich dachte, du wärst deine Schwester«, knurrte Orion und starrte mich an, als wäre das irgendwie *meine* Schuld.

»Und was ist besser daran, meine Schwester zu bespringen, als …« Ich unterbrach meine Tirade und mein Blick glitt von ihm zu Darcy, deren Unterlippe zu zittern begonnen hatte.

»Das ist es, was ich dir nicht sagen konnte«, flüsterte sie. »Lance und ich …«

»*Lance?*«, wiederholte ich und starrte Orion an, als wäre ihm gerade ein zweiter Kopf gewachsen.

»Schau mich nicht an, als wäre ich ein alter Perverser!«, schnauzte er.

»Das bist du«, erwiderte ich sofort.

»Er ist nur acht Jahre älter als ich, Tor. Du hattest schon Freunde, die älter waren als er«, sagte Darcy und rollte mit ihren verdammten Augen, als wäre ich diejenige, die sich hier wie eine Verrückte aufführte.

»Nun, die haben sich auch als fragwürdige Arschlöcher entpuppt«, gab ich zurück.

»Das lag nicht an ihrem Alter, sondern daran, dass du einen schrecklichen Männergeschmack hast«, knurrte sie und meine Augen weiteten sich, als ich merkte, dass ihr die Sache so wichtig war, dass sie sich sogar für ihn einsetzte.

Ich starrte sie eine ganze Weile an und ließ dann meinen Blick wieder zu ihm schweifen. Orion sah aus, als wüsste er nicht, ob er wütend, erleichtert oder verängstigt sein sollte. Schließlich machte er einen Schritt auf meine Schwester zu und nahm ihre Hand in seine, als wollte er ihr sagen, dass er zu ihr stehen würde, egal, wie die Sache ausging.

»Ich … ich meine, wie habt ihr … *Wann* habt ihr …« Ich fuchtelte mit der Hand zwischen den beiden hin und her, während sich meine Nase vor Entsetzen rümpfte und mir alle möglichen Szenarien aus alten Pornos durch den Kopf gingen. Zum Beispiel, wie er sie nach dem Unterricht dabehielt, weil sie ein ungezogenes Mädchen gewesen war, oder wie sie ihm einen glänzenden roten Apfel brachte und anbot, *alles* zu tun, um eine bessere Note in seinem Kurs zu bekommen.

»Wir …« Darcy schaute Orion an, als wäre sie sich nicht sicher, ob sie es mir sagen sollte. Er atmete tief durch und hörte endlich auf, seinen Schwanz festzuhalten, als könnte er abfallen, bevor er ihr zunickte. Die Anspannung schien von ihren Schultern zu weichen, als sie fortfuhr: »Wir hatten schon immer eine Verbindung …«

»Ja, ich weiß, dass du ihn heiß fandest. So wie du in seinen Kursen gesabbert hast … Ich will wissen, wann er beschlossen hat, dich sexuell zu belästigen?«, fragte ich.

»Ich bin kein verdammtes Raubtier«, knurrte Orion.

»Sagt der Vampir«, erwiderte ich.

»Es ist mehr als nur eine körperliche Verbindung«, sagte Darcy schnell und stellte sich zwischen mich und Professor Bumsbacke, als befürchtete sie, ich könnte mich jeden Moment auf ihn stürzen. Und das klang nicht nach der dümmsten Idee. Er hatte sie eindeutig dazu gezwungen, mich deswegen anzulügen. *Er* war der Grund, warum ich so lange allein gewesen war. Und dabei hatte ich angefangen, ihn nicht nur als Arschloch zu betrachten.

Ich fletschte die Zähne und das Feuer meines Phönix erwachte in meinen Händen zum Leben, versengte sein wertvolles Buch und sorgte dafür, dass sich sein Gesicht vor Wut verzog.

»Ich werde dich verflucht noch mal umbringen«, schwor ich und trat einen Schritt vor.

»Nein, Tory!« Ihr eigenes Feuer züngelte nun über ihre Arme. »Hör mir einfach zu, verdammt! Anstatt Vermutungen anzustellen. Wenn du je in der Lage wärst, dein Temperament zu zügeln, hättest du nicht halb so viele Probleme wie jetzt!«

Ich starrte sie schockiert an und die Flammen in meinen Handflächen flackerten unsicher. Ich bezweifelte, dass sie mich jemals in unserem Leben so angeschrien hatte. Die Tatsache, dass ihr diese ganze Sache offensichtlich wichtig war, ließ mich innehalten und mit einem mühsamen Grunzen verbannte ich meine Flammen. Das Buch in meiner Hand rauchte leicht und Orion errötete, als würde es ihm wehtun, zuzusehen. Ich hatte keine Ahnung, warum. Es trug den Titel *Numerologie für Fortgeschrittene*, also tat ich ihm in Wirklichkeit einen Gefallen.

»Dann mach den Mund auf. Denn wenn du mich nicht davon überzeugen kannst, dass er kein sexbesessener, hirnwaschender, Geheimnis bewahrender, dreckiger alter Perverser ist, werde ich ihm hier und jetzt die Eier abfackeln.«

»Was zur Hölle?«, fauchte Orion, aber Darcy ignorierte ihn.

»Okay, okay, hör zu. Ich glaube, es hat in dem Moment angefangen, als wir einander begegnet sind. Wir haben eine Verbindung, Tor. Er versteht mich auf eine Art und Weise, wie es niemand sonst je getan hat. Und ich vertraue ihm so bedingungslos, als wüsste meine Seele, dass ich es kann. Wir haben versucht, das, was zwischen uns passiert, zu bekämpfen, weil wir wissen, dass es nicht erlaubt ist. Aber dann, auf der Party auf dem Acrux-Anwesen, haben wir einfach … nachgegeben.« Sie zuckte hilflos mit den Schultern. »Ich weiß, dass es verrückt ist und gegen die Regeln verstößt und dass wir beide deswegen viel Ärger bekommen könnten, aber … ich kann meine Gefühle für ihn nicht einfach abschalten. Ich kann nicht leugnen, was mein Herz will und was ich *brauche*.«

Tränen schimmerten in ihren Augen, als sie mich anflehte, sie zu verstehen, und ich konnte die Tiefe ihrer Gefühle in ihrem Blick leuchten sehen. Aber das bedeutete nicht, dass er genauso fühlte. Das bedeutete nicht, dass er sie nicht manipulierte, einer Gehirnwäsche unterzog oder seine Position als ihr Betreuungslehrer dazu benutzte, ihr Vertrauen zu missbrauchen.

»Jetzt *du*!«, schnauzte ich ihn mit strengem Blick an. »Sag mir, was du von meiner Schwester willst! Und wage es nicht, mich zu belügen!«

Orion sah mich an, bevor sein Blick zu ihr glitt.

»Darcy bedeutet mir *alles*«, sagte er leise. »Sie ist alles, was ich will. Alles, woran ich denke. Ich sehe so viel Gutes in ihr und sie bringt irgendwie das Beste in mir zum Vorschein. Und wenn du das Gefühl hast, dass du das nicht für dich behalten kannst oder den Behörden erzählen musst, was zwischen uns passiert, dann verstehe ich das. Denn du willst sie genauso sehr beschützen wie ich. Aber selbst wenn wir auseinandergerissen werden, selbst wenn ich nach Darkmore komme und den Rest meiner Tage hinter Gittern verbringen muss, würde ich diese Beziehung keinen Moment bereuen. Denn mein Leben war leer, bevor ich sie lieben durfte. Und uns zu trennen, wird nichts an meinen Gefühlen für sie ändern.«

Mein Mund blieb offen stehen und mein Herz schlug wie wild, als die Ehrlichkeit in seiner Stimme zu mir durchdrang. Es wäre unmöglich, diesen Ausdruck in seinen Augen vorzutäuschen. Auf keinen Fall konnte er so überzeugend lügen. Er liebte sie. Und als ich sie ansah und die wilde Panik in ihrem Blick erkannte, das verzweifelte Bedürfnis nach Verständnis, wurde mir klar, dass sie ihn auch liebte. Das war keine schmutzige Affäre. Es war echt.

»Warum hast du mich angelogen?«, fragte ich verwirrt. Glaubte sie wirklich, ich hätte mich verplappert, wenn sie sich mir einfach anvertraut hätte?

In Darcys Augen schimmerten Tränen. »Zuerst wollte ich nicht, dass du in die Sache verwickelt wirst, für den Fall, dass es rauskommt. Aber dann hat Seth es an Halloween herausgefunden und ich habe beschlossen, es dir trotzdem zu sagen … Er hat mich erpresst, es nicht zu tun. Er hat dieses Geheimnis genutzt, um uns zu drohen. Dabei hat er uns zu allen möglichen Dingen gezwungen. Lance könnte seine Macht verlieren, weil er mich liebt, Tor. Und schlimmer noch …«

»Liebt«, flüsterte ich lediglich. Denn was spielte in dieser Welt sonst eine Rolle? Ich blickte wieder zwischen den beiden hin und her, während ich überlegte, was ich noch sagen sollte. Und plötzlich fragte ich mich, warum ich das nicht schon vorher gesehen hatte. »Okay … aber wie zum Teufel wollt ihr jetzt weitermachen?«

Sie tauschten einen Blick und Darcy zuckte mit den Schultern. »Wir müssen es weiterhin geheim halten. Wenn ich meinen Abschluss gemacht habe und etwas Zeit vergangen ist, werden wir hoffentlich …« Ihre Wangen färbten sich rot vor Verlegenheit und ich hatte das Gefühl, dass sie diesen Plan noch nie laut ausgesprochen hatte. Aber Orion sah aus, als hätte er Mühe, angesichts ihrer Worte nicht zu grinsen, also nahm ich an, dass ihm gefiel, was sie sagte.

Ich senkte das Buch in meiner Hand und ließ es auf den Boden fallen.

»Kannst du bitte aufhören, unbezahlbare Bücher zu beschädigen?«, murmelte Orion und ich konnte mir ein Lachen nicht verkneifen.

»Erst greifst du mich an, dann beschimpfst du mich, weil ich eine Mütze trage, und schließlich erzählst du mir, dass du meine Schwester liebst. Und dein dringlichstes Problem ist, wie ich mit ein paar alten Büchern umgehe?« Ich lachte auf.

»*Du* hast *mich* angegriffen«, protestierte er.

»Was hat sie getan?«, fragte Darcy verwirrt.

»Er hat versucht, mir seine Zunge in den Hals zu stecken, also habe ich ihm einen Tritt in die Eier verpasst«, sagte ich grinsend.

»Das war kein einfacher Tritt in die Eier – ich glaube, du hast sie zerquetscht«, knurrte Orion, und Darcy lachte. »Das ist nicht lustig.«

»Es ist sogar ziemlich lustig«, widersprach ich.

Darcy lachte noch lauter und plötzlich warf sie sich mir an den Hals.

»Kannst du mir verzeihen, Tor? Ich hatte solche Angst davor, was Seth tun würde. Er darf nicht herausfinden, dass du Bescheid weißt – er hat das benutzt, um die Kluft zwischen uns immer größer werden zu lassen. Ich wusste nicht, was ich tun sollte, aber es hat mich fertiggemacht, von dir getrennt zu sein. Es tut mir so, so leid.« Sie drückte mich so fest an sich, dass ich kaum atmen konnte, und ich erwiderte ihre Umarmung mit der gleichen Kraft.

»Mir tut es auch leid. Ich hätte darauf vertrauen sollen, dass du einen guten Grund hattest, mich zu belügen«, flüsterte ich zurück. »Und ich schwöre bei allem, was ich bin, dass wir einen Weg finden werden, Seth Capella dafür bezahlen zu lassen.« Mein Blick glitt über sie hinweg, als wir uns voneinander lösten, und Orion trat unbehaglich von einem Fuß auf den anderen, als ich ihn ansah.

»Du hast eine Chance, sie gut zu behandeln«, warnte ich und deutete auf ihn. »Und wenn du es versaust, wenn du sie verletzt oder ihr das Herz brichst, dann werde ich dir nicht nur in die Eier treten. Ich werde dich *kastrieren*.«

Orion schob seine Hände schützend vor seinen Schritt und räusperte sich, während er Darcy ansah. »Verdammte Scheiße, ich glaube, das würde sie tatsächlich tun«, murmelte er, als wäre ich verrückt.

Darcy schenkte mir das schönste Lächeln der Welt, während sie ihm antwortete. »Ja, das würde sie auf jeden Fall.«

Gemini
Scorpio
Virgo
Cancer
Aries
Leo
Taurus
Sagittarius
Capricorn
Aquarius
Libra
Pisces

Darcy

KAPITEL 37

Es war der letzte Tag des Semesters und das Leben war wieder gut. Na ja, so gut es in Anbetracht der Tatsache, dass Seth Capella mir weiterhin bei jeder Gelegenheit das Leben zur Hölle machte, eben sein konnte. Aber dass Tory die Wahrheit kannte, war sehr befreiend. Es war nicht geplant gewesen und ich machte mir immer noch Sorgen, dass sie mit mir in den Abgrund gerissen werden könnte, wenn alles den Bach runterging, aber vielleicht hatten die Sterne die Entscheidung für uns getroffen. Und das *musste* ein gutes Omen sein.

Ich verbrachte den Großteil des Morgens damit, auf einem Lufthauch durch mein Zimmer zu schweben und *Power* von Little Mix zu singen, während ich Seth im Geiste den Mittelfinger zeigte. Tory hatte widerwillig zugestimmt, so zu tun, als wüsste sie nichts von Orion und mir, obwohl sie Seth dafür die Eier abschneiden wollte. Aber auf diesen Eiern stand *mein* Name.

Ich hatte noch einen weiteren Grund, glücklich zu sein. Denn wenn der Palast für die Weihnachtsferien wirklich Tory und mir gehörte, hatte ich keinen Grund, Orion nicht einzuladen, diese Zeit bei uns zu verbringen. Es war sogar Torys Idee gewesen, was total verrückt war. Ich konnte gar nicht fassen, wie positiv sie der ganzen Sache gegenüberstand, aber nachdem sie mir die Details über ihre Begegnung mit Darius erzählt hatte, konnte sie mich wohl nicht wirklich verurteilen. Und obwohl ich wusste, dass sie sich wegen ihres Handelns Vorwürfe machte, wusste ich auch, dass sie etwas für Darius empfand, das sie nicht erklären konnte. Und was auch immer es war, sie musste es selbst aufarbeiten.

Wir würden abwarten müssen, wie leer der Palast wirklich war, aber es hörte sich so an, als würden ganze Flügel des Palastes ungenutzt bleiben. Es sollte also kein Problem darstellen, Orion zu verstecken – selbst wenn Personal herumlungerte. Ich hatte es ihm noch nicht gesagt; ich wollte ihn heute Morgen damit überraschen. Und ich hatte die perfekte Überraschung im Sinn.

Ich machte mich auf den Weg zum Abschiedsfrühstück, bevor alle über die Feiertage nach Hause fuhren, und ließ meine Tasche gepackt in meinem Zimmer stehen. Wir hatten ein offizielles Schreiben von Geraldines Familie erhalten, in dem sie ihre Freude darüber zum Ausdruck brachten, uns im Palast empfangen zu dürfen. Ich hatte das Gefühl, dass uns etwas Extravagantes bevorstand, aber Geraldine wollte kein Wort darüber verlieren, was uns erwartete.

Als ich den Orb erreichte, hoben sich meine Augenbrauen beim Anblick der unglaublichen Weihnachtsdekoration, die unseren Stammtisch schmückte. Geraldine und der Rest von A. N. U. S. saßen um den Tisch herum und trugen riesige silberne Hüte in Form von Sternen mit der Aufschrift: *Wir wünschen fANUStastische Weihnachten!*

Der Tisch wurde von einer Schneeschicht bedeckt und Teller mit Gebäck, Bagels, gekochten Eiern, Toast, Müsli und Krügen mit Saft und Kaffee standen darauf. Weiche Schneeflocken fielen, schmolzen aber, bevor sie die Oberfläche erreichten, und ich bewunderte den Wasserzauber.

»F*anus*tastische Weihnachten, Königin Darcy!«, rief Geraldine, als sie mich entdeckte, dann schaute sie an mir vorbei. »Und auch dir *fanus*tastische Feiertage, Königin Tory!« Sie prustete laut los. »Seht ihr, was ich gemacht habe? Anstatt A. N. U. S. zu sagen, habe ich *Anus* daraus gemacht!«

»Unglaublich – mir ist tatsächlich nicht aufgefallen, dass man es auch so aussprechen könnte«, sagte Tory grinsend.

Ich schaute über meine Schulter zu meiner Schwester und konnte nicht anders, als sie in eine Umarmung zu ziehen, sobald sie in meiner Nähe war. Sie lachte, trat einen Schritt zurück und strahlte mich an. Sofort wurden wir von zwei A. N. U. S.-Mitgliedern umringt, die uns goldene Plastikkronen aufsetzten. Vorn war der Schriftzug A. N. U. S.-Königinnen eingraviert, und ich ergriff Torys Hand, bevor sie sie abnehmen konnte, und prustete vor Lachen. Sie verdrehte die Augen, ließ die Krone aber auf dem Kopf und setzte sich an den Tisch.

Ich nahm neben ihr Platz und genoss die weihnachtliche Stimmung um uns herum – aber am meisten freute ich mich darüber, meine Schwester wieder an meiner Seite zu haben.

Diego hatte einen mürrischen Gesichtsausdruck aufgesetzt, zupfte an einem Stück Lametta, das an seiner Kopfbedeckung hing, und sah so fröhlich aus wie ein Weihnachtself, der gerade entlassen worden war.

»Was ist los?«, fragte ich ihn, schnappte mir ein zuckriges Mandelcroissant und biss hinein.

Sofia warf ihm ebenfalls einen Blick zu, wurde aber schnell von Tyler abgelenkt, der versuchte, ihr ein Kartenspiel zu erklären.

»Nichts«, murmelte Diego.

»Es muss etwas sein«, drängte ich. Ich hatte ihm nicht davon erzählt, seine Mutter im Haus von Orions Familie gesehen zu haben. Orion vertraute ihm immer noch nicht genug, um solche Dinge mit ihm zu besprechen, und ich war in letzter Zeit auch etwas vorsichtiger in seiner Nähe geworden.

»Ich will nicht nach Hause«, sagte Diego verdrossen und stocherte mit seinem Löffel in seinem Müsli herum, das zu Brei geworden war. »Wir feiern nicht einmal Weihnachten und *mamá* wird mich die ganze Zeit daran erinnern, warum ich eine solche Enttäuschung für die Familie bin.«

Ich schaute vorsichtig in Torys Richtung. »Vielleicht könntest du mit uns in den Palast kommen?«

Tory bedachte mich mit einem *O-Gott-bitte-nicht*-Blick, den ich stumm mit *Aber seine Mutter ist eine totale Schlampe, Tor* erwiderte.

Sie schürzte zustimmend die Lippen und nahm einen großen Bissen von ihrem Bagel.

»Glaubt ihr wirklich, dass das möglich wäre?«, fragte Diego hoffnungsvoll.

»Zum Pluto mit den tratschenden Trauben!« Geraldine, die unser Gespräch mitgehört hatte, keuchte entsetzt auf. »Es ist die grandiose Rückkehr der Vega-Prinzessinnen in den Palast der Seelen, der seit achtzehn Jahren leer steht, Diego Polaris! Es wäre absolut unpassend, wenn du dich ihnen bei diesem bedeutenden Ereignis anschließen würdest.«

»Ich bezweifle, dass *mamá* mich überhaupt gelassen hätte«, sagte Diego seufzend.

Ich legte die Stirn in Falten und warf Geraldine einen besorgten Blick zu. »Ist das Ganze wirklich eine so große Sache?«

»Ja, denn eigentlich will ich nur ein paar Tage in einem großen Haus mit Sauna und Swimmingpool entspannen, also ...« Tory zuckte mit den Schultern.

Geraldine stand auf und sprang auf ihren Stuhl. »Eine große Sache?

Nein, es wird wesentlich mehr als nur eine große Sache sein. Stellt euch den sahnigsten, lockersten Kuchen überhaupt vor, gefüllt mit Faeberry-Marmelade und Zuckerglöckchen. Und eine Glasur, die aus dem Honig jener größten Bienenkönigin hergestellt wird, die jemals ihre Flügel in Solaria ausgebreitet hat. Das Sahnehäubchen wird cremiger sein als alles, was je eure Lippen berührt hat.« Sie trat auf den Tisch und schmiss eine Schüssel mit Bratkartoffeln um. »Dieses Ereignis wird von teuflisch göttlicher Eleganz sein. Die Glocken von Nunong werden bis in die Ewigkeit läuten, um den Moment für kommende Generationen festzuhalten. Die Nonnen von Galhoun werden den Namen *Vega* in die ewige Nacht schreien. Die Ratsmitglieder werden mit wackeligen, schwachen Knien versuchen, nicht ihrem verzweifelten Drang zu erliegen, zu euren Füßen zu knien und den Thron den wahren königlichen Schwestern zu versprechen, denen er gehört. Für einen einzigen Augenblick wird sich niemand in Solaria an die Namen Acrux, Rigel, Altair oder Capella erinnern – denn die Vega-Zwillinge werden zurückgekehrt sein.«

»Die Vega-Zwillinge sind zurückgekehrt!«, brüllten die A. N. U. S.-Leute und reckten die Fäuste in die Höhe.

Sprachlos starrte ich zu ihr hoch. Sie hatte eine Hand auf ihr Herz gelegt und die andere erhoben; Blumen schossen aus ihren Fingerspitzen.

»Also überhaupt keine große Sache, richtig?«, wiederholte ich und Tory ließ sich schnaubend gegen mich sinken, während der A. N. U. S.-Club in Hysterie verfiel.

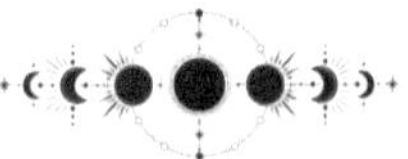

Ich eilte zu Orions Büro, mit einer versäumten Hausaufgabe in der Hand als Ausrede für den Fall, dass ich auf dem Weg dorthin auf einen Lehrer stieß.

Ich hatte ihm eine Nachricht geschickt, dass er mich hier treffen sollte, nachdem ich mich in meinem Zimmer umgezogen hatte. Er würde ausflippen, sobald er sah, was ich unter meinem Mantel hatte. Denn die Antwort war ein dickes, fettes Nichts. Abgesehen von meinen Kniestrümpfen und Schneestiefeln war ich splitterfasernackt.

Ich erreichte sein Büro und klopfte aufgeregt an die Tür.

»Herein«, sagte Orion förmlich und ich grinste, griff nach meinem Reißverschluss und zog ihn halb nach unten, während ich den Raum betrat.

Rektorin Nova saß auf dem Stuhl ihm gegenüber, mit dem Rücken zu mir, und ich zog den Reißverschluss so schnell wieder hoch, dass sich meine Haare darin verfingen. *Ahhh!*

Orion starrte mich fassungslos an, während sich Nova zu mir umdrehte und eine einzelne dunkle Augenbraue hochzog. Sie runzelte die Stirn, als ich versuchte, meine Haare zu befreien, ohne zu verraten, dass ich bis auf den verdammten Mantel rein gar nichts trug. *Warum, ihr Sterne, warum?*

Orions Lippen waren so fest aufeinandergepresst, dass ich mir nicht sicher war, ob er sich ein Lachen verkneifen musste oder ob er kurz davor war, durchzudrehen.

»Warum stehen Sie da wie bestellt und nicht abgeholt, Mädchen?«, fragte Nova, sobald ich meine Haare befreit und mich geräuspert hatte. »Was wollen Sie?«

»Ich, äh, wollte nur diese *Grundlagen-der-Magie*-Aufgabe abgeben.« Ich winkte mit dem Dokument und machte einen Schritt nach vorn, um es Orion zu überreichen. Er nahm es entgegen, kniff die Augen zusammen und lehnte sich in seinem Sessel zurück.

»Zehn Punkte Abzug für Aer für die Verspätung«, sagte er nüchtern.

Arschgesicht.

Ich schürzte die Lippen, nickte und ging zurück zur Tür.

»Frohe Weihnachten, Rektorin Nova«, fügte ich hinzu, bevor ich den Raum verließ.

»Gleichfalls, Tory«, rief sie und ich trat seufzend in den Korridor und schloss die Tür hinter mir.

Na, wenigstens war das nicht furchtbar peinlich. Warte ... doch, das war es.

Ich ließ den Korridor hinter mir und trat nach draußen, wo es in flauschigen weißen Flocken schneite. Fröstelnd steckte ich die Hände in die Taschen; die Kälte bahnte sich ihren Weg unter meinem Mantel und glitt über meine nackte Haut. Ich zwang etwas Feuermagie in meine Adern und entspannte mich, als sie die Kälte vertrieb.

Irgendwo in der Nähe ertönte ein Knurren, und ich blickte in den dichten Nebel, den der Schnee mit sich brachte.

Zwei Wolfsaugen leuchteten auf und Seth sprang in seiner riesigen weißen Formgebung aus einer Schneewehe. Er schleuderte mich rückwärts gegen den Eingang der Jupiter Hall und leckte mir einmal über mein ganzes Gesicht. Mit einem Heulen, das einem Lachen ähnlich war, rannte er davon, und eine Gruppe von Wölfen tauchte aus dem Schnee auf und folgte ihm über den Campus.

»Dir auch frohe Weihnachten, Arschloch«, murmelte ich und zog meinen Ärmel runter, um mir den Sabber aus dem Gesicht zu wischen.

Ich machte mich auf den Weg zurück zum Aer-Turm; die Welt war still, denn der Schnee dämpfte alles um mich herum. Tory und ich würden in einer Stunde von Geraldines Vater abgeholt werden, aber ich hatte diese Zeit lieber mit Orion verbringen wollen. Wenn Nova ihren Arsch nicht bald aus seinem Büro bewegte, würde ich ihn nicht einmal mehr zu Gesicht bekommen, bevor wir aufbrachen.

Ich trödelte den ganzen Weg zurück zum Turm und überprüfte meinen Atlas ständig auf eine Nachricht von ihm. Aber offensichtlich war die Luft noch immer nicht rein.

Schmollend trottete ich zurück in mein Zimmer, stieß die Tür auf und schloss sie mit dem Fuß.

Als Orion aus dem Bad kam, quietschte ich vor Aufregung und rannte auf ihn zu, um ihn zu küssen. Er hielt mich fest und streichelte meine Haare. Die Schneeflocken darin schmolzen und er stieß einen warmen Luftzug aus, um sie zu trocknen. »Ich fühle mich wie Peter Pan. Ständig schleiche ich mich durch dein Fenster.«

»Ich lasse es nur für dich offen.« Ich grinste.

»Also, Wendy … kommst du mit nach Nimmerland? Die verlorenen Jungs vermissen dich.« Er zog mich gegen seine harte Länge und ich lachte schelmisch.

»So verloren scheinen sie nicht zu sein«, stichelte ich.

»Sieh lieber nach, nur für den Fall«, murmelte er, und ich stellte mich auf Zehenspitzen und küsste ihn sanft, während ich mit meiner Hand über die große Beule in seiner Hose fuhr. Er stöhnte gegen meinen Mund, und ich trat zurück, öffnete den Reißverschluss meines Mantels und ließ ihn zu meinen Füßen auf den Boden fallen.

»*Fuck*, Blue!«, keuchte er, als er meinen nackten Körper sah. Einen Augenblick später stürmte er auf mich zu und warf mich aufs Bett.

Ich verlor mich so lange in seiner Leidenschaft, wie es mir in der knappen Zeit möglich war, aber als mein Atlas piepte – ungefähr auf Höhe meines dritten Orgasmus –, wusste ich, dass es wohl an der Zeit war, aufzuhören. Orion lag unter mir und sah aus, als würde er gleich einschlafen, also sprang ich aus dem Bett, zog mich an und bürstete meine Haare. Auch er wurde bald munter und beobachtete mich mit einem köstlichen Grinsen, das mich immer wieder zu ihm zurücklockte.

Als ich dunkelblaue Jeans und einen kitschigen Weihnachtspulli mit der Aufschrift *Jingle All The Fae* und einem Pegasus mit glitzerndem Hut anhatte, sprang ich auf ihn und drückte ihm einen feuchten Kuss auf die Lippen.

»Ich habe eine Einladung für dich«, sagte ich, während er seine Hände auf meine Hüften legte.

»Beinhaltet diese Einladung, dass ich diesen lächerlich bezaubernden Pullover entweihe?«, fragte er und neigte den Kopf mit einem hoffnungsvollen Blick zur Seite.

Ich schlug ihm lachend auf die Brust. »Nein. Sie beinhaltet, dich mit Sternenstaub aufs Palastgelände zu beamen, damit ich dich in einen Teppich gewickelt oder so reinschmuggeln kann.«

Sein Lächeln verschwand; stattdessen wurden seine Augen immer größer. »Aufs Palastgelände? Blue, das geht nicht.«

»Keiner würde dich sehen. Ich bin sicher, es gibt dort viele Verstecke.«

Sein Blick flackerte voller Versuchung, und ich beugte mich vor und ließ meinen Mund an seinem Kinn entlanggleiten. »Und wir haben sicherlich viele alte, staubige Räume, in denen du diesen Pullover entweihen kannst.«

Er stieß ein leises Lachen aus und drückte mich fester an sich. »Wie könnte ich da Nein sagen?«

»Du kommst wirklich?«

»Ja, ich komme«, sagte er mit schmutzigem Blick, der den Worten eine doppelte Bedeutung gab.

»Du bist ein schlechter Einfluss«, stichelte ich.

»Sagt das Mädchen, das nackt in meinem Büro auftaucht.« Er hob eine Augenbraue und warf mir den strengen Lehrerblick zu, den ich mit dem unschuldigen Schülerblick erwiderte.

Ich setzte mich auf und er fluchte, als ich seinen Schwanz zerquetschte. Er hob mich von sich runter, damit er aufstehen konnte. »Bei den Sternen, du nimmst mir noch jenen Rest meiner intakten Männlichkeit, den deine Schwester übriggelassen hat.«

Ich lachte, während er seine Boxershorts und den Rest seiner Klamotten anzog, und genoss die Show. Noch bevor er sein Hemd zugeknöpft hatte, klopfte es an der Tür.

»Nur eine Sekunde!«, rief ich und winkte Orion zum Fenster.

»Lass mich rein – Geraldine hat etwas Schreckliches getan!«, bettelte Tory und Orion zuckte mit den Schultern und ging vorsichtshalber ins Bad.

Es war schon seltsam, mit jemandem so offen darüber reden zu können – abgesehen von einem rachsüchtigen Werwolf-Arschloch.

Ich ließ sie ins Zimmer und schloss die Tür, bevor Orion wieder aus dem Bad kam. Er war noch immer damit beschäftigt, sein Hemd zuzuknöpfen.

Tory starrte erst ihn an, dann mich, dann mein Bett. »Igitt, Alter!«

Orion grinste nur und sie bedachte ihn mit einem spöttisch-wütenden Blick.

»Sorry«, sagte ich schuldbewusst und blickte auf das Bündel aus glitzerndem rosa- und lilafarbenem Stoff in ihren Armen. »Was ist das?«

»Das ist die Hölle in Form eines Kleides. In Form von *zwei* Kleidern, um genau zu sein. Geraldine will, dass wir sie bei der ›großen Rückkehr‹ – oder wie auch immer sie dieses ganze Trara nennt – tragen. Aber *sieh* sie dir an!« Sie schwenkte sie so, dass sich die Röcke entfalteten, und hielt dann zwei Kleider hoch, die unbeschreiblich hässlich waren.

Riesige Rüschenschleifen und meterlanger Netzstoff schmückten die beiden bauschigen Katastrophen.

»Das ziehe ich nicht an«, verkündete Tory. »Ich werde sie verbrennen, Darcy.« Ein wildes Funkeln erhellte ihre Augen und ihre Haut glitzerte. »Verbrenn sie mit mir! Wir sagen einfach, dass es ein Unfall war.«

Orion trat vor und entriss ihr die Kleider. »Lass uns nicht voreilig sein, kleine Brandstifterin! Weißt du noch, was passiert ist, als du das letzte Mal etwas angezündet hast?«

Ich dachte an Darius' Zimmer und Tory saugte unschuldig an ihrer Unterlippe, während ich loslachte.

»Zieht einfach etwas anderes an«, fuhr Orion fort. »Problem gelöst.«

»Damit beleidigen wir sie. Sie hat gesagt, dass sie die selbst gemacht hat«, seufzte Tory dramatisch.

»O Gott, wir werden damit in den Nachrichten zu sehen sein, nicht wahr?«, fragte ich und starrte die Monstrositäten an.

»Lieber sterbe ich«, sagte Tory leidenschaftlich.

»Zieht einfach an, was ihr wollt, und wirkt eine Illusion, die nur Geraldine sehen kann.« Orion zuckte mit den Schultern, als wäre das ein Kinderspiel, und ich starrte ihn mit großen Augen an.

»Du meinst, du kümmerst dich darum?«, fragte ich sanft.

Er ließ seinen Blick über mich gleiten. »Ja, natürlich, Blue.«

Tory musterte ihn skeptisch. »Das Verrückteste an der ganzen Sache ist, dich so nett zu erleben. Das ist dir bewusst, oder?«

Orions Blick verfinsterte sich und ein verruchter Ausdruck legte sich auf sein Gesicht. »Das ist kein Dauerzustand.«

»Wir werden sehen.« Tory eilte zu ihrem Koffer und öffnete den Reißverschluss. »Ich habe ein paar umwerfende Kleider für unseren Palastaufenthalt gekauft, Darcy.«

»Natürlich hast du das«, meinte ich lachend, als sie zwei wunderschöne

Kleider aus den Tiefen ihres Koffers kramte – eines in einem satten Marineblau und das andere in einem tiefen Pflaumenton. Sie reichte mir das marineblaue Kleid und ich eilte zu meinem Kleiderschrank, um Unterwäsche und Schuhe auszusuchen.

»Dann lasse ich euch mal allein«, sagte Orion und trat ans Fenster. »Ich gehe zum Tor, um Grus mit der Illusion zu belegen.« Mit vampirischer Geschwindigkeit schoss er aus dem Fenster, und ich beeilte mich, es hinter ihm zu schließen.

Bald waren wir angezogen und machten uns auf den Weg zum Campustor, wo sich etliche Studenten versammelt hatten oder bereits in die Autos ihrer Eltern sprangen, die gekommen waren, um sie abzuholen. Ein paar Professoren tummelten sich ebenfalls dort und ich entdeckte Orion, der sich mit Gabriel unterhielt.

Sofia und Diego eilten herbei, um sich zu verabschieden, und ein Anflug von Traurigkeit überkam mich.

»Fröhliche Weihnachten«, sagte Sofia und rückte die puderrosafarbenen Ohrenschützer auf ihrem Kopf zurecht. »Ich werde dich vermissen.«

»Ich dich auch.« Ich drückte sie an mich, bevor sie sich auch von Tory verabschiedete.

Diego hatte eine kleine Tasche in der Hand und die Stirn in Falten gelegt.

»Wir sind bald wieder zurück«, sagte ich sanft, und er nickte und zog mich in eine Umarmung.

»Passt auf euch auf, *chicas*«, sagte er und schaute zwischen uns hin und her, bevor er auf einen schwarzen Faeyota zusteuerte. Das Fahrerfenster öffnete sich und mein Herz schlug schneller, als ich seine Mutter erkannte, die ihren Sohn mit hartem Blick und schmalen Lippen musterte. Sie sagte etwas zu ihm und er beeilte sich, seine Tasche in den Kofferraum zu legen, bevor er auf den Rücksitz kletterte. Das Auto wendete und fuhr langsam an uns vorbei und ich hatte das Gefühl, dass wir durch die verdunkelten Fenster beobachtet wurden.

»Holla, die Waldfae!«, rief Geraldine und ich drehte mich zu ihr um. Mit dem gesamten A. N. U. S.-Club hinter sich kam sie auf uns zu. Sie trug ein violettfarbenes Kleid, das bei Weitem nicht so hässlich war wie die Outfits, die sie für uns gemacht hatte, und über ihren großen Brüsten prangte ein glänzendes A. N. U. S.-Abzeichen. »Sehen sie nicht aus wie die schillerndsten Buntstifte in der ganzen Packung?«, rief sie dem Club zu, und alle applaudierten. »Die Kleider sind einfach hinreißend an euch beiden, wenn ich das mal so sagen darf.«

Ich warf einen Blick auf Orion, der mir zuzwinkerte, bevor er sich wieder Gabriel zuwandte. *Fledermausohren.*

»Danke dir, sie sind wunderschön«, sagte ich, umarmte sie und fühlte mich nur ein bisschen mies, weil wir nicht die Sachen trugen, die sie genäht hatte. Aber ich hatte keine Lust, wie ein Zuckerwattebausch im Palast zu erscheinen.

»Seid ihr bereit, den Palast mit eurer Anwesenheit zum Strahlen zu bringen?«, fragte Geraldine aufgeregt und warf einen Blick hinter sich.

Ich entdeckte ihren Vater, Hamish, der sich gerade aus dem Gedränge heraus bewegte und uns freundlich anlächelte. Er trug einen hellbraunen Anzug mit einer hellen Krawatte, die zu Geraldines Kleid passte.

»Soßenzauber im Sternenlicht – oh, verzeiht meine Ausdrucksweise.« Er verbeugte sich tief. »Es ist einfach wunderbar, Euch wiederzusehen. Seid Ihr startklar?«

»Ja«, sagten Tory und ich unisono und mein Lächeln wurde noch breiter.

Hamish holte einen Beutel Sternenstaub aus seiner Tasche, und ich schielte in Richtung Orion, um seinen Blick aufzufangen und ihm ein kleines Abschiedslächeln zu schenken.

Ein röhrender Motor ließ mich aufhorchen und auch Hamish hielt inne und schaute Richtung Straße. Drei Autos fuhren dort entlang, angeführt von einem hellgrauen Motorrad.

»Verdammt, er hat es schon ersetzt«, murmelte Tory, als Darius Gas gab und unter Beifall aus dem Tor raste.

Ich verdrehte die Augen, als Calebs schwarzes Trottel-Mobil als Nächstes vorfuhr. Er öffnete das Fenster und deutete auf Tory. »Frohe Weihnachten, Sweetheart.« Noch bevor sie antworten konnte, raste er davon, aber sie lächelte ihm kopfschüttelnd nach.

Max fuhr in einem dunkelblauen Aston Minotin vor und suchte Geraldine in der Menge. »Fröhliche Weihnachten, Grus. Du siehst übrigens verdammt scharf aus.« Er zwinkerte ihr zu und Hamish straffte den Rücken und fuchtelte mit seiner Faust.

»Diese glitschige Meerforelle«, sagte er entrüstet.

»Keine Sorge, Daddypops, er will nur eine Runde mit einer echten Gentlelady drehen.«

»Das tut er, mein Baba Ganoush, das tut er«, sagte Hamish und nickte entschlossen. »Du weißt doch noch, was deine Momma immer gesagt hat, was man mit solchen Männern machen soll, oder?«

»Schnippschnapp – erst die Finger, dann die Dinger«, sagten sie einstimmig, und ich lachte und tauschte einen Blick mit Tory.

Seth fuhr in einem strahlend weißen FAEserati vor und ich verschränkte die Arme vor der Brust, als auch er – vorhersehbar – zum Stehen kam. War das die Schlange für die Arschlochparade oder was?

Er trug eine Sonnenbrille wie ein absoluter Vollidiot, richtete seine Finger wie eine Waffe auf uns und tat so, als würde er schießen. »Bis bald, Vegas.« Er fuhr mit aufheulendem Motor davon.

»Richtig. Dann legen wir mal los, was?« Hamish warf den Sternenstaub in die Luft und ich wurde in einem Strudel aus Sternen von der Academy weggerissen. Mir wurde flau im Magen – einerseits von der Reise, andererseits vor Nervosität vor dem, was uns am anderen Ende erwartete.

Meine Fersen schlugen auf dem Boden auf und Tory hielt meinen Arm fest, bevor ich in sie hineinfiel. Ich warf ihr einen dankbaren Blick zu, wurde aber sofort von dem Blitzlichtgewitter der Kameras geblendet. Etliche Fragen drangen an meine Ohren und ich erkannte, dass wir uns auf einem roten Teppich befanden, der zu einem riesigen goldenen Tor am oberen Ende einer Reihe von Stufen führte.

Auf beiden Seiten wurden die Reporter durch Absperrungen zurückgehalten, während sie um unsere Aufmerksamkeit buhlten. Ein Mann in Anzug verbeugte sich tief und nahm uns unsere Taschen ab, dann schoss er in Vampirgeschwindigkeit davon.

Ich konnte meinen Blick nicht von dem abwenden, was jenseits des Tores lag. Vor uns erhob sich ein riesiger Palast in den Himmel; seine steilen Mauern reichten bis zu einem gigantischen gotischen Turm, dessen Dach sich zu einer Spitze verengte, die scharf genug aussah, um den Himmel zu durchstoßen. Die Mauern waren hellgrau, und weitere Türme ragten symmetrisch auf beiden Seiten des imposanten Gebäudes in die Höhe. Keines der Dächer war mit Schnee bedeckt, als hätte sich jemand die Zeit genommen, alles wegzuschmelzen. Die Fenster glitzerten im Sonnenlicht und Aufregung durchströmte mich, denn irgendetwas an diesem Ort rief mich zu sich wie eine ferne Erinnerung.

»Die Vegas beantworten gegenwärtig keine Fragen«, sagte Hamish mit fester Stimme und ich bemerkte, dass er direkt zu Gus Vulpecula mit seinen leuchtend roten Haaren und den fuchsigen Gesichtszügen sprach. Er musterte uns wie seine nächste Mahlzeit, die er in Ruhe durchkauen wollte, und ich warf ihm einen bösen Blick zu.

»Werdet Ihr an den uralten königlichen Traditionen teilnehmen?«, rief eine Frau mit einer wallenden Mähne aus goldenen Haaren.

»Werdet Ihr am Weihnachtsmorgen eine Rede halten?«, rief eine andere Frau.

»Wird die Presse in den Palast gelassen?«, bettelte ein kleiner Mann.

»Wie plant Ihr, Eure Zeit hier zu verbringen?« Ich entdeckte Tylers Mutter mit ihren dunkelblonden Haaren und ihren freundlichen Gesichtszügen, die unseren Artikel für den *Daily Solaria* geschrieben hatte. Tory und ich bewegten uns trotz Hamishs gemurmelter Beschwerden auf sie zu.

»Wir wollen mehr über unsere Verwandten erfahren, während wir hier sind«, sagte ich in ihr Mikrofon.

»Und wir möchten uns entspannen«, fügte Tory hinzu. »Wir haben uns an der Academy den Arsch aufgerissen.«

Ein paar Leute in der Menge lachten und Hamish führte uns zu den Toren, vor denen zwei Wachen in schwarzen Uniformen standen. Auf der Brusttasche einer Wache prangte ein silbernes Feuersymbol, auf der der anderen das Symbol der Erde. Ich hob die Brauen, als sie sich tief verbeugten und die Tore unter dem Jubel der Menge öffneten. Als ich einen Blick zurückwarf, sah ich, dass sich hinter den Reportern ein Meer von Zivilisten versammelt hatte, die ebenfalls einen Blick auf uns werfen wollten.

Sie winkten aufgeregt, sprangen auf und ab, und ich hob meine Hand, wobei mir ein überraschtes Lachen entwich. Auch Tory hob ihre Hand zum Winken und tosender Applaus erfüllte die Luft.

»Die wahren Königinnen sind zurückgekehrt!«, rief jemand, und der Rest der Menge stimmte in den Sprechchor ein.

Ich errötete, als Hamish uns durch das Tor führte, und beäugte den langen Weg, der einen makellosen Garten zu beiden Seiten von uns trennte. Auf dem Boden lag Schnee, aber der Weg war geräumt worden, sodass die Grenzen des Gartens klar erkennbar waren.

Vor uns befand sich ein kuppelförmiger Brunnen mit zwei riesigen steinernen Flügeln, die den Eindruck erweckten, als würde ein Engel unter dem Wasser knien. Es verschlug mir die Sprache, als wir daran vorbeigingen und eine riesige Treppe zu Holztüren hinaufkletterten, die höher waren als der Orb.

Sie öffneten sich, als wir uns näherten, und Geraldine quiekte aufgeregt hinter mir. Wir betraten eine Eingangshalle mit einer gewölbten Decke und einer unglaublichen Treppe aus dunklem Holz. In die Geländer waren die verschiedenen Formgebungen eingraviert und oben auf der ersten Stufe befand sich eine wunderschöne Holzschnitzerei einer Harpyie. Ihre Haare fielen über ihren Rücken, während sie zu etwas hoch über ihr aufblickte. Ihre Augen waren voller Liebe.

Ich folgte ihrem Blick und sah, dass eine riesige Hydra die gesamte Decke zierte. Das schwarze Ungeheuer nahm die gesamte Fläche ein und seine vielen schlangenartigen Köpfe waren auf die Frau gerichtet. Ein unbehagliches Kribbeln durchfuhr mich, als ich erkannte, dass dies mein erster Eindruck vom Grausamen König und seiner Frau war. Unsere leiblichen Eltern.

»Ich bin sicher, dass Ihr jeden Winkel erkunden wollt«, sagte Hamish aufgeregt. »Ihr könnt Euch ein beliebiges Zimmer aussuchen, aber der Portier wird Eure Sachen zu den Zimmern Eurer Mutter bringen. Folgt einfach den Flügeln, sie werden Euch dorthin bringen.« Er deutete auf die hintere Wand, wo ein kleines Paar silberner Flügel kunstvoll aufgemalt war. Ich entdeckte ein weiteres Paar weiter oben auf der linken Treppe und mein Herz klopfte wie verrückt.

»Ich hole euch später zum Essen ab«, sagte Geraldine. »Beschnuppert erst mal die Gegend und findet euch ein wenig zurecht.« Strahlend steuerte sie auf eine Tür an der Seite des riesigen Treppenhauses zu und verschwand durch sie.

»Dieser Schuppen ist …«, fing ich an.

»Irre«, beendete Tory.

Langsam stiegen wir die Treppe hinauf und ich griff nach Torys Hand, weil ich plötzlich – in diesem wichtigen Moment in unserem Leben – die Nähe meiner Zwillingsschwester brauchte. Sie nahm sie anstandslos und ich drückte ihre Finger, als wir uns der kunstvollen Schnitzerei unserer Mutter näherten.

»Sie sieht aus wie wir«, hauchte ich.

Tory zuckte mit den Schultern. »Vielleicht ein bisschen.«

Ich musterte sie skeptisch. »Dir gefällt es hier nicht.«

»Das ist es nicht«, murmelte sie und ließ ihren Blick von der Statue ab. »Ich muss nur nichts über eine Mutter und einen Vater wissen, die uns in einer ganz anderen Welt abgeladen haben. Sie haben unser Leben zerstört, bevor es überhaupt begonnen hatte.«

»Ich weiß«, seufzte ich. »Aber ich habe trotzdem das Bedürfnis, etwas über sie zu erfahren.« Ich richtete meinen Blick auf das gewaltige Gemälde über uns. »Ich kann mir nicht vorstellen, einen Vater zu haben, der so grausam war, wie die Geschichten es besagen. Ich habe Angst davor, zu erfahren, was er getan hat, aber gleichzeitig muss ich es wissen.«

»Ich verstehe das.« Sie lächelte aufmunternd. »Während du also in Erfahrung bringst, was für ein Arschloch unser Daddy war, werde ich den Pool ausfindig machen und ein bisschen Schlaf nachholen.«

Ich lachte und wir folgten den silbernen Flügeln die Treppe hinauf, durch unglaubliche Gänge und vorbei an Wandgemälden, die den Palast in den verschiedenen Jahreszeiten darstellten. Dieser Ort strahlte eine Energie aus, die in meinen Adern zu summen schien. Es war, als hätten die Sterne unsere Rückkehr lange herbeigesehnt. Und nun warteten sie darauf, dass etwas Unglaubliches passierte.

Wir bahnten uns einen Weg durch die alten gotischen Räume und fanden schließlich die Zimmer unserer Mutter. Ich schob mich durch eine silberne Tür, die sich in der Mitte in zwei Flügel teilte, und mein Herz stotterte bei dem Anblick, der sich mir bot.

Wir befanden uns auf einem Balkon, der auf einen riesigen Swimmingpool hinunterblickte. Er war in den Fels gehauen, ein Wasserfall floss von einem Hügel, der durch Erdmagie entstanden sein musste. Dampf kräuselte sich zu einer gläsernen Decke weit oben und das leise Klimpern von Harfenmusik umschmeichelte meine Ohren. Echte Bäume schmiegten sich an den Rand des Beckens und Gras und Blumen wuchsen an der Seite des Hügels.

»Ich glaube, du hast den Swimmingpool gefunden, Tor.«

Sie grinste breit und wir nahmen die Wendeltreppe, die in die untere Etage führte. Von den Wänden gingen Türen in hundert Richtungen ab und es juckte mich, in jeden einzelnen Raum zu schauen.

Ich entdeckte unsere Taschen vor zwei Türen auf der gegenüberliegenden Seite des Pools und eilte darauf zu, um mein Zimmer zu betreten. Vorfreude erfüllte mich, als ich den Raum betrat – die Wände waren aus dunklem Glas, durch das Wasser wirbelte, und hinter dem riesigen Bett befand sich ein Balkon.

Plötzlich ergriff Tory meine Hand und drehte mich mit einem Grinsen zu sich um. »Das gehört alles uns!«, rief sie voller Freude.

Ich johlte mit ihr und sie zog mich zum Pool, wobei sie ihre Schuhe abstreifte. Ich zog meine ebenfalls aus und unser Lachen hallte von der Glasdecke weit oben wider, als wir vollständig bekleidet ins Wasser sprangen.

Das heiße Wasser umarmte mich und ich tauchte mit einem Grinsen an die Oberfläche, wobei ich mich immer noch an Torys Hand festhielt. Ein seltsames Summen hallte durch den Raum und ich keuchte auf, als ich erkannte, was es war. Ich warf einen Blick auf Tory, die genau den gleichen Gesichtsausdruck aufgesetzt hatte.

»Da drüben.« Ich zeigte auf den Wasserfall und wir schwammen zu der Stelle, an der das Wasser schäumte und blubberte. Wir hoben unsere freien Hände und ließen unsere Magie zwischen uns fließen, um den Wasserfall zu durchbrechen, hinter dem sich eine verborgene Höhle befand.

Wir ließen einander los, kletterten hinein und der Wasservorhang schloss sich wieder hinter uns. Der Fels selbst leuchtete tiefblau und alles in dem kleinen Raum war voller Magie.

»Hier«, sagte Tory aufgeregt, bewegte sich auf die hintere Wand zu und legte ihre Hand darauf. Ich folgte ihr und legte meine Hand instinktiv neben die ihre. Ein Hohlraum erschien im Felsen und der Verschleierungszauber schien sich unter unserer gemeinsamen Berührung aufzulösen.

In dem Hohlraum befanden sich zwei verzierte Silberringe – auf dem einen war ein G eingraviert, auf dem anderen ein R. Dahinter, an der Wand, stand eine Tarotkarte.

Mein Herz schlug schneller, als ich mich vorbeugte und die Karte nahm, während Tory die beiden Ringe einsammelte.

»Ich glaube, die sind für uns«, hauchte sie. »Roxanya und Gwendalina ...«

Ich beäugte Astrums Karte, *Die Sonne,* deren Bedeutung ich aus dem Unterricht kannte: Güte, Wahrheit und Schönheit.

Ich drehte sie um und Tory rückte dicht neben mich, während das Adrenalin durch mein Blut schoss.

Willkommen zu Hause, liebe Prinzessinnen!
Sucht gut, sucht tief!
Dieses Haus verbirgt ein Geheimnis in seinen Mauern.
Wo Flügel auf Gerechtigkeit treffen, wurde euer Blut gerettet.

»Was bedeutet das?«, fragte ich leise, aber Tory schüttelte den Kopf.

»Kryptisch wie immer. Ich schätze, wir müssen das Gebäude nach Geheimnissen durchforsten«, sagte sie trocken. »Oder am Pool sitzen und darauf warten, dass sich die Geheimnisse uns offenbaren. Ich bin da entspannt.« Sie drehte sich um und sprang zurück ins Wasser, wobei sie die beiden Silberringe und die Karte bei mir zurückließ.

Ich drückte die Gegenstände fest an meine Brust und mein Adrenalinspiegel stieg in die Höhe, denn die Geheimnisse, die an diesem Ort lauerten, schienen mich zu umhüllen. Ich für meinen Teil würde auf jeden Fall nach diesen Geheimnissen Ausschau halten.

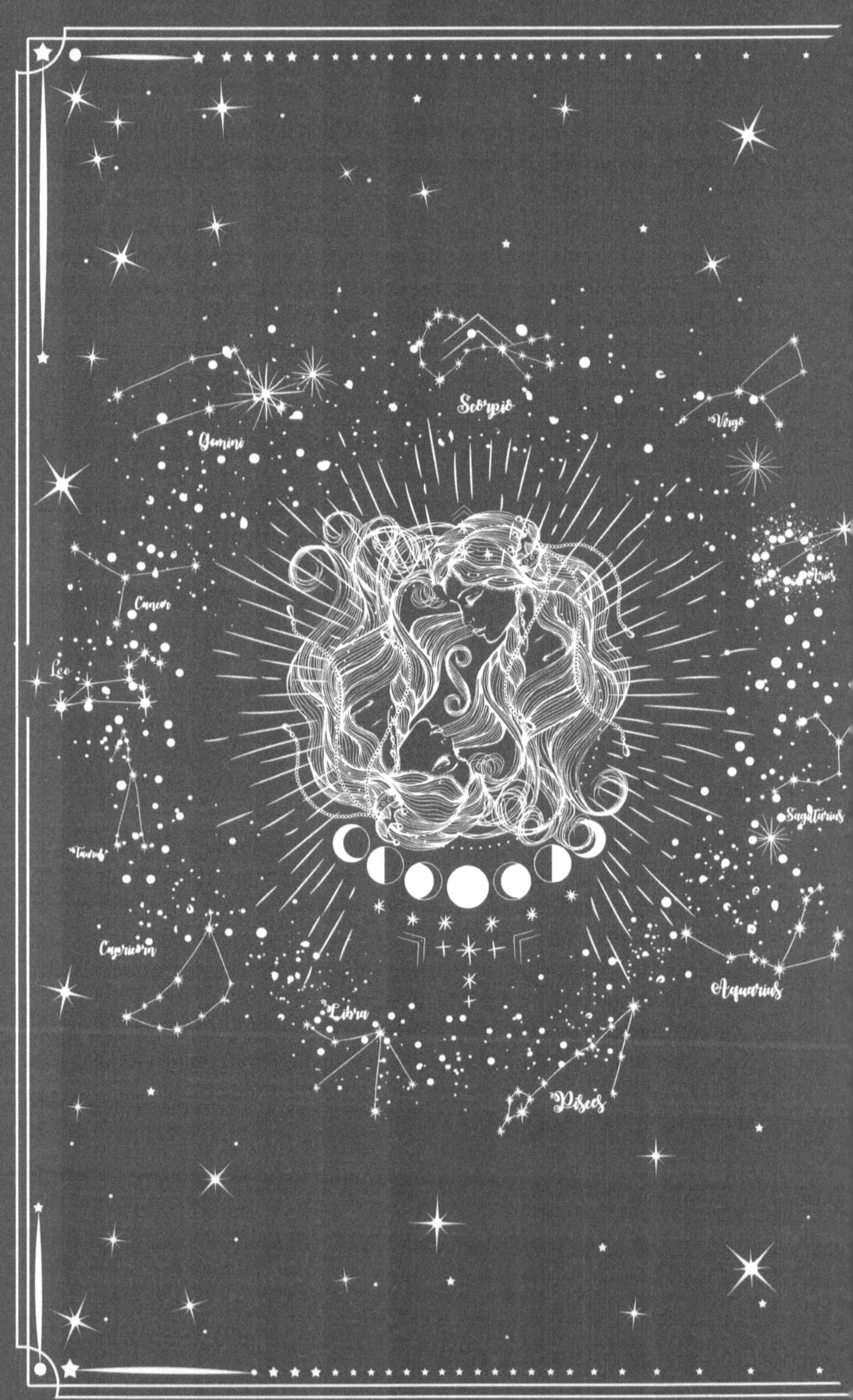

Gemini
Scorpio
Virgo
Cancer
Aries
Leo
Sagittarius
Taurus
Capricorn
Aquarius
Libra
Pisces

TORY

KAPITEL 38

Am Morgen des Weihnachtsabends wachte ich zum ersten Mal in meinem Leben in einem Bett auf, das ich wirklich mein Eigen nennen konnte. Oder zumindest war es das erste Mal, dass ich mich daran erinnern konnte. Wir hatten nie ein richtiges Zuhause und nie mehr als zwei Weihnachten am selben Ort verbracht. Wir waren immer nur Statisten bei Traditionen gewesen, die nicht zu uns gehört hatten.

Ich fragte mich, wie es wohl gewesen wäre, Weihnachten mit unseren Eltern hier zu feiern. Wären sie wie die anderen Ratsmitglieder gewesen und hätten mehr Wert auf die Demonstration von Stärke und Macht gelegt als auf Liebe und Mitgefühl, selbst zu der Zeit im Jahr, die dafür vorgesehen war?

Ich atmete aus und verdrängte diese Gedanken. Sie waren ohnehin sinnlos. Welche Rolle spielte es, ob uns unsere Mutter am Weihnachtsmorgen immer mit einem Kuss geweckt oder ob unser Vater unsere Schneeballschlachten organisiert hätte?

Sie waren nicht dazu gekommen, die Dinge zu tun, die sie für uns geplant hatten. Im Guten wie im Schlechten. Warum also sollte ich mir Szenarien ausmalen, die vermutlich keine Ähnlichkeit mit der Realität hatten, die uns gestohlen worden war?

Ich gähnte, streckte meine Arme und ließ sie über die riesige Matratze gleiten, auf der ich geschlafen hatte. Sie war eigentlich groß genug für fünf Personen. Ich wusste nicht, ob ich glauben wollte, dass meine Eltern entweder entschieden zu viel Geld besessen oder an der ein oder anderen Orgie teilgenommen hatten.

Das Bettgestell selbst schien aus massivem Silber gefertigt zu sein und der Raum, in dem es stand, war der prunkvollste, den ich je gesehen hatte. Überall hingen steinerne Ranken, aus denen Blumen in voller Blüte ragten und die so realistisch aussahen, dass ich nur annehmen konnte, dass jemand mit der Macht der Erdmagie sie gezüchtet und dann in Stein verwandelt hatte.

Am Ende des Raumes befand sich ein riesiges Fenster, das sich über die gesamte Wand erstreckte und in dessen Mitte zwei Glastüren angebracht waren, die auf einen großen Balkon mit Blick auf die Gärten führten.

Ich gähnte erneut, während ich mich in dem Nest aus Decken, in dem ich geschlafen hatte, aufsetzte. Sie waren so seidig weich, dass es sich anfühlte, als hätte ich auf einem Federhaufen geschlafen, und ein Blick auf die silberne Uhr an der Wand verriet mir, dass ich in dieser komfortablen Umgebung in alte Gewohnheiten zurückgefallen war.

Es war zehn Uhr dreißig, was bedeutete, dass ich höchstwahrscheinlich das Frühstück verpasst hatte, von dem Geraldine gestern Abend so viel erzählt hatte. Ich fühlte mich zu drei Prozent schuldig, aber ehrlich gesagt war die Tatsache, dass ich trotz der Schatten ausgeschlafen hatte, fast ein Wunder.

Ich durchquerte das Zimmer zum begehbaren Kleiderschrank, in den ich gestern Abend meinen Koffer geworfen hatte, und zog die Tür auf.

Das Licht ging automatisch an und ich warf einen Blick auf den riesigen Raum, der mit Stangen voller Kleidung gefüllt war. Ich vermutete, dass niemand daran gedacht hatte, die Sachen unserer Eltern nach ihrem Tod zu entfernen. Das Ergebnis war dieses leicht unheimliche Gefühl, dass sie immer noch hier waren.

Neugierig trat ich über meinen Koffer und schob mich zwischen die Regale mit eleganten Ballkleidern und Designerschuhen.

Ich ließ meine Finger über einige der Kleider gleiten, und der schwache Geruch von Rosenwasser durchzog die Luft. Ich hielt inne und schloss die Augen, als mich ein seltsames Gefühl von Wärme und Sicherheit überkam. Als würde mich jemand fest in den Armen halten und nichts auf der Welt könnte mir etwas anhaben.

Ich öffnete die Augen wieder, und die Beinahe-Erinnerung verblasste, obwohl mich ein Déjà-vu-Gefühl beschlich, als ich weiter in den Raum trat.

Vielleicht erinnern sich die hier weilenden Geister an mich ...

Am anderen Ende des begehbaren Kleiderschranks stand ein riesiger Spiegel, der die ganze Wand einnahm. Er hatte einen Rahmen aus kunstvoll geschnitztem Holz, die eine Hydra und eine Harpyie darstellten, die umeinander herumtanzten. Einige Szenen zeigten, wie die Harpyie die Hydra umarmte, auf anderen schienen sie einfach nur Spaß zu haben.

Ich folgte den Motiven und hielt inne, als ich zwei neue Kreaturen entdeckte, die sich ihrem Tanz angeschlossen hatten. Zwei Phönixe schwebten über ihnen, während die Hydra all ihre Köpfe nach hinten neigte, um zuzusehen. Die Augen der Harpyie schimmerten vor Stolz.

»Das ist unmöglich«, flüsterte ich und mein Atem beschlug das Glas des Spiegels vor mir. *Wie war es möglich, dass jemand von unserer Natur gewusst hatte?*

Ein seltsames Pulsieren erfüllte den Raum und ich biss mir auf die Unterlippe, als mein Blick von den Schnitzereien auf das Glas des Spiegels selbst glitt. Es wirkte völlig normal; mein Spiegelbild starrte mich mit wachsamen Augen an. Aber etwas tief in meinem Inneren verriet mir, dass es alles andere als normal war.

»Tory?« Darcys Stimme riss mich aus der kurzen Benommenheit, in die ich gefallen war, und ich drehte mich in Richtung Schlafzimmer.

»Hier drin«, rief ich und mein Atem beschlug erneut das Glas. Was seltsam war, denn hier drin war es nicht kalt.

»Tut mir leid, aber ich musste einfach kommen. Geraldine verliert da unten den Verstand und sie scheinen eine seltsam rituelle Art des Weihnachtsessens zu haben, die sie uns vor morgen beibringen müssen. Aber warum es so wichtig ist, in welcher Reihenfolge wir was essen, ist mir ein Rätsel.« Darcy steckte ihren Kopf in den Schrank und ich musterte ihr Spiegelbild. »Was machst du hier drin?«, fragte sie mit einem Stirnrunzeln.

»Ich glaube, ich habe etwas gefunden«, sagte ich langsam. »Schau mal, hier. Da sind Schnitzereien von unserer Mutter und unserem Vater und dann … Phönixe …«

»Was?« Darcy trat über meinen Koffer und kam in schnellem Tempo auf mich zu. Sie trug ein dunkelblaues Kleid, das genau auf den Farbton ihrer Haare abgestimmt war.

»Sieh mal!« Ich zeigte auf die Phönixschnitzereien und Darcy beugte sich um mich herum, um sie zu begutachten.

Das seltsame Pulsieren in der Luft schien sich zu verstärken, jetzt, da sie auch hier war, und mein Blick fiel wieder auf das Glas.

»Wie ist das möglich?«, fragte Darcy. »Das ergibt keinen Sinn. Niemand wusste, was wir sein würden, bevor …«

Ich streckte meine Hand aus und legte sie flach auf das Glas, woraufhin ein Energiestoß durch meine Brust schoss, der von den Wänden meiner Kraft widerhallte und die in mir schlummernde Energie mobilisierte.

»Berühre das Glas, Darcy«, hauchte ich, ohne zu wissen, warum, aber ich war mir sicher, dass ich auch hier ihre Magie brauchte. Genau wie unter dem Wasserfall.

Darcy sah mich skeptisch an, dann hob sie langsam ihre Hand und legte sie neben meine.

Ich atmete scharf ein, als sich eine intensive Kraft um meine Magie schlängelte und so stark daran zerrte, dass eine Brücke entstand. Sobald ich meine Kraft freigab, floss sie direkt aus meiner Hand in das Glas und verschmolz mit der von Darcy. Unser Spiegelbild verschwand und an seine Stelle trat das Bild einer wunderschönen Frau, die über einen belebten Marktplatz ging und exotische Früchte in einem großen Korb sammelte. Der Himmel war strahlend blau und die Luft war schwül und heiß. Gelber Sand säumte die gepflasterte Straße, der sie folgte, und das Flair dieses exotischen Ortes erfüllte mich mit einer seltsamen Sehnsucht.

»Ist das unsere Mutter?«, flüsterte Darcy neben mir. Und als die Frau im Spiegel ihr Gesicht zum Himmel hob, wurde mir klar, dass sie recht hatte.

Ihre Gesichtszüge wiesen einige Ähnlichkeiten mit unseren auf. Ihre dunklen Augen wurden von dichten Wimpern umrahmt, fast wie ein Spiegelbild der unseren, und auch die Form ihrer vollen Lippen kam mir irgendwie bekannt vor.

»Ja«, bestätigte ich. »Aber was ist das?«

Darcy zuckte mit den Schultern, dann flackerte das Bild und veränderte sich. Unsere Mutter ging nun durch prächtige Flure und trug die Früchte, die sie auf dem Markt gekauft hatte, auf einem breiten Tablett. Sie näherte sich einer Doppeltür und blieb draußen stehen, als sie Stimmen hörte.

»Seid Ihr Euch sicher, mein Lehnsherr? Wenn die Sterne nicht mitspielen, könnte daraus eine gewaltige Gurkenwasser-Sauerei werden.«

Ich runzelte die Stirn, als ich die Stimme erkannte. Ich hätte schwören können, dass das Hamish Grus war.

»Stell mich noch einmal infrage und ich lasse dich köpfen, genau wie den Kaiser«, erwiderte eine dunkle Stimme.

Die Lippen unserer Mutter teilten sich vor Schreck und sie wich einen Schritt zurück, aber die Tür wurde aufgerissen, bevor sie entkommen konnte.

Der Mann, der über ihr thronte, war kräftig gebaut und von düsterer Attraktivität. Sein kräftiger Unterkiefer war von Bartstoppeln gezeichnet und seine braunen Augen funkelten böse, als er sie entdeckte.

»Weißt du, was wir in Solaria mit Spionen machen?«, fauchte unser Vater und ließ Magie zwischen seinen Fingern knistern, während er einen Schritt auf sie zumachte – er machte den Eindruck, als wollte er ihr die Haut von den Knochen ziehen.

»Du«, flüsterte sie und sie schien nicht die geringste Angst vor ihm zu haben, denn sie trat noch näher an ihn heran.

Sie verringerte den Abstand zwischen ihnen, bis sie nur noch Zentimeter von ihm entfernt war.

»Lady, treten Sie von seiner Majestät zurück!«, bellte Hamish und ich warf ihm einen flüchtigen Blick zu. Er war mindestens dreißig Jahre jünger als der Mann, den wir jetzt kannten, sein Schnurrbart war dunkler und seine Statur ein wenig schlanker.

Unsere Mutter sah ihn nicht an, sondern drückte ihm den Obstteller in die Arme, als hätte er sie nicht gerade bedroht.

»Ich geleite dich heim, ob Tag oder Nacht, denn du hast meine Liebe entfacht«, flüsterte unsere Mutter, während sie den Blick unseres Vaters festhielt. Sie streckte eine Hand aus und drückte sie an die Brust des Grausamen Königs. Er erstarrte, die Magie in seinen Fäusten flackerte, aber er machte keine Anstalten, sie wegzudrücken. Sie ließ ihre Hand über das feine Seidenhemd gleiten, das er trug, fuhr mit den Fingern über seinen Hals und hielt inne, als sie seinen Unterkiefer in der Hand hielt. »Ich habe das Leben *gesehen*, das wir teilen werden. Würdest du es auch gern *sehen*?«

Der Blick unseres Vaters verfinsterte sich, und er öffnete den Mund – vermutlich, um sie abzuweisen.

Ein wissendes Lächeln erhellte das Gesicht unserer Mutter.

»Die Wahrheit wird die Welt verändern«, betonte sie.

Bevor der König etwas erwidern konnte, flammte Magie unter ihren Fingerspitzen auf und er schloss den Mund wieder. Denn sie zeigte ihm Visionen von der Zukunft, die sie für die beiden *gesehen* hatte.

Auch wir bekamen sie zu sehen und mein Herz schlug schneller, als wir sahen, wie sie in einem Palast mit weißen Wänden umherschlichen, um sich heimlich zu treffen, wie sie unter den Sternen Küsse stahlen, sich in den Laken wälzten und in ihren Formgebungen durch die Wolken flogen.

Unser Vater war ein kalter Mann, aber wenn er mit ihr allein war, lachte und liebte er. Wir bekamen einen flüchtigen Einblick in das lebenslange Glück der beiden. Sie besänftigte immer wieder seine schlechte Laune und milderte seine Wut.

Ich konnte die Emotionen unserer Mutter spüren, die mit den Visionen verbunden waren. Ihre Liebe würde ihr Heimatland vor dem Zorn des

Grausamen Königs retten. Anstatt dieses wunderschöne Land mit Sonne und Sand zu erobern, würde er seine Prinzessin heiraten und sie nach Hause bringen, um an seiner Seite zu herrschen. Ihre Liebe würde unzählige Leben retten, nicht nur hier, sondern auch in Solaria. Sie hatte das alles vorhergesehen. Als wäre ihr Schicksal unausweichlich und die Macht dieses Schicksals größer als alle Magie der Welt.

Es spielte keine Rolle, dass er ein Wahnsinniger war, der mehr Blut und Tod angeordnet hatte als jeder andere König oder jede andere Königin in der Geschichte dieser Welt. Sie würde all die Seiten an ihm lieben, die niemand sonst je zu Gesicht bekam. Sie würde das Gute im Hass finden und ihn dem Licht näherbringen.

Wir sahen, wie die beiden unter die Sterne gerufen wurden und dem Ruf des Schicksals folgten, als sie sich entschieden, Elysische Gefährten zu sein. Ihre Seelen wurden für alle Zeiten in Liebe miteinander verbunden und ein silberner Ring säumte ihre Pupillen.

Und obwohl sie ihn um ihres eigenen Herzens willen wählte, tat sie es auch um all jener willen, die seiner Macht unterlagen. Denn mit ihr an seiner Seite war die Zukunft heller, die Richtung klarer und mehr auf Frieden und Wohlstand ausgerichtet.

In der Zukunft, die sie ihm zeigte, steckte so viel Liebe und Leidenschaft, dass meine Brust schmerzte. Wir sahen sie sogar mit einem riesigen Bauch, auf den er Küsse drückte; er sprach sogar zu den Babys, die in ihr wuchsen. Dann sahen wir die beiden, wie sie die winzigen Zwillinge eng an sich drückten, als würde ihre ganze Welt mit den kleinen Leben beginnen und enden, die sie gemeinsam erschaffen hatten.

Die Visionen verblassten und ich zog fast schon meine Hand zurück, aber der Spiegel zitterte unter meiner Handfläche und die Szene veränderte sich, um mir etwas anderes zu zeigen.

Unsere Mutter wachte schweißgebadet auf und das Grauen strömte in Wellen aus ihr heraus, während sie zu dem großen Bettchen eilte, in dem zwei schlafende Babys eng aneinander gekuschelt lagen.

Eine Träne lief über ihre Wange, als sie uns ansah. Die Panik machte sie blind, denn die Vision, die sie *gesehen* hatte, erfüllte sie mit Angst.

»Was ist los, Liebes?«, fragte unser Vater vom Bett aus und stützte sich auf seine Ellbogen.

»Blut«, hauchte sie. »Und Feuer und Tod. Ich sehe immer noch keinen Weg daran vorbei.«

»Ich habe dir gesagt, dass ich das niemals zulassen werde«, knurrte er, erhob sich aus dem Bett und ging auf sie zu, um sie in seine Arme zu ziehen. »Ich bin der mächtigste Fae auf der ganzen Welt. Niemand kommt an uns heran. Keiner kann unseren Kindern etwas antun.«

Unsere Mutter klammerte sich verzweifelt an ihn und schüttelte den Kopf, als könnte sie ihm nicht glauben, und wir bekamen einen weiteren Einblick in ihre Visionen.

Ein Schatten hing über unserer Familie und egal, was sie oder unser Vater taten, der Tod würde sie holen. Jedes Mal, wenn sie versuchte, das zu ändern, kam der Schatten nur noch näher. Sie *sah* eine Reihe von fünf Gräbern, kleine Särge, Feuer, Angst und Schreie. Aber die Bedrohung selbst konnte sie nicht *sehen*. Sie war in Dunkelheit gehüllt und wurde von ihrer Angst verkörpert. Und ganz gleich, welche Entscheidung sie traf, die Dunkelheit holte sie immer.

Jede Entscheidung bis auf eine … Während sie mit ihren Visionen kämpfte, fand sie eine einzige Möglichkeit, die nicht mit der totalen Vernichtung unserer Familie endete.

Eine andere ihrer Visionen zeigte, wie sie eines Nachts, während unser Vater schlief, einen Beutel mit Sternenstaub nahm und mit Darcy und mir, versteckt unter ihrem Mantel, in die Welt der Sterblichen reiste.

Tränen liefen über ihre Wangen, als sie im Haus einer sterblichen Familie erschien, die Zwillinge in unserem Alter hatte.

Sie weckte die Menschen, die sie ausgewählt hatte, um uns aufzuziehen, und Angst durchfuhr mich, als sie sie dazu manipulierten, keinen Unterschied zwischen ihren Babys zu bemerken. Sie befahl ihnen, uns zu lieben und zu beschützen und uns mit starkem Geist und Verstand zu erziehen.

Schluchzend ließ sie uns dort zurück und nahm ihre Kinder an unserer Stelle mit, als sie in den Palast der Seelen zurückkehrte.

Fast hätte ich meine Hand von dem Glas weggerissen. Ich konnte nicht verstehen, wie sie so gefühllos gewesen sein konnte, unser Leben gegen das von zwei unschuldigen sterblichen Mädchen einzutauschen. Doch bevor ich mich zurückziehen konnte, tauchte eine letzte Vision auf.

Sie zeigte Darcy und mich auf dem Thron. In Solaria herrschte Frieden, die Leute waren glücklich, und das Gleichgewicht der Macht war wiederhergestellt. Ein dunkler Schatten erhob sich in der Ferne gegen uns, aber gemeinsam hatten wir möglicherweise eine Chance, ihn zu besiegen und das Volk von Solaria zu retten. Aber ohne uns war alle Hoffnung verloren.

Die Vision verschwand und ich taumelte mit pochendem Herzen zurück.

»Hat sie … hat sie ihre Visionen dort irgendwie für uns gespeichert?«, fragte Darcy, die auf ihrer Lippe kaute, während sie versuchte, alles zu verarbeiten, was wir gerade gesehen hatten.

»Sie hat uns als einzige Chance für Solaria gesehen, gegen die Schatten zu bestehen«, antwortete ich mit hohler Stimme. »Deshalb hat sie uns zu Wechselbälgern gemacht …«

Ich wusste nicht, was ich von all dem, was wir gerade *gesehen* hatten, halten sollte. Aber ein kleiner, erbärmlicher, schmerzender Teil von mir, dessen Existenz ich nie gern zugab, brach auf. Unsere Eltern hatten uns geliebt. Sie hatten uns gewollt. Sie waren mit dem Wunsch nach einem Leben mit uns gestorben. Und dieses Wissen bedeutete mir mehr, als ich es mir je hätte vorstellen können.

»Sie hat uns geliebt, Darcy«, murmelte ich. »Unser Vater hat uns auch geliebt … egal, was er sonst war oder was er getan hat. Unsere Eltern wollten uns.«

Darcy brach in Tränen aus und warf ihre Arme um mich. Ich spürte, wie ich in ihren Armen zitterte.

Ich hatte nicht mehr über die Leute herausfinden wollen, die uns in diese Welt gebracht hatten. Aber jetzt, nachdem ich es getan hatte, wurde mir klar, wie wichtig es war, das zu wissen.

Es gab so viele Geschichten und Gerüchte über sie, so viel Hass auf die Dinge, die unser Vater getan hatte, und auf das Monster, das er angeblich gewesen war, dass ich nicht einmal auf die Idee gekommen war, dass er seine Familie geliebt haben könnte. Oder dass die Frau, die er geheiratet hatte, ihn zu einem besseren Mann gemacht und die Welt vor dem Schlimmsten in seiner Natur bewahrt hatte.

»Beim Licht des Uranus, Tory Vega, wenn du auch das Mittagessen verpasst, werde ich zutiefst enttäuscht sein!«, rief Geraldine aus dem Schlafzimmer.

Ich ließ Darcy los und wischte die Tränen von meinen Wangen, während ich versuchte, mich wieder zu fassen.

»Was ist das für ein Brimborium?«, fragte Geraldine, als sie in der Tür erschien, und ich lachte halb, als hätte sie mich bei etwas Unanständigem erwischt.

»Es ist etwas überwältigend, hier zu sein, denke ich. Wir fühlen uns ziemlich überfordert«, sagte ich.

»Ja«, stimmte Darcy zu. »Es ist … eine Menge.«

»Natürlich ist es das!«, rief Geraldine. »Und ich piesacke euch hier wie eine ganze Truthahn-Gang, indem ich versuche, euch in die Rolle der perfekten Prinzessinnen zu zwängen. Ich hätte erkennen müssen, dass ihr Zeit braucht, um euch an euer Zuhause zu gewöhnen.«

»Zuhause?«, fragte ich mit leiser Stimme. Wie konnte ich diesen Ort als mein Zuhause betrachten? Der Palast war größer als eine kleine Stadt. Und doch … hatte es etwas seltsam Tröstliches hier zu sein.

»Wir hatten noch nie ein richtiges Zuhause«, sagte Darcy und warf mir einen Blick zu, der verriet, dass sie sich da auch nicht so sicher war.

»Nun, jetzt habt ihr eins«, sagte Geraldine entschieden. »Unsere Prinzessinnen waren schon viel zu lange weg. Aber jetzt seid ihr zu Hause und das Königreich Solaria frohlockt, weil unsere mächtigste Ahnenreihe wiederhergestellt ist. Die Welt der Fae basiert auf einem Fundament aus Stärke und Macht. Und jetzt haben wir unsere mächtigste Familie zurück. Es mag jene geben, die euch niederhalten oder zu Fall bringen wollen, aber die wahren Königinnen erheben sich. Die Linie der Vega ist intakt. Und wenn ihr euer Schicksal selbst in die Hand nehmt, werden selbst die Sterne nicht auf die Macht vorbereitet sein, die ihr besitzt.«

Ich hätte eigentlich protestieren sollen, aber als mich die Wucht von Geraldines Worten traf, konnte ich lediglich einen stummen Blick auf meine Schwester werfen.

Wir hatten nie um dieses Schicksal gebeten, nie geplant, gegen die Erben anzutreten, um diese Macht zu erlangen oder den Thron zu besteigen. Aber dennoch gehörte beides uns.

Wir waren geboren, um über dieses Königreich zu herrschen, und die Kraft unseres Vaters und die Liebe unserer Mutter flossen durch unsere Adern.

Wir waren von der mächtigsten Formgebung, die es seit tausend Jahren gegeben hatte. Wir waren die ersten Fae seit Ewigkeiten, die alle vier Elemente besaßen.

Vielleicht war es also an der Zeit, dass wir aufhörten, unser Geburtsrecht zu verleugnen. Denn die Vegas waren geboren, um zu herrschen. Und ich war es leid, mich zu verbeugen.

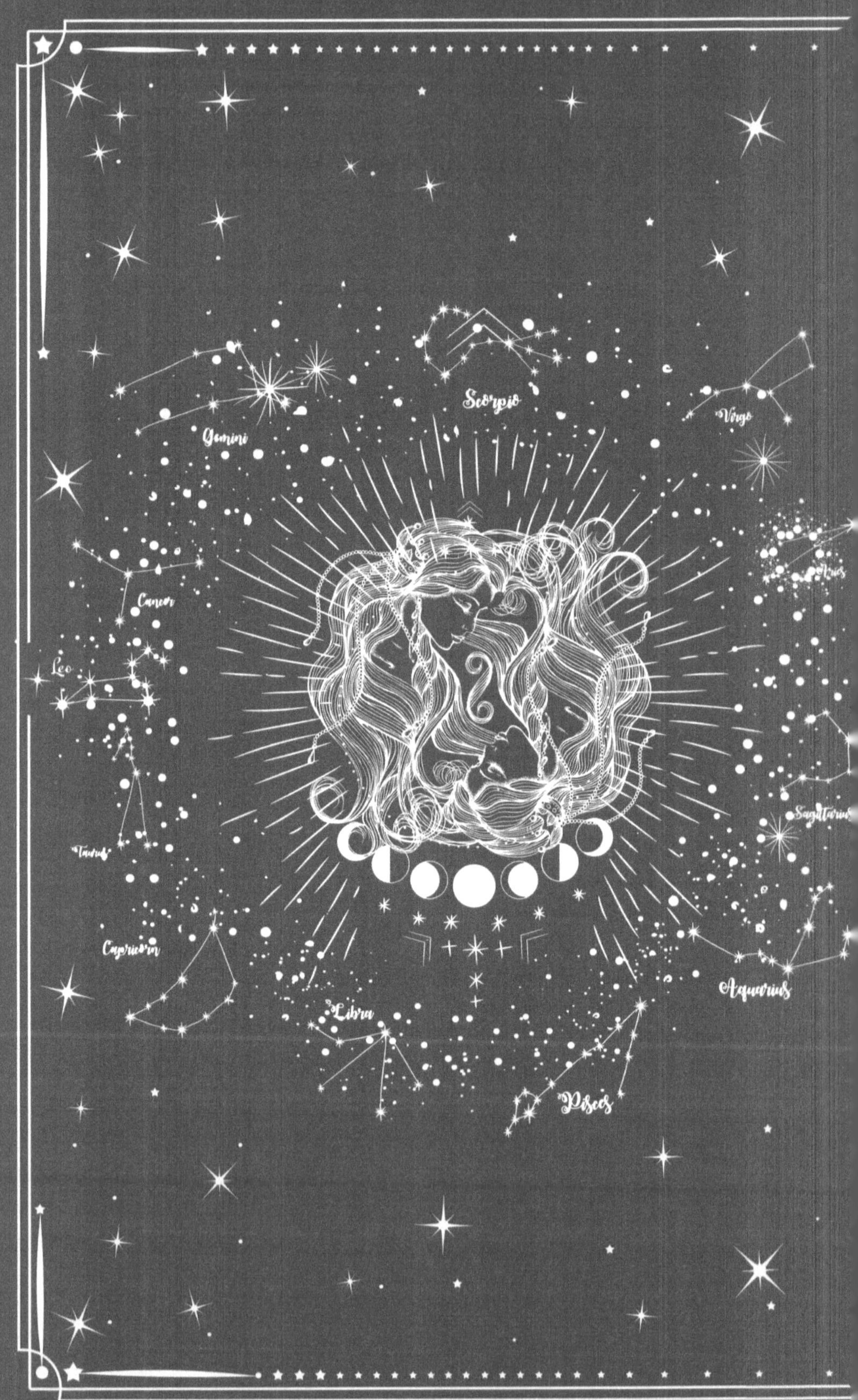

Gemini
Scorpio
Virgo
Cancer
Aries
Leo
Taurus
Sagittarius
Capricorn
Aquarius
Libra
Pisces

DARCY

KAPITEL 39

Ich lag zusammengerollt neben Tory in ihrem Bett, als Mitternacht kam und ging. Der erste Weihnachtsfeiertag stand vor der Tür und ich war froh, dass wir ihn wie immer verbringen würden: Wir schliefen in einem Zimmer und waren bereit, im Morgengrauen gemeinsam aufzuwachen – oder zumindest würde ich im Morgengrauen aufwachen und Tory aus dem Bett schubsen.

Tory atmete leise, aber für mich war der Schlaf nicht so leicht zu erreichen. In meinem Kopf spukten Gedanken und Fragen über unsere Mutter und unseren Vater. Ich brauchte mehr Antworten, und die Wände selbst schienen sie in sich zu tragen. Aber sie flüsterten mit gedämpften Stimmen, die ich nicht ganz verstehen konnte.

Ich schloss die Augen, dachte an meine Mutter und erinnerte mich an ihr Spiegelbild, das sie uns geschenkt hatte. Sie hatte gewusst, dass wir diesen Palast eines Tages betreten und die Geheimnisse lüften würden, die sie für uns hinterlassen hatte. Und ich wusste, dass es noch mehr zu finden gab.

Blasses Licht drang durch meine Augenlider und ich öffnete ein Auge. Der Mond drang durch die Schneewolken jenseits der Glastüren, die auf den Balkon führten. Wir hatten die Vorhänge offen gelassen, um zuzusehen, wie sich der Schnee auf dem Steingeländer türmte.

Das Geflüster wurde lauter und ich hatte das starke Gefühl, dass ich mir das nicht nur einbildete. Die Wände sprachen wirklich – oder vielleicht waren es die Sterne? Auf jeden Fall rief etwas nach mir und riss mich wie der Gesang einer Sirene aus der Wärme meiner Bettdecke.

Ich schlüpfte in ein Paar flauschiger Hausschuhe und zauberte Wärme in meine Adern, um die Kälte zu vertreiben, die mich außerhalb des Bettes erwartete. Ich ging zum Fenster, wo der Mond heller schien, als ich ihn je gesehen hatte, und in eine Decke aus Sternen gebettet war, die wie Diamanten leuchteten.

»Was ist?«, flüsterte ich wie eine Verrückte, aber ich hatte seit meiner Ankunft an der Zodiac Academy schon zu viele seltsame Dinge erlebt, um nicht daran zu glauben. »Was willst du uns zeigen?«

Ich drehte mich um und entdeckte Astrums Karte am Fußende unseres Bettes, auf der das Bild der Sonne glühte, als würde ein Feuer darin brennen.

Ich bewegte mich zögernd darauf zu und hob die Karte mit hämmerndem Herzen auf. Sofort strömte Wärme durch meine Finger. Ich drehte sie um, um die Botschaft noch einmal zu lesen. Die letzte Zeile echote in meinem Kopf – in der Stimme meiner Mutter: *Wo Flügel auf Gerechtigkeit treffen, wurde euer Blut gerettet.*

Meine Kehle wurde eng, als ein kleiner Satz gemalter Flügel an der Wand im Mondlicht aufleuchtete und mich anlockte.

»Tory«, zischte ich eilig, um sie zu wecken.

»Ich will den Arschlochhut nicht tragen«, murmelte sie und ich schüttelte ihren Arm.

»Steh auf!«, forderte ich und sie öffnete die Augen.

»Darcy? Was ist los?«

»Ich glaube, unsere Mutter will uns etwas zeigen«, sagte ich leise.

Sie wachte vollends auf, schlüpfte aus dem Bett und ich deutete auf die leuchtenden Flügel an der Wand, während sie mir einen Bist-du-wahnsinnig-geworden-Blick zuwarf.

»Schau!«, drängte ich.

»Scheiße«, stieß sie aus.

Wir gingen darauf zu und ich strich mit meinen Fingern über die erhabene Silberfarbe. Das Leuchten erlosch augenblicklich und ein weiteres Paar Flügel erstrahlte neben der Tür. Ich atmete tief ein und drehte mich zu Tory um, die mir zunickte und ihre Hand in meine schob.

»Gehen wir«, sagte sie fest.

Wir traten aus dem Zimmer und das Rauschen des Wasserfalls umgab uns, zusammen mit der erdrückenden Hitze des Pools. Auf der anderen Seite des Beckens leuchteten weitere Flügel auf und wir eilten durch den Raum darauf zu. Als Tory ihre Finger darauf drückte, erschien ein weiteres über einer Tür zu unserer Rechten.

Wir rannten in die entsprechende Richtung und ich stieß die Tür auf, woraufhin ein dunkler Korridor zum Vorschein kam. Tory entzündete eine Flamme in ihrer Handfläche, und ich folgte ihrem Beispiel, bevor wir in die drückende Schwärze traten. Die Wände waren beleuchtet und zeigten große Gemälde in vergoldeten Rahmen. Unsere Mutter und unser Vater waren auf vielen von ihnen zu sehen, aber auch andere Verwandte starrten uns an.

Am Ende des Ganges hing ein riesiges Bild, das die ganze Wand einnahm. Unsere Eltern standen Seite an Seite, jeder von ihnen hielt ein Baby im Arm. Ich öffnete überrascht den Mund – ihre Blicke strahlten so viel Liebe aus.

Sucht gut, sucht tief! Die Stimme unserer Mutter erfüllte den Raum und ich erstarrte.

Tory sah mich an und ihre großen Augen verrieten mir, dass sie es auch gehört hatte.

Ein weiteres Flügelpaar glühte zu unserer Linken, als wir in einen großen Ballsaal einbogen. Die Decken und eine der Wände waren aus Glas und gaben den Blick auf einen Innenhof unter einem riesigen schrägen Dach frei. Der Boden war so poliert, dass ich unser Spiegelbild darin sehen konnte, während wir zu den silbernen Flügeln in der hinteren Ecke des Raumes gingen. Daneben befand sich ein bemalter Satz goldener Waagen, die mit der gleichen Kraft leuchteten.

Wo Flügel auf Gerechtigkeit treffen, wurde euer Blut gerettet.

Ich legte meine Hand darauf und runzelte die Stirn, als sie immer noch leuchteten. Tory trat an meine Seite und legte ihre Hand neben meine, woraufhin ein Energieimpuls meinen Arm ergriff.

Ein Klicken ertönte und vor uns schwang eine Geheimtür auf, um einen dunklen Gang mit vereisten Wänden freizugeben.

»O mein Gott!« Ich beugte mich vor, um einen Blick hineinzuwerfen, aber in dem Moment, in dem ich es tat, wurde ich von einer Hitzewelle erfasst und in eine Vision aus Blut, Tod und Feuer gerissen.

Diener lagen auf dem Boden, während vier Wachen versuchten, eine Tür am Ende des Raumes geschlossen zu halten. Unter ihnen waberte Rauch, und der Geruch von Feuer stieg mir in die Nase.

Eine der Wachen zauberte dicke Ranken, um die Tür zu halten, während die anderen mit Magie in ihren Handflächen das bekämpften, was versuchte, die Tür zu durchbrechen. Die Wände erzitterten, als ein gewaltiges Gewicht gegen sie stürzte, und Angst durchfuhr mein Herz, als ich mit ungläubigem Blick auf die Szene starrte.

Irgendwo weinte ein Baby, eine Frau schrie, und die schrecklichen Geräusche verirrten sich in meinen Kopf.

Zu meiner Linken flog eine weitere Tür auf und mein Herz blieb stehen, als ich Professor Astrum erblickte. Er war viel jünger, aber seine Haare waren bereits grau und fielen um seine Schultern. Seine Hand umschloss die eines Kindes, das einen Schritt hinter ihm lief.

»Hier entlang. Keine Panik, mein Junge«, beruhigte Astrum ihn.

Die Tür wurde aufgerissen und die Wachen wurden von einem riesigen baumartigen Arm beiseite geworfen, als drei Nymphen in den Raum strömten. Entsetzen ergriff mich, während die Wachen um ihre Vernichtung kämpften, aber das schreckliche Saugen und Röcheln signalisierte, dass die Monster bereits ihre Magie einsetzten. Feuer loderte hinter den Bestien auf, kletterte die Wände hoch und verschlang alles, was sich ihm in den Weg stellte.

Astrum stürzte auf die Geheimtür in der Wand zu und legte die Hand des Jungen darauf. Ich betrachtete das Kind mit den rabenschwarzen Haaren und den vertrauten Augen. Ich war mir nicht sicher, ob ich ihn wirklich kannte oder ob die Erinnerung an meine Gefühle appellierte und mich fühlen ließ, was Astrum an jenem Tag gefühlt hatte.

»Diese Tür wird uns aus dem Palast führen«, versprach Astrum. »Schau nicht zurück!«

Die beiden verschwanden im Tunnel und in dem Moment, in dem sich die Tür hinter ihnen schloss, verschwand auch die Vision.

Ich lehnte mich keuchend gegen Tory, als die Kraft der Erinnerung einen Teil meiner Kraft mit sich riss.

»Wer war das?«, hauchte Tory und ich schüttelte den Kopf, da ich keine Antwort hatte.

Die Tür fiel zu und die Magie um sie herum verblasste, als sie sich wieder schloss.

Wir versuchten, unsere Hände daraufzulegen, um weitere Erinnerungen aus ihren Tiefen zu ziehen, aber die silbernen Flügel schwiegen, das Geheimnis war weitergegeben worden.

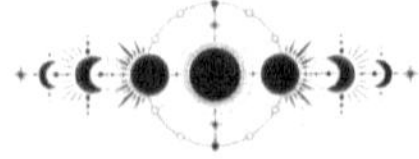

Als ich am Weihnachtsmorgen aufwachte, umspielte ein Lächeln meine Lippen und ich genoss den wunderschönen Raum und das bernsteinfarbene Sonnenlicht, das auf mein Bett fiel. Nach der letzten Nacht war ich voller Hoffnung. Ich hatte nicht alle Antworten, aber jede Minute, die wir hier verbrachten, schien uns mehr zu zeigen, und ich war sicher, dass der Palast noch mehr zu enthüllen hatte.

Wer auch immer der Junge gewesen war, den wir in der Vision gesehen hatten, er musste irgendwie wichtig sein. Aber ich konnte die Zusammenhänge nicht erkennen. Es war, als hätten sich meine Mutter und Astrum verschworen, um uns diese Informationen zu übermitteln, dabei ihre Erinnerungen in Wänden und Tarotkarten gespeichert und darauf gewartet, dass wir sie fanden. Aber was bedeutete das alles? Uns fehlten sicherlich noch etliche Teile des Puzzles.

Ich verließ eilig das Bett und grinste, als mir eine Idee kam. Ich schlüpfte auf den Balkon und trieb Feuermagie in mein Blut, um die Kälte zu vertreiben, während ich die unglaubliche Aussicht bestaunte. Eine hohe Mauer umgab das Palastgelände und ich konnte dahinter eine Stadt mit strahlenden Wolkenkratzern erahnen. Ich machte mir eine mentale Notiz, Geraldine danach zu fragen, wo genau wir uns in Solaria befanden. Wir könnten Tausende Kilometer von der Academy entfernt sein, und ich beschloss, mir so schnell wie möglich eine Weltkarte zu besorgen. Ich hatte mich so sehr auf den Campus konzentriert, dass ich nicht annähernd genug Zeit damit verbracht hatte, darüber nachzudenken, was jenseits seiner Mauern lag.

Ich nahm etwas Schnee vom Balkongeländer, formte einen Schneeball und ging wieder hinein – wohl wissend, dass ich damit den dritten Weltkrieg auslösen könnte. Aber was soll's? Ich zielte auf Tory und der Schneeball explodierte über ihrem Gesicht.

Kreischend sprang sie auf und richtete ihre Augen auf mich. »Oh, du bist so was von tot!«

Sie hüpfte aus dem Bett und ich sprang mit einem aufgeregten Jauchzen nach draußen, sammelte noch mehr Schnee und schleuderte ihn mit meiner Luftmagie auf sie. Sie lachte, hob ihre Hand und erzeugte einen Feuerblitz, der den Schnee in der Luft zum Schmelzen brachte, bevor sie selbst etwas Schnee aufnahm und ihn gegen mich schleuderte. Er prallte gegen meine Brust und unser Lachen wurde in den Himmel getragen, als wir den Kampf fortsetzten, bis wir klatschnass und mit einem breiten Grinsen im Gesicht zurück nach drinnen gingen.

Ich kehrte in mein Zimmer zurück, um mich für den Tag fertig zu machen, und bewunderte die wunderschönen Glaswände, durch die das Wasser in einem langsamen und nicht enden wollenden Kreislauf sprudelte.

Ich duschte in dem unglaublich großzügigen Bad und zog mir ein glitzerndes weißes Sweatkleid mit einem Schneemann darauf an – hey, es war Weihnachten. Dazu trug ich Kniestrümpfe und steckte eine Seite meiner Haare mit einer silbernen Spange zurück.

Mein Atlas piepte in meiner Tasche und ich nahm ihn heraus. Ich biss mir auf die Lippe, als ich eine Nachricht von Orion entdeckte.

Lance:
Fröhliche Weihnachten, Blue. Sieht so aus, als würde ich die Feiertage tatsächlich mit dir verbringen. Ich nehme an, du hast die Neuigkeiten gehört?

Ich runzelte die Stirn und tippte eine Antwort, während ich aus dem Zimmer ging, um Tory zu suchen.

Darcy:
Welche Neuigkeiten?

Lance:
Du wirst schon sehen ...

Kryptischer Mistkerl.
Ich fand Tory im Flur in schwarzen Jeans und einem Tanktop.

Ich schnaubte. »Ist das deine Vorstellung von Weihnachtsgarderobe?«, stichelte ich.

»Nein ...« Sie hob ihre Hand, winkte mir mit einer glänzenden Haarspange in der Form eines Sterns zu und steckte sie in ihre Haare. »Tada!«

»Klimpernde Jingle Balls, nein!«, rief Geraldine vom oberen Ende der Treppe. Ich schaute auf und sah sie in einem unglaublichen mitternachtsblauen Ballkleid mit Cinderella-Handschuhen und zu einem komplizierten Dutt hochgezwirbelten Haaren. »Ihr müsst Kleider tragen, die für Königinnen angemessen sind!«

Sie rannte schnurstracks die Treppe herunter, was in diesen Schuhen ziemlich beeindruckend war, und kam kopfschüttelnd vor uns zum Stehen. Sie strahlte förmlich, ihre Haut schien unter den Lichtern zu schimmern und ihre erdbraunen Augen funkelten.

»Welche Rolle spielt das?«, fragte Tory achselzuckend. »Wir sind doch unter uns.«

»Verflixt und zugenäht«, flüsterte sie und zupfte unruhig an ihrem Kleid. »Ich wollte nicht zu früh mit der Sprache herausrücken, um die Stimmung nicht zu trüben.«

»Wovon sprichst du?«, fragte ich etwas forscher, wobei sich bei ihrem Gesichtsausdruck ein Knoten in meiner Brust bildete.

»Es ist eine königliche Tradition, dass die Vegas mit den Ratsmitgliedern und ihren Familien zu Abend essen. Und es wurde beschlossen, dass diese Tradition zu Ehren eures ersten Weihnachtsfestes im Palast beibehalten wird«, sagte Geraldine und hielt den Atem an, während sie besorgt zwischen uns hin und her blickte.

»Du meinst, Lionel Acrux wird hier sein?«, fragte Tory entsetzt.

»Und die Erben?« Ich schnappte nach Luft.

»Ja.« Geraldine senkte beschämt den Kopf. »Ich wollte einfach, dass ihr die Zeit genießt, die ihr vor ihrer Ankunft habt. Aber jetzt erkenne ich meinen Fehler – ach, ich bin wahrhaftig ein versalzener Pfannkuchen.«

Ich seufzte und legte eine Hand auf ihren Arm. »Es ist in Ordnung. Und du hast recht, es hätte die Tage, die wir hier verbracht haben, vermiest, wenn wir von ihrem Kommen gewusst hätten.«

»Gott, wie lange werden sie denn hier sein?«, fragte Tory mit zusammengekniffenen Augen.

»Sie werden den Nachmittag hier verbringen und … den Abend und dann … auch die Nacht.« Geraldine räusperte sich. »Sie reisen morgen in der Abenddämmerung ab.«

»Dann machen wir uns besser fertig.« Ich schaute zu Tory und erkannte, was Orion gemeint hatte. Er würde Darius und seine Familie hierher begleiten. Diese Tatsache lastete wie ein Bleigewicht auf mir, denn mir wurde klar, dass wir vielleicht doch keine Zeit für uns allein haben würden.

Natürlich hatten sie ihn mit diesem Trip überrumpelt – als hätte er kein eigenes Leben. Ich vermutete, dass Lionel genau das wollte: alle in seinem Umfeld an der kurzen Leine halten.

Mein Magen verkrampfte sich bei dem Gedanken, diesen aufgeblasenen Drachenbastard nach allem, was er uns angetan hatte, wiederzusehen. Wir mussten so tun, als könnten wir uns nicht an die Ereignisse der Mondfinsternis erinnern, und uns völlig normal verhalten. Nun ja, so normal wie es in der Gesellschaft eines Mannes eben möglich war, der uns am liebsten tot sehen würde. Vor allem, wenn er wüsste, dass wir genau wie er das Fünfte Element besaßen. Und dass wir in Wirklichkeit Phönixe und keine Feuerharpyien waren. Wir waren die größte Bedrohung, die seine Familie je erlebt hatte, und das durfte er niemals herausfinden. Nicht bevor wir ausreichend trainiert waren, um uns selbst zu schützen.

Geraldine blieb bei uns, als wir in Torys Zimmer gingen, um uns umzuziehen.

Tory sah mich an und ein Gedanke tanzte in ihren Augen. »Im begehbaren Kleiderschrank hängen Dutzende von königlichen Gewändern.« Sie zeigte auf den Schrank, in dem wir die Vision im Spiegel gesehen hatten.

Ich öffnete den Mund. »Du meinst die Kleider unserer Mutter?«

Tory zuckte mit einer Schulter – irgendwie schien sie immer noch nicht ganz in der Lage zu sein, dieses Wort auszusprechen. »Sie verkümmern da drin doch nur.«

»Dieser Moment ist die Erfüllung all meiner Träume«, schwärmte Geraldine, und als ich mich zu ihr umdrehte, sah ich die Tränen in ihren Augen. »Die Prinzessinnen in den Kleidern ihrer Mutter – das rührt mich zu Tränen.« Sie tupfte ihre Augen ab und ich sah sie vorsichtig an, bevor ich sie anstupste, um ihr ein Lächeln zu entlocken. »Geh!«, flehte sie. »Die Vorfreude frisst mich auf.«

Ich lachte, als ich Tory in den Kleiderschrank folgte und die wunderschöne Auswahl an Kleidern um mich herum betrachtete.

Ich stöberte in dem Schrank zu meiner Rechten, während Tory sich die gegenüberliegende Stange ansah.

»Meinst du, die passen uns?«, fragte ich laut und nahm ein wunderschönes roségoldenes Kleid von der Stange und hielt es an meinen Körper.

»Sieht so aus«, sagte Tory, die sich ein unglaubliches ozeangrünes Kleid ausgesucht hatte.

Ich entledigte mich meines Sweatkleides und zog das Kleid meiner Mutter an, wobei ich mich in den ellenlangen Netzen verlor. Der riesige Rock fiel mir bis zu den Knöcheln und Tory half mir, den Rücken zu schnüren. Das Korsett war trägerlos und eng an der Taille.

Ich half Tory in das grüne Kleid, dessen Spitzenriemen zart auf ihren Schultern lagen. Der Rock schwang hinter ihr aus, als sie sich drehte, und die Farbe ließ ihre dunkelgrünen Augen glitzern.

Wir gingen zurück ins Schlafzimmer und Geraldine brach erneut in Tränen aus.

»Hör auf, du wirst dein Make-up ruinieren«, beruhigte ich sie und eilte auf sie zu. Sie nutzte ihre Wassermagie, um ihre Tränen direkt aus den Augen zu leiten, damit sie ihre Wimperntusche nicht verschmierte, und ließ sie durch die Luft wirbeln, während wir versuchten, sie zu beruhigen. Es war vollkommen verrückt und total cool.

»Ihr seht so edelmütig aus«, sagte sie und hielt jedem von uns eine Hand an die Wange. »Ich bin die glücklichste Frau in ganz Solaria. Ich fühle mich, als würde ich auf einer Wolke voller Fae-Fliegen schweben.«

»Ohne dich wären wir aufgeschmissen, Geraldine«, sagte ich ernst, und wir umarmten einander alle fest.

Geraldine führte uns aus den Gemächern unserer Mutter heraus und in einen anderen riesigen Flügel des Palastes. Wir gingen durch riesige, dunkle Flure, die eine abweisende Ausstrahlung besaßen und unseren Vater erkennen ließen. Ich konnte seine Anwesenheit in diesem Teil des Palastes spüren, als würde er immer noch schlecht gelaunt durch die Gänge schreiten. Ich wollte unbedingt den Grund für sein kaltes Herz erfahren. Was war mit ihm geschehen, dass er so grausam geworden war?

Es schien so mutig von meiner Mutter gewesen zu sein, ihn als ihren Gemahl zu akzeptieren, obwohl sie alles über ihn gewusst haben musste. Ich hoffte, dass sie glücklich gewesen war, aber anhand ihrer Erinnerungen, die wir gesehen hatten, schien das der Fall gewesen zu sein. Vielleicht war es für Elysische Gefährten unmöglich, anders als glücklich miteinander zu sein. Und das brachte mich dazu, an Orion zu denken und mich zu fragen, ob wir wirklich füreinander bestimmt sein könnten, so wie meine Eltern es gewesen waren.

Wir erreichten eine Holztür, deren beide Eisengriffe wie die schlangenartigen Köpfe einer Hydra geformt waren.

Zwei Wachen traten vor, um die Türen zu öffnen, und ich zog meinen Rock zurecht, weil ich plötzlich das Gefühl hatte, dass wir von Kopf bis Fuß gemustert werden würden.

Die Türen öffneten sich, und ich vergaß, zu atmen. Wir befanden uns am oberen Ende einer wunderschönen Treppe, die in einen riesigen Thronsaal führte. Die Decken schienen kilometerhoch zu sein und blaue Buntglasfenster ließen ein kaltes Licht herein.

Purpurfarbene Feuer loderten in mehreren Kaminen und ich hatte das unheimliche Gefühl, in der Höhle eines dunklen Fürsten zu stehen. Und das tat ich wohl auch. Es war imposant und einschüchternd. Und ich stellte mir vor, dass der Grausame König genau dieses Gefühl bei seinen Gästen hatte hervorrufen wollen. Schon die Tatsache, dass wir über eine so gigantische Treppe eintraten, bedeutete, dass wir auf alle, die sich unten versammelt hatten, hinabsehen mussten.

Mein Blick fiel auf den riesigen Thron, der in dem schimmernden blauen Licht stand, das durch die Fenster fiel. Er war aus dunklem Stein, die breite Sitzfläche war hinten erhöht und teilte sich in fünfzig Hydraköpfe, deren lange

Hälse sich ineinander verschlangen und bis zur Decke reichten. Zwei von ihnen bildeten die Armlehnen, ihre zweizackigen Zungen ragten heraus und sogar ihre geschärften Reißzähne waren zu sehen. Alle Augen waren mit Saphiren besetzt, die im Licht glitzerten. Der Thron zeugte von der Macht des Mannes, der auf ihm gesessen hatte, bedrohte jeden, der seinen Meister herausforderte, und erzählte von der Magie, die in ihm gelebt haben musste. Es war auch eine deutliche Erinnerung an den Weg der Fae. Der Stärkste regierte das Land. Und das würden eines Tages wir sein.

Die Türen öffneten sich am anderen Ende des Thronsaals und eine Gruppe von Wachen marschierte vor einer Personengruppe. Die Ratsmitglieder waren edel gekleidet und gingen zu viert in einer Reihe nebeneinander. Dahinter folgten die Erben, alle in eleganten schwarzen Anzügen und mit Fliege. Orion – der identisch gekleidet war – befand sich hinter ihnen. Mein Herz machte einen Salto, als ich sein vornehmes Outfit und die nach hinten gekämmten Haare wahrnahm. An seinem Arm ging Catalina Acrux, die das am tiefsten ausgeschnittene Kleid aller Zeiten trug, das mit seinen weißen Seidenbahnen fast wie ein Hochzeitskleid aussah. Hinter ihnen lief Xavier mit etlichen anderen Leuten, die ich für die Geschwister der anderen Erben und die Partner der Ratsmitglieder hielt.

Sie blieben alle am Fuß der Treppe stehen und Hamish erschien neben ihnen und winkte uns zu sich.

Ich warf Tory einen Blick zu, und wir verschränkten instinktiv unsere Hände miteinander, bevor wir Seite an Seite die Treppe hinuntergingen, während alle Augen im Raum auf uns gerichtet waren. Ich hob mein Kinn, als Lionel uns kühl anstarrte. Sein Unterkiefer zuckte, als wir näher kamen. Eine unangenehme Pause folgte, in der es angemessen schien, dass sich eine der beiden Parteien verbeugte, aber niemand tat es. Ich spürte, dass das den Ton für den weiteren Verlauf des Besuchs bestimmen würde, denn die Ratsmitglieder tauschten vorsichtige Blicke. Wir hatten kein Wort darüber verloren und doch hatten Tory und ich uns intuitiv dafür entschieden. Wir standen zu unserer Macht und zu unseren Namen. Außerdem war dies *unser* Zuhause, was sie zu *unseren* Gästen machte.

Hamish räusperte sich und eilte nach vorn. Ich warf einen Blick über die Schulter und bemerkte, dass Geraldine oben auf der Treppe stehen geblieben war.

»Ihr seht wunderschön aus.« Seths Mutter Antonia brach als Erste die Stille und schien es kaum erwarten zu können, uns zu berühren. Ihr Kleid war hellblau und mit kleinen weißen Blumen verziert, die ihre weichen

Gesichtszüge betonten.

»Wunderschön«, stimmte Calebs Mutter, Melinda, zu. »Für einen Moment habe ich gedacht, eure Mutter vor mir stehen zu sehen. Doppelt.« Sie lächelte freundlich und der Knoten in meiner Brust löste sich ein wenig. Ihr rosafarbenes Kleid hing von ihren Schultern und schmiegte sich perfekt an ihre Figur.

Max' Vater, Tiberius, trat vor und reichte uns die Hand. »Es ist mir eine Freude, euch wiederzusehen.« In seinem dunkelblauen Anzug und der weißen Krawatte sah er königlich aus.

Wir ergriffen abwechselnd seine Hand und tauschten Höflichkeiten aus, bevor Lionels scharfe Stimme die Luft zerschnitt.

»Ich bin am Verhungern«, sagte er kalt und wandte sich an Hamish. »Müssen wir den ganzen Tag hier rumstehen?«

»Nein, High Lord. Wir können diesen pulsierenden Partybus direkt in den Speisesaal fahren«, verkündete er und tupfte nervös seine Stirn.

Lionel nickte knapp und würdigte uns kaum eines Blickes, bevor er Hamish folgte und damit die Führung übernahm – obwohl ich mir sicher war, dass wir das hätten tun sollen.

Die Erben kamen als Nächstes vor uns zum Stehen, und mir fiel auf, wie ansehnlich sie alle waren. Zum ersten Mal sahen sie aus wie die Prinzen, die sie waren, aber die Härte in ihren Augen machte mich unruhig.

»Du siehst umwerfend aus, Tory«, sagte Caleb und drückte ihr einen Kuss auf den Handrücken. »Darf ich dich in den Speisesaal begleiten?«

Er bot ihr seinen Arm an und sie warf einen Blick auf Darius, bevor sie schnell nickte und mit ihm vorausging. Darius folgte ihnen sofort mit finsterem Blick und ich schielte in Richtung Orion, der hinter Max und Seth stand. Seine Augen brannten ein Loch in mich und eine wohlige Wärme breitete sich bis in meine Knochen aus. Ich wünschte, ich könnte mich an den Erben vorbeidrängen, Catalina samt ihren falschen Titten aus dem Weg schleudern und ihren Platz neben ihm übernehmen.

Wahrscheinlich nicht die beste Idee.

Ich zwang meinen Blick weg von ihm und zurück zu den Erben, als Geraldine an meiner Seite erschien.

Max' Kehlkopf wippte, als er sie entdeckte. »Du siehst gut aus, Grus«, sagte er, und Seth rollte mit den Augen. »Darf ich dir meinen Arm anbieten?« Er streckte seinen Arm aus und Geraldine musterte ihn argwöhnisch.

»Ich schätze, ich brauche heute tatsächlich einen adretten Herrn an meiner Seite«, sagte sie leichthin und verschränkte ihren Arm mit dem seinen. Max sah aus, als hätte er im Lotto gewonnen, als sie losmarschierten.

Seth hielt mir seinen Arm hin und ich schürzte die Lippen. »Nein, danke.« Ich schritt an ihm vorbei, aber er hielt mich fest.

»Komm schon, Babe. Es ist Weihnachten. Waffenstillstand für heute, ja?«

Ich sah ihn stirnrunzelnd an, ließ ihn aber meinen Arm nehmen, denn ich wusste, dass er nach wie vor die Macht hatte, Orion und mich zu Fall zu bringen. Und wäre das nicht das Sahnehäubchen an diesem herrlichen Tag?

»Du siehst übrigens umwerfend aus«, sagte Seth und mein Stirnrunzeln wurde noch intensiver. »Was?«, fragte er, als wir durch eine Tür und einen breiten Korridor gingen.

»Wenn du etwas Nettes sagst, bedeutet das normalerweise, dass du etwas Schreckliches vorhast.«

Seth berührte meine Schulter mit seiner und ließ seine Finger auf wölfische Art über meine Haut gleiten. Ich drehte meine Hand weg, um ihn aufzuhalten, und ein leises Wimmern entwich ihm.

»Heute ist es nur ein Kompliment«, schwor er. »Ich liebe Weihnachten, ich werde es nicht ruinieren, indem ich ein Arsch bin. Außerdem ist dies dein Zuhause. Ich weiß, wie besonders das für dich sein muss.«

Ich starrte ihn an und fragte mich, ob ein Außerirdischer den echten Seth Capella entführt und ihn durch eine Fälschung ersetzt hatte. »Also gut, wer bist du und wo ist das Wolfsarschloch hin?« Ich hob eine Augenbraue, und er lachte. In diesem Moment sah er knabenhaft und jung aus. Er hob die Hand, um eine lose Haarsträhne in seinem Man Bun zu befestigen.

»Es ist noch hier, Babe. Es schläft nur.«

Mit gesenkter Stimme antwortete ich: »Okay.«

»Warum flüsterst du?«, fragte er verwirrt.

»Ich will es nicht aufwecken.«

»Genau so, genau so, erinnert Euch an die alte Vega-Manier!«, rief Hamish von weiter vorn. »Zauberhaft, oh, ganz zauberhaft!«

Ich versuchte, um die Ecke zu spähen und fragte mich, was da vor sich ging. Schließlich trennte uns nur noch ein wunderschöner Steinbogen von dem hell erleuchteten Speisesaal. Der Bogen bestand aus zwei ineinander verschlungenen Flügeln und war mit glitzernden, durchsichtigen Edelsteinen besetzt, die jedes Mal, wenn sich ein Paar darunter begab, im Licht pulsierten.

Lionel trat mit Melinda unter den Bogen und beugte sich vor, um ihr einen Kuss auf die Wange zu geben. Ich zog die Augenbrauen zusammen, als sie weitergingen, und Tory und Caleb folgten ihnen. Tory wollte weitergehen, aber Hamish hielt ihren Arm fest und schob sie zurück.

»Imaginäre Ingwerkekse!« Hamish keuchte auf. »Mylady, Ihr könnt nicht durch den Torbogen treten, ohne einen Kuss mit Eurem Begleiter zu teilen. Die Sterne werden Euch für den Rest des Tages mit Pech verfluchen, wenn Ihr es nicht tut, aber sie schenken Euch Glück, wenn Ihr es tut. Der Torbogen Eurer Mutter erwacht jedes Jahr zu Weihnachten für genau dieses Ereignis.«

Mein Herz verkrampfte sich angesichts dieser Tatsache, denn der süße Gedanke hinter dem Bogen meiner Mutter wurde von meinem eigenen Begleiter besudelt.

Tory schnaubte, dann beugte sich Caleb vor, umfasste ihre Taille und drückte ihr einen Kuss auf die Lippen. Darius stand hinter ihnen, die Hände in den Taschen, und sah aus, als würde er sich gleich mit seiner ganzen Drachenwut auf sie stürzen. Ich konnte mir ein Grinsen nicht verkneifen, als Tory davontanzte und Caleb ihr wie ein liebeskrankes Hündchen hinterherlief.

Hamish hielt Darius' Arm fest. »Es macht Ihnen doch nichts aus, mit mir hindurchzutreten, oder?«

Darius schaute finster drein, führte Hamish aber energisch unter den Bogen und wartete, während Hamish sich vorbeugte und seine Wange küsste. Darius ging weiter, aber Hamish wartete auf der anderen Seite, um die Leute hindurchzuschleusen.

Max und Geraldine waren die Nächsten, und sie warf ihre Haare zurück, als wäre ihr das alles herzlich egal, während sie unter den Bogen traten. Sie drückte sogleich ihre Lippen auf seine, während er noch mit den Schultern rollte und seine Brust aufblähte, um sich vorzubereiten. Dann war sie verschwunden, und er starrte ihr hinterher wie ein Fisch auf dem Trockenen.

»Ab mit Ihnen, Mr. Rigel.« Hamish winkte ihn weiter.

Er bedeutete mir und Seth, nach vorn zu treten, und mein Magen rebellierte, als mir klar wurde, dass er gleich seinen Mund auf meinen pressen würde. Denn die Wahrscheinlichkeit, dass ich mich in eine Schneeflocke verwandelte und mit dem Wind davonschwebte, war größer als die, dass *ich* diesen Kuss initiierte.

»Tausch mit mir!« Seth drehte sich ruckartig um. »Du wirst mit mir hindurchtreten, nicht wahr, Tante Catalina?«, fragte er süßlich.

Sie verzog das Gesicht und krallte besitzergreifend ihre Fingernägel in Orions Anzugärmel. Meine Augenbrauen schossen in Richtung Haaransatz, als Seth ihren Arm nahm und sie in Richtung des Bogens zog, sodass sie trotz ihrer sturen Proteste keine andere Wahl hatte. Ich stand vor Orion und hatte das dringende Bedürfnis, ihm näher zu kommen, während ich zusah, wie Seth Catalinas Wange küsste und mir dann nicht ganz so subtil zuzwinkerte.

Was. Zur. Hölle?

Orions Augen leuchteten eifrig, als er meinen Arm nahm und mich in Richtung des Bogens führte.

»Hallo, Professor«, sagte ich höflich, während mein Herz verrückt in meiner Brust zitterte. Ich wusste nicht, warum ich so aufgeregt war, denn ich hatte ihn erst vor ein paar Tagen gesehen, aber ein sehr wichtiger, tief sitzender Teil meines Wesens brauchte seine Gesellschaft wie meine Lunge die Luft.

»Miss Vega«, sagte er barsch.

Hatte Seth uns diesen Moment wirklich geschenkt, oder wollte er mich tatsächlich nicht küssen?

Wir traten unter den Bogen und ich schaute zu Orion auf; mein Herz schlug mir bis zum Hals und mein Puls raste. Er beugte sich herunter und drückte seine Lippen auf meine Wange, nahe an mein Ohr.

»Du siehst unbeschreiblich aus«, murmelte er so leise, dass ich es kaum wahrnahm.

Seine Lippen hinterließen eine brennende Spur, und ich wusste nicht, wie mich eine so einfache Berührung so schwach machen konnte, aber ich spürte, wie sie an den Grenzen meiner Seele kratzte.

Er verschränkte seinen Arm mit meinem und wir gingen in den spektakulären Speisesaal, wo ein großer Tisch auf uns wartete.

»So hatte ich mir Weihnachten nicht vorgestellt«, flüsterte ich.

»Ich auch nicht«, murmelte er und warf einen Blick auf die Vampire im Raum, um sicherzugehen, dass sie nicht zuhörten. »Das wird richtig peinlich, wenn der Postbote mit meiner extragroßen Sexspielzeuglieferung kommt.«

Ich lachte laut auf und einige der Ratsmitglieder sahen in unsere Richtung.

»Ist es eine extragroße Lieferung oder ein extragroßes Sexspielzeug?«, fragte ich zwischen zusammengepressten Lippen, als sich alle wieder ihren Gesprächen widmeten.

»Wenn uns die Sterne wohlgesonnen sind, wirst du das später vielleicht herausfinden.« Er grinste breit, als plötzlich Catalina auftauchte und ihn an sich riss. Mein Herz wurde schwer.

Ich ging zum Ende des Tisches, wo Tory zwischen Darius und Caleb saß. Beide drückten ihre Arme gegen ihre, obwohl genug Platz für alle war. Sie schmollte und rammte ihre Ellbogen in die beiden, um sie zum Zurückweichen zu bewegen, und ich warf ihr ein mitfühlendes Lächeln zu. Dieser Scheiß war einfach nur peinlich.

Ich ließ mich ihr gegenüber zwischen Seth und Max fallen, während die Ratsmitglieder in der Mitte des Tisches Platz nahmen und Orion und der Rest der Familie am anderen Ende des Tisches versammelt waren. Ich konnte erkennen, wer Seths Geschwister waren, denn sie bellten vor Lachen und kuschelten sich aneinander. Sie waren zu sechst, vier Mädchen und zwei Jungs. Xavier war zwischen zwei der Mädchen eingeklemmt und sah ein wenig überfordert aus, als sie sich über ihn beugten und mit seinen Haaren spielten. Die anderen Geschwister der Erben unterhielten sich locker, als wären sie alte Freunde.

Max wandte sich mit einem trägen Lächeln an mich. »Wie gefällt es dir in deinem Palast, kleine Vega? Hast du feuchte Träume von all der Macht, die hier einmal gelebt hat?«

»Ich habe allgemein keine feuchten Träume von Macht. Ist das etwas, womit du zu kämpfen hast?«, fragte ich süßlich.

Max gluckste und nickte. »Ich kann nicht behaupten, dass es nicht schon passiert ist.«

Was ist heute mit der Arschgeigen-Crew los? Sie sind nett. Und das macht mir eine Heidenangst.

»Das Abendessen ist angerichtet!«, rief Hamish, und als ich aufblickte, sah ich eine Schar von Kellnern mit silbernen Tellern in den Raum strömen, auf denen ein Festmahl für Könige – und Königinnen – serviert war.

Ich war immer noch etwas geschockt über die Wendung, die dieser Tag genommen hatte. So hatte ich mir Weihnachten definitiv nicht vorgestellt. Trotzdem musste ich zugeben, dass ich neugierig war, wie sich das Ganze entwickeln würde.

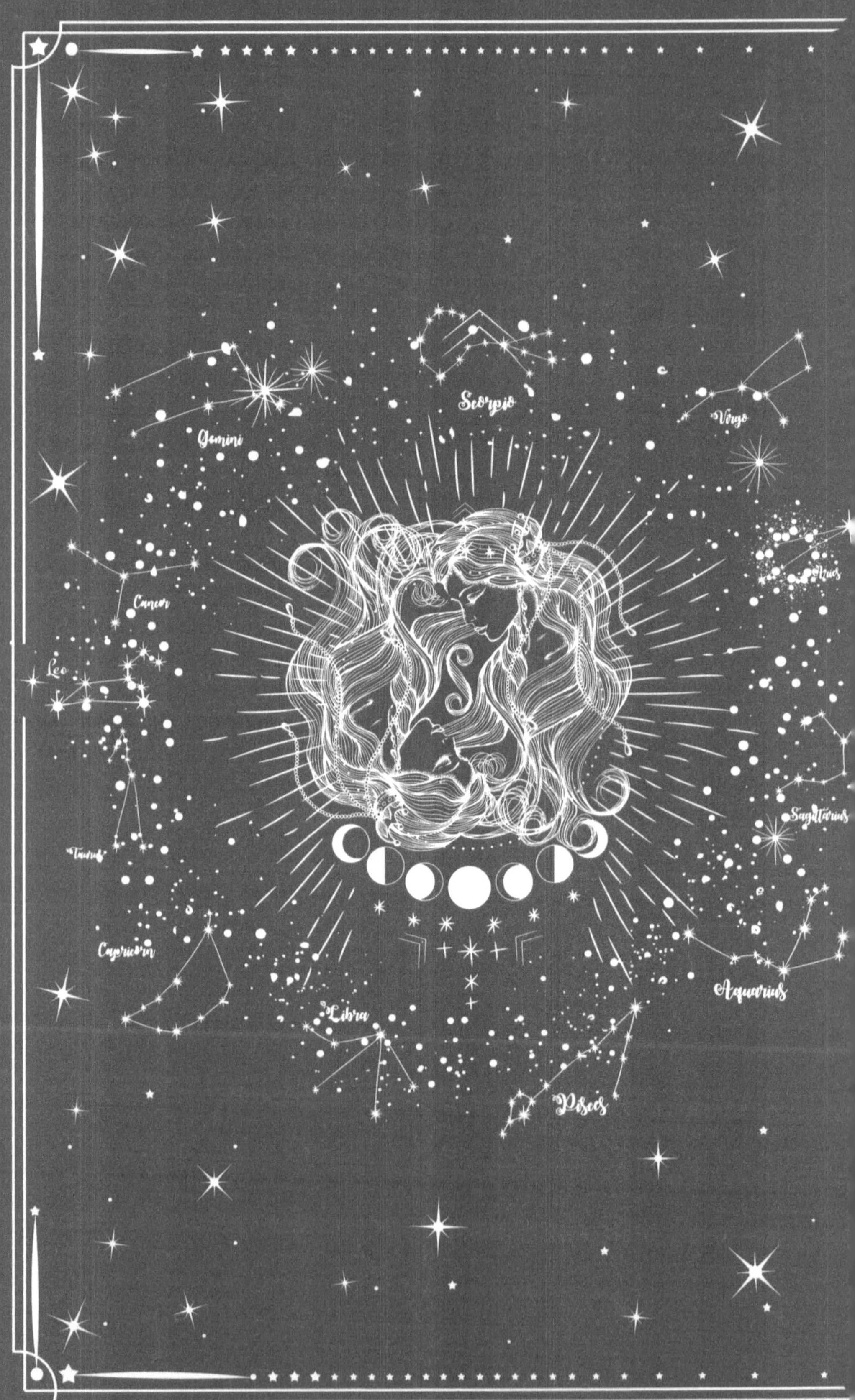

Gemini
Scorpio
Virgo
Cancer
Aries
Leo
Sagittarius
Taurus
Capricorn
Aquarius
Libra
Pisces

TORY

KAPITEL 40

»**E**s ist so schön, die alten Palasttraditionen wieder aufleben zu lassen.« Melinda Altairs Stimme drang zu mir durch, und ich warf einen Blick auf die Ratsmitglieder weiter vorn am Tisch. Es war mir nicht entgangen, dass niemand am Kopf des Tisches Platz genommen hatte, und ich wurde das Gefühl nicht los, dass dieser Platz für den König reserviert war. Oder vielleicht für die Königinnen. Wie auch immer, dort stand kein Stuhl und niemand sprach darüber.

»Ja. Es ist eine nette Geste, die verlorenen Prinzessinnen willkommen zu heißen und sie am Geschehen teilhaben zu lassen«, antwortete Lionel und führte eine Gabel mit ausgefallenen Speisen an seinen Mund.

»Teilhaben zu *lassen*?«, fragte ich lachend und erhob meine Stimme, um sicherzugehen, dass sie mich nicht überhören konnten. »In wessen Palast befinden wir uns denn gerade?«

Lionel hielt mit seiner Gabel auf halbem Weg zu seinen Lippen inne und sein Blick bohrte sich in mich, während ich lässig an meinem Champagner nippte.

Darius räusperte sich warnend neben mir, aber ich ignorierte ihn. Ich hatte nicht vor, mir von diesen Arschlöchern mein Weihnachtsfest vermiesen zu lassen und dann so zu tun, als würden sie mir mit ihrer Anwesenheit einen Gefallen tun. Wenn überhaupt, dann sollten sie dankbar sein, dass wir sie nicht rausgeworfen hatten.

Lionel lächelte, aber es erreichte seine Augen nicht. »Nun, das ist eine interessante Frage«, antwortete er. »Es gibt nämlich einige, die behaupten, dass der Palast der Seelen den mächtigsten Fae des Königreichs gehören sollte, anstatt einfach blindlings innerhalb einer Blutlinie weitergegeben zu werden.«

Ich nickte, als hätte er ein gutes Argument vorgebracht, und er schob sich seinen Appetizer in den Mund.

»Natürlich. Aber wir *sind* die mächtigsten Fae im Königreich«, sinnierte ich. »Also gehört der Palast uns, egal, wie man es dreht und wendet.«

Darcy sah mich von der anderen Seite des Tisches an und schien zwischen Lachen und Entsetzen darüber zu schwanken, dass ich unseren Feind auf diese Weise köderte. Ich zuckte kurz mit einer Schulter und nahm einen weiteren großen Schluck von meinem Getränk.

»Also, wenn du nicht mit uns allen hier beim Abendessen sitzen würdest, was genau würdest du dann mit deinem Tag anfangen, Sweetheart?«, fragte Caleb, um meine Aufmerksamkeit von den Ratsmitgliedern abzulenken.

Alle schienen froh darüber zu sein, das Thema fallen lassen zu können, bevor es zu einem Streit kam, und ich wandte mich von Lionels bissigem Blick ab.

Ich konzentrierte mich auf Caleb und spießte etwas Essbares auf meine Gabel. Die falsche Gabel. Ich scherte mich einen Dreck um die lächerlichen königlichen Esstraditionen und wenn die ungebetenen Gäste an diesem Tisch mich für eine Wilde hielten, weil ich das falsche Besteck benutzte, war mir das herzlich egal. »Ich weiß nicht. Wir hatten bereits unsere Schneeballschlacht und das ist so ziemlich unsere einzige Tradition. Vielleicht würden wir fernsehen oder den Palast erkunden.«

»Was für eine Tradition ist eine Schneeballschlacht?«, fragte Darius zu meiner Rechten und lenkte meine Aufmerksamkeit auf ihn.

»Die einzige, die man haben kann, wenn man kein Geld hat und Weihnachten nie zweimal am selben Ort verbringt«, antwortete ich mit zuckersüßer Stimme und sah ihn finster an.

Er nickte, aber gleichzeitig runzelte er die Stirn. »Ihr habt also noch nie mehr als ein Weihnachten am selben Ort verbracht?«

»Wir hatten zwei bei den Felbrooks«, sagte Darcy von der anderen Seite des Tisches.

»Stimmt«, meinte ich. »Aber wir mussten in der Küche essen, während die Familie im Esszimmer saß, also …«

»Ihr wurdet ausgegrenzt?«, fragte Darius mit einem leisen Knurren.

»Tatsächlich könnte man *das* als unsere Weihnachtstradition bezeichnen«, sagte ich gelassen. »Es ist Tradition, dass wir uns an Weihnachten unerwünscht fühlen. Und dank euch ist das auch dieses Jahr der Fall. Obwohl wir zum ersten Mal in unserem eigenen Haus feiern, habt ihr euch die Mühe gemacht, dafür zu sorgen, dass wir auch ja das Gefühl haben, ungewollt zu sein. Also, vielen Dank dafür.«

»Tor ...«, raunte Darcy, und ich musterte sie kurz, bevor ich mich mit einem entschuldigenden Blick wieder auf mein Essen konzentrierte.

Aus irgendeinem Grund brannten Tränen in meinen Augen und ich wollte nicht, dass diese Arschlöcher das sahen, also widmete ich mich meinem Teller, während sich eine peinliche Stille über unseren Teil des Tisches legte.

Seth räusperte sich unbehaglich und bedeutete einem Kellner, mehr Champagner zu bringen, während er ein leises Wimmern ausstieß.

Großartig, jetzt bin ich diejenige, die Weihnachten ruiniert.

»Ihr seid nicht unerwünscht«, murmelte Darius so leise, dass ich mir nicht sicher war, ob ihn außer mir noch jemand hatte hören können. »Und es tut mir leid, dass wir euren Tag ruinieren.«

Überrascht sah ich ihn an und meine Lippen teilten sich, während ich versuchte, herauszufinden, was ich darauf antworten sollte. Ich hatte nicht einmal gewusst, dass diese Worte in seinem Wortschatz vorkamen, geschweige denn, dass er in der Lage war, sie an mich zu richten.

»Das tut ihr nicht«, erwiderte ich langsam und versuchte, das Gefühl zu verdrängen, dass uns durch diesen Überfall etwas gestohlen worden war. »Schließlich hatten wir ohnehin keine Pläne ...«

Er sah mich an und kurzzeitig hatte ich das Gefühl, dass er mich wirklich verstand. Sein Blick wanderte zuerst zu seinem Vater und dann wieder zu mir, bevor er erneut das Wort ergriff: »Es ist schon komisch. Ihr habt jedes Weihnachten damit verbracht, euch eine Familie zu wünschen, die euch haben will. Und ich habe mich immer auf diese formellen Essen gefreut, damit ich nicht zu viel Zeit in der Gesellschaft meiner Familie verbringen muss.«

Er bewegte seine Hand und sein kleiner Finger streifte meinen. Mein Magen machte einen Satz angesichts der unerwarteten Berührung, und ich biss mir auf die Lippe, während ich mich in seinem Blick verlor. Seine dunklen Augen bohrten sich in meine Seele, als könnte er mich wirklich sehen.

»Vielleicht ist Weihnachten einfach ätzend, egal, was man macht«, flüsterte ich verschwörerisch. »Und perfekt ist es immer nur im Film.«

»Dieses Jahr läuft bisher gar nicht so übel«, konterte er, während sein Blick über mein Gesicht glitt und auf meinen Lippen verweilte, die ich vor nicht allzu langer Zeit auf seine Haut gedrückt hatte.

Meine Haut kribbelte und ich sah mich um, als ich einen Hauch von Sirenenmagie spürte. Die Hitze verschwand aus meinen Adern und ich stellte fest, dass Max uns beide mit einem leichten Stirnrunzeln beobachtete. Mein Phönixfeuer brannte sich schnell durch seine Magie, und ich warf ihm einen bösen Blick zu, weil er versucht hatte, mir meine Lust zu stehlen, bevor ich mich wieder meinem Essen zuwandte.

»Warum überlegt ihr beiden euch nicht eine Aktivität für später? Wir könnten eine neue Tradition begründen« schlug Max beiläufig vor. »Ihr könntet auch Grus mitbringen …« Ich folgte seinem Blick den Tisch hinunter, wo sich Geraldine aufgeregt mit einigen von Seths Schwestern unterhielt. Ich hörte die Worte *Kniefall vor der Zuckerstange der Schande* und lachte leise.

»Ich kann sie fragen«, sagte ich langsam. »Aber ich bin mir ziemlich sicher, dass sie heute noch eine Verabredung zu einem Stelldichein hat …«

»Mit wem?«, fragte Max und Darcy warf mir einen verwirrten Blick zu. Ich lächelte amüsiert, und sie verstand schnell und fügte meiner Lüge schnell eine eigene hinzu.

»O ja, sie trifft sich mit einem der Bediensteten«, sagte Darcy begeistert. »Sie hat gesagt, dass sie noch nie jemanden getroffen hat, der ihre Kokosnüsse so rocken kann wie er …«

Max' Mund blieb offen stehen und er starrte empört auf die Kellner, die sich im Raum bewegten. »Bullshit«, knurrte er. »Kein verdammter Kellner ist besser im Bett als *ich*.«

Ich musste lachen und Darcy grinste in ihre Karotten.

»Ist es der Typ da drüben?«, fragte Max und ich folgte seinem Arm zu einem riesigen Kellner, der vier Tabletts auf einmal trug und das Ganze vollkommen mühelos aussehen ließ.

»Nein, aber der ist definitiv heiß«, stimmte ich zu und musterte ihn. »Vielleicht sollte ich ihn fragen, ob er später meine Kissen aufschüttelt …«

»Das kann ich für dich tun, wenn du Hilfe brauchst«, meldete sich Caleb zu Wort und Darius stellte sein Glas so heftig ab, dass das Besteck klapperte.

Ich schaute ihn überrascht an, aber er sah nicht in meine Richtung, sondern funkelte den heißen Kellner an, der das zu bemerken schien und sofort den Raum verließ.

»Ist es dieser Typ?«, fragte Max wieder und zeigte auf einen anderen muskulösen Kellner.

Ist das eine Art Voraussetzung, um hier zu arbeiten? Kellner gesucht, Erfahrung erwünscht, dicke Oberschenkel geschätzt und gestählte Bauchmuskeln von Vorteil …

»Nein, er«, sagte Darcy und ich grinste, als sie auf einen der kleinsten Kerle im Raum zeigte, der zufälligerweise auch noch zwanzig Jahre älter zu sein schien als wir.

»Halt's Maul!«, sagte Max entrüstet. »Sie würde mich auf keinen Fall gegen ihn eintauschen.«

»Sie hat gesagt, dass er versteckte Talente hat«, fügte ich mit einem Augenzwinkern hinzu.

»Ja«, stimmte Darcy zu. »Und einen riesigen …«

Max stand auf und starrte den armen Kellner an, woraufhin Darcy und ich in Gelächter ausbrachen.

»Ihr verarscht ihn, oder?«, fragte Seth amüsiert, während Max sich stirnrunzelnd auf seinen Stuhl zurücksinken ließ und Caleb ein Lachen ausstieß.

»Das war nicht lustig«, stöhnte er.

»Doch, das war es«, widersprach Caleb.

»Lasst ihn in Ruhe«, sagte Darius und lehnte sich auf seinem Stuhl zurück, während seine Augen vor Belustigung funkelten. »Es ist nicht einfach, wenn man von dem Mädchen, das man mag, ignoriert wird. In der einen Minute hatte er noch den Eindruck, alles sei möglich, nur um kurz darauf eine Abfuhr zu erhalten und sogar gehasst zu werden …« Er verstummte, als wir ihn alle ansahen, und ließ seinen Blick über mich gleiten. »Er hat es schon schwer genug, auch ohne von uns ausgelacht zu werden«, beendete er langsam seine Rede.

»Danke, Bruder«, brummte Max und stürzte sich auf seine Kartoffeln.

»Warum versuchst du nicht einfach, ehrlich zu Geraldine zu sein?«, fragte ich. »Sag ihr doch, was du an ihr magst, und vielleicht ist sie dann offener für …«

»Ich mache mich für niemanden zum Narren«, murmelte er als Antwort, und ich ließ das Thema fallen.

»Was habt ihr in den vergangenen Tagen hier gemacht?«, fragte Caleb.

»Hauptsächlich unseren Palast erkundet«, sagte Darcy und ich lächelte sie an.

»Ja, sorry, Alter, aber ich bin von eurem schicken Haus nicht mehr ganz so beeindruckt wie damals«, sagte ich und grinste Darius an, der ebenfalls lächelte.

»Richtig. Ihr habt jetzt einen Palast und denkt, dass ihr so viel besser seid als wir gewöhnlichen Erben«, scherzte er.

»Nun … wir *sind* Prinzessinnen, also …«

Darius lachte und einen Moment lang starrte ich ihn nur mit zusammengepressten Lippen an. Wo waren die Idioten, die uns tagein tagaus auf dem Campus quälten? War das eine Art Weihnachtswunder oder so etwas? War eine kleine Elfe gekommen und in all ihre Ärsche gekrochen, um sie heute Morgen mit Weihnachtsstimmung zu erfüllen? Was auch immer der Grund war, ich würde ihn nicht infrage stellen.

»Wenn ihr offiziell auf den Thron verzichtet, könnt ihr nicht mehr so lässig mit dem Begriff *Prinzessin* um euch werfen«, sagte Lionel laut und lenkte meine Aufmerksamkeit wieder auf sich.

»Wenn wir was tun?«, fragte Darcy mit hochgezogenen Augenbrauen.

»Wir müssen das nicht an Weihnachten besprechen«, sagte Antonia, während sie ihr Weinglas leerte. Ein Kellner füllte es sofort wieder auf und die rosige Farbe ihrer Wangen veranlasste mich zu der Frage, wie viele sie sich bereits hinter die Binde gekippt hatte.

»Nun, wir haben nicht viel Gelegenheit, mit den Zwillingen zu sprechen, während sie ihre Ausbildung erhalten«, widersprach Lionel. »Es scheint also ein guter Zeitpunkt zu sein, um die Idee vorzubringen.«

»Die Idee, dass wir auf unseren Anspruch auf den Thron verzichten?«, stellte ich klar. Meine Wirbelsäule straffte sich angesichts des Vorschlages, unserem Geburtsrecht den Rücken zu kehren. Ich hatte nie gesagt, dass ich über Solaria herrschen wollte. Aber dieser Ort und die Dinge, die wir bereits in den wenigen Tagen hier entdeckt hatten … Es lag uns einfach im Blut. Ich würde der ersten Verbindung, die ich zu unseren Eltern hatte, nicht einfach abschwören, ohne die Möglichkeit zu haben, sie vollständig zu erkunden.

»Ihr habt bei mehreren Gelegenheiten deutlich gemacht, dass ihr nicht regieren wollt. Wenn ihr öffentlich auf euren Anspruch verzichten würdet, auf den Palast der Seelen und den Thron, dann …«

»Nein«, sagte ich schlicht.

Darcy warf mir einen besorgten Blick zu, aber na und? Dieses Arschloch war bereits auf unser Blut aus, und ich hatte nicht vor, ihm zu gestatten, uns auch noch den Palast wegzunehmen.

»Kommt schon«, sagte Lionel mit einem Lachen, das aussah, als hätte er es mit Gewalt aus der Tiefe seines Arsches hervorholen müssen. Es war alles andere als freundlich. »Ich weiß, es muss schön sein, in der Fantasie dieses Ortes zu schwelgen, aber wir reden nicht davon, euch euer Erbe wegzunehmen. Das Gold auf den Konten eurer Eltern und die anderen Besitztümer, die sie besaßen, würden nach eurem Abschluss trotzdem an euch übergehen. Und habt ihr nicht einst gesagt, dass ihr keine Ansprüche auf den Thron erheben wollt?«

Ich schürzte die Lippen und mein Blick fiel auf Darcy, denn das hatten wir *tatsächlich* mehrmals gesagt. Aber das war damals gewesen. Bevor die Erben uns monatelang gefoltert und gequält hatten. Bevor wir wirklich verstanden hatten, was es bedeutete, Fae zu sein. Bevor uns Lionel Acrux entführt und unser Leben riskiert hatte, um die Schatten für sich zu beanspruchen. Und nachdem wir all das durchgestanden und uns als Kämpferinnen hervorgetan hatten, war ich viel weniger geneigt, unseren Anspruch auf den Thron, den unsere Eltern uns hinterlassen hatten, aufzugeben. Schon gar nicht an jemanden wie ihn.

»Lasset die Puddingparty beginnen!«, rief Hamish Grus laut und ich wurde von einer Flut von Kellnern davon abgehalten, zu antworten. Sie stürmten auf die Tische zu und machten sich daran, unsere Teller abzuräumen, um Platz für den Nachtisch zu schaffen.

Ich lehnte mich zurück und eine warme Hand landete unter dem Tisch auf meinem Oberschenkel.

Darius' Griff wurde fester, als er sich zu mir herabbeugte, um mit mir zu sprechen, und ich spürte, wie sich eine Stillekuppel über uns beide legte.

»Ich dachte, du wüsstest es besser, als meinen Vater zu ködern«, knurrte er an meinem Ohr und seine Bartstoppeln streiften meinen Unterkiefer, während er mir so nah kam, dass mir ein heißer Schauer über den Rücken lief. »Hast du Todessehnsüchte, Roxy?«

»Warum?«, flüsterte ich und drehte mich gerade so weit um, dass ich seinen Blick einfangen konnte. Der Abstand zwischen unseren Mündern war kaum vorhanden, als ich meinen Blick auf seinen gerichtet hielt. »Wirst du mich für meine Ungezogenheit bestrafen?«

Darius' Pupillen weiteten sich bei dieser Andeutung und ich wandte mich abweisend von ihm ab, während er die Stillekuppel fallen ließ, bevor sie jemand bemerken konnte. Er nahm seine Hand jedoch nicht von meinem Bein.

Ich ließ meinen Blick über die fantastischen Desserts schweifen, die gerade aufgetragen wurden. Es gab Unmengen von gefüllten Windbeuteln, Käsekuchen, die magisch glitzerten, jede erdenkliche Art von Kuchen, Torten und Törtchen sowie Eis, Sorbets und Sirup in allen Geschmacksrichtungen. Mir lief schon beim bloßen Anblick das Wasser im Mund zusammen, und ich wusste gar nicht, wo ich anfangen sollte.

Darius hatte seine Hand noch immer nicht von meinem Oberschenkel genommen, und ich warf ihm einen fragenden Blick zu. Woran dachte er wohl gerade?

Er schaute nicht in meine Richtung, aber seine Hand bewegte sich auf meinem Bein, fand den Schlitz in meinem Kleid und glitt dann unter den Stoff.

Als ich seine warme Haut an meiner spürte, blieb mir der Atem im Hals stecken. Die sündhaften Erinnerungen an unser Stelldichein in den Schwelenden Quellen kamen mit voller Wucht zurück und machten mich sprachlos.

»Welchen weihnachtlichen Traditionen geht *ihr* denn normalerweise nach? Wenn ihr die Feiertage nicht im Palast verbringt?«, fragte Darcy die Erben, während sie sich verschiedene Nachspeisen auf den Teller lud.

»Wir verbringen die Zeit immer gemeinsam«, antwortete Seth. »Üblicherweise wechseln wir ab, in wessen Haus wir feiern, und in diesem Jahr wäre meine Familie an der Reihe gewesen.«

»Bevor wir unsere verloren gegangenen kleinen Vegas wiedergefunden haben«, fügte Max hinzu und klang dabei amüsiert.

»Wir essen zusammen und dann, nach den Pressefotos ...«

»Den was?«, fragte ich angewidert. Wurde von uns erwartet, einen Teil unseres Tages für die Presse zu opfern?

Darius lachte dunkel und beugte sich vor, um mit seiner rechten Hand Dessert auf seinen Teller zu schaufeln, während er seine linke weiter unter meinen Rock schob.

Mein Herz machte einen Satz. Ich versuchte, mich daran zu erinnern, wovon wir gesprochen hatten, während Darius mit seinen Fingerspitzen über meinen Innenschenkel strich.

»Ja, sorry, Sweetheart, aber das gehört einfach zu unserer Rolle dazu. Fotoshootings sind irgendwie immer Pflicht«, sagte Caleb lachend, bevor er einen großen Bissen von seinem Schokoladenkuchen nahm und seine Hand auf mein linkes Knie legte.

Ich erstarrte. Mein Teller war immer noch leer und die beiden Jungs neben mir berührten mich auf eine Weise, die ich auf keinen Fall hätte zulassen dürfen. Doch ich saß einfach nur da und ließ sie gewähren.

Ich biss mir auf die Lippe und machte mich daran, ein paar Windbeutel auf meinen Teller zu laden. Während ich über mein weiteres Vorgehen nachdachte, spießte ich einen auf meine Gabel. Die offensichtliche Lösung wäre gewesen, beide Hände von mir wegzuschieben. Aber als Darius seine Hand ein wenig höher bewegte, neigte ich mein Bein in seine Richtung und lud ihn stattdessen ein, näher zu kommen.

Caleb fing meinen Blick auf und grinste mich an, als er seine Hand ebenfalls mein Bein hinaufschob.

Aus irgendeinem Grund hatte ich bis zu diesem Moment nicht wirklich darüber nachgedacht, dass ich mit dem Feuer spielte, indem ich mich mit zwei der Erben einließ. Ich hatte Darius aufgrund des Hasses, der zwischen uns loderte, nie wirklich als Option in Betracht gezogen, bis wir diesen Hass in Lust hatten umschlagen lassen. Und bei Caleb war mir immer klar gewesen, dass wir keine Zukunft hatten – es war mir also nicht in den Sinn gekommen, das, was zwischen uns passierte, als problematisch zu empfinden. Aber als Caleb seine Hand erneut um mehrere Zentimeter nach oben schob, hatte ich das Gefühl, dass ich gleich herausfinden würde, wie es war, mitten in einem Liebesdreieck zu stecken. Nur ohne den Teil mit der Liebe eben. Ein Lustdreieck vielleicht? Das klang tatsächlich gar nicht so übel – abgesehen von der Tatsache, dass zwei Seiten des Dreiecks nicht wussten, dass die jeweils andere Seite an dieser konkreten Interaktion beteiligt war.

Aber das würde sich in etwa dreißig Sekunden ändern, denn Darius' Hand hielt gerade unter meinem Rock inne und seine Finger berührten den Saum meines Höschens.

Mein Atem stockte, mein Herz schlug schneller und mein Bauch füllte sich mit einer glühenden Hitze, die definitiv nicht dadurch gestillt werden konnte, seine Hand auf meiner Haut zu spüren.

Mein Blick glitt zu Darius und in seinen Augen lag eine Frage, die mir die Röte in die Wangen trieb. Dann betrachtete ich seinen Mund und konnte nicht anders, als an die Leidenschaft seiner Küsse auf meinen Lippen zu denken.

Caleb schob seine Hand höher und mein Herz machte einen Sprung, als seine Fingerknöchel gegen die von Darius stießen.

Ich ließ meine Gabel mit einem Klappern fallen und sprang quasi von meinem Stuhl auf, als ein tiefes, besitzergreifendes Knurren Darius' Kehle verließ. Caleb öffnete überrascht den Mund, als wüsste er nicht, was er denken sollte – und ich hatte absolut keine Lust auf dieses Gespräch.

»Toilettenpause«, verkündete ich laut, als sich alle am Tisch zu mir umdrehten und mich überrascht ansahen. Ich drehte mich um und raste so schnell davon, wie es mir möglich war, ohne tatsächlich zu rennen.

Als ich zum Tisch zurückblickte, sah ich, wie Caleb und Darius einander anfunkelten, als könnten sie sich nicht erklären, was gerade passiert war – und mir ging es ähnlich. Denn als ich heute Morgen aufgewacht war, hatte ich noch keinen einzigen Gedanken an die Erben verschwendet und jetzt schienen zwei von ihnen erneut meine Aufmerksamkeit zu suchen.

Mit laut klackernden Absätzen folgte ich dem langen Korridor außerhalb des Speisesaals und suchte nach einer Toilette. Nicht besonders intensiv, um ehrlich zu sein, denn ich wollte vor allem nur eins: weg von dieser Interaktion, die verdammt unangenehm gewesen war. Und heiß. Sie war unangenehm und heiß gewesen. Das konnte ich mir selbst eingestehen, während mein Puls weiterpochte und die Hitze über meine Wirbelsäule tanzte.

Ich öffnete wahllos eine Tür, aber anstatt eine Toilette vorzufinden, stand ich plötzlich in einem riesigen Raum mit Porträts an den Wänden und einem großen Steinstuhl in der Mitte. Dieser Stuhl war nicht wie der Thron im Thronsaal. Er war aus Glas und mit silbern schimmernden Edelsteinen besetzt, die die Sternbilder darstellten.

Ich ging langsam darauf zu und betrachtete dabei neugierig die Porträts, die an den Wänden hingen. Sie zeigten Männer und Frauen verschiedenen Alters, einige mit Kronen auf dem Kopf, viele aber auch ohne. Während ich dem Stuhl immer näher kam, entdeckte ich unter ihnen auch ein Porträt unserer Mutter. Sie blickte in den Mitternachtshimmel, ihr Blick war gelassen und sie trug eine silberne Tiara auf dem Kopf.

»Verfügst du über die Gabe des Sehens?«, ertönte eine dunkle Stimme hinter mir und ich drehte mich zu Lionel Acrux um, der auf mich zukam.

»Nicht wirklich«, antwortete ich und mein Herz pochte nervös, als ich realisierte, dass ich mit ihm allein war.

Die Schatten regten sich unter meiner Haut, aber ich verdrängte sie, damit er sie nicht bemerkte. Stattdessen rief ich meinen Phönix an und entspannte mich ein wenig, als mich die Wärme meiner Formgebung umhüllte.

»Schade. Dies ist die Königliche Seher-Kammer, auch wenn derzeit niemand diese Position innehat. Deine Mutter war die letzte große Seherin unserer Generation. Es gibt natürlich noch viele andere mit der Gabe des Sehens, aber niemanden, der so klar sehen konnte wie sie … Aber selbst das hat am Ende nicht gereicht, um sie zu retten.« Lionel bewegte sich noch näher auf mich zu, aber ich rührte mich nicht vom Fleck. Ich weigerte mich, ihm meine Angst zu zeigen. Schließlich stellte er sich neben mich, schaute zu dem Porträt hoch und schien für einen Moment in Erinnerungen versunken zu sein. »Sie war eine wirklich schöne Frau«, sagte er langsam, während sein Blick von dem Bild zu mir glitt. »Das ist eine Sache, die du und deine Schwester geerbt *habt*.«

Er steckte eine Strähne meiner dunklen Haare hinter mein Ohr. Seine kalten Finger glitten an meinem Unterkiefer entlang und meinen Hals hinunter.

Als er seine Hand zurückzog, musterte ich ihn mit zusammengekniffenen Augen, und ein Schauer lief mir über den Rücken.

»Kann ich helfen?«, fragte ich kühl. Ich hatte nicht vor, so zu tun, als würde ich für diesen Mann etwas anderes als Verachtung empfinden.

»Ich habe mich nur gefragt, wie ihr euch im Palast zurechtfindet«, meinte Lionel beiläufig.

»Ich fühle mich wie zu Hause«, erklärte ich und war selbst überrascht, wie wahr diese Worte klangen.

»Nun, macht es euch nicht zu bequem.«

»Gleichfalls«, antwortete ich düster, während mich eine kleine Stimme in meinem Hinterkopf aufforderte, verdammt noch mal die Klappe zu halten.

Lionel stürzte sich so schnell auf mich, dass ich nicht einmal versuchen konnte, mich zu wehren, bevor sich seine Hand um meine Kehle schloss.

»Stell mich nicht auf die Probe, *Mädchen*!«, zischte er, während er mich zurückstieß, bis mein Hintern gegen den Glasstuhl in der Mitte des Raumes prallte, und sich dann über mich beugte.

Ich schnappte nach Luft und wickelte meine Finger um seine – ein Versuch, mich aus seinem Griff zu befreien.

»Wenn du den Eindruck hast, dass ich nicht die volle Kontrolle über dein Schicksal habe, dann solltest du noch mal in dich gehen. Deine Schwester und du, ihr atmet nur, weil ich es so will. Ihr studiert an der Academy und vögelt euch durch die halbe Schule, weil *ich* es zulasse. Ihr fordert mich heraus und sprecht so, wie ihr es tut, weil ich es so beschlossen habe. Und wenn ihr mich eines Tages zu weit treibt, wäre es ein Leichtes, eine weitere *Tragödie* im Vega-Haushalt zu verursachen.« Lionels Griff um mich wurde immer fester und das Feuer des Phönix loderte heiß unter meiner Haut. Durch reine Willenskraft hielt ich es zurück.

»Was zum Teufel soll das bedeuten?«, fauchte ich trotz der Enge in meiner Kehle, als er weiter zudrückte.

»Deine Mutter war die größte Seherin seit Generationen«, hauchte Lionel. »Und doch konnte sie ihrem eigenen Tod nicht entkommen. Seher können Nymphen nicht sehen, weil sie sich in den Schatten verstecken. Aber wer hätte auch vorhersehen können, dass es ihnen gelingen würde, in den Palast einzudringen?«

Ich starrte ihn an und versuchte, herauszufinden, ob das eine Art Drohung sein sollte.

»Ich habe versucht, sie zu retten, weißt du. Dein Vater war mein Freund ...«

»Ich wusste nicht, dass der Grausame König Freunde hatte«, sagte ich neugierig. Wenn er in jener Nacht, in der meine Eltern getötet worden waren, vor Ort gewesen war, dann wüsste er vielleicht, wer der Junge war, den Astrum gerettet hatte.

»Vielleicht wusste er das am Ende selbst nicht mehr.«

Ich musterte Lionel, wollte, dass er mir mehr von seinem Wissen offenbarte, aber es schien, als wäre er für seinen Teil am Ende des Gesprächs angekommen. Er schob mich von sich weg, und ich musste mich daran erinnern, weiter zu atmen.

»Vergiss dieses Gespräch!«, knurrte Lionel und seine Stimme triefte nur so von Dunkler Manipulation, während Schatten in seinen Augen tanzten und zwischen seinen Fingern zerrannen. *»Und zeig mir etwas mehr Respekt in Gegenwart anderer!«*

Das Feuer des Phönix loderte heiß unter meiner Haut, als es sich durch die Macht seiner Befehle brannte, und ich warf ihm einen finsteren Blick zu. Schwungvoll stolzierte er durch den Raum – als wäre er der König der ganzen verdammten Welt.

Als Lionel die Tür erreichte, drehte er sich noch einmal zu mir um und sah mich mit einem grausamen Lächeln auf seinem hübschen Gesicht an.

»Oh, und brich meinem Sohn das Herz, wenn er das nächste Mal zwischen deine Schenkel kriechen will!«, fügte er hinzu, seine Worte erneut von Schatten umhüllt, als er versuchte, mich seinem Willen gefügig zu machen. »Ich wollte ihm befehlen, damit aufzuhören, dir hinterherzujagen, aber ich glaube, so ist es vielleicht besser. Wenn du ihn verletzt und sein erbärmliches Herz für dich bluten lässt, wird sein Hass nur noch größer werden. Und wenn es an der Zeit ist, dich und deine Schwester ein für alle Mal zu vernichten, wird er nur allzu bereit sein, seine Rolle zu spielen.«

Die Tür fiel hinter ihm zu und ich blieb mit klopfendem Herzen und rasenden Gedanken stehen. Er hatte seine Worte nicht sorgfältig gewählt, weil er glaubte, mich vergessen lassen zu können. Aber ich war mir trotzdem nicht sicher, ob er mir tatsächlich etwas verraten hatte oder nicht.

Wie auch immer, es hatte mich nur in einer Sache bestärkt: Lionel Acrux war unser Feind, und er arbeitete genauso entschieden gegen uns, wie wir gegen ihn arbeiten mussten.

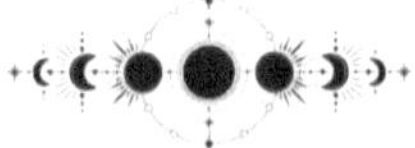

Am Nachmittag fand ein Fotoshooting statt, das sich über mehrere Stunden zog, während die Fotografen eine Aufnahme nach der anderen von uns machten – sowohl mit als auch ohne die Erben und Ratsmitglieder. Wir saßen an einem falschen Esstisch und tauschten falsche Geschenke aus. Mir taten die Wangen vom falschen Lächeln weh und am Ende hatte ich die Nase voll von diesem ganzen Weihnachtsschwindel.

Alles, was ich mir gewünscht hatte, war ein Tag mit meiner Schwester – nicht diese verrückte Show der Falschheit. Aber offenbar hatten wir bei diesen Dingen kein Mitspracherecht. Zumindest nicht, solange uns die Ratsmitglieder ihre Entscheidungen aufdrängen konnten.

Als der Abend anbrach und wir uns für den Weihnachtsball umgezogen hatten, war ich schon fast bereit, der Sache ein jähes Ende zu setzen und einfach zu Bett zu gehen.

»Es ist Weihnachten, Tor, kein Grund, so traurig auszusehen«, stichelte Darcy, und ich drehte mich zu ihr um und grinste sie an. Ihr neues Kleid war silberfarben und glänzte wie Sternenlicht, wenn sie sich bewegte.

Ich hatte mich für ein schwarzes Neckholder-Kleid entschieden, das bis zu meinen Füßen reichte und auf dem Rücken mit komplizierten Schnürungen zusammengehalten wurde. Meine blutroten Stilettos lugten beim Gehen hervor und hoben mich etliche Zentimeter an – damit wollte ich verhindern, den Kopf zu sehr recken zu müssen, um zu den Erben aufzuschauen.

Die Musik lockte uns in Richtung Ballsaal und ich zwang mich zu einem kleinen Lächeln.

»Ich bin nicht traurig«, sagte ich. »Ich hatte mich nur auf ein paar Tage ohne die Erben gefreut, und jetzt müssen wir uns auch noch mit den Ratsmitgliedern herumschlagen. Ich habe das Gefühl, dass das jetzt einfach unser Leben ist. Wir werden *immer* Dinge tun müssen, die wir nicht tun wollen. Wir haben Verpflichtungen – dabei wünsche ich mir einfach nur Freiheit.«

Darcy lachte, als würde ich scherzen, und vielleicht tat ich das auch. Teilweise. Wir hatten hier auf jeden Fall viel mehr als in der Welt der Sterblichen und dafür war ich nicht undankbar. Es schien nur so, als wäre vieles von dem, was wir jetzt hatten, an Bedingungen geknüpft.

Als wir den Ballsaal über die große Treppe betreten hatten, brandete Applaus auf.

Ich verdrehte angesichts der Lächerlichkeit des Ganzen die Augen und bahnte mir einen Weg durch die tanzenden Leute, um zur Bar zu gelangen.

Bevor ich sie erreichen konnte, wurde ich von starken Armen aufgefangen und herumgewirbelt. Der Raum drehte sich und plötzlich befand ich mich mitten auf der Tanzfläche in Calebs Armen.

»Frohe Weihnachten, Sweetheart«, sagte er und zog meinen Körper an seinen, während wir zu tanzen begannen.

»Frohe Weihnachten, Arschloch«, scherzte ich und ließ mich von ihm festhalten, während wir uns langsam zu *Have Yourself A Merry Little Christmas* von Bing Crosby bewegten.

»Willst du mir erklären, was vorhin beim Essen passiert ist?«, fragte er. »Darius hatte nämlich nicht viel zu dem Thema zu sagen.«

»Was soll ich sagen?« Ich zuckte mit den Schultern. »Ich bin sexsüchtig.«

Caleb lachte missmutig. »Davon habe ich in letzter Zeit nicht viel mitbekommen.«

»Sag niemals nie«, stichelte ich. »Aber ich gehöre dir nicht, Caleb. Wenn ich mir meinen Kick woanders holen will, ist das meine Sache.«

»Mmmm.«

Das war keine gute Antwort, aber er schien zumindest nicht sauer zu sein.

»Mit wie vielen Typen konkurriere ich denn gerade?«, fragte er beiläufig.

»Sag du es mir, Caleb. Du hast es so aussehen lassen, als würde ich es mit jedem Mann treiben, der mir über den Weg läuft. Vielleicht tue ich das ja jetzt wirklich.«

»Das glaube ich dir nicht«, sagte er und drehte mich unter seinem Arm im Kreis.

Ich lachte und er zog mich wieder an sich. »Gut. Aber mal ehrlich, würde es einen Unterschied machen, wenn ich es täte?«

Er zögerte einen Moment, dann schüttelte er lachend den Kopf. »Nein. Ich glaube, ich würde dich auch dann wollen, wenn ich einer von zehn wäre.«

Ich rollte mit den Augen und trat zurück, als das Lied endete. »Nur nicht auf Dauer. Richtig?«

Sein Unterkiefer zuckte. »Nein. Nicht auf Dauer«, gab er zu.

Genau das, was jedes Mädchen an Weihnachten hören will. Für den Moment reichst du, aber du bist nicht das Mädchen, mit dem ich langfristig zusammen sein will. Romantisch, nicht wahr?

»Weißt du was, Caleb, ich bin ziemlich erledigt. Ich glaube, ich werde einfach ins Bett gehen«, sagte ich und trat zurück, bevor das nächste Lied anfing.

»Allein?«, fragte er.

»Für heute Nacht, ja.«

»Und was ist mit morgen?«, fragte er mit einem Grinsen.

»Warum schreibst du mir nicht im neuen Jahr und ich denke darüber nach?«, neckte ich ihn.

»Darauf kannst du dich verlassen«, versicherte er mir und ich entfernte mich kopfschüttelnd von ihm.

Ich entdeckte Darcy, die mit Orion tanzte, und winkte ihr kurz zu, um sie wissen zu lassen, dass ich mich aus dem Staub machte. Geraldine tanzte mit Max, und ich beschloss, sie ihrem eigenen Erben-Drama zu überlassen, während ich durch eine Seitentür schlüpfte, in der Hoffnung, dass niemand meine Flucht bemerkte.

Ich summte leise *The Pogues Fairytale of New York*, während ich versuchte, den Weg durch die unbekannten Gänge zurück zur Eingangshalle zu finden.

Jenseits des Ballsaals war es still und kühl, und auf meinen nackten Armen bildete sich eine Gänsehaut.

Ich runzelte verwirrt die Stirn, als ich auf eine schwere Holztür mit einer eingravierten Krone stieß. War ich falsch abgebogen?

Die Neugierde siegte und ich trat vor und öffnete die Tür.

Erstaunt stellte ich fest, dass ich irgendwie im riesigen Thronsaal gelandet war. Ich blickte auf die Rückenlehne des riesigen, mit fünfzig Hydraköpfen verzierten Stuhls, der auf einem erhöhten Podest stand, damit der König jederzeit über dem Volk stehen – oder in dem Fall *sitzen* – konnte.

Der Raum war dunkel, aber ein einzelnes blassblaues Licht fiel auf den Thron.

Fast hätte ich mich wieder umgedreht, aber die Neugierde ließ mich nicht los. Ich fragte mich, wie es wohl sein würde, auf dem Thron zu sitzen, den die Erben so verzweifelt für sich beanspruchen wollten. Was rechtfertigte ihr Verhalten uns gegenüber?

Ich ging mit langsamen Schritten auf den Thron zu, mein Herz schlug schneller, als ich mich ihm näherte, und Adrenalin schoss durch meine Glieder. Es fühlte sich unanständig und verboten an – als wäre ich im Begriff, etwas zu tun, das mich in Schwierigkeiten bringen könnte, und doch … lebte ich für dieses Gefühl. Für die Freiheit, Dinge tun zu können, die ich nicht tun sollte. Dafür, schlechte Entscheidungen zu treffen und zu ihnen zu stehen. Und ich konnte der Versuchung, die der Thron mir bot, einfach nicht widerstehen.

Ich umrundete den riesigen Thron und mir stockte der Atem bei dem Anblick des Mannes, der dort saß.

Darius hatte sich zurückgelehnt, die Beine weit gespreizt und einen Arm achtlos über die Lehne gelegt, während er mit dem anderen seinen Hinterkopf stützte. Er hatte seine Haare zerzaust und sie von dem Produkt befreit, mit dem er sie gestylt hatte, sodass die dunklen Strähnen lose über seine Stirn fielen. Sein Jackett lag auf dem Boden vor dem Thron, seine Fliege hing locker um seinen Hals und einige Knöpfe seines weißen Hemdes waren offen.

Mein Mund blieb offen stehen, als sein Blick auf mich fiel, und zeitweise fehlten mir die Worte. Das war der Mann, der mich gequält, gepeinigt, mein Elend zu seinem Ziel gemacht und zugesehen hatte, wie ich auf Befehl seines

Vaters von den Schatten verzehrt worden war. Ich hasste ihn. Ich wollte ihn so sehr hassen, dass es wehtat. Aber in Momenten wie diesem hatte ich das Gefühl, dass ich mich selbst belog.

»Was machst du hier?«, flüsterte ich und meine leise Stimme hallte in dem steinernen Raum wider.

»Ich konnte dir nicht beim Tanzen mit Caleb zusehen«, sagte er, während er meinen Blick auffing. Ausnahmsweise einmal gab er zu, wie er sich fühlte.

»Warum nicht?«, fragte ich und bewegte mich immer noch nicht, obwohl ein klügeres Mädchen schon längst weggelaufen wäre.

Er veränderte seine Position auf dem Thron und ich sah zu ihm auf, als er seine Ellbogen auf die Knie stützte und auf mich herabblickte.

»Weil du immerzu in meinem Kopf bist. Du pulsierst mit jedem Schlag meines Herzens durch mein Blut. Ich lebe für jedes bisschen Aufmerksamkeit, das du mir schenkst, und leide unter jedem Moment, in dem du mich ignorierst«, sagte er dunkel, aber ohne den Blick von mir abzuwenden.

»Ich dachte, du hasst mich?«, fragte ich.

»Das tue ich«, stimmte er zu. »Weil du alles repräsentierst, was ich will, aber nicht haben kann.«

»Du willst mich?«, wiederholte ich langsam und machte einen Schritt auf ihn zu – trotz der dunklen Energie, die ihn umgab.

»Das weißt du doch«, antwortete er einfach. Als wäre alles zwischen uns so einfach.

»Nein, das tue ich nicht. Ich weiß, dass du mir gern wehtust. Dass du mich gern niedermachst«, sagte ich. »Ich weiß, dass du mich kontrollieren und bestehlen willst. Dass du mich dazu bringen willst, mich vor dir zu verbeugen.«

»Korrekt«, pflichtete er mir bei und versuchte nicht einmal, irgendetwas davon zu leugnen. »Und ich glaube, insgeheim gefällt dir das.«

»Fick dich!«, zischte ich, wandte mich aber nicht von ihm ab, um den Raum zu verlassen.

»Ich glaube, du magst es, wenn ich dich verletze, weil du glaubst, dass du es verdient hast.«

»Warum sollte ich etwas so Beschissenes glauben?«, knurrte ich.

»Weil wir gleich sind. Jedes Mal, wenn mein Vater mich schlägt, verletzt oder ankettet, genießt ein kleiner Teil von mir den Schmerz. Weil ich weiß, dass ich ihn verdiene. Weil ich Xavier nicht von ihm weggebracht habe. Weil ich ihn nicht davon abgehalten habe, die Schatten für sich zu beanspruchen. Weil ich zugelassen habe, dass er dir und deiner Schwester wehtut.« Darius runzelte die Stirn, als wollte er diese Dinge nicht über sich denken, aber ich konnte auch die Ehrlichkeit in seinen Worten spüren. Und aus irgendeinem seltsamen Grund verstand ich, was er meinte.

»Meinetwegen hat uns keine Familie behalten«, sagte ich mit leiser Stimme, als würde es nur noch wahrer werden, wenn ich es laut ausspräche. »Ich war die Laute. Die Unhöfliche. Diejenige, die niemand mochte, geschweige denn liebte. Ich habe sogar mitbekommen, wie eine unserer Pflegefamilien den Sozialdienst gebeten hat, einen neuen Platz für mich zu finden, während sie angeboten hat, Darcy allein zu adoptieren. Ich hätte unserer Sozialarbeiterin gegenüber zustimmen können. Ich hätte Darcy glücklich sein lassen können, anstatt sie mit mir in den Abgrund zu reißen. Aber genau das habe ich getan. Ich bin diejenige, die sie davon abgehalten hat, Weihnachtstraditionen oder Freundschaften zu haben, die länger als ein Semester hielten. Ich bin diejenige, die niemand auf Dauer haben wollte …«

Darius sah mich auf eine Art und Weise an, die mein Herz schneller schlagen ließ, und ich war mir nicht sicher, was ich davon halten sollte. Ich wusste nicht, warum ich ihm das gerade gesagt hatte. Ich hatte diese Gefühle nie mit Darcy geteilt. Sie hatte immer nur widersprochen, wenn ich versucht hatte, sie darauf hinzuweisen, und ich war froh, dass ich ihr wichtig genug war, um meine Schwächen zu ignorieren. Aber das machte diese Worte nicht weniger wahr.

»Deshalb bedrängst du mich, auch wenn du es nicht musst«, sagte er. »Du willst, dass ich dich bestrafe, und im Gegenzug willst du mir wehtun«, erklärte er, ohne sich darum zu kümmern, dass sich mein finsterer Blick intensivierte und sich meine Hände zu Fäusten ballten. »Und ich glaube, es macht dich an, mich leiden zu sehen.«

»Wann bitte habe ich dir wehgetan?«, schnauzte ich.

»Du tust mir jedes Mal weh, wenn du mich ignorierst. Du tust mir jedes Mal weh, wenn du Zeit mit Milton, dem Idioten mit der Mütze, Cal oder irgendeinem anderen Wichser verbringst, der deine Aufmerksamkeit erregt hat.«

Ich schürzte die Lippen und sah ihn an. »Vielleicht glaubst du ja deinen eigenen Mist. Ich habe der Welt nicht erzählt, dass ich sexsüchtig bin.«

»Doch, das hast du«, sagte er und meinte damit eindeutig das Interview, das ich für den *Daily Solaria* gegeben hatte.

»Nur, weil du mir keine andere Wahl gelassen hast.«

Er starrte mich an. »Ich habe das Model feuern lassen.«

»Was?«, fragte ich mit einem Stirnrunzeln.

»Den Typen auf den Bildern vom Fotoshooting. Den, der so aussah, als hättest du ihn wirklich gevögelt.«

»Wow! Du bist verrückt«, sagte ich barsch. »Der arme Kerl hat den Job wahrscheinlich wirklich gebraucht.«

»Er hätte seine Arbeit nicht so verdammt ernst nehmen sollen«, knurrte Darius.

»Was zum Teufel soll das, Darius?«, fragte ich ihn wütend. »Was willst du von mir? Du benimmst dich nämlich wie ein verschmähter Liebhaber, aber wir haben es nicht einmal von der Startlinie geschafft, also verstehe ich nicht, warum ...«

»Ich auch nicht«, knurrte er. »Aber wenn ich dich sehe, will ich dich einfach nur für mich beanspruchen. Ich will, dass du mir gehörst, und ich weiß, dass du das nie tun wirst, und das macht mich noch kaputter, als ich ohnehin schon bin. Das ist der Grund, warum ich dich hasse. Nicht, weil ich es soll oder weil mein Vater es will, sondern weil du für jede Freiheit stehst, die mir nie gegeben wurde. Es ist, als wäre dein einziger Sinn im Leben, mich zu verspotten, mit mir zu spielen und mich zu zerstören – und das kann ich nicht hinnehmen.«

»Was willst du von mir?«, fragte ich. »Soll ich mich vor dir auf die Knie werfen, während du auf dem Thron sitzt? Würde das diese Fehde zwischen uns beenden?«

»Ich weiß es nicht.«

Ich starrte ihn an, während sich Hitze auf meiner Haut ausbreitete und ein schmerzhaftes Verlangen meinen Körper durchzog. Ich hasste ihn nach wie vor, aber ich wollte ihn auch. Wenn meine Nächte nicht von den Schatten beherrscht waren, wurden sie von Träumen von ihm heimgesucht. Von dem Geschmack seiner Lippen und der Berührung seiner Haut. Er beobachtete mich, als wüsste er nicht, was er von mir erwarten sollte, und ich setzte meinen Fuß auf die erste Stufe der erhöhten Plattform, auf der der Thron stand. Es gab insgesamt drei davon, um sicherzustellen, dass derjenige, der dort oben saß, auf jeden hinabsehen konnte, der vor ihm stand. Und wenn es das war, was er so dringend von mir brauchte, dann sollte er es bekommen.

Ich würde mich nie vor ihm verbeugen, aber ich würde vor ihm auf die Knie gehen.

Als ich die zweite Stufe erreichte, setzte sich Darius auf und sah mich an – als hoffte er, dass ich eine Antwort für ihn hatte, obwohl ich in Wirklichkeit noch abgefuckter war, als er es auch nur erahnen konnte.

Ich konnte den Schmerz in ihm sehen, das Bedürfnis, den Hunger, der ihn zu seinem Verhalten mir gegenüber getrieben hatte. Und ich wollte diesen Hunger für mich beanspruchen und ihn mit etwas anderem überdecken. Ich wollte seinen Schmerz mit Lust verbrennen und vielleicht würden wir uns dann beide besser fühlen. Zumindest für eine Weile.

Ich hielt Darius' Blick stand, während ich mich langsam vor ihm auf die Knie sinken ließ.

»Ich werde mich niemals vor dir verbeugen«, flüsterte ich, während der kalte Stein am Fuß des Throns gegen meine Haut drückte. »Aber wenn es dir gefällt, mich kniend vor dir zu sehen, dann gibt es bessere Dinge, die ich hier unten tun kann, als deine Füße zu küssen.«

Darius setzte sich aufrechter hin, als ich meine Hände auf seine Knie legte und sie langsam an den Innenseiten seiner Oberschenkel hochschob.

Sein Blick war auf meine Bewegungen fixiert und mein Herz pochte, als ich die Reaktion beobachtete, die ich in seinem Körper auslöste.

Dieser Mann, der mit einem eisernen Willen und dem Temperament eines Drachen vor mir auf dem Thron saß, wurde schnell Opfer meiner Bewegungen. Ich war zwar diejenige, die vor ihm kniete, aber er war derjenige, der sich unterwarf. Ich hatte die Kontrolle über ihn, über die Lust in seinem Blick und das Verlangen in seinem Fleisch. Ich konnte ihm Vergnügen oder Schmerz bieten oder eine Mischung aus beidem – und das so viel ich wollte. Und das Wissen, dass er mir ausgeliefert war, erweckte ein eigenes Bedürfnis in jedem Zentimeter meines Körpers.

Ich ließ meine Hand über seinen Schritt gleiten und lächelte dunkel, als ich das steinharte Ausmaß seiner Erregung spürte, die auf mich wartete.

»Ist es das, was du von mir willst?«, neckte ich, während ich den Reißverschluss öffnete und meine Finger in seine Boxershorts schob, um seinen Schwanz zu streicheln.

»Ich will alles von dir«, antwortete er entschlossen und in diesem Moment war ich bereit, es ihm zu geben.

Ich befreite seinen Schwanz aus der Enge seiner Hose und ein gehauchtes Stöhnen entkam mir, als ich seine volle, harte Länge in Augenschein nahm. Ich hatte ihn noch nicht einmal berührt und das Verlangen in seinem Blick reichte aus, um meinen ganzen Körper zu entzünden.

Langsam nahm ich ihn in den Mund und setzte mich dabei etwas aufrechter hin.

Darius stöhnte auf, als ich meine Lippen über seinen Schaft gleiten und meine Zunge kreisen ließ, bevor ich mich langsam wieder zurückzog.

»*Fuck*, Roxy«, zischte er zwischen zusammengebissenen Zähnen, als ich ihn wieder in mich aufnahm. Mein Körper summte vor Verlangen. Ich spürte, wie er noch härter wurde und vor Lust anschwoll, während ich die Kontrolle über ihn übernahm.

Er schob seine Hand in meine Haare und ich stieß einen Laut der Erregung aus, als er mich fester an sich zog und besitzergreifend in mich eindrang. Ich stöhnte vor Verlangen, weil ich wusste, wie sehr er das genoss.

Ich nahm ihn immer wieder in meinen Mund und genoss den Geschmack seiner Begierde und die Art und Weise, wie sein Körper dem meinen zur Beute wurde. Jedes Mal, wenn mich ein Stöhnen verließ, wurde sein Griff um mich fester, als wollte er mich mit dieser Aktion beherrschen, aber ich war diejenige, die ihn besaß. Meine Finger gruben sich in seine Oberschenkel, während ich mein Tempo erhöhte und ihn zu einem Höhepunkt trieb, den ich aufgrund der Dicke seines Schwanzes und seinem Geschmack auf meiner Zunge bereits spüren konnte.

»Steh auf!«, befahl Darius plötzlich, zog mich an den Haaren von ihm und drückte mein Kinn hoch, damit er mich ansehen konnte.

Er packte meinen Arm mit seiner freien Hand und zog mich rittlings auf seinen Schoß, wobei sich mein Kleid oberhalb meiner Oberschenkel sammelte. Sein Mund fand meinen und er küsste mich so heftig, dass ich vergaß, wessen Luft ich atmete. Er stieß seine Zunge in meinen Mund und presste seine Lippen auf meine, während ich meine Arme um seinen Hals schlang. Ich ließ meine Hüften schaukeln und spürte jeden Zentimeter seines Schwanzes zwischen meinen Schenkeln. Als wollte ich ihn verschlingen, zog ich ihn immer näher zu mir.

Darius riss mich an den Haaren zurück, sodass er mir in die Augen sehen konnte, und fuhr mit dem Daumen über meinen Mund, wo mein roter Lippenstift verschmiert war.

»Ich will nicht, dass du vor mir kniest. Ich will, dass du gegen mich kämpfst, mich hasst und mich fickst, als würdest du es ernst meinen. Du bist Roxanya Vega und nicht dazu gemacht, dich vor irgendjemandem zu verbeugen«, brummte er voller Leidenschaft.

»Du willst, dass ich dich hasse?«, fragte ich erstaunt.

»Ich will, dass du etwas für mich empfindest. Und ich nehme den Hass, wenn das alles ist, was du anzubieten hast.«

Er küsste mich erneut, und dieses Mal zögerte ich nicht, sondern erwiderte den Kuss, fand mit meinen Händen die Knöpfe seines Hemdes und zog daran.

Darius griff nach dem Saum meines Kleides und versuchte, es nach oben zu zerren. Hinten war es mit sechs verschiedenen Bändern geschnürt und

Darcy hatte etwa zehn Minuten gebraucht, um mich darin zu verpacken. Es blieb an meiner Taille hängen, verhakte sich dort und ließ sich nicht weiter hochziehen.

Er stöhnte, während er immer härter daran riss, und ich unterbrach unseren Kuss mit einem Fluch, als der Stoff in meine Haut schnitt.

»Au!«, schnauzte ich.

»Warum trägst du etwas, das sich so schwer ausziehen lässt?«, fragte er.

»Weil ich nicht plane, mich ständig auf irgendwelche Arschlöcher einzulassen. Das passiert mir nur einfach immer wieder«, knurrte ich.

Darius musterte mich. Dann legte sich ein Lächeln auf seinen Mund, und ich spürte die Hitze seiner Magie auf meiner Haut.

»Warte!«, warnte ich. »Das Kleid hat …«

In seinen Handflächen flackerte Feuermagie auf und ich kreischte auf, als seine Flammen über meinen Rücken züngelten und er mir die Reste des Kleides vom Leib riss. Feuer konnte mich zwar nicht verletzen, aber meinem armen Kleid setzte es ganz schön zu.

»Was zum Teufel?«, fluchte ich, als er meine blutrote Unterwäsche mit einem hitzigen Blick betrachtete.

»Hat dich das wütend gemacht?«, fragte er.

»Ja«, knurrte ich.

»Zeig mir, wie sehr!«, forderte Darius.

Ich stieß ihn mit dem Rücken gegen den Thron, sodass seine Schultern gegen die Lehne schlugen und ein dumpfer Aufprall durch den steinernen Raum hallte. Ich hatte bereits die Hälfte seines Hemdes aufgeknöpft, aber jetzt nahm ich den Stoff in meine Fäuste und zerrte daran, sodass die Knöpfe nur so flogen.

Darius lachte und ich biss so fest in seine Lippe, dass er blutete.

Ich schob sein zerrissenes Hemd von seinen Armen und unterbrach unseren Kuss, um meinen Mund auf die Tattoos zu drücken, von denen ich schon viel zu oft geträumt hatte.

Darius bewegte seine Hand zwischen uns, schob seine Finger in mein Höschen und stöhnte auf, als er merkte, dass ich genauso bereit für ihn war wie er für mich. Meine Pussy war feucht und ich brannte vor Verlangen nach ihm.

Ich keuchte bereits vor Begierde, als er seine Finger um meine Öffnung kreisen ließ, mich neckte, verspottete und sich weigerte, mir zu geben, was ich wollte.

Ich schlang meine Beine fester um ihn und die Absätze meiner Stilettos gruben sich in seine Oberschenkel, was ihm ein schmerzhaftes Stöhnen entlockte.

Seine Finger wanderten wieder in mein Höschen, berührten meinen Kern und ließen meinen Atem stocken. Ich war mir ziemlich sicher, dass er wollte, dass ich bettelte, aber das würde nicht passieren.

Ich stieß mich von ihm weg und lehnte mich zurück, während meine Hände hinter meinen Rücken wanderten und ich meinen BH öffnete und auszog. Darius stöhnte, holte seine Hand aus meinem Slip und drückte mich nach hinten, damit er seine Aufmerksamkeit meinen Brüsten widmen konnte.

Er saugte an meiner Brustwarze und klemmte sie zwischen seine Zähne, was so weh tat, dass ich aufschrie. Meine Stimme hallte von den steinernen Wänden des Thronsaals wider und ich fragte mich, was passieren würde, wenn uns jemand hier so vorfände. Eine Vega und ein Erbe, die es auf jenem Thron trieben, um den wir so verzweifelt kämpften.

Ich griff nach seinen Haaren und küsste ihn erneut, bevor ich mich ein Stück aufrichtete, damit er seine Hose nach unten schieben konnte, um jeden Zentimeter seines kräftigen Körpers zu entblößen.

Er war wie das Ebenbild eines Gottes – jede Wölbung seines Körpers zog mich in ihren Bann, von den breiten Schultern bis zu den perfekt geformten Bauchmuskeln und den makellosen Linien seines Gesichts. Ich war berauscht von seinem Anblick und dem Gefühl seiner Haut auf meiner.

Er war wie eine Droge, und ich fühlte mich wie eine Süchtige, die immer wieder nach einem weiteren High verlangte. Ich wusste, dass er Gift war, aber ich konnte mich einfach nicht davon abhalten, einen Happen zu nehmen.

Darius hob mich hoch und meine Fingernägel bohrten sich so tief in seine Bizepse, dass er blutete, während ich mich auf ihm abstützte, damit er mich von meinem Höschen befreien konnte.

Er küsste mich erneut und seine Bartstoppeln strichen auf köstlichste Art und Weise über meinen Unterkiefer.

Ich wich zurück und fing seinen Blick auf, als ich mich auf ihn hinabließ. Seine Augen waren dunkel.

Mein Atem stockte in meiner Brust, als er jeden einzelnen Zentimeter in mich gleiten ließ und mich auf perfekte Weise ausfüllte.

Er beobachtete mich, während ich ihn in mich aufnahm. Seine Augen brannten vor Hunger, während seine Hände meinen Hintern packten und er mich so fest auf sich drückte, dass ich vor Lust stöhnte.

»Du bist so verdammt wunderschön, Roxy«, hauchte er und der Klang dieses Namens auf seinen Lippen schürte meine Wut.

Das ist nicht mein verdammter Name.

Ich wiegte meine Hüften und ritt ihn hart, während sich meine Knie in den kalten Stein des Throns und meine Stilettos in seine Beine gruben. Er hätte mir die Schuhe ausziehen können, aber ich hatte das Gefühl, dass er den Schmerz genauso sehr genoss wie das Vergnügen. Seine Hände waren überall, als er jede meiner Bewegungen mit einem scharfen Hüftschwung beantwortete und mir Schreie entlockte, die so laut widerhallten, dass ich befürchtete, jeder im Palast könnte uns hören.

Ich schob meine Hände in seine Haare und meine Nägel kratzten über seine Haut, während ich ihn und mich selbst bestrafte und versuchte, sämtliche Frustration an dem Biest unter mir auszulassen.

Seine Küsse waren schmerzhaft, seine Berührungen unerschütterlich. Er zerrte an meinen Haaren und biss in meine Brüste und für jedes bisschen Schmerz, das er mir zufügte, wurde ich mit einem Lustimpuls belohnt, als sein dicker Schwanz in mich stieß.

Darius ließ Wassermagie in seine Hände fließen und überzog seine Fingerspitzen mit Eis, während er mit seiner Hand über meinen Bauch fuhr.

Ich keuchte auf, als die Kälte auf meiner Haut zischte, weil sie der Hitze meines Phönix begegnet war.

Überall, wo er mich berührte, bildete sich eine Gänsehaut, und ich stöhnte auf, als er seine Finger direkt auf die perfekte Stelle am Scheitelpunkt meiner Oberschenkel legte.

Ich fluchte angesichts der Kälte an diesem empfindlichen Punkt und Darius schluckte meine Flüche, indem er mich erneut küsste.

Seine gefrorenen Finger bewegten sich in einem berauschenden Rhythmus gegen meine Klitoris – im Takt mit jedem kräftigen Stoß seines Schwanzes. Und jeder Muskel in meinem Körper spannte sich vor Erwartung an.

Die Mischung aus der Kälte seiner Finger und seiner Hitze in mir brachte mich ins Taumeln und ich sehnte mich danach, von den Qualen befreit zu werden, die mein Körper erlebte. Wir keuchten beide vor Verlangen und Anstrengung und als er lusterfüllt knurrte, spürte ich, wie das Geräusch in jedem Zentimeter meines Körpers vibrierte.

Mit einem letzten, strafenden Stoß seiner Hüften und einer Berührung seines Daumens schickte er mich über den Abgrund und ich klammerte mich an ihn, während sein Name von meinen Lippen kam und sich mein ganzer Körper vor Lust krümmte.

Er folgte mir in die Versenkung und zerrte immer intensiver an meinen Haaren, bis er sogar welche ausriss. Mich an sich gedrückt, ergoss er sich mit einem lustvollen Knurren in mir.

Ich sackte gegen ihn. Unser schweres Atmen erfüllte den Raum, während ich meine Stirn an die seine presste und versuchte, mich von dem Erdbeben zu erholen, das gerade in meinem Körper stattgefunden hatte.

Gerade als ich wieder zu Atem kam, ließ Darius die Schilde seiner Magie fallen, und ich senkte automatisch meine.

Das Gefühl, mich von seiner Kraft durchfluten zu lassen, ließ jeden empfindlichen Nerv aufs Neue vor Lust schwirren und ich fluchte, als mein Körper erneut dem seinen zum Opfer fiel und ein weiterer Orgasmus mich durchzuckte.

Er schlang seine Arme um mich und zog mich in einen Kuss, der ganz anders war als alles, was wir bisher geteilt hatten. Seine Zunge drang ganz langsam in meinen Mund ein und seine Hände glitten meine Wirbelsäule hinauf, als ich nachgab. Und dann fühlte es sich nicht mehr nur nach Lust an. Nein, es war, als würde der Himmel herunterfallen und die Erde auseinanderbrechen. Bis es außer uns niemanden mehr gab.

Meine Finger wanderten seine Brust hinauf, bis ich seinen Unterkiefer erreichte. Ich umfasste sein Kinn mit meinen Händen und wurde plötzlich von dem Gefühl überwältigt, vollends von diesem Kuss verschlungen zu werden.

Schließlich trennten wir uns, zogen unsere Magie in uns zurück und versuchten, wieder zu Atem zu kommen.

»Du wirst noch mein Untergang sein«, knurrte Darius an meinem Ohr und ich wich zurück, um ihn anzusehen.

»Nicht, wenn du mich zuerst zerstörst«, flüsterte ich, während ich mit meinen Fingerspitzen die Linien seines Unterkiefers nachzeichnete.

Er schob ein paar Haarsträhnen aus meinem Gesicht und drückte mich zurück, damit er mir tief in die Augen schauen konnte. »Glaubst du, dass ich das vorhabe?«

Ich starrte ihn eine ganze Weile an, halb mit dem Wunsch, ihn zu verletzen, halb mit dem Wunsch, ihn wieder zu küssen. Zwischen uns schwebte noch so viel abgefuckter Mist. Wir hatten so viel gesagt und getan, dass es mir schwerfiel, in ihm etwas anderes als ein Raubtier zu sehen – selbst jetzt noch.

»Ich weiß es nicht«, antwortete ich ehrlich.

»Vielleicht besser so«, murmelte er.

Er beugte sich vor, als wollte er mich wieder küssen, aber ich wich zurück und hielt mich an einem der Hydra-Köpfe fest, um von seinem Schoß zu klettern und meine Kleidung zusammenzusuchen.

Ich zog meine Unterwäsche wieder an, nahm sein Hemd vom Boden und streifte es über das Kleid, das er zerstört hatte.

Er schlüpfte in seine Hose und ich sah ihm zu, wie er seinen Hosenschlitz zuzog.

Wir sahen uns an, als gäbe es noch etwas zu sagen, aber gab es das wirklich?

Wir hassten einander und diese Frustration hatte sich in Sex entladen. Mal wieder.

Keine große Sache. Und ich nahm mir vor, mein rasendes Herz so oft wie möglich daran zu erinnern, bis es sich wieder beruhigt hatte.

Ich atmete aus, als sein Blick an meinen entblößten Schenkeln hängen blieb und ich den Rest meines ruinierten Kleides vom Boden aufhob.

Da wir uns nichts mehr zu sagen hatten, drehte ich mich einfach um, verließ den Raum, ging die Treppe hinauf und eilte durch die leeren Gänge des Palastes zurück zum Flügel der Königin.

Sobald ich Darcy zu Gesicht bekam, würde ich ihr meine jüngste Indiskretion gestehen müssen. Und sie würde einen Heidenspaß daran haben.

Gemini
Scorpio
Virgo
Cancer
Aries
Leo
Taurus
Sagittarius
Capricorn
Aquarius
Libra
Pisces

DARCY

KAPITEL 41

Es klopfte an der Tür und ich wachte stöhnend – und unter dem Gewicht eines schweren Arms gefangen – auf. Erschrocken stellte ich fest, dass Orion über Nacht geblieben war, obwohl wir eigentlich beschlossen hatten, dass er vor Tagesanbruch gehen würde.

»Darcy!«, rief Tory durch die Tür. »Mach auf!«

Ich atmete erleichtert auf und schlüpfte aus dem Bett, während Orion tiefer unter die Decke sank. Ich zog sein Hemd an, eilte zur Tür und verbannte die Stillekuppel, die wir letzte Nacht gewirkt hatten. »Bist du allein?«

»Ja«, antwortete sie und ich ließ sie herein, bevor ich schnell die Tür hinter ihr schloss.

Sie trug einen weißen Wintermantel mit einer Kapuze aus Kunstfell und hatte ein Funkeln in ihren Augen.

»Was ist los?«, fragte ich.

»Die Erben haben uns zu einer Schneeballschlacht herausgefordert, das ist los«, sagte sie mit einem manischen Grinsen. »Das ist unser Spiel, Darcy. Wir werden sie plattmachen!«

Ich lachte aufgeregt. »Oh, ich bin dabei.«

Orion schoss blitzschnell an unsere Seite; er hatte zwischenzeitlich seine Boxershorts angezogen. »Das muss ich sehen.«

»Da ist nur eine Sache …« Tory biss sich auf die Lippe und warf Orion einen Blick zu, als wollte sie, dass er verschwand. Sie hob eine Hand und schirmte sich und mich mit einer Stillekuppel ab.

»Was ist los?« Ich runzelte die Stirn, als Orion die Arme verschränkte und irritiert dreinschaute.

»Na ja, möglicherweise hatte ich gestern Abend wieder was mit Darius.« *Verurteile meine Schwester nicht! Tu es nicht, tu es nicht, tu es nicht!*

»Bist du sicher, dass du weißt, was du tust?«, fragte ich besorgt. »Er hat dir wehgetan, Tor …« *Zum Beispiel, indem er dich beinahe in einem Swimmingpool ertränkt hätte.*

»Ich habe das vollkommen unter Kontrolle. Ehrenwort.«

Ich nickte und entspannte mich ein wenig. Sie würde schon klarkommen.

Tory ließ die Stillekuppel fallen und warf einen flüchtigen Blick auf Orion.

»Ja, also, ich kann Lippenlesen«, erklärte er. »Aber ich bin froh, dass du ihn glücklich machst.« Er grinste.

»Alter!«, rief Tory empört. »Nicht cool.«

»Du hast es mir so leicht gemacht. Du hast ja fast gesabbert, als du *Dariuuus* gesagt hast«, stichelte Orion und sie boxte ihn in den Arm.

Ich konnte mir ein Lachen nicht verkneifen, und Torys Blick fiel anklagend auf mich.

»Du hättest mal Blues Gesicht sehen sollen, als ich ihr von eurem ersten … na ja, Nahkampf erzählt habe.« Orion lachte laut auf und Torys Augen weiteten sich.

»Du und Darius habt also über mich getratscht wie zwei Schulmädchen auf dem Pausenhof, hm? Und dann hast du meiner Schwester davon erzählt, bevor ich die Gelegenheit dazu hatte?«

»*Technisch gesehen* hättest du mir davon erzählen können, aber wir haben … na ja, nicht miteinander gesprochen.« Ich zuckte unschuldig mit den Schultern.

»Das ist wahr. Und außerdem hat Darius mir ja nicht von der Größe deines Schwanzes erzählt oder so«, frotzelte Orion und ihre Augen flackerten herausfordernd.

»Du hast recht – so machen Darcy und ich das mit den Jungs, die wir besteigen. Ich weiß allllllles über dich und deine schmutzigen kleinen Machenschaften.«

»Die deine Schwester involvieren«, sagte er trocken, und Tory rümpfte die Nase.

»Igitt, können wir dieses Gespräch jetzt beenden?«, fragte ich, wurde aber ignoriert.

»Das ist nicht der Punkt«, zischte sie. »Und du kannst Darius sagen, dass ich ihm die Eier abschneiden werde, wenn er auch nur eine einzige

Sommersprosse auf meinem Körper beschreibt.«

»Was hast du nur damit, Leuten die Eier abschneiden zu wollen?« Orion zog die Brauen zusammen. »Ziele doch mal auf die Gurgel, du Barbarin!«

Tory lächelte und die beiden funkelten einander an wie gute Freunde. Es war ein verdammt großartiges Gefühl, sie so zu sehen.

»Okay, jetzt zieht euch an – sie warten auf uns«, sagte Tory aufgeregt.

»Klar. Gleich nachdem ich ein paar dieser schmutzigen Dinge mit deiner Schwester gemacht habe«, rief Orion und sie verschwand lachend und mit den Händen auf den Ohren. Ich war mir nicht sicher, wann ich sie zuletzt so glücklich gesehen hatte. Aber wenn man meiner Schwester die Gelegenheit gab, die Erben mit Schnee zu bewerfen, dann bekam man eine fröhliche Tory. Vielleicht lag es aber auch nur an dem Triple-D, das sie letzte Nacht bekommen hatte: Darius' Drachending.

»Wie schmutzig?« Mit einem verspielten Lächeln wandte ich mich an Orion.

»So verdammt schmutzig.« Er stürzte sich auf mich, und ich rannte quietschend ins Bad und unter die Dusche – wohin er mir natürlich folgte.

Wir würden besonders spät zum Treffen mit den Erben kommen, aber dafür verdammt befriedigt.

Ich zog mir eine khakigrüne Jacke und warme Handschuhe an, und Orion schoss zurück in sein Zimmer, um frische Klamotten zu holen.

Als ich mein Zimmer verließ, stand er in Lederjacke, Jeans und Stiefeln auf der Treppe, sah göttlich aus – und vor allem so, als würde er schon seit Ewigkeiten auf mich warten. *Verdammter Vampir!*

»Tory wartet draußen auf uns«, erklärte er.

Wir durchquerten den Palast und verließen ihn durch den Haupteingang, wo Tory gerade mit Xavier plauderte. Die Erben standen alle auf den Steinstufen, die vom Palast hinunterführten.

»Wo zur Hölle wart ihr?«, fauchte Darius.

Mist.

»Äh …«, fing ich an und Seth hob die Augenbrauen. Er schien die Show zu genießen, während ich mir den Kopf nach einer Antwort zerbrach.

»Ich habe Darcy getroffen und sie hat behauptet, den Weg nach draußen zu kennen. Zehn falsche Abzweigungen später sind wir dann endlich hier gelandet«, sagte Orion gelassen und ich schürzte die Lippen.

»Außerdem sind wir an diesem Bücherregal vorbeigekommen. Orion hat ein Numerologie-Buch entdeckt und musste einfach anhalten und sich einen rubbeln«, sagte ich achselzuckend.

»Ha, typisch!«, rief Darius lachend. »Ich wette, es war ein *unglaublich* geschmeidiges Hardcover.«

»Ja, und der Buchrücken war so geschwungen«, erklärte Orion, und ich biss mir auf die Lippe und grinste. »Ich hätte diese Seiten den ganzen Tag lang befingern können.«

»Genug von dem, was auch immer hier gerade abgeht – lasst uns in den Wald gehen.« Max deutete auf die westliche Ecke des Geländes und ging voran.

Wir liefen über einen halben Kilometer und allmählich fragte ich mich, ob wir lediglich einem weiteren Prank der Erben zum Opfer fallen würden. Daher war ich angenehm überrascht, als wir eine große Lichtung im Herzen des Kiefernwaldes erreichten – und niemand auf uns losging.

»Leute, kommt schon, lasst uns loslegen! Ich laufe keinen Schritt weiter«, verkündete Tory und trat an meine Seite.

»Wartet mal, ihr könnt nicht zusammen in einem Team sein«, sagte Max und verschränkte die Arme vor der Brust.

Tory imitierte seine Körperhaltung und ich hob die Brauen. »Warum nicht?«, fragten wir gleichzeitig.

»Weil ihr dieses Gedanken-Kommunikationsding macht, was euch einen Vorteil verschaffen würde«, erklärte Max entschieden. »Ihr könnt die Team-Captains sein.«

»Na ja …« Ich zögerte und Tory schmollte.

»Hey – entweder so oder gar nicht«, meinte auch Seth und bedeutete uns, voneinander wegzutreten.

»Na schön«, lenkte Tory ein und ich zuckte mit den Schultern.

Die anderen Erben tauschten Blicke aus, widersprachen aber nicht und stellten sich mit Orion und Xavier in einer Reihe auf, damit wir unsere Teams zusammenstellen konnten.

»Die Jüngste wählt zuerst«, rief Orion, und ich grinste.

»Okay, dann wähle ich Sie, Professor«, sagte ich und bedachte Tory mit einem herausfordernden Blick, den sie direkt erwiderte. Orion schoss mit Vampirgeschwindigkeit an meine Seite, schaufelte etwas Schnee in seine Hände und ließ den Schneeball zu einem festen Eisklumpen gefrieren.

»Hey, Mr. Psycho – planen Sie, das gegnerische Team zu töten?«, fragte ich und er lächelte träge, während der gestählte Schneeball in einem perfekten Strudel über seiner Handfläche schwebte.

»Jeder hier kann sich abschirmen.« Er zuckte mit den Schultern.

»Äh, ich hatte mein Erwachen noch nicht – und habe demnach auch keine

Magie«, rief Xavier.

Orion lachte laut auf. »Guter Punkt.« Er ließ das Eis wieder zu Schnee werden. »Bist du sicher, dass du trotzdem spielen willst?«

»Oh, ich werde nicht nur spielen. Ich werde zerstören«, erklärte Xavier mit einem Feuer in den Augen.

»Komm schon, such dir jemanden aus, Tory«, ermutigte Max und hüpfte aufgeregt auf den Fersen.

»Caleb«, sagte sie freundlich und Darius' unbekümmerte Miene verschwand. Er funkelte Caleb an, als sich dieser an Torys Seite stellte und einen Arm um ihre Schultern legte. Sie schüttelte ihn sofort ab, aber das trug nicht dazu bei, die Wut in Darius' Augen zu lindern.

»Darius«, sagte ich. *Oh, du willst schmutzig spielen, hm?*, fragte Tory mit ihrem Blick. *Ich kenne keine Gnade*, war meine stumme Antwort.

Ich würde es auf keinen Fall ausschlagen, einen Drachen in meinem Team zu haben. Auch wenn er in neunundneunzig Prozent der Fälle ein Mistkerl war.

»Ich wusste gar nicht, dass du so ehrgeizig bist, Blue«, murmelte Orion, während ein eisiger Wind um uns herum fegte, und sein Ton verriet mir genau, wie sehr es ihm gefiel, das über mich herauszufinden.

Ich schenkte ihm ein Grinsen. »Wenn es um Schneeballschlachten geht, bin ich erbarmungslos.«

»Kannst du diese Motivation auch beim nächsten Pitballspiel mitbringen?«, stichelte er.

»Wenn du mir hilfst, zu gewinnen, bringe ich sie zu *jedem* Match mit.« Ich streckte meine Hand aus, um den Deal zu besiegeln, und er ergriff sie mit einem Lächeln. Ein magisches Klicken ertönte.

Darius hatte Caleb im Visier und ich unterdrückte ein Lachen, während ich zu Tory schaute, um zu sehen, wen sie als Nächstes wählen würde.

»Max«, sagte sie. »Mal sehen, was der Wassererbe mit dem ganzen Schnee anstellen kann.«

»Mist«, murmelte Lance. »Xavier ist eine Bürde, aber Seth kann mich mal kreuzweise.«

»Das habe ich gehört«, sagte Seth missmutig.

»Alter!« Darius warf Orion einen verwirrten Blick zu, aber dieser reagierte nicht.

Ich runzelte die Stirn und prüfte meine letzten Optionen. Ich kannte Xavier nicht wirklich, aber die Tatsache, dass er keine Magie hatte, war kein sonderlich gutes Zeichen. Aber wollte ich Seth Capella in meinem Team haben? Auf keinen Fall. Und wollte ich eine Ausrede haben, um ihm in einer Schneeballschlacht die Fresse zu polieren? Absolut!

»Xavier«, platzte ich heraus.

Seth schmollte und ging zu Tory, die sofort eine Stillekuppel um ihr Team legte.

Ich folgte ihrem Beispiel und wandte mich zur Taktikbesprechung zu meinem Team.

»Wir sollten uns je ein Ziel aussuchen«, sagte Orion und ich hob eine Hand, um ihn aufzuhalten.

»*Ich* bin der Captain«, sagte ich und lächelte süßlich. »Und Xavier hat keine Magie, also kann er es nicht allein mit jemandem aufnehmen.«

»Ich kann gut zielen. Mich muss nur jemand abschirmen.« Xavier wackelte hoffnungsvoll mit den Augenbrauen.

»Ich liebe dich, Bro, aber ich werde nicht deine Hand halten. Ich werde zu sehr damit beschäftigt sein, Calebs Gesicht mit Schnee zu bombardieren«, sagte Darius mit einem dunklen Grinsen.

»Er ist ein Vampir, du wirst keinen einzigen Treffer landen«, sagte Orion. »Ich übernehme Caleb.«

»Okay, dann gehört mir Roxy«, sagte Darius schmunzelnd und schien sich verdächtig schnell für diese Idee zu erwärmen. Ich schürzte die Lippen, weil ich genau wusste, was er gestern mit meiner Schwester angestellt hatte. Hoffentlich tat er ihr nicht weh. Denn es war offensichtlich, dass sie etwas für ihn empfand, auch wenn sie sich das selbst nie eingestehen würde.

»Dann bleiben noch Max und Seth«, sagte ich nachdenklich.

»Seth wird sich verwandeln und Max auf sich reiten lassen«, sagte Darius. »Darauf verwette ich meinen Anspruch.«

Orion nickte entschlossen und hatte wieder diesen Captain-Blick in den Augen, der verriet, wie sehr er diesen Sieg wollte. »Wir können es mit ihnen aufnehmen.«

Ich warf einen Blick über die Schulter und sah, dass Seth sich bereits ausgezogen hatte. Mit einer Idee wandte ich mich an Xavier: »Wie wäre es, wenn du dich in deine Formgebung verwandelst und ich … dich reite? Wenn das für dich in Ordnung ist?«

Xavier wurde kreidebleich und ich wusste sofort, dass ich das Falsche gesagt hatte.

»Oh, ich kann nicht«, stammelte er, schüttelte den Kopf und sah sich nervös um, als könnte jemand direkt hinter ihm auftauchen.

»Wir sind ein gutes Stück vom Palast entfernt«, sagte Orion achselzuckend.

»Niemand sieht uns. Solange du nicht abhebst.«

Darius rieb sein Kinn mit den Fingerknöcheln und zog die Brauen fest zusammen. »Ich meine, es wäre gut für dich, Xavier. Du musst verzweifelt darauf aus sein, dich zu verwandeln.«

Xavier kaute auf seiner Lippe und es tat mir weh, zu sehen, wie unwohl er sich bei dem Gedanken an etwas so Natürliches fühlte. Sein Vater hatte so viel zu verantworten und das machte mich wütend.

»Du musst nichts tun, was du nicht willst, aber das ist mein Zuhause, Xavier. Und wenn du dich verwandeln willst, dann verwandelst du dich.«

Xavier sah seinen Bruder mit so viel Hoffnung in den Augen an, dass es mir das Herz brach. Darius legte eine Hand auf seine Schulter, ein Lächeln umspielte seinen Mund und er nickte.

»Vater wird den Palast nicht verlassen. Er ist zu sehr damit beschäftigt, den Vegas hinterherzuschnüffeln.«

»Er tut was?«, flüsterte ich, aber Darius winkte lachend ab.

»Was soll er schon finden? Dass du deine Vogelauffangstation erweiterst, um fehlgeleitete Kröten aufzunehmen?« Darius grinste mich auf eine Art und Weise an, die ganz und gar nicht aufgesetzt wirkte. Er teilte einen Insiderwitz mit mir. Einen verdammten Insiderwitz.

Ich lachte und zuckte mit den Schultern. »Also gut, was soll es sein, Xavier?«

»Ich verwandle mich«, sagte er, als wäre er sich nach wie vor nicht ganz sicher, aber er griff dennoch nach seinem Shirt.

»Warte, noch nicht«, sagte Orion ernst. »Wir sollten in den Wald rennen, uns aufteilen und sie einkreisen. Xavier soll für den Überraschungseffekt sorgen.« Er wippte auf seinen Fersen und bevor ich ihm vorwerfen konnte, dass er erneut die Rolle des Captains übernommen hatte, zog sich mein Magen zu einem Ball zusammen, weil er so verdammt süß aussah. Außerdem war es eine großartige Idee.

Ich riss meinen Blick von ihm los und das Adrenalin schoss durch meine Adern. »Okay, Lance, verschaffe uns Zeit, um mithilfe deiner Wassermagie zu entkommen, und dann rennst du, als hätte dir jemand Feuer unterm Hintern gemacht – was wahrscheinlich der Fall sein wird.« Ich stellte fest, dass ich seinen Vornamen benutzt hatte, aber es sah nicht so aus, als hätte Xavier davon Notiz genommen.

»Zu Befehl, Captain.« Er fuhr mit einer Hand durch seine Haare, während er seinen Blick über mich schweifen ließ.

Das Ganze turnte ihn eindeutig an.

»Bereit?«, rief Tory und ich drehte mich zu ihr um und nickte, während ich die Stillekuppel fallen ließ.

Seth hatte seine riesige weiße Wolfsgestalt angenommen und Max kletterte gerade auf seinen Rücken. Caleb hatte es auf Darius abgesehen, aber er verfügte nicht über das Element des Wassers. Damit waren Max und Tory die Stärksten in ihrem Team. Natürlich konnte ich mir nicht vorstellen, wie wir einen Treffer bei jemandem landen sollten, der Feuer besaß. Und wenn ich es mir recht überlegte, hatte sie drei Erben in ihrem Team und ich nur einen. Aber ein mächtiger und ausgebildeter Lehrer musste doch mindestens als ein Erbe zählen. Anders sah es bei dem Pegasus aus, der Angst vor der Verwandlung hatte. *Aber besser ein Underdog im Team als ein Arschlochhund.*

»LOS!«, brüllte Max und Seth rannte los.

Ich wirbelte herum und floh an Xaviers Seite zu den Bäumen. Die Erde bebte heftig und ich warf einen Blick über meine Schulter, als Orion eine riesige Schneewand auf das andere Team warf und Seth und Max damit kollidierten. Orion schoss zwischen den Bäumen hindurch und ich rannte schneller. Ich war dankbar für das Pitball-Training, das zweimal in der Woche stattfand, und den Sportunterricht, die mich in Form gebracht hatten.

Darius rannte zu zwei dicken Ästen und ich bemerkte, wie er mit unvorstellbarer Leichtigkeit einen der beiden hochkletterte. *Affendrache!*

Ich blieb an Xaviers Seite, während er sich die Kleider vom Leib riss und sie in seinen Armen bündelte.

Hinter uns ertönte ein Jaulen, und ich beschleunigte unser Tempo, bevor ich Xavier hinter eine riesige Kiefer zog.

»Bist du bereit?«, flüsterte ich hoffnungsvoll.

Er nickte, legte seine Kleidung am Fuß des Baumes ab und drehte mir den Rücken zu, wobei er mir seinen nackten Hintern präsentierte. Ich warf einen Blick über die Schulter und schirmte uns mit einem dichten Luftschild ab, während ich auf nahende Schritte lauschte.

»Ist alles in Ordnung?«, fragte ich mit klopfendem Herzen, während Xavier weiterhin zögerte.

»Ja, es ist nur – ich mache das nicht oft. Aber wird schon schiefgehen.« Er machte einen Satz und ein glitzernder lilafarbener Pegasus erschien an seiner Stelle.

Ich bestaunte seine Schönheit, und er schnaubte glücklich, trabte zu mir und rieb seine Nase an meiner Schulter. Hinter uns ertönte ein weiteres Heulen, und ich bewegte mich an Xaviers Seite. Er senkte einen Flügel, damit ich aufsteigen konnte, und Freude erfüllte mich, als ich mich auf seinem Rücken niederließ.

»Lass uns das Ding gewinnen!«, sagte ich entschlossen, und Xavier wieherte aufgeregt und bäumte sich auf, bevor er weiter in den Wald rannte. Ich musste mich mit all meiner Kraft festhalten, um nicht hinunterzufallen.

Er war wahnsinnig schnell und die Welt verschwamm, als er über den verschneiten Boden galoppierte und weißen Staub hinter uns aufwirbelte. Ich stellte fest, dass er den Weg zurückging, den wir gekommen waren, und ich bündelte einen Luftsturm um uns. Den ersten Gegner, den wir sahen, würde ich mit dem aufgewirbelten Schnee bewerfen.

Ich musste lachen, als Xavier sich so geschmeidig durch die Bäume schlängelte, dass wir zu fliegen schienen. Seine Hufe berührten kaum den Boden. Ein Aufschrei irgendwo links von mir ließ mich herumwirbeln und ich sah Darius auf Tory, der von seinem Baum gesprungen war. Mein Lachen wurde lauter, als sie auf dem Boden miteinander rangen, sich gegenseitig Schnee in die Haare rieben und lachten, als würden sie einander ganz und gar nicht hassen.

Ein weißer Blitz tauchte vor uns auf und ich schrie auf, als Max, der auf Seth ritt, seine Hände hob. Eine Flutwelle aus Schnee erhob sich hinter ihm. Ich ließ meinen Sturm los und warf ganze Schneemassen auf ihn, um ihn von Seths Rücken zu reißen. Max steckte einen Ganzkörpertreffer ein, behielt aber das Gleichgewicht und schirmte sich offensichtlich nicht ab, denn er nutzte seine Magie, um die Schneelawine hinter sich noch weiter anzuheben.

Sein Blick fiel auf Xavier, und er grinste breit. »Schau dich an, kleiner Kerl! Unglaublich! Mal sehen, wie schnell du rennen kannst!«

Ich kreischte aufgeregt und erschrocken auf, als Xavier herumwirbelte und losrannte – die Schneelawine im Rücken.

Seth rannte vor der Welle her, während Max beide Arme hob und jedes bisschen Schnee, das er finden konnte, in seine Welle steckte.

Zwei verschwommene Gestalten zogen vorbei und ich vermutete, dass Orion und Caleb ihre eigene Hochgeschwindigkeitsversion des Spiels spielten und dabei einiges an Schnee aufwirbelten.

»Schneller!«, flehte ich Xavier an, und das ließ er sich nicht zweimal sagen. Wie ein Wirbelsturm raste er durch den Wald.

Ich jubelte gen Himmel, als wir Seth abhängten, aber das Rumpeln der Schneelawine hinter uns ließ nicht nach. Ich warf einen Blick zurück und sah, dass Seth und Max abgehauen waren, um dem Schnee auszuweichen, der durch die Bäume krachte und uns mit doppelter Geschwindigkeit verfolgte.

»Scheiße!«, rief ich, warf einen Blick über meine Schulter und hob eine Hand. Ich schleuderte riesige Feuerbälle auf die Welle, um so viel wie möglich davon wegzuschmelzen. Es war furchterregend und berauschend, aber es reichte nicht aus, um uns zu retten.

»Okay, jetzt nicht wackeln«, flehte ich Xavier an, ließ seine Mähne los und drehte mich vorsichtig in die andere Richtung. *Scheiße, Scheiße, Scheiße, das ist dumm und leichtsinnig und macht so viel Spaß!*

Ich hob meine Hände in die Höhe und rief die tiefere Kraft in mir an. Augenblicklich kringelten sich Phönixflammen um meine Hände. Ich ließ sie los und zwei brennende Ströme aus rotem und blauem Feuer fraßen sich durch den Schnee und schmolzen riesige Löcher hinein.

Plötzlich brach die Schneemauer zusammen, und ich jubelte, drehte mich um und tätschelte Xaviers Schulter. Er wieherte fröhlich und verlangsamte sein Tempo, als wir zur Lichtung zurückkehrten, auf der wir das Spiel begonnen hatten.

Als wir dort ankamen, stürmte Tory aus den Bäumen und warf mit Luftmagie Schneebälle auf uns, und Xavier hob einen Flügel, um sie abzuwehren. Ich lachte, sprang zu Boden und schöpfte Schnee, wobei ich meinen Schild unten ließ, um die Bälle auf sie zurückzuschleudern. Xavier trabte um uns herum, wandte dann seinen Hintern Tory zu und kickte mit seinen Hinterhufen Schnee in ihre Richtung.

»Xavier!«, schrie sie durch ihr Lachen hindurch und wirkte eine Wand aus Feuermagie, um den Schnee zu schmelzen, den er ihr entgegenschleuderte.

Ein Arm legte sich um meine Taille, und ich schrie auf, als ein Vampir mit mir über die Lichtung rannte. Ich erkannte, dass es Caleb war, als er mich gegen einen Baum schleuderte und ihn kräftig schüttelte, um den ganzen Schnee von den Ästen zu lösen. Er war blitzschnell verschwunden, und ich konnte nichts mehr tun, um den Schnee aufzuhalten, der auf mich einprasselte und sich hüfthoch um mich sammelte.

Sein Lachen schallte durch den Wald, als er über das Gelände schwirrte, dann ertönte ein »Ah!«. Eine Sekunde später tauchte Orion auf der Lichtung auf. Orion hatte ihn bis zum Hals in solidem Eis erstarren lassen und ich amüsierte mich köstlich, während ich durch den Schnee zu den anderen watete.

Caleb presste seine Kiefer aufeinander, während er seine Feuermagie freisetzte, um das Eis zu schmelzen. Aber es war eindeutig stark genug, um ihn noch ein wenig länger in Schach zu halten.

»Auf ihn!«, schrie Tory, obwohl er zu ihrem Team gehörte.

Orion und ich folgten ihrem Kommando und begannen, seinen Kopf mit Schneebällen zu bewerfen.

Xavier wieherte amüsiert und schüttelte seine Mähne, sodass Glitzer um ihn herum auf den Boden fiel.

Darius tauchte hinter Tory mit einem riesigen Schneeball auf, den er über ihren Kopf hielt. Aber als er sah, womit meine Schwester beschäftigt war, ließ er den Ball sinken und betrachtete Caleb, der immer noch wie erstarrt mitten auf der Lichtung stand.

»Ein Schneemann«, sagte er fröhlich, trat nach vorn und hob seinen riesigen Schneeball wieder in die Höhe.

»Darius«, warnte Caleb. »Wage es ja nicht ...«

Darius platzierte den riesigen Schneeball auf Calebs Kopf und ich brach in Gelächter aus und ließ mich zu Boden fallen, während ich meine Seite umklammerte. Seth und Max gesellten sich zu uns, aber keiner von ihnen setzte das Spiel fort. Gemeinsam mit uns beobachteten sie, wie sich Caleb seinen Weg in die Freiheit taute. Schließlich loderte Feuer auf und der Schnee und das Eis um ihn herum lösten sich auf. Durchnässt und mit finsterer Miene blieb er zurück. Es dauerte nicht lange, da grinste er wieder. Er stürzte sich auf Darius und zerzauste dessen Haare, während die beiden spielerisch im Schnee rangen.

Orion ließ sich neben mich fallen, und ich kämpfte gegen den Drang an, meinen Kopf an seine Schulter zu legen. Stattdessen schenkte ich ihm ein Lächeln.

Xavier trottete in den Wald und ich vermutete, dass er seine Sachen holen wollte, da sich das Spiel dem Ende zuneigte.

»Wir haben gewonnen«, sang ich.

»Äh, nein, das ist nur die Halbzeit«, sagte Max und ließ sich neben Seth nieder, während er an seinen Sachen zupfte. Er hob die Hand und saugte wortlos das Wasser aus ihnen, woraufhin Seth zum Dank seine Schnauze an ihm rieb. Alle machten sich daran, einander abzutrocknen, und ich lächelte, als mich der Frieden des Augenblicks erfasste. *Ich wünschte, es könnte immer so sein.*

Die Atlasse der Erben piepten alle gleichzeitig, aber keiner von ihnen nahm sein Gerät heraus.

»Oh, ist es Zeit für eure Tabletten?«, spöttelte Tory und Darius verbarg ein Grinsen.

»Nein, Sweetheart.« Caleb stand auf und streckte die Arme über seinen Kopf. »Die Presse ist da.«

Ihre Atlasse piepten wieder und Seth stand mit einem Stirnrunzeln auf. »Meine Assistentin dreht bestimmt schon durch, weil ich nicht neben ihr stehe, um Interviews zu geben. Verfluchte Sharon!«

Weitere Nachrichten trudelten ein und ich holte meinen eigenen Atlas heraus und fand mehrere SMS von Geraldine. Ich hatte das Ding auf lautlos gestellt und nicht einmal daran gedacht, es zu überprüfen.

Geraldine:

Wahnwitzige Wiegendiebe! Die Presse trifft in dreißig Minuten hier ein – seid ihr von eurer morgendlichen Tollerei zurückgekehrt?

Geraldine:

Räudiger Rucksack! Wo seid ihr? Fünfzehn Minuten!!

Geraldine:

Ich habe Kleider in euren Zimmern ausgelegt, aber ei der Daus, das wird knapp, Majestäten!!

Geraldine:

Dieser Vagabund von Vulpecula ist hier!! Kommt und zeigt ihm, wie echte Königinnen aussehen. Rammt ihm euer Können in sein Rosinenloch!

Geraldine:

Der Thronsaal wartet auf euch! Sein leerer Schoß ist jetzt bereit für seine neuen Königinnen – kommt und befruchtet ihn mit eurer Großartigkeit!

»Befruchtet ihn mit eurer Großartigkeit?«, murmelte Orion, der sich über meine Schulter gebeugt hatte.

Ich schnaubte und stieß ihn weg. »Entschuldigung, Mr. Oberschnüffler, ich muss einen Thronsaal schwängern.« Ich stand auf und alle runzelten die Stirn angesichts dessen, was ich gesagt hatte. »Geraldine«, fügte ich zur Erklärung hinzu. »Komm schon, Tor. Wir müssen los.«

Tory schürzte ihre Lippen und stand auf. »Müssen wir wirklich den ganzen Tag langweilige Reporter unterhalten?«

»Ja – wenn ihr die Öffentlichkeit auf eurer Seite haben wollt, kleine Vega«, sagte Max, der ebenfalls aufgestanden war. »Also vielleicht bleibt ihr besser hier.« Er zwinkerte ihr zu und machte sich auf den Weg über die Lichtung; wir anderen folgten ihm.

Bald erreichten wir den Palast und schlüpften durch einen Dienstboteneingang im Westflügel, damit uns niemand entdeckte. Die Flure waren ruhig. Wir schlängelten uns durch die verwinkelten Gänge, aber keiner von uns wusste so recht, wohin.

Die Atlasse aller piepten aufs Neue, aber niemand nahm sie heraus. Ich überprüfte meinen ebenfalls nicht – ich wusste, dass wir verflucht spät dran waren.

»Stopp«, sagten Caleb und Orion zur selben Zeit.

»Was? Warum?«, fragte ich, aber die anderen Erben wurden gespenstisch still und richteten ihren Blick auf Caleb, der etwas zu hören schien.

Ich rückte näher an Tory heran und tauschte einen besorgten Blick mit ihr aus, während sich die Luft um uns herum mit Spannung füllte.

»Fuck«, flüsterte Orion und als sein Blick auf mich fiel, sah ich die Angst und den Schrecken in seinen Augen.

»Was ist los?«, fragte Tory.

Aus der Ferne ertönte ein markerschütternder Schrei und ich fröstelte.

»Was ist los, was hörst du?« Max drückte eine Hand auf Calebs Schulter. Seine Gesichtszüge wurden unruhig, als er seine Gefühle absorbierte.

Caleb und Orion tauschten einen Blick aus und mein Herz schlug mir bis zum Hals. Bevor einer von ihnen antworten konnte, rasten sie an uns vorbei und warfen sich gegen die Tür am Ende des Flurs. Aus Calebs Händen lösten sich Ranken, die sich über das Holz ausbreiteten, während Orion das Schloss und die Seiten des Türrahmens blockierte.

Instinktiv hob ich die Hände; die Panik schoss nun in Wellen durch mich hindurch. »Was passiert hier?«

Ein gewaltiges Gewicht knallte gegen die Tür, die sie zuhielten, und ich drückte mich alarmiert an Tory.

Darius, Seth und Max stellten sich mit erhobenen Händen neben uns auf, während Xavier ein Stück hinter uns blieb.

»Verwandelt euch!«, rief Orion, als ein erneuter dumpfer Schlag die Tür zum Beben brachte.

Ein rasselndes, saugendes Geräusch durchdrang die Luft und die Angst grub sich mit eisigen Krallen in mein Herz.

»Nymphen«, keuchte Xavier hinter uns.

Ich entledigte mich meines Mantels und Tory folgte meinem Beispiel. Aus Gewohnheit trug ich dieser Tage einen Neckholder-Sport-BH unter meinen Klamotten und sobald ich mein Oberteil auszog, lösten sich meine Flügel von meinem Rücken, genau wie Torys. Die Erben bewegten sich ein Stück nach vorn, während sich unsere feurigen Flügel hinter uns ausbreiteten. Die Luft wurde heißer.

Ich nahm Torys Hand – die Erinnerungen an unsere letzte Schlacht gingen mir durch den Kopf. Ich hatte Angst, aber ich würde nicht weglaufen. Mit unseren Fähigkeiten konnten wir sie töten. Wir waren eine wirksame Waffe. Aber wie waren sie in den Palast gekommen? Und zu wieviel waren sie?

Seth machte einen Satz nach vorn und verwandelte sich in seine Wolfsgestalt. Auf Max' Haut breiteten sich Schuppen aus, die unter seinen Klamotten hervorlugten. Darius hingegen blieb unbeweglich stehen, während Feuer in seinen Händen loderte.

»Xavier, verwandle dich!«, drängte Tory.

Er zögerte einen Augenblick, bevor er seine Pegasusform annahm, den Kopf senkte und sein Horn auf die Tür richtete, bevor er sich zwischen Tory und Darius drängte.

»Zurück!« Caleb packte Orion am Arm und zerrte ihn von der Tür weg. Die beiden stolperten, als die Nymphen begannen, von ihren magischen Kräften Besitz zu ergreifen.

Ich hielt nach einer anderen Tür Ausschau, aber dies war der einzige Weg nach vorn. Geraldine befand sich irgendwo jenseits dieses Korridors, dazu die Belegschaft und die Presse. Wir konnten nicht einfach davonlaufen, wir mussten kämpfen, wir mussten *helfen*.

»Mit ein paar Nymphen werden wir schon fertig«, verkündete Darius grimmig und Orion pflichtete ihm mit einem entschlossenen Nicken bei.

Seth knurrte zustimmend und beugte sich angriffsbereit vor, als die Tür ein weiteres Mal heftig bebte.

»In deiner Drachenform kannst du mehr bewirken. Außerdem ist es sicherer«, murmelte Orion.

»Ich verwandle mich, wenn ich ausreichend Platz zum Fliegen habe«, antwortete Darius mit angespannter Miene.

Plötzlich klaffte ein riesiger Riss in der Mitte der Tür. Torys Magie strömte in meine Adern und meine floss in ihre.

Unsere Phönixe waren wach und bereit, die Welt niederzubrennen.

»Macht euch bereit!«, bellte Orion und ich hob meine freie Hand in die Höhe, während sich rote und blaue Flammen in meiner Handfläche bündelten.

Die Türen flogen auf und eine Bestie aus dem Schattenreich trat hindurch; mit ihrer gewaltigen Größe warf sie einen Schleier der Dunkelheit über uns. Ihr Körper war knorrig wie Baumrinde und ihre roten Augen glühten vor Blutrausch, als sie ihre Fühler ausstreckte und versuchte, die Magie aus uns herauszusaugen.

Ich spürte, wie die ganze Kraft des Wesens auf mich einschlug und meine Magie blockierte. Aber sie konnte die Fähigkeiten meiner Formgebung nicht berühren. Und ich wusste, dass die Kraft unseres Feuers sie zerstören konnte.

Tory drückte meine Hand, und gleichzeitig setzten wir unsere Macht frei. Ein wirbelnder Flammenstrudel schoss auf unseren Feind zu. Die Energie, die wir gemeinsam erzeugten, verschmolz zu einem eisblauen Strahl, der sich direkt in den Körper der Nymphe bohrte. Sie explodierte in einem Ascheregen, und ich erschrak über die Verwüstung, die wir gemeinsam angerichtet hatten.

Seth rannte los, als eine andere Nymphe durch die zertrümmerte Tür trat, sprang in die Höhe und riss der Kreatur die Kehle heraus. Tory und ich rannten ihm nach und entfesselten eine monströse Feuerpeitsche, die der Nymphe den Kopf von den Schultern trennte, bevor sie in einem Rußregen zerbarst.

Irgendwo vor uns ertönte ein schreckliches Kreischen, und ich zuckte zusammen, als eine weitere Stimme dazukam, dann noch eine und noch eine. Der ganze Palast war verseucht. Unser Zuhause wurde angegriffen.

»Wir müssen sie vernichten«, knurrte Tory entschlossen, und ich nickte zustimmend.

»Gehen wir«, sagte ich atemlos.

Wir rannten los und der Rest unserer Gruppe folgte uns, als wir einen länglichen Raum betraten.

»Ich weiß, wohin dieser Gang führt. Kommt schon!«, rief Darius und überholte uns.

Orion eilte an meine Seite und die sanfte Berührung seiner Schulter reichte aus, um mein rasendes Herz ein wenig zu beruhigen. Xavier galoppierte hinter seinem Bruder her und Max nahm wieder auf Seths Rücken Platz.

Als Darius die große Tür am Ende des Raumes öffnete, schoss Caleb an seine Seite und gemeinsam traten die beiden hindurch. Hinter der Tür waren Kampfgeräusche zu hören; die Schreie der Nymphen und das Heulen von Fae hallten in meinen Ohren wider.

Wir folgten ihnen rasch und mein Herz hämmerte, als wir in den riesigen Thronsaal gelangten.

Die Ratsmitglieder kämpften gegen fünfzehn Nymphen, deren Rasseln und Saugen den ganzen Raum erfüllte. Antonia hatte sich in ihre kastanienbraune Werwolfsform verwandelt und Max' Vater Tiberius präsentierte seine glänzenden jadegrünen Schuppen. Lionel und Melinda konnte ich in dem Getümmel nicht entdecken. Leichen lagen in Aschehäufchen auf den Fliesen verstreut, aber ich konnte nicht erkennen, um wen es sich dabei handelte.

Mein Herz schlug mir bis zum Hals, als sich die Erben absetzten und furchtlos in die Schlacht rannten.

Xavier stürzte sich auf eine Nymphe und spießte sie mit seinem Horn auf, bevor Antonia ihr die Kehle herausriss, woraufhin die Nymphe zu Asche zerfiel.

»Darius!«, rief Orion und sie nickten einander zu, während Darius seine Klamotten zerriss, als er sich in seine imposante goldene Drachenform verwandelte. Vier schuppige Füße krachten auf den Boden, aber nicht lange, denn er streckte seine Flügel aus und hob ab. Er zog seine Kreise an der gewölbten Decke und entließ einen gewaltigen Strahl Drachenfeuer auf den Kopf einer Nymphe.

»Fliegt!«, befahl uns Orion. »Los!« Er drückte meinen Arm und verschwand dann, bevor ich ihn aufhalten konnte. Er zwang eine Nymphe mit seiner Vampirkraft in die Knie, und Darius tötete sie. Das Ganze lief so geschmeidig ab, als hätten sie es schon tausendmal gemacht.

»Komm schon!« Tory ließ meine Hand los und ich breitete meine Flügel aus, um mich über den tobenden Kampf zu erheben.

Ich entdeckte eine Gruppe von Fae an der hinteren Wand, denen sich gerade zwei Nymphen näherten, um ihre Magie zu stehlen und sie in sich aufzunehmen.

Ich wies Tory auf sie hin, und wir stürzten uns auf sie, wobei sich unsere Hände berührten. Sobald unsere Kräfte aufeinandertrafen, ließen wir sie auf die Nymphen los und sie zerfielen zu Staub, bevor sie einen weiteren Schritt auf ihre Beute zugehen konnten.

Erleichterung erfüllte mich, als wir über ihnen kreisten. Die Gruppe starrte zu uns herauf, zeigte auf uns und keuchte, als sie uns erkannte.

Ein furchtbarer Schrei zerriss die Luft und Panik ergriff mein Herz, als ich Geraldines Stimme erkannte. Ich drehte mich um, suchte verzweifelt nach ihr und entdeckte sie auf dem Rücken unter einer Nymphe. Ihr Vater lag regungslos neben ihr und blankes Entsetzen erfüllte mich, während Tory und ich zu Hilfe eilten.

Ein Kampfschrei erfüllte meine Ohren und Max stürzte sich auf den Rücken der Nymphe, legte einen Arm um ihre Kehle und riss sie mit aller Kraft nach hinten.

Geraldine krabbelte davon und zerrte am Arm ihres Vaters, und mein Herz wurde etwas leichter, als er sich tatsächlich rührte und ihr hinterher kroch.

Ein lauter Schmerzensschrei hallte durch den Raum und Tory blickte panisch über ihre Schulter.

»Geh und hilf Darius!«, forderte ich sie auf, und sie nickte und flog in die Richtung, aus der das Brüllen gekommen war.

Ich stürzte mich auf die Nymphe, die von Max festgehalten wurde, und presste meine Kiefer vor Wut zusammen. Diese Bestie hatte versucht, meine Freundin zu verletzen.

»Max, lass los!«, rief ich, und er ließ sich vom Rücken der Nymphe fallen und knallte auf den Boden, kurz bevor ich meine Kräfte freisetzte. Zwei sich windende Stränge aus Höllenfeuer zerfetzten das Ungeheuer und ich landete, reichte Max meine Hand und half ihm auf. Er fing meinen Blick auf und für einen Moment herrschte ein seltsames Gefühl der Kameradschaft zwischen uns.

Ein schmerzhaftes Stöhnen ertönte und ich drehte mich zu Geraldine um, deren Arm blutete. Max rannte zu ihr, um sie zu heilen, und Erleichterung durchströmte mich. Ich warf einen Blick auf die Verwüstung. In jedem Einzelnen erkannte ich Stärke, denn wir kämpften mit vereinten Kräften. Gemeinsam waren wir unaufhaltsam. Gemeinsam konnten wir gewinnen.

Der Arm einer Nymphe bohrte sich in meine Rippen, und ich wurde quer durch den Raum geschleudert. Ich schnappte nach Luft, als Sterne vor meinen Augen explodierten. In einer Ecke landete ich auf dem Boden und ein ungeheurer Schmerz durchzuckte meine Wirbelsäule, als ich versuchte, mich zu bewegen, es aber nicht schaffte. Meine Ohren dröhnten und meine Sicht verschwamm, als ich versuchte, die Kontrolle über meine Sinne wiederzuerlangen.

Die Nymphe, die mich angegriffen hatte, kam näher, legte den Kopf schief und stieß ein abscheuliches Schnalzen aus. Mein Herz klopfte wie wild, als sich ihr Schatten über mich legte.

Meine Arme bewegten sich nicht, meine Finger zuckten, aber irgendetwas war schrecklich falsch. Feuer züngelte in meinen Händen, aber ich konnte es nicht lenken. Gleichzeitig starrte mich die Nymphe mit einem hungrigen Blick an, als wäre ich ein Festmahl.

Meine Kehle wurde eng. Feuer strömte aus meiner Haut und versuchte, das Monster vor mir zu erreichen, aber ich konnte es nicht beeinflussen. Mein Körper reagierte nicht; ich konnte mich nicht bewegen. Ich war eine Geisel meiner eigenen Angst.

Ich konnte mich nicht wehren, konnte nicht einmal schreien.

Ein Schatten erschien in meinem Umfeld und kollidierte in dem Moment mit der Nymphe, als diese ihre Fühler nach mir ausstreckte. Orion rammte ein Loch in ihre Brust, und die Bestie kreischte so laut, dass die Fensterscheiben wackelten.

Er zwang die Nymphe mit roher Gewalt in die Knie, packte ihren Kopf und riss mit aller Kraft daran. Ein Knirschen ertönte und die Nymphe zerfiel zu Glut, die in der Luft um Orion herumtanzte. Mit einer verzweifelten Angst in den Augen drehte er sich zu mir um.

Er ließ sich auf die Knie fallen, schob seine Hand unter mich und ich keuchte, als sich der Schmerz erneut durch mich fraß.

»Alles ist gut, ich bin ja da«, sagte Orion sanft und ich nickte im Vertrauen darauf, dass er das in Ordnung bringen würde.

Ich erschauderte, als sich Wärme auf meinem Rücken ausbreitete, und seufzte, als der Schmerz nachließ und meine Wirbelsäule unter der Intensität seiner Kraft heilte. Er sackte vor Erschöpfung nach vorn, und ich richtete mich auf und drückte ihn an mich.

Ein beschützerisches Knurren entwich mir, während ich Orion zum Aufstehen animierte und mir die Haare aus dem Nacken strich. »Trink!«, befahl ich und zerrte ihn an mich. Er grub seine Reißzähne in meine Kehle und schluckte mein Blut, so schnell er konnte.

Ich betrachtete die Verwüstung hinter ihm und Angst machte sich in mir breit, als ich merkte, dass wir nicht länger die Oberhand hatten.

Antonia wurde vom Fuß einer Nymphe auf den Boden gedrückt, während Tiberius verzweifelt versuchte, sie zu befreien. Geraldine kämpfte furchtlos zwischen ihrem Vater und Max, aber sie wurden in die Enge getrieben und ich konnte sehen, wie ihre Kräfte von Sekunde zu Sekunde schwanden.

Das Todesröcheln der Nymphen hallte durch die Luft und hämmerte durch meinen Schädel. Jemand in der Formgebung eines Nemëischen Löwen war vom Fühler einer Nymphe aufgespießt worden und Blut floss in Strömen über den Boden. Je länger ich hinsah, desto mehr Tod konnte ich erkennen – immer mehr leblose Körper und hoffnungslose Gesichter.

»Blue«, flüsterte Orion mit einem Hauch von Angst, als sich zwei Nymphen in unsere Richtung drehten.

Ich knirschte mit den Zähnen und suchte meine Schwester am anderen Ende des Raumes. Sie fing meinen Blick auf und nickte verstehend. Im selben Moment lösten sich unsere Phönixformen vollständig aus unseren Körpern. Das Feuer riss mir die Klamotten vom Leib, umhüllte mich wie Seide, umspielte meine Glieder und streichelte meinen Körper.

Ich trat vor Orion und breitete meine Flügel aus, um ihn vor den beiden Nymphen zu schützen, die es auf uns abgesehen hatten. Das Lodern meines Feuers spiegelte sich in ihren leblosen Augen wider.

Mit einem Schrei der Wut hob ich die Krallen und zerfetzte die Luft, als mein Phönixfeuer aufloderte, eigene Flügel bildete und die zwei Nymphen kurzerhand vernichtete. Die Heftigkeit meiner Kraft war überwältigend. Sie durchdrang die Herzen der Monster, raste durch den Raum und tötete die Kreatur, die Antonia in ihren Klauen hatte.

Tory zerstörte zwei der Nymphen, die auf Geraldine zustürmten, und Max und Darius folgten ihrem Beispiel, rissen eine weitere Nymphe vom Boden und warfen sie durch eines der riesigen Buntglasfenster. Der Aufprall hallte in meinen Ohren wider. Dann erfüllte das Klirren von tausend Scherben den Raum – sie ergossen sich über eine Nymphe und schickten diese geradewegs in den Tod.

Mein Blick fiel auf die Treppe, auf der gerade Lionel Acrux, Catalina und Melinda Altair erschienen waren. Die drei waren mit Asche bedeckt und ihre schönen Sachen ruiniert. Aber ihre Aufmerksamkeit galt meiner Schwester und mir.

Eine weitere Nymphe fiel meinem Feuer zum Opfer und ein Gefühl der Unbesiegbarkeit durchströmte mich. Es war geradezu berauschend. Ich war nicht nur mächtig, ich war die Verkörperung der Macht. Meine Formgebung war ein dominantes Wesen, dem nur die unzerstörbare Kraft meiner Schwester ebenbürtig war.

Ich keuchte erleichtert auf, als Tory die letzte Kreatur vernichtete. Ihre Hände sprühten noch immer Funken, als sie über dem Thron schwebte.

Darius landete mit einem dumpfen Knall und verwandelte sich wieder in seine Fae-Gestalt.

Für einen langen Moment herrschte Stille, dann ertönte ein Jubelschrei, dem sich schnell andere anschlossen. Die Pressevertreter kamen aus ihren Verstecken und die in den Ecken kauernden Bediensteten beeilten sich, ihnen zu folgen, zu klatschen und uns zu preisen. Es dauerte eine Minute, bis ich erkannte, dass einige von ihnen »Vega-Königinnen, Vega-Königinnen, Vega-Königinnen!« riefen.

Geraldine stimmte mit ihrem Vater in den Gesang ein und schob Max beiseite, als dieser versuchte, sie auf Verletzungen zu untersuchen.

Ich sah Gus Vulpecula hinter der Treppe hervorkriechen, mit einem verlegenen Blick auf dem Gesicht. Seine rostroten Haare waren zerzaust und staubig, und mit großen Augen betrachtete er schockiert die Asche der gefallenen Nymphen.

Xavier eilte an Darius' Seite und wieherte verzweifelt. Lionel, der gerade die Treppe herunterkam, fixierte ihn mit seinem Blick. Die Wut war ihm ins Gesicht geschrieben.

»Xavier versteckt sich«, sagte Darius laut, bevor Lionel etwas sagen konnte. Er tat so, als wäre der Pegasus neben ihm gar nicht sein Bruder. »Er ist in Sicherheit, Vater.«

Lionel legte den Kopf schief, aber der Blick, den er Darius zuwarf, verriet, dass er weiterhin in Schwierigkeiten steckte.

Tory landete neben mir und ich zog sie in meine Arme, so froh, dass wir das Ganze unbeschadet überstanden hatten. Unser Feuer umhüllte nach wie vor unsere Körper, damit wir nicht plötzlich nackt im Raum standen, und als wir uns umarmten, loderte es heller auf.

»Wie sind sie hereingekommen?«, fragte Hamish und legte einen Arm um Geraldines Schultern.

»Die Schutzwälle um den Palast sind gefallen. Sie müssen wirklich mächtige Magie angewandt haben, um das zu bewältigen«, antwortete Lionel. Alle Augen fielen auf ihn, als er die Kontrolle über den Raum übernahm. »Aber wie wir wissen, haben sie es schon zuvor geschafft ...«

»Gibt es noch mehr von diesen furchtbaren Freaks in den Flügeln des Palastes?«, fragte Hamish.

»Sie sind alle tot«, bestätigte Lionel.

»Dank der Vega-Zwillinge«, sagte ein Dienstmädchen und wischte sich die Tränen aus den Augen. »Wir können Euch nicht genug danken.«

Lionels Gesicht wurde zu Stein. Er ließ seinen Blick über uns schweifen und mein Herz schlug unregelmäßig. »Phönixe«, knurrte er voller Schärfe. »Ihr seid gar keine Feuerharpyien.«

Die Erben schauten mit einer Mischung aus Entsetzen und Überraschung zwischen uns hin und her.

Verflucht!

Orion nahm meine Hand und griff im selben Moment nach Torys Hand. Er zischte, als unser Feuer ihn verbrannte, und ich brachte es sofort unter Kontrolle, um ihn nicht zu verletzen. Er hielt auch Tory weiterhin umklammert, und ich konnte sehen, wie sie ihre eigenen Flammen um ihn legte, damit sie ihn streichelten, anstatt ihm die Haut von den Knochen zu schälen.

»Was machst du da?«, zischte ich.

»Ich bringe die beiden an einen sicheren Ort«, verkündete Orion und seine Stimme hallte durch den Raum.

»Du bist meinem Sohn gegenüber verpflichtet«, sagte Lionel mit unheilvoller Stimme.

Darius verschränkte die Arme vor der Brust und nickte Orion kurz zu. Im nächsten Augenblick fiel Sternenstaub über uns und wir wurden von einem Wirbelwind aus Lichtern fortgerissen. Ich schnappte nach Luft. Es gefiel mir gar nicht, zu gehen, während so viele tot auf dem Boden lagen. So viele Leben waren verloren – Fae, die unserer Familie gedient hatten, die meine Schwester und mich auf dem Thron hatten sehen wollen.

Mein Herz schmerzte, als wir in Orions Büro an der Academy landeten. Ich konnte noch nicht mal daran denken, zu versuchen, das eben Geschehene zu verarbeiten.

»Ich musste euch von dort wegbringen; der Palast ist kompromittiert«, sagte Orion düster. »Der einzige Ort auf der Welt, an dem ihr jetzt sicher seid, befindet sich innerhalb dieser Mauern. Und das nicht nur wegen der Nymphen. Lionel weiß um eure Formgebung. Es ist nur eine Frage der Zeit, bis er versuchen wird, euch zu töten.«

»Scheiße«, hauchte Tory.

»Wir müssen uns wehren«, erwiderte ich keuchend.

»Noch nicht«, sagte Orion warnend. »Ihr seid noch lange nicht so weit.«

»Wir haben die Nymphen gerade in Asche verwandelt. Vielleicht sind wir bereit«, argumentierte ich. Noch immer loderte Feuer in mir und wärmte meine Adern. Ich wusste nicht, ob es das Adrenalin vom Kampf war, aber ich fühlte mich bereit, es mit der ganzen Welt aufzunehmen.

»Ja! Lasst uns den Drachen grillen!«, sagte Tory entschlossen.

»Ihr wisst nicht, wozu er fähig ist, wenn er seine volle Kraft entfaltet«, knurrte Orion. »Ich habe es gesehen. Euer Feuer mag Nymphen in Staub verwandeln, aber Lionel ist ein voll ausgebildeter Fae. Und nicht nur irgendein Fae. Er ist einer der mächtigsten Fae der Welt.«

Mein Blut gefror zu Eis und mir wurde klar, dass er recht hatte. Wir hatten zwar dieses mächtige Feuer, aber was war mit unserer Magie? Wir konnten bislang nicht einmal fortgeschrittene Zaubersprüche anwenden. Lionel hatte wahrscheinlich tausend Methoden, uns zu töten. Methoden, von denen wir noch nicht einmal wussten, dass es sie gab.

»Du hältst uns nur auf, damit Darius die Chance hat, es mit ihm aufzunehmen«, warf Tory ihm vor. »Du weißt, dass wir gewinnen würden.«

»Bilde dir nicht ein, zu wissen, wie ich denke!«, knurrte Orion energisch, und Tory runzelte die Stirn, nickte aber zustimmend.

Ich nahm ihre Hand und zog sie mit einem Seufzer an mich. »Wir müssen vernünftig sein, sonst überleben wir das nicht.«

»Aber du wirst dich ihm mit mir stellen?«, fragte sie hoffnungsvoll.

»*Natürlich.* Wenn wir trainiert sind. Wenn wir bereit sind.«

»Es ist an der Zeit, dass ihr über Verbündete nachdenkt«, sagte Orion leise. »Ihr müsst Beziehungen knüpfen, die euch politisch weiterbringen.«

»Du meinst die Erben«, sagte Tory bissig.

»Tust du das?«, drängte ich und Orion nickte.

»Auf wessen Seite stehst du?« Tory kniff die Augen zusammen.

»Ich stehe auf der Seite, die sich gegen Lionel Acrux stellt«, sagte er. Sein Unterkiefer zuckte und mein Herz pochte ungleichmäßig angesichts der Intensität in seinem Blick. »Denn das ist die einzige Seite, die zählt.«

642

643

Gemini
Scorpio
Virgo
Cancer
Aries
Leo
Sagittarius
Taurus
Capricorn
Aquarius
Libra
Pisces

TORY

KAPITEL 42

Ich lag in meinem Bett und mein Zimmer an der Academy fühlte sich hohl und leer an. Der Campus war nahezu verlassen, da fast alle die Feiertage zu Hause verbrachten, und die Ruhe hier war mehr als seltsam.

Nach dem Horror der Nymphenschlacht machte mir die Einsamkeit jedoch nichts aus. Und hier konnten uns die Reporter wenigstens nicht jagen. Ich hatte bereits eine neue Atlas-ID beantragen müssen, weil meine durchgesickert und ich mit E-Mails, Anrufen und SMS von allen möglichen Leuten überschwemmt worden war, die mehr über unsere Rolle im Kampf wissen wollten. Wir hatten vereinbart, im neuen Jahr ein weiteres Interview mit Tylers Mutter zu führen, um den Leuten etwas zu geben, aber ansonsten würden wir uns nicht äußern. Ganz Solaria schien uns als Helden zu preisen und unsere Rückkehr als Königinnen zu bejubeln, und wir konnten nicht einfach leichtsinnig leugnen, dass wir zurück waren, um unseren Thron zu fordern.

Andererseits konnten wir aber auch kaum Anspruch erheben. Lionel hatte auch versucht, sich zu melden, und Orion hatte gesagt, dass er nur deshalb bislang nicht hier aufgetaucht war, um von uns Antworten zu verlangen, weil er mit anderen Ratsmitgliedern die Kriegsanstrengungen leiten musste. Es waren noch nicht einmal vierundzwanzig Stunden seit dem Kampf im Palast vergangen, aber seither waren bereits sechs weitere Gefechte gegen unsere Feinde in ganz Solaria gemeldet worden.

Ein Teil von mir war einfach nur froh, dass wir nicht an diesen Kämpfen teilnehmen mussten, aber ein anderer Teil sehnte sich danach, da rauszugehen und zu helfen. Wir hatten eine Macht, die so mächtig gegen die Nymphen war, dass es sich nicht richtig anfühlte, uns zu verstecken, während andere ihr Leben riskierten und sie ohne unser Feuer bekämpften.

Aber Orion hatte recht. Wir waren nicht ausgebildet. Wir hatten noch nicht einmal mit dem Elementarkampfunterricht begonnen. Und Lionel könnte es auf unser Leben abgesehen haben. Also war es das Beste, wenn wir hierblieben.

Ich wälzte mich unruhig hin und her und versuchte, in den Schlaf zu finden, aber das war unmöglich. Mein Kopf war einfach zu voll mit allem, von der Schlacht bis hin zu all den Dingen, die wir im Palast über unsere Eltern und unser Erbe herausgefunden hatten.

Zeitweilig hatte ich mir erlaubt, den Palast als mein Zuhause zu betrachten, aber ich begann, mich zu fragen, ob ich mir vorgemacht hatte, eine so intensive Verbindung zu dem Gebäude zu haben. Ich wusste nicht, warum ich mich so sehr damit verbunden gefühlt hatte, aber es schien fast so, als hätten die Wände selbst mit einer vertrauten Energie gesummt.

Ich holte meinen Atlas aus dem Nachttisch und setzte mich auf, während ich im Internet nach Antworten suchte. Es dauerte nicht lange, bis ich ein paar Artikel darüber fand, wie der Palast der Seelen gebaut worden war. Jede Generation von Vegas hatte ihre eigene Magie in das Bauwerk einfließen lassen und das Bauwerk selbst mit der Essenz ihrer eigenen Macht erfüllt. Da hatte ich meine Antwort. Die Magie meiner Vorfahren strömte durch dieses Gebäude, so wie ihr Blut durch meine Adern floss.

»Komm zu mir ...«

Ich ließ meinen Atlas fallen und schaute auf, als könnte ich die Besitzerin der Stimme sehen. Ich hatte sie gar nicht nach mir rufen hören, während ich im Palast gewesen war, und ich war mir nicht sicher, ob das mit dem Ort zu tun hatte oder mit der Tatsache, dass ich dort zu glücklich gewesen war, um überhaupt an die Schatten zu denken. Das Auftauchen der Erben und Ratsmitglieder hatte zwar für viel Aufregung gesorgt, aber ich hatte mich trotzdem gut amüsiert.

Zumindest bis zum Angriff.

»Die Zeit drängt. Baut die Brücke ...«

Die Schatten bewegten sich unter meiner Haut, und ich schloss die Augen, als eine kleine Welle der Zufriedenheit sie verfolgte. Im Palast hatten mich die Schatten vielleicht nicht in Versuchung geführt, aber hier schienen sie ständig nach mir zu rufen.

Und dann, für einen Moment, sah ich es. Das Mädchen, das nach mir rief und mich anflehte, sie aus der Dunkelheit zu retten. Orions Schwester sah ihm nicht sehr ähnlich, abgesehen von ihren Augen, die mit der gleichen Intensität brannten wie seine.

»Die Zeit drängt«, zischte sie, während sie die Hand nach mir ausstreckte.

Ich fröstelte und die Schatten schlossen sich noch fester um mich.

Ein Schmerz durchzuckte meinen Unterarm und ich keuchte auf, als sich die Schatten enger um mich schlangen und meinen Körper in Ekstase versetzten.

Ich war mir vage bewusst, dass ich blutete, dass ich meinen Arm mit einem Splitter aus Eis aufgeschnitten hatte, um die Dunkelheit hereinzulassen. Aber ich konnte meine Aufmerksamkeit nicht lange genug von der Lust ablenken, um mich darum zu kümmern.

Erneut durchbohrte der Schmerz meinen Arm und ich stöhnte auf, als noch mehr Lust dazukam. Es schien fast so, als hätten die Schatten meinen Körper in Besitz genommen. Als würden sie meine Handlungen lenken, um mich ihnen näherzubringen. Aber es fühlte sich so gut an, dass ich nur noch mehr davon wollte. Mehr und mehr, bis es mich verschlang und ich davon verzehrt wurde.

»Roxy!«

Feuer loderte um mich herum und plötzlich war ich nicht mehr allein in der Dunkelheit. Ein Mann stand neben mir, in Flammen gehüllt und mit riesigen goldenen Flügeln, die aus seinem Rücken ragten.

Er nahm meine Hand und zerrte mich so schnell aus den Schatten, dass mein Kopf schwirrte.

Ich atmete zitternd ein, als ich mich in meinem Bett wiederfand, mit Darius auf mir, der meine Handgelenke fest umklammerte und dessen Haut von der Macht seines Feuerelements glühte. Heilende Energie tanzte über meinen Arm und schloss meine Wunden.

»Bist du wieder da?«, fragte er verzweifelt und sein Blick traf den meinen, während seine Augen mit einer wilden Panik brannten.

Ich holte tief Luft, während ich versuchte, mich zu orientieren. »Was ist passiert?«, fragte ich und runzelte die Stirn. Wie war ich innerhalb von wenigen Minuten von meinem Bett in die Dunkelheit gestürzt und fast darin ertrunken? Oder waren es Stunden gewesen? Ich fühlte mich so hilflos, als wüsste ich nicht, wo oben war oder wie ich hieß. Es gab nur eine feste Sache, die mich an diesen Ort band, und er starrte mich an, als wüsste er nicht, ob er mich töten oder küssen sollte.

Ich traf die Entscheidung für ihn, als ich mich aufrichtete und meinen Mund auf seinen presste. Ich stöhnte vor Verlangen, als er meinen Kuss mit einer so dunklen Leidenschaft erwiderte, dass ich erneut das Gefühl hatte, zu ertrinken.

Darius' Griff um meine Handgelenke wurde schmerzhaft eng, als er mich in die Matratze drückte und mich so heftig küsste, dass es schien, als wollte er mir mit seiner Brutalität etwas wegnehmen.

Mit einem wütenden Knurren zog er sich plötzlich zurück, hielt mich aber weiterhin fest. In seinen Augen loderte Feuer.

»Ich habe dich gerade aus den Klauen der Schatten befreit«, knurrte er. »Warum zum Teufel hast du ihnen dein Blut gegeben?«

Ich sah ihn stirnrunzelnd an, während ich versuchte, herauszufinden, was passiert war. »Ich weiß es nicht«, flüsterte ich schließlich. »Ich kann mich nicht erinnern …«

»Dann gib dir mehr Mühe!« Das Feuer in seinen Augen wurde immer heftiger und ich spürte, wie meine eigene Wut wuchs, um der seinen zu begegnen.

»In der einen Minute saß ich in meinem Bett, in der nächsten hat Clara nach mir gerufen. Danach kann ich mich an nicht viel erinnern, außer dass ich mit einem Arschloch auf mir aufgewacht bin.«

»Soweit ich das beurteilen kann, ist der letzte Teil ziemlich normal für dich«, schnauzte er.

»Fick dich!«

»Schon wieder?«, stichelte er und mein Phönix kochte vor Wut. Ich krümmte mich unter ihm, um mich aus seinem eisernen Griff zu befreien.

»Unwahrscheinlich«, fauchte ich. »Eher brenne ich mir die Haut vom Körper, als dass ich dich noch einmal an mich heranlasse.«

»Deshalb hast du mich gerade so geküsst«, sagte er mit einem Grinsen, das verriet, dass er glaubte, mich um den Finger gewickelt zu haben.

»Lass mich los, verdammt!«, forderte ich und riss meine Handgelenke zurück, um ihn zum Rückzug zu bewegen. Er hatte etwa dreißig Sekunden Zeit, bevor ich meinen Phönix herbeirufen würde, um ein Feuer direkt unter seinen Eiern zu entfachen.

Darius lachte trocken, richtete sich auf, verließ das Bett und lehnte sich an meinen Schreibtisch. »Steh auf und zieh dich an! Du kommst mit nach King's Hollow, um den anderen Erben genau zu erklären, warum du deine wahre Formgebung vor ihnen versteckt hast. Ich schlage vor, du spielst die Karte der dummen kleinen Sterblichen und behauptest, nichts davon gewusst zu haben. Denn wenn du sie nicht überzeugen kannst, wirst du dich vor den Ratsmitgliedern verantworten müssen.«

»Vielleicht habe ich aber nicht vor, mich vor irgendjemandem zu verantworten«, erwiderte ich und stand ebenfalls auf, um ihm gegenüberzutreten. Er war immer noch so viel größer als ich, dass ich meinen Kopf nach hinten neigen musste, um ihm in die Augen sehen zu können, aber das war mir egal. Ich wollte nicht, dass er wie ein Überlegener über mir thronte.

»Nun, deine Pläne bedeuten dem Celestia-Rat einen feuchten Kehricht. Und sie bedeuten mir auch nicht viel. Ich werde dich dorthin schleppen, wenn es sein muss. Also, ziehst du dir jetzt was über oder behältst du das an?« Darius ließ seinen Blick über meine ausgebeulte Jogginghose und mein Croptop schweifen, als würde ihn das Outfit beleidigen. Ich war mehr als versucht, die Sachen aus genau dem Grund anzulassen.

Ich seufzte laut, um ihn wissen zu lassen, dass er der nervigste Typ war, den ich je getroffen hatte. »Na schön. Wirst du mir beim Umziehen zusehen?«

Darius zögerte, als hätte er geplant, genau das zu tun, und rollte dann mit den Augen, während er zur Tür ging. Bevor er mich zurückließ, hielt er inne und schaute mit einem Stirnrunzeln zurück.

»Wenn du die Kontrolle über die Schatten verloren hast, müssen wir etwas dagegen tun. Schwörst du, dass es nicht deine Absicht war, dich zu schneiden?«, fragte er und für einen Moment war das Arschloch wieder verschwunden.

Ich schürzte die Lippen, halb in Versuchung, ihn anzulügen, aber die Wahrheit war schrecklicher als die Vorstellung, ihm diesen kleinen Funken Ehrlichkeit anzuvertrauen.

»War es nicht«, antwortete ich. »Ich weiß wirklich nicht, was passiert ist ...«

Darius runzelte die Stirn. »Ich werde mit Lance darüber sprechen. Dann überlegen wir, was zu tun ist.«

Noch bevor ich etwas erwidern konnte, schloss sich die Tür zwischen uns und ich beschloss, die kleine Stimme in meinem Kopf zu ignorieren, die sich fragte, warum ihn das überhaupt interessierte.

Ich schickte Darcy eine Nachricht, um sie zu warnen, dass die Erben uns sehen wollten, falls Seth auch in ihre Richtung unterwegs war. Ich vermutete, dass Orion letzte Nacht bei ihr geblieben war, und ich bezweifelte, dass sie wollte, dass das Wolfsarschloch sie erneut auf frischer Tat ertappte.

Leider konnte ich sie nicht mehr vor diesem Schicksal bewahren – ihre Antwort verriet mir, dass sie bereits mit Seth auf dem Weg zum Baumhaus war.

Ich entledigte mich meiner Klamotten und holte ein Bikinioberteil aus meiner Schublade, bevor ich mir außerdem ein Paar hoch taillierter Leggings anzog. Ich schnappte mir einen Pullover aus dem Schrank und ging mit einem Grinsen zu meinem Fenster.

Wenn das Drachenarschloch meine Anwesenheit verlangte, war das in Ordnung. Aber den Weg dorthin würde ich nicht an seiner Seite ertragen müssen.

Ich kletterte auf den Fenstersims und öffnete das Fenster mit einem Lachen.

Mein Rücken kribbelte, als ich meine Flügel beschwor, und ich sprang mit einem aufgeregten Jauchzen vom Sims – eine halbe Sekunde bevor sie aus meinem Rücken emporschnellten.

Die goldenen Federn loderten feurig auf, wärmten meine Haut und vertrieben die letzten Schatten, während ich hart und schnell auf das Herz des Wimmernden Waldes zuflog.

Ich lachte ungezwungen, als der Wind meine Haare zerzauste und an den Federn meiner Flügel zupfte.

Mein ganzes Leben lang hatte ich mich nach der reinen Freiheit gesehnt, und ich hatte sie in ihrer reinsten Form gefunden – beim Fliegen durch die Wolken. Meine Haut summte vor Freude, und ich spürte, wie jede Last, die ich mit mir herumgetragen hatte, von mir abfiel, während ich durch den Himmel schwebte.

Hinter mir ertönte ein lautes Brüllen und ich drehte mich lachend um, als ich Darius in seiner atemberaubenden goldenen Drachengestalt entdeckte. Er hatte mich verfolgt.

Ich ließ mich aus den Wolken fallen und schoss direkt auf die Mitte des Waldes zu.

Die Luft hinter mir regte sich, als er näher kam, und bei jedem seiner mächtigen Flügelschläge wurden meine Haare aufgewirbelt.

Darius machte eine scharfe Kurve und verschwand in den Bäumen, als er das King's Hollow entdeckte, bevor ich es tun konnte. Augenblicklich nahm ich die Verfolgung auf. Er landete mit einem dumpfen Aufprall auf dem Dach des riesigen Baumhauses, und ich ließ mich mit einem Grinsen vor ihm fallen.

Er fixierte mich mit seinen hellen goldenen Augen und musterte mich durch die reptilienartigen Schlitze seiner Pupillen. Seine Nase berührte meine Brust, und ich streckte instinktiv die Hand aus und fuhr mit den Fingern über die schimmernden Schuppen zwischen seinen Augen.

»Du gefällst mir viel besser, wenn du nicht reden kannst«, sinnierte ich.

Er schnaubte spöttisch und für einen Moment wurde ich in Rauch gehüllt.

Als sich dieser lichtete, stand Darius in seiner Fae-Gestalt vor mir. »Aber dann wärst du nicht in der Lage, mit solcher Wucht zurückzufauchen, Roxy. Und du kannst noch so oft behaupten, es zu hassen – wir wissen beide, dass es dich anturnt. Du magst mich hassen. Aber es macht dir entschieden zu viel Spaß, mich zu hassen, als dass du einfach damit aufhören könntest.«

Er wartete nicht auf meine Antwort, sondern öffnete eine Luke im Dach und ließ sich ins Innere fallen.

»Arschloch«, murmelte ich.

Ich zog meine Flügel zurück, und ein Schauer lief mir über den Rücken, als ich meinen Pullover über meinen Kopf zog.

Ich ließ mich ebenfalls ins Baumhaus fallen und stellte fest, dass der Raum abgesehen von ihm leer war. Er hatte eine schwarze Jogginghose angezogen und ging gerade – mit nackter Brust – in die kleine Küche, um die Kaffeemaschine in Gang zu setzen.

Er stand mit dem Rücken zu mir und ich runzelte die Stirn, als mein Blick auf den beiden größten Tattoos über seinen breiten Schulterblättern verweilte. Ich hatte sie mir noch nie genau angesehen, aber als ich es tat, öffnete sich mein Mund vor Überraschung.

»Auf deiner Haut kämpfen ein Drache und ein Phönix«, sagte ich, als wüsste er das nicht bereits. Ein Feuer tanzte zwischen den beiden Tieren, die sich in einem wütenden Inferno bekämpften.

»Glaub ja nicht, dass ich das Tattoo für dich habe stechen lassen, Prinzessin«, meinte er mit einem Schnauben. »Du magst gewisse Fähigkeiten im Bett haben, aber das Tattoo hatte ich schon lange, bevor ich dich zu Gesicht – oder auch in die die Finger bekommen – habe.«

»Ich bin nicht davon ausgegangen, dass du dir ein Tattoo für mich hast stechen lassen«, schnauzte ich und machte einen Schritt auf ihn zu, als er sich zu mir umdrehte. »Ich denke nur, dass es ein seltsamer Zufall ist.«

»Ich hätte dich nie für ein Mädchen gehalten, das einen auf Stalker macht, nur weil wir ein paar Mal miteinander geschlafen haben«, sagte er und beobachtete mich über den Rand seiner Kaffeetasse, während er einen langen Schluck nahm.

»Pah, ich würde eher einen Furz im Wind stalken, als dir nachzustellen«, antwortete ich und rollte mit den Augen. »Bild dir nicht so viel auf dich selbst ein, Darius.«

»Vielleicht solltest *du* deinen eigenen Ratschlag beherzigen«, konterte er. »Denn du bist diejenige, die mir vor zehn Minuten die Zunge in den Hals gerammt hat.«

»Keine Sorge, das wird nie wieder passieren«, versprach ich.

Darius stellte seine Kaffeetasse ab und kam mir plötzlich so nah, dass ich gezwungen war, einen Schritt zurückzutreten, um ihm zu entkommen. Bis ich mit dem Rücken an der Wand stand und keinen Ausweg mehr hatte.

Er stützte sich mit der Hand an der Wand neben meinem Kopf ab und beugte sich herunter, bis sein Mund nur noch wenige Zentimeter von meinem entfernt war. Mein Herz klopfte aus dem Takt, weil er mir so nahe war, aber ich behielt einen unbeeindruckten Gesichtsausdruck bei, während ich ihm in die Augen sah.

»Du kannst es leugnen, so viel du willst, Roxy, aber du und ich werden immer wieder zusammenkommen«, versprach er, während sein Duft mich umhüllte und die Hitze seiner Haut so heftig loderte, dass ich sie trotz des Abstandes zwischen uns spüren konnte. »Egal, wie sehr du mich hasst oder verachtest. Egal, wie sehnlichst du dir wünschst, du würdest mich in keiner Weise wollen. Du kannst es nicht aufhalten. Ein Feuer wie dieses lässt man nicht einfach ausbrennen.«

Das Geräusch einer sich öffnenden Tür ertönte von unten, und Darius entfernte sich von mir, als hätte er kein Wort gesagt.

Ich starrte auf den Phönix auf seinem Rücken, als er von mir wegtrat, seine Kaffeetasse nahm und sich an den Kamin setzte. Er schnippte mit den Fingern und das Feuer erwachte in dem Moment zum Leben, als die anderen auftauchten.

Darcy sah nicht besonders beeindruckt aus, als sie den Raum betrat – Seth hatte den Arm um ihre Schultern gelegt und Max befand sich an ihrer anderen Seite.

Calebs Unterkiefer zuckte und er sah mich stirnrunzelnd an, als er als Letzter hereinkam.

»Gut, wir sind alle da«, sagte Max düster, während er sich vor dem Feuer aufstellte und den Blick über alle schweifen ließ.

Darcy befreite sich aus Seths Griff und setzte sich auf die Couch, während ich mit verschränkten Armen stehen blieb.

»Tut mir leid, dass wir ein bisschen spät dran sind, aber Darcy hat mich auf dem Weg hierher um einen Blowjob gebeten. Und ich empfand es als unhöflich, das abzulehnen«, sagte Seth beiläufig und ließ sich neben meine Schwester fallen, als hätte er den Ekelschauer nicht bemerkt, der sie bei seinen Worten durchfuhr.

Ich verdrehte die Augen und biss mir auf die Zunge, um ihn nicht wegen seines Schwachsinns zur Rede zu stellen. »Es hat sicher eine Weile gedauert, bis sie deinen winzigen Schwanz in dem großen Werwolfbusch gefunden hat, von dem sie mir erzählt hat«, antwortete ich spöttisch. Ich war zwar nicht in der Lage, ihn auf seine Lügen anzusprechen, solange ich über die Wahrheit zwischen Darcy und Orion im Unklaren sein sollte, aber ich hatte bald herausgefunden, wie ich ihn am besten entwaffnen konnte. Ich stellte einfach klar, dass Darcy mir alle möglichen unschmeichelhaften Details über ihn erzählt hatte und er nicht wirklich dagegen argumentieren konnte, sofern er seine Lügen nicht zugeben wollte.

Seth knurrte, machte aber keine Anstalten, sich zu wehren, und Darcy grinste mich dankbar an.

»Warum habt ihr gelogen, was die Wahrheit über eure Formgebung angeht?«, fragte Caleb und ignorierte unser Hin und Her, um zu dem Grund für unsere Zusammenkunft zu kommen.

»Das haben wir nicht«, antwortete Darcy unschuldig und wiederholte die Geschichte, die Orion vorgeschlagen hatte, als wir gestern Abend an die Academy zurückgekehrt waren.

»Wir wussten nur, dass wir Flügel haben und irgendeine irre Form von Feuermagie«, fügte ich achselzuckend hinzu.

»Wir waren nicht diejenigen, die gesagt haben, dass wir Feuerharpyien sind«, sagte Darcy mit einem Nicken. »Und es ist ja nicht so, dass wir irgendetwas über Formgebungen wissen, geschweige denn über ausgestorbene Formgebungen.«

»Ich verstehe nicht, was die Aufregung soll«, sagte ich schließlich.

Die Erben tauschten geladene Blicke aus und Darius starrte einfach nur ins Feuer.

»Du verstehst nicht, was die Aufregung soll?«, fragte Max ungläubig und ich spürte, wie er mithilfe seiner Sirenengabe versuchte, einen Weg an meinem Phönixfeuer vorbei zu finden. Aber es tanzte unter meiner Haut und hielt ihn so mühelos davon ab, als ginge es ums Atmen.

»Orion hat gesagt, dass wir deshalb unempfindlich gegen Feuer sind. Und dass es uns vor psychologischer Magie wie Sirenenkräften schützt«, sagte Darcy bedächtig. »Das ist ganz praktisch, schätze ich.«

Ich hätte fast laut aufgelacht und musste eine Hand heben, um meinen Mund zu bedecken und ein Husten vorzutäuschen. Caleb sah mich mit zusammengekniffenen Augen an, als würde er mir meine Show keineswegs abkaufen, aber was konnte er schon tun?

»Ihr erwartet also, dass wir glauben, dass ihr keine Ahnung hattet?« Caleb schnaubte.

»Genauso wie wir keine Ahnung von der Existenz von Magie hatten oder davon, dass wir Fae – und Prinzessinnen – sind? Ja. Ich erwarte, dass ihr glaubt, dass wir wieder einmal über unsere wahre Natur im Unklaren gelassen wurden. Tut mir leid, wenn ihr denkt, dass wir eine Phönix-Bonding-Session ohne euch geplant haben, aber ich verstehe wirklich nicht, was wir eurer Meinung nach hätten erreichen wollen, indem wir darüber lügen, was wir sind.« Ich zog eine Augenbraue hoch und verschränkte die Arme vor der Brust, als wäre ich sauer darüber, hier zu sein – und vor allem völlig ahnungslos.

Darcy nickte zustimmend, und angesichts des Déjà-vu-Gefühls, das mich überkam, musste ich fast schmunzeln. Ich konnte nicht einmal zählen, wie oft ich Pflegeeltern, Lehrer, Sozialarbeiter oder sogar Polizisten auf diese Weise angelogen hatte, während Darcy sich auf die Zunge gebissen und mit einem festen Nicken zugestimmt hatte. Sie wusste, dass sie quasi ein offenes Buch war und nicht unverhohlen lügen konnte.

»Okay«, meldete sich Darius endlich zu Wort. »Es spielt sowieso keine Rolle. Dann sind sie eben Phönixe. Ihre Magie kann es weiterhin nicht mit unserer aufnehmen, aber in einer Nymphen-Situation sind sie sehr nützlich. Ich glaube nicht, dass sie sich mit unseren Eltern darüber unterhalten müssen, wenn das alles ist, was sie wissen. Oder?« Er schaute zwischen den anderen Erben hin und her, und sie schienen ihm zuzustimmen, wenn auch ein wenig widerwillig.

»Ich hätte gedacht, dass du dich am meisten darüber ärgern würdest«, sagte Max und musterte Darius stirnrunzelnd. »Sie sind unempfindlich gegen Feuer. Sogar gegen Drachenfeuer. Bedeutet das nicht …«

»Das bedeutet gar nichts«, sagte Darius achselzuckend und er log so gut, dass ich glauben musste, dass er bereits genau so viel Übung hatte wie ich. Und wenn ich an das Monster dachte, das ihn aufgezogen hatte, konnte ich verstehen, warum er diese Fähigkeit perfektioniert hatte. »Sie brennen zwar nicht, aber sie können weiterhin ersaufen.« Er ließ Wasser zwischen seinen Fingern hindurchfließen – übrigens eine eindeutige Drohung –, und ich sträubte mich innerlich, dass er ausgerechnet das gesagt hatte. Vielleicht wollte er uns in gewisser Weise decken, aber nur, weil es ihm und seinem Rachefeldzug gegen seinen Vater diente. Wir waren ihm scheißegal. Er empfand offensichtlich keine Reue für die Dinge, die wir durch seine Hand erlitten hatten. Einmal hätte er mich fast ertränkt und er würde es wieder tun, wenn er sich dazu berechtigt fühlte.

»Können wir jetzt gehen?«, fragte Darcy und richtete sich auf.

Die Erben sahen aus, als wollten sie protestieren, aber ich wüsste nicht, wie sie das tun sollten.

»Macht's gut, ihr Arschgeigen. Wir überlassen euch euren heimtückischen Plänen«, sagte ich beiläufig, während wir beide zur Tür schritten und keiner von ihnen uns aufhielt.

Darcy und ich verließen schweigend und schnellen Schrittes das Baumhaus und sie erzeugte eine Stillekuppel um uns.

»Glaubst du, das hat gereicht, um uns die Ratsmitglieder vom Leib zu halten?«, fragte sie und biss sich auf die Unterlippe.

»Hoffentlich«, meinte ich. »Aber wenn wir uns auch ihren Fragen stellen müssen, sind wir bereit. Selbst Lionels Dunkle Manipulation kann unsere mentalen Mauern nicht durchbrechen, also stehen wir auch das durch.«

Darcys Atlas piepte und sie holte ihn aus der Tasche. Ihr Gesichtsausdruck wurde weicher, als sie sah, wer ihr geschrieben hatte, und ich verdrehte die Augen. Die Sache mit Orion machte sie ganz schnulzig. Es war auf eine leicht beängstigende Art und Weise liebenswert. Denn obwohl ich es genoss, sie so glücklich zu sehen, konnte ich mir nicht vorstellen, wie das auf Dauer funktionieren sollte. Ab wann wäre es für sie akzeptabel, offen über ihre Beziehung zu sprechen? Wir mussten vier Jahre an der Academy mit ihm als Lehrer überstehen. Und selbst wenn sie nicht erwischt wurden, war mir schleierhaft, wie sie danach plötzlich verkünden konnten, dass sie beschlossen hatten, zusammen zu sein.

»Er fragt, wo wir sind«, sagte Darcy, während sie eine Antwort tippte. »Offenbar hat Gabriel die Silvesternacht *gesehen* und ...«

Ich nahm eine verschwommene Bewegung wahr und zuckte zusammen, als Orion mit leuchtenden Augen und zerzausten Haaren vor uns zum Stehen kam. Er trug ein T-Shirt der Solarischen Pitball-Liga und eine Jogginghose und sah jünger aus als sonst. Wenn er seine Lehrerrolle komplett ablegte, konnte ich mir die beiden viel besser als Paar vorstellen. Ich musste nur die ganze Lehrersache ausblenden und schon war es sonnenklar.

»Gabriel hatte eine Vision. Über mich. An Silvester«, sagte Orion aufgeregt und nahm Darcys Hand, während er mit hoffnungsvollen Augen zwischen uns beiden hin und her schaute.

»Und?«, fragte Darcy. »Hat er gesehen, dass wir Clara zurückgeholt haben?«

»Er kann die Schatten nicht *sehen*, sie tauchen in Visionen nicht auf«, sagte Orion mit einem Stirnrunzeln. »Aber er hat *gesehen*, wie ich in die Höhle gegangen bin, und er meinte, gespürt zu haben, dass etwas Großes auf mich zukommt. Kurz bevor meine Zukunft in der Dunkelheit verloren ging.«

»Das hört sich nicht gut an, Alter«, sagte ich und musterte ihn skeptisch.

»Natürlich tut es das«, antwortete er und runzelte die Stirn. »Es bedeutet, dass wir dort waren und mithilfe von dunkler Magie eine Brücke erschaffen haben. Er hat uns dabei *gesehen*. Es muss der richtige Zeitpunkt sein.«

»Aber er konnte nicht *sehen*, ob es funktioniert hat oder nicht?«, fragte ich zweifelnd.

Darcy warf mir einen warnenden Blick zu, während Orion mich finster anstarrte.

»Natürlich wird es funktionieren«, brummte er. »Hast du nicht gemerkt, wie stark der Ruf der Schatten ist, seit wir wieder an der Academy sind? Etwas Großes steht bevor, das muss es einfach. Wir werden meine Schwester retten.«

Ich biss mir auf die Lippe und warf Darcy einen prüfenden Blick zu, weil ich selbst nicht weiterwusste. Ja, ich hatte bemerkt, dass der Ruf der Schatten stärker war als zuvor, aber es war schwer zu sagen, was das bedeutete. Lag es wirklich daran, dass wir kurz davor waren, Clara in die reale Welt zurückzuholen? Woher zum Teufel sollte ich das wissen?

»Sind wir bereit, die Brücke zu bauen?«, fragte Darcy und drückte aufmunternd Orions Finger.

»Ja, aber wir müssen die Schatten gemeinsam einsetzen. Ich habe viele alte Texte darüber studiert und bin zuversichtlich, dass ich die richtigen Zaubersprüche sprechen kann. Aber mit mehr Macht ist es einfacher. Also müssen wir vier gemeinsam daran arbeiten. Ich werde auch Darius davon erzählen. Für euch wird es wie das Teilen von Macht sein – ihr werdet einfach die Schatten auf mich kanalisieren. Und mit unserer vereinten Kraft können wir eine Brücke bauen, die stark genug ist, damit sie zurückgehen kann.«

Er sah so verdammt sicher und so verdammt hoffnungsvoll aus, dass ich zustimmend nickte, ohne weiter darüber nachzudenken. Wenn es das war, was nötig war, um seine Schwester zurückzubekommen, dann war ich dabei. Ich hoffte nur, dass er mit der Deutung von Gabriels Vision richtig lag, denn wenn ich herausgefunden hätte, dass meine Zukunft in der Dunkelheit verloren war, würde ich nicht so verdammt fröhlich dreinschauen. Aber er wusste eindeutig mehr über dunkle Magie als ich und wenn diese Vision ihn überzeugt hatte, dann überzeugte sie auch mich. Wir würden seine Schwester zurückholen und mit ein bisschen Glück würden mich die Schatten nicht mehr so nerven, wenn sie nicht mehr dort festsaß und nach mir rief.

»Okay. Also, was können wir tun?«, fragte ich.

»Ich treffe alle Vorbereitungen«, sagte Orion und seine Aufmerksamkeit schien bereits in die entsprechende Richtung zu wandern. Was auch immer er damit gemeint hatte. »Ihr müsst lediglich am Silvesterabend vor Mitternacht in der Höhle auftauchen. Achtet darauf, dass eure Magie vollständig aufgefüllt ist, und zieht euch etwas Warmes an. Gabriel hat gesagt, dass ein Schneesturm aufzieht.«

»Okay«, erklärten Darcy und ich zur selben Zeit.

Orion schenkte uns beiden das breiteste Grinsen und ich hätte fast gelacht. Ich bezweifelte, dass ich ihn jemals zuvor so lächeln gesehen hatte. Er drückte Darcy einen kurzen Kuss auf die Lippen und schoss dann von uns weg, wobei er ein Schneegestöber verursachte.

»Dann werden wir wohl nicht ins neue Jahr hineinfeiern«, sagte ich grinsend.

»Nein. Es sieht so aus, als würden wir den Jahreswechsel in einer dunklen Höhle verbringen und Orions Träume wahr werden lassen.« Sie grinste breit.

»Wenn du es so ausdrückst, gibt es nichts, was ich lieber tun würde«, erwiderte ich lachend.

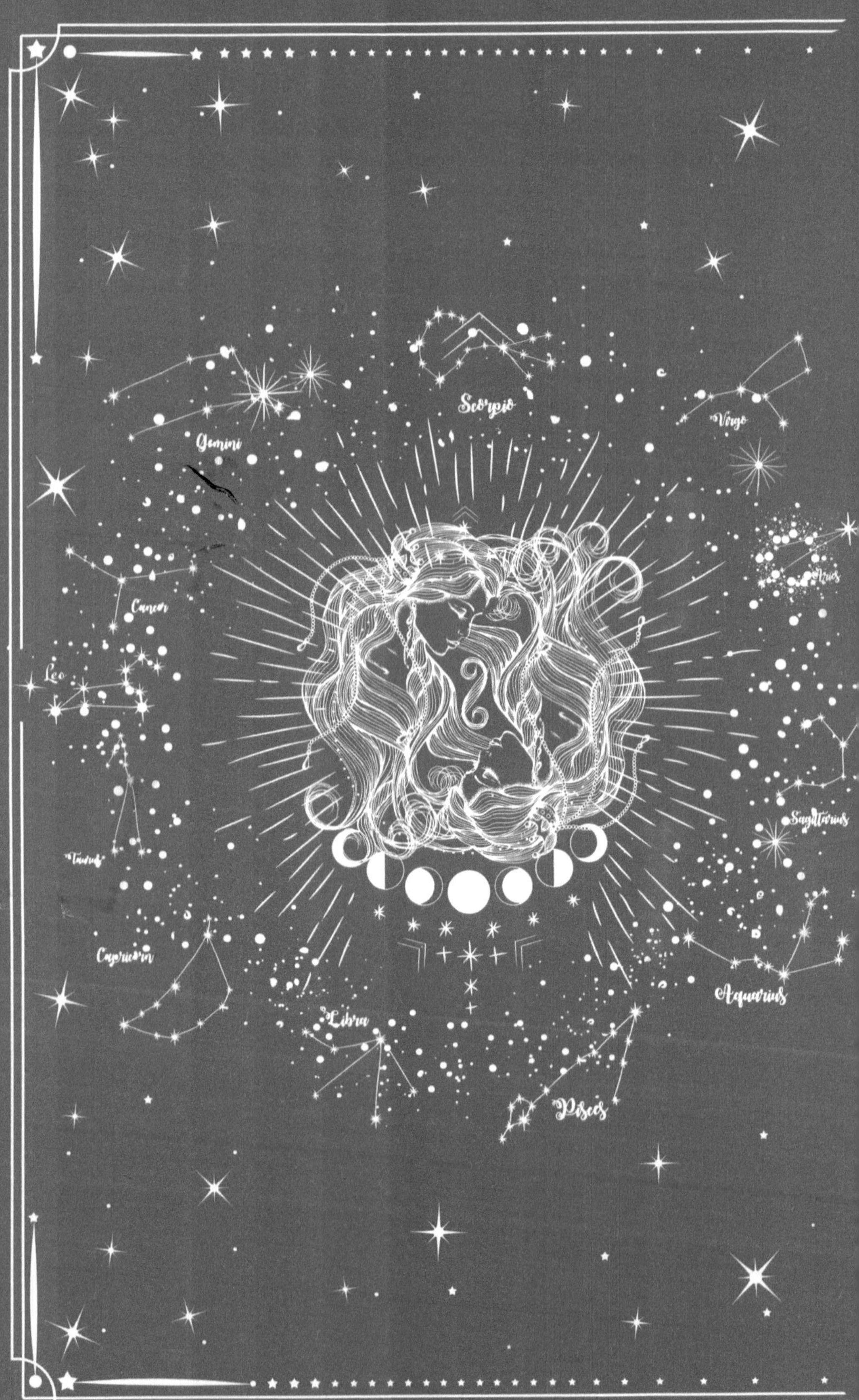

Pisces
Scorpio
Virgo
Gemini
Aries
Cancer
Leo
Sagittarius
Taurus
Capricorn
Aquarius
Libra
Pisces

DARCY

KAPITEL 43

Auf dem Campus herrschte reges Treiben – Musik und Gelächter schallte von den vielen Partys. Ich konnte alles von meinem Zimmer oben im Aer-Turm hören. Ich hatte beschlossen, heute Abend nicht mitzufeiern. Silvester hatte für mich ganz andere Pläne, und ich würde Orion nicht im Stich lassen, wenn er mich am meisten brauchte.

Ich hatte Geraldine dummerweise erzählt, dass ich krank war, und sie hatte angeboten, mir alle möglichen Tränke und Mittelchen zu bringen, um mich zu heilen. Stattdessen hatte ich ihr gegenüber zugeben müssen, dass mir heute Abend einfach nicht nach Feiern zumute war, und mir eine mentale Notiz gemacht, dass krank sein bei den Fae nicht als Ausrede galt. Nicht, wenn neunzig Prozent aller Krankheiten problemlos geheilt werden konnten.

Um neun Uhr wurde ich unruhig und um zehn Uhr war ich kurz davor, den Verstand zu verlieren. Ich lief in meinem Zimmer auf und ab, schaltete eine kitschige Liebesserie auf Faeflix ein und ging dann wieder auf und ab.

Die Dunkelheit überfiel mich immer wieder und nagte an meinen Gedanken. Ich musste sie bekämpfen, indem ich tief durchatmete und mich auf den Anker der Liebe konzentrierte, der mich davor bewahrte, mich ihnen auszuliefern. Meine Schwester. Orion. Dank der beiden war ich unantastbar. Die Schatten konnten mich nicht erreichen. Und auch Orions Schwester würden wir aus ihren Fängen befreien.

»Komm zu mir …«, ertönte Claras Stimme und ich schluckte heftig.

»Wir kommen«, versprach ich. »Wir werden dich retten.«

Angst machte sich in meinem Bauch breit, als ich meine Nachrichten überprüfte. Tory war ebenfalls auf ihrem Zimmer und wartete darauf, dass ich ihr grünes Licht gab. So wie es sich anhörte, war sie genauso aufgeregt wie ich.

Ich checkte FaeBook, um mich abzulenken, ließ mich auf mein Bett fallen und zog die Knie an meine Brust. Im Newsfeed kursierten etliche Fotos der Erben. Eines zeigte Max im Orb, wie er kopfüber gehalten wurde, sein Gesicht komplett in einer Wasserblase eingeschlossen, während er durch einen langen Strohhalm aus einem Fass trank.

Auf einem anderen Bild war ein shirtloser Caleb zu sehen – mit einem Mädchen, das einen Shot aus seinem Bauchnabel trank. Seth stand auf einem Tisch und hob ein nacktes Mädchen mit reiner Luftmagie über seinen Kopf. Es sah so aus, als würde es heute Abend richtig wild zugehen, vor allem, als ich ein Foto der Lehrkräfte entdeckte, die mitten in einer Strip-Poker-Partie zu sein schienen. Washer war splitternackt, mit dem Rücken zur Kamera – den Sternen sei Dank –, aber Rektorin Nova saß mit großen Augen vor ihm und starrte auf sein Gehänge. *Widerlich.*

Ich beschloss, etwas früher als geplant zum Strand zu gehen. Ich war einfach zu nervös, um noch länger zu warten. Jeans und ein Tanktop hatte ich bereits angezogen, also schlüpfte ich nur noch in meine Jacke und schob die Füße in meine Schneestiefel.

Mein Puls beschleunigte sich, als ich mich mental auf das vorbereitete, was ich heute Abend würde tun müssen. Ich wusste nicht, was mich erwartete – außer, erneut in die Schatten zurückzukehren. Ich konnte nur hoffen, dass das Training mit Orion ausreichen würde, um uns alle zu schützen, denn die Anziehungskraft der Schatten war stärker, als ich sie je zuvor erlebt hatte. Sie schlängelten sich bereits durch meine Glieder und streichelten meine Adern. Ich konnte das Flüstern fast hören, das mich in ihre endlosen Tiefen lockte.

Ich verließ mein Zimmer und lauschte dem schweren Bass, der aus dem Gemeinschaftsraum dröhnte, als ich zur Treppe eilte.

»Mützenjunge, Mützenjunge, Mützenjunge!«, sang eine Gruppe von Leuten, und ich entspannte mich, als Diegos Lachen folgte. Was auch immer da oben passierte, es hörte sich an, als wäre er damit einverstanden.

»Rette mich ...« Claras Stimme drang an mein Ohr.

Fröstelnd ging ich nach unten und zog die Kapuze meines Mantels hoch, um so unsichtbar wie möglich zu bleiben.

Ich schlüpfte nach draußen, vorbei an einer Gruppe kichernder Mädchen, die falsche Wolfsohren trugen, und machte mich auf den Weg in Richtung

Luft-Bucht. Vor mir lag dichter Schnee, aber die Wege wurden von Feuern erhellt, die überall auf dem Campus brannten, um den Leuten zu helfen, ihren Weg zu finden.

Ich hielt die Kälte in Schach, indem ich Wärme in meine Adern leitete, aber ich konnte nicht viel gegen mein rasendes Herz tun.

Was, wenn es nicht funktioniert? Oder was, wenn es doch funktioniert, aber Clara schon zu lange in den Schatten verloren war, um den Weg zurückzufinden?

Mein Körper kribbelte vor Sorge, aber als ich mich der Klippe näherte, wurden diese Gedanken durch Hoffnung ersetzt. Der Verlust seiner Schwester hatte Orion gebrochen; wenn ich etwas tun konnte, um sie zurück an seine Seite zu bringen, würde ich es tun. Vielleicht waren die Schatten in diesem Sinne ein Geschenk. Und vielleicht schienen die Sterne uns ausnahmsweise mal freundlich gesinnt zu sein. Ich musste mich einfach auf mein Training konzentrieren und ihm alle Kraft geben, die ich hatte, um das zu erreichen.

Aber was dann? Konnte Clara wirklich zum normalen Leben unter den Fae zurückkehren? Würde die Presse nicht ausrasten, wenn sie herausfand, dass sie wie aus dem Nichts wieder aufgetaucht war?

Orion und ich hatten über nichts anderes gesprochen als darüber, dass wir sie sicher in das Reich der Fae zurückbringen wollten. Aber wenn man uns befragen würde, könnten wir nicht gestehen, die Schatten benutzt zu haben. Und was würde Lionel tun, wenn er von der Wahrheit Wind bekam?

Mein Mund wurde trocken und mir wurde klar, dass wir nur dann mit der Sache durchkommen würden, wenn wir Clara versteckten. Sie musste vor der Welt verborgen bleiben, damit niemand ihre Rückkehr untersuchen konnte. Denn wenn das FIB sich damit befassen sollte, wäre Orion der Erste, gegen den ermittelt würde. Ich wusste nicht, wie die Strafe für den Einsatz von dunkler Magie aussah, aber ich konnte mir vorstellen, dass es um mehr als eine Verwarnung gehen würde.

Ich erreichte die Kuppe des schmalen Pfades, der auf Seiten der Klippe zum Strand hinunterführte. Die Welt war laut hier draußen, das Tosen der Wellen und das Heulen des Windes ließen meinen Puls in die Höhe schnellen, während es um mich herum heftig zu schneien begann. Ich konnte die Veränderung der Atmosphäre fast spüren – Mitternacht rückte näher und die Magie in der Luft ließ die Schleier zwischen den Welten dünner werden. Und es war an der Zeit, dies zu unserem Vorteil zu nutzen.

»Können wir nicht einfach darüber sprechen, Sethy?« Kylies Stimme erreichte mich im Nebel, und ich sprang vom Pfad und ließ mich in der

Dunkelheit in die Hocke fallen.

»Es gibt nichts zu besprechen«, antwortete Seth, während ihre Schritte näher kamen.

»Eines Tages wirst du dir eine Gefährtin suchen müssen, warum nicht mich? Wir haben eine Verbindung.« Kylies Tonfall verriet, dass sie ziemlich alkoholisiert war.

»Ich kann mir nicht einfach eine Gefährtin aussuchen, so funktioniert das bei Werwölfen nicht. Es tut mir leid, dass du es nicht bist, Babe, aber du musst darüber hinwegkommen.«

Ihre Schatten fielen über den Weg, als sie mich in Richtung Wimmernder Wald passierten, und mein Herz schlug schneller, als ich Seths Hinterkopf sah. Er lenkte den Schnee mit Luftmagie von ihnen weg, sodass er kuppelartig um sie herum fiel.

Sie verschwanden und ich atmete langsam aus, ging den Pfad hinunter und nahm mein Tempo wieder auf. Ich betrat den Strand und ging zur Höhle, wobei ich einen Luftschild errichtete, um den starken Schneefall abzuwehren.

Eine Gestalt trat hinter einem der Felsen hervor und Orion lächelte hoffnungsvoll, als er mich entdeckte. Ich eilte auf ihn zu und ergriff seine Hand. »Bist du bereit?«

Er zog mich in Richtung der versteckten Höhle. »Ich habe alles, was wir brauchen, aber ich bin mir nicht sicher, ob ich jemals wirklich bereit dafür sein werde.«

Ich drückte seine Finger, dann ließ ich ihn los, als er einen leuchtenden Aussaugenden Dolch aus seiner Tasche zog und diesen mit ritualisierten Bewegungen über die Felsenwand gleiten ließ. Die Illusion verschwand und mein Herz pochte gegen meine Rippen, während ich ihm in die dunkle Höhle folgte.

Ich entzündete ein Feuer in meiner Handfläche, ließ es wachsen und entließ es schließlich in die Mitte des Raumes, um dort auf dem Höhlenboden zu brennen. Orion schirmte den Raum mit einem Luftschild ab, um Wind und Schnee fernzuhalten, damit sich die Höhle in der Hitze meines Feuers erwärmen konnte.

Er ließ einen Rucksack von seinen Schultern gleiten und kniete sich auf den Boden, woraufhin ich mich vor ihm niederließ. Er breitete den Inhalt seines Rucksacks auf dem Boden aus – den Behälter mit dem dunklen Sternenstaub, den wir seiner Mutter gestohlen hatten, seinen Dolch, ein Tuch mit trockenen Kräutern und ein silbernes Blatt, das so zart wie Glas war.

Die Energie, die in der Luft lag, ließ mich frösteln und ich schloss die

Augen, als die Schatten erneut nach mir riefen. Orion legte eine Hand auf mein Knie, und ich blinzelte sie weg und atmete langsam ein, während ich ihn ansah.

»Sie sind sehr nah heute Abend«, hauchte ich, und er nickte, wobei sich ein ernster Ausdruck auf seine Züge legte.

»Bist du sicher, dass du das tun willst, Blue?«

»Ja, ich will helfen«, sagte ich entschlossen. »Aber Lance, was wirst du tun, wenn sie hier ist? Die Welt darf nicht wissen, dass sie zurück ist; die Leute würden zu viele Fragen stellen. Das FIB könnte herausfinden, was wir getan haben. Oder was, wenn Lionel sie holen kommt?«

Er legte die Stirn in Falten und seine Augen nahmen einen Ausdruck der Verzweiflung an. »Ich weiß«, seufzte er. »Ich werde sie verstecken. Ich besitze ein Haus am Rande von Tucana, wo sie bleiben kann.«

»Aber was ist, wenn sie jemand sieht?«, fragte ich leise. »Sie kann nicht für immer dortbleiben, sie braucht eine neue Identität, ein neues Leben.«

»Wenn ihre Magie wiederhergestellt ist, kann sie ihr Aussehen mit einer Illusion verändern.«

»Sie wird dich brauchen«, sagte ich sanft. »Wer weiß, welche Auswirkungen das auf sie hat …«

»Ich werde mich um sie kümmern«, schwor er und sein Unterkiefer zuckte. »Ich werde alles tun, was nötig ist, um sie zu beschützen. Das bin ich ihr schuldig – und noch viel mehr.«

»Du hast alles getan, was du konntest, um sie zu retten«, sagte ich, während mein Herz für ihn zerriss.

Er senkte den Blick und seine Gesichtszüge verfinsterten sich. »Nicht genug.«

Ich konnte fast sehen, wie sich die Schatten um ihn wandten, und rückte besorgt näher. »Wir werden sie zurückholen.«

Seine Augen wurden heller und er blickte zu mir auf, wobei eine verzweifelte Hoffnung in ihnen leuchtete. Es tat mir weh, daran zu denken, dass er von seiner Schwester weggerissen worden war. Wenn ich Tory auf diese Weise verloren hätte, würde ich auch alles tun, um sie zurückzubringen.

»Wenn die Schatten zu mächtig werden, möchte ich, dass du dich aus ihnen zurückziehst«, sagte Orion leise. »Lass mich zurück, wenn es sein muss, und verschwinde von hier.«

»Nein«, knurrte ich. »Ich gehe nirgendwo hin. Ich komme schon klar.«

»Das weiß ich.« Er strich mit den Fingerknöcheln über meine Wange. »Aber ich werde nichts für dich riskieren.«

»Wenn es gefährlich wird, können wir aufhören«, sagte ich. »Aber ich verlasse dich nicht.«

Er runzelte die Stirn, gab aber mit einem kleinen Nicken nach, als er sah, dass ich nicht lockerlassen würde. Er holte seinen Atlas heraus und legte die Stirn in Falten. »Darius hat nicht geantwortet.«

»Tory auch nicht«, seufzte ich, zog die Augenbrauen zusammen und nahm meinen eigenen Atlas zur Hand. Ich drückte auf ihren Namen und hielt das Gerät an mein Ohr, während ich auf ihre Antwort wartete. Es klingelte immer wieder, aber sie nahm nicht ab und mir wurde ganz flau im Magen vor Sorge. Orion versuchte, Darius anzurufen, erhielt aber die gleiche Antwort.

Er schaute auf die Uhr und fluchte leise vor sich hin. »Wir haben nur ein kleines Zeitfenster«, sagte er wütend. »Wir müssen bald anfangen.«

»Sie werden kommen«, versprach ich, denn ich wusste, dass Tory ihn nicht im Stich lassen würde.

»Wehe, wenn nicht«, knurrte Orion.

Das Feuer flackerte und die Dunkelheit schien in seine Tiefen zu sickern und es in ein düsteres Violett zu färben. Ich atmete langsam ein, als die Macht der Schatten mich aufs Neue einholte. Sie waren hier, schlängelten sich durch unsere Körper und zerrten an unseren Seelen. Ich spürte, wie sie versuchten, mich auf dunklen Schwingen wegzuführen, aber ich ballte die Hände zu Fäusten, bis meine Nägel fast die Haut durchstießen und ich mich aus ihren Klauen befreien konnte.

Orion stieß ein leises Stöhnen aus, als sie auch ihn ergriffen, und ich rutschte an seine Seite, damit wir gemeinsam gegen sie kämpfen konnten. Seine Hand hielt ich fest umklammert. Ich spürte, wie sie sich zurückzogen, als ich die Schranken meiner Magie fallen und unsere Kräfte zu einer einzigen mächtigen Einheit verschmelzen ließ.

Ich schaute noch einmal auf die Uhr und meine Sorge wuchs.

»Wo zum Teufel sind sie?«, brummte Orion mit Wut in den Augen.

»Sie werden kommen«, ermutigte ich ihn und schaute zum Höhleneingang, in der Erwartung, sie jeden Moment zu sehen.

Komm schon, Tory, wo zum Teufel bleibst du?

»Wir müssen bald anfangen, es gibt keine andere Chance«, schnauzte Orion.

»Bereite alles vor«, sagte ich und versuchte, mir die Angst nicht anmerken zu lassen, aber ich war mir nicht sicher, ob es mir gelang.

Orion schaute finster drein, während er die Materialien vor sich ausbreitete. »Ich verstehe nicht, warum Darius mich ausgerechnet heute Abend so im

Stich lässt.«

Ich blickte wieder in Richtung Höhleneingang; mein Puls hämmerte in meinen Ohren. Wir hatten nicht mehr viel Zeit und ich hatte keine Ahnung, ob wir beide stark genug sein würden, um das allein durchzuziehen.

Bitte beeil dich, Tory.

Scorpio
Virgo
Gemini
Aries
Cancer
Leo
Taurus
Sagittarius
Capricorn
Aquarius
Libra
Pisces

DARIUS

KAPITEL 44

Ich saß allein im King's Hollow und wartete auf Orions Nachricht, dass ich ihn und die Vegas treffen sollte, damit wir seine Schwester aus dem Schattenreich befreien konnten. Mein Knie wackelte vor unverbrauchter Energie und ich überlegte, ob ich in meiner Drachenform einen Flug wagen sollte, um etwas davon loszuwerden.

Die Silvesterparty im Orb war in vollem Gange und ich hätte wahrscheinlich einfach mit den anderen Erben hingehen sollen, anstatt hier allein zu warten, aber mir war heute Abend einfach nicht nach Feiern zumute gewesen.

Meine Gedanken waren bei all den Dingen, die wir geübt hatten, um Clara aus den Schatten zurückzuholen, und ich konnte es mir nicht leisten, mich ablenken zu lassen. Lance verließ sich auf mich. Der Verlust seiner Schwester hatte ihn zerstört, und die Hoffnung, die in seinen Augen lebte, seit er erfahren hatte, dass sie vielleicht doch nicht ganz verloren war, konnte ich nicht einfach ignorieren. Er brauchte mich heute Abend so sehr wie noch nie zuvor, und ich würde für ihn da sein, egal, was passierte.

Ich warf zum tausendsten Mal einen Blick auf die Uhr und richtete mich erschrocken auf, als ich feststellte, dass es fast Mitternacht war. Ich hatte die ganze Nacht hier gesessen und darauf gewartet, ihn zu treffen, und trotzdem hatte ich gerade einen großen Batzen Zeit verloren. Mein Herz klopfte unregelmäßig. Ich konnte mir nicht erklären, wie ich innerhalb eines Augenblicks plötzlich so spät dran sein konnte.

Stirnrunzelnd schaute ich auf die Uhr und überprüfte die Zeit auch auf meiner Armbanduhr, während ich versuchte, herauszufinden, was zum Teufel passiert war. Ich hatte gerade über eine halbe Stunde Zeit verloren und verstand die Welt nicht mehr.

»Scheiße!« Ich zog meinen Atlas aus der Tasche, als ich zur Tür ging, und runzelte die Stirn, als ich sechs verpasste Anrufe von Lance entdeckte. »Was zum …«

Ich riss den Kopf hoch, als mich ein seltsamer Trommelschlag von draußen ans Fenster zu rufen schien und meinen Blick auf den tobenden Schneesturm lenkte.

Ich ließ meinen Atlas fallen und er fiel klappernd zu Boden. Hinter mir klingelte er wieder, aber ich hatte es bereits zum Fenster geschafft.

Verwirrt musterte ich den Schnee, der in einer Art Strudel hinter dem Glas aufgewirbelt wurde, der mehr als unnatürlich aussah. Er teilte sich vor mir und schuf einen Weg, der durch den Wald Richtung Süden führte.

Ich griff nach dem Fenster, stieß es auf, kletterte hinaus und stellte mich in den tiefen Schnee, der sich auf dem Holzsteg draußen angesammelt hatte.

Ich war hoch oben in den Bäumen und überblickte den Wald. Der seltsame Tunnel im fallenden Schnee erstreckte sich vor mir.

Der Schlag einer riesigen Trommel schien die Erde in ihren Grundfesten zu erschüttern und durch meinen Körper zu pulsieren, sodass mein Herzschlag im Takt mitschwang.

Die kalte Luft berührte meine entblößte Haut, als ich dort in nichts als Jeans und meinem schwarzen T-Shirt stand, aber der Gedanke, umzukehren und meinen Mantel zu holen, erschien mir unmöglich.

Es gab kein Zurück mehr. Nur ein Vorwärts. Dieser Weg war für mich bestimmt, und die seltsame Magie, die nach mir rief, würde mich nicht loslassen, bevor ich ihren Willen erfüllt hatte.

Ich stieß einen langen Atemzug aus und ein Dampfwölkchen stieg vor mir auf, während die Hitze meines Feuerelements unter meiner Haut loderte und mich von innen heraus wärmte.

Mit einem Anflug von Entschlossenheit – oder vielleicht auch Wahnsinn – griff ich nach dem Holzgeländer vor mir und sprang darüber.

Ich fiel mit hoher Geschwindigkeit die zwei Stockwerke nach unten und landete mit einem dumpfen Aufprall im Schnee am Fuße des Baumhauses. Es hätte höllisch wehtun müssen, aber irgendwie tat es das nicht, und ich richtete mich aus der Hocke auf, als die seltsame Magie erneut um mich herum waberte.

Der Schneesturm wurde jenseits des Weges immer heftiger; fette

Schneeflocken wirbelten so dicht durch die Bäume, dass ich überhaupt nicht mehr in die Ferne sehen konnte.

Der einzige Weg, der frei war, war der Pfad vor mir. Das Pochen der Trommeln wurde lauter, als ich meinen ersten Schritt in diese Richtung machte.

Argwöhnisch versuchte ich, mich daran zu erinnern, was ich heute Abend eigentlich geplant hatte. Es gab einen Ort, an dem ich sein sollte, etwas, das ich tun musste …

Der Gedanke kam und ging mit dem Wind, während ich durch die Bäume auf mein Ziel zuging.

Am Rande meines Verstandes kitzelte mich eine Erinnerung – damals, als ich sechzehn Jahre alt gewesen war, hatte mich Max' Sirenengesang aus dem Bett geholt. Auch damals war ich seinem Ruf in die Dunkelheit gefolgt, aber etwas an dem schweren Rhythmus dieser Musik und der Stärke der Magie, die mich in ihren Bann zog, verriet mir, dass dies kein Sirenengesang war.

Mit jedem Schritt, den ich machte, schlug mein Herz ein bisschen heftiger, meine Schritte wurden eiliger, und mein Bauch rumorte vor Nervosität. Es war, als wüsste ich in meinen Knochen, dass es einen wichtigen Ort gab, an dem ich sein sollte, und die Aufregung stieg, je näher ich meinem Ziel kam.

Endlich verließ ich den Wimmernden Wald und folgte dem von der Magie gezeichneten Pfad weiter nach Süden.

Ich ging weiter, ohne den Pfad zu verlassen, und mein Herz klopfte vor Vorfreude, als ich dem Ende näher kam.

Dieser Moment hatte etwas unheimlich Wichtiges an sich. Etwas, das mein Schicksal in seinen Händen hielt und es fest verschloss. Ich wusste es in meinem Bauch. Diese Magie war weder ein Trick noch eine List, um mich irgendwohin zu locken. Sie war rein. Die Magie der Sterne in ihrer einfachsten Form.

Schicksal.

Ich erreichte das Feuer-Territorium und nahm einen unbekannten Weg durch die zerklüfteten Felsformationen, bis ich mich dabei ertappte, in eine breite Schlucht hinabzusteigen.

Der Schnee hatte sich an den Felswänden rechts und links von mir aufgetürmt, aber in der Mitte des langen Bereichs befand sich ein großer Kreis aus rotem Stein, der auf mich wartete.

Mein Blick neigte sich zum Himmel, als sich die schweren Schneewolken genau über dieser Stelle auf unvorstellbare Weise teilten.

Mit vor Überraschung offen stehendem Mund trat ich näher und starrte auf den schwarzen, sternenübersäten Himmel, der sich genau über diesem freien Fleck Erde befand. Wie wundersam.

Meine Stiefel stießen auf Stein, als ich den Kreis betrat, und mein Herz schlug in einem rücksichtslosen Rhythmus. Denn plötzlich wusste ich genau, worum es hier ging. Ich war hier, um mich der wichtigsten Frage meines Lebens zu stellen. Und mein Herz hämmerte in meiner Brust, während ich fasziniert in den Himmel schaute.

Zwei Sternbilder befanden sich nicht dort, wo sie eigentlich hingehörten. Es war, als hätte sich der Himmel für diesen einen Moment neu geordnet. Die Sterne, aus denen sie bestanden, leuchteten noch heller als sonst, als sie sich so nahe kamen, dass sie sich fast berührten. Löwe und Zwillinge. Ich würde diese Sternbilder überall wiedererkennen. Und wenn der Himmel sich neu ordnete, um sie zusammenzubringen, dann konnte das nur eines bedeuten.

Dies war ein Göttlicher Moment. Die Sterne hatten mich hierhergeführt und sie würden noch jemanden herbringen. Jemanden, der in jeder Hinsicht perfekt für mich war. Der mich antrieb und herausforderte. Der mein Herz höherschlagen und meinen Körper vor Verlangen kribbeln ließ, wie ich es noch nie erlebt hatte.

Sie war meine Elysische Gefährtin.

Die Person, die die Sterne für mich ausgewählt hatten. Meine einzig wahre Liebe. Und nach dieser Nacht würde es keine Macht im Universum mehr geben, die uns jemals wieder auseinanderbringen könnte.

Das leise Geräusch von Schritten, die sich durch den Schnee näherten, lenkte meine Aufmerksamkeit von den Sternen ab und ich warf einen Blick auf die andere Seite der Schlucht.

Der Schneesturm war wieder näher gekommen und ich konnte nicht mehr als einen Schatten sehen, der sich durch den Schnee bewegte. Aber ich musste sie auch nicht sehen. Ich wusste, wer kommen würde, seit ich den Blick zum Himmel gerichtet hatte.

Wenn ich ehrlich zu mir selbst war, wusste ich das seit unserer ersten Begegnung.

Roxanya Vega war die Tochter des Grausamen Königs. Das Mädchen, das ich hätte hassen sollen, ohne überhaupt zu versuchen, es zu verstehen. Roxy war mir ein Dorn im Auge und forderte alles heraus, was mir jemals etwas bedeutet hatte. Sie machte mich wütend wie niemand, den ich je zuvor getroffen hatte, und ich hasste sie mit einer Leidenschaft, die ihresgleichen suchte. Aber trotz allem, was zwischen uns passiert war, konnte ich nie leugnen, wie sehr ich sie begehrte.

Die wenigen Male, in denen sie ihren Widerstand aufgegeben und mich in ihre Nähe gelassen hatte, war es so gewesen, als hätte die Welt nur für uns aufgehört, sich zu drehen. Ich hatte sie gehalten, als sie Schmerzen hatte, ich hatte die pure Lust auf ihren Lippen geschmeckt, ich hatte zugesehen, wie sie aus den Schatten aufgestiegen war, und sie aus der Dunkelheit gerettet. Und sie hatte auch mich gerettet. Bevor sie in mein Leben getreten war, hatte ich stagniert, war verbittert geworden und zu dem Mann herangewachsen, der ich nie hatte werden wollen. Aber sie war wie frische Luft. Wenn sie mich ansah, war es, als würde sie *mich* wirklich sehen.

Obwohl ich privilegiert aufgewachsen war, hatte ich nur wenige Möglichkeiten bekommen, echte Entscheidungen für mich selbst zu treffen. Mein Vater bestimmte alles, was ich tat, wie ein Puppenspieler, der meine Fäden zog. Er hatte ein Leben für mich geplant, das ich unabhängig von meinen eigenen Wünschen und Vorstellungen führen sollte.

Aber das hier konnte er nicht kontrollieren. Er konnte dieses Schicksal nicht ändern. In dem Moment, in dem wir beide dieses Band zwischen uns akzeptierten, würde unser Schicksal besiegelt und wir würden für immer aneinander gebunden sein.

Elysische Gefährten. Untrennbar. Wahre Liebe.

Ich hatte noch nie etwas Derartiges für mich in Anspruch genommen. Noch nie hatte ich etwas nur deshalb, weil es der tiefste Wunsch meines Herzens gewesen war. Aber genau das war sie.

Roxy Vega war der Teil von mir, der fehlte. Sie war alles, was ich brauchte – und das hätte ich schon früher merken müssen. Hätten wir einander nicht so darin verstrickt, einander zu hassen, hätten wir bereits etwas haben können, worauf wir unsere Beziehung aufbauen konnten. Aber das war alles nicht wichtig. Denn von diesem Tag an würde ich zu ihr gehören und sie zu mir. Und ich würde alles tun, was nötig war, um ihr zu beweisen, dass ich ihrer Liebe würdig war.

Der Schnee peitschte um die Lichtung und mein Herz schlug einen verzweifelten Ton an, als ihre Schritte näher kamen.

Mein Atem stockte, als sie aus dem Schneesturm hervortrat und ihr Blick auf mich fiel.

Ihre vollen Lippen teilten sich, Schnee klebte an ihren langen Haaren, die um ihre Schultern fielen, und der Glanz in ihren Augen brachte mich dazu, direkt auf sie zuzusteuern und sie in meine Arme zu ziehen. Aber die Angst in ihrem Blick ließ mich nicht los. Sie wusste nicht, was vor sich ging. Sie verstand nicht, wie wichtig dieser Moment war. Aber ich tat es. Ich wusste es. Und als ich sie ansah, konnte ich nicht anders, als ein überwältigendes Glücksgefühl zu empfinden. Denn so etwas Reines und Unberührtes hatte ich noch nie erlebt, weder von meinem Vater noch vom Rat noch von den Erben noch von meiner Verantwortung … Etwas, das nur *mir* gehörte.

Der Schneesturm tobte um uns herum, während dieser unsterbliche Moment uns beide als Geiseln hielt.

Es war an der Zeit, dass wir uns für unser Schicksal entschieden.

Und ich glaubte nicht, dass ich jemals in meinem Leben eine so leichte Entscheidung zu treffen hatte.

Ich wollte sie schon so lange für mich haben, dass ich mich an keine Zeit erinnern konnte, in der mich der Gedanke daran nicht verzehrt hätte. Und es ging immer nur um das hier. Alles, was wir zusammen durchgestanden hatten, jeder Streit und jede Meinungsverschiedenheit – jeder einzelne Moment hatte uns hierhergeführt. Wir hatten mehr Prüfungen und Herausforderungen bestanden, als ich zählen konnte, um an diesen Punkt zu kommen, aber wir hatten es geschafft.

Jetzt mussten wir diesen Moment nur noch ergreifen und ihn für uns beanspruchen.

Es war keine Entscheidung, es war Schicksal. Und zum ersten Mal in meinem Leben hatte ich das Gefühl, dass das Schicksal auf meiner Seite war.

Gemini
Scorpio
Virgo
Cancer
Aries
Leo
Taurus
Sagittarius
Capricorn
Aquarius
Libra
Pisces

ORION

KAPITEL 45

»S ie kommen nicht«, zischte ich und Darcy wurde blass, als sie erkannte, dass ich recht hatte. Selbst wenn sie auf dem Weg wären, würden sie es nicht rechtzeitig schaffen.

Dieser verdammte Darius … Dass er mir das antat … Ich hatte ihm alles von mir gegeben. Mein ganzes Leben war an ihn gebunden, aber wenn ich *ihn* einmal brauchte, konnte er nicht auftauchen.

»Wir schaffen das auch allein.« Darcys Stimme holte mich aus dem dunklen Loch, in das ich abgetaucht war.

Ich sah sie an und entdeckte ein so grimmiges Feuer in ihren Augen, dass ich wusste, dass sie recht hatte. Sie war alles, was ich brauchte, aber die Last dieser Aufgabe allein auf sie und mich zu laden, verursachte eine Enge in meiner Brust.

»Tu es, Lance«, forderte sie. »Unsere Magie ist genug. Wir haben gemeinsam Schlachten geschlagen, wir können es auch mit den Schatten aufnehmen.«

Ich schloss kurz die Augen, denn ich hatte Angst, wie sehr dies ihren Körper und ihre Seele belasten würde.

»Wir können nicht länger warten«, erklärte sie. »Tu es *jetzt*!«

Schließlich gab ich nach, betete, dass sie recht hatte, und grunzte zustimmend. Meine Wut auf Darius schlängelte sich durch mich und verschlang alles, was sich mir in den Weg stellte, aber ich zwang sie zurück, um mich auf das zu konzentrieren, was getan werden musste.

Ich fixierte sie mit meinem Blick und bereitete mich darauf vor, ihr einen Befehl zu geben, zu dessen Einhaltung ich sie zwingen würde. »Wenn wir in die Dunkelheit treten, dann folgst du mir, Blue! Und lass niemals meine Hand los!«

»Natürlich«, hauchte sie und das Licht des Feuers flackerte über ihr Gesicht.

»Schwöre es!«, knurrte ich.

»Ich schwöre es.«

Ich zerkleinerte das silberne Blatt zusammen mit den getrockneten Schrumpelpflänzchen, dem sonnengetrockneten Nachtschatten und dem verkohlten Sternenkraut und verteilte die Mischung dann vor Blue und mir auf dem Höhlenboden. Mein Herz pochte in meinen Ohren, als ich den Aussaugenden Dolch nahm und mich an das Mädchen wandte, das ich liebte.

»Ich möchte dir nicht wehtun«, sagte ich sanft. Ich hasste es, mit ihr Blutmagie zu praktizieren. Jede Trainingseinheit war eine Qual, aber sie musste es tun. Es war die wirksamste Methode, zu lernen, sich aus den Schatten zurückzuziehen, wenn sie sie in ihre Arme lockten.

Ich schloss meine Finger fester um sie, als sie mir den Dolch aus der Hand riss und ohne zu zögern einen Schnitt in der Mitte ihrer Handfläche machte. Zitternd reichte sie ihn mir zurück. Blut tropfte von ihrer Hand und allein der Anblick ließ mich frösteln.

Sobald wir in die Schatten traten, würde ich sie nicht mehr loslassen. Und ich wusste tief in meiner Seele, dass ich sie vor allem anderen beschützen würde. Wenn ich gekonnt hätte, wäre ich allein gegangen, aber ich brauchte ihre Magie in Kombination mit meiner eigenen, um das zu schaffen. Und ich war mir nicht einmal sicher, ob das ausreichen würde. Ich konnte nicht glauben, dass Darius mich so im Stich gelassen hatte, und von Tory hätte ich mehr erwartet. Mein Herz verkrampfte sich erneut und ein wütendes Knurren kam mir über die Lippen.

Ich schnappte mir den Dolch, schnitt mir in die Handfläche und hielt meine Hand über die Kräuter, um das Blut fließen zu lassen. Darcy hob ihre Faust neben meine und Blut sickerte zwischen ihre Finger und tropfte auf die getrocknete Mischung. Ekstase durchströmte meine Glieder und Blue seufzte, als das gleiche Vergnügen in ihre Adern drang.

Ich nahm eine Prise des dunklen Sternenstaubs aus dem Glas und warf ihn auf die Kräuter, während ich versuchte, meine Gedanken zu ordnen. Die Dunkelheit sickerte bereits in meinen Geist. Die Stücke des Silberblatts leuchteten auf, während ein schwärzliches Feuer über den Boden prasselte und die Schrumpelpflänzchen, den Nachtschatten und das Sternenkraut verschlang. Alles, was übrig blieb, war unser Blut, und mein Herz pochte heftig in meiner Brust, als das Feuer auch darauf übergriff und immer heller wurde, bis ich vor dem Licht zusammenzuckte.

Ich ergriff Blues Hand, als die Schatten über uns hinwegspülten und heftiger als je zuvor in meine Adern drangen. Ich behielt sie in meiner Nähe, denn ihre Anwesenheit erdete mich und sorgte dafür, dass ich inmitten der Schatten einen klaren Kopf behielt. Ihre Magie strömte wie eine Naturgewalt durch meine Adern und hielt die Schatten davon ab, zu tief in mich einzudringen. Ich presste meine eigene Kraft in ihren Körper, um die Dunkelheit mit allem, was ich hatte, von ihr fernzuhalten.

Taumelnd fiel ich in einen Abgrund, der so gewaltig war, dass ich sein Gewicht auf meiner Seele spüren konnte.

Nach einem endlosen Moment trafen meine Füße auf harten Boden und ich atmete tief ein, aber die Luft fühlte sich zu dick, zu schwer, zu abgestanden an.

Darcy materialisierte sich neben mir und ich nahm die trostlose Welt um uns herum in Augenschein. Meine Lunge hatte Mühe, hier zu funktionieren, und mit einem Gefühl des Entsetzens stellte ich fest, dass wir uns nicht mehr in der dunklen Zwischenwelt befanden. Wir waren im Schattenreich.

Ich machte einen Schritt nach vorn und suchte den verlassenen Horizont ab. Diese Welt war kahl und öde, der Himmel ein leeres, graues Etwas, in dem nichts als ein fahles Licht hinter einem Wolkendunst leuchtete. Kein Wind bewegte meine Haare oder streichelte meine Haut. Ich fragte mich, ob wir überhaupt vollständig hier waren. Das Einzige, was sich real anfühlte, war Blues Hand, die meine eigene umklammerte, und ich hatte das Gefühl, dass es wichtiger denn je war, sie nicht loszulassen.

Ein Flüstern drang an meine Ohren und sang mir Schlaflieder vor, um mich in ihre Arme zu ziehen. Ich drehte mich zu Darcy um, während ich versuchte, die Schatten abzuwehren, als sich diese in meine Adern fraßen und meine Brust mit einer quälenden Genugtuung erfüllten.

Mein Blick blieb an jemandem hinter ihr hängen, und meine Lunge wurde schwer wie Blei, als ich das Gesicht meiner Schwester erkannte.

Sie sah anders aus als an jenem Tag, an dem ich sie zuletzt in der Welt der Fae gesehen hatte; ihr Körper war schlank und in einen dunklen Mantel aus Schatten gehüllt. Ihre Haut war blass, und sie hatte abgenommen, aber sie war es. Sie war es *wirklich*.

»Lance?«, flüsterte sie, das Wort war nah und weit weg zugleich. Sie streckte ihre Hand nach mir aus, und ich rannte auf sie zu und zerrte Blue hinter mir her, um die Lücke zwischen uns zu schließen.

Mein Herz wurde schwer, als Clara mein Gesicht streichelte und die Wärme ihrer Haut eine Wunde in mir aufriss, die nie richtig verheilt war.

»Bist du es wirklich?« Tränen liefen über ihre Wangen und ich zog sie an meine Brust, während ich Darcy immer noch mit eisernem Griff festhielt.

Clara schlang ihre Arme um mich, während sie sich an mich schmiegte. Ihre Tränen rannen über meinen Hals. Sie war so schmerzhaft real, dass es wehtat. Sie war in all den Jahren, in denen ich um sie getrauert hatte, hier gewesen. Aber wie?

»Wie ist es möglich, dass du lebst?«, fragte ich, als sie mich verzweifelt näher zu sich zog. Wie allein musste sie hier gewesen sein. Sie musste sich nach der Berührung eines anderen Fae gesehnt haben, während sie hier in den Schatten dahinvegetiert war. Dieser Gedanke reichte aus, um mich zu zerreißen.

Darcy hielt meine Hand fest, schenkte uns aber so viel Raum wie möglich und schaute sich derweil mit großen Augen in der trostlosen Landschaft um.

»Ich weiß es nicht«, hauchte Clara. »Ich weiß nicht, wie real ich bin, Lance. Ich weiß nicht, ob ich es überleben werde, nach Solaria zurückzukehren. Aber ich würde lieber bei dem Versuch sterben, als noch eine Sekunde länger hierzubleiben.«

Ich drückte sie fester an mich, während ich mit Schrecken daran dachte, dass ich meine Schwester zurückbekommen hatte, nur um sie dann möglicherweise wieder zu verlieren.

»Der Zauber wird funktionieren«, knurrte ich und legte meine ganze Überzeugung in diese Worte. Denn er musste funktionieren.

»Wenn er nicht funktioniert …« Clara sah zu mir auf und ich wischte ihre Tränen mit meinem Daumen weg, denn sie hier so vorzufinden, war äußerst schmerzhaft. So klein, so verloren. Sie war immer so stark gewesen, jetzt sah sie schwach und gebrochen aus.

»Das wird er«, sagte ich zwischen zusammengepressten Zähnen. »Ich werde dafür sorgen.«

»Nur für den Fall«, flüsterte sie und stellte sich auf Zehenspitzen, um ihre Lippen auf meine Wange zu drücken. »Ich liebe dich von ganzem Herzen, liebster Bruder. Ich habe all die Jahre an dich gedacht. Ich habe dich vermisst. Aber manchmal muss sich die Dunkelheit durchsetzen, und sie hat mich schon so lange im Griff …«

»Lance«, sagte Darcy behutsam. »Wir sollten gehen.« Sie warf mir einen besorgten Blick zu und wandte sich dann zögernd an Clara. »Ich werde dir helfen, zurückzukommen.«

»Es wird eine Menge Magie erfordern«, sagte ich, als mich die Stimmen erneut zu sich riefen.

Wir drei stießen leise Seufzer aus, als die Schatten uns einhüllten und unsere Namen sangen. Ich nahm Claras Hand, hielt die beiden fest und schwor mir, sie nicht loszulassen, bis wir in der Höhle der Zodiac Academy standen.

»Jetzt, Blue«, ermutigte ich sie, und sie schloss die Augen. Ihre Magie verschmolz mit der Macht der Schatten, die in ihr lebten, und sie ließ alles formlos in meine Adern fließen, um mir Kraft zu geben.

Ich begann, uns durch die Dunkelheit zu ziehen, indem ich mit meinem Geist eine Brücke bildete und sie mir so deutlich wie möglich vorstellte. Die Schatten in unserer Umgebung machte ich mir zu eigen.

Sternenlicht tanzte unter meinen Augenlidern und Federn schienen über meine Haut zu streichen, als ich die Macht des Himmels anrief, uns zu helfen.

Ich sprach die Worte, die ich aus den alten Texten, die ich studiert hatte, auswendig gelernt hatte, und leitete meine und Blues ganze Kraft in meine Stimme. »Nocturnae sidera nobis dirige nos. Quid opus aedificare. Ut quod oportet.«

Die Macht des Zaubers verschlang unsere Magie schnell und spuckte sie in Form eines weiß glühenden Lichts wieder aus. Die Schatten tranken es so schnell, wie es gekommen war, und ich wusste, dass wir mehr davon brauchten.

Ich zerrte an Claras Magie, aber sie antwortete nur mit einem hohlen Gefühl. Sie hatte in all den Jahren kein Blut getrunken und hatte nichts zu bieten, ihre Kraft war längst versiegt. Darcys Magie strömte mit mehr Kraft in mich hinein und ich keuchte, als ich merkte, dass sie sich zurückgehalten hatte. Ihre Kraft war berauschend, floss durch meine Adern und gab mir alles, was ich brauchte, um den Zauber fortzusetzen.

»Stellae de zodiaci, accipere virtutem meam: da mihi virtutem quoque partum a ponte inter mundos!«, rief ich zum Himmel und die Sterne blendeten mich, als sie sich nach meinem Willen bewegten und sich unter der immensen Kraft, die von Darcy in mich einströmte, beugten.

Ein Gefühl der Schwerelosigkeit durchströmte mich, und die Schatten schlossen sich um meine Hände und versuchten, meinen Griff um meine Schwester und Blue zu brechen. Ich brüllte vor Anstrengung und zerquetschte praktisch ihre Finger in meinem Griff, während ich mich weigerte, sie loszulassen. Die Dunkelheit konnte sie mir nicht wegnehmen; ich würde eher sterben, als sie in ihre Klauen zu entlassen. Sie waren zwei der wertvollsten Fae auf der ganzen Welt für mich, und ich würde alles geben, um sie nach Hause zu holen.

Ihre Nägel gruben sich in meine Haut, als sie sich an mir festhielten, und plötzlich sah ich nur noch Dunkelheit und Licht, während wir durch die Leere zwischen den Welten glitten.

Ich hörte nicht auf, mit den Sternen zu sprechen, denn ich fürchtete, sie könnten sich für einen Moment abwenden und uns hier zurücklassen, wo wir in einen ewigen schwarzen Abgrund stürzen würden.

»Post velamentum autem amo ducere. Tolle eas Solaria, tolle eas in domum suam. Detrahet me in eos!« Meine Stimme hallte immer wieder zu mir zurück und das Licht unter meinen Füßen flackerte.

Eine Million Sterne schienen sich zu vereinen, und ich wanderte durch die Galaxie und die gewaltige Macht der Brücke in der Luft um mich herum summte. Ich konnte Darcy und Clara neben mir nicht sehen, aber ich spürte ihre Hände, als ich mich auf der Brücke bewegte, die die Sterne für uns gebaut hatten.

Meine Füße trafen auf festen Boden und ich war wie geblendet, als das Licht schwand und einen Abdruck auf meine Netzhaut brannte. Ich hielt noch immer zwei Hände umklammert und die Erleichterung darüber traf mich so hart, dass ich kaum noch atmen konnte. Ich blinzelte die Geister weg, die vor meinen Augen schwebten, und sah von Darcy zu Clara, um mich zu vergewissern, dass es ihnen gut ging.

Die Lippen meiner Schwester formten ein perfektes O, als sie die Höhle betrachtete, in der sie stand. Der Schattenmantel war immer noch um sie gewickelt, und ich vermutete, dass sie in all den Jahren allein im Schattenreich gelernt hatte, ihn zu beherrschen.

Plötzlich sank sie auf die Knie und ich ließ Blue los und fiel neben ihr zu Boden, als ich von Angst überwältigt wurde.

»Geht es dir gut?« Ich zog sie in meine Arme, und sie warf den Kopf zurück. Ihr Gesicht war aschfahl, aber ihre Augen leuchteten vor Freude.

»Ich bin frei«, keuchte sie und ihr Brustkorb hob und senkte sich, als sie tief einatmete. »Ich hatte vergessen, wie gut die Luft hier schmeckt.« Tränen strömten über ihre Haut und ich drückte sie an mich.

Darcy stolperte neben uns und ich sah sie alarmiert an. »Geht es dir gut?«

»Mir geht es gut«, sagte sie unsicher. »Meine Magie ist dahin … Ich kann nicht einmal meinen Phönix erreichen. Es ist, als würde er schlafen.«

»Er wird zurückkommen; du musst dich ausruhen. Ich mache ein Feuer, damit du zu Kräften kommst«, fügte ich hinzu und schaute zu der Stelle, an der ihr letztes Feuer erloschen war und einen schwarzen Fleck hinterlassen hatte. »Danke«, sagte ich ernst, und Darcy nickte und blinzelte ihre eigenen Tränen zurück, während sie zu Clara blickte, die sich an meine Brust schmiegte.

Solange ihr Herz schlug, wusste ich, dass es meiner Schwester gut gehen würde. Und während ich dem vertrauten Pochen ihres Herzens lauschte, fielen fast fünf Jahre Trauer von meinen Schultern und brachten einen Teil von mir zurück, den ich längst verloren geglaubt hatte.

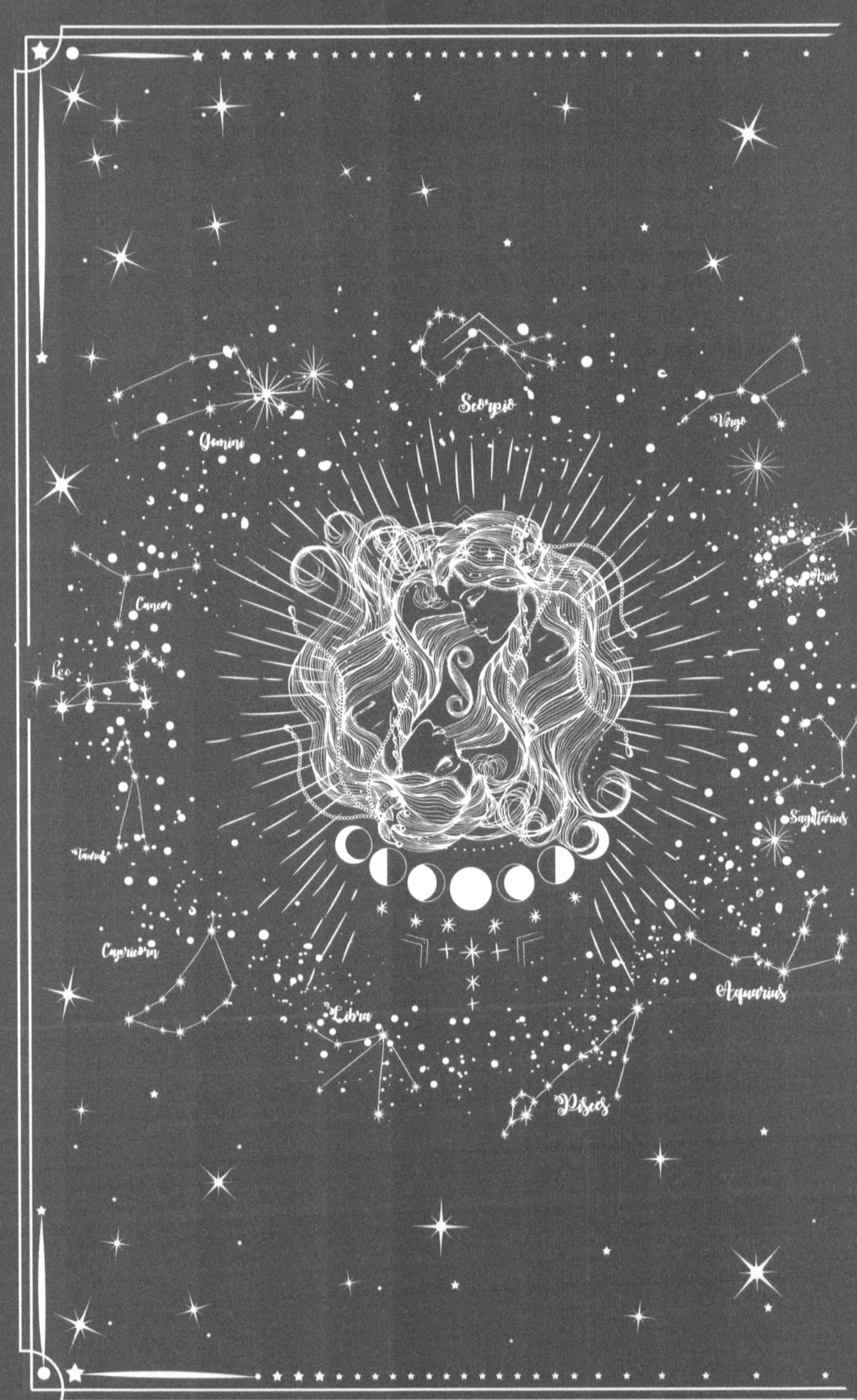

Gemini
Scorpio
Virgo
Cancer
Aries
Leo
Taurus
Sagittarius
Capricorn
Aquarius
Libra
Pisces

TORY

KAPITEL 46

Schnee wirbelte um mich herum und ich ließ verwirrt meinen Blick umherschweifen, während ich versuchte, herauszufinden, was passiert war. Ich hatte das Gefühl, in einer Luftblase im Zentrum des Sturms gefangen zu sein. Außerhalb dieser kleinen Friedenskugel tobte ein Schneegestöber, aber in ihr regte sich kaum eine Schneeflocke.

»Roxy?«, flüsterte Darius und ich sah zu ihm auf. Hatte er mich hierhergebracht?

»Warum bin ich hier?«, fragte ich und neigte den Kopf zurück, um die Sterne zu betrachten, die in dem seltsamen Kreis über mir leuchteten.

Es ergab keinen Sinn. Mein Gehirn konnte es nicht verarbeiten. Alles, was ich wusste, war, dass eine tiefe Magie mich als Geisel genommen und hierhergeführt hatte. Und jetzt stand ich vor dem Mann, den ich so sehr hasste, dass es wehtat.

Mein Blick fiel erneut auf Darius, als könnte ich es nicht ertragen, ihn lange aus den Augen zu lassen. Er trug Jeans und ein schwarzes T-Shirt und war für den Schneesturm nicht besser gekleidet als ich in meinen blauen Leggings und meinem Croptop. Aber die Magie, die mich aus meinem Zimmer gerufen hatte, war nicht so freundlich gewesen, mich einen Mantel anziehen zu lassen. Verdammt, ich trug nicht mal Schuhe. Meine Feuermagie flammte unter meiner Haut auf und wärmte mich gegen die Elemente, und ich nahm an, dass seine Magie das Gleiche für ihn tat.

»Wir … Das …« Darius schaute noch einmal kurz zu den Sternen hinauf, als könnten sie ihm bei der Antwort auf meine Frage helfen. »Ich glaube, das ist unser … Göttlicher Moment«, sagte er langsam, als hätte er Angst davor, seine Meinung zu diesem Wahnsinn zu äußern.

Ich schnaubte leise und ließ meinen Blick über ihn gleiten, als würde ich auf die Pointe warten. Aber er lachte nicht. Er lächelte nicht einmal, sondern machte nur einen langsamen Schritt auf mich zu.

»Du meinst, du denkst wirklich, dass wir beide Elysische Gefährten sein könnten?«, fragte ich ungläubig. Denn wie konnte er das glauben? Wie konnte er wirklich glauben, dass zwei Personen, die dazu bestimmt waren, sich mit der Hitze der Sonne zu lieben, einander so sehr hassen könnten, wie wir es taten? »Wir sind viel wahrscheinlicher Astrale Gegenspieler.«

Darius runzelte die Stirn angesichts meiner Worte, als würden sie ihn durchbohren.

»Das ist kein Scherz, Roxy«, hauchte er und rückte näher an mich heran. »Das kann sich keiner von uns aussuchen. Die Sterne haben uns füreinander auserwählt. Sie haben uns herausgefordert und gleichzeitig zueinander geführt. Deshalb kollidieren wir immer wieder miteinander, deshalb denke ich nur an dich … Denkst du nicht auch an mich?«

»Du meinst, wenn ich mir ausmale, wie ich mich für all die Dinge rächen kann, die du mir angetan hast?«, fragte ich düster, obwohl das eine glatte Lüge war. Denn ich hatte zwar mehr als einmal auf diese Weise an ihn gedacht, aber ich hatte auch Nacht für Nacht von ihm geträumt. Er war in meiner Fantasie und meinen Tagträumen gewesen und ich hatte mich tausendmal darüber geärgert. Denn er war keine Belohnung, er war meine persönliche Hölle. Das hatte er mir bei jeder Gelegenheit vor Augen geführt.

»Ich liege nachts wach und erinnere mich daran, wie es war, dich in meinen Armen zu halten. Wie ruhig sich die Welt angefühlt hat, wie rein dieser Moment zwischen uns war. Ich stelle mir vor, noch immer dein Parfüm zu riechen, wenn ich die Augen schließe. Manchmal strecke ich die Hand über meinem Bett aus und wünsche mir, du wärst wirklich da. Mein Herz schlägt schneller, wenn du den Raum betrittst, und meine Kehle wird eng, wenn ich versuche, die richtigen Worte zu finden. Ich kämpfe mit allen Mitteln darum, deine Aufmerksamkeit zu erregen, denn ich kann es nicht ertragen, wenn du mich ignorierst.«

Meine Lippen teilten sich und ich wusste nicht, was ich sagen sollte. Denn sein Verhalten mir gegenüber klang aus seinem Mund völlig anders als das, was ich erlebte.

»Du hast mich mehr verletzt als jeder andere, den ich je gekannt habe«, hauchte ich.

Darius schluckte schwer und trat einen Schritt nach vorn, während sein Blick mich als Geisel nahm. Er war so stark und massiv, wie eine unaufhaltsame Naturgewalt, die beschlossen hatte, in mein Leben zu stürzen. Eine Gewalt, die schon so oft versucht hatte, mich zu zerstören, dass ich den Überblick verloren hatte.

»Es tut mir leid«, flüsterte er und ich spürte, wie aufrichtig er diese Worte meinte. Wie geschmolzene Lava strömten sie durch die Risse meiner Entschlossenheit, suchten die Furchen, die er mit jedem grausamen Wort und jeder grausamen Handlung in mein Herz gerissen hatte, und versuchten, sie zu lindern. Es waren die Worte, die ich so oft von ihm hatte hören wollen, dass es mir weh tat, auch nur daran zu denken. Denn in all der Zeit, in der ich ihn kannte, hatte ich nie den Eindruck bekommen, dass er auch nur einen Funken der Reue empfand, die jetzt, in diesem Moment, in seinen Augen leuchtete. Aber da war sie, die Reue. Darius starrte mich an, als wäre er im Begriff, sich aufzulösen, und ich war die Einzige, die ihn wieder zusammensetzen konnte.

»Warum jetzt?«, fragte ich. »Wenn wir heute Abend nicht hier stünden, sondern woanders, hättest du dich dann bei mir entschuldigt?«

Darius legte die Stirn in Falten und ich wusste, wie seine Antwort lautete, ohne dass er sie aussprechen musste. Denn das hätte er natürlich nicht getan. Es tat ihm nicht leid, was er dem Vega-Zwilling angetan hatte, von dem er sich geschworen hatte, ihn loszuwerden. Es tat ihm leid, dass er diese Dinge unwissentlich dem Mädchen angetan hatte, das zu lieben er bestimmt war.

»Du weißt gar nicht, wie oft ich mir gewünscht habe, ich könnte wiedergutmachen, was ich zwischen uns kaputtgemacht habe«, sagte er. »Aber ich musste diese Dinge tun … Ich musste sicherstellen, dass ihr euch nicht erhebt, um unseren Thron zu beanspruchen. Es ging nicht um dich und mich, es ging um den Rat und die Royals. Um Solaria und darum, was das Beste für die Leute hier ist. Darius und Roxy haben dabei keine Rolle gespielt.«

»Roxy?«, fragte ich und beäugte ihn skeptisch. Er behauptete, es täte ihm leid, aber er hörte nicht einmal auf, mich so zu nennen. Mit diesem Namen hatte er mich verspottet und verletzt. Es tat ihm nicht wirklich leid, denn der Mann, der mir all diese Dinge angetan hatte, war kein Fremder. Er stand direkt vor mir und sah mich an, als hätte sich alles zwischen uns in einem Augenblick geändert. Aber wie konnte das wahr sein? Wie konnte ich einfach all das vergessen, was er mir angetan hatte?

Ich presste meine Kiefer aufeinander, während ich mich zwang, mich auf all das zu konzentrieren. Auf die Momente, in denen er mir das Gefühl gegeben hatte, klein, schwach oder gedemütigt zu sein. Und nicht auf das, was ich gespürt hatte, wenn er mich in den Arm genommen oder seine Lippen auf meine gepresst hatte.

Darius schien zu merken, wohin mich meine Gedanken geführt hatten, und er schüttelte den Kopf, während er näher kam. Als könnte er mich all das einfach vergessen lassen, wenn er es nur wollte.

»Tory, bitte«, keuchte er und streckte seine Hand nach mir aus, wobei seine Augen vor verzweifeltem Verlangen brannten.

»Du hast kein Recht, mich so zu nennen«, knurrte ich. »Du nennst mich Roxy, schon vergessen? Du tust das, weil meine Mutter mich so genannt hat. Und du willst mich jedes Mal, wenn du mit mir redest, daran erinnern, dass sie tot ist. Denn das ist deine Art. Und ich will nichts mit dir zu tun haben.«

»Nein«, knurrte er. »Ich nenne dich nicht Roxy, weil ich dir wehtun will. Ich benutze diesen Namen, damit ich nicht vergesse, wer oder was du bist. Du bist eine Vega-Prinzessin. Du könntest alles zerstören, wofür ich mein ganzes Leben lang gearbeitet habe. Und wenn ich mich nicht zwingen würde, mich an diese Tatsache zu erinnern, dann würde ich sie zu leicht vergessen. Ich würde vergessen, dich herauszufordern und dich niederzumachen, und mir einfach vorstellen, dass du etwas anderes sein könntest. Etwas, das ich mir in den dunkelsten Ecken meines Herzens schon so lange gewünscht habe, dass ich es nicht mehr leugnen kann. Ich will *dich*. Und es ist mir egal, ob du eine Vega bist oder nicht. Es ist mir egal, ob du Roxy oder Tory oder sonst wie heißt. Ich will nur *dich*.«

Mein Herz schlug mir bis zum Hals, als ich in seine dunklen Augen blickte und spürte, wie mich die Wahrheit dieser Worte überflutete. Ich wollte, dass sie genug waren. Ich wollte es so sehr, dass es wehtat. Diese Wahrheit drang in mich ein und fand all die geheimen, geflüsterten Wünsche meines Herzens und brachte sie an mein Ohr. Denn ich sehnte mich nach dieser Bestie vor mir. Ich wollte die Distanz zwischen uns schließen, ihn an mich ziehen und nie wieder loslassen, aber ich vertraute ihm weiterhin nicht. Verdammt, ich kannte ihn nicht einmal richtig. Wie sollte ich also einem Leben in seinen Armen zustimmen, wenn ich nicht einmal wusste, wie fest er mich halten würde? Was, wenn seine Liebe genauso unbeständig war wie sein Hass? Oder was, wenn er dachte, dass es bedeutete, mich zu besitzen, wenn er mich für sich beanspruchte? Ich könnte in einen Käfig geraten, wenn ich ihn für mich akzeptierte.

»Wenn ich recht habe, bekommen wir keine weitere Chance«, flehte Darius, und in seinen Augen brannte rohe Verzweiflung, als er die Zweifel sah, die mich durchzuckten. »Verstehst du denn nicht? Wir werden sternverflucht sein. Für immer allein. Wir werden nie die Liebe eines anderen finden. Wir sind füreinander bestimmt – das ist Schicksal.«

Mein Unterkiefer zuckte. Denn es hörte sich gar nicht so an, als würde er *mich* wirklich wollen. Er wollte nur nicht sternverflucht sein. Er wollte lieber mich als niemanden haben. Aber ich hatte nicht vor, sein Trostpreis zu sein.

»Scheiß auf das Schicksal!«, schnauzte ich. »Ich will es nicht. Wenn es mich an dich gebunden hat, dann ist es eine grausame und verdrehte Angelegenheit. Ich lasse nicht zu, dass das Schicksal mein Leben für mich bestimmt. Ich entscheide selbst über mein Schicksal und darin kommst du nicht vor.«

Meine Worte lösten Panik in seinen Augen aus, und ich spürte den Schmerz in meinem Herzen.

»Bitte. Denk darüber nach, was du sagst. Wenn ich recht habe, dann ist dies der Moment, in dem unsere Sterne im Einklang stehen. Dies ist der Moment, in dem sich unsere Seelen treffen und sich miteinander vereinen. Ich weiß, dass du dich genauso zu mir hingezogen fühlst wie ich mich zu dir. Ich denke nur an dich. Träume nur von dir. Du bist unter meiner Haut und in jedem Gedanken und ich weiß, dass ich tausend unverzeihliche Dinge getan habe. Aber ich schwöre, dass ich dich nie wieder verletzen werde. Du bist für mich bestimmt. Ich werde dich mit meinem Leben beschützen ...«

»Es ist zu spät«, sagte ich mit leiser Stimme und verweigerte die kleinste Andeutung einer Diskussion. »Das ist nicht der Moment, in dem sich unser Schicksal entscheidet. Es ist nicht der Grund, warum wir nie zusammen sein können. Der Moment, in dem diese Entscheidung getroffen wurde, war der Moment, in dem du mich zum ersten Mal gesehen hast. Der Moment, in dem ich diese Academy betreten habe und zum ersten Mal in meinem Leben die Chance hatte, meinen Platz in dieser Welt zu finden. Ich hätte diesen Ort zu meinem Zuhause machen sollen, aber du hast beschlossen, ihn stattdessen zu meiner Hölle zu machen. Anstatt mich also so zu betrachten, als wäre ich diejenige, die das Schicksal verleugnet und dir deine einzige wahre Chance auf Glück stiehlt, warum schaust du nicht in den Spiegel? Sieh dir an, was du zu mir gesagt und mir angetan hast. Erinnere dich daran, wie du mir die Kleider vom Leib gebrannt und mich gedemütigt hast. Denke daran, wie du meine Ängste ausfindig gemacht und sie zum Leben erweckt hast. Vergiss nicht, wie sich deine Magie angefühlt hat, als du sie benutzt hast, um mich unter dem Eis in diesem Pool zu fangen und mich dort zum Sterben zurückzulassen.« Und je mehr ich über all diese Dinge nachdachte, desto deutlicher wurde mir, dass es

Tests gewesen waren. Als er gezögert hatte, mich die Leiter zum Sprungbrett hochklettern zu lassen, oder als wir beide uns zurückgehalten hatten, die Worte in unseren Herzen auszusprechen, hatten wir versagt. Und als wir gemeinsam gegen die Nymphen gekämpft hatten, oder in den Momenten, in denen ich meine Mauern vor ihm fallen gelassen hatte und wir für eine kurze Zeit glücklich gewesen waren, hatten wir bestanden. Aber es hatte noch so viele Misserfolge gegeben, so viele Male, in denen wir einander verletzt hatten, anstatt zusammenzukommen …

»Ich weiß«, sagte er und seine Stimme versagte bei diesen Worten. »All die schrecklichen Dinge, die ich dir angetan habe, werden mich für immer verfolgen. Aber bitte, *bitte*, gib mir eine Ewigkeit, um sie wiedergutzumachen. Lass dieses Band zwischen uns entstehen und ich werde dir beweisen, wie gut unser Leben zusammen sein kann. Ich werde dich nicht zwingen, etwas zu tun oder mit mir zusammen zu sein, wenn du das nicht willst, aber gib uns wenigstens eine Chance. Küss mich noch einmal unter dem Sternenhimmel und lass unsere Geschichte hier neu beginnen.«

Ich konnte nicht anders, als ihn anzustarren, als er sich mir näherte und zaghaft meine Hände in seine nahm.

Seine dunklen Augen funkelten hoffnungsvoll, als ich an Ort und Stelle blieb und zu ihm aufblickte, während der Schnee um uns herum wirbelte.

Seine Haut war warm auf meiner und seine Berührung löste elektrische Funken aus, die unter meiner Haut summten und mein Herz zum Klopfen brachten.

Sein unglaubliches Gesicht war mir jetzt so nah, seine Augen waren offen und verletzlich, während er im Schnee stand und sich mir anbot. Ich war nie in der Lage gewesen, die Anziehungskraft zu leugnen, die ich für ihn empfand. Zu diesem Monster, das in der Gestalt eines Mannes vor mir stand und mir suggerierte, dass er alles sein könnte, wovon ich je geträumt hatte. Denn wer wollte nicht seine einzig wahre Liebe finden? Wer wünschte sich nicht diese Art von Verbindung? Mein ganzes Leben lang hatte ich niemanden gefunden, der mich lieben wollte. Niemand hatte mich je so angesehen, wie er es jetzt tat, und gesagt, dass er mich ausgewählt hatte. Die Einzige, die mich immer geliebt hatte, war Darcy, und sie war mit mir verbunden, ob es ihr gefiel oder nicht. Wem auch immer die Wahl gegeben worden war, hatte mich im Stich gelassen. Immer. Und auch wenn ich es mir nicht anmerken ließ, hatte das etwas in mir zerbrochen. Schließlich hatte ich angefangen, zu glauben, dass ich einfach nicht die Art von Mädchen war, für die andere Liebe empfanden. Ich war zu rau, hart und verbittert. Niemand wollte das auf Dauer. Obwohl ein heimlicher Teil von mir immer gehofft hatte, dass es eines Tages jemand tun *würde*. Aber konnte ich wirklich glauben, dass Darius dieser Mann sein könnte? Nach allem, was er mir und was ich ihm angetan hatte …

Darius ließ seine rechte Hand langsam über meinen Arm gleiten, als hätte er Angst, mich zu erschrecken. Das Feuer in meiner Haut reichte aus, um meine Knie schwach werden zu lassen, und seine Berührung rief eine verzweifelte Lust in mir hervor, die darum bettelte, gestillt zu werden. Ich sehnte mich nach ihm, begehrte ihn und verlangte so sehr nach ihm, wie ich es noch nie bei einem Mann vor ihm getan hatte.

An seiner Behauptung über uns war etwas dran, das wusste ich in meinem Herzen. Das war sie. Unsere einzige Chance, ein gemeinsames Leben zu ergreifen. Ich wollte ihm mein Herz schenken und mich von ihm in seine Arme ziehen lassen, als würde ich ihm gehören und er mir.

Seine Fingerspitzen glitten meinen Hals hinauf, bevor sie meinen Unterkiefer erreichten.

Das verzweifelte Klopfen meines Herzens war überwältigend und eine tiefe Präsenz schien sich um uns herum aufzubauen, als die Magie dieses Moments ihren Höhepunkt erreichte.

Darius' streichelte mein Kinn, sein Daumen zeichnete meine Unterlippe nach. Liebevoll. Ich spürte, wie die Erinnerung an die Küsse, die er mir bereits abgerungen hatte, unter meiner Haut kribbelte. Aber dieser Kuss würde anders sein. Dieser Kuss würde uns für immer aneinander binden.

Er kam näher. Die Sterne schimmerten am Himmel, eine erwartungsvolle Energie umgab uns.

Sein Atem vermischte sich mit meinem, sein Duft überwältigte mich und entlockte meinem Herzen die dunkelsten Sehnsüchte.

Ich hatte noch nie jemanden so begehrt wie Darius Acrux, aber ich hatte auch noch nie jemanden so gehasst wie ihn.

Seine Hand glitt an meine Wange und sein Blick blieb an meinem hängen. Zum ersten Mal war er nicht mehr zurückhaltend, finster oder abweisend. Er öffnete sich, lud mich ein und bot mir alles an.

Meine Lippen teilten sich für das Versprechen seines Kusses.

Er beugte sich vor und seine Lippen kamen näher, bis uns kaum noch etwas voneinander trennte.

»Nein«, hauchte ich.

Darius starrte mich an, als könnte er das nicht verstehen, als hätten diese vier kleinen Buchstaben keine Bedeutung für ihn und als könnten sie unmöglich von den Lippen kommen, die er küssen sollte.

Aber das taten sie. Und ich meinte sie ernst.

Egal, welcher Mann er jetzt für mich sein wollte, es würde nichts an dem Mann ändern, der er bis zu diesem Moment gewesen war. Sie waren ein und derselbe. Zwei Hälften desselben Ganzen. Er war mein sehnlichster Wunsch und mein schlimmster Albtraum in einem.

Er schüttelte den Kopf, sein zarter Griff um meine Wange wurde fester, als er mich anflehte, es nicht so gemeint zu haben.

Aber das hatte ich.

»Du verstehst nicht«, sagte er verzweifelt. »Wir sind füreinander bestimmt. Wir sind dazu bestimmt, zusammen zu sein.«

Seine Worte rissen mich auf und ließen mich ausbluten. Sie waren das Versprechen von etwas, das ich mir immer gewünscht hatte und von dem ich wusste, dass ich es jetzt niemals haben konnte.

»Du hast also begriffen, dass du dich in der ganzen Zeit, in der du mich gequält hast, in mich hättest verlieben sollen?«, fragte ich verbittert. »Nun, es ist zu spät. Du kannst nicht mehr rückgängig machen, was du getan hast.«

»Ich habe mich in dich verliebt«, antwortete Darius mit brüchiger Stimme. »Alles andere war nicht real. Das ist nicht das, was ich wirklich bin! Ich …«

»Doch, das ist es«, sagte ich mit Nachdruck. »Genau das bist du. Du kannst behaupten, dass du es furchtbar fandest oder dich gezwungen gefühlt hast, aber *du* bist trotzdem derjenige, der mir all diese Dinge angetan hat. Du bist derjenige, der uns auf diesen Weg gebracht hat. Ich wollte nie einen Krieg mit dir. Aber du hast mir keine Wahl gelassen. Und jetzt lasse ich dir auch keine Wahl.« Meine Stimme war fest, aber mein Herz brach. Ich spürte, wie sich ein großer Riss mitten durch meine Brust zog, aber das war egal. Wenn die einzige wahre Liebe, die mir je zuteilwerden sollte, auf einem Fundament aus Hass aufgebaut war, dann wollte ich sie nicht.

»Bitte«, sagte Darius erneut. »Ich schenke dir mein Herz. Wenn du mir im Gegenzug deines schenkst, werde ich jeden Moment unseres Lebens damit verbringen, dir zu beweisen, dass ich dessen würdig sein kann.«

»Es ist zu spät«, knurrte ich. Irgendwoher nahm ich die Stärke dazu und steckte sie in diese Worte, während ich in tausend Stücke zerbrach, von denen ich wusste, dass sie nie wieder zusammenwachsen würden. »Wenn das Schicksal so grausam ist, mir die wahre Liebe in einem Mann zu ermöglichen, der mich so sehr verletzen kann, wie du es getan hast, dann werde ich ohne Liebe auskommen«, schwor ich. »Du willst mein Herz? Eher schneide ich es heraus, als es dir zu geben.«

Darius schüttelte den Kopf und ignorierte die Worte, die ich ihm an den

Kopf warf, während er es schaffte, mich näher an sich zu ziehen. Ich ließ ihn gewähren, weil ich keine Kraft mehr hatte, mich gegen ihn zu wehren, und weil der Schmerz, die Sterne zu verleugnen, wie ein Sturm über mich hereinbrach. Meine Seele war zerschmettert, während mein Herz zu nichts verbrannte.

Es war mir egal, ob es das Schicksal wollte, dass ich zu ihm gehörte. Ich hatte nicht vor, mein Leben vom Schicksal bestimmen zu lassen, schon gar nicht, wenn es mich zu ihm führte. Zu einem Monster, das nach dem Vorbild seines Vaters gebaut war. Zu einem Mann, der mich immer wieder zu seinem eigenen Vorteil leiden lassen würde.

»*Bitte*, sei einfach mein, Tory«, flehte Darius.

»Lieber bin ich allein«, flüsterte ich.

Ich zog meine Hand aus seiner und wich zurück, als er erneut den Kopf schüttelte, weil er mir nicht glauben wollte und nicht verstand, dass ich es ernst meinte.

Mein Herz brach, etwas in mir zerriss, als ich diesen Weg wählte und unser Schicksal besiegelte. Wir würden nicht zusammen sein. Wir wären sternverflucht, designierte Liebende, die ihre Chance verpasst hatten. Aber das lag nicht an mir. Es lag an ihm.

Und selbst als ich spürte, wie mir Tränen über meine Wangen liefen und der eisige Wind mein Gesicht kühlte, ließ ich nicht von meinem Entschluss ab.

»Tory, ich ...« Darius folgte mir, als ich einen Schritt zurücktrat, also wich ich immer weiter zurück, bis er schließlich stehen blieb.

Die Wolken zogen sich über uns zusammen und verdeckten die Sterne. Unsere Konstellationen stimmten nicht mehr überein. Etwas in mir zerbarst mit einer Endgültigkeit, die ich in den Tiefen meiner Seele spüren konnte. Es tat weh. Es zerrte an mir, riss an der Struktur dessen, was ich war, und legte mich vor der ganzen Welt bloß. Aber ich wusste in meinem Herzen, dass ich das Richtige getan hatte. Egal, was die Sterne zu diesem Thema sagen würden, Darius Acrux hatte mir das Leben zur Hölle gemacht. Als Entschädigung dafür würde ich ihm nicht einen Moment des Glücks gönnen. Er hatte es nicht verdient. Er hatte mich nicht verdient. Daran war nicht zu rütteln.

Mein Blick blieb an seinem hängen, als sich ein schwarzer Ring um seine Pupillen bildete. Seine Augen weiteten sich vor Entsetzen, und ich vermutete, dass mir das Gleiche passiert war. Das war es also. Wir waren gezeichnet. Sternverflucht.

Die Luftblase des Friedens, in der wir uns befunden hatten, zerbrach plötzlich und der Schneesturm heulte um uns herum und eroberte diesen Ort, als hätte er nie existiert.

Ich drehte mich um und rannte von ihm weg. Er blieb im Schnee stehen und sah aus, als wäre der Himmel über ihm eingestürzt. Als hätte ich ihm gerade das Herz aus der Brust gerissen.

Ein Schmerz, wie ich ihn noch nie verspürt hatte, durchzuckte mich, zerriss mein Herz und blendete mich, während ich immer weiter rannte.

Mein Herz hämmerte in einem verzweifelten, panischen Rhythmus, während jede Faser meines Wesens danach lechzte, umzukehren. Zu ihm zu rennen, ihn in die Arme zu schließen und ihn zu küssen, wie es mir bestimmt war. Aber ich tat es nicht. Ich konnte es nicht. Es war ohnehin zu spät.

Und als irgendwo über mir ein Gebrüll voller Pein durch den Himmel schallte, wusste ich, dass Darius das auch begriffen hatte.

Ich hatte es nie wirklich besessen und doch hatte ich das Gefühl, etwas so Wichtiges verloren zu haben, dass ich nicht einmal mehr atmen konnte.

Mein Herz pulsierte, meine Sicht verschwamm und mein Herz brach für den Mann, der so lange so hart daran gearbeitet hatte, mich zu zerstören.

Er hatte mir sein Herz angeboten und ich hatte ihm den Rücken zugekehrt, obwohl ich gesehen hatte, wie sehr er darunter litt. Ich hatte mein gebrochenes Herz dort gelassen, zusammen mit seinem.

Und es gab keine Macht auf der Welt, die je wiedergutmachen konnte, was ich getan hatte.

Darius Acrux hatte sich vom ersten Moment an vorgenommen, mich zu brechen. Und sein Wunsch hatte sich endlich erfüllt.

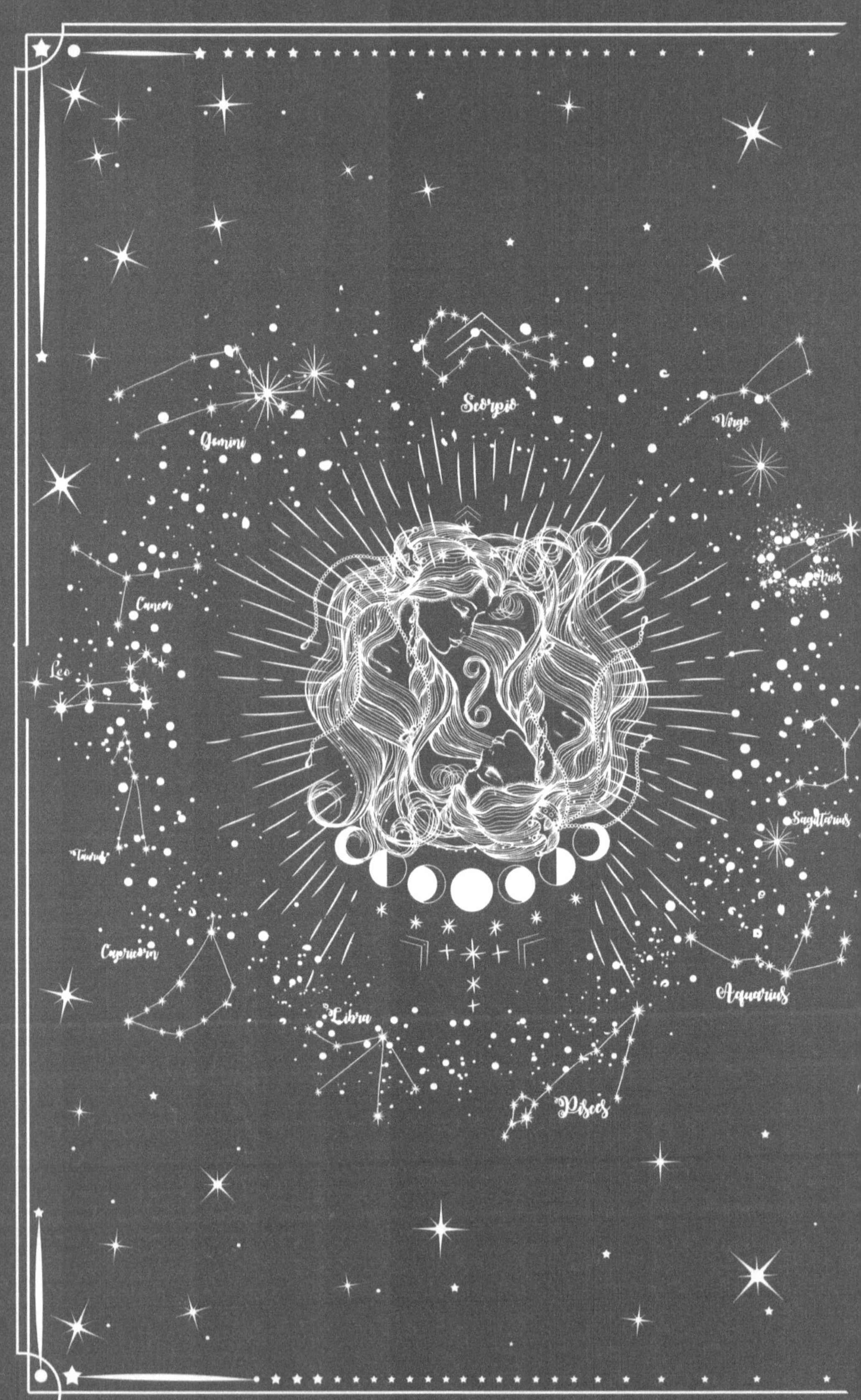

Pisces
Scorpio
Virgo
Gemini
Aries
Cancer
Leo
Sagittarius
Taurus
Aquarius
Capricorn
Libra
Pisces

DARCY

KAPITEL 47

Ich wurde schwächer und die Dunkelheit verschleierte meine Sicht, als ich neben Orion und seiner Schwester kniete. Wir mussten uns beeilen, wir mussten einen Plan schmieden, um sie in Sicherheit zu bringen. Wir mussten unsere Magie wieder aufladen und einen Ort finden, an dem sie sich ausruhen konnte.

»Du musst trinken«, sagte Orion sanft und hob Claras Kinn an. Ihre Reißzähne waren entblößt, sie atmete schwer und ihre Pupillen waren geweitet. »Ich habe keine Magie mehr, die ich dir geben könnte.« Seine Augenbrauen zogen sich zusammen, als hätte er sie enttäuscht.

»Lance«, sagte sie mit dem Anflug eines Lächelns. »Du warst immer so gut zu mir.«

»Du bist meine Schwester«, sagte er, als wäre das die einzige Antwort, die er geben musste, und ich verstand das vollkommen.

»Lass uns sie aufrichten«, sagte ich sanft, bevor ich mich schwankend erhob. Meine Gliedmaßen waren schwer und in meinem Körper herrschte eine Leere, wie ich sie noch nie zuvor gespürt hatte. Ich versuchte, meinen Phönix anzurufen, aber die Kraft des Brückenbaus hatte mir alles genommen. Es war, als hätten die Schatten mich immer noch im Griff. Als würden sie meine Formgebung fesseln und sie unterdrücken.

Orion wiegte Clara in seinen Armen, stand auf und blinzelte schwer, als die Erschöpfung auch ihn erfasste.

»Lass mich runter«, drängte Clara, und Orion stellte sie widerwillig auf ihre Füße und stützte sie, als ihre Zehen auf dem eisigen Boden aufsetzten.

Sie machte ein paar Schritte rückwärts, neigte den Kopf, um zu dem hohen Höhlendach hinaufzuschauen, und ließ dann den Blick auf ihre Hände fallen. Sie drehte sie hin und her und bewunderte sie mit einem ungläubigen Gesichtsausdruck.

»Ich bin wirklich hier«, seufzte sie und ein kleines hoffnungsvolles Lachen entwich ihr. Das zauberte auch ein Lächeln auf meine Lippen, während Erleichterung durch mich tanzte und mich erfüllte.

»Du wirst dich verstecken müssen«, sagte Orion fest. »Du kannst heute Nacht bei mir bleiben, morgen bringe ich dich an einen sicheren Ort.« Er schüttelte erstaunt den Kopf. »Ich kann nicht glauben, dass du wirklich hier bist. Dass es wirklich funktioniert hat.«

Clara drehte sich auf ihren nackten Fersen, ihr Schattenmantel wirbelte um sie herum wie ein Hauch von Mitternachtsseide. »Nein, Lance.« Ihre Stimme hallte vom Höhlendach wider und für eine Sekunde schien ihr Körper fast durchsichtig. »Ich muss den Zauber vollenden. Die Schatten halten mich vorerst hier fest, aber das wird nicht so bleiben.«

»Woher weißt du das?«, fragte Orion und mein Herz schlug schneller, als ich zwischen den beiden hin und her blickte.

»Sie reden mit mir, erzählen mir Dinge«, sagte sie und ihre Augen glitzerten in der Dunkelheit, die in ihr Wurzeln geschlagen hatte.

Orion warf mir einen Blick zu, der mir stumm mitteilte, dass wir sie von hier wegbringen mussten. Er musste seine Magie wieder aufladen und versuchen, die Schatten, die in ihr lebten, in den Griff zu bekommen. Denn es war offensichtlich, dass sie sie immer noch kontrollierten.

»Ich habe alles verloren, als ich in die Schatten gegangen bin«, flüsterte Clara, deren Gesichtsausdruck plötzlich kalt und ängstlich wurde, als sie sich in der Erinnerung verlor.

Claras Augen fielen anklagend auf ihren Bruder, und ich machte einen vorsichtigen Schritt auf ihn zu.

»Jeder Tropfen Blut in meinen Adern wurde der Dunkelheit geopfert, um mich durch die Welten zu transportieren und mich im Schattenreich verrotten zu lassen«, sagte Clara in eisigem Ton. Ihre Oberlippe zog sich zurück und entblößte ihre Reißzähne, woraufhin sich meine Nackenhaare instinktiv aufrichteten. »Ich dachte, du würdest mich holen, aber das hast du nicht getan.«

»Ich dachte, du wärst tot«, sagte Orion bestürzt. »Es war nichts von dir übrig.«

»Weil ich nicht da war«, stieß sie hervor. »Der Sternenstaub hat mich mitgenommen. Wie konntest du nie daran denken, nach mir zu suchen?«

»Ich hatte keine Ahnung«, keuchte Orion und sah entsetzt aus bei dem Gedanken, sie so im Stich gelassen zu haben.

»All das Blut, das ich verloren habe … Es ist immer noch weg«, flüsterte sie, bevor sie in die Knie ging, um den Aussaugenden Dolch vom Boden aufzuklauben. Angst durchströmte mich und ich hob instinktiv die Hände, obwohl in meinen Adern keine Magie mehr floss.

Clara strich mit der Dolchspitze über ihren Arm und ihre Haut öffnete sich, aber es floss kein Blut. »Ich bin nichts weiter als ein Gefäß für die Schatten«, röchelte sie, als die Dunkelheit in ihre Augen strömte und alles Licht mit sich riss.

»Lance«, flüsterte ich warnend, während sich eine Gänsehaut über meinen Körper legte.

»Deine Adern sind voll mit unserem Blut und ich will es zurück!«, schrie sie und stürzte sich mit vampirischer Geschwindigkeit auf ihn.

»Nein!«, schrie ich, als sie ihre Zähne in seinen Hals bohrte.

»Stopp!« Er versuchte, sich zu wehren, aber er war zu schwach, und sie fielen in einem Gewirr von Gliedmaßen zu Boden. »Clara, hör auf!«, flehte er, als sie ihre Nägel in seine Arme grub und an seinem Fleisch riss wie ein hungriges Tier.

Ich schrie erschrocken auf, warf mich auf sie, zerrte an ihren Schultern und flehte meine Magie an, mir zu helfen. Sie packte mich im Nacken und schleuderte mich mit ihrer Vampirkraft quer durch die Höhle. Mein Rücken prallte gegen die Steinwand und ich schrie auf, als ich auf dem Boden aufschlug, meine Jeans rissen und meine Knie aufplatzten.

»Lance!«, rief ich verzweifelt, während ich mich aufrappelte und so schnell wie möglich zu ihnen zurückrannte.

»Bleib zurück, Darcy!«, rief Orion, aber ich würde nichts dergleichen tun.

Clara hielt ihn fest, den Rücken gebeugt wie ein Tier, während sie von ihm trank und trank. Er war schon jetzt furchtbar blass und presste ihre Schultern zurück, aber ihr Biss entwaffnete ihn, während die Schatten ihre Muskeln stärkten und ihr Kraft gaben.

Panisch rannte ich auf sie zu. Mein Phönix regte sich, aber nicht annähernd genug. Ich rief die Schatten an, aber es war, als würden sie alle unter ihrem Kommando stehen und sich weigern, mir zu gehorchen.

Ich stürzte mich erneut auf sie, schlug wild um mich und riss an ihren Haaren. Sie erwischte meinen Arm, schleuderte mich auf die harten Felsen neben Orion und umklammerte meine Kehle mit ihren scharfen Nägeln, um mich dort festzuhalten. Ich strampelte wie wild und krallte mich an ihrer Hand fest, während sie Orion weiterhin aussaugte.

»STOPP!«, schrie ich und das Entsetzen riss mir ein Loch in die Brust, als er schmerzhaft still unter ihr zusammenbrach.

Plötzlich stand sie auf, ließ uns beide los und starrte auf mich herab, während Blut über ihr Kinn floss. Der Dolch, den sie in der Hand hielt, war mit Blut getränkt, das auf meine Schuhe tropfte.

»*Nein*«, röchelte ich, rollte mich auf die Seite und tastete verzweifelt nach Orion. Entsetzen überkam mich, als meine Finger heiß und klebrig wurden und ich ihm mit verzweifelten Bewegungen den Mantel abnahm.

Tränen trübten meine Sicht, als ich meine Hände auf die klaffende Wunde in seinem Bauch drückte. Seine Augen fielen zu und mein Herz schlug fürchterlich schnell, als sich die Realität tief in meine Knochen bohrte. *Sie hat ihn abgestochen. Sie hat ihn verdammt noch mal abgestochen!*

Bevor ich überhaupt versuchen konnte, mich gegen sie zu behaupten, zischte Clara wie eine Schlange und schoss mit ihrer Vampirgeschwindigkeit aus der Höhle. Die Dunkelheit schien sich um sie herum zu verdichten, als sie wie ein Gespenst im Sturm verschwand.

Voller Panik richtete ich mich über Orion auf, umklammerte seine Wange mit blutigen Fingern und schüttelte ihn.

»Wach auf, wir müssen Hilfe holen!«, forderte ich, wobei meine Stimme so heftig zitterte, dass ich die Worte kaum herausbekam.

Er öffnete flüchtig die Augen, und ich drückte fester auf die Wunde an seinem Bauch. »Steh *auf*«, flehte ich und Tränen liefen über meine Wangen.

Er stöhnte vor Schmerz auf und ich ließ ihn los, wobei ich von Kopf bis Fuß zitterte. »Ich muss Hilfe holen«, sagte ich, wobei ich versuchte, für ihn tapfer zu klingen, obwohl ich mich alles andere als das fühlte, denn mein Herz zersprang in zwei Teile.

»Bleib«, stöhnte er und seine Hand schloss sich um mein Handgelenk, um mich festzuhalten. »Blue …«

»*Nein*«, unterbrach ich ihn und schüttelte den Kopf, weil ich wusste, was er sagen würde. »Wage es nicht, aufzugeben! Ich werde Hilfe holen.« Ich versuchte erneut, mich zu bewegen, aber er hielt mich fester und drückte meinen Arm mit aller Kraft.

»Bitte«, röchelte er. »Du musst das Letzte sein, was ich sehe.«

»Sag das nicht«, schluchzte ich, als sein Blut durch meine Finger rann. »Du wirst überleben, Lance Orion. Du wirst nicht einfach so in einer dunklen

Höhle sterben. Ich brauche dich.«

Ein Schluchzen durchzuckte mich, als er seine andere Hand zu meinem Gesicht führte und eine blaue Haarsträhne hinter mein Ohr strich. Die Akzeptanz in seinen Augen brach mir das Herz und ich wies sie mit allem, was ich war, zurück.

»Du musst dich Lionel stellen«, keuchte er. »Du musst mit den Erben zusammenarbeiten.« Er zuckte vor Schmerz zusammen und ich ließ meine Stirn auf seine sinken und wünschte mir, ich könnte meine Kraft in ihn fließen lassen. »Ich weiß, dass du das kannst, Blue.«

»Bitte hör auf«, flehte ich. »Du wirst nicht sterben.«

»Du hast die letzten Monate zu den glücklichsten meines Lebens gemacht, Darcy Vega. Es tut mir leid, dass ich zu Beginn ein Arschloch war – das bereue ich am meisten in meinem Leben.« Er hustete heftig und Blut floss aus seinem Mund, was mein Herz fast zum Stillstand brachte.

Schnell wischte ich das Blut von seinen Lippen, weil ich nicht glauben wollte, dass es das gewesen war. Dass ich ihn aufgeben musste, dass die Sterne ihn mir wirklich wegnehmen würden.

»Sschhh, nicht, bitte nicht«, schluchzte ich, presste meinen Mund auf seinen und schmeckte nichts als Blut und Zimt.

»Ich habe dich so sehr gebraucht, du hast keine Ahnung«, sagte er und seine Stimme wurde leiser, als er mich zurückdrückte, um mein Gesicht zu betrachten, als wollte er es sich einprägen. »Jetzt braucht Solaria dich … als ihre Königin. Versprich mir, dass du den Thron beanspruchen wirst. Teile ihn mit Darius, er ist nicht sein Vater.« Seine Hand fiel von meinem Gesicht, als könnte er sie nicht mehr halten. »Versprich es«, flüsterte er und der Blick in seinen Augen ließ mich einlenken.

»Ich verspreche es. Aber du wirst auch da sein. Darius braucht dich. *Ich* brauche dich.«

»Du brauchst mich nicht, meine Schöne. Ich war schon immer ein beschissener Lehrer«, sagte er und nahm einen rasselnden Atemzug, der mich bis ins Mark erschreckte.

Ich schüttelte den Kopf und wischte mir die Tränen weg, während ich mich an ihn klammerte und die Möglichkeit ablehnte, ihn wirklich zu verlieren.

»Ich liebe dich«, schluchzte ich und hasste mich dafür, dass ich es sagte, denn es klang wie ein Abschied.

Er lächelte, dann erstarrte er in seinen Bewegungen und schloss die Augen. Meine Seele wurde in ihren Grundfesten erschüttert.

Ich schüttelte ihn verzweifelt, meine Tränen überströmten ihn, während ich die Sterne anflehte und versuchte, mit allem, was ich war, zu verhandeln, um ihn zu mir zurückzubringen. Wir hätten für immer zusammen sein sollen. Ich hatte einen Eid geschworen, für ihn zu kämpfen, um mit ihm zusammen zu sein – koste es, was es wolle.

Ich drückte ihm einen zittrigen Kuss auf die Stirn, hielt seine Hand fest und schwor mir, nicht aufzugeben. Ich würde ihn *nie und nimmer* aufgeben. Uns. Wir waren füreinander bestimmt, egal, was andere sagten. Und der Tod hatte da kein Wörtchen mitzureden.

Ich streifte meine Jacke ab, schob sie unter ihn und band die Arme so fest wie möglich um seine Taille, um die Blutung zu stoppen. Dann rannte ich aus der Höhle und schrie zum Himmel, während sein Blut von meinen Händen tropfte, meine Kleidung durchtränkte und meine Haut mit dem Geruch von Metall und Tod verpestete.

»Hilfe!« Ich schrie, bis meine Kehle heiser war. »Hilfe!«

Mein Phönix rührte sich und ich zwang ihn, aufzustehen, indem ich seine Kraft in meine Adern zog, während sich die Schatten so weit bewegten, dass er sich befreien konnte.

Ich hob meine Hände zum Himmel und entfachte ein Feuer – eine riesige Linie aus Purpur und Saphir, die die gesamte Klippe in einem dringlichen und grandiosen Licht erhellte.

»Ich brauche Hilfe!«

NACHRICHT DER AUTORINNEN

Na, wie war das? Entschuldigt, wenn ihr gerade tief in euren Gefühlen versinkt und uns hasst, aber das könnte mein liebster Cliffhanger überhaupt sein.

Ich weiß, ich weiß, ich bin ein Monster. Aber hört mir zu. Als wir das Konzept für *Zodiac Academy* entwickelt und begonnen haben, die Charaktere kennenzulernen und herauszufinden, wer sie sind und welchen Herausforderungen sie sich im Laufe der Serie stellen müssen, war mir schnell klar, dass das Feuer, das zwischen Tory und Darius lodert, in diesem Moment gipfeln würde. Während der vier Bücher, in denen sie gegen ihre Sehnsüchte ankämpften und einander die Köpfe einschlugen, wusste ich, dass die Sterne am Himmel fröhlich zusahen – eben ganz wie die Miststücke, als die wir sie mittlerweile kennengelernt haben. Ich habe nur darauf gewartet, dass sie diesen Punkt erreichen. Das Schreiben des Buches war also gleichzeitig absolut herzzerreißend und auch irgendwie erleichternd, als ich endlich den Höhepunkt erreicht habe, auf den ich hingearbeitet hatte. Versteht mich nicht falsch, ich war völlig fertig, habe geschluchzt und mich blindlings durch ihr Trauma getippt, aber es war auch befriedigend, endlich diese Worte zu Papier zu bringen und die Szene aus dem Gefängnis meines Geistes zu befreien.

Abgesehen davon war dieses Buch eine Liebeserklärung an die Sterne und an die Charaktere, die uns so ans Herz gewachsen sind. Unsere Besessenheit von den Bewohnern von Solaria wird mit jedem Wort, das wir schreiben, größer. Ich hoffe, euch geht es genauso und ihr könnt es kaum erwarten, den fünften Band zu lesen, um zu erfahren, wie sich diese Welt der gebeutelten, verbitterten Fae weiterentwickelt.

Unsere Liebe zu euch als unseren Lesern ist größer, als ihr euch vorstellen könnt, und wie immer möchten wir euch dafür danken, dass ihr euch in die Tiefen unserer Seiten gestürzt und euch zwischen den Buchdeckeln verloren habt.

In Liebe
Susanne und Caroline
XOXO

703

IHR WOLLT MEHR?

Um mehr zu erfahren, kostenloses Lesefutter zu erhalten und unserer Lesergruppe beizutreten, scannt einfach den QR-Code unten!